U0398450

詞律考正

The Textual Research on *Ci Lv*

蔡國强 著

華東師範大學出版社

國家社科基金後期資助項目
出版説明

後期資助項目是國家社科基金設立的一類重要項目，旨在鼓勵廣大社科研究者潛心治學，支持基礎研究多出優秀成果。它是經過嚴格評審，從接近完成的科研成果中遴選立項的。爲擴大後期資助項目的影響，更好地推動學術發展，促進成果轉化，全國哲學社會科學工作辦公室按照"統一設計、統一標識、統一版式、形成系列"的總體要求，組織出版國家社科基金後期資助項目成果。

全國哲學社會科學工作辦公室

國家社科基金重大項目

“明清詞譜研究與《詞律》《欽定詞譜》修訂”(18ZDA253)成果

谨以此

献給我的兄弟蔡躍强,没有他十六歲就去大山裏務農,不會有這本書的問世。

前　言

一、萬樹和《詞律》

萬樹，字紅友，號山翁、山農。他出生後六年，大清建國。常州府宜興(今江蘇宜興縣)人。中國歷史上最偉大的詞譜學家，清初著名詩人、詞學家、戲曲文學作家。一生仕途失意，懷才不遇，康熙年間入兩廣總督吴興祚幕府作幕僚，閑暇時寫一點劇本供吴家伶人演出用，僅此而已。因鬱鬱不得志，以致積鬱成疾，康熙二十七年(1688 年)，拜辭吴興祚回鄉，不幸病死於廣西江舟旅途中，終年僅 58 歲。其遺作有戲曲二十餘種，現僅存傳奇《風流棒》、《空青石》、《念八翻》三種，合刻爲《擁雙艷三種曲》；其詩文集《堆絮園集》、《花濃集》也已失傳，僅存《璿璣碎錦》、《香膽詞》傳世；幸運的是，在他逝世前一年，他的詞譜學不朽巨著《詞律》二十卷刊印問世，給中國詞學留下了一份至今無人可以媲美的遺産。

今天我們認識“詞”這個文學體裁，可以毫不誇張地説，跟萬樹這個人有重要的關係。正是因爲有了萬樹和他的《詞律》，才確立了詞調在每一個細節上基本準確的文字譜規範，結束了詞譜的幼稚期，“詞”這個文體的界定才成爲我們現在所知的這個模樣，儘管早在萬樹之前整整兩百年時的周瑛，已經開創了第一部詞譜學著作《詞學筌蹄》。

公認清詞的發展是詞文學發展中的又一個高峰，且觸及的内容遠比唐宋詞更爲闊大，一個重要的原因就在於清詞的創作，一起步就在一個很好的規範之中，因此做得到“托體尊”、“審律嚴”(民國十九年葉恭綽國立暨南大學學術講演稿《清代詞學之撮影》九頁)，在形式上有了一個基本的保障，葉恭綽認爲“清代文學多不能超越前代的，如曲不如明，更不及元；又詩也不及明朝，獨詞較好，可知清人對於詞的研究深切了。由此看來，清詞立在重要的地位，定無可疑”(同上，一二頁)。而清詞之所以能有這樣的成就，就是因爲“萬樹、戈載編著《詞律》、《詞韻》，歸納各大家作品，定出一個標準來，於是填詞的人始兢兢於守律”(同上，一一頁)。這種對《詞律》的高度評價和定位，是中肯且有代表性的。

對萬樹和《詞律》的好評，清代就早已鵲起，如四庫全書《詞律》提要説："考調名之新舊，證傳寫之舛訛，辨元人曲、詞之分，斥明人自度腔之謬。考證尤一一有據。……要之，唐、宋以來倚聲度曲之法，久已失傳。如樹者，固已十得八九矣。"這樣的代表官方的評價也是很高的。

由於《詞律》在詞學中所具有的重要地位，清代掀起了一股"詞律學"的熱潮，詞學家們紛紛對《詞律》一書進行了各種修正、完善，著名的有杜文瀾的《詞律校勘記》、《詞律補遺》，徐本立的《詞律拾遺》，陳元鼎的《詞律補遺》，張履恒的《詞律補案》，徐紹棨的《詞律箋榷》，以及戈載的《詞律訂》，等等，這些著作主要從兩方面進行完善，一種以《詞律校勘記》爲代表，主要在詞學内容上進行質疑、校正、補充，一種是以補遺的形式，對萬樹未收録的詞調詞體進行收録、整理、擴編。除了這些專門的著作之外，針對《詞律》進行糾誤、點評的散見於各種詞話、詞集中的言論，更是不計其數，如丁紹儀的《聽秋聲館詞話》、謝章鋌的《賭棋山莊詞話》、蔣敦復的《芬陀利室詞話》、吴衡昭的《蓮子居詞話》和黄曾的《瓶隱山房詞鈔》、馮登府的《種蕓仙館詞》、楊恩壽的《坦園詞録》、杜文瀾的《宋七家詞選校注》、周之琦的《心日齋十六家詞録》等，不可勝數。

在這些林林總總的尾聲中，最值得我們提及的就是《詞譜》和《詞繫》，《詞譜》因爲是皇家欽定，所以後代聲名顯赫，已成圭臬。而《詞繫》則未能被大衆所熟知，實爲一憾。秦巘所編纂的這部收録了一千多個詞調的巨著，雖以一人之力而雄踞詞譜學之巔峰，却也都是與《詞律》具有傳承關係的。

二、《詞律》體例得失平議

1. 前無古人的容量。在《詞律》問世之前，作爲詞譜專著，已經有多部著作問世流傳，最早的當是整整早萬樹兩百年的明儒周瑛的《詞學筌蹄》。而在萬樹時代，被學人視爲工具的則是《詩餘圖譜》、《嘯餘譜》等，其中又尤以《嘯餘譜》風靡一時。但是，這些詞譜專著的容量却遠不能滿足創作的需要。且不論最早的《詞學筌蹄》僅擬 176 個詞調，就是當時最風行的《詩餘圖譜》也祇有 341 個、《嘯餘譜》則祇有 327 個詞調，這與《詞律》擬譜 660 個相比，後者幾乎就是前兩者的總和了。《詞律》這樣的規模，作爲一個實用的填詞工具而言，對後人的填詞之便，自然是不可細數，所以杜文瀾會説：《詞律》"振興詞學，獨辟康莊，嘉惠後者甚厚"（中華書局 1957 年版《詞律》三七頁《詞律續説》）。

搜羅殆盡的編纂，這可以説是《詞律》在詞譜史上的一個重大功績，也正是因爲有了《詞律》，才觸發了後來詞譜史上的另外兩部巨製：一部是以皇家力量來欽定的《詞譜》，共計收入 826 調；一部是秦巘“以《詞律》爲藍本，於其闕者增之，訛者正之”（北京師範大學出版社 1996 年版《詞繫・凡例》）的《詞繫》，共收入近 900 調，而除此之外，有清一代，直至民國，都未能有人超越這一規模。

2. 譜式表達體例上的特徵。《詞律》一書的一個最直觀的特徵，是在體例上借鑒了《嘯餘譜》的“文字譜”模式，而摒棄了“圖譜”模式。從萬樹的文字來看，他應該没有見到過詞譜始祖《詞學荃蹄》。詞譜類著作的圖譜化，是在一開始就確定了的，客觀地説，圖譜模式的行文，從使用的角度來説是要更加便利的。但是，從《詞學荃蹄》開始，到《詩餘圖譜》，再到萬樹時代的《填詞圖譜》，一個共同的缺陷是，他們都僅僅將圖譜停留在一個就事論事的層面，没有將其“便利化”作爲一個重要的標準來進行充分的直觀式表達，一直沿用《詞學荃蹄》的老套路：每一調先擬出總的圖譜，再續之以相關的詞例，這樣，圖譜和例詞實際上就形成了兩張皮，就實際使用來説，每一個字、每一個句所對應的是哪個圖譜，完全不能一目了然，所以仍然存在很不方便的缺陷。相信萬樹一定是看到了這種不方便性，所以徹底揚棄了圖譜，而採用了《嘯餘譜》的“文字譜”模式。

圖譜模式的體例，在圖譜與詞例分離的情况下，不能很好地發揮其一目了然的優勢，《詞律》没有考慮進行改造，而衹是將其簡單揚棄，應該説是一種遺憾。其後的《詞譜》雖然是在《詞律》基礎上的再造，但是却撿起了圖譜模式，並且改造爲譜、詞混編模式，最大程度上發揮了圖譜直觀、清晰的優勢，不能不説是詞譜史上的一個重要改進。

雖然《詞律》對《嘯餘譜》的批判有時候是極爲嚴厲，毫不留情的，但是，這並不妨礙《詞律》吸收《嘯餘譜》的可取之處，譜式摹擬上的“文字譜”模式顯然就是學習《嘯餘譜》的，儘管這種模式並不見得有更多的優勢。而在這一模式的運用中，《詞律》也並非全盤接受，而是有所改造，尤其是對其形式上的化繁爲簡，如去掉平聲旁符、去掉句子字數描述等，兩相比較，無疑《詞律》更顯乾净利索。但是，萬樹如果能將旁符利用起來，運用逆向思惟的方式將其改造成另一種類型的圖譜，例如以綫爲平、點爲仄，從而取代文字上的“可平”、“可仄”，那麼文字譜應該會譜面更乾净、表達更清晰直觀。

3. 首創的詞調類列化表達。《詞律》在體例上一個的一大創舉，是在按照字數多少排列的基本架構上，發明了詞調的“類列”編排模式，這一概念萬樹在論及《一枝花》詞調的歸屬時提出：“《一枝花》（與《滿路花》）尤爲吻合，故並類列焉。”

在《詞律》中，“類列”可以細分爲兩種完全不同的模式：

一種是將調名接近，或調名中有關鍵字相同的幾個詞調，打破基本的序列法進行排列，例如：《浪淘沙》、《浪淘沙令》、《浪淘沙慢》三個詞調放在一起，以方便使用人查閲；

第二種是將多個不同調名但詞調疑似相同的放在一起，如將八十七字的《滿園花》類列於八十三字的《滿路花》之後，萬樹並注明："此調既與前調牌名相似，而句法亦多相合，前段竟同，只多一'慣'字與'甚'字耳。後段稍異，然'佛也'句、'罷了'句及結處二句，俱與前調彷佛，故以附於《滿路花》之後。"而九十字的《一枝花》因爲"此與《滿路花》定是一調，其後起七字，即與前趙詞同，彼用平、此用仄耳。但較多'任、似、看、但'四個虚字，其爲同調何疑？况調名亦有花字乎？"所以再類列於《滿園花》之後，這樣，加上前面"周美成有《歸去難》一詞，與《滿路花》全同，故合爲一調，録後備證"，在《滿路花》一調後就類列了三個疑似同調的詞。

這兩種方式，前一種萬樹並没有將其稱之爲"類列"，這種模式無論對於填詞者還是研究者來説，都具有很好的便利、實用的價值，雖然形式上似乎有一種體例混亂的嫌疑，但是由於全書統一，衹要凡例注明，是有其可取的地方的，所以其後的《詞譜》承續了這一方式，衹是《詞譜》的統一性做得很差而已。而後一種方式所採取的"不妄斷"態度，固然有其嚴謹的一面，但是在作爲一個稱之爲"律"的著作中，將自己的猶疑不確定交給專業性更弱的讀者，却難免給人毛糙甚至不負責任的印象，所以其後的《詞譜》完全揚棄了這一方式。

4. 被强化的分體模式。詞譜從一出世以來就有一個"體"的概念，所以這個特征並非萬樹的《詞律》所特有，但是，《詞律》第一次提出了"又一體"這個概念，則算是一種首創，而這個"又一體"和最初《詞學筌蹄》中的"體"其實是有所區别的。所以《詞律》對"體"的强化所起到作用非常大，尤其是其中的消極作用，不能不被我們所認識。

從《詞律》開始直到今天爲止，"又一體"的概念，基本上是一個模糊的或者甚至是混亂的概念，所以，在研究"體"的問題之前，一個重要的任務是我們先要給它做出一個準確的定義。從邏輯的角度來説，相對於"又一體"的"正體"無疑是詞調範疇中的最高等級概念，但是如果採用"又一體"的概念，則意味著所有的"又一體"都具有和"正體"同一級别的身份。舉例來説，《滿江紅》在《詞律》中除正體外共有五個"又一體"，這種狀况就等於我們承認有六種《滿江紅》的存在。

無疑，這樣的概念直接否定了"調有定格"這一基本準則，這是今天依然存在並爲大家所接受的一個重要的荒謬問題。

《詞律》在體量上被後人一直稱道的，除了 660 個詞調，還有就是 1180 餘個"又一體"。由於前述第二種類列方式的應用,總體上《詞律》的"又一體"現象似乎並不嚴重,但是一些常用的詞調上,較之於當時的其他一些詞譜,它的體量就可以看出增容不小了,仍以《滿江紅》爲例,在《嘯餘譜》中收録了三體,《詩餘圖譜》則僅二體,《填詞圖譜》也是三體,《詞律》所增在一倍以上。

再一個問題是,"又一體"所包含的類别很不劃一,也是一個值得探討的内容。《滿江紅》的五個"又一體"中包括這樣幾類不同的形式: 其一是增減字類,包括減字體兩種、增字體一種;其二是增減韻類,包括增韻體一種;其三是韻脚變化類,包括平韻變體一種。這三種類型中,也許衹有最後一種是可以作爲最高級詞調體存在的,因爲我們可以説《滿江紅》有平韻體、仄韻體兩種。

回過來看《詞學筌蹄》中的體,從其體例上來説,則應該是合理的,儘管這種模式作者的初衷如何我們已經無法知道。《詞學筌蹄》中的模式是這樣的: 每一個詞調先列出正體的圖譜,然後在正體的詞例後羅列各種有所區别的詞例,這樣的體例,我們可以詮釋爲是: 調有定格,故譜僅一式,但是在這個譜式下填詞人可以通過增減字、韻等手段做出一些微調,而經過微調的别格,依然歸屬於該詞調的這一體。《詩餘圖譜》所沿用的依然是這樣的一種模式,未能被《詞律》吸納,不能不説是一個遺憾。

而在理論上,也已經有詞學家對這種增減字而引起的"又一體"抱否定態度,先著在《詞潔》中就明確認爲,詞的"字句或可參差","若執一而論,將何去何從"? 尤其是"今既已不被管絃,徒就字句以繩,詞雖自詫有獨得之解,吾未敢以爲合也"(見《詞話叢編》一三六二頁《詞潔·高陽臺》條),他更認爲,詞本來就存在"容有伸縮、轉移一二字者,在古人已然"(同上,一三二九頁),本有這樣的傳統創作規矩。鄭文焯則在批校《樂章集》時指出,《夜半樂》"艷陽天氣"一首作爲又一體"亦無依據,實則字句與前無異,惟結句多一字",更批評説,萬氏《詞律》"見一屬比稍殊,即列爲别體,甚非謂也"(見南開大學出版社2009年版《大鶴山人詞話》四一頁),都是很有見地的觀點。

5.《詞律》體例中的其他缺陷。雖然《詞律》獲得了很大的成功,但是作爲首部嚴格意義上的詞譜著作,其缺陷還是很明顯的。首先是在規模上儘管在當時遠遠超出了各種專著,但是就詞調實際而言,失收的内容還是非常多的,這當然與萬樹飄泊無定的生活狀態有密切的關係。其次是其所據的底本顯然不夠精謹,所以書中經常會有一些文字上的瑕疵,這些瑕疵對詞譜精準性的影響是很大的。再次,是萬樹對不少問題的批評過於主觀,反而影響了著作的説服力。

三、萬樹的詞譜學思想

萬樹和《詞律》的偉大,絶不僅僅在著作本身的規模宏大,或者體例上的創新,而在萬樹本身所具有的成系統的詞譜學思想。他的這些理論上成系統的見識,很多内容不僅僅貫穿於整個《詞律》,甚至被後人廣泛接受,一直貫穿到今天這個時代。我們擇其要作一闡述分析。

1. 隨譜附注模式的開創。由於在《詞律》之前的各種詞譜著作,均衹是單純地展示每一個詞調的格律規範,而没有將詞譜編撰人的編撰思路反映在詞譜中,因此之前的所有詞譜著作都無法知道其中的平仄、句讀、韻脚的規範“爲什麼如此”這一問題,這對於一個本來就是給人做“譜”的工具書來説,不能不認爲是一種極大的缺陷。而萬樹在《詞律》中,但凡是一些重要的問題,都會不厭其詳地予以解説、備注,像説明《催雪》就是《無悶》這一個問題,甚至用記叙文的形式,絮絮叨叨記録了整個發現過程的“故事”,使讀者既全面了解了兩者之所以實爲一體的來龍去脈,又分享了一個詞譜學家在一個重大的發現之後的欣喜若狂,對於研究詞譜的學人,尤其感同身受。

大量的注文,已經成了《詞律》一書的重要組成部分,而萬樹的整個詞譜學思想也全部在這一部分中得以保存。所以,這一模式的意義不僅僅在於這些注解本身都是含有很高的學術成分的,其學術含金量甚至遠遠超過了書中的詞譜本身,更在於萬樹的詞譜學理念和這一體例本身,爲從此之後的詞學研究打開了一個敞亮的大門。此外,除了學術上的價值,這種編排對於後人詞文學的創作實際也具有深刻的意義,即便是僅僅使用《詞律》進行詞的創作,這一部分也成了重要的必讀材料,對於深刻了解詞調、把握詞調,最大程度地填寫到位,而不是僅僅照貓畫虎地套搬幾個平平仄仄,從而創作出大量優秀的詞作,是具有重要的引領和幫助價值的。

事實上,《詞律》之前的諸多詞譜著作中,因爲没有這樣的附注功能,一些即便可能合理的規範也因爲無從了解編者的意圖,而成爲被讀者質疑的對象,在《詞律》中萬樹批駁了那麼多内容,並不見得全都正確,這些部分,恰恰有不少都是因爲對方没有任何解説存在,所以纔形成的。例如《感皇恩》一調中,萬樹指出該調前後段第三句的末三字,依律應該“用‘仄平仄’,是此調定格。而《譜》、《圖》注可作‘平仄仄’,甚怪。若此三字作‘平仄仄’,豈成其爲《感皇恩》乎?試問古作家亦有用‘平仄仄’者乎?且前段不注,吾又不知其何説也。”(見《感皇恩》調第一體下)萬樹的基本觀點並没有錯,但《填詞圖譜》和《嘯餘譜》之所以這樣標識,也並非空穴來風,他們必是校之於晁補之的詞,而作出了“前段不注後段注”的規範,晁詞這兩句是這樣的:“多病尋芳懶春老……花底杯盤花影照”,而確實該調這兩個七字句宋詞基本上是用的拗句句法,衹有晁補之、程大昌等個别詞作中用了律句句法,作爲填詞圭臬的詞譜,應該有所爲有所不爲,將極個别非主流的填詞實際予以忽略,也是一種合理的作法，但《填詞圖譜》和《嘯餘譜》的平仄標注並非無所依據，就此而論也未必就是錯誤。

當然，作爲這一模式的發軔者，萬樹自己對很多詞調的注解也尚不夠完善，很多平仄的權宜表達也存在與《嘯餘譜》等一樣的問題，而這個問題在其後的《詞譜》編纂中，就有了很好的改進。

2. 多樣化的互校理念。詞譜的編製，説到底就是一個互校的過程，萬樹通過他的注文給我們展示了他豐富多樣的互校理念，其中以下兩點是其中最爲重要的：

首先是萬樹的互校强調一個"名作優先"的原則，他在《惜分釵》一調後説："夫作譜以爲人程式，必求名作之無疵者，方堪摹仿，奈何取此謬句以示人耶？"這可以認爲是萬樹擬譜取例的一個基本原則，正因爲如此，在整個著作中可以説是處處體現了"掃除流俗，力追古初，一字一句，皆取宋元名作，排比而求其律，律嚴而詞之道尊矣"（《詞律》杜文瀾序）這樣的一種風貌。因此，在整個《詞律》中，觸處可見萬樹"名作皆然"、"名作多如此"、"觀從來名作可知"、"細觀古人名作，莫不皆然"、"古人名作無不整齊明白"這樣的"口頭禪"，這種理念可謂已經融化在其血液中了。

尊重名作，并不等於盲從名人，萬樹對這兩者的分辨是非常清晰的，他在"發凡"中認爲"諸名家莫不繩尺森然者"，但如果其中個别地方有所改變，那麼"或係另體，或係傳訛，或係敗筆，亦當取而折衷，歸於至當"，因此，全書中直陳名人名作爲"敗筆"的並非罕見，如《醉蓬萊》下説"夢窗首句作'碧天書信斷'，雖或第一句可通用，然亦是敗筆"，《瑞鶴仙》第二體下説"惜香二句用'金井梧'、'東籬菊'，尤是敗筆，不可學也"，《秋霽》下説"草窗……俱誤，或係傳訛，或係敗筆，皆不可從"，《賀新郎》第二體下説"其間或有一二用平平仄者，乃是敗筆，如坡公前尾之'風敲竹'是也"，這種學術精神，至今仍可以爲範。

十分遺憾的是，萬樹這種名作優先的觀念常會被一個客觀原因所影響，那就是萬樹所選的作品雖每每出於名家之手，但是他却由於飄泊的生涯顯然没能獲得最好的作品版本，以致於他書中的不少瑕疵，往往是因爲版本的緣故而造成的。

其次，值得一提的是萬樹首創的前後段對校的校譜方式。由於詞文學特有的韻律的和諧性，幾乎所有的雙調式詞調都存在前後段旋律部分甚至全部相一致的情況，因此，《詞律》中我們經常可以看到萬樹特意指出的"後段某某至某某，與前段某某至某某同"，這樣的提示看似閑筆，對填詞人來講却會有很大的啟迪。從詞譜學學術的角度來説，大量的詞例對校也表明了，這是一種極爲有效的詞調整理手段。

前後段互校的作用大致表現在這樣幾個方面：

第一，前後段對校可以協助判斷文字的衍奪、可以協助句讀的確定、可以釐清韻脚的然否。這樣的例子在整個《詞律》中不勝枚舉，這是前後段對校最基本的三個方面，也是對校的主要功能和作用，同時，通過文字衍奪的判斷，來確定某一調某一句的正格應該是多少字，這是終極目的，所以這種衍奪的判斷不僅包括了譜中的例詞，也包括了未入譜的詞作。例如《女冠子》第三體，萬樹認爲蔣捷詞"字字依李漢老'帝城三五'一首平仄"，但是後段却比李詞多了二字，"今細訂之，'待把'句即同前段'不是'句，此二字不可少，而李詞落去也"。這樣，通過前後段的比較，確定了本調的格律規範。

第二，前後段對校可以協助詞調篇章上的勘誤。這方面的表現，可能萬樹對《三臺慢》的校勘是最經典的一個例子，字裏行間，也可以看出是萬樹最得意的一個案例。該調"從來舊刻此篇，俱作雙調，於'雙雙遊女'分段，余獨斷之，改爲三疊，人莫不疑且怪者"，但萬樹以他獨創的對校法將上中下三段一一釐清，絲絲入扣，向讀者展示了一個"如此堂堂正正，每段五十七字，一字不苟"（均見《三臺慢》下注文）的三疊調譜式，作爲一個詞譜學學者，每讀至此，都不能不擊節而奉一膝之敬。

第三，前後段對校可以挖出最佳的格律模式，例如在《遐方怨》中的雙調體譜式中，顧敻詞前後段的第三句分别爲"象紗籠玉指……遼塞音書絶"，前後字數相同但句法各異，顯然萬樹認爲這是一種不和諧的情況，所以特爲指出："孫光憲則第三句前云'爲表花前意'，後云'願早傳金盞'，全用'遼塞'句平仄，更爲有律。"（見《遐方怨》第二體注文）衹是因爲孫詞疑似有文字脱落，所以選用了顧敻詞。

第四，前後段對校可以重點提示兩段詞所存在的差異，幫助創作者處理好不同之處的韻律關係，引導填詞人進行相關的構思。

前後段互校，不僅對字的平仄、句的字數可以有所考正，更對一個詞調的段的鑒定也有所幫助，如《上行杯》一調，現分作雙段式，但是按照萬樹本人的觀點："以余斷之，只是單調，小調原不宜分作兩段也。合之爲妥。"（見《上行杯》第二體後注文）衹是萬樹出於謹慎，在没有旁證材料的情况下，未作出合成的處理，而其後的《詞譜》則對萬樹的觀點讚賞有加，認爲："《詞律》則云：當合爲單調。今從之。"（見《詞譜》中《上行杯》第一體注文）所以將其規範爲一個單段式小令，從這個詞調的結構來看，全篇顯然是一個三均式的單體調，如果分段，則第二韻便被割裂。而萬樹從前後段對校的角度得出詞爲一段的結論，可謂獨闢蹊徑。

在前後段對校的問題上，萬樹有時候也會有太過拘泥前後相等的考量，事實上,詞的前後段固然存在對應的體式慣例,但是,詞的起調畢曲部分却往往因爲韻律變化的需要,會形成一種句式錯綜的情況,如果過度依賴對校,難免就會形成一種錯誤的認識,導致分句失誤。

3. **創立逗概念,完善詞的表達形式之認知**。中國的古書是没有標點的,詩詞亦如此,但是詞和詩不同,詩由於基本是齊言式,所以極易讀通,而作爲長短句的詞,每一均之間的句讀常常是不統一的,所以一個九字單位或被人讀成五字一句、四字一句,或被人讀成三字逗領六字的一句。這種問題如果僅僅停留在理解層面,並不是什麽問題,但是如果體現到一本作爲規範的詞譜中,就不是小事了。而儘管最初的《詞學荃蹄》是標明了三字結構的讀住的,但到了明末清初,各家詞譜都基本不再將三字逗標出了,從《詩餘圖譜》到《嘯餘譜》乃至後來的《填詞圖譜》,都是如此。

這種没有"逗標記"的譜式,一個最大的弊端就是掩蓋了該句子的句法特征,從而會導致誤讀、誤填,萬樹在《步蟾宫》中專門指出,該調由於體例上的原因,《詩餘圖譜》、《嘯餘譜》等書"**概注七字,致誤不少。故本譜加'豆'字於旁,以識之**"。豆,即我們今天概念上的"逗",萬樹所添加的這一個"標籤"意義十分重大,不僅清晰地揭示了一個句子的句法關係,更重要的是明示了這個句子韻律上的特徵。而從應用的角度來説,也讓我們可以體悟到:正因爲有了逗的使用,詞的風格才有了一個可以多樣化的實現。

關於這一點,一直來我們都忽略了一個重要的問題:詞之所以爲詞,就是因爲有"逗"的存在,無逗時代的詞是不完美的童稚時代作品。早期的詞在字面上極少用到"逗",唐五代詞中筆者曾做過一個統計,含有一字逗的詞僅20首、三字逗的詞也祇有42首,其比例小到幾乎可以忽略的程度,這也是爲什麽早期的詞缺乏一種激蕩頓挫的韻律美感,無法承載類似豪放詞那種激越鏗鏘的旋律質感的根本原因。現在主流的觀點都認爲豪放氣的産生是因爲慢詞的形成,是因爲仄聲韻韻脚應用的原因,如龍榆生先生説:"**至於蘇辛派詞人所常使用的《水龍吟》、《念奴嬌》、《賀新郎》、《桂枝香》等曲調,所以構成拗怒音節,適宜於表現豪放一類的思想感情,它的關鍵在於幾乎每句都用仄聲收脚,而且除《水龍吟》例用上去聲韻,聲情較爲鬱勃外,餘如《滿江紅》、《念奴嬌》、《賀新郎》、《桂枝香》等,如果用來抒寫激壯情感,就必須選用短促的入聲韻。**"(北京出版社2005年版龍榆生《詞學十講》二九頁)竊以爲這樣的觀點都並未切中要害,試想,唐五代人寫了很多《謁金門》,該調句句用仄收,也有不少是押入聲韻脚的,爲什麽就没有一首是豪放氣勃發的呢?就慢詞本身而言,如果没有"逗"元素存在的話,必將和令詞一樣在旋律上激發不出來。强調詞的"聲容",强調豪放詞的"拗怒",是龍氏的一個基本觀點,但是他却没有體察到"拗怒"之所以拗怒的原因所在,無法想象,上述所舉的五個慢詞,如果去掉其中的一字逗和三字逗,那麼其音節上的拗怒,還將如何實現?

所以,正是因爲萬樹的"逗"意識,才讓我們可以清晰地摸到詞在音樂性上的一個重要特質(這一和傳統律句完全不同的句法元素,筆者在《吴梅詞學通論發微》一書中有詳細研究,有興趣的讀者屆時可以參考)。但是,作爲一個開拓者,萬樹也有其疏漏之處,最重要的有這樣兩點:二字逗的忽略,三字逗的籠統,相信這裏還有很廣闊的研究餘地。

4. 兼聲意識所發掘的代平規則。詩與詞的一個重要區別在聲,即詩衹講究平和仄二聲,但詞却講究四聲。這個觀點到了萬樹寫作《詞律》的時候應該已經非常清楚,例如他之前的李漁,就在《窺詞管見》中提處了這樣的觀點:"四聲之内,平止得一,而仄居其三。人但知上去入三聲,皆麗乎仄,而不知上之爲聲,雖與去入無異,而實可介乎平仄之間。以其另有一種聲音,雜之去入之中,大有涇渭,且若平聲未遠者。古人造字審音,使居平仄之介,明明是一過文,由平至仄,從此始也。"(見《詞話叢編》五五八頁《窺詞管見》第十九則)在李漁的觀念中,從平到仄是一個漸變的過程,中間還有"介乎平仄之間"一個上聲存在,這一觀點正好是萬樹"以上作平"理念的一個理論依據,而這種一致並非不謀而合,相信必定是當時存在著這樣的一種詞學觀念。萬樹對此的研究是很深入的,他既從曲的角度入手,説"中州韻'不'、'有'者,也作平,平上之爲音,輕柔而退遜,故近於平",又根據宋詞實際"如何籀《宴清都》前結用'那更天遠、山遠、水遠、人遠',書舟亦效之,用四'好'字,蓋'遠'、'好'皆上聲,故可代平,其句字本宜如美成所作'庾信愁多,江淹恨極須賦','多'字、'淹'字宜用平聲,此以二'遠'字代之"。由此提出了"本宜平聲而古詞偶用上者,似近於拗,此乃借以代平,無害於腔"(均見《詞律·發凡》)。這是萬樹"以上作平"理念的實例依據,因此,萬樹在校詞的時候往往就會呈現出一種得心應手的風度,很多看似拗怒的句子,都得到了合理的解釋。

當然,萬樹走得比李漁更遠,他不僅篤信、並用校譜實際證明了上聲可以替代平聲,更認爲詞中用入聲替代平聲的情況更爲多見,他認爲:入聲在"今詞中之作平者,比比而是,比上作平者更多,難以條舉。作者不可因其用入是仄聲,而填作上去也"(並見《詞律·凡例》)。實際上,關於上入可以替代平聲、上去入不可視爲一體的問題,宋代大詞學家張炎、沈義父都早已經有過研究,揭示了上入與平聲之間的那種微妙的關係:"盖五音有唇齿喉舌鼻,所以有轻清重浊之分,故平声字可为上入者此也。"(見唐圭璋《詞話叢編》二五六頁,張炎《詞源》)"其次如平聲,却用得入聲字替。上聲字最不可用去聲字替。不可以上、去、入盡道是側聲。"(見唐圭璋《詞話叢編》二八〇頁,沈義父《樂府

指迷》)

上聲和入聲可以用來作爲平聲的替代,這在唐宋詞的實際應用中已經是一個不争的事實了,儘管由於識見的不同,其後《詞譜》的編纂者們否决了"以上作平"的用法,在整個《詞譜》中不再提及這一説法,而且"以入作平"的説法也並未被每一位編纂者所接受,我們可以很明顯地看到有些譜式中並未採納"以入作平"的觀點詮釋詞句,以致擬錯了不少詞句的平仄譜,但是在詞學界這一觀點還是獲得了很好的響應,如後來的杜文瀾、鄭文焯、江順詒等詞學家都認同且秉持這一觀點。

在這一問題上,萬樹的不足是未能深入探究上入替代平聲的問題,一方面,某些特殊狀況是否都能適用未能作出全面的解説,例如在韻上字中上入替平就是一個禁區,這對填詞人來説是具有實際指導意義的。另一方面,上入作平的普遍性未能獲得應有的强調,實際上,根據唐宋詞實際來看,上入完全就是兩個兼具平仄兩種功能的"兼聲",這樣,作爲獨立的聲類,前述的"禁區"問題就可以得到合理的解釋了:爲什麽不可以,是因爲兼聲並列於平仄或仄聲,所以不能替代。

5. **泛去聲的得與失**。宋代詞學家沈義父曾經説過一句名言:"**句中用去聲字最爲緊要**"(見唐圭璋《詞話叢編》二八〇頁,沈義父《樂府指迷》),從此開始,一直以來詞學界有一個"去聲緊要"的説法存在,認爲在詞中去聲具有一種神奇的韻律功效,這個説法的緣起,或自萬樹的進一步詮釋,萬樹是這樣説的:"**夫一調有一調之風度聲響,若上去互易,則調不振起,便成落腔,尾句尤爲喫緊,如《永遇樂》之'尚能飯否'、《瑞鶴仙》之'又成瘦損','尚'、'又'必仄,'能'、'成'必平,'飯'、'瘦'必去,'否'、'損'必上,如此,然後發調。**"詞與詩不同,萬樹對這一問題的認識非常清楚,所以他説:"**三聲之中,上入二者可以作平,去則獨異,故余嘗竊謂:論聲雖以一平對三仄,論歌則當以去對平上入也。……上之爲音,輕柔而退遜,故近於平。**"因爲如此,他認爲"**名詞轉折跌蕩處,多用去聲**"。(均見《詞律·發凡》)這些觀點,構成了萬樹對去聲情有獨鐘的一個大致輪廓,並爲後人普遍接受,如吴梅就在他的《詞學通論》中基本照抄了萬樹的這些觀點(見上海古籍出版社 2006 年版《詞學通論》九頁)。

毋庸諱言,詞不同於詩的一個根本特點是它的音樂性,這在詞樂未亡時如此,在詞樂已然亡佚之後的今天依然如此,但是,兩者所依賴的要素却已經完全不同。從音樂性的角度來説,詞要講究韻律上的美感,這個韻律不僅僅是一個韻脚的問題,還關乎字音所形成的旋律、節奏,而所謂旋律,必定是一連串的音的組合,而不是由某一個音獨撑局面,因此,萬樹在分析去聲與其他聲組合的時候,如揭示"去上"或"上去"之妙,還有一定的合理性,但凡詞中有一去聲便孤立地稱“妙”的方式，便以爲“此字非去聲不足以振起”（見《夢揚州》下注文），就没有根據了。既然是旋律，那就必然是若干字音的組合，而不是一個單音節的字，上去一旦粘合，就有一個小旋律産生，猶有道理，一個孤立的字音又如何形成旋律？而就字音的角度來説，即便是“振起”，如果全是一片去聲，恐怕也没什麼美感可言。

實際上沈義父的話後人大都是在斷章取義，他的整個語境是這樣的：“腔律豈必人人皆能按簫填譜，但看句中用去聲字最爲緊要。然後更將古知音人曲，一腔三兩隻參訂，如都用去聲，亦必用去聲。”這種强調去聲的重要，又强調在詞樂亡佚後還得看“古知音人”究竟怎麼做的思路，才是穩妥、正確的。就以前面萬樹所舉的例子爲證，萬樹認爲“尚能飯否”的“飯”、“又成瘦損”的“瘦”是“必去”的，那麼，看“古知音人”在他們的詞中是如何填的，就應該足以證明他的説法是對還是錯了：

吴文英有三首《永遇樂》，其中有“又吹雨斷”、“水清淺處”兩首用上聲；姜夔兩首，一首“夢中槐蟻”用平聲；即便是寫“尚能飯否”的辛棄疾，他的五首中也祇是三去二上。在《瑞鶴仙》中，吴文英不但有“幾時覓得”的入聲，也有“半簾晚照”、“聳秋井幹”的上聲；史浩四首全爲上聲；而即便是寫“又成瘦損”的史達祖，他的二首中也祇是一去一上而已。這種填詞實際足以證明“必去”的説法是站不住脚的。正因爲如此，所以持去聲振起論的學者一直謹慎地遵循著兩條潛規則：一，祇在存詞不多的詞調中説事，而絶不涉足如《金縷曲》、《念奴嬌》、《滿江紅》等等填者甚衆的“流行金曲”，因爲一旦作品衆多，“必去”的説法便自己都會覺得不好意思説出來；二，祇在長調中説事，而不在小令中施展去聲的神技。甚至有這樣的觀點，認爲小令可以不受去聲振起的影響（筆者失記出處），似乎小令作爲詞和長調作爲詞竟是兩種詞樂方式的。也正因爲如此，至今未能見到哪怕是一個被充分證明的實例作爲經典提出，儘管嚴格地説，作爲一個理論的主張，必須要有一批實例來作爲支撑，僅僅一個例子是肯定不夠的。

正因爲萬樹在《詞律》中通篇秉持這種極不嚴謹的觀點，所以必然會受到後世詞學家的批評，例如針對《點絳脣》中萬樹説的“‘翠’字去聲，妙甚。‘砌’字、‘淚’字亦去，俱妙。凡名作俱然，作平則不起調”。近人徐紹棨直指：“其説似是而實非也。大凡必用去聲之字，必千篇一律，已成定格，然後可以揣其聲之妙者，必清平濁平之間，實見宜上宜去之辨，然後可以就字聲而微窺舊譜。否則宫調既亡之日，何以知其爲妙？更何以限定其聲乎？且凡《詞律》之所謂妙者，以及其所謂不可易者，皆必去聲，豈去聲可知，而他聲則不可知乎？此調遍考宋作，幾及百家，而詞則將二百，於萬氏所舉去聲三字，用平者已得其半，而用上入者又得其三，蓋全用去聲者，十之二三耳。即以名家而言，如山谷、淮海、酒邊、夢窗輩，皆未嘗拘此。"（見《詞律箋榷》卷三，載《詞學季刊》卷二第三號一〇五頁）

那麼，爲什麼在詞中某些特殊部位，會存在確實去聲爲多見的情況呢？比如一字逗的領字往往是去聲，這一實際也往往會被"去聲緊要"論者所津津樂道，但是，其實這裏與去聲的先天優勢有關，而並非作者有意爲之。陸輔之的《詞旨》中列出了虛字三十三個：任、看、正、待、乍、怕、總、問、愛、奈、似、但、料、想、更、算、況、悵、快、早、盡、嗟、憑、歎、方、將、未、已、應、若、莫、念、甚（見《詞話叢編》三四一頁，《詞旨》"單字集虛"條），其中去聲十五字、去上二讀五字、去平二讀四字、上聲五字、平聲和入聲各二字，即可以視爲去聲的總共有二十四字，占比四分之三。再比如劉坡公《填詞百法·襯逗虛字法》中則有：正、但、待、甚、任、只、漫、奈、縱、便、又、況、恰、乍、早、更、莫、似、念、記、問、想、算、料、怕、看、盡、應等二十八字，純去聲十五個、兼平去聲兩個、兼上去聲三個，去聲以絶對優勢高居榜首，占比更達七成多，上聲衹得五個、入聲衹得三個。陸氏和劉氏在列舉這些領字的時候，毫不涉及我們這裏提及的去聲重要理念，因此，可以斷定他們不會有意識地去遴選相關聲調的領字。這兩個例子説明了一個極爲重要的事實：不一定是詞人們有意在領字上選用去聲，而是去聲太多，本來就"没得選"，這僅僅是一種客觀現象，而非一種主觀上故意"運用"的結果。

此外，還有一種情況也未必是主觀"運用"的表現，那就是唱和中的四聲和詞，如方千里和周邦彦詞，方千里的個人習慣是喜歡採用四聲和的方式的，這不能作爲得出因爲周是去聲、方也是去聲，所以此處必爲去聲的邏輯推論，除非所有的和周之詞都是如此，或者，除非認定那些平、上、入也是有主觀上"運用"的刻意。

6. **句的確立和句本位對後世的負面影響。**萬樹之前的詞譜，雖然已經有了句的概念，但是尚處在一個朦朧的、含糊的、無意識的階段，例如《詩餘圖譜》中，所有的例詞除了每首詞都有一個明顯的分段符之外，都是不標示標點的，對於分句的行爲，都放在圖譜中，這種模式可以認爲仍然停留在《詞學荃蹄》的階段，之後的《填詞圖譜》依然是循這個路子走，而圖譜中的分句衹能算是格律中的元素，顯然還不能算是完全的現代的句概念。而當擬譜方式從圖譜轉爲文字譜之後，這種分句的模式就自然而然地轉移到了例詞上來。

《詞律》雖然在譜式的選擇上是繼承的《嘯餘譜》模式，但是，《嘯餘譜》依然有大量的例詞是没有任何標點的，而且是否標點非常隨意、混亂，例如《應天長》，《嘯餘譜》收録六體，其中第一體中收兩首例詞，一首不作標點；第二體收録一首,前半首未作標點;第三體收録一首,整首不作標點;第四體收録一首,後半首不作標點;第五體收録一首,全詞標點;第六體收録收録一首,整首不作標點。所以,我們認爲祇有《詞律》,才是中國歷史上第一部使用了標點的詞集,儘管這種標點不是符號式的,而是文字式的。不過,由於這種句讀正處於草創期,所以,《詞律》中也有一些個別的詞句,由於前後段的不匹配,或者由於文字的錯訛等等原因,也會導致萬樹拿捏不定,因而未作標點的情況。

萬樹所使用的句讀符號雖然是文字符,但很清晰地表達了相關的語言單位,大致爲韻(包括"叶")號、句號、豆號三種,這是一個不容忽略的貢獻。這三種標號也是至今仍被詞集句讀者使用的傳統符號,如唐圭璋先生的《全宋詞》,就是只用這三種符號來給詞標點的,事實上,用新式標點給詞標點,確實只需這三種即可,其餘都是多餘,像龍榆生先生的詞選和格律著作中那種動不動就感歎號的作法,筆者很懷疑是後人所改。

當詞的句讀一旦形成,相關的語言單位就自然而然地形成了,根據上述符號,詞的語言單位分爲兩種:句、逗。這原本可以認爲是詞從舊時代走向新時代的一個標誌,但是,由於詞喪失了詞樂的功能,已經完全變成了文本性的藝術,隨之而來的就勢必是"句"地位的大幅度提高,雖然傳統概念中也有句,但那畢竟是一個朦朧無形的概念,而有了標點,句就成了一個一目了然且依律不可移易的客觀存在了。"句"一旦成爲一個客觀存在,在文本藝術中的重要性就不言而喻了。事實是,萬樹在《詞律》中已經開始大量使用"句"概念,並用這一概念來詮釋一些詞學上的原理和理念,而傳統的"均"、"拍"概念則淡出其間。

當然,萬樹的《詞律》還没有到"句"概念一統天下的程度,其譜中偶爾會出現的整均不逗的現象,可以認爲萬樹在下意識中還有一點"均"概念的存在,而從他的每一式詞譜還没有用"句"來闡述和定義,也可以看出這一點。直到繼承了他的基本詞學思想的《詞譜》開始,每一個詞譜都開始用"句"來規範,譜前必有"前段幾句、後段幾句"的規定,詞的基本結構單位才算是被"句"完全征服,而詞,從此也就成了一個句本位的樣式了。

句本位對詞的研究和創作最大的傷害,是它完全抹殺了詞的基本架構,加之一些傳統的詞學概念日漸喪失,詞文學的本貌因此離我們越來越遠,一些原本用"句"無法解釋清楚的概念,也一直堂而皇之地錯誤到今天,例如,周邦彦的《滿庭芳》中的"年年。如社燕",從"年"字被稱爲"句中韻"的角度説,它自然就是一個五字句,但是詞譜的規範却一律都是兩句,以致今天的人填詞,都受其誤導,而圍繞一個二字句進行構思。當然,這祇是句本位引出的一個並不嚴重的問題,更嚴重的是由於本位錯誤而導致的各種與結構有關的平仄、押韻、句法等等韻律問題。

四、《詞律考正》的工作

本書作爲《詞律》的考正，主要圍繞"律"的問題進行了一系列的糾誤工作，其重心不在對《詞律》及有關《詞律》現象的研究，所做的主要工作有這樣一些：

1. **基本工作（訂句、訂韻、訂平仄）**。作爲一個考正，本書的主要任務自然是對原譜存在的一些瑕疵和錯誤進行訂正，包括文字的詁解、平仄的矯正、句法的探討、韻脚的考量，間或還有一些段落劃分、體式辨析及理論探討的涉及，這些是主要的内容，書中觸目皆是，故不復贅述。

2. **二字逗的强調**。什麽是"逗"？逗是韻律上獨立，但語義上並不獨立的一個詞曲文學中特有的語言單位。二字逗的釐清，是本書中筆者比較關注的一個内容。如前面在談到萬樹建立逗概念的部分所説，逗，是詞之所以爲詞的一個重要標識，在萬樹之前，一字逗不言而明，但三字逗或湮没於長句中，或以三字句形式出現，在萬樹之後，三字逗才從"句"中分離了出來，被大家認識。而二字逗問題，萬樹鮮有論及，如在《拜星月慢》中釐清"暫賞"爲二字逗之類的案例十分稀有，而後人亦多如此，如唐圭璋先生在《全宋詞》中將柳永的《爪茉莉》前結讀爲"石人、也須下淚"這樣的句法形式，也祇能用罕有來形容。即便是在清末民初的詞學大討論中也未見有所涉及，所以至今爲止，對二字逗的認識依然没有達到應有的重視程度，這在深入探討詞句句法的時候，必定會成爲一個缺陷。

模糊乃至分不清二字逗，對詞的最大影響是抹殺了詞句的句法關係，從而影響并扭曲其中的韻律特征，且錯了還不知其錯。這就像我們將辛棄疾的"聽湘娥、泠泠曲罷"（《賀新郎》）這樣一個三字逗的句法關係，如果視爲"聽、湘娥泠泠曲罷"這樣的一字逗關係，會破壞原有的韻律一樣，儘管從語意的角度來説兩者並没有差别，而擬譜在分句的時候，往往注重語意上的差别而忽略韻律上的特色，是明清詞譜學家們一致存在的問題。所以，爲什麽"聽湘娥、泠泠曲罷"之類的句子要讀成三字逗領四字句法？而不是讀爲一字逗領六字的句法？我以爲這裏其實就是一個句讀者下意識地規避六字句同音步相連而導致拗怒的問題。也因爲如此，如果你要在這個句子中表達一個一字逗領六字的句法關係，就要微調平仄，比如像蘇軾那樣填成"待浮花浪蕊都盡"，將六字結構改變爲一個平起仄收式的合律結構，這種細微的差别，在目前的詞譜中都是不予揭示的，説明我們一直來對這個方面的韻律都是忽略的，儘管都在説詞的音樂性，却祇有文字的平仄，没有節奏、句法的概念。在這樣的理念下，二字逗不被重視，也就順理成章了。

一個語言單位是否屬於二字逗，主要有下面這樣幾個可以辨識的依據，通過這些角度認識到二字逗，探討句法時的缺陷自然就會彌補。

第一，詞的每一均内都有一個或多個約定俗成的“讀住”存在，無論詞樂是否存在都是如此。例如在柳永的《浣溪沙慢》中，前段第二均萬樹讀爲“那堪酒醒，又聞空階，夜雨頻滴”，這十二個字就是缺乏二字逗意識而形成的錯誤的句讀，這樣的句讀在節奏上給人口齒不清的感覺，在韻律上則導致中間四字兩個平音步相疊，而這樣的句讀因著《詞譜》的繼承，直到今日都是如此，如《全宋詞》。而我們研究整個宋人的《浣溪沙慢》就可以明白，這十二個字中，第六字之後是有一個讀住的，將這個讀住複製到柳詞中，那就應該是“那堪酒醒，又聞、空階夜雨頻滴”，這樣的標點給出的韻律暢達圓潤，就肯定不會有四字三句那樣的感覺了。

第二，和一字逗、三字逗一樣，大量的二字逗所領的並非僅僅局限於本句的幾個字，而是包含了本句之後的另一句，甚至多個句，例如《送征衣》中的“彤庭、舜張大樂，禹會群芳”，二字逗領起的是一對四字對偶句；又比如《拋球樂慢》中的“是處、麗質盈盈，巧笑嬉嬉，争簇鞦韆架”，二字逗所領的是其後的三個句子。衹有當我們明示這些句子中所存在的二字逗，才能深入了解詞句的内在語意關係，才能和諧各句的韻律，才能在創作的時候有一個正確的構思，而不會誤填。仍以《拋球樂》爲例，元朝的長筌子去古未遠，所以他填的是“處處、花萼樓臺，秀吐香風，高聳蟠桃架”，二字逗十分清晰，儼然得該調之正。而到了近代，由於時代久遠，詞譜又已經完全不再規範其中的關紐，所以是否得味，就全靠作者詞學體悟上的能力了，如吴湖帆填爲“取次、倦蝶籠花，鞾鳳迷雲，邀月葡萄架”，不但採用對偶手法，而且依舊是二字逗統領三句的風範，用柳永詞韻，承柳永衣缽；但在也算是詞中作手的王策筆下，就填成了“多少畫閣紅亭，繞澗依峰，碧映玲瓏樹”，不但駢儷不存，句子之間的語意關係也顯然不再有鋪陳的關係，而成了主謂式結構，而二字逗自然也就蕩然不存，就此而論，這已然不再是《拋球樂》了，而到了今天，這種因爲詞譜不明確句法關係而導致的錯誤創作則更是大量存在，即便一些號稱作手的作品也慘不忍睹，詞調的原貌在這些方面基本蕩然不存，這是一個令人扼腕的事實。

第三，詞的换頭處，是韻律變化的重點所在，宋詞每每會在過片處添入一個句中短韻，而所有句中短韻的存在，都是因爲有一個讀住存在的緣故，很多尾均中的三字逗成爲句中韻，就是一個我們已經熟知的例子。當過片第二字恰好入韻的時候，它就是一個句中短韻，如果並不在韻，那就是一個二字逗結構。例如趙耆孫的《遠朝歸》，原譜後段首均作“惆悵杜隴當年，念水遠天長，故人難寄”，而另有無名氏詞則爲“迤邐。對酒當歌，眷戀得芳心，竟日何際”，這個句中韻就很好地詮釋了趙詞“惆悵”之後，節奏上必須要有一個讀住才是正確的韻律結構。

第四，二字逗的存在，有時候還可以從詞的整體結構上進行鑒别，例如周密的《大聖樂》、柳永的《望梅》之類，過片的二字逗如果删去，那麼前後段就是字字可以相對應的句群結構，二字逗本身，相當於一個“多頭”結構，内在的關係十分清晰。

第五，二字逗不僅大量湮没於“句”中，也有一些是隱藏於“逗”中的，例如柳永的《夏雲峰》，萬樹原讀爲“坐久覺、疏弦脆管，時换新音”，便不如讀爲“坐久、覺疏弦脆管，時换新音”更爲暢達，不至還有“坐久覺”那樣的一種生澀的口感。

總而言之，釐清詞中的二字逗是詞譜編輯中一個十分重要的内容，是關乎到完全反映出古詞本貌的一個重要問題，也是準確體現出詞的韻律特征的一個重要手段。

3. **兼聲的提出和發揚**。詞和詩在藝術形式上的一個重要區别，是詞講究四聲，而詩衹管平仄，詞講究四聲的一個重要内容則是上、入聲可以替平。這一點萬樹首唱之後，《詞譜》一取一棄，但是在其後的詞學界却是被普遍認同的，這自然不僅僅是因爲有張炎、沈義父這樣的權威認可，而是因爲這種語音現象確實大量存在於唐宋詞中，所以儘管《詞譜》未取“以上作平”的説法，後世詞學家依然給予了肯定，如徐紹棨不但認可上入可以代平，而且對其進行了深入的研究，在代平的比例上提出了“宋元詞中，以入代平者多，以上代平者十不二三”（見《詞律箋榷》卷一，載《詞學季刊》卷二第二號一三六頁），雖然這種毛估估的説法缺乏嚴密的科學性，但這却對替平有了一個進一步的認識，而且，這或許也可以解釋爲什麼《詞譜》棄“以上作平”的原因。

萬樹在提出這一創見後，具體在詞體的分析中還是有不少的遺漏，由於這個問題往往涉及到句法的順拗，入聲未作平、上聲未作平也是造成大量句子人爲“拗”化的重要原因，所以我們在具體的考正中也特别注意糾正，基本予以了釐清。由於這種“代平”現象已非偶例，而是成爲一種足以引起後世詞學界關注的現象，所以，我們認爲這種現象完全可以將其提高到一個更高的角度予以闡述和研究，將其稱之爲“兼聲”，並列於“平聲”“仄聲”之後，成爲一種“第三聲”現象，也是完全合乎實際狀態的，而且更可以引起詞學界學者的重視。

代平的問題，不僅僅是在某一個句子中間，還體現在韻脚中，爲什麼入聲單獨可以成爲一個韻脚？就是因爲它有這樣的代平功能，由於《詞譜》棄“以上作平"的説法,而後世主要流行的是《詞譜》,所以我們很多人對上聲作平的認識遠没有入聲更清晰,所以,上聲也有大量的獨立押韻的現象就被大家忽視了。舉一個小令《閑中好》爲例,唐宋詞中該調今存三首,一首押平聲韻、一首押入聲韻、一首押上聲韻,這樣的實例是很意味深長的。

4. **定韻和閑韻的提出和在詞譜考訂中的運用**。筆者在本書還提出了另外一對新的概念:"定韻"和"閑韻",這兩個概念的提出,是基於張炎在《詞源》中揭示的,詞的基本單位由"均"構成的理論(見《詞話叢編》第二五三頁,張炎《詞源》之"謳曲旨要"章),因爲這是詞最基本的結構單位,從這個單位中可以一目了然地摸觸到一首詞的整個脈絡,而從創作的角度來説,這也是一個極爲重要的作品構思切入點,了解這一點,對自己的整個作品的章法就可以有一個基本的掌控了。

基於對"均"的認識,我們給出的基本定義是:凡是屬於"均"位的韻脚就是定韻,除此之外所有非定韻的韻脚就是閑韻。定韻必定是穩定的韻脚,絶對不可以不入韻,而閑韻則完全可以遵循"可押可不押"的規則,甚至即便是詞譜中未規定的句脚,也可以添入一個你覺得必要的韻脚。將唐宋詞中的每一個調中的所有詞進行對比互校,就可以證明這個規則是成立的,也解釋了爲什麼有的句脚張三押韻了,李四却不押韻,甚至在唱和步韻中都是如此的根本原因。這一定義已經被唐宋詞實際所印證,我們在整個唐宋詞的研究過程中,不受此定律約束的詞作還不到千分之一,而具體分析這些作品,我們有理由相信,這些偶例實際上往往都是傳抄有誤而引起的。

掌握定韻和閑韻的知識,一個重要的意義是:它對於校正并確認一首詞的韻脚是一個關鍵的依據。例如《浪淘沙慢》第二體,周邦彦的前段三四均是:"見隱隱、雲邊新月白。映落照、簾幕千家,聽數聲何處倚樓笛。裝點盡秋色。"而《詞譜》則是:"見隱隱、雲邊新月白。映落照、千家簾幕。聽數聲何處倚樓笛。裝點盡秋色。"孰是孰非?如果具有定韻意識,那麼就可以知道第二句應該是定韻所在,必須入韻,萬樹所據的版本顯然是錯的。與此相類似的,則是對一首詞是否脱落韻脚可以作爲一個關鍵的佐證,如《四園竹》中對周邦彦的"舊日書辭。猶在纸。"七字,方千里、楊澤民均亦步亦趨相和,惟陳允平作"粉淚盈盈先滿紙","辭"字未押,但這裏正是定韻所在,所以可以肯定陳詞或是填誤,或是後人抄誤,而並非如别的閑韻一樣,即便是在和詞中也是可押可不押的。

樹立定韻概念,還可以幫助我們認識一首詞的文字錯訛。如毛滂《最高樓》詞,在平韻詞中的"分散去、輕如雲與夢,剩下了、許多風與月。"兩句,萬樹説:"愚意謂'夢'字乃是'雪'字,與下'月'字爲叶也。而毛又一首作'謾良夜、月圓空好意，恐落花、流水終寄恨'，'落花流水'必'流水落花'之訛，然'恨'字亦不叶'意'字，或另有此格亦未可知。"萬樹對詞的感覺之靈敏，是非常令人敬服的，"雪"、"月"互叶，是一個非常英明的判斷，其中一個重要的理由就是"月"是一個定韻，而如果没有"雪"，這個定韻就因爲不存在换韻而脱落了。但是，萬樹因爲没有定韻的概念，所以他就對毛詞别首的"恨"、"意"感到茫然，從"恨"字位必須是一個定韻的角度來看，此字必誤，很可能"寄"字才是韻脚，以押"意"字，從對偶的角度來説，"好意"和"寄恨"也是不相吻合的，此可爲旁證。

樹立定韻概念的再一個作用，是可以幫我們釐清詞句的結構。例如《留客住》的後段第三四均，除周邦彦之外的所有宋元詞，都是和柳永詞"惆悵舊歡何處，後約難憑，看看春又老。盈盈淚眼，望仙鄉，隱隱斷霞殘照。"一樣，是二十八字兩均，唯獨周詞作"還甚連宵徹晝，再三留住。待擬沉醉扶上馬，怎生向、主人未肯教去。"是二十六字，而所有的詞都在第十五字處填入一個韻脚，顯然這就是第三均的住字所在，因此無疑周詞在這裏的詞句是紊亂的，且必有奪字，我們以爲其詞的原貌應該是"還甚連宵徹晝，再三留住。待擬沉醉▲。□扶上馬，怎生向、主人未肯教去。"即脱二字，包括脱一個定韻的韻脚。

至於閑韻的問題，同樣具有很好的幫助校韻、校字、校律的作用，如李之儀的《天門謡》中"天塹休論險"一句，萬樹説："或謂：'天塹''塹'字即是起韻，蓋'塹'字亦閉口音，必二字句。不知此詞李自注'賀方回韻'，今查賀詞，首句'牛渚天門險'，故知'塹'字不是起韻。"貌似很有道理，但作爲詞譜學家，萬樹應該明白，在步韻和詞中有的韻脚是不必一定相和的，這種韻脚亦即閑韻。萬樹没有這個閑韻概念，但是類似周邦彦在《滿庭芳》中"年年。如社燕，漂流瀚海，來寄修椽。"陳允平和詞作："浮生同幻境，眼空四海，跡寄三椽。"楊澤民和詞作："不如歸去好，良田二頃，茅舍三椽。"方千里和詞作："江南思舊隱，筠軒野徑，茅舍疏椽。"這種情况萬樹應該了解，三個和詞者都没有將"年"字相和步韻，此類例子是很多的。

有閑韻的觀念，對詞譜擬定中的一個重要的作用是，可以减少很多不必要的"又一體"，例如《風中柳》第二體，萬樹之所以將其視爲又一體的一個重要依據，就是因爲"前後第四句不叶"。而到了《詞律》之後的《詞譜》，這種動輒"又一體"的標示，實際上已經成了詞譜中的最大痼疾之一了。

有閑韻的觀念，對詞譜擬定中的另一個更重要的作用是，我們可以將詞譜中很多韻脚是否應該入譜，看得更從容一些，例如《雙頭蓮令》中的前後段各爲兩均，其中第一、第三句由於都是閑韻，雖然例詞四句都押韻，但是在譜式規範的時候，至少應該説明它們是否押韻都是可以通融的，這些，可能萬樹没有看到,但現在可知,已經被宋詞證明如此了。

實際上,閑韻的可押可不押,等同於字音的可平可不平、可仄可不仄,它們與韻脚的另一些特征,如疊韻的可疊可不疊、换韻的可换可不换,以及句法上的疊句之可疊可不疊、折腰式的可折可不折等等各種靈活的表現手段綜合在一起,形成了詞體中特有的豐富多彩的現象,這種現象從某種意義上來説,尤其是在詞已經文本化的時代,它或許更多的是一種修辭現象,爲韻律服務,但與韻律本身已經若即若離,而這種形式上的豐富的變化,也正是構成詞調之美的一個重要組成部分。

本書在整個撰寫過程中,由於經過長期的思考,羼入了一些自己的詞譜學理念,有些觀點是前人尚未發明的,可能會顯得唐突,如果有謬誤之處,非常歡迎讀者和同好來函教正,我的 email 是: xixibuke@qq.com。本書的寫作過程中獲得了國家社科基金項目評審組專家們的鼓勵、褒揚和中肯批評,對本書的完善起到了很大的幫助,遺憾的是匿名評審,未能得知諸位的大名,祇能在此謹表我由衷的感激了。

蔡國强

戊戌仲春於西溪抱殘齋

目　録

凡例 _1
四库提要 _1
《詞律》俞序 _1
《詞律》吴序 _1
《詞律》嚴序 _1
《詞律》自叙 _1
《詞律》發凡 _1

詞律卷一
竹枝詞　三種 _1
十六字令　一種 _2
閑中好　二種 _3
紇那曲　一種 _4
羅嗊曲　一種 _4
梧桐影　一種 _4
醉妝詞　一種 _5
春宵曲　一種 _5
南歌子　三種 _5
荷葉杯　三種 _7
塞姑　一種 _8
塞孤　一種 _8
回波詞　二種 _9
舞馬詞　一種 _9
三臺　一種 _10
三臺慢　一種 _10
伊州三臺　一種 _12
一點春　一種 _12
摘得新　一種 _13
花非花　一種 _13
春曉曲　一種 _13
漁歌　一種 _13
漁歌子　一種 _14
憶江南　二種 _15
憶江南　一種 _15
古搗練子　一種 _16
搗練子　一種 _16
胡搗練　二種 _17
赤棗子　一種 _18
桂殿秋　一種 _18
解紅　一種 _18
瀟湘神　一種 _18
章臺柳　一種 _19
南鄉子　四種 _19
樂遊曲　一種 _20
小秦王　一種 _21
採蓮子　一種 _21
楊柳枝　一種 _21
添聲楊柳枝　二種 _22
浪淘沙　一種 _22
浪淘沙令　三種 _23
浪淘沙慢　三種 _25

八拍蠻　一種 _27
阿那曲　一種 _27
欸乃曲　一種 _27
清平調　一種 _28
甘州曲　一種 _29
甘州子　一種 _29
甘州遍　一種 _29
甘州令　一種 _30
八聲甘州　三種 _30
字字雙　一種 _32
九張機　二種 _32
法駕導引　一種 _33
抛球樂辭　一種 _33
抛球樂　一種 _34
抛球樂慢　一種 _34
江南春　一種 _35
踏歌辭　一種 _36

詞律卷二

憶王孫　一種 _37
憶王孫　一種 _37
一葉落　一種 _38
蕃女怨　一種 _38
古調笑　一種 _38
調笑令　一種 _39
遐方怨　二種 _40
思帝鄉　三種 _41
如夢令　二種 _42
西溪子　二種 _42
訴衷情　七種 _43
　漁父家風(附論) _46
訴衷情近　一種 _46
天仙子　四種 _47
風流子令　一種 _49
風流子　一種 _49
歸自謡　一種 _51
　思佳客令(附論) _51
歸國謡　二種 _51
定西番　一種 _52
連理枝　二種 _53
江城子　五種 _54
江城梅花引　四種 _56
江城子慢　一種 _59
望江怨　一種 _59
相見歡　一種 _60
何滿子　三種 _60
長相思　二種 _62
長相思慢　二種 _63
風光好　一種 _64
望梅花　一種 _64
望梅花　一種 _65
上行杯　三種 _66
醉太平　一種 _67
醉太平令　一種 _67
感恩多　二種 _68
長命女　一種 _68
春光好　五種 _69
春光好　一種 _70

詞律卷三

昭君怨　一種 _72
怨回紇　一種 _72
酒泉子　二十種 _73
蝴蝶兒　一種 _79
玉蝴蝶　二種 _80
玉蝴蝶慢　二種 _81
太平時　一種 _82
醉公子　三種 _82

上林春　二種 _83
上林春慢　一種 _84
生査子　四種 _85
紗窗恨　二種 _86
女冠子　一種 _86
女冠子　四種 _87
中興樂　三種 _90
醉花間　二種 _91
醉花間　一種 _92
點絳唇　一種 _92
戀情深　一種 _93
贊浦子　一種 _93
浣溪沙　二種 _93
攤破浣溪沙　一種 _94
浣溪沙慢　一種 _95
清商怨　三種 _95
雪花飛　一種 _96
醉垂鞭　一種 _97
傷春怨　一種 _97
霜天曉角　六種 _97
卜算子　七種 _99
卜算子慢　二種 _101

詞律卷四

伊川令　一種 _103
後庭花　三種 _103
巫山一段雲　二種 _105
醜奴兒　一種 _105
攤破醜奴兒　一種 _106
促拍醜奴兒　一種 _107
醜奴兒慢　一種 _107
菩薩蠻　一種 _111
華清引　一種 _111
散餘霞　一種 _112
憶悶令　一種 _112
更漏子　四種 _112
更漏子慢　一種 _114
好事近　一種 _115
好時光　一種 _115
繡帶兒　二種 _116
天門謡　一種 _116
柳含煙　一種 _117
一落索　六種 _117
杏園芳　一種 _119
彩鸞歸令　一種 _119
謁金門　一種 _119
憶少年　二種 _120
占春芳　一種 _120
喜遷鶯　四種 _121
喜遷鶯慢　三種 _122
荆州亭　一種 _124
萬里春　一種 _124
金蕉葉　一種 _125
金蕉葉　一種 _125
朝天子　一種 _126
憶秦娥　六種 _126
琴調相思引　一種 _128
清平樂　一種 _129
望仙門　一種 _129
西地錦　三種 _129
望仙樓　一種 _130
相思兒令　一種 _131
眉峰碧　一種 _131
畫堂春　三種 _131
珠簾卷　一種 _132
甘草子　一種 _132
阮郎歸　一種 _133

詞律卷五

賀聖朝　四種 _134
賀熙朝　一種 _135
雙鸂鶒　一種 _136
烏夜啼　一種 _136
　聖無憂(附論) _136
錦堂春慢　二種 _137
人月圓　三種 _138
喜團圓　一種 _139
鬲溪梅令　一種 _140
朝中措　二種 _140
雙頭蓮令　一種 _140
雙頭蓮　一種 _141
雙頭蓮　一種 _141
海棠春　一種 _142
慶春時　一種 _142
武陵春　二種 _143
洞天春　一種 _143
秋蕊香　一種 _144
桃源憶故人　一種 _144
三字令　二種 _145
眼兒媚　一種 _145
撼庭秋　一種 _146
沙塞子　三種 _146
品令　七種 _147
陽臺夢　一種 _150
極相思　一種 _151
月宫春　一種 _151
月中行　一種 _151
鳳孤飛　一種 _152
柳梢青　二種 _152
太常引　二種 _153
歸去來　一種 _154
河瀆神　二種 _154
燕歸梁　六種 _155
醉鄉春　一種 _157
越江吟　一種 _157
瑶池燕　一種 _157
應天長　五種 _158
應天長慢　二種 _159
憶漢月　二種 _161
少年遊　十一種 _162
城頭月　一種 _165

詞律卷六

梁州令　三種 _166
梁州令疊韻　二種 _167
西江月　三種 _168
西江月慢　一種 _169
江月晃重山　一種 _169
四犯令　一種 _170
桂華明　一種 _171
滿宫花　三種 _171
留春令　三種 _172
(月中行　一種) _173
鹽角兒　一種 _173
茶瓶兒　二種 _173
茶瓶兒　一種 _174
惜春令　一種 _175
惜分飛　一種 _176
惜雙雙令　一種 _176
憶故人　二種 _177
燭影揺紅　一種 _177
滴滴金　四種 _178
歸田樂　二種 _179
歸田樂近　三種 _179
怨三三　一種 _181
竹香子　一種 _181

思越人　三種 _181
思遠人　一種 _182
探春令　七種 _183
探春　二種 _185
探芳新　一種 _187
秋夜雨　一種 _188
迎春樂　五種 _188
(瑶池燕　一種) _190
河傳　十七種 _190
怨王孫　一種 _197
月照梨花　一種 _198

詞律卷七

鳳來朝　一種 _199
雨中花　六種 _199
夜行船(附論) _202
雨中花慢　五種 _203
望江東　一種 _206
醉花陰　一種 _206
入塞　一種 _207
青門引　一種 _207
鋸解令　一種 _208
木蘭花　五種 _208
減字木蘭花　一種 _210
偷聲木蘭花　一種 _210
木蘭花慢　二種 _211
尋芳草　一種 _212
醉紅妝　一種 _212
雙雁兒　一種 _213
玉團兒　一種 _213
傾杯令　一種 _213
傾杯樂　八種 _214
引駕行　三種 _219
天下樂　一種 _222
望遠行　三種 _222
望遠行　一種 _223
望遠行慢　二種 _224
紅窗睡　一種 _225
東坡引　四種 _226
於中好　一種 _227
端正好(附論) _228
紅羅襖　一種 _228
戀繡衾　一種 _229

詞律卷八

臨江仙　十二種 _230
臨江仙引　一種 _234
臨江仙慢　一種 _235
杏花天　三種 _235
玉闌干　一種 _237
摘紅英　一種 _237
釵頭鳳　二種 _238
惜分釵　一種 _239
睿恩新　一種 _240
鷓鴣天　一種 _240
瑞鷓鴣　二種 _241
瑞鷓鴣慢　一種 _241
金鳳鈎　一種 _242
步蟾宫　四種 _242
芳草渡　一種 _244
繫裙腰　二種 _245
芳草渡慢　一種 _246
徵招調中腔　一種 _246
徵招　一種 _247
鼓笛令　四種 _248
鼓笛慢　一種 _249
思歸樂　一種 _250
翻香令　一種 _251

市橋柳　一種 _251
鳳銜杯　三種 _251
錦帳春　三種 _253
鵲橋仙　一種 _254
鵲橋仙慢　一種 _254
卓牌子　一種 _255
卓牌兒　一種 _256
虞美人　二種 _256
樓上曲　一種 _257
廳前柳　一種 _257
亭前柳　一種 _258
夜遊宫　一種 _258
一斛珠　四種 _259
遍地花　一種 _261
梅花引　三種 _261
踏莎行　一種 _263
轉調踏莎行　二種 _263
紅窗迥　一種 _264
小重山　二種 _265
惜瓊花　一種 _266

詞律卷九

花上月令　一種 _267
七娘子　二種 _267
(繫裙腰　二種) _268
朝玉階　二種 _268
散天花　一種 _269
一剪梅　五種 _270
冉冉雲　一種 _272
接賢賓　一種 _273
集賢賓　一種 _273
少年心　二種 _274
後庭宴　一種 _276
撥棹子　三種 _276
蝶戀花　二種 _277
唐多令　一種 _279
鞓紅　一種 _279
感皇恩　三種 _280
荷華媚　一種 _281
玉堂春　一種 _282
破陣子　一種 _282
好女兒　一種 _283
贊成功　一種 _283
漁家傲　二種 _284
定風波　三種 _284
定風波慢　三種 _286
蘇幕遮　一種 _288
明月逐人來　一種 _288
別怨　一種 _289
殢人嬌　二種 _289
黄鐘樂　一種 _290
輥繡球　一種 _291
侍香金童　二種 _291
握金釵　一種 _292
醉春風　一種 _293
行香子　六種 _294
獻衷心　二種 _296
麥秀兩岐　一種 _297
(風中柳　二種) _297
喝火令　一種 _297
芭蕉雨　一種 _298
解佩令　三種 _298
淡黄柳　一種 _299
垂絲釣　一種 _300

詞律卷十

錦纏道　一種 _302
玉梅令　一種 _303

謝池春　一種 _303
風中柳　二種 _304
謝池春慢　一種 _305
青玉案　七種 _305
聲聲令　一種 _309
聲聲慢　五種 _309
酷相思　一種 _313
慶春澤　一種 _314
慶春澤慢　一種 _314
高陽臺(附論) _315
鳳凰閣　二種 _316
夢行雲　一種 _317
看花回　一種 _317
看花回慢　四種 _318
三莫子　一種 _320
兩同心　四種 _321
佳人醉　一種 _322
且坐令　一種 _323
月上海棠　二種 _323
惜黄花　一種 _324
惜黄花慢　二種 _325
千秋歲　三種 _326
千秋歲引　一種 _327
西施　二種 _328
惜奴嬌　四種 _329
離亭燕　二種 _331
憶帝京　二種 _332
粉蝶兒　一種 _333
粉蝶兒慢　一種 _333

詞律卷十一

于飛樂　三種 _335
撼庭竹　二種 _337
風入松　三種 _338
荔枝香近　二種 _339
師師令　一種 _341
郭郎兒近拍　一種 _341
隔浦蓮近拍　一種 _342
隔簾聽　一種 _343
碧牡丹　二種 _344
傳言玉女　一種 _345
百媚娘　一種 _346
剔銀燈　三種 _346
越溪春　一種 _348
長生樂　二種 _348
千年調　一種 _349
蕊珠閑　一種 _350
解蹀躞　二種 _350
瑞雲濃　一種 _351
番槍子　一種 _352
春草碧　一種 _353
春草碧　一種 _354
下水船　三種 _354
撲蝴蝶　二種 _356
望月婆羅門引　一種 _357
婆羅門令　一種 _357
御街行　四種 _358
側犯　一種 _360
四園竹　一種 _361
祝英臺近　一種 _361
鳳樓春　一種 _362
一叢花　一種 _363
陽關引　一種 _364
金人捧露盤　一種 _364
望雲涯引　一種 _365
夢還京　一種 _366
山亭柳　二種 _366
鎮西　二種 _368

小鎮西犯　一種 _369
紅林檎近　一種 _369

詞律卷十二

過澗歇　一種 _371
安公子　一種 _372
安公子慢　四種 _373
早梅芳近　二種 _374
瑶階草　一種 _376
鬬百花　一種 _376
有有令　一種 _377
皂羅特髻　一種 _378
彩鳳飛　一種 _378
最高樓　二種 _379
倒垂柳　一種 _380
柳初新　一種 _380
新荷葉　一種 _381
夢玉人引　一種 _381
柳腰輕　一種 _382
爪茉莉　一種 _383
祭天神　二種 _383
驀山溪　二種 _384
拂霓裳　二種 _386
秋夜月　二種 _387
洞仙歌　七種 _388
洞仙歌慢　三種 _392
長壽樂　一種 _394
迷仙引　一種 _395
黄鶴引　一種 _396
滿路花　五種 _396
歸去難(附證) _399
滿園花　一種 _399
一枝花　一種 _400
鶴沖天　三種 _400
踏青遊　一種 _402
蕙蘭芳引　一種 _402
清波引　一種 _403

詞律卷十三

簇水　一種 _404
華胥引　一種 _404
離别難　一種 _405
離别難慢　一種 _406
醉思仙　一種 _406
八六子　五種 _407
惜紅衣　一種 _411
勸金船　一種 _411
滿江紅　六種 _412
石湖仙　一種 _415
魚游春水　一種 _416
雪獅兒　二種 _417
遠朝歸　一種 _418
探芳信　二種 _419
玉人歌(附證) _419
遥天奉翠華引　一種 _420
玉京秋　一種 _421
戀香衾　一種 _422
駐馬聽　一種 _422
法曲獻仙音　一種 _423
法曲獻仙音　一種 _424
采蓮令　一種 _425
淒涼犯　二種 _425
夏雲峰　一種 _427
醉翁操　一種 _428
露華　一種 _428
宣清　一種 _430
塞翁吟　一種 _430
(轆轤金井　一種) _431

東風齊著力　一種 _431
金盞倒垂蓮　一種 _432
意難忘　一種 _433
惜秋華　二種 _433
滿庭芳　三種 _435
瀟湘夜雨　一種 _437

詞律卷十四

如魚水　一種 _439
梅子黄時雨　一種 _440
尾犯　五種 _440
雪梅香　一種 _443
金浮圖　一種 _444
一枝春　一種 _444
白雪　一種 _445
天香　二種 _446
玉漏遲　一種 _448
六幺令　一種 _449
四犯剪梅花　一種 _450
轆轤金井　一種 _451
留客住　二種 _451
玉女迎春慢　一種 _453
掃花遊　一種 _453
水調歌頭　一種 _454
鳳凰臺上憶吹簫　三種 _455
雙瑞蓮　一種 _457
夢揚州　一種 _457
塞垣春　二種 _458
倦尋芳　二種 _460
雙雙燕　二種 _461
黄鶯兒　一種 _463
步月　二種 _464
漢宫春　二種 _465
陽臺路　一種 _467
採明珠　一種 _467
慶清朝　二種 _468
綠蓋舞風輕　一種 _469
玉京謡　一種 _470
西子妝　一種 _470
被花惱　一種 _471

詞律卷十五

玉簟涼　一種 _472
月邊嬌　一種 _472
暗香　一種 _473
夜合花　二種 _474
醉蓬萊　一種 _475
燕春臺　一種 _476
夏初臨　二種 _476
瑶臺第一層　一種 _478
長亭怨慢　一種 _478
黄鸝繞碧樹　一種 _479
帝臺春　一種 _480
珍珠簾　三種 _481
玲瓏玉　一種 _482
揚州慢　一種 _483
月下笛　四種 _484
三部樂　三種 _486
雲仙引　一種 _488
芰荷香　一種 _488
孤鸞　三種 _489
晝夜樂　一種 _491
八節長歡　一種 _491
逍遥樂　一種 _492
並蒂芙蓉　一種 _492
繡停針　一種 _493
二郎神　四種 _494
陌上花　一種 _496

玲瓏四犯　四種 _497
燕山亭　一種 _500
大有　一種 _501
鳳池吟　一種 _501
紫玉簫　一種 _502
國香慢　一種 _502

詞律卷十六

垂楊　一種 _504
秋宵吟　一種 _505
迷神引　一種 _505
無悶　二種 _506
　催雪(附證) _507
十月桃　一種 _508
新雁過妝樓　一種 _509
　瑶臺聚八仙(附證) _509
　八寶妝(附證) _509
鎖窗寒　一種 _510
金菊對芙蓉　一種 _511
月華清　二種 _511
三姝媚　二種 _512
丁香結　一種 _514
念奴嬌　三種 _515
换巢鸞鳳　一種 _518
渡江雲　一種 _519
琵琶仙　一種 _519
御帶花　一種 _520
東風第一枝　一種 _521
春夏兩相期　一種 _522
彩雲歸　一種 _522
萬年歡　二種 _523
絳都春　二種 _525
繞佛閣　一種 _527
霓裳中序第一　三種 _528
解語花　二種 _530
桂枝香　一種 _532
滿朝歡　一種 _533
剪牡丹　一種 _533
水龍吟　三種 _534

詞律卷十七

玉燭新　一種 _537
月當廳　一種 _538
瑞雲濃慢　一種 _539
翠樓吟　一種 _539
鳳簫吟　一種 _540
　芳草(附論) _540
鳳歸雲　一種 _541
鳳歸雲慢　一種 _541
山亭宴　一種 _542
曲江秋　二種 _543
壽樓春　一種 _544
憶舊遊　一種 _545
花犯　一種 _546
瑞鶴仙　四種 _547
曲遊春　一種 _551
倒犯　一種 _551
鬭百草　一種 _552
瑶花　一種 _553
齊天樂　二種 _554
慶春宫　二種 _555
湘春夜月　一種 _556
石州慢　一種 _557
晝錦堂　一種 _558
氐州第一　一種 _559
南浦　一種 _560
南浦　一種 _560
宴清都　一種 _561

西平樂　一種 _563
西平樂慢　一種 _563
金盞子　一種 _564
龍山會　一種 _566
瀑蘭香　一種 _567

詞律卷十八

喜朝天　一種 _568
竹馬兒　一種 _569
征部樂　一種 _570
湘江靜　一種 _570
雙聲子　一種 _571
惜餘歡　一種 _571
春雲怨　一種 _572
還京樂　一種 _573
雨霖鈴　一種 _574
眉嫵　一種 _575
情久長　一種 _575
迎新春　一種 _576
合歡帶　二種 _577
月中桂　一種 _578
陽春　一種 _579
綺羅香　一種 _580
霜花腴　一種 _580
西湖月　一種 _581
綺寮怨　一種 _582
送入我門來　一種 _583
憶瑶姬　二種 _584
永遇樂　二種 _585
拜星月慢　一種 _587
向湖邊　一種 _588
瀟湘逢故人慢　一種 _588
春從天上來　一種 _589
花心動　一種 _590
歸朝歡　一種 _591
西河　三種 _592
百宜嬌　一種 _594
夢橫塘　一種 _595
尉遲杯　三種 _595
秋霽　一種 _597
曲玉管　一種 _598
泛清波摘遍　一種 _599

詞律卷十九

角招　一種 _601
解連環　一種 _602
望梅(附論) _603
飛雪滿群山　二種 _603
望海潮　二種 _605
望湘人　一種 _606
夜飛鵲　一種 _607
無愁可解　一種 _608
折紅梅　一種 _609
一萼紅　一種 _609
薄倖　一種 _610
奪錦標　一種 _611
一寸金　一種 _612
擊梧桐　二種 _613
大聖樂　二種 _614
杜韋娘　一種 _616
過秦樓　一種 _617
選冠子　一種 _618
惜餘春慢　一種 _619
蘇武慢　三種 _620
八寶妝　一種 _621
疏影　一種 _622
綠意(附證) _623
解佩環(附證) _624

八犯玉交枝　一種 _624
高山流水　一種 _625
慢卷紬　一種 _626
五彩結同心　一種 _626
霜葉飛　一種 _627
八歸　二種 _628
透碧霄　一種 _629
玉山枕　一種 _630
丹鳳吟　一種 _631
輪臺子　一種 _632
紫萸香慢　一種 _633
沁園春　二種 _634
花發沁園春　一種 _635
洞庭春色　一種 _636
摸魚兒　二種 _636

詞律卷二十

賀新郎　二種 _639
子夜歌　一種 _641
金明池　一種 _642
送征衣　一種 _643
笛家　一種 _643
白苧　二種 _645
秋思耗　一種 _647
春風嬝娜　一種 _647
翠羽吟　一種 _648
十二時　一種 _648
蘭陵王　一種 _649
破陣樂　一種 _651
瑞龍吟　一種 _652
大酺　一種 _653
歌頭　一種 _654
多麗　三種 _655
玉女摇仙佩　一種 _657
六醜　一種 _658
玉抱肚　一種 _660
六州歌頭　三種 _661
夜半樂　二種 _663
寶鼎現　三種 _665
穆護砂　一種 _668
稍遍　一種 _668
戚氏　二種 _671
鶯啼序　一種 _673

詞調名別名索引 _678
主要參考書目 _682

凡　例

標點相關

一、古人並無標點符號，故詞律中之“句、讀、韻”之概念並非文法範疇之概念，乃韻法範疇之概念也，此雖爲基本，但今人多不識此，每相混淆。此三者，本書以“，”號爲句，“、”號爲讀，“。”號爲韻，然則“，”爲拍號，“、”爲逗號，“。”爲韻號，譜中三者與文法無涉。讀譜，不可以今日之標點符號視之，此爲至要、根本。

二、原譜有簡單句讀，本書俱改爲前述標點。若有譜中例詞之句讀不合律法者，注而改之；若例詞以外之文字，則徑改而不注。原注、杜注及附録諸文，原文均無標點，由考正者點讀。

三、古無標點，詞句之讀斷讀住，每以平仄暗示。如《安公子》第三段第一均“望處、曠野沉沉”即是。該句第二第四字均用仄聲，即暗示此處當讀住，若一氣貫之而讀下，則音步連平，殊爲不諧，此爲唐宋詞所驗證也。此類讀法亦可演變，如《清平樂》换頭，唐人有二字讀住填法，至宋則無，而格律亦由仄仄平三音步變爲律句平仄平。又如《醉太平》之首均：“思君憶君。魂牽夢縈。”若四字連讀，便甚不得味，若二字一讀，便可得其味。此類皆然。譜中或偶有遺漏者，一般均予點出。

四、“音步”者，詩歌節奏之音組也，原爲西式詩學概念，用以詮釋中式詩詞，或有不合之處，惟學界已引入彌久，書中所用，蓋指兩字一音節者，即雙音節音步。平仄音步交錯，是爲詞句之基本準則，若有同音步相連者，多爲擬譜人未察故，或不察字音有二讀，或不察字音可作平，或不察字音有借音，或不察句法有讀住，或不察句讀有變異。譜中同音步而須相連者，則謂拗句，蓋鮮也，其原因多與歌唱有關，惟今已不能識之。

五、古無標點，故凡同音步相連即爲讀住之標記，如周美成《三部樂》詞云“祗如染紅著手，膠梳黏髮”，前句●○●○○●，第一第二平音步相連，則第一音步後當予讀住爲正，成“祗如、染紅著手”，蓋此乃二字逗領四字驪句，讀住即知，此亦因無標點故也。若不予讀住，則每易誤作六字一句、四字一句，必與律相乖。

六、古人之詞並無標點，故詞自非句本位者，明清詞譜系統殆不明此，解譜每以句爲單位，誤甚。蓋如何句讀固有文意内在基礎，然因漢語特征，多種讀法並存，實屬常態，填家不必死守詞譜，如《南歌子》單調，譜謂五句，實則後"二句"合二爲一亦無不可，一氣貫之，並不違例。

七、詞非句本位，故八字句可五三式句法，可三五式句法，亦可二六式句法，惟慣用三五式某句，偶或亦填爲五三式，而譜式不變，所謂"以彼譜填此句"者，此類句法亦因無標點而致，今人填此，則當選擇合律之格式，不必泥古。

八、詞有以彼譜填此句者，如《金盞子》前段第五第六拍，吴文英作"爲偏愛吾廬，畫船頻繫"，而蔣捷則作"人孤另，雙鶼被他羞看"，以今視之，夢窗合律而竹山句拗，但於宋詞論，則實皆可也。究之根本，是詞非以句爲本位之故。然今人有標點符號之概念，故若填此，則當循吴棄蔣，方爲正格。

九、填詞之過片，多有以二字逗調節音律者，此則詞調之常例也。若入韻，則爲句中短韻，若不韻，則爲二字逗，句中韻易識，故每被人標注，惟不入韻者每每忽略之，而致平仄失諧。如美成《風流子》之"亭皋、分襟地"是也。

體式相關

十、體式原譜各調僅以"又一體"序之，若體式繁多，則難於指稱，故本書各體均更標以"第幾體"，以便於引用。

十一、古云"調有定格"，而明清詞譜多濫用"又一體"，致"調有多格"，本修訂本凡增減一二字、增減一二韻、調整句讀者，均稱之爲"格"。蓋文字之多寡，或爲主觀增減，或爲客觀衍奪，多難釐定；韻有可韻可不韻者，觀前賢之作明矣；一均之内，或四字三句，或六字兩句，亦因非句本位之故也。此三者，均爲微調，體猶一也。

十二、凡韻脚平仄改動、句式迥異、單段復疊者，方稱之爲"體"，以嚴飭詞調之定格，不致泛濫也。故有平韻體、仄韻體之異，有單段體、雙段體之變，亦有名同調異之别，如《喜遷鶯》令詞與慢詞，如《拋球樂》五字句體與七字句體，如《浪淘沙》絶句體與長短句體。

十三、原譜因材料搜集不全，而有體式遺漏者，則以"别體"補於該調之末。但所補僅録體式迥異者，有一字一韻之差或句讀不同者，因實非别體，故概不録入。

十四、各調多有别名，原譜未予收録者，本書於各調題解後考正補入，並於書後附"詞調名别名索引"。

十五、原譜多有同名類列之習慣，而所類列者每爲同名異調耳。如《拋球樂》原譜共收三體，二體小令，一體長調，各調均非同調。現予分拆，曰《拋球樂辭》、《拋球樂》、《拋球樂慢》，各得其所。而因各調每每重名，故或於原詞依傳統習慣重新名之，如《風流子令》，或於分拆者另以新名名之，如《拋球樂慢》等。

十六、書中"考正"二字，標識也，不惟考而正之者，亦有或詮釋、或補充、或辨誤、或備注者等，凡此種種，不一而足。若分列名目，未免繁瑣雜蕪，特以説明。

十七、原譜若有考正處，則徑於譜中修改，以便填詞者使用。惟原書各調之題注及譜後之詮釋和杜注，有涉及被修改之文字者，一律保留原貌，不再改易，讀者亦可從中得知被改處之原貌也。

十八、杜文瀾《校勘記》雖爲本書"杜注"之初稿，原文已有删改，惟筆者以爲於研究而言頗有杜氏思路之體現，故本書修訂稿又加入《校勘記》，但其中與杜注相同者一概删去，或有杜注所無之文字，並用【】添入，若原無杜注，則以【校勘記】添入，但删除原文指向性文字。

勘誤相關

十九、原譜有檢校失察，而誤將別體張冠李戴入譜者，如《烏夜啼》誤斷爲《錦堂春》之類，本書但於考正中説明，其詞則一仍其舊，不予移動。

二十、原譜有一調而分爲兩處者，如《繫裙腰》即《芳草渡》等，本書則合二爲一，若知原始調名者則以該調爲主，别調移入其後，若原名難斷，則以字少者爲主，字多者移入其後。惟此類改易，目録中依然予以保留、注明。

二十一、可改可不改之内容，僅在考正中説明，而不修改原譜，如《金蕉葉》六十二字體第二句之"旋"，原注仄讀，筆者以爲當平讀，然該字本爲二讀，且不影響詞律，故未作改動。否則輒予改易。

二十二、各爲一家之言者，僅在考正中説明，而不修改原譜，如《婆羅門令》之分段，《花草粹編》以爲當於"閃閃燈摇曳"句分段，《詞律》以爲當於"何事還驚起"分段，筆者雖認同《花草粹編》，但僅詳述理由，而未作改易。

二十三、令、引、近、慢，原爲調名之附注，而非調名本身文字，故《慶金枝》即《慶金枝令》，《浪淘沙慢》即《浪淘沙》，不必以"又名"别之。惟此認識今人已無，别名之概念深入人心，故僅此提及，文中不作考正，且依其例添補。然填詞者以創作爲實務，則不可不知也。

二十四、同調名之令、引、近、慢，本非一調，其中亦多無相因相承之關係，此衆所皆知者也，原譜多類列一起，如《浪淘沙》、《浪淘沙令》、《浪淘沙慢》

等。惟原非同調，則自不可云“又一體”，故“簾外雨潺潺”一首更名爲《浪淘沙令》，不作“另一體”論。

二十五、詞譜擬譜，竊以爲當有“多本從有”之原則，若一詞某句有不同版本，則當取該調該句已有之句式。如《天香》第一體後段第五句，原譜作“已被金樽勸酒”，而一本作“已被金樽勸倒”，入韻，則與第二體同，且宋詞該句多入韻，故亦從而改焉。

二十六、詞譜互校，當有“偶例不從”之原則，如原譜《古調笑》第三句第二字唐宋諸家例作仄聲，雖有王建“美人病來遮面”、馮延巳“翠鬢離人何處”二例爲平，然或乃誤填、誤抄而致，故原譜注云可平者，不予取用。此類句例頗多，數首乃至數十首中惟一二例，自不當互校者，本考正悉予詳察、糾正。

二十七、詞有以入作平、以上作平之填法，萬樹所云備矣，以爲“三聲之中，上入二者可以作平”，且“今詞中(入聲)之作平者，比比而是”，而《詞律》仍有失記者，如《浪淘沙慢》第三體後段第四拍“幾度飲散歌闋”，第四字宋人例作平聲，“散”字以上作平。而萬氏譜中依然爲仄。此類種種，皆予改正。

二十八、本書主要以箋疏考訂爲主，不以補體補調爲己任，除非必要，方才於正譜之後添入原譜漏收之詞體。而除原譜所收，又增“别體”，爲原譜未收之體式，惟文字有增減、句讀有差異、閑韻有補删者，不在此例。

二十九、原書未作圖譜，僅有文字譜，萬樹所有文字説明，均於擬譜時體現，鑒於本書主要功能係爲填詞者作爲規範而用，爲方便讀者使用，書中對原書主譜(包括例詞和圖譜)涉及之所有差誤，皆採用“徑改”方式予以修正，並於“考正”中説明，原譜内容則於箋疏文字中予以説明。如原譜某字爲平，經書證證明，該字亦可填爲仄聲字，則譜中直接改爲平可仄，箋疏中注明“原譜爲平”。而原譜本有之注則不再煩述、修改，一仍其舊，保持原貌，以便讀者探其原貌、比較優劣。

四庫提要

國朝萬樹撰。樹有《璿璣碎錦》，已著録。是編糾正《嘯餘譜》及《填詞圖譜》之訛，以及諸家詞集之舛異。如《草堂詩餘》有小令、中調、長調之目，舊譜遂謂五十八字以内爲小令，五十九字至九十字爲中調，九十一字以外爲長調。樹則謂《七娘子》有五十八字者，有六十字者，將爲小令乎、中調乎?《雪獅兒》有八十九字者，有九十二字者，將爲中調乎、長調乎？故但列諸調，而不立三等之名。又舊譜於一調而長短不同者，皆定爲第一、第二體。樹則謂調有異同，體無先後，所列次第，既不以時代爲差，何由知孰爲第幾。故但以字數多寡爲序，而不列名目。皆精確不刊。其最入微者，一爲舊譜不分句讀，往往據平仄混填。樹則謂七字有上三下四句，如《唐多令》"燕辭歸客尚淹留"之類；五字有上一下四句，如《桂華明》"遇廣寒宫女"之類；四字有横擔之句，如《風流子》"倚欄杆處上琴臺去"之類。一爲詞字平仄，舊譜但據字而填。樹則謂上聲入聲有時可以代平，而名詞轉折跌宕處，多用去聲。一爲舊譜五七字之句所注可平可仄，多改爲詩句。樹則謂古詞抑揚頓挫，多在拗字。其論最爲細密。至於考調名之新舊，證傳寫之舛訛，辨元人曲、詞之分，斥明人自度腔之謬，考證尤一一有據。雖其考核偶疏，亦所不免。如《緑意》之即爲《疏影》，樹方齗齗辨之，連章累幅，力攻朱彝尊之疏。而不知《疏影》之前爲《八寶妝》，《疏影》之後爲《八犯玉交枝》，即已一調復收。試取李甲、仇遠詞合之，契若符節。至其論《燕臺春》、《夏初臨》爲一調，乃謂《嘯餘譜》顛倒復收，貽笑千古。因欲於張子野詞"探芳菲走馬"下添入"歸來"二字爲韻，而不知其上韻已用"當時去燕還來"，一韻兩用，其謬較一調兩收爲更甚。如斯之類，千慮而一失者，雖間亦有之。要之，唐、宋以來倚聲度曲之法久已失傳，如樹者固已十得八九矣。

《詞律》俞序

唐《藝文志》經部樂類，有崔令欽《教坊記》一卷。其書羅列曲調之名，自《獻天花》至《同心結》，凡三百三十有五。而今詞家所傳，小令如《南歌子》、《浪淘沙》，長調如《蘭陵王》、《入陣樂》，其名皆在焉。以此知，今之詞，古之曲也。而唐《志》列之樂類，又以此知，今之詞，古之樂也。

近世儒者，與言十二律之還相爲宫，六十律之由執始而終，南事皆茫乎莫辨。而獨與言詞，則曰：小道也。伸紙染翰，率爾而作。嗟乎！詞即樂也，可易言乎？此萬氏《詞律》一書所以發憤而作也。

《詞律》之作，蓋以有明以來詞學失傳，舉世奉《嘯餘圖譜》爲準繩，但取其便乎吻，而不知其戾乎古，于是掃除流俗，力追古初，一字一句，皆取宋元名作，排比而求其律，律嚴而詞之道尊矣。惟因行匧之中，書籍無多，且成於康熙二十六年，其時欽定《詞譜》未出，無所據依，故考訂之疏，猶或不免。道光中，吴縣戈君順卿、高郵王君寬甫，均議增訂之，而卒未果。咸豐中，秀水杜筱舫觀察乃始有《詞律校勘記》之作。萬氏原文有誤叶者，有失分段落者，有脱漏至廿餘字者，有并作者姓名而誤者，一一爲之釐訂。洵乎萬氏之功臣矣。同治中，吾邑徐誠庵大令又撰《詞律拾遺》，補其未收之調一百六十有五，補其未備之體三百一十有六，雖遺漏尚多，然蒐輯之功，亦不可没也。恩竹樵方伯久任蘇藩，去煩蠲苛，與民休息。公事之暇，不廢詠歌，而尤工於倚聲，所著《蘊蘭吟館詩餘》，深入宋賢之室。每以《詞律》一書爲詞家正鵠，而原版漫漶已甚，乃與筱舫觀察重校刻之，即以筱舫《校勘記》散附各闋之後，以便學者。又購得誠庵《拾遺》原版，使附《詞律》以行，以廣其傳。此在詞學中，亦可云學覽之潭奧，摛翰之華苑矣。

余幸與諸公游，樂觀厥成，乃書此于簡端，俾學者知萬氏刱造之功與諸君子精益求精之意，勿以詞爲小道而易言之。且由今樂而推古樂，則漢初所謂制氏之鏗鏘者，或猶可得其仿佛也。

光緒二年歲在丙子冬十月甲午德清俞樾并書

《詞律》吴序

有韻之文，肇自賡歌，降而曰詩、曰騷、曰賦，莫不以音節鏗鏘爲美。傳及後世，學詩、學騷、學賦者，溯源及流，皆可各遵所尚，蔚然自成厥章，不失古作者之體裁而已。未嘗必句櫛字比，域於本文，而設爲章程以律之也。

詩之變，古而律，其法猶寬。至詩變而爲詞，其法不得不加密矣。何者？詞爲曲所濫觴，寄情歌詠，既取丰神之藴藉，尤貴音調之協和。其倡爲名目諸公，皆才士，而又精於聲音節簇之微妙，故凡其篇幅短長，字句平仄，皆非無故，決然爲一定不可移易焉者。世無知音，鮮識其奥，而作者又不自言其所以然，以告於後人，於是世之自命爲才人宿學，遂不問古作者製詞之所以然，而竊謂裁割字句、交互平仄之間，無事拘泥，可任情率意更改增減。詎知古調盡失，詞之名存而音亡矣。嘻！設詞可不拘成格，惟憑臆是逞，則何不以詩、以騷、以賦不必句櫛字比者爲之，而必詞之爲耶？夫既刻意爲詞，復故失其音節之所在，不惑之甚耶。

陽羡萬子有憂之，謂古詞本來，自今泯滅，乃究其弊所從始，緣諸家刊本不詳考其真，而訛以承訛，或竄以己見，遂使流失莫底，非亟爲救正不可。然欲救其弊，更無他求，惟有句櫛字比於昔人原詞以爲章程已耳。因輯成此集，考究精嚴，無微不著，名曰《詞律》。義取乎刑名法制，若將禁防佻達不率之爲者，顧推尋本源，期於合轍而止，未嘗深刻，以繩世之自命爲才人宿學者也。夫規矩立而後天下有良工，銜勒齊而後天下無泛駕，吾知嗣是海内詞家必更無自軼於尺寸之外，而詞源大正矣。爰喜而授之梓。

康熙丁卯上巳山陰吴興祚題

《詞律》嚴序

古者里巷歌謡，皆被金石，士於聲音之道，未嘗斯須去之，故其感通甚大。漢之樂府，猶有《風》、《雅》之遺，六朝或用其名爲五言八句，而唐世所傳若沉香被詔之作，旗亭畫壁之詩，及《江南》、《紅豆》之曲，大抵其可歌者多五七言絶句。頃歲上詔詞臣更定樂章，於是悉按太常所書，見其詞亦多似絶句體，作者循其舊而不敢越，若填詞然。蓋古曲之亡，而士之不習於音久矣。詞始於唐，盛於江南，而大備於宋。《花間》、《草堂》，爛然一代之著作，至姜白石輩間爲自度曲。而北宋諸家已並用當時一定之調，而知諸曲復創自何人，至如此其多。而及其廢也，又何一旦風流歇絶，更無一人能記其拍以爲其遺音者，斯亦可惜也。已夫古者言在而音赴之，今則音亡而欲存其言，於尋章摘句之末，猶不能盡合，至淩夷舛謬，以漸失唐宋之舊。三百餘年以來，寥寥數公之外，詞幾於亡。雖欲不亡，而放失滋甚，是諸作譜者之罪也。吾友萬子紅友，蓋於聲音之道，深浹情性，未嘗斯須去之，久而得其所以然者也。所著《詞律》，不獨剔抉諸譜之訛謬至無遺憾，若其所論上、去二聲之别，皆得之口吟神會，若發天地之藏，而適合古人已然之迹。凡其所駁正，一準以前人之成作，而無所穿鑿傅會於其間，故其可貴在是。余昔聞其書，未見也，兹來嶺表，則吴大司馬留村先生已加賞定而付之梓矣。比年詞學，以文則竹垞之《詞綜》，以格則紅友之《詞律》。竊喜二書出而後學者可以爲詞，雖起宋諸家而質之，亦無間然矣。

錫山弟嚴繩孫題

《詞律》自叙

嘅自曲調既興，詩餘遂廢。縱覽《草堂》之遺帙，誰知大晟之元音。然而時届金元，人工聲律，迹其編著，尚有典型。明興之初，餘風未泯，青邱之體裁幽秀，文成之豐格高華，矩矱猶存，風流可想。既而斯道愈遠愈離，即世所膾炙之婁東、新都兩家，擷芳則可佩，就軌則多岐。按律之學未精，自度之腔乃出，雖云自我作古，實則英雄欺人。蓋緣數百年來，士大夫輩帖括之外，惟事於詩，長短之音，多置弗論。即南曲盛行於代，作家多擅其名，而試付校讎，類皆齟齬。況乎詞句不付歌喉，涉歷已號通材，摹仿莫求精審，故維揚張氏據詞而爲《圖》，錢唐謝氏廣之；吴江徐氏去圖而著《譜》，新安程氏輯之。於是《嘯餘譜》一書通行天壤，靡不駭稱博核，奉作章程矣。百年以來，蒸嘗弗輟，近歲所見，剞劂載新，而未察其觸目瑕瘢，通身罅漏也。近復有《填詞圖譜》者，圖則葫蘆張本，譜則矇捧《嘯餘》，持議或偏，參稽太略。蓋歷來造譜之意，原欲有便於人，但疑拗句難填，試易平辭易叶，故於每篇作注，逐字爲音。可平可仄，並正韻而皆移；五言七言，改詩句而後已。列調既謬，分句尤訛，云昭示於來。兹實大誤。夫後學不知詩餘乃劇本之先聲，昔日入伶工之歌板，如耆卿標明於分調，誠齋垂法於擇腔，堯章自注鬲指之聲，君特致辨煞尾之字。當時或隨宫造格，刱製於前；或遵調填音，因仍於後。其腔之疾徐長短，字之平仄陰陽，守一定而不移，證諸家而皆合。兹雖舊拍不復可考，而聲響猶有可推。乃今汎汎之流，别有超超之論，謂詞以琢辭見妙，煉句稱工，但求選艷而披華，可使驚新而賞異，奚必斤斤於句讀之末，瑣瑣於平仄之微。況世傳《嘯餘》一編，即爲鐵板；近更有《圖譜》數卷，尤是金科。凡調之稍有難諧，皆譜所已經駁正，但從順口，便可名家。於是篇牘汗牛，棗梨充棟，至今日而詞風愈盛，詞學愈衰矣。

僕本鄙人，生爲笨伯，覩兹迷謬，心竊惑焉。謂際此熙朝，世隆文運，翕然風會，家擅鴻篇，乃以鮑、謝儁才，燕、許大手，沉溺於學究兔園之册，頽顛於村伶釘鉸之篇，不禁發其嗟吁，遂擬取而論訂。夫今之所疑拗句者，乃當日所爲諧音協律者也，今之所改順句者，乃當日所爲捩喉扭嗓者也。但觀《清真》一集方氏和章，無一字而相違，更四聲之盡合。如可議改，則美成何其闇劣，而不能製爲婉順之腔；千里何其昏庸，而不能换一妥便之字？其他數百年間之才流韻士，何以識見皆出今人之下萬萬哉？且詞謂之填，如坑穴在焉，以物實之而恰滿。如字可以易，則枘鑿背矣，即强納之而不安。況乎髭斷數莖，惟貴在推敲之確；否則毫揮百幅，何難爲磅礴之雄？乃後人不思尋繹古詞，止曉遵循時譜，既信其分注爲盡善，又樂其改順爲易從，人或議其聱牙，彼則援以藉口。嗟乎！古音不作，大雅云亡，可勝悼哉！

或云：今日無復歌詞，斯世誰知協律。惟貴有文有采，博時譽於鏗鏘；何堪亦步亦趨，反貽譏於樸遬？則何不自製新腔，殊名另號；安用襲稱古調，陽奉陰違？故愚謂"信傳而不信經，有作不如無作"。又或云：古人亦未必全合，如眉山之雄傑，詞嘗見誚於當年；失調亦原自可歌，如玉茗之離奇，曲反大行於斯世。不知古人有云：取法乎上，擇善而從。非謂舊詞必無誤填，然羅列在前，我自可加審勘；非謂今詞必無中節，然源流無本，我豈敢作依從？故肇於李唐者，本爲㭊始之音，即有詰屈難調，總當仍其舊貫；其行於趙宋者，自皆合律之作，然有比類太異，亦必摘其微瑕。除僻調之單行，未堪援證；凡囊篇之有據，自貴折衷。要當獺祭而定厥指歸，詎宜蠡測而狗其眇見？

用是發爲願力，加以校讎。戊申己酉之間，即與陳檢討（其年）論此志於金臺客邸；丙辰丁巳之際，因過侯鹽官（亦園）昉此事於蓉湖草堂。乃未幾而同人皆鵲起以乘車，賤子則鶉懸而彈鋏。北轅燕晉，南棹楚閩，興既敗於飢驅，力復孱於孤立。齎此悵惋，十稔於兹。飈館披函，燈帷搦管，未嘗不惄焉而抱疚也。戊夏自晉安蓮幕從鞬杝於軍中，丑春在端署蕉窗寄琴尊於閣上，因繙舊業，儗卒前編。時公子琰青方有志於聲律家之學，其小阮雪舫復夙負乎長短句之名，聞述鄙懷，咸資鼓勵。但以官衙嚴謐，若新婦於深閨裏，密置三年；載籍荒涼，如老衲之破笥中，殘經一卷。漂泊向天涯海角，既不比通都大市，有四庫之堪求；交游惟明月清風，又不遇騷客名流，無一鴟之可借。祇據賀囊之所挈，及搜鄴架之所存，惟《花菴》、《草堂》、《尊前》、《花間》、《萬選》、汲古刻諸家、沈氏四集、《嘯餘譜》、《詞統》、《詞匯》、《詞綜》、《選聲》數種，聊用參較。攷其調之異同，酌其句之分合，辨其字之平仄，序其篇之短長，務標準於名家，必酌中於各製。有調同名别者則删而合之，有調别名同者則分而疏之，複者釐之，缺者補之。時則慎菴吴子相爲助閲於其初，蒼崖姜君更共編摩於其後，録之成帙，稍有可觀。計爲卷二十，爲調六百六十，爲體千一百八十有奇。其篇則取之唐宋，兼及金元，而不收明朝自度、本朝自度之腔；於字則論其平仄，兼分上去，而每詳以入作平、以上作平之説。此雖獨出乎一人之臆見，未必有符於四海之時流，然試注目而發深思，平心而持公論，或片言之微中，或一得之足收，亦有偶合於古人，未必無裨於末學。但志在明腔正格，自不免駁謬糾訛。而近來譜圖實多舛錯，作者雖皆守而弗考，論者烏可諱而弗詳。故諄語累辭，遂多繩正之議；攻瑕砭疾，不無譏彈之聲。每有指陳，或至過當，固開罪於曩哲，亦獲戾於今賢。雖或邀君子寬大之情，能見諒《春秋》責備之義，然自揣愚妄，多所懷慙。本以祕之帳中，豈敢懸諸市上。會制府有梓書之役，故琰青爲訂稿之謀，率付殺青，殊多曳白。因爲粗述鄙意，勉質方家，更縷義例之諸條，另作發凡於左幅。欲稽列調，請覽前篇。大言小言，恕妄人姑爲緒論；知我罪我，諒哲士定有公評爾。

康熙二十六年歲在丁卯上元夕陽羨萬樹題

《詞律》發凡

紅友樹僭論

《嘯餘譜》分類爲題，意欲别於《草堂》諸刻。然題字參差，有難取義者，强爲分列，多至乖違。如《踏莎行》、《御街行》、《望遠行》，此“行步”之“行”，豈可入“歌行”之内？而《長相思》尤爲不倫，《醉公子》、《七娘子》等是人物，豈可與他“子”字爲類。“通用”題與“三字”題，有何分别？《惜分飛》、《紗窗恨》又不入“人事”、“思憶”之數；《天香》入“聲色”不入“二字”題；《白苧》入“二字”不入“聲色”題；《柳梢青》入“三字”而《小桃紅》又入“聲色”；《玉連環》不入“珍寶”……若此甚多，分列俱不確當。故列調應從舊，以字少居前，字多居後，既有囊規，亦便檢閲。

自《草堂》有小令、中調、長調之目，後人因之，但亦約略云爾。《詞綜》所云，以臆見分之，後遂相沿，殊屬牽率者也。錢唐毛氏云：“五十八字以内爲小令，五十九字至九十字爲中調，九十一字以外爲長調，古人定例也。”愚謂此亦就《草堂》所分而拘執之，所謂定例，有何所據？若以少一字爲短，多一字爲長，必無是理，如《七娘子》有五十八字者，有六十字者，將名之曰小令乎？抑中調乎？如《雪獅兒》有八十九字者，有九十二字者，將名之曰中調乎？抑長調乎？故本譜但叙字數，不分小令中長之名。

舊譜之最無義理者，是“第一體”、“第二體”等排次，既不論作者之先後，又不拘字數之多寡，强作雁行，若不可踰越者。而所分之體，乖謬殊甚，尤不足取。因向來詞無善譜，俱以之爲高會典型，學者每作一調，即自注其下云“第幾體”。夫某調則某調矣，何必表其爲第幾？自唐及五代十國宋金元，時遠人多，誰爲之考其等第，而確不可移乎？更有繼《嘯餘》而作者，逸其全刻，撮其注語，尤爲糊突。若近日《圖譜》，如《歸自謡》，止有第二而無第一；《山花子》、《鶴沖天》有一無二；《贺聖朝》有一三無二；《女冠子》有一二四五而無三；《臨江仙》有一四五六七而無二三；至如《酒泉子》以五列六後，又八體四十四字，九、十、十一。十二體皆四十三字，故以八居十二之後；夫既以八體之字較多，則當改正爲十二，而以九升爲八、十升爲九矣。乃因舊定次序，不敢超越，故論字則以弟先兄,論行則少不踰長,得毋兩相背謬乎?此俱遵《嘯餘》而忘其爲無理者也。本譜但以調之字少者居前後,亦以字數列書"又一體","又一體"作者擇用何體,但名某調,又何行輩之注耶?但《圖譜》止敘字數,故同是一調,散分嵌列於諸調之間,殊覺割裂,今照舊彙之,以便簡尋。至沈天羽駁《嘯餘》云:"一調分爲數體,體緣何殊?《花間》諸詞未有定體,何以派入譜中?"愚謂此語謬矣。同是一調,字有多少則調有短長,即爲分體,若不分,何以爲譜?觀沈所刻,或注前段多幾字少幾字,或注後段多幾字少幾字,是本知此體與他體異矣。又或云"據譜應作幾字",則知調體不同矣,何又以爲體不宜分耶?《花間詞》雖語句參差,亦各有所據,豈無規格而亂填者,何云不可派入體中耶?字之平仄,尚不可相混,况於通篇大段體裁耶?"未有定體"一語,爲淆亂詞格之本,大謬無理甚矣。故第一第二必不可次序,而體則不可不分。

詞有調同名異者,如《木蘭花》與《玉樓春》之類,唐人既有此異名。至宋人,則多取詞中字名篇,如《贺新郎》名《乳燕飛》,《水龍吟》名《小樓連苑》之類。張宗瑞《綺澤新語》一帙皆然,然其題下自注"寓本調之名也"。後人厭常喜新,更换轉多,至龐雜朦混,不可體認。所貴作譜者,合而酌之,標其正名,削其巧飾,乃可遵守。而今之傳譜,有二失焉:《嘯餘》則不知而誤複收,如《望江南》外又收《夢紅南》、《蝶戀花》外又收《一籮金》、《金人捧露盤》外又收《上西平》之類,不可枚舉。甚至有一調收至四五者。更如《大江東》之誤作《大江乘》,《燕春臺》、《燕臺春》顛倒一字而兩體共載一詞,訛謬極矣。《圖譜》則既襲舊傳之誤,而又狗時尚之偏,遂有明知是某調,而故改新名者,如《搗練子》改《深院月》,《卜算子》改《百尺樓》,《生查子》改《美少年》之類尤多,不可枚舉。至若《臨江仙》不依舊列第三體,而换作《庭院深深》,復注云即《臨江仙》三體,是明知而故改也。又如《喜遷鶯》,因韋莊詞語又名《鶴沖天》,而後人並長調之《喜遷鶯》亦曰《鶴沖天》矣。《中興樂》因牛希濟詞語又名《濕羅衣》,而後人并字少之《中興樂》亦名《濕羅衣》,《圖譜》且倒作《羅衣濕》矣。總因好尚新奇,矜多炫博,遇一殊名,亟收入帙,如升菴以《念奴嬌》爲《賽天香》、《六醜》爲《個儂》,《圖譜》皆複收之,而即以楊詞爲式。蓋其序所云:"宋調不可得,則取之唐及元明"是也。夫唐宋元既不可得,是古無此調,則亦已矣,何必欲載之耶?且《念奴嬌》極爲眼前熟調,而讀《賽天香》竟不辨耶?《個儂》即用《六醜》美成原韻,而兩調連刻,亦竟未辨耶?本譜於異名者,皆識之題下,且明列於目録中,使覽者易於檢核,有志古學者,切不可貪署新呼,故鐫舊號,徒貽大方之誚也。至於自昔傳訛,若《高陽臺》即《慶春澤》,《望梅》即《解連環》之類,相沿已久,莫爲釐正,今皆精研歸併,有注所不能詳者,則將原篇用小字載於其左,以便校勘。如《雨中花》即《夜行船》,《玉人歌》即《探芳信》之類，有大段相同，而一二字稍異者，則不拘字數，即以附於本調之後，可一覽而揣其異同，是則仍以大字書之，如《探芳信》於《探春》，《過秦樓》於《惜餘春》之類。又如《紅情》、《緑意》，其名甚佳，而再四玩味，即《暗香》、《疏影》也，此等皆舊所未辨者。或曰：石帚賦《湘月》詞，自注即《念奴嬌》鬲指聲，則體同名異，或亦各有其故，子何概欲比而同之？余曰：於今宫調失傳，作者但依腔填句，即如《湘月》有石帚之注，今亦不必另收，蓋人欲填《湘月》，即仍是填《念奴嬌》，無庸立此名也。又如晁無咎《消息》一調，注云：自過腔，即越調《永遇樂》，是雖换宫調，即可换名，而今人不知其理耳。況其他異名，皆作者巧立，或後人摘字，又與《湘月》、《消息》不同，聲音之道，必不終湮，有知音者出，能考定宫調而曹分部署之，方可明辨其理於天下後世，此則余生平所憾於周、柳諸公無詳示之遺書，而時時望天之生子期、公瑾也。

詞有調異名同者，其辨有二：一則如《長相思》、《西江月》之類，篇之長短迥異，而名則相同，故即以相比，載於一處；他若《甘州》後之附《甘州子》、《甘州遍》，《木蘭花》後之附《減字》、《偷聲》，亦俱以類相從，蓋彙爲一區，可以披卷暸然，而無重名誤認、前後翻檢之勞也。一則如《相見歡》、《錦堂春》，俱别名《烏夜啼》，《浪淘沙》、《謝池春》俱别名《賣花聲》之類，則皆各仍正名，而削去雷同者，俾歸畫一。又如《新雁過妝樓》别名《八寶妝》，而另有《八寶妝》正調；《菩薩蠻》别名《子夜歌》，而另有《子夜歌》正調；《一落索》别名《上林春》，而另有《上林春》正調；《眉嫵》别名《百宜嬌》，而另有《百宜嬌》正調；《繡帶子》别名《好女兒》，而另有《好女兒》正調之類，則另列其正調，而於前調兼名者注明此不在前項，附載"又一體"之例。蓋"又一體"者(《長相思》等)，其體雖全殊，而無他名可别，故令之兼名者(《新雁過妝樓》等)，其本調自可名，不得占彼調之名，故判之。

又如《憶故人》之化爲《燭影摇紅》，雖先後懸殊，而源流有本，故必相從，列於一處。然不得以《燭影》新名而廢其原題也。又如《江月晃重山》、《江城梅花引》之類，二調合成者，則以附於前半所用《西江月》、《江城子》之後。至於《四犯剪梅花》則犯者四調，而所犯第一調之《解連環》便與本調不合，頗爲可疑，故另列於九十四字之次，而不隨各調，以上數項，皆另爲一例。

分調之誤，舊譜頗多，其最異者，如《醜奴兒近》一調，稼軒本是全詞，後因失去半闋，乃以集中相聯之《洞仙歌》全闋誤補其後，遂謂另有此《醜奴兒》長調，注云一百四十六字九韻，反云辛詞是换韻，極爲可笑。《圖譜》等書，皆仍其謬，今爲駁正。《圖譜》又載《揉碎花箋》一調，注云：六十三字七韻，乃本是《祝英臺》而落去後起三句十四字耳。其他參差處，不可枚舉，皆於各調後注明。

分段之誤，不全因作譜之人，蓋自抄刻傳訛，久而相襲，但既欲作譜，宜加裁定耳。如虞山毛氏刻《諸家詞》、《詞綜》，稱其有功於詞家固已，但未及精訂，如《片玉詞》有方千里可證，而不取一校對，間有附識，亦皆弗確然。毛氏非以作譜，不可深加非議，若譜圖照舊抄謄，實多草率，則責備有所難辭矣。各家惟柳詞最爲舛錯，而分段處，往往以换頭句贅屬前尾，兹俱考證辨晰，總以斷歸於理爲主。如《笛家》以後起二字句連合前段，致前尾失去一叶韻字，且連上作八字讀，而作者遂分爲兩四字句矣。豈不誤哉。《長亭怨慢》亦然，今俱裁正，若詞隱《三臺》一調，從來分作兩段，愚獨斷爲三疊，如此類則大改舊觀，於體製不無微益，識者自有明鑑。

分句之誤，更僕難宣，既未審本文之理路，語氣又不校本調之前後，短長又不取他家對證，隨讀隨分，任意斷句，更或因字訛而不覺，或因脱落而不疑，不惟律調全乖，兼致文理大謬。坡公《水龍吟》"細看來不是楊花點點是離人淚"，原於"是"字、"點"字住句，昧昧者讀一七兩三，因疑兩體，且有照此填之者，極爲可笑。升菴謂："淮海'念多情、但有當時皓月，照人依舊'，以詞調拍眼言，當以'但有當時'作一拍，'皓月照'作一拍，'人依舊'作一拍。"蓋欲强同於前尾之三字二句也，其説乖謬，若竟未讀他篇者。正《詞綜》所云"升菴强作解事，與樂章未諳"者也。沈天羽謂太拘拘，此是誤處，豈得謂之拘拘而已。乃今時詞流，尚有守楊説者，吾不知詞調拍眼今已無傳，升菴何從考定乎？時流又謂，斷句皆有定數，詞人語意所到，時有參差，如《瑞鶴仙》第四句，"冰輪桂花滿溢"爲句，此論更奇，"滿"字是叶韻，自有此調，此句皆五字，豈伯可忽作六字乎？如此讀詞論詞，真爲怪絶。今遇此等，俱加駁正，雖深獲罪於前譜，實欲辨示於將來，不知顧避之嫌，甘蹈穿鑿之謗。

詞中惟五言七言句最易淆亂，七言有上四下三如唐詩一句者，若《鷓鴣天》"小窗愁黛淡秋山"，《玉樓春》"棹沉雲去情千里"之類；有上三下四句者，若《唐多令》"燕辭歸、客尚淹留"，《爪茉莉》"金風動、冷清清地"之類，易於誤認。諸家所選明詞，往往失調，故今於上四下三者不注，其上三下四者皆注"豆"字於第三字旁，使人易曉無誤。整句爲句，半句爲讀，讀音"豆"，故借書"豆"字。其外有六字、八字語氣折下者，亦用豆字注之，五言有上二下三如詩句者，若《一絡索》"暑氣昏池館"、《錦堂春》"腸斷欲棲鴉"之類；有一字領句，而下則四字者，如《桂華明》"遇廣寒宫女"，《燕歸梁》"記一笑千金"之類，尤易誤填，而字旁又不便注"豆"，此則多辨於注中。作者須以類推之。蓋嘗見時賢有於《齊天樂》尾用"遇廣寒宫女"句法者，因總是五字句，不留心而率填之，不惟上一下四不合，而廣字仄、宫字平，遂誤同《好事近》尾矣。又四句有中二字相連者，如《水龍吟》尾句之類，與上下各二者不同，此亦表於注中。向因譜圖皆概注幾字句，無所分辨，作者不覺因而致誤，至沈選《天仙子》，後起用上三下四，《解語花》後尾用上二下三等，將以爲人模範而可載此失調之句乎？然沈氏全於此事茫然，觀其自作，多打油語，至如《賀新郎》前結用“星逢五”之平平仄，後結用“夜未午”之三仄，真足絶倒。而他人之是非，又焉能辨察耶？

自沈、吴與分四聲以來，凡用韻樂府，無不調平仄者，至唐律以後，浸淫而爲詞，尤以諧聲爲主，倘平仄失調，則不可入調，周、柳、万俟等之製腔造譜，皆按宫調，故協於歌喉，播諸絃管，以迄白石、夢窗輩各有所刱，未有不悉音理而可造格律者。今雖音理失傳而詞格具在，學者但宜依仿舊作，字字恪遵，庶不失其中矩矱。舊譜不知此理，將古詞逐字臆斷，平謂可仄，仄謂可平，夫一調之中豈無數字可以互用，然必無通篇皆隨意通融之理。譜見略有拗處，即改順適，五七言句必成詩語，並於萬萬不可移動者亦一例注改，如《摸魚兒》、《贺新郎》、《綺羅香》尾三字欲改作平平仄，《蘭陵王》尾六字欲改入平聲之類，無調不加妄注。有一首而改其半者，有一句而全改者，於其原詞，判然相反，尚得爲本調乎？學者不肯將古詞對填，而但將譜字爲據，信譜而不信詞，猶之信傳而不信經也。今所注可平可仄，皆取此調之他作較證，有通用者然後注之，或無他作而本調前後段相合者，則亦注之，否則不敢以私意擅爲議改。或曰：改拗爲順，取其諧耳順口，君何必如此拘執？余曰苟取順便，則何必用譜，何必用舊名乎？故不作詞則已，既欲作詞，必無杜撰之理。如美成造腔，其拗處乃其順處，所用平仄豈慢然爲之，至再至三耶？倘是慢然爲之者，何其第二首亦復如前？豈亦皆慢然爲之至再至三耶？方千里係美成同時，所和四聲無一字異者，豈方亦慢然爲之耶？後復有吴夢窗所作，亦無一字異者，豈吴亦慢然爲之耶？更歷觀諸名家莫不繩尺森然者，其一二有所改變，或係另體，或係傳訛，或係敗筆，亦當取而折衷，歸於至當，烏可每首俱爲竄易乎？本譜因遵古之意甚嚴，救弊之心頗切，故於時行之譜痛加糾駁，言則不無過直，義則竊謂至公，幸覽者平心以酌之，其或見聞未廣，褒彈有錯，則望加以批削，垂爲模範。總之，前賢著譜之心與今日訂譜之心，皆欲紹述古音，啟示來學，同此至公大雅之一道，非有所私而創爲曲説，以恣譏詼也，諒之諒之。

平仄固有定律矣，然平止一途，仄兼上、去、入三種，不可遇仄而以三聲概填。蓋一調之中可概者十之六七，不可概者十之三四，須斟酌而後下字，方得無疵，此其故。當於口中熟吟，自得其理。夫一調有一調之風度聲響，若上、去互易，則調不振起，便成落腔。尾句尤爲喫緊，如《永遇樂》之“尚能飯否”，《瑞鶴仙》之“又成瘦損”，“尚”、“又”必仄，“能”、“成”必平，“飯”、“瘦”必去，“否”、“損”必上，如此，然後發調。末二字若用平上，或平去，或去去、上上、上去，皆爲不合。元人周德清論曲，有“煞句定格”，夢窗論詞，亦云“某調用何音煞”，雖其言未詳，而其理可悟。余嘗見有作南曲者，於《千秋歲》第十二句五字語，用去聲住句，使歌者激起，打不下三板，因知上、去之分，判若黑白，其不可假借處，關係一調，不得草草。古名詞之妙，全在於此。若總置不顧，而任便填之，則作詞有何難處而必推知音者哉！且照古詞填之，亦非甚苦難，但熟吟之，久則口吻間自有此調聲響，其拗字必格格不相入，而意中亦不想及此不入調之字矣。譬之南曲極熟爛如《黄鶯兒》中兩四字句，用平平仄平，作者口中意中必無仄仄平平矣，安用費心耶？所謂上去亦然，蓋上聲舒徐和軟，其腔低，去聲激厲勁遠，其腔高，相配用之，方能抑揚有致。大抵兩上兩去，在所當避，而篇中所載古人用字之法，務宜仿而從之，則自能應節即起，周郎聽之，亦當蒙印可也。更有一要訣，曰：名詞轉折跌蕩處，多用去聲，何也？三聲之中，上、入二者可以作平，去則獨異，故余嘗竊謂：論聲雖以一平對三仄，論歌則當以去對平、上、入也。當用去者，非去則激不起，用入且不可，斷斷勿用平、上也。

或曰：入聲派入三聲，吾聞之中原韻務頭矣，上之作平何居？余曰：中州韻“不有”者，也作平平。上之爲音，輕柔而退遜，故近於平。今言詞則難信，姑以曲喻之：北曲《清江引》末一字可平亦可上，如《西厢》之“下場頭那答兒發付我”，“我”字上聲，“香美娘處分破花木瓜”，“瓜”字平聲；《天下樂》“汎浮查到日月邊”，“邊”字平聲，“安排著憔悴死”，“死”字上聲。如此等甚多，用上皆可代平，却用不得去聲字，但試於口吻間諷誦，自覺上聲之和協，而去聲之突兀也。今旁注平之可仄者，因不便瑣細，止注可仄，高明之家自能審酌用之。至有本宜平聲而古詞偶用上者，似近於拗，此乃借以代平，無害於腔，故注中多爲疏明。如何籀《宴清都》前結用“那更天遠、山遠、水遠、人遠”，書舟亦效之，用四“好”字，蓋“遠”、“好”皆上聲，故可代平，其句字本宜如美成所作“庾信愁多，江淹恨極須賦”，“多”字、“淹”字宜用平聲，此以二“遠”字代之，填入去聲(則)不得，《譜》、《圖》讀作上六下四，認“遠”字仄聲，總注可仄，是使人上、去隨用，差極矣。此類尤夥，不能遍引閱者著眼。

入之派入三聲，爲曲言之也。然詞曲一理，今詞中之作平者，比比而是，比上作平者更多，難以條舉。作者不可因其用入是仄聲，而填作上、去也。且有以入叶上者，不可用去，以入叶去者，不可用上，亦須知之。以上二項，皆確然可據，故諄復言之，不厭婆舌，勿云穿鑿可也。

舊譜於可平可仄，俱逐字分注，分句處亦然，詞章既遭割裂之病，覽觀亦有斷續之嫌，近日《圖譜》踵張世文之法，平用白圈，仄用黑圈，可通者則變其下半，一望茫茫，引人入暗，且有讐校不精處，應白而黑，應黑而白者，信譜者守之，尤易迷惑。又有平用□，仄用丨，可平可仄用⊞，《選聲》謂其淆亂，止於可平可仄用□於字旁,而韻句叶仍注行中,愚謂亦晦而未明,何如明白書之爲快也。蓋往者多取簡便,不知欲以此曉示於人,何妨多列幾字?《圖譜》云:方界文旁者,總求簡約,以省刻資耳。此雖譏誚,亦或有然,然論其模糊圈之與豎,亦猶魯衛。本譜則以小字明注於旁,在右者爲韻、爲叶、爲换、爲疊、爲句、爲逗,在左者爲可平、爲可仄、爲作平、爲某聲(有字音易誤讀者,故爲注之,如"旋"字、"凝"字之類),句不破碎,聲可照填,開卷朗然,不致龐雜。其又一體句法,與本體同者,概不複注可平仄,有句法長短者,則單注明此句而他句不注。吴江沈氏《曲譜》例用丨、卜、厶、入、乍,今則全字書之,惟"讀"字借用"豆",又以《曲譜》字字皆注,未免太繁,反爲眩目,愚謂可通用者當注,不可通者,原不必注,且專標則字朗,不致徒費眼光。(按:小字旁注,因排比不易,仍照舊譜於應注之處俱逐字分注於下,校者識。)

更韻之體,唐詞爲多,有换至五六者,舊譜雖注更韻,而模糊不明。如《酒泉子》顧敻詞:"黛怨紅羞。掩映畫堂春欲暮。殘花微雨。隔青樓,思悠悠。芳菲時節看將度。寂寞無人還獨語。畫羅襦。香粉污。不勝愁。"是"樓"、"悠"、"愁"叶首句"羞"字,"度"、"語"、"污"叶次句"暮"字,自當於"暮"字下注"更韻",而後注"叶平"、"叶仄"矣。乃將首次兩句俱注"韻"字,其下俱注"叶"字,豈不模糊。今本譜於首韻注"韻"字,更韻則注或换平、或换仄,第三更則注三换平或三换仄,四五皆然,其後叶韻句,若通篇是平仄兩韻,則注叶平、叶仄,有交錯者,則注叶首平或注("注",當是"叶"之誤)首仄、叶二平或叶二仄,三四五亦然,若平韻起而更韻,亦平者下注叶首平、二平。正韻與更韻皆仄者,下注叶首仄二仄,其有平仄通用如《西江月》等,則注换仄叶,《哨遍》等則注换平叶,如此庶一覽可悉,無模糊之病矣。

凡調用平仄通叶者頗多,如《西江月》、《换巢鸞鳳》、《少年心》,俱顯而易見,人多知之。其外如洪皓《江城梅花引》,以"蕊"、"里"叶"誰"、"飛";夢窗《醜奴兒慢》以"清"、"明"叶"影";友古亦以"華"、"家"叶"畫"、"亞";山谷《鼓笛令》以"婆"、"囉"叶"我"、"過",《撼庭竹》以"你"叶"梅"、"飛";金谷《蝶戀花》以"期"、"伊"叶"計"、"意",又《惜奴嬌》以"家"叶"霸"、"價";壽域《漁家傲》以"遠"、"怨"叶"天"、"娟",又《兩同心》以"遞"、"計"叶"依"、"飛";耆卿《宣清》以"噤"、"枕"叶"森",又《曲玉管》以"秋"、"洲"叶"久"、"偶",又《戚氏》以"限"、"絆"叶"天"、"軒";東坡亦以"漢"、"淺"叶"山"、"仙";逃禪《二郎神》以"都"叶"雨"、"堵";玉田《渡江雲》以"處"叶"初"、"鉏";美成、千里亦以"下"叶"沙"、"家";君衡《絳都春》以"懶"、"遠"叶"寒"、"閑";竹山《畫錦堂》以"上"叶"陽"、"傷";美成亦以"厭"叶"檐"、"尖";竹山《大聖樂》以"歌"、"和"叶"破";伯可亦以"多"、"波"叶"過";美成《四園竹》以"裏"、"紙"叶"扉"、"知",

千里和詩亦同;東坡《哨遍》以"扉"、"飛"叶"累"、"是";稼軒亦以"之"、"知"叶"水"、"裏";友古《飛雪滿群山》以"裏"、"字"叶"時"、"衣";宋褧《穆護砂》以"枯"、"腴"叶"苦"、"雨"。如此等調向來譜家皆未究心,致多失注,使本調缺韻,今俱細訂詳注。(又山谷《撥棹子》以"在"、"害"叶"來";潘元質《醜奴兒》以"啼"叶"氣";夢窗亦以"鸞"叶"亂"。)

詞上承於詩,下沿爲曲,雖源流相紹,而界域判然,如《菩薩蠻》、《憶秦娥》、《憶江南》、《長相思》等,本是唐人之詩,而風氣一開,遂有長短句之别,故以此數闋爲詞之鼻祖,不必言已。若《清平調》、《小秦王》、《竹枝》、《柳枝》等,竟無異於七言絶句,與《菩薩蠻》等不同,如專論詞體,自當捨而弗録,故諸家詞集不載此等調。而《花菴》、《草堂》等選,亦不收也。蓋等而上之,如樂府諸作爲長短句者頗多,何可勝收乎?後人則以此等調爲詞嚆矢,遂取入譜,今已盛傳,不便裁去。又,唐人送白樂天席上指物爲賦,一字起至七字止,後人名爲《一七令》,用以入詞,殊屬牽强,故不録。若夫曲調,更不可援以入詞,本譜因詞而設,不敢旁及也。或曰:子以元人而置之,則《八犯玉交枝》、《穆護砂》等,亦間收金元矣,以曲調而置之,則《搗練子》等亦已通於詞曲矣,以爲三聲並叶而置之,則《西江月》等亦多矣,何又於此致嚴耶?余曰:《西江月》等,宋詞也,《玉交枝》等,元詞也,《搗練子》等,曲因乎詞者也,均非曲也,若元人之《後庭花》、《乾荷葉》、《小桃紅》(即《平湖樂》)、《天淨沙》、《醉高歌》等,俱爲曲調,與詞聲響不侔,倘欲采取,則元人小令最多,收之無盡矣。況北曲自有譜在,豈可闌入詞譜以相混乎?若《詞綜》所云,仿升菴《萬選》例,故采之,蓋選句不妨廣擷,訂譜則未便旁羅耳。

能深明詞理,方可製腔,若明人則於律吕無所授受,其所自度,竊恐未能協律,故如王太倉之《怨朱絃》、《小諾皋》,楊新都之《落燈風》、《疑殘紅》、《誤佳期》等,今俱不收,至近日顧梁汾所犯《踏莎美人》非不諧婉,亦不敢收,蓋意在尊古輟新焉耳。又如湯臨川之《添字昭君怨》,古無其體,時譜亟收之,愚謂昔日千金小姐之語,止可在傳奇用,豈可列諸詞中?又如徐山陰之《鵲踏花翻》,亦無可考,皆在所削,勿訝其不備也。

《情史》載東都柳富别王幼玉,作詞名《醉高春》,詞云:"人間最苦,最苦是分離。伊愛我,我憐伊。青草岸頭人獨立,畫船歸去櫓聲遲。楚天低,回望處,兩依依。　後會也知俱有願,未知何日是佳期。心下事、亂如絲。好天良夜還虚過,辜負我、兩心知。願伊家,衷腸在,一雙飛。"詞係雙調,但《情史》不載柳富何代人,毛氏云其詞有盛宋風味,然不確,不敢收入,此類亦正不少耳。至於搜羅博極,近日《詞綜》一書可云詳矣,而錫鬯猶以漏萬爲慮,兹更限於見聞,未能廣考其遺漏,訛錯尤爲萬萬,尚期從容續訂,惟冀高雅惠教德音,幸甚幸甚。

詞之用韻,較寬於詩,而真、侵互施,先、鹽並叶,雖古有然,終屬不妥。沈氏去矜所輯,可爲當行,近日俱遵用之,無煩更變。今將嗣此,有三韻合編之刻,故兹不具論云。

詞律卷一

竹枝詞　十四字　又名：巴渝辭

皇甫松

芙蓉並蒂竹枝一心連女兒。花侵槅子竹枝眼望穿女兒。

○○●●　●○△　　○○●●　●○△

《竹枝》之音起於巴蜀，唐人所作，皆言蜀中風景，後人因效其體，於各地爲之，非古也。如白樂天、劉夢得等作，本七言絶句，皇甫子奇亦有四句體。所用“竹枝”、“女兒”，乃歌時群相隨和之聲，猶《採蓮曲》之有“舉棹”、“少年”等字。他人集中作詩，故未注此四字，此作詞體，故加入也。其詞六首，皆每首二句相叶，其句中平仄不拘，但每句第二字皆平，末一首乃用仄韻者，另録於後。

【杜注】按，《竹枝》，唐教坊曲名，本出巴渝，劉禹錫在沅、湘，以里歌鄙陋，乃依騷人《九歌》作《竹枝》新詞九章，原無和聲，後皇甫松、孫光憲作此，始有“竹枝”、“女兒”爲隨和之聲。“枝”、“兒”叶韻，猶後之“舉棹”、“少年”，亦自爲叶也。

【校勘記】按，顧梧芳《尊前集》原注，“竹枝”、“女兒”句下有“枝兒葉韻”四字，應增。

【考正】杜氏所言，乃引郭茂倩《樂府詩集》語。又，詞譜云：《劉禹錫集》中，劉氏與白居易唱和《竹枝》甚多，其自叙云：《竹枝》，巴歈也。巴兒聯歌，吹短笛擊鼓以赴節，歌者揚袂睢舞。其音協黄鍾羽。

古曲源自民間，大抵爲勞作時所唱，故每每屬集體性活動，有鑒於此，古曲多以有和聲爲特色，蓋一人唱，衆人和之意。此不僅《竹枝》、《採蓮》者如此，他如《江南曲》和云“陽春路，時使佳人度”，《龍笛》和云“江南弄，真能下翔鳳”，《採蓮曲》和云“採蓮居，渌水好沾衣”，等等，皆是。且各叶其韻，以和諧其聲也。

又按，萬氏所謂“句中平仄不拘，但每句第二字皆平”者，但云皇甫詞也，非謂本調如此。而細玩皇甫詞，“平仄不拘”云云，或非。蓋其詞十二句，惟“雄飛煙瘴雌亦飛”、“千花萬花待郎歸”、“山頭桃花谷底杏”三句不諧，竊以爲均爲律句出律而已，並非“平仄不拘”者也。統觀唐人詞調，莫不如此。而“第二字皆平”者，亦偶然而已。

第二體　十四字

皇甫松

山頭桃花竹枝谷底杏女兒。兩花窈窕竹枝遥相映女兒。

○○○○　●●▲　●○●●　○○▲

【考正】如前所述，檢唐五代詞，本調詞句基本用律句，而“山頭桃花谷底杏”之○○○○四平起拍者，亦屬《竹枝》之特色，詳參後文第三體之考正。

第三體　二十八字

皇甫松

門前春水竹枝白蘋花女兒。岸上無人竹枝小艇斜女兒。商女經過竹枝江欲暮女兒，散抛殘食竹枝飼神鴉女兒。

○○○●　●○△　●●○○　●●△　○●○○　○●●

●○○●　●○△

此調竟是七言詩，句中平仄，亦可不拘，若唐人拗體絶句者。

【杜注】按，此爲孫光憲詞，作皇甫松誤。

【考正】現存唐代廿八字體《竹枝詞》有二十八首，爲劉禹錫十一首、白居易五首、李涉四首、顧況二首、孫光憲二首、許渾一首、李建勛一首、蔣吉一首、羅隱一首。許渾詞又名《楚宫怨》，李涉四首又名《竹枝歌》，顧況詞又名《竹枝曲》。除孫光憲二首有和聲外，其餘皆無和聲。原譜以爲“句中平仄亦可不拘”者或誤，檢宋人作品，除偶有折腰式作法外，多爲合律之近體格式，惟劉禹錫有數句仄起句易爲平起者，其中首句拗者有“城西門前灧滪堆”、“瞿塘嘈嘈十二灘”二例，第三句拗者有“昭君坊中多女伴”、“花紅易衰似郎意”、“南人上來歌一曲”、“橋東橋西好楊柳”四例。其拗均有定句、定位，正是“山頭桃花谷底杏”之填法，雖難視爲格律，但據而斷定“平仄亦可不拘”者，或誤。

又按，七言絶句作爲歌辭，是否算詞，學者有不同看法，任半塘《唐聲詩》云：“五七言句法，自漢以來即已在民間歌唱中普遍流行，唐代七言民間歌詞益盛，迄於今日，民間之歌七言依然。”認爲《竹枝》、《柳枝》、《紇那曲》、《塞孤》、《八拍蠻》之類齊言形式之作品，並非宋代意義之詞，乃是用作歌辭之“聲詩”，若從韻文系統而言，則屬不同形式，不同系統。此説在學術界有相當影響。故讀者對本書所録齊言體式，尤其是任氏指出之“田歌、樵歌、漁歌、櫂歌、採蓮歌”等，當與長短句區别對待。謹識於此，後文不復贅言。

十六字令　十六字　又名：蒼梧謡

蔡　伸

天。休使圓蟾照客眠。人何在，桂影自嬋娟。

△　⊙●○○●●△　○○●　◎●●○△

此調舊刻收周美成作“明月影，穿窗白玉錢”一首，《詞綜》校正之，謂此係周晴川詞，“明”字乃“眠”字之誤，本一字句，“月影”以下爲七字句。蔡詞亦“天”字起韻，今作三字起句者，非也。按張於湖《送劉郎》詞三首，皆以“歸”字起韻，一云：“歸。十萬人家兒樣啼。”二云：“歸。獵獵熏風卷繡旗。”三云：“歸。數得宣麻拜相時。”是此調之爲一字起句無疑矣。蓋蔡詞尚可讀“天休使”爲句，張詞豈可讀“歸十萬”等爲句乎？時流作詞名解謂：三字起者爲《十六字令》，一字起者爲《蒼梧謡》，謬矣。至於《填詞圖譜》注云：首句本作五字，今作三字斷，古無此理。不知所謂古者，何人之詞？五字斷句，有何考據？且引蔡詞云：於五字用韻起，則尤可笑，“蟾”字是閉口音，豈如此小調而必借他韻爲叶？友古不若是之陋也，不亦妄哉。

又按，汲古刻張詞，題名《歸梧謡》，本是“蒼梧”，因詞首字而誤耳。

【校勘記】按，此調蔡友古名《蒼梧謡》、張于湖名《歸字謡》、周晴川名《十六字令》，萬氏既收友古詞，應名《蒼梧謡》，仍注明又名《歸字謡》、《十六字令》。

【考正】《十六字令》别名又作《歸字謡》，《欽定詞譜》以之爲正名。應以校勘記爲是。

又按，木石居校印本《填詞圖譜》注云：“本調首作一字句斷，《詞綜》載張安國三首、蔡伸道一首可證也。”未見萬氏所引之注語。

閑中好　十八字

段成式

閑中好，塵務不縈心。坐對當窗木，看移三面陰。

○○●　○●●○△　●●○○●　●○○●△

即以首句三字爲題。“看”字作去聲讀，觀張善繼作亦然。

【校勘記】段成式詞，“看移三面陰”句，萬氏注：“‘看’字作去聲”。按，此字亦有用平者，似可不拘。

第二體　十八字

鄭　符

閑中好，盡日松爲侶。此趣人不知，輕風度僧語。

○○●　●●○○▲　●●○●○　○○●○▲

用仄韻。與前異。

【杜注】謹按，《欽定詞譜》云：“調見唐段成式《酉陽雜俎》，有平韻仄韻二體，即以首句三字爲調名也。

【考正】本調當是平韻詞，鄭詞應屬以上作平。另有宋人晁炯一首，叶入聲韻，當亦是以入作平法（相關理由參見《南歌子》石孝友五十二字體萬氏原注），詞云：“静中好，冥心歸宴寂。齋已不虛吟，静是真消息。”其平仄與鄭詞全異。

紇那曲　二十字

劉禹錫

踏曲興無窮。調同辭不同。願郎千萬壽，長作主人翁。

●●●○△　●○○●△　●○⊙◎●　⊙●●○△

此本五言絶句，《尊前》收之，蓋於《小秦王》等本七言絶句，而實爲詞調也。觀夢得别作“聽唱紇那聲”，可知。

【杜注】按，《舊唐書・韋堅傳》：“先是人間戲唱，歌詞云：‘得（丁紇反）體（都董反）紇那也，紇囊得體那。潭裏船車鬧，揚州銅器多。三郎當殿坐，看唱得體歌。’紇那之名始此。”

【校勘記】萬氏未釋題名。按，明胡震亨《唐音癸籤》云：“《紇那曲》不知所出，考唐天寶中崔成甫翻《得體（音笨）歌》，有‘得體紇那也，紇那得體那’之句，豈其所本歟？”

【考正】萬氏原注可見其時認知之誤。須知並非可入歌者即爲詞，如樂府詩亦可歌，而斷非詞也。此或爲清儒每以聲詩入詞之故。

羅嗊曲　二十字

劉采春

借問東園柳，枯來得幾年。自無枝葉分，莫怨太陽偏。

●●○○●　○○●●△　●○○●●　●●●○△

亦五言絶。首句可起韻。

【杜注】按，唐范攄《雲溪友議》云：“金陵有囉貢樓，乃陳後主所建，《囉貢曲》劉采春所唱，皆當代才子所作五六七言絶句，一名《望夫歌》，元稹詩所謂‘更有惱人腸斷處，選詞能唱望夫歌’也。”

【考正】按《雲溪友議》，則本調諸詞作者皆爲“當代才子”，而非劉采春也。劉氏僅爲歌者，標爲作者，誤。又按，“皆當代”一句據校勘記補入。

梧桐影　二十字

吕　巖

落日斜，秋風冷。今夜故人來不來，教人立盡梧桐影。

●●○　○○▲　○●●○○●○　○○●●○○▲

此本詩耳。今人以其長短句，故用入詞，而取其末字爲名。

【杜注】按，宋周紫芝《竹坡詩話》云：“大梁景德寺峨嵋院，壁間有吕巖題字，寺僧相傳，有蜀僧號峨嵋道者，戒律甚嚴，不下席者二十年。一日，有布衣青裘偉人來，與語良久，期以明年是日，復相見於此，願少見。待至期日，方午，道者沐浴端坐而逝。至暮，偉人果來，問道者，已亡。歎息良久，忽不見。明日，書數語於壁間絶高處，即此詞。第三句作‘幽人今夜來不來’。”又,陳巖肖《庚溪詩話》載此事,與此小異,首句作“明月斜”。

【考正】“明月斜”,似更切三四句,亦切傳説故事,《欽定詞譜》亦取之。則第一字可擬平聲。

醉妝詞　二十二字

蜀主王衍

者邊走。那邊走。只是尋花柳。那邊走。者邊走。莫厭金杯酒。

●○▲　●○◆　●●○○▲　●○◆　●○◆　●●○○▲

者邊,即俗語“這邊”也。這,禪書多作“者”字。

【杜注】按,孫光憲《北夢瑣言》云:“蜀王衍嘗裹小巾,其尖如錐,宫人皆衣道服,簪蓮花冠,施胭脂夾臉,號‘醉妝’,因作《醉妝詞》。”

春宵曲　二十三字　一作“南歌子”

温庭筠

手裏金鸚鵡,胸前繡鳳凰。偷眼暗形相。不如從嫁與,作鴛鴦。

●●○○●　○○●●△　⊙●●○△　◎○○●●　●○△

【杜注】按,吴子律《蓮子居詞話》云:“紅友《詞律》如《南歌子》等體,多注‘雙調’,西林先生云:雙調乃唐來燕樂二十八調商聲,七之一曲之大段名也,詞中《雨淋鈴》、《河滿子》、《翠樓吟》皆入雙調。萬氏誤以再疊當之,失考。”愚謂《詞譜》亦以再疊爲“雙調”,此論存參。

【考正】原譜本詞調名作《南歌子》,爲别於後面諸體,改用《選聲集》所用之名。

南歌子　二十六字　“歌”又作“柯”

張　泌

柳色遮樓暗,桐花落砌香。畫堂開處晚風凉。高卷水精簾額,襯斜陽。

●●○○●　○○●●△　◎○⊙●●○△　⊙●◎○○●　●○△

第三句作七字、第四句作六字,與前異。

【考正】原譜本詞題爲“又一體”,然與前首温詞或爲同名異調,檢唐賢諸家,單調二十六字體無再作《春宵曲》者,則或二十三字體有别名《南歌子》,故前人誤同本調也,並非第三第四拍各减一二字而成。

第二體　雙調　五十二字　又名:望秦川、風蝶令

歐陽修

鳳髻金泥帶,龍紋玉掌梳。去來窗下笑相扶。愛道畫眉深淺、入時無。

◎●○○●　○○●●△　◎○⊙●●○△　◎●◎○⊙●　●○△

弄筆偎人久，描花試手初。等閑妨了繡功夫。笑問鴛鴦兩字、怎生書。
◎●○○● ○○●●△ ◎○⊙●●○△ ◎●⊙○●● ●○△

此比唐詞加後一疊，宋人皆用此體。《圖譜》於此調不收，何也？

兩結語氣，可上六下三，亦可上四下五。

【考正】原譜前後段兩結均爲六字一句、三字一句，據宋人詞作及萬氏原注，當是九字一句方是，據改。又，此類句法，亦不必前後段同，如《惜香樂府》詞，前後段尾句爲："恰是裩花天氣、困人時。……笑拭新妝、須要剪酴醾。"而《書舟詞》之尾句爲："又見東風、不忍見柔條。……溪上梅魂憑仗、一相招。"即是。要之，古人之詞並無標點，如何句讀固有文意內在基礎，然因漢語特征，多種讀法並存，實屬常態，故詞非句本位者。

原譜后結"笑"字注"可叶"，當是"可平"之誤。

第三體　五十二字

石孝友

春淺梅紅小，山寒嵐氣薄。斜風吹雨入簾幕。夢覺西樓嗚咽、數聲角。
○●○○● ○○○●▲ ○○○●●○▲ ●●○○○● ●○▲

歌酒工夫懶，別離情緒惡。舞衫寬盡不堪著。若比那回相見、更消削。
○●○○● ●○○●▲ ●○○●●○▲ ●●●○○● ●○▲

此與前詞字句俱同，而用入聲爲叶者。

愚謂入聲可作平，人多不信，曰："入聲派入三聲，始於元人論曲，君何乃移其說於詞？"余曰："聲音之道，古今遞傳，詩變詞，詞變曲，同是一理。自曲盛興，故詞不入歌，然北曲《憶王孫》、《青杏兒》等，即與詞同，南曲之'引子'與詞同者，將六十調式，詞曲同源也。況詞之變曲，正宋元相接處，豈曲入歌當以入派三聲，而詞則不然乎？故知入之作平，當先詞而後曲矣。蓋當時周、柳諸公製調，皆用中州正韻，今觀詞中，如'不'音'逋'、'一'音'伊'之類，多至萬千，正與北曲同，而又何疑於入作平之說耶？且用韻句，亦可以入爲叶，如惜香《醉蓬萊》，以'吉'字叶'髻'、'戲'，《坦菴》以'極'字叶'氣'、'瑞'等，甚多。若云入不可叶，則此等詞落一韻矣。至通篇入叶之詞，有可兼用上去，如《賀新郎》、《念奴嬌》之類；有本是平韻而以入代叶者，如金谷此篇之類，雖全用入聲，而實以入作平，必不可謂是仄聲而用上去爲韻脚也。若夫以上作平，如永叔《少年遊》'千里萬里'，'里'字；東坡《醉蓬萊》'好飲無事，爲我西飲'，'飲'、'我'二字；蘆川《賀新郎》'肯兒曹恩怨相爾汝'，'爾'字；誠齋《好事近》'看十五十六'，'五'字，皆以上作平，亦不可勝舉，姑識於此。高明自能類推，而知鄙說非誣耳。"

【杜注】萬氏注《南歌子》另有《望秦川》、《風蝶令》二名，按此詞尚有《恨春宵》、《水晶簾》、《十愛詞》等名。唐宋以來，詞人於舊詞互有增減，各立新名，往往有一調多至數名者，此書以律爲主，凡原刻所無之别名，概不增入。又按，歐、石二詞，前後結各九字，或以上六字爲逗，或以上四字爲逗，均無不可，第須一氣貫注耳。

【校勘記】石孝友詞，前結“夢覺西樓嗚咽數聲角”，後結“若比那回相見更消削”，萬氏以“咽”字、“見”字分句。按，詞句以一氣貫注爲佳，焦循《事略》云：“古人用長句，往往同一調而句或可斷於此、亦可斷於彼者，皆不可斷。”如此詞，“見”字可斷，“咽”字不可斷也。

【考正】萬氏入聲作平觀點獨到精警，實爲詞學研究之要，惜後世於此並無拓展深入，今時幾被拋棄，惜哉痛哉！以此論之，本調韻脚實爲以入作平，故不可用去聲、上聲爲韻，惟今幾無人知也。

原譜前段首句作“春殘”，於律不合，當是形近而誤，現據校本《金谷遺音》改。而曾慥《樂府雅詞》收無名氏詞，亦入聲韻，前段首句爲“閣兒雖不大”，平仄之句法與此不同。又，原譜前後段兩結均爲六字一句、三字一句，據宋詞别首及前一體原注，並參之杜氏“或以上六字爲逗，或以上四字爲逗，均無不可”云云，當是九字一句方是，據改。

荷葉杯　二十三字

温庭筠

鏡水夜來秋月。如雪。採蓮時。小娘紅粉對寒浪。惆悵。正思惟。

◎●◎○○▲　○▲　●○△　●○○●●○▼　○▼　●○△

凡三易韻，“浪”、“悵”二仄間用於“時”、“惟”二平内，“對”字必用仄聲。

【考正】萬氏云“對字必仄”，以唐宋詞觀之，尚不準確。按，該句平起仄收，第五字本爲平聲位，故唐宋諸家除本詞外，非上則入，如顧夐九首，五入四上，即爲一例。而上聲入聲皆可作平，此位幾乎不用去聲，可知其律矣。

第二體　二十六字

顧　夐

春盡小庭花落。寂寞。憑檻斂雙眉。忍教成病憶佳期。知摩知。知摩知。

⊙●◎○○▲　○▲　⊙●●○△　◎○⊙●●○△　○●△　○●◇

末疊三字，“摩”字應係“麽”字，設爲問答之辭，當於“知麽”二字略逗。

【考正】萬氏以爲“知摩知”即“知麽?”、“知”之問答詞，或誤。顧夐此調九首，相應字分别爲：知、愁、狂、羞、歸、吟、憐、嬌、來。其意當爲：知不知、愁不愁、狂不狂等，若以爲“狂麽?”、“狂”則殊屬牽强。蓋其九首，末二句均爲補足前語，通篇則均爲男主唱與女主之語也，前叙後問，文理語氣甚爲貫通。若僅尾句一字牽入女主，豈有不突兀滑稽之感哉，即詞之氣脈亦斷也。

第三體　雙調　五十字

皇甫松

記得那年花下。深夜。初識謝娘時。水堂西面畫簾垂。攜手暗相期。

◎●◎○○▲　○▲　○●●○△　◎○○●●○△　⊙●●○△

惆悵曉鶯殘月。相別。從此隔音塵。如今俱是異鄉人。相見更無因。
○●◎○○▼　○▼　○●●○▽　⊙○○●●○▽　⊙●●○▽

結用五字而比前加一疊，凡四易韻。

【杜注】按，《欽定詞譜》云：唐教坊曲名有單雙二調，雙調祇韋莊一體，即此詞非皇甫松作。

【考正】後段起句"惆悵"之"悵"，原譜作"可仄"，當是"可平"之刻誤。然本字依律當仄，檢唐宋詞，無論單體雙調，此字位亦無作平者，故不從，謹改。

塞姑　二十四字

無名氏

昨日盧梅塞口。整見諸人鎮守。都護三年不歸，折盡江邊楊柳。
●●○○●▲　●●○○●▲　○●○○●○　●●○○○▲

仄韻六言絶句同。

此係《萬首絶句》所收唐人樂府也。"塞姑"二字不可解。然觀其詞意，"塞"者謂"邊塞"，"姑"者乃戍邊者之閨人耳。按，《柳耆卿集》有《塞孤》一詞，題亦難解，余謂必即是此調之遺名，而訛以"姑"字爲"孤"字也。故取此篇列前，而附柳詞於後，但不敢擅改而仍其《塞孤》之名云。

塞孤　九十五字

柳　永

一聲雞，又報殘更歇。秣馬巾車催發。草草主人燈下別。山路險，新霜
●○○　●●○○▲　●●○○○▲　●●◎○○●▲　○●●　○○

滑。瑶珂響、起棲烏，金鐙冷、敲殘月。漸西風襟袖淒裂。　遥指白玉
▲　○⊙●　●○○　○●●　○○▲　●○○⊙●○▲　○●●○

京，望斷黄金闕。遠道何時行徹。算得佳人凝恨切。應念念，歸時節。相
○　●●○○▲　●●○○○▲　●●⊙○○●▲　○●●　○○▲　○

見了、執柔荑，幽會處、偎香雪。免鴛衾兩恁虚設。
◎●　●○○　○●●　○○▲　●○○◎●○▲

《樂章》舊刻如此，余細繹之，知其爲兩段，而刻本誤連也。蓋前半"淒裂"處分段，"遥指"句比前首句多二字，正是過變之體，其下句句比對相符，此柳詞中最森整妥協者。向來人皆草草讀過，不知其段落耳。

前結"漸西風緊"四字，後結"免鴛衾"三字，雖詞於結處多不同，但此詞風度如此，不應前多一字。愚謂：前句"緊"字爲美，蓋"緊"、"襟"音相近，寫者

因誤多一字也。"袖"、"恁"二字去聲,妙。"兩"字不可用去。

【杜注】謹按,《御選歷代詩餘》以"襟袖淒裂"句分段,與萬氏注合。又,"幽會處、偎香雪"句,"幽"作"嘉"。

【考正】前結原譜作"漸西風緊,襟袖淒裂"。按,本調前後段結句句法,本爲一字逗領平起仄收式六字句,原注以爲"緊"字衍,是。否則尾四字於律不諧。朱雍有次柳詞韻者,本句爲"向亭臯一任風冽",可證。據删"緊"字。

後段首句"玉"字依句法當平,此爲以入作平法,原譜失注。後段結句句法同前,句中不宜讀斷,原譜作上三下四句法,恐誤。謹改。

回波詞　二十四字

沈佺期

回波爾時佺期。流向嶺外生歸。身名已蒙齒録,袍笏未復牙緋。

○○●○○△　○●●●○△　○○●○●●　○●●●○△

此詞平仄不拘,即六言絶句體,當時入於歌曲。《回波》,其調名也,皆用"回波爾時"四字起。

【杜注】按,唐劉肅《大唐新語》云:"景龍中,中宗遊興慶池,侍宴者唱'回波詞'。"又,元郭茂倩《樂府詩集》云:"《回波》,商調曲,唐中宗時造。蓋出於曲水引流泛觴也。"又按,顧亭林《日知録》謂:"首二句三言,下三句六言,蓋以《大唐新語》載李景伯此詞,首句作'回波詞,持酒卮',故以'詞'、'卮'爲叶韻。"

第二體　二十四字

裴　談

回波爾時栲栳。怕婦也是大好。外邊祗有裴談,内裏無過李老。

○○●○●▲　●●●●●▲　●○●●○○　●●○○●▲

用仄韻。

【杜注】按,此乃優人嘲謔裴談之詞,非其自作。萬氏以此調第一句皆用"回波爾時"四字,沈詞自署佺期之名,故以爲裴談作也。

舞馬詞　二十四字

張　説

彩旄八佾成行。時龍五色因方。屈膝銜杯赴節,傾心獻壽無疆。

●○●●○△　○○●●○△　●●○○●●　○○●●○△

平仄不拘。首句可不用韻。

按,此並前後二調,唐時本爲詩類,而用以入歌,則另有腔板。如七言之

《清平調》、《小秦王》等，亦同。雖字數相合，而其腔則異耳。《清平樂》後半，亦即此四句也。

【杜注】按，《唐書・禮樂志》："明皇命教舞馬數百蹄，各爲左右，分部目，衣以文繡，絡以金珠，每千秋節舞於勤政樓下，賜宴設酺。其曲數十疊，馬聞聲，奮首鼓尾，縱横應節。"此詞即舞馬時所歌也。

【考正】杜注部分，原書以小圈隔之，依例則爲萬樹語，然校之四庫本及杜詩校勘記，當爲杜文瀾所注，故添"杜注"二字歸之。

三臺　二十四字　或加"令"字

韋應物

冰泮寒塘始緑，雨餘百草皆生。朝來衡門無事，晚下高齋有情。

○●○○●●　●○●●○△　○●○○●●　●○○●○△

平仄不拘。所賦不論何事，詠宫闈者即曰《宫中三臺》，亦名《翠華引》，亦名《開元樂》；詠江南者即曰《江南三臺》。又有《突厥三臺》。其長調則爲宋人所撰，而襲取其名，因以類從，載於左幅。《圖》作《開元樂》，收明夏言詞，無謂。

【杜注】按，宋張表臣《珊瑚鈎詩話》云："樂部中有促拍催酒，謂之《三臺》。"又按，此亦唐教坊曲名。

【考正】萬氏所謂"平仄不拘"者，多指通篇而論，具體句法，檢唐宋諸家除王建一句"揚州橋邊少婦"、韋應物一句"一年一年老去"用六言律拗外，其餘均用六言律句，故可知每句句法不可隨意，惟粘對不拘，此篇與彼篇亦可不同也。

三臺慢　一百七十一字

万俟雅言

見梨花初帶夜月，海棠半含朝雨。内苑春，不禁過青門，御溝漲、潛通南

●○○○●●○　●■◎○○▲　●●○　○●●○○　●○●　○○○

浦。東風静細柳，垂金縷。望鳳闕、非煙非霧。好時代、朝野多歡，遍九

▲　○○●●●　○○▲　●●○　○○○▲　●○●　○●○○　●○

陌、太平簫鼓。　乍鶯兒百囀斷續，燕子飛來飛去。近緑水，臺榭映秋

●　●○○▲　●○○○●●○　●●⊙○○▲　●●●　○●●○

千，鬭草聚、雙雙遊女。餳香更酒冷，踏青路。會暗識、夭桃朱户。向晚

○　●○●　○○○▲　○○●●●　○○▲　●●○　○○○▲　●○

驟、寶馬雕鞍，醉襟惹、亂花飛絮。　正輕寒輕暖漏永，半陰半晴雲暮。

●　○●○○　●○○　●○○▲　●○○○●●○　●●●○○▲

禁火天,已是試新妝,歲華到、三分佳處。清明看漢蠟,傳宮炬。散翠煙、
●●○ ○●●○○ ●○● ○○○▲ ○○○●● ○○▲ ●●○
飛入槐府。斂兵衛、閶闔門開,住傳宣、又還休務。
○○○▲ ●○● ○●○○ ●○○ ●○○▲

從來舊刻此篇,俱作雙調,於"雙雙遊女"分段,余獨斷之,改爲三疊,人莫不疑且怪者,余爲解之曰:首段"見"字以下,"梨花"、"海棠"兩句各六字相對;次段"乍"字以下"鶯兒"、"燕子"兩句各六字相對;三段"正"字以下,"輕寒"、"半陰"兩句各六字相對。字句明整,對仗工嚴,而"見"、"乍"、"正"三字,皆以一去聲虛字領起,句末三字皆仄,而"夜"、"斷"、"漏"俱用去聲,豈非三段吻合乎?"内苑春"八字句、"御溝漲"七字句,與中段"近緑水"八字、"鬭草聚"七字,後段"禁火天"八字、"歲華到"七字同也。而"内"、"近"、"禁"皆去聲,"苑"、"緑"、"火"亦皆用仄,"禁"、"過"、"榭"、"映"、"是"、"試"用六去,"御"、"漲"、"鬭"、"聚"、"歲"、"到"又用六去。下皆以平平平仄接之,豈非三段吻合乎?"東風静"八字句、"望鳳闕"七字句,與中段"錫香更"八字、"會暗識"七字,後段"清明看"八字、"散翠煙"七字同也。而"東風静"等三字,俱用平平去,下接以仄仄平平仄,"望鳳闕"等三字俱用去去平,下接以平平平仄,豈非三段吻合乎?"好時代"七字句、"遍九陌"七字句,與中段"向晚驟"七字、"醉襟惹"七字,後段"斂兵衛"七字、"住傳宣"七字同也。而"好時代"等三字俱仄平去,"遍"、"醉"、"住"三去,"太"、"亂"、"又"三去,豈非三段吻合乎?如此堂堂正正每段五十七字,一字不苟,豈非是三疊調乎?詞隱領大晟府,爲詞壇主盟,他作皆精致絶倫,如此長篇,流麗瓌弘,其下字真有千錘百煉之力,而五百年來爲流俗人草草讀過,不能知其調之段落,又安能知其語之義趣、字之和協乎?更可詫者,沈氏指斥此篇,謂雜遝少倫,過接换應虚字少力,大怪事,大怪事!如此傑出之詞,而遭其妄貶,豈沈氏所作《如夢令》之"逗下心頭一塊"、《長相思》之"歡未盈,别能輕"、《虞美人》之"坐憶眠還想"、《一剪梅》之"别又難摟"、《臨江仙》之"錯疑奔司馬"、《滿江紅》之"憂端欲去去翻覆"、《賀新郎》之"管花管魚並管鳥"等句,可謂有倫,可謂有力耶?嗚呼!豈不可悲哉!然據愚臆斷如此,怒余者以爲狂妄,哂余者以爲穿鑿,愛余者以爲勞憊,余悉弗顧,上之冀詞隱在天,喜後世有子雲爲之洗發,下之冀天下後世或有諒其苦心而以爲然者,正不止圖作長短句周郎也。

内用"不"、"闕"、"陌"、"百"、"踏"、"識"、"入"等字,乃以入作平;"九"、"子"、"水"、"莫"、"晚"、"寶"、"惹"、"已"等字,乃以上作平。皆須細心體認,此言尤爲讀詞關鍵,不可不知。以入、以上作平處,不可用去聲字,其説甚長,已於《發凡》悉之。"漢蠟傳宫炬",向來俱刻"漢宫傳蠟炬",疑與前稍異,後得粤中藏書家元刻本作"漢蠟傳宫炬",爲之爽然心快。

【杜注】按，此調見《唐教坊記》，宋李濟翁《資暇録》云："《三臺》三十拍，促曲名。昔鄴中有'三臺石'，季龍常爲宴遊之所，而造此曲以促飲。"《樂苑》云："唐《三臺》，羽調曲。"

【考正】本調原作"又一體"，然與前述《三臺》無涉，如萬氏所云，本爲"襲取其名"耳，當是同名異調者，惟名之曰"又一體"者，則謬甚，故以《三臺慢》名之以别。本詞所謂"三臺"者，與唐詞當並無瓜葛，蓋因詞爲三段，故名。猶宋詞有《雙頭蓮》者也。

本詞三段，句讀整齊，每段起拍均爲一字逗領六字驪句，驪句由平起平收式對仄起仄收式構成，最爲規正。故可知三段首句均當爲平聲收，則"月"字、"續"字以入作平無疑，而"永"字以上作平。對句中，以律理可知，"棠"字當是誤填，"子"字原譜以爲作平，亦欠妥，"陰"字則借爲"蔭"讀，所謂借音法也。

又，如杜注所引，本調宋人已云"三十拍"，則可知每段當以十拍爲正，萬氏原譜每段第三第四拍、第六第七拍均合而爲一，各作上三下五折腰式八字一句，然則全調僅得廿四拍，聲容變異，已非宋詞原貌矣，故重新句讀，以求宋韻。

又按，原譜後段第五句萬氏易作"漢蠟傳宫炬"，顯是爲與前二段平仄相合而改，然若以五字句論，則未免拗澀，總不如别本"漢宫傳蠟炬"更暢。余疑本爲"漢蠟傳宫炬"，後人因誤讀爲五字一句，嫌其拗澀，故易爲"漢宫傳蠟炬"也。調整句讀，現讀作五字一句、三字一句，仍用韓翃詩意，方才前後一律，且文意暢達。

伊州三臺　雙調　四十八字

趙師俠

桂花移自雲巖。更被靈砂染丹。清露濕酡顔。醉乘風、下臨世間。

●○○●○△　●●○○●△　○●●○△　●○○　●○●△

素娥襟韻蕭閑。不與群芳並看。蔌蔌絳綃單。覺身輕、夢回廣寒。

●○○●○△　●●○○●△　●●●○△　●○○　●○●△

"伊州"，刻本作"洲"字，今改正。

此調雖前後段亦各二十四字，而第三句五字、第四句七字，"下"、"夢"二字用去，與上"靈"、"群"二字又别，不可不知。

又按，《調笑令》亦名《三臺令》，與此全異，不可誤認。

【杜注】按，此爲唐曲，取邊地爲名。此調見金元曲子，注"正宫"調，平仄一定。

一點春　二十四字

侯夫人

砌雪消無日，卷簾時自顰。庭梅對我有憐意，先露枝頭一點春。

◎◎○⊙●　◎⊙⊙◎△　⊙○●●◎○●　○●○○●●△

此隋宫《看梅曲》也，凡二闋，今録其一。

【考正】本調《欽定詞譜》未收。或曰此爲聲詩，非詞也。

摘得新　二十六字

皇甫松

酌一巵。須教玉笛吹。錦筵紅蠟燭，莫來遲。繁紅一夜驚風雨，是空枝。

●●△　○○●●△　●○○●●　●○△　○○●●○○●　●○△

皇甫别作，首句三字“摘得新”，因以爲名。

“經風”二字平聲，而“摘得新”一首用“幾十”兩字，“幾”字上聲，“十”字入聲，蓋可借作平，不礙歌喉，乃深於音律者所用也。初學若謂此二字可仄，而填入去聲字，則大謬矣。

【杜注】按，《欽定詞譜》收皇甫别作“摘得新”一首，注引此詞第五句，“經”作“驚”，應遵改。

【考正】“驚”自比“經”字更爲得味，遵《欽定詞譜》改。

花非花　二十六字

白居易

花非花，霧非霧。夜半來，天明去。來如春夢不多時，去似朝雲無覓處。

○○○　●○▲　●●○　○○▲　⊙○⊙●●○○　◎●○○○●▲

此本長慶長短句詩，而後人名之爲詞者。

春曉曲　二十七字

朱敦儒

西樓月落雞聲急。夜浸疏香淅瀝。玉人醉渴咽春冰，曉色入簾横寶瑟。

○○●●○○▲　●●○○●▲　●○◎●●○○　●●●○○●▲

第二句六字，《花草粹編》所載如此，後人於“香”字下增一“寒”字，故作七言四句，即謂之《阿那曲》耳。《毛氏名解》於《阿那曲》下注“又名《春曉曲》”，復引《粹編》云：“第二句本六字，譜增一字，以爲《阿那曲》，其實二調也。”夫既云“本是六字，其實二調”，而復云“《阿那曲》又名《春曉曲》”，何其矛盾耶。

【杜注】按，《欽定詞譜》第三句作“玉人酒渴嚼春冰”。

漁歌　二十七字　又名：漁父

張志和

西塞山前白鷺飛。桃花流水鱖魚肥。青箬笠，緑蓑衣。斜風細雨不須歸。

○●○○●●△　○○○●●○△　○●●　●○△　○○●●●○△

和凝詞，結句用“香引芙蓉惹釣絲”，平仄不同。玄真又一首起二句，

"松江蟹舍主人歡，菰飯蒓羹亦共餐"，平仄全異。和凝又一首"青箬笠"句用"釣車子"，是仄平仄，想亦不拘。然，自宋以後，皆依"西塞"一體，今作者宜從之。

山谷增句作《鷓鴣天》，東坡增句作《浣溪沙》，蓋本調音律失傳，故加字歌之。然坡止加潤玄真之語，谷則增入"朝廷尚覓玄真子，何處如今更有詩"二句於"青箬笠"之上，語氣不倫，可謂蛇足。

【考正】原調名作《漁歌子》。按，《新唐書・張志和傳》有云："（志和）善圖山水，酒酣，或擊鼓吹笛，舐筆輒成。嘗撰《漁歌》，憲宗圖真求其歌，不能致。"則可知本調唐人名《漁歌》，又名《漁父》、《漁父歌》、《漁父詞》，德誠則有三十九首名曰《撥棹歌》，而從未名《漁歌子》者。至宋，則多稱之爲《漁父詞》，亦偶有作《漁父樂》者，是詞人因詞而改也。蓋此本非詞，爲歌行體聲詩中之"雜歌謠辭"，故曰"歌"、曰"詞"，而不以具詞調特征之"子"名之。直至宋末，張玉田方有十首單調體名之曰《漁歌子》，當是是時單調體已被混同於詞，故有添"子"字誤植調名者，不足爲據也。要之，《漁歌子》當是雙調詞名，與單調體無關涉。

東坡《浣溪沙》詞曰："西塞山邊白鷺飛。散花洲外片帆微。桃花流水鱖魚肥。　自庇一身青箬笠，相隨到處緑蓑衣。斜風細雨不須歸。"黄庭堅《鷓鴣天》詞曰："西塞山邊白鷺飛。桃花流水鱖魚肥。朝廷尚覓玄真子，何處如今更有詩。　青箬笠，緑蓑衣。斜風細雨不須歸。人間底是無波處，一日風波十二時。"二者皆本此。

漁歌子　雙調　五十字

孫光憲

泛流螢，明又滅。夜涼水冷東灣闊。風浩浩，笛寥寥，萬頃金波重疊。

●○○　○◎▲　◎○◎●○○▲　○●●　●○○　◎●⊙○⊙▲

杜若洲，香郁烈。一聲宿雁霜時節。經霅水，過松江，盡屬儂家風月。

●○○　○●▲　◎○◎●○○▲　○●●　●○○　◎●⊙○⊙▲

前後同。"風浩浩"二句，可用仄平平、平仄仄而叶韻者，後段同。又，李珣一首於第二句用"瀟湘夜"，"湘字平聲。

【校勘記】孫光憲詞"笛寥寥"句，"笛"字歐陽炯《花間集》作"水"字。

【考正】戴復古與蘇軾各有《漁父》詞一組，俱寫"飲"、"醉"、"醒"、"笑"，戴詞爲平韻體，詞云："漁父飲，不須錢。柳枝斜貫錦鱗鮮。换酒却歸船。"除七字句、五字句另有不同句法外，字句俱同；東坡爲仄韻體，詞云："漁父飲，誰家去。魚蟹一時分付。酒無多少醉爲期，彼此不論錢數。"四首字句及句法皆同。此二調雖爲單體詞，然當與單調體《漁歌》無關，戴詞當爲別調，而《欽定詞譜》以爲蘇詞體從雙調脱化，誠是。

又按，宋李彭有單調三十一字體《漁歌子》十首，字句俱同，與本調當非一體，惟調名同，故類列於此：

漁歌子　單調　三十一字

李　彭

南院嫡孙唯此个。西河狮子当门坐。绢扇清凉随手簸。君知麼。无端吃棒休寻过。

○●●○○●▲　○○○●○○▲　○●○○○●▲　○○▲　○○●●○○▲

憶江南　二十七字　又名：夢江南、謝秋娘、夢江口、望江南、望江梅、春去也

皇甫松

蘭燼落，屏上暗紅蕉。閑夢江南梅熟日，夜船吹笛雨瀟瀟。人語驛邊橋。

○◎●　⊙●●○△　⊙●⊙○○●●　◎○⊙●●○△　⊙●●○△

按，宋王灼《碧雞漫志》云："此曲自唐至今，皆南吕宫，字句皆同。"又，唐段安節《樂府雜録》云："此詞乃李德裕爲謝秋娘作，故名《謝秋娘》，因白居易詞，更今名。"

【考正】本調張鎡單調詞八首，名《夢仙遊》，范成大單調詞六首，名《步虚聲》，又有元人多將雙調名之爲《望蓬萊》者。仲殊詞十首，每首俱以"南徐好"起句，故調名又作《南徐好》。此已爲一種模式，後人多有寫"某某好"者，即以《某某好》爲調名，如王安中九首、韓琦二首，名《安陽好》，詞皆以"安陽好"起，故填者亦可擬之。

第二體　雙調　五十四字

吴文英

三月暮，花落更情濃。人去秋千閑掛月，馬停楊柳倦嘶風。堤畔畫船空。

○◎●　⊙●●○△　⊙●⊙○○●●　◎○⊙●●○△　⊙●●○△

懨懨醉，長日小簾櫳。宿燕夜歸銀燭外，啼鶯聲在緑陰中。無處覓殘紅。

○⊙●　⊙●●○△　◎●◎○○●●　⊙○○⊙●●○△　⊙●●○△

即前調加一疊。

此調隋煬帝有八闋，但白香山三詞，晚唐襲之，皆係單調，至宋方加後疊，故知隋詞乃贋作者無疑。李後主"多少恨"及"多少淚"，本是二首，《嘯餘》合之爲一，大謬。此調作者甚多，何乃取李詞二首牽合，以作五十四字格乎？致後人疑前後可兩用韻，豈不誤殺。《圖》以前爲《夢江口》，此爲雙調《望江南》，異哉。

憶江南　五十九字

馮延巳

今日相逢花未發。正是去年，别離時節。東風次第有花開。恁時須約却

○●○○○●▲　●●●○　●○○▲　⊙○●●●○△　◎○○●●

重來。　　重來不怕花堪折。秪怕明年，花發人離別。別離若向百花時。
○△　　○○●●○○▼　●●○○　○●○○▼　◎○○●●○▽
東風彈淚有誰知。
⊙○○●●○▽

凡用三韻，句法與前調全異。

【考正】此調原作"又一體"，然本調當是同名異調，與前二體無關，故重擬調名。

按，馮氏此調二首，雖前段第三拍兩首皆同，但疑亦爲五字一句，與後段同。蓋唐詞雖有前後段或起拍不同、或結拍不同者，然若起結皆同，則以前後段規整爲特色，未見有頭尾字句相同而中間參差者。

又按，萬氏以爲本調"凡用三韻"者，誤，蓋本調如《虞美人》、《菩薩蠻》，前後段各用兩韻，本詞仄聲韻前後段同，偶合耳，如李白《菩薩蠻》前段用"織"、"碧"，後段用"立"、"急"，而从無一書以爲其屬於"凡用二韻"者。馮氏別首"去歲迎春"詞，前後段前三拍分用"月"、"節"、"舊"、"瘦"爲韻，亦可證。

古搗練子　二十七字　又名：深院月

南唐後主

深院静、小庭空。斷續寒砧斷續風。無奈夜長人不寐，數聲和月到簾櫳。
○●●　●○△　◎●○○◎●△　⊙●◎○○●●　◎○⊙●●○△

按，徐電發《詞苑叢談》云："李重光'深院静'小令，詞名《搗練子》，即詠搗練也。常見一舊本，則係《鷓鴣天》詞，前有半闋云：'塘水初澄似玉容。所思還在別離中。誰知九月初三夜，露似珍珠月似弓。'下接'深院静'云云。"此説頗新異，然揆前四句，語氣不類，且兩複"月"字，恐未確。

【考正】原譜本調作《搗練子》，因與後一調雙調《搗練子》重，故採賀鑄五首所用調名，以別之。萬氏原注《鷓鴣天》云云，或係後人附會，蓋《鷓鴣天》疑爲宋詞，今未見有唐人作品者。就作品而言，此詞四拍均寫搗練，所謂"即詠搗練"也，而"塘水初澄"四拍，雖"露珠月弓"亦是佳句，而傳誦詞苑，然所寫與搗練全然無涉，亦可證非爲一調。

又，萬氏注云"常見一舊本"，當是"嘗見"之誤刻。又按，以複字質疑，或牽强，蓋詞不忌複字也。

搗練子　以下雙調　三十八字

無名氏

林下路，水邊亭。涼吹水曲散餘醒。小藤床，隨意横。　　猶記得，舊時經。翠荷開雨做秋聲。恁時節，不堪聽。
○●●　●○△　⊙○●●●○△　●○○　◎●△　　○●●　●○△　◎○●●●○△　●○○　●○△

見《天機餘錦》。與前調大異，前後同，衹"堪"字用平異。

《圖》不用《搗練子》名，而改爲《深院月》，可厭。

【杜注】按，《太和正音譜》注："雙調，一名《搗練子》。"

【考正】原譜本調題爲"又一體"，然以結構論，兩調均拍迥異，與前詞當是同名異調者，故重擬調名以別之。

胡搗練　四十八字

晏　殊

小桃花與早梅花，盡是芳妍品格。未上東風先坼。分付春消息。　佳

◎○⊙●●○○　●●⊙○◎▲　◎●⊙○○▲　⊙●○○▲　⊙

人釵上玉尊前，朵朵秾香堪惜。誰把彩毫描得。免恁輕拋擲。

○⊙●●○○　●●⊙○⊙▲　⊙●◎○○▲　◎●○○▲

前後同。此與前調異。《桃園憶故人》或云即《胡搗練》，但彼前後起句即用仄起韻，與此不同，故仍各收之。

【杜注】按，宋黃大輿《梅苑》及明陳耀文《花草粹編》，首句作"日來江上見寒梅"；又，"盡是"作"自是"；又，"未上"作"爲甚"。可從。

【考正】晏幾道詞又名《望仙樓》者，惟後段首拍少一字，疑該字爲奪誤，非晏氏減字。而宋末仇遠亦有《望仙樓》，後段首拍亦少一字，則或爲仿晏，非四十七字體則名《望仙樓》也。又，韓維詞名《胡搗練子》，標識而已。

又按，杜注引句，當爲"夜來江上見寒梅"，"日"字誤。

第二體　五十字

杜安世

數枝半斂半開時，洞閣曉、寶妝新注。香格艷姿天賦。甘被群芳妒。

●○●●●○○　●●●　●○○▲　○●●○○▲　○●○○▲

狂風橫雨且相饒，又恐有、彩雲迎去。牽破少年心緒。無計長爲主。

○○●●●○○　●●●　●○○▲　○●●○○▲　○●○○▲

第三句七字，後第二句七字，與前調異。"爲長"疑是"長爲"。

【杜注】按，《欽定詞譜》第二句作"洞閣曉、寶妝新注"，萬氏因傳抄誤脫，"寶"字加於第三句之首，致以爲與前調異，其實前後相同也。又，《欽定詞譜》末句作"無計長爲主"，應遵改。又，《詞律拾遺》云："此與四十八字之晏詞，俱與《搗練子》格調全異，蓋《望仙樓》之又一體也。應改列卷四《望仙樓》晏幾道詞後，爲又一體。"

【考正】此式爲晏詞體添字而成。原譜前段二三句作："洞閣曉妝新注。寶香格艷姿天賦。"據陸貽典校《杜壽域詞》改，原校以爲此二句皆多一字，不知詞中六字句添一字作折腰式七字句，乃屬正格也。又，尾句"長爲"已改。

赤棗子　二十七字

歐陽炯

夜悄悄，燭熒熒。金爐香盡酒初醒。春睡起來回雪面，含羞不語倚雲屏。

◎●●　●○△　⊙○⊙●●○△　⊙●◎○○●●　⊙○◎●●○△

此詞與《搗練子》、《桂殿秋》句法相同，未免錯認，今考定之。曰：首、次二句，三詞俱同，第三句《搗練》用仄仄平平仄仄平，《赤棗》反是，《桂殿》則兩者不拘。後二句《搗練》、《赤棗》用平仄平平平仄仄、平平仄仄仄平平，《桂殿》反是。

《瀟湘神》亦與此格同，但首句疊三字耳。

【考正】以句法之不同而判斷詞調之異同，似謬。蓋詞中同調不同句法者多矣。如《桂殿秋》既可"兩者不拘"，即足以證之也。

桂殿秋　二十七字

向子諲

秋色裏，月明中。紅旌翠節下蓬宮。蟠桃已結瑤池露，桂子初開玉殿風。

○●●　●○△　○○●●●○△　⊙○◎●○○●　◎●○○●●△

太白有此調二首，一與此同，一首於"紅旌"句平仄相反。然《酒邊詞》所作，平仄如右，後人但學此可也。《選聲》注《桂殿》云："末二句不對，即是《赤棗》。"大非。

【杜注】按，此本唐李德裕送神迎神曲，有"桂殿夜涼吹玉笙"句，取爲調名。

【考正】太白詞平仄反，亦可證明詞中句子平仄本可不拘也。

解紅　二十七字

和　凝

百戲罷，五音清。解紅一曲新教成。兩個瑤池小仙子，此時奪却柘枝名。

●●●　●○△　●○●●○●△　●●○○●○●　●○●●●○△

亦似前三調，而第三句平仄略拗，有異。

【杜注】按，《欽定詞譜》云："《宋史・樂志》：'小兒舞隊有《解紅》，其曲失傳。陳暘《樂書》載和凝作，乃唐詞也，若《鳴鶴餘音》有《解紅兒慢》，係元人所製，與此不同。"

瀟湘神　二十七字　又名：瀟湘曲

劉禹錫

斑竹枝。斑竹枝。淚痕點點寄相思。楚客欲聽瑤瑟怨，瀟湘深夜月明時。

○●△　○●◇　●○●●●○△　●●●○○●●　○○○●●○△

首三字用疊句，又一首用“湘水流”二句是也。

【杜注】《欽定詞譜》云：“調始自唐劉禹錫詠湘妃詞。所謂賦題本意也。”

章臺柳　二十七字

韓　翃

章臺柳。章臺柳。昔日青青今在否。縱使長條似舊垂，也應攀折他人手。

○⊙▲　○○◆　●●○○⊙◎▲　●●○○●●○　●⊙○◎⊙○▲

君平贈句，本衹是詩，後人採入詞譜，即以起句爲名。其柳姬答詞，亦以起句名《楊柳枝》，句法與此相同，故即附於此。

楊柳枝，芳菲節。可恨年年贈離别。一葉隨風忽報秋，縱使君來豈堪折。

○●○　○○▲　●●○○●○▲　●●○○●●○　●●○○●○▲

此譜凡調俱以字少者居前，此柳氏詞本二十七字，似應列於《楊柳枝》調之首，但七言絶句《楊柳枝》，其調最古，作者亦最多，不宜以此一詞爲冠，故録附君平詞後，不復入《楊柳枝》調内。覽者勿謂例有異同可也。

【杜注】按，此韓翃所製，以首句爲調名，柳姬答詞首句不用韻。

南鄉子　二十七字

歐陽炯

岸遠沙平。日斜歸路晚霞明。孔雀自憐金翠尾。臨水。認得行人驚不起。

●●○△　⊙○◎●●○△　◎●◎○○●▲　○▲　●●○○○●▲

第二體　二十八字

歐陽炯

路入南中。桄榔葉暗蓼花紅。兩岸人家微雨後。收紅豆。葉底纖纖擡素手。

●●○△　⊙○◎●●○△　◎●⊙○○●▲　○○▲　●●○○○●▲

前詞“臨水”是兩字句，後詞“收紅豆”是三字句，餘俱同。

【考正】單段體詞之二字句，僅見於歐詞，别首尚有“回顧”一例。二首疑爲奪字，非減字也。

第三體　三十字

李　珣

煙漠漠，雨淒淒。岸花零落鷓鴣啼。遠客扁舟臨野渡。思鄉處。潮退水

○●●　●○△　◎○⊙●●○△　●●○○○●▲　○○▲　⊙●◎

平春色暮。
○○●▲

起用三字兩句，與前異，餘俱同。其"遠客"句，李有十詞，四與此同，外三首用"迴塘深處遥相見"等句，平仄與此反。又二首用"帶香遊女偎伴笑"、"春酒香熟鱸魚美"，平仄拗，想不拘也。但"帶香"句或"伴"字平聲訛仄，"春酒"句或是"酒香春熟"亦未可知，訛以傳訛，不可考矣。學人但從其穩妥者可也。

第四體　雙調　五十六字

陸　游

歸夢倚吴檣。水驛江城去路長。想見芳洲初繫纜，斜陽。煙樹参差認武
⊙●●○△　◎●○○●●△　◎●⊙○○●●　○△　⊙●○○●●
昌。　愁鬢點新霜。曾是朝衣染御香。重到故鄉交舊少，淒涼。却恐
△　⊙●●○△　⊙●○○●●△　⊙●◎○○●●　○△　◎●
他鄉勝故鄉。
○○●●△

雙疊句法，亦異前詞。《詞統》云"前後四字起，名《減字南鄉子》"，無據。如指歐詞，則彼先此後，不可云減字也。

【杜注】按，《欽定詞譜》云："此詞有單雙調。單調始自歐陽炯詞，馮延巳、李珣俱本此添字。雙調始自馮延巳。《太和正音譜》注：越調。歐陽修本此減字，王之道、黄機本此添字也。"今放翁此詞，與馮延巳"細雨濕流光"一首字句悉同，萬氏所注可仄可平，即以馮詞校定，至《詞統》所云，前後四字起名《減字南鄉子》，係指歐陽永叔"翠密紅繁"一首，並無舛誤。萬氏疑指歐陽炯詞，故謂"彼先此後，不可云減字"也。

樂遊曲　二十七字

閩后陳氏

龍舟摇曳東復東。採蓮湖上紅更紅。波淡淡，水溶溶。奴隔荷花路
○○●●○●△　●○○●○●△　○●●　●○△　○●○○●
不通。
●△

是調有二首，此首與《漁歌子》"松江蟹舍"一首相近，想其腔則各異也。其又一首云："西湖南湖鬥綵舟。青蒲紫蓼滿中洲。"平仄想不拘。

【杜注】按，《欽定詞譜》未收此調，萬氏謂與《漁歌子》"松江蟹舍"相近，誠然，疑即《漁歌子》也。

小秦王　二十八字　又名：陽關曲

無名氏

柳條金嫋不勝鴉。青粉牆頭道蘊家。燕子不來春寂寂，小窗和雨夢梨花。

●○○●●○△　◎●○○●●△　●○●●●○●　○●○○○●△

即七言絶句，平仄不拘，如東坡所作“暮雲收盡溢清寒”一首，下二句失黏不論。

【杜注】按，《漁隱叢話》云：“唐初歌舞，多是五七言詩，後漸變爲長短句，今止存《瑞鷓鴣》、《小秦王》二闋，《瑞鷓鴣》是七言八句詩，猶依字易歌，《小秦王》是七言絶句，必須雜以虚聲，乃可歌耳。”又，宋秦觀云：“《渭城曲》，絶句，近世又歌入《小秦王》，蓋即‘渭城朝雨裛輕塵’一絶。”

【考正】《小秦王》或非《陽關曲》。兩者之別，在二三句黏或不黏，蓋凡《小秦王》者，均黏，無名氏詞如此，宋仇遠二首《小秦王》亦如此。仇詞，一作：“眼溜秋潢臉暈霞。寶釵斜壓兩盤鴉。分明認得蕭郎是，佯憑闌干喚賣花。”一作：“水拍長堤没軟沙。菰蒲深處釣魚家。罾頭免得黏風絮，船尾依然帶落花。”黏對規正。《陽關曲》則自王維濫觴後，即以折腰式著名，乃至折腰體又云“陽關體”，王詞作：“渭城朝雨浥轻尘。客舍青青杨柳春。劝君更尽一杯酒，西出阳关无故人。”而東坡三首皆如此填：“濟南春好雪初晴。行到龍山馬足輕。使君莫忘霅溪女，還作陽關腸斷聲。”“暮雲收盡溢清寒。銀漢無聲轉玉盤。此生此夜不長好，明月明年何處看。”“受降城下紫髯郎。戲馬臺南舊戰場。恨君不取契丹首，金甲牙旗歸故鄉。”兩者可謂涇渭分明。萬樹摻雜二體，以東坡詞校之《小秦王》，而得“平仄不拘”之論，頗謬。

採蓮子　二十八字

皇甫松

菡萏香連十頃陂舉棹。小姑貪戲採蓮遲年少。晚來弄水船頭濕舉棹，更脱紅裙裹鴨兒年少。

◎●○○●●△　◎○○●●○△　◎○●●○○●　◎●○○●●△

即七言絶句。其“舉棹”、“年少”字乃相和之聲，説見《竹枝》。然《竹枝》二字用於句中，《女兒》二字用於句尾，此則一句一换耳。或曰，《竹枝》之“枝”、“兒”兩字，此調之“棹”、“少”兩字，亦自相爲叶，不可不知。

楊柳枝　二十八字　即：柳枝

温庭筠

館娃宫外鄴城西。遠映征帆近拂堤。繫得王孫歸意切，不關春草緑萋萋。

●○○●●○△　●●○○●●△　●●○○○●●　●○○●●○△

即七言絶句，平仄失粘不拘，皆詠柳詞也，不比《竹枝》泛用。

【考正】此亦聲詩，聲詩者，是詩而非詞也，詞句之平仄雖亦可變易，而詩則本爲無羈，故可平起，可仄起，然句皆有律，不可謂不拘。且唐人本式現存計一百七十首，惟白居易四首、劉禹錫一首失粘，餘皆井然，此五首當是偶作，不足爲訓，萬氏云"平仄失粘不拘"者，欠當。

添聲楊柳枝　以下雙調　四十字

顧　敻

秋夜香閨思寂寥。漏迢迢。鴛幃羅幌麝煙消。燭光摇。　正憶玉郎遊

⊙●○○●●△　●○△　⊙○⊙●●○△　●○△　◎●●○○

蕩去。無尋處。更聞簾外雨瀟瀟。滴芭蕉。

●▲　○○▲　◎○⊙●●○△　●○△

又，張泌此調於"鴛幃"句用"金鳳搔頭墜鬢斜"，平仄同首句。"無尋處""尋"字用仄。其餘無異。是不拘也。但顧詞"鴛幃"句與後"更聞"句同，覺紀律更精，故録之。

按，《賀聖朝影》句法字法皆與此同，祇後段"無尋處"之"處"字仍用平聲叶前後韻，故於此爲各調，不可誤也。

【考正】顧詞中之三字句，余以爲即文人修改民歌之痕跡，本爲和聲也，或因和聲之反復單調，故以實詞易之，遂成長短之句。又按，本詞原作"又一體"，據《欽定詞譜》重擬調名。

第二體　四十四字

朱敦儒

江南岸，柳枝。江北岸，柳枝。折送行人無盡時。恨分離。柳枝。　酒

○○●　●△　○●●　●◇　●●○○○●△　●○△　●◇　●

一杯。柳枝。淚雙垂。柳枝。君到長安百事違。幾時歸。柳枝。

●△　●◇　●○△　●◇　○●○○●●△　●○△　●◇

按，此"柳枝"二字當如"竹枝"、"女兒"、"舉棹"、"年少"，作和歌之語，今他無可考，仍以大字書之，且因"時"、"離"等字即叶"枝"字韻故耳。

【杜注】按，此與前之《採蓮子》皆唐教坊曲名，各有和聲，惟句尾句中不同耳。白居易詩注："《楊柳枝》，洛下新聲，其詩曰'聽取新翻楊柳枝'是也。蓋《樂府横吹曲》有'折楊柳'名，此則借舊曲名另創新聲。"

【考正】《欽定詞譜》本詞調名另擬爲《添聲楊柳枝》，從之。

浪淘沙　二十八字

皇甫松

蠻歌豆蔻北人愁。浦雨杉風野艇秋。浪起鵁鶄眠不得，寒沙細細入江流。

○○●●●○△　●●○○●●△　●●○○○●●　○○●●●○△

此亦七言絶句，平仄不拘，觀劉、白諸作皆切本调名，非泛用也。

《汲古》、《花間》，刻“淘”作“濤”，誤。

【杜注】按，“蠻歌豆蔻北人愁”一首，作七言斷句，爲此調正格，以下李後主雙調一首，雖每段尚存七言二句，乃因舊曲另製新聲也。其柳永“有個人人”一首，於前後起句各減一字，句法悉同。又，宋祁仄韻一首，音節稍變，其源皆出於李。應以李詞爲《浪淘沙令》第一體，以柳、宋二詞爲第二、第三體。萬氏原以李、宋二詞爲“又一體”，於柳詞加“令”字，似未洽。

浪淘沙令　以下雙調　五十四字　又名：賣花聲

南唐後主

簾外雨潺潺。春意闌珊。羅衾不耐五更寒。夢裏不知身是客，一晌貪
⊙●●○△　⊙●○△　⊙○◎●●○△　◎●◎○○●●　◎●○

歡。　獨自莫憑闌。無限江山。别時容易見時難。流水落花春去
△　●●●○△　○●○△　◎○⊙●●○△　⊙●◎○○●

也，天上人間。
●　⊙●○△

自南唐後俱用此調。

石孝友此調前後用四“兒”字爲叶，乃狡獪伎倆，非另有此體，即如獨木橋之類耳。《汲古》刻李之儀首句“霞卷雲舒”，乃“卷”字下落一字，非另體也。觀其後段，仍是五字可知，與後柳詞不同。

按，此調一名《賣花聲》，而《謝池春》又别名《賣花聲》，不可混也。《圖譜》改調名，並前唐調亦曰《賣花聲》，無理。

【杜注】沈氏選吴遵巖一首，後第三句“已飄零一片減嬋娟”，乃誤多一“已”字，沈注云：“後段多一字。”則似有此體矣，謬。萬氏注：“《汲古》刻李之儀詞首句‘霞卷雲舒’，乃‘卷’字下落一字，非另體也。”按，杜壽域有“簾外微風”一首，亦前四後五，則此句並非落字，實另有一體。

【考正】本詞原譜作“又一體”，誤。按，廿八字《浪淘沙》亦爲聲詩，而此爲詞之小令，兩無關涉，類列於此可，若作别體則差矣，故重擬調名。

李之儀詞，本作“霞卷與雲舒”，落一“與”字耳。杜安世詞，共三首，起拍均爲前四後五格，故《欽定詞譜》收爲又一體，兹録一如下：“簾外微風。雲雨回蹤。銀釭燼冷錦幃中。枕上深盟，年少心事，陡頓成空。　嶺外白头翁。到没由逢。一床鴛被叠香紅。明月滿庭花似繡，悶不見蟲蟲。”所不同者，除前段起拍減一字外，“枕上深盟，年少心事”爲七字句添字而來，杜詞别首作“秋千庭院，紅旗彩索”，亦同，而又一首作“展轉尋思求好夢”，其添字消息可見。

第二體　五十四字

宋　祁

少年不管。流光如箭。因循不覺韶華换。至如今、始惜月滿花滿酒
●○●▲　⊙○○▲　⊙○◎●○○▲　●○○　●○●●○●○
滿。　扁舟欲解垂楊岸。尚同歡宴。日斜歌闋將分散。倚蘭橈、
▲　○○●●○○▲　●○○▲　◎○⊙●○○▲　●○○
望水遠天遠人遠。
●●●○●○▲

後段惟首句七字與前段異。又,前用"始惜"二字,後惟一"望"字,恐落去一字,作者應照前段可也。

按,何籀《宴清都》前結即用此結,云"天遠山遠水遠人遠",余斷以上兩"遠"字乃以上作平,説見《宴清都》下。此詞用"滿"、"遠"二韻,恐亦有作平處,但舊詞惟小宋有此體,不如《宴清都》有他詞可證耳。然作者須記此字用上聲,萬萬不可用去聲。

因宋公創此三"遠"句,一變而爲何子初"細草沿階"詞,再變而爲王渼陂"無意整雲鬟"曲,,愈出愈妙,紅杏尚書豈非風流之祖乎?

【考正】萬氏云,後段尾之填法,"作者應照前段可也",此誠作譜之要也,極贊之。如《欽定詞譜》,每拘於譜例,亦步亦趨,不敢越雷池,非依譜而填,乃依詞而填也。須知單一詞例,千百年傳抄,難免有誤,而譜則反復驗校,綜合各詞,故《欽定詞譜》之範,遵之則死,殊非正道也。

兩結"滿"字、"遠"字均爲修辭性韻脚,各宜讀住爲韻,即如:"月滿。花滿。酒滿。"且於句法論,此類用字宜用上聲,不可用去聲填。

第三體　五十二字

柳　永

有個人人。飛燕精神。急鏘環佩上華裀。促拍盡隨紅袖舉,風柳腰
●●○△　○●○△　●○○●●○△　●●●○○●●　○●○
身。　簌簌輕裙。妙盡尖新。曲終獨立斂香塵。應是四肢嬌困
△　●●○△　●●○△　●○●●●○△　○●●○○●
也,眉黛雙顰。
●　○●○△

比前李詞,前後首句俱少一字,餘皆同。以調名加"令"字,故收在後。或謂凡小調俱可加"令"字,非。因另一體而加"令"字也。《汲古》刻作"有一個人人","促"字下誤少一字,今爲"□"以補之。或曰"有一個人人"仍是五字句,或"簌簌"下落一字亦未可知。余曰:"'有一個人人'語氣不可於第二字略

斷，周美成《柳梢青》起句亦云'有個人人'，更何疑乎？"

【杜注】萬氏於"促"字下空一字，按，《高麗史·樂志》作"促拍"，宜從。

【考正】"促拍"原作"促□"，據《高麗史·樂志》改。

浪淘沙慢　一百三十三字

周邦彦

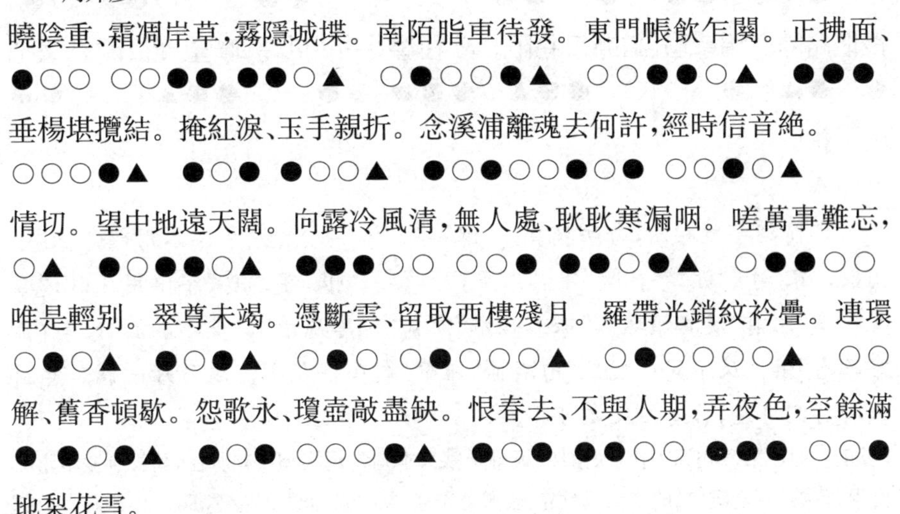

曉陰重、霜凋岸草，霧隱城堞。南陌脂車待發。東門帳飲乍闋。正拂面、

●○○ ○○●● ●●○▲ ○●○○●▲ ○○●●○▲ ●●●

垂楊堪攬結。掩紅淚、玉手親折。念溪浦離魂去何許，經時信音絶。

○○○●▲ ●○● ●○○▲ ●○●○○●○● ○○●○▲

情切。望中地遠天闊。向露冷風清，無人處、耿耿寒漏咽。嗟萬事難忘，

○▲ ●○●●○▲ ●●●○○ ○○● ●●○●▲ ○●●○○

唯是輕別。翠尊未竭。憑斷雲、留取西樓殘月。羅帶光銷紋衿疊。連環

○●○▲ ●○●▲ ○●○ ○●○○○▲ ○●○○○○▲ ○○

解、舊香頓歇。怨歌永、瓊壺敲盡缺。恨春去、不與人期，弄夜色，空餘滿

● ●○●▲ ●○● ○○○●▲ ●○● ●●○○ ●●● ○○●

地梨花雪。

●○○▲

精綻悠揚，真千秋絶調，其用去聲字尤不可及。觀竹山和詞，通篇四聲一字不殊，豈非詞調有定格耶？故可平可仄俱不敢填。

又按，此詞各刻俱作兩段，而《詞綜》於"西樓殘月"分段，作三疊，必有所據。

【杜注】按，《片玉詞》云："念漢浦離鴻"，萬氏誤"漢"作"溪"，誤"鴻"作"魂"。又，《歷代詩餘》"經時信音絶"句，"信音"作"音信"。均應遵照改正。

【考正】"玉手親折"句，"手"字原譜作仄，然此字當是以上作平，如耆卿作"許"、夢窗作"底"、方千里作"使"、楊澤民作"簡"，皆是。惟陳允平和詞作去聲，當是誤填。謹改。

原譜"向露冷風清無人處耿耿寒漏咽"十三字，作八字一句、五字一句，音律欠和，考宋人別首，此十三字有兩種填法，若第四至第七字俱平，則當爲五字一句、八字一句，如夢窗"半蜃起玲瓏，樓閣畔、縹緲鴻去絶"，此所謂句法不同，平仄微調者也。謹改。

第二體　一百三十三字

周邦彦

萬葉戰、秋聲露結，雁度沙磧。細草和煙尚緑，遥山向晚更碧。見隱隱、雲

●●● ○○●● ●●○▲ ●●○○●● ○○●●●▲ ●●● ○

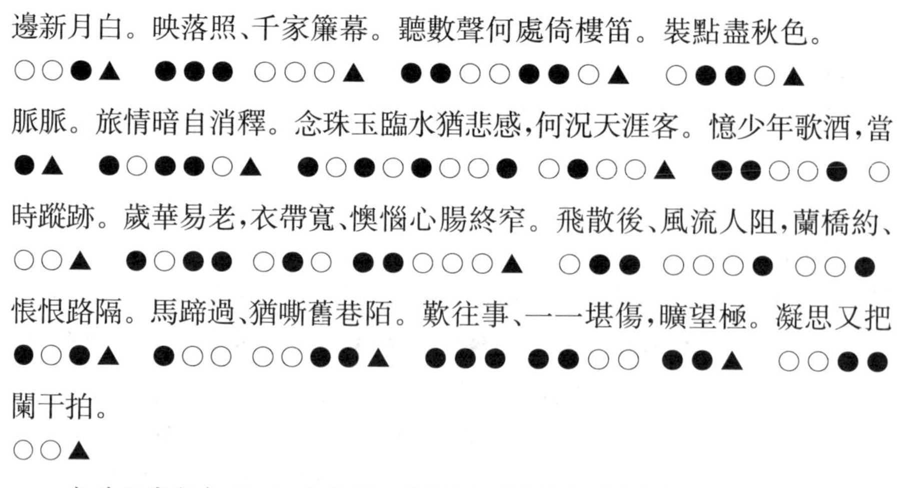

邊新月白。映落照、千家簾幕。聽數聲何處倚樓笛。裝點盡秋色。
○○●▲ ●●● ○○○▲ ●●○○●●○▲ ○●●○▲
脈脈。旅情暗自消釋。念珠玉臨水猶悲感，何況天涯客。憶少年歌酒，當
●▲ ●○●●○▲ ●○●○●○○● ○●○○▲ ●●○○● ○
時蹤跡。歲華易老，衣帶寬、懊惱心腸終窄。飛散後、風流人阻，蘭橋約、
○○▲ ●○●● ○●○ ●●○○○▲ ○●● ○○○● ○○●
悵恨路隔。馬蹄過、猶嘶舊巷陌。歎往事、一一堪傷，曠望極。凝思又把
●○●▲ ●○○ ○○●●▲ ●●● ●●○○ ●●▲ ○○●●
闌干拍。
○○▲

與前詞字數相同，句法稍異。"緑"字、"家"字、"老"字俱不用韻，"極"字用韻，"家"字、"涯"字、"時"字俱用平，"點"字、"恨"字、"舊"字俱用仄；而"數聲何處"比前"溪浦離魂"，"珠玉臨水"比前"露冷風清"，"少年歌酒"比前"萬事難忘"俱平仄不同；"飛散"句與前"羅帶"句句法不同。故另録一體。然前調有蔣詞可證，作者但從之可耳。

【考正】前段第六句原譜作"映落照、簾幕千家"，本句當爲均脚定韻所在，萬氏所據本當有舛誤，現據《欽定詞譜》改。又，《欽定詞譜》本句亦未作韻，此"幕"字當爲詞韻十六十七部通押。

第三體　一百三十三字

柳　永

夢覺透窗風一綫，寒燈吹息。那堪酒醒，又聞、空階夜雨頻滴。嗟因循、久
●●●○○●● ○○○▲ ○○●● ●○ ○○●●○▲ ○○○ ●
作天涯客。負佳人、幾許盟言，更忍把、從前歡會，陡頓翻成憂戚。　愁
●○○▲ ●○○ ●●○○ ●●● ○○○● ●●○○○▲ ○
極。再三追思，洞房深處，幾度飲散歌闋。香暖鴛鴦被，豈暫時疏散，費伊
▲ ●○○● ●○○● ●●●○○▲ ○●○○● ●●○○● ●○
心力。殢雨尤雲，有萬般千種相憐惜。到如今、天長漏永，無端、自家疏
○▲ ●●○○ ●●○○●○○▲ ●○○ ○○●● ○○ ●○○
隔。知何時、却擁秦雲態，願低幃昵枕，輕輕細説。與江鄉，夜夜數、寒更
▲ ○○○ ●●○○● ●○○●● ○○●▲ ●○○ ●●● ○○
思憶。
○▲

亦與前調字數同，而中間句法又多異處，至結語竟判然不同矣。然《樂章》多有訛錯，難於考訂，不敢妄爲之説。“歌闋”，“闋”字舊刻作“闌”；“知何時”舊刻作“如何時”，今改正之。

【考正】前段“又聞”八字，原譜爲四字兩句，前句音律失諧。按，以前二體觀，“聞”字後本有一讀住，後六字爲一整句，“又聞”，二字逗也。此類音節連平或連仄處，即是語句讀斷之標識，後段“無端、自家疏隔”，原譜亦不讀斷，而實應以二字逗帶四字讀。驗之別首，後四字前均有一讀住，即爲明證。又，後段第八句，原譜作“有萬般、千種相憐惜”，似亦不諧，蓋“萬般千種”不當讀斷也。

本詞前段“盟言”之“言”字，當爲定韻所在之字位，而此不入韻，顯爲傳抄之誤。又，後段第六字，宋人俱填爲仄讀，故“思”字當仄讀爲是。“幾度飲散歌闋”句，“散”字以上作平，宋人該字位均爲平聲，可證。

前三首慢詞，後段殊多不合，周詞一爲四均，一爲五均，而柳詞則爲六均，斷無此理也，其中必有舛誤處。

八拍蠻　二十八字

閻　選

雲鎖軟黄煙柳細，風吹紅蔕雪梅殘。光景不勝閨閣恨，行行坐坐黛眉攢。

○●●○○●●　⊙○⊙●●○△　⊙●◎○○●●　⊙○◎●●○△

即七言絶句，而下二句平仄失粘，閻二首及孫光憲一首皆然。孫詞首句用平韻起，又與此異。

【考正】本調調名“八拍”，而詞止四拍，則爲殘篇無疑。

阿那曲　二十八字　又名：雞叫子

楊太真

羅袖動香香不已。紅蕖裊裊秋煙裏。輕雲嶺下乍摇風，嫩柳池塘初拂水。

○●●○○●▲　○○●●○○▲　○○●●●○○　●●○○○●▲

即仄韻七言絶句，平仄不拘。

【杜注】按，此調《欽定詞譜》未收，疑即《紇那曲》之轉音。《紇那曲》本五言七言絶句也。

欸乃曲　二十八字

元　結

千里楓林煙雨深。無朝無暮有猿吟。停橈静聽曲中意，好似雲山韶濩音。

○●○○○●△　○○○●●○△　○○●●●○●　●●○○○●△

亦即七言絶句，平仄不拘。

按，"欸乃"俗訛"款乃"，非。字書作"款乃"，亦非。"欸乃"棹船戛軋之聲。柳詩"欸乃一聲山水緑"，《嚴次山集》名"清江欸乃"是也。"欸"字與"唉"字同，是歎恨發聲之辭。《通雅》曰："唉，烏開切，又於解、於亥、於皆三切。"《楚辭》："唉秋冬之緒風"，亞父曰："唉豎子不足與謀"，此"欸乃"之"欸"正當作"埃"字上聲，讀爲烏蟹切。蓋船聲如人聲耳。劉蜕《湖中歌》作"靄迺"，劉言史《瀟湘詩》作"曖迺"，皆"欸乃"之借字。山谷黄直翁皆以爲字異音同。陰氏謂："《紫陽韻》及《韻會》皆然"，而梅氏《字彙》謂："數處當各如其音，不必比而同之"。甚謬。升庵云："欸，亞改切，柳詩本作'靄襖'，後人誤倒讀，作'襖靄'。"近江右張爾公作《正字通》，以爲宜讀作"矮襖"，然《正韻》於上聲六解内收"乃"字，作依亥切，去聲六泰内收"乃"字，作於蓋切，皆引"欸乃"爲證，是"乃"有"靄"、"愛"二音，而"欸"則音"襖"，是"欸"之音"襖"，向來相傳，亦必有所本。魏校《六書精藴》云："語辭之'乃'轉爲'欸乃'之'乃'，音烏皓切，正作'襖'音，是則'欸'字之爲'埃'，上聲無疑。而'乃'字則或作'靄'或作'襖'，未確然耳。"又，陳氏謂："當如'乃'字本音'奈'上聲"，則必不然。而《冷齋夜話》載洪駒父云："柳詩本是'㷃靄'，俗誤分'㷃'爲二字。"則其説新奇而無可考據也。

【杜注】按，元結詩自序云："大曆初，爲道州刺史，以軍事詣都使還州，逢春水，舟行不進，作《欸乃曲》令舟子唱之，以取適於道路云。"

【考正】余嘗於《欽定詞譜考正》中論及"欸乃"，今摘録如後：

《演繁露》云："欸：音奥；乃：音靄。世故共傳《欸乃》爲歌，不知何調何辭也。"其讀音所擬，不知何據，録以備之。"欸乃"之讀音，當爲和聲無疑，惟"ainai"之音，纖弱無力，文人案頭之聲耳。雖合乎字書，却不合實際。若夫船工號子，眾漢子大力和之，讀若"奥靄"者，恰如其分，聲情並茂，令人如臨其境。蓋奥靄者，噢哎也，今作"嗬！嗨！"，實一聲之轉耳。

清平調　二十八字

李　白

雲想衣裳花想容。春風拂檻露華濃。若非群玉山頭見，會向瑶臺月下逢。

○●○○○●△　○○●●●○△　●○○●○○●　○●○○●●△

七言絶句，平仄不拘。

【杜注】按，《碧雞漫志》云："《清平調》詞，乃於清調、平調製詞也。"《松窗雜記》云："每遍將换，明皇自倚玉笛和之。"

【考正】萬氏所謂"平仄不拘"者，當以篇論，而不可以句論，參《楊柳枝》二十八字體注。

甘州曲　二十八字

蜀主王衍

畫羅裙。能解束，稱腰身。柳眉桃臉不勝春。薄媚足精神。可惜淪落在
●○△　○●●　●○△　●○○●●○△　●●●○△　●○○●●
風塵。
○△

衍幸青城，至成都山上清宫，随駕宫人皆衣畫雲霞道服，衍自製此曲，與宫人唱和，本意謂神仙而在凡塵耳。後衍降中原，宫妓多淪落者，其語始驗云。

【杜注】按，《歷代詩餘》"能解束"句，"解"作"結"。又，宋無名氏《五國故事》載此詞，末句"惜"字下有"許"字。又按，《欽定詞譜》亦有"許"字。

【考正】尾句"惜"字，以入作平。又，一本本句作"可惜許"，則此曲演唱時於"淪落"之前當有一讀斷，"惜"字不作平，亦應讀爲"可惜、淪落在風塵"，即雙音步連仄暗示二字逗原則。

甘州子　三十三字

顧　敻

紅爐深夜醉調笙。敲拍處，玉纖輕。小屏古畫岸低平，煙月滿閑庭。山枕
⊙○⊙●●○△　○●●　●○△　◎○◎●●○△　⊙●●○△　○●
上，燈背臉波横。
●　⊙●●○△

顧此調五首，俱用"山枕上"三字，此偶然，不拘也。首七字、末八字，與前異。

【考正】萬氏所謂"此偶然"者，當是作者文法構思之刻意，而非律法之刻意也，故曰"不拘也"。要之，填詞本有兩端，一爲文法角度，一爲律法角度，前者乃創作事，無關乎格律者。如獨木橋體式即是，而與律法無關。若混淆二者，以此律彼，則焉有不錯之理哉。

甘州遍　以下雙調　六十三字

毛文錫

春光好，公子愛閑遊。足風流。金鞍白馬，雕弓寶劍，紅纓錦襜出長
○○●　○●●○△　●○△　○○●●　○○●●　○○●●●○
秋。　　花蔽膝，玉銜頭。尋芳逐勝歡宴，絲竹不曾休。美人唱，揭
△　　○●●　●○△　○○●●○●　⊙●●○△　●○●　●
調是甘州。醉紅樓。堯年舜日，樂聖永無憂。
●●○△　●○△　⊙○●●　●●●○△

毛此體二闋，查其用字，無不相合，可見古人填譜自有定律也。

此下三調，皆以《甘州》名，同類集於此。

甘州令　七十八字

柳　永

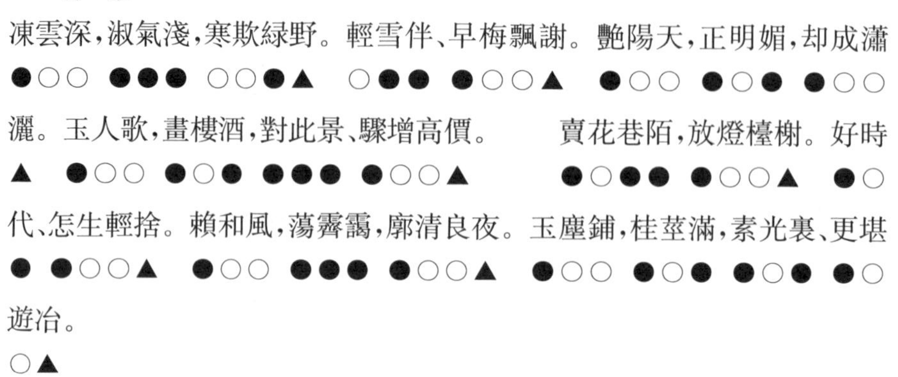
凍雲深，淑氣淺，寒欺緑野。輕雪伴、早梅飄謝。艷陽天，正明媚，却成瀟灑。玉人歌，畫樓酒，對此景、驟增高價。　賣花巷陌，放燈臺榭。好時代、怎生輕捨。賴和風，蕩霽靄，廓清良夜。玉塵鋪，桂莖滿，素光裏、更堪遊冶。

後段衹首句换頭，“放燈”以下與前段“寒欺”以下俱同。

【杜注】按，前之《甘州曲》，唐教坊曲名，《唐書·禮樂志》：“天寶間樂曲皆以邊地爲名，《甘州》其一也。大曲多遍，是以雙調名《甘州遍》，此《甘州令》，《碧雞漫志》、《樂章集》均注‘仙吕調’，與前二調及後之《八聲甘州》俱不同。”

【考正】原譜前段尾句作“對此早”，句意不通，疑形近而誤，此據彊村叢書本《樂章集》改。

八聲甘州　九十五字

劉　過

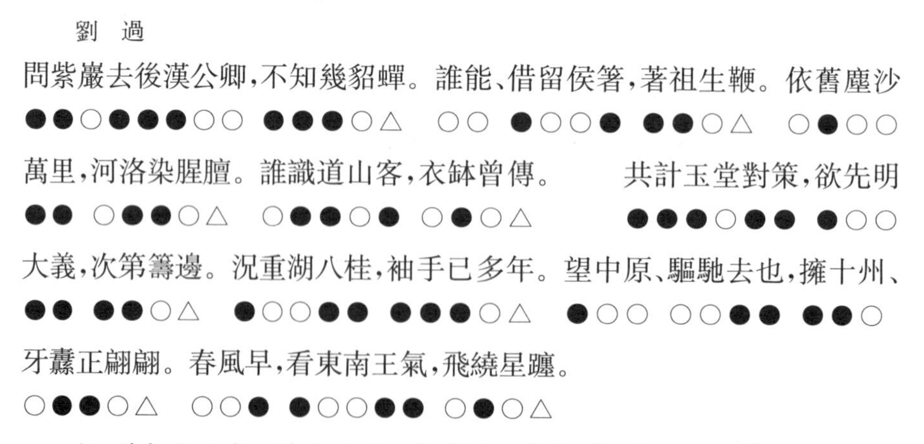
問紫巖去後漢公卿，不知幾貂蟬。誰能、借留侯箸，著祖生鞭。依舊塵沙萬里，河洛染腥膻。誰識道山客，衣鉢曾傳。　共計玉堂對策，欲先明大義，次第籌邊。況重湖八柱，袖手已多年。望中原、驅馳去也，擁十州、牙纛正翩翩。春風早，看東南王氣，飛繞星躔。

按，前起十三字可作上五下八句法，《西域志》載，龜兹國工製《伊州》、《甘州》、《涼州》等曲，皆翻入中國，八聲者，歌時之節奏也。又，《欽定詞譜》“河洛染腥膻”句作“河洛黯風煙”，應遵改。

【考正】“誰能”句原譜不讀斷，音步連平爲讀住之標識，故當以二字逗斷之。“借留侯箸，著祖生鞭"爲一驪句，八字正是二字逗所領者，亦可證之。若不讀住，則易忽略驪句結構。

後段"望中原"句，原譜不讀斷，音律失諧。

第二體 九十五字

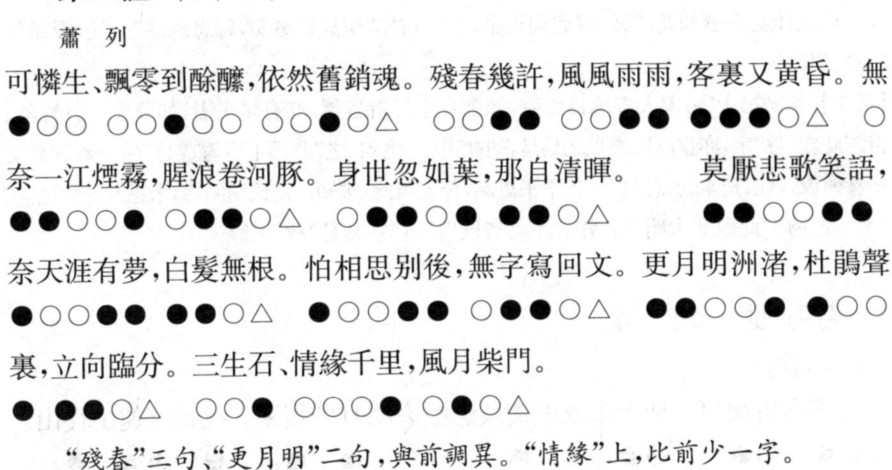

蕭 列

可憐生、飄零到酴醾，依然舊銷魂。殘春幾許，風風雨雨，客裏又黄昏。無

●○○ ○○●○○ ○○●○△ ○○●● ○○●● ●●●○△ ○

奈一江煙霧，腥浪卷河豚。身世忽如葉，那自清暉。 莫厭悲歌笑語，

●●○○● ○●●○△ ○●●○● ●●○△ ●●○○●●

奈天涯有夢，白髮無根。怕相思別後，無字寫回文。更月明洲渚，杜鵑聲

●○○●● ●●○△ ●○○●● ○●●○△ ●●○○● ●○○

裏，立向臨分。三生石、情緣千里，風月柴門。

● ●●○△ ○○● ○○○● ○●○△

"殘春"三句、"更月明"二句，與前調異。"情緣"上，比前少一字。

第三體 九十七字 或止題"甘州"二字

柳 永

對瀟瀟暮雨灑江天，一番洗清秋。漸霜風淒緊，關河冷落，殘照當樓。是

●○○◎●●○○ ◎●●○△ ●○○⊙● ○○◎● ⊙●○△ ●

處紅衰翠減，苒苒物華休。惟有長江水，無語東流。 不忍登高臨遠，

●⊙○◎● ◎●●○△ ○●⊙○● ⊙●○△ ●●⊙○⊙●

望故鄉渺邈，歸思難收。歎年來蹤跡，何事苦淹留。想佳人、妝樓長望，誤

●◎○◎● ⊙●○△ ●⊙○⊙● ⊙●●○△ ●○○ ⊙○⊙●●

幾回、天際識歸舟。爭知我、倚闌干處，正恁凝愁。

●○ ⊙●●○△ ○○● ◎○○● ◎●○△

"漸霜風"三句，與前兩詞皆異，作者多用此體。"番"字多用平聲，如坡翁"潮"字，石林"然"字、"心"字，草窗"暉"字，夢窗"天"字、"杯"字、"依"字，方壺"鵑"字，稼軒"陵"字、"亭"字，皆然。其用仄者，十中之一耳。"幾"字亦多用仄，故兩字俱未旁注，取法乎上者，自當鑒之。至"倚闌干處"四字，内"闌干"二字相連，如玉田之"有斜陽處"，琴趣之"算如何此"、"更何須惜"，夢窗之"上琴臺去"、"暗消磨盡"、"醉秋香畔"皆然。此雖非大關係，古作者不必皆同，然亦不可不知。夢窗之故意填此，必有謂也。

按，玉田首句第八字即起韻，他作無之，可不必從。石林於首二句，一云

“故都迷岸草，望長淮、依然繞孤城”，一云“又新正過了，問東風、消息幾時來”，一云“問浮家泛宅，自玄真去後有誰來”，皆首句作五字，次句作八字，與他家稍異，因字數平仄同，於此注明，不另録。

【杜注】按，楊升庵《詞品》載東坡云：“人皆言柳耆卿詞俗，如‘霜風淒緊，關河冷落，殘照當樓’，唐人佳處不過如此。”又，録此詞後半，二三句作“望故鄉渺渺，歸思悠悠”。又，後結作“正恁凝眸”。

【考正】本調第十字，宋人多填爲仄聲，如張炎十三首皆然，亦有填平者，如夢窗三首皆然。柳詞此處“番”字，亦當以仄讀視之爲是，如杜甫《三絶句》之“會須上番看成竹”然。蓋詞爲文字藝術後，竊以爲本句當以仄仄仄平平更諧，今人填此，須知。萬氏糾結，蓋未思及於此也。

原注爲“此雖非大關係古作者不必皆同”，“古”字當是“故”之誤。

字字雙　二十八字

王麗真

床頭錦衾班復班。架上朱衣殷復殷。空庭明月閑復閑。夜長路遠山復山。
○○●○○●△　●●○○○●△　○○○●○●△　●○●●○●△

七言四句，俱用韻。因末字重複，故名《字字雙》。

【杜注】按，《欽定詞譜》云：“見《才鬼記》。無他詞可校。”

【考正】萬氏因詞句句尾而以爲調名由此，似覺牽强。

九張機　二十九字

無名氏

春衣。素絲染就已堪悲。塵昏汗污無顔色。應同秋扇，從兹永棄，無復奉君時。
○△　●○●●●○△　○○●●○○▲　○○○●　○○●●　○●●○△

此用兩字起韻。

第二體　三十字

無名氏

五張機。橫紋織就沈郎詩。中心一句無人會。不言愁恨，不言憔悴，只恁寄相思。
●○△　○○●●●○△　○○●●○○▲　○○○●　●○○●　●●●○△

此用三字起韻，《圖譜》但收三十字者，失却前調矣。此詞九首，其第一字自一至九，故有“三張機”，“三”字平聲，亦不拘也。

【杜注】按，此調曾慥《樂府雅詞》收無名氏兩作，其一自“一張機”至“九張機”九首，前有口號一首，後有“遣隊”二首，共十二首爲一調。其一自一至九共九首爲一調。萬氏所收“春衣素絲”一首，乃前作之“遣隊”【猶南曲之“尾聲”，北曲之“慶餘”也】。“五張機”一首，乃後作九首中第五首【應備列前十二首，其《五張機》一首可删】。

【考正】各本均因“三張機”而以爲首字可平也，竊以爲非。蓋此句若三平起調，自然不諧，當以仄平平爲正。“三張機”者，權也，偶誤不改，故於律論之，豈可爲範矣。

法駕導引　三十字

陳與義

東風起，東風起，海上百花搖。十八風鬟雲半動，飛花和雨著輕綃。歸路

○⊙●　○⊙●　●●●○△　◎●⊙○○●●　⊙○○●●○△　○●

碧迢迢。

●○△

起兩句重用。此調似《憶江南》，而首多一疊句耳。

按，此詞三首，各刻俱作“烏衣女子歌之，或問一道士，曰：‘此赤城韓夫人作水府蔡真人《法駕導引》也。’”今按，簡齋《無住詞》，首即載此，題下注前事，云是擬作三闋，是爲陳詞耳。

【杜注】按，陳與義原詞序云：“世傳頃年都下市肆中，有道人攜烏衣椎髻女子，買斗酒獨飲，女子歌詞以侑，凡九闋，皆非人世語。或記之，以問一道士，道士驚曰：‘此赤城韓夫人所製水府蔡真人《法駕導引》也，烏衣女子疑龍’云。得其三而忘其六，擬作三闋。”萬氏注而未詳，補之。

【考正】本調另有雙調體者，即疊單體詞耳。如劉辰翁詞雙調十首皆是，惟其中二首前後段換韻，疑爲兩單調體之誤合。而劉克莊詞前後起作“樵柯烂，丹灶熟”、“鞭鸾上，骑麟下”，均不疊句，亦僅一見。兹録劉辰翁詞一首，以作詞譜，譜中可平可仄均校之劉詞别首：

法駕導引　六十字

劉辰翁

春小小，春小小，梅見著些些。未必神仙無白髮，依然林下有黄花。潭影浸流霞。　冬

⊙◎●　⊙◎●　⊙●●○△　◎●⊙○⊙◎●　⊙○⊙●●○△　⊙●●○△　⊙

十十，冬十十，亥字雁斜斜。不用瑶池偷碧實，不須句漏博丹砂。陰德遍人家。

◎●　⊙◎●　◎●●○△　◎●⊙○○●●　⊙○◎●●○△　⊙●●○△

抛球樂辭　三十字

劉禹錫

五色繡團圓。登君玳瑁筵。最宜紅燭下，偏稱落花前。上客如先起，應須

◎●●○△　○○●●△　●○○●●　⊙●●○△　●●○○●　○○

贈一船。
◎●△

五言六句，中二句對偶，劉他作及皇甫作俱同。起句可用仄。

【杜注】按，《唐音癸籤》云："《抛球樂》，酒筵中抛球爲令，其所唱之詞也。"《宋史・樂志》："女弟子舞隊三，曰：《抛球樂》。"又按，起句末一字可用仄，皇甫松之作未叶韻。

【考正】原譜此詞題《抛球樂》，亦聲詩，屬雜曲歌辭，故又題作《抛球樂辭》，爲有别於後一式，易爲是名。

抛球樂　四十字

馮延巳

霜積秋山萬樹紅。倚巖樓上掛朱櫳。白雲天遠重重恨，黄葉煙深淅淅風。
○●○○●●△　●○○●●○△　●○○●○○●　○●○○●●△

仿佛梁州曲，吹在誰家玉笛中。
●●○○●　○●○○●●△

六句惟第五句五字，餘皆七字，中二句亦對偶。

【考正】唐宋詞本式從無標注"雜曲歌辭"者，與前一式當是同名異調，故復題其名以别。宋無名氏詞，又作《莫思歸》；元人馬丹陽有《望江東》詞，亦名《抛球樂》，當是同名異調，不可混爲一體。

抛球樂慢　雙調　一百八十七字

柳　永

曉來天氣濃淡，微雨輕灑。近清明、風絮巷陌，煙草池塘，盡堪圖畫。艷杏
●○○●○●　○●○▲　●○○　○●●○　○●○○　●○○▲　●●

暖、妝臉匀開，弱柳困、宫腰低亞。是處、麗質盈盈，巧笑嬉嬉，争簇鞦韆
●　○●○○　●●●　○○○▲　●◎　●●○○　●●○○　○●○○

架。戲彩球羅綬，金雞芥羽，少年馳騁，芳郊緑野。占斷五陵遊，奏脆管繁
▲　●●○○●　○○●●　●○⊙●　○○●▲　◎●●○○　●●●⊙

弦、聲和雅。向名園深處，争泥畫輪，競羈寶馬。　取次、羅列杯盤，就
⊙　○○▲　●○○○●　○●●○　●○●▲　●●　○●○○　●

芳樹、緑影紅陰下。舞婆娑，歌宛轉，仿佛鶯嬌燕姹。寸珠片玉，争似此、
○●　●●○○▲　●○○　○●●　●●○○●▲　●○●●　○●●

濃歡無價。任他美酒十千，一斗飲竭，仍解金貂貰。恣幕天席地，陶陶盡
○○○▲　●○●●○○　●●○○　○●○○▲　●●○○●　○○●

醉,太平且樂,唐虞景化。須信艷陽天,看未足、已覺鶯花謝。對緑蟻翠
● ●○◎● ○○●▲ ⊙●●○○ ●●● ◎●○○▲ ●●●●

蛾,怎生輕捨。
○ ●○○▲

"是處"以下與後段"任他"以下相合,至結處比前段少四字耳。"泥"字去聲。

作長調須要如此照管,則知安字平仄處,裁句長短處,不然隨讀隨填,必至前後盡錯矣。況不如此體認,而惟舊譜是依,豈不大誤耶。

【杜注】按,《葉譜》後段"任他"下十五字,作四字兩句、七字一句,較順。

【考正】此慢詞也,别於前述二式,原譜列爲"又一體",甚覺不妥,故改爲此調名。

本詞前段"風絮巷陌"之"陌",以入作平。"任他"之"他"原譜校之前段注可仄,似不足爲據,不取。

前段"是處"六字原爲一句,不讀斷,雙音步連仄實爲讀住之標識,蓋二字逗所領,爲四言驪句也。其换頭處,原譜六字亦不讀斷。而前段"奏"句八字,原譜作上三下五讀斷,惟"脆管繁弦"爲一緊密結構,自不當讀斷者。

"争似此"一句,原譜作"争似濃歡無價",檢元人长筌子步韻柳永詞,本句作"誰肯著、千金酬價",較柳詞多一字,长筌子别首又作"谁信有、纯阳龙飞",則原譜或奪一字,檢彊村叢書本《樂章集》恰爲七字一句,當爲的本;其次,校之前段,第三均均尾作"弱柳困、宫腰低亞",亦爲折腰式七字一句,可爲旁證。據補。

江南春　三十字

寇　準

波渺渺,柳依依。孤村芳草遠,斜日杏花飛。江南春盡離腸斷,蘋滿汀洲
○●● ●○△ ○○○●● ○●●○△ ○○○●○○● ○●○○

人未歸。
○●△

兩三、兩五、兩七,或曰此萊公自度曲,他無作者。余謂唐李青蓮詩:"秋風清。秋月明。落葉聚還散,寒鴉棲復驚。相思相見知何日,此時此夜難爲情。"即此調之濫觴耳。

【杜注】按,《欽定詞譜》以此調爲《秋風清》,較李青蓮"秋風清"之作,衹少一首韻。

【考正】青蓮"秋風清"乃雜言詩,原題名《三五七言詩》,宋人亦有依李而作《三五七言詩》者,如俞德鄰、鄧深等,詩題均如此。俞德鄰詩起句爲"守錢虜,抱官囚",首句亦不叶韻,與寇準此作同,故寇準此作疑亦非詞也。另,劉長卿"新安路,人來去"一首,更以仄韻爲之。

踏歌辭　三十字

崔　液

庭際花微落，樓前漢已橫。金壺催夜盡，羅袖舞寒輕。調笑暢歡情未半，
○●○○●　○○●●△　○○○●●　⊙●●○△　○●●○○●●
看天明。
●○△

唐詩刻此，作五言六句。誤。

【杜注】按，崔潤甫另一首，後二句云："歌響舞分行，艷色動流光"，"行"、"光"二字，與此首"情"、"明"二字均叶韻，似仍作五言六句爲是。

【考正】《欽定詞譜》未收此調。此亦雜曲歌辭，聲詩也，故尾聯當是五言二句，讀如七字一句、三字一句者，偶合耳。

詞律卷一終

詞律卷二

憶王孫　三十一字　又名：豆葉黄、闌干萬里心

李重元

萋萋芳草憶王孫。柳外樓高空斷魂。杜宇聲聲不忍聞。欲黄昏。雨打梨花深閉門。

⊙○⊙●●○△　◎●○○⊙●△　◎●○○⊙●△　●○△　◎●○○⊙●△

《詞林萬選》云："元人北曲《一半兒》即是此調，蓋其末句云'一半兒□□一半兒□'，添'兒'字襯，即曲調矣。然元曲亦有《憶王孫》，與此同者，當是一調異名。北曲末一字多用上聲，詞則無之。""空"、"深"二字用平，"不"字亦作平，最起調。雖不拘，然名詞名曲多得此訣，但可爲知者道耳。

【杜注】按，此詞載於秦觀《淮海集》中，因顧從敬《草堂詩餘》誤爲李重元作，萬氏從之。又按，他刻爲李甲作，李甲，字景元，疑《草堂》之作重元，乃景元之誤也。

【考正】本調爲宋詞，多用平聲韻，然亦偶有叶仄聲韻者，如王安石之"夢中作"詞：

隔岸桃花紅未半。枝頭已有蜂兒亂。惆悵武陵人不管。清夢斷。亭亭佇立春宵短。

●●○○○●▲　○○●●○○▲　○●●○○●▲　○●▲　○○●●○○▲

憶王孫　雙調　五十四字

周紫芝

梅子生時春漸老。紅滿地、落花誰掃。舊年池館不歸來，又緑盡、今年草。　　思量千里鄉關道。山共水、幾時得到。杜鵑只解怨殘春，也不管、人煩惱。

○●○○○●▲　○●●　●○○▲　●○⊙●●○○　●●●　○○▲　　⊙○⊙●○○▲　○●●　●○○▲　●○◎●●○○　●●●　○○▲

前後字句同，祇後起平仄異。

【考正】本調細玩其字句韻，與前單調體詞並無淵源，當是同名異調，故復以名之，惟前單調體已然熟調，故雖有《豆葉黄》等别名，亦不改易。

一葉落　三十一字

後唐莊宗

一葉落。搴珠箔。此時景物正蕭索。畫樓月影寒，西風吹羅幕。吹羅幕。
●●▲　○○▲　●○●●●○▲　●○●●○　○○○○▲　○○◆
往事思量著。
●●○○▲

他無作者。《圖譜》注平仄可换，吾不敢信。

【杜注】按，《歷代詩餘》"搴珠箔"句，"朱"作"珠"，應遵改。《欽定詞譜》云："後唐莊宗能自度曲。此其一也。"

【考正】已據杜注改。

蕃女怨　三十一字

温庭筠

萬枝香雪開已遍。細雨雙燕。鈿蟬箏，金雀扇。畫梁相見。雁門消息不
●○○●○●▲　◎●○▲　●○○　○●▲　◎○○▲　●○○●●
歸來。又飛回。
○△　●○△

"已"字、"雨"字俱必用仄聲，觀其次篇用"磧南沙上驚雁起，飛雪千里"可見。乃舊譜中岸然竟注作可平，不知詞中此等拗句，乃故作抑揚之聲，入於歌喉，自合音律。由今讀之，似爲拗而實不拗也。若改之，似順而實拗矣。且此詞起於温八叉，餘鮮作者，試問作譜之人，從何處訂定其爲可平乎？

【考正】詞中之拗句，固與歌唱相關，而不能以平仄律説之。然詞之唱，亦與平仄無關，蓋唱者於演唱時自可微調也，此玉田所叙甚詳。萬氏"今讀之似爲拗而實不拗"云云，不知其標準如何？竊以爲純屬主觀臆想，蓋其時詞已不可唱，言之無據也。

古調笑　三十二字　又名：宫中調笑、三臺令

馮延巳

明月。明月。照得離人愁絶。更深影入空床。不道帷屏夜長。長夜。長
○▲　○◆　●●⊙○⊙▲　⊙○◎●⊙△　◎●◎○●△　○▼　○

夜。夢到庭花陰下。
◆　◎●⊙○⊙▼

起二字疊。後"長夜"二字,即以上句尾二字顛倒而疊之,凡三用韻。

此亦名《三臺令》,然與二十四字者不同。

【杜注】按,此調《欽定詞譜》作《古調笑》,注云:"《樂苑》:商調曲,一名《宫中調笑》。白居易詩'打嫌調笑易',自注:'《調笑》,抛打曲名也。'"與宋詞《調笑令》不同。

【考正】本調原譜題名《調笑令》,與後一式爲同名異調,故採《欽定詞譜》所取之名,以作區别。

第六字萬氏注曰可平,檢自唐至元,惟王建"美人病來遮面"、馮延巳"翠鬟離人何處"兩句爲平,或爲筆誤,或爲抄誤,故不取,填者亦總以仄填爲正。

白居易"打嫌調笑易"句,見《代書詩一百韻寄微之》。

調笑令　三十八字

毛　滂

隼旟佩馬昌門西,泰娘紺幰爲追隨。河橋春風弄鬟影,桃花髻暖黄蜂飛。繡茵錦薦承回雪,水犀梳斜抱明月。銅駝夢斷江水長,雲中月墮韓香歇。

香歇。袂紅黦。記立河橋花自折。隼旟紺幰城西闕。教妾驚鴻回雪。銅駝春夢空愁絶。雲破碧江流月。
⊙▲　◎○▲　◎●⊙○○●▲　◎○◎●○○▲　⊙●○○○▲　⊙○⊙●○○▲　⊙●◎○○▲

詞前用七言古詩八句,四平四仄,即以詩尾二字爲詞首二字句,餘俱叶之。蓋詩則誦,而詞則歌,猶董解元《西厢》,先有詩句,而後彈曲子也。《圖譜》將起處作五字句,失注第二字起韻,大謬。此調或題作"頭子",或作"破子",東堂有"破子"二首,則單用後詞,而無前詩句,然"酒美"一首,詞中皆言文君事,蓋其前八首俱詠古美人,前有詩八句,詞後俱注"右某某",此首無之,恐原亦有詩句,而前後俱逸去耳。又"花好"一首,詞意似無所實指,則爲不用詩,而止用詞之體也。

又,此二詞後載"遣隊"一詞,乃七言絶句,或謂本集作詞,應收於二十八字調内。余曰:宋時教坊演樂,必有"致語",皆以文士之筆,代爲優人之辭。"致語"用四六,其下必有口號,多作七言律,亦有四句者,或小兒、或女弟子登演雜劇,皆有問語、答語,隊名謂之"勾隊",演畢,則放之使去,謂之"放隊"。此"遣隊"者,即"放隊"也。但"放隊"亦用四六數句,不用絶句,此詩必本是口號,而誤刻作"遣隊"耳。否則,"遣隊"時或亦可作詩,總於詞無涉也。今附録於後:

歌長漸落杏梁塵，舞罷香風卷繡裀。更擬緑雲弄清切，尊前恐有斷腸人。

【杜注】按，毛滂此調前有小引，後詞十首，皆前作七古八句，以後二字爲詞首，十首之後有"破子"。二首前無七古，句法與十首同。又，後有"遣隊"一首，萬氏所列爲第二首，題則《詠泰孃》也。又，《欽定詞譜》收無名氏八首，注云："《樂府雅詞》：'宣和中自九重傳出'。"核與毛詞相同，惟少"破子"二首，以"遣隊"爲"放隊"。

【考正】本調原譜作"又一體"，而實與前一式爲同名異調，故復題名《調笑令》以別之。

本調秦少游亦有十首，每首皆有古詩八句，且亦以末二字爲詞之起拍，故萬氏以爲東堂詞逸去二詩云，確。惟少游詞無"遣隊"或"放隊"，似與體不合，或亦是殘缺。

遐方怨　三十二字

温庭筠

憑繡檻，解羅幃。未得君書，斷腸，瀟湘春雁飛。不知征馬幾時歸。海棠

○●●　●○△　●●○○　●○　○○○●△　●○○●●○△　●○

花盡也，雨霏霏。

○●●　●○△

"湘"字，飛卿次章用"悵"字，去聲，想不拘也。"斷腸"必用仄平，《譜》謂可作平仄，差。

【杜注】按：《欽定詞譜》云："惟《花間集》有之，宋人無填此者。"第四句例作拗句，温詞別首正同。

【考正】是詞三四句，歷代均作一四一七，原譜亦如此讀，誠非。蓋此二句顧敻、孫光憲均作五字二句，如孫詞一作"爲表花前意，殷勤贈玉郎"，一作"願早傳金盞，同歡臥醉鄉"，顧詞又作"遼塞音書覺，夢魂長暗驚"。然則，飛卿之結構，當是第三句添一字之格局，亦即"未得君書斷腸，瀟湘春雁飛"，如此，五字句格律與二子皆同矣。以文理論，"斷腸"屬上方恰，即"斷腸"皆因"未得君書"故也，而非"斷腸瀟湘"或"斷腸春雁"，此理甚明，奈前賢皆失之。飛卿別首，作"未卷珠簾，夢殘，惆悵聞曉鶯"亦是，"夢殘"若屬下則是二句，否則則文理不通也。因唐風好短句，故折中之，不作六字一句、五字一句，而作四二五讀。而"悵"字參校他詞，當是誤筆，此位不可不平，豈有其餘各句均守律而填，獨此一字可"不拘"之理者？故原譜"湘"字注可仄，改之。

第二體　雙調　六十字

顧　敻

簾影細，簟文平。象紗籠玉指，縷金羅扇輕。嫩紅雙臉似花明。兩條眉黛

⊙◎●　●○△　●○○●●　◎○○●△　●○○●●○△　◎○○●

遠山横。　　鳳簫歇，鏡塵生。遼塞音書絶，夢魂長暗驚。玉郎經歲負娉
●○△　　　◎⊙●　●○△　○●○○●　◎○○●△　●○○●●○
婷。教人争不恨無情。
△　⊙○●●●○△

第三、第四句，前調用一四、一七，此調用兩五字，各異。餘俱同。後段比前段，只“遼塞”句“塞”字作仄、“書”字作平，與前“紗”字、“玉”字異。孫光憲則第三句前云“爲表花前意”，後云“願早傳金盞”，全用“遼塞”句平仄，更爲有律。但以其第五句“此時更役心腸”，只六字，必刻本落去一字，不全，故收此詞耳。

【考正】萬氏以爲孫詞第五句六字，“必落一字”，是。《欽定詞譜》載此句作“此時更自役心腸”，正與萬氏合。

思帝鄉　三十三字

韋　莊

雲髻墜，鳳釵垂。髻墜釵垂無力，枕函攲。翡翠屏深月落，漏依依。説盡
○●●　●○△　◎●⊙○○●　●○△　◎●⊙○◎●　●○△　◎●
人間天上，兩心知。
⊙○○●　●○△

第二體　三十四字

韋　莊

春日遊。杏花吹滿頭。陌上誰家年少，足風流。妾擬將身嫁與，一生休。
○●△　●○○●△　◎●⊙○○●　●○△　◎●⊙○◎●　●○△
總被無情棄、不能羞。
◎●○○●　●○△

比前起結俱異。

第三體　三十六字

温庭筠

花花。滿枝紅似霞。羅袖畫簾腸斷，卓金車。回面共人閑語，戰篦金鳳
○△　●○○●△　⊙●●○○●　●○△　⊙●◎○⊙●　◎○⊙●
斜。惟有阮郎春盡、不還家。
△　⊙●●○○●　●○△

起句與“戰篦”句，比前異，“篦”，平聲，“滿”字仄，“紅”字平，定格。

【杜注】按，此調創自温飛卿，其韋端己之“雲髻墜”及“春日遊”二首，較温詞少一二字，所謂減字也。萬氏列韋詞於前，而以温詞爲又一體，誤。

如夢令　三十三字　又名：憶仙姿、宴桃源、比梅

秦　觀

遥夜月明如水。風緊驛亭深閉。夢破鼠窺燈，霜送曉寒侵被。無寐。無寐。門外馬嘶人起。

⊙●◎○○▲　⊙●●○○▲　◎●●○○　⊙●●○○▲　○▲　●◆　⊙●●○○▲

“無寐”疊上二字。趙長卿作，第四句“目斷行雲凝佇”，下即用：“凝佇。凝佇。”雖亦有此格，然不多，不宜從也。

【杜注】按，宋蘇軾詞注：“此曲本唐莊宗製，名《憶仙姿》，嫌其名不雅，故改爲《如夢令》。蓋因此詞中有‘如夢如夢’疊句也。”萬氏未收莊宗原作，失校。

【考正】按，本調現可見最早者爲白居易，白詞名《宴桃源》，計三首，其一云：“前度小花静院，不必尋常時見。見了又還休，愁却等閑分散。腸斷。腸斷。記取釵横鬢亂。”故本調正名當爲《宴桃源》。

第二體　三十三字

吴文英

鞦韆争鬧粉牆。閑看燕紫鶯黄。啼到緑陰處，唤回浪子閑忙。春光。春光。正是拾翠尋芳。

⊙○⊙●●△　⊙○◎●○△　⊙●●○●　◎○◎●○△　○△　○◇　◎○◎●○△

此用平韻，與前異。

【考正】本調平韻體，唐宋僅存此一首，譜中可平可仄處，萬氏不知何據，存疑。

西溪子　三十三字

牛　嶠

捍撥雙盤金鳳。蟬鬢玉釵摇動。畫堂前，人不語。弦解語。彈到昭君怨處。翠娥愁。不擡頭。

◎●⊙○○▲　○●◎○○▲　●○○　○◎▼　○◎▼　⊙●○○◎▼　●○△　●○△

第二“語”字可用他字叶，不必重上韻。

第二體　三十五字

毛文錫

昨夜西溪遊賞。芳樹奇花千樣。鎖春光，金尊滿。聽弦管。嬌妓舞衫香

◎●⊙○○▲　○●⊙○○▲　●○○　○⊙▼　○○▼　⊙●◎○⊙

暖。不覺到斜暉。馬馱歸。

▼　◎●●○△　●○△

比前"翠蛾愁"句，上多"不覺"二字。"聽"字平聲。

【考正】本調現存諸詞第七句均爲五字，惟牛詞三字，故似以斷牛詞"少二字"方恰，不當言毛詞"多二字"也。

訴衷情　三十三字　又名：一絲風

温庭筠

鶯語。花舞。春晝午。雨霏微。金帶枕。宫錦。鳳凰帷。柳弱燕交飛。

○▲　○▲　○●▲　●○△　○●▼　○▼　●○△　◎●●○△

依依。遼陽音信稀。夢中歸。

○△　⊙○○●△　●○△

第二字用韻。起二三兩句連叶，"帷"字以下俱叶"微"韻，而"枕"、"錦"二字換韻，間於其中。

【考正】本詞前七字爲一句，萬氏言"起二三兩句"云云，是爲基本概念混亂也。基本概念混亂，則詞之研究必易差錯，此明清詞譜學家之病也。

第二體　三十三字

韋　莊

碧沼紅芳煙雨静，倚蘭橈。垂玉佩。交帶。裊纖腰。鴛夢隔星橋。迢迢。

●●○○○●●　●○△　○●▲　○▲　●○△　⊙●●○△　○△

越羅香暗銷。墜花翹。

◎○○●△　●○△

前調起，七字三用韻，此調起，七字句不用韻。"倚蘭橈"以下俱同前。或云"佩"、"帶"非叶韻，不知韋相又用："花欲謝。深夜。"顧敻用："羅帶重。雙鳳。""香閣掩。眉斂。"正與温作"枕"、"錦"合，乃自謂知音者不識此義，以"垂玉佩"、"香閣掩"俱注作三字句，"交帶"、"眉斂"俱連下作五字句，公然劃斷，著圖作譜，致誤後人，豈不可怪哉。

【考正】萬氏讀二字一拍甚妙。唐風好短拍，此一例也。又按，詞之押韻，純屬韻律範疇之事，與語意無關，"玉珮"、"交帶"最是明證。

第三體　三十七字

顧　夐

永夜抛人何處去，絶來音。香閣掩。眉斂。月將沉。争忍不相尋。怨孤

●●○○○●●　●○△　○●▲　○▲　●○△　⊙●●○△　●○

衾。换我心。爲你心。始知相憶深。

△　●●△　○●△　●○○●△

"不相尋"以上，與韋作同。"怨孤衾"句三字，"换我心"句六字，"始知"句五字，與前異。"爲"字平，妙。前温作"音"字，韋作"香"字，亦然。譜於前詞作"交帶裊纖腰"，猶可解也，於此作"眉斂月將沉"，如何解？顧公何不幸哉。

【考正】"换"下六字原譜作一氣讀下，然此六字折腰句法明矣，三字後必有一住，其中變化，正是"遼陽音信稀"、"越羅香暗銷"之句首添一字而成，凡此類二三式五字律句，句首添一字則爲折腰式六字句，凡句末添一字則爲六字律句也，玩其律可知。然則此六字當有二韻，方得原味。據改。

第四體　以下雙調　四十一字　又名：桃花水

魏承班

春情滿眼臉紅消。嬌妒索人饒。星靨小，玉鐺摇。幾共醉春朝。　　別

○○◎●●○△　⊙●●○△　○◎●　●○△　◎●●○△　　◎

後憶纖腰。夢魂勞。如今楓葉又蕭蕭。恨迢迢。

●●○△　●○△　○○⊙●●○△　●○△

魏詞又有於起句作"銀漢雲情玉漏長"者，次句作"風飄錦繡開"者，皆平仄互異。又有於"夢魂勞"三字作"重重囑"，用仄字住句，而不叶上下韻者。以句字同，故未另收。

按，此調各刻俱作雙調，而前韋詞亦有於"纖腰"分段者，唐詞多如此，不必泥也。

此體毛文錫首句云"桃花流水漾縱横"，故又名《桃花水》，《圖譜》等去《訴衷情》而改《桃花水》，可厭。況並前三十三字者、後四十四字者，亦俱曰《桃花水》豈不可笑。

第五體　四十四字

王　益

燒殘絳蠟淚成痕。街鼓報黄昏。碧雲又阻來信，廊上月侵門。　　愁永

⊙○◎●●○△　⊙●●○△　◎⊙◎◎○●　⊙●●○△　　○●

夜，拂香裀。待誰温。夢蘭憔悴，擲果淒涼，兩處銷魂。
● ●○△ ●○△ ◎○○● ◎●○○ ◎●○△

宋人皆用此體，"碧雲又阻"雖平仄有互異者，然必如此，詞方起調。名詞多如此，嚴仁第二句用"人間無此愁"，平仄與諸人異，雖唐詞此句亦有如此者，然在此調中不可學也。"擲果"句，可用平平仄仄，然如此詞者多，宜從之。

《汲古》柳詞第三句，作"不堪更倚木蘭"，係誤刻，乃"蘭棹"也。

第六體 四十五字

趙長卿

花前月下會鴛鴦。分散兩情傷。臨行屬付真意，臂間皓齒留香。 還
○○●●●○△ ○●●○△ ○○●●○● ●○●●○△ ○

更毒，又何妨。盡成瘡。瘡兒可後，痕兒見在，見後思量。
●● ●○△ ●○△ ○○●● ○○●● ●●○△

前段尾用六字，與前調異。

第七體 四十五字

歐陽修

清晨簾幕卷輕霜。呵手試梅妝。都緣自有離恨，故畫作、遠山長。 思
○○○●●○△ ○●●○△ ○○●●○● ●●● ●○△ ○

往事，惜流光。易成傷。擬歌先斂，欲笑還顰，最斷人腸。
●● ●○△ ●○△ ●○○● ●●○○ ●●○△

前結亦六字，而三字分豆者。

按，此調第三句，凡從來作者，皆作六字，沈氏乃以"故"字連上作七字句，蓋祇知《訴衷情》前結五字，而不知有六字體耳。尤不通者，並所選山谷一首云："天然自有殊態，供愁黛、不須多。"蓋隋煬帝宫人多畫長蛾，每日給螺子黛五斛，故"黛"上用"供"字，詞意言愁眉蹙損，不必多供螺黛，而自天然可愛也，沈亦注於"供"字斷句。試問"殊態供"如何解？可笑極矣。

又按，蘆川有《漁父家風》一詞，查與《訴衷情》同，只第三句七字。《圖譜》收之，不知此係傳訛，多一"新"字。其實即《訴衷情》也，細玩自明。今載其詞並説於後。

【杜注】按，李易安一首，前段第三四句十二字，作四字三句，與後段同。

漁父家風

張元幹

八年不見荔枝紅。腸斷故園東。風枝露葉誰新採，悵望冷香濃。　冰透骨，玉開容。想筠籠。今宵歸夢，滿頰天漿，更御泠風。

詞格雖句法多有相同，然未有如此全合者。至過變處，非《訴衷情》斷斷無此句法。況蘆川因憶家鄉荔枝而作，故云“風枝露葉誰採”，意謂雖有枝葉在，誰去採他，何必加一“新”字乎？讀詞須如此體認，則詞意明，詞律亦明，故本譜不另收《漁父》調，不然名甚？新雅極宜收之，以爲譜中生色，豈反删却耶？本譜以詳慎爲貴，諸皆如此。

【杜注】按，張元幹“八年不見荔枝”一首，本名《漁父家風》，萬氏以句法與《訴衷情》相近，謂是一調，並以“風枝露葉誰新採”句多一“新”字爲羨，秦氏玉生校本，則謂確是另調，不應强合，兩説皆無所據。惟此詞與王益“燒殘絳蠟淚成痕”一首，前後結相同，應附前王詞後。

又按，《詞律拾遺》云：“嚴次山有《漁父家風》一首，第三四句作‘無情江水東流去，與我淚争流’，與此詞‘風枝’句正同。”又，蘇養直贈韋道士一首，第三句衹六字，於《訴衷情》調名下注明“《漁父家風》”，其爲一調無疑。蓋第三句六字七字俱可，别名《漁父家風》不必删去“新”字也。

【考正】本調第三句應是六字，萬氏此判斷甚是，此正所謂詞譜學家之本能也，其説無據，其斷在理，惟其對“新”字之解，振振有辭而實非，頗見其可愛也。據《花草粹編》所載，是句作“風姿露葉新採”，正與調合，應是的本也。諸本誤作七字者，蓋因張元幹别首《采桑子》有“風姿露葉誰新採”句，必是後人憑記憶誤記而竄入所致。至若嚴詞，第三句必衍一“流”字，蓋以詞家填詞技法論，兩句豈會如此重字者？且本調爲宋代金曲，填者甚衆，宋賢於此均爲六字，何獨獨嚴氏一詞七字耶？

訴衷情近　七十五字

柳　永

雨晴氣爽，佇立江樓望處。澄明遠水生光，重疊暮山聳翠。遥想斷橋幽
●○●●　●●○○●▲　○○◎●○○　○●●○●▲　○●●○○
徑，隱隱漁村，向晚孤煙起。　殘陽裏。脈脈朱闌静倚。黯然情緒，未
●　◎●○○　●●○○▲　⊙○▲　●●○○●▲　●○○●　●
飲先如醉。愁無際。暮雲過了，秋風老盡，故人千里。竟日空凝睇。
●○○▲　○○●　●○●●　○○●●　●○⊙▲　●●○○▲

圖譜收“景闌晝永”一首，後段“帝城信阻天涯目斷暮雲芳草”分作兩六字句，誤也。本係三句，每句四字，如此詞，豈可讀作“暮雲過了秋風”耶？

此作"雨晴"句、他作"景闌"句,俱上平去上,"暮雲"句、他作"帝城"句,俱去平去上,妙。必如此,方起調。"聳翠"、"静倚"亦不可用平仄。

【杜注】按,《蓮子居詞話》云:"紅友於'翠'字注韻,殊不知'處'字即韻。"蔣勝欲《探春令》"處"、"翅"、"住"、"指"並叶,可證。據此,"處"字應注韻,於"翠"字注叶。蔣詞已收入卷六。

【考正】前段第二句原譜未入韻,誤。杜氏已詳叙。謹按,玉田《詞源》謂近詞六均,若本句不韻,則前段僅得二均,顯与律不合。又,後段"緒"字亦可視爲閑韻,即通篇循古韻而叶也。

又,萬氏以爲"景闌晝永"詞之"帝城"起十二字,必得與本詞同,作四字三句者,誤。蓋詞本無標點,十二字相連者,或六字二句、或四字三句,其例不勝枚舉。如《喜遷鶯》前後段第三均,吴文英作:"故苑浣花沉恨,化作夭桃斜紫。……艷波紫金杯重,人倚妝臺微醉。"而趙長卿作:"黄花美酒,天教占得,先他時候。……朱顔緑鬢,殷勤深願,鎮長如舊。"又如《攤破南鄉子》前後段尾均中,程垓作:"説愁説恨,數期數刻,只望歸時。……梁間燕子,且教知道,人也雙飛。"而趙長卿作:"孤衾輾轉無眠,到曉和夢都休。……只愁柳絮楊花,自來擺蕩難留。"此類變化,唐宋詞中比比皆是,故以爲"帝城"起十二字不可六字二句者,難免失之主觀也。惟此十二字之所以分爲四字三句者,蓋因前八字須填爲驪句,此方爲肯綮之所在。如前述柳詞二首皆是,又如晁補之詞云"使君彩筆,佳人錦字"亦然。

又按,晁補之詞,前段尾均作:"還是去年,浮瓜沉李,追涼故繞池邊竹。"句讀不同,亦填詞之慣例也,非爲又一體。

天仙子　三十四字

皇甫松

躑躅花開紅照水。鷓鴣飛繞青山觜。行人經歲始歸來,千萬里。錯相倚。
◎●⊙○○●▲　⊙○○●○○▲　⊙○⊙●●○○　○●●　●○▲
懊惱天仙應有以。
◎●⊙○○●▲

第二句和學士作"纖手輕拈紅豆弄",次首亦然,與此詞異。"千萬里"二句,皇甫别作皆同,和則一作:"桃花洞。瑶斷夢。""花"、"瑶"二字用平。其次作:"懶燒金,慵篆玉。"平仄俱異。而"金"字平聲竟不用韻,因字句同,不另列。

【杜注】按,段安節《樂府雜録》云:"《天仙子》本名《萬斯年》,李德裕進屬龜兹部舞曲,因皇甫松詞有'懊惱天仙應有以'句,取以爲名。"

【考正】和凝詞第四句有不入韻者,因字句同,萬氏但注而不録作又一體,此乃最當之作譜法,《欽定詞譜》棄而不學,陋。

第二體　三十四字

韋　莊

夢覺雲屏依舊空。杜鵑聲咽隔簾櫳。玉郎薄倖去無蹤。一日日，恨重重。

◎●○○⊙●△　◎○⊙●●○△　◎○◎●●○△　●●●　●○△

淚界蓮腮兩綫紅。

◎●○○◎●△

此用平韻。“日”字不叶，又一首第二句七字與首句平仄同，兹不另録。

第三體　三十六字

韋　莊

深夜歸來長酩酊。扶入流蘇猶未醒。醺醺酒氣麝蘭和。驚睡覺，笑呵呵。

○●○○○●▲　○●○○○●▲　○○●●●○△　○●●　●○△

長道人生能幾何。

○●○○○●△

此則前二句用仄，後三句用平。

首句、次句第二字俱用仄，則宋詞之所本也。

【考正】宋人所作，均爲雙調六十八字仄韻體，如後沈會宗詞，而無此平仄混叶式，“宋詞之所本”云，疑是筆誤。

第四體　雙調　六十八字

沈會宗

景物因人成勝概。滿目更無塵可礙。等閑簾幕小闌干，衣未解。心先快。

◎●⊙○○●▲　◎●⊙○○●▲　◎○⊙●●○○　○◎▲　○⊙▲

明月清風如有待。　誰信門前車馬隘。别是人間閑世界。坐中無物不

⊙●⊙○○●▲　⊙●⊙○○●▲　◎●⊙○○●▲　◎○⊙●●

清涼，山一帶。水一派。流水白雲長自在。

○○　○◎▲　●◎▲　⊙●◎○○●▲

比唐詞加一疊，全用仄韻。“衣未解”二句平仄多不拘，故注於字左。然觀張三影“臨晚鏡，傷流景”，後用“風不定，人初静”，皆上句平仄仄，下句平平仄，最爲起調，宜從之。

第二句第二字必用仄聲，不比唐詞，可以兩用。《圖譜》注此調云：“同第一體，惟用雙調，故不圖。”其所謂第一體，即前皇甫詞，而皇甫次句第二字，乃用平者。今注曰“同”，則人將亦用平，而此句相反矣，豈不謬歟？

按,《草堂新集》、《詞統》等書,收入小青詞,通首平仄全然相反,至後段"原不是鴛鴦一派,休算做相思一概"兩句,竟作上三下四句法,古來有此《天仙子》乎?夫著譜固以爲學者範圍,集選亦以供後人詠玩,奈之何不察而引人入暗若此耶?聞小青傳爲陳元朋先生寓言,先生本未工詞,故作此遊戲,豈可執以爲實?沈氏更引其不全之篇,曰:"數盡懨懨深夜雨,無多。也只得一半工夫。"云是《南鄉子》結句,且謂"數言足千古",異哉!"多"與"夫"叶韻,乃吴鄉不識字人土音,既可大噱,而"也只得"句,上三下四之《南鄉子》,尤聞所未聞。沈氏自謂詞中名家,今人亦翕然尊之,古來有不解《天仙子》、《南鄉子》之歐、柳、蘇、辛否?

【考正】本調前後段兩三字句,宋人亦偶有第一句不叶韻者,或是筆誤,或是敗筆,不必從。又,此三字二句,宋人多有疊韻法修飾者,如劉過作:"去也是。住也是。"劉長卿作:"情幾許。愁何許。"張孝祥作:"撲不住。留不住。"亦爲修辭,非律也。

風流子令　三十四字

孫光憲

樓倚長衢欲暮。瞥見神仙伴侶。微傅粉、攏梳頭,隱約畫簾開處。無語。

○●⊙○◎▲　◎●⊙○◎▲　○●●　●○○　◎●◎○⊙▲　○▲

無緒。慢曳羅裙歸去。

○▲　◎●⊙○○▲

"無語"、"無緒"乃兩句,俱叶韻者,《譜》中不識,注作四字句,可笑。孫作本三首,一云:"歡罷。歸也。"一云:"聽織。聲促。"《譜》因載其"聽織"一首,必以"織"與"促"不叶,故不察而亂注耳。不知"聽織"一篇,其首句用"曲"字起韻,次句即用"北"字爲叶,此乃少監借"織"、"北"以叶"曲"、"促",正是用韻也。況"聽織"之"聽"字是平聲,譜亦不知,作去聲讀,而反注作可平。若學者誤從,讀作去聲而以四字爲句,則一個三十四字之小令,而失一韻、錯兩句矣,豈不誤哉。

【考正】唐令《風流子》與下一體式宋詞無涉,本屬同名異調,今加"令"字擬名。余疑或爲《如夢令》之别名,或竟是調名誤植也。若第三句不折腰、減首字,則即爲《如夢令》第二體("苞嫩。蕊淺。")也。而詞之減字添字,實爲填詞之常也。至若萬氏以爲"無語"、"無緒"乃兩句者,亦謬。蓋此四字實爲一句,"語"字則爲句中短韻也。既曰"句中",又何來"兩句"耶?

風流子　雙調　一百一十字　又名:内家嬌

張　耒

亭皋木葉下,重陽近、又是擣衣秋。奈愁入庾腸,老侵潘鬢,謾簪黄菊,花

⊙○●●●　○○●　◎●●○△　●○●●○　◎○○●　●○○●　○

也應羞。楚天晚、白蘋煙盡處，紅蓼水邊頭。芳草有情，夕陽無語，雁横南
●○△　●○●　◎○○●●　⊙●●○△　○●●○　●○○●　●○○

浦，人倚西樓。　　玉容、知安否，香箋共錦字，兩處悠悠。空恨碧雲離
●　○●○△　　○○　○○●　○○●●●　●●○△　○●●○○

合，青鳥沉浮。向風前懊惱，芳心一點，寸眉兩葉，禁甚閑愁。情到不堪言
●　○●○△　●○⊙●◎　⊙○◎●　●○●●　○●○△　○●●○○

處，分付東流。
●　○●○△

調中四字四句者，前二段、後一段，作者多用儷語，但須於“庚”、“有”、“懊”三字必用仄聲方妙，名作皆然。换頭五字，上須四平，要緊。“楚天晚”之仄平仄，亦不可亂，如審齋之“淚盈盈”、友古之“粉牆低”，不可學也。此詞抑揚盡致，不板不滯，用字流轉可法，真名手也。

又，首句第五字，周美成“新緑小池塘”、孫惟信“三疊古陽關”用平字起韻，吴彦高前後俱用平字起韻，與此不同，因字句相合，不另立一體。

美成、友古等於“離合”之“合”、“言處”之“處”作平聲，則語氣當於“碧雲”與“不堪”下讀斷耳。“愁入庚腸”有作平平仄仄，“風前懊惱”有作仄平平平，不若此詞有紀律，此句亦可同“愁入”句。“香箋”至“悠悠”句，語氣或作上三下六，或作上五下四，不拘。審齋作“塵埃盡，留白雪，長黄芽”，又云“空搔首，還是憶、舊青氊”，則竟作三字三句矣。雖不拘，不宜從也。至於張翥，止有八字，乃傳寫之訛，非有此體。《夢窗集》二首，於“楚天晚”句以下十三字，一作“窈窕繡窗人睡起，臨砌脈無言”，一作“自别楚嬌天正遠，傾國見吴宫”，則是上七字下五字句矣。或亦係脱落，不敢另收一格也。

升庵云：“於驪山見石刻一詞，必元人作，即《詞統》所選‘三郎年少客’一首也。”《圖譜》竟於《風流子》外另收此詞，别加一名，曰《驪山石》，因而分字句處與《風流子》兩樣，以此作譜，可怪之極。又，《詞統》收沈天羽起句云“對洛陽春色”，不惟“洛”字仄，“春”字平，而“對”字領句句法，與《風流子》何干？至换頭云“溜波窺艷蝶”，不知四平之説，又不足怪矣。如此詞手，而僭厠名壇，難矣。《詞統》且評之曰：“可友楊狀元而奴唐解元。”是何言歟？

【杜注】按，《欽定詞譜》“謾簪黄菊”句，“謾”作“誤”，應遵改。又，“碧雲”作“白雲”。

【考正】詞句中之平仄，固有不可易處，然亦有可易處，萬氏每論及此，難免有極端，如“向風前懊惱”句，不僅“懊”字不仄，句法亦變，周邦彦作“想寄恨書中”、吴文英作“念碎劈芳心”，賀鑄、史達祖、方千里等皆有如此填法。

後段起拍，四平相連，正是讀住之暗示，按，詞换頭處多有以二字逗作音律之轉者，其形式大致有二：或用句中短韻，或用雙音步相連，此爲後者。學者於此，不可不識。

夢窗二首，前段第七拍作七字律句，萬氏以爲“或係脱落”，恐誤。蓋詞字之增減，乃屬常態，折腰式八字句減一字爲七字，本在情理中，不惟夢窗如此，美成詞亦作“繡閣鳳幃深幾許”，與夢窗同出一路，劉克莊、陳允平、仇遠、洪咨夔、方俊與、趙孟堅亦均有如此填法，可見其或爲作者減字，或爲依前人所填，而非脱字也。若諸家各詞同一位置恰巧有脱落，不亦巧乎？

歸自謡　三十四字　“國”一作“自”　“謡”一作“遥”

歐陽修

何處笛。深夜夢回情脈脈。竹風檐雨寒窗隔。　離人幾歲無消息。今
○●▲　⊙●◎○○●▲　◎○⊙●○○▲　○○◎●○⊙▲　○
頭白。不眠特地重相憶。
○▲　◎○◎●○○▲

“離人”句，歐别作“香閨寂寂門半掩”，又作“蘆花千里霜月白”，“半”字、“月”字俱用仄聲，不拘。

按，趙介庵有《思佳客令》一首，即係此詞，雖後段起句平仄不同，然必爲一調無疑，今録於左幅，不另列《思佳客令》之名。又，《鷓鴣天》亦别名《思佳客》，不可混也。

【校勘記】歐陽修詞，本名《歸自謡》，一名《風光子》，一名《思佳客》，萬氏作《歸國謡》誤。

思佳客令　三十四字

趙彦端

天似水。秋到芙蓉如亂綺。芙蓉意與黄花倚。　歷歷黄花矜酒美。清露委。山間有個閑人喜。

前换頭用平平仄仄平平仄，此用仄仄平平平仄仄，似乎各異。不知詞調各有風度，如此篇風度與前恰合，豈有兩格之理。況歐公别作此句。平仄亦有變者。

【杜注】按，《欽定詞譜》云：“《樂府雅詞》注：道調宫。一名《風光子》，趙彦端詞名《思佳客》，《詞律》編入《歸國謡》，誤。”

【考正】本詞萬氏原譜調名爲《歸國謡》，誤，改。

詞之句本無句法限定，故過片仄起亦屬在律，《樂府雅詞拾遺》有無名氏《歸自謡》詞，過片即作“勝處屏雲猶未掩”，可證《思佳客令》亦即《歸自謡》。

歸國謡　四十二字

温庭筠

雙臉。小鳳戰篦金颭艷。舞衣無力風斂。藕絲秋色染。　錦帳繡幃斜
○▲　●●●○○●▲　●○○●○▲　●○○●▲　●◎●○○

掩。露珠清曉簟。粉心黄蕊花靨。黛眉山兩點。
▲ ●○○●▲ ●○○●○▲ ●○○●▲

首句二字起，後起句温又作“畫堂照簾殘燭”，稍不同。

第二體 四十三字

韋 莊

春欲晚，戲蝶遊蜂花爛熳。日落謝家池館。柳絲金縷斷。 睡覺緑鬟
○●▲ ●●⊙○○●▲ ○●◎○○▲ ○○○●▲ ◎●●○
風亂。畫屏雲雨散。閑倚博山長歎。淚流沾皓腕。
○▲ ●○○●▲ ●●●○○▲ ●○○●▲

首句三字起，與温異。前調“舞衣”、“粉心”二句，用仄平平仄平仄，此調“日落”、“閑倚”二句，用平仄仄平平仄，不同，作者勿誤。

【考正】愚以爲詞之平仄，但依律即可，而無句有定律之規。萬氏以爲前後段第三句之平仄，若二字起一格則應平起仄收，三字起一格則應仄起仄收，此以依字行腔法論之或是，然以歌詞審視，則未免拘泥矣。

定西番 三十五字

孫光憲

帝子枕前秋夜，霜幄冷、月華明。正三更。 何處戍樓寒笛，夢殘聞一
◎●◎○⊙● ○●● ●○△ ●○△ ⊙●◎○⊙● ◎○⊙●
聲。遥想漢關萬里，淚縱横。
△ ⊙●◎○◎● ●○△

韋相作與此同，但不分段，合作一調耳。

【杜注】按，《欽定詞譜》收温庭筠作，前後段起句及後段第三句均同叶仄韻，應爲正調。此則又一體也。

【考正】杜氏以爲温詞之格當爲正調，當是“欽定”觀念。按，唐詞現存九首，惟温詞二首如此，孰爲正格明矣。蓋前後段第一句及後段第三句皆非均脚所在，本可叶可不叶者，别家不叶，自在情理中。又如温詞另有僅叶前後段第一句而不叶後段第三句者、韋莊有僅叶後段第一第三句而不叶前段首句者，均爲此理。

又，本調唐人詞俱爲三十五字者，或一段，或兩段(韋莊詞，《全唐五代詞》所録亦爲兩段)，然句律皆同。但以律考之，則前段當奪一拍，惟五人九首均闕一句，斷無是理，或後人妄删之歟？宋詞有張先三首，均拍得當，應是正格，録以爲範：

定西番 四十一字

張 先

捍撥紫檀金襯，雙秀蕚、兩回鸞。齊學漢宫妝樣，競嬋娟。 三十六弦蟬鬧，小弦蜂作
●●●○○● ○●● ●○△ ⊙●◎○○● ●○△ ○●●○○● ●○○●

團。聽盡昭君幽怨，莫重彈。
△　●●○○○●　●○△

連理枝　三十五字

李　白

淺畫雲垂帔。點滴昭陽淚。咫尺宸居，君恩斷絶，似遥千里。望水晶簾外竹枝寒，守羊車未至。

此唐調也，宋詞俱加後疊。

《圖譜》收此調，不識即宋詞《小桃紅》之半，竟將"望水晶簾外"作五字句，"竹枝寒守"作四字句，"羊車未至"作四字句，可歎。毋論句字長短注差，致誤學者，試問"竹枝寒守"有此文理乎？異哉！

【杜注】按，《欽定詞譜》收李白詞，其前半云："雪蓋宫樓閉。羅幕昏金翠。鬭鴨闌干，香心淡薄，梅梢輕倚。噴寶猊香燼、麝煙濃，馥紅綃翠被。"後半即"淺畫雲垂帔"半闋也。又按，前半"翠"字叶韻，前結"翠被"疑"繡被"之誤。

【考正】此殘詞耳，杜氏已詳述，故不予擬譜，填者可以下篇程詞爲範。

第二體　雙調　七十字　又名：小桃紅、紅娘子、灼灼花

程　垓

不恨殘花弹。不恨殘春破。只恨流光，一年一度，又催新火。縱青天白日
◎●○○▲　◎●○○▲　◎●○○　◎○◎●　◎○○▲　●⊙○◎●
繫長繩，也留春得麼。　花院從教鎖。春事從教過。燒筍園林，嘗梅臺
●○○　●○○◎▲　⊙●○○▲　⊙●○○▲　⊙●○○　⊙○⊙
榭，有何不可。已安排珍簟小胡床，待日長閑坐。
●　◎○○▲　●⊙○⊙●●○○　●●○⊙▲

比前加後疊，故《虚舟集》名《小桃紅》，《同叔集》名《連理枝》，其實一也。《圖譜》兩收，誤。《嘯餘譜》又收《灼灼花》一調，《圖譜》諸書因之，亦即是此體，總未致審耳。

《詞綜》收倪雲林《小桃紅》，即王秋國名爲《平明樂》者，乃北曲，非詞也，説見發凡。

【杜注】按，《尊前集》注此調爲黄鐘宫，《宋史・樂志》："琵琶曲，蕤賓調。"又，《欽定詞譜》云："此調以李白詞爲正格。""程垓詞，名《紅娘子》。"今按，萬氏所注可平可仄，即校太白詞也。

【考正】唐宋諸家多如此填，惟邵叔齊一首前後段第二均各添一字，攤破四字三句，作七字一句、六字一句："緑萼青枝風塵外，别是一般姿質。……不似薄情無憑準，一去音書難得。"

又，原注"麼"字去聲。

江城子 三十五字 "城"一作"神" 又名：水晶簾

牛 嶠

鵁鶄飛起郡城東。碧江空。半灘風。越王宮殿，蘋葉藕花中。簾卷水樓
⊙●⊙○●●△ ●○△ ●○△ ◎⊙⊙◎ ○●●○△ ⊙●◎○
魚浪起，千片雪，雨濛濛。
○●● ○●● ●○△

此唐調也，宋調俱加後疊。首句韋莊作"千重嬌多情易蕩"，平仄互異，宋調俱依此起句矣。"越王"至"花中"，本九字句，故語氣或於四字斷、或於六字斷，不拘。而宋詞俱依後所載謝無逸體矣。作雙調者勿誤。

【杜注】按，此調應以韋莊詞爲主，萬氏雖未列原詞，核所注可仄可平，即校端己詞也。

第二體 三十七字

張 泌

浣花溪上見卿卿。臉波秋水明。黛眉輕。綠雲高綰，金簇小蜻蜓。好是
●○○●●○△ ●○○●△ ●○△ ●○○● ○●●○△ ●●
問他來得麼，和笑道，莫多情。
●○○●● ○●● ●○△

前詞"碧江空"三字，此調"臉波秋水明"五字，餘俱同。牛給事亦有此體，起句作"極浦煙消水鳥飛"，平仄互異，正與韋莊"恩重"句同也。

【杜注】按，《歷代詩餘》，"綠雲高綰"句作"高綰綠雲"。

第三體 三十六字

歐陽炯

晚日金陵岸草平。落霞明。水無情。六代繁華、暗逐逝波聲。空有姑蘇
●●○○●●△ ●○△ ●○△ ●●○○ ●●●○△ ○●○○
臺上月，如西子鏡照江城。
○●● ○○●●●○△

結句七字，與前異。

【考正】唐尹鶚有本調一首，其起調與諸體皆異，當是别體，兹録於後：

江城子 三十六字

尹 鶚

裙拖碧，步飄香。織腰束素長。鬢雲光。拂面瓏璁，膩玉碎凝妝。寶柱秦箏彈向晚，弦促
○○● ●○△ ○○●●△ ●○△ ●●○○ ●●●○△ ●●○○○●● ○●
雁，更思量。
● ●○△

第四體　以下雙調。七十字

謝　逸

杏花村館酒旗風。水溶溶。颺殘紅。野渡舟横，楊柳緑陰濃。望斷江南
●○○●●○△　●○△　●○△　●●○○　○●●○△　●●○○
山色遠，人不見，草連空。　　夕陽樓外曉煙籠。粉香融。淡眉峰。記得
○●●　○●●　●○△　　●○○●●○△　●○△　●○△　●●
年時，相見畫屏中。只有關山今夜月，千里外，素光同。
○○　○●●○△　●●○○○●●　○●●　●○△

比前牛詞加後疊，"人不見"、"千里外"俱平仄仄，如石林之前用"試攜手"、東坡之後用"便憔悴"，又如友古之後用"瑶臺路"，皆偶然之筆，不必從也。

題本名《江城子》，"城"或作"神"，至别名《水晶簾》者，乃後人因詞中有此三字，故巧取立名，因使人易混易訛，最爲可厭。今人好奇者，皆厭常喜新，多從之，致誤不少。如此調《圖譜》作《水晶簾》第一、第二等體，竟忘却《江城子》本來矣。其他尚多，皆去舊易新，甚屬無謂。至於《上西平》之即《金人捧露盤》、《一籮金》之即《蝶戀花》等，則原因不識，而兩收之。《嘯餘》之病亦坐此。愚謂不識而兩收之猶可，本知而故改之則不可也。此類甚多，聊記其概於此。

【杜注】按，《漁隱叢話》載此詞，第二三句作："煙重重。水溶溶。"又，"曉煙"作"曉燈"。

第五體　七十字

黄庭堅

新來又被眼奚搐。不甘伏。怎拘束。似夢還真，煩亂損心曲。見面暫時
○○●●●○△　●○△　●○△　●●○○　○●●○△　●●●○
還不見，看不足、惜不足。　　不成歡笑不成哭。戲人目。遠山蹙。有分
○●●　○●●　●○△　　●○○●●○△　●○△　●○△　●●
看伊，無分共伊宿。一貫一文蹺十貫，千不足、萬不足。
○○　○●●○△　●●●○○●●　○●●　●○△

蓋入聲作平，北音皆然，故予謂不通曲理不可言詞也。至於入既作平，亦仍可作仄，但於口中調之，其音自見，其理自明，如此詞"看不足"、"千不足"兩"足"字，原作仄，用音調未嘗不諧叶耳。

【考正】四庫本原注前尚有一段，云："此首韻脚，全用入聲作平聲也，予謂詞中字多以入作平，人或未信，得此詞，足證予言之不謬，快絶，快絶。"

又，詞中之入聲作平，與曲中之入派三聲，有淵源而非一理，蓋入派三聲乃基於中原音，入聲化作平上去，有平有仄；而以入作平則爲填詞之技法，但凡入聲皆可替代入平聲。

如“十”、“及”、“只”、“國”、“力”、“立”，若入派三聲，則“十”、“及”不可作仄，“只”、“國”、“力”、“立”不可爲平；若以入作平，則六字皆可爲平。故兩者應各有其機理也。由是一字此平彼仄，亦不足奇。如《酒泉子》萬氏注云：“此‘碧’字乃北音，作去聲，‘閉’字讀。”而《一枝春》杜注云：“‘碧’字以入聲作平聲，不能用仄。”此各循其理，並不牴牾，若以爲其理一，則誤。

又按，本詞前後段兩結作疊韻看，亦無不可，此乃巧筆，應屬修辭性之閑韻也。

江城梅花引　八十七字

康與之

娟娟霜月冷侵門。怕黄昏。又黄昏。手撚一枝，獨自對芳尊。酒又不禁
⊙○⊙●●○△　●○△　●○◇　●●●○　○●●○△　◎●◎○
花又惱，漏聲遠，一更更，總斷魂。　斷魂。斷魂。不堪聞。被半温。
○●●　●○●　●○○　●●△　●◇　●◇　◎○△　◎●△
香半熏。睡也睡也，睡不穩、誰與温存。惟有床前，銀燭照啼痕。一夜爲
⊙●△　●●●●　●●●　○●○△　⊙●○○　○●●○△　●●●
花憔悴損，人瘦也，比梅花、瘦幾分。
○○●●　○●●　●○○　●●△

此詞相傳爲前半用《江城子》，後半用《梅花引》，故合名《江城梅花引》，蓋取“江城五月落梅花”句也。但前半自首至“花又惱”，確然爲《江城子》，而後全不似《梅花引》，至過變以下，則並與兩調俱不相合，止惟有至“憔悴損”十六字同耳，未知以爲《梅花引》是何故也。竹山“荆溪阻雪”一首，遵此而作，足知此調無誤，但無可訂定“梅花”二字耳。

又按，《梅花引》如：“客衣單。客衣單。千里斷魂，空歌行路難。”與《江城子》第二三四句平仄聲響原相似，或腔有可通，未可知也。

此詞又誤刻《書舟詞》中，題曰《攤破江神子》，然則此調衹應名爲《攤破江城子》可耳。因相沿已久，不便議改。《竹山集》於此調又竟作《梅花引》，益與五十七字之《梅花引》相混，故今以此附於《江城子》之後，而《梅花引》仍另列云。

【杜注】謹按，《欽定四庫全書·書舟詞》提要云：“【集内《攤破江神子》‘娟娟霜月又侵門’一闋，諸刻多作康與之《江城梅花引》，僅字句小有異同，此調相傳爲前半用《江城子》，後半用《梅花引》，故合云《江城梅花引》，至過變以下，則兩調俱不合。考《詞譜》載《江城子》亦名《江神子》，應以名《攤破江神子》爲是。】《攤破江神子》一闋，其句格屬垓本色，其題爲康作，當屬傳訛。”應遵改爲程垓作。

【考正】余以爲本調所謂合二爲一云云，附會而已，故句多不合，而萬氏百思不解也。所謂

前半四句乃《江城子》者，亦偶合耳，蓋本調無非三字、七字、九字三種句法，彼此相合，而詞調衆多，有一二偶合，在所難免也。試問焉有無《梅花引》之句而名之者？故但好事者“相傳”而已也。竊以爲此調即詠“江城梅花”，或徑以太白“江城五月落梅花”句爲調名者。

又，“手捻”下九字萬氏原譜不讀斷，此爲兩拍，構成前段第二均，且對應後段“惟有”下九字。而細校前後段，本調結構頗爲特殊，實即後段插入第二均：“睡也睡也，睡不穩、誰與温存。”若删此均，則前後段儼然對應矣。

第二體　八十七字　又名：江梅引

洪　皓

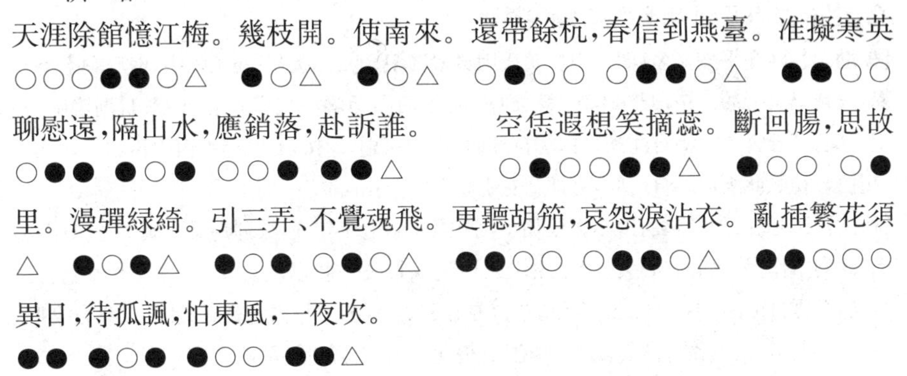
天涯除館憶江梅。幾枝開。使南來。還帶餘杭，春信到燕臺。准擬寒英
○○○●●○△　●○△　●○△　○●○○　○●●○△　●●○○
聊慰遠，隔山水，應銷落，赴訴誰。　空恁遐想笑摘蕊。斷回腸，思故
○●●　●○●　○○●　●●△　○●○○●●△　●○○　○●
里。漫彈緑綺。引三弄、不覺魂飛。更聽胡笳，哀怨淚沾衣。亂插繁花須
△　●○●△　●○●　○●○△　●●○○　○●●○△　●●○○○
異日，待孤諷，怕東風，一夜吹。
●●　●○●　●○○　●●△

與前作字句俱同，只“蘂”字、“里”字以上聲叶平，而“綺”字亦叶韻，故録之以備證。

按，此又刻作《江梅引》，不過節去二字耳。

【杜注】按，《欽定詞譜》云：“洪皓詞三聲叶韻者四首，每首有一‘笑’字，名《四笑江梅引》。”此四首之一。

【考正】本詞“蕊”、“里”、“綺”三韻，萬氏以爲作平，《欽定詞譜》以爲三聲叶，是仍以仄聲視之也。兩説之異，因《欽定詞譜》不採“以上作平”之説故。考本調宋詞，除洪皓四首及王觀步洪皓韻一首外，過片用上聲作韻者，另有劉將孫：“悲年冉冉江滚滚。騎台平，蔣陵冷。”周密：“酒醒。夢醒。惹新恨。褪素妝，愁涴粉。翠禽夜冷。”“滚”、“冷”與“粉”、“冷”，皆用上聲作平而韻者。

又，前段“還帶”、後段“更聽”下九字，萬氏原譜均不讀斷，此爲兩拍，參前注。

第三體　八十六字　又名：明月引

陳允平

雨餘芳草碧蕭蕭。暗春潮。蕩雙橈。紫鳳青鸞，舊夢帶文簫。綽約佩環
●○○●●○△　●○△　●○△　●●○○　●●●○△　●●●○
風不定，雲欲墮，六銖香，天外飄。　相思爲誰蘭恨銷。渺湘魂，無處
○●●　○●●　●○○　○●△　○○●○○●△　●○○　○●

招。素紈猶在，真真意、還倩誰描。舞鏡空懸，羞對月明宵。鏡裹心，心裹
△　●○○●　○○●　○●○△　●●○○　○●●○△　●●○　○●
月，君去矣，舊東風，新畫橋。
●　○●●　●○○　○●△

"鏡裹心，心裹月"只六字與前異，但恐有誤，故不取列於康詞之前。

按，西麓詞準繩可法，如此作森然典型，其後起句及"素紈"句，殊有牆壁，因康、蔣俱用疊字，難學，故收於此，使作者可以取法云。

又按，此詞陳稿題曰"明月引"，愈令人難查，可見新立異名之不便。然其自注"和趙白雲自度曲"，不知何謂也。

【校勘記】陳允平詞又名《明月引》，萬氏因後段"鏡裹心、心裹月"句祇六字，與康詞七字句異，故列爲又一體。按，此句本作"鏡裹心心心裹月"，乃落一"心"字也，應從《日湖漁唱》補正。又，萬氏云："陳稿自注和趙白雲自度曲，不知何謂"。按，此調周艸窗曾再和之，題云："趙白雲初賦此調以爲自度腔，實即梅花引也"。

【杜注】按，萬氏因"鏡裹心，心裹月"祇六字，與康詞七字句異，故列爲又一體。考《日湖漁唱》此句本作"鏡裹心心心裹月"，乃落一"心"字，非又一體也。又，萬氏注云："陳稿自注'和趙白雲自度曲，不知何謂。'"考周草窗亦有和詞，題云："趙白雲初賦此調，以爲自度腔，實即《梅花引》也。"蓋趙白雲自度，而適與《梅花引》相合，故周、陳題注各異。

【考正】又，前段"紫鳳"、後段"舞鏡"下九字，萬氏原譜均不讀斷，此爲兩拍，參前注。

第四體　八十七字

吴文英

江頭何處帶春歸。玉川迷。路東西。一雁不飛，雪壓凍雲低。十里黄昏
○○○●●○△　●○△　●○△　●●●○　●●●○△　●●○○
成曉色，竹根籬。分流水、過翠微。　帶書傍月自鋤畦。苦吟詩。生鬢
○●●　●○△　○○●　●●△　●○●●●○△　●○△　○●
絲。半黄細雨翠禽語，似説相思。惆悵孤山，花盡草離離。半幅寒香家住
△　●○●●●○●　●●○△　○●○○　○●●○△　●●○○○●
遠，小簾垂。玉人誤、聽馬嘶。
●　●○△　●○●　●●△

此又與康、蔣所作各異。"籬"字、"垂"字叶韻，一異也；"水"字、"誤"字仄聲，二異也；後段起句與前起平仄同，三異也。"玉人誤聽馬嘶"，似是六字一句，故並前"分流水"處未敢注斷。

【杜注】按，葉譜"半黄細雨翠禽語"句，"細雨"作"梅子"，應照改。

【考正】本詞前後段尾句，原譜不讀斷，惟檢宋詞本調，凡結句爲六字一句者，均爲折腰式

填法，故本詞亦當如是，方爲合律。據改。

又，前段"一雁"、後段"惆悵"下九字，萬氏原譜均不讀斷，此爲兩拍，參前注。

江城子慢　一百零九字

吕渭老

新枝媚斜日。花徑霽、晚碧泛紅滴。近寒食。蜂蝶亂、點檢一城春色。倦
⊙○●○▲　○●●　◎◎●○▲　●○▲　○◎●　●●◎○○▲　●
遊客。門外昏鴉啼夢破，春心似、遊絲飛遠碧。燕子又語斜檐，行雲自没
○▲　⊙●○○○●●　○○●　○○○●▲　●○●●○○　○○●●
消息。　當時烏絲夜語，約桃花時候，同醉瑶瑟。甚端的。看看是、榆
○▲　○○○○●●　●○○⊙●　○●○▲　●○▲　○○●　⊙
莢楊花飛擲。怎忘得。斜倚紅樓回淚眼，天如水、沉沉摇翠壁。想伊不整
●○○○▲　●○▲　○●○○○●●　○○●　○○○●▲　●○◎●
啼妝影簾側。
○○●○▲

與江城本調全異。

按，此調字句，《圖譜》隨意注之，今細察改正，蓋詞調前後，每有相同斷。今按，"近寒食"至"飛遠碧"三十字，與後段"甚端的"至"摇翠壁"三十字，平仄吻合也。而《譜》於"近寒食"字不注叶韻，後之"甚端的"又注叶韻；"蜂蝶亂"作三字句，後之"看看是"又連下作九字句，是因不知前後相同之説，固無足怪。只"食"字一韻失叶，豈不誤人。至第三句"滴"字叶韻，其上第二句應在"霽"字爲豆，豈可不知？而乃以"花徑霽晚碧"爲叶韻，大誤。蓋"花"字即上"新枝"字意也，"霽"字即上"日"字意也，而"晚"字又應上"斜"字，謂徑草碧色，花枝紅色，"紅滴"則泛於碧上矣。是豈得以"碧"字作叶韻乎？且"泛紅滴"亦不成語，況後有"飛遠碧"句，豈一詞叶兩"碧"字乎？蔡松年亦有此體，起云"紫雲斷楓葉，崖樹小，婆娑歲寒節"，可證。豈"娑"字亦可叶"葉"字耶？末句乃九字，亦不可於"妝"字注斷。

蔡詞於"甚端的"處，《萬選》刻作"種種陳跡"，誤多一字，想"種種"二字乃"總"字之訛耳。

望江怨　三十五字

牛　嶠

東風急。惜别花時手頻執。羅幃愁獨入。馬嘶殘雨春蕪濕。倚門立。寄
○○▲　●●○○●○▲　○○○●▲　●○○●○○▲　●○▲　●

語薄情郎，粉香和淚滴。

●●○○　●○○●▲

或於"入"字分前段，然此小令，必不分也。

此調作者絶少，是應以此詞爲準繩矣。而《詞統》選近時人吕、沈二首，於"羅幃"句皆作仄仄平平仄，"倚門立"皆作平仄仄，余嘗謂：時流必不肯效古人而自相附和，於此可見。然此乃《嘯餘》舊譜亂注誤之，可歎者不肯依原詞，而偏依誤注耳。如"手頻執"，必注可作平仄仄，字字如此，可恨。

【杜注】按，王氏寬甫校本，末韻"泣"作"滴"，宜從。

【考正】已據杜注改。

相見歡　三十六字　又名：烏夜啼、上西樓、憶真妃、西樓子、月上瓜州、秋夜月

南唐後主

無言獨上西樓。月如鈎。寂寞梧桐深院、鎖清秋。　剪不斷。理還亂。

⊙○◎●○△　●○△　◎●⊙○⊙●　●○△　◎◎▲　◎⊙▲

是離愁。别是一般滋味、在心頭。

●○△　◎●◎○⊙●　●○△

"寂寞"至"清秋"，"别是"至"心頭"，皆是九字句語氣，亦可於第四字略斷，"斷"、"亂"二字，是换仄韻，如昭藴之"幕"、"閣"，稼軒之"轉"、"斷"，希真之"事"、"淚"，友古之"路"、"處"等，俱同。各譜俱失注，是使學者落去二韻，其誤甚矣。各家惟友古後起兩句不叶韻，夢窗一首云："一顆顆，一星星。是秋情。""星"字叶平韻，竟似《訴衷情》换頭矣，因句字同，不另録。

按，此調本唐腔，薛昭藴一首正名《相見歡》，宋人則名爲《烏夜啼》，而《錦堂春》亦名《烏夜啼》，因致傳訛不少。今斷以此調，從唐人爲《相見歡》，而《錦堂春》亦仍其名，俱不以《烏夜啼》亂之，庶爲畫一。《嘯餘》既收《相見歡》，復收《烏夜啼》，誤。《圖譜》既收《烏夜啼》，復收《上西樓》，且又收《憶真妃》，尤誤。

【杜注】按，《欽定詞譜》收此調凡五體，仍以李後主煜爲正調。此外後段四句或叶仄，或疊韻，或不叶，或多叶一平韻，皆三十六字也。

何滿子　三十六字

和　凝

寫得魚箋無限，其如花鎖春輝。目斷巫山雲雨，空教殘夢依依。却愛熏香小鴨，羨他長在屏幃。

◎●⊙○⊙●　⊙○⊙●○△　●●○○○●　⊙○⊙●○△　◎●○○◎●　◎○⊙●○△

單調六句，每句六字。

按，唐崔令欽《教坊記》"何滿"作"河滿"，但此調因開元中滄洲歌者，臨刑進此曲以贖死，竟不免，而世傳其曲，故白香山詩："世傳滿子是人名，臨就刑時曲始成。"是則應作"何"字。

【杜注】按，《欽定詞譜》云："白居易詩注：'開元中，滄州歌者姓名……'又，《盧氏雜説》：'唐文宗命宫人沈翹翹舞《河滿子》詞'，又屬舞曲。"

【校勘記】《詞譜》云："宋王灼《碧雞漫志》：白居易詩'一曲四詞歌八迭，從頭便是斷腸聲'，此指薛逢五言四句詩也。'歌八迭'，疑有和聲，今《花間集》詞屬雙調，有兩段各六句，内五句六字、一句七字者；亦有只一段，而六句各六字者。按，此則和凝、尹鶚、毛熙震三詞各自一體，並無奪誤，其云雙調者，是宫調名，《唐書·禮樂志》所謂夾鐘商也。《詞律》不知白詩所指，又誤認雙調爲兩段，乃云：'和凝詞僅得其半'，並云尹鶚詞少一字，均失辯證。"遵此應將毛熙震詞内原注節删。

第二體　三十七字

孫光憲

冠劍不隨君去，江河還共恩深。歌袖半遮眉黛慘，淚珠旋滴衣襟。惆悵雲
○●●○○●　○○○●○△　○●●○○●●　●○○●○△　○●○
愁雨怨，斷魂何處相尋。
○●●　●○○●○△

單詞六句，第三句七字，餘俱六字，平仄處同上。

第三體　雙調　七十四字

毛熙震

無語殘妝淡薄，含羞嚲袂輕盈。幾度香閨眠過曉，綺窗疏日微明。雲母帳
○●○○●●　○○●●○△　●●○○○●●　●○○●○△　○●●
中偷惜，水精枕上初驚。　笑靨嫩疑花坼，愁眉翠斂山横。相望只教
○○●　●○●●○△　●●●○○●　○○●●○△　○●○○
添悵恨，整鬟時見纖瓊。獨倚朱扉閑立，誰知别有深情。
○●●　●○○●○△　●●○○○●　○○●●○△

即前調加一疊。東坡作"幾度"句、"相望"句平仄同，而壽域二首，前後俱用平平平仄平平仄，與此相反，恐是杜君誤筆，不可從。《汲古》刻其前一首，於後起第二句誤少二字，又所刻《尊前集》尹鶚一首，前七字句止六字，後則七字亦係誤少一字。

按，《碧雞漫志》云："此詞屬雙調，兩段各六句，五句各六字，一句七字，調

蓋舞曲也。"樂天亦云:"一曲四詞歌八疊,從頭都是斷腸聲。"是本爲雙調,而前之單調者止得其半也,宋人多從雙疊。

《唐詩紀事》載:文宗時,宫人沈翹翹善舞此曲,歌"浮雲蔽白日"之句,上曰:"此《文選》古詩語。"是則詩句亦可歌,作《何滿子》之音節,不必如此詞。然世遠聲湮,不可訂矣。

【杜注】按,《詞譜》云:"《碧雞漫志》:白居易詩'一曲四詞歌八疊,從頭便是斷腸聲',此指薛逢五言四句《何滿子》也。'歌八疊',疑有和聲。今《花間集》詞屬雙調,有兩段各六句,内五句六字、一句七字者;亦有祇一段,而六句各六字者。按,此則和凝、尹鶚、毛熙震三詞各自一體,並無脱誤。其云雙調者,是宫調名,《唐書·禮樂志》所謂夾鐘商也。《詞律》不知白詩所指,又誤認'雙調'爲雙段,乃云'和凝詞僅得其半',並云尹鶚詞少一字,均誤。"

長相思　三十六字　又名:雙紅豆、山新青、憶多嬌

白居易

汴水流。泗水流。流到瓜洲古渡頭。吴山斷斷愁。　思悠悠。恨悠悠。恨到歸時方始休。月明人倚樓。

◎◎△　◎◎◇　⊙●○○◎●△　⊙○◎●△　◎⊙△　◎⊙◇　◎●○○⊙●△　◎○⊙●△

後首句可不叶韻。

【杜注】按,《欽定詞譜》云:"此詞前後起二句,俱用疊韻,如馮延巳詞之'紅滿枝,緑滿枝'、'憶歸期,數歸期',張輯詞之'山無情,水無情',皆照此填。"

【考正】杜氏以《欽定詞譜》之意,或欲否定萬氏之觀點,當是"欽定"情結,甚謬。此類句式,詞中純屬修辭性用法,律並未限定"俱用疊韻"也。是故可疊可不疊,如李煜:"秋風多。雨如和。"万俟詠:"夢難成。恨難平。"後一句皆不疊。可韻可不韻,如白居易:"巫山高,巫山低。"李煜:"菊花開,菊花殘。"前一句皆不韻。

又,宋人葉茵有"追和姜梅山特立韵"詞一首,亦名《長相思》,雙調三十九字,入聲韻體,而各譜均未收録,今增補類列於此:

長相思　三十九字

葉　茵

長相思,情萬折。年少不來春又别。寶奩香,繡幃月。　鴻雁音信稀,鴛鴦魂夢絶。尚持百年願,料理丁香結。

○○○　○●▲　○●●○○●▲　●○○　●○▲　○●○●○　○○○●▲　●○●○●　●●○○▲

第二體　三十六字

劉光祖

玉樽涼。玉人涼。若聽離歌須斷腸。休教成鬢霜。　畫橋西,畫橋東。

●○△　●○◇　●●○○○●△　○○○●△　●○○　●○△

有淚分明清漲同。如何留醉翁。
●●○○○●△　○○○●△

前後兩韻。

【考正】本詞當是循古韻而押，並非前後换韻，唐宋金元近兩百首中，惟此一首换韻，斷無是理。又，宋末王予可詞“飛”、“花”换韻，應是兩殘篇誤合，故前後段詞意風馬牛也。

長相思慢　一百四字

楊无咎

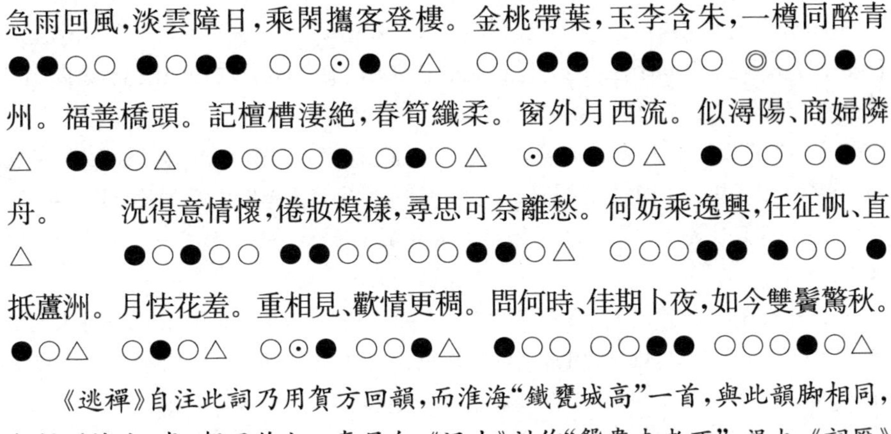

急雨回風，淡雲障日，乘閑攜客登樓。金桃帶葉，玉李含朱，一樽同醉青
●●○○　●○●●　○○⊙●○△　○○●●　●●○○　◎○○●○
州。福善橋頭。記檀槽淒絶，春筍纖柔。窗外月西流。似潯陽、商婦隣
△　●●○△　●○○○●　○●○△　⊙●●○△　●○○　○●○
舟。　沉得意情懷，倦妝模樣，尋思可奈離愁。何妨乘逸興，任征帆、直
△　●○●○○　●●○○　○○●●○△　○○○●●　●○○　●
抵蘆洲。月怯花羞。重相見、歡情更稠。問何時、佳期卜夜，如今雙鬢驚秋。
●○△　○●○△　○⊙●　○○●△　●○○　○○●●　○○○●○△

《逃禪》自注此詞乃用賀方回韻，而淮海“鐵甕城高”一首，與此韻脚相同，想揚州懷古，秦、賀同作也。秦尾句，《汲古》刻作“鴛鴦未老不”，誤也，《詞匯》刻“鴛鴦未老綢繆”爲是。但此詞第二句，是“蒜山渡闊”，“蒜”、“渡”二字作去聲，甚妙，正與楊詞“淡”、“障”二字合。《詞匯》乃作“金山”，“金”字平聲，一字之訛，相去河漢矣。

【杜注】按。他刻後結“佳期卜夜綢繆”句下，有“莫負清秋”四字，以“卜夜”二字屬上句，應增入。

【考正】本詞後段尾均，萬氏原譜作“問何時、佳期卜夜綢繆”九字，然現存宋詞均爲十四字，萬氏既見淮海詞，而未見淮海之“幸于飛、鴛鴦未老，不應同是悲秋”，乃版本誤人也。又，毛校本《逃禪詞》楊詞後段尾均爲：“問何時，佳期卜夜，如今雙鬢驚秋”，此與杜氏所見似亦不同。又按，前述秦詞，又見於《賀方回詞》，或所謂秦淮海詞者，本屬烏有，楊氏詞原序云：“乙卯歲留淦上，同諸友泛舟，至廬家洲登小閣，追用賀方回韻，以資座客歌笑。”其實可證。據毛校本《逃禪詞》改。

第二體　一百三字

柳　永

晝鼓喧街，蘭燈滿市，皎月初照嚴城。清都絳闕，夜景風傳銀箭，露暖金
●●○○　○○●●　●○○●○△　○○●●　●●○○○●　●●○

莖。巷陌縱横。過平康款轡，緩聽歌聲。鳳燭熒熒。那人家、未掩香
△　●●○△　●○○●●　●●○△　●●○△　●○○　●●○
屏。　向羅綺叢中，認得依稀舊日，雅態輕盈。嬌波艷冶，巧笑依然，
△　●○●○○　●●○○●●　●●○△　○○●●　●●○○
有意相迎。牆頭馬上，漫遲留、難寫深誠。又豈知名宦拘檢，年來減盡
●●○△　○○●●　●○○　○●○△　●●○○●○●　○○●●
風情。
○△

比前大同小異。

【校勘記】柳永詞，"向羅綺叢中認得，依稀舊日，雅態輕盈"三句，校前楊无咎詞，應以"中"字、"稀"字爲句，萬氏於"得"字斷句，似誤。

【考正】"清都"以下十字，萬氏原讀爲六字一句、四字一句，音律失諧。同理，後段"又豈知"七字，原讀爲上三下四式，亦屬誤讀，應以一字領六字句法爲是。又，過片首均句讀，原讀爲三字逗又四字三句，"叢中認得"云云，甚爲生澀，當讀爲五字一句、六字一句方諧。均據改。

又按，前段第三句第二字，袁去華用"約"，周邦彦用"力"，譚意哥用"邐"，其餘宋人諸家皆用平聲，句法和諧，則袁、周當是以入作平、譚詞以上作平無疑，本詞"月"字，以入作平。

風光好　三十六字

陶　穀

好因緣。惡因緣。祇得郵亭一夜眠。會神仙。　琵琶撥盡相思調。知
●○△　●○◇　●●○○●●△　●○△　○○◎●○○▲　○
音少。安得鸞膠續斷弦。是何年。
○▲　⊙●○○●●△　●○△

此調音甚妥叶，而宋人作者甚少，《天機餘錦》所載"柳陰陰"一闋，正與此同。

望梅花　三十八字

和　凝

春草全無消息。臘雪猶餘蹤跡。越嶺寒枝香自折。冷艷奇芳堪惜。何事
○●○○○▲　●●○○○▲　●●○○○●▲　●●○○○▲　○●
壽陽無處覓。吹入誰家横笛。
●○○●▲　○●○○○▲

此詞及下詞俱實詠梅花者，是知此調未可作他用也。

【杜注】謹按，《欽定四庫全書·〈克齋詞〉提要》云："考《花間》諸集，往往調即是題，如《女冠子》則詠女道士，《河瀆神》則爲送迎神曲，《虞美人》則詠虞姬之類，唐宋五代諸詞，例原如是。後人題詠漸繁，題與調兩不相涉，然則《望梅花》之調，本係詠梅，而後人移爲他用，亦無足異也。"與萬氏所注，正可發明。

【考正】萬氏以爲本調但宜詠梅，而"未可作他用"者，迂闊。蓋詞之創，調名多即題名，後人演繹，則漸離漸遠，如本詞，唐宋人固以詠梅，而入元後即作他用也。張雨壽人，姬翼詠衣，則今人任詠，又有何不可哉。

望梅花　雙調　三十八字

孫光憲

數枝開與短牆平。見雪萼、紅跗相映，引起誰人邊塞情。　簾外欲三
●○○●●○△　●●●　○○○●　●●○○○●△　○●●○

更。吹斷離愁月正明。空聽隔江聲。
△　○●○○●●△　○●●○△

用平韻。

《草堂》舊收《望梅》一調，亦詠梅之作，論例應收《望梅花》之後，但查《望梅》即是《解連環》，《草堂》亦誤作兩收耳。今本譜但存《解連環》於後，説見本調下，此不復收《望梅》，非變例脱落也。

【杜注】按，《葉譜》"引起誰人邊塞情"句，"誰"作"離"，應照改。

【考正】本調與和凝詞篇章、韻脚、字句均迥異，當屬同名異調，故改原"又一體"爲正名，以示二詞有别。

又，宋詞有雙調體，七十及七十二字各一，元人則有八十二字體者。兹録宋詞如下：

望梅花引　雙調　七十二字

蒲宗孟

一陽初起。暖力未勝寒氣。堪賞素華長獨秀，不並開紅抽紫。青帝只應憐潔白，不使雷
●○○▲　●●●○○▲　○●●○○●●　●●○○○▲　○●●○○●●　●●○

同衆卉。　淡然難比。粉蝶豈知芳蕊。半夜卷簾如乍失，只在銀蟾影裏。殘雪枝頭君
○●▲　●○○▲　●●●○○▲　●●●○○●●　●●○○●▲　○●○○○

認取，自有清香旖旎。
●●　●●○○●▲

按，蒲宗孟詞二首，原調名《望梅花》，以篇章觀之，則均爲引詞也，爲别前調，故改是名。蒲詞别首前後段第二均作："被天人、製巧妝素艷。群芳皆賤。……影玲瓏、何處臨溪見。謝家新宴。"第三拍各增一字，第四拍各減二字，並增一韻。體格同，不録。

上行杯　三十八字

鹿虔扆

草草離亭鞍馬，從遠道、此地分襟。燕宋秦吴千萬里。無辭一醉。野棠

●●○○○●　○●●　●●○△　○●○○○●▲　○○●▲　●○

開，江草濕。佇立。沾泣。征騎駸駸。

○　○●▲　●▲　○▲　○●○△

【考正】本詞及後一詞晁本《花間集》爲孫光憲詞，《全唐五代詞》從之。

按，"沾泣"疑爲脱落一字。此二字對應後一首之"帆影滅"，韋莊詞二首，亦均爲三字。而"沾泣"二字造語生澀，先唐至唐宋未有此説，或爲"沾□泣"，奪一仄聲字。

又按，原譜本詞分爲兩段，於"千萬里"後分段。按，本詞内部結構實爲三均，一二句一均，三四句一均，餘下爲第三均，脈絡清晰，韻律端正，《欽定詞譜》亦從萬樹原注改正。

第二體　三十九字

鹿虔扆

離棹逡巡欲動。臨極浦、故人相送。去住心情知不共。金船滿捧。綺羅

○●○○●▲　○●●　●○○▲　●●○○○●▲　○○●▲　●○

愁，絲管咽。迴別。帆影滅。江浪如雪。

○　○●▲　●▲　○●▲　○●○▲

後調與前異者五：首句即起韻，一；只換兩韻，二；不用平韻，三；"帆影滅"作三字，四；尾句不叶首韻，五。

或謂，前一首當以後段起句屬於前尾爲是，一則凡詞無半截内不自相叶韻者，今草草至"萬里"，各自爲韻，無此體也，以下四字合之則叶矣，其下半自另起一韻耳。二則"無辭一醉"正以足上語氣，言當遠别一醉不可辭，文義貫串。上段言情，下段言景，若以此句領下半，則贅矣。後調"金船"句亦當屬上段，亦是臨行勸酒之意，下段則言愁思也。若冠此四字於下段，亦不相接。余曰：此論最明。但恐人疑前長後短，以余斷之，只是單調，小調原不宜分作兩段也。合之爲妥。若《譜》、《圖》並兩處後起"醉"字、"捧"字俱失注用韻，則尤錯矣。至謂"金船"可仄，"浪"可平，"如"可仄，更誤。

【考正】原譜本詞分爲兩段，於"不共"後分段。按，本詞内部結構實爲三均，一二句一均，三四句一均，餘下爲第三均，脈絡清晰，韻律端正，《欽定詞譜》亦從萬樹原注改正。

第三體　四十一字

韋　莊

芳草灞陵春岸。柳煙深、滿樓弦管。一曲離聲腸寸斷。今日送君千萬。

⊙●●○○▲　●○○　◎○○▲　◎●⊙○○●▲　○●●○○▲

紅縷玉盤金鏤盞。須勸。珍重意，莫辭滿。

⊙●●○⊙◎▲　○▲　○●●　●○▲

通篇一韻。“金縷盞”韋又作“勸和淚”用仄平仄，“勸和淚”不解，恐誤。鏤，去聲，音漏。

【考正】第三拍原作“一曲離腸寸寸斷”，欠譜，據《花間集》改。原譜本詞分爲兩段，於“寸斷”後分段。按，本詞内部結構實爲三均，一二句一均，三四句一均，餘下爲第三均，脈絡清晰，韻律端正，《欽定詞譜》亦從萬樹原注改正。

醉太平　三十八字

戴復古

長亭短亭。春風酒醒。無端惹起離情。有黄鸝數聲。　芙蓉繡裀。江山畫屏。夢中昨夜分明。悔先行一程。

⊙○●△　○○●△　⊙○◎●○△　●○○●△　⊙○●△　○○●△　◎○●●○△　●○○●△

各譜注“有”、“悔”二字可用平聲，謬。

【杜注】按，宋沈伯時《樂府指迷》云：“論詞中有用去聲字者，不可以別聲替，蓋調貴抑揚，去聲字取其激越也。”如此調前後段起二句第三字，俱應去聲。今按，戴詞前段却用上聲，而《欽定詞譜》列劉改之所作，均去聲，又，孫惟信、周草窗詞亦同。

【考正】去聲理論，萬氏所演繹者甚爲無謂。沈伯時所云，必專有所指，所謂此一時彼一時者。而萬氏則視爲泛指，謬。蓋去聲固有其特色，而某句有不易之處，却非放之四海而皆準者，若處處“去聲不可以別聲替”，泛而指之，則豈非當於平仄之外，更立一聲歟？惟今人每以沈伯時此語侃侃而談去聲，竊以爲皆鄙。

醉太平令　四十五字

辛棄疾

態濃意遠。眉顰笑淺。薄羅衣窄絮風軟。鬢雲欺翠卷。　南園花樹春光暖。紅香徑裏榆錢滿。欲上鞦韆又驚懶。且歸休怕晚。

●○●▲　○○●▲　●○○●●○▲　●○○●▲　○○○●○○▲　○○●●○○▲　●●○○●○▲　●○○●▲

仄韻，與前調迥異。無第二首可證，不敢注平仄。

【杜注】按，戈氏順卿校本，次句作“顰輕笑淺”。又，四句“欺”作“攲”。又，下半起句無“光”字，次句“鏡”作“徑”，又，“滿”字上上有“正”字，均宜從。

【考正】本詞原譜列作“又一體”，然本調諸家多依前詞之格，字句迥異，惟前八字相同耳，當非一體。又，後段第二句萬氏原作“香鏡裏、榆錢滿”，顯誤，現據《稼軒長短句》改。

又按，萬氏以爲本格無第二首可校，非是。《高麗史・樂志》有無名氏詞一首，字句與辛詞全同，惟前後段第三句不叶韻，後段第二句以“破”叶入聲“拙”、“弱”，因格律多瑕疵，謹注不録。

感恩多　三十九字

牛　嶠

兩條紅粉淚。多少香閨意。强攀桃李枝。斂愁眉。　陌上鶯啼蝶舞，
●○○●▲　○●○○▲　●○○●△　●○△　●●○○●●
柳花飛。柳花飛。願得郎心，憶家還早歸。
●○△　●○◇　●●○○　●○○●△

仄平兩韻，“柳花飛”疊一句。

第二體　四十字

牛　嶠

自從南浦别。愁見丁香結。近來情轉深。憶鴛衾。　幾度將書托煙
●○○●▲　○●○○▲　●○○●△　●○△　●●○○●○
雁，淚盈襟。淚盈襟。禮月求天，願君知我心。
●　●○△　●○◇　●●○○　●○○●△

後起比前調多一字，餘同。

【考正】本調句法規正，故後段過片疑“煙”字羨，然則兩詞即爲一體。按，“煙雁”，幾無人如此用，唐人惟見有白居易“煙雁翻寒渚”及郎士元“朔風煙雁不堪聞”兩句，“煙雁”當爲煙渚中之雁，“託書”則遣詞當以“飛雁”爲是。且明清本調换頭從無七字一句者，亦可旁證。

長命女　三十九字　又名：薄命女

和　凝

天欲曉。宫漏穿花聲繚繞。窗裹星光少。　冷霧寒侵帳額，殘月光沉
○●▲　⊙●⊙○○●▲　⊙●○○▲　●●○○◎●　⊙●⊙○
樹杪。夢斷錦幃空悄悄。强起愁眉小。
◎▲　◎●◎○○●▲　●●○○▲

“霞”字疑是“露”字，霞不可言冷，亦不可言侵帳也。

按，此調或不分段，愚謂“夢斷”二句與上“宫漏”二句相合，宜分如右。《譜》注“天欲”可作仄平，誤。

【杜注】按，《欽定詞譜》云：“杜佑《理道要訣》：《長命女》在林鍾羽，時號平調，今俗呼高平調。《碧雞漫志》云：《長命女令》，前七拍，後九拍，屬仙吕調。按，仙吕調即夷則羽，皆羽聲也。”又，《草堂詩餘》“冷霞”作“冷霧”。

【考正】《全唐五代詞》以爲:《長命女》,唐教坊曲,乃五言四句之聲詩,與五代雜言體無關。故此調調名當從和凝作《薄命女》。而《長命女令》計十六拍,亦非本調,或爲以舊名度新聲者,其詞已不存焉。

又,後段起拍原作"冷霞",據《草堂詩餘》改。

春光好 四十字 又名:愁倚欄令

和 凝

紗窗暖,畫屏閑。嚲雲鬟。睡起四肢無力,半春間。 玉指剪裁羅勝,
○⊙● ●○△ ●○△ ◎●◎○○● ●○△ ◎●◎○○●
金盤點綴酥山。窺宋深心無限事,小眉彎。
○○◎●○△ ⊙●⊙○○●● ●○△

第二體 四十一字

歐陽炯

蘋葉軟,杏花明。畫船輕。雙浴鴛鴦出緑汀。棹歌聲。 春水無風無
○◎● ●○△ ●○△ ⊙●○○●●△ ●○△ ○●⊙○○
浪,春天半雨半晴。紅粉相隨南浦晚,幾含情。
● ⊙○◎●◎△ ⊙●⊙○○●● ●○△

"雙浴"句用七字,又叶平韻,與前異。"半晴"之"半"字,若無現成佳句,定宜用平。

按,歐陽别作三首,一與此同,一於"雙浴"句云"堤上採花筵上醉","醉"字用仄不叶,與後段同;一云"飛絮悠揚遍虚空","虚"字平,稍異。因字句同,於此注明,不另録。

【杜注】按,《尊前集》首句"輭"作"嫩"。末句"幾含情"作"莫辭行"。

【考正】歐陽本調共九首,前段七字句不叶者六,故仍以不叶爲正,律以歐陽别首之"堤上採花筵上醉"爲準。

第三體 四十一字

張元幹

疏雨洗,細風吹。淡黄時。不分小亭芳草緑,映檐低。 樓下十二層
○●● ●○△ ●○△ ●●◎○⊙◎● ●○△ ○○●●○
梯。日長影裏鶯啼。倚遍闌干看盡柳,憶腰肢。
△ ●○●●○△ ●●○○○●● ●○△

"不分"句,用仄不叶,與歐異。而後段首句用平,叶韻,與前俱異。其次

篇，第四第五句作“翠被眠時要人暖，著懷中”，“要”字仄，“人”字平，因字句皆同，不另録。或曰，此十字當於“眠時”斷句，然於本調不合，故不敢强注。

【考正】“不分”之“分”，愿也。去聲。張詞此句或本杜甫《送路六侍御入朝》句：“不分桃花紅勝錦，生憎柳絮白於綿。”

本調後段首句，唐詞皆不入韻，宋詞皆入韻。而本句第二字，宋詞除小山有用去聲外，餘則多用平聲，偶或如張詞以上作平，如曾詞以入作平者。本詞“下”字，以上作平。今之學者，當以平填爲是。

第四體　四十二字

曾　覿

心下事，不思量。自難忘。花底夢回春漠漠，恨偏長。　閑日多少韶

○●●　●○△　●○△　○●●○○●●　●○△　○○○●○

光。雕闌静、芳草池塘。風急落紅留不住，又斜陽。

△　○○●　○●○△　○●●○○●●　●○△

後段第二句七字，與前調異。

《圖譜》此體收《書舟詞》，後起云：“玉窗明暖烘霞”，注：“作三字兩句”，謬甚。

【杜注】按，《歷代詩餘》起句作“心頭事”。

【考正】本調宋詞填法，後段第二拍例添一字作折腰式句法填，惟張詞二首、李之儀一首爲六字一句，故欲以宋詞爲範，當學本體。又，後段换頭“日”字，以入作平。

第五體　四十二字

張元幹

花恨雨，柳嫌風。客愁濃。坐久霜刀飛碎雪，一樽同。　勞煩玉指春

○●●　●○△　●○△　●●○○○●●　●○△　○○●●○

葱。未放箸金盤已空。更與個中尋尺素，兩情通。

△　●●●○○●△　●●●○○●●　●○△

後段第二句七字同，而“金盤已空”用平平仄平，與前“芳草池塘”又異。

【考正】本詞即前張“疏雨洗”詞，惟後段第二拍添一“未”字耳。故本句主幹“放箸金盤已空”仍爲六字句法，仄起平收，而不當僅分析“金盤已空”四字。然此類一字之異而又一體者，無甚意義，幸萬氏較少。

春光好　四十八字

葛立方

禁煙却釀春愁。正繫馬清淮渡頭。後日清明催疊鼓，應在揚州。　歸

◎○◎●○△　●◎●○○●△　◎●⊙○○●●　⊙●○△　⊙

時元已臨流。要綺陌芳郊恣遊。三月羈懷當一洗，莫放觥籌。

○⊙●○△　●◎●○○●△　⊙●⊙○○●●　◎●○△

前後段同。首句六字起韻，次句七字，前後兩結句四字，與前調異。"清淮渡頭"、"芳郊恣遊"，正與前"金盤"句平仄相合。

按，此曲一名《愁倚闌令》，不知誰人又名之曰《鶴沖天》，夫《喜遷鶯》之所以名《鶴沖天》者，因韋莊詞尾三字也，與此《春光好》何與？好换調名者之可厭，極矣。《圖譜》收《春光好》，又收《愁倚闌令》誤。

【考正】本調與前諸體迥異，當是同名異調，故改"又一體"爲"春光好"，以示區别。前後段第二拍，原譜均作上三下四折腰式讀，致四字結構於律不合，蓋此當是一字逗領仄起平收式六字句，不可以上三下四句法填。

詞律卷二終

詞律卷三

昭君怨　四十字　又名：一痕沙、宴西園

万俟雅言

春到南樓雪盡。驚動燈期花信。小雨一番寒。倚闌干。　莫把闌干頻
⊙●⊙○◎▲　⊙●⊙○⊙▲　◎●●○△　●○△　◎●⊙○⊙

倚。一望幾重煙水。何處是京華。暮雲遮。
▼　◎●◎○⊙▼　⊙●●○▽　●○▽

凡用四韻。

《詞統》等書收《添字昭君怨》，於第三句上添兩字，乃出湯義仍《牡丹亭》傳奇者。查唐宋金元未有此體，不宜載入。

【考正】本調爲宋詞，宋元人皆如此填，万俟詞一本過片均爲五字一句者，當是奪誤，蔡伸詞過片作"最是銷魂處"、王從叔詞後段第二拍作"飛到荼香雪"亦如此，奪字而已。另有周紫芝過片作："風又暖。花漸滿。"折腰且添韻，亦無非偶筆，不必爲範。

怨回紇　四十字

皇甫松

祖席駐征棹，開帆候信潮。隔筵桃葉泣，吹管杏花飄。　船去鷗飛閣，
◎●◎○●　○○●●△　◎○○●●　⊙●●○△　⊙●○○●

人歸塵上橋。別離惆悵淚，江路濕紅蕉。
○○⊙●△　◎○○●●　⊙●●○△

或曰此本是五言律一首，不宜混入詞譜。余曰：此因《尊前集》載入，故仍之。且題名與曲意不合，正是詞體，若謂律體不入詞，則《清平調》獨非七絶，《瑞鷓鴣》獨非七律乎？

酒泉子　四十字

毛熙震

閑卧繡幃。慵想萬般情寵。錦檀偏，翹股重。翠雲攲。　　莫天屏上春
⊙●◎△　⊙●◎○○▲　●○○　○●▲　●○△　　◎○⊙●○
山碧。映香煙霧隔。蕙蘭心，魂夢役。斂蛾眉。
○▼　●○○●▼　●○○　○●▼　●○△

凡三换韻。

温飛卿又一首於"春"字用仄，想所不拘。"香"字亦有用仄者，因不關韻脚，不另録。

舊譜收"鈿匣舞鸞"一首，本鸞寒韻，末三字"對殘妝"不叶韻，注云"不知何謂"。余謂此蓋"妝殘"倒寫，傳訛耳，詞豈有末字不叶者乎？其第二句"隱映艷紅修碧"、三句"月梳斜"、四句"雲鬟膩"，"膩"字應叶。"碧"字觀唐詞二十三首，皆同，可見此"碧"字乃北音，作去聲，"閉"字讀。《譜》不知此義，但注六字句。此等須知以入作平之説，非妄語也。其後段，"役"字叶上"碧"、"隔"。"鈿匣"一首，用"卷"字叶上"展"、"軟"，《譜》亦失注，是一調而失四韻矣。如此篇，若落去"寵"、"重"、"役"、"眉"四個韻脚，豈成詞乎？

【考正】本調後段第二句五字者，均爲唐詞，宋詞則或六或七，而五字句第二字例作平聲，惟飛卿之"裙上金縷鳳"一例，當是失律之句，不足爲範也。

又，《全唐五代詞》收毛熙震《酒泉子》"鈿匣舞鸞"詞，尾句"對妝殘"注云："妝殘：原作'殘妝'，據王輯本《毛秘書詞》、《花間集校》改。"正合萬氏所言。

第二體　四十字

孫光憲

斂態窗前，裊裊雀釵抛頸。燕成雙，鸞對影。耦新知。　　玉纖澹拂眉山
●●○○　●●●○○▲　●○○　○●▲　●○△　　●○●●○○
小。鏡中嗔共照。翠連娟，紅縹緲。早妝時。
▼　●○○●▼　●○○　○●▼　●○△

與前字句同，只首句不起韻。

【杜注】按，《詞律拾遺》云："或謂首句'前'字起韻，而以後段第三句'娟'字遥叶之，與後李珣'秋雨連綿'一首'細和煙'，'煙'字叶韻正同。"

第三體　四十字

顧　夐

羅帶縷金。蘭麝煙凝魂斷。畫屏攲，雲鬟亂。恨難任。　　幾回垂淚滴
○●●△　○●○○○▲　●○○　○●▲　●○△　　●○○●●

鴛衾。薄情何處去。月臨窗，花滿樹。信沉沉。
○△　●○○●▼　●○○　○●▼　●○△

後段起句叶前段平韻。

【杜注】按，《花間集》"雲鬟亂"句，"鬟"作"鬢"。

第四體　四十字

温庭筠

楚女不歸。樓枕小河春水。月孤明，風又起。杏花稀。　玉釵斜簪雲
●●●△　○●●○○▲　●○○　○●▲　●○△　●○○●○

鬟髻。裙上金縷鳳。八行書，千里夢。雁南飛。
○▲　○●○●▼　●○○　○●▼　●○△

後段起句叶前段仄韻。

【杜注】按，戈氏校本"雲鬟髻"句，【"簪"去聲，】"髻"作"重"，與下"鳳"、"夢"二字叶韻。

第五體　四十一字

顧　敻

楊柳舞風。輕惹春煙殘雨。杏花愁，鶯正語。畫樓東。　錦屏寂寞思無
○●●△　○●○○○▲　●○○　○●▲　●○△　●○●●●○

窮。還是不知消息。鏡塵生，珠淚滴。損儀容。
△　○●●○○▼　●○○　○●▼　●○△

同"羅帶"一首，而後段第二句用六字。

第六體　四十一字

韋　莊

月落星沉。樓上美人春睡。緑雲攲，金枕膩。畫屏深。　子規啼破相
●●○△　○●●○○▲　●○○　○●▲　●○△　●○○●○

思夢。曙色東方纔動。柳煙輕，花露重。思難任。
○▼　●●○○○▼　●○○　○●▼　●○△

後段同"斂態"一首，而次句用六字。

【杜注】按，葉譜"緑雲攲"句，"攲"作"傾"，謂另换平韻，而以後段第三句"柳煙輕"之"輕"字遥叶之。又按，《欽定詞譜》亦作"傾"，不注叶。

第七體　四十二字

顧　敻

黛薄紅深。約掠緑鬟雲膩。小鴛鴦，金翡翠。稱人心。　　錦鱗無處傳
●●○△　●●●○○▲　●○○　○●▲　●○△　　●○○●○
幽意。海燕蘭堂春又去。隔年書，千點淚。恨難任。
○▲　●●○○○●▲　●○○　○●▲　●○△

後段第二句用七字。

"去"字借叶。

【杜注】萬氏注"去"字借叶，按，"去"字疑"至"字之誤。

【考正】《欽定詞譜》及晁本《花間集》，後段第二句均作"海燕蘭堂春又至"。

第八體　四十二字

牛　嶠

記得去年，煙暖杏園花正發，雪飄香。江草緑，柳絲長。　　鈿車纖手卷
●●●○　○●●○○●●　●○△　○●●　●○△　　●○○●●
簾望。眉學春山樣。鳳釵低裊翠鬟上。落梅妝。
○▲　○●○○▲　●○○●●○▲　●○△

第二句七字，後"鳳釵"句七字。

舊譜謂：此詞於"長"字起韻，誤。凡詞，無一段内不相叶者，蓋因作譜者用前調句法讀，以"雪飄香，江草緑"爲對，故"緑"字不可叶"發"字，而一段無叶韻矣。不知此與前異，"雪飄香"三字，乃足上語氣，謂花發而飄香也。其下"江草緑，柳絲長"乃自爲對語，而"長"字正叶"香"字耳。或謂"望"字是平聲，叶"長"字，未審是否。

【考正】言有易，言無難。萬氏以爲"凡詞，無一段内不相叶者"，不知何據？愚以爲詞中前後段遥叶者當非罕見者，如《采桑子》即是，如《上行杯》即是。而本調後顧敻"小檻日斜"詞，則即爲燈下之例也。

第九體　四十二字

李　珣

秋月嬋娟，皎潔碧紗窗外，照花穿竹冷沉沉。印池心。　　凝露滴，砌蛩
○●○○　●●●○○●　●○○●●○△　●○△　　○●●　●○
吟。驚覺謝娘殘夢，夜深斜傍枕前來。影徘徊。
△　○●●○○●　●○○●●○▽　●○▽

第三句七字，後起兩三字，結又換韻。

舊譜注首句六字、次句四字，誤。此調俱首四次六，無首用六字者。

第十體　四十三字

張　泌

紫陌青門，三十六宮春色，御溝輦路暗相通。杏園風。　咸陽沽酒寶釵

●●○○　○●●○○●　●○●●●○△　●○△　○○○●●○

空。笑指未央歸去，插花走馬落殘紅。月明中。

△　●●●○○●　●○●●●○△　●○△

前段與李詞同，後段七字叶，平起，而通篇止用一韻。

第十一體　四十三字

顧　敻

掩却菱花，收拾翠鈿休上面。金蟲玉燕。鎖香奩。恨厭厭。　雲鬟半

●●○○　○●●○○●▲　○○●▲　●○△　●○△　○○●

墜懶重簪。淚侵山枕濕，銀燈背帳夢方酣。雁飛南。

●●○△　●○○●●　○○●●●○△　●○△

第二句七字異，餘俱同前詞。通篇一韻。

【杜注】按，此是小令，萬氏注"奩"字起韻，似起拍過緩，疑以"面"字爲仄韻，"燕"字叶仄，以"奩"字换平韻，似較諧，後校别作亦叶仄。

【考正】杜氏以爲"面"可與"燕"相叶起韻，亦可備一説，然以"小令第三句起韻則過緩"爲由，於别調言或可，於此言則不可，蓋本調前後段第二句不入韻者多矣，詞中竟無别調相同者，最爲特殊。

第十二體　四十三字

顧　敻

水碧風清，入檻細香紅藕膩。謝娘斂翠。恨無涯。小屏斜。　堪憎遊

●●○○　●●●○○●▲　●○●▲　●○△　●○△　○○○

子不還家。漫留裙帶結，帳深枕膩炷沉煙。負當年。

●●○△　●○○●●　●○●●●○▽　●○▽

末二句换韻。

【考正】若前一體"面"可與"燕"相叶起韻，則本詞"膩"、"翠"相叶，亦在情理中矣。原譜未作韻脚標示，據前一體改。

第十三體　四十三字

顧　敻

小檻日斜，風度緑窗人悄悄。翠幃閑掩舞雙鸞。舊香寒。　　別來情緒

●●●○　○●●○○●▲　●○○●●○△　●○△　　●○○●

轉難拌。韶顔看却老。依稀粉上有啼痕。暗消魂。

●○△　○○○●▲　○○●●●○△　●○△

後段第二句叶前段第二句仄韻。

按，此詞以“老”叶“悄”，恐前篇“結”字亦是音“計”，蓋以叶前段“膩”字也。

第十四體　四十三字

李　珣

寂寞青樓。風觸繡簾珠碎撼。月朦朧，花黯淡。鎖春愁。　　尋思往事

●●○△　○●●○○●▲　●○○　○●▲　●○△　　○○●●

依稀夢。淚臉露桃紅色重。鬢敧蟬，釵墜鳳。思悠悠。

○○▼　●●●○○●▼　●○○　○●▼　●○△

後起兩句皆七字另韻。

第十五體　四十三字

李　珣

秋雨聯綿，聲散敗荷叢裏，那堪深夜枕前聽。酒初醒。　　牽愁惹思更無

○●○○　○●●○○●　●○○●●○△　●○△　　○○●●●○

停。燭暗香凝天欲曙。細和煙，冷和雨。透簾旌。

△　●●○○○●▲　●○○　●○▲　●○△

後段首句叶平，第二句换仄韻。

汲古刻及舊譜，訛“曙”作“曉”，遂使“冷和雨”一句無叶韻，斷矣。又傳訛以末“旌”字爲“中”字，正與毛詞“殘妝”同，無此理也。今改正。或曰“煙”字叶首句“綿”字，未必然。

第十六體　四十三字

張　泌

春雨打窗。驚夢覺來天氣曉。畫堂深，紅焰小。背蘭釭。　　酒香噴鼻

○●●△　○●●○○●▲　●○○　○●▲　●○△　　●○○●

懶開缸。惆悵更無人共醉。舊巢中，新燕子。語雙雙。
●○△　○●●○○●▼　●○○　○●▼　●○△

前段同"寂寞青樓"闋，後段同"秋雨聯綿"闋。

"蘭釭"之"釭"從金旁，燈也；"開缸"之"缸"從缶旁，甖也。舊譜不識"缸"字，注云："後段首句，即用前段末句韻爲叶。"是欲以此爲式，而使人遵守，必宜疊用前尾字矣，可爲噴飯。又失注"醉"字換韻、"子"字叶韻，誤。

第十七體　四十四字

顧　夐

黛怨紅羞。掩映畫堂春欲暮。殘花微雨。隔青樓。思悠悠。　芳菲時
●●○△　●●●○○●▲　○○○▲　●○△　●○△　○○○

節看將度。寂寞無人還獨語。畫羅襦，香粉污。不勝愁。
●○○▲　●●○○○●▲　●○○　○●▲　●○△

前同"小檻日斜"，後同"寂寞青樓"。

【考正】前段"殘花微雨"當是句中韻，叶"暮"字，《欽定詞譜》亦注，萬氏失記。另，前牛嶠"記得去年"詞下，萬氏曰"凡詞，無一段内不相叶者"，或此之謂歟？

第十八體　四十五字

毛文錫

緑樹春深，燕語鶯啼聲斷續，惠風飄蕩入芳叢。惹殘紅。　柳絲無力裊
◎●⊙○　◎●⊙○○●●　◎○⊙●●○△　●○△　◎○⊙●●

煙空。金盞不辭須滿酌，海棠花下思朦朧。醉春風。
○△　⊙●◎○○●●　◎○⊙●●○△　●○△

此則前後整齊，宋之同叔、稼軒皆用此體矣。

第十九體　四十九字

潘　閬

長憶孤山，山在湖心如黛簇。僧房四面向湖開。輕棹去還來。　芰荷
○●○○　⊙●⊙○○●▲　⊙○◎●●○△　⊙●●○△　◎○

香細連雲閣。閣上清聲簾下鐸。别來塵土污人衣。空役夢魂飛。
⊙●○○▲　◎●⊙○○●▲　◎○⊙●●○▽　○●●○▽

前後結語俱用五字。

【考正】恩杜合刻本"黛簇"原爲"簇黛"，並引《詞綜》爲"黛簇"，云"簇"與"閣"、"鐸"通叶，

四部備要本據改。又,今杭語"簇"可與"鐸"相叶。

第二十體　五十二字　又名：憶餘杭

潘　閬

長憶西湖湖水上。盡日憑闌樓上望。三三兩兩釣魚舟。島嶼正清秋。

⊙●⊙○○●▲　◎●⊙○○●▲　⊙○◎●●○△　◎●●○△

笛聲依約蘆花裏。白鳥成行忽驚起。别來閑想整綸竿。思入水雲寒。

◎○⊙●○○▼　◎●⊙○◎⊙▼　◎○⊙●●○△　◎●●○△

首句七字起韻。

按,潘作此詞三首,前四十九字者二,此五十二字者一,舊原係《酒泉子》,即石曼卿取作畫圖、錢希白自書於玉堂屏風者。尾句雖稍變,實是《酒泉子》,而《詞統》收此一篇,作《憶餘杭》,誤也。縱有此别名,亦應附入《酒泉子》,不得另立一調。

【杜注】按,釋文瑩《湘山野録》云"長憶"二首,是潘閬自度曲,因憶西湖諸勝,故名《憶餘杭》,與《酒泉子》不同。所論與《欽定詞譜》、《詞統》均合,應另爲一調。又,"島興"疑"島嶼"之誤。

【考正】潘詞十首,前段起均爲四字一句、七字一句,決無突兀一首作七字句起者,亦決無突兀起二句另作一韻者,當是舛誤,衍"湖水上"三字無疑。

又,《湘山野録》原文爲:"閬有清才,嘗作'憶餘杭'一闋,曰……"文中並無"憶餘杭"爲調名之意,且南宋都杭州,至今亦竟未見有别首可印證之作,"憶餘杭"者,當是詞題也。歷來皆誤讀此文,萬氏所論是,不當另立一調。

又按,前段尾句,文淵閣《四庫全書》本作"島嶼",《四部備要》所據恩杜合刻本作"島興","興"字或誤。

蝴蝶兒　四十字

張　泌

蝴蝶兒。晚春時。阿嬌初著淡黄衣。倚窗學畫伊。　　還似花間見,雙雙對對飛。無端和淚拭胭脂。惹教雙翅垂。

○●△　●○△　◎○○●●○△　●○○●△　　⊙●○○●○○●●△　⊙○○●●○△　●○○●△

"倚"字、"惹"字上聲,"學"字、"雙翅""雙"字,平聲,妙。"兒"字即起韻,《譜》失注,誤。

【考正】本調唐宋惟存本詞,玩之均拍,竊以爲當是單調體制,不必分段。

玉蝴蝶　四十一字

温庭筠

秋風淒切傷離。行客未歸時。塞外草先衰。江南雁到遲。　芙蓉凋嫩

○○○●○△　⊙◎◎⊙△　●●●○△　○○●●△　○○○●

臉，楊柳墮新眉。摇落使人悲。斷腸誰得知。

●　○●●○△　○●●○△　●○○●△

此調及後孫詞，名《玉蝴蝶》，然與張泌《蝴蝶兒》相近，決是一調，故類聚於此。

【杜注】按，此及孫詞，與張泌所作句法不同，似非一調。萬氏以同有"蝴蝶"之名類聚，原無不可，若謂決是一調，則恐未然。

【考正】《蝴蝶兒》與《玉蝴蝶》並非一調，杜氏是，然言無所據，自無底氣矣。二調之不同，不在"句法不同"，在結構不同。《蝴蝶兒》前段由三拍化來，兩三字句本由一五字句添字或七字句減一字而成，《玉蝴蝶》則端然四拍。此不同之一也。《蝴蝶兒》前後段第三句均爲七字句，《玉蝴蝶》則基本通篇五字，五字七字直接轉化，此類句式變化詞中極爲罕見，如前《酒泉子》後段第二句例作五言，惟顧敻"黛薄紅深"一首七字，而此七字必從六字式添字而來，故兩者當無淵源。此不同之二也。《玉蝴蝶》端然前後二段，爲雙調詞無疑，而《蝴蝶兒》前段實僅得一均，故全篇更類單調詞，體式迥異，難爲一體彰矣。此不同之三也。有此三者，足證二詞非同調矣。

第二體　四十二字

孫光憲

春欲盡，景仍長。滿園花正黄。粉翅兩悠揚。翩翩過短牆。　鮮飆暖。

○●●　●○△　●○○●△　●●●○△　○○●●△　○○▲

牽遊伴。飛去立殘陽。無語對蕭娘。舞衫沉麝香。

○○▲　○●●○△　○●●○△　●○○●△

起三字兩句，與前異。"滿園"句平仄亦異。後起三字兩句，又改用仄韻，亦異。《圖譜》注云："與第一體同，惟後段首句作六字，故不圖不譜。"此言甚混，後首句兩三字，且换韻相叶，豈可不指明？即前起雖亦六字，而作二句分者，豈可云與第一體同乎？

【杜注】按，"解飆暖"句，"解"字疑"鮮"字之誤。

【考正】晁本《花間集》作"鮮飆暖，牽遊伴"，"鮮飆"，新鮮空氣也，語出《文選》江淹詩。"解飆"則無解。據改。

玉蝴蝶慢　九十八字

李之儀

坐久燈花開盡，暗驚風葉，初報霜寒。冉冉年華催暮，顏色非丹。攬迴腸、

●●⊙○○●　◎○⊙●　⊙●○△　◎●○○⊙●　⊙●○△　●○⊙

蛩吟似織，留恨意、月彩如攤。慘無歡。篆煙縈素，空轉雕盤。　何難。

⊙○◎●　⊙◎●　◎●○△　●○△　◎○⊙●　⊙●○△　○△

別來幾日，信沉魚鳥，情滿關山。耳邊依約常記，巧語綿蠻。聚愁窠、蜂房

◎○◎●　◎○⊙●　⊙●○△　◎○⊙●○●　◎●○△　●○⊙　⊙○

未密，傾淚眼、海水猶慳。掩萸關。漸移銀漢，低泛簾顏。

◎●　⊙◎●　◎●○△　●○△　◎○⊙●　⊙●○△

與唐調全異。"攬迴腸"二句、"聚愁窠"二句，俱用對偶。"暗驚"下與後"信沉"下俱同。"耳邊依約"應作"依約耳邊"然此十字語氣一貫，故上四字可不拘耳。"鳥"字恐是"雁"字。

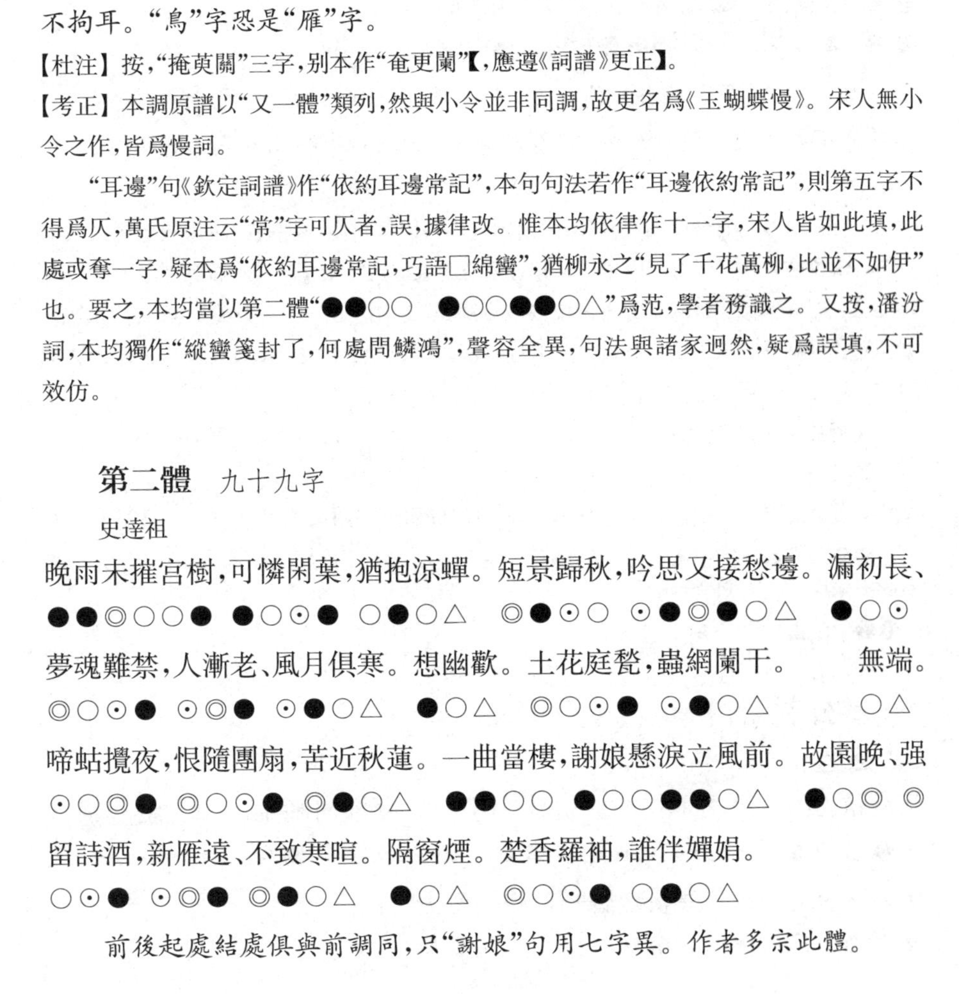

【杜注】按，"掩萸關"三字，別本作"奄更闌"【，應遵《詞譜》更正】。

【考正】本調原譜以"又一體"類列，然與小令並非同調，故更名爲《玉蝴蝶慢》。宋人無小令之作，皆爲慢詞。

"耳邊"句《欽定詞譜》作"依約耳邊常記"，本句句法若作"耳邊依約常記"，則第五字不得爲仄，萬氏原注云"常"字可仄者，誤，據律改。惟本均依律作十一字，宋人皆如此填，此處或奪一字，疑本爲"依約耳邊常記，巧語□綿蠻"，猶柳永之"見了千花萬柳，比並不如伊"也。要之，本均當以第二體"●●○○　●○○●●○△"爲范，學者務識之。又按，潘汾詞，本均獨作"縱蠻箋封了，何處問鱗鴻"，聲容全異，句法與諸家迥然，疑爲誤填，不可效仿。

第二體　九十九字

史達祖

晚雨未摧宮樹，可憐閑葉，猶抱涼蟬。短景歸秋，吟思又接愁邊。漏初長、

●●◎○○●　●○⊙●　○●○△　◎●⊙○　⊙●◎●○△　●○⊙

夢魂難禁，人漸老、風月俱寒。想幽歡。土花庭甃，蟲網闌干。　無端。

◎○⊙●　⊙◎●　⊙●○△　●○△　◎○⊙●　⊙●○△　○△

啼蛄攪夜，恨隨團扇，苦近秋蓮。一曲當樓，謝娘懸淚立風前。故園晚、强

⊙○◎●　◎○⊙●　◎●○△　●●○○　●○○●●○△　●○◎　◎

留詩酒，新雁遠、不致寒暄。隔窗煙。楚香羅袖，誰伴嬋娟。

○⊙●　⊙◎●　◎●○△　●○△　◎○⊙●　○●○△

前後起處結處俱與前調同，只"謝娘"句用七字異。作者多宗此體。

"短景"下十字，乃一氣貫下者，可上四下六，亦可上六下四，觀此詞及前詞"冉冉"下十字可見，凡詞中此種句法皆然，可以類推。"一曲當樓"至"風前"十一字，柳詞作"見了千花萬柳，比並不如伊"，是於"萬柳"斷句，而下作五字，與此不同，然亦是一氣貫下，不拘耳。但此調作者甚多，俱同史體，即耆卿亦有五首，獨此一篇小異，不宜從也。

【考正】本調後起多以腹韻填，惟張炎二首不同，故格律用●●○○●●，此爲填詞之常態也。

太平時　四十字　又名：賀聖朝影

賀　鑄

蜀錦塵香生襪羅。小婆娑。個儂無賴動人多。見横波。　按角雲開風
◎●○○⊙●△　●○△　◎○⊙●●○△　●○△　◎●○○○

卷幕，月侵河。纖纖持酒艷聲歌。奈情何。
●●　●○△　⊙○⊙●●○△　●○△

此調一名《賀聖朝影》，因原名《太平時》，故列於此，不附《賀聖朝》之後，勿謂例有不同也。《圖譜》方收《賀聖朝影》於前，旋收《太平時》於後，豈不一玩其腔調平仄耶？

【杜注】按，《欽定詞譜》此調列名《添聲楊柳枝》，乃以黄鍾商《楊柳枝》曲每句下各添三字一句，如《竹枝》、《漁父》有和聲也。又按，《宋史·樂志》："《太平時》，小石調。"

【考正】本調唐宋人多作《添聲楊柳枝》，惟賀鑄、陸游名《太平時》，《欽定詞譜》所列頗當，當類列於《楊柳枝》後爲是。又按，本調自唐至元，均以平韻填之，惟宋人潘必正作入聲韻詞，句句入韻，且調名爲《楊柳枝》，當是同調别體，故録之以備：

楊柳枝　四十字

潘必正

尊姑久矣情疏闊。呼酬酢。留連杯酒燈前酌。身如縛。歸來殘月窺窗角。星初落。幾
○○●●○○▲　○○▲　○○○●○○▲　○○▲　○○○●○○▲　○○▲　●

回欲把朱扉啄。人知覺。
○●●○○▲　○○▲

醉公子　四十字　又名：四换頭

顧　敻

河漢秋雲澹。紅藕香侵檻。枕倚小山屏。金鋪向晚扃。　睡起横波
⊙●○○▲　⊙◎○○⊙▲　◎●●○△　⊙○◎●△　◎◎○⊙

慢。獨坐情何限。衰柳數聲蟬。魂銷似去年。
▼　◎◎○⊙▼　⊙●●○▽　○○●●▽

凡二句一韻四換韻。

【杜注】按,《花間集》,首句作"漠漠秋雲澹"。

第二體 四十字

無名氏

門外猧兒吠。知是蕭郎至。剗襪下香階,冤家今夜醉。 扶得入羅幃。
○●○○▲ ○●○○▲ ●●●○○ ○○○●▲ ○●●○△

不肯脱羅衣。醉則從他醉,還勝獨睡時。
●●●○△ ●●○○● ○○●●△

此亦唐詞,前半用仄韻,後半用平韻,與前調異。

第三體 一百六字

史達祖

神仙無臯澤。瓊琚珠佩,卷下塵陌。秀骨依依,誤向山中,得與相識。溪
○○○○▲ ○○○● ●●○▲ ●●○○ ●●○○ ○●○▲ ○

岸側。倚高情、自鎖煙翠,時點空碧。念香襟沾恨,酥手剪愁,今後夢魂
●▲ ●○○ ●◎○● ○●○▲ ●○○○● ○●●○ ○●●○

隔。 相思暗驚清吟客。想玉照堂前樹三百。雁翅霜輕,鳳羽寒深,誰
▲ ○○●○○○▲ ●●●○○●○▲ ●●○○ ●●○○ ○

護春色。詩鬢白。總多因、水村攜酒,煙墅留屐。更時帶、明月同來,與花
●○▲ ○●▲ ●○○ ●○○● ○●○▲ ●○● ○●○○ ●○

爲表德。
○●▲

長調,與前體迥異。"秀骨"至"空碧",與後"雁翅"至"留屐"相同。

【杜注】按,首句"臯"一作"膏"。

【考正】本詞萬氏原譜佚名。據《全宋詞》補。

上林春 五十三字 或加"令"字

楊无咎

穠李夭桃堆繡。正暖日、如薰芳袖。流鶯恰恰嬌啼,似爲勸、百觴進酒。 少年未用稱遐壽。願來歲、如今時候。相將得意皇都,同攜手、上林春晝。

"手"字或云是叶韻。

【杜注】按，《逃禪集》"正暖日、如薰芳袖"句，下有"流鶯恰恰嬌啼，似爲勸、百觴進酒"二句，應增。又按，此調應以"少年未用稱遐壽"句爲後起，照此增改，則與後闋正同，毛詞非又一體矣。

【考正】原詞前段僅三句："穠李夭桃堆繡。正暖日、如薰芳袖。少年未用稱遐壽。"顯於律不合，已據杜注改。補足後，本詞亦即毛滂體，故不擬譜。

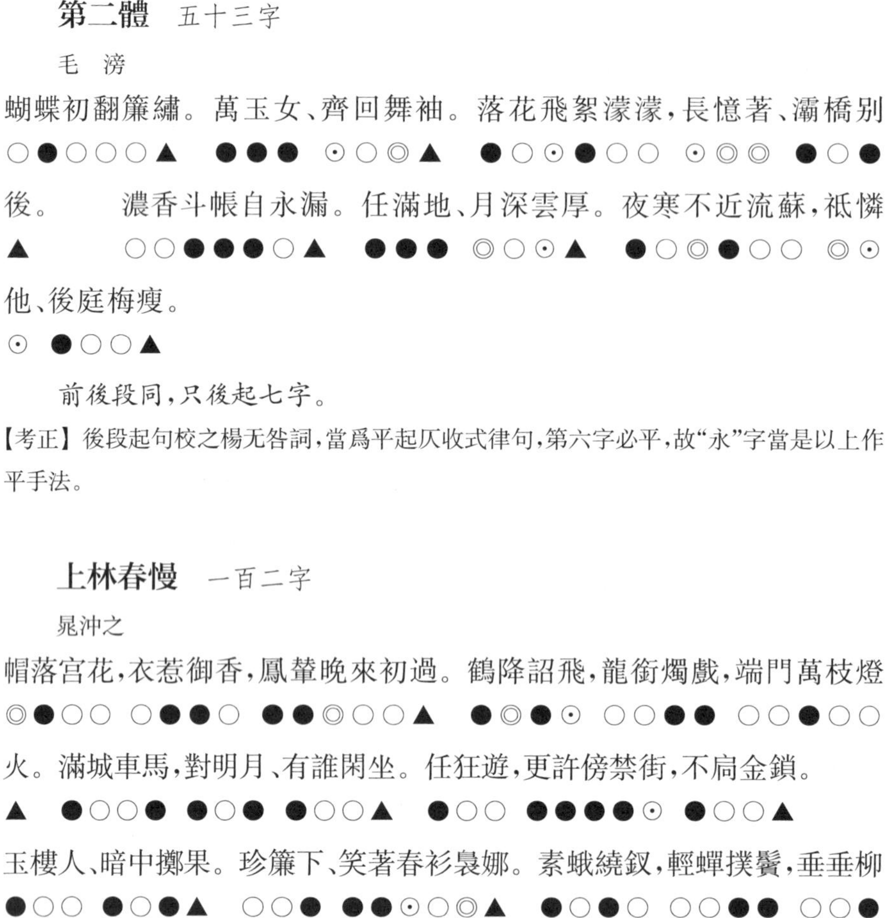

第二體　五十三字

毛　滂

蝴蝶初翻簾繡。萬玉女、齊回舞袖。落花飛絮濛濛，長憶著、灞橋别

○●○○○▲　●●●　⊙○◎▲　●○⊙●○○　⊙◎◎　●○●

後。　濃香斗帳自永漏。任滿地、月深雲厚。夜寒不近流蘇，祇憐

▲　　○○●●●○▲　●●●　◎○⊙▲　●○◎●○○　◎⊙

他、後庭梅瘦。

⊙　●○○▲

前後段同，只後起七字。

【考正】後段起句校之楊无咎詞，當爲平起仄收式律句，第六字必平，故"永"字當是以上作平手法。

上林春慢　一百二字

晁沖之

帽落宫花，衣惹御香，鳳輦晚來初過。鶴降詔飛，龍銜燭戲，端門萬枝燈

◎●○○　○●●○　●●◎○○▲　●◎●⊙　○○●●　○○●○○

火。滿城車馬，對明月、有誰閑坐。任狂遊，更許傍禁街，不扃金鎖。

▲　●○○●　●○●　●○○▲　●○○　●●●●⊙　●○○▲

玉樓人、暗中擲果。珍簾下、笑著春衫裊娜。素蛾繞釵，輕蟬撲鬢，垂垂柳

●○○　●○●▲　○○●　●●⊙○◎▲　●○●○　○○●●　○○●

絲梅朵。夜闌飲散，但贏得、翠翹雙亸。醉歸來，又重向、曉窗梳裹。

○○▲　●○◎●　●○●　●○○▲　●○○　●⊙●　●○○▲

"鳳輦"至"狂遊"，與後"笑著"至"歸來"同。

"鶴降詔飛"，補之用"盂陬歲好"，想不拘，然照後疊，當依此詞。"更許傍"九字，補之用"暫燕處、共仰赤松高轍"，分句、平仄不同，想亦不拘。"蛾"字宜用仄聲，"御"字、"詔"字、"遠"字，補之用"淡"字、"歲"字、"衮"字，須知此等字不可用平。

生查子　四十字

魏承班

煙雨晚晴天，零落花無語。難話此時情，梁燕雙來去。　琴韻對薰風，
⊙●●○○　⊙●○○▲　⊙●●○○　⊙●○○▲　⊙●●○○

有限和情撫。腸斷斷弦頻，淚滴黃金縷。
◎●○○▲　⊙●●○○　◎●○○▲

五言八句四韻，作者平仄多有參差。此詞八句，第二字俱用仄者。

按，韓偓詞，前第三句“那知本未眠”，後第四句“和煙墜金穗”，此乃初創之體，故只如五言古詩，至五代而宋，漸加紀律。故或亦依此魏體，而前後首句第二字用平者爲多，雖間有一二拗句者，然名流則如出一軌也。

《圖譜》注《生查子》，名改作《美少年》，可笑。夫《美少年》三字，因晏小山此調首句“金鞍美少年”故也，彼牛、張、孫、魏四公乃五代時人，百餘年之前，豈即預知宋朝晏氏有此一句，而取以自名其調乎？又按，《生查子》本“楂梨”之“楂”，省筆作“查”，今有讀作“查考”之“查”，且取“浮查”事以爲解者，若是所乘之“查”，如何加一“生”字耶。

【杜注】按，“有限和情撫”句，“限”字或云當作“恨”。

第二體　四十一字

牛希濟

春山煙欲收，天澹稀星小。殘月臉邊明，別淚臨清曉。　語已多，情未
○○○●○　○●○○▲　○●●○○　●●○○▲　●◎○　○◎

了。回首猶重道。記得緑羅裙，處處憐芳草。
▲　○●○○▲　●●●○○　●●○○▲

後起三字兩句，與前詞異。孫少監一首作“繡工夫，牽心緒”、“玉爐寒，香燼滅”，是有此體也，《詞統》删去“已”字，豈以《生查子》必五字起耶？

【考正】前段第二句，《欽定詞譜》作“天澹星稀少”。

第三體　四十二字

孫光憲

暖日策花驄，嚲鞚垂楊陌。芳草惹煙青，落絮隨風白。　誰家繡轂動香
●●●○○　●●○○▲　○●●○○　●●○○▲　○○●●●○

塵，隱映神仙客。狂殺玉鞭郎，咫尺音容隔。
○　●●○○▲　○●●○○　●●○○▲

後段起句用七字。

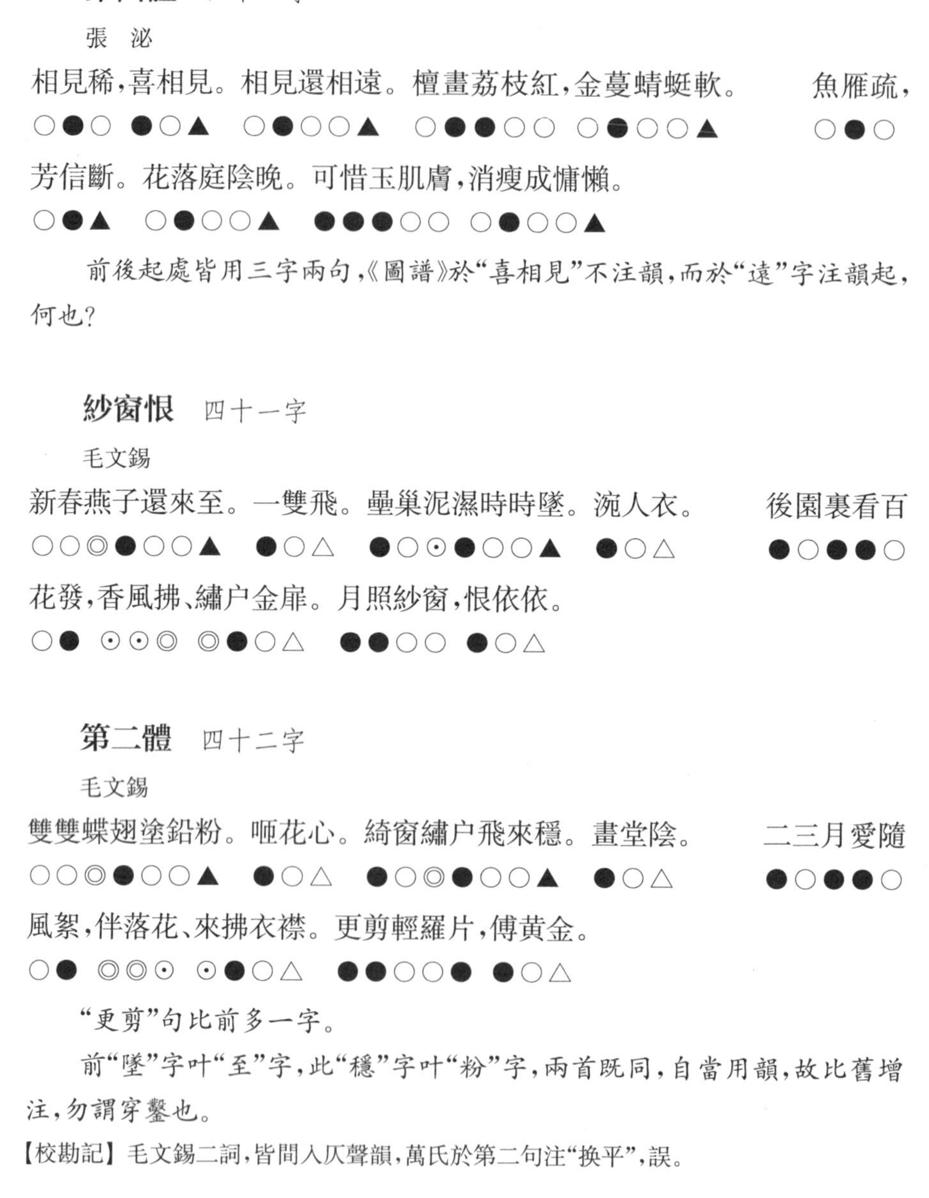

第四體 四十二字

張 泌

相見稀，喜相見。相見還相遠。檀畫荔枝紅，金蔓蜻蜓軟。 魚雁疏，

○●○ ●○▲ ○●○○▲ ○●●○○ ○●○○▲ ○●○

芳信斷。花落庭陰晚。可惜玉肌膚，消瘦成慵懶。

○●▲ ○●○○▲ ●●●○○ ○●○○▲

前後起處皆用三字兩句，《圖譜》於“喜相見”不注韻，而於“遠”字注韻起，何也？

紗窗恨 四十一字

毛文錫

新春燕子還來至。一雙飛。壘巢泥濕時時墜。涴人衣。 後園裹看百

○○◎●○○▲ ●○△ ●○⊙●○○▲ ●○△ ●○●●○

花發，香風拂、繡户金扉。月照紗窗，恨依依。

○● ⊙⊙◎ ◎●○△ ●●○○ ●○△

第二體 四十二字

毛文錫

雙雙蝶翅塗鉛粉。咂花心。綺窗繡户飛來穩。畫堂陰。 二三月愛隨

○○◎●○○▲ ●○△ ●○◎●○○▲ ●○△ ●○●●○

風絮，伴落花、來拂衣襟。更剪輕羅片，傅黄金。

○● ◎◎⊙ ⊙●○△ ●●○○● ●○△

“更剪”句比前多一字。

前“墜”字叶“至”字，此“穩”字叶“粉”字，兩首既同，自當用韻，故比舊增注，勿謂穿鑿也。

【校勘記】毛文錫二詞，皆間入仄聲韻，萬氏於第二句注“换平”，誤。

女冠子 四十一字

牛 嶠

含嬌含笑。宿翠殘紅窈窕。鬢如蟬。寒玉簪秋水，輕紗卷碧煙。 雪

⊙○⊙▲ ◎●⊙○◎▲ ●○△ ⊙●○○● ○○●●△ ◎

肌鸞鏡裏，琪樹鳳樓前。寄語青娥伴，早求仙。
○○●● ⊙●●○△ ◎●○○● ●○△

首二句仄協，下皆平。

按，《嘯餘譜》選刻韋莊詞，前段云："四月十七。正是去年今日。别君時。忍淚佯低面，含羞半斂眉。"首句乃以"七"字起韻，次句以"日"字叶之，下"時"字換平韻也。譜中不解，注首句四字、次句九字，而以"時"字爲起韻，一注而失兩韻，句字錯，調亦隨錯，大可噴飯。至《詩餘》辨體，自謂考證明白矣。而但知於"今日"斷句，仍謂"時"字起韻，不猶然大盲乎？自唐以來，作此調者不知凡幾，如此小體尚不能辨，而自以爲辨體耶？

韋作"四月十七"，"月"字仄。又一首"昨夜夜半"，"夜"字亦仄，想不拘然，不必從。

【杜注】按，《花間集》後起"雪肌"作"雪胸"。又，《全唐詩》"青蛾"作"青娥"。又，此爲温庭筠調，非牛嶠作，《欽定詞譜》亦作温詞。

【考正】本調小令，前起第二字例作平聲，唐人皆如此，故韋詞"四月十七"之"月"字必爲以入作平，而"昨夜夜半"之"夜"，又叶以灼切，音龠，在藥部。亦爲入聲讀法，可以替平。如《詩經・小雅・雨無正》云："周宗既滅，靡所止戾。正大夫離居，莫知我勩。三事大夫，莫肯夙夜。邦君諸侯，莫肯朝夕。庶曰式臧，覆出爲惡。"故萬氏以爲"想不拘"者，或非。

女冠子　一百七字

康與之

火雲初布。遲遲永日炎暑。濃陰高樹。黄鸝葉底，羽毛學整，方調嬌語。薰風時漸動，峻閣池塘，芰荷争吐。畫梁紫燕，對對銜泥，飛來又去。

想佳期、容易成辜負。共人人同上、畫樓斟香醑。恨花無主。卧象床犀枕，成何情緒。有時魂夢斷，半窗殘月，透簾穿户。去年今夜，扇兒扇我，情人何處。

《女冠》長調，字句參差不一，如漢老、伯可、耆卿、美成、勝欲皆詞人宗匠，而各詞多不相同，此作字止百七，較他人爲少，然細玩之，實係完整，非有差落也。"薰風"以下，前後段相符。

《圖譜》於"暑"字不注叶，大謬。

【考正】本詞《彊村叢書》作柳永詞。萬樹以爲"細玩之，實係完整"云，或未必如此，校諸宋人各詞，"濃陰高樹"前當奪三或四字，蔣捷二首、李邴一首，本均均爲二十一字，即柳詞别首，此處亦爲"樹陰翠、密葉成幄"或"動清籟、蕭蕭庭樹"。後段"半窗殘月"前，亦少二字，致該均三句文理欠達。故百七字體者，不必從之，亦不擬譜。

第二體 一百十二字

蔣捷

蕙風香也。雪晴池館如畫。春風飛到,寶釵樓上,一片笙簫,琉璃光射。
●○○▲ ◎○○●○▲ ○○○● ●○○● ●●○○ ○○○▲

而今燈謾掛。不是暗塵明月,那時元夜。況年來心懶意怯,羞與鬧蛾爭
○○○●▲ ●●●○○● ●○○▲ ●⊙○○●◎○ ○●○○⊙

耍。江城人悄初更打。問繁華誰解,再向天公借。剔殘紅灺。但夢
▲ ○○○●○○▲ ●⊙○○● ●●○○▲ ●○○▲ ●●

裏隱隱,鈿車羅帕。吴箋銀粉砑。待把舊家風景,寫成閑話。笑緑鬟鄰
◎◎● ●○○▲ ○○○●▲ ●●●○○● ●○○▲ ●◎○○

女,倚窗猶唱,夕陽西下。
● ●○○● ●○○▲

此比康詞較多五字。

按,竹山此作,字字依李漢老"帝城三五"一首平仄,但舊家上比李多"待把"二字,今細訂之,"待把"句即同前段"不是"句,此二字不可少,而李詞落去也。沈本《草堂集》於李詞"不如趁早"句上注云:"一本此處多'到'字。"不知非多一字,乃尚少一字也。故不敢另收一百十字之體。若康詞,則前後俱無此兩字,並無"況"字、"笑"字,而於換頭上加一"想"字,與此相異。且康詞於"掛"、"砑"二字不用韻,"一片笙簫"反作"羽毛學整",故另録於前作一格耳。

又按,"春風飛到"句,漢老用叶,伯可亦叶,此獨不用韻,想所不拘。"況年來"下十三字,照本尾及康詞前後結,俱應作三句,而漢老作"見許多才子艷質,攜手並肩低語",竹山亦步亦趨,故此段亦作兩句讀,於"意怯"下分段,然此段語氣連貫,作二句作三句俱不礙也。只李之"質"字、蔣之"怯"字,皆是入聲,可以作平,若去聲則不可耳。即此"心懶意怯",欲仿"才子艷質"四字,用平上去入。又一首用"千載舊跡",亦同。古人心細如髮若此,而今人翻謂不妨假借,豈不毫釐千里哉。"鬧蛾"諸本多作"蛾兒",觀此尾句,"夕"字仄聲,李詞前後俱仄聲,作"鬧蛾"爲是。且"鬧蛾"是上元之物,去"鬧"字則晦矣。有刻作"鬧蛾兒"三字,更謬。"夕陽西下"係伯可上元《寶鼎現》詞首句,故云猶唱。

【杜注】按,《詞林萬選》,"蕙風"作"蕙花"。又,"鬧蛾"下有"兒"字。又,"銀粉"下無"砑"字,非叶。又,後結無"西"字,皆不必從。

【考正】較之各體,前段"不是暗塵明月"後應奪四字,竹山二首皆同。萬氏以爲蔣詞"字字依李漢老",固然,故此四字當非後落,因李詞本無此四字,故蔣詞當是原本少填也。

第三體　一百十五字

柳　永

淡煙飄薄。鶯花謝、清和院落。樹陰密、翠葉成幄。麥秋霽景，夏雲忽變，
●○○▲　○○●　○○●▲　●○●　●○○▲　●○●●　●○●●
奇峰倚寥廓。波暖銀塘□□，□□漲新，萍綠魚躍。想端憂多暇，陳王是
○○●○▲　○●○○●●　○●●○　○●○▲　●○○○●　○○●
日，嫩苔生閣。　正鑠石天高，流金晝永，楚榭光風轉蕙，披襟處、波翻
●　●○○▲　　●●●○○　○○●●　●●○○●●　○○●　○○
翠幕。以文會友，沉李浮瓜忍輕諾。別館清閑，避炎蒸、豈須河朔。但尊
●▲　●○●●　○●○○●○▲　●●○○　●○○　●○○▲　●○
前隨分，雅歌艷舞，盡成歡樂。
○○●　●○●●　●○○▲

此與前調只兩結同，其餘絕不相類。"麥秋"以下十三字，《圖譜》强分作一四一九，"波暖"下十字，强分作兩五。余眇識之人，不敢妄注，"綠魚躍"三字無理，過變至"幕"字方叶，亦恐未確。而譜以"蕙"字爲"惡"字，謂是叶韻，"幕"字翻不注叶，想讀作"暮"音矣。但"光風轉蕙"乃《招魂》句，改爲"轉惡"，無理之甚。柳七雖俗，未必如此村煞也。總之，《樂章集》差訛最多，實難勘定，寧甘闕陋之嘲，不能爲柳氏功臣，亦不敢爲柳氏罪人也。作此調者，亦只從康、蔣可矣。"端憂多暇"，《月賦》中語，《圖譜》作"憂端"，非。

【杜注】按，《欽定詞譜》於"奇峰""峰"字注逗，"銀塘""塘"字注句，與萬氏論合。

【考正】原譜"麥秋"下十三字、"波暖"下十字萬氏均未作讀斷，校之前二體，"麥秋"一段當作二四一五讀，而"波暖"十字爲本調第三均，萬氏不知本均脱四字，故不能讀，而至今所有標點本亦均屬誤讀也。參校前二詞，"銀塘"後必奪四字，補足後，"波暖"句即蔣詞之"不是"，"□□漲新，萍綠魚躍"八字即"火雲初布"詞之"峻閣池塘，芰荷爭吐"也。各詞互校，脈絡清楚，文理彰然，各標點本於此多點爲三字二句，則自然莫知其所云，萬氏以爲"無理"，亦在情理之中也。

又，"翠葉"之"葉"，以入作平。宋詞該句第二字俱填爲平讀者。

第四體　一百十四字

柳　永

同雲密布。撒梨花、柳絮飛舞。樓臺悄似玉。向紅爐暖閣院宇。深沉廣排筵會，聽笙歌猶未徹，漸覺寒輕，透簾穿户。亂飄僧舍，密灑歌樓，酒簾如故。　想樵人山徑迷蹤路。料漁人、收綸罷釣歸南浦。路無伴侣。見孤村寂寞，招颭酒旗斜處。南軒孤雁過，嚦嚦聲聲，又無書度。見臘梅

枝上嫩蕊，兩兩三三微吐。

諸刻或以此詞爲周待制作，然其語確是柳屯田。待制縝密，不作此疏枝闊叶也。故其字句亦傳訛難考，“樓臺”以下三十二字，至“户”字方叶韻，斷無此理。或云“玉”字音“裕”，以入作叶，亦未確。“宇”字似韻，而上既不可連“暖閣”，下“深沉”又不可連“廣排”，其爲差錯無疑。《圖譜》乃以“會”字爲叶韻，甚奇。後段雖較前稍明，然亦未必確然，因無今人率意造譜之膽，未敢論定。

【杜注】按，《欽定詞譜》云：“自‘樓臺悄似玉’以下三十二字，至‘户’字方押韻，必無此理。《嘯餘譜》以玉字、會字爲叶韻，當從之。”與萬氏論同。竊疑“院宇深沉”句或當作“深沉院宇”，則“宇”字添一韻矣。

【考正】本詞前段四均校之其餘宋詞，其第一均、第三均同第四體，第四均則同第二體，惟第二均與諸詞皆異。按，第二均本調各詞均爲緩拍長句，依律應達五拍廿字，而本詞若依韻讀句，則僅得五字一句、七字一句兩拍，最爲迥異。即便將“深沉廣排筵會”計入，亦有二疑：一則各調拍數與句法與此依然迥異，二則以“會”字叶韻，斷無是理也。《欽定詞譜》謂“會”叶韻，本屬病急亂投醫之舉，古往今來，必僅此一例，焉可從之。余獨疑此處有錯簡、脱字，應以“樓臺悄似玉”移後，讀爲“向紅爐、暖閣院宇。深沉□□，廣排筵會，樓臺悄似玉”，則與柳詞“斷雲殘雨”、“淡煙飄薄”二首正同；如此，第三均“聽笙歌猶未徹，漸覺寒輕，透簾穿户”亦即前詞之“薰風時漸動，峻閣池塘，芰荷争吐”、“不是暗塵明月，□□□□，那時元夜”、“波暖銀塘□□，□□漲新，萍緑魚躍”。余以爲蔣詞少填四字，亦可於此詳悉；尾均四字三句，亦同第二體，及柳詞别首“斷云殘雨”詞。三四兩均皆清晰無誤矣。

後段萬氏“料漁人”下十字未讀斷，不知何故，蓋此十字顯爲五字二句，三句正合“想佳期容易成辜負。共人人同上，畫樓斟香醑”。其餘後段應皆無殊，惟後結四字兩句本詞攤破句法，作二字一逗、六字一句異。

以上所論，雖無書證，然皆依律而度，非有率意造譜之膽也，期達者有以教之。而本調格律，學者以第四體爲範即可，本詞不予擬譜。

中興樂　四十一字

毛文錫

豆蔻花繁煙艷深。丁香軟結同心。翠鬟女。相與。共淘金。　紅蕉葉

●●○○○●△　○○●●○△　●○▲　○▲　●○△　○○●

裏猩猩語。鴛鴦浦。鏡中鸞舞。絲雨。隔荔枝陰。

●○○▲　○○▲　●○○▲　○▲　●●○△

或云“女”字是换韻，後段叶之。

【杜注】按，《欽定詞譜》以“女”、“與”兩三字均間叶仄韻。《詞暎》本同。

【考正】萬氏原譜前段三四句作“翠鬟女，相與共淘金”，後段四五句作“絲雨隔，荔枝陰”，脱三韻，蓋唐風喜短拍故也。

第二體　四十二字

牛希濟

池塘暖碧浸晴暉。濛濛柳絮輕飛。紅蕊凋來，醉夢還稀。　春雲空有
○○●●●○△　○○●●○△　○●○○　●●○△　○○○●
雁歸。珠簾垂。東風寂寞，恨郎抛擲，淚濕羅衣。
●△　⊙○△　○○●●　●○○●　●●○△

與前全異。

按，此調因此詞尾三字，好異者遂名爲《濕羅衣》，已爲可厭，《選聲》即以《濕羅衣》立名，至《圖譜》則又訛而爲《羅衣濕》，且並前毛司徒詞，亦謂之《羅衣濕》矣。豈不大誤。此類甚多，作者但須詞佳，何必務立異名以爲新乎？《詞統》選沈自炳詞，於"醉夢還稀"作"孤燈漏長"，"春雲空有"作"夢入花庭"，俱誤。《選聲》因而收之。沈，明人，原於詞道不工，何可取以爲譜哉。

第三體　八十四字

李　珣

後庭寂寞日初長。翩翩蝶舞紅芳。繡簾垂地，金鴨無香。誰知春思如狂。
◎○◎●●○△　⊙○●●○△　●○○●　⊙●○△　⊙○○●○△
憶蕭郎。等閑一去，程遥信斷，五嶺三湘。　休開鸞鏡學宫妝。可能更
●○△　●○◎●　○○◎●　◎●○△　⊙○⊙●●○△　◎○●
理笙簧。倚屏凝睇，淚落成行。手尋裙帶鴛鴦。暗思量。忍辜前約，教人
●○△　●○○●　◎●○△　◎○○●○△　●○△　●○⊙●　○○
花貌，虚老風光。
⊙●　⊙●○△

即前調合爲一段，後加一疊。但"繡簾垂地"、"倚屏凝睇"，平仄與牛詞"紅蕊凋來"不同。

【考正】疑本詞爲兩首誤合。

醉花間　四十一字

毛文錫

深相憶。莫相憶。相憶情難極。銀漢是紅牆，一帶遥相隔。　金盤珠
○○▲　●○◆　○●○○▲　○●●○○　●●○○▲　○○○
露滴。兩岸榆花白。風摇玉佩清，今夕爲何夕。
●▲　●●○○▲　○○●●○　○●○○▲

"珠露",《圖譜》誤作"露珠"。

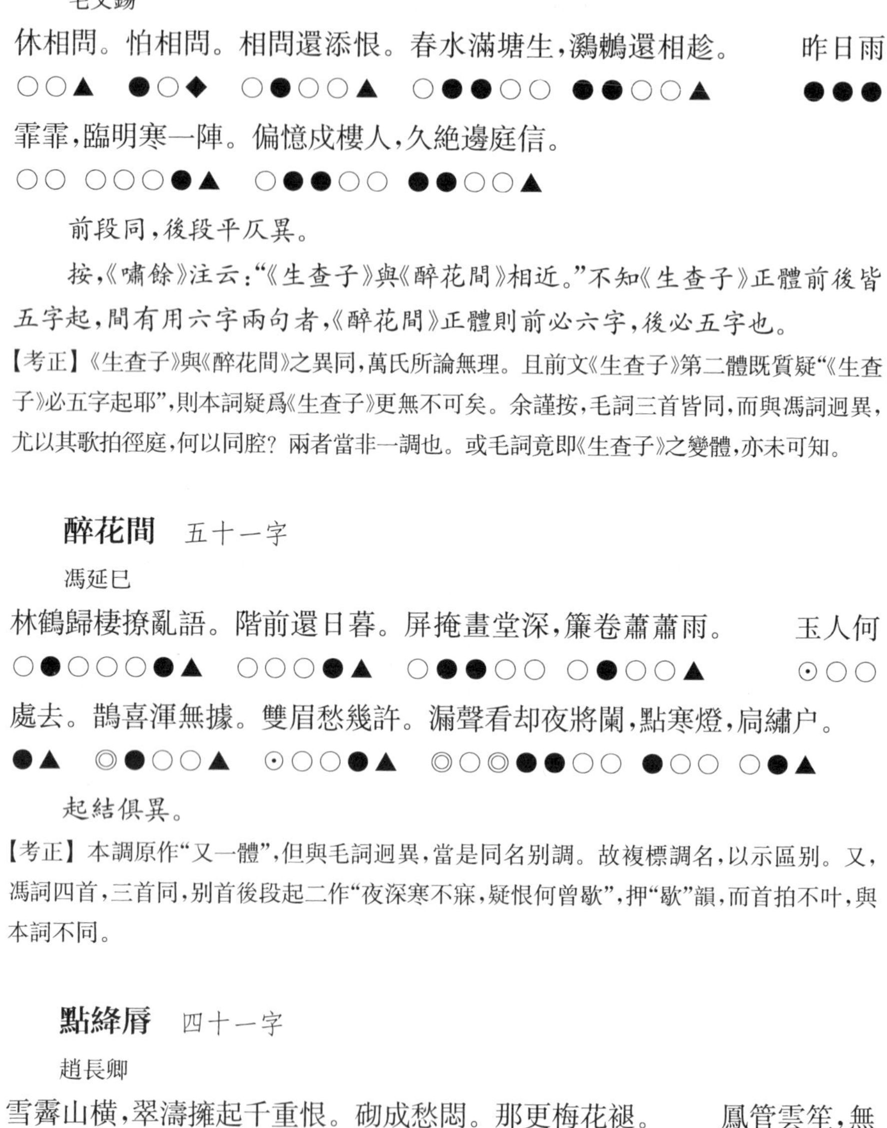

第二體　四十一字

毛文錫

休相問。怕相問。相問還添恨。春水滿塘生，鸂鶒還相趁。　昨日雨

○○▲　●○◆　○●○○▲　○●●○○　●●○○▲　●●●

霏霏，臨明寒一陣。偏憶戍樓人，久絶邊庭信。

○○　○○○●▲　○●●○○　●●○○▲

前段同，後段平仄異。

按，《嘯餘》注云："《生查子》與《醉花間》相近。"不知《生查子》正體前後皆五字起，間有用六字兩句者，《醉花間》正體則前必六字，後必五字也。

【考正】《生查子》與《醉花間》之異同，萬氏所論無理。且前文《生查子》第二體既質疑"《生查子》必五字起耶"，則本詞疑爲《生查子》更無不可矣。余謹按，毛詞三首皆同，而與馮詞迥異，尤以其歌拍徑庭，何以同腔？兩者當非一調也。或毛詞竟即《生查子》之變體，亦未可知。

醉花間　五十一字

馮延巳

林鶴歸棲撩亂語。階前還日暮。屏掩畫堂深，簾卷蕭蕭雨。　玉人何

○●○○○●▲　○○○●▲　○●●○○　○●○○▲　⊙○○

處去。鵲喜渾無據。雙眉愁幾許。漏聲看却夜將闌，點寒燈，扃繡户。

●▲　◎●○○▲　⊙○○●▲　◎○◎●●○○　●○○　○●▲

起結俱異。

【考正】本調原作"又一體"，但與毛詞迥異，當是同名别調。故複標調名，以示區别。又，馮詞四首，三首同，别首後段起二作"夜深寒不寐，疑恨何曾歇"，押"歇"韻，而首拍不叶，與本詞不同。

點絳脣　四十一字

趙長卿

雪霽山横，翠濤擁起千重恨。砌成愁悶。那更梅花褪。　鳳管雲笙，無

◎●○○　●○◎●○○▲　●○○▲　⊙●○○▲　◎●○○　⊙

不縈方寸。叮嚀問。淚痕羞揾。界破香腮粉。

●○○▲　○○▲　●○○▲　◎●○○▲

"翠"字去聲，妙甚。"砌"字、"淚"字亦去，俱妙。凡名作俱然，作平則不起調。近見時人有於"翠"字用平而"砌成"句用平平仄仄，是不深於詞者也。

沈氏《别集》選韓魏公“病起懨懨”一首，次句云：“對庭前花樹添憔悴”，此誤多“對”字，沈不能辨明，乃注題下云“前段多一字”，是使後人誤認有此四十二字體矣，謬哉。

【杜注】萬氏注韓魏公“對庭前花樹添憔悴”句誤多“對”字，按，魏公此詞見《花草粹編》，前後段第二句均八字，並非誤多，蓋變體也。

【考正】前段第三句、後段第四句之起字不宜用平，當以仄爲正，然亦不必如萬氏之見去即妙，美成、夢窗、白石等諸家，此處皆填有大量上聲字，趙長卿别首更有平起者，竊以爲亦無不可。以曲法論詞法，悖乎；逢去聲起頌聲，病矣。

戀情深　四十二字

毛文錫

滴滴銅壺寒漏咽。醉紅樓月。宴餘香殿會鴛衾。蕩春心。　真珠簾下

●●○○○●▲　●○○▲　◎○⊙●●○△　●○△　⊙○○●

曉光侵。鶯語隔瓊林。寶帳欲開慵起，戀情深。

●○△　⊙●●○△　●●●○○●　●○△

此詞兩首，俱以“戀情深”爲結，想因此名題也。“醉紅樓月”，“紅樓”二字相連，其第二首作“簇神仙伴”，“神仙”二字亦連，須知之。“寶帳”句第二首云“永願作鴛鴦伴”，則在作字一豆，與此微不同。

贊浦子　四十二字

毛文錫

錦帳添香睡。金爐換夕熏。懶結芙蓉帶。慵拖翡翠裙。　正是桃夭柳

●●○○▲　○○●●△　●●○○▲　○○●●△　●●○○●

媚。那堪暮雨朝雲。宋玉高唐意。裁瓊欲贈君。

▲　●○●●○△　●●○○▲　○○●●△

後起二句各六字，與前段異。

【杜注】按，《欽定詞譜》“柳夭桃媚”作“桃夭柳媚”。此調無别首可校。

【考正】本調雙句韻押平聲一部，單句韻押仄聲一部，兩换韻，通篇如此，萬氏僅注平韻，失記仄韻。又按，“桃夭柳媚”原譜作“柳夭桃媚”，誤，據杜注改。

浣溪沙　四十二字

張　曙

枕障薰爐冷繡帷。二年終日苦相思。杏花明月爾應知。　天上人間何

◎●○○●●△　◎○⊙●●○△　◎○⊙●●○△　⊙●⊙○○

處去，舊歡新夢覺來時。黄昏微雨畫簾垂。
●● ◎○⊙●●○△ ⊙○⊙●●○△

《詞統》收匏庵一首，起二句云“晚來疏雨過柴關，還我斜陽屋滿間”，平仄全誤，此等明朝先輩之作，原弄筆適興，未嘗究心，選以爲世模楷，反揚其短矣。是非作者之過，而選者之過也。更有大怪者，《圖譜》注此調於“杏花”、“舊歡”、“黄昏”，三句俱作“可用仄仄平平仄仄平”，“天上”句作“可用平平仄仄平平仄”，幾將此調全首平仄俱改，則真爲太甚矣。

按，此調有起用仄聲，次句方韻者，如薛昭藴“紅蓼渡頭秋正雨”是也，兹注明不録。

【校勘記】張曙詞，“杏花明月爾應知”句，《北夢瑣言》“杏花”作“好風”，“爾”作“始”。

第二體 四十二字

南唐後主

紅日已高三丈透。金爐次第添香獸。紅錦地衣隨步皺。 佳人舞點金
○●●○○●▲ ○○●●○○▲ ○●●○○●▲ ○○●●○
釵溜。酒惡時拈花蕊嗅。别殿遥聞簫鼓奏。
○▲ ●●○○○●▲ ●●○○○●▲

用仄韻，後起亦叶。

攤破浣溪沙 四十八字 又名：山花子

南唐元宗

菡萏香銷翠葉殘。西風愁起緑波間。還與韶光共憔悴，不堪看。 細
◎●○○●●△ ○○○●●○△ ⊙●⊙○◎⊙● ●○△ ◎
雨夢回雞塞遠，小樓吹徹玉笙寒。多少淚珠何限恨，倚闌干。
●◎○○●● ◎○⊙●●○△ ⊙●◎○○●● ●○△

此調本以《浣溪沙》原調結句破七字爲十字，故名《攤破浣溪沙》，後又另名《山花子》耳。後人因李主此詞“細雨小樓”二句，膾炙千古，竟名爲《南唐浣溪沙》，然則唐詞沿至宋人，改新調而仍舊名者甚多，如《喜遷鶯》、《長相思》之類，皆添字成調，豈可名《北宋喜遷鶯》、《北宋長相思》耶？

按，調名“沙”字與《浪淘沙》不同義，應作“紗”。或又作《浣沙溪》，則尤當爲“紗”，今姑仍諸刻。

【杜注】按，《花庵詞選》以爲李後主詞。《南唐書》載此詞，元宗爲王感化作，第三句“還與韶光共憔悴”，“韶”作“容”。又，“何限恨”句，《歷代詩餘》“何”作“無”。

【考正】敦煌曲子詞中，本調俱名《浣溪紗》，曰《浣溪紗》者，皆八句體，故余以爲當先八句

而後減字爲六句，此更合乎詞從詩演化而來之規則，以敦煌詞觀之，第四句有三字者，有四字者，有五字者，有七字者，則本調原或係七言律，減二字成五字格，再減一字成四字格，三減一字成三字格，遂定其格矣。八句體後人三減而成，六字體則四減而成，故賀梅子名六句體爲《減字浣溪紗》也。六句體既成，竟成鳩占鵲巢之勢，後人爲别之，遂稱八句體爲《南唐浣溪沙》。蓋若因唐元宗詞名之者，當稱之《元宗浣溪紗》方是，何以名南唐耶？至若"攤破"云云，不識本源，誤名耳。

浣溪沙慢　九十三字

周邦彦

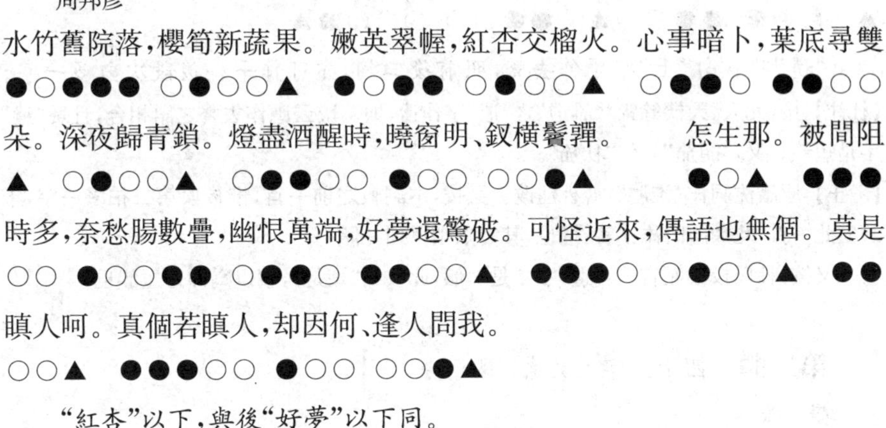
水竹舊院落，櫻筍新蔬果。嫩英翠幄，紅杏交榴火。心事暗卜，葉底尋雙

●○●●●　○●○○▲　●○●●　○●○○▲　○●●○　●●○○

朵。深夜歸青鎖。燈盡酒醒時，曉窗明、釵横鬢嚲。　怎生那。被間阻

▲　○●○○▲　○●●○○　●○○　○○●▲　●○▲　●●●

時多，奈愁腸數疊，幽恨萬端，好夢還驚破。可怪近來，傳語也無個。莫是

○○　●○○●●　○●●○　●●○○▲　●●●○　○●○○▲　●●

瞋人呵。真個若瞋人，却因何、逢人問我。

○○▲　●●●○○　●○○　○○●▲

"紅杏"以下，與後"好夢"以下同。

按，"多"字乃以平叶仄，不然直至"破"字方韻矣，且語意亦在此頓住。下"奈愁腸"三句，自一串而下也，是此詞亦爲平仄通叶之體，但無第二首可對，恐人不信，故不敢竟注，識者當自辨之。

【杜注】按，胡仔《苕溪詩話》"櫻筍新蔬果"句作"鶯引新雛過"。又，"青鎖"作"青瑣"。又按，此詞起句五字全仄，與卷十七史梅溪作《壽樓春》詞首句，"裁春衫尋芳"五字全平者相對，皆定律也。

【考正】萬氏原注首句"竹"字、五句"卜"字，後段六句"也"字作平。

清商怨　四十二字　又名：傷情怨

晏幾道

庭花香信尚淺。最玉樓先暖。夢覺香衾，江南依夢遠。　迴文錦字暗

○○○●●▲　●●○○▲　●●○○　⊙○○●▲　○○○●●

剪。謾寄與、也應歸晚。要問相思，天涯猶自短。

▲　●●◎　◎⊙○▲　●●○○　○○○●▲

前後起皆三平三仄，觀《片玉》"枝頭風信漸小，江南人去路杳"，可見"錦"字上聲可借作平，不可用去聲也。"尚淺"、"夢遠"、"暗剪"、"自短"，皆去上，

妙，妙。《片玉》亦然，無怪兩公之樹幟騷壇也。

按，此調又名《傷情怨》，《圖譜》兩收，誤。

第二體 四十三字

沈會宗

城上鴉啼斗轉。漸玉壺冰滿。月淡寒梅，清香來小院。 誰遣鸞箋寫

○●○○●▲ ●●○○▲ ●●○○ ○○○●▲ ○●○○●

怨。翻錦字、疊疊和愁卷。夢破胡笳，江南煙樹遠。

▲ ○●● ●●○○▲ ●●○○ ○○○●▲

"遣"照首句"上"字應作去聲，照前後二詞，亦可作平。後段次句多一字。

【杜注】按，元人《天機餘錦》"誰遣"之"遣"字作遣，與萬氏云應作去聲之語相合，且疑"遣"字是短韻。又，"胡笳"一作"秋笳"。

【考正】原譜沈詞作"誰遣"，據杜注改。又按，本詞較之前一首，惟後段第二拍多一字，宋詞僅此一首，此類臨時添字者，權也，其實無須單列一體。

又按，杜氏校勘記嘗云："遣"字當是短韻，此改爲"疑是"，竊以爲即是短韻也。

第三體 四十三字 又名：關河令

晏 殊

關河愁思望處滿。漸素秋向晚。雁過南雲，行人回淚眼。 雙鸞衾裯

○○○●●●▲ ●●○◎▲ ◎●○○ ○○○●▲ ○○○⊙

悔展。夜又永、枕孤人遠。夢未成歸，梅花聞塞管。

●▲ ●●● ●○○▲ ◎●○○ ○○○●▲

首句比前調多一字。

按，此調因此詞首二字，故又名《關河令》。《片玉詞》亦作《關河令》，其首句"秋陰時晴漸向暝"，正與此同。而趙坦庵作，一云"亭皋霜重飛葉滿"，一云"江頭伊軋動柔櫓"，不如依此爲是。"處滿"、"淚眼"、"悔展"、"塞管"亦皆去上，可知元獻家風，亦可知詞眼定格矣。

【考正】本調前後段起拍多用拗句，音步連仄或連平，惟本詞後段用平起仄收之律拗句法。其用韻則必用上聲，驗之宋詞，莫不如此者也。

雪花飛 四十二字

黄庭堅

攜手青雲路穩，天聲迤邐傳呼。袍笏恩章乍賜，春滿皇都。 何處難

○●○○●● ○○●●○△ ○●○○●● ○●○△ ○●○

忘酒，瓊花照玉壺。歸裊絲稍競醉，雪舞街衢。
○● ○○●●△ ○●○○●● ●●○△

後起二句比前段各少一字。

醉垂鞭　四十二字

張　先

醉面灩金魚。吴娃唱。吴潮上。玉殿白麻書。待君歸後除。　勾留風
◎●●○△ ○○▲ ○○▲ ◎●●○△ ◎○⊙●△ ⊙○○
月好。平湖曉。翠峰孤。此景出關無。西州空畫圖。
●▼ ○○▼ ●○△ ●●●○△ ○○○●△

凡三用韻前後結處二句同。

【杜注】按，《欽定詞譜》“酒面”作“辭面”。

【考正】按，《欽定詞譜》“酒面”作“醉面”。杜注疑刻誤。

傷春怨　四十三字

王安石

雨打江南樹。一夜花開無數。緑葉漸成陰，下有遊人歸路。　與君相
●●○○▲ ●●○○○▲ ●●●○○ ●●○○○▲ ●○○
逢處。不道春將暮。把酒祝東風，且莫恁、匆匆去。
○▲ ●●○○● ●●●○○ ●●● ○○▲

荆公自注“夢中作”，應是創調，他無作者。兩結雖俱六字，須知語氣不同。

霜天曉角　四十三字　又名：月當窗

辛棄疾

吴頭楚尾。一棹人千里。休説舊愁新恨，長亭樹、今如此。　宦途吾倦
⊙○◎▲ ◎●○○▲ ⊙●◎○○● ○⊙● ⊙○▲ ◎⊙○●
矣。玉人留我醉。明日落花寒食，得且住、爲佳耳。
▲ ◎○○●▲ ⊙●●○○● ◎◎● ⊙○▲

兩結六字句，定體也。自《嘯餘》於“亭”字下誤落一“樹”字，《圖譜》等因之，注作五字句，毋論將詞注差，但即“長亭今如此”五字，如何解法？蓋此句本用《枯樹賦》“樹猶如此”一語也，乃不知而妄注，何哉？而《圖譜》又改調名作《月當廳》，吾不知“霜天曉角”四字有何不佳，而必改之也。況東澤寓名“月

當窗”，非“廳”字，且《月當廳》自有正調。

【考正】换頭“宦途”之“途”字，萬氏原注可填仄聲、入韻。詞譜如此表述最爲靠譜，而不必動輒以“又一體”説明細微之差異。

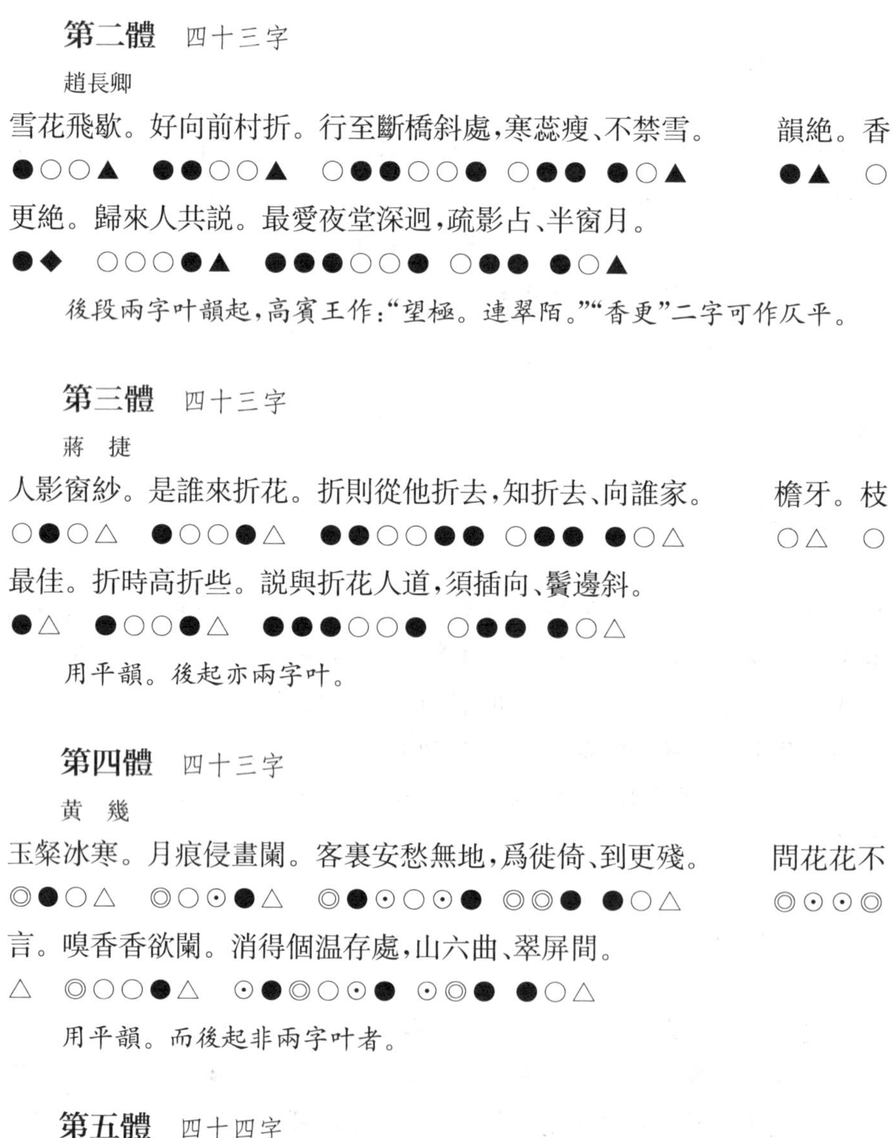

第二體　四十三字

趙長卿

雪花飛歇。好向前村折。行至斷橋斜處，寒蕊瘦、不禁雪。　韻絕。香

●○○▲　●●○○▲　○●●○○●　○●●　●○▲　●▲　○

更絕。歸來人共説。最愛夜堂深迥，疏影占、半窗月。

●◆　○○○●▲　●●●○○●　○●●　●○▲

後段兩字叶韻起，高賓王作：“望極。連翠陌。”“香更”二字可作仄平。

第三體　四十三字

蔣　捷

人影窗紗。是誰來折花。折則從他折去，知折去、向誰家。　檐牙。枝

○●○△　●○○●△　●●○○●●　○●●　●○△　○△　○

最佳。折時高折些。説與折花人道，須插向、鬢邊斜。

●△　●○○●△　●●●○○●　○●●　●○△

用平韻。後起亦兩字叶。

第四體　四十三字

黄　幾

玉粲冰寒。月痕侵畫闌。客裏安愁無地，爲徙倚、到更殘。　問花花不

◎●○△　◎○⊙●△　◎●⊙○⊙●　◎◎●　●○△　◎⊙⊙◎

言。嗅香香欲闌。消得個温存處，山六曲、翠屏間。

△　◎○○●△　⊙●◎○⊙●　⊙◎●　●○△

用平韻。而後起非兩字叶者。

第五體　四十四字

趙長卿

閣兒幽静處，圍爐面小窗。好似鬭頭兒坐，梅煙炷、返魂香。　對火怯

●○○●●　○○●●△　●●●○○●　○○●　●○△　●●●

夜冷，猛飲消漏長。飲罷且收拾睡，斜月照、滿林霜。

●●　●●○●△　●●●○●●●　○●●　●○△

前起五字不用韻。後亦同。

【杜注】按,《歷代詩餘》"圍爐面小窗"句,"面"作"向"。又,"飲罷且收拾睡"句,"收拾睡"作"須自卧"。

第六體　四十四字

程垓

幾夜瑣窗揭。素蟾光似雪。恰恨照人攲枕,紗橱爽、簟紋滑。　迤邐篆
●●●○▲　●○○●▲　●●●○○●○○●　●○▲　○●●

香裊。好懷誰共説。若是知人風味,來分付、半床月。
○▲　●○○●▲　●●○○○●　○○●　●○▲

五字起,用仄韻。

書舟又一首,前起:"玉清冰樣潔。幾夜相思切。"後起:"匆匆休惜别。還有來時節。"平仄與此詞又異,因句字同,不另録。

卜算子　四十四字　又名:百尺樓

蘇軾

缺月掛疏桐,漏斷人初定。時見幽人獨往來,縹緲孤鴻影。　驚起却回
●●●○○　◎●○○▲　⊙●○○●●○　◎●○○▲　⊙●●○

頭,有恨無人省。揀盡寒枝不肯棲,寂寞沙洲冷。
○　◎●○○▲　◎●○○●●○　◎●○○▲

毛氏云:"駱義烏詩,用數名人,謂爲卜算子,故牌名取之。"按,山谷詞"似扶著、賣卜算",蓋取義以今賣卜算命之人也。

因秦詞"極目煙中百尺樓",故巧名《百尺樓》。《圖譜》删《卜算子》而用《百尺樓》,無謂。

【杜注】按,《葉譜》"漏斷人初定"句,"定"作"静"。

【考正】本調令詞萬樹計收七種,實則無非兩處變化:本調前後段首拍可韻可不韻,一也;本調尾拍可五字一句亦可六字折腰一句,二也。觀其種種,無非如此,故竊以爲爲譜者,在乎提綱挈領,不在絮絮羅列也。

第二體　四十四字

石孝友

見也如何暮。别也如何遽。别也應難見也難,後會難憑據。　去也如
●●○○▲　●●○○▲　●●○○●●○　●●○○▲　●●○

何去。住也如何住。住也應難去也難，此際難分付。
○▲ ●●○○▲ ●●○○●●○ ●●○○▲

首句即起仄韻，後起亦叶，與前詞異。

第三體 四十五字

徐 俯

胸中千種愁，掛在斜陽樹。緑葉陰陰自得春，草滿鶯啼處。 不見淩波
○○○●○ ●●○○▲ ●●○○●●○ ●●○○▲ ●●○○
步。空想如簧語。門外重重疊疊山，遮不斷、愁來路。
▲ ○●○○▲ ○●○○●●○ ○●● ○○▲

首句平仄與蘇詞異，不起韻，與石詞異。而後起叶仄，後結六字，亦俱異。《譜》、《圖》俱注後首句不叶韻，未審何故。

按，《詞統》注云"'遮'字是襯字"，大謬。此調多用六字結者，觀李之儀"定不負、相思意"，趙長卿"山不似、長眉好"，此類甚多，豈皆襯字乎？豈他句不可襯，獨此句可襯乎？若謂詞可用襯，則詞中多少一兩字者甚衆，皆可以"襯之"一説概之，而不必分各體矣。

【杜注】按，《歷代詩餘》首句作"天生百種愁"。又，"自得"作"占得"。又，"空想"作"空憶"。

第四體 四十五字

黄公度

薄宦各東西，往事隨風雨。先是驪歌不忍聞，又何況、春將暮。 愁共
●●●○○ ●●○○▲ ○●○○●●○ ●○● ○○▲ ○●
落花多，人逐征鴻去。君向瀟湘我向秦，後會知何處。
●○○ ○●○○▲ ○●○○●●○ ●●○○▲

此又前結六字，後結五字者。

【考正】萬樹原譜前段結拍不讀斷。

第五體 四十六字

黄庭堅

要見不得見，要近不得近。試問得君多少憐，管不解、多於恨。 禁止
●●○○● ●●○○▲ ●●○○○●○ ●●● ○○▲ ●●
不得淚，忍管不得悶。天上人間有底愁，向個裏、都諳盡。
○○● ●●○○▲ ○●○○●●○ ●●● ○○▲

兩結皆六字，而兩起句皆仄而不叶韻者。

【考正】萬樹原注：前後段首二句兩“不得”、前段第三句“得”字，皆以入作平。

第六體　四十六字

杜安世

罇前一曲歌，歌裏千金意。才欲歌時淚已流，恨應更、多於淚。　試問
○○●●○ ⊙●○○▲ ○●○○●●○ ●○● ○○▲ ●●
緣何事。不語如癡醉。我亦情多不忍聞，怕和我、成憔悴。
○○▲ ●●○○▲ ●●○○●●○ ●○● ○○▲

首句平，後起叶，而兩結皆六字者。

【杜注】按，葉譜“千金”作“千重”。

第七體　四十六字

杜安世

深院花鋪地。淡淡陰天氣。水榭風亭朱明景，又別是、愁情味。　有情
○●○○▲ ●●○○▲ ●●○○○○● ●●● ○○▲ ●○
奈無計。漫惹成憔悴。欲把羅巾暗傳寄，細認取、斑點淚。
●○▲ ●●○○▲ ●●○○●○● ●●● ○●▲

前後第三句俱用仄聲，而後竟叶韻者。

又按，姑溪云“我住長江頭，君住長江尾”，上“長”字平。後村云“朝見樹頭繁，暮見樹頭少”，下“樹”字仄，皆係偶然不必學。

【杜注】按：卷四有《眉峰碧》無名氏詞一首，與此字數句法皆同，應附於此。

卜算子慢　八十九字

柳　永

江風漸老，汀蕙半凋，滿目敗紅衰翠。楚客登臨，正是暮秋天氣。引疏砧、斷續殘陽裏。對晚景、傷懷念遠，新愁舊恨相繼。　脈脈人千里。念兩處風情，萬重煙水。雨歇天高，望斷翠峰十二。盡無言、誰會憑高意。縱寫得、離腸萬種，奈歸鴻難寄。

“楚客”至“念遠”，與後“雨歇”至“萬種”同。“半”字、“恨”字，定格去聲。後張詞亦用“去”、“絮”二字。“漸老”、“到晚”、“念遠”、“念兩”、“縱寫”、“萬種”等，用六個去聲，妙絶。

【考正】《欽定詞譜》首句作“江楓”。按，本調疑前後段各奪二字，致第三均皆成孤拍，填者

可以張先詞爲範，本詞則不擬譜。

第二體　九十三字

張　先

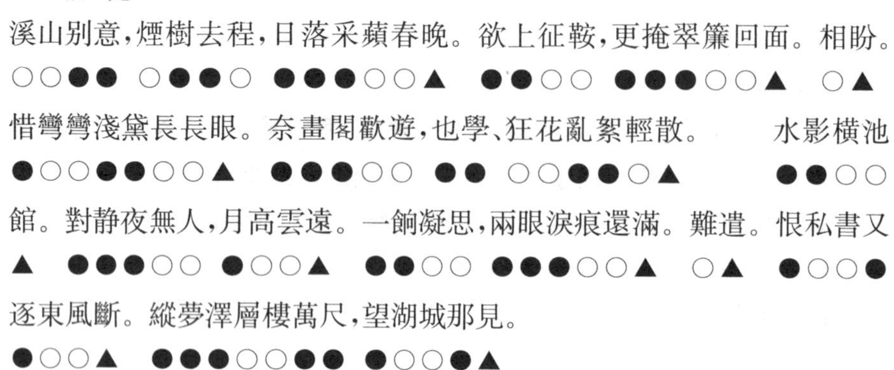

溪山别意，煙樹去程，日落采蘋春晚。欲上征鞍，更掩翠簾回面。相盼。惜彎彎淺黛長長眼。奈晝閣歡遊，也學、狂花亂絮輕散。　水影横池館。對静夜無人，月高雲遠。一餉凝思，兩眼淚痕還滿。難遣。恨私書又逐東風斷。縱夢澤層樓萬尺，望湖城那見。

比柳作多"相盼"、"難遣"四字。《圖譜》讀"更掩翠簾"爲一句，"回面相盼"爲一句，且注"回面"云"可用仄平"，怪絶，怪絶！又有傖父讀作"相盼惜"者，不知"面"字與後段"滿"字是六字句叶韻，"盼"與"遣"亦二字句叶韻者也。無知妄讀，何哉！"歡遊"下十字，據後段及柳詞，應於"學"字分句，人謂"歡遊也學"不可斷句，不知此本十字句，歌者原不於"學"字歇拍，正不妨略住，即如《水龍吟》之結，誤讀坡詞而謂另一體者，相類甚矣。拘墟者之未可與權也。諸仄字，皆宜玩。而"去"、"翠"、"淚"等去聲，妙，妙。觀前柳詞可知。

【杜注】按，《安陸集》"狂風"作"狂花"，宜從。

【考正】前段"相盼"下十字，原譜萬氏讀爲"相盼惜彎彎、淺黛長長眼"，"奈晝閣"下十三字，原譜未讀斷。後段"恨私書"作三字逗。按，"惜"句、"恨"句均爲一字逗領七字句句法，前後同，如柳詞之"疏碪斷續殘陽裏"不可讀斷，一也。

按，一本本詞前後段作"更掩翠簾相盼"、後段無"難遣"二字，字句與柳永、朱敦儒全同。細玩本調格律，疑柳詞、朱詞原文之前後段，亦均應有此二字句，若無此短句，則本調第三均僅爲"惜彎彎淺黛長長眼"及"恨私書又逐東風斷"一拍也，自不合基本格律矣。故填本調，當以本詞爲正。

詞律卷三終

詞律卷四

伊川令　四十四字

范仲胤妻

西風昨夜穿簾幕。閨院添蕭索。纔是梧桐零落時，又迤邐、秋光過却。

○○●●○○▲　○●○○▲　○●○○○●○　●○●　○○●▲

人情音信難托。魚雁成耽閣。教奴獨自守空房，淚珠與、燈花共落。

○○○●○▲　○●○○▲　○○●●●○○　●○●　○○●▲

【校勘記】范仲胤妻詞，"最是梧桐零落"句，"落"字注叶，秦氏玉生云："'落'字下有'時'字"。按，後結有"淚珠與、燈花落"句，則前"落"字必非叶，應有"時"字也；又，秦氏云"迤邐秋光過却"句，"迤"字上落"又"字；又，"人情音信難托"句，下有"魚雁成耽閣"五字，均可從。

【考正】原譜萬氏不分段，且脱落頗多，現據《欽定詞譜》補。前段第三句，萬氏原譜作"最是梧桐零落"，叶韻，則與後段結拍犯重；第四句缺一字，作"迤邐秋光過却"。後段，第二句原譜缺。按，《欽定詞譜》本，兩段、四均，合乎小令架構特征，若原譜缺一句，則於結構明顯殘缺，不成均矣。

後庭花　四十四字

毛文錫

輕盈舞妓含芳艷。競妝新臉。步搖珠翠修娥斂。膩鬟雲染。　歌聲慢

⊙○◎●○○▲　●○○▲　◎○○●○○▲　●○○▲　○○●

發開檀點。繡衫斜掩。時將纖手匀紅臉。笑拈金靨。

●○○▲　●○○▲　⊙○○●○○▲　●○○▲

毛詞三首，其第一首次句，用"後庭花發"，正合題名。而各刻多改"後庭"作"瑞庭"，可笑。《後庭花》乃陳後主曲，"瑞庭"何所取義乎？

此詞用閉口韻，甚嚴。後人則與元、寒、删、先，出入太覺泛濫，不及唐人矣。"競"、"膩"、"繡"、"笑"皆去聲，妙甚。當學之。

又一首後段“時”句刻作“争不教人長相見”句，甚拗。愚謂恐是“争教人不長相見”，或“教人争不長相見”之誤也。

【杜注】按，“臉”字重韻。

【考正】“又一首後段‘時’句刻作”，萬氏原文作“又一首時刻作”。

第二體　四十六字

孫光憲

景陽鐘動宫鶯囀。露涼金殿。輕飆吹起瓊花旋。玉葉如剪。　晚來高
●○○●○○▲　●○○▲　○○○●○○▲　●○○▲　●○○
閣上、珠簾卷。見墜香千片。修蛾曼臉陪雕輦。後庭新宴。
●●　○○▲　●●○○▲　○○●●○○▲　●○○▲

後起用八字，次句用五字，與前異。

觀此尾句，則毛詞“後庭花發”可信。“葉”字可作平，然觀後孫詞，此字亦可用去。

【杜注】按，《花間集》“瓊花旋”之“旋”字作“綻”。又按，《欽定詞譜》“修蛾慢臉”句，“慢”作“曼”。均應遵改。

【考正】萬氏“可信”云云，謂此調本詠“後庭花”軼事也，孫詞言“後庭新宴”，猶毛詞言“後庭花發”也。此旁證“瑞庭”之誤耳。

又按，孫詞體當以後一首爲正，本詞疑當以“見”字爲韻，“卷”字或順口而誤。

第三體　四十六字

孫光憲

石城依舊空江國。故宫春色。七尺青絲芳草碧。絶世難得。　玉英凋
●○○●○○▲　●○○▲　●●○○○●▲　●○○▲　●○○
落盡、更何人識。野棠如織。祇是教人添怨憶。悵望無極。
●●　●○○▲　●○○▲　●●○○○●▲　●○○▲

後起九字異。“世”字、“望”字俱用仄聲，與毛詞不同，想不拘也。“碧”字各本多作“緑”字，此句須叶韻，必係碧字無疑。

《詞綜》載王秋澗、趙松雪《後庭花破子》，乃是北曲，本譜於曲調不收，今録趙詞於後，觀者自明。蓋此等若收入詞，則不勝其收矣。

後庭花

趙孟頫

清溪一葉舟。芙蓉兩岸秋。采菱誰家女，歌聲起暮鷗。亂雲愁。滿頭風雨帶荷葉，歸去休。

此即《西廂》"襯殘紅"一曲也。"帶"字是襯字,若論曲調,則此詞之"清溪一葉舟"平仄爲正,而秋澗之"緑樹遠連洲"不合也。"菱"字亦宜用仄。

【考正】前段尾句"世"字,古音私列切,音薛,在入聲屑部。《詩經・大雅・蕩》:"枝葉未有害,本實先撥。殷鑒不遠,在夏后之世。"撥"、"世"相押,可證。又,毛熙震三首,一作"管弦清越"、一作"膩鬟雲染"、一作"半遮匀面",亦可證此位當平。故本詞亦爲以入作平。

巫山一段雲　四十四字

李　珣

古廟依青嶂,行宫枕碧流。水聲山色鎖妝樓。往事思悠悠。　雲雨朝
●●○○●　○○◎●△　◎○⊙●●○△　◎●●○△　⊙●○
還暮,煙花春復秋。啼猿何必近孤舟。行客自多愁。
○●　○○⊙●△　⊙○○●●○△　⊙●●○△

此詞及毛文錫作,俱即詠巫山神女事。

第二體　四十六字

唐昭宗

蝶舞梨園雪,鶯啼柳帶煙。小池殘日艷陽天。苧蘿山又山。　青鳥不
●●○○●　○○●●△　●○○●●○△　◎○⊙●△　○●●
來愁絶。忍看鴛鴦雙結。春風一等少年心。閑情恨不禁。
○○▲　●●○○○▲　○○●●●○▽　⊙○◎●▽

前段句法與前詞同,但"苧蘿"句平仄各異耳。後段起,兩句六字全異。

醜奴兒　四十四字　又名:羅敷媚、羅敷艷歌、采桑子

和　凝

蝤蠐領上訶梨子。繡帶雙垂。椒户閑時。競學摴蒲賭荔枝。　叢頭鞋
⊙○◎●○○▲　◎●○△　⊙●○△　◎●○○◎●△　⊙○⊙
子紅編細。裙窣金絲。無事顰眉。春思翻教阿母疑。
●○○▲　⊙●○△　⊙●○△　⊙●○○◎●△

此是本調正格,作者皆從之。

【杜注】按,《全唐詩》作《采桑子》。此調爲唐教坊大曲,一名《采桑》一名《楊下采桑》,南卓《羯鼓録》作《涼下采桑》,屬太簇角。馮正中詞名《羅敷艷歌》,南唐後主詞名《采桑子令》,宋初皆名《采桑子》。陳無己名《羅敷媚》,惟黄山谷名《醜奴兒》,萬氏以《醜奴兒》爲正格,似誤。

【考正】本調前後段首句雖多不叶韻，但亦有自成一韻者，唐宋人均有如此作法，本詞即爲一例。惟本詞雖爲平仄同韻部，亦偶合耳，檢此類填法雖調中十過其一，而多别部换韻者也。

攤破醜奴兒 六十字

趙長卿

樹頭紅葉飛都盡，景物淒涼。秀出群芳。又見江梅淺淡妝。也囉，真個
◎⊙○●○○● ◎●○△ ◎●○△ ●●○○◎●△ ●○ ○●

是、可人香。 蘭魂蕙魄應羞死，獨占風光。夢斷高唐。月送疏枝過女
● ●○△ ⊙○◎●○○● ◎●○△ ◎●○△ ◎●○○◎●

牆。也囉，真個是、可人香。
△ ●○ ○●● ●○△

“妝”、“牆”二字叶韻。“真個是”六字前後同。

按，本集此詞題作《一剪梅》，又注“或作《攤破醜奴兒》”。但觀“也啰”以上，端端正正是《醜奴兒》，只添“也啰”二字並“真個是”六字，所謂攤破也，與《一剪梅》無干。想因此詞是詠梅，而首句七字下二句，皆四字，有似《一剪梅》故訛傳耳。今收於此，不載在《一剪梅》之後。

“也啰”二字，乃歌詞助語之辭，南曲《水紅花》亦用此二字。

又按，“啰”字，佛經作“羅”，打切俗語，亦有“啰哩啰嗹”之説。而向來南曲俱唱作“羅”字音，有一傖父自謂知音，因聞此字宜讀“羅打切”，謂是家麻韻，遂以《浣沙記》“唱一聲水紅花，也啰”句“啰”字是叶韻。且云“作此套曲者，必用家麻韻方可”，偶見余所製南劇，此曲不用家麻，駭然以爲大誤。蓋其人但識《浣沙》一詞，而未見他曲，即譜中“月明千里故人來，也啰”亦未寓目，故大肆譏議，余亦不與辨，但笑而謝其糾正焉。因思，其人若見此詞，既用芳妝韻，而又用“也啰”，亦當蒙駁矣。因注此詞附記，以爲一笑。

【杜注】按，《欽定詞譜》云：“楚詞押韻句或用助語詞，漢賦亦多如此，故此詞第四句，當於‘也’字點句，坊本或於‘妝’字點句，及‘也’、‘囉’二字相連點句者，皆非。金詞高平調《唐多令》，兩結句俱有‘也’、‘囉’字，南北曲《水紅花》結句亦有‘也’字、‘囉’字。又，《廣韻》‘七歌’云：囉，歌詞也。此詞兩結‘香’字重押，其爲歌時之和聲無疑。”又按，《欽定詞譜》此詞名《攤破采桑子》。

【考正】本調名爲《一剪梅》，並非如萬氏所云無理，蓋“也羅”後計八字，正與《一剪梅》同，故必謂其“無干”，似亦過矣。

促拍醜奴兒　六十二字　又名：似娘兒、青杏兒

黄庭堅

得意許多時。長醉賞、月下花枝。暴風急雨年年有，金籠鎖定，鶯雛燕友，
◎●●○△　⊙◎◎　◎●○△　◎○◎●○○●　⊙○◎●　⊙○◎●

不被雛欺。　紅旆轉逶迤。悔無計、千里追隨。再來重綰瀘南印，而今
◎●○△　⊙●●○○　◎⊙◎　⊙●○△　◎○⊙●○○●　⊙○

目下，恓惶怎向，日永春遲。
◎●　⊙○◎●　◎●○△

《谷集》直名曰《醜奴兒》，而元遺山"冰麝室中香"一首，題加"促拍"二字，故從之，以别於本調。

此調趙長卿名爲《青杏兒》，今北曲小石調《青杏兒》即此調。《詞綜》所載趙秉文"風雨替花愁"是也。大石調名《青杏子》，亦同。只於"友"字、"向"字用仄叶。本譜於《乾荷葉》、《後庭花》、《平湖樂》等，實係北曲，斷不收入，以與詞調相混，故不存《青杏兒》名目。

又按，此調趙長卿又名《似娘兒》，《汲古》毛氏注云："或作《攤破醜奴兒》，誤。"毛氏亦非。蓋《醜奴兒》非誤，但"攤破"二字誤耳。故前"也啰"一調准作"攤破"，而此調准作"促拍"。

又按，南曲仙吕引子《似娘兒》，亦即此調，故知此調多異名，今以在詞爲《醜奴兒》，在北曲爲《青杏兒》，在南曲爲《似娘兒》，可也。

又，書舟亦有此調，名曰《攤破南鄉子》，尤爲無涉，正與誤名《一剪梅》同。故《南鄉子》正調後，亦不另收程體。

【杜注】按，程書舟有《攤破南鄉子》，歐陽永叔有《減字南鄉子》，均與山谷此作字句平仄相同。促拍者，促節短拍，與減字仿佛，此調字數多於《醜奴兒》，不能以"促拍"名之也，實爲《山谷集》誤寫調名，應遵《詞譜》並《樂府雅詞》，改爲《攤破南鄉子》。

【考正】《谷集》當即《山谷集》，偶脱誤，或竟是萬氏省稱。汲古刻趙長卿詞名《似娘兒》，又注："或刻《青杏兒》。"未見原注"毛氏注云"。

醜奴兒慢　九十字

潘元質

愁春未醒，還是清和天氣。對濃緑、陰中庭院，燕語鶯啼。數點新荷，翠鈿
○○●●　○●○○○▲　●○●　○○○●　◎●○△　●●○○　●○

輕泛水平池。一簾風絮，才晴又雨，梅子黄時。　忍記那回，玉人嬌困，
○●●○△　●○○●　○○●●　○●○△　●●●○　●○○●

初試單衣。共攜手、紅窗描繡，畫扇題詩。怎有而今，半床明月兩天涯。
○●○△ ●○● ○○○● ●●○△ ●●○○ ●○○●●○△
章臺何處，多應爲我，蹙損雙眉。
○○○● ○○●● ●●○△

吴子和此調，題無"慢"字。"荷"字、"今"字俱用叶韻，與此異。後起云"凝想恁時，歡笑傷今，萍梗悠悠"，句法亦異。兹注明，因餘同不録。

按，此詞因首句四字，後人遂名曰《愁春未醒》，夢窗稿"東風未起"一篇是也。《圖譜》不知即《醜奴兒慢》，故另立一《愁春未醒》之調，且斷句差錯殊甚，踵訛襲謬，致時人之喜填新名者，多受其累矣。總之，作譜者全未費一絲心力，半粟眼光，不審調，不訂韻，不較本篇之前後，不較他作之異同，隨意斷句，遂曰是足以爲程式矣，豈不怪哉！今細加勘定，先録吴詞於左。

【考正】萬氏多用注，少用"又一體"，此當爲製譜家正法，如《欽定詞譜》動輒"又一體"，誠繁瑣之至，尤不便細察詞調也。

又按，《填詞圖譜》但見《愁春未醒》，而未收録《醜奴兒慢》，故責之正名不當可，責之另立，似屬冤錯也。惟《圖譜》所録夢窗詞，句讀慘不忍睹，於譜而論，容得萬氏一罵。

愁春未醒

吴文英

東風未起，花上纖塵無影。峭雲濕，凝酥深塢，乍洗梅清。釣倦愁絲，冷浮虹氣海波明。若耶門閉，扁舟去懶，客思鷗輕。　幾度問春，倡紅冶翠，空媚陰晴。看真色、千巖一素，天澹無情。醒眼重開，玉鈎簾外曉峰青。相扶輕醉，越王臺上，更最高層。

【考正】原譜後段第六句作"醉看重開"；尾均作"相扶更醉，越山更上，臺最高層"。據彊村四校本《夢窗詞》改。按，兩結均欠暢達，權之而用彊村本。

此詞句法本如此，讀與前潘詞如出一轍，止"洗梅清"句，上落去"乍"字。今人任意混讀，《選聲》及《填詞圖譜》皆以第二句作四字，且云"塵"字起韻。夫此詞通首用庚青韻，豈獨用一真文字爲起，夢窗詞家龍象，豈亦猶今人之亂用韻者？真冤殺矣。既注"塵"字爲韻，則後段"春"字亦可注叶矣，何不注乎？以次句作四字，則前潘詞亦可於"清和"斷句乎？又"無影"連下作五字，"凝酥"連下作七字，"釣倦"連下"冷"字作五字，"浮虹"至"波明"作三字兩句，如此讀法，如此分句法，豈不怪絶？今斷之曰：起句四字，次句六字，"影"字乃爲起韻，蓋長詞，用平仄互叶者甚多，不然直至"清"字方用韻起，必無是理，潘詞第二句"氣"字，原端然是起韻也。"峭雲濕"以下，與後段"看真色"以下皆字字吻合，亦與潘詞字字吻合，"峭雲濕"乃三字一豆，用仄平仄，與後之"看真色"，潘之"對濃緑"、"共攜手"合也。"凝酥"句四字，"洗梅"句"洗"字上或下落一字，蓋此二句對後段“千巖”至“無情”八字也。“釣倦”句四字對後“醒眼”句、“冷浮”句七字對後“玉鈎”句、“若耶”三句對後“相扶”三句，不惟句字明晰，而平仄亦甚嚴整。以較潘詞，有一字不合乎？蓋《夢窗丙稿》，《愁春未醒》“深塢”下即“洗梅清”；而《乙稿》，《醜奴兒》則有“乍”字，人因忽略不察，其兩稿同是一詞，但見《愁春未醒》新名，喜取入譜，而不知有落字，竟將句法亂分矣。可歎哉！況《乙稿》第二首，亦即以“鸞”字叶“亂”字，尤可據也。兩詞平仄森然，學者須依其矩矱。如“未醒”、“未起”之去上，“忍記”、“幾度”之上去，皆當從之。而後起首句之“那”字、“問”字，尤爲要緊，萬勿用平。凡此，皆愚意僭論，如是有心人，或首肯焉。若以爲怪誕，以爲穿鑿，以爲狂妄，則皆聽之而已。

有一友見此注，口雖唯唯，而心不信“氣”字、“影”字仄聲起韻之説，適讀友古詞，則平仄更多間用，始訝然知余説之不謬，而余亦自幸其億中云。因喜而備録之，以廣平仄互用之格。

醜奴兒慢

蔡　伸

明眸秀色，別是天真瀟灑。更鬢髮堆雲，玉臉淡拂輕霞。醉裏精神，衆中標格誰能畫。當時攜手，花籠淡日，重門深亞。　　巫峽夢回，已成陳事，豈堪重話。漫贏得、羅襟清淚，鬢髮霜華。懷念傷嗟。憑闌煙水渺無涯。秦源目斷，碧雲暮合，難認仙家。

此詞以“灑”字仄聲起韻，而以“霞”字平接，“畫、亞、話”仄，“華、涯、家”平，相間爲叶。

“更鬢髮”下，十一字一貫，即前潘詞“對濃緑”下十一字，其句豆處不妨上下也。“念傷懷”上落一字。

【考正】蔡伸此詞後段第六句，萬氏原作“□念傷懷”，據《欽定詞譜》改。

《嘯餘》及《圖譜》又收《醜奴兒近》一調，今查係全誤，特照舊刻録之，並駁正於後，覽者當爲一噱焉。

醜奴兒近　一百四十六字

辛棄疾

千峰雲起（四字），驟雨一霎時價（六字仄韻起）。更遠樹斜陽（五字），風景怎生圖畫（六字叶）。青旗賣酒（四字），山那畔別有人家（七字），只消山水光中無事（八字），過者一霎（四字）。　　午睡醒時（四字），松窗竹户萬千瀟灑（八字），野鳥飛來（四字），又是一飛流萬壑（七字叶）。共千巖争秀（五字更仄韻）。辜負平生弄泉手（七字），歎青衫帽幾許紅塵（八字），還自喜濯髮滄浪依舊（九字叶）。　　人生行樂耳（五字），身後虚名（四字），何似生前一杯酒（七字更仄韻)。便此地結吾廬(六字),待學淵明(四字),更手種門前五柳(七字叶)。且歸去(三字),父老約重來(五字),問如此青山定重來否(九字叶)。

此詞自來分作三段,其字一百四十六,從稼軒舊集、汲古閣板皆同。其後《嘯餘譜》及《填詞圖譜》等書,因從而分其字句,論其平仄,爲圖爲注於其下,蓋欲以此譜,詔天下後世之學詞者。故學者亦從而信之守之,俱謂《醜奴兒近》有此一格,相與模仿填之矣。稍有識者,起而駁之,曰"灑"字是韻,"手"字是借韻,何以不注?叶"酒"字即叶上"秀"、"手"、"舊"等韻,何以注更韻?且所注八字九字,亦皆不確。又有識高者起而辨之曰:譜於"秀"字注更仄韻,大非。此詞到底本是一韻,因稼軒用韻常有出入,如《六幺令》以"覺"、"學"叶"折"、"鴨"之類,乃此老誤處,此詞是以"秀"、"柳"叶"價"、"畫",後人不可以譜更韻,但改正通篇用一個韻脚可耳。二説如此,謂留心風雅者矣。而僕向來嘗疑之,謂此詞必非僅字句之差,叶韻之謬而已,如"又是一飛流萬壑"句,稼軒必不至如是不通且用韻,或一二假借,亦必無前後分異若此者。年來匆匆,忽略未及校正,近因有訂譜之役,再四紬繹諷詠,忽焉得之:蓋其所謂第一段者,實《醜奴兒》之前段也,"價"、"畫"之下用"家"字,正此調平仄互用處。而舊譜不識,詞中兩個"一霎",字俱作平聲,"一霎兒價"即潘詞之"清和天氣"。"者"字與俗"這"字同,"過者一霎"即潘之"梅子黄時",是首段自起至末,一字不差也。其所謂第二段者,則前半仍是《醜奴兒》,而後半則非《醜奴兒》矣。"午睡"以下十二字,原是本調,分作三句,"灑"字是叶韻者,其下則此調殘缺不全。"野鳥飛來"又是一七個字,即潘之"攜手紅窗描繡畫"七個字,亦即同本詞前段"遠樹斜陽風景怎"七個字。而"野"之字上缺一字,"又是一"之下竟全遺失矣。至"飛流萬壑"以下,及所謂第三段者,則係完全一首《洞仙歌》。前段"依舊"止,後段"人生"起也。細細校對,無一字不合,只"歎輕衫帽"之"衫"字下,落一"短"字耳。以《洞仙歌》全首强借爲《醜奴兒》之尾,豈非大怪事乎?又細考之,稼軒原集《醜奴兒近》之後,即載《洞仙歌》五闋,當時不知因何遺失《醜奴兒》後半,竟將《洞仙歌》一闋錯補其後,故集中遂以《醜奴兒》作一百四十六字,而後《洞仙歌》止存四闋矣。讀者未嘗熟玩《洞仙歌》句法,安能覺齒吻間有此聲響乎?且見譜圖之中鑿然注明,更無疑惑,遂認定《醜奴兒》另有此一體,然則讀者之不詳審其過尚輕,而向來刻詞者之過較重,至作譜作圖爲定格,以誤後人者,其開罪於古今後世,豈爰書可容未減哉!僕本笨伯,向來任意雌黄,其爲世所怒詈,自揣不免,然此等處輒自以爲於詞學頗有微功耳。時乙丑長夏,展紅藤簟,把卷卧端署東閣丹蕉花下,不覺躍起,大呼狂笑,同人雪舫驚問,因疏此相示,雪舫亦掀髯擊節,曰:此詞自稼軒迄今五百七十餘年,至今日始得洗出一副乾净面孔,真大快事!因呼童子酌西國葡萄釀，相與大醉。

【校勘記】蔡伸詞，萬氏注云："'念傷懷'上落一字"。據王氏寬甫校本，作"懷念傷嗟"，應從之增改。

辛棄疾詞，四庫全書《稼軒詞》提要云："《醜奴兒近》一闋，萬樹《詞律》中辨之甚明，其中'歎輕衫帽幾許紅塵'句，據其文義，'帽'字上尚有一'奪'字，樹亦未經勘及。"按，萬氏注謂，"衫"字下落一"短"字，未知何據，俟考。

菩薩蠻　四十四字　又名：子夜歌、巫山一片雲、重疊金

李　白

平林漠漠煙如織。寒山一帶傷心碧。暝色入高樓。有人樓上愁。　玉
⊙○●●○○▲　⊙○◎●○○▲　◎●●○△　◎○⊙●△　●

階空佇立。宿鳥歸飛急。何處是歸程。長亭連短亭。
○○●▲　●●○○▲　○●●○▽　○○○●▽

兩句一韻，共易四韻。"連"字或作"更"字，然此一字用平爲佳，用平則此句首一字可用仄。

按青蓮此調，與《憶秦娥》爲千古詞祖，實亦千古絶唱，平仄悉宜從之。

又按，唐蘇鶚《杜陽雜編》云："宣宗大中初，蠻國人入貢，危髻金冠，瓔珞被體，故謂之《菩薩蠻》。當時娼優遂製《菩薩蠻》曲，文士往往聲其詞。"又，崔令欽《教坊記》載兩院人歌曲名，亦有《菩薩蠻》。《北夢瑣言》云："宣宗好唱《菩薩蠻》詞，是原作'蠻'字，自楊升庵好奇，云是'鬘'字，今人皆從之。不知'蠻'字乃'女蠻'之'蠻'，不必易也。"

按，《圖譜》載《菩薩蠻慢》一調，一百八字，羅壼秋作，查係《解連環》别名，故不録。

【考正】《菩薩蠻慢》較之《解連環》，惟後段第四句多二字，《欽定詞譜》以《解連環》無添字例，將其列爲二調，殊爲無謂，若此理成立，則王沂孫減一字之體亦當另設一調矣。

華清引　四十五字

蘇　軾

平時十月幸蓮湯。玉甃瓊梁。五家車馬如水，珠璣滿路旁。　翠華一
○○●●●○△　●●○△　●○○●○●　○○●●△　●○●

去掩方床。獨留煙樹蒼蒼。至今清夜月，依舊過繚牆。
●●○△　●○○●○△　●○○●●　○●●○△

【考正】此類前後段頭尾整齊，而獨中間參差之作，最爲可疑，多半中部有奪字也。如前段第二拍或爲"□□玉甃瓊梁"，句前脱落一平聲雙音節動字，而後段第三句，余以爲必是"至

今清夜明月”之誤。

散餘霞　四十五字

毛　滂

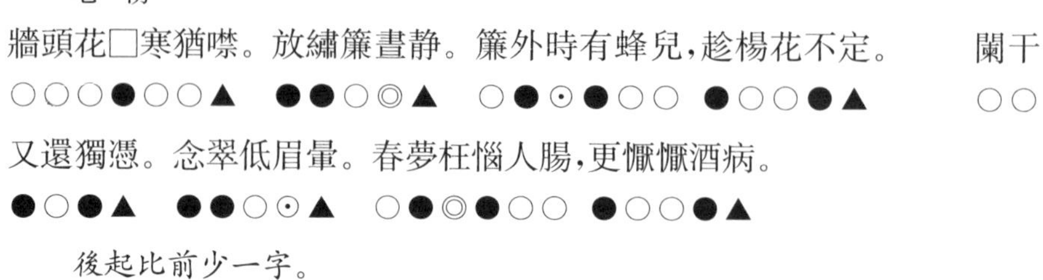
牆頭花□寒猶噤。放繡簾晝静。簾外時有蜂兒，趁楊花不定。　闌干

○○○●○○▲　●●○◎▲　○●⊙●○○　●○○●▲　○○

又還獨憑。念翠低眉暈。春夢枉惱人腸，更懨懨酒病。

●○●▲　●●○⊙▲　○●◎●○○　●○○●▲

後起比前少一字。

【考正】“繡簾”萬氏原譜作“嘯簾”，偶誤。“簾外”句、“闌干”句、“春夢”句，皆爲律拗句，其第五字平仄皆不可易。原譜皆不讀斷。又，前段脱字符萬氏原文作“口”，形近而誤。而校之全篇，余以爲該句之本貌，當是“牆頭花、□寒猶噤”之上三下四式折腰句法，正合後段起拍之領字句法。

憶悶令　四十五字

晏幾道

取次臨鸞勻畫淺。酒醒遲來晚。多情愛惹閑愁，長黛眉低斂。　月底

●●○○○●▲　●●○○▲　○○●●○○　⊙●○○▲　●●

相逢花下見。有深深良願。願期信、似月如花，須更教長遠。

○○○●▲　●○○○▲　●○●　●●○○　○●○○▲

“醒”字作平聲讀，與後“深深良願”句法同。“信”字恐誤多，蓋前後結相同，而“願期信”字複而贅耳。

【杜注】按，末句“交”當作“教”。

【考正】過片萬氏原譜爲五字句，無“花下”二字，則“相逢”、“見”語意重複啰嗦。按，本調前後段疑字句本相同，故首句當均爲七字句，仇遠詞本句作“瞥地飛來何處燕”，亦爲七字句，可證，此據彊村叢書本《小山詞》補。又，萬氏以爲後段“信”字因“字複而贅”，恐衍，或非。蓋“期信”爲詞，言約定日，顧夐有《荷葉杯》云：“一去又乖期信，春尽。”即是。然本調前後段字句相同，信然。竊以爲後段三句當是“期信似月如花”，“願”字因前句而羨。

又，萬氏以爲“醒”字當平，誤。蓋前後段句法不同也，前爲二三式，後爲一四式。

更漏子　四十五字

温庭筠

玉闌干，金甃井。月照碧梧桐影。獨自個，立多時。露華濃濕衣。　一

●○○　○●▲　◎●◎○⊙▲　◎●●　●○△　◎○⊙●△　●

晌。凝情望。待得不成模樣。雖叵耐，又尋思。怎生嗔得伊。
▼　○○▼　◎●◎○⊙▼　○◎●　●○△　◎○⊙●△

後起兩字韻，後人俱三字矣。

【杜注】按，此詞《欽定詞譜》未收，詞只四十五字，萬氏注四十六字，誤。又按，此調唐宋作者甚多，皆四十六字，疑"一向凝情望"句亦兩句各三字，誤落一字也。

【考正】本詞當是歐陽炯作。

後起萬氏原作"一向"，據《欽定詞譜》改。杜氏以爲落一字，是。蓋起句三字，並非"後人俱三字"，前人亦莫不三字者也。另，本調後段首均若爲仄韻，則唐詞除韋莊一首外，兩三字句均入韻，而宋詞則首句多不入韻，且平收，故可知所落者當在句首。

又按，杜氏以爲本詞《欽定詞譜》未收，誤。《欽定詞譜》列此爲第四體。

第二體　四十六字

温庭筠

玉爐香，紅蠟淚。偏照畫堂秋思。眉翠薄，鬢雲殘。夜長衾枕寒。　梧
●○○　○●▲　⊙●◎○⊙▲　○●●　●○△　◎○○●△　○

桐樹。三更雨。不道離情正苦。一葉葉，一聲聲。空階滴到明。
○▼　○○▼　●●○○●▼　●●●　●○▽　⊙○◎●▽

起句毛熙震用"煙月寒"，"煙"字平，"月"字仄。"梧桐樹"三字毛用"人悄悄"，"悄"字仄，可不拘也。然自北宋以後，前起皆用仄平平，而後起竟與前同，不復如"樹"字、"悄"字用韻矣。山谷一篇首句用"庵摩勒"，此係偶然。又一篇後一二句用"休休休，莫莫莫"，四五句用"了了了，玄玄玄"，亦是遊戲，非正體也。

【杜注】按，《尊前集》以此詞爲馮延巳作，起句作"玉爐煙"。又，"偏照"作"偏對"。又，"正苦"作"最苦"。

第三體　四十六字

孫光憲

掌中珠，心上氣。愛惜豈將容易。花下月，枕前人。此生誰更親。　交
●○○　○●▲　●●●○○▲　○●●　●○△　●○○●△　○

頸語，合歡身。便同比目金鱗。連繡枕，卧紅茵。霜天似暖春。
●●　●○△　●○●●○△　○●●　●○△　○○●●△

前段與前體同，後段不另换韻，即叶前平聲。

按，各詞選所載，皆只前一體，蓋因《花間》止收孫少監兩首，皆與温助教體同，想忘考孫全詞，故未及另立一體也。

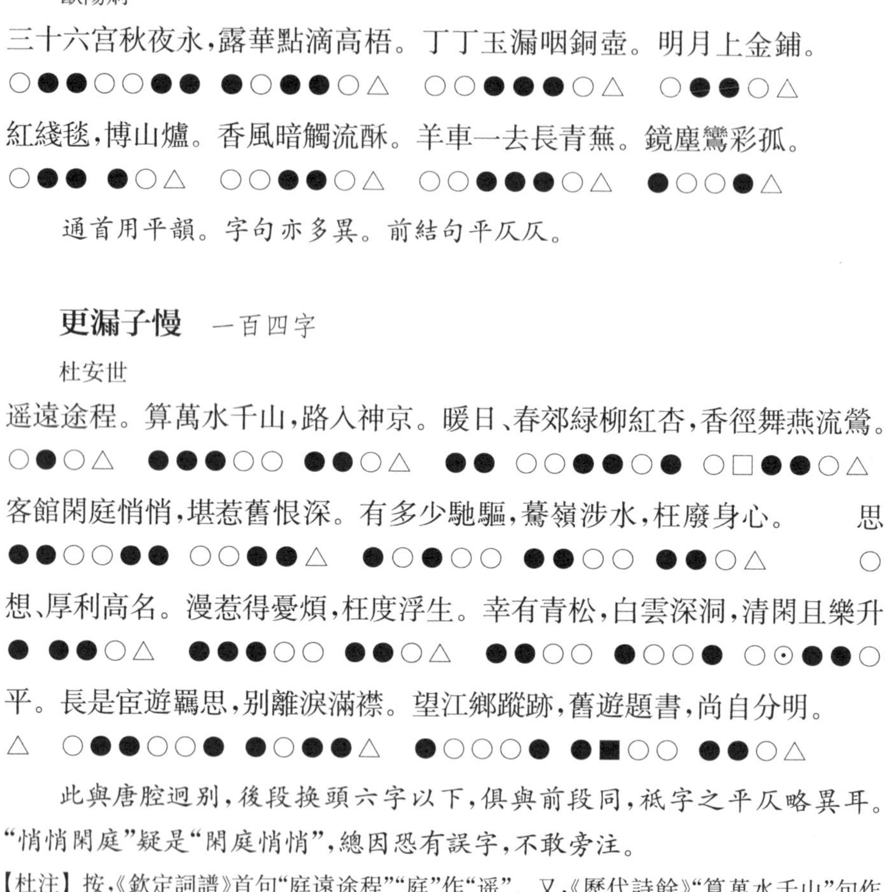

第四體　四十九字

歐陽炯

三十六宮秋夜永，露華點滴高梧。丁丁玉漏咽銅壺。明月上金鋪。
○●●○○●●　●○●●○△　○○●●●○△　○●●○△
紅綫毯，博山爐。香風暗觸流酥。羊車一去長青蕪。鏡塵鸞彩孤。
○●●　●○△　○○●●○△　○○●●●○△　●○○●△

通首用平韻。字句亦多異。前結句平仄仄。

更漏子慢　一百四字

杜安世

遥遠途程。算萬水千山，路入神京。暖日、春郊緑柳紅杏，香徑舞燕流鶯。
○●○△　●●●○○　●●○△　●●　○○●●○●　○□●●○△
客館閑庭悄悄，堪惹舊恨深。有多少馳驅，驀嶺涉水，枉廢身心。　思
●●○○●●　○○●●△　●○●○○　●●○○　●●○△　○
想、厚利高名。漫惹得憂煩，枉度浮生。幸有青松，白雲深洞，清閑且樂升
●　●●○△　●●●○○　●●○△　●●○○　●○○●　○⊙●●○
平。長是宦遊羈思，别離淚滿襟。望江鄉蹤跡，舊遊題書，尚自分明。
△　○●●○○●　●○●●△　●○○○●　●■○○　●●○△

此與唐腔迥别，後段换頭六字以下，俱與前段同，衹字之平仄略異耳。“悄悄閑庭”疑是“閑庭悄悄”，總因恐有誤字，不敢旁注。

【杜注】按，《欽定詞譜》首句“庭遠途程”“庭”作“遥”。又，《歷代詩餘》“算萬水千山”句作“算萬山千水”。又，《葉譜》“緑柳紅杏”句，“柳”作“楊”。又，“悄悄閑庭”句作“閑庭悄悄”。又，“謾惹得意煩”句，“意”作“憂”。又，“白雪深洞”句，“雪”作“雲”。

【考正】前起原作“庭遠途程”，據《欽定詞譜》改。“客館”句原譜作“客館悄悄閑庭”，因本句對應後段“長是宦遊羈思”句，“閑庭悄悄”與之更合，故據杜注改。後段第二句原作“漫惹得意煩”，欠通，亦據杜注改。

“客館”下十一字、“有多少”下十三字、“幸有”下八字、“長是”下十一字、“望江鄉”下十三字，萬氏原譜均未點斷。

前段第七句“惹”字、第九句“水”字，當是以上作平。“惹”字，即後段第七句“離”字，方回詞分别作“羅巾雙黛痕”、“憑誰招斷魂”，第二字均平，可證。“水”字，即後段第九句“書”字，方回詞分别作“洞府人閑”、“明月多情”，第四字均平，可證。又，前段第五句“香徑”之“徑”，萬氏校之後段作仄可平，然復校賀方回詞，其前段作“厭厭别酒初醺”，後段作“臨風隱隱猶聞”，其第二字均爲平聲，可知“徑”字或爲誤筆，或爲抄誤，學者填此，當以平爲是。又，后段第九句“舊遊題書”，“遊”字不諧，疑是“舊雨題書”之誤筆。

又按，原譜"暖日"句不讀斷，此十四字句法，當是二字逗領起六字兩句驪句。蓋詞源自詩，詞句即詩句，其法莫不協律，詞中平仄，若有平聲或仄聲音步相連者，則大抵即是讀住之標識，爲古無標點故也。其後"思想"句亦正是如此，此句原譜不讀斷，而慢詞换頭，多有二字逗以變化其音律者，或韻或不韻，皆可，此正一例。且本調若減去此過片二字逗，則前後段文字一般無二矣。

好事近　四十五字　又名：釣船笛

鄭　獬

江上探春回，正值早梅時節。兩行小槽雙鳳，按涼州初徹。　謝娘扶下
○●●○○　◎●◎○○▲　◎●◎○○●　●○○○▲　◎○⊙●
繡鞍來，紅靴踏殘雪。歸去不須銀燭，有山頭明月。
●○○　○⊙●○▲　⊙●◎○○●　●⊙○○▲

"紅靴"句，如向子諲之"尚喜知時節"、洪咨夔之"半陰晴方好"，稍有不同，然"踏殘雪"用仄平仄，甚起調，名詞皆然。兩結用仄平平平仄，《圖譜》謂可用平仄平仄仄，誤。誠齋末句"看十五十六"，豈非上入作平之證？

張輯詞，名《東澤綺語債》，皆取詞中字題以新名，如《桂枝香》名《疏簾淡月》，《齊天樂》名《如此江山》，《長相思》名《山漸青》，《憶秦娥》名《碧雲深》，《點絳脣》名《南浦月》又名《沙頭雨》，《謁金門》名《花自落》又名《垂楊碧》，《憶王孫》名《闌干萬里心》，《好事近》名《釣船笛》，然皆於題下自注"寓某調"。今《圖譜》等好奇，盡删舊易新，極無意味，徒令人嘔惡耳。

【考正】前段第三句"行"字，萬氏注曰"去聲"，當是因兩平音步相連故也，其意爲"借音法"。蓋本調宋人三百首，此句第二字用平者百一，僅得此句及吕渭老"兩行艷衣明粉"、高登"霜乾銀鈎錦句"三例，故可知該字必得用仄聲填，方諧。

調名以新替舊，古來如此，雖有易於混淆之病，今人填詞，自不必擬新，然萬氏嫉新如仇，亦大可不必。

好時光　四十五字

唐玄宗

寶髻偏宜宮樣，蓮臉嫩、體紅香。眉黛不須張敞畫，天教入鬢長。　莫
●●○○○●　○●●　●○△　○●●○○●●　○○●●△　●
倚傾國貌，嫁取個、有情郎。彼此當年少，莫負好時光。
●○○●　●●●　●○△　●●○○●　●●●○△

此調昉於明皇，即以末字爲名。

【考正】原譜後段第二句萬氏原不讀斷，若作六字律句，則誤。

繡帶兒　四十五字　"兒"或作"子"　一名：好女兒

曾　覿

瀟灑隴頭春。取次一枝新。還是東風來也，猶作未歸人。　微月淡煙
⊙●●○△　◎●●○△　⊙●○○○●　○●●○△　⊙●●○
村。謾佇立、惆悵黄昏。暮寒香細，疏英幾點，儘奈銷魂。
△　●○○　⊙●○△　◎○○●　○○●●　●●○△

按山谷有《好女兒》詞三首，其二首與此字字相合，故《嘯餘》所收《繡帶子》即黄詞也。今併入此調，而録其又一首稍異者於左。至《好女兒》又有晏小山六十二字一詞，另列於後，蓋調名重複訛混，不得不如此分晰耳。

【杜注】按，萬氏所論晏小山六十二字一詞，本名《好女兒》，列卷九，應附此調黄山谷詞後。

【考正】檢宋人詞，四十五字體未有名《好女兒》者，六十二字體則未有名《繡帶子》、《繡帶兒》者。萬氏云山谷有《好女兒》三首，不知所據何本。是故本調與《好女兒》並無瓜葛，無須類列。

第二體　四十五字

黄庭堅

春去幾時還。問桃李無言。燕子歸棲風勁，梨雪亂西園。　惟有月嬋
○●●○△　●○●○△　●●○○○●　○●●○△　○●●○
娟。似人人、難近如天。願教清影常相見，更乞取團圓。
△　●○○　○●○△　●○○●○○●　●●●○△

"問桃李無言"，句法不同。"願教"句七字，尾句五字，皆與前異。

【杜注】按，《歷代詩餘》第二句無"問"字。又，第四句作"梨花雪亂西園"，多一"花"字。

天門謡　四十五字

李之儀

天塹。休論險。盡遠目、與天俱占。山水斂。稱霜晴披覽。　正風静
○▲　○○▲　●◎●　●○○▲　○●▲　●○○○▲　●○●
雲閑平激灩。想見高吟名不濫。頻扣檻。杳杳落、沙鷗數點。
○○○●●　●●○○○●▲　○●▲　●●●　○○●▲

或謂："天塹""塹"字即是起韻，蓋"塹"字亦閉口音，必二字句。不知此詞李自注"賀方回韻"，今查賀詞，首句"牛渚天門險"，故知"塹"字不是起韻。

【考正】原譜首句五字不讀斷。萬氏因賀詞原韻，而以爲"塹"字非韻，陋。蓋"塹"爲腹韻，可有可無，非定韻，閑韻也。惟作者韻律强調用，如清真《滿庭芳》過片作："年年。如社燕，漂流瀚海，來寄修椽。"陳允平和詞作："浮生同幻境，眼空四海，跡寄三椽。"楊澤民和詞作：

"不如歸去好，良田二頃，茅舍三椽。"方千里和詞作："江南思舊隱，�軒野徑，茅舍疏椽。"過片均無腹韻。又如清真《促拍花滿路》，前結作："不是寒宵短，日上三竿，殢人猶要同卧。"惟方千里和詞作："山色遥供座。枕簟清涼，北窗時唤高卧。"添一韻。《和清真詞》中多有添韻、減韻者，皆如此，兹略舉一二，可知閑韻之增減乃填詞之常也。究之本詞，添一腹韻則韻律尤鏗鏘，或正作者本意，故不妨添之。

柳含煙　四十五字

毛文錫

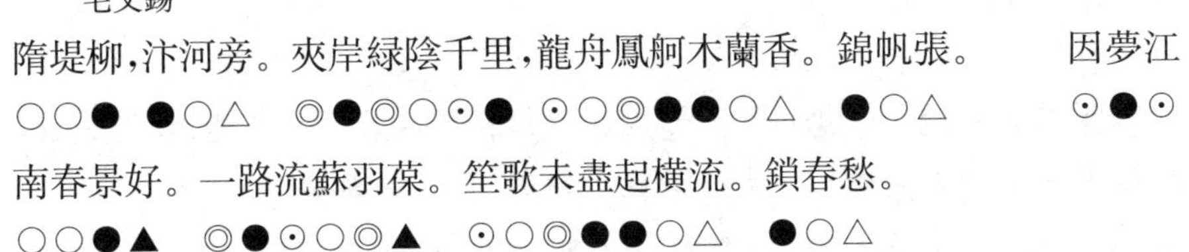

隋堤柳，汴河旁。夾岸緑陰千里，龍舟鳳舸木蘭香。錦帆張。　因夢江
○○●　●○△　◎●◎○⊙●　⊙○◎●●○△　●○△　⊙●⊙
南春景好。一路流蘇羽葆。笙歌未盡起横流。鎖春愁。
○○●▲　◎●⊙○◎▲　⊙○◎●●○△　●○△

"汴河旁"舊刻俱訛作"汴河春"，故作譜者謂，與下"香"、"張"字不叶韻，另作一體，而又收第二句起韻者作一體也。不知毛詞四首，精工麗密，豈有三首皆同而一首獨異之理。其第二首"占芳春"，下叶"人"、"神"；三首"近垂旒"，下叶"州"、"浮"；四首"占春多"，下叶"羅"、"波"，皆於第二句起韻。此首豈得至"香"字方起韻乎？近得善本，乃是"旁"字，正與下句叶耳。

一落索　四十五字　又名：玉聯環、洛陽香、上林春

吕渭老

宫錦裁書寄遠。意長辭短。香蘭泣露雨催蓮，暑氣昏池館。　向晚小
⊙●⊙○◎▲　●○○▲　⊙○◎●●○○　●●○○▲　◎●◎
園行遍。石榴紅滿。花花葉葉盡成雙，渾似我、梁間燕。
○⊙▲　●○○▲　⊙○◎●●○○　○●●　○○▲

各家兩結俱六字，此詞前尾五字，獨異。查所作，有二首同，故收之。

【考正】本調宋詞五十五首，前段結拍均爲六字一句，惟吕詞二首五字，終是可疑，填者不必爲範。

第二體　四十六字

辛棄疾

羞見鑒鸞孤却。倩人梳掠。一春長是爲春愁，甚夜夜、東風惡。　行繞
⊙●◎○○▲　●○○▲　●○○●●○○　◎●●　○○▲　⊙●
翠簾珠箔。錦箋誰托。玉觴淚滿却停觴，怕酒似、郎情薄。
◎○○▲　●○○▲　●○●●●○○　◎●●　○○▲

此前後整齊者。辛又一首,起云:“錦帳如雲高處。不知重數。”汲古刻:“錦帳如雲處。高不知重數。”乃誤也,非另有此體。“倩”、“錦”二字不可用平。

【考正】萬樹云前後段次句首字不可用平,甚乖。僅美成詞即有“知音稀有”、“和春催去”、“難逢尺素”,不知萬氏不可云云據之爲何?但前後段第二句若爲四字句,則第三字宋人例以平聲填,偶以上聲、入聲替平,而絶無用去聲者,故今人填此,當以平聲爲是。

第三體 四十七字

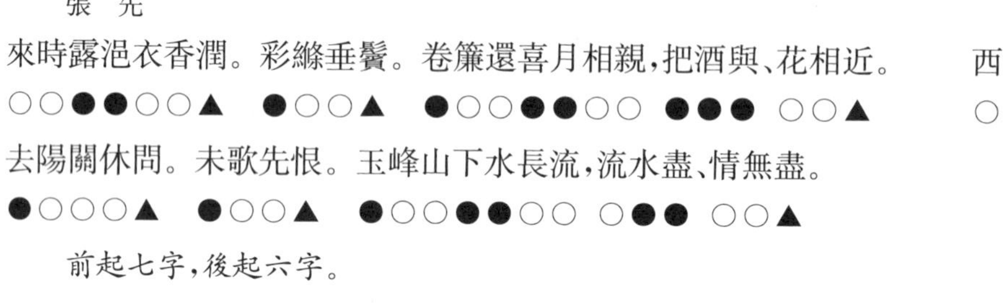

張 先
來時露浥衣香潤。彩縧垂鬢。卷簾還喜月相親,把酒與、花相近。 西
○○●●○○▲ ●○○▲ ●○○●●○○ ●●● ○○▲ ○
去陽關休問。未歌先恨。玉峰山下水長流,流水盡、情無盡。
●○○○▲ ●○○▲ ●○○●●○○ ○●● ○○▲

前起七字,後起六字。

第四體 四十八字

嚴 仁

清曉鶯啼紅樹。又一雙飛去。日高花氣撲人來,獨自個、傷春無緒。
○●○○○▲ ●●○○▲ ●○○●●○○ ●●● ○○○▲
別後暗寬金縷。倩誰傳語。一春不忍上高樓,爲怕見、分攜處。
●●●○○▲ ●○○▲ ●○●●●○○ ●●● ○○▲

第二句五字,第四句七字。

【考正】宋賢本調前後結,除此一首,别無七字者,或前結原爲“獨自個、傷春緒”,衍一“無”字。余觀古今製譜者,每喜做加法,一字之異則視爲發現,標榜精細,實爲陋習。竊以爲製譜家當做減法方爲要務,須有一原則,謂“孤例不譜”,蓋年代久遠,手抄傳刻,其間難免有刻誤、抄誤、記誤者,若衆皆六字而此獨爲七字者,則甚爲可疑,附注爲當,製譜則濫。

第五體 四十九字

陳鳳儀

蜀江春色濃如霧。擁雙旌歸去。海棠也似别君難,一點點、啼紅雨。
●○○●○○▲ ●○○○▲ ●○●●●○○ ●●● ○○▲
此去馬蹄何處。向沙堤新路。禁林賜宴賞花時,還憶著、西樓否。
●●●○○▲ ●○○○▲ ●○●●●○○ ○●● ○○▲

前後次句俱五字。

第六體　五十字

黄庭堅

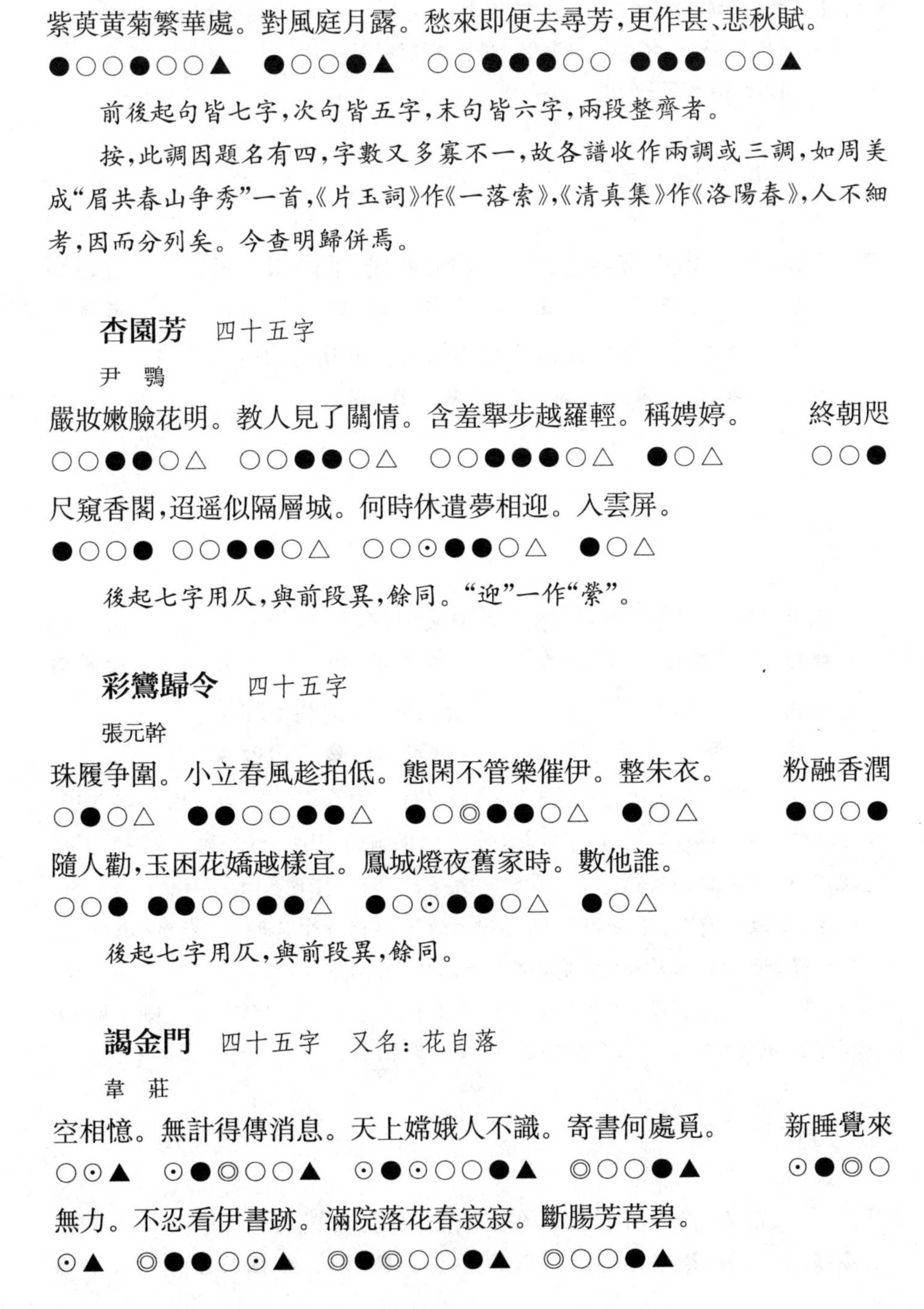

誰道秋來煙景素。任遊人不顧。一番時態一番新，到得意、皆歡慕。

○●○○○●▲　●○○●▲　●○○●●○○　●●●　○○▲

紫萸黄菊繁華處。對風庭月露。愁來即便去尋芳，更作甚、悲秋賦。

●○○●○○▲　●○○●▲　○○●●●○○　●●●　○○▲

前後起句皆七字，次句皆五字，末句皆六字，兩段整齊者。

按，此調因題名有四，字數又多寡不一，故各譜收作兩調或三調，如周美成"眉共春山争秀"一首，《片玉詞》作《一落索》，《清真集》作《洛陽春》，人不細考，因而分列矣。今查明歸併焉。

杏園芳　四十五字

尹　鶚

嚴妝嫩臉花明。教人見了關情。含羞舉步越羅輕。稱娉婷。　終朝咫尺窺香閣，迢遥似隔層城。何時休遣夢相迎。入雲屏。

○○●●○△　○○●●○△　○○●●●○△　●○△　○○●●○○●　○○●●○△　○○⊙●●○△　●○△

後起七字用仄，與前段異，餘同。"迎"一作"縈"。

彩鸞歸令　四十五字

張元幹

珠履争圍。小立春風趁拍低。態閑不管樂催伊。整朱衣。　粉融香潤隨人勸，玉困花嬌越樣宜。鳳城燈夜舊家時。數他誰。

○●○△　●●○○●●△　●○◎●●○△　●○△　●○○●○○●　●●○○●●△　●○⊙●●○△　●○△

後起七字用仄，與前段異，餘同。

謁金門　四十五字　又名：花自落

韋　莊

空相憶。無計得傳消息。天上嫦娥人不識。寄書何處覓。　新睡覺來無力。不忍看伊書跡。滿院落花春寂寂。斷腸芳草碧。

○⊙▲　⊙●◎○○▲　⊙●⊙○○●▲　◎○○●▲　⊙●◎○⊙▲　◎●●○⊙▲　◎●◎○○●▲　◎○○●▲

各家俱從此體，獨孫光憲後起云："輕别離，甘拋擲。"作三字兩句，因字數叶韻同，不另録。《圖譜》乃注云："孫後起處，二字一句，四字一句。"蓋錯認"輕别"爲叶韻，故云二字句也。試問"離甘拋擲"如何成語？冤哉，孫少監也。又將調名改《花自落》，無謂。

【考正】六字律句偶作折腰式填，或亦不違律，宋周必大更有前後段第二拍均折腰者，如："趁壽席、香風度。……願共作、和羹侶。"惟皆屬偶例，不必學。

又，原注云"故云三字句也"，偶誤，改。

憶少年　四十六字　又名：十二時

晁補之

無窮官柳，無情畫舸，無根行客。南山尚相送，衹高城人隔。　罨畫園
○○⊙●　○○◎●　○○○▲　○○●○●　●○○○▲　●●○
林溪紺碧。算重來、盡成陳跡。劉郎鬢如此，況桃花顔色。
○○●▲　●○○　●○○▲　○○●○●　●○○○▲

"算重來"可用平平仄。

第二體　四十七字

曹　組

年時酒伴，年時去處，年時春色。清明又近也，却天涯爲客。　念過眼
○○●●　○○●●　○○○▲　○○●●●　●○○○▲　●●●
光陰難再得。想前歡、盡成陳跡。登臨恨如此，把闌干暗拍。
○○○●▲　●○○　●○○▲　○○●○●　●○○●▲

"近"字、"暗"字用仄，不起調，不如晁詞，觀從來名作可知。因後起八字，故另收之。然無第二首，莫可訂正，作者但從前體可也。《詞匯》注："'念'字是襯，可删。"但聞曲有襯字，未聞詞有襯字，不知何據也。

按，朱敦儒有"連雲衰草"一首，四十六字，題作《十二時》。查與《憶少年》一字無異，故不另收作格，説見長調《十二時》柳詞下。

【杜注】按，萬氏注云："後起八字無第二首，莫可訂正。"按，万俟雅言詞云"上隴首凝眸天四闊"，孫道勛詞云"正雨後梨花幽艷白"，均八字，與曹詞同。

占春芳　四十六字

蘇　軾

紅杏了，夭桃盡，獨自占春芳。不比人間蘭麝，自然透骨生香。　對酒
○●●　○○●　●●●○△　●●○○○●　●○●●○△　●●

莫相忘。似佳人、兼合明光。衹憂長笛吹花落，除是甯王。
●○△　●○○　○●○△　●○○●○○●　○●○△

此體他無作者，想因第三句爲題名。

喜遷鶯　四十六字

張元幹

文倚馬，筆如椽。桂殿早登仙。舊遊册府記當年。衮繡合貂嬋。　慶天申，瞻玉座，鵷鷺正陪班。看君穩步過花磚。歸院引金蓮。
○●●　●○△　◎●●○△　◎○●●●○△　◎●●○△　●○○　○●●　⊙●●○△　◎○◎●●○△　⊙●●○△

前後字句同，只後起二句先平後仄，而不叶韻。

第二體　四十七字　或加“令”字　又名：鶴沖天、燕歸來

韋　莊

街鼓動，禁城開。天上探人回。鳳銜金榜出雲來。平地一聲雷。　鶯已遷，龍已化。一夜滿城車馬。家家樓上簇神仙。争看鶴沖天。
○◎●　●○△　⊙●●○△　◎○⊙●●○△　⊙●●○△　⊙●○　○◎▲　●●●○○▲　⊙○⊙●●○▽　⊙●●○▽

用三韻，與前不同，唐詞皆此體。《譜圖》以薛昭藴“金門晚”一首爲第一體，其後起云：“九陌喧，千門啟。滿袖桂香風細。”“啟”、“細”二字相叶，正與此詞“化”、“馬”相叶同。《譜》不注叶韻，只作三字句、六字句，又收毛文錫“芳春景”一首爲第二體，其後起云：“錦翼鮮，金毳軟。百囀千嬌相喚。”則注“軟”、“喚”二字相叶，吾不知“軟”、“喚”可謂相叶，而“啟”、“細”不可謂相叶，是何故也？

按，此詞末有《鶴沖天》三字，故後人又名此詞曰《鶴沖天》，是惟此四十七字之《喜遷鶯》方可名《鶴沖天》也，乃今人將一百三字之《喜遷鶯》，亦名曰《鶴沖天》，而《選聲》更注云：“又名《鶴沖霄》”，似此展轉訛謬，豈可不加釐正哉！

按，張元幹又一首用此體，汲古不知，乃注云“向亦作《喜遷鶯》，誤，今改《鶴沖天》。”以爲改正，而實則錯，天下事往往如此。而《圖譜》等書收作兩體者，尤爲無識。

又按，杜安世、柳耆卿别有《鶴沖天》八十餘字者，與《喜遷鶯》本調相去懸絶，各譜反不收，今另列其體於後。

【考正】萬氏所謂《鶴沖天》但限四十七字體，而不可用於慢詞者，甚是，不惟本調也，惜今

人多不知此，李戴之故事時有所見也。余更以爲《鶴沖天》但可用於唐式本調，即三换韻格，亦不可用於四十七字體獨韻體，故汲古所注，未必無理也。

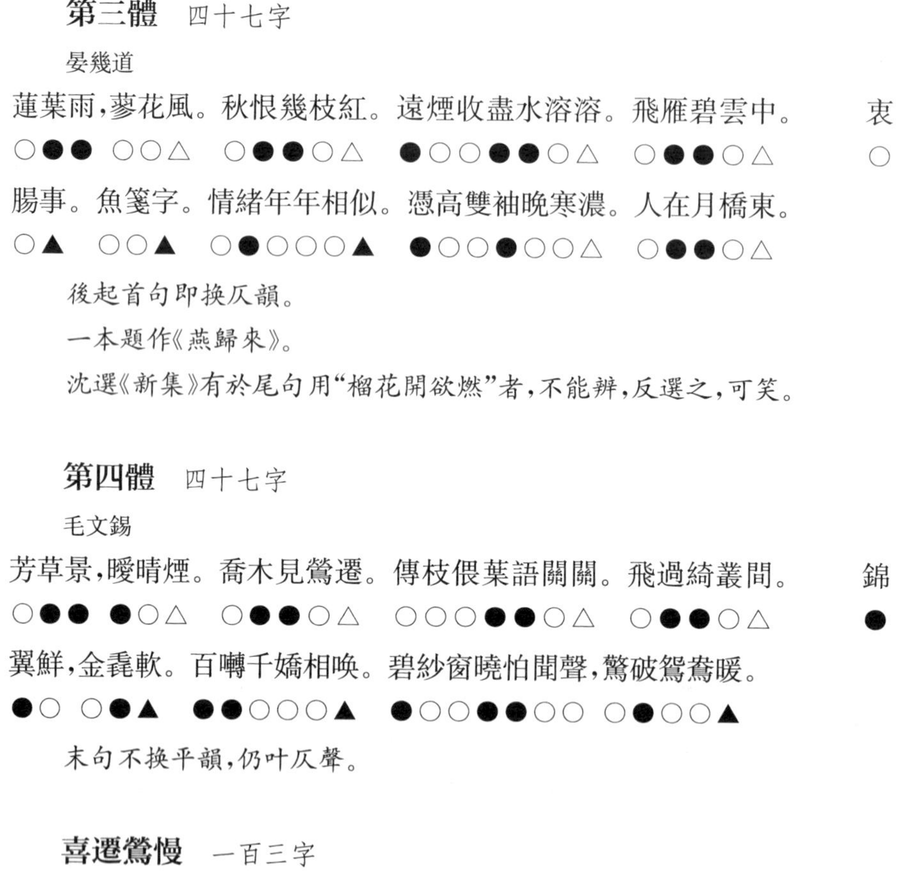

第三體 四十七字

晏幾道

蓮葉雨，蓼花風。秋恨幾枝紅。遠煙收盡水溶溶。飛雁碧雲中。衷
○●● ○○△ ○●●○△ ●○○●●○△ ○●●○△ ○
腸事。魚箋字。情緒年年相似。憑高雙袖晚寒濃。人在月橋東。
○▲ ○○▲ ○●○○○▲ ●○○●○○△ ○●●○△

後起首句即换仄韻。

一本題作《燕歸來》。

沈選《新集》有於尾句用"榴花開欲燃"者，不能辨，反選之，可笑。

第四體 四十七字

毛文錫

芳草景，暖晴煙。喬木見鶯遷。傳枝偎葉語關關。飛過綺叢間。錦
○●● ●○△ ○●●○△ ○○○●●○△ ○●●○△ ●
翼鮮，金毳軟。百囀千嬌相唤。碧紗窗曉怕聞聲，驚破鴛鴦暖。
●○ ○●▲ ●●○○○▲ ●○○●●○○ ○●○○▲

末句不换平韻，仍叶仄聲。

喜遷鶯慢 一百三字

蔣 捷

遊絲纖弱。謾著意絆春，春難憑托。水暖成紋，雲晴生影，芳草漸侵裙幄。
○○○▲ ●◎●●○ ○○○▲ ◎●○○ ⊙○○● ⊙●●○○▲
露添牡丹新艷，風擺鞦韆閑索。對此景，動高歌一曲，何妨行樂。行
◎⊙◎○⊙● ⊙●○○○▲ ●◎● ●⊙○◎● ○○○▲ ○
樂。君聽取，鶯囀緑窗，也似來相約。粉壁題詩，香街走馬，争奈鬢絲輪
◆ ○●● ○●●○ ●●○○▲ ◎●○○ ⊙○◎● ⊙●●○○
却。夢回晝長無事，聊倚闌干斜角。翠深處，看悠悠幾點，楊花飛落。
▲ ◎⊙◎○⊙● ⊙●○○○▲ ●⊙● ●⊙○◎● ○○○▲

此詞諸去聲字宜玩。後起"行樂"是叶韻，不必疊上字。"謾著意絆春"句，有作仄平平仄仄。"露添"句、"夢回"句，或作仄仄平平平仄，故旁注如此，

以便學者易於填字。然其實此三處須依此詞，方爲得調。竹山煉字精深，調音諧暢，乃詞家榘矱，定宜遵之。“緑窗”“緑”字亦要仄聲，用平者亦不足法也。

【考正】尾句一作“楊花自落”。“翠深處”八字，原譜作一句，不讀斷。

萬氏以爲“鶯囀緑窗”第三字“亦要仄聲，用平者亦不足法”，此類説法多屬無據，蓋四字句之第一第三字，多不拘，如夢窗此調四首，二平二仄，顯見不拘也，“不足法”之依據何在，頗覺無謂。

第二體　一百三字

趙長卿

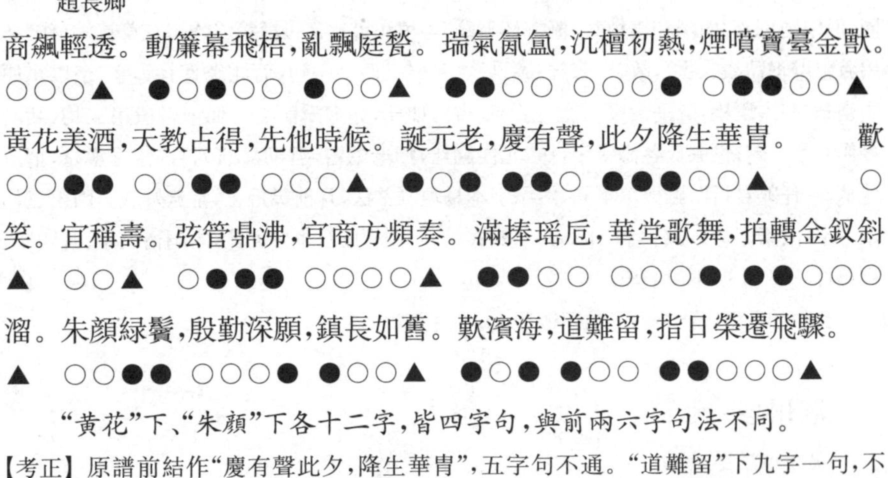
商飆輕透。動簾幕飛梧，亂飄庭甃。瑞氣氤氲，沉檀初爇，煙噴寶臺金獸。
○○○▲　●○●○○　●○○▲　●●○○　○○○●　○●●○○▲
黄花美酒，天教占得，先他時候。誕元老，慶有聲，此夕降生華冑。　歡
○○●●　○○●●　○○○▲　●○●　●●○　●●●○○▲　○
笑。宜稱壽。弦管鼎沸，宫商方頻奏。滿捧瑶巵，華堂歌舞，拍轉金釵斜
▲　○○▲　○●●●　○○○○▲　●●○○　○○○●　●●○○○
溜。朱顔緑鬢，殷勤深願，鎮長如舊。歎濱海，道難留，指日榮遷飛驟。
▲　○○●●　○○○●　●○○▲　●○●　●○○　●●○○○▲

“黄花”下、“朱顔”下各十二字，皆四字句，與前兩六字句法不同。

【考正】原譜前結作“慶有聲此夕，降生華冑”，五字句不通。“道難留”下九字一句，不讀斷。

本調與前詞之不同，除前後段第三均攤破六字兩句爲四字三句外，更攤破前後結五字一句、四字一句爲三字一句、六字一句。夢窗詞前後結填爲：“困無力，倚闌干，還倩東風扶起。……夜和露，剪殘枝，點點花心清淚。”“黯愁遠，向虹腰，時送斜陽凝佇。……吟未了，去匆匆，清曉一闌煙雨。”正是如此格式。

本調後起有句中短韻，是爲常例，故後起“歡笑”應爲叶韻，萬氏失注。有部、嘯部通押，循古韻也，宋人多有爲之者，如周紫芝之《千秋歲》有：“試問春多少。恩入芝蘭厚。松不老、句山長久。星占南極遠，家是椒房舊。君一笑。金鑾看取人歸後。”即是。

第三體　一百四字

張元幹

雁塔題名，寶津頒宴，盛事簪紳常説。文物昭融，聖代搜羅，千里争趨丹闕。元侯勸駕，卿老獻書，發軔龜前列。山川秀，圜觀衆多，無如閩越。

豪傑。姓標紅紙，帖報泥金，喜信歸來俱捷。驕馬蘆鞭，醉垂藍綬，吹雪

芳□□月。素蛾情厚，桂花一任郎君折。須滿引，南臺又是，合沙時節。

此與前調絶異，其中恐有誤字，無可查證，姑照舊本録之，以存其體。

【校勘記】"卿老獻書"句，"卿"當作"鄉"，《周禮》："鄉老獻賢能之書於王。"此詞全首皆言應試之事，上句云"元侯勸駕"，亦諸侯貢士之典也。

【考正】《欽定詞譜》注云："《词律》收张元幹一词，字多脱误，无从校对，删之。"是亦撓頭也。然細玩全詞，無從校對處多因衍奪字耳。試爲一解：

前段首均，若删去一"頒"字，重新句讀，則爲"雁塔題名，寶津宴盛事，簪紳常説"，正與諸詞同。後段首均，"豪傑"叶韻，亦與諸詞同，删去衍字"姓標"，調整句讀，則爲："豪傑。紅紙貼。報泥金喜，信歸來俱捷。"第二第五第十四字均在韻，則即蔣詞："行樂。君聽取，鶯囀緑窗，也似來相約。"趙詞："歡笑。宜稱壽。弦管鼎沸，宫商方頻奏。"惟五字句句法不同，但宋詞也有"向陽和培植"、"擬持杯階闥"等填法可比。後段第二均，《花草粹編》作"驕馬蘆鞭醉垂藍綬吹雪"，故《全宋詞》讀爲六字一句、四字一句，而此處實有奪字，余以爲原詞當爲"驕馬蘆鞭，醉垂藍綬，□□□□吹雪"，如此，亦與衆詞合。而前後段第三均，諸詞多作六字二句，惟張氏各添一字，作"元侯勸駕，卿老獻書，發軔鼇前列"，"芳月素娥，情厚桂華，一任郎君折"，雖與衆不同，然添字本爲填詞常法，且前後規正，當無舛誤。因第三均添一字，故第四均各減一字，作一三二四式結，亦順理成章也。如此，本詞衍三字、脱四字，實爲百三字，正是本調規模。

且作如是解，僅供參考，故不改原文，不注圖譜。

荆州亭　四十六字　又名：江亭怨

吴城小龍女

簾卷曲闌獨倚。江展暮雲無際。淚眼不曾晴，家在吴頭楚尾。　數點
○●●○●▲　○●●○○▲　●●●○○　○●○○●▲　●●
落花亂委。撲漉沙鷗驚起。詩句欲成時，没入蒼煙叢裏。
●○●▲　●●○○○▲　○●●○○　●●○○○▲

此原無調名，因題在荆州江亭，故以名之。

【杜注】萬氏注云："此原無調名"。按，宋黄昇《花庵詞選》原名《清平樂令》，非無調名也。又，宋釋惠洪《冷齋夜話》云："黄魯直登荆州亭，見亭柱間有此詞，夜夢一女子云：'有感而作。'魯直驚悟曰：'此必吴城小龍女也。'因名《荆州亭》。"又，《歷代詩餘》"江展暮雲無際"句，"江"作"山"。又，"數點落花亂委"句，"落"作"雪"。

萬里春　四十六字

周邦彦

千紅萬翠。簇定清明天氣。爲憐他、種種清香，好難爲不醉。　我愛深
○○●▲　●●○○○▲　●○○　●●○○　●○○●▲　●●○

如你。我心在、個人心裹。便相看、老却春風，莫無些歡意。
○▲　●○●　●○○▲　●○○　●●○○　●○○○▲

"爲憐他"二句，前後同。或謂：前段應於"好"字分句，後段應於"莫"字分句，"莫"即"暮"字也，余云：如此則"無些歡意"説不去。

【杜注】按，《片玉詞》第二句"簇"字下有"定"字，應補。

【考正】次句原譜無"定"字，據杜注改。惟"簇定"在此亦不通，蓋"簇定"者，大簇小也，如《迎春花》之"破寒乘暖迓東皇，簇定剛條爛熳黄"，《一枝春》之"鬧春風簇定，冠兒争轉"，《破陣子》之"(我)簇定熏爐酥酒軟"，故若"清明天氣"簇定"千紅萬翠"，則通。校之後段，可知"簇定"字前原詞必尚落一字，然則前後段第二句均爲上三下四折腰式句法，律諧意順。

金蕉葉　四十六字

蔣　捷

雲褰翠幕。滿天星、碎珠迸索。孤蟾闌外照我，看看過轉角。　酒醒寒
○○●▲　●○○　●○●▲　⊙○○●●○　○○●●▲　●●○
砧正作。待眠來、夢魂怕惡。枕屏那更畫了，平沙斷雁落。
○●▲　●○○　◎○●▲　◎○○●●○　○○●●▲

後起"去"字與前段異，餘同。此體作者甚多，平仄俱宜從之。況前後森整，如"外照我"、"過轉角"、"更畫了"、"斷雁落"，俱疊三仄字，而"外照"、"更畫"俱去聲，"我"、"了"二字俱上聲，方是此調音響。《圖譜》謂"過轉角"可仄平仄，"更畫了"、"斷雁落"可平仄仄，此何據耶？"翠"、"碎"、"迸"、"正"、"夢"、"怕"等去聲字，俱妙絶。《譜》俱作可平，嗟乎！作譜者苦心宛轉，必欲滅盡古調，而後已是，何忍乎？

【考正】原譜後段"枕屏那更畫了"作逗，無謂。前後段第三拍"我"、"了"二字須用上聲，作平，方諧。

又，前後段第三拍宋元人亦有作折腰式七字一句者，如袁去華："試一飲、風生兩腋。……覷得他、烘地面赤。"王哲："被玉杻金枷緊束。……早离了家缘孤宿。"而本詞之前後段後均若作"孤蟾闌外，照我看看過轉角"、"枕屏那更，畫了平沙斷雁落"，亦可。

又按，萬氏原注云"後起'去'字與前段異"，當爲"後段起句與前段異"之誤。

金蕉葉　六十二字

柳　永

厭厭夜飲平陽第。添銀燭、旋呼佳麗。巧笑難禁，艷歌無間聲相繼。准擬
○○●●○○▲　○○●　●○○▲　●●○○　●○○●○○▲　●●

幕天席地。　　金蕉葉泛金波霽。未更闌、已盡狂醉。袖中有個風流，暗
●○●▲　　○○●●○○▲　●○○　●○○▲　●○●●○○　●
向燈光底。惱遍兩行珠翠。
●○○▲　●●●○○▲

與前調全異。“袖中”至“光底”十一字，與前段“巧笑”至“相繼”十一字，句豆平仄雖微有不同，實則兩段句法一般也。

後起句有“金蕉葉”字，或因句立名，或取名入句，此類甚多。

【考正】本詞與前詞迥異，當是同名異調，故改原“又一體”爲正名。

後段第二句“盡”字，以上作平。

朝天子　四十六字

楊无咎

小閣寬如掌。占螺浦、山川彝曠。千奇萬狀。見雲煙收放。　　更永夜、
●●○○▲　●○●　○○○▲　○○●▲　●○○○▲　　●●●
風生明月上。用取真成無盡藏。誰共賞。徙倚撫、危欄吟望。
○○○●▲　●●○○○●▲　○●▲　●●●　○○○▲

此體作者甚少，平仄當依之。

【杜注】按，此調有晁補之詞，第二句作平仄仄，第四句“雲”字可仄。後段，第三句“共”字可平。

【考正】杜注後段第三句“共”字可平，檢晁補之詞，作“春睡著”，仍爲平仄仄，不知杜氏所據，録備。

憶秦娥　四十六字　别名：秦樓月、碧雲深、雙荷葉

李　白

簫聲咽。秦娥夢斷秦樓月。秦樓月。年年柳色，灞橋傷別。　　樂游原
○⊙▲　⊙○◎●○○▲　○○◆　⊙○◎●　●○○▲　　●○○
上清秋節。咸陽古道音塵絶。音塵絶。西風殘照，漢家陵闕。
●○○▲　⊙○◎●○○▲　○○◆　⊙○⊙●　●○○▲

“秦樓月”、“音塵絶”俱疊上三字。“灞”、“漢”二字必用仄字，得去聲尤妙，今人竟有於“傷”字及“陵闕”“陵”字用仄者，大謬。沈選王修微竟於“年年”、“西風”二句作仄仄平平，更奇。

【考正】萬氏之意，本調前後段結拍必得●○○▲，方爲合拍，未免偏仄。按，《欽定詞譜》收秦少游詞，前後段結拍分别爲“乾坤空闊”、“梅花撩撥”，别首亦然，可見無礙。檢宋人他詞，賀鑄、高觀國、趙彦端、郭應祥及其他詞人，亦多有此種填法，故萬氏此類格律觀點，尤其是去聲至愛之音律觀，實爲偏見。

第二體　四十六字

孫夫人

花深深。一鈎羅韈行花陰。行花陰。閑將柳帶，試結同心。　日邊消
○○△　◎○⊙●○○△　○○◇　⊙○◎●　◎●○△　◎○⊙
息空沉沉。畫眉樓上愁登臨。愁登臨。海棠開後，望到如今。
●○○△　◎○⊙●○○△　○○◇　◎○⊙●　●●○△

用平韻。竹屋亦有此體。

第三體　四十六字

石孝友

秦樓月。秦娥本是秦宮客。秦宮客。夢雲風韻，借仙標格。　相從無
○○▲　○○●●○○▲　○○◆　●○○●　●○○▲　○○○
計不如休，如今去也空相憶。空相憶。尊前歡笑，夢中尋覓。
●●○○　○○●●○○▲　○○◆　○○○●　●○○▲

前後俱仄韻，獨後段起句用平聲、不叶，此又一變格，然唯此一首，他無作者，雖列於此，不宜從也。

第四體　三十七字

毛　滂

夜夜。夜了花開也。連忙。指點銀瓶索酒嘗。　明朝花落知多少。莫
●▲　●●○○▲　○△　◎●○○●●△　⊙○⊙●○○▲　◎
把殘紅掃。愁人。一片花飛減却春。
●○○▲　○△　●●○○●●△

起韻疊字，次句即頂上一字，下换三韻。

本譜俱以字數少者居前，今因青蓮詞乃爲此調鼻祖，故先列李作，後及他體。

第五體　三十八字

馮延巳

風淅淅。夜雨連雲黑。滴滴。窗外芭蕉燈下客。　除非魂夢到鄉國。
○◎▲　◎●○○▲　●▲　⊙●⊙○○●▲　○○○●●○▲
免被關山隔。憶憶。一句枕前争忘得。
◎●○○▲　●▲　◎●◎○○●▲

通篇一韻，而與李詞各異，"忘"字音"望"。

第六體　四十一字

張　先

參差竹。吹斷相思曲。情不足。西北高樓窮遠目。　　憶苕溪、寒影透

○○▲　○●○○▲　○●▲　○●○○○●▲　　●○○　○●●

清玉。秋雁南飛速。菰草綠。應下溪頭沙上宿。

○▲　○●○○▲　○●▲　○●○○○●▲

與馮詞同，但換頭句多一字，"情不足"、"菰草綠"俱用三字。

琴調相思引　四十六字

趙彥端

拂拂輕陰雨麴塵。小庭深幕墮嬌雲。好花無幾，猶是洛陽春。　　燕語

◎●○○●●△　◎○⊙●●○△　◎○○●　⊙●●○△　　⊙●

似知懷舊主，水生只解送行人。可堪詩思，和淚漬羅巾。

⊙○○●●　◎○◎●●○△　⊙○○●　⊙●●○△

周紫芝有此調，《竹坡集》内刻作《定風波令》，必誤也。《定風波》原有本調，此只作《相思引》爲是。

按，《歷代詩餘》，"清陰"作"輕煙"，"舊主"作"舊壘"，"水生"作"水聲"。

【考正】《翰墨大全》丙集卷三無名氏詞，調名爲《長相思》，雙調四十六字，前後段各四句，二平韻。察其字句，當爲《相思引》無疑，惟前段首句不入韻，與諸體不同。另，《古今詞話》無名氏詞，名《鏡中人》，因詞有"吹斷相思引"句，故又名《相思引》，《梅苑》收無名氏此格《相思引》兩首，與本調字句迥異，且爲仄韻格，故類列於此：

鏡中人　四十九字

《梅苑》無名氏

笑盈盈，香噴噴。姑射仙人風韻。天與肌膚常素嫩。玉面猶嫌粉。斜倚小樓凝遠信。多

●○○　○●▲　○●⊙○○▲　○●⊙○○●▲　◎●○○▲　⊙●●○○●▲　⊙

少往來人恨。只恐乘雲春雨困。迤邐嬌容褪。

●●○○▲　◎●⊙○○●▲　○●○○▲

又，賀鑄有《琴調相思引》二首，亦與本調迥異，細考其格局，當是《酷相思》之添韻增拍格，因其詞頗有特色，一並類列於此：

琴調相思引　四十九字

賀　鑄

終日懷歸翻送客。春風祖席。南成陌。便莫惜。離觴頻卷白。動管色。催行色。動管

○●○○○●▲　○○●▲　○○▲　●●▲　○○○●▲　●●▲　○○◆　●●

色。催行色。　何處投鞍風雨夕。臨水驛。空山驛。臨水驛。空山驛。縱明月相思
◆ ○○◆　○●○○○●▲ ○●▲ ○○◆ ○●◆ ○○◆ ●○●○○
千里隔。夢咫尺。勤書尺。夢咫尺。勤書尺。
○●▲ ●●▲ ○○◆ ●●◆ ○○◆

清平樂　四十六字　又名：憶蘿月

李　白

禁闈清夜。月探金窗罅。玉帳鴛鴦噴蘭麝。時落銀燈香灺。　女伴莫
◎○⊙▲ ◎●○○▲ ◎●⊙○◎⊙▲ ⊙●⊙○⊙▲　◎◎◎
話孤眠。六宮羅綺三千。一笑皆生百媚，宸遊教在誰邊。
●○△ ◎○⊙●○△ ◎●⊙○◎● ⊙○⊙●○△

與《清平調》無涉。《圖譜》等改《清平樂》爲《憶蘿月》，無謂。

【考正】後段起句唐人多作連仄拗句，然宋人皆作平平仄仄平平，故本句不必從。又按，宋無名氏有三字起拍者，僅此一首，僅録如次，不作别體：

風不定。舞碎海棠紅影。數點雨聲池上聽。濕盡一庭花冷。　倚闌多少心情。輕寒未放春晴。誰管天涯憔悴，楚鄉又過清明。

望仙門　四十六字

晏　殊

玉池波浪碧如鱗。露蓮新。清歌一曲翠眉顰。舞華茵。　滿酌蘭英
◎○○●●○△ ●○△ ⊙○◎●●○△ ●○△　●●○○
酒，須知獻壽千春。太平無事荷君恩。荷君恩。齊唱望仙門。
● ○○◎●○△ ◎○⊙●●○△ ●○◇ ○●●○△

"荷君恩"三字疊，末三字用調名。

凡詞内用調名者，俱與調無干，不必用也。

西地錦　四十六字

周紫芝

雨細欲收還滴。滿一庭秋色。闌干獨倚無人共，説這些愁寂。　手把
◎●◎○○▲ ●◎○⊙▲ ○○●●○○● ●◎○○▲　◎●
玉郎書跡。怎不教人憶。看看又是黄昏也，斂眉峰輕碧。
◎○○▲ ○◎○○▲ ○○●●○○● ●○○○▲

尾用一七、一五，與前段異。

【考正】原譜"闌干"下十二字作四字一句、八字一句。然本詞前段後均之句讀，當以"闌干

獨倚無人共，説這些愁寂”更佳，且前後段亦整齊，故改之。

本調五字句，句法均爲一字逗領四字句。

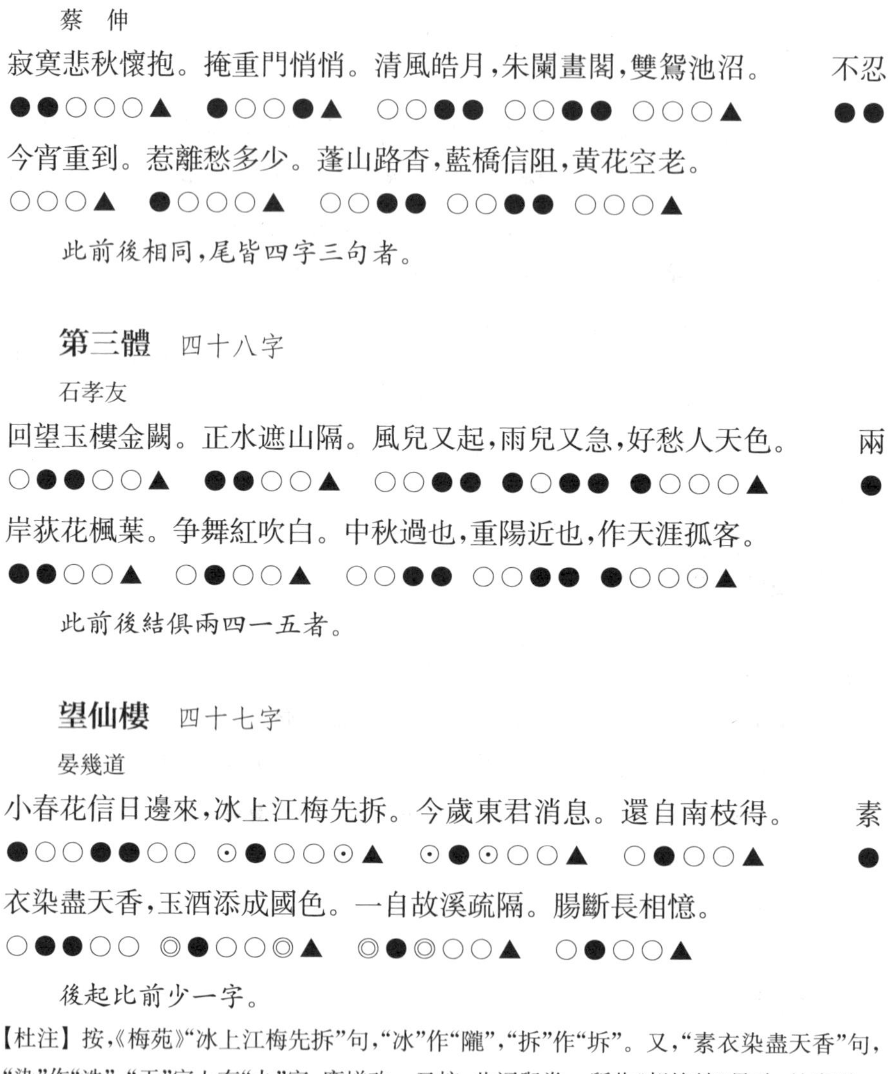

第二體　四十六字

蔡　伸

寂寞悲秋懷抱。掩重門悄悄。清風皓月，朱闌畫閣，雙鴛池沼。不忍
●●○○○▲　●○○●▲　○○●●　○○●●　○○○▲　●●
今宵重到。惹離愁多少。蓬山路杳，藍橋信阻，黄花空老。
○○○▲　●○○○▲　○○●●　○○●●　○○○▲

此前後相同，尾皆四字三句者。

第三體　四十八字

石孝友

回望玉樓金闕。正水遮山隔。風兒又起，雨兒又急，好愁人天色。兩
○●●○○▲　●●○○▲　○○●●　●○●●　●○○○▲　●
岸荻花楓葉。争舞紅吹白。中秋過也，重陽近也，作天涯孤客。
●●○○▲　○●○○▲　○○●●　○○●●　●○○○▲

此前後結俱兩四一五者。

望仙樓　四十七字

晏幾道

小春花信日邊來，冰上江梅先拆。今歲東君消息。還自南枝得。素
●○○●●○○　⊙●○○⊙▲　⊙●⊙○○▲　○●○○▲　●
衣染盡天香，玉酒添成國色。一自故溪疏隔。腸斷長相憶。
○●●○○　◎●○○◎▲　◎●◎○○▲　○●○○▲

後起比前少一字。

【杜注】按，《梅苑》“冰上江梅先拆”句，“冰”作“隴”，“拆”作“坼”。又，“素衣染盡天香”句，“染”作“洗”，“天”字上有“九”字，應增改。又按，此詞與卷一所收《胡搗練》晏殊、杜安世二詞字句相同，應附於此。

【考正】《望仙樓》即《胡搗練》，《梅苑》刻本調仍名《胡搗練》，可證。又，本調後段起句當是七字，大晏作“佳人釵上玉尊前”，杜安世、韓維亦同，小山本調二首，别首亦作“異香直到醉鄉中”。此處作者當是爲與後一拍形成對仗而刻意減字，另有仇遠亦作對仗句，爲：“破罌旋汲香泉，短鑁閑鋤春草。”故本調後起此句不足爲正格，當以七字句爲範，平仄律則從前段首拍可矣。

相思兒令　四十七字

晏　殊

昨日探春消息，湖上緑波平。無奈繞堤芳草，還向舊痕生。　有酒且醉
●●●○○●　○●●○△　○●●○○●　○●●○△　●○●●
瑶觥。更何妨、檀板新聲。誰教楊柳千絲，就中牽繫人情。
○△　●○○　○●○△　○○○●○○　○○○●○△

與《相思引》無涉。

【考正】晏殊别首後段起拍作"醉來拟恣狂歌"，可見"有酒且醉瑶觥"之"酒"，乃是以上作平，否則音律不諧。

眉峰碧　四十七字

無名氏

蹙破眉峰碧。纖手還重執。鎮日相看未足時，便忍使、鴛鴦隻。　薄暮
◎●○○▲　⊙●○○▲　◎●○○●●○　●●●　○○▲　◎●
投村驛。風雨愁通夕。窗外芭蕉窗裏人，分明葉上心頭滴。
○○▲　⊙●○○▲　⊙●○○⊙●○　○○●●○○▲

末句比前結多一字，餘同。首句用題名。

【杜注】按，此詞見王明清《玉照新志》，無别首可證。《欽定詞譜》云"即《卜算子》"，考《卜算子》杜壽域所作"深院花鋪地"一首，正與此同。惟杜詞後結"細認取斑點淚"六字，此作七字差異耳。又按，此詞首句有"眉峰碧"三字，疑即因此改立新名，應附於卷三杜安世《卜算子》詞後。

畫堂春　四十七字

徐　俯

落紅鋪徑水平池。弄晴小雨霏霏。杏花憔悴杜鵑啼。無奈春歸。　柳
◎○⊙●●○△　◎○◎●○△　◎○⊙●●○△　⊙●○△　◎
外畫樓獨上，憑欄手撚花枝。放花無語對斜暉。此恨誰知。
●◎○◎●　◎○●●○△　◎○⊙●●○△　◎●○△

後起比前少一字。

【校勘記】"落紅鋪徑水平池"一首，爲秦觀詞，作徐俯誤。

第二體　四十八字

趙長卿

小亭煙柳水溶溶。野花白白紅紅。惱人池上晚來風。吹損春容。　又
●○○●●○△　●○●●○△　●○○●●○△　○●○△　●

是清明天氣，記當年、小院相逢。憑闌幽思幾千重。殘杏香中。
●○○○● ●○○ ●●○△ ○○○●●○△ ○●○△

後第二句七字，餘同。

第三體 四十九字

黄庭堅

摩圍小隱枕蠻江。蛛絲閑鎖晴窗。水風山影上修廊。不到晚來涼。
○○●●●○△ ○○○●○△ ●○○●●○△ ●●●○△

相伴蝶穿花徑，獨飛鷗舞溪光。不因送客下繩床。添火炷爐香。
○●●○○● ●○○●○△ ●○●●●○△ ○●●○△

兩結俱用五字。

珠簾卷 四十七字

歐陽修

珠簾卷，暮雲愁。垂楊暗鎖青樓。煙雨濛濛如畫，輕風吹旋收。 香斷
○○● ●○△ ○○●●○△ ○●○○○● ○○○●△ ○●

錦屏新别，人間玉簟初秋。多少舊歡新恨，書杳杳，夢悠悠。
●○○● ○○●●○△ ○●●○○● ○●● ●○△

首句有"珠簾卷"字，想即因此名題也。又蘆川一詞名《卷珠簾》，查即《蝶戀花》，不可溷錯。"間"字宜作"閑"。

甘草子 四十七字

柳 永

秋暮。亂灑衰荷，顆顆真珠雨。雨過月華生，冷徹鴛鴦浦。 池上憑闌
○▲ ●○○● ●●○○▲ ●●●○○ ◎●○○▲ ○●●○

愁無侶。奈此個、單棲情緒。却傍金籠共鸚鵡。念粉郎言語。
○○▲ ●◎● ⊙○○▲ ◎●○○◎⊙▲ ●●○○▲

"似"字非韻，乃借叶也。"教鸚鵡"柳又作"慵整頓"，然觀楊无咎作"五湖去"，則仄平仄爲是。"憑"字音"並"，不可誤讀平聲。

【杜注】按，《花草粹編》後起云"池上憑闌愁無侶"，"侶"字本韻。萬氏以"侶"作"似"，故注借叶，誤。

【考正】"侶"誤作"似"，必是萬氏所據本"侶"誤刻爲"佀"也。據改。

"共鸚鵡"，原譜萬氏作"教鸚鵡"，此據《欽定詞譜》改。

阮郎歸 四十七字 又名：醉桃源、碧桃春

吴文英

翠深濃合曉鶯堤。春如日墜西。畫圖新展遠山齊。花深十二梯。　風

◎○⊙●●○△　⊙○◎●△　◎○⊙●●○△　⊙○◎●△　○

絮晚，醉魂迷。隔城聞馬嘶。落紅微沁繡鴛泥。秋千教放低。

●●　●○△　◎○⊙●△　◎○⊙●●○△　⊙○◎●△

後起句，六一作"淺螺黛"，東坡作"雪肌冷"，俱用仄平仄，然此亦是偶爾，作者自當用平仄仄也。

《圖譜》等削去《阮郎歸》，而改用《碧桃春》，無謂。

"日"、"十"二字，夢窗必以入作平，蓋此等句法，以平仄平爲妙，作者不盡然，故旁注如此，然高明必能用平也。

【杜注】按，黄山谷作此詞，全用"山"字爲韻。辛稼軒作《柳梢青》詞，全用"難"字爲韻，注云"福唐體"，即獨木橋體也。此與《皂羅特髻》之全用"採菱拾翠"相近，其源出於楚騷，今南北曲亦演之。

【考正】有署名春娘者，前段第二拍、後段第一拍均爲七字一句，與諸家皆異。

詞律卷四終

詞律卷五

賀聖朝　四十七字

杜安世

牡丹盛拆春將暮。群芳羞妒。幾時流落在人間，半開仙露。　馨香艷
●○●●○○▲　○○○▲　◎○⊙●●○○　●○○▲　⊙○◎

冶，吟看醉賞，歎誰能留住。莫辭持燭夜深深，怨等閑風雨。
●　⊙○●●　●○○○▲　◎○⊙●●○○　●◎○○▲

結語前四後五。

【考正】"盛拆"，《欽定詞譜》作"盛坼"，當取本字。按，坼、拆相通，義一，裂也。而前人亦有以"折"替之者，如《梅苑》全書皆是，惟"折"無裂義。

本調之變化無非兩種：一，七字句可添一字作四字兩句；二，五字句可減一字作四字句。故本詞每均實爲十二字，全調則是四十八字爲正，萬樹所列前四體均不出此規則，而第五體則字句迥異，屬同名異調。

第二體　四十七字

杜安世

東君造物無凝滯。芳容相替。杏花桃蕚一時開，就中明媚。　緑叢金
○○●●○○▲　○○○▲　●○○●●○○　●○○▲　●○○

朵，枝長葉細。稱花王相待。萬般堪愛，暫時見了，斷腸無計。
●　○○●▲　●○○○▲　●○○●　●○●●　●○○▲

後結語用四字三句異。

第三體　四十八字

葉清臣

滿斟緑醑留君住。莫匆匆歸去。三分春色，二分愁悶，一分風雨。　花
●○●●○○▲　●○○○▲　○○○●　●○○●　●○○▲　⊙

開花謝花無語。且高歌休訴。知他來歲，牡丹時候，再相逢何處。
○⊙●○○▲　●○○○▲　○○○●　●○○●　●○○○▲

後起或作"花開花謝，都來幾日"，或作"都來幾許"，皆可。又，一本作"花無語"，與前段相同，故亦收存，以備一體。

【杜注】按，《花庵詞選》"悶"字作"更"，"候"字作"再"，均作上七字、下五字兩句，似可從。

【考正】《欽定詞譜》後段尾均作"不知來歲牡丹時，再相逢何處"，與前段尾均"三分春色二分愁，更一分風雨"句法相對。

第四體　四十九字

趙師俠

千林脱落群芳息。有一枝先白。孤標疏影壓花叢，更清香堪惜。　吟
⊙○◎●○○▲　●●○○▲　⊙○⊙●●○○　●⊙○○▲　○

情無盡，賞音未已，早紛紛籍籍。想貪結子去調羹，任叫雲橫笛。
○○●　◎○○◎●　●⊙○◎▲　◎○◎●●○○　●◎○○▲

"孤標"、"想貪"二句用七字，並換頭與前異。

又《賀聖朝影》調原名《太平時》，故雖三字相同，不附此後。

賀熙朝　六十一字

歐陽炯

憶昔花間相見後。只憑纖手。暗抛紅豆。人前不解，巧傳心事，别來依
●●○○○●▲　●○○▲　●○○▲　○○●●　●○○●　●○○

舊。辜負春晝。　碧羅衣上蹙金繡。睹對對鴛鴦，空裛淚痕透。想韶
▲　○●○▲　●○○●●○▲　●●●○○　○●◎○▲　●○

顔非久。終是爲伊，只恁偷瘦。
○○▲　○●●○　○●○▲

"舊"字是叶韻，舊譜作八字句，失注矣。觀别作云："玉指偷捻。雙鳳金綫。"可見"睹對對鴛鴦"兩句十字，正與别作"誰料得兩情，何日教繾綣"同。《嘯餘》落一"對"字，各譜因之，遂少了一字，但問"睹對"二字豈成文理乎？"只憑纖手"别作用"紅袖半遮"，想所不拘。"負"、"恁"去聲，别作用"鳳"、"暮"亦去聲，不可用平也。

按，此調一作《賀聖朝》，而汲古刻《花間集》以此調作《賀明朝》，似可另列一調，本譜不欲尚奇，故附此。

【杜注】按，《欽定詞譜》列此詞爲《賀熙朝》，注云："此爲唐詞，惟歐陽炯有二首，《詞律》混

入《賀聖朝》，誤。”

【考正】尾句“只”字原注作平。

《欽定詞譜》本詞收爲《賀熙朝》，然未見杜氏引語。《全唐五代詞》據晁本《花間集》收歐陽炯詞二首，名《賀明朝》，萬氏誤入，蓋因此。

雙㶉鶒　四十八字

朱敦儒

拂破秋江煙碧。一對雙飛㶉鶒。應是遠來無力。相偎捎下沙磧。　小

●●○○○▲　●●○○○▲　○●●○○▲　○○○●○▲　●

管誰吹横笛。驚起不知消息。悔不當時描得。如今何處尋覓。

●○○○▲　○●●○○▲　●●○○○▲　○○○●○▲

前後各四句，皆六字相同，只後結平仄與前結異。

“㶉鶒”，《圖譜》作“雞䳓”誤。

【杜注】按，《欽定詞譜》前結作“相偎捎下沙磧”。又，“小管”作“小艇”，應遵改。

【考正】前段結句原作“捎下相偎沙磧”，校之後段，當以《欽定詞譜》爲是，據改。

烏夜啼　四十八字

趙令畤

樓上縈簾弱絮，牆頭礙月低花。年年春事關心事，腸斷欲棲鴉。　舞鏡

⊙●⊙○●●　⊙○◎●○△　⊙○⊙●○○●　⊙●●○△　◎●

鸞衾翠減，啼珠鳳蠟紅斜。重門不鎖相思夢，隨意繞天涯。

⊙○●●　⊙○◎●○△　⊙○◎●○○●　⊙●●○△

前後同。坡公前第三句作“若見故人須細問”，後第三句作“更有鱸魚堪切鱠”，與此平仄異，因字數同，不另録。

按，歐公有《聖無憂》一詞，四十七字，與《錦堂春》同，只首句少一字。初謂是兩體，然觀李後主《烏夜啼》一首，首句亦五字，正與《聖無憂》同，蓋《錦堂春》原别名《烏夜啼》也。是則《錦堂春》本有五字起句之格，而《聖無憂》之五字起者，斷即是《錦堂春》耳。本譜務核實歸併，不欲侈異誇多，故不收《聖無憂》體，而並載歐、李二篇於後，以資考證。識者鑒諸沈選明詞，有用仄韻者，今查宋元人無此體。

聖無憂　四十七字

歐陽修

此路風波險。十年一别須臾。人生聚散長如此，相見且歡娱。　好酒能消

光景，春風不染髭鬚。爲公一醉花前倒，紅袖莫來扶。

烏夜啼　四十七字

南唐後主

昨夜風兼雨，簾幃颯颯秋聲。燭殘漏滴頻敧枕，起坐不能平。　　世事謾隨流水，算來一夢浮生。醉鄉路穩宜頻到，此外不堪行。

此二詞吻合，足見《聖無憂》之必爲《烏夜啼》，而《烏夜啼》即《錦堂春》，又足見《聖無憂》之必爲《錦堂春》矣。或曰：如是，則何不以四十七字者列之於前？余曰：因《錦堂春》之名最著，作者頗多，且後所收長調，皆係《錦堂春》，不便以《聖無憂》爲冠，故變例載此。至於《烏夜啼》不以立題，説見《相見歡》調下，兹不贅云。

【杜注】按，此調歌詞五字起者，名《聖無憂》，趙詞六字起者，名《錦堂春》。宋人均用《錦堂春》之名，其實均始於南唐李後主，本名《烏夜啼》也。萬氏明知《烏夜啼》在前，因《相見歡》一調亦有《烏夜啼》之名，恐致相混，故附録於後，然此外異調同名者尚多，勢難悉避，例不劃一，終有未妥。

【考正】本調原著名《錦堂春》。按，一調多名，古來常見，故並無規則可尋，若杜氏所云"五字起者名《聖無憂》，六字起者名《錦堂春》"，果如此涇渭分明，則非同調者，必二調也。本調宋人多作《烏夜啼》，即便朱敦儒、蘇軾、賀鑄、權無染等均五字起者亦如此。而《錦堂春》實爲慢詞，本與此無涉，趙令時詞《唐宋諸賢絶妙詞選》亦名之爲《烏夜啼》，而杜氏以爲《相見歡》有別名爲《烏夜啼》，故不宜將此作正名者，亦非，蓋此類實例多矣。據此易名，且删去"又名《烏夜啼》"。

又，本詞後原列程泌《錦帳春》"最苦元來"詞，因屬萬氏誤植，故已移往卷八《錦帳春》後。

錦堂春慢　九十九字

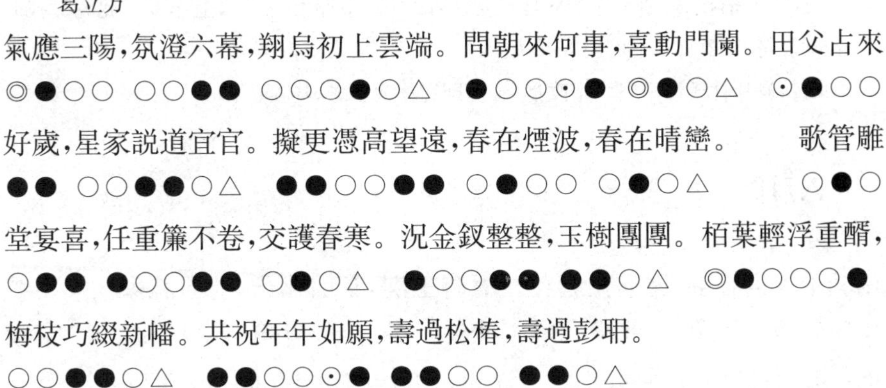

葛立方

氣應三陽，氛澄六幕，翔烏初上雲端。問朝來何事，喜動門闌。田父占來

◎●○○ ○○●● ○○○●○△ ●○○⊙● ◎●○△ ⊙●○○

好歲，星家説道宜官。擬更憑高望遠，春在煙波，春在晴巒。　　歌管雕

●● ○○●●○△ ●●○○●● ○●○○ ○●○△ ○●○

堂宴喜，任重簾不卷，交護春寒。況金釵整整，玉樹團團。柏葉輕浮重醑，

○●● ●○○●● ○●○△ ●○○●● ●●○△ ◎●○○○●

梅枝巧綴新幡。共祝年年如願，壽過松椿，壽過彭聃。

○○●●○△ ●●○○⊙● ●●○○ ●●○△

"問朝來"以下，與後段"況金釵"以下同。"田父"二句各六字相對，正與"栢葉"二句合。汲古刻《歸愚詞》落一"家"字，遂使文理大謬，讀者勿誤認也。

第二體　一百一字

司馬光

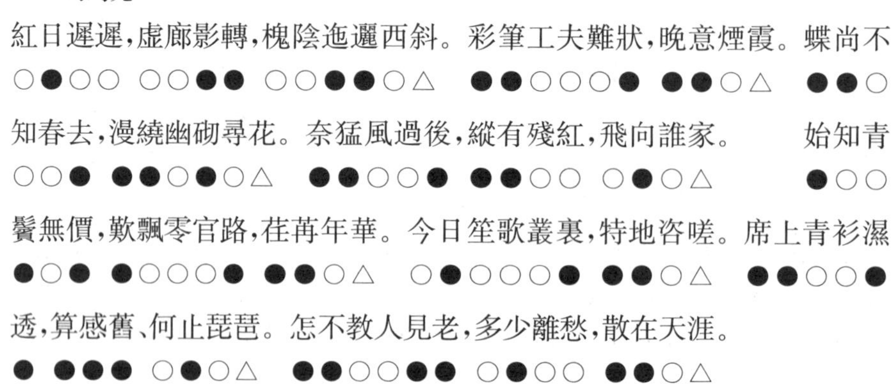

"席上"二句，應同前"蝶尚"二句，而"算感舊"多了一字。"奈猛風"句應同後"怎不"句，而少了一字。恐有誤處。若於"漫繞"下增一"著"字，"奈"字上增一"争"字，則爲完璧矣。然相傳已久，不敢妄注也。"彩筆"十字，上四下六，"今日"十字，上六下四，總是語氣一貫，分處不拘耳。

學者若賦此調，不如用前體穩當。

【杜注】按，《歷代詩餘》及葉譜，"始知青鬢無價"句，"鬢"作"春"。又，"欲飄零官路"句，"欲"作"歎"，"官"作"宦"。又，"怎不教人見老"句，"見"作"易"，均應遵改。

【考正】原譜前段四五句作"彩筆工夫，難狀晚意煙霞"，檢宋詞第五拍多作四字一句，萬氏以爲"彩筆"、"今日"下兩十字句句式不同，但總是一氣，是，現改正句讀，前後吻合一致，音律亦諧。

前段第七拍，宋詞别家皆作平起式句法，故"繞"字亦可視爲以上作平。此爲律拗句法，若不改句法，第五字不可用仄聲填。

又按，過片杜氏以爲"鬢"當改爲"春"，則音律大不諧，甚誤。

人月圓　四十八字　又名：青衫濕

吳　激

第二體　四十八字

楊无咎

風和日薄餘煙嫩，惻惻透鮫綃。相逢且喜，人圓玳席，月滿丹霄。　爛
○○●●○○●　●●●○△　○○●●　○○●●　●●○△　●

遊勝賞，高低燈火，鼎沸笙簫。一年三百六十日，願長似今宵。
○●●　○○○●　●●○△　●○○●○○●　●○●○△

末句與前異。

【考正】萬氏原注，"六十"二字皆作平。

第三體　四十八字

楊无咎

月華燈影光相射。還是元宵也。綺羅如畫，笙歌遞響，無限風雅。　鬧
●○○●○○▲　○●○○▲　●○○●　○○●●　○○○▲　●

蛾斜插，輕衫乍試，閑趁尖耍。百年三萬六千夜，願長如今夜。
○○●　○○●●　○○○▲　●○○●○○●　●○○○▲

用仄聲首句，即用韻起。"六千夜"之"夜"可不用韻。

【考正】萬氏原注，"六"字作平。又，前段尾句"限"字，以上作平。"閑趁"之"趁"讀平聲，《集韻》謂知鄰切、在真部，意謂行不進貌。

本詞余疑實即《賀聖朝》，試比較本詞與葉清臣"滿斟緑醑留君住"詞，前段絲絲入扣，一般無二。故竊以爲可作如下分類：平韻者，名《人月圓》；仄韻者，名《賀聖朝》，則各得其所矣。

喜團圓　四十八字

晏幾道

危樓靜鎖，窗中迢岫，門外垂楊。珠簾不禁春風度，解偷送餘香。　眠
○○●●　⊙○●●　○●○△　○○●●○○●　●○●○△　○

思夢想，不如雙燕，得到蘭房。别來祗是，憑高淚眼，感舊離腸。
○●●　◎○○●　◎●○△　●○●●　○○●●　●●○△

此調惟此詞，後段同《人月圓》。

【杜注】按，《欽定詞譜》"窗中迢岫"句，"迢"作"遠"，此字宜仄，應遵改。

【考正】本調與前一調屬於同一類型，即每均由十二字組成，多作四字三句，偶作七字一句、五字一句。前段後均《梅苑》無名氏作"尤殢東君，最先點破，壓倒群花"，可見句式不拘。

鬲溪梅令　四十八字

姜　夔

好花不與殢香人。浪粼粼。又恐春風歸去、緑成陰。玉鈿何處尋。

●○◎●●○△　●○△　●●○○○●　●○△　●○○●△

木蘭雙槳夢中雲。水横陳。漫向孤山山下、覓盈盈。翠禽啼一春。

●○○●●○△　●○△　●●○○○●　●○△　●○○●△

前後段同。此白石自度腔也。

【杜注】按,《花庵詞選》"水横陳"句,"水"作"小"。

朝中措　四十八字

歐陽修

平山闌檻倚晴空。山色有無中。手種堂前垂柳,别來幾度春風。　文

⊙○⊙●●○△　⊙●●○△　◎●⊙○⊙●　◎○◎●○△　⊙

章太守,揮毫萬字,一飲千鍾。行樂直須年少,尊前看取衰翁。

○◎●　⊙○◎●　◎●○△　⊙●◎○⊙●　⊙○◎●○△

前後結二句同。

按,"垂"字應作"楊"字,故坡公《西江月》云:"欲吊文章太守,仍歌楊柳春風。"

第二體　四十八字

趙長卿

荷錢浮翠點前溪。梅雨日長時。恰是清和天氣,雕鞍又作分攜。　别

○○○●●○△　○●●○△　●●○○○●　○○●●○△　●

來幾日愁心折,針綫小蠻衣。羞對緑陰庭院,銜泥燕子於飛。

○●●○○●　○●●○△　○●●○○●　○○●●○△

後起二句七字、五字,與前詞異。

【杜注】按,《欽定詞譜》另收辛棄疾一體,後起下三字作仄平平,叶韻。餘與此詞同。

雙頭蓮令　四十八字

趙師俠

太平和氣兆嘉祥。草木總成雙。紅苞翠蓋出横塘。兩兩鬬芬芳。　幹

●○⊙●●○△　◎●●○△　○○●●●○△　◎●●○△　●

摇碧玉並青房。仙髻擁新妝。連枝不解引鸞凰。留取映鴛鴦。

○●●●○△　⊙●●○△　○○●●●○△　○●●○△

前後四段，一七、一五字，俱各整齊，想題名因此也。

【考正】詞調非均脚之韻，是爲閑韻，可叶可不叶者。如本調前後段第三拍、後段首拍，都有不叶填法，故不必恪守。若不押韻，則後段起拍及前後段第三拍應用○○●●○○●爲正。

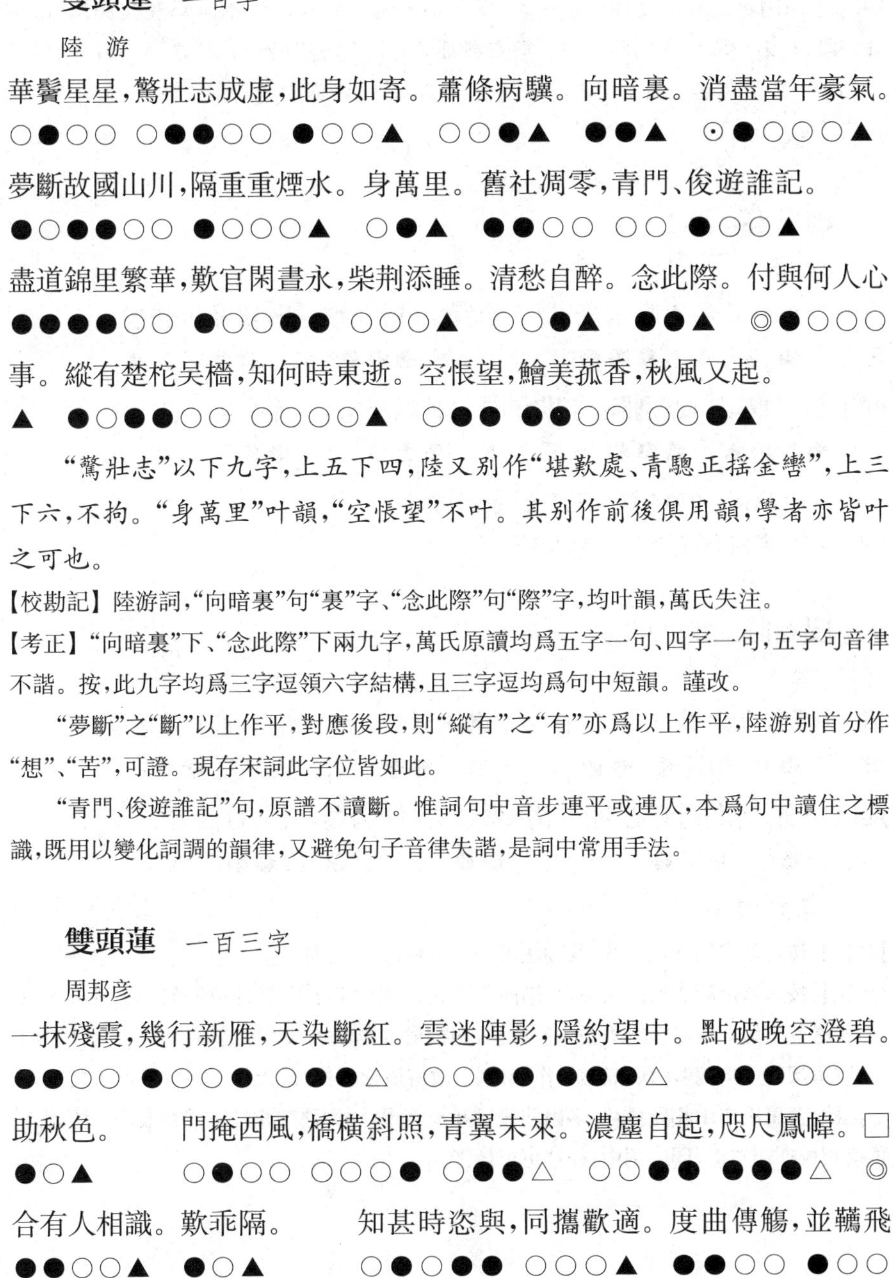

雙頭蓮　一百字

陸　游

華鬢星星，驚壯志成虚，此身如寄。蕭條病驥。向暗裏。消盡當年豪氣。
○●○○　○●●○○　●○○▲　○○●▲　●●▲　⊙●○○○▲
夢斷故國山川，隔重重煙水。身萬里。舊社凋零，青門、俊遊誰記。
●○●●○○　●○○○▲　○●▲　●●○○　○○　●○○▲
盡道錦里繁華，歎官閑晝永，柴荆添睡。清愁自醉。念此際。付與何人心
●●●●○○　●○○●●　○○○▲　○○●▲　●●▲　◎●○○○
事。縱有楚柁吴檣，知何時東逝。空悵望，鱠美菰香，秋風又起。
▲　●○●●○○　○○○○▲　○●●　●●○○　○○●▲

"驚壯志"以下九字，上五下四，陸又别作"堪歎處、青驄正摇金轡"，上三下六，不拘。"身萬里"叶韻，"空悵望"不叶。其别作前後俱用韻，學者亦皆叶之可也。

【校勘記】陸游詞，"向暗裏"句"裏"字、"念此際"句"際"字，均叶韻，萬氏失注。

【考正】"向暗裏"下、"念此際"下兩九字，萬氏原讀均爲五字一句、四字一句，五字句音律不諧。按，此九字均爲三字逗領六字結構，且三字逗均爲句中短韻。謹改。

"夢斷"之"斷"以上作平，對應後段，則"縱有"之"有"亦爲以上作平，陸游别首分作"想"、"苦"，可證。現存宋詞此字位皆如此。

"青門、俊遊誰記"句，原譜不讀斷。惟詞句中音步連平或連仄，本爲句中讀住之標識，既用以變化詞調的韻律，又避免句子音律失諧，是詞中常用手法。

雙頭蓮　一百三字

周邦彦

一抹殘霞，幾行新雁，天染斷紅。雲迷陣影，隱約望中。點破晚空澄碧。
●●○○　●○○●　○●●△　○○●●　●●●△　●●●○○▲
助秋色。　門掩西風，橋横斜照，青翼未來。濃塵自起，咫尺鳳幃。□
●○▲　○●○○　○○○●　○●●△　○○●●　●●●△　◎
合有人相識。歎乖隔。　知甚時恣與，同攜歡適。度曲傳觴，並轡飛
●●○○▲　●○▲　○●○●●　○○○▲　●●○○　●○○

轡，綺陌畫堂連夕。樓頭千里，帳底三更，盡堪淚滴。怎生向，總無聊，但
● ●●●○○▲ ○○○● ●●○○ ●○●▲ ●○● ●○○ ●
衹聽消息。
●○○▲

前段多不叶韻，語未審有訛與否，惜方千里無和詞，莫可訂正也。

【考正】原詞萬氏分兩段，以“歎乖隔”屬下爲後起。大誤。蓋本詞爲雙拽頭調式，詞分三段，且第一段插入“紅”、“中”，第二段插入“來”、“幃”换韻。校之第一段，“合”字上必奪一字。有鑒於此，本詞實非陸游同調，爲同名異調無疑，故易原“又一體”爲正名。

海棠春　四十八字

秦　觀

流鶯窗外啼聲巧。睡未足、把人驚覺。翠被曉寒輕，寶篆沉煙裊。　宿
⊙○⊙●○○▲ ●●● ◎○⊙▲ ●●●○○ ●●○○▲ ◎
醒未解宫娥報。道别院、笙歌會早。試問海棠花，昨夜開多少。
○◎●○○▲ ●●● ⊙○◎▲ ●●●○○ ●●○○▲

前後段同，有於“解”字、“道”字斷句讀者，差。

【杜注】按《欽定詞譜》“會早”作“宴早”。

慶春時　四十八字

晏幾道

倚天樓殿，升平風月，彩仗春移。鸞絲鳳竹，長生調裏，迎得翠輿歸。
●○○● ○○○● ●●○△ ○○●● ○○◎● ○●●○△
雕鞍遊罷，何處還有心期。濃熏翠被，深停幽燭，人約月西時。
○○○● ○●○●○△ ○○●● ○○⊙● ○●●○△

“濃熏”下與前同。

【杜注】按，《欽定詞譜》云：“《詞律》注可平可仄無據，不必從。”

【考正】按，《欽定詞譜》云：“《詞律》謂前段第五句‘調’字可平、後段第四句‘畫’字可平，無據，不必從。”然檢四庫全書本並未有此注，四部備要本則前段“調”字注“可平”，後段“幽”字注“可仄”。“幽燭”，《欽定詞譜》作“畫燭”，故有所云。按，萬氏此二字可平可仄之論，並非無據，蓋萬氏譜中相關標注，多因前後段互校而得，同調異詞相校固然爲校譜一法，而前後段相校亦非左道，同一詞中，往往更可參考。

武陵春　四十九字

毛　滂

風過冰檐環佩響，宿霧在華茵。剩落瑶花襯月明。嫌怕有纖塵。　鳳
⊙●⊙○○●●　◎●●○△　●●○○●●△　⊙●●○△　◎
口銜燈金炫轉，人醉覺寒輕。但得清光解照人。不負五更春。
●⊙○○●●　⊙●●○△　◎●○○●●△　◎●●○△

“武陵”或作“武林”，誤。前後同。

第二體　四十九字

李清照

風住塵香春已盡，日曉倦梳頭。物是人非事事休。欲語淚先流。　聞
○●○○○●●　●●●○△　●●○○●●△　●●●○△　○
説雙溪春尚好，也擬泛輕舟。衹恐雙溪舴艋舟。載不動、許多愁。
●○○○●○　●●●○△　●●○○●●△　●●●　●○△

《詞統》、《詞匯》俱注“載”字是襯，誤也。詞之前後結多寡一字者，頗多，何以見其爲襯乎？查坦庵作，尾句亦云“流不盡、許多愁”，可證。沈選有首句、三句、後第三句平仄全反者，尾云“忽然又、起新愁”者，“愁從酒畔生”者，奇絶。

【考正】萬氏所引後結六字者，万俟詠則另有前結“獨自個、怯黄昏”六字者。又，万俟詞，前後段第二拍亦有六字者，作：“微雨退、掩重門。……羅衣暗惹啼痕。”亦是一格。

洞天春　四十八字

歐陽修

鶯啼緑樹聲早。檻外殘紅未掃。露點真珠遍芳草。正簾幃清曉。　鞦
○○●●○▲　●●○○●▲　●●○○●○▲　●○○○▲　○
韆宅院悄悄。又是清明過了。燕蝶輕狂柳絲撩。亂春心多少。
○●●○▲　●●○○●▲　●●○○●○▲　●○○○▲

後起三句同前。《圖譜》謂：首句可仄仄平平仄仄，“遍芳草”可平仄仄。何據耶？

【考正】萬氏原讀後段結句爲“燕蝶輕狂，柳絲撩亂，春心多少”，此或不知“撩”有仄讀故。撩，《唐韻》、《正韻》擬爲盧鳥切，《集韻》、《韻會》擬爲朗鳥切，讀如“了”，在上聲篠部韻，義與蕭部同。然則本均之句讀、平仄、韻脚皆與前段同，且均用上聲入韻。故其中兩尾拍之領字，必以去聲方諧。據改。

又，後段起拍前“悄”字，萬氏注云“可平”，誤。按，若可平，則即謂可仄，從而四字連

仄，固病矣，且本調僅此一首，以何相校方能斷得可平可仄？究之以律，此必以平聲方諧，當爲以上作平。

又按，《圖譜》所云，或據明詞，蓋高濂詞前後段首句云："山乐雨鸣清晓。……密掩书窗悄悄。"明人雖亦有别出心裁者，然或亦依據宋詞，惟此則無據，故學者不必從。

秋蕊香　四十八字

晏　殊

梅蕊雪殘香瘦。羅幕輕寒微透。多情祇是春楊柳。占斷可憐時候。

⊙●◎○⊙▲　⊙●⊙○○▲　⊙○◎●○○▲　◎●◎○⊙▲

蕭娘勸我杯中酒。翻紅袖。金烏玉兔長飛走。争得朱顔依舊。

⊙○◎●○○▲　⊙○▲　⊙○◎●○○▲　⊙●⊙○⊙▲

"多情"下，與後同。

【考正】柳永有六十字體《秋蕊香引》，依例類列於此：

秋蕊香引　四十八字

柳　永

留不得。光陰催促，奈芳蘭歇，好花謝，惟頃刻。彩雲易散琉璃脆，驗前事端的。　風月夜，幾處前蹤舊跡。忍思憶。這回望斷，永作終天隔。向仙島，歸冥路，兩無消息。

○●▲　○○○●　●○○●　●○●　○●▲　●○●●○○●　●○●○▲　○●●　●●○○●▲　●○▲　●○●●　●●○○▲　●○●　○○●　●○○▲

又有九十七字體《秋蕊香慢》，有曹勛、趙以夫及史浩二首，史浩詞又名《教池回》，亦類列如下，可平可仄據其餘三首：

秋蕊香慢　四十八字

史　浩

雲淡天低，疏雨乍霽，桃溪嫩緑蒙茸。珠簾映畫轂，金勒耀花驄。繞湖上、羅衣隘香風。擘波雙引蛟龍。尋奇處，高標錦段，各騁英雄。　縹緲初登彩舫，簫鼓沸，群仙玉佩丁東。夕陽中、拚一飲千鍾。看看見、璧月穿林杪，十洲三島春容。醉歸去，雙旌摇曳，夾路金籠。

●●○○　○○●●　○○●●○△　○○●●●　●●●○△　●○●　○●●○△　●○○●○△　⊙⊙●　◎○○●　○●○△　●●●○○●　○●●　○○○●○△　●○○　●●●○△　○○●　○●●○△　◎○◎●○△　○●●　○○○●　●●○△

桃源憶故人　四十八字　又名：虞美人影

王之道

逢人借問春歸處。遥指蕪城煙樹。滴盡柳梢殘雨。月闖西南户。　遊絲不解留伊住。漫惹閑愁無數。燕子爲誰來去。似説江南路。

⊙○◎●○○▲　◎●⊙○○▲　◎●◎○○▲　◎●○○▲　⊙○◎●○○▲　◎●⊙○○▲　◎●◎○○▲　◎●○○▲

前後同。

"桃源",汲古《放翁詞》作"桃園",誤。此調又名《虞美人影》,今只收本題,不列《虞美人》之後,與《賀聖朝》同。

【考正】《欽定詞譜》收四十九字體者,後段第二句七字,當是淺人所添,誤。

三字令　四十八字

歐陽炯

春欲盡,日遲遲。牡丹時。羅幌卷,翠簾垂。彩箋書,紅粉淚,兩心知。

○●●　●○△　●○△　○●●　●○△　●○○　○●●　●○△

人不在,燕空歸。負佳期。香燼落,枕函攲。月分明,花淡薄,惹相思。

○●●　●○△　●○△　○●●　●○△　●○○　○●●　●○△

每句三字,前後段同。"幌"字即後段"燼"字,亦即後詞"滿"字。"我"字《圖譜》謂可平,何據?

【考正】萬氏特意解説"幌"、"燼"、"滿",意謂本詞第四拍亦即後詞之第五拍,言外之意,後一體中前後段第三拍乃是添拍,"我"字即"燼"字,不得爲平。是。

第二體　五十四字

向子諲

春盡日,雨餘時。紅蔌蔌,緑漪漪。花滿地,水平池。煙光裏,雲影上,畫船移。　文鴛並,白鷗飛。歌韻響,酒行遲。將我意,入新詩。春欲去,留且住,莫教歸。

○◎●　●○△　○●●　●○△　○●●　●○△　○⊙●　○●●　●○△　○⊙●　●○△　○●●　●○△　○●●　●○△　○◎●　○●●　●○△

比歐詞前後各多第三句,而"裏"字、"去"字用仄,比前用"書"字、"明"字平聲,亦稍異。

眼兒媚　四十八字　又名:秋波媚

王　雱

楊柳絲絲弄輕柔。煙縷織成愁。海棠未雨,梨花先雪,一半春休。　而今往事難重省,歸夢繞秦樓。相思只在,丁香枝上,豆蔻梢頭。

⊙◎⊙⊙●○△　⊙●●○△　◎○◎●　⊙○⊙●　◎●○△　⊙○◎●○○●　⊙●●○△　⊙○◎●　⊙○⊙●　◎●○△

起四字平仄平平，惟此詞及阮閎“樓上黄昏杏花寒”耳。歷查宋人樂府，皆用“霏霏疏雨轉征鴻”句法，只此注明，不復另録。

書舟、歸愚詞，俱以《朝中措》誤作《眼兒媚》。毛子晉跋歸愚云：“《眼兒媚》不合譜，未敢妄爲更定。”，豈《朝中措》亦不辨耶？至《圖譜》失收此調，更爲疏略。

【杜注】萬氏注云：“起四字平仄平平，惟此詞及阮閎‘樓上黄昏杏花寒’耳”，按，“阮閎”名閲，字閎休。且此句乃左譽詞，非閎休作也。【又，曾海野有“花近清明晚風寒”句，平仄亦同。】

【考正】本調另有數首後段起拍處用腹韻者，如趙長卿：“馬蹄。動是三千里，後會莫相違。”此本填詞之慣用手法也。又，後段起拍亦有入韻者，如趙長卿别首作：“佳人環佩玉闌珊。作惡探花還。”

撼庭秋　四十八字

晏　殊

別來音信千里。恨此情難寄。碧紗秋月，梧桐夜雨，幾回無寐。　高樓
●○○●○▲　●●○○▲　●○○●　○○●●　●○○▲　○○
目斷，天涯雲黯，祇堪憔悴。念蘭堂紅燭，心長焰短，向人垂淚。
●●　○○○●　●○○▲　●○○○●　○○●●　●○○▲

與《撼庭竹》無涉。前後結，二句同。

【考正】歐陽修另有一詞，句式於此大異，然細玩之可知乃句法攤破而已，實爲一調，録而不譜：

紅箋封了還重拆。這添追憶。且教伊見我，別來翠減香銷端的。　淥波平遠，暮山重疊，算難憑鱗翼。倚危樓極目，無情細草長天色。

沙塞子　四十八字

葛立方

天生玉骨冰肌。瘦損也、知他爲誰。寒澗底、傲霜凌雪，不教春知。
○○●●○△　●●●　○○●△　○●●　●○○●　●●○△
高樓橫笛試輕吹。要一片、花飛酒卮。拚沉醉、帽檐斜插，折取南枝。
○○○●●○△　●●●　○○●△　○○●　●○○●　●●○△

論後段，“拚沉醉”及後趙詞，則“寒底”句尚該一字，然不敢增入，姑列如右。

【杜注】按，屠隆《詞緯》作“寒澗底”，有“澗”字。《花草粹編》同。

【考正】“瘦損也、知他爲誰”、“要一片、花飛酒卮”二句，當以一字逗領六字句爲正。

前段第三句原譜作“寒底傲霜凌雪”，據杜注補入。

第二體　四十九字

趙彦端

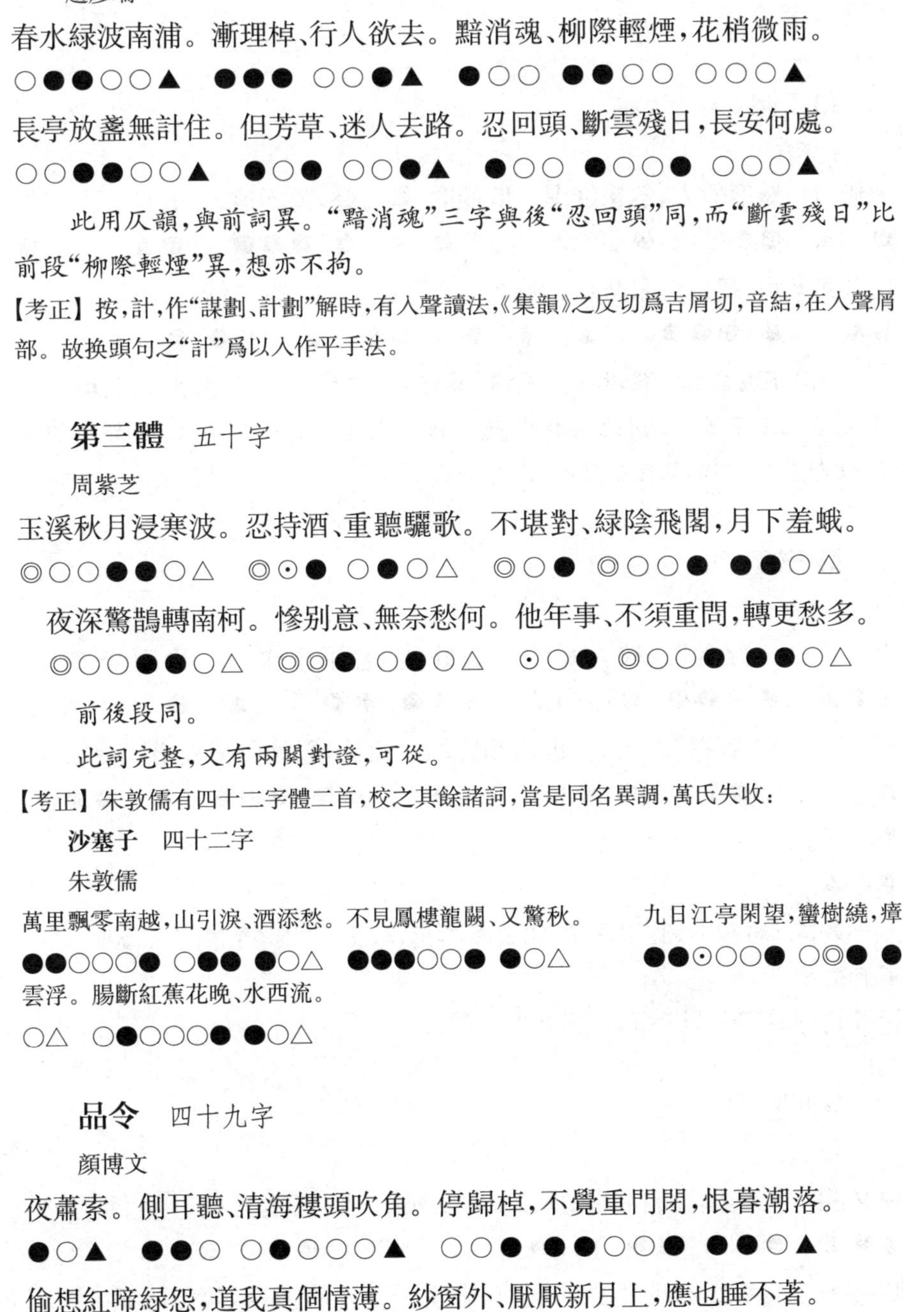

春水緑波南浦。漸理棹、行人欲去。黯消魂、柳際輕煙，花梢微雨。

○●●○○▲　●●●　○○●▲　●○○　●●○○　○○○▲

長亭放盞無計住。但芳草、迷人去路。忍回頭、斷雲殘日，長安何處。

○○●●○○▲　●○●　○○●▲　●○○　●○○●　○○○▲

此用仄韻，與前詞異。“黯消魂”三字與後“忍回頭”同，而“斷雲殘日”比前段“柳際輕煙”異，想亦不拘。

【考正】按，計，作“謀劃、計劃”解時，有入聲讀法，《集韻》之反切爲吉屑切，音結，在入聲屑部。故换頭句之“計”爲以入作平手法。

第三體　五十字

周紫芝

玉溪秋月浸寒波。忍持酒、重聽驪歌。不堪對、緑陰飛閣，月下羞蛾。

◎○○●●○△　◎⊙●　○●○△　◎○●　◎○○●　●●○△

夜深驚鵲轉南柯。慘别意、無奈愁何。他年事、不須重問，轉更愁多。

◎○○●●○△　◎◎●　○●○△　⊙○●　◎○○●　●●○△

前後段同。

此詞完整，又有兩闋對證，可從。

【考正】朱敦儒有四十二字體二首，校之其餘諸詞，當是同名異調，萬氏失收：

沙塞子　四十二字

朱敦儒

萬里飄零南越，山引淚、酒添愁。不見鳳樓龍闕、又驚秋。　九日江亭閑望，蠻樹繞，瘴雲浮。腸斷紅蕉花晚、水西流。

●●○○○●　○●●　●○△　●●●○○●　●○△　●●⊙○○●　○◎●　●○△　○●○○○●　●○△

品令　四十九字

顔博文

夜蕭索。側耳聽、清海樓頭吹角。停歸棹，不覺重門閉，恨暮潮落。

●○▲　●●○　○●○○○▲　○○●　●●○○●　●●○▲

偷想紅啼緑怨，道我真個情薄。紗窗外、厭厭新月上，應也睡不著。

○●○○●●　●●○○○▲　○○●　○○○●●　○●●○▲

“恨”字上下必有落字。

【考正】後段次句“真個”之“個”作平，後一首“煩惱一個病”亦同。蓋“個”字若作虛字用，則可變調輕讀如平聲，至今如此。宋詞中此類用法甚多，除此二例外，卷九《集賢賓》之“待作真個宅院”，柳永《秋夜月》“待信真個，恁别無縈絆”，及孫惟信《晝錦堂》之“真個病也天天”等，皆是。

第二體　四十九字

石孝友

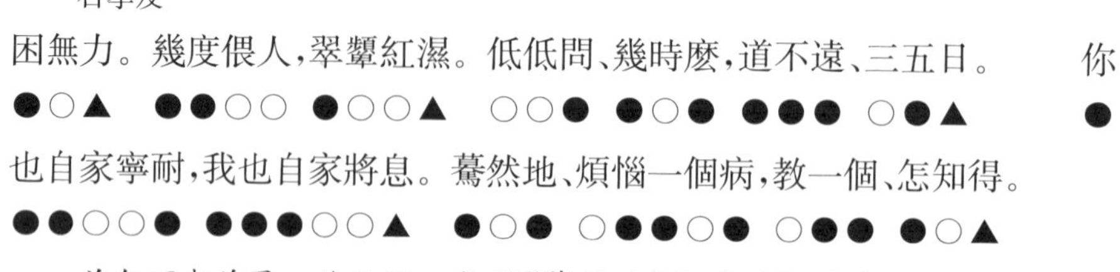

困無力。幾度偎人，翠鬟紅濕。低低問、幾時麽，道不遠、三五日。　你

●○▲　●●○○　●○○▲　○○●　●○●　●●●　○●▲　●

也自家寧耐，我也自家將息。驀然地、煩惱一個病，教一個、怎知得。

●●○○●　●●●○○▲　●○●　○●●○●　○●●　●○▲

首句下與前異。後段同。或謂“驀然地”句應於“惱”字分句，然觀前後詞，則皆上三下五，余謂此兩相慰勉之語：若煩惱出一個病來，則那一個知了，便難當矣。作“煩惱一個病”五字正合。

第三體　五十一字

秦　觀

幸自得。一分索强，教人難吃。好好地、惡了十來日。恰而今、較些

●●▲　●○●●　●○○▲　●●●　●●○○▲　●○○　●○

不。　須管啜持教笑，又也何須肐織。衠倚賴、臉兒得人惜。放軟頑、

▲　○●●○○●　●●○○●▲　○●●　●○●○▲　●●○

道不得。

●○▲

第二三句似石詞。“惡了”比前多二字，較全。“衠”音“諄”，《西廂》：“一團衠是嬌。”

【考正】前段第四句“十”、後結“不”，皆以入作平。

第四體　五十二字

秦　觀

棹又擢。天然個、品格於中壓一。簾兒下、時把鞵兒踢。語低低、笑

●●▲　●○●　●●○○●▲　○○●　○●○○▲　●○○　●

咭咭。　每每秦樓相見，見了無限憐惜。人前强、不欲相沾濕。把不

●▲　●●○○○●　●●○○○▲　○○●　●●○○▲　●●

定、臉兒赤。
● ●○▲

此詞五十二字，比前較全，兩結各六字，應是正格也。前調恐俱有闕誤，未可從。稼軒作正與此同。只"踢"、"濕"二字不用韻耳。茲不録。

按，此調多作俳詞，故爲彼時歌伶語氣，多用入聲，而"肐織"字與"棹又耀"及"壓一"等語未解，且亦恐傳寫有訛也。

【考正】後段次句"限"字，以上作平。

第五體　五十五字

周邦彦

夜闌人静。月痕寄、梅梢疏影。簾外、曲角闌干近。舊攜手處，花霧寒成陣。　應是不禁愁與恨。縱相逢難問。黛眉、曾把春衫印。後期無定。腸斷香銷盡。

此與前原各自一體，觀和詞平仄處，無一字不同，初欲作旁注，而令人握筆不敢下。古人詞律如此謹嚴，可亂填乎？

【杜注】按，《欽定詞譜》"春衫"作"春山"，應遵改。

【考正】本調非《品令》，當是《一斛珠》也。按，美成詞，有楊无咎和詞，後段首二句毛校本《逃禪詞》作："往事總歸眉際恨。這相思□□誰問。"而汲古閣本則爲"這相思情味誰問"，並注云"或誤作《品令》"。以此度之，美成詞後段第二句亦奪二字，且兩者奪字必有淵源，而致以假亂真。校之《詞律》中之《一斛珠》，則本詞與各體均可見相合也，故不擬譜。參見卷八《一斛珠》第四體。

又，前後段第三句原譜均不讀斷，惟同音步節奏相連，當是二字逗之標識，謹補。

第六體　六十四字

吕渭老

霜蓬零亂。笑緑鬢、光陰晚。紫朱時節，小樓長醉，一川平遠。休説龍山
⊙○○▲ ●●● ○○▲ ◎○⊙● ●○⊙● ◎○○▲ ⊙●⊙○

佳會，此情不淺。　黄花香滿。記白苧、吴歌軟。如今却向，亂山叢裏，
⊙▲ ●○◎▲ ⊙○○▲ ●●● ○○▲ ⊙○◎● ●○⊙●

一枝重看。對著西風搔首，爲誰腸斷。
◎○○▲ ◎●⊙○⊙● ●○⊙▲

此又另體，前後段同。

第七體　六十五字

黄庭堅

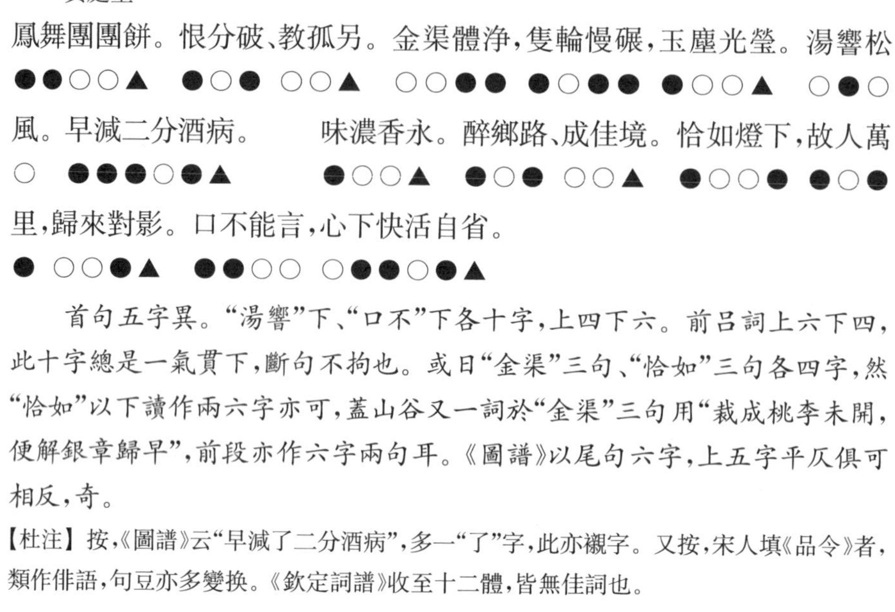

鳳舞團團餅。恨分破、教孤另。金渠體浄，隻輪慢碾，玉塵光瑩。湯響松

●●○○▲　●○●　○○▲　○○●●　●○●●　●○○▲　○●○

風。早減二分酒病。　味濃香永。醉鄉路、成佳境。恰如燈下，故人萬

○　●●●○●▲　●○○▲　●○●　○○▲　●○○●　●○●

里，歸來對影。口不能言，心下快活自省。

●　○○●▲　●●○○　○●●○●▲

首句五字異。"湯響"下、"口不"下各十字，上四下六。前吕詞上六下四，此十字總是一氣貫下，斷句不拘也。或曰"金渠"三句、"恰如"三句各四字，然"恰如"以下讀作兩六字亦可，蓋山谷又一詞於"金渠"三句用"裁成桃李未開，便解銀章歸早"，前段亦作六字兩句耳。《圖譜》以尾句六字，上五字平仄俱可相反，奇。

【杜注】按，《圖譜》云"早減了二分酒病"，多一"了"字，此亦襯字。又按，宋人填《品令》者，類作俳語，句豆亦多變换。《欽定詞譜》收至十二體，皆無佳詞也。

陽臺夢　四十九字

後唐莊宗

薄羅衫子金泥縫。困纖腰、怯銖衣重。笑迎移步小蘭叢，嚲金翹玉鳳。

●○○●○○▲　●○○　●○○▲　●○○●●○○　●○○●▲

嬌多情脈脈，羞把同心捻弄。楚天雲雨却相和，又入陽臺夢。

○○○●●　○●○○●▲　●○○●●○○　●●○○▲

取末三字爲調名。兩結七字、五字兩句，平仄雖同，而前尾"嚲"字領句，後尾"又入"與"陽臺"各分，句法不同。《圖譜》謂情字可仄，何也？

【考正】本調僅此一首，原譜前段第二句不讀斷，後段第二句疑脱一字。

又，宋詞另有解昉《陽臺夢》一詞，雙調五十七字，平仄混合韻，其中前後段仄韻相同，應屬偶合，是詞與莊宗詞顯係兩調，補録於此：

陽臺夢　五十七字

解　昉

仙姿本寓。十二峰前住。千里行雲行雨。偶因鶴馭過巫陽。邂逅他、楚襄王。　無端

○○●▲　●●○○▲　○●○○○▲　●○●●●○△　●●○　●○△　○○

宋玉誇才賦。誣誕人心素。至今狂客到陽臺。也有癡心，望妾人、夢中來。

●●○○▲　○●○○▲　●○○●●○△　●●○○　●●●　●○△

極相思　四十九字

吕渭老

西園鬬草歸遲。隔葉囀黄鸝。闌干醉倚，秋千背立，數遍佳期。　　寒食
⊙○◎●○△　◎●●○△　⊙○◎●　⊙○◎●　◎●○△　　⊙●

清明都過了，趁如今、芍藥薔薇。衩衣吟露，歸舟纜月，方解開眉。
⊙○○●●　●⊙⊙　◎●○△　◎○⊙●　⊙○◎●　⊙●○△

末三句前後同。

【杜注】按，宋彭乘《墨客揮犀》云："仁廟時，皇族中太尉夫人一日入内，再拜告帝曰：'妾夫不幸，爲婢妾所惑。'帝怒，流婢於千里，夫人亦得罪，居瑶華宫，太尉罰俸而不得朝。經歲，方春暮，夫人爲詞曲，名《極相思》。"此立名之始。

月宫春　四十九字

毛文錫

水晶宫裏桂花開。神仙採幾回。紅芳金蕊繡重臺。低傾瑪瑙杯。　　玉
●○○●●○△　○○●●△　○○○●●○△　○○●●△　　●

兔銀蟾争守護，姮娥姹女戲相偎。遥聽鈞天九奏，玉皇親看來。
●○○○●●　○○●●●○△　○●○○●●　●○○●△

前段同《阮郎歸》，此體宋人無作者。

【杜注】按，卷六周邦彦《月中行》一闋，《欽定詞譜》云"即《月宫春》，美成所更名"。應附此調後，爲又一體。

【考正】《月宫春》與《月中行》兩調極爲相似，但句、韻皆有不同。《月宫春》宋人另有韓淲一首，與毛詞律一，而美成《月中行》另有吴文英、陳允平各一首，其詞亦一般無二。兩者之别，其一在後段第三拍前者六字一句、不押韻，後者七字一句、押韻；其二在後段第二拍，前者爲七言律句，後者爲折腰式七字句；其三爲前段第二拍、第四拍、後段第一拍、第四拍之句法均不同，故余以爲應屬同名異調。即便二者視爲同調别體，然亦各有調名，不宜雜用。兹將美成詞移至本詞後。

月中行　五十字

周邦彦

蜀絲趁日染乾紅。微暖面脂融。博山細篆靄房櫳。静看打窗蟲。　　愁
●○●●●○△　○●●○△　●○●●●○△　●●●○△　　○

多膽怯疑虚幕，聲不斷、暮景疏鐘。團團四壁小屏風。啼盡夢魂中。
○●●○○●　○●●　●●○△　○○●●●○△　○●●○△

"博山"二句前後同。

【校勘記】按,《詞譜》云:"即《月宫春》,美成所更名。"應附《月宫春》後。

【杜注】按,《詞譜》云此詞"即《月宫春》,美成所更名",應附卷五《月宫春》後爲"又一體"。

鳳孤飛　四十九字

晏幾道

一曲畫樓鐘動,宛轉歌聲緩。綺席飛塵座滿。更小待、金蕉暖。　細雨

●●●○○●　●●○○▲　●●○○●▲　●●●　○○▲　●●

輕寒今夜短。依前是、粉牆别館。端的歡期應未晚。奈歸雲難管。

○○○●▲　○○●　●○●▲　○●○○○●▲　●○○○▲

惟有此詞,外無他證。

【考正】彊村叢書本《小山詞》前段第三拍無"座"字,體味詞意,似衍。

柳梢青　四十九字

秦　觀

岸草平沙。吴王故苑,柳裊煙斜。雨後寒輕,風前香細,春在梨花。

◎●○△　⊙○◎●　◎●○△　◎●○○　⊙○⊙●　⊙●○△

行人一棹天涯。酒醒處、殘陽亂鴉。門外鞦韆,牆頭紅粉,深院誰家。

⊙○◎●○△　●◎●　○○●△　⊙●○○　⊙○⊙●　⊙●○△

首句有用仄,不起韻者,不另録。

【考正】據宋人黄昇《唐宋諸賢絶妙詞選》,本詞作者爲張仲殊,明人顧從敬《類編草堂詩餘》誤作秦觀詞。又,本調各首小異處,惟各均首拍或韻或不韻,故前後段首拍亦有不叶者,第四拍亦有相叶者,皆不拘也。

第二體　四十九字

張元幹

海山浮碧。細風絲雨,新愁如織。慵試春衫,不禁宿酒,天涯寒食。

◎○○▲　●○⊙●　⊙○○▲　⊙●○○　◎○◎●　⊙○○▲

歸期莫數芳辰,誤幾度、迴廊夜色。入户飛花,隔簾雙燕,有誰知得。

○○◎●○○　●◎●　○○●▲　◎●○○　◎○⊙●　◎○○▲

此用仄韻。首句有用平聲不起韻者,次句有仄仄平平者,"愁"字、"涯"字有用仄聲者,後起有叶仄韻者,如"家山辜負猿鶴"是也。字句相同,不能備録,大約此調平仄二體,兹兩詞可爲準繩矣。

按,此調後第二句"殘陽亂鴉"四字,平平仄平,其仄字宜用去聲,乃爲起調。觀古名篇,無不如是。前詞"亂"字可見,即仄叶者,亦於此字用去,此詞

"夜"字可見。此等須再四吟玩，而後知之，乃填詞家抉髓處，不可不曉也。如沈選釋涵初作，此四字云"亂點蒼茫"，豈不貽笑於世。

【考正】萬氏"此調後第二句'殘陽亂鴉'四字"，"此調"應是"前詞"。按，前人於用字處，時有去聲、上聲專用之論，多不可信，蓋此以曲法説詞法也，而所謂"再四吟玩而後知之"，實爲"此處無理可道"之托詞耳。以本例論，此字位宋人雖多用去聲，然上聲、入聲亦不鮮見，平韻、仄韻皆是，如朱敦儒之"慶兒女、團圓喜悦"，楊无咎之"只怕裏、危梢欲壓"，趙師俠之"總未識、閩中好山"，郭應祥之"人世有、瓊樓玉京"，魏了翁之"已非復、吴中阿蒙"，周密之"儘消得、東風返魂"，莫不如此。若云張元幹詞乃"古名篇"，餘皆非是，則天下無理也。

又按，仄韻體韻脚變化，僅在前後段首拍，第二均均首俱不叶韻。

太常引　四十九字

辛棄疾

仙機似欲織纖羅。仿佛度金梭。無奈玉纖何。却彈作清商恨多。朱
⊙○◎●●○△　◎●●○△　⊙●●○△　●⊙●○○●△　⊙

簾影裏，如花半面，絶勝隔簾歌。世路苦風波。且痛飲公無渡河。
○◎●　⊙○◎●　◎●●○△　◎●●○△　●◎●○○●△

"恨"、"渡"二字，必用去聲，與《柳梢青》同，此乃音理，非穿鑿也。

【考正】如前所論，"必用去聲"之論甚爲無謂，本調前後段末二字用"上平"者亦多，無需舉例。又，宋人多用高觀國詞體。

又按，前後兩結拍，原譜均讀爲上三下四折腰式，致四字結構於律不合，而本拍實爲一字逗領六字句法，觀辛詞别三首莫不如此："更、看舞聽歌最精"，"記、門外清溪姓彭"，"道、吏部文章泰山"，"似、江左風流謝安"，"被、白髮欺人奈何"，"人、道是清光更多"，其中"看舞聽歌"之類，句法尤爲清晰。惟本詞後段"且、痛飲公無渡河"一句不通，蓋"公無渡河"乃樂府歌曲，故"飲"字必是别一欠旁字也，欠，本爲張口出氣，故"歌"、"歎"等字從之。一六式與三四式，若明了句法本無大礙，惟詞譜本爲規範，學者不知，則必出偏差，今人有填爲三四式者，必因循譜而誤也。

第二體　五十字

高觀國

玉肌親襯碧霞衣。似争駕、翠鸞飛。羞問武陵溪。笑女伴東風醉時。
●○○●●○△　◎⊙●　●○△　○●●○△　●●●○○●△

不飄紅雨，不貪青子，冷淡却相宜。春晚湧金池。問一片將愁寄誰。
●○○●　●○○●　●●●○△　○●●○△　●●●○○●△

第二句多一字，與前異。稼軒亦有此體。

歸去來　四十九字

柳　永

初過元宵三五。慵困春情緒。燈月闌珊嬉遊處。遊人盡、厭歡聚。

⊙●○○○▲　○●○○▲　○●○○●○▲　○○●　●○▲

全仗如花女。持杯謝、酒朋詩侶。餘酲更不禁香醑。歌筵罷、且歸去。

○●○○▲　○○●　●○○▲　○○●●○○▲　○○●　●○▲

"厭且"二字仄聲，兩結平仄正同。《圖譜》前作六字，後作兩三字，而於"且"字注可平，何據乎？

【杜注】按，《欽定詞譜》"全仗"作"憑仗"。

【考正】前段第二拍，柳詞別首作"花英墜、碎紅無數"。按，該句對應後段"持杯"句，以格律觀亦七字更諧，故似以七字爲正，本詞或脱二字，建議以"花英墜、碎紅無數"爲範。

又，嬉，《集韻》許已切，讀爲喜。在上聲紙部韻。如白居易《雜興詩》云："澹灩九折池，縈回十餘里。四月芰荷發，越王日遊嬉。"

原譜後結作"歌筵舞、且歸去"，據《欽定詞譜》改。

河瀆神　四十九字

孫光憲

江上草芊芊。春晚湘妃廟前。一方卵色楚南天。數行斜雁聯翩。　獨

○●●○△　⊙◎⊙⊙◎△　●○◎●●○△　◎⊙○◎⊙△　◎

倚朱闌情不極。魂斷終朝相憶。兩槳不知消息。遠汀時起鸂鶒。

●⊙○○●▲　⊙◎⊙⊙⊙▲　◎●◎○○▲　◎○○●○▲

此調多用以詠鬼神祠廟。

第二體　四十九字

張　泌

古樹噪寒鴉。滿庭楓葉蘆花。晝燈當午隔輕紗。畫閣朱簾影斜。　門

●●●○△　●○○●○△　●○○●●○△　●●○○●△　○

外往來祈賽客，翩翩帆落天涯。迴首隔江煙火，渡頭三兩人家。

●●○○●●　○○○●○△　○●●○○●　●○○●○△

後段不另换韻，"迴首"句不叶，與前異。

燕歸梁　四十九字

杜安世

風擺紅綃卷畫簾。寶鑒慵拈。日高梳洗幾時忺。金盆水，弄纖纖。
○●○○●●△　●●○△　●○○●●○△　○○●　●○△

髻雲松彈衣斜褪，和嬌懶，瘦巖巖。離愁更，宿酲兼。空贏得，病厭厭。
●○○●○○●　○○●　●○△　○○●　●○△　○○●　●○△

"離愁"二句，各家俱合作七字。"更"字下恐落一字，然不敢增。"盆"、"嬌"、"贏"可用仄聲，大晏此三字句多用仄平仄。

【杜注】萬氏云"更"字下恐落一字，按，【此調始於晏同叔，原作五十一字，柳耆卿於第二句減一字，與此詞同，此句各家皆作七字，亦別無四十九字之體，】王氏校本"更"字下有"與"字，與下又一體之柳詞句調全同。

第二體　五十字

柳　永

織錦裁篇寫意深。字值千金。一回披玩一愁吟。腸成結，淚盈襟。
◎●○○◎●△　●●○△　◎○○●●○△　○⊙●　●○△

幽歡已散前期遠，無聊賴、是而今。密憑歸燕寄芳音。恐冷落、舊時心。
⊙○◎●○○●　○⊙●　●○△　◎○⊙●●○△　●◎●　●○△

"密憑"句七字，是正體。

按，此調所用三字語，俱兩句者，各篇明白可據，況結處一七兩三，前後正同。《圖譜》以前爲兩句，後則合六字爲一句，試問"恐冷落舊時心"如何連法？

【校勘記】"密憑歸雁寄芳音"句，"雁"誤作"燕"，應從宋本《樂章集》更正。

第三體　五十字

石孝友

樓外春風桃李陰。記一笑千金。翠眉山斂眼波侵。情滴滴，怨深深。
○●○○○●△　●●●○△　●○○●●○△　○●●　●○△

當初見了，而今别後，算此恨難禁。與其向後兩關心。又何似而今。
○○●●　○○●●　●●●○△　●○●●●○△　●○●○△

第二句五字，異。後段更異。

按，此調尾句，凡作家無不用六字者，此"又何似"句止五字。雖列此五十字一體，但恐落一字，不必從也。

第四體　五十一字

史達祖

獨卧秋窗桂未香。怕雨點飄涼。玉人祗在楚雲傍。也著淚、過昏黄。　西
●●○○●●△　●●●○△　●○●●●○△　●●●　●○△　⊙
風今夜梧桐冷，斷無夢、到鴛鴦。秋鉦二十五聲長。請各自、奈思量。
○⊙●○○●　◎⊙●　●○△　○○●●●○△　●●●　●○△

請各自兩句三字是正體。

【考正】原譜前段尾句不讀斷。

第五體　五十一字

謝　逸

六曲闌干翠幕垂。香燼冷金猊。日高花外囀黄鸝。春睡覺，酒醒時。
●●○○●●△　○●●○△　●○○●●○△　○●●　●○△
草青南浦，雲横西塞，錦字杳無期。東風只送柳棉飛。全不管，寄相思。
●○○●　○○○●　●●●○△　○○●●●○△　○●●　●○△

前史詞，後起一七、兩三，與杜作同，此詞後起，兩四、一五，與石作同。

史詞"怕雨點飄涼"是"怕"字領句，此則"香燼"略斷，可以不拘。但用史詞句法，則"雨"字可用平聲也。

【考正】此格宋人填者最多，應爲正格。

第六體　五十二字

柳　永

輕躡羅鞋掩絳綃。傳音耗、若相招。語聲猶顫不成嬌。乍得見、兩魂
○●○○●●△　○○●　●○△　●○○●●○△　●●●　●○
消。　匆匆草草難留戀，還歸去、又無聊。若諧雨夕與雲朝。得似個、
△　○○●●○○●　○○●　●○△　●○●●●○△　●●●
有囂囂。
●○△

首句之下即用三字兩句，與前各體異。"苦"字或作"若"，恐誤。

【杜注】按，《欽定詞譜》"掩絳綃"作"掩綺寮"。

醉鄉春　四十九字

秦　觀

喚起一聲人悄。衾冷夢寒窗曉。瘴雨過，海棠開，春色又添多少。　社
●●●○○▲　⊙●◎○⊙▲　●◎●　●○○　○●●○○▲　●
甕釀成微笑。半缺椰瓢共舀。覺顛倒，急投床，醉鄉廣大人間小。
●●○○▲　◎●⊙○◎▲　●⊙●　●○○　●○●●○○▲

後尾比前多一字。"舀"音"咬"。"倒"字偶合，《圖譜》注叶，差。

【杜注】按，《廣韻》上聲三十小部，有"舀"字，以沼切。

越江吟　四十九字

蘇易簡

非煙非霧瑤池宴。片片。碧桃冷落誰見。黃金殿。蝦鬚半卷。天香
○○○●○○▲　●▲　●○●●○▲　○○▲　○○●▲　○○
散。　奏雲和孤竹清婉。入霄漢。紅顏醉態爛熳。金輿轉。霓旌影
▲　●○○○●○▲　●○▲　○○●●○▲　○○▲　○○●
斷。簫聲遠。
▲　○○▲

此調無可查對，句法叶韻亦未必如此，平仄亦不敢注，姑存闕疑。

【杜注】按，《花草粹編》第二句作"片片碧桃冷落誰見"，第二"片"字"見"字均叶。萬氏以"桃"字爲句，落"誰見"二字，而以"冷落"二字屬下句，均誤。又，"青雲和、孤竹清婉"句，考《周禮·大司樂》云："孤竹之管，雲和之琴瑟，冬日至，奏之。"則"青"字恐"奏"字之誤。又按，《欽定詞譜》"青雲"作"春雲"。又，"爛熳"之"熳"字，注叶。又，"影斷"作"影亂"。應遵改。又，卷六《瑤池燕》詞應附此調後。

【考正】原譜前段第二三句作"片片碧桃，冷落黃金殿"，據《欽定詞譜》改。後段"紅顏"九字原作"紅顏醉態，爛熳金輿轉"，亦據《欽定詞譜》改。然前後段對校，"片片"前猶覺尚脱一字，蓋詞之結構，依慣例或頭部參差，或尾部參差，而無中間參差者也。

又，原譜過片爲"青雲和孤竹清婉"，實爲上三下四式句法，後四字音律失諧，據杜氏注，易"青"爲"奏"，則文通律順。

瑤池燕　五十一字

蘇　軾

飛花成陣。春心困。寸寸。別腸多少愁悶。無人問。偷啼自搵。殘妝
○○○▲　○○▲　●▲　●○○●○▲　○○▲　○○●▲　○○
粉。　抱瑤琴、尋出新韻。玉纖趁。南風未解幽慍。低雲鬟。眉峰斂
▲　●○○　○●○▲　●○▲　○○●●○▲　○○▲　○○●

暈。嬌和恨。
▲　○○▲

東坡云：琴曲有《瑶池燕》，其詞不協，而聲亦怨咽，變其詞作"閨怨寄陳季常"。此曲奇妙，勿妄與人。

【校勘記】蘇軾詞與蘇易簡《越江吟》"非煙非霧瑶池燕"一首，字句平仄悉同，恐即以尾三字爲調名也，應改附《越江吟》後。

【杜注】按，此詞與卷五蘇昌簡之《越江吟》，字句平仄悉同。萬氏因蘇詞落二字，遂另别一調。又按，《越江吟》首句云"非煙非霧瑶池宴"，疑即因此立名，應附於卷五《越江吟》蘇昌簡詞後。

【考正】本詞原列卷六《河傳》前。今移至本處。

應天長　四十九字

歐陽修

一彎初月臨鸞鏡。雲鬟鳳釵慵不整。珠簾静。重樓迥。惆悵落花風不
◎○⊙●○○▲　⊙●◎○○●▲　⊙○▲　⊙○▲　⊙●◎○○●
定。　绿煙低柳徑。何處轆轤金井。昨夜更闌酒醒。春愁勝却病。
▲　●○○●▲　⊙●◎○○▲　◎●⊙○◎▲　⊙○◎●▲

按，《歷代詩餘》"一彎初月臨鸞鏡"句，"彎"作"鈎"、"鸞"作"妝"。又，"雲鬟"作"蟬鬢"，"珠簾"作"重簾"，"重樓"作"層樓"。又，"绿煙低柳徑"句，作"柳堤芳草徑"。又，"何處"作"夢斷"。

【考正】萬氏原注"静字可平"，意謂本句可以不韻。

第二體　四十九字

顧　夐

瑟瑟羅裙金綫縷。輕透鵝黄香畫袴。垂交帶，盤鸚鵡。裊裊翠翹移
●●○○○●▲　○●○○○●▲　○○●　○○▲　●●●○○
玉步。　背人勻檀注。慢轉嬌波偷覷。斂黛春情暗許。倚屏慵不語。
●▲　◎○○●▲　●●○○○▲　●●○○●▲　●○○●▲

首句用仄仄平平平仄仄，三句不叶韻。後起句"檀"字用平與前異。

【杜注】按。《花間集》"嬌波"作"横波"。

【考正】"畫袴"，萬氏原譜用"面袴"，據四部備要本改。

"檀注"，原譜作"檀炷"，前者爲妝物之屬，後者爲檀香之屬，顯誤。又，本調後段起句若爲五字句，則第四字依律爲仄，唐宋人皆如此填。"檀"有仄讀，此處可作借音法解，仄讀。

第三體　五十字

韋　莊

綠槐陰裏黄鸝語。深院無人春晝午。畫簾垂，金鳳舞。寂寞繡屏香
◎○⊙●○○▲　⊙●⊙◎○●▲　◎○⊙　⊙◎▲　◎●◎○○
一炷。　　碧天雲，無定處。空有夢魂來去。夜夜綠窗風雨。斷腸君
●▲　　●○○　○●▲　⊙●◎○○▲　◎●◎○⊙▲　◎○○
信否。
●▲

首句平仄與歐詞同。"畫簾垂"用平。後起用三字兩句，與前異。

【考正】"夜夜"句第二字萬氏注曰"可平"，或從後一首來，惟唐宋人於此均仄，牛嶠詞或爲偶誤，或爲後人抄誤，不可校。

第四體　五十字

牛　嶠

玉樓春望晴煙滅。舞衫斜卷金條脱。黄鸝嬌囀聲初歇。杏花飄盡龍山
◎○⊙●○○▲　◎○⊙●○○▲　⊙○⊙●○○▲　●○○●○○
雪。　　鳳釵低赴節。筵上王孫愁絶。鴛鴦對銜羅結。兩情深夜月。
▲　　◎○○●▲　⊙●○○○▲　○■◎○○▲　◎⊙⊙◎▲

起四句皆七字，皆用韻，平仄亦皆同。又，後起用五字，與前異。

【考正】"鴛鴦"之"鴦"字失律，不可填平。

第五體　五十字

毛文錫

平江波暖鴛鴦語。兩兩釣船歸極浦。蘆州一夜風和雨。飛起淺沙翹雪
○○○●○○▲　●●●○○●▲　○○◎●○○▲　○●●○○●
鷺。　　漁燈明遠渚。蘭棹今宵何處。羅袂從風輕舉。愁煞採蓮女。
▲　　○○○●▲　○●○○○▲　○●○○○▲　○●●○▲

前段四句雖亦皆七字，而第二、第四句平仄與前異，尾句亦稍異。

應天長慢　九十四字

葉夢得

松陵秋已老，正柳岸田家，酒醅初熟。鱸膾蒓羹，萬里水天相續。扁舟波
○○○●●　●●●○○　●○○▲　○●○○　●●●○○▲　○○○

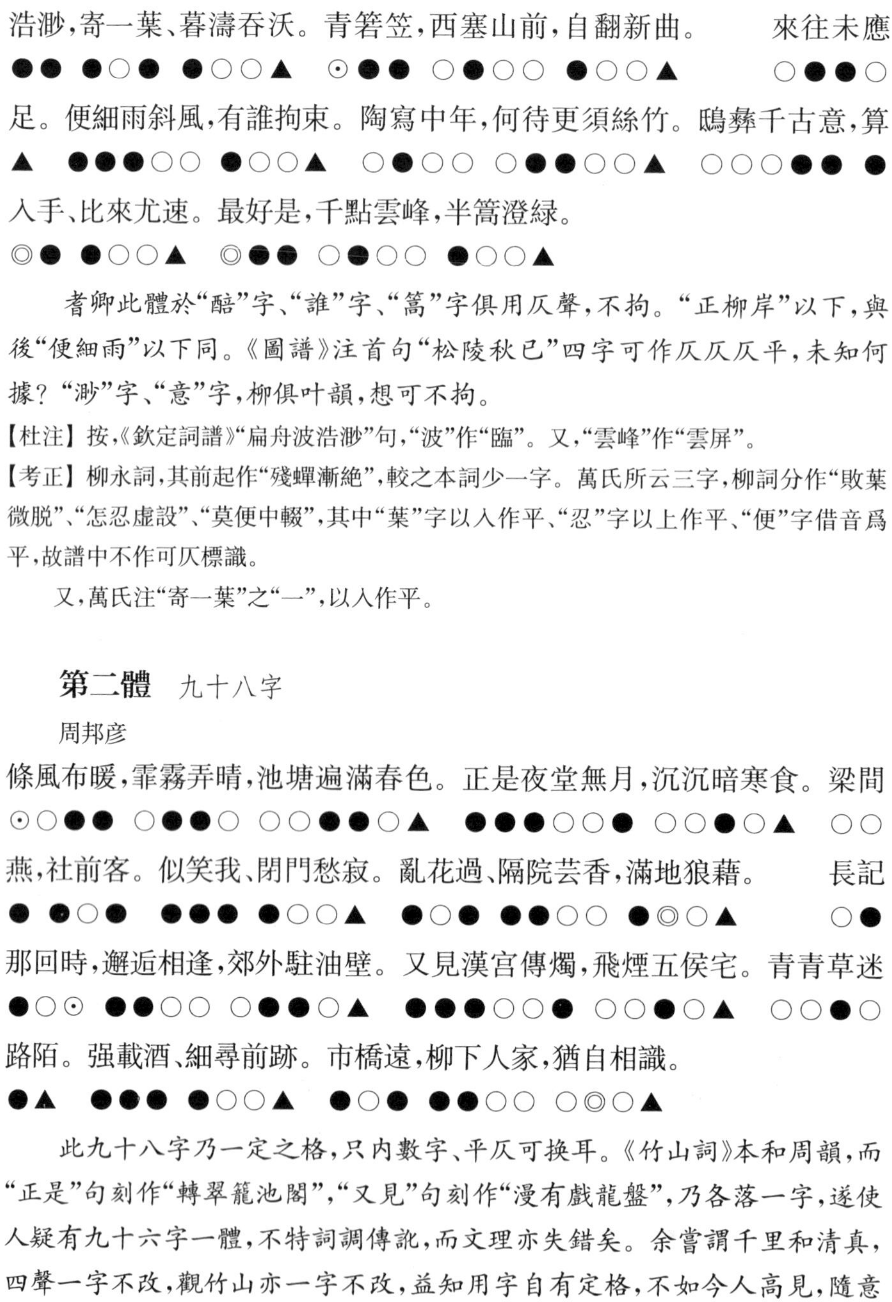

浩渺,寄一葉、暮濤吞沃。青箬笠,西塞山前,自翻新曲。　　來往未應
●● ●○● ●○○▲ ⊙●● ○●○○ ●○○▲ ○●●○
足。便細雨斜風,有誰拘束。陶寫中年,何待更須絲竹。鴟彝千古意,算
▲ ●●●○○ ●○○▲ ○●○○ ○●●○○▲ ○○○●● ●
入手、比來尤速。最好是,千點雲峰,半篙澄緑。
◎● ●○○▲ ◎●● ○●○○ ●○○▲

者卿此體於"醅"字、"誰"字、"篙"字俱用仄聲,不拘。"正柳岸"以下,與後"便細雨"以下同。《圖譜》注首句"松陵秋已"四字可作仄仄仄平,未知何據?"渺"字、"意"字,柳俱叶韻,想可不拘。

【杜注】按,《欽定詞譜》"扁舟波浩渺"句,"波"作"臨"。又,"雲峰"作"雲屏"。

【考正】柳永詞,其前起作"殘蟬漸絶",較之本詞少一字。萬氏所云三字,柳詞分作"敗葉微脱"、"怎忍虚設"、"莫便中輟",其中"葉"字以入作平、"忍"字以上作平、"便"字借音爲平,故譜中不作可仄標識。

又,萬氏注"寄一葉"之"一",以入作平。

第二體　九十八字

周邦彦

條風布暖,霏霧弄晴,池塘遍滿春色。正是夜堂無月,沉沉暗寒食。梁間
⊙○●● ○●●○ ○○●●○▲ ●●●○○● ○○●○▲ ○○
燕,社前客。似笑我、閉門愁寂。亂花過、隔院芸香,滿地狼藉。　　長記
● ●○● ●●● ●○○▲ ●○● ●●○○ ●◎○▲ ○●
那回時,邂逅相逢,郊外駐油壁。又見漢宮傳燭,飛煙五侯宅。青青草迷
●○⊙ ●●○○ ○●●○▲ ●●●○○● ○○●○▲ ○○●○
路陌。强載酒、細尋前跡。市橋遠,柳下人家,猶自相識。
●▲ ●●● ●○○▲ ●○● ●●○○ ○◎○▲

此九十八字乃一定之格,只内數字、平仄可换耳。《竹山詞》本和周韻,而"正是"句刻作"轉翠籠池閣","又見"句刻作"漫有戲龍盤",乃各落一字,遂使人疑有九十六字一體,不特詞調傳訛,而文理亦失錯矣。余嘗謂千里和清真,四聲一字不改,觀竹山亦一字不改,益知用字自有定格,不如今人高見,隨意可填也。"亂花過""過"字,各家俱用仄,蔣集作"似瓊花","花"字亦訛,恐是"苑"字。《夢窗甲稿》於"梁間"二句作"芙蓉詞賦客",亦是"蓉"字下落一字,非有九十七字一體也。或曰:前葉詞此句云"扁舟波浩渺",亦用五字,或夢窗同之耳。余曰:葉用柳體是五字,其後段"鴟彝千古意"亦五字,夢窗用周體,是六字,其後段"淩波恨,簾户寂"亦六字,兩體前後各自相同,不可亂也。

伯可於“正是”二句、“又見”二句作上四下七，不拘。此十一字語氣總一貫耳。《圖譜》以此收康、周，作兩體，不必也。“弄”字宜用去聲，譜圖云“可平”；“暗寒食”、“五侯宅”宜仄平仄，方、康、吴、蔣皆同，譜圖云“可平仄仄”；“前社客”、“迷路陌”宜平去仄，方、康、吴、蔣皆同。譜圖云“可仄平仄”；“似笑我”、“强載酒”宜仄去上，方、康、吴、蔣皆同，《圖譜》云“可平平仄”；後起康作“楚岫在何處”，正與前葉詞同，譜圖云“在字可平”；“駐油壁”宜去平仄，方、康、吴、蔣皆同，譜圖云“可平平仄”；“亂花過”、“市橋遠”宜仄平仄，方、康、吴、蔣皆同，譜圖云“可平平平”。俱不顧腔調而信意亂注，真爲怪事！至於“閉”字、“細”字，方用“易”、“漸”，康用“頓”、“夜”，吴用“醉”、“墮”，蔣用“晝”、“墮”，俱是去聲，概曰“可平”，必欲將此調注壞，何歟？“隔”字、“柳”字亦不可平。

【杜注】按，《欽定詞譜》“夜堂”作“夜臺”。又，“前社”作“社前”。應遵改。

【考正】萬氏注第三句“滿”字可平，誤。按，本字依律當仄，宋人皆填仄聲，惟康與之平填，本屬違律，不可互校。

“社前”原作“前社”，據《欽定詞譜》改。

憶漢月　五十字　又名：望漢月

歐陽修

紅艷幾枝輕裊。早被東風開了。倚煙啼露爲誰嬌，故惹蝶憐蜂惱。

○●●○○▲　◎●⊙○○▲　◎○⊙●●○○　◎●●○○▲

多情遊賞處，留戀向、緑叢千繞。酒闌歡罷不成歸，腸斷月斜人老。

○○○●●　○●●　●○○▲　◎○⊙●●○○　⊙●●○○▲

同叔作，名《望漢月》，查與此詞同，只“倚煙”句用“謝娘春晚先多愁”，“先”字恐誤；“酒闌”句用“年年歲歲好時節”，“節”可作平。觀後柳詞，則知亦可用仄，但前結云“更撩亂絮如雪”三字兩句，與此不同。後結云“怎奈有人離别”，則可作三句兩句，亦可作六字也。

【杜注】按，晏同叔作，前結云“更撩亂、絮飛如雪”，後結云“争奈向、有人離别”，皆七字句，萬氏所引，各缺落一字。

第二體　五十字

柳　永

明月。明月。明月。何事乍圓還缺。恰如年少洞房人，暫歡會、依前離别。

○▲　○◆　○◆　○●●○○▲　●○○●●○○　●○●　○○○▲

小樓憑檻處，正是去年時節。千里清光又依舊，奈永夜、厭厭

●○○●●　●●●○○▲　○●○○○●○●　●●●　○○

人絶。
○▲

起六字乃巧句，非有此定格也。蓋“月”字入聲，可借用耳。前段與前詞同，後段略異。

【考正】前段三“明月”原譜不讀斷。前結原作“歡會依前離别”。又，後段“正是”句諸家均爲七字句，疑脱一字。

少年遊　五十字

毛　滂

遥山雪氣入疏簾。羅幕曉寒添。愛日騰波，朝霞入户，一綫過冰檐。
⊙○◎●●○△　⊙●●○△　◎●○○　⊙○◎●　◎●●○△

緑尊向嫩蒲桃映，滿酌破冬嚴。庭下早梅，已含芳意，春近瘦枝南。
◎○◎●○○●　◎●●○△　◎●◎○　◎○⊙●　⊙●●○△

後起句用仄，餘同。子野作，於“愛日”句用“銀瓶素綆”，“庭下”句用“韶華長在”，與此稍異。然各家多從毛詞體。

【杜注】按，《歷代詩餘》“向嫩”作“香嫩”，應遵改。

第二體　五十字

向子諲

去年同醉酴醿下，儘筆賦新詞。今年君去，酴醿欲破，誰與醉爲期。
●○○●○○●　●●●○△　○○○●　○○●●　○●●○△

舊曲重歌傾别酒，風露泣花枝。章水能長湘水遠，流不盡、兩相思。
●●○○○●●　○●●○△　○●○○○●●　○●●　●○△

首句仄，不起韻，後起句平仄相反，第三句七字不叶韻，結句六字。皆與前詞異。

第三體　五十字

梅堯臣

欄干十二獨憑春。晴碧遠連雲。千里萬里，二月三月，行色苦愁人。
○○●●●○△　○●●○△　○○●●　●○○●　○●●○△

謝家池上江淹浦，吟魄與離魂。那堪疏雨滴黄昏。更特地、憶王孫。
●○○●○○●　○●●○△　●○○●●○△　●●●　●○△

後第三句，七字叶韻異。“千里”“里”字以上作平，“二月”“月”字以入作平。

【杜注】按,四庫全書《六一詞》提要據吴曾《能改齋漫録》,斷此詞爲歐陽修作。又按,别刻“江淹浦”下有“畔”字。

第四體　五十字

張　耒

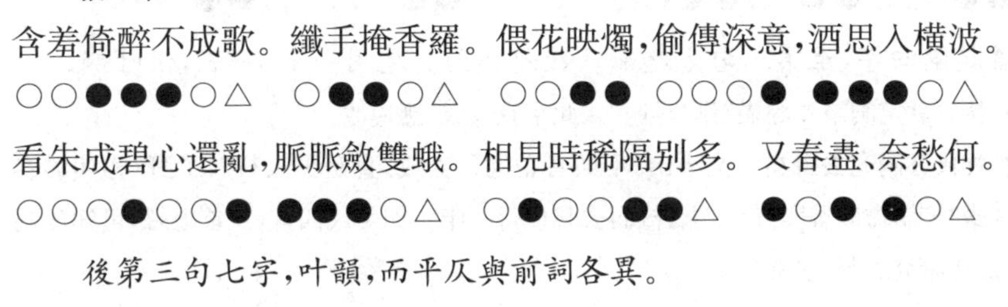

含羞倚醉不成歌。纖手掩香羅。偎花映燭,偷傳深意,酒思入横波。

○○●●●○△　○●●○△　○○●●　○○○●　●●●○△

看朱成碧心還亂,脈脈斂雙蛾。相見時稀隔别多。又春盡、奈愁何。

○○○●○○●　●●●○△　○●○○●●△　●○●　●○△

後第三句七字,叶韻,而平仄與前詞各異。

第五體　五十一字

柳　永

淡黄衫子郁金裙。長憶個人人。文譚閑雅,歌喉清麗,舉措好精神。

●○○●●○△　○●●○△　○○○●　○○○●　●●●○△

當初爲倚深深寵,無個事、愛嬌嗔。想得别來,舊家模樣,只恁翠蛾顰。

○○●●○○●　○●●　●○△　●●●○　●○○●　●●●○△

後段次句用六字。

第六體　五十一字

柳　永

一生贏得是淒涼。追往事、暗心傷。好天良夜,深屏香被,争忍便相

●○○●●○△　○●●　●○△　●○○●　○○○●　○●●○

忘。　　王孫動是經年去,貪迷戀、有何長。萬種千般,把伊情分,顛倒

△　　○○●●○○●　○○●　●○△　●●○○　●○○●　○●

盡猜量。

●○△

首句六字,前後第二句皆六字。

【杜注】按,宋本“贏得”下有“是”字。又,“盡猜”二字作“盡思”,宜從。又按,《欽定詞譜》亦有“是”字。

【考正】原譜首句無“是”字,據杜注改。次拍全宋惟此一詞六字,“追”字疑衍,蓋“一生贏得淒涼,往事暗心傷”者,已然知是“追”也,何必贅語?耆卿豈是如此水準哉。

第七體　五十一字

晏幾道

西樓別後，風高露冷，無奈月分明。飛鴻影裏，擣衣砧外，總是玉關情。

○○●●　○○●●　○●●○△　○○●●　●○○●　●●●○△

王孫此際，山重水遠，何處賦西征。金閨魂夢枉叮嚀。尋盡短長亭。

○○●●　○○●●　○●●○△　○○○●●○△　○●●○△

首起兩四字，至第三句方起韻。後起亦同。尾用一七、一五，俱叶韻。

【杜注】按，《欽定詞譜》"尋盡"作"尋遍"。此字宜去聲，應遵改。

【考正】杜氏亦講究去聲矣。惟小山"不與者番同"、美成"直是少人行"、子野"相與笑春風"及閑齋"笑語盡聞香"等俱作上聲，而去聲僅得一半。如美成四首，三首上聲，可知於詞中以作曲法講究去聲，多屬無謂。

第八體　五十一字

姜　夔

雙螺未合，雙蛾先斂，家在碧雲西。別母情懷，隨郎滋味，桃葉渡江時。

○○●●　○○○●　○●●○△　●●○○　○○○●　○●●○△

扁舟載了匆匆去，今夜泊前溪。楊柳津頭，梨花牆外，心事兩人知。

○○●●○○●　○●●○△　○●○○　○○○●　○●●○△

前起兩四字，後起七字。

【杜注】按，《白石道人歌曲》"扁舟載了匆匆去"句，"匆匆"下有"歸"字，作四字兩句，與後五十二字高觀國詞正同。

第九體　五十一字

蘇　軾

去年相送，餘杭門外，飛雪似楊花。今年春盡，楊花似雪，猶不見還家。

●○○●　○○○●　○●●○△　○○○●　○○●●　○●●○△

對酒卷簾邀明月，風露透窗紗。恰似嫦娥憐雙燕，分明照、畫梁斜。

●●●○○○●　○●●○△　●●○○○○●　○○●　●○△

後段七字起，尾又用一七一六。

"對酒"、"恰似"兩句，有拗字，不必從。"雙"字或作"隻"。

【考正】"對酒"、"恰似"二句大拗，音步連平失譜。此二句宋人多作平起仄收式，惟蘇詞此二句及晁補之詞"願得吴山山前雨"、"不見樓頭嬋娟月"二句如此填，故不足爲例，學者應以平起仄收式爲正。

第十體　五十二字

高觀國

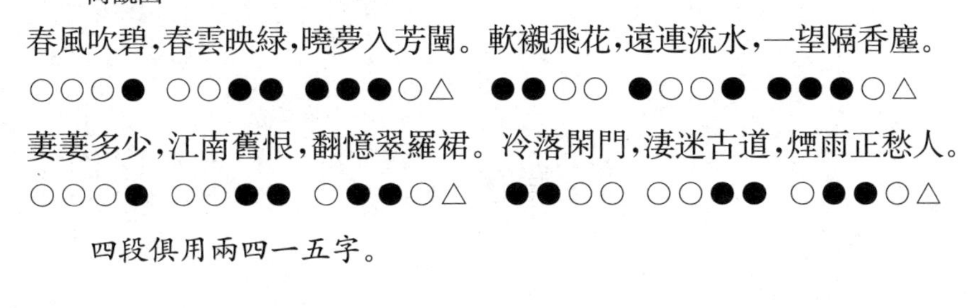

春風吹碧，春雲映綠，曉夢入芳闉。軟襯飛花，遠連流水，一望隔香塵。

○○○● ○○●● ●●●○△　●●○○ ●○○● ●●●○△

萋萋多少，江南舊恨，翻憶翠羅裙。冷落閑門，淒迷古道，煙雨正愁人。

○○○● ○○●● ○●●○△　●●○○ ○○●● ○●●○△

四段俱用兩四一五字。

第十一體　四十九字

晁補之

當年攜手，是處成雙，無人不羨。自間阻、五年也，一夢擁、嬌嬌粉面。

○○○● ●●○○ ○○●▲　●●● ●○● ●●● ○○●▲

柳眉輕掃，杏腮微拂，依前雙靨。甚睡裏、起來尋覓，却眼前不見。

●○○● ●○○● ○○○▲　●●● ●○○● ●●○●▲

本譜皆以字數次序前後，但此詞全與本調不似，未審果是《少年遊》否。今姑依原集題名載此，故另列於後。

【杜注】按，《欽定詞譜》云："此詞用仄韻，宋元人無填此者，因見《琴趣外篇》，採之以備一體。"

【考正】原譜前段後均作"自間阻五年，也一夢擁、嬌嬌粉面"，頗不暢達，改。

城頭月　五十字

李公昂

工夫作用中霄晝。點化無中有。真氣常存，童顏不改，底用呵磨皺。

○○●●○○▲　●●○○▲　○●○○ ○○●● ●●○○▲

一身二五之精媾。積得嬰兒就。試問霞翁，三田熟未，還解飛沖否。

●○●●○○▲　●●○○▲　●●○○ ○○●● ○●○○▲

前後段同。此調與《少年遊》字句同，但係仄韻，不敢擅以爲一調，故另收之。

【考正】本調現存惟有一組唱和詞，馬天驥首唱。《全宋詞》所據馬詞後結作"借問羅浮鶴侶，還似先生否"，李詞及黎道靜和詞則均爲十三字，顯奪二字。

詞律卷五終

詞律卷六

梁州令　五十二字　“梁”一作“凉”

晏幾道

莫唱陽關曲。淚濕當年金縷。離歌自古最銷魂，於今争奈，更有魂銷
◎●○○▲　◎◎⊙○○▲　⊙○●●●○○　⊙○○●　●●○○
處。　南橋楊柳多情緒。不繫行人住。人情却似飛絮。悠揚便逐春
▲　⊙○⊙●○○▲　◎●○○▲　⊙○◎●○▲　○○●●○
風去。
○▲

“曲”字音去，查各詞俱首句用韻，此乃以入聲作去，蓋北音也。

【杜注】按，《花草粹編》“於今更有消魂處”句，“於今”下有“争奈”二字，與後晁詞同。又按，《欽定詞譜》無“争奈”二字，“更有”作“更在”。又注云：“《詞律》：‘前段起句，‘曲’字音去，起韻。’按《中原音律》‘魚模’上聲中，有‘縷’、‘處’等韻，以入聲作上聲中，有‘曲’字，從之。”

【考正】前段結拍，原作“於今更有魂消處”。按，此當以《花草粹編》本爲是，蓋不惟後二首如此，《梁州令疊韻》中亦是四字一句、五字一句。據補。

第二體　五十二字

晁補之

二月春猶淺。去年櫻桃開遍。今年春色怪遲遲，紅梅常早，未露胭脂
●●○○▲　●○○○○▲　○○○●●○○　○○○●　●●○○
臉。　東君故遣春來緩。似會人深願。蟠桃新縷雙盞。相期似此春
▲　○○●●○○▲　●●○○▲　○○○●○▲　○○●●○
長遠。
○▲

“紅梅”以下比前多二字。後起句只六字，或曰“東君”下恐落去一字。

【杜注】按,《欽定詞譜》"東君"下有"故"字。應遵補。與前詞字數正同。

【考正】已據杜注補。

第三體 五十五字

柳 永

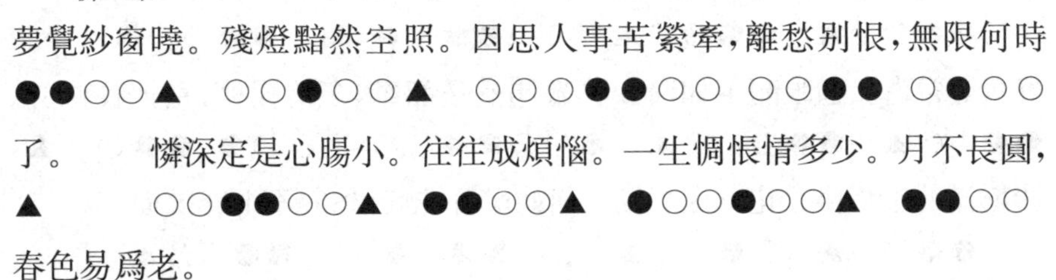
夢覺紗窗曉。殘燈黯然空照。因思人事苦縈牽,離愁別恨,無限何時了。憐深定是心腸小。往往成煩惱。一生惆悵情多少。月不長圓,春色易爲老。

照前詞,則應於"何時了"下分段,而柳集係連刻,且觀後二闋,亦可合作一段,故仍之。

【考正】後段第三句原譜作"一生惆悵情多感",檢本調令詞後段第三句宋詞均入韻,原譜所據本或有錯,現據彊村叢書本《樂章集》改。

梁州令疊韻 一百五字

歐陽修

翠樹芳條颭。的的裙腰初染。佳人攜手弄芳菲,綠陰紅影,共展雙紋簟。插花照影窺鸞鑒。只恐芳容減。不堪零落春晚。青苔雨後深紅點。一去門閑掩。重來却尋朱檻。離離秋實弄清霜,嬌紅脈脈,似見胭脂臉。人非事往眉空斂。誰把佳期賺。芳心只願長依舊,春風更放明年艷。

前後段同。只"芳心"句七字,恐"長"字是誤多耳。"晚"字《譜》、《圖》俱注叶韻,不知此詞通篇用閉口音,甚嚴,豈誤插一旁韻?況後段舊字不叶,可證。觀此詞,則知前詞可合兩段爲一,而晁詞"東君"句或誠少一字矣。

【杜注】萬氏謂"芳心只願長依舊"句恐"長"字是誤多,按,《欽定詞譜》無"長"字。又,據秦氏玉生云,柳耆卿有此體,此句亦作七字。

【校勘記】"芳心只願長依舊"句,萬氏謂:"較前段多一字,恐'長'字誤多,據秦氏云:柳耆卿亦有此體,亦作七字,似可不拘。"按,《詞譜》無"長"字。

【考正】本詞即《梁州令疊韻》,原譜萬氏作"又一體",誤。

"芳心"句,歐詞別首作"如今却恁空追悔",亦爲七字,或可證"長"字非羨。然本式終非正格,填者宜以第二體爲範,本詞不予擬譜。

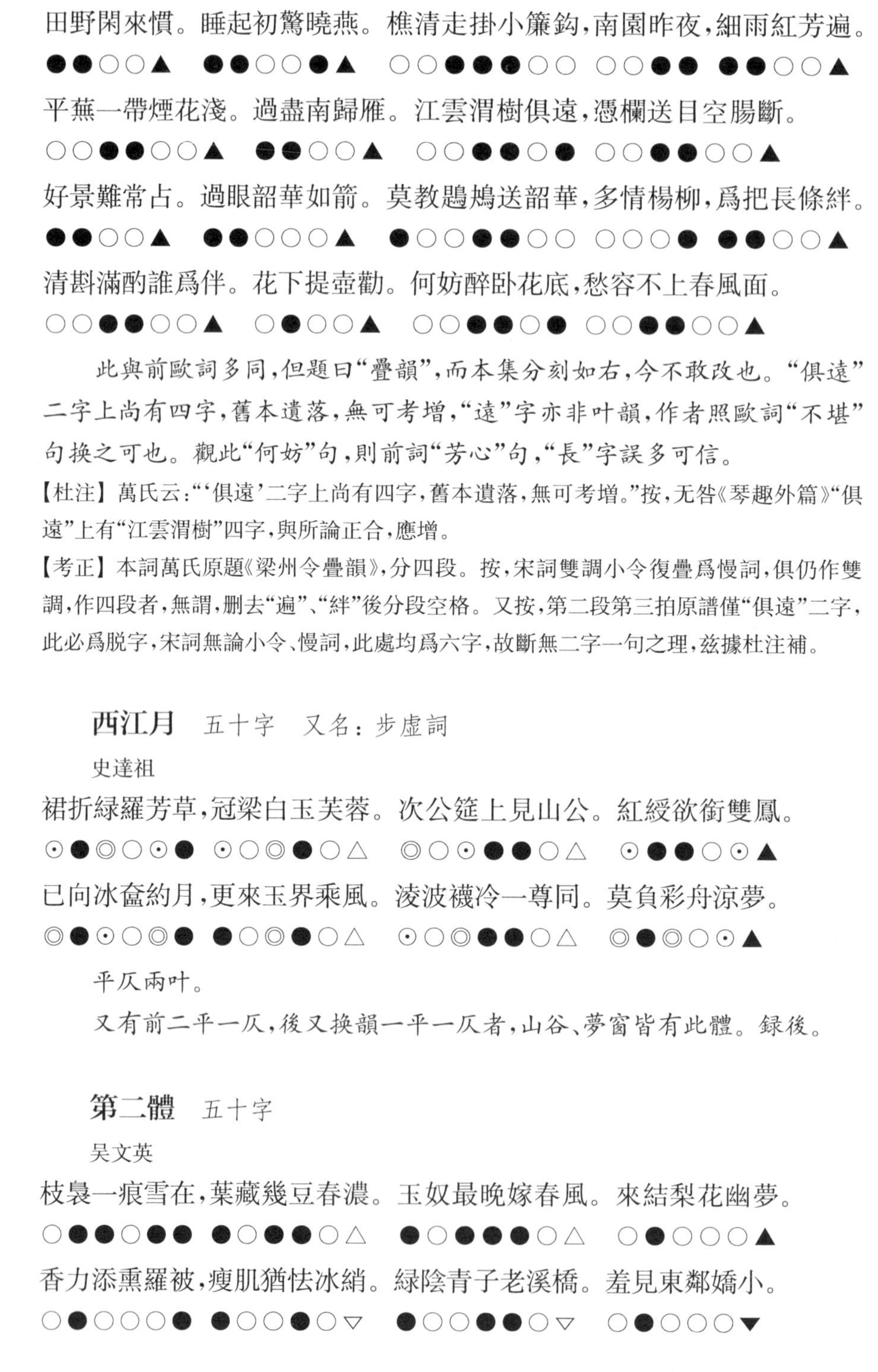

第二體 一百四字

晁補之

田野閑來慣。睡起初驚曉燕。樵清走掛小簾鉤，南園昨夜，細雨紅芳遍。

●●○○▲ ●●○○●▲ ○○●●●○○ ○○●● ●●○○▲

平蕪一帶煙花淺。過盡南歸雁。江雲渭樹俱遠，憑欄送目空腸斷。

○○●●○○▲ ●●○○▲ ○○●●○● ○○●●○○▲

好景難常占。過眼韶華如箭。莫教鶗鴂送韶華，多情楊柳，爲把長條絆。

●●○○▲ ●●○○○▲ ●○○●●○○ ○○○● ●●○○▲

清斟滿酌誰爲伴。花下提壺勸。何妨醉卧花底，愁容不上春風面。

○○●●○○▲ ○●○○▲ ○○●●○● ○○●●○○▲

此與前歐詞多同，但題曰“疊韻”，而本集分刻如右，今不敢改也。“俱遠”二字上尚有四字，舊本遺落，無可考增，“遠”字亦非叶韻，作者照歐詞“不堪”句換之可也。觀此“何妨”句，則前詞“芳心”句，“長”字誤多可信。

【杜注】萬氏云：“‘俱遠’二字上尚有四字，舊本遺落，無可考增。”按，无咎《琴趣外篇》“俱遠”上有“江雲渭樹”四字，與所論正合，應增。

【考正】本詞萬氏原題《梁州令疊韻》，分四段。按，宋詞雙調小令復疊爲慢詞，俱仍作雙調，作四段者，無謂，删去“遍”、“絆”後分段空格。又按，第二段第三拍原譜僅“俱遠”二字，此必爲脱字，宋詞無論小令、慢詞，此處均爲六字，故斷無二字一句之理，兹據杜注補。

西江月 五十字 又名：步虛詞

史達祖

裙折緑羅芳草，冠梁白玉芙蓉。次公筵上見山公。紅綬欲銜雙鳳。

⊙●◎○⊙● ⊙○◎●○△ ◎○⊙●●○△ ⊙●●○⊙▲

已向冰奩約月，更來玉界乘風。淩波襪冷一尊同。莫負彩舟涼夢。

◎●⊙○◎● ●○◎●○△ ⊙○◎●●○△ ◎●◎○⊙▲

平仄兩叶。

又有前二平一仄，後又換韻一平一仄者，山谷、夢窗皆有此體。録後。

第二體 五十字

吴文英

枝裊一痕雪在，葉藏幾豆春濃。玉奴最晚嫁春風。來結梨花幽夢。

○●●○●● ●○●●○△ ●○●●●○△ ○●○○○▲

香力添熏羅被，瘦肌猶怯冰綃。緑陰青子老溪橋。羞見東鄰嬌小。

○●○○○● ●○○●○▽ ●○○●●○▽ ○●○○○▼

第三體　五十六字

趙以仁

夜半沙痕依約，雨餘天氣溟蒙。起行微月遍池東。水影浮花，花影動簾
●●○○○●　●○○●○△　●○○●●○△　●●○○　○●●○
櫳。　　量減難追醉白，恨長莫盡題紅。雁聲能到畫樓中。也要玉人，知
△　　●●○○●●　●○●●○△　●○○●●○△　●●○○　○
道有秋風。
●●○△

前後結俱一四、一五，不换仄叶。

按，汲古刻書舟《西江月》三首，一缺後半，一缺前半，乃以兩半合，作《烏夜啼》别載，誤矣。其第三則全是《烏夜啼》，只兩結六字。余斷其亦是誤名，必無此《西江月》體也，但因《烏夜啼》各家無六字結者，故不收《錦堂春》後，附録於此備考：

牆外雨肥梅子，階前水繞荷花。陰陰庭户薰風滿，水紋簟怯菱芽。春盡難憑燕語，日長惟有蜂衙。沉香火冷珠簾暮，個人在、碧窗紗。

【考正】萬氏原注，"玉人"之"玉"以入作平。

西江月慢　一百三字

吕渭老

春風淡淡，清晝永、落英千尺。桃杏散平郊，晴蜂來往，妙香飄擲。傍畫橋、
○○●●　○●●　●○○▲　○●●○○　○○○●　●○○▲　●●○
煮酒青簾，綠楊風外，數聲長笛。記去年、紫陌朱門，花下舊相識。　　向寶
●●○○　●○○●　●○○▲　●●○　●●○○　○●●○▲　　●●
帕、裁書憑燕翼。望翠閣、煙林似織。聞道春衣猶未整，過禁煙寒食。但
●　○○○●▲　●●●　○○●▲　○●○○○●●　●●○○▲　●
記取、角枕情題，東窗休誤，這些端的。更莫待、青子綠陰春事寂。
●●　●●○○　○○○●　●○○▲　●●●　○●●○○●▲

與《西江月》本調無涉。

【杜注】按，秦氏玉生校本，"角枕情題"句，"情題"作"題情"。

江月晃重山　五十四字

陸　游

芳草洲前道路，夕陽樓上闌干。碧雲何處望歸鞍。從軍客，耽樂不思
⊙●⊙○◎●　◎○⊙●○△　◎○⊙●●○△　○○●　⊙●●○

還。　　洞裏仙人種玉，江邊楚客滋蘭。鴛鴦沙暖鶺鴒寒。菱花晚，不
△　　◎●⊙○◎●　⊙○◎●○△　○○⊙●●○△　○○●　◎

奈鬢毛斑。
●●○△

用《西江月》、《小重山》串合，故名《江月晃重山》。此後世曲中用犯之嚆矢也。詞中題名"犯"字者有二義：一則犯調，如以宫犯商角之類，夢窗云："十二宫住字不同，惟道調與雙調俱上字住，可犯。"是也；一則犯他詞句法，若《玲瓏四犯》、《八犯玉交枝》等，所犯竟不止一詞，但未將所犯何調著於題名，故無可考。如《四犯剪梅花》下注小字，則易明。此題明用兩調名串合，更爲易曉耳。此調因《江月》在前《小重山》在後，故收於《西江月》後，猶《江城梅花引》收於《江城子》後也。

"碧雲"、"鴛鴦"二句，兩調俱有此七言，或云《西江月》止四句，《小重山》六句，必各採其半。余曰：總之此句平仄相同，不必太泥也。近日《圖譜》收《踏莎美人》調，而以梁汾之新犯實之，亦自和協，且作新犯，差勝於自度。然今人不諳當時宫調，未便擅創。此類甚多，余皆不敢收入。

按，夢窗所云"道調雙調俱上字住，可犯"，此"上"字非平上去入之"上"，乃今弦管家所謂六工尺上之"上"也，此不可不知。

【杜注】按，《欽定詞譜》"仙人"作"神仙"，"楚客"作"騷客"。注云："元好問詞，與此平仄如一。"

四犯令　五十字

侯寘

月破輕雲天淡注。夜悄花無語。莫聽陽關，牽離緒。拚酩酊、花深處。
◎●○○○●▲　◎●○○▲　●●○○　○○▲　○●●　○○▲

明日江郊芳草路。春逐行人去。不似酴醾，開獨步。能著意、留春住。
⊙●○○○●▲　⊙●○○▲　●●○○　○○▲　○●●　○○▲

前後段同。

題名四犯，必犯四調者，或每句犯一調，然未注明，不知犯何調也，説見前調下。

【杜注】按，《歷代詩餘》云："犯，是歌時假借别調作腔，故有《側犯》、《尾犯》、《花犯》、《玲瓏四犯》等名。此'四犯'，蓋合四調而成，惜無調名可考。"

【考正】本調闕注詞名《桂華明》、李處全詞名《四和香》。

本調前段"莫聽"七字、後段"不似"七字各本皆作七字一句，誤。按，前後段第二均語意單位當是前四字一單位、後九字一單位，惟九字組中嵌一腹韻，故前三字每每容前，合成

七字一句也，後《留春令》高觀國詞與此同，可參見。

萬氏原注，“獨”以入作平。

桂華明　五十字

關　注

縹緲神仙開洞府。遇廣寒宫女。問我雙鬟，梁漢舞。還記得、當時否。

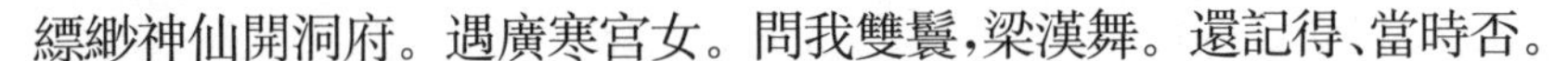

碧玉詞章教仙語。爲按歌宫羽。皓月滿窗，人何處。聲永斷、瑶臺路。

●●○○●○▲　●●○○▲　●●●○　○○▲　○●●　○○▲

《墨莊慢録》云：“宣和二年，關注子東，夢一髯翁使女子歌太平樂，醒而記之。後復夢，翁問記否？子東歌之，翁以笛複作一弄，是重頭小令。後又夢月姊爲歌前兩曲，姊喜，亦歌一調，似昆明池醒，不復憶。惟髯翁笛聲尚在，因倚其聲爲調，名曰《桂華明》。”

【杜注】按，《欽定詞譜》云此調即《四犯令》。今與本卷在前之侯寘詞比對，字數悉同。又按，《花草粹編》“問我雙鬟梁漢舞”句，“漢”作“溪”，與《本事詞》所記“前在梁溪會按太平樂，尚能記否”之語相合。應改“漢”爲“溪”。又，後起“碧玉詞章教仙女”句，“女”字重韻，《粹編》“仙女”作“仙子”，失叶。《葉譜》作“仙語”，宜從。

【考正】本調原位於本卷蔡伸《歸田樂》之前，依杜注移置《四犯令》之後。“仙語”原作“仙女”，重韻，依杜注改。

“問我”七字、“皓月”七字原譜不讀斷。參前詞考正。

滿宫花　五十字

尹　鶚

月沉沉，人悄悄。一炷後庭香裊。風流帝子不歸來，滿地禁花慵掃。

◎⊙○　○●▲　◎●◎○○▲　○○◎●●○○　◎●◎○○▲

離恨多，相見少。何處醉迷三島。漏清宫樹子規啼，愁鎖碧窗春曉。

⊙◎○　○●▲　⊙●◎○○▲　◎○⊙●●○○　⊙●◎○○▲

前後段同。

【杜注】按，《歷代詩餘》“風流帝子”作“草深輦路”，應遵改。又，“慵掃”作“誰掃”，《欽定詞譜》亦作“慵”。

第二體　五十一字

張　泌

花正芳，樓似綺。寂寞上陽宫裏。鈿籠金鎖睡鴛鴦，簾冷露華珠翠。

○●○　○●▲　●●●○○▲　●○○●●○○　○●●○○▲

嬌艷輕盈香雪膩。細雨黄鶯雙起。東風惆悵欲清明,公子橋邊沉醉。
○●○○○●▲　●●○○○▲　○○○●●○○　○●○○○▲

後段起句七字,"細雨"句《圖譜》失注叶。

第三體　五十一字

魏承班

雪霏霏,風凛凛。玉郎何處狂飲。醉時想得縱風流,羅帳香幃鴛寢。
●○○　○●▲　●○○●○▲　●○●●●○○　○●○○○▲

春朝秋夜思君甚。愁見繡屏孤枕。少年何事負初心,淚滴縷金雙袵。
○○○●○○▲　○●●○○▲　●○○●●○○　●●●○○▲

"玉郎"句、"春朝"句平仄各異。

【考正】詞中句法變異本爲常見,因之而旁列一體,殊爲無謂。

留春令　五十字

高觀國

粉綃輕試,緑裙微褪,吴姬嬌小。一點清香,著芳魂,便添起、春懷抱。
●○○●　●○⊙●　⊙○○▲　●●○○　●○○　●⊙●　○○▲

玉臉窺人舒淺笑。寄此情天渺。酒醒羅浮,角聲寒,正月掛、南枝曉。
●●○○○●▲　●◎○○▲　◎●○○　●○○　●◎●　○○▲

梅溪於"一點"句作"一涓春水斷黄昏","玉臉"句作"曾把芳心深相許",平仄稍異。然此詞前後整齊,可從。

【考正】"一點"後七字、"酒醒"後七字原譜不讀斷,惟"香"、"浮"後應有一讀斷,觀李之儀詞自可悟出。

第二體　五十字

李之儀

夢斷難尋,酒醒猶困,那堪春暮。香閣深沉,紅窗翠暗,莫羨顛狂絮。
●●○○　●○○●　●○○▲　○●○○　○○●●　●●○○▲

緑滿當時攜手路。懶見同歡處。何時却得,低幃昵枕,盡訴情千縷。
●●○○○●▲　●●○○▲　○○●●　○○●●　●●○○▲

起句用平,前後結俱兩四一五,與前詞異。

第三體　五十四字

黄庭堅

江南一雁横秋水。歎咫尺、斷行千里。回文機上字縱横，欲寄遠、憑
○○●●○○▲　●●●　●○○▲　○○○●●○○　●●●　○
誰是。　　謝客池塘春都未。微微動、短牆桃李。半陰纔暖却清寒，是
○▲　　●●○○○○▲　○○●　●○○▲　●○○●●○○　●
瘦損人天氣。
●●○○▲

前後段同，俱七字起，與前詞異。尾句不可於三字豆，與前段稍有不同。

【考正】本詞應非《留春令》，而是《憶王孫》，見卷二《憶王孫》雙調五十四字體，尤其兩詞結拍，前段均爲三三式折腰句法，後結則一作"是瘦損人天氣"，一作"也不管人煩惱"，如出一轍。又，余更疑《於中好》、《端正好》、《杏花天》亦即《憶王孫》，詳見《於中好》調下注。

月中行　五十字

周邦彦

（本調已移至卷五《月宫春》下。）

鹽角兒　五十字

晁補之

開時似雪。謝時似雪。花中奇絶。香非在蕊，香非在萼，骨中香徹。
○○●▲　●○●◆　⊙○○▲　○○◎●　○○●●　◎○○▲
占溪風，留溪月。堪羞損、山桃如血。直饒更、疏疏淡淡，終有一般情别。
●○○　○⊙▲　○⊙●　○○○▲　◎○●　○○◎●　⊙●◎○○▲

前段似《柳梢青》，後則全異。

【杜注】按，《碧溪漫志》云："始，教坊家人市鹽，於紙角中得一曲譜，翻之，遂以爲名。"又按，《花草粹編》"骨中香徹"句，"骨"字上有"自是"二字。又，"直饒更、疏疏淡淡"句，"更"字下有"是"字。

【考正】杜注中《碧溪漫志》當是《碧雞漫志》之誤。又，後段第三拍，歐陽修詞一作"奈心兒裹、彼此皆有"，多一襯字"兒"。

茶瓶兒　五十字

石孝友

相對盈盈一水。多聲價、問名得字。剛能見也還抛棄。辜負了、萬紅千
⊙●○○◎▲　⊙○◎　●○◎▲　○○◎●○○▲　⊙●●　●○○

翠。　　留無計。來無計。悶厭厭、成何況味。而今若没些兒事。却枉
▲　　⊙○▲　○○◆　●○○　⊙○◎▲　○○◎●○○▲　●●
了、做人一世。
●　●○◎▲

【考正】次句原作"開名得字"。前段結拍原譜作"負了萬紅千翠"。後段第三拍原譜作"成何況味",校之别首,當有脱落,兹據《欽定詞譜》增補。然則本詞即後一體,惟换頭句法不同耳。圖譜中可平可仄據後一體校。

萬氏换頭擬爲折腰式六字句,然梁意娘詞,後段首句作:"關山杳。音塵悄。"爲三字兩韻,則本詞亦不妨换頭以疊韻觀。

第二體　五十四字

趙彦端

淡月華燈春夜。送東風、柳煙梅麝。寶釵宫髻連嬌馬。似記得、帝鄉遊
●●○○○▲　●○○　●○○▲　◎○⊙●○○▲　●●●　●○○
冶。　　悦親戚之情話。況溪山、坐中如畫。淩波微步人歸也。看酒醒、
▲　　●○●○○▲　●○○　●○○▲　○○⊙●○○▲　●●●
鳳鸞誰跨。
●○○▲

前後同。比石詞多四字,愚謂石詞不全,其前結"負"字上必落一"辜"字,蓋此調前後皆七字也。至"成何況味"上必落三字無疑,蓋玩其語氣,斷無單用此四字之理也。

茶瓶兒　五十六字

李元膺

去歲相逢深院宇。海棠下、曾歌金縷。歌罷花如雨。翠羅衫上,點點紅無
◎●○○○●▲　◎⊙●　○○○▲　○●○○▲　●○○●　◎●○○
數。　　今歲重尋攜手處。空物是人非春暮。回首青門路。亂英飛絮。
▲　　⊙●○○○●▲　⊙◎●○○○▲　○●○○▲　●○○▲
相逐東風去。
⊙●○○▲

前後段同。"絮"字偶合非叶韻。"年"字必係"歲"字之訛。

【杜注】按,《歷代詩餘》首句"去年"作"去歲"。又,萬氏因前半"衫上"句"上"字未叶,故注謂"絮"字非韻。按,《欽定詞譜》云:"前句不押韻,後句押韻者,盡多。若在换頭後結,更多。蓋詞以韻爲拍,過變曲終,不妨多加拍也。"遵此,則"絮"字應注叶。

【考正】本詞與前二詞僅第二拍同，斷非一體，故改又一體爲正名。又，本詞同仲殊（又作竇月詞，《梅苑》又作無名氏詞）《惜雙雙》"瘐領香前親寫得"詞同，當是一體。惜不能斷定兩詞究屬《茶瓶兒》抑或《惜雙雙》，故不易名。

前起原作"去年相送"，後人或因"歲"字與後起重字而改，再因"年"字而改"逢"爲"送"，現據杜注改"年"字，再據《欽定詞譜》改"送"字。又，"青門"，《欽定詞譜》作"青雲"。

後段次句，原讀"空物是、人非春暮"，或因欲與前段同耳，惟"物是人非"爲一整體，不可割裂，且前後段句法不同者盡多，不必以齊整爲律。

惜春令 五十字

杜安世

春夢無憑猶懶起。銀燭盡、畫簾低垂。小庭楊柳黃金翠，桃臉兩三枝。

○●○○○●▲　○●●　●○○△　●○○●○○●　○●●○△

妝閣慵梳洗。悶無緒、玉簫頻吹。紛紛飄絮人疏遠，空對日遲遲。

○●○○▲　●○●　●○○△　○○○●○○●　○●●○△

此調惟此壽域兩首，他無可證，而叶韻復參差無定，今並其又一首録後，以俟覽者審定焉。

【杜注】按，《天籟軒詞》，"拋擲"作"頻吹"。又，"絮飄紛紛"作"紛紛飄絮"，《欽定詞譜》同。

【音節較諧。】

【考正】已據杜注改。

今夕重陽秋意深。籬邊散、嫩菊開金。萬里霜天林葉墜，蕭索動離心。

○●○○○●△　○○●　●●○△　●●○○○●●　○●●○△

臂上茱萸新。似舊年、堪賞光陰。一盞香醪聊寄與，牛嶺會難尋。

●●○○△　●●○　○●○△　●●○○○●●　○●●○△

兩闋不同，難以注定。

愚謂前詞首句"起"字，即是用韻，與後"深"字起韻同。後段起句，"洗"字亦是叶韻，與後"新"字同，乃平仄通叶也。"擲"字亦是韻，與後"陰"字用韻同，乃以入爲叶也。但"絮飄"下與"百盞"下不合，必有錯字，不敢强爲之説。

【杜注】按，《欽定詞譜》"似舊年"作"似前歲"。又，"百盞香醑且酬身"句，作"一盞香醪聊寄與"。又，"牛山"作"牛嶺"。又，以上二詞萬氏未注句豆，照《詞律拾遺》補注。又按，《花草粹編》"茱萸"作"紫萸"、"百盞"作"百杯"、"難尋"作"莫尋"。

【考正】本調二詞萬氏未作標點，四部備要本則以兩首句"深"、"新"爲一韻，其餘四句爲"换平韻"，同一韻部不知如何换法？疑本無標識，淺人據前一體兩仄韻妄添也。一笑。本標點爲余所作。兩詞相較，學者可以後詞爲正。

前詞"玉簫頻吹"原作"玉簫拋擲"，"紛紛飄絮"原作"絮飄紛紛"；後詞"牛嶺"原作"牛山"，"一盞香醪聊寄與"原作"百盞香醑且酬身"，均據杜注改。

萬氏以爲前詞首句“起”、後段起句“洗”均爲叶韻，此説亦通。惟“起”、“洗”二字須以“上聲作平”觀，正可印證萬氏“上聲可替平”之説。否則，何以不視“黄金翠”亦爲韻脚耶？然余則以爲“起”、“洗”當是偶合，蓋詞之起句，韻或不韻本屬常態，原不必附會如此也。

惜分飛　五十字

陳允平

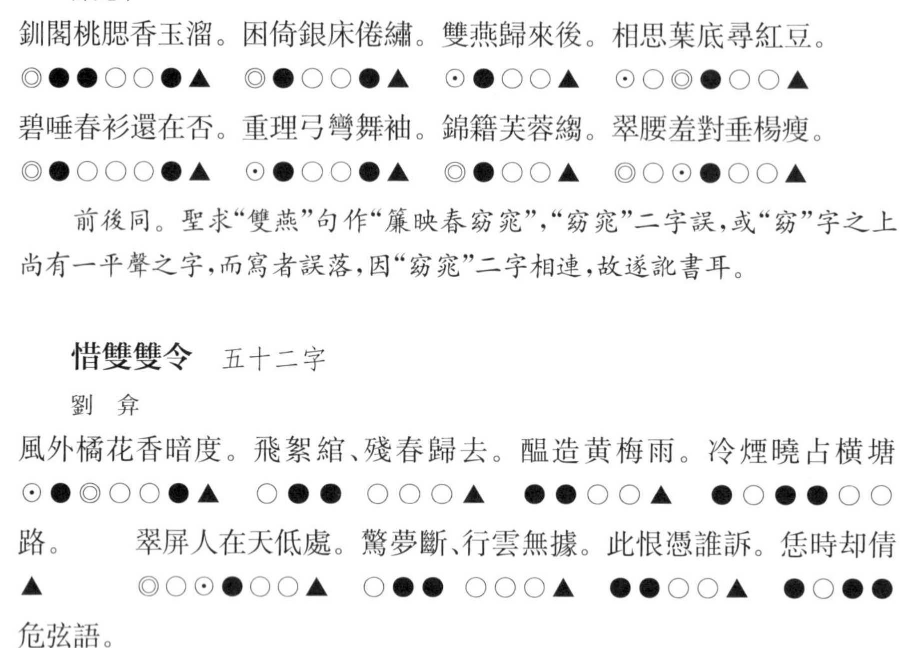

釧閣桃腮香玉溜。困倚銀床倦繡。雙燕歸來後。相思葉底尋紅豆。
◎●●○○●▲　◎●○○●▲　⊙●○○▲　⊙○◎●○○▲
碧唾春衫還在否。重理弓彎舞袖。錦籍芙蓉縐。翠腰羞對垂楊瘦。
◎●○○○●▲　⊙●○○●▲　◎●○○▲　◎○⊙●○○▲

前後同。聖求“雙燕”句作“簾映春窈窕”，“窈窕”二字誤，或“窈”字之上尚有一平聲之字，而寫者誤落，因“窈窕”二字相連，故遂訛書耳。

惜雙雙令　五十二字

劉　弇

風外橘花香暗度。飛絮綰、殘春歸去。醞造黄梅雨。冷煙曉占横塘路。
⊙●◎○○●▲　○●●　○○○▲　●●○○▲　●○●●○○▲
翠屏人在天低處。驚夢斷、行雲無據。此恨憑誰訴。恁時却倩危弦語。
◎○⊙●○○▲　○●●　○○○▲　●●○○▲　●○●●○○▲

此調比《惜分飛》只前後次句各多一字，雖查各家《惜分飛》無次句七字者，然其格局音響，鑿然即是《惜分飛》，况《惜》字相同，故取附於此，而仍其名焉。

【杜注】按，《欽定詞譜》此詞列入《惜分飛》調。

【考正】有《惜雙雙》詞，全詞五十六字，晁端禮、仲殊詞名《惜雙雙》，《梅苑》無名氏詞名《惜分飛》，李元膺詞名《茶瓶兒》（參本卷前《茶瓶兒》）。諸詞句法、字數、韻脚均同，惟李詞前後段四字句平仄反，余不能斷定正名爲何，似可以數多者爲正，然則録晁端禮《惜雙雙》爲範：

惜雙雙　五十六字

晁端禮

天上星杓春又到。應律管、微陽已報。暖信驚梅早。昨夜南枝，先得芳菲耗。　遲日
○●○○○●▲　○●●　○○●▲　●●○○▲　●●○○　○●○○▲　○●
瞳曨光破曉。馥繡幄、麝爐煙裊。爲壽金壺倒。四坐簪纓，共比松筠老。
○○○●▲　●●●　●○○▲　●●○○▲　●●○○　●●○○▲

憶故人　五十字　即：燭影揺紅

王　詵

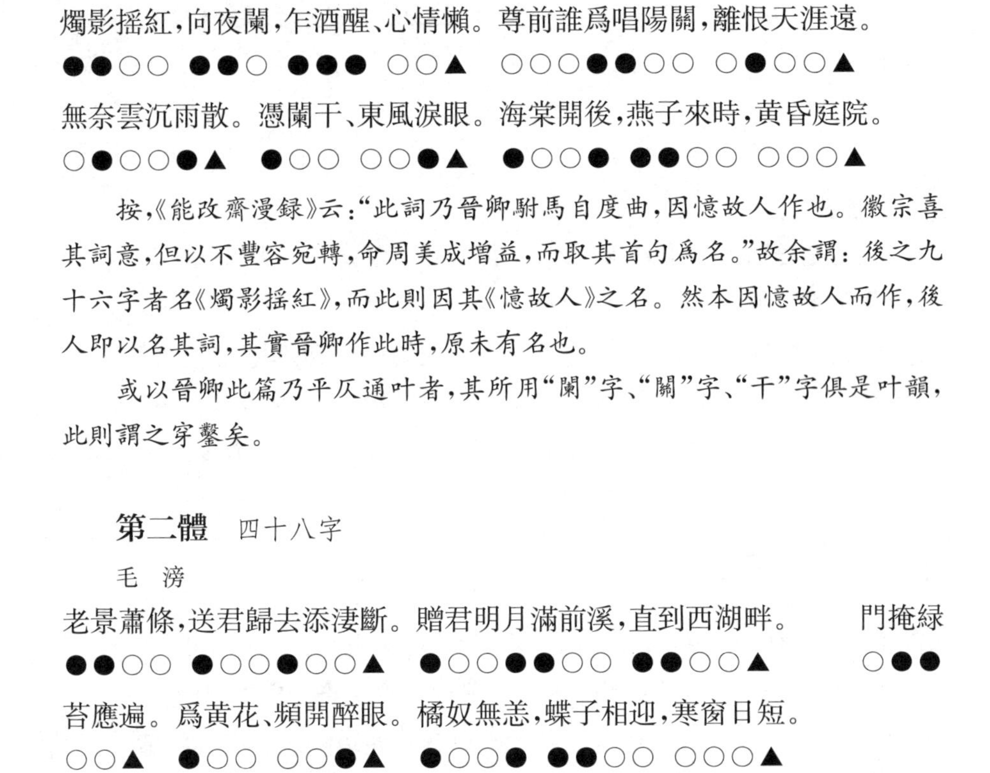

燭影揺紅，向夜闌，乍酒醒、心情懶。尊前誰爲唱陽關，離恨天涯遠。

●●○○　●●○　●●●　○○▲　○○○●●○○　○●○○▲

無奈雲沉雨散。憑闌干、東風淚眼。海棠開後，燕子來時，黄昏庭院。

○●○○●▲　●○○　○○●▲　●○○●　●●○○　○○○▲

按，《能改齋漫録》云："此詞乃晉卿駙馬自度曲，因憶故人作也。徽宗喜其詞意，但以不豐容宛轉，命周美成增益，而取其首句爲名。"故余謂：後之九十六字者名《燭影揺紅》，而此則因其《憶故人》之名。然本因憶故人而作，後人即以名其詞，其實晉卿作此時，原未有名也。

或以晉卿此篇乃平仄通叶者，其所用"闌"字、"關"字、"干"字俱是叶韻，此則謂之穿鑿矣。

第二體　四十八字

毛　滂

老景蕭條，送君歸去添淒斷。贈君明月滿前溪，直到西湖畔。　　門掩緑

●●○○　●○○●○○▲　●○○●●○○　●●○○▲　　○●●

苔應遍。爲黄花、頻開醉眼。橘奴無恙，蝶子相迎，寒窗日短。

○○▲　●○○　○○●▲　●○○●　●●○○　○○○▲

此調美成增定雙疊，第二句七字，遂爲定譜。此詞澤民仍用王體九句，而第二句則用七字耳。毛又一首，"蝶子相迎"句作"水邊月底"，平仄偶誤，不可從。

燭影揺紅　九十六字

吴文英

秋入燈花，夜深檐影琵琶語。越娥青鏡洗紅埃，山鬬秦眉嫵。相間金茸翠

⊙●○○　◎○◎●○○▲　⊙○⊙●●○○　⊙●○○▲　◎●⊙○◎

畝。認城陰、春畊舊處。晚春相應，新稻炊香，疏煙林莽。　　清磬風前，

▲　●◎⊙　⊙○◎▲　◎○◎●　◎◎⊙⊙　⊙○◎▲　　◎●○○

海沉宿裊芙蓉炷。阿香秋夢起嬌啼，玉女傳幽素。人駕海查未渡。試梧

◎○◎●○○▲　⊙○⊙●●○○　⊙●○○▲　⊙●⊙○◎▲　●⊙

桐、聊分宴俎。採菱别調，留取蓬萊，霎時雲住。

⊙　⊙○◎▲　◎○⊙●　◎◎⊙⊙　⊙○⊙▲

將前調加一疊。此則南宋以後俱用之。“夜”、“海”二字須仄聲，至若“翠”、“舊”、“未”、“宴”，尤須用仄，得去聲更妙。蓋此字仄，而末句用“林”字、“雲”字平聲，方得抑揚聲響，若前用平，後反用仄，便是落腔矣。《譜》、《圖》亂注，莫從。

滴滴金　五十字

李遵勗

帝城五夜宴遊歇。殘燈外、看殘月。都來猶在醉鄉中，聽更漏初徹。

●○●●●○▲　○○●　●○▲　○○○●●○○　●○●○▲

行樂已成閑話説。如春夢、覺時節。大家同約探春行，問甚花先發。

○●●○○●▲　○○●　●○▲　●○○●●○○　●●○○▲

前後字句同，而换頭平仄各異。“漏”字仄、“花”字平，亦不同。

第二體　五十字

晏　殊

梅花漏泄春消息。柳絲長、草芽碧。不覺星霜鬢邊白。念時光堪惜。

○○●●○○▲　●○○　●○▲　●●○○●○▲　●○○○▲

蘭堂把酒留嘉客。對離筵、駐行色。千里音塵便疏隔。合有人相憶。

○○●●○○▲　●○○　●○▲　○●○○●○▲　●●○○▲

前後同。“白”字、“隔”字叶韻。“春”字、“長”字、“筵”字用平聲，與前詞異。

第三體　五十字

楊无咎

相逢未盡論心素。早容易、背人去。憶得歌翻腸斷句。更惺惺言語。

○○●●○○▲　●○●　●○▲　●●○○○●▲　●○○○▲

萋萋芳草迷南浦。正風吹、打窗雨。静聽愁聲夜無眠，到水村深處。

○○○●○○▲　●○○　●○▲　●●○○●○○　●●○○▲

楊二首俱同。“憶得”句叶，而“腸”字平聲，“静聽”句用平不叶，而“夜無眠”三字仄平平，與前詞異。

按，同甫、介庵作，前後俱用“静聽”句句法，兹不録。

【杜注】按，《欽定詞譜》“打窗”作“打船”，“深處”作“何處”。

第四體　五十一字

孫夫人

月光飛入林前屋。風策策、度庭竹。夜半江城擊柝聲,動寒梢棲宿。
●○○●○○▲　○●●　●○▲　●●○○●●○　●○○○▲
等閑老去年華促。祇有江梅伴幽獨。夢繞彝門舊家山,恨驚回難續。
●○●●○○▲　●●○○○●○▲　●●○○●○○　●○○○▲

中兩七字句,前後俱用平,而"舊家山"與"擊柝聲"梢異。"祇有"句七字,更異。

歸田樂　五十字

蔡　伸

風生蘋末蓮香細。新浴晚涼天氣。獨自倚朱闌,波面雙雙彩鴛戲。
○○○●○○▲　○●●○○▲　●●●○○　○●○○●○▲
鸞釵委墜雲堆髻。誰會此時情意。冰簟玉琴横,還是月明人千里。
○○●●○○▲　○●●○○▲　○●●○○　○●●○○○▲

後結與前結平仄異。

【杜注】按,《歷代詩餘》"明月"作"月明"。

【關注詞,《詞譜》云:"即《四犯令》。"按,前後段第二句作上一下四,與《四犯令》之上二下三句法互異,平仄亦有不同,應注明,附列《四犯令》之後。】

第二體　五十字

晁補之

春又去,似别佳人幽恨積。閑庭院,翠陰滿、添晝寂。一枝梅最好,至今
○●●　●●○○○●▲　○○●　●○●　○●▲　●○○●●　●○
憶。　正夢斷、爐煙裊,参差疏簾隔。爲何事、年年春恨,問花應會得。
▲　●●●　○○●　○●○○▲　●○●　○○○●　●○○●▲

與前調迥别。

歸田樂近　七十一字

無名氏

水繞溪橋緑。泛蘋汀、步迷花曲。衣巾散餘馥。種竹。更洗竹。詠竹。
●●○○▲　●⊙⊙　●○○▲　⊙●◎○▲　●▲　●●◆　◎◆
題竹。日暮無人伴幽獨。　光陰雙轉轂。可惜許、等閑愁萬斛。世間
○◆　◎●○○●○▲　○○⊙●▲　●●●　○○○●▲　●○

種種，只是榮和辱。念足。又願足。意足。心足。忘了眉頭怎生蹙。

○● ◎●○○▲ ●▲ ●●◆ ●◆ ○◆ ⊙●○○●○▲

【考正】此爲《歸田樂》近詞。按，近詞有黄庭堅、晏幾道、仇遠及無名氏五首（黄二首），此中惟無名氏詞除後段第二拍多一襯字外，字句最爲規整，其餘各詞均有文字衍奪或增減，故以此爲準，精校擬譜。其中前段第三拍"巾"字《集韻》亦在問部，義同平聲，此處當是仄讀；後段第三拍前一"種"字以上作平。如此，各詞皆合。本調前後段三疊韻處，最是特色，黄庭堅二首皆如此填，明詞亦如此，故填者宜範之。

第二體 六十八字

晏幾道

試把花期數。便早有、感春情緒。看即梅花吐。願花更不謝，春且長住。只恐花飛又春去。　花開還不語。問此意年年，春還會否。絳脣青鬢，漸少花前語。對花又記得，舊曾遊處。門外垂楊未飄絮。

比前兩體亦各異，然恐有誤處。

【杜注】按，《欽定詞譜》前結作"只恐花飛又春去"，此脱"花飛又春"四字。又，後半起句無"春去"二字。又，第二句作"問此意年年，春還會否"，脱"問"、"還"二字，均應遵補。

【考正】前結、後起及後二三句，均按杜注補。又按，"花前語"《欽定詞譜》作"花前侣"。

本詞即前一體，然後段第二拍添二字作五字一句、四字一句，且前後段均未疊韻處理，故不擬譜。

第三體 七十三字

黄庭堅

對景還消受。被個人、把人調戲，我也心兒有。憶我又喚我，見我瞋我，天甚教人怎生受。　看承幸則勾。又是尊前眉峰皺。是人驚怪，冤我忒撋就。拚了又捨了，一定是這回休了，及至相逢又依舊。

"天甚"句，七字與前詞異。然前詞此句必有脱落，蓋此"看承"句比前詞少二字，則前詞後起亦只"花開還不語"五字，而"春去"二字，乃前段尾中字耳。"只恐去"三字必不全，或是"只恐春來又春去"也。"一定是"句比前多三字，此則恐是誤多。觀前段只用"見我瞋我"四字，晏詞前用"春且長住"，後用"舊曾遊處"，亦皆只四字，則此處不應獨加此三字也。

谷老又一詞止四十四字，然查係殘缺不全，又皆俳語難曉，故不録爲調首。

【校勘記】"受"字重韻，必有一誤。

【考正】本詞亦即無名氏體，然前段第二拍未入韻，且前後段疊韻亦非韻脚，且後段疊韻句有添字處，故亦不擬譜。

怨三三　五十字

李之儀

清溪一派瀉柔藍。岸草毿毿。記得黃鸝語畫檐。喚狂裏、□醉重三。

⊙○◎●●○△　◎●○△　◎●○○●●△　●○●　●●○△

春風不動垂簾。似三五初圓素蟾。鎮淚眼廉纖。何時歌舞，再和池南。

○○●●○△　●⊙●○○●△　●●●○△　○○○●　●●○△

"狂裏"字恐訛。

【杜注】按，秦氏玉生云："古詞有'狂喚醉裏三三'句，因以爲名。"此句正用古語，非訛。

【考正】本詞原注"用賀方回韻"，則本當採賀詞爲是。原譜前結爲"喚狂裏醉重三"，校之賀詞原玉，賀作"記佳節、約是重三"，奪一字。據補。後段第二句萬氏讀爲"似三五、初圓素蟾"，後四字失譜。按，本句當讀爲一字逗領六字句方諧。

竹香子　五十字

劉　過

一項窗兒明快。料想那人不在。熏籠脱下舊衣裳，件件香難賽。　匆

●●○○○▲　●●●○●▲　○○●●●○○　●●○○▲　○

匆去得忒噭。這鏡兒也不曾蓋。千朝百日不曾來，没這些兒個采。

○●●○▲　●●○●●○▲　○○●●●○○　●●○○●▲

後第二、第四句比前各多一字。

按，《詞統》載升庵、程䴵《誤佳期》各一首，四十六字，查舊詞無此體。或升庵自度，或調僻考訂不及耳。因其前段與此《竹香子》同，附録於此，以識余淺學疏漏之愧。

誤佳期　四十六字

楊　慎

今夜風光堪愛。可惜那人不在。臨行多是不曾留，故意將人怪。　雙木架秋千，兩下深深拜。條香燒盡紙成灰，莫把心兒壞。

【考正】萬氏原譜後段結拍爲"没些兒個采"五字，然其注又云比前多一字，或是抄録時誤脱一字，現據彊村叢書本《龍州詞》補，想萬氏所據本亦同。

後起拍第五字依律必平，"忒"字以入作平。

思越人　五十一字

孫光憲

古臺平，芳草遠，館娃宮外春深。翠黛空留千載恨，教人何處相尋。

●○○　○●●　◎○⊙●○△　◎●⊙○○●●　⊙○⊙●○△

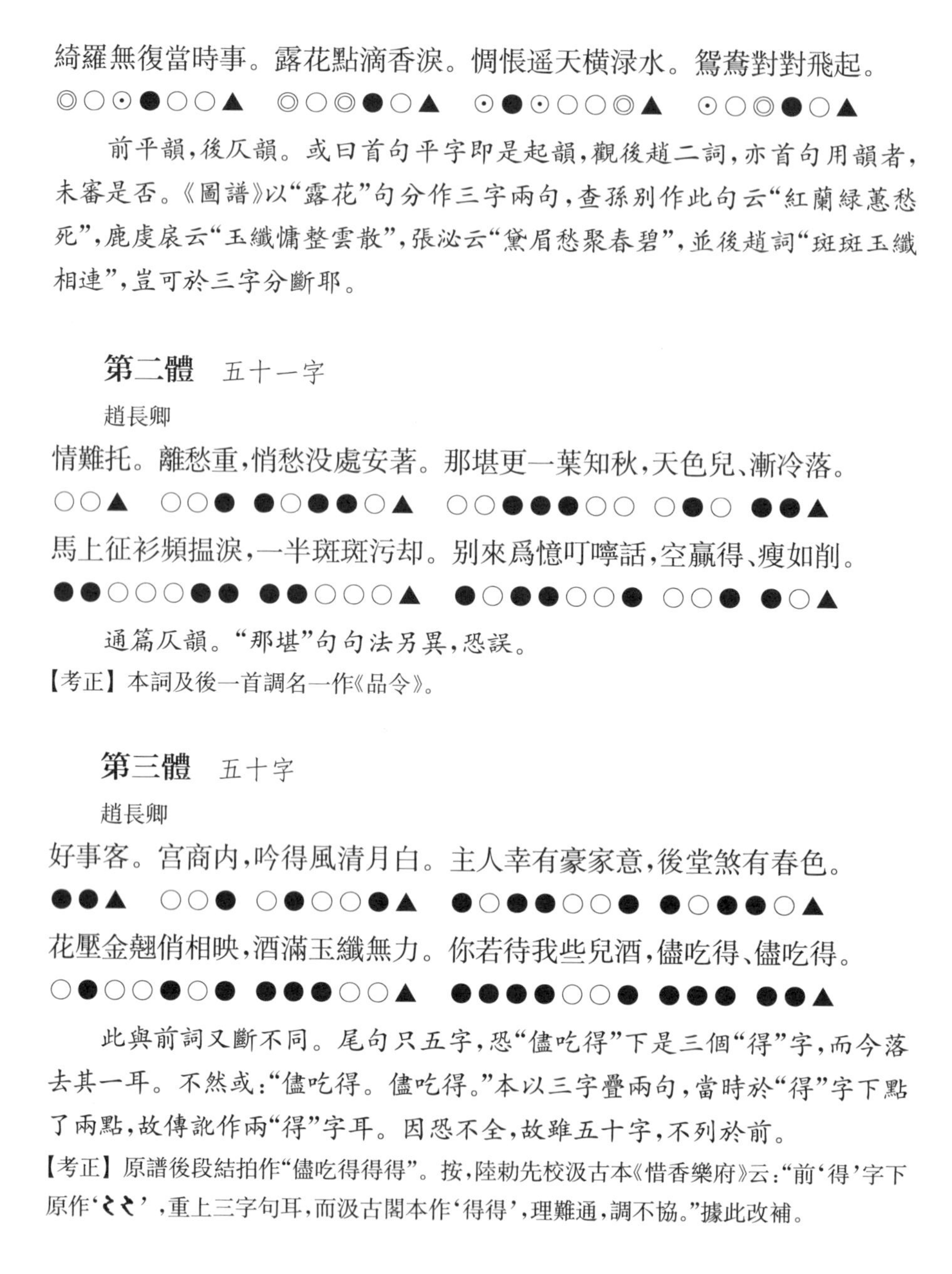

綺羅無復當時事。露花點滴香淚。惆悵遥天橫淥水。鴛鴦對對飛起。
◎○⊙●○○▲　◎○◎●○▲　⊙●⊙○○◎▲　⊙○◎●○▲

前平韻，後仄韻。或曰首句平字即是起韻，觀後趙二詞，亦首句用韻者，未審是否。《圖譜》以"露花"句分作三字兩句，查孫别作此句云"紅蘭緑蕙愁死"，鹿虔扆云"玉纖慵整雲散"，張泌云"黛眉愁聚春碧"，並後趙詞"斑斑玉纖相連"，豈可於三字分斷耶。

第二體　五十一字

趙長卿

情難托。離愁重，悄愁没處安著。那堪更一葉知秋，天色兒、漸冷落。
○○▲　○○●　●○●●○▲　○○●●●○○　○●○　●●▲
馬上征衫頻揾淚，一半斑斑污却。别來爲憶叮嚀話，空贏得、瘦如削。
●●○○○●●　●●○○○▲　●○●●○○●　○○●　●○▲

通篇仄韻。"那堪"句句法另異，恐誤。

【考正】本詞及後一首調名一作《品令》。

第三體　五十字

趙長卿

好事客。宫商内，吟得風清月白。主人幸有豪家意，後堂煞有春色。
●●▲　○○●　○●○○●▲　●○●●○○●　●○●●○▲
花壓金翹俏相映，酒滿玉纖無力。你若待我些兒酒，儘吃得、儘吃得。
○●○○●○●　●●●○○▲　●●●●○○●　●●●　●●▲

此與前詞又斷不同。尾句只五字，恐"儘吃得"下是三個"得"字，而今落去其一耳。不然或："儘吃得。儘吃得。"本以三字疊兩句，當時於"得"字下點了兩點，故傳訛作兩"得"字耳。因恐不全，故雖五十字，不列於前。

【考正】原譜後段結拍作"儘吃得得得"。按，陸勅先校汲古本《惜香樂府》云："前'得'字下原作'〻〻'，重上三字句耳，而汲古閣本作'得得'，理難通，調不協。"據此改補。

思遠人　五十一字

晏幾道

紅葉黄花秋意晚，千里念行客。看飛雲過盡，歸鴻無信，何處寄書得。
⊙●⊙○○●●　⊙●●○▲　●○○●●　○○○●　○●●○▲
淚彈不盡臨窗滴。就硯旋研墨。漸寫到别來，此情深處，紅箋爲無色。
◎○◎●○○▲　◎●●○▲　●●●○○　◎○○●　○○●○▲

前後第二句、四句、五句同。"旋"字去聲。"念"、"寄"、"旋"、"爲"四字皆用去聲字,不可誤。

【考正】前段第三句原譜無"看"字,校之後段當以五字爲正,據《欽定詞譜》補。又,後段第三句"别"字,以入作平。

探春令　五十一字

宋徽宗

簾旌微動,悄寒天氣,龍池冰泮。杏花笑吐香紅淺。又還是、春將半。

○○○● ●○○● ○○○▲ ●○●●○○▲ ●○● ○○▲

清歌妙舞從頭按。等芳時開宴。記去年、對著東風嘗許,不負鶯花願。

⊙○◎●○○▲ ●○○○▲ ●●○ ●●○○○● ●●○○▲

按,此調與《留春令》相似,然是兩調,勿誤。

【杜注】按,《花草粹編》"悄寒"作"峭寒","紅淺"作"猶淺"。又按,《欽定詞譜》以"去年"之"年"字爲豆,"東風"之"風"字爲句。

【考正】據杜注改"悄"字"紅"字。又,後段尾均原譜讀爲:"記去年對著,東風嘗許,不負鶯花願。"《欽定詞譜》則結拍七字。皆音律不諧,不從。

第二體　五十一字

蔣　捷

玉窗蠅字記春寒,滿茸絲紅處。畫翠鴛、雙展金蜩翅。未抵我、愁紅

●○○●●○○ ●○○○▲ ●●○ ○●○○▲ ●◎● ○○

膩。　　芳心一點天涯去。絮濛濛遮住。對花彈阮纖瓊指。爲粉靨、空

▲　　⊙○◎●○○▲ ●○○○▲ ●○○●○○▲ ●●● ○

彈淚。

○▲

起句七字,結處前後相合,與前詞異。"翅"、"膩"、"指"、"淚"俱借叶。"畫翠鴛"句八字,"對花"句不應七字,恐誤。兩結六字,皆於三字豆斷。《圖譜》乃概作六字讀,且以"我"字爲可平,則人必於"我愁"二字相連,用平平矣,豈是此調哉。此本竹山詞,《圖譜》誤作東坡。

第三體　五十二字

趙長卿

數聲回雁。幾番疏雨,東風回暖。甚今年、立得春來晚。過人日、方相

●○○▲ ●○○● ○○○▲ ●○○ ●●○○▲ ●○● ○○

見。　縷金幡勝教先辦。著工夫裁剪。到那時賭當，須教滴惜，稱得梅
▲　●○○●○○▲　●○○○▲　●●○●●　○○●●　●●○

妝面。
○▲

第四句比徽宗詞多一字各家多如此。

【考正】萬氏原譜起句不作押韻。趙長卿別首起作："溪橋山路。竹籬茆舍，淒涼風雨。""冰澌池面。柳搖金綫，春光無限。""樓頭月滿。欄干風度，有人腸斷。"與此同，皆首句入韻。據補。

第四體　五十二字

晏幾道

綠楊枝上曉鶯啼，報融和天氣。被數聲、吹入紗窗裏。又驚起、嬌娥
◎○⊙●●○○　●○○⊙▲　●◎○　⊙●○○▲　●⊙●　○○

睡。　綠雲斜嚲金釵墜。惹芳心如醉。爲少年濕了，鮫綃帕上，都是相
▲　◎○⊙●○○▲　●⊙⊙⊙▲　●◎○●●　○○●●　⊙●○

思淚。
○▲

前半同蔣體，後半同徽宗體。

此調向來皆如此讀，或曰："起三句每句四字，蓋各詞前殺皆三句四字起，後換頭則七字也。前蔣詞第二句，亦應作'記春寒滿'。"余亦疑之。及觀趙彦端"笙歌間錯"一首，方知有此七字起句之格，幾以穿鑿注差。

第五體　五十二字

楊无咎

梅英粉淡，柳梢金軟，蘭芽依舊。見萬家、燈火明如晝。正人月、圓時
○○●●　●○○●　○○○▲　●●○　○●○○▲　●○●　○○

候。　挨香傍玉偷攜手。儘輕衫寒透。聽一聲、畫角催殘漏。惜歸去、
▲　○○●●○○▲　●○○○▲　●●○　●●○○▲　●○●

頻回首。
○○▲

前半同趙體，後半同蔣體，只第三句多一字，與前段"見萬家"句同。又一首"畫漏"二字不叶，兹不另録。

第六體　五十二字

楊无咎

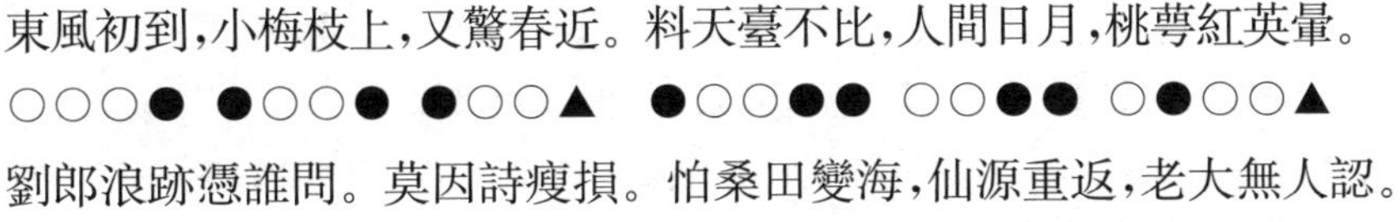

東風初到，小梅枝上，又驚春近。料天臺不比，人間日月，桃萼紅英暈。

○○○● ●○○● ●○○▲ ●○○●● ○○●● ○●○○▲

劉郎浪跡憑誰問。莫因詩瘦損。怕桑田變海，仙源重返，老大無人認。

○○●●○○▲ ●○○●▲ ●○○●● ○○○● ●●○○▲

前後結處俱用一五、一四、一五，相同，與前各調異。“料天臺”下與“怕桑田”下，九字亦可作三六，亦可作五四，總是一氣貫下者。

【考正】余以爲本調與《留春令》或出一源，如本詞即與《留春令》中李之儀“夢斷難尋”詞同類，惟本詞前後段後均各多一領字耳。

第七體　五十二字

趙長卿

笙歌間錯華筵啟。喜新春新歲。菜傳纖手，青絲輕細。和氣入、東風

○○●●○○▲ ●○○○▲ ●○○● ○○○▲ ○●● ○○

裏。　　幡兒勝兒都姑婦。戴得更忔戲。願新春已後，吉吉利利。百事

▲　　○○●○○○▲ ●●●○▲ ●○○●● ●○●▲ ●●

都如意。

○○▲

首句七字起韻。“菜傳”兩句皆四字，與前各異。然此用俳體，恐有誤處，不便學。又一首起處云“新元才過，漸融和氣，先到簾幃”，“幃”字起韻，是平聲，下則以“裏”、“未”、“棄”、“淚”等仄聲叶之。想此句亦可平仄通叶。觀其“到”字用仄，是“幃”字之平，不是偶誤也。

【考正】《惜香樂府》前段三四句作“菜傳纖手青絲細”，少一字，或誤。又，“和氣入”，原譜作“和氣人”，刻誤。後段第二句“忔”字、第四句下“吉”字，皆以入作平。

探春　九十三字　或加“慢”字

吳文英

苔徑曲，深深不見故人，輕敲幽户。細草春回，目送流光一羽。重雲冷、哀

○●● ○○●●●○ ○○○▲ ●●○○ ●●○○●▲ ○○● ○

雁斷，翠微空、愁蝶舞。逞鳴鞭、遊蓬小，夢枕殘雲驚寤。　　還識西湖醉

●● ●○○ ○●▲ ●○○ ○○● ●●○○○▲　　○●○○●

路。向柳下並鞍，銀袍吹絮。事影難追，那負燈床聞雨。冰溪憑、誰照影，

▲ ●●●●○ ○○○▲ ●●○○ ●●○○○▲ ○○● ○●●

有明月、乘興去。暗相思、梅孤瘦，共江亭暮。
●○● ○●▲ ●○○ ○○● ●○○▲

"銀袍"至"相思"，與前段"輕敲"至"鳴鞭"同；"重雲"二句，疑皆於三字爲豆；後之"冰溪"句，"凴"字恐是"憑"字，仄聲，此二句亦皆於三字豆耳。

【杜注】按，《欽定詞譜》"春回"作"回春"。又，"目斷"作"目送"。又，【"那負燈窗聽雨"句，"窗"誤作"床"，】"聞雨"作"聽雨"。又，"梅孤瘦"句，"瘦"字上有"鶴"字，應遵照改補。

【考正】《探春》一調，前起各家均爲四字一句，例作仄仄平平，未見有五字者，故起調必有句讀差錯。余初稿嘗謂"疑'深'字衍"，今再研讀，初以爲當作"苔徑曲，深深不見故人"起調，然比較再三，以爲此斷非《探春》也。而三字起，思路柳暗花明，折騰再三，余斷定本詞實爲夢窗自度之高平調《探芳新》也！試比較後第二首夢窗《探芳新》"九街頭"詞，便可知余此言不虛。兩詞相較，所不同者惟此幾點：一、前段起拍一作"苔徑曲，深深不見故人"，一作"九街頭。正軟塵酥潤"，本詞多一字；二、前段結處，一作"遊蓬小夢，枕殘鶯寤"，一作"連環轉，爛漫遊人如繡"，但檢彊村叢書本《夢窗詞集》，前結作"遊蓬小夢枕殘雲鶯寤"，若讀爲"遊蓬小，夢枕殘雲鶯寤"，則二者如一；三，後段第六拍，一作"冰溪憑誰照影"，一作"椒杯香、乾醉醒"，但前者萬氏已云讀爲去聲，則是"憑靠"義，若讀爲"冰溪憑、誰照影"，二者亦無差別；四，後段結，不可照《欽定詞譜》改爲"梅孤鶴瘦"，則亦二者如一。如此，兩詞僅一字之差，斷是同一詞調也。以上四處據此改。

"重雲"下六字、"翠微"下六字、"有明"下六字原譜不讀斷。

第二體　一百三字

張　炎

銀浦流雲，綠房迎曉，一抹牆腰月淡。暖玉生香，懸冰解凍，碎滴瑤階如霰。
⊙●○○ ◎○○● ◎◎○⊙◎▲ ●●○○ ⊙○◎● ◎●○○○▲
纔放些晴意，早瘦了、梅花一半。也知不作花看，東風何事吹散。　　搖落
⊙●○○● ●◎● ⊙○○▲ ●○◎●○○ ⊙○○●○▲ 　　⊙●
似成秋苑。甚釀得春來，怕教春見。野渡舟回，前村門掩，應是不勝清怨。
◎○⊙▲ ◎●●⊙○ ◎⊙○▲ ◎●○○ ⊙○⊙● ⊙●◎○○▲
次第尋芳去，灞橋外、蕙香波暖。猶聽檐聲，看燈人在深院。
◎●○○● ◎○● ◎○○▲ ⊙●○○ ◎○○●○▲

此調句中平仄頗多不同。"一抹"句或作平平平仄平仄，"怕教春見"或作平仄平仄，"才放"句與"次第"句或作平仄仄平平，結句或作平平仄平平仄、或作仄仄平平平仄，皆與此詞稍異。而君衡結云"畫欄閑立，東風舊紅誰掃"，則上六下四矣。總之，數者皆可照填，而白石詞中，典型於"腰"、"教"二字，用"旋"、"淚"兩仄聲，從之可也。"人在"二字與前段"何事"二字同，白石用"零

亂”，其前段亦用“閑共”二字是也。汲古及《圖譜》等刻作“亂零”，大誤。蓋“旋”、“淚”、“共”、“亂”四去聲字發調，白石所以爲名家高手，正在此處。改作“亂零”，白石冤矣。

【杜注】按，戈氏《詞選》“緑芳迎曉”句，“芳”作“房”。又，“暖玉生香”句，“香”作“煙”。可從。又，“一抹牆腰月淡”句，作“浮浮光粲初晛”，蓋以“淡”字不能通叶，擬字易之，未免負此原句。

【考正】萬氏原注“梅花一半”，“一”字以入作平。

探芳新　九十二字

吴文英

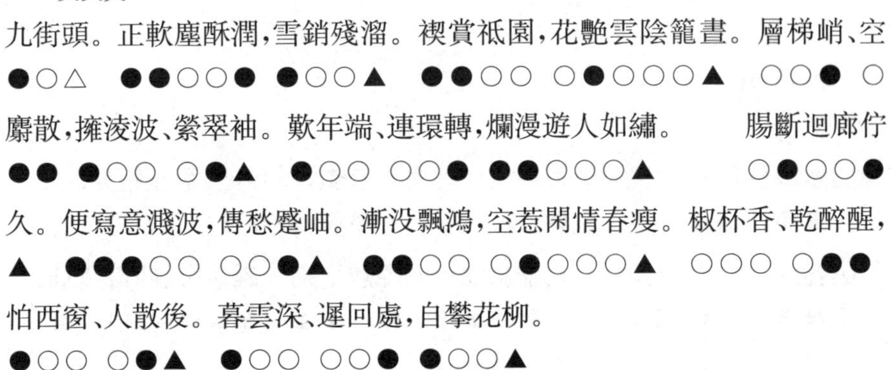

“層梯”句，照後“椒杯”句宜亦六字，乃落一字也。“連環”句有誤，想“轉”字誤多耳。

按，此調余向疑即是《探芳信》，以“新”、“信”二字音相近也。《探芳信》首句皆三字，仄韻起，此以“頭”字平起，後用仄叶，故疑平仄通叶。而“正軟塵”二句，“便寫意”一句及兩結，俱與《探芳信》相似。但彼之四五兩句雖亦十字，而句各五字，此則一四一六。彼之六七兩句雖亦十二字，而一七一五，此則各六字。後段亦然。因句法有别，故不敢收入《探芳信》後。今查，與前夢窗“苔徑曲”一首頗爲相合，故附於此。首句三字雖異，而以下多同。至“縈翠袖”、“人散後”之平仄仄，與前詞之“愁蝶舞”、“乘輿去”平仄尤合。“濺”字去聲，亦與前詞“並”字同。至後段起處、尾處一字無殊，益信前結誤多“轉”字矣。是則《探芳新》之即是《探春慢》無疑。況俱以“探”字爲題乎。但雖附此於末，而仍《探芳新》之名，以質諸高明者。

“層梯”下必落一仄聲字，“椒杯”下“香乾”二字亦必誤，文理難解，“香”字該仄聲字，“乾”字或是“朝”字之訛。此四句亦如前詞，俱應於三字分句耳。

【杜注】按，此詞見《夢窗詞甲稿》，與《探芳信》、《探春》二調均不相同。萬氏疑即《探芳信》，非也。【又，以“探”字爲題，謂即是《探春慢》，均不足據。】又，“層梯空麝散”句，萬氏云

"'層梯'下必落一仄聲字",應遵《欽定詞譜》補"峭"字。又,《欽定詞譜》"漸没飄鴻"句,"鴻"字作"紅"。又,"自攀花柳"句,"花"作"庭"。又按,葉譜題名《高平探芳新》,另列一調,蓋"高平"爲調名,"探芳新"爲詞名,意者以《探芳信》轉入高平調,故字句與譜家稍異耳。又,"正軟塵潤酥"句,"潤酥"作"酥潤"。宜照改。

【考正】調名"探新芳"或是誤筆。

前段第二句原作"潤酥",音律失諧,顯係差誤,故據《欽定詞譜》改。

原譜前段第三均作:"層梯空麝散,擁淩波縈翠袖。"本均對應後段爲"椒杯香乾醉醒,怕西窗人散後",以文法度之,正如萬氏所論"俱應於三字分句",故據《欽定詞譜》改。

前結原作"連環轉爛漫,遊人如繡",校之後段,依《欽定詞譜》改爲三字一句、六字一句。

秋夜雨　五十一字

蔣　捷

黃雲水驛秋笳咽。吹人雙鬢如雪。愁多無奈處,漫碎把、寒花輕撚。

○○●●○○▲　○○○●○▲　○○○●●　●●●　○○○▲

紅雲轉入香心裏,夜漸深、人語初歇。此際愁更別。雁落影、西窗殘月。

○○●●○○●　●●○　○●○▲　◎●○●▲　●●●　○○○▲

"鬢"字、"語"字仄聲,"更"字尤必用去聲。

【杜注】按,葉譜"雁落影"作"雁影落",宜從。

【考正】本調極似《惜雙雙》,所不同者,惟後段起拍不入韻、兩結句法不同而已。

迎春樂　五十一字

秦　觀

菖蒲葉葉知多少。惟有個、蜂兒妙。雨晴紅粉齊開了。露一點、嬌黃小。

⊙○◎●○○▲　⊙◎●　⊙○▲　●○○●○○▲　◎●●　○○▲

早是被、曉風力暴。更春共、斜陽俱老。怎得香香深處,作個蜂兒抱。

◎●●　◎○●▲　◎⊙●　○○○▲　●●○○○●　●●○○▲

後起二句七字,與前兩七字句句法不同。《圖譜》總作七字,其"露一點"句亦總作六字,人若照其所圖填之,則句法誤者不少矣。

【杜注】按,《欽定詞譜》"香香"作"花香"。

【考正】本調前段第二拍例作六字折腰句法,惟宇文虚中作"雙燕釵頭舞",疑奪一字。

第二體 五十一字

柳 永

近來憔悴人驚怪。爲别後、相思㗖。我前生、負你愁煩債。便苦恁、難開
◎○⊙●○○▲ ◎◎◎ ⊙○▲ ●○○ ●●○○▲ ◎●● ○○
解。 良夜永、牽情無奈。錦被裏、餘香猶在。怎得依前燈下，恣意憐
▲ ⊙●● ⊙○⊙▲ ◎◎● ⊙○○▲ ●●○○⊙● ●●○
嬌態。
○▲

第二句五字，第三句八字，與前詞異。汲古刻本集"奈"字訛"計"，便失却一韻。

【杜注】按，《欽定詞譜》"爲别相思煞"句，"别"字下有"後"字，應遵補。

【考正】"爲别"句據杜注改。

第三體 五十一字

楊无咎

新來特特更門地。都收拾、山和水。看明年事事都如意。迎福禄、俱來
○○●●○○▲ ○○● ○○▲ ●○○●●○○▲ ○●● ○○
至。 莫管明朝添一歲。儘同向、尊前沉醉。且唱迎春樂，祝慈母、千
▲ ●●○○○●▲ ●○● ○○○▲ ●●○○● ●○● ○
秋歲。
○▲

第二句同秦體。第三句句法上三下四，與秦異。"事事"下恐落一字。後起句法與前段同，而平仄則異。

【考正】前段三句原譜作"看明年、事事如意"，音律失諧，故萬氏以爲"'事事'下恐落一字"。按，據現存宋詞，本句或爲一字逗領七字律句，或爲减領字而作七字一句，從無折腰式七字句者。查一本《逃禪詞》作"都如意"，與各體相合，可信，據改。

第四體 五十二字

方千里

紅深緑暗春無跡。芳心動、冶遊客。記摇鞭跋馬銅駝陌。凝睇認、珠簾
○○●●○○▲ ○○● ●○▲ ●○○●●○○▲ ○●● ○○
隔。 絮滿愁城風卷白。遞多少、相思消息。何處約歡期，芳草外、高
▲ ●●○○○●▲ ●○● ○○○▲ ○●●○○ ○●● ○

樓北。
○▲

“何處”句，五字平。兩結皆六字，與前調異。美成有一首於“外”字作平。
【杜注】前段第三句，萬氏作上三下五讀，惟“摇鞭跋馬”不可讀破，故當以一七式讀爲是。
【考正】本詞即前一體。兩詞不同處惟後段第三拍句法耳，萬氏云第五字平聲而異於前一體，則以一句句法不同而列又一體者，殊爲無謂。

第五體　五十三字

晏　殊

長安紫陌春歸早。亸垂楊、染芳草。被啼鶯語燕催清曉。正好夢、頻驚
○○●●○○▲　●○○　●○▲　●○○●●○○▲　●●●　○○
覺。　　當此際、青樓臨大道。幽會處、兩情多少。莫惜明珠百琲，占取
▲　　○●●　○○○●▲　○●●　●○○▲　●●○○●●　●●
長年少。
○○▲

第三句後首句比秦詞各多一字。
【考正】前段第三句，萬氏作上三下五讀，惟“啼鶯語燕”不可讀破，故仍當以一七式讀爲是。又，本調此句句法，宋元詞五成爲七字句，亦可旁證該句句法本爲一字逗增減而來，如前柳、楊、方三家，均如此。

瑶池燕　五十一字

蘇　軾

（本詞已移至卷五《越江吟》後。）

河傳　五十一字

張　泌

渺莽雲水。惆悵暮帆，去程迢遞。夕陽芳草，千里萬里。雁聲無限起。
●○○▲　○●●○　●○○▲　●○○●　○○●▲　●○○●▲
夢魂悄斷煙波裏。心如醉。相見何處是。錦屏香冷無睡。被頭多少淚。
●○●●○○▲　○○▲　○●○●▲　●○○●○▲　●○○●▲

此調體制最多，通篇用一韻而字少者，惟此調。《圖譜》於起句“渺莽雲”三字注可平平仄，非。
【考正】“渺莽雲”三字可平平仄，當是正解，“莽”本即以上作平者，蓋本調第二字若不入韻，應以平爲正也，萬氏未予注明，失誤。以宋詞觀，廿首無腹韻者，次字作平者十三，作上

聲者六,去聲僅一。且不計入以上作平,其中亦有一半爲平平仄起,故不辯自明。

《河傳》一調,唐宋人句式最爲參差,幾無標準,若以現可見之唐宋詞句法不同爲標準,則尚可羅列幾十種,些無意義。建議以五十四字、五十八字體爲範。

第二體　五十一字

張　泌

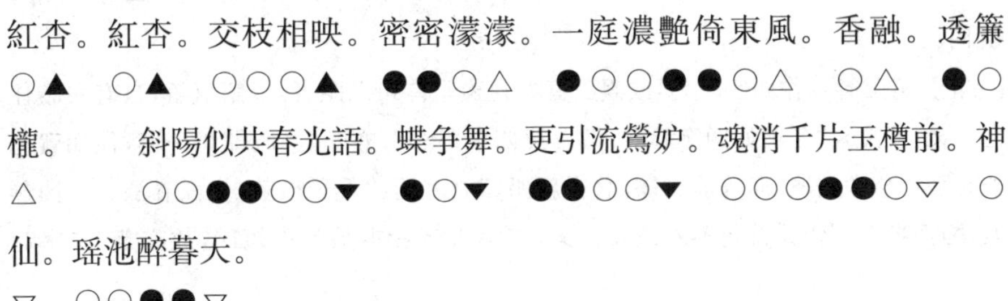

紅杏。紅杏。交枝相映。密密濛濛。一庭濃艷倚東風。香融。透簾

○▲　○▲　○○○▲　●●○△　●○○●●○△　○△　●○

櫳。　斜陽似共春光語。蝶争舞。更引流鶯妒。魂消千片玉樽前。神

△　○○●●○○▼　●○▼　●●○○▼　○○○●●○▽　○

仙。瑶池醉暮天。

▽　○○●●▽

凡四換韻。體亦異。前唐詞多與此髣髴。

【杜注】按,《花草粹編》起句"紅杏"二字疊,宜從。

【考正】起調原譜不疊,據杜注改。

第三體　五十三字

孫光憲

柳拖金縷。著煙籠霧。濛濛落絮。鳳凰舟上楚女。妙舞。雷喧波上

●○○▲　●○○▲　○○●▲　●○○●○▲　●▲　○○○●

鼓。　龍争虎戰分中土。人無主。桃葉江南渡。襞花箋。艷思牽。成

▲　○○●●○○▲　○○▲　○●○○▲　●○△　●●△　○

篇。宫娥相與傳。

△　○○○●△

此兩換韻者,體又異。

【考正】"楚女"之"楚,"以上作平。

第四體　五十三字

閻　選

秋雨。秋雨。無晝無夜,滴滴霏霏。暗燈涼簟怨分離。妖姬。不勝悲。

○▲　○◆　○●○●　●●○△　●○○●●○△　○△　●○△

西風稍急喧窗竹。停又續。膩臉懸雙玉。幾回邀約雁來時。違期。雁

○○●●○○▼　○●▼　●●○○▼　●○○●●○△　○△　●

歸。人不歸。
△　○●◇

各調如四字起者，即以第四字爲韻，如前"渺莽"、"柳拖"二首是也。二字起者，即以第二字爲韻，如後"錦浦"、"棹舉"二首是也。此詞雖兩"雨"字而下，無叶者，只作無韻句耳。

或謂尾句只五字，"雁歸"不必用韻，凡前後用一二字、一五字結者，俱同。

【考正】萬氏起句作四字一句，或誤。蓋本詞雖非首句入韻者，以語氣論，自有一讀住也。又，萬氏云"各調如四字起者，即以第四字爲韻"，亦非，本詞即爲一例，他如賀梅子起手："華堂重厦，向尊前更聽，碧雲新怨。"放翁詞："霽景風軟，煙江春漲。小閣無人，繡簾半上。"皆爲首句不入韻者。又，二字入韻者本爲句中短韻，故亦無"二字起者"一説。

第五體　五十三字

韋　莊

錦浦。春女。繡衣金縷。霧薄雲輕。花深柳暗時節，正是清明。雨
●▲　○▲　●○○▲　●●○△　○○●●○●　●●○△　●
初晴。　玉鞭魂斷煙霞路。鶯鶯語。一望巫山雨。香塵隱映，遥見翠
○△　　●○○●○○▲　○○▲　●●○○▲　○○●●　○●●
檻紅樓。黛眉愁。
●○▽　●○▽

"浦"字是韻，舊譜但注四字句，於"輕"字始注起韻。是一注而失三韻，大謬。

"花深"下十字，與後"香塵"下十字，或作上六下四亦可。

按，此調與《怨王孫》同，説見後。

【考正】"花深"句下十字，萬氏作四字一句、六字一句，然則詞意不暢，改。

第六體　五十三字

顧　夐

曲檻。春晚。碧流紋細，緑楊絲軟。露華鮮。杏枝繁。鶯囀。野蕪平似
●▲　○▲　●○○●　●○○▲　●○△　●○△　○▲　●○○●
剪。　直是人間到天上。堪遊賞。醉眼疑屏幛。對池塘。惜韶光。斷
▲　　●●○○●○▼　○○▼　●●○○▼　●○▽　●○▽　●

腸。爲花須盡狂。
▽　●○○●▽

“檻”字閉口音，是借叶。

“露華”兩句與前詞異，“直是”句平仄小異。“對池塘”以下，與前孫詞同，此則作者多相合也。

舊譜“嚩”字失注叶韻，連下作七字句，謬。“鮮”、“繁”二字亦失注叶。

【考正】“斷腸”萬氏未作押韻。此句當和前張泌詞“神仙”、孫光憲詞“成篇”，後孫詞之“孤眠”、顧敻詞之“魂消”同。

第七體　五十四字

孫光憲

花落。煙薄。謝家池閣。寂寞春深。翠娥輕斂意沉吟。沾襟。無人知此
○▲　○▲　●○○▲　●●○△　●○○●●○△　○△　○○○●
心。　玉爐香斷霜灰冷。簾鋪影。梁燕歸紅杏。晚來天。空悄然。孤
△　●○○●○○▼　○○▼　○●○○▼　●○▽　○●▽　○
眠。枕檀雲髻偏。
▽　●○○●▽

“寂寞”下與前詞異。後段同。

第八體　五十四字

顧　敻

棹舉。舟去。波光渺渺，不知何處。岸花汀草共依依。雨微。鷓鴣相逐
●▲　○▲　○○●●　●○○▲　●○○●●○△　●△　●○○●
飛。　天涯離恨江聲咽。啼猿切。此意向誰説。檥蘭橈。獨無憀。魂
△　○○○●○○▼　○○▼　●●●○▼　●○▽　●○▽　○
銷。小爐香欲焦。
▽　●○○●▽

“處”字叶上“舉”、“去”，依字换韻，與前詞異。後段同。

按，稼軒詞“春水千里”一首正與此合。而刻本多訛，如“艤蘭橈”以下，刻本云“太顛狂那邊柳綫被風吹上天”，不知“太狂顛”乃四换平韻，而誤倒“顛狂”，“那邊”乃叶韻，句該三字而誤落一字，“柳綿”乃叶韻而誤寫“柳綫”，遂使讀者致疑。甚矣，梓書而不細校之爲害也。

第九體　五十四字

顧　夐

燕颺晴景。小窗屏暖，鴛鴦交頸。菱花掩却翠鬟攲，慵整。海棠簾外
●○○▲　●○○●　○○○▲　○○●●●○○　○▲　●○○●
影。　　繡幃香斷金鸂鶒。無消息。心事空相憶。倚東風。春正濃。愁
▲　　●○○●○○▼　○○▼　○●○○▼　●○△　○●△　○
紅。淚痕衣上重。
△　●○○●△

"慵整"下仍叶首韻，與前異。後段同。

"颺"字雖去聲不用韻與"渺莽雲水"同。《圖譜》於"整"字不注叶，連下作七字句，大謬。即如前顧詞"嚩"字失注，蓋不知爲句中短韻也。

第十體　五十四字

孫光憲

太平天子。等閑遊戲。疏河千里。柳如絲，偎倚。緑波春水。長淮風不
●○○▲　●○○▲　○○○▲　●○○　○▲　●○○▲　○○○●
起。　　如花殿角三千女。争雲雨。何處留人住。錦帆風。煙際紅。燒
▲　　○○●●○○▼　○○▼　○●○○▼　●○△　○●△　○
空。魂迷大業中。
△　○○●●△

前段不換韻，與"柳拖金縷"一首同。而"柳如絲"以下則異。後段同。

首句第二字雖不起韻，而各詞多用仄聲，想調應如是。只此詞與"柳拖金縷"二句用平聲耳。"倚"字或云非叶。

第十一體　五十五字

孫光憲

風颭。波斂。圓荷閃閃。珠傾露點。木蘭舟上，何處吴娃越艷。藕花紅
○▲　○▲　○○●▲　○○●▲　●○○●　○●○○●▲　●○○
照臉。　　大堤狂殺襄陽客。煙波隔。渺渺湖光白。身已歸。心不歸。
●▲　　●○○●○○▼　○○▼　●●○○▼　○●△　○●◇
斜暉。遠汀鸂鶒飛。
○△　●○○●△

"木蘭"二句，一四、一六，體又異。後段同。

愚謂前"柳如絲"下是落一字，蓋與"木蘭"句同，而全篇亦無弗同也。

第十二體　五十五字

温庭筠

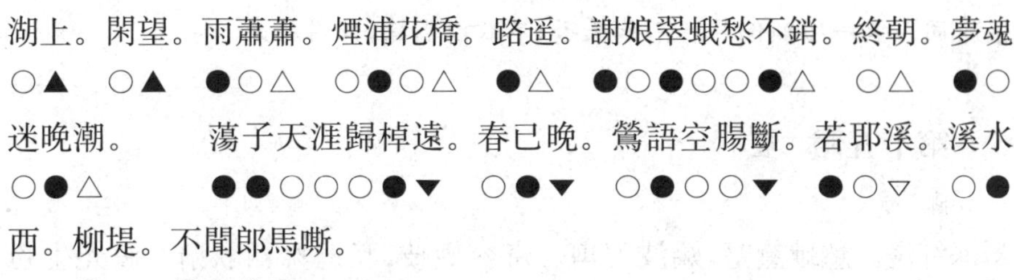

湖上。閑望。雨蕭蕭。煙浦花橋。路遥。謝娘翠蛾愁不銷。終朝。夢魂

○▲　○▲　●○△　○●○△　●△　●○●○○●△　○△　●○

迷晚潮。　　蕩子天涯歸棹遠。春已晚。鶯語空腸斷。若耶溪。溪水

○●△　　　●●○○○●▼　○●▼　○●○○▼　●○▽　○●

西。柳堤。不聞郎馬嘶。

▽　●▽　●○○●▽

"雨蕭蕭"句即换韻，又異。後段同。

【杜注】按，《欽定詞譜》列此詞爲第一首，以此調創自飛卿也。

【考正】"煙浦"六字萬氏不讀斷，落一韻。按，清代詞人胡山有步韻温庭筠詞，前段首均作："江上。凝望。草蕭蕭。帆影虹橋。去遥。"可爲旁證。

第十三體　五十五字

李　珣

去去。何處。迢迢巴楚。山水相連。朝雲暮雨。依舊十二峰前。猿聲到

●▲　○▲　○○○▲　○●○△　○○●▲　○●●●○△　○○●

客船。　　愁腸豈異丁香結。因離别。故國音書斷絶。想佳人花下，對

●△　　　○○●●○○▼　○○▼　●●○○●▼　●○○○●　●

明月春風。恨應同。

○●○▽　●○▽

兩結皆與前各體異。

【杜注】按，《花間集》"故國音書斷絶"句，無"斷"字，《欽定詞譜》同。

第十四體　五十五字

李　珣

春暮。微雨。送君南浦。愁斂雙蛾。落花深處。啼鳥似逐離歌。粉檀珠

○▲　○▲　●○○▲　○●○△　●○○▲　○●●●○△　●○○

淚和。　　臨流更把同心結。情哽咽。後會何時節。不堪回首相望，已

●△　　　○○●●○○▼　○●▼　●●○○▼　●○○●○●　●

隔汀洲。艫聲幽。

●○▽　●○▽

"後會"句五字。"不堪"下與前異。

前詞"雨"字叶上"去"聲,"連"字起下"前"、"船",後詞"處"字叶上"暮"、"雨","蛾"字起下"歌"、"和",乃連環叶韻,不可不知。

或云:依此"不堪回首"以下句法,前詞應是"佳人想對花下,明月清風。恨應同",偶一字顛倒耳。不知果否,不敢以爲據,姑附於此。

第十五體　五十七字

柳　永

翠深紅淺。愁蛾黛蹙,嬌波刀剪。奇容妙伎,互逞舞裀歌扇。妝光生粉
◎⊙⊙▲　○○●●　○○○▲　○○●●　●●●○○▲　○○○●

面。　　坐中醉客風流慣。尊前見。特地驚狂眼。不似少年時節,千金
▲　　　●○●●○○▲　○○▲　●●○○▲　●●●○⊙●　○○

争選。相逢何太晚。
○▲　⊙○○●▲

《樂章集》題作《河轉》,即《河傳》也。但通首俱仄韻耳。柳又一首於"不似"句作上四下六,想所不拘。"互逞"句汲古刻作"露清江芳交亂","清江"二字乃"影紅"二字之訛。其首句云:"淮岸。漸晚。"則仍用唐體耳。餘同。

第十六體　五十八字

徐昌圖

秋光滿目。風清露白,蓮紅水緑。何處夢回,弄珠拾翠盈盈,倚蘭橈、眉黛
○○●▲　○○●●　○○●▲　⊙●●○　●○◎●○○　●○○　○●

蹙。　　採蓮調穩聲相續。吴兒伴侣。倚棹吴江曲。鷺起暮天,幾雙交
▲　　　●○●●○○▲　○○●▲　●●○○▲　○●●○　●○⊙

頸鴛鴦,入蘆花、深處宿。
●○○　●○○　○●▲

與前調迥别。此則宋詞之濫觴也,"何處"以下與後"鷺起"以下同。"夢"、"暮"二字去聲,勿誤。

【杜注】按,《欽定詞譜》後半起二句云:"採蓮調穩聲相續,吴兒伴侣",此落"兒伴"二字,又以"聲相續"三字誤作下句也。又,"鷺起暮天"句,"鷺"作"鷩"。均應遵照增改。

【考正】後起原作"採蓮調穩,吴侣聲相續","鷺起"作"鷩起"。均據杜注改。

第十七體　六十一字

秦　觀

恨眉醉眼。甚輕輕覷著，神魂迷亂。常記那回，小曲闌干西畔。鬢雲鬆，
●○◎▲　●⊙○●●　○○○▲　○●●○　●●○○○▲　●⊙○
羅襪剗。　　丁香笑吐嬌無限。語軟聲低，道我何曾慣。雲雨未諧，早被
○●▲　　○○●●○○▲　●●○○　●●○○▲　○●●○　●●
東風吹散。悶損人，天不管。
○○○▲　●●○　○●▲

按，山谷亦有此調，尾句"好殺人，天不管"，自注云："因少游詞，戲以'好'字易'瘦'字。"是此秦詞尾句該是"瘦殺人"矣。

"那"字、"未"字，去聲起調。黄用"燈"字，不及也。又，前"甚輕輕"下九字，黄作"對歌對舞，猶是當時眼"，與秦異。按，《怨王孫》一調，與唐腔《河傳》無異，今載於右。

【杜注】按，此下之《怨王孫》、《月照梨花》均同此調，萬氏亦論之，應列爲又一體，不必各標題名。

怨王孫　五十三字

張元幹

小院春晝。晴窗霞透。著雨胭脂，倚風翠袖。芳意惱亂人多。煖金
●●○▲　●○○▲　●●○○　●○●▲　○●●●○△　●○
荷。　　多情不分群葩後。傷春瘦。淺黛眉尖秀。紅潮醉臉，半掩花底
△　　○○●●○○▲　○○▲　●●○○▲　○○●●　●●○●
重門。怨黄昏。
○▽　●○▽

"院"字必仄，譜注可平，大謬。觀蘆川、易安諸作可見。"紅潮"至"重門"，易安作上六下四，不拘。

此與前韋莊"錦浦"一首，字句、平仄、聲響俱同，只此篇"倚風"句叶韻，韋作"花深柳暗"，不叶韻耳。查李珣《河傳》，此句原用叶韻，是爲一調何疑。且韋莊又有"錦裹蠶市"一首，《花間》不載者，原名作《怨王孫》，其所用"玉蟬金雀"四字，句亦不叶上"裹"字、"市"字之韻，是此句可叶可不叶。《河傳》與《怨王孫》正同也。況"院"字用仄，尤爲顯而易見哉。但宋人不作《河傳》，而作《怨王孫》，故列此，而仍其名。

沈天羽刻，收明人此調，首句云"深閨静悄"，後起云"遥望玉郎在何處"，

於“臉”字用“連”字平聲，末三字用“不見君”，如此平仄，真足絶倒。前第五句云“堪惜那小桃紅”，句法更奇，成何言語？而自謂“和易安韻”。沈氏選之贊之，可歎可憐矣。

又按，《月照梨花》亦即此調，並以附後。

【校勘記】按，此調《詞譜》收入《河傳》，《詞律》之例不尚新名，仍應列《河傳》，而注明一名《怨王孫》，以免岐誤。

月照梨花　五十五字

黄　昇

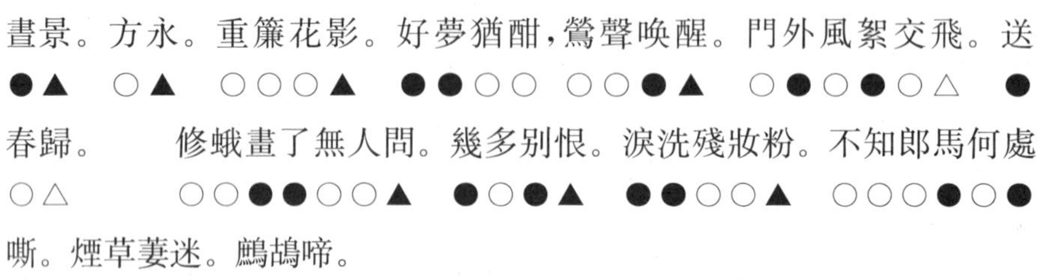
晝景。方永。重簾花影。好夢猶酣，鶯聲喚醒。門外風絮交飛。送春歸。修蛾畫了無人問。幾多別恨。淚洗殘妝粉。不知郎馬何處

嘶。煙草萋迷。鷓鴣啼。

比《怨王孫》只多“别恨”上加一“幾”字，“不知”句下多一“嘶”字，餘皆無異。其聲響確是《怨王孫》，即確是《何傳》也。況加一“嘶”字，此句遂拗，恐原無此字，而後人見温詞有“郎馬嘶”句，此亦用“郎馬”字，其下又用“迷”、“啼”韻，因訛寫多此一字耳。《圖譜》不注“景”字起韻，誤又落去“妝”字，止作四字，又以“不知”句可作平仄仄平仄平平，未審何據，可爲駭然。

【杜注】按，《欽定詞譜》及《花庵詞選》均無“嘶”字，與萬氏説合。又按，此調因李清照詞有“人静皎月初斜。浸梨花”句，更此名，應與前之《怨王孫》均歸《河傳》調内。

詞律卷六終

詞律卷七

鳳來朝　五十一字

史達祖

暈粉就妝鏡。掩金閨、彩絲未整。趁無人、學指鴛鴦頸。恨誰踏、蘚
●●●○▲　●○○　●○●▲　●○○　●●○○▲　●⊙●　●
花徑。　一夢蒲香葵冷。墮銀瓶、脆繩掛井。扇底並、團圓影。只此
○▲　　●●○○○▲　●○○　●○●▲　●●●　○○▲　●●
是、沈郎病。
●　●○▲

"整"、"井"二字上聲，而上用"未"、"掛"二字，去聲，妙。美成用兩個"未"字，《清真集》此調，於"扇底"句作"待起又、如何拚"，《片玉詞》又作"待起難捨拚"。今按，此詞亦六字，則載於《清真》者爲準，故不另收五十字一體。然玩"扇底"句，上七字句，下六字句，俱與前段同，則此句該如前段"趁無人"八字，豈"並"字上下有落字乎？蓋"扇底並"三字，義理欠明也。

【杜注】萬氏云："'扇底並'三字，義理欠明"，"'並'字上下有落字"。按，"並"字疑"弄"字之誤。又按，此句各家皆六字，似無脱落。

【考正】周邦彦詞，後段第三拍《全宋詞》作"待起難捨拚"，較之各首少一字，《欽定詞譜》作"待起又、如何拚"，余疑當爲"待起又難捨、如何拚"，正與前段相合。本詞"並"之後疑亦從美成殘詞而少二字。

雨中花　五十一字

晏　殊

剪翠妝紅欲就。折得清香滿袖。一對鴛鴦眠未足，葉下長相守。　莫
◎●○○◎▲　◎●⊙○◎▲　●●○○○●●　●●○○▲　◎
傍細條尋嫩藕。怕緑刺、罥衣傷手。可惜許、月明風露好，恰在人歸後。
●◎○○●▲　●◎●　◎○○▲　●●●　●○○●●　●●○○▲

後起三句，比前段各多一字。

第二體　五十二字

歐陽修

千古都門行路。能使離歌聲苦。送盡行人，花殘春晚，又到東君去。

醉藉落花吹暖絮。多少曲堤芳樹。且攜手留連，良辰美景，留作相思處。

●●●○○●▲　○●●○○▲　●⊙●○○　⊙○◎●　⊙●○○▲

前後第三句以下，與前詞異。

按，“送盡”句，查各家俱前後段相同，此前四後五，或誤多誤少耳。

【杜注】按，《歷代詩餘》“又到東君去”句，“到”作“别”，應遵改。又按，《六一詞》“東君”作“君東”，似誤。

第三體　五十四字

楊无咎

早已是、花魁柳冠。更絶唱、不容同伴。畫鼓低敲，紅牙隨應，著個人勾

●●●　○○●▲　●●●　●○○▲　●●○○　○○○●　●●○○

唤。　　慢引鶯喉千様囀。聽過處、幾多嬌怨。换羽移宫，偷聲減字，不

▲　　●●○○○○●▲　○●●　●○○▲　●●○○　○○●●　●

怕人腸斷。

●○○▲

起句七字，乃上三下四語氣，與他家不同。楊共三首如此，有刻首句缺“早”字者，非。第二句七字，“畫鼓”句、“换羽”句皆四字。

第四體　五十四字

程　垓

聞説海棠開盡了。怎生得、夜來一笑。鸎緑枝頭，落紅點裏，問有愁

○●●○○●▲　●○●　●○●▲　○●○○　●○●●　●●○

多少。　　小院閑門春悄悄。禁不得、瘦腰如嫋。豆蔻濃時，酴醿香處，

○▲　　●●○○○●▲　●●●　●○○▲　●●○○　○○○●

試把菱花照。

●●○○▲

起句七字，如七言詩句而前後整齊者。

【杜注】按,《歷代詩餘》“小院閑門春悄悄”句,“閑”作“閉”,應遵改。

第五體　五十六字

王　觀

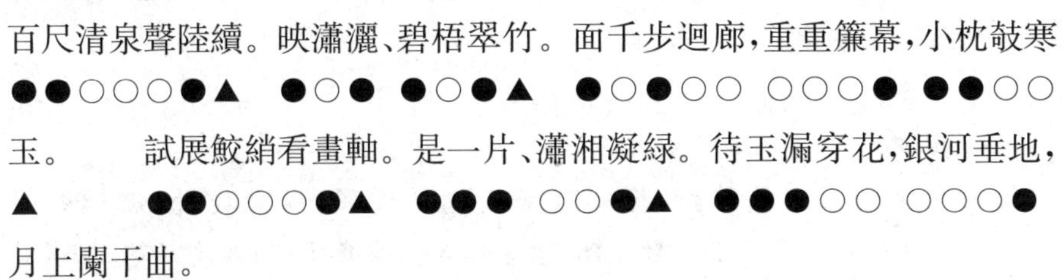

百尺清泉聲陸續。映瀟灑、碧梧翠竹。面千步迴廊,重重簾幕,小枕攲寒
●●○○○●▲　●○●　●○●▲　●○●○○　○○○●　●●○○
玉。　試展鮫綃看畫軸。是一片、瀟湘凝緑。待玉漏穿花,銀河垂地,
▲　●●○○○●▲　●●●　○○●▲　●●●○○　○○○●
月上闌干曲。
●●○○▲

前後第三句俱五字,整齊。

《圖譜》注此爲第二體,云後段同第一體,蓋以前歐詞爲第一也。然歐次句六字,此七字,豈得爲同乎?

【杜注】按,《樂府雅詞》“試展鮫綃看畫軸”句,作“閑拂霜綃開畫軸”。又,“瀟湘凝緑”句,“凝”作“秋”。又,“待玉漏穿花”句,“待”作“正”。又按,《欽定詞譜》“是一片”句,“是”作“見”。

第六體　五十六字　或加“令”字　又名:明月棹孤舟　即:夜行船

趙長卿

緑鎖窗紗梧葉底。麥秋時、曉寒慵起。宿酒厭厭,殘香冉冉,渾似那時天
●●○○○●▲　●○○　●○○▲　●●○○　○○●●　○●●○○
氣。　别日不堪頻屈指。回頭早、一年不啻。搔首無言,闌干十二。倚
▲　●●●○○●▲　○○●　●○●▲　○●○○　○○●▲　●
了又還重倚。
●●○○▲

前後結句俱六字。

按,黄在軒有《明月棹孤舟》詞,逃禪亦有四首,俱與此趙詞一字無異。汲古注云:“向誤作《夜行船》,今按譜正之,改爲《明月棹孤舟》。”蓋逃禪四詞載於《雨中花》之後,《夜行船》之前,故毛氏以爲訂正如此也,不知此調即是《夜行船》。試將四詞與他處《夜行船》對校,無不相同,必因“夜行船”三字而以“明月”代“夜”字、“棹”代“行”字、“孤舟”代“船”字也。是則《夜行船》與《明月棹孤舟》爲一調無疑矣。而觀此趙詞,則《夜行船》亦即《雨中花令》,今恐人致疑,將《夜行船》長短數調俱列於後。

夜行船

趙長卿

龜甲爐煙輕裊。簾櫳静、乳鴉啼曉。拂掠新妝，時宜頭面，繡草冠兒小。
衫子揉藍初著了。身材稱、就中恰好。手捻雙丸，菱花重照。帶朵宜男草。

此五十三字與前楊詞同。

第二體

趙長卿

短棹輕舟排辦了。歌聲斷、晚霞残照。紅蓼坡頭，綠楊堤外，離恨知多少。　別後莫教音信杳。歎光陰、自來堪笑。畫角譙門，槐溪歸路，正是楚天曉。

此五十四字與前程詞同。

第三體

吴文英

鴉帶斜陽歸遠樹。無人聽、數聲鐘暮。日與愁長，心灰香斷，月冷竹房扃户。　畫扇青山吴苑路。傍懷袖、夢飛不去。憶別西池，紅綃盛淚，腸斷粉蓮啼露。

此五十六字。與前趙詞同。

其外《夜行船》尚有字句異者，亦並載入以憑考證。

第四體

趙長卿

淚眼江頭看錦樹。別離又還秋暮。細水浮浮，輕風冉冉，穩送扁舟去。
歸去江山應得助。新詩定須多賦。有雁南來，槐溪千萬，寄我驚人句。

此五十二字，前後整齊，次句六字，前晏、歐有之。

第五體

石孝友

漏永迢迢清夜。露華濃、洞房寒乍。愁人早是不成眠，奈無端、月窺窗罅。　心心念念都緣那。被相思、悶損人也。冤家你若不知人，這歡娱、自今權罷。

此五十五字。“露華濃”等四句上三字可作平平仄，“冤家”句可作仄仄平平平平仄，此句七字，前晏體有之。

第六體

歐陽修

憶昔西都歡縱。自別後、有誰能共。伊川山水洛川花，細尋思、舊遊如夢。　記今日，相逢情愈重。愁聞唱、畫樓鐘動。白髮天涯逢此景，倒金尊、殢誰相送。

此亦五十六字，而後起八字者。

第七體

趙長卿

綠蓋紅幢籠碧水。魚跳處、浪痕勻碎。惜別殷勤，留連無計，歌聲與、淚珠柔脆。　一葉扁舟煙浪裏。曲灘頭、此情無際。窈窕眉山，暮霞紅處，雨雲想、翠峰十二。

此五十八字。

【考正】前七首《夜行船》，前後段第二句若有折腰式七字句者，萬氏原稿均未讀斷。

雨中花慢　九十六字

京　鏜

玉局祠前，銅壺閣畔，錦城藥市争奇。正紫萸綴席，黄菊浮卮。巷陌連鑣
●●○○　⊙○●●　◎○◎●○△　●◎○●●　⊙●○△　◎●○○

共轡，樓臺吹竹彈絲。登高望遠，一年好景，九日佳期。　自憐行客，猶
●●　○○⊙●○△　⊙○◎●　◎○◎●　◎●○△　◎○○●　⊙

對嘉賓，留連豈是貪癡。誰會得、心馳北闕，興寄東籬。惜別未催鷁首，追
●○○　⊙○◎●○△　○●●　○○●●　◎●○△　◎●◎○●●　○

歡且醉蛾眉。明年此會，他鄉今日，總是相思。
○◎●○△　⊙○◎●　⊙○⊙●　◎●○△

"綴"、"共"、"北"、"鷁"字，不可用平，未字用平方佳。

《圖譜》既收稼軒"馬上三年"一首作《雨中花慢》矣，又於《續譜》收此調作《雨中花》，淆訛重複，真不可解。而後起次句作六字，又因"嘉賓留連"四字皆平，遂注"嘉"字、"連"字可仄，真無可奈何矣。

第二體　九十七字

辛棄疾

舊雨常來，新雨不來，佳人偃蹇誰留。幸山中芋栗，今歲全收。貧賤交情
●●○○　○●○○　⊙○◎●○△　●○○○●　○●○△　⊙●○○

落落，古今吾道悠悠。怪新來却見，文友離騷，詩發秦州。　功名只道，
●●　◎○⊙●○△　●○○◎●　⊙●○○　⊙●○△　○○●●

無之不樂，那知有更堪憂。怎奈向、兒曹抵死，喚不回頭。石卧山前認虎，
○○●●　◎○◎●○△　◎●●　○○●●　◎●○△　◎●○○●●

蟻喧床下聞牛。爲誰西望，憑欄一餉，却下層樓。
◎○○●○△　●○○●　⊙○◎●　◎●○△

前段“新雨”句，後段“無之”句，俱與京詞平仄異。“怪新來”句，比前多一“怪”字。

按，稼軒又於“無之”句作“有酒盈樽”，與京詞同。惜香於“幸山中”二句作“倚欄無語，羞辜負年華”，想皆不拘。以其句字同，不另録。竹屋於“幸山中”句作六字。其餘皆同，玆亦不録。

【校勘記】辛棄疾詞，“幸山中芋栗，今歲全收”二句，本杜少陵“園收芋栗未全貧”詩意，“芋”應作“芧”，雖杜詩亦有作“芋”之本，然《莊子》云：“先生居山林，食芧栗”，與杜詩上句，“錦里先生”之語正合，當以“芧”字爲是。

【考正】原注前段第二句“不”字作平。

第三體　九十八字

蘇　軾

今歲花時深院，盡日東風，蕩颺茶煙。但有緑苔芳草，柳絮榆錢。聞道城
○●○○○●　●●○○　●●○△　●●●○○●　●●○△　○●○
西，長林古寺，甲第名園。有國艷帶酒，天香染袂，爲我留連。　清明過
○　○○●●　●●○△　●○□●●　○○●●　●●○△　○○●
了，殘紅無處，對此淚灑尊前。秋向晚、一枝何事，向我依然。高會聊追短
●　○○○●　●○●●○△　○●●　●○○●　●●○△　○●○○●
景，清商不暇餘妍。不如留取，十分春態，付與明年。
●　○○●●○△　●○○●　●○○●　●●○△

起處與前詞不同。或云可以讀作兩四一六，若“聞道”至“名園”十二字，前詞作兩句相對，此則作三句單行，全不侔矣。後段“高會”二句，又仍作“偶語”，未審何也。

【杜注】按，《欽定詞譜》“長廊”作“長林”。【“清商不暇餘妍”句，“暇”字疑“假”字之誤。】

【考正】“有國艷帶酒”句，第三字依律須平，“艷”字或爲“色”字，以入作平，而“國”字亦爲以入作平。又，“對此淚灑樽前”句，“此”字以上作平。

又按，前段第七句，“長林”之文理修辭，皆優於“長廊”，據杜注改。

第四體　九十八字

秦　觀

指點虛無征路，醉乘斑虯，遠訪西極。見天風吹落，滿空寒白。玉女明星
●●⊙○○●　●●○○　●○○▲　●○○○●　●⊙○▲　●●○○

迎笑，何苦自淹塵域。正火輪飛上，霧卷煙開，洞觀金碧。　　重重觀閣，
○●　○●●○○▲　●●○○●　◎◎○⊙　●○○▲　　○○◎●
横枕鼇峰，水面倒銜蒼石。隨處有、奇香幽火，杳然難測。好是蟠桃熟後，
⊙◎⊙⊙　◎●●○○▲　○◎●　○○◎●　●○○▲　●●⊙○◎●
阿環偷報消息。任青天碧海，一枝難遇，占取春色。
◎○⊙●○▲　●○○●●　◎○○●　●○○▲

此用仄聲韻。“虯”字即“虬”字。

舊刻“見天風”八字句，余細玩之，“寒”字下應有一叶韻字，而落去耳。此二句正同前辛詞“幸山中”九字也。後段舊刻“在天碧海”，無理，余謂亦有一“青”字，此句五字，與前正“火輪”句同也。因一時無秦集可查，姑記於此。

【杜注】萬氏於“寒”字下空一字，旁注應叶。按，下文“皇女”二字費解，今檢《淮海集》上句爲“寒白”，下句爲“玉女”，乃原刻以“白、玉”二字誤並爲“皇”字耳。又，“在天碧海”句，“天”字上空一字，《淮海集》作“任青天碧海”，均應改補。

【考正】原譜作“滿空寒□，皇女明星迎笑”及“在□天碧海”兩句，均依杜注改。

首均依律當作四字兩句、六字一句方譜，若以六字一句、四字兩句填，則應調節平仄，如無名氏之“宴闕倚欄郊外，乍別芳姿，醉登長陌”、“夢破江南春信，漸入江梅，暗香初發”皆是，故此處“乘”字當仄、“訪”字當平，庶幾無違。據無名氏詞，本譜解爲“乘”字借音爲仄，“訪”字以上作平。又按，末句“占取春色”，“取”字他作宋人皆作平聲，則爲以上作平無疑。

第五體　一百字

柳　永

墜髻慵梳，愁蛾懶畫，心緒是事闌珊。覺新來憔悴，金縷衣寬。認得這、疏
●●○○　○○●●　○○●●○△　●○○○●　○●○△　●●●　○
狂意下，向人誚、譬如閑。把芳容陡頓，恁地輕孤，争忍心安。　　依前過
○●●　●○●　●○△　●○○●●　●●○○　○●○△　　○○●
了舊約，甚當初賺我，偷剪香鬟。幾時得歸來，香閣深關。待伊要、尤雲殢
●●○　●○○●●　○●○△　●○●○○　○●○△　●○●　○○●
雨，纏鴛衾、不與同歡。儘更深款款，問伊今後，更敢無端。
●　●○○　●●○△　●○○●●　●○○●　●●○△

“認得這”兩句，即後“待伊要”兩句，該十四字今少一字，且難解，恐有誤耳。“儘更深”下，照前該在“款款”斷句，而語氣則該“更深”處略豆，總之一氣貫下，不拘也。

【杜注】按，《欽定詞譜》“更散”作“更敢”，應遵改。又按，“意下”之“下”字，應注句，“向人”

之“人”字下，疑落“前”字。【“心緒事事闌珊”句，誤作“是事”。又，“把芳容整頓”句，“整”誤作“陡”。又，“纏繡衾”句，“繡”誤作“鴛”。】

【考正】原譜“認得”下十三字不讀斷，“儘更”下十三字不讀斷。

校之諸體，本詞最爲參差，若確屬本調，則其中文字必有頗多錯訛。惟細究本詞均拍，則實爲《錦堂春》也，試比較《錦堂春》第一體，則除本詞前後段第三均兩拍更添一字、前後段尾均首拍各少一字外，其餘均一般無二，調名誤植無疑。

望江東　五十二字

黄庭堅

江水西頭隔煙樹。望不見、江東路。思量只有夢來去。更不怕、江攔

○●○○●○▲　●●●　○○▲　⊙○◎●●○▲　●◎●　○○

住。　燈前寫了書無數。算没個、人傳與。直饒尋得雁分付。又還是、

▲　○○●●○○▲　●●●　○○▲　◎○⊙●●○▲　●○●

秋將暮。

○○▲

前後字句同，只後起平仄與前起異。

沈氏云“此調用平韻即《醉紅妝》”，可笑。兩者相去河漢，寧得牽合？“夢來去”、“雁分付”皆去平去，乃此調定格，《圖譜》以“雁”字可平既差，而末句落去“還”字，竟注作五字句，則更甚矣。

【杜注】按，《欽定詞譜》“直饒”作“直教”。又，注云：“此調只此一詞，無别首可校。”

【考正】萬氏點讀本詞，前後結拍均不讀斷，似作一字逗領五字句解，惟細玩文意，並綜合全詞，當以六字折腰解更確，元王重陽詞，前後段結拍作：“昆侖上、變珍寶。……無爲處、這回到。”可證。謹改。

醉花陰　五十二字

李清照

薄霧濃雰愁永晝。瑞腦噴金獸。佳節又重陽，寶枕紗厨，半夜秋初透。

◎●⊙○○●▲　◎●○○▲　⊙●●○○　◎●○○　⊙●○○▲

東籬把酒黄昏後。有暗香盈袖。莫道不消魂，簾卷西風，人比黄花瘦。

⊙○◎●○○▲　◎●○○▲　◎●●○○　⊙●○○　⊙●○○▲

“有暗香”句，以“有”字領句，與“瑞腦”句語氣異。然查各家，如稼軒、東堂、逃禪等，前後皆用“瑞腦”句法。

後段起句與前段起句平仄相反，東堂亦然，餘家前後俱用“東籬”句法，因字同韻同，不另立體。《圖譜》謂兩結皆九字，而“紗”字、“西”字可仄，何也？

沈氏選詞首句云"似忘似變似無已","寶枕"二句云"竟不念人約梅花香裏",後起云"相望相思窗遍倚","莫道"句云"願風將此意",末二句云"背人吹入他合歡杯底"。如此平仄句法,謂是《醉花陰》,沈氏亟賞之,密圈到底,且加雙層圈,嗚呼!此豈有目者耶?

【杜注】按,《欽定詞譜》收毛澤民一首,注云:"换頭第四字疑韻。如楊无咎詞之'撲人飛絮渾無數'、李清照詞之'東籬把酒黄昏後','絮'字、'酒'字俱韻。此即《樂府指迷》所謂'藏短韻於句内'者。然宋詞如此者亦少。"遵此,"酒"字應注叶。

【考正】杜注所云"酒字應注叶"者,即余所謂"閑韻"也。閑韻本可有可無,可叶可不叶,以譜論之,則可注可不注者也。又按,本調前後段第二句句法本兩可,萬氏所謂"餘家前後俱用'東籬'句法"者,亦非。如前後段均爲一四式者,有舒亶"正千山雪盡……更玉釵斜襯"、沈蔚"怯曉寒脈脈……有動人標格"、王之望"歎居諸難繫……笑欣欣相戲";兩種句法混用者,有王庭珪"把素衫揉破……玉笛愁無那"、李彌遜"揖數峰横翠……不願封侯貴"、趙長卿"更異鄉重九……落照歸鴉後"。

入塞　五十二字

程　垓

好思量。正秋風、半夜長。奈銀釭一點,耿耿背西窗。衾又涼。枕又
●○△　●○○　●●△　●○○●●　●●●○△　○●△　●●
涼。　露華,淒淒月半床。照得人、真個斷腸。窗前誰浸木犀黄。花也
◇　●○　○○●●△　●●○　○●●△　○○○●●○△　○●
香。夢也香。
△　●●◇

或云:"釭"字亦是叶韻,而"一點"下爲七字句,與後結同。未知果否。然如此則未免穿鑿也。

【考正】本調疑即《望江東》。參校山谷詞,兩者所不同者惟三點:其一,起句山谷作"江水西頭隔煙樹",程詞則減一字作三字兩句;其二,後段次句山谷作"算没個、人傳與",此當爲正格,程詞則爲"照得人、真個斷腸",添一襯字"個";其三,程詞首句不叶。此三者,詞體變化最常見之手法也。

青門引　五十二字

張　先

乍暖還輕冷。風雨晚來方定。庭軒寂寞近清明,殘花中酒,又是去年
●●○○▲　○●●○○▲　○○●●●○○　○○●●　●●●○
病。　樓頭畫角風吹醒。入夜重門静。那堪更被明月,隔牆送過秋
▲　○○●●○○▲　●●○○▲　●○●●○●　●○●●○

千影。
○▲

"輕"字《譜》作"乍"字，注可平，不知何據。《圖譜》合前結爲九字，無謂。"中"字本平聲，徐邈中"聖人對魏武曰：臣今時復一中之"是也。《圖譜》讀作去聲，反云可平，誤矣。

沈氏選明詞，於"那堪"下二句云："口脂紅逗，鸚鵡窗前，難數春歸恨"，作兩四一五，如此選詞，尚可謂知詞者乎？

【考正】"中酒"之"中"當仄，《圖譜》無誤。蓋此即"中疾"、"中毒"、"中暑"之"中"，意謂"遭受"也。至若一六一七填爲兩四一五，亦詞中常見填法，無須質疑。

鋸解令　五十二字

楊无咎

送人歸後酒醒時，睡不穩、衾翻翠縷。應將別淚灑西風，盡化作、斷腸夜
●○○●●○○　●●●　○○●▲　○○●●●○○　●●●　●○●
雨。　　卸帆浦漵。一種悽惶兩處。尋思却是我無情，便不解、寄將夢去。
▲　　●○●▲　●●○○●▲　○○●●●○○　●●●　●○●▲

結二句前後同。

木蘭花　五十二字

毛熙震

掩朱扉，鈎翠箔。滿院鶯聲春寂寞。匀粉淚，恨檀郎，一去不歸花又
●○○　○●▲　◎●⊙○○●▲　○●●　●○○　◎●◎○○●
落。　　對斜暉，臨小閣。前事豈堪重想著。金帶冷，畫屏幽，寶帳慵熏
▲　　●○○　○●▲　⊙●◎○○●▲　○●●　●○○　◎●⊙○
蘭麝薄。
○●▲

前後同。

第二體　五十四字

魏承班

小芙蓉，香旖旎。碧玉堂深情似水。閉寶匣，掩金鋪，倚屏拖袖愁如
●○○　○●▲　●●○○○●▲　●●●　●○○　●○○●○○
醉。　　遲遲好景煙花媚。曲渚鴛鴦眠錦翅。凝然愁望静相思，一雙笑
▲　　○○●●○○▲　●●○○○●▲　○○○●●○○　●○●

麝噸香蕊。
●○○▲

前段與前詞同,只"倚屏"句平仄異耳。《圖譜》竟注同前體,誤。後段四句七字,乃大異。

【杜注】按,《欽定詞譜》"閉寶匣"句,"閉"作"開"。

第三體　五十五字

韋　莊

獨上小樓春欲暮。愁望玉關芳草路。消息斷,不逢人,却斂細眉歸繡
●●●○○●▲　○●●○○●▲　○●●　●○○　●●●○○●
户。　坐看落花空歎息。羅袂濕斑紅淚滴。千山萬水不曾行,魂夢欲
▲　●●●○○●▼　○●●○○●▼　○○●●●○○　○●●
教何處覓。
○○●▼

前後兩韻。只第三四句用三字,餘俱七字。《圖譜》云"後段同魏詞",誤。魏後起句、尾句平仄與此皆反,安得云同。

第四體　五十六字　又名:玉樓春

牛　嶠

春入横塘摇淺浪。花落小園空惆悵。此情誰信爲狂夫,恨翠愁紅流
○●○○○●▲　●●●○○■▲　○●○●●○○　●●○○○
枕上。　小玉窗前瞋燕語。紅淚滴穿金綫縷。雁歸不見報郎歸,織成
●▲　●●○○○●▼　○●●○○●▼　●○●●●○○　●○
錦字封過與。
●●○○▼

前後兩韻,而第三句仍用七字者。"過"字恐誤,作者於"惆"字用仄,"過"字用平可也。

【考正】未知萬氏"'過'字恐誤"之意,牛詞"惆"字失律,其餘諸家皆用仄聲,此當仄而平也。但"過與"之"過"本可讀平。

第五體　五十六字　又名:春曉曲、惜春容

葉夢得

花殘却似春留戀。幾日餘香吹酒面。濕煙不隔柳條青,小雨池塘初
⊙○◎●○○▲　◎●⊙○○●▲　◎○◎●●○○　◎●⊙○○

有燕。　　波光縱使明如練。可奈落紅紛似霰。解將心事訴東風，只有
●▲　　⊙○◎●○○▲　◎●◎○○●▲　◎○⊙●●○○　◎●
啼鶯千種囀。
⊙○○●▲

前後俱七字四句，此宋體也。

按，唐詞《木蘭花》，如前所列四體是矣。其七字八句者，名《玉樓春》，至宋則皆用七言，而或名之曰《玉樓春》，或名之曰《木蘭花》，又或加"令"字，兩體遂合爲一，想必有所據。故今不立《玉樓春》之名，而載注前三體之後，蓋恐另立《玉樓春》，則如此葉詞無所附，而體同名異，不成畫一耳。

按，唐《玉樓春》如"家臨長信往來道"等，句中平仄不拘，顧夐、魏承班爲有紀律，然不如宋人，平仄整齊。蓋首句第二字用平，次句第二字用仄，三平、四仄、五平、六仄、七平、八仄，是有定格，可從也。其顧、魏詞，惟於前後第三句第二字用平，餘六句第二字皆仄，而魏詞後起叶韻，顧詞後起用仄聲而不叶韻，又自不同。今不備録者，因此調雖宋人合之曰《木蘭花》，而本譜不敢以唐之《玉樓春》改名《木蘭花》也。若欲作顧、魏唐腔，仍名曰《玉樓春》可耳。

按《步蟾宫》亦五十六字，八句，每句七字，然第二四六八句皆上三下四，不可爲《圖譜》等書混列所誤。

減字木蘭花　四十四字

吕渭老

雨簾高卷。芳樹陰陰連別館。涼氣侵樓。蕉葉荷枝各自秋。　　前溪夜
◎○⊙▲　⊙●⊙○○●▲　⊙●○△　⊙●○○◎●△　　⊙○◎
舞。化作驚鴻留不住。愁損腰肢。一桁香銷舊舞衣。
▲　◎●⊙○○●▲　⊙●○△　◎●○○◎●△

四段四換韻。

偷聲木蘭花　五十字

張　先

雲籠瓊苑梅花瘦。外院重扉聯寶獸。海月新生。上得高樓没奈情。
○○○●○○▲　●●○○○●▲　●●○△　●●○○●●△
簾波不動銀釭小。今夜夜長争得曉。欲夢荒唐。只恐覺來添斷腸。
○○●●○○▲　○●●○○●▲　●●○△　●●●○○●△

前後起句七字，與前異。

【杜注】按，《歷代詩餘》“欲夢荒唐”句，“荒”作“高”。又，“只恐覺來”四字作“恐覺來時”，應遵改。

木蘭花慢　一百一字

蔣　捷

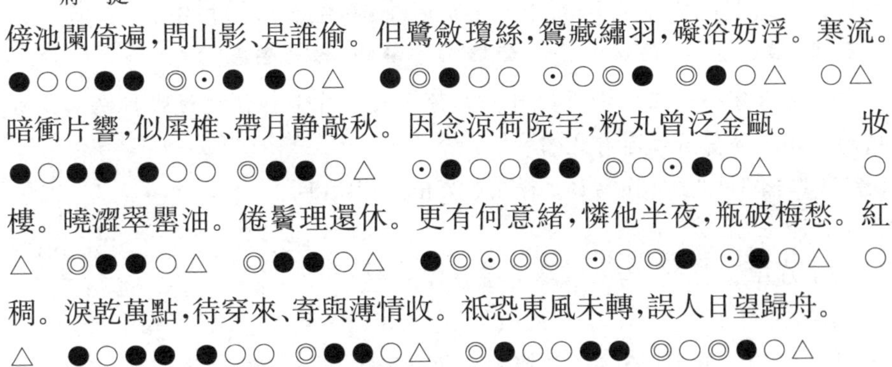
傍池闌倚遍，問山影、是誰偷。但鷺斂瓊絲，鴛藏繡羽，礙浴妨浮。寒流。
●○○●● ◎⊙● ●○△ ●◎●○○ ⊙○◎● ◎●○△ ○△
暗銜片響，似犀椎、帶月靜敲秋。因念涼荷院宇，粉丸曾泛金甌。　妝
●○●● ●○○ ◎●●○△ ⊙●○○●● ◎○⊙●○△ ○
樓。曉濯翠罌油。倦鬟理還休。更有何意緒，憐他半夜，瓶破梅愁。紅
△ ◎●●○△ ◎●●○△ ●◎⊙◎◎ ⊙○◎● ⊙●○△ ○
裯。淚乾萬點，待穿來、寄與薄情收。衹恐東風未轉，誤人日望歸舟。
△ ●○●● ●○○ ◎●●○△ ◎●○○●● ◎○◎●○△

此調作者如林，至竹山此詞規矩森然，可謂毫髮無憾矣。首句“傍”字領句，下用兩平兩仄，此正格也。他如稼軒“老來情味減”，亦平仄不礙。若花庵“鶯啼啼不盡”之“鶯”字，竹齋“問功名何處”之“何”字，畢竟不如仄聲，故不旁注可平。而“鶯啼”不以一字領句，他家無之，不可從也。“寒流暗銜片響”必用平平仄平仄仄，“紅裯”句亦同。而“暗”、“片”、“淚”、“萬”去聲，尤妙。但細觀古人名作，莫不皆然。“院宇”之“院”，“未轉”之“未”，亦妙。此字間有用平者，然不如用仄。“片響”、“萬斷”用去上，甚爲發調。觀其又一首，作“自老”、“片腦”可見。“流”字、“裯”字乃藏短韻於句中，亦他人所不能及，惟夢窗有之。《圖譜》乃於“流”字注可仄，真可歎也。“妝樓”亦必須叶韻方是。猶之《滿庭芳》後起二字，雖有不叶者，然不如依此。蓋作詞本求推敲精當，若可援以自恕，執以自辨，則但須閣筆，誰來相强？既欲求廁於作者之林，而不肯稍費心力，竟率焉脱稿，不思取法乎上耶？

又按，海野於“似犀椎”八字，作“繁華清勝，兩兩無窮”，此誤也，不可從。

【杜注】按，後半“妝樓”下十字，作五字兩句。周草窗、吴夢窗諸家之詞，多作四字一句、三字二句，亦有作兩五字者。又按，《升庵詞品》云：“《木蘭花慢》惟耆卿清明詞得音調之正。”蓋屯田之詞用：“傾城。盈盈歡情。”皆於第二字藏短韻。此詞之“寒流”、“妝樓”、“紅裯”，正與之同。

第二體　一百一字

黄　機

政征塵滿野，問誰與，作堅城。有老子行年，平頭六十，無限聲名。向來試
●○○●● ●○● ●○△ ●●●○○ ○○●● ○●○△ ○○●

陳大略，便群兒、啁哳耳邊鳴。爭識規模先定，破羌終屬營平。　　吾心
○●●　●○○　○●●○△　○●○○○●　●○○●○△　　○○
惟有忠誠。羞媚嫵，做逢迎。謂干戈鋒鏑，動關民命，此不宜輕。聽渠自
○●○△　○●●　●○△　●○○○●　●○○●　●●○△　○○●
分勇怯，奈何他、天地若持衡。只把從前不殺，也應換得長生。
○●●　●○○　○●●○△　●●○○●●　●○●●○△

後起六字一句三字兩句與前調異竹齋又一首雲神仙之説朦朧鉛與汞亦何功同此而夢窗蒲江亦有此體。

【考正】"向來"句、"聽渠"句皆爲律拗句式，第五字不可填平。

尋芳草　五十二字　又名：王孫信

辛棄疾

有得許多淚。更閑却、許多鴛被。枕頭兒、放處都不是。舊家時、怎
●●●○▲　●○●　●○○▲　●○○　●●○○▲　◎⊙⊙　◎
生睡。　　更也没書來，那堪被、雁兒調戲。道無書、却有書中意。排幾
○▲　　●●●○○　●○●　●○○▲　●○○　●●○○▲　⊙◎
個、人人字。
◎　⊙○▲

此調只後起用平聲，不叶，與前稍異，餘句皆同。沈氏及《圖譜》誤以"枕頭兒放處"作五字，"都不是舊家時"作六字，"怎生睡"作三字，怪極。豈意必欲使學者失填一韻耶？夫前後段字句一樣，明若列眉，且"是"字端端正正叶韻，有何難辨？而偏如此注也。

【杜注】按，此詞有難索解處，校《稼軒集》，知題爲"嘲陳莘老憶内"也。

【考正】前段第三句"不"字，以入作平。此即後段第三句之"中"字。原譜萬氏注曰"可平"，誤。

醉紅妝　五十二字

張　先

瓊林玉樹不相饒。薄雲衣，細柳腰。一般妝樣百般嬌。眉兒秀，總如
○○●●●○△　●○○　●●△　●○○●●○△　○○●　●○
描。　　東風摇草雜花飄。恨無計，上青條。更起雙歌郎且飲，郎未醉，
△　　○○○●●○△　●○●　●○△　●●○○○●●　○●●
有金貂。
●○△

前後字句同，只“更起”句用仄，不叶。

雙雁兒　五十二字

楊无咎

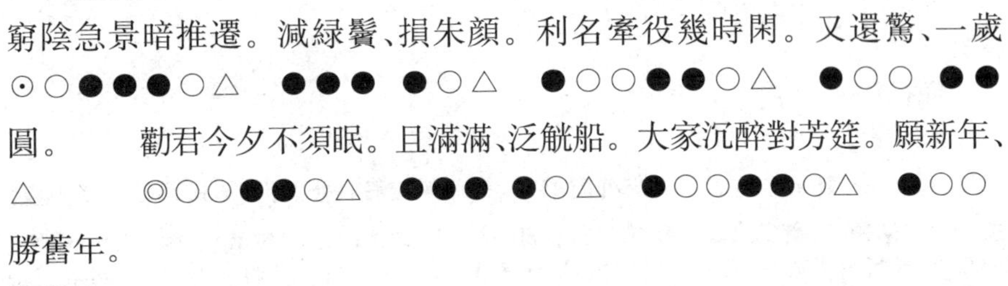

窮陰急景暗推遷。減緑鬢、損朱顔。利名牽役幾時閑。又還驚、一歲

⊙○●●●○△　●●●　●○△　●○○●●○△　●○○　●●

圓。　勸君今夕不須眠。且滿滿、泛觥船。大家沉醉對芳筵。願新年、

△　◎○○●●○△　●●●　●○△　●○○●●○△　●○○

勝舊年。

●●△

按，此調或云即《醉紅妝》，考其後段“大家沉醉”句，乃叶韻者，《醉紅妝》此句用仄聲，不叶，未必是一調也。今兩列之。

玉團兒　五十二字

周邦彦

鉛華淡濘新妝束。好風韻、天然異俗。彼此知名，雖然初見，情分先

⊙○●●○○▲　●⊙●　○○●▲　●●○○　⊙○○●　○●○

熟。　爐煙淡淡雲屏曲。睡半醒、生香透肉。賴得相逢，若還虛度，生

▲　⊙○●●○○▲　●◎●　○○●▲　●●○○　◎○○●　○

世不足。

●○▲

前後段同。“分”字、“世”字不可平聲。盧炳詞亦然。

按，此詞又載《惜香樂府》内，然據盧炳注云，是和美成韻，則知此是周作矣。

【考正】尾句“不”字，以入作平，宋詞此字位均填平聲，拗句句法如此也。

傾杯令　五十二字

吕渭老

楓葉飄紅，蓮房浥露，枕席嫩涼先到。簾外蟾華如掃。枝上啼鴉催曉。

⊙●○○　○○●●　●●●○○▲　○●⊙○○▲　○●⊙○○▲

秋風又送潘郎老。小窗明、疏紅斜照。登高送遠惆悵，白髮新愁未了。

○○◎●○○▲　●○○　○○○▲　○○●●○●　●●○○●▲

或謂“悵”字恐誤，應同前“掃”字叶韻，不知吕别作亦前叶後否也。

【杜注】按,【按,“肥”字應仄,且與“飄”字不對,疑“浥”字之誤。】《欽定詞譜》“至今”作“新愁”,應遵改。

【考正】原譜第二句作“蓮房肥露”,誤。吕詞别首作“射”,亦可旁證第三字爲仄。又,“疏紅斜照”原作“疏螢淺照”,“新愁”原作“至今”,已見杜注,均據《欽定詞譜》改。

四印齋所刻本《宣卿詞》收《傾杯近》一首,與令詞、慢詞皆不同,當是别調,録以供學者模擬:

傾杯近 八十四字

袁去華

邃館金鋪半掩,簾幕参差影。睡起槐陰轉午,鳥啼人寂静。殘妝褪粉,松髻攲雲慵不整。
●●○○●● ○●○○▲ ●●○○●● ●○○●▲ ○○●● ○●○○○●▲
儘無言,手挼裙帶繞花徑。 酒醒時,夢回處,舊事何堪省。共載尋春,並坐調筝何時
●○○ ●○○●●○▲ ●○○ ●○● ●●○○▲ ●●○○ ●●○○○○
更。心情盡日,一似楊花飛無定。未黄昏,又先愁夜永。
▲ ○○●● ●●○○○○▲ ●○○ ●○○●▲

傾杯樂 一百四字

柳　永

樓鎖輕煙,水横斜照,遥山半隱愁碧。片帆岸遠,行客路杳,簇一天寒色。
○●○○ ●○○● ○○●●○▲ ●○●● ○○●● ●●○○▲
楚梅映雪數枝艷,報青春消息。年華夢促,音信斷、聲遠飛鴻南北。
●○●●●○● ●○○○▲ ○○●● ○●● ○●○○○▲
算伊、别來無緒,翠消紅減,雙帶長拋擲。但淚眼沉迷,看朱成碧,惹閑愁
●○ ●○○● ●○○● ○●○○▲ ●●●○○ ●○○● ●○○
堆積。雨意雲心,酒情花態,辜負高陽客。恨難極。和夢也、多時間隔。
○▲ ●●○○ ●○○● ○●○○▲ ●○▲ ○●● ○○●▲

【校勘記】柳永“樓鎖輕煙”一首,“看朱成碧”句,“碧”字複,非韻,誤注叶。末句“孤負高鴻客”句下,落“恨難極和夢也多時間隔”十字,應從宋本補。

【考正】前段第五句“客”字以入作平。

原譜僅至“高陽客”截,脱十字,然則全詞前段四均,後段僅得三均,落一均,於律大不合。余謂明清詞譜學家已無“均”概念,即便大家如萬樹者,亦是。否則,落一均乃極爲明顯之失,豈有不識之理。又按,“看朱成碧”原譜入韻,據校勘記改。

第二體 一百八字

柳　永

離宴殷勤,蘭舟凝滯,看看送行南浦。情知道、世人難使,皓月長圓,彩雲
○●○○ ○○○● ●●●○○▲ ○○● ●○○● ●●○○ ●○

鎮聚。算人生、悲莫悲於輕别，最苦正歡娱，便分鴛侣。淚滴瓊臉，梨花一
●▲ ●○○ ○●○○○● ●●●○○ ●○○▲ ●○○● ○○●
枝春帶雨。　　慘黛蛾、盈盈無緒。共黯然魂銷，重攜纖手。話别臨行，
○○●▲ ●●○ ○○○▲ ●●○○○ ○○○● ●●○○
再三問道君須去。頻耳畔低語。知多少、他日深盟，平生丹素。從今盡把
●○●●○○▲ ○●●○▲ ○○● ○●○○ ○○○▲ ○○●●
憑鱗羽。
○○▲

以上二調，字句參差，柳集最訛，莫可訂正。次首尤多錯亂，分句未確，且長調應分兩段，原刻如右，姑仍之。

【杜注】按，宋本"皓月常晝"句，"晝"作"圓"。又，"人生"句上有"算"字。又，"淚滴瓊臉，梨花一支春帶雨"二句，以"臉"字爲句，"雨"字分段。萬氏以"花"字作句，未分段，均誤。又，"慘黛别臨行猶自再三問道君須去"二句，"黛"字下落"蛾盈盈無緒共黯然魂銷重攜纖手語"十五字，多"猶自"二字。又，末句"從此"作"從今"，均應改補。又按，所補十五字，"語"字重韻，疑後之"低語"爲"低訴"之誤。

【考正】本詞萬氏原譜僅得九十五字，現已據杜注增改。此外更參《欽定詞譜》作如下修正："重攜纖手語别臨行"，"語"字當爲"話"，以"手"斷句。且"手"字爲均脚所在，故必入韻。手，《康熙字典》云："又叶賞吕切，音黍。"則本亦爲語韻，故可入韻。

第三體　一百四字

柳　永

木落霜洲，雁横煙渚，分明畫出秋色。暮雨乍歇，小檝夜泊，宿葦村山驛。
●●○○ ●○○● ○○●●○▲ ●●●○ ●○●● ●●○○▲
何人月下臨風處，起一聲羌笛。離愁萬緒，聞岸草、切切蛩吟如織。
○○●●○○● ●●○○▲ ○○●● ○●● ●●○○○▲
爲憶。芳容别後，水遥山遠，何計憑鱗翼。想繡閣深沉，争知憔悴，損天涯
●▲ ○○●● ●○○● ○●○○▲ ●●●○○ ○○○● ●○○
行客。楚峽雲歸，高陽人散，寂寞狂蹤跡。望京國。空目斷、遠峰凝碧。
○▲ ●●○○ ○○○● ●●○○▲ ●○▲ ○●● ●○○▲

此首較明，據此，則前"樓鎖輕煙"一首是於末處遺缺"望京國"以下十字。而此闋照前，則當在"如織"下分段耳。"争知"二句，人皆讀上五下四，不知此與前"看朱"二句相同，乃上四下五，"損天涯行客"正如"惹閑愁堆積"，是以"惹"字、"損"字領句也。前詞"簇一枝寒色"、"報青春消息"，此篇前段"宿葦村山驛"、"起一聲羌笛"皆上一下四句法。其"何計"、"寂寞"二語，與前詞"雙

帶”、“辜負”二語，乃如五言詩句耳。詞中五字句，最易淆訛，而此“争知憔悴損”像五字一句，尤易誤讀，故詳注於此，他詞皆可類推。

【杜注】按，首一字“木”應作“鶩”，與下句“雁”字爲對。又，此闋應以“切切蛩吟如織”分段。

【考正】過片原譜失注句中短韻“爲憶”。又按，前段第四句“歇”字、第五句“楫”字，均爲以入作平。

第四體 一百六字

楊无咎

瑞日凝暉，東風解凍，峭寒猶淺。正池館、梅英粉淡，柳枝金軟，蘭芽香
◎●○○ ⊙○◎● ◎○⊙▲ ●○● ○○●● ◎○○● ⊙○○
暖。滕城誰種芙蕖滿。浸銀蟾影，一夜萬花開遍。翠樓朱户，是處重簾
▲ ⊙○⊙●○○▲ ●○○● ◎◎◎⊙⊙▲ ●○⊙● ●●○○
競卷。　羅綺簇、歡聲一片。看五馬行春旌旆遠。擁襦袴、千里歌謡，
◎▲　⊙○● ⊙○◎▲ ●●●○○○●▲ ●○◎ ⊙●○○
都入太平弦管。且莫厭、瑶觴屢勸。聞鳳詔、催歸非晚。願歲歲，今夜裏、
⊙◎◎⊙⊙▲ ●●● ○○●▲ ○◎● ⊙○⊙▲ ●●● ○●●
端門侍宴。
○○●▲

此詞整齊。查柳詞亦有此百六字調，字句正與此同，學者可從也。程珌、曾覿俱同此格，只曾詞於“翠樓”句上多一仄字，因其餘皆同，不另録。旁可平可仄，俱取柳、程、曾三詞對注。但程尾句云“來歲却笑群仙，月寒空冷”，上六字平仄不同，或亦不拘。但查楊詞，本步趨柳作，如前結柳云“是處層城閬苑”，後結柳云“願歲歲天仗裏，常瞻鳳輦”，楊俱依樣畫之。而曾云“但殢飲香霧卷，壺天不夜”，亦軌轍相符，固知淵源矩矱如此。學者但遵此三公可耳。

又按，“浸銀蟾影”程作“迤邐笙歌”，與柳、楊、曾異，亦不必從。此四字乃“銀蟾”二字相連者，柳云“聳皇居麗”、曾云“杏旗亭路”，三句一般，所宜遵效。可異者，柳云“聳皇居麗，佳氣瑞煙蔥蒨”，《嘯餘》不識，竟注“聳皇居”三字句，“麗佳氣”三字句，“瑞煙蔥蒨”四字句，可笑。《圖譜》、沈氏因之，然則楊詞可以“浸銀蟾”爲一句、“影一夜”爲一句乎？且將“佳氣瑞煙”四字拆開，分屬上下，試問“麗佳氣”三字有此文理否？而“願歲歲”全注可平，尤奇。

第五體　一百七字　原題作：古傾杯

柳　永

凍水消痕，曉風生暖，春滿東郊道。遲遲淑景，煙和露潤，繞遍長堤芳草。斷鴻隱隱歸飛，江天杳杳。遥山變色，妝眉淡掃。目極千里，閑倚危檣迥眺。　　動幾許、傷春懷抱。念何處、韶陽偏早。想帝里看看，名園芳榭，爛漫鶯花好。追思往昔年少。繼日恁、把酒聽歌，量金買笑。别後頓負，光陰多少。

字句又異前，數篇注亦未確。

【杜注】按，宋本第五句作"煙和露潤、繞遍長堤芳草"，應以"潤"字爲句，補"繞"字。又，末句"頓負"應作"暗負"。

【考正】前段第二均，字句各家參差，惟曾、楊、程三家最爲齊整，均作四四七式十五字，則本詞或爲"遲遲淑景，煙和露潤，偏遍染、長堤芳草"，無據，備參。

又按，校之諸詞，前段結句"閑倚危檣迥眺"前，應脱一三字逗或四字句，校之張先詞，則更奪六字。竊以爲宋代諸家，柳詞脱落錯訛最多，文字最不可靠，本詞脱落若干文字亦在可能之中，故不擬譜。

第六體　一百八字　原題止作"傾杯"二字

柳　永

水鄉天氣，灑蒹葭、露結寒生早。空階下、木葉飄零，颯颯聲乾，狂風亂掃。黯無緒、人静酒初醒，客館更堪秋杪。天外征鴻，知送誰家歸信，穿雲悲叫。　　蛩響幽窗，鼠窺寒硯，一點銀釭閑照。夢枕頻驚，愁衾半擁，萬里歸心悄悄。往事追思多少。贏得空使方寸攪。斷不成眠，此夜厭厭，就中難曉。

姑注未確。

【杜注】按，宋本"當無緒"之"當"字，作"黯"。又，"天上征鴻"之"上"字作"外"，"風窺寒硯"之"風"字作"鼠"。又，此闋應以"穿雲悲叫"分段。又按，《欽定詞譜》"方寸撓"之"撓"字作"攪"，注韻。

【考正】本詞已據杜注改。

"客館"六字，萬氏原譜在"生早"下，作第三句，如此則前段結構混亂，只得三均，非律也。校之宋人各體，該句當爲第三均均脚，如此則"空階下"起四句與諸家合，但較之各體，"客館"句前應仍脱四字或五字一句，故亦不擬譜。

第七體　一百八字

柳　永

金風淡蕩，漸秋光老、清宵永。小院新晴天氣，輕煙乍斂，皓月當軒練净。

對千里寒光，念幽期阻，當殘景。早是多愁多病。那堪細把，舊約前歡重省。　　最苦碧雲信斷，仙鄉路杳，歸鴻難倩。每高歌、强遣離懷，奈慘咽、翻成心耿耿。漏殘露冷。空贏得、悄悄無言，愁緒終難整。又是、立盡梧桐清影。

又與前異。

按，"金風"起至"練净"，似是一段，"對千里"起至"重省"似是一段，蓋兩段相比，而"對"字爲换頭領句，且"漸秋光老"句法正與"念幽期阻"同，是則此調應分三段。然"天氣"不叶韻，亦不敢確以爲然也。

【杜注】按，宋本以"舊約前歡重省"句分段。又，末句"立盡"作"立碎"。

【考正】本詞萬氏亦不分段，已按杜注分。

後結校之諸詞，"又是"前應有奪字，不當連下讀，而致仄聲音步相連。參林季仲之"看河橋鵲架，重會雙星燕婉"、沈蔚之"歸來沉醉何處，一片笙歌又近"，則"是"字後顯有一讀斷，原譜八字連讀似誤，有鑒於此，本詞不宜爲後人範，故不擬譜。

又按，杜氏於校勘記中云："又是立盡梧桐清影"句，"清"字宋本作"碎"，未知孰是。

第八體　一百十六字

柳　永

皓月初圓，暮雲飄散，分明夜色如晴晝。漸消盡、醺醺殘酒。危閣迥、涼生
●●○○ ○○○● ○○●●○○▲ ●○● ○○○▲ ○○● ○○
襟袖。追往事、一晌憑闌久。如何媚容艷態，抵死孤歡偶。朝思暮想，自
○▲ ○●● ●●○○▲ ○○●○●● ●●○○▲ ○○●● ●
家空恁添清瘦。　　算到頭誰與伸剖。向道我別來，爲伊牽繫，度歲經
○○●○○▲ ●●○○●○▲ ●●●○○ ●○○● ●●○
年，偷眼覷、也不忍覷花柳。可惜恁、好景良宵，未曾略展雙眉、暫開口。
○ ○●● ●●●●○▲ ●●● ●●○○ ●○●●○○ ●○▲
問甚時與你，深憐痛惜還依舊。
●●○●● ○○●●○○▲

調更長，句亦更亂，愈難分晰矣。

以上惟一百六字可學，餘但臚列，以備體格，不能强爲論定也。

或云：柳集一百六字"禁漏花深"一首，屬仙吕宫；"皓月"、"金風"二首，屬大石調；"木落"一首，屬雙調；"樓鎖"、"凍水"、"離斷"三首，屬林鐘商；"水鄉"一首，屬黄鐘調。因調異，故曲異也。然又有同調而長短大殊者，總之，世遠音亡，字訛書錯，只可闕疑而已。

【考正】原譜未分段。此據《欽定詞譜》分。

後起原作上三下四折腰式讀，玩之其意，後六字渾然一體，不可分也，且驗之平仄格律，後六字亦赫然一平起仄收律句，若分之反不諧矣。又，後段"牽繫"處當是均脚所在，必須押韻，則"繫"字當爲舛誤。又，後結十二字萬氏未讀斷。

後段第二句"別"字，以入作平。

又，《歲時廣記》有《傾杯序》一首，原文三段，然余細察其結構，當是四段，正如《鶯啼序》然。序者，亦詞之一體也，本調兩百零七字，當是現存《鶯啼序》、《勝州令》後之第三長調也。

傾杯序 二百七字

《歲時廣記》無名氏

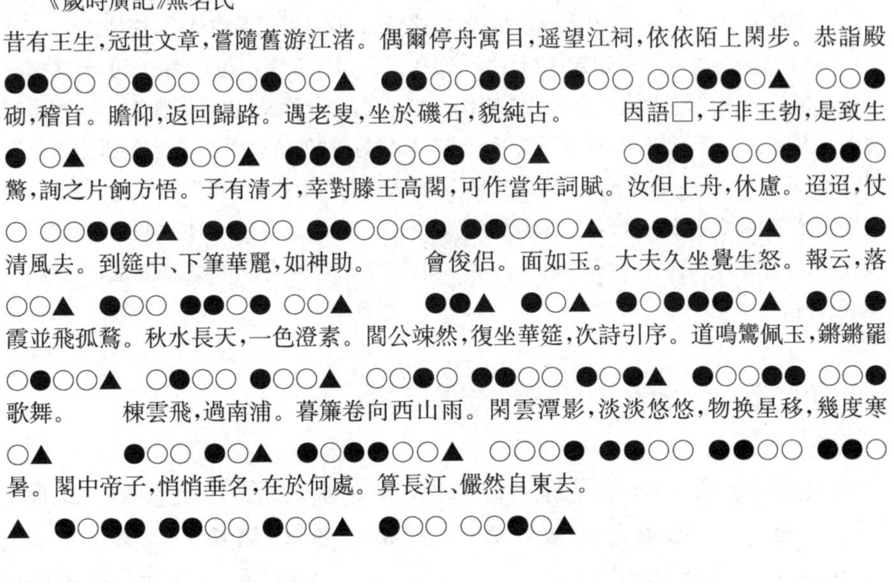

昔有王生，冠世文章，嘗隨舊游江渚。偶爾停舟寓目，遥望江祠，依依陌上閑步。恭詣殿

●●○○ ○●○○ ○○●○○▲ ●●○○●● ○●○○ ○○●●○▲ ○○●

砌，稽首。瞻仰，返回歸路。遇老叟，坐於磯石，貌純古。　因語□，子非王勃，是致生

● ○▲ ○● ●○○▲ ●●● ●○○● ●○▲ ○●● ●○○● ●●○

驚，詢之片餉方悟。子有清才，幸對滕王高閣，可作當年詞賦。汝但上舟，休慮。迢迢，仗

○ ○○●●○▲ ●●○○ ●●○○○● ●●○○○▲ ●●●○ ○▲ ○○ ●

清風去。到筵中、下筆華麗，如神助。　會俊侶。面如玉。大夫久坐覺生怒。報云，落

○○▲ ●○○ ●●○● ○○▲ ●●▲ ●○▲ ●○●●●●○▲ ●○ ●

霞並飛孤鶩。秋水長天，一色澄素。閻公竦然，復坐華筵，次詩引序。道鳴鸞佩玉，鏘鏘罷

○●○○▲ ○●○○ ●○○▲ ○○●○ ●●○○ ●○●▲ ●○○●● ○○●

歌舞。　棟雲飛，過南浦。暮簾卷向西山雨。閑雲潭影，淡淡悠悠，物换星移，幾度寒

○▲ ●○○ ●○▲ ●○●●○○▲ ○○○● ●●○○ ●●○○ ●●○

暑。閣中帝子，悄悄垂名，在於何處。算長江、儼然自東去。

▲ ●○●● ●●○○ ●○○▲ ●○○ ○○●○▲

引駕行 九十九字

晁補之

梅梢瓊綻，東風次第開桃李。痛年年、好風景，無事對花垂淚。園裏。

○○○● ○○●●○○▲ ●○○ ●○● ○●●○○▲ ○▲

舊賞處幽葩，柔條一一動芳意。恨心事、春來間阻，憶年時、把羅袂。雅

●●●○○ ○○●●●○▲ ●○● ○○●● ●○○ ●○▲ ●

戲。　櫻桃紅顆，爲插邊明麗。又漸是、櫻桃嘗新，忍把舊遊重記。何

▲ ○○●● ●●○○▲ ●●● ○○○○ ●●●○○▲ ●

意。便雲收雨歇，瓶沉簪折兩無計。謾追悔、憑誰向説，祇厭厭地。

▲ ●○○○● ○○○●●○▲ ●●● ○○●● ●○○▲

此調有不可解處，人皆讀"舊賞處"爲句，"幽葩柔條"爲句，"一一動芳意"爲句，然照後詞，則當於"幽葩"斷爲五字，"柔條"連下爲七字。或曰"雅戲"二

字爲結，則“園裏”二字亦應屬之前段，蓋以“柔條”七字對前“東君”七字也。而“恨心事”句比“痛年年”句多一字，“憶年時”六字句法，與“無事”句稍異，且查後柳詞，則此説非是明矣。愚謂此五十二字，與柳之前半適同，恐此只《引駕行》之半曲耳。或曰，此如王晉卿之《燭影摇紅》本是小令，分二段，而後人又加一疊者。愚謂，晁、柳同時，又非此例可比。總之，此詞或逸去後段，決非全璧，世遠調湮，又作者甚少，無可考矣。

【杜注】按，《花草粹編》載此詞，無“雅戲”二字，萬氏謂此爲《引駕行》之半曲，甚合。蓋“雅戲”二字應屬後半换頭也。

【考正】萬氏前段第三句不作折腰式讀。“舊賞處”下十二字亦不獨斷。

原譜僅五十二字，止“雅戲”，殘缺後段，此據雙照樓本《晁氏琴趣外篇》補足。

“舊賞處幽葩柔條一一動芳意”十二字，萬氏以爲當作五字一句、七字一句，校之柳詞及晁詞别首，信然。惟此處五字句各首皆作一四句法，如前段晁詞“記絳蠟光摇，金猊香郁寶妝了”，柳詞“泛畫鷁翩翩，靈鼉隱隱下前浦”，後段晁詞“便雲收雨歇，瓶沉簪折兩無計”、“待琅函深討，芝田高隱去偕老”，柳詞“念吴邦越國，風煙蕭索在何處”等，皆是。然則“舊賞處幽葩”便甚爲不合。且以語意論，“幽葩柔條，一一動芳意”甚恰，割裂“幽葩柔條”而强爲合律，亦無是理。再者，前五例均爲八字一對、三字一句格式，亦與之徑庭也。是故，此處必有舛誤。

第二體　一百字

柳　永

虹收殘雨，蟬嘶敗柳長堤暮。背都門、動銷黯，西風片帆輕舉。愁睹。
○○○●　○○●●○○▲　●○○　●○●　○■●○○▲　○▲
泛畫鷁翩翩，靈鼉隱隱下前浦。忍回首、佳人漸遠，想高城、隔煙樹。幾
●●●○○　○○◎●●○▲　●⊙●　○○●●　●○○　●⊙▲　◎
許。　　秦樓永晝，謝閣連宵奇遇。算贈笑千金，酬歌百琲，盡成輕負。
▲　　○○●●　●●○○○▲　●●●○○　○○●●　●○○▲
南顧。念吴邦越國，風煙蕭索在何處。獨自個、千山萬水，指天涯去。
⊙▲　●○○◎●　○○○●●○▲　●●●　○○●●　●○○▲

前段與晁全篇同，是則“幾許”二字即前“雅戲”二字，宜屬於前尾者。蓋前詞既然，後所載一首，亦用“銷凝”二字於末，雖用平韻，而體格則相似耳。“吴邦越國”疑是“越國吴邦”，此四字即前“畫鷁翩翩”也。

【杜注】按，《歷代詩餘》以“隔煙樹”句分段，“幾許”二字爲後半起句，應遵改。

【考正】“西風”之“風”校之别首，以仄爲是，此當屬誤填或抄誤。

本調分段，杜氏以爲當以《歷代詩餘》爲正，或誤。從詞意探析，“幾許秦樓永晝，謝閣連宵奇遇”、“雅戲櫻桃紅顆，爲插邊明麗”均不通，而“想高城、隔煙樹幾許”和“憶年時、把

羅袂雅戲”則皆通，可見萬氏所斷無誤矣。

第三體　一百二十五字

柳　永

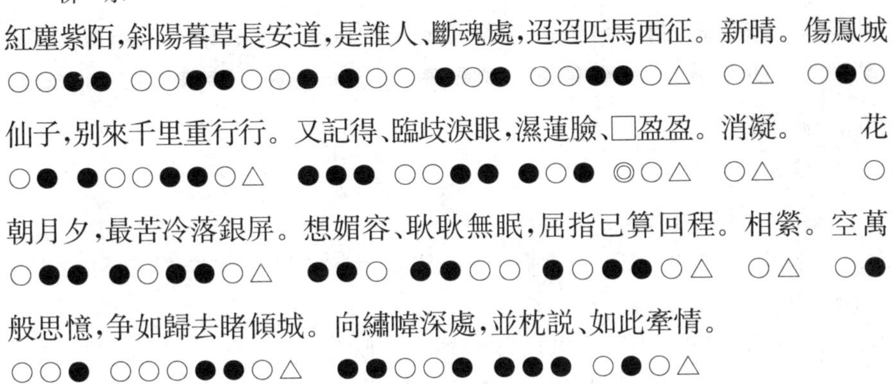

用平韻。此調更難核訂，自首起至“西征”方起韻，無此詞格。或云“人”字是韻，無理，不確也。“和氣”下更有訛字，“村”字作叶亦未必確然，且前段比前詞多二十餘字，其訛無疑。只自“摇鞭”至“盈盈”，與後“屈指”至末，確是相合耳。噫，《引駕行》有此三詞，長短平仄俱備而不能訂正，殊怏怏也。

【杜注】按，《欽定詞譜》【“是離人、斷魂處”句，“離”誤作“誰”。】“想媚容、耿耿無限”句，“限”作“眠”，應遵改。

【考正】原譜於“新晴”句後又插入：“韶光明媚，輕煙淡薄和氣暖，望花村、路隱映，摇鞭時過長亭。愁生。”雖各本俱如此，然此五句錯簡誤入彰矣，一則删此五句，格律正與其他諸體吻合；二則玩其文意，前已描寫“紅塵紫陌，斜陽暮草”，則又何以“韶光明媚，輕煙淡薄和氣暖”耶？三則就章法論，一二句既已摩景起興，此處再來一番環境描寫亦屬蛇足。而删去該五句，則前後貫通，渾然一體。

前段韻，至“西征”方起，顯誤。細究其律，當在次句起韻，故“道”字當非。玩其詞意，起句已云“紫陌”，紫陌者，即“長安道”也，豈有累贅至此者歟？

前段結，原譜句讀爲：“又記得臨歧，淚眼濕、蓮臉盈盈。銷凝。”如此則於“盈盈”後讀斷，“消凝”二字懸空，無法與前結合，此顯未解短韻之特徵也。校之别首《引駕行》，前段尾八字柳永有“想高城、隔煙樹幾許”、晁補之有“喜同車、詠窈窕多少”、“憶年時、把羅袂雅戲”及衍文中殘篇有“摇鞭時、過長亭愁生”，均爲文法意義上之前三後五句法，且五字結構中第三字間入韻脚，故可斷定“盈盈”前必奪一字。而諸仄韻體該字皆爲仄聲，獨平韻體爲平聲，未詳原貌，故該字擬譜，作可平可仄處理。

後結原譜作“向繡幃、深處並枕，説如此牽情”，“深處並枕”四字不成句，且音律違和，而“繡幃深處”方爲一緊密文法結構，不可讀斷，故作如是改。

又按，後段次句“苦”字、第四句“指”字，以上作平。

天下樂　五十三字

楊无咎

雪後雨兒雨後雪。鎮日價、長不歇。今番爲寒忒太切。和天地、也來斷
●●●○●●▲　●●●　○●▲　○●○○○●▲　○○●　●○○
別。　睡不著、身心自暗攧。者況味、憑誰説。枕衾冷得渾似鐵。衹心
▲　●●●　○○●●▲　●●●　○○▲　●○●●○○▲　●○
頭、些個熱。
○　○●▲

他無作者莫可訂正。

【杜注】按,《花草粹編》"鱉"字作"別"。又,"況味"上有"者"字。又按,"頻誰説"之"頻"字,當作"憑"。

【考正】前段第三句"忒"字以入作平。後段第三句"似"字以上作平。

又,前結原作"斷鱉";後段次句原作"頻誰説";"況味"上原無"者"字。

望遠行　五十三字

李　珣

露滴幽庭落葉時。愁聚蕭娘柳眉。玉郎一去負佳期。水雲迢遞雁書
◎●○○●●△　○●○○●△　◎○◎●●○△　●○○●●○
遲。　屏半掩,枕斜攲。蠟淚無言對垂。吟蛩斷續漏頻移。入窗明月
△　○●●　●○△　●●○○●△　⊙○●●●○△　●○○●
鑒空帷。
●○△

後起换頭兩句,餘同。

第二體　五十五字

南唐後主

碧砌花光照眼明。朱扉長日鎮長扃。餘寒欲去夢難成。爐香煙冷自亭
●●○○●●△　○○○●●○△　○○●●●○△　○○○●●○
亭。　遼陽月,秣陵砧。不傳消息但傳情。黄金臺下忽然驚。征人歸
△　○○●　●○△　●○○●●○△　○○○●●○△　○○○
日二毛生。
●●○△

前第二句、後第三句,俱七字,與前異。除兩起韻,餘六句平仄皆同。

【考正】"餘寒"原譜作"餘香","香"字與後一句重,據《欽定詞譜》改。

第三體　六十字

韋　莊

欲别無言倚畫屏。含恨暗傷情。謝家庭樹錦雞鳴。殘月落邊城。　人
●●○○●●△　○●●○△　●○○●●○△　○●●○△　○
欲别,馬頻嘶。緑槐千里長堤。出門芳草路萋萋。雲雨别來易東西。不
●●　●○▽　●○○●○▽　●○○●●○▽　○●●○●○▽　●
忍别君後,却入舊香閨。
●●○●　●●●○▽

前後兩用平韻。"雲雨"句拗,然此調惟有此詞,無可校勘,想應如是耳。《圖譜》以"别來""别"字爲可平,無妨,乃以"東"爲可平,則自我作古矣。

【杜注】按,此詞之後,原收黄山谷又一體七十六字,萬氏注云:"後山謂今詞家惟黄九秦七,此語大不可解。樂府或用諺語,詩餘亦多俳體,然未有如此可笑者。即云是當時坊曲,優伶之言,而至此俗褻,如何可入風雅乎?且經傳訛已久,字畫亦差,愈爲無理,姑存其字數於此,然亦未審其字數確否也。涪翁詩,故爲聱牙,當時宗尚西江,故俎豆之爲鼻祖,實則原非大雅正傳。更以此手爲詞,尤覺了無佳處,《詞綜》云於黄作去取特嚴,未肯深論,愚則有所不耐矣。"按,此調語句惡俗,兼恐字數未確,既不足爲律,不如删之。又,卷八《鼓笛令》二闋,卷九《少年心》一闋,均屬又一體,語皆鄙俚,並有字書不載之字,一併删除,乃各附注字數於本調之後。又按,《山谷詞》一卷,俚褻者惟此數闋,法秀道人誡之曰:"筆墨勸淫,應墮犁舌地獄。"正謂此也。【萬氏所收黄山谷詞,鄙俚至不可耐,他如《鼓笛令》等調所收黄詞,亦多類此,萬氏固知不可入風雅,以書例備體,而不選詞,無别首可録,姑存其體,然俗褻太甚,無乃爲全書之玷。嘗考《九宫譜》,曲與詞同名者極多,譜中引子隻曲,間收宋元人詞。又按,周草窗《齊東野語》言,《樂府混成集》載古今歌詞之譜,而大曲一類,凡數百解,亦在其中,是知詞固可以入曲,而曲譜亦有附見於詞譜者矣,山谷此詞疑本是曲,誤收入詞,遂貽閲者以口實,雖宋時曲譜久亡,無可引證,然山谷於文章之體裁,雅俗辯之最嚴,其詩不過失之生硬,而未嘗失諸庸熟,豈肯以諢褻之語闌入倚聲哉?此詞宜用附載之例,歸入雙行夾注,不列於正文,以示區别,他詞俳體,均宜仿此例。】

【考正】校之唐詞各首,本詞後段尾部十字當是别詞竄入。

望遠行　七十六字

黄庭堅

自見來,虚過却、好時好日。這訑尿粘膩,得處煞是律。據眼前言定,也有十分七八,冤我無心除告佛。　管人閑底,且放我快活㖇。便索些别

茶，只待又怎不遇，假花映月。且與一斑半點，只怕你、没丁香核。

後山謂今詞家惟黄九秦七，此語大不可解。樂府或用諺語，詩餘亦多俳體，然未有如此可笑者。即云是當時坊曲，優伶之言，而至此俗褻，如何可入風雅乎？且經傳訛已久，字畫亦差，愈爲無理，姑存其字數於此，然亦未審其字數確否也。涪翁詩，故爲聱牙，當時宗尚西江，故俎豆之爲鼻祖，實則原非大雅正傳。更以此手爲詞，尤覺了無佳處，《詞綜》云於黄作去取特嚴，未肯深論，愚則有所不耐矣。

【考正】四部備要本本詞已删，本書黄詞仍留其後。因與前之唐詞及後之柳詞俱不同，單列一名，以示區别。特注。

原譜惟以“告佛”處分段，餘皆未句讀，姑點定如右。全文莫知所云，不作擬譜。

望遠行慢　一百四字

柳　永

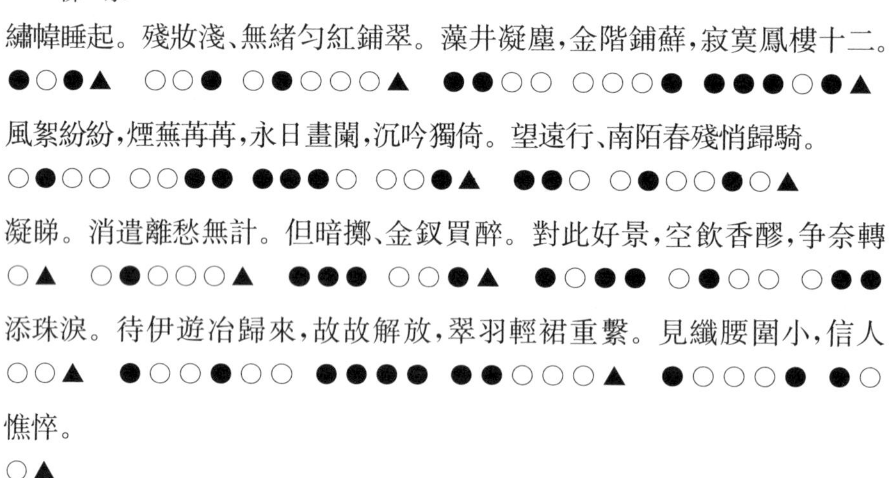
繡幃睡起。殘妝淺、無緒匀紅鋪翠。藻井凝塵，金階鋪蘚，寂寞鳳樓十二。
●○●▲　○○●　○●○○○▲　●●○○　○○○●　●●●○●▲
風絮紛紛，煙蕪苒苒，永日畫闌，沉吟獨倚。望遠行、南陌春殘悄歸騎。
○●○○　○○●●　●●●○　○○●▲　●●○　○●○○●○▲
凝睇。消遣離愁無計。但暗擲、金釵買醉。對此好景，空飲香醪，争奈轉
○▲　○●○○○▲　●●●　○○●▲　●○●●　○●○○　○●●
添珠淚。待伊遊冶歸來，故故解放，翠羽輕裙重繫。見纖腰圍小，信人
○○▲　●○○●○○　●●●●　●●○○○▲　●○○○●　●○
憔悴。
○▲

此詞前後參差，恐有錯訛，不如後一百六字者，整齊可從。

【杜注】按，“金釵買醉”句下原作“對此好景”，落“對此”二字。又，“見纖腰圖信人憔悴”句，原作“見纖腰圍小”，誤“圍”改“圖”，又落“小”字，應遵《欽定詞譜》增改。

【考正】“殘妝淺”原譜屬上，作七字一句。按，此起與後一首同，當作三字逗屬下，前四字起韻，於意更達。無名氏詞作“重陰未解，又早是、年時梅花争綻”，尤爲明白。蓋此因之小令之後，而小令恰爲七字起，由是而誤也。須知此爲慢詞，原非一調，豈必相同耶？兹另加“慢”字擬調名。

後段“對此好景”四字原無“對此”二字，作“好景空飲香醪”，本句及“見纖腰”句，已據杜注增改。惟“對此好景”四字，其他宋詞或作平平仄仄，或作仄仄平平，故第二字當平讀，即以上作平也。

第二體　一百六字

柳　永

長空降瑞，寒風剪、淅淅瑤華初下。亂飄僧舍，密灑歌樓，迤邐漸迷鴛瓦。

⊙○●●　○○●　◎●○○○▲　●○○●　◎●○○　○●●○○▲

好是漁人，披得一蓑歸去，江上晚來堪畫。滿長安、高却旗亭酒價。

◎●○○　○●○○○●　○●●○○▲　●○○　○●○○●▲

幽雅。乘興最宜訪戴，泛小棹、越溪瀟灑。皓鶴奪鮮，白鷴失素，千里廣鋪

○▲　○●●○●●　●●●　●○○▲　●●○○　●○●●　○●●○

寒野。須信幽蘭歌斷，同雲收盡，別有瑤臺瓊樹。放一輪明月，交光清夜。

○▲　⊙●○○○●　○○○●　○●⊙○○▲　●○○○●　○○○▲

按，"亂飄"、"密灑"二句，用鄭谷詩，"皓鶴"、"白鷴"二句，用謝靈運賦，此正前後相對處，其平仄自宜合轍。今前則先"舍"字仄，後則先"鮮"字平，未知應何所從。余曰：此調通用仄音，玩其聲響，不應以平字居下，此必"密灑"句在上，或因美成《女冠子》亦用此二語，遂相襲而訛刻耳。"上"字各譜訛"山"字，"樹"字汲古、《嘯餘》、沈際飛《草堂詞》及《填詞圖譜》等，俱訛"樹"字，因使句拗韻失，而《圖譜》踵《嘯餘》之謬，前結則注九字，後結則注一五一四，皆未經讐勘，並不知較對前後相同處也。

【考正】萬氏原注："一蓑"之"一"，"奪鮮"之"奪"，"別有"之"別"，"一輪"之"一"，均以入作平。

"好是"十字，原作六字一句、四字一句；"滿長安"九字，原作五字一句、四字一句，皆誤。萬氏以爲《圖譜》踵《嘯餘》之誤，前結不當爲九字一句，此實爲過於拘泥前後段句式整齊，刻板如此，反漠視唐宋詞實際矣。此當與無名氏詞同，彼分作"好是前村，雪裏一枝開處"、"動行人、多少離愁腸斷"，若拆"雪裏一枝""多少離愁"，自不成句矣。

又，萬氏以爲本詞"必'密灑'句在上"，愚以爲亦未必，檢柳氏前首前段作"藻井凝塵，金梯鋪蘚"，後段作"對此好景、空飲香醪"，無名氏詞，前作"暗香浮動，疏影橫斜"，後作"故人折贈，欣逢驛使"，亦均無規律。萬氏前詞所據，若不落字，當無此斷也。

又按，木石居本《填詞圖譜》"樹"字未訛誤，並注"六字叶"。

紅窗睡　五十三字　又名：紅窗聽

柳　永

如削肌膚紅玉瑩。舉動有、許多端正。二年三歲同鴛寢。表溫柔心

⊙●○○○●▲　◎●●　●○○▲　●○○●○○▲　●○○○

性。　別後無非良夜永。如何向、名牽利役，歸期未定。算伊心裏，却

▲　◎●○○○●▲　○○●　○○●●　○○●▲　●○○●　●

冤人薄倖。

○○○▲

汲古刻《樂章》,"瑩"字下多一"峰"字,誤。

《珠玉詞》名《紅窗聽》,然"睡"字有理,必誤作"聽"也。

【杜注】按,宋本柳詞亦作"紅窗聽",與《珠玉詞》同。【仍以"聽"字爲是。】

【考正】尾句"薄"字,萬氏原注作平。

本調另有晏殊詞二首,前段第三拍均不入韻。

東坡引　五十三字

趙師俠

相看情未足。離觴已催促。停歌欲語眉先蹙。何期歸太速。　如今去也,

○○○●▲　○⊙●○▲　⊙○◎●○○▲　○○○●▲　○○●●

無計追逐。怎忍聽、陽關曲。扁舟後夜灘頭宿。愁隨煙樹簇。愁隨煙樹簇。

○◎○▲　●◎●　○○▲　⊙○◎●○○▲　○○○●▲　○○○●◆

"已催促"用仄平仄,坦庵三首、稼軒二首、惜香一首皆同。"計"字仄,坦庵三首皆同,餘家用平,此調前結不用疊句。

【杜注】按,《花草粹編》前結"何期歸太速"亦疊句,與後趙長卿詞同。又按,此調有全不疊句者,衹四十八字。

第二體　五十八字

趙長卿

茅齋無客至。冰硯凍寒沘。南枝喜入新詩裏。惱人頻嚼蕊。惱人頻嚼蕊。　因思去臘,江頭醉倚。動客興、傷春意。經年自歎人如寄。光陰如撚指。光陰如撚指。

○○○●▲　○◎●○▲　⊙○◎●○○▲　◎○○●▲　◎○○●◆　○○●●　○●○▲　●●●　○○▲　⊙○◎●○○▲　⊙○○●▲　⊙○○●◆

前後結俱疊句。"硯"字仄聲。"江頭醉倚"句與前稍異。

第三體　五十九字

辛棄疾

玉纖彈舊怨。還敲繡屏面。清歌目送西風雁。雁行吹字斷。雁行吹字

●○○●▲　○○●○▲　○○●●○○▲　●○○●▲　●○○●

斷。　　夜深拜月，瑣窗西畔。但桂影、空階滿。翠帷自掩無人見。羅衣
◆　　●○●●　●○○▲　●●●　○○▲　●○●●○○▲　○○

寬一半。羅衣寬一半。
○●▲　○○○●◆

後起用五字。《譜》、《圖》謂後第二句五字，而於"夜深拜半"讀斷，無論後有"半"字，此不宜重叶，不知拜何以半，真笑府也。

【杜注】按，此調後起，原只四字，此"半"字疑羡。

【考正】原詞後起作"夜深拜半月"，如杜氏所論，"半"字實衍文，若去衍文，則即前"茅齋無客至"詞體，現據《稼軒詞》訂正。

第四體　五十九字

辛棄疾

花梢紅未足。條破驚新緑。重簾下遍闌干曲。有人春睡熟。有人春睡
○○○●▲　○●○○▲　○○●●○○▲　●○○●▲　●○○●

熟。　　鳴禽破夢，雲偏目蹙。起來香腮褪紅玉。花時愛與愁相續。羅
◆　　○○●●　○○●▲　●○○○●○▲　○○●●○○▲　○

裙過半幅。羅裙過半幅。
○○●▲　○○○●◆

"起來"句用七字。"驚"字用平。惟此一首爲然。"過"，平聲。

於中好　五十四字

楊无咎

濺濺不住溪流素。憶曾記、碧桃紅露。别來寂寞朝還暮。恨遮斷、當時
○○●●○○▲　●○◎　●○○▲　◎○◎●○○▲　●⊙●　○○

路。　　仙家豈解空相誤。嗟塵世、自難知處。而今重與春爲主。儘浪
▲　　○○●●○○▲　⊙○◎　●○○▲　⊙○⊙●○○▲　●◎

蕊、浮花妒。
●　○○▲

前後同。楊又一首"自難知處"作"兩葉飛墜"，"葉"字乃作平用，勿誤可仄也。

按，壽域有《端正好》詞四首，與此句法俱同，雖其用字四首中亦自平仄各異，而其爲一調則無疑。蓋題名俱有一"好"字，必同調也。今録一闋於後以爲覽者折衷焉。

【杜注】按,《歷代詩餘》"朝朝暮"三字作"朝還暮",應遵改。

又按,此詞及後附杜壽域《端正好》一首,並末録三首,前後結六字,均作折腰句,此外諸家及卷八所收之《杏花天》,皆以六字爲句,是以《歷代詩餘》將《於中好》、《杏花天》統歸爲《端正好》一調。

端正好

杜安世

檻菊愁煙霑秋露。天微冷、雙燕辭去。月明空照別離苦。透素光、穿朱
●●○○○○▲ ⊙○● ⊙◎○▲ ◎○○●○○▲ ●●⊙ ○○
户。 夜來西風雕寒樹。憑闌望、迢遥長路。花箋寫就此情緒。待傳
▲ ●○○○○○▲ ○○● ○○○▲ ⊙○●●◎○▲ ●⊙
寄、知何處。
● ○○▲

此據其四首中,平仄注之,可見即爲《於中好》矣。

本譜於調同名異者,俱歸併一名,此體恐人因杜詞多拗句,疑別是一調,故載此備證。若《月照梨花》、《惜雙雙令》等,比原調多一二字者,則仍大字書之,不在此例。又按,周竹坡有《憶王孫》一詞,字句與此合,只前後第三句用平字,不叶韻,不可誤認爲一調。

【校勘記】杜安世詞,結句"特傳寄、知何處"句,"特傳寄"三字,秦氏校本作"待寄與",宜從。

【考正】本詞即《於中好》,且前後段首拍音律頗爲不諧,故填者不必範之。

萬氏原注"檻菊"之"菊"、"別離"之"別",均爲以入作平。按,"菊"字此處當爲仄,不可平,萬氏或因楊詞作"濺濺"而作如此讀,而杜氏別首《端正好》以"露落風高"起,正與此同。又,後結據校勘記改。

紅羅襖 五十四字

周邦彦

晝燭尋歡去,羸馬載愁歸。念取酒東壚,尊罍雖近,採花南圃,蜂蝶須
●●○○● ○●●○△ ●●●○○ ○○○● ●○○● ○●○
知。 自分袂、天闊鴻稀。空懷夢約心期。楚客憶江蘺。算宋玉、未必
△ ●○● ○●○△ ○○●●○△ ●●●○△ ●●● ●●
爲秋悲。
●○△

"懷"、"乖"二字恐有誤。或只一"懷"字,或只一"乖"字,或更有脱字耳。

【杜注】按,《欽定詞譜》及《花草粹編》均無"乖"字,與萬氏注同。

【考正】"空懷"句原作"空懷乖夢約心期",按,本句當爲六字,陳允平和詞作"西風尚隔心期"可證。據杜注刪。

戀繡衾　五十四字

吴文英

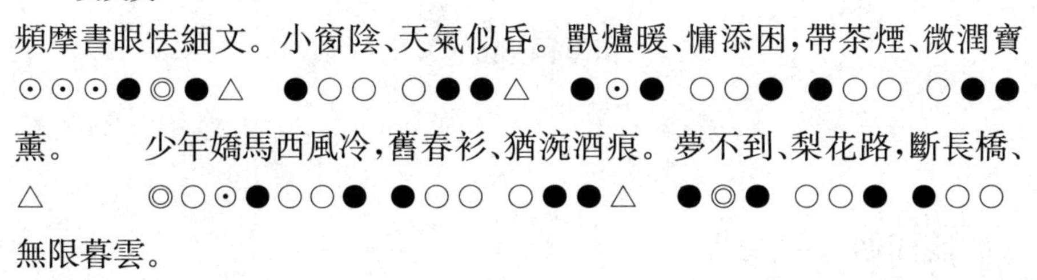
頻摩書眼怯細文。小窗陰、天氣似昏。獸爐暖、慵添困,帶茶煙、微潤寶薰。　少年嬌馬西風冷,舊春衫、猶涴酒痕。夢不到、梨花路,斷長橋、無限暮雲。

首句拗體,乃此調定格。夢窗、稼軒、竹山皆同。陳允平"緗桃紅淺柳褪黄"、"銀鴛金鳳畫暗消"亦然。惟放翁作"不惜貂裘换釣篷","裘"字用平耳。至《詞統》所選李太古"橘花風信滿園香","園"字作平,大謬。蓋此調聲響,每句俱於叶韻上一字用仄聲,豈可作"園"字乎？前後第二、第四句,末四字用平仄仄平,乃是定格,如此方爲《戀繡衾》也。如此詞"無限暮雲","暮"字不可不仄。"暮"字用仄,則"無"字不可不平。此歌聲頓挫處,至理存焉。《譜》、《圖》不識,概注可作仄仄平平,試於四處俱作仄仄平平,尚可謂之《戀繡衾》乎？又,"獸爐暖"、"夢不到"二句,皆三字豆者,《譜》總作六字句,誤人不少。

按,竹山"舊金小袖花下行"一首,於"夢不到"句止五字,稼軒"長夜偏冷添被兒"一首,於"獸爐暖"句作七字,此皆誤也。故不另列。

【杜注】【吴文英詞首句,"頻摩書眼怯細文",用拗體,萬氏既注明,乃此調定格,復於首四字注可仄可平,學者恐易牽混,旁注宜删。】按,戈氏《詞選》前結末句"寶"作"麝"。此字宜去聲。【又,"少年驕馬西風冷"句,"驕"誤作"嬌",均應從戈氏《詞選》更正。】

【考正】本調起句第六字必仄,萬氏所見李太古詞當非的本,元《草堂詩餘》本該句作"橘花風信滿院香",在律。而彊村叢書本高觀國《竹屋癡語》中一首,作"碧梧偷戀小窗陰","窗"字出,或亦爲淺人妄改也。余嘗謂詞句皆詩句也,而詞中拗體,蓋源於句讀之變,後人相沿,遂成定格。如本調起十字,初或爲四字一句、六字折腰一句,因六字句每有句中短韻,故前三容上,而成七字一句矣。詞中拗句,多因此。

詞律卷七終

詞律卷八

臨江仙　五十四字

和　凝

海棠香老春江晚，小樓霧縠空濛。翠鬟初出繡簾中。麝煙鸞佩惹蘋
◎○⊙●○○●　◎○●●○△　◎○⊙●●○△　◎○⊙●●○
風。　　碾玉釵搖鸂鶒戰，雪肌雲鬢將融。含情遥指碧波東。越王臺殿
△　　◎●○○○●●　◎○⊙●○△　⊙○⊙●●○△　◎○⊙●
蓼花紅。
●○△

前後同。只兩起句平仄異。

第二體　五十六字

趙長卿

夜久笙簫吹徹，更深星斗還稀。醉拈裙帶寫新詩。鎖窗風露，燭灺月明
◎●⊙○○●　⊙○⊙●○△　◎○⊙●●○△　◎○○●　○●●○
時。　　水調悠揚聲美，幽情彼此心知。古香煙斷彩雲歸。滿傾蕉葉，齊
△　　◎●⊙○○●　⊙○◎●○△　◎○⊙●●○△　◎○⊙●　○
唱轉花枝。
●●○△

前後起處六字兩句。相對兩結，俱一四字、一五字。

【考正】萬氏原注前段尾句“燭”字以入作平。

第三體　五十八字

尹　鶚

深秋寒夜銀河静，月明深夜中庭。西窗幽夢等閑成。逡巡覺後，特地恨難
○○○●○○●　●○○●○△　○○○●●○△　○○●●　●●●○

平。　　紅燭半條殘焰短，依稀暗背銀屏。枕前何事最傷情。梧桐葉上，
△　　○●●○○●●　○○●●○△　●○○●●○△　○○●●

點點露珠零。
●●●○△

前後起皆一七一六，結皆一四一五。

此前首句平平平仄平平仄，後首句平仄仄平平仄仄，與和詞同者。

第四體　五十八字

鹿虔扆

金鎖重門荒苑静，綺窗愁對秋空。翠華一去寂無蹤。玉樓歌吹，聲斷已隨
○●○○○●●　●○○●○△　●○●●●○△　●○○●　○●●○

風。　　煙月不知人事改，夜闌還照深宫。藕花相向野塘中。暗傷亡國，
△　　○●●○○●●　●○○●○△　●○○●●○△　●○○●

清露泣香紅。
○●●○△

此前後起句俱用平仄平平平仄仄者。

此篇《詞統》選之，注題下云："一名《庭院深深》"。夫"庭院深深深幾許"者，乃歐陽公《蝶戀花》語也。李易安愛之，因作《臨江仙》數首，用此爲起句，後人遂以其詞名之曰《庭院深深》，已爲不通。何也？如易安之《臨江仙》，可名《庭院深深》，則歐陽之《蝶戀花》反不可名《庭院深深》乎？即以爲名，亦止可以易安此詞加以新名而已，即謂此名可愛，亦止可於易安以後人之詞而名之。若曰此人所作乃用易安此體云爾，《詞統》注之，《詞匯》因之，無妨也。至《圖譜》，則竟立一《庭院深深》之名，既立此一名，又不載易安之詞，乃收此鹿詞爲式，上書《庭院深深》，下書"鹿虔扆"名，夫鹿乃唐末人，仕蜀，爲太保，豈預知數百年後，有歐陽作此句，可愛而先取以名其詞，且適與更數十年後之李易安同志，俱取而爲《臨江仙》調乎？其背謬可笑，甚矣。且不知爲《臨江仙》，而立一新名，猶可，乃既知即是《臨江仙》，前已列《臨江仙》第一、二體矣，後又列《臨江仙》第四、五等體矣，於此獨標一《庭院深深》之名，却又仍注題下曰"即《臨江仙》第三體"，豈不大怪！而《選聲》載《臨江仙》止有二體，亦首曰《臨江仙》，注"第四體"；次曰《庭院深深》，注"即《臨江仙》第三體"，則真不可解矣。

【考正】一調數名乃詞之常態，然某名但適用於某體，常有一定之規，如同名異調之詞，小令之别名不得用於慢詞，即爲一例。萬氏此處所論，邏輯清晰，明晰扼要，直切要害，填詞

者不可不誌之。

第五體　五十八字

柳　永

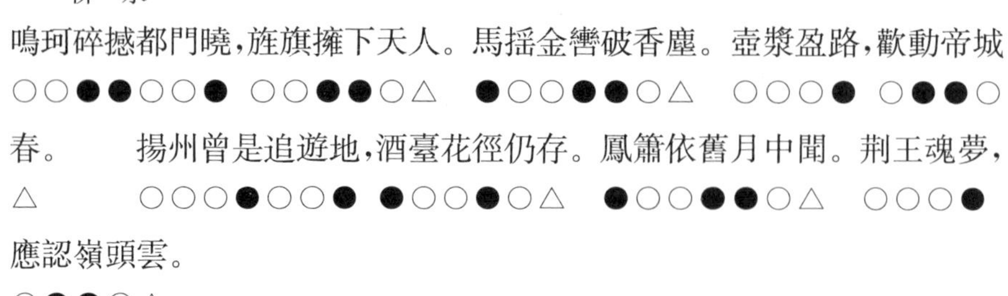

嗚珂碎撼都門曉，旌旗擁下天人。馬搖金轡破香塵。壺漿盈路，歡動帝城

○○●●○○●　○○●●○△　●○○●●○△　○○○●　○●●○

春。　揚州曾是追遊地，酒臺花徑仍存。鳳簫依舊月中聞。荊王魂夢，

△　○○○●○○●　●○○●○△　●○○●●○△　○○○●

應認嶺頭雲。

○●●○△

此前後起句用平平仄仄平平仄者。

【考正】後結原作"荊王雲散，應認嶺頭雲"，此二句文理不通，且二句内重一"雲"字，當有舛誤。檢彊村叢書本《樂章集》，四字句作"荊王魂夢"，當是的本，據改。

第六體　五十八字

牛希濟

柳帶搖風漢水濱。平蕪兩岸爭勻。鴛鴦對浴浪痕新。弄珠遊女，微笑自

●●○○●●△　○○●●○△　○○●●●○△　●○○●　○●●

含春。　輕步暗移蟬鬢動，羅裙風惹輕塵。水晶宮殿豈無因。空勞纖

○△　○●●○○●●　○○○●○△　●○○●●○△　○○○

手，解佩贈情人。

●　●●●○△

首句起韻，用仄仄平平仄仄平。

第七體　五十八字

閻　選

雨停荷芰逗濃香。岸邊蟬噪垂楊。物華空有舊池塘。不逢仙子，何處夢

●○○●●○△　●○○●○△　●○○●●○△　●○○●　○●●

襄王。　珍簟對欹鴛枕冷，此來塵暗淒涼。欲憑危檻恨偏長。藕花珠

○△　○●●○○●●　●○○●○△　●○○●●○△　○○○

綴，猶似汗凝妝。

●　●●●○△

首句起韻，用仄平平仄仄平平。按，此調後段無平平起者。

第八體　五十八字

馮延巳

冷紅飄起桃花片，青春意緒闌珊。高樓簾幕卷輕寒。酒餘人散，獨自倚闌
●○○●○○●　○○●●○△　○○○●●○△　●○○●　●●●○
干。　　夕陽千里連芳草，風光愁殺王孫。徘徊飛盡碧天雲。鳳城何處，
△　　●○○●○○●　○○○●○▽　○○○●●○▽　●○○●
明月照黄昏。
○●●○▽

後段换韻。

【考正】按，《欽定詞譜》"酒餘人散"句下有"後"字，疑誤。

第九體　五十八字

徐昌圖

飲散離亭西去，浮生長恨飄蓬。回頭煙柳漸重重。淡雲孤雁遠，寒日暮天
●●○○○●　○○○●○△　○○○●●○△　●○○●●　○●●○
紅。　　今夜畫船何處，潮平淮月朦朧。酒醒人静奈愁濃。殘燈孤枕夢，
△　　○●●○○●　○○○●○△　●○○●●○△　○○○●●
輕浪五更風。
○●●○△

前後起俱六字兩句，前後結俱五字兩句。

第十體　六十字

秦　觀

千里瀟湘挼藍浦，蘭橈昔日曾經。月高風定露華清。微波澄不動，冷浸一
○●○○●○●　○○●●○△　●○○●●○△　○○○●●　●●●
天星。　　獨倚危樓情悄悄，遥聞妃瑟泠泠。新聲含盡古今情。曲終人
○△　　●●○○○●●　○○○●○△　○○○●●○△　●○○
不見，江上數峰青。
●●　○●●○△

兩起七字，兩結五字二句。

按，淮海又一詞與此同，但前結五字二句，後結一四一五，恐無此體，必係落一字者，故不録。

起句"接藍浦"用仄平仄，雖或不妨，然亦不必學。惜香有云"仙源正閑

散",龍洲有云"誰知清涼意思",皆或係敗筆,或係訛刻,無此例也。

【杜注】按,《歷代詩餘》起句"接"字作"挼"。又按,《淮海集》"獨倚危樓"之"樓"字作"檣"。

【考正】"挼藍"原譜作"接藍",誤。"藍浦"之説,未之聞也,"挼藍"者,浸揉藍草爲染料。常借指湛藍色。白居易《春池上戲贈李郎中》詩:"直似挼藍新汁色,與君南宅染羅裙。"美成《蝶戀花·柳》詞:"淺淺挼藍輕蠟透。過盡冰霜,便與春争秀。"據徐培均説改。

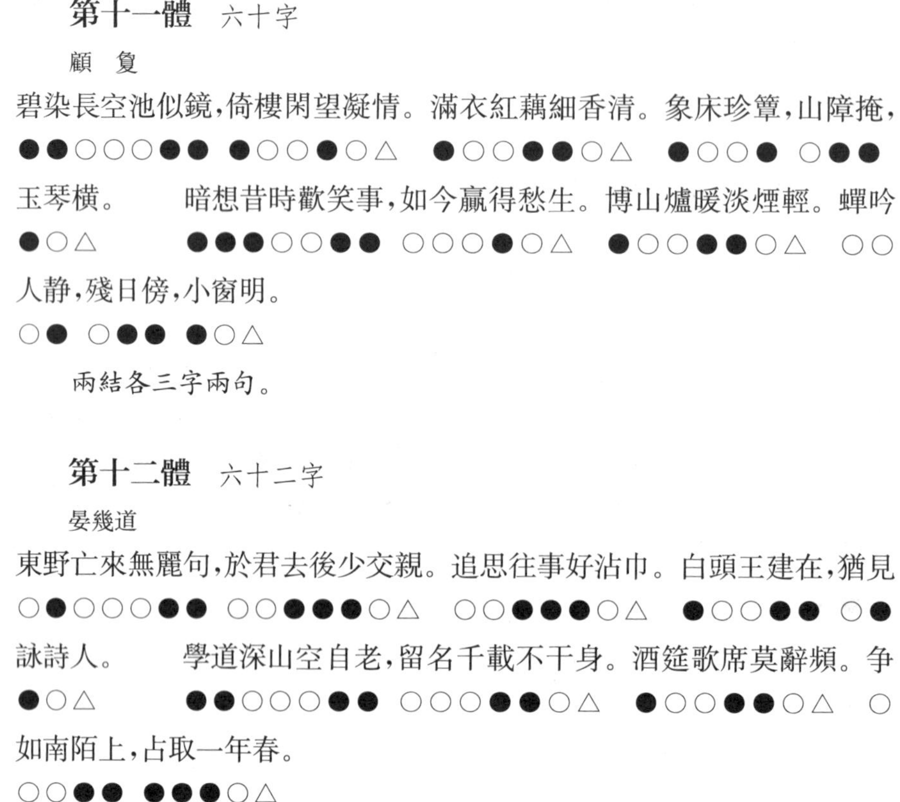

第十一體　六十字

顧　敻

碧染長空池似鏡,倚樓閑望凝情。滿衣紅藕細香清。象床珍簟,山障掩,

●●○○○●●　●○○●○△　●○○●●○△　●○○●　○●●

玉琴横。　暗想昔時歡笑事,如今贏得愁生。博山爐暖淡煙輕。蟬吟

●○△　●●●○○●●　○○○●○△　●○○●●○△　○○

人静,殘日傍,小窗明。

○●　○●●　●○△

兩結各三字兩句。

第十二體　六十二字

晏幾道

東野亡來無麗句,於君去後少交親。追思往事好沾巾。白頭王建在,猶見

○●○○○●●　○○●●●○△　○○●●●○△　●○○●●　○●

詠詩人。　學道深山空自老,留名千載不干身。酒筵歌席莫辭頻。争

●○△　●●○○○●●　○○○●●○△　●○○●●○△　○

如南陌上,占取一年春。

○○●●　●●●○△

前後起處皆七字兩句。

臨江仙引　七十四字

柳　永

渡口向晚,乘瘦馬,陟崇岡。西郊又送秋光。對暮山横翠,襯殘葉飄黄。

●○●●　○◎●　●○△　○○●●○△　●●○○●　●○●○△

憑高念遠,素景楚天,無處不淒涼。　香閣別來無信息,雲愁雨恨難忘。

○○●●　●●●○　○●●○△　⊙●●○○●●　○○●●○△

指帝城歸路,但煙水茫茫。凝情望斷淚眼,盡日獨立斜陽。

●●○○●　●○○●○△　○○●●●○　●○●●○△

此另爲一格,與前調迥别。首句四字皆仄,"渡"、"向"尤須去聲,而"送"、"對"、"暮"、"翠"、"襯"、"素"、"信"、"帝"、"路"、"但"、"淚"、"盡"等去聲字皆妙,宜學之。"憑高"與"凝情"下,四仄字亦不可改。

【杜注】按,《欽定詞譜》"香閣"作"香閨"。

【考正】本調前起,今人多作二字二句讀,其實不必。蓋此實四字句,惟第二字宜用上聲替平,柳詞别首作"畫舸蕩槳",亦是。又,前結萬氏原讀爲六字一句、七字一句。

後段起句當以"香閣"爲正,《欽定詞譜》應誤。柳詞别首,一作"醉擁征驂猶佇立",一作"羅襪淩波成舊恨",第二字均爲仄聲,可證。

"淚眼"之"眼",以上作平,柳詞别首作"今宵怎向漏永",亦同。結句"日"字,萬氏原注以入作平。

又按,原譜本詞作又一體,然與前十二體並非一調,故據《欽定詞譜》重擬爲《臨江仙引》。

臨江仙慢　九十三字

柳　永

夢覺小庭院,冷風淅淅,疏雨瀟瀟。綺窗外、秋聲敗葉狂飄。心摇。奈寒
●●●○●　●○●●　○●○△　●○●　○○●●○△　○△　●○
漏永、孤幃悄,淚燭空燒。無端處,是繡衾鴛枕,閑過清宵。　　蕭條。牽
◎●　○○●　●●○△　○○●　●●○○●　○●○△　　○△　○
情繫恨争向,年少偏饒。覺新來憔悴,舊日風標。魂消。念歡娱事、煙波
○●●○●　○●○△　●○○○●　●●○△　○△　●○⊙●　○○
阻,後約方遥。還經歲,問怎生禁得,如許無聊。
●　●●○△　○○●　●●○○●　○●○△

又,另一格此調整齊完善,《樂章》中之佳者。而舊刻將"蕭條"二字綴於前段之尾,傳誤已久,此正是换頭處,今爲改正。"魂消"已下,前後相同。

【考正】此爲慢詞,與前諸詞均異,原譜作"又一體",現改爲此名。

萬氏原注"孤幃悄"、"煙波阻"均爲三字逗,誤。按,前段"寒漏永,孤幃悄"乃是驪句,故"孤幃悄"自不可屬下,而後段"歡娱事,煙波阻"爲一整體亦彰然。又按,"牽情"下十字,原譜作一四一六,六字句音律失和。校之前段,則首均以四字一句住,故後段音律與之相同也。

杏花天　五十四字

周　密

漢宫乍出慵梳掠。關月冷、玉沙飛幕。龍香撥指春風弱。一曲哀弦
◎○⊙●○○▲　⊙◎◎　◎○⊙▲　⊙○◎●○○▲　◎●⊙○

謾托。　　君恩薄、空憐命薄。青塚遠、幾番花落。丹青自是難描摸。
◎▲　　⊙⊙●　⊙○●▲　⊙◎●　◎○⊙▲　⊙○◎●○○▲

不是當時畫錯。
◎●⊙○◎▲

兩結末二字,名作多用去上。"哀"、"當"二字亦宜用平。"命"字去,而上用"空"字平。"花"字平,而上用"幾"字仄。俱極妙。此抑揚起調處也,旁注雖寬,識者能深求其奥,則更爲微妙耳。

此調前後起句,雖皆七字,而前起上四下三,後起上三下四,不可誤混。譜注圖圈,概用省文,不注不圈,但云後段同,豈不誤事。琰青曰:作譜者原未解此,實以爲前後同耳。彼且自誤,何足責其誤人,相與一笑。

或以此調即《於中好》,余謂《於中好》兩結,六字皆三字豆者,與此不同。其後起與前起一樣,亦非如此上三下四者,豈一調乎?

【杜注】按,《蘋洲漁笛譜》後半起句作"君恩厚",應照改。又按,此調《歷代詩餘》歸入《端正好》調,説見卷七《於中好》詞下。

【考正】萬氏云"兩結末二字,名作多用去上",此類説法,甚爲無謂,蓋填曲講究仄分上去,而詞並無此分野,如本調夢窗、草窗均喜用入聲爲韻,則兩結末字自不能用去,而玉田則前段用上聲後段用去聲爲韻,末句第五字更用平聲,形成"平上"、"平去"收束之態勢。此三子,均精於音律,若"去上"收篇爲至佳,又焉有不明之理?故上去搭配之説,雖萬氏努力鼓吹,今人亦每奉爲金玉,實乃無稽之談也。

第二體　五十五字

侯　寘

寶釵整鬢雙鸞鬭。睡纔醒、薰風襟袖。彩絲皓腕宜清晝。更艾虎、衫兒新
●○●●○○▲　●○●　○○○▲　●○●●○○▲　●●●　○○○

就。　　玉杯共飲菖蒲酒。願耐夏、宜春厮守。榴花故意紅添皺。映得
▲　　●○●●○○▲　●●●　○○○▲　○○●●○○▲　●●

人來越瘦。
○○●▲

前結七字,後起不於三字豆斷,句法不同。或曰"共"字亦不妨略豆。"映得"句上若依前段,則應尚有一字。

【杜注】按,《欽定詞譜》"睡來醒"之"來"字作"纔",應遵改。

【考正】本調後段起句例作折腰式七字句,本詞誤填,不足爲範。又,本調前後結以六字一句爲正,故萬氏以爲後結"應尚有一字"者,當以前結"應減一字"爲宜。

第三體　五十六字

盧　炳

鏤冰剪玉工夫費。做六出、飛花亂墜。舞風情態誰相似。算祗有、江梅可
●○●●○○▲　●●●　○○●▲　●○○●○○▲　●●●　○○●

比。　　極目處、瓊瑶萬里。海天闊、清寒似水。從教高卷珠簾起。看三
▲　　●●●　○○●▲　●○●　○○●▲　○○○●○○▲　●○

白、豐年瑞氣。
●　○○●▲

後八字缺然，即與前段同也。此則兩結俱七字者。

【杜注】按，萬氏原空八字，應遵《欽定詞譜》補"起看三白年豐瑞氣"。

【考正】檢《欽定詞譜》，後結當爲"起看三白豐年瑞氣"，杜注誤。原譜後結爲八□符，據改。

玉闌干　五十四字

杜安世

珠簾怕卷春殘景。小雨牡丹零欲盡。庭軒悄悄燕高飛，風飄絮、綠苔侵
○○●●○○▲　●●●○○●▲　○○●●●○○　○○●　●○○

徑。　　欲將幽恨傳愁信。想後期無個憑定。幾回獨睡不思量，還悠悠、
▲　　●○○●○○▲　●●○○●○▲　●○●●●○○　●○○

夢裏尋趁。
●○○▲

"侵"字平聲，想可與仄叶，不然或是"浸"字。"無今"疑是"今無"。

【杜注】按，《花草粹編》"珠簾"下有"怕"字。第二句"盡"字上有"欲"字。又，"高空"作"高飛"。又，"暗侵"作"侵徑"。又，"無今"作"無個"，均應增改。

【考正】杜注所及，均予改正。結句"裏"字以上作平。

又按，《陽春白雪》載陸凝之詞，前後段作"鬈滴粉裙兒不起"、"暗蹙損眉峰雙翠"，似均爲上一下六式，則本詞後段次句，萬氏不當讀爲上三下四式，使四字結構失譜。而前段第二句或非正格。

摘紅英　五十四字　又名：攧芳詞

張　翥

鶯聲寂。鳩聲急。柳煙一片梨雲濕。驚人困。教人恨。待到平明，海棠
○○▲　○○▲　●○●●○○▲　○○▼　○○▼　●●○○　●○

應盡。　青無力。紅無跡。殘香贓粉那禁得。天難準。晴難穩。晚風又
○▼　○○▲　○○▲　○○●●○○▲　○○▼　○○▼　●○●
起，倚欄争忍。
●　●○○▼

"晚風又起"比"待到平明"平仄不同。又，《古今詞話》載《擷芳詞》，亦前用"記得年時"，後用"燕兒來也"，想所不拘。然作者於前後相同較妥耳。

按，此調較《釵頭鳳》，只少結處三疊字，查《擷芳詞》中一句云"可憐孤似釵頭鳳"，竊恐此兩體原是一調，原名《擷芳詞》，人因取句中三字，名曰《釵頭鳳》。而增三疊字於末，或《擷芳詞》原有疊字，而流傳失去，亦未可知耳。況書舟之《折紅英》即是《釵頭鳳》，蓋"折英"之義即"擷芳"也。其爲一調無疑。故今以《釵頭鳳》並列左幅。

【杜注】按，宋楊湜《古今詞話》云："政和間，禁中傳《擷芳詞》。張尚書帥成都，蜀中傳此詞，競唱之。却於前段下添'憶憶憶'三字，後段下添'得得得'三字，又名《擷紅英》，殊失其義。不知禁中有擷芳園，故名《擷芳詞》也。"據此，則此調應名《擷芳詞》，而以一名《摘紅英》附注於下。萬氏疑《擷芳詞》原有疊字流傳，失去，誤也。

釵頭鳳　六十字　又名：玉瓏璁、折紅英

陸　游

紅酥手。黄藤酒。滿城春色宫牆柳。東風惡。歡情薄。一懷愁緒，幾年
○○▲　○○▲　●○○●○○▲　○○▼　○○▼　●○○●　●○
離索。錯。錯。錯。　春如舊。人空瘦。淚痕紅浥鮫綃透。桃花落。
○▼　▼　◆　◆　○○▲　○○▲　●○○●○○▲　○○▼
閑池閣。山盟雖在，錦書難托。莫。莫。莫。

四段凡兩仄韻，結用三疊字，前後同。

按，此三疊字與《醉春風》中三疊字，須用得雋雅有味，方佳。如此詞精麗，非俗手所能，後人欲填此詞，務須彷其聲響。詞句末一字上去互叶，原不妨，然觀此詞，前用"手"、"酒"、"柳"三上，後用"舊"、"瘦"、"透"三去，何其心細而法嚴！若此詞可妄作乎？然此論入微聞者，莫不掩口而哂其迂矣。

【杜注】按《詞譜》，《擷芳詞》調内收程垓"桃花暖"一首，注云："陸游'紅酥手'詞，正與此同。"

第二體 六十字

曾 覿

華燈鬧。銀蟾照。萬家羅幕香風透。金樽側。花顏色。醉裹人人，向人
○○▲ ○○▲ ●○○●○○▲ ○○▼ ○○▼ ●○○● ●○
情極。惜。惜。惜。 春寒悄。腰肢小。鬢雲斜彈蛾兒裊。清宵寂。香
○▼ ▼ ◆ ◆ ○○▲ ○○▲ ●○○●○○▲ ○○▼ ○
閨隔。好夢難尋，雨蹤雲跡。憶。憶。憶。
○▼ ○○○● ●○○▼ ▼ ◆ ◆

前後同前詞及《玉瓏璁》詞，俱於第六句用仄。而此篇"人"字、"尋"字用平，各異。梅溪、書舟作亦然，想即如《擷芳詞》不拘耳。"透"字不是韻，乃借叶也。史詞，第二句用"春夢亂"，"夢"字仄聲。程詞第四句用"長記憶"，"記"字仄聲；後第五句用"問消息"，問字仄聲。雖或不拘，然皆不如用平。

按，《能改齋漫録》載無名氏《玉瓏璁》一詞，即是此調。其"金樽側"二句云："新相識。舊相識。""清宵寂"二句云："心相憶。空相憶。"此本弄巧，複用上韻爲句，非有此定格也。《圖譜》喜其名新而收之，遂於"舊相識"下注"疊兩字"，後段同。則是前後此句必要疊上兩字矣，何其謬也。

【校勘記】"萬家羅幕香風透"句，"透"字萬氏注借叶。按，上韻用"鬧"、"照"二字，不能以"透"字借叶也，疑爲"遶"字之誤。

惜分釵 五十八字

吕渭老

春將半。鶯聲亂。柳絲拂馬花迎面。小堂風。暮樓鐘。草色連雲，暝色
○○▲ ○○▲ ●○○●○○▲ ●○△ ●○△ ●●○○ ●●
連空。重。重。 秋千畔。何人見。寶釵斜照春妝淺。酒霞紅。與誰
○△ △ ◇ ○○▲ ○○▲ ●○○●○○▲ ●○△ ●○
同。試問別來，近日情悰。忡。忡。
△ ●●○○ ●●○△ △ ◇

四段仄平。間用以二疊字結之。前後同。

按，此與《釵頭鳳》相類，故題皆用"釵"字。但此换平韻，《釵頭鳳》换仄韻；此疊兩字，《釵頭鳳》疊三字。然體格聲響確是同類，且題名"釵"字相合，故列於此。

明人高深甫作"桃花路"一首，於"柳絲"句作"一見魂驚幾回顧"，"寶

釵"句作"無限芳心春到惹",平仄全拗。《詞統》選之,已爲無識。《圖譜》所列《惜分釵》,即收此詞,尤爲可笑。夫作譜以爲人程式,必求名作之無疵者,方堪摹仿,奈何取此謬句以示人耶?至其篇中語句之陋,更不必言,而"聲"字、"千"字俱用仄聲,"草色"、"試問"兩句,誤用平平仄仄,俱無足取。

【杜注】按《詞譜》,《擷芳詞》調内收聖求另作"重簾掛"一首,平仄叶韻均與此同。是《惜分釵》、《釵頭鳳》皆《摘紅英》,即《擷芳詞》之又一體也。又按,毛子晉《聖求詞》跋云:"《惜分釵》乃其自製新譜,較陸放翁《釵頭鳳》,更有别韻。"

【考正】萬氏原注"别來"之"别"以入作平。又,前段"拂馬"之"拂"亦爲以入作平。

睿恩新　五十五字

晏　殊

芙蓉一朵霜秋色。迎曉露、依依先折。似佳人、獨立傾城,傍朱檻、暗傳消
○○●●○○▲　○●●　⊙○○▲　●○○　●●○○　◎⊙●　●○○
息。　　静對西風脈脈。金蕊綻、粉紅如滴。向蘭堂、莫厭重新,免清夜、
▲　　●●○○◎▲　⊙●●　●○○▲　●○○　●●○○　●⊙●
微寒漸逼。
○○●▲

後起六字,餘同。

鷓鴣天　五十五字　又名:思佳客

秦　觀

枕上流鶯和淚聞。新啼痕間舊啼痕。一春魚鳥無消息,千里關山勞
◎●○○⊙●△　⊙○⊙●●○△　◎○⊙●○○●　⊙●○○⊙
夢魂。　　無一語,對芳樽。安排腸斷到黄昏。甫能炙得燈兒了,雨打
●△　　○●●　●○△　⊙○⊙●●○△　◎○◎●○○●　◎●
梨花深閉門。
○○⊙●△

後起三字二句,與前異。"和"、"勞"、"深"三字,不妨用仄,然各調中此等七字句,第五字古人多用平,即如北曲《賞花時》、南曲《懶畫眉》等調,亦有此義,可爲知者道也。芸窗有一首後起用"壽斝菊香浮"五字,其詞後尾殘缺十字,則是起處亦脱落第一字,非另有此體也。龍洲起句"樓外雲山千萬里",乃是"萬重",勿誤認可仄。

瑞鷓鴣　五十六字

侯　寘

遥天拍水共空明。玉鏡開奩特地晴。極目秋容無限好，舉頭醉眼暫
⊙○◎●●○△　◎●○○◎●△　◎●⊙○○●●　◎○◎●●

須醒。　白眉公子催行急，碧落仙人著句清。後夜蕭蕭葭葦岸，一尊
○△　◎○⊙●○○●　◎●○○◎●△　◎●⊙○⊙◎●　◎○

獨酌見離情。
◎●●○△

即七言律詩分前後段。前段第三四句、後段第一二句俱作對語，但首句第二字平聲起，不可誤。《圖譜》注云："前四句三韻，即七言絶句，後段同，惟用二韻，故不圖。"可笑！若謂即絶句，將三四兩句竟可不屬對乎？按，《鷓鴣天》亦近於七言詩，且"鷓鴣"二字相同，必皆從詩中變出，因以兩調並列。

又按，丹陽仄韻一首，亦題曰《瑞鷓鴣》，而其字句與木蘭花無異，故不另録。

【杜注】按，此調另有馮延巳一首，仄仄平平起，前結後起二聯對偶，與七律正同。

第二體　六十四字

晏　殊

江南殘臘欲歸時。有梅紅亞雪中枝。一夜前村、間破瑶英折，端的千花冷
⊙○○●●○△　●○⊙●●○△　◎●○○　●●○○●　⊙●○○●

未知。　丹青改樣匀朱粉，雕梁欲畫猶疑。何妨與向冬深、密種秦人
●△　⊙○◎●○○●　⊙○●●○△　⊙○◎●○○　◎●○○

路，夾仙溪。不待夭桃客自迷。
●　●○△　◎●○○●●△

"何妨與向冬深"六字，耆卿作"最好簇簇寒竹"，乃以上、入作平者。

【考正】《欽定詞譜》收《梅苑》無名氏和柳永詞，後段三四句作"好將心事，都分付與，時暫到、小庭來"，句讀與此不同，宋詞惟此一首，故記之，不必從。

瑞鷓鴣慢　八十八字

柳　永

寶髻瑶簪。嚴妝巧、天然緑媚紅深。綺羅叢裏，獨逞謳吟。一曲陽春定
●●○△　○○●　○○●●○△　●○○●　●●○△　◎●○○●

價，何啻值千金。傾聽處、王孫帝子，鶴蓋成陰。　凝態掩霞襟。動象
●　○●●○△　○●●　○○●●　●●○△　○●●○△　●●

板聲聲，怨思難任。嘹亮處，迴壓弦管低沉。時恁回眸斂黛，空役五陵心。
●○○ ●●○△ ○●● ●○○●○△ ⊙●○○●● ○●●○△
須信道、緣情寄意，別有知音。
○●● ○○●● ●●○△

與前調全異。"簪"字乃是起韻，舊譜不識，以首句爲七字，誤矣。乃因讀作七字，又嫌"妝"字平聲，此句遂拗，因於"妝"字下注作可仄，誤而更誤，豈不可笑。至於"一曲"以下，前後相同，而前注"王孫"二句作八字，後注"緣情"二句作兩四字，此又其通帙皆然，無足怪矣。

【校勘記】柳永詞，"迴壓弦管低沉"句，"迴"誤作"回"，應遵《詞譜》改。

【考正】此爲慢詞，原譜作"又一體"，誤。

又，依校勘記改"回"爲"迴"。"迴壓"之"壓"，以入作平。

金鳳鈎　五十五字

晁補之

春辭我，向何處。怪草草、夜來風雨。一簪華髮，少歡饒恨，無計殢春且住。　春回常恨尋無路。試向我、小園徐步。一闌紅藥，倚風含露。春自未曾歸去。
○○● ●○▲ ●●● ●○○▲ ●○○● ●○○● ○●●○●▲ ○○○●○○▲ ●●● ●○○▲ ●○○● ●○○▲ ○●●○○▲

後起七字餘同。

【考正】本調晁詞別首前後段兩四字句減一字，合作"櫻桃枝上最先到"、"一分風雨占春愁"，各爲七字一句，此亦長短句之常見變化手法。

步蟾宮　五十五字

汪　存

玉京此去春猶淺。正雪絮、馬頭零亂。姮娥剪就綠雲裳，待來步、蟾宮與換。　明年二月桃花岸。棹雙槳、浪平煙暖。揚州十里小紅樓，盡卷上、珠簾一半。
◎○◎●○○▲ ●◎● ◎○○▲ ⊙○◎●●○○ ●○● ○○◎▲ ○○●●○○▲ ●○● ●○○▲ ○○●●●○○ ●● ● ○○●▲

"雙槳"句六字比前段少一字。

按，此調前後自應相對，此必係脱落，雖照舊刻列此，不可從也。

【杜注】按，他作前後段均字句相同，【確係句首落一字，應去聲，】"雙槳"上疑落"試"字。

【考正】萬氏原譜或據《花草粹編》，後段次句該本原脱一"棹"字。檢《方輿勝覽》卷四十四之無名氏詞，爲"棹雙槳"，玩其文意，究其格律，當是的本，據補。如此，本體實與第二體蔣捷詞同。

第二體　五十六字

蔣　捷

玉窗掣鎖香雲漲。唤緑袖、低敲方響。流蘇拂處字微訛，但斜倚、紅梅一
●○●●○○▲　●●●　○○○▲　○○●●●○○　●○●　○○●
晌。　　濛濛月在簾衣上。做池館、春陰模樣。春陰模樣不如晴，這催
▲　　○○●●○○▲　●○●　○○○▲　○○○●●○○　●○
雪、曲兒休唱。
●　●○○▲

此調八句皆七字，一三五七如詩句，二四六八上三下四。《譜》、《圖》等書概注七字，致誤不少。故本譜加豆字於旁，以識之。此調雖亦五十六字，與《玉樓春》迥别，沈選蔣詞及無名氏作"春風捏就腰兒細"一首，俱作《玉樓春》，大誤。即如小青《天仙子》後起二句，反作上三下四，而沈亟稱之耳。《詞統》改《步蟾宮》，是已，而仍沈注曰："有一士人，訪妓開府作。"按，宋周遵道《豹隱紀談》云，此阮郎中贈妓詞，沈蓋未考也。又按，周所載，前起云"東風捏就，腰兒纖細"，後起云"更闌應是，酒紅微褪"，皆四字兩句，亦與《步蟾宮》異，自另是一調，但今無可考耳。

【考正】本格爲本調正格，宋元詞皆如此填，部分宋詞在前後段第三拍中添一字，作上三下五折腰句法，即後五十八字體。又按，萬氏所云，乃宋人陸凝之《步蟾宮》，亦非阮郎中詞，萬蓋未考也。據《陽春白雪》載，是詞前起爲"東風捏就腰兒細"，後起爲"酒紅應是鉛華褪"，正本調正格。

第三體　五十八字

楊无咎

桂花馥郁清無寐。覺身在、廣寒宮裏。憶吾家妃子舊遊時，瑞龍腦、暗藏
●○●●○○▲　●○●　●○○▲　●○○○●●○○　●○●　●○
葉底。　　不堪午夜西風起。更颭颭、萬絲斜墜。向曉來却是給孤園，乍
●▲　　●○●●○○▲　●●●　●○○▲　●●○●●●○○　●

驚見、黄金布地。
○● ○○●▲

"憶吾家"句上三下四，與此調不合，恐誤也。"向曉來"句比前多一字，或曰"遊"字下乃誤落一"時"字，此句與"向曉來"句前後相同耳。此論甚確，但不敢擅添也。

【杜注】按，《欽定詞譜》於"遊"字下補"時"字。又，"却是給孤園"句，"是"作"似"。應遵照增改。

【考正】杜注皆已增改。前後段第三句，萬氏僅後段讀斷，此二句均一氣貫注者，細玩文意，似以一七式讀更佳，故後段删去三字逗。又按，後段《欽定詞譜》作"向晚來"，因其前文已有"午夜西風起"，則當爲"曉來"方確。

第四體 五十九字

黄庭堅

蟲兒真個惡靈利。惱亂得、道人眠起。醉歸來、恰似出桃源，但目斷、落花
○○○●○○▲ ●●● ●○○▲ ●○○ ●●●○○ ●●● ●○
流水。 不如隨我歸雲際。共作個、住山活計。照清溪，匀粉面，插山
○▲ ●○○●○○▲ ●●● ●○○▲ ●○○ ○●● ●○
花，算終勝、風塵滋味。
○ ●○● ○○○▲

"醉歸來"句八字，"照清溪"句九字，此前後恐亦宜相同，"匀"字必誤多，若去之則與前調合矣。

【考正】萬氏原注前起"惡"字作平。又，"道人眼起"不通，《欽定詞譜》作"眠起"，是，據改。據此後段對應之"活"字，亦當是以入作平。

又，萬氏以爲後段衍一"匀"字，前後段校，或亦有理，然另有韓淲詞，此處亦作"雨吹來，雲亂處，水東流"九字，則可知此蓋五字結構添一字作折腰式六字句也。

芳草渡 五十五字

歐陽修

梧桐落，蓼花秋。煙初冷，雨纔收。蕭條風物正堪愁。人去後，多少恨，在
○○● ●○△ ○○● ●○△ ○○○●●○△ ○●● ○●● ●
心頭。 燕鴻遠。羌笛怨。渺渺澄波一片。山如黛，月如鉤。笙歌散。
○△ ○○▲ ○●▲ ●●○○●▲ ○○● ●○△ ○○▲
魂夢斷。倚高樓。
○●▲ ●○△

前段平韻，後段平仄間用。

【校勘記】"梧桐落"一首，爲馮延巳詞，作歐陽修誤。

繫裙腰　五十八字

魏夫人

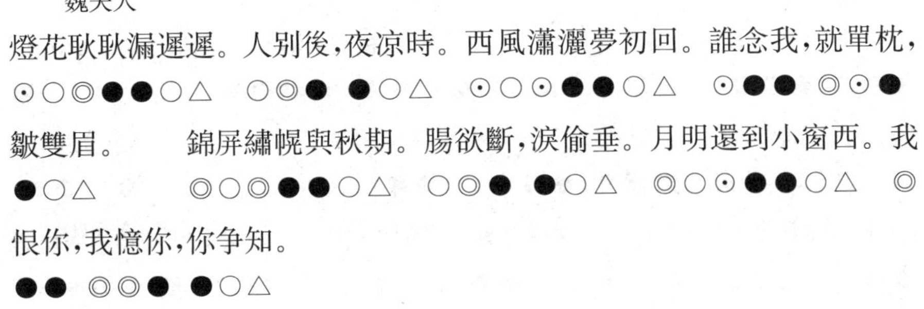
燈花耿耿漏遲遲。人別後，夜涼時。西風瀟灑夢初回。誰念我，就單枕，皺雙眉。　錦屏繡幌與秋期。腸欲斷，淚偷垂。月明還到小窗西。我恨你，我憶你，你爭知。

前後同。

【考正】本詞及後一首張先詞，原載卷九《七娘子》後。按，本調與《芳草渡》實係一調，故魏夫人"燈花耿耿漏遲遲"一詞，一作《繫裙腰》，一作《芳草渡》。蓋本詞發端之兩起處，均爲三字兩句，考宋人實際，若後段起仍爲三字兩句者，則名之爲《芳草地》，若後段起拍爲七字一句者，則必名爲《繫裙腰》，如此區別而已。而兩個三字句添一字作七字一句，或七字句減一字作折腰法，則是宋詞變化之基本手法，如馮延巳前段"梧桐落，蓼花秋"及後段"山如黛，月如鉤"，至張先則已變爲"主人宴客玉樓西"、"山明日遠霽雲披"七字一句，即爲明證。又如唐人《漁歌》，第三拍例作三字兩句，而宋人蘇軾則化爲七字一句。如此種種不勝枚舉。至於韻脚變化，則由唐至宋已完成平仄雙换韻爲短調平韻、長調仄韻，雙韻式填法在宋代已經亡佚，其餘各韻，或增或減，亦詞家常用手法，均無定式。

本調實爲唐詞，唐詞名《芳草地》，宋人因歐陽修句有"繫裙腰，映酥胸"，故又名《繫裙腰》。兹將原譜之《繫裙腰》列入《芳草渡》後。

第二體　六十一字

張　先

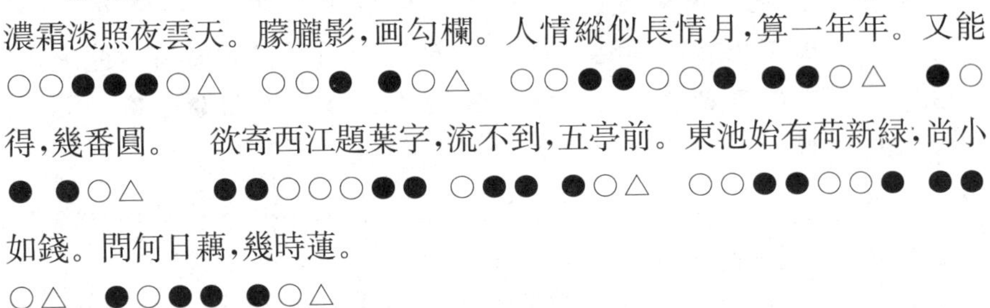
濃霜淡照夜雲天。朦朧影，画勾欄。人情縱似長情月，算一年年。又能得，幾番圓。　欲寄西江題葉字，流不到，五亭前。東池始有荷新緑，尚小如錢。問何日藕，幾時蓮。

前第四句，後第一、第四句，俱用仄聲，不叶。而"年"、"錢"二字轉叶，與前詞異。前詞兩結俱三字三句，此前段多"算"字，後段多"尚"、"問"二字，但此“問”字係誤多者,此句宜與前“又能得”同。

【杜注】按,《詞譜》首四字作“清霜蟾照”,應遵改。

芳草渡慢　八十九字

周邦彦

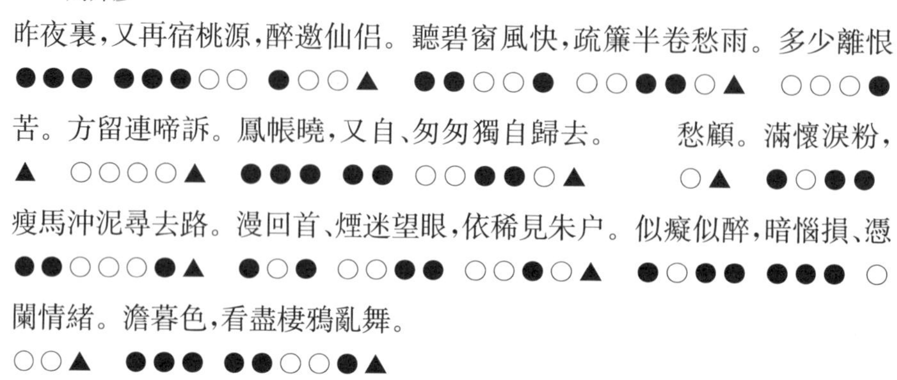
昨夜裏,又再宿桃源,醉邀仙侶。聽碧窗風快,疏簾半卷愁雨。多少離恨
●●●　●●●○○　●○○▲　●●○○●　○○●●○▲　○○○●
苦。方留連啼訴。鳳帳曉,又自、匆匆獨自歸去。　愁顧。滿懷淚粉,
▲　○○○○▲　●●●　●●　○○●●○▲　○▲　●○●●
瘦馬沖泥尋去路。漫回首、煙迷望眼,依稀見朱户。似癡似醉,暗惱損、憑
●●○○○●▲　●○●　○○●●　○○●○▲　●○●●　●●●　○
闌情緒。澹暮色,看盡棲鴉亂舞。
○○▲　●●●　●●○○●▲

與前調迥别。各仄聲字俱宜遵守,蓋此調音響如斯也。或曰“漫回首”句五字,“望眼”句七字。

【考正】此爲慢詞,原作《芳草渡》“又一體”,非是。兹加“慢”字另擬調名。

“又自”下八字,萬氏作四字二句,文理欠達,語氣欠暢,且音律欠諧,故作如是改。余以爲但凡節奏同仄或同平者,皆有二字逗之存在,此爲一例。又,前段第六句“多少”之“少”,以上作平。

“漫回首”下十二字,爲後段第二均,古人並無標點,故一均之内亦可七字一句、五字一句,亦可五字一句、七字一句,每每不拘也。明清詞譜家以此而定“另一體”,本屬無謂。

徵招調中腔　五十五字

王安中

紅雲蒨霧籠金闕。聖運叶、星虹佳節。紫禁曉風馥天香,奏九韶、帝
○○●●○○▲　●●●　○○○▲　●●●○●○○　●●○　●
心悦。　瑶階萬歲蟠桃結。睿算永、壺天風月。日觀幾時六龍來,金
○▲　○○●●○○▲　●●●　○○○▲　●●●○●○○　○
鏤玉牒告功業。

“金鏤”句比前尾多一字。

【杜注】按,《欽定詞譜》“天闕”作“金闕”,兩字雖無所别,然“天”字與下“天香”複,應遵改。又按,履道《初寮詞》亦作“金”。

【考正】杜注所及已改。

本調前後段第三句各以拗句爲之，余疑後段當必作“日觀幾時，六龍來、金縷玉牒告功業”讀，故前段“奏”字前或落一字，爲“紫禁曉風，馥天香、□奏九韶帝心悦”，惜本調僅此一詞，無别作可校。

徵招 九十五字

周 密

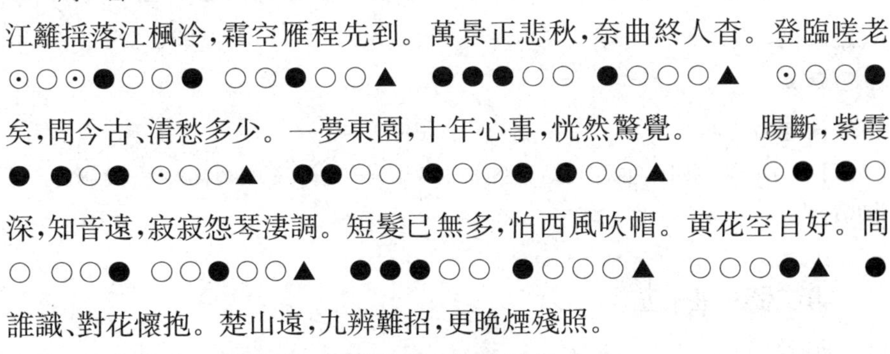

江籬摇落江楓冷，霜空雁程先到。萬景正悲秋，奈曲終人杳。登臨嗟老
⊙○⊙●○○● ○○●○○▲ ●●●○○ ●○○○▲ ⊙○○●
矣，問今古、清愁多少。一夢東園，十年心事，恍然驚覺。 腸斷，紫霞
● ●○● ⊙○○▲ ●●○○ ●○○● ●○○▲ ○● ●○
深，知音遠，寂寂怨琴淒調。短髮已無多，怕西風吹帽。黄花空自好。問
○ ○○● ○○●○○▲ ●●●○○ ●○○○▲ ○○○●▲ ●
誰識、對花懷抱。楚山遠，九辨難招，更晚煙殘照。
○● ◎○○▲ ●○● ●●○○ ●●○○▲

“登臨嗟老矣”應作“登臨嗟已老”，觀後“黄花”句，可知此句當叶韻也。查趙以夫此句，前段用“起”字，後段用“事”字，正叶“袂”、“翠”、“意”、“水”等韻。故知讀書論古，當細心也。“寂寂”至“懷抱”俱同前段，“寂寂”二字作平，即同前“霜空”二字，不可用仄。“萬景”、“登臨”、“短髮”、“黄花”四句，如五言詩。“奈曲終”、“怕西風”二句，乃一字領句，不可誤同。

【杜注】按，此調爲姜白石自製曲，今收周草窗之作，字句亦同，惟姜詞後起“迤邐剡中山”句，“邐”字爲暗韻，趙用父一首後起云“天際絶人行”，“際”字亦叶，此詞及張玉田所作皆不叶，想可不拘。然當以姜詞爲正格。

【考正】萬氏原注“曲終”之“曲”作平。

本調正格當於後起處作二字讀斷，並以叶韻爲正。而本詞後段首均原譜爲“腸斷紫霞深，知音遠、寂寂怨琴淒調”，便當讀如“腸斷，紫霞深、知音遠，寂寂怨琴淒調”，其中“知音遠”不當屬下，“紫霞深、知音遠”顯係驪句，最能説明。本均以文法關係論，即八字一句、六字一句。如此，“霜空”句與“寂寂”句方可坐實相互對應，“寂寂”作平方有依據。而此兩處六字句，則均爲上二下四句法，即余所主張之“兩音步平仄相連，則爲二字逗標識”者。或曰：六字而讀住爲二四，是無謂之舉也。余謂：六字連讀句法與上二下四句法，其聲容截然不同，一也；上二下四與上三下四，以句法言之，以功能言之，以韻律言之，皆同，二也；音步連平而拗，於音律不諧，讀斷則諧，正其本源之意，三也。有此三者，上二下四式焉爲無謂耶？且詞者，有一字逗，有三字逗，何以獨幾無二字逗？

又，萬氏以爲前段第五句當爲“登臨嗟已老”，無據。蓋此句本非必叶句，如玉田“秋風吹碎”詞即如此。而前後段叶韻不必相同，亦屬常態。

鼓笛令　五十五字

黄庭堅

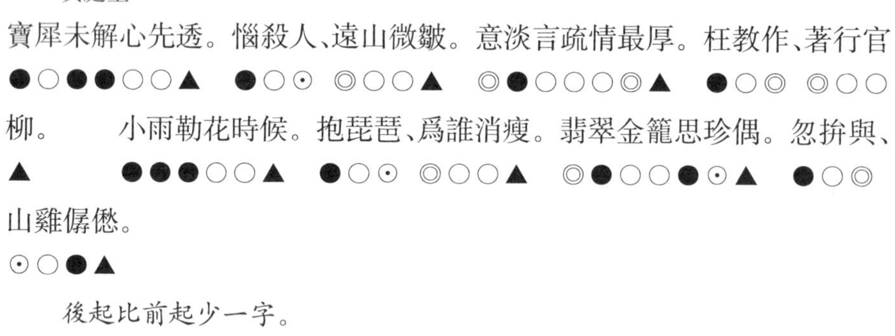
寶犀未解心先透。惱殺人、遠山微皺。意淡言疏情最厚。枉教作、著行官
●○●●○○▲　●○⊙　◎○○▲　◎●○○○◎▲　●○◎　◎○○
柳。　小雨勒花時候。抱琵琶、爲誰消瘦。翡翠金籠思珍偶。忽拚與、
▲　●●●○○▲　●○⊙　◎○○▲　◎●○○●⊙▲　●○◎
山雞偎傸。
⊙○●▲

後起比前起少一字。

【考正】本調山谷詞四首，前起均爲七字，惟朱敦儒詞前起作“紙帳綢衾忒暖”，全詞前後段最爲齊整。

第二體　五十五字

黄庭堅

見來便覺情於我。斷守著、新來好過。人道他家有婆婆。與一口、管教屐
●○●●○○▲　○●●　○○●▲　○●○○●○△　●●●　●○○
磨。　副靖傳語木大。鼓兒裏、且打一和。更有些兒得處囉。燒沙糖、
▲　●●○○●▲　●○●　●○○▲　●●○○●●△　○○○
香藥添和。
○○○▲

“婆”、“囉”二字以平叶仄，此又一平仄通叶體也。後段不宜叶兩“和”字，豈有一可叶平乎？大抵此詞全用俳語難明，且“屐”字字書不載，恐有誤耳。“囉”字叶“婆”，可見不音羅那切。

按，此第三句用平叶韻，若不叶，即與《步蟾宫》同矣。

【考正】本體恩杜合刻本不載，或因詞俚而删去。

萬氏原注結句“藥”字以入作平。又，後起“語”字、後段第二句“打”字“一”字，均爲以上、入作平。

第三體　五十五字

黄庭堅

酒闌命友閑爲戲。打揭兒、非常愜意。各自輸赢只賭是。賞罰采、分明須
●○●●○○▲　●●○　○○●▲　●●○○●●▲　●●●　○○○
記。　小五出來無事。却跋翻和九底。若要十一花下死。那管十三，
▲　●●●○○▲　●●○○●▲　●●○○○●▲　●●○○

不如十二。

●○○▲

後第二句六字,末二句共八字。

【考正】萬氏原注後段第三句"十一"均作平。又,後結兩"十"字亦爲以入作平。

第四體 五十六字

黄庭堅

見來兩兩寧寧地。眼厮打、過如拳踢。恰得嘗些香甜底。苦殺人、遭難調戲。　臘月望州坡上地。凍著你、影鱁村鬼。你但那呰一處睡。燒沙糖、管好滋味。

前後相同。俳體,恐有訛處,"鱁"字亦字書不載。"踢"字音替,是入聲叶韻。

【杜注】按,此詞《山谷集》題爲"戲詠打揭"。又按,此首之前尚有一首五十五字平仄通叶,此首之後亦有一首五十六字,均以語太鄙俚删去。說見前卷七《望遠行》第三體後。

【考正】前及朱敦儒詞,校之黄詞文字雅正,韻律和諧,兹録於左,並附圖譜,可作規範。譜中後結"筆"字以入作平:

紙帳紬衾忒暖。儘自由、横翻倒轉。睡覺西窗燈一盞。恰聽打、三更三點。　殘夢不
●●○○●▲　●●○　○○●▲　●●○○○●▲　●○●　○○○▲　○●●
須深念。這些個、光陰煞短。解散轠繩休繫絆。把從前、一筆句斷。
○○▲　●○●　○○●▲　●●○○○●▲　●○○　●○○▲

鼓笛慢 一百六字

秦　觀

亂花叢裏曾攜手,窮豔景、迷歡賞。到如今、誰把雕鞍鎖定,阻遊人來
●○○●○○●　○●●　○○▲　●○○　○●○○●●　●○○○
往。好夢隨春遠,從前事、不堪思想。念香閨正杳,佳歡未偶,難留
▲　●●○○●　○○●　●○○▲　●○○●●　○○●●　○○
戀、空惆悵。　永夜嬋娟未滿,歎玉樓、幾時重上。那堪、萬里却尋歸
●　○○▲　●●○○●●　●●○　●○○▲　○○　●●●○○
路,指陽關孤唱。苦恨東流水,桃源路、欲回雙槳。仗何人、細與丁寧問
●　●○○○▲　●●○○●　○○●　●○○▲　●○○　●●○○●
呵,我如今怎向。
○　●○○●▲

"如今誰把"至"未偶",與後"那堪萬里"至"問呵"相同,但前多一"到"字耳。舊譜注"鎖"字斷句,誤。觀"阻遊人"以下與後"指陽關"以下,無一字平上去入不合,"阻"字"指"字,乃一字領句也,奈何亂注乎?"呵"字上聲,正與前"偶"字同,而譜乃認作平聲,可歎。獨不見朱希真《滿路花》以"呵"字煞尾,叶"火"、"裏"等韻耶?

按,長卿、聖求俱有《鼓笛慢》詞,及《詞林萬選》載張仲宗一首,查俱係《水龍吟》,想因起句及前結略似,故訛刻耳。

【杜注】按,《欽定詞譜》以此詞歸入《水龍吟》調,注云:"此添字《水龍吟》,兼攤破句法,採入以備一體。"又按,《歷代詩餘》"雕鞍"作"雕闌"。

【考正】本詞即《水龍吟》。校之宋詞《水龍吟》,本詞僅前後段第五句各增一領字耳。前段第三句"到"字,後段尾均"呵"字,依律均衍。秦觀本調二首,别首後結作"念多情,但有當時皓月,向人依舊",較之本詞,則後段尾均當爲"仗何人,細與丁寧,問我如今怎向",而"問呵"則無解。

又按,前段第三句原譜萬氏讀爲"到如今誰把,雕鞍鎖定",句子已然讀破,當讀爲"到如今、誰把雕鞍鎖定",正是《欽定詞譜》所謂"攤破句法"者。余更疑本句攤破句法後,本爲"如今、誰把雕鞍鎖定",正如趙長卿之"多情、爲與牡丹長約",後人因添一"到"字。而後段"那堪、萬里却尋歸路"則正與之對應。萬氏因無二字逗概念,故前讀爲一五一四,後讀爲四字二句,而實俱成破句矣。

思歸樂　五十五字

柳　永

天幕清和堪宴聚。相得盡、高陽儔侶。皓齒善歌長袖舞。漸引入、醉鄉深
○◎⊙⊙⊙◎▲　⊙◎●　○○○▲　◎◎◎⊙○◎▲　◎◎◎　●○○

處。　　晚歲光陰能幾許。這巧宦、不須多取。把酒共君聽杜宇。解再
▲　　◎◎⊙⊙○○◎▲　●●◎　◎○⊙▲　◎◎◎⊙○◎▲　◎◎

三、勸人歸去。
⊙　●○○▲

此調亦似《於中好》,只前結句七字,而前第三句平仄與後段異。《於中好》則皆用"共君"句平仄也。

【杜注】按,《欽定詞譜》後結作:"把酒共君聽杜宇。解再三、勸人歸去。"注云:"《詞律》誤從汲古閣本,後段結句脱一字,今從《花草粹編》校正,平仄無他本可校。"

【考正】本調與《惜時芳》、《惜芳時》、《柳搖金》當是一調。

後結已據杜注改。

翻香令　五十六字

蘇　軾

金爐猶暖麝煤殘。惜香更把寶釵翻。重聞處，餘熏在，這一番、氣味勝從
⊙○○●●○△　●○◎●●○△　⊙○●　○○●　●◎○　◎●●○
前。　背人偷蓋小蓬山。更將沉水暗同燃。且圖得，氤氳久，爲情深、
△　◎○○●●○△　●○⊙●●○△　◎○●　○○●　●○○
嫌怕斷頭煙。
⊙●●○△

前後同。

【杜注】按，《樂府雅詞》"更把"作"愛把"。又，"重聞"作"重勻"。又，"一番"作"一般"。又，"蓬山"作"重山"。又後段第二句作"更拈沉水與同然"。

市橋柳　五十六字

蜀中妓

欲寄意、渾無所有。折盡市橋官柳。看君著上春衫，又相將、放船楚
●●●　○○●▲　●●●○○▲　○○●●○○　●○○　●○●
江口。　後會不知何日又。是男兒、休要鎮長相守。苟富貴、無相忘，
○▲　●●●○○●▲　●○○　○●●○○▲　●●●　○○○
若相忘、有如此酒。
●○○　●○●▲

"須"字各刻作"休"字，不通。詞意云，若是男兒須相守到底也，若作"休"字，是回絶人口氣，不要其相守矣。

【杜注】按，【蜀妓詞，"看君著上春衫"句，"春"當作"征"。又，】秦氏玉生云："數虛字層折而下，宛轉關生。若改'須'字，直率無味。且作'休'字，即男子有事四方之意。與下文一氣貫注。【若作'休'字，是回絶人口氣，不要其相守矣。不知詞意正欲其相守，而勢有所不能，故以富貴相忘爲戒，蓋異日無相忘，即不啻長相守耳。】"又按，《齊東野語》引此亦作"休"字。《欽定詞譜》同。

【考正】據秦氏改"須"爲"休"。

鳳銜杯　五十六字

晏　殊

青蘋昨夜秋風起。無限個、露蓮相倚。獨憑朱闌、愁放晴天際。空目斷、遥山翠。　彩箋長、錦書細。誰信道、兩情難寄。可惜良辰、好景歡娛地。只恁空憔悴。

後結比前段少一字。

【考正】本調後結諸家均爲六字折腰式句法，惟本詞後結五字一句，疑有脱落，故不作譜，填者當以後一體爲範。

前後段第三句爲九字一句，作四五、二七、六三俱可，無需拘泥。惟整句須一氣呵成，蟬聯而下，不可於中間讀斷。

第二體　五十七字

晏　殊

留花不住怨花飛。向南園、情緒依依。可惜敧紅斜白、一枝枝。經宿雨、
○○◎●●○△　●○○　○●○△　◎●○○○●　●○△　○●●

又離披。　　憑朱檻，把金卮。對芳叢、惆悵多時。何況舊歡新恨、阻心
●○△　　⊙⊙●　●○△　●○○　○●○△　○●●○○●　●○

期。空滿眼、是相思。
△　○●●　●○△

用平韻，與前異。

此詞《壽域集》亦載之，末句作"滿空眼，是相思"，則與前結同是六字，但"滿空眼"不成語，恐是"空滿眼"之誤也。壽域又一首共五十七字，末云"空牽惹，病纏綿"，前後相同無誤，因其前段缺九字，故未取另列，然可從也。

【杜注】按，《欽定詞譜》"倒紅"作"敧紅"。又，"披離"作"離披"。又，"新寵"作"新恨"。又，末句"滿眼是相思"，"滿"字上有"空"字。均應遵照改補。

【考正】詞中已據杜注改。

第三體　六十三字

柳　永

追悔當初辜深願。經年價、兩成幽怨。任越水吴山，似屏如障堪遊玩。奈
○●○○○⊙▲　○⊙●　●○○▲　●◎●○○　●○⊙●○○▲　●

獨自、慵擡眼。　　賞煙花，聽弦管。圖歡娱、轉加腸斷。待時展丹青，强
○●　○○▲　　●○○　◎⊙▲　○○⊙　●○○▲　●⊙●○○　●

拈書信頻頻看。又争似、親相見。
○○●○○▲　●⊙●　○○▲

比前調前後第三句各多三字。

【考正】萬氏原注，前結"獨"字以入作平。

錦帳春　五十六字

戴復古

處處逢花，家家插柳。正寒食、清明時候。奉板輿行樂，是使星隨後。人
◎●○○　⊙○◎▲　●⊙●　⊙○○▲　●◎○⊙●　●●○○▲　⊙
間稀有。　　出郭尋山，繡衣春晝。馬上列、兩行紅袖。對韶華一笑，勸
○○▲　　◎●○○　◎○⊙▲　●◎●　◎○○▲　●⊙○◎●　●
國夫人酒。百千長壽。
●○○▲　◎○○▲

"國夫"字難解，此爲陳提舉奉母夫人遊庵而作，"國夫"或謂封某國夫人也。前後同。

【杜注】按，《欽定詞譜》"使星"上有"是"字。又，"尋仙"作"尋山"。又，"勸國夫酒"句，"夫"字下有"人"字。應遵照改補。

【考正】已依杜注改。萬氏原注後結"國"字以入作平。又按，"勸國夫人酒"，依律當爲一五句法，故雖添一字，依舊生澀，是句必非原詞也。

第二體　五十九字

程　珌

最是元來，苦無風雨。但只恁、匆匆歸去。看遊絲、都不恨，恨秦淮新漲，
●●○○　●○○▲　●●●　○○⊙▲　●○○　○●●　●⊙○⊙●
向人東注。　　醉裏仙人，惜春曾賦。却不解，留春且住。問何人、留得
●○○▲　　●●○○　●○○▲　●●●　○○◎▲　●○○　○●
住。怕小山更有，碧蕪春句。
▲　●◎○◎●　●○○▲

前後同，只後段第二句七字，"留得住"之"住"字不必叶韻。此調與前調徑庭。

【杜注】按，《歷代詩餘》首句"最是原來""原"作"春"。第三句"只恁"上有"但"字，宜遵之改補。又按，此詞既增"但"字，則與卷八所列辛稼軒《錦帳春》詞字句皆同，蓋傳抄時以"帳"字誤作"堂"，故列於此。應附卷八《錦帳春》後。

【考正】本詞原譜列於卷五《烏夜啼》下，蓋萬氏誤將《錦帳春》誤作《錦堂春》也，今移至此。

原譜第二句作"苦無風雨"，校之《欽定詞譜》本"無"作"兼"，意更恰，改。又，前段第三句原作"只恁匆匆歸去"，據杜注改，則本調前後字句相同。

第三體　六十字

辛棄疾

春色難留，酒杯常淺。更舊恨新愁相間。五更風，千里夢，看飛紅幾片。
⊙●○○　◎○⊙▲　●◎●○○⊙▲　●○○　○●●　●⊙○◎▲
這般庭院。　　幾許風流，幾般嬌懶。問相見何如不見。燕飛忙，鶯語
◎○○▲　　●●○○　●○○▲　●⊙●⊙○◎▲　●○○　○●
亂。恨重簾不卷。翠屏天遠。
▲　●⊙○◎▲　◎○⊙▲

"亂"字偶合，非叶韻。前後同。

【杜注】按，前卷五有程泌《錦堂春》詞，五十九字實即此調，因落一字，又誤以"帳"字作"堂"字，遂附於《錦堂春》後。應移於此。

【考正】萬氏原讀前後段第三句爲上三下四句法，雖宋人多如此讀，然究其詞意，本詞當作一字逗領六字句更恰，故予改定。

鵲橋仙　五十六字　有前後首次句俱叶者或加"令"字

秦　觀

纖雲弄巧，飛星傳恨，銀漢迢迢暗度。金風玉露一相逢，便勝却、人間無
⊙○◎●　⊙○⊙●　⊙●⊙○◎▲　⊙○◎●●○○　●◎●　○○⊙
數。　　柔情似水，佳期如夢，忍顧鵲橋歸路。兩情若是久長時，又豈在、
▲　　⊙○◎●　⊙○⊙●　⊙●◎○⊙▲　◎○◎●●○○　●◎●
朝朝暮暮。
○○◎▲

前後同。《酒邊詞》首句作"合卺風流"，平仄異，然不可從。坦庵第四句"摩孩羅荷葉傘兒輕"，偶多一字，無此體也。"摩孩羅"即"摩合羅"，七夕之"耍孩兒"也。北曲《耍孩兒》調亦名《摩合羅》。劉因前後首次句俱叶，餘同，不録。

鵲橋仙慢　八十七字

柳　永

屆征途，攜書劍，迢迢匹馬東歸去。慘離懷，嗟少年、易分難聚。佳人方恁
●○○　○○●　○○●●○○▲　●○○　○●○　●○○▲　○○○●
繾綣，便忍分鴛侶。當媚景，算密意幽歡，盡成輕負。　　此際寸腸萬緒。
○●　●●○○▲　○●○　●●●○○　●○○▲　　●●●○●▲

慘愁顔，斷魂無語。和淚眼，片時、幾番回顧。傷心脈脈誰訴。但黯然凝
●○○ ●○○▲ ○●● ●○ ●○○▲ ○○●●○▲ ●●○○

佇。暮煙寒雨。望秦樓何處。
▲ ●○○▲ ●○○○▲

與前調迥別。

【杜注】按，宋本"迢迢匹馬東去"句，"去"字上有"歸"字。又，"嗟年少"句作"少年"。又，《歷代詩餘》"孤負"作"輕負"。《欽定詞譜》同。均應遵照改補。

【考正】此爲慢詞，與前一體屬同名異調，原譜列爲"又一體"，誤。

前段第二拍萬氏原譜作"匹馬東去"，無"歸"字，據杜注補。

前後段第二均應是對應處，故後段"片時"當對應"嗟少年"，或"片"字前落一平聲字，或"嗟"字衍文。而究之音律，"少年"、"片時"後當均應讀住爲正，原譜作"和淚眼片時，幾番回顧"，失校前段而連讀爲五字句，或亦是無二字逗概念故也。

又，"繾綣"之"繾"，以上作平。"慘離懷"、"慘愁顔"兩句，必有一"慘"字錯訛。

又按，本詞校之耆卿《臨江仙慢》，頗有相似處，惟其詞平韻，前後段各添二字異。而其詞前後段第二均，則與本詞前段第二均字數相同。

卓牌子　五十六字　"子"或作"兒"，或加"慢"字

楊无咎

西樓天將晚。流素月、寒光正滿。樓上、笑揖姮娥，似看。羅襪塵生，鬢雲
○○○●▲ ○●● ○○●▲ ○● ●●○○ ●▲ ○●○○ ●○

風亂。　　珠簾終夕卷。判不寐、闌干憑暖。好在、影落清尊，冷侵香幄，
○▲　　○○○●▲ ○●● ○○●▲ ●● ●●○○ ●○○●

歡餘、未教人散。
○○ ●○○▲

"似看"下十字、"冷侵"下十字，本是相同，但語氣前則上六下四，後則上四下六，總之平仄無異，氣可貫下也。"夕"字照前段應作平聲。

【考正】"似看"二字當讀斷爲二字一逗，叶韻，蓋此二字統領後八字驪句也，原譜讀爲六字一句，則句法關係便被誤解矣。此尾四字，則正可爲後段尾四字一句佐證，即"歡餘"後讀住，以避免平聲音步相連，此例可見"音步相連則爲二字逗之標識"之論，不虚也。

四印齋所刻本《宣卿詞》有《卓牌子近》一調，非令非慢，當獨爲一調，玆録於此，原詞後段僅六拍，以近詞六均之標準度之，則必有脱落，補之，平仄依前段擬：

卓牌子近　九十七字

袁去華

曲沼朱闌，繚牆翠竹晴晝。金萬縷、搖搖風柳。還是燕子歸時，花信來後。看淡淨洗妝態，
●●○○ ○○●●○▲ ○●● ○○○▲ ○●●●○○ ○●○▲ ●●●●○●

梅樣瘦。春初透。　　盡日明窗相守。閑共我焚香，伴伊刺繡。睡眼騰騰，今朝早是病
○●▲　○○▲　　●●○○○▲　○●●○○　●○●▲　●●○○　○○●●●
酒。□□□□□□，那堪更、困人時候。
▲　●●●●○●　○○●　●○○▲

卓牌兒　九十七字

万俟雅言

東風綠楊天，如畫出、清明院宇。玉艷淡泊，梨花帶月，胭脂零落，海棠經
○○●○○　○●●　○○●▲　◎●●○　○○●◎　○○○●　●○○
雨。　　單衣怯黃昏，人正在、珠簾笑語。相並戲蹴鞦韆，攜手同倚闌干，
▲　　○○●○○　○●◎　○○●▲　○○●●○○　○○○●○○
暗香時度。　　翠窗繡户。路繚繞、潛通幽處。斷魂凝佇。嗟不似飛絮。
●○○▲　　●○●▲　●⊙▲　○○○▲　●○○▲　○◎●○▲
閑悶閑愁，難消遣、此日年年意緒。無據。奈酒醒春去。
⊙●○○　○○●　●●○○●▲　○▲　●●○○▲

"東風"至"經雨"似前楊詞之前半，"單衣"至"時度"似其後半。後"翠窗"以下較前段字少，必有誤處，無他作可考，姑仍之。

【杜注】按，王氏校本作三疊，"單衣怯黃昏"爲二疊起句。萬氏謂後半較前段字少，如作雙拽頭，則後半不必較字數矣。

【考正】此爲慢詞，與前二體迥異，非一調也，原作"又一體"者，誤。現據《唐宋諸賢絶妙詞選》補題。

本調與前一體亦爲不同之調，"淡泊"之"泊"萬氏原注以入作平。"攜手"之"手"亦當讀平。又，"此日"句原無"年年"二字，據《欽定詞譜》補。

又按，本調當是雙拽頭格式，萬氏失校，分爲兩段，據王校本改。

虞美人　五十六字

蔣　捷

絲絲楊柳絲絲雨。春在冥濛處。樓兒忒小不藏愁。幾度和雲飛去覓歸
⊙○⊙●○○▲　⊙●⊙○▲　⊙○◎●●○△　◎●⊙○⊙●●○
舟。　　天憐客子鄉關遠。借與花消遣。海棠紅近綠闌干。才卷珠簾却
△　　⊙○◎●○○▼　◎●○○▼　◎○⊙●●○▽　⊙●⊙○◎
又晚風寒。
●●○▽

前後同。兩結九字，語氣或可六字豆，或可四字豆。

第二體　五十八字

閻　選

粉融紅膩蓮房綻。臉動雙波慢。小魚銜玉鬢釵横。石榴裙染象紗輕。轉
●○○●○○▲　●●○○▲　⊙○○●●○△　◎○○●●○△　●

娉婷。　偷期銀漢荷深處。一夢雲兼雨。臂留檀印齒痕香。深秋不寐
○△　○○○●○○▼　◎●○○▼　◎○○●●○▽　○○●●

漏初長。儘思量。
●○▽　●○▽

前後第四句各多一字，並結處兩叶韻。

【杜注】按，《歷代詩餘》"盡思量"句"盡"作"儘"，應遵改。

樓上曲　五十六字

張元幹

樓外夕陽明遠水。樓中人倚東風裏。何事有情怨别離。低鬟背立君應
⊙●◎○○●▲　○○●●○○▲　○●◎○●●△　○○◎●○○

知。　東望雲山君去路。腸斷迢迢盡愁處。明朝不忍見雲山。從今休
△　○●○○○●▼　○●○○●○▼　○○●●●○▽　○○⊙

傍曲闌干。
●●○▽

每二句一韻，凡易四韻。蘆川此調有二首，故照注平仄如右，非臆斷也。

【杜注】按，《歷代詩餘》"斷腸迢迢盡愁處"句，作"羊腸迢遞盡愁處"，應遵改。

【考正】後段第二句，蘆川别首作"画檐深转梧桐影"，與本詞句法不同，故不可参校。原譜"盡"字作仄可平，誤。

另有宋人陳襄同名詩一首，爲古體詩，非詞也。

廳前柳　五十六字

趙師俠

景清佳。正倦客，凝秋思、浩無涯。遞十里、香芬馥，桂初華。向碧葉、露
●○△　●●●　○○●　●○△　●○●　○○●　●○△　●●●　●

芳葩。　爲粟粒鵝兒情淡薄，倩西風、染就丹砂。不比黄金雨，燦餘霞。
○△　●●●○○○●●　●○○　●●○△　●●○○●　●○△

送幽夢、到仙家。
●○●　●○△

趙詞二首，字極整齊，可從。查金谷《亭前柳》一詞，雖多兩字，定與此是一調，故附於此後。其體用俳語，字更參差，不可學也。

【考正】萬氏原注“十”字以入作平。

亭前柳 五十八字

石孝友

有件偷遮，算好事、大家都知。被新冤家矍索後，没別底，似別底，也難爲。

識盡千千並萬萬，那得恁、海底猴兒。這百十錢，一個潑性命，不分付、待分付與誰。

或曰：“此起結處與前不同，何不另列一體？”余曰：“首起處必有訛錯，‘新冤家’以下與前詞字句彷佛，後起兩句亦同，其後亦必有訛錯，豈可另列一體以誤人？且題中‘亭’字與‘廳’字音本相近，是決一調而傳寫各異耳。”本譜崇真尚實，不欲多列新奇，以誇詳博也。末句“誰”字上應落“伊”字。

【校勘記】石孝友詞，萬氏以此調與《廳前柳》字句彷佛，決爲一體，秦氏云：“字句均不同，宫調各別，仍應另列。”

【考正】本調朱雍有三首，音律句式如一，詞語雅正，萬氏不取朱詞而取金谷詞，欠妥。本詞校之朱詞，前後起各少一字。又，本詞後段尾均，參照趙、朱諸詞及前段，當作：“這百十錢一個，潑性命，不分付、待分付與誰。”後“分付”二字則爲修辭式添字，與前段“別底”同。兹録朱雍詞如下，石詞不予擬譜，學者應以朱詞爲範：

拜月南樓上，面嬋娟、恰對新妝。誰憑闌干處，笛聲長。追往事，遍淒涼。　看素質、臨
●●○○● ●○○ ●●○△ ○●○○● ●○△ ○●● ●○△ ●●● ○
風消瘦盡，粉痕輕、依舊真香。瀟灑春塵境，過横塘。度清影，在迴廊。
○○●● ●○○ ○●○△ ○●○○● ●○△ ●○● ●○△

夜遊宫 五十七字

周邦彦

葉下斜陽照水。卷輕浪、沉沉千里。橋上酸風射眸子。立多時，看黄昏，
◎●○○●▲ ●○● ⊙○○▲ ⊙●○○◎⊙▲ ●○○ ●○○
燈火市。　古屋寒窗底。聽幾片、井桐飛墜。不戀單衾再三起。有誰
○●▲ ●●○○▲ ●○● ◎○○▲ ◎●○○◎⊙▲ ●○
知，爲蕭娘，書一紙。
○ ●○○ ○●▲

後起五字異前。“照”字、“射”字、“再”字俱用去聲，妙甚。如千里、放翁、東堂、夢窗、蘆川皆詞家矩矱，於此數字莫不用去聲，可見讀詞與填詞，須要熟

玩深味，方得其肯綮。不可謂遇仄填仄，便以爲無憾也。“看”字、“爲”字亦得去爲佳。“射眸子”、“再三起”放翁作去去上，亦不拘。然作去平上者多。

舊譜於“照”、“射”等字注可平，無足怪已。乃於“有”字注可平，不知何解？而“立多時”作三字句，“有誰知爲蕭娘”合作六字句，本是前後一樣，而注乃兩樣，蓋其所選刻者放翁之詞，前云“憶承恩歎餘生今至此”，故於“恩”字讀斷，作上三下六。後云“恨君心似危欄難久倚”，故錯認“心似”二字相連，作上六下三耳。此調作者頗多，何竟未一覽，遂以作譜乎？即放翁尚有一首，云“想關河雁門西”，豈可讀“河雁”二字相連耶？夢窗稿末句“對秋燈人幾老”，刻作“幾人老”，不可誤從。若用“幾人”，調拗矣。蓋此句説離愁漸增，作客者幾番添老，故佳。若云“幾人無味”，且上云“説與蕭娘”，何堪所寄情之蕭娘與幾人來往乎？可爲一笑。

【考正】萬氏原注“眸”字、“三”可仄。按，本詞前後段第三句宋人多作拗句，故句尾常爲仄平仄，若第六字平改仄，則第五字須連帶改平，如賀梅子“想見瓊花開似雪”、“江北江南新念别”然。惟萬氏癡迷於去聲之説，“射”、“再”二字幾成去聲不可改易之處，悖矣。據改第五字爲仄可平。又，萬氏原注“幾片”之“幾”以上作平。

一斛珠　五十七字　又名：醉落魄

南唐後主

晚妝初過。沈檀輕注些兒個。向人微露丁香顆。一曲清歌，暫引櫻
◎○⊙▲　⊙○⊙●○○▲　◎○⊙●○○▲　◎●○○　◎●⊙

桃破。　羅袖裛殘殷色可。杯深旋被香醪涴。繡床斜憑嬌無那。爛
○▲　⊙●◎○○●▲　⊙○●●○○▲　◎○⊙●○○▲　●

嚼紅茸，笑向檀郎唾。
●○○　◎●⊙○▲

《醉落魄》“魄”字音“托”。“那”字音“糯”。

【杜注】按，《欽定詞譜》“曉妝”作“晚妝”。

第二體　五十七字

周　密

寒侵徑葉。雁聲擊碎珊瑚屑。硯涼閑試霜晴帖。頌菊騷蘭，秋事正
○○●▲　●○●●○○▲　●○○●○○▲　●●○○　○●●

奇絶。　故人又作江西别。書樓虚度中秋節。碧欄倚遍誰人説。愁
○▲　●○●●○○▲　○○○●○○▲　●○●●○○▲　○

是新愁，月是舊時月。
●○○ ●●●○▲

後起句平仄與前詞異。宋人多用此體，"正"字、"舊"字用去聲，抑揚有調。"中"字片玉、逃禪用上聲，然不如用平。石屏詞有一首五十五字，乃後第三句誤落二字，非有此體。

【校勘記】周密詞，"碧闌倚遍誰人説"句，"誰人説"三字，鮑刻《草窗詞》作"愁誰説"，正呼起"愁是新愁，月是舊時月"二句，宜從。

第三體 五十七字

史達祖

鴛鴦意愜。空分付、有情眉睫。齊家蓮子黄金葉。争比秋苔，靴鳳幾番
○○●▲ ○○● ●○○▲ ○○○●○○▲ ○●○○ ○●●○
躡。　　牆陰月白花重疊。匆匆軟語屢驚怯。宫香錦字將盈篋。雨長新
▲ ○○●●○○▲ ○○●●●○▲ ○○●●○○▲ ●●○
寒，今夜夢魂接。
○ ○●●○▲

第二句用上三下四句法。

按，草窗一首，用"憶憶憶憶"四個疊字，此是巧筆，但"憶"字入可作平，上、去不得。

【杜注】按，賀黄公《皺水軒詞筌》，"匆匆軟語屢驚怯"句，"屢"作"頻"。

第四體 五十七字

楊无咎

水寒江静。浸一抹青山倒影。樓外指點漁村近。笛聲誰噴。驚起賓鴻
○○○▲ ●●●○○●▲ ○●●●○○▲ ●○○▲ ○●○○
陣。　　往事總歸眉際恨。這相思情味誰問。淚痕空把羅襟印。淚應啼
▲ ●●●○○●▲ ●○○○●○▲ ●○○●○○▲ ●○○
盡。争奈情無盡。
▲ ○●○○▲

前後第二句俱用上三下四句法。"笛聲"句、"淚應"句俱用仄平平仄叶韻。與前各異。"外"字、"味"字仄音，不必學沈氏選明詞有於後起作三字兩句者，吾不知其何所本也。

【考正】前後段第二句原譜作上三下四式句法，惟前段所"浸"者，"倒影"也，後段"相思情味"文義渾然，亦不可讀破，故俱爲一字逗領六字句，若"情味誰問"前作讀住，亦音律失諧，

故改之。

遍地花　五十七字

毛　滂

白玉闌邊自凝佇。滿枝頭、彩雲雕霧。甚芳菲、繡得成團，砌合出、韶華好
●●○○●○▲　●○○　●○○▲　●○○　●●○○　●●●　○○●

處。　暖風前、一笑盈盈，吐檀心、向誰分付。莫與他、西子精神，不枉
▲　●○○　●●○○　●○○　●○○▲　●●○　○●○○　●●

了、東君雨露。
●　○○●▲

或云後起句七字，"吐"字乃屬下句。又云"新"字是誤多者，未知是否。

【杜注】按，《花草粹編》"新彩雲雕霧"句無"新"字。又，"一笑盈盈吐"句，"吐"字屬下句，與萬氏注合。又按，《東堂集》調名《遍地錦》，題爲"孫守席上詠牡丹"。

【考正】已據杜注改。

梅花引　五十七字

万俟雅言

曉風酸。曉霜乾。一雁南飛人度關。客衣單。客衣單。千里斷魂，空歌
●○△　●○△　●●○○○●△　●○△　●○◇　○●●○　○○

行路難。　寒梅驚破前村雪。寒鴉啼落西樓月。酒腸寬。酒腸寬。家
○●△　○○○●○○▲　○○○●○○▲　●○△　●○◇　○

在日邊，不堪頻倚闌。
●●○　●○○●△

"客衣單"以下與後同。"客衣單"、"酒腸寬"俱疊一句。"雪"、"月"二字换韻相叶，《譜》、《圖》失注，大誤。

此《梅花》舊調也。詞隱此篇允爲程式。觀其"千"、"家"二字平，"斷"、"日"二字仄，"行"、"頻"二字平，何等起調，豈非名手！明詞以青田爲第一，其"斷"、"日"二字，用"暗"、"未"二字，去聲，甚妙。但"魂"、"邊"二字青田亦用叶韻，此則不叶。或曰：古人詞以真文元寒删先同叶，"魂"字十三元，"邊"字一先，故亦取用。此論雖是，但"邊"字不妨，"魂"字則與韻相去遠。觀其前後韻，無此等字，此句定不須叶也。況後王、向等詞，此句皆不用韻，可知。

《江城梅花引》合調，説見前《江城子》下。

沈天羽作，後起云："清淚般酒兒傾潑。玉容般花兒扯撒。"如此上三下四

句法，真所謂笑斷人腸。不惟於調中句字平仄全未夢見，但問“扯”、“撒”二字如何相連？其下云：“約藏胸。舊巖松。”尤不成語，而自選之且自評之，曰“字句音旨獨豎壇坫”。人亦以壇坫歸之，異哉！

【考正】“寒鴉”，萬氏原作“寒雞”，據《欽定詞譜》改。

第二體　五十七字　又名：貧也樂

王特起

山之麓。水之曲。一灣秀色盤虛谷。水溶溶。雨濛濛。有人行李，蕭蕭

⊙⊙▲　◎⊙▲　◎⊙◎◎⊙⊙▲　●⊙△　●⊙△　◎○⊙◎　⊙⊙

落葉中。　人家籬落炊煙濕。天外雲峰迷淡碧。野雲昏。失前村。溪橋

◎◎△　⊙○⊙◎○⊙▼　⊙●⊙○⊙◎▼　◎○▽　●○▽　⊙⊙

路滑，平沙没舊痕。

◎◎　⊙⊙◎◎▽

前詞只换頭二句改韻，此竟四换韻矣。此調平仄不拘，多用古詩句法，爲之觀高仲常諸篇可見。

【考正】萬氏“水溶溶”句僅注“水”字“可仄”，當是前“溶”字之誤標。

第三體　一百十四字　又名：小梅花

向子諲

花如頰。梅如葉。小時笑弄階前月。最盈盈。最惺惺。閑愁未識，無計

○○▲　○○▲　◎○◎●○○▲　●○△　●○△　⊙○◎●　○●

説深情。一年空省春風面。花落花開不相見。要相逢。得相逢。須信靈

●○△　◎○⊙●○○▼　⊙●○○◎⊙▼　●○▽　●○▽　○●○

犀，中自有心通。　同杯杓。同斟酌。千愁一醉都忘却。花陰邊。柳

○　○●●○▽　○○▲　○○▲　⊙○◎●○○▲　⊙○△　●

陰邊。幾回擬待，偷憐不成憐。傷春玉瘦慵梳掠。抛擲琵琶閑處著。莫

○△　●○◎●　○⊙●○△　⊙○◎●○○▼　⊙●○○⊙◎▼　●

猜疑。莫嫌遲。鴛鴦翡翠，終自一雙飛。

○▽　●○▽　○○●●　○●●○▽

合前調之兩段爲一，復加一疊。“不相見”與後“閑處著”稍異，不拘也。“偷憐”“憐”字，雖此調有古詩風致，用平不妨，然在此前後整齊調中，畢竟用仄爲妥。

賀東山作名《小梅花》，句法同，但有訛錯，又落兩字。其異於此者，第三

句"車如雞棲馬如狗",六七句"不知我輩,可是蓬蒿人";後起:"酌大斗。更爲壽。"余謂此數句不如向詞穩,若篇中四字句法共四處,賀於前段用"不知我輩"、"誰問旗亭",後段用"當壚秦女"、"争奈愁來",似有紀律。此詞"鴛鴦翡翠",若作"翡翠鴛鴦",則與賀合矣。

余論此調,未免太鑿,觀上王詞結處,用"葉中"、"舊痕","葉"、"舊"兩仄,高仲常詞,用"人家"、"人間",兩"人"字皆平,則知通篇全宜以古氣行之,不必拘拘於一字之間也。但能古則可,若謂格律不拘,而隨意亂寫,則不如斤斤拘守之,無弊耳。知音者當擇焉。

【杜注】按,向薌林《酒邊詞》,《梅花引》共有六首,前一首題云:"戲代李師師作"。以"無計説深情"爲前結,"説"字作"定"。又,"一年"作"十年"。後一首,題又字注云:"向與前闋合作一闋,誤。"以"同杯杓"爲前起,"傷春玉瘦"爲後起,"又忘却"作"推却"。又,"終自"作"終是"。愚謂:此詞前後共叶八韻,無此體格,自屬兩闋誤合爲一,應照分之。至不同數字,尚無軒輊也。

【考正】本詞雖屬又一體,然其實不妨即名之爲《小梅花》也。

踏莎行　五十八字　又名:柳長春

吴文英

潤玉籠綃,檀櫻倚扇。繡圈猶帶脂香淺。榴心空疊舞裙紅,艾枝應壓愁鬟
◎●○○　⊙○◎▲　◎○⊙●○○▲　⊙○⊙●●○○　◎○⊙●○○
亂。　　午夢千山,窗陰一箭。香瘢新褪紅絲腕。隔江人在雨聲中,晚風
▲　　◎●○○　⊙○◎▲　⊙○⊙●○○▲　◎○⊙●●○○　◎○
菰葉生秋怨。
⊙●○○▲

前後同。楊炎於第二句不起韻,第三句方起韻,諸家無此體。蔡伸後起云"一切見聞,不可思議","見"、"可"二字仄聲,此係偶用禪家成語,亦無此體。俱不可學。

【杜注】按,《夢窗甲乙丙丁稿》末韻"苑"作"怨",宜從。

【考正】已按杜注改。

轉調踏莎行　六十六字

曾　覿

翠幄成陰,誰家簾幕。綺羅香擁處、觥籌錯。清和將近,奈春寒更薄。高歌看簌簌、梁塵落。　　好景良辰,人生行樂。金杯無奈是、苦相虐。殘紅飛盡,裊垂楊輕弱。來歲斷不負、鶯花約。

“梟垂楊”句，比“春寒”句多一字，恐誤多。否則“春寒”上落一字。“看”字、“斷”字去聲，觀後趙詞可見。“歲”字恐是“年”字。

【杜注】按，《詞緯》“春寒更薄”句，“春”字上有“奈”字。萬氏於後詞亦注“恐‘春寒’句落一字”，應照補。

【考正】已按杜注改，然則本詞即趙師俠詞體也。又，校之趙詞，“歲”字必誤，故本詞不再擬譜，鑒於趙詞萬氏未作平仄標注，故本詞原注可平可仄悉移至趙詞。

第二體　六十六字

趙師使

宿雨才收，餘寒尚力。牡丹將綻也、近寒食。人間好景，算仙家也惜。因

●●○○　○○◎▲　◎○○●●　◎○▲　○○◎●　●○○◎▲　○

循盡掃斷、蓬萊跡。　舊日天涯，如今咫尺。一月五番□、共歡集。些

○●●●　○○▲　●●○○　○○◎▲　◎○○●●　◎○▲　○

兒壽酒，且莫留半滴。一百二十個、好生日。

○◎●　●○○◎▲　○○●●●　○○▲

前後同。“且莫留”句五字正與前詞同。恐前詞“春寒”句乃落一字耳。

【杜注】按，趙師俠一名師使，字介之，所著《坦庵詞》一卷，刻入汲古閣《六十家詞》，遍查無此闋，疑屬漏刻，或他人所作。【“一月五番”句下空一字，擬補“價”字。】

【考正】萬氏原注“莫留”之“莫”、“一百”二字、“好生日”之“好”，均作平聲。

紅窗迥　五十八字　又名：虹窗影

周邦彥

幾日來，真個醉。早窗外亂紅，已深半指。花影被風搖碎。擁春醒未

○●○　⊙●▲　●⊙●◎○　●○◎▲　○●●○⊙▲　●⊙○◎

起。　有個人人生濟楚，向耳邊問道，今朝醒未。情性漫騰騰地。惱得

▲　◎●⊙○○●●　●●○●●　○○●▲　⊙●◎○○▲　●○

人越醉。

○●▲

愚謂此詞當於“乍起”分段，識者詳之。蓋“有個人人”是後段起語，不應連上句，大約“有個”二句抵前首二句，“來向”二句抵“不知”二句，“情性”句抵“花影”句，“惱得”句“得”字作平聲，抵“擁春酲”句。

按，此與《紅窗睡》迥別，故不類聚。

【杜注】按，《欽定詞譜》第三句作“早窗外亂紅”，以“紅”字爲句，此誤多“不知道”三字。【又，“擁春酲未起”句，“未”誤作“乍”。】又，“有個人人生得濟楚”句，無“得”字。又，“來向

耳畔”句無“來”字,“畔”作“邊”。又,“性情兒”無“兒”字。又,末句“又醉”作“越醉”。均應遵改。

【考正】已據杜注改。後段結拍“得”字應作平。

本詞宋元詞中最爲參差,竟無一首相同者,惟元人王重陽一首最爲整齊,然其後段結拍作六字折腰句法,則宋元惟此一例,亦不足爲範,蓋宋元詞,後段結拍皆五字一句也。兹録以備:

這王三,風得賽。便咄了氣財,色遊三昧。因何却、不斷香醪,我神仙也愛。　獨自行來真自在。要到處掩然,悉除百怪。多心經、記得分明,無掛礙、無掛礙。

小重山　五十八字

蔣　捷

晴浦溶溶明斷霞。樓臺摇影處、是誰家。銀紅裙襇皺宫紗。風前坐,閑鬬
○●○○○●△　○○○●●　●○△　○○○●●○△　○○●　○●
鬱金芽。　人散樹啼鴉。粉團粘不住、舊繁華。雙龍尾上月痕斜。而今
●○△　○●●○△　●○○●●　●○△　○○●●●○△　○○
照,冷淡白菱花。
●　●●●○△

後起五字異前。餘同。

《惜香樂府》一首,前結“疏雨韻入芭蕉”必誤多一字,此調作者甚多,無前結獨六字之理。“粘”字,竹山又一首用“半”字。“風前坐”,東堂一首作“玉堂人”,此皆偶然,不必從也。

《江月晃重山》犯此調,附《西江月》後。

【杜注】按,卷九有《感皇恩》調,張先詞一首與此詞相同,惟前後結各多一字,應附於此,爲又一體。

【考正】萬氏以爲惜香詞“必誤多一字”,非。張先本調有二首與惜香詞同,其前後段結拍一作:“黄閣舊有三公。……德星聚照江東。”一作:“三百騎,從清塵。……黄合主,遲談賓。”均爲五字句添一字者,可知本有其體。前者即杜注所言卷九《感皇恩》一首,今移至下。

第二體　六十字

張　先

廊廟當時共代工。睢陵千里約,遠相從。欲知賓主與誰同。宗枝内,黄閣舊有三公。　廣樂起雲中。湖山看畫軸,兩仙翁。武陵佳話幾時窮。元豐際,德星聚照江東。

後起五字與前段異，兩結同。而譜注前六字、後兩三字，且於"舊"字注可平，若作者依之，於"舊有"二字作兩字相連語，如"廊廟"、"賓主"之類，豈不大錯。

【杜注】按，《感皇恩》調無用平韻及首句七字者，此詞當是《小重山》，惟兩結句各添一字，與趙仙源"一夜中庭拂翠條"一首字句悉同，應附於卷八《小重山》調後。

【考正】本詞原列卷九《感皇恩》第一體，不恰，今移至此。後段結拍原作折腰讀，不必，讀爲平起平收式律句即可。此首非《感皇恩》，杜注定爲《小重山》，故不擬譜。

惜瓊花　五十八字

張　先

汀蘋白。苕水碧。每逢花駐樂，隨處歡席。別時攜手看春色。螢火、而今飛破秋夕。　汴河流，如帶窄。任身輕似葉，何計歸得。斷雲孤鶩青山極。樓上、徘徊無盡相憶。

此調只後起五字比前不同，餘平仄無一字不合。《圖譜》於前結注八字，後結注兩四，誤。"任輕"下落一"舟"字，故似與前異。夫上曰"河流如帶"矣，則似葉者是何物？非舟而何？豈一"輕"字可代舟乎？况此正對前"每逢花駐樂"五字，無足疑也。故爲"□"以補之。"看"字平聲。

按，此詞用"處"、"破"、"計"、"盡"四去聲字，正是發調處，用上聲且不可，而《圖譜》俱注作可平，人見此注，必取其順便可填，不知已受其誤，拗而不覺矣。嗟乎！誰不知此字用平易於用去，乃如三影之才，壽且九十歲，而必苦苦用此難用之字，何其太不解事，而見哂於今人也。

【校勘記】張先詞，"汴河流如帶窄"句，落"汴"字。又，"任身輕似葉"句，落"身"字，萬氏於"輕"字下空一字，謂落"舟"字，誤，應從《子野詞》增補。

【考正】原譜萬氏後段首均作："河流如帶窄。任輕□似葉。"據《欽定詞譜》作："汴河流，如帶窄。任身輕似葉。"而《全宋詞》所引侯文燦編《十名家詞集・張子野詞》，則作："旱河流，如帶窄。任身輕似葉。"可見萬氏所據本首拍脱落一字，次拍詞序亦有誤，故據《欽定詞譜》改正。

又，兩結八字，玩其文理，當以二六式爲是，如此韻律方得振起。

詞律卷八終

詞律卷九

花上月令　五十八字

吴文英

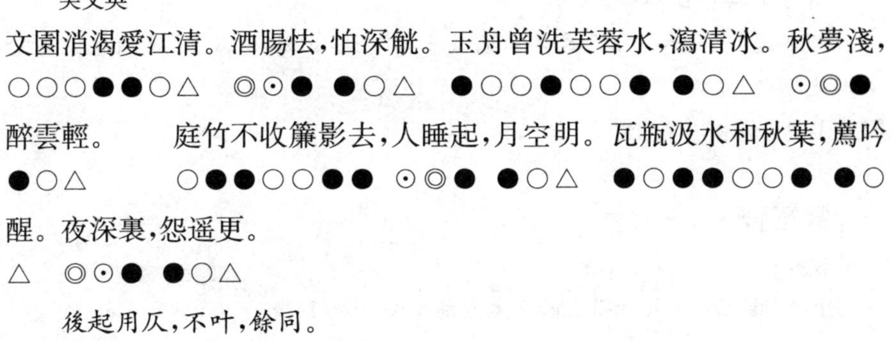

文園消渴愛江清。酒腸怯，怕深觥。玉舟曾洗芙蓉水，瀉清冰。秋夢淺，
○○○●●○△　◎⊙●　●○△　●○○●○○●　●○△　⊙◎●
醉雲輕。　　庭竹不收簾影去，人睡起，月空明。瓦瓶汲水和秋葉，薦吟
●○△　　○●●○○●●　⊙◎●　●○△　●○●●○○●　●○
醒。夜深裏，怨遥更。
△　◎⊙●　●○△

後起用仄，不叶，餘同。

【杜注】按，《欽定詞譜》“醉雲輕”句，“雲”作“霞”。又，“夜深重”句，“重”作“裏”。應遵改。

【考正】就譜而言，“醉雲”與“醉霞”並無所礙，然前段“秋夢淺”以上聲住，則後段作“夜深裏”，亦以上聲住或更佳，故改之。

七娘子　五十八字

蔡　伸

天涯觸目傷離緒。登臨況值秋光暮。手捻黄花，憑誰分付。雍雍雁落蒹
⊙○◎●○○▲　⊙○◎●○○▲　◎●○○　⊙○○▲　⊙○◎●○
葭浦。　　憑高目斷桃溪路。屏山樓外青無數。緑水紅橋，瑣窗朱户。
○▲　　⊙○◎●○○▲　⊙○⊙●○○▲　◎●○○　◎○○▲
如今總是銷魂處。
⊙○◎●○○▲

前後段同。

【杜注】按，戈氏校本“落雁”作“雁落”。又，“鎖窗”之“鎖”字作“瑣”。

【考正】已據杜注改。

本調前後段第二拍宋人惟蔡伸、吴申作七字一句，其餘皆作八字一句填，故學者當以

第二體爲正。

第二體　六十字

向子諲

山圍水繞高唐路。恨密雲不下陽臺雨。霧閣雲窗，風亭月户。分明攜手

○○●●○○▲　●◎○●●○○▲　●●○○　○○●▲　○○○●

同行處。　　而今不見生塵步。但長江無語東流去。滿地落花，漫天飛

○○▲　　　○○●●○○▲　●⊙○○●○○▲　●●○○　●○○

絮。誰知總是離愁做。

▲　○○●●○○▲

前後第二句俱八字。

謝無逸一首，起句云“風剪冰花飛零絮”，此必“冰花風剪”誤刻也。查諸家無此拗句。

【考正】萬氏原注“落花”之“落”作平。

繫裙腰　五十八字

魏夫人

【考正】本調原載魏夫人、張先二體，已移至前卷八《芳草渡》後。

朝玉階　五十九字

杜安世

春色欺人拂眼清。柳條絲緑軟、雪花輕。黄金才鎖掩銀屏。陰沉深院，静

○●○○●●△　●○○●●　●○△　○○○●●○△　○○○●　●

語嬌鶯。　　美人春困寶釵横。惜花芳態□、淚盈盈。風流何處最多情。

●○△　　　●○○●●○△　●○○●●　●○△　○○○●●○△

千金一笑，須信傾城。

○○●●　○●○△

“緑絲”恐是“絲緑”。“才鉞”二字不可解，必誤。“惜花”句比前段少一字，恐是落去。尾句應上五下三，此乃兩四，不審此體當如是，或是誤也。作者從後載一體可耳。

【杜注】按，《欽定詞譜》收後一首，注云：“《壽域集》杜詞二首，平仄如一。”后詞第二句“牡丹花落盡”，無拗字。則此第二句必“柳條絲緑軟”也。又按，王氏校本“才鉞”之“鉞”作“鎖”，宜從。又云“柳條”無“絲”字，未確。

【考正】“緑絲”抑或爲“絲緑”，以兩詞八處八字句觀，五字結構均爲⊙○○●●，可見“絲

緑”是，故據杜注改。至若王氏校本云“絲”字衍，余以爲亦有可取處。如此則前後段一律。若校之後一體，亦可以爲後段奪一字，然視爲後一體前後段各添一字，自在情理之中。校無所校處，以詞譜功能計，兩體各具異同，填者若從王説删“絲”，亦可。現取杜説，並據後一體補後段第二拍脱字符。又，依杜注改“鉞”爲“鎖”。

又按，原譜萬氏讀前結爲：“陰沉深院静。語嬌鶯。”前後參差，於律論，似不當如此。萬氏於此躊躇，或不知該句用温庭筠“静語鶯相對，閑眠鶴浪俱”故事也，“静語”對“嬌鶯”，方才襯托陰沉深院之境。謹修正句讀。

第二體　六十字

杜安世

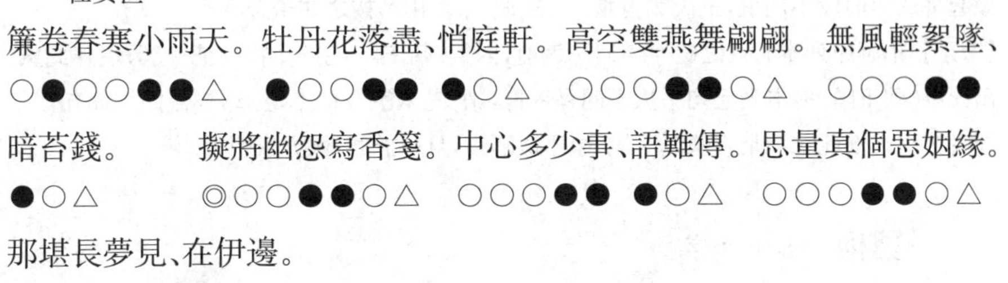

簾卷春寒小雨天。牡丹花落盡、悄庭軒。高空雙燕舞翩翩。無風輕絮墜、
暗苔錢。　擬將幽怨寫香箋。中心多少事、語難傳。思量真個惡姻緣。
那堪長夢見、在伊邊。

前後一樣，只後起句平仄不同。觀前詞，則换頭例應平仄起，《選聲》旁注平仄，謂可與前段首句同，不知所據。而《圖譜》竟注後段同前矣。

【考正】萬氏特注過片“擬”字可平，又注云“觀前詞，則换頭例應平仄起”，或眼花看差，蓋前詞前後起與此俱同也，過片作“美人”，正與“擬將”一般。

又按，本調即《散天花》，可詳參本卷後該調。兩詞相較，除《散天花》過片作仄起平收式句法外，字數、句式、韻法一般無二，當是一體。至若過片句法不同，則是詞中常見手法，一句而平仄異者多矣。如《鷓鴣天》首句多作●●○○●●△，然亦有○○●●●○△（如曾覿“故鄉寒食醉酡顔”），又如《醉花間》、《促拍花滿路》、《後庭花破子》、《南歌子》、《鬭百花》等詞調各體中，俱有句式之平仄不同，可知《散天花》實爲本調之别名也。

與此最爲相類者，爲《冉冉雲》。《朝玉階》現存僅杜世安兩首，《散天花》僅舒亶一首，兩者之别惟過片一句平仄不同；而《冉冉雲》僅盧炳一首，《弄花雨》僅韓淲一首，兩者之别亦惟過片一句平仄不同。今《弄花雨》可以《冉冉雲》别名視之，則《散天花》可乎？

散天花　六十字

舒　亶

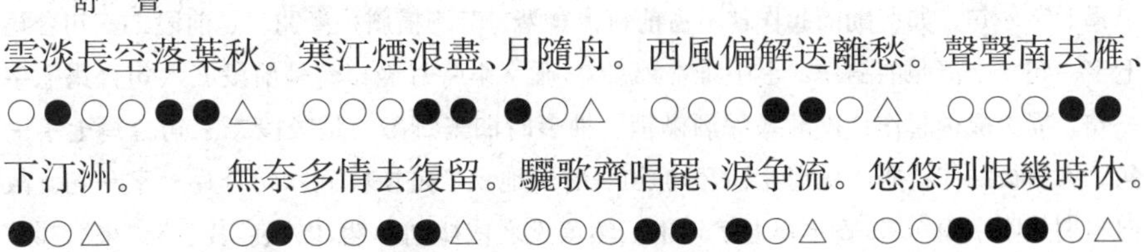

雲淡長空落葉秋。寒江煙浪盡、月隨舟。西風偏解送離愁。聲聲南去雁、
下汀洲。　無奈多情去復留。驪歌齊唱罷、淚争流。悠悠别恨幾時休。

不堪殘酒醒、憑危樓。
●○○●● ●○△

前後同。《圖譜》於"悠悠"下注叶韻。愚謂此調前後相合，無此處分二字之理，其爲七字句無疑，此係詞理，自應如此，非本譜於别處譏人失注叶韻，此詞注叶而反改去也。《圖譜》又於"寒江"句落一"江"字，遂注七字句，且注此調共五十九字，遂與後段"驪歌"句兩樣，誤矣。按，此調與《朝玉階》同，只後起平仄同前段，是兩體。

【杜注】按，《歷代詩餘》"落葉"作"葉落"。又，"高樓"作"危樓"。

【校勘記】舒亶詞，萬氏注云："與《朝玉階》同，只後起平仄同前段，是兩體。"蓋謂《朝玉階》後起平仄與前段不同也，王氏寬甫謂：大致似《小重山》，按之亦未合。

【考正】本詞原列本卷後之《少年心》一調前，因與《朝玉階》字句同，疑是一調，現移此處。萬氏以《朝玉階》與本調起句平仄不同爲依據，謂"是兩調"，似不足爲據，蓋同調而句法不同者多矣。惟此二調是否决爲一調，余不敢斷言，且移於此，供方家明察。

一剪梅　五十九字

李清照

紅藕香殘玉簟秋。輕解羅裳，獨上蘭舟。雲中誰寄錦書來，雁字來時月滿
⊙●○○◎●△ ⊙●○○ ◎●○△ ⊙○○●●○○ ●●○○●●
樓。　花自飄零水自流。一種相思，兩處閑愁。此情無計可消除，才下
△ ⊙●○○◎●△ ◎●○○ ◎●○△ ◎○○●●○○ ⊙●
眉頭，却上心頭。
○○ ◎●○△

"月滿樓"或作"月滿西樓"，不知此調與他詞異，如"裳"、"思"、"來"、"除"等字皆不用韻，原與四段排比者不同，"雁字"句七字，自是古調，何必强其入俗而添一"西"字，以湊八字乎？人若欲填排偶之句，自有另體在也。

【杜注】按，《花庵詞選》前結"雁字來時月滿樓"句注云："一本'樓'字上有'西'字"，萬氏非之。又按，《欽定詞譜》收趙長卿"霽靄迷空"一首，亦前結七字，注云："《一剪梅》之變體也。"

【考正】原譜前段結拍萬氏採七字一句，謂是古調也，其理是。余謂詞源於詩，詞句即詩句，於此可爲一例。蓋本調凡四字兩句處，原本脱自七字句也，故凡四字兩句處，本調皆可易爲七字一句。如曹勛前起作："不占前村占寶階。芳影横斜積漸開。"是前段二三句合爲七字一句。李清照前結作："雲中誰寄錦書來，雁字來時月滿樓。"是前段五六句合爲七字一句。周美成後起作："夜漸寒深酒漸消。袖裏時聞玉釧敲。"是後段二三句合爲七字一句。鄧肅後結作："夢回風定斗杓寒，漁笛一聲天地秋。"是後段五六句合爲七字一句。故曰本調凡四字兩句者，實本爲七字句也。然萬氏之依據則不然，以"裳"、"思"、"來"、"除"

等字皆不用韻，而以爲與四段排比者不同，則斷無是理，蓋宋詞前後段第二第四拍不用韻，且依然四段排比者，亦無不可，如本調濫觴之作周美成詞，《欽定詞譜》所記録即如此，萬氏亦採之而列於第五體，他如周紫芝“無限江山”詞、李綱“數點梅花”詞皆如此。惟本調終以四字兩句爲正，七字者，學者不必效仿。

第二體　六十字

蔣　捷

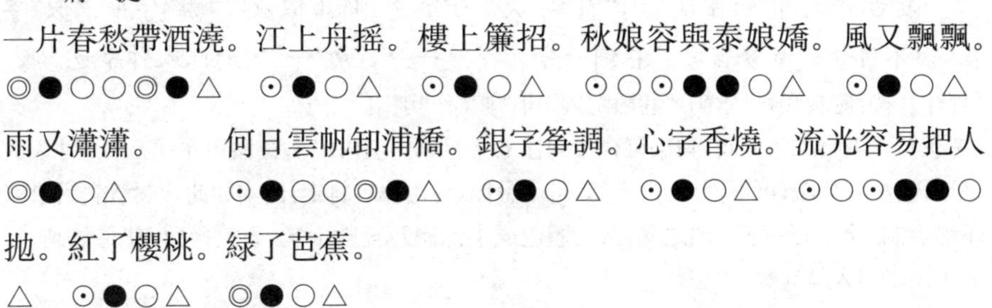

一片春愁帶酒澆。江上舟揺。樓上簾招。秋娘容與泰娘嬌。風又飄飄。

◎●○○◎●△　⊙●○△　⊙●○△　⊙○⊙●●○△　⊙●○△

雨又蕭蕭。　　何日雲帆卸浦橋。銀字箏調。心字香燒。流光容易把人

◎●○△　　⊙●○○◎●△　⊙●○△　⊙●○△　⊙○⊙●●○

拋。紅了櫻桃。緑了芭蕉。

△　⊙●○△　◎●○△

此則通篇用韻，四段四字八句，皆排偶者矣。其七字句有四，須記前後第一句之第二字，俱是仄，第四句之第二字，俱用平，不可誤也。後村於後起句誤用“酒酣耳熱説文章”，不可從。至鳳洲四七字句第二字俱用平，尤誤。而天羽之謬，又不足言矣。

【杜注】按，《竹山詞》首句“帶酒澆”，“帶”作“待”。又，“容與”作“待與”。又，後起作“何日歸家洗客袍”。

第三體　六十字

吴文英

遠目傷心樓上山。愁裏長眉，別後蛾鬟。暮雲低壓小闌干。教問孤鴻，因

●●○○○●△　○●○○　●●○△　●○○●●○△　○●○○　○

甚先還。　　瘦倚溪橋梅夜寒。雪欲消時，淚不禁彈。剪成釵勝待歸看。

●○△　　●●○○○●△　●●○○　●●○△　●○○●●○△

春在西窗，燈火更闌。

○●○○　○●○△

“眉”、“鴻”、“時”、“窗”四字不叶韻。

第四體　六十字

盧　炳

燈火樓臺萬斛蓮。千門喜笑，素月嬋娟。幾多急管與繁弦。巷陌喧闐。

○●○○●●△　○○●●　●●○△　●◎●●●○△　●●○△

畢獻芳筵。　　樂與民偕五馬賢。綺羅叢裏，一簇神仙。傳柑雅宴約明
●●○△　　●●○○●●△　●○○●　●●○△　○○●●●○
年。盡夕留連。滿泛金船。
△　●●○△　●●○△

"笑"字、"裏"字仄聲。韓東浦作，前後第二句亦用仄聲，與此盧詞同，而第五句並用平不叶，與後周詞同，茲不另録。

友古前尾用"姑且自寬"，"自"字仄。坦庵用"問誰似他"，"誰"字平、"似"字仄，俱不可學。如夢窗之："春到一分。花瘦一分。"兩"一"字則以入作平也。

【杜注】按，盧叔陽《烘堂詞》"巷陌喧闐"句，"喧"作"駢"。

【考正】本調第二第五句，句法可合後句作七字，可分句作四字；律法可平平仄仄，可仄仄平平；韻法可押韻，可不押韻，可疊韻，可不疊韻，皆由作者自定，體本如此。明清詞譜學家不識體制，斤斤於一字一韻之異，致一體遂成十餘體乃至數十體，繁瑣極致，甚爲無謂，且將詞譜學引入歧途矣。

第五體　六十字

周邦彦

一剪梅花萬樣嬌。斜插疏枝，略點梅梢。輕盈微笑舞低回，何事尊前，拍
●●○○●●△　○●○○　●●○△　○○○●●○○　○●○○　●
手相招。　　夜漸寒深酒漸消。袖裏時聞，玉釧輕敲。城頭誰恁促殘更，
●○△　　●●○○●●△　●●○○　●●○△　○○○●●○△
銀漏何如，且慢明朝。
○●○○　●●○△

"回"字、"更"字俱不叶韻　友古一首，止後第四句不叶。

【杜注】按，《歷代詩餘》"拍手誤招"句，"誤"作"相"。又，王氏校本作"樓外相招"。

【考正】本調四字句押韻處，均用平平收束，此當爲譜律，萬氏忽略，故"誤招"顯誤，據《歷代詩餘》改。

本詞爲本調之創調詞，本應列首詞爲是，萬氏《詞律》之體系但以字數爲序，終是一缺陷。

冉冉雲　五十九字

盧　炳

雨洗千紅又春晚。留牡丹、倚闌初綻。嬌婭姹、偏賦精神君看。算費盡、
●●○○●○▲　⊙◎○　●○⊙▲　○●◎　⊙●○○○▲　●●●
工夫點染。　　帶露天香最清遠。太真妃、院妝體段。拚對花、滿把流霞
○○◎▲　　●●○○●○▲　◎⊙○　●○◎▲　○●⊙　◎●○○

頻勸。怕逐東風零亂。

○▲　●●○○⊙▲

尾句比前結少一字，餘同。“又春晚”、“最清遠”用去平上，須從之，不可杜撰。

愚謂前後段宜同，“怕逐”句乃誤落一字也。

【杜注】萬氏注謂“前後段宜同”，“怕逐”句乃誤落一字。按，《烘堂詞》與此同。又按，此調有韓淲“倚遍闌干弄花雨”一首，末句“閑整春衫自語”亦六字，似無脱誤。

【考正】萬氏好論上去之别，竊以爲過。若詞中上去有别，則當處處有别，或偶有無别。若此處有别彼處無别，是無别也，其有别處，亦巧合耳。如本調後段“最清遠”，韓淲作“呢喃舞”，即可證不必如此。又按，萬氏關於前後段字句不同之論，或是，惟若衹認定落字，便覺主觀，安知不是前段多衍一“算”字耶？又，詞之字句，以前後整齊相同爲正，然起結例外，蓋因曲調變化多在起結過變中也。

接賢賓　五十九字

毛文錫

香韉鏤襜五花驄。值春景初融。流珠噴沫躞蹀，汗血流紅。　少年公

○○●●●○△　●○●○△　○○○○●●　●●○△　●○○

子能乘馭，金鑣玉轡瓏璁。爲惜珊瑚鞭不下，驕生百步千蹤。信穿花，從

●○○●　○○●●○△　●●○○○●●　○○●●○△　●○○　○

拂柳，向九陌追風。

●●　●●●○△

此小令，可不分段，觀後柳詞可知。今仍其舊。

【杜注】按，戈氏校本云：“【“襜”同“韂”，去聲，】首句‘五色’應作‘五花’。”

【考正】原作首句“五色驄”，“色”字失律，當是“花”字，據改。“流珠”句，即後詞“就中”句、“縱然”句，爲平起仄收式律拗句法，故第四字必平，然則“沫”字必爲以入作平。“噴”文本屬平仄二讀字，此處宜讀平。

本調僅此一首，無别首可校，萬氏以爲不必分段，蓋以本詞即柳詞之一段故也，余以爲誤。觀雙調令詞合並爲雙調慢詞者此非僅有，如前卷《梅花引》，万俟詞雙調五十七字，即向詞百十四字之一段，豈可謂万俟詞“可不分段”乎？

集賢賓　一百十六字

柳　永

小樓深巷狂遊遍，羅綺成叢。就中。堪人屬意，最是蟲蟲。有畫難描雅

●○○●○○●　○●○△　●△　○○●●　●●○△　●●○○●

態，無花可比芳容。幾回飲散良宵永，鴛衾暖、鳳枕香濃。算得人間天上，
● ○○●●○△ ●○●●○○● ○○● ●●○△ ●●○○○●
惟有兩心同。 近來雲雨忽西東。誚惱損情悰。縱然、偷期暗會，長是
○●●○△ ●○○●●○△ ●●●○△ ●○ ○○●● ○●
匆匆。爭似和鳴偕老，免教斂翠啼紅。眼前時暫疏歡宴，盟言在、更莫忡
○△ ○●○○○● ●○●●○△ ●○○●○○● ○○● ●●○
忡。待作真個宅院，方信有初終。
△ ●●○●●● ○●●○△

與前詞同調，只前是單調，此以前調合爲一段，而加後疊耳。調名"接"、"集"二字北音相同，實一字也。論《花間》在前，該從"接"字，但自北曲相沿至南曲，皆有《集賢賓》，俱作"集"字，不便作接，故並列於此。

按，此詞除後起"東"字叶韻外，前後俱宜相同，"羅綺"句不應少一字，恐係脱落，比前毛詞亦應五字。"盟言"句比"鴛衾"句不應多一字，若此句七字，則"鴛衾"句亦應加一字矣。其與前毛詞較，異者則首句不起韻，"有畫"、"爭似"二句少一字，"惟有"、"誚惱"、"方信"三句，比前"值"字"向"字領句者稍不同，而前"信穿花"下六字作兩句，此合爲一句，是則宋體耳。

【杜注】按，宋本"幾回飲散良宵永"句，"飲"作"欲"。又，"鴛衾鳳枕香濃"句，"衾"下有"暖"字。【又，"近來雲雨忽西東"句，"忽"誤作"每"。】又，"誚惱損情悰"句，"誚"作"煩"。【又，"爭似和鳴偕老"句，"偕"誤作"諧"。】又，"更莫忡忡"句，"更莫"作"莫更"，應改補。

【考正】萬氏以爲"鴛禽"句應加一字，是，據杜注補。另據校勘記改"每"字、"諧"字。

"就中"之"中"爲句中短韻，此即余所謂平音步相連則有二字逗者也。後段"縱然"句同此讀住。又，"真個"之"個"平讀，詳參卷五《品令》顔博文詞"道我真個情薄"考正。又按，"眼前時暫疏歡宴"句，語意泥澀，疑有誤。

少年心 六十字

黄庭堅

對景惹起愁悶。染相思、病成方寸。是阿誰、先有意，阿誰薄幸。斗頓恁、
●●●○○▲ ●○○ ●○○▲ ●●○ ○●● ●○●▲ ●●●
少喜多嗔。 合下休傳音問。你有我、我無你分。似合歡桃核，真堪人
●●○△ ●●○○○▲ ●●● ●○●▲ ●●○○● ○○○
恨。心兒裏、有個人人。
▲ ○○● ●●○△

"似合歡"句比前少一字,"心兒裏"下比前多一字。

按,後段雖字有多少,然語氣音響前後相同,或前則"阿"字誤多,後則"有"字誤多耳。沈氏乃於末句作"有兩個人",少一"人"字,大謬。"人人"乃詞家常用語,如"有個人人"、"心裏人人"之類,況前用"多嗔",是平平煞,此用"個人",去平煞,於聲調全拗矣。

此詞用平仄兩叶者。

【校勘記】黄庭堅詞,"心兒裏、有兩個人人"句,萬氏謂比前段多一字,或"有"字誤多耳。據王氏校本,謂"兩"字誤多,宜從。

【杜注】萬氏注謂"有兩個人人"句比前多一字,或"有"字誤多。按,王氏校本謂"兩"字誤多,宜從。又按,此詞之後尚有黄山谷一首,六十六字,以俳體鄙俚,删去。説見前卷七《望遠行》第三體後。

【考正】前段起句"起"字以上作平。又,萬氏此體第三句"是阿誰先有意"不讀斷,而後一體"把心頭、從前鬼"讀爲折腰式,或誤。此二句對應,當均爲折腰式句法,改。

下結原作"心兒裏、有兩個人人",較上結多一字,據杜注删"兩"字。

又,校之後一體,"方寸"後或脱一七字句。

第二體　六十六字

黄庭堅

心裏人人,暫不見、霎時難過。天生你、要憔悴我。把心頭、從前鬼,著手
○●○○ ●●● ●○○▲ ○○● ●○●▲ ●○○ ○○● ●●

摩挲。抖擻了、百病銷磨。　見説那厮,脾鱉熱大。不成我、便與拆破。
○△ ●●● ●●○△ ●●○○ ○○●▲ ●○● ●○○▲

待來時,鬲上與厮噉則個。温存著、且教推磨。
●○○ ●●●○○●▲ ○○● ●○○▲

俳體。字或有誤。前詞惟兩結尾用平叶,此前段用"挲"、"磨"二字,平,後末"磨"字又去聲,可見通叶者總不拘也。

【考正】本詞恩杜合刻本删去。萬氏"著手摩挲抖擻了"讀爲一句,致脱一韻,誤。蓋前一體前段尾均作:"是阿誰、先有意,阿誰薄倖。斗頓恁、少喜多嗔。"本體前段尾均則作:"把心頭、從前鬼,著手摩挲。抖擻了、百病銷磨。"兩者正合。且若無"挲"字,則本詞僅一"磨"字平韻,似亦無理。此處據此改補原譜。又按,萬氏原譜後段尾均讀爲:"待來時、鬲上與,厮噉則個。温存著、且教推磨。"前六字則未免又拘泥照應前段之"把心頭、從前鬼",致讀"與厮噉則個"爲破句,此處當是攤破句法,不必於前段同。亦改。

後段次句"鱉"字,以入作平;第三句"與"字,以上作平。

後庭宴　六十字

無名氏

千里故鄉，十年華屋。亂魂飛過屏山簇。眼重眉褪不勝春，菱花知我銷香
○●●○　●○○▲　●○○●○○▲　●○○●●○○　○○○●○○
玉。　雙雙燕子歸來，應解笑人幽獨。斷歌零舞，遺恨清江曲。萬樹綠
▲　○○●●○○　○●●○○▲　●○○●　○●○○▲　●●●
低迷，一庭紅撲蔌。
○○　●○○●▲

前段同《踏莎行》，後段全異。《圖》注"重"字、"低"字可仄，"撲"字可平，不解。

【杜注】按，《歷代詩餘》"亂魂"作"亂雲"。

【考正】《全蜀藝文志》本詞調名爲《後庭怨》。

本詞大爲怪異。前段二均，後段三均，毫無章法。疑即《踏莎行》斷章與他詞殘篇合成耳。本詞來源，諸本皆云掘地而得，如明楊慎《詞品》卷一云："宋宣和中，掘地得石刻一詞，唐人作也。本無題，後人名之曰《後庭宴》。"然唐詞前後段多字句整齊，如此參差，竟無一句可相配者，亦爲罕見，故掘地而見、唐人所作云云，或亦故事耳。

撥棹子　六十字

尹　鶚

風切切。深秋月。十朵芙蓉繁艷歇。憑小檻、細腰無力。空贏得、目斷魂
○●▲　○⊙▲　◎●⊙○○●▲　○●●　◎○○▲　○⊙●　◎●○
飛何處説。　寸心恰似丁香結。看看瘦盡胸前雪。偏掛恨、少年抛擲。
○○●▲　◎○◎●○○▲　○○●●○○▲　○●●　●○○▲
羞睹見、繡被堆紅閑不徹。
○◎●　◎●○○○●▲

【考正】原譜前段第四句作"小檻細腰無力"，文理欠通，《欽定詞譜》本前有一"憑"字，校之後段，更切，據改。

第二體　六十一字

尹　鶚

丹臉膩。雙靨媚。冠子縷金裝翡翠。將一朵、瓊花堪比。顆顆繡、鸞鳳衣
○●▲　○◎▲　⊙●◎○○●▲　○●●　⊙○○▲　○○●　⊙●○
裳香窣地。　銀臺蠟燭滴紅淚。醁酒勸人教半醉。簾幕外、月華如水。
○○●▲　⊙○◎●○○▲　●●●○○●▲　○●●　◎○○▲

特地向、寶帳顛狂不肯睡。
○●● ◎●○○○●▲

兩詞相同，只“醁酒”句與前詞“看看”句平仄異。然前段“冠子”句與前詞“十朵”句，與“醁酒”句合。雖或不拘，從此爲妥。至於“將一朵”句與後“簾幕外”同七字，前詞“偏掛恨”亦七字，其“小檻”句上定落一“憑”字。是則前詞缺，而此調全也。

【考正】萬氏原注後段首句“滴”字、第四句“特”字、第五句“不”字均爲以入作平。

本調前後結十字，有兩種讀法，原譜皆作三字一句、七字一句，余以爲皆不合意。蓋“顆顆繡”乃“鸞鳳衣裳”，而非“鸞鳳衣裳香窣地”，“特地向”亦如此。但“鸞”字萬氏注爲可仄，非是。後段“寶”字以上作平，“地”字則當平讀，如美成《霜葉飛》之“又透入、清輝半晌，特地留照”。僅注不改。惟萬氏原譜於“顆顆繡”、“特地向”後均注爲句，竊以爲誤，當作逗方是，因此處十字當一氣貫之方爲合律，且本體爲句，後一體爲逗，奈何隨意至此哉。謹改。

第三體 六十一字

黄庭堅

歸去來。歸去來。攜手舊山歸去來。有人共、對月尊罍。横一琴、甚處逍
○●△ ○●◇ ○●●○○●◇ ●○● ●●○△ ○●○ ●●○
遥不自在。 閑世界。無利害。何必向、世間甘幻愛。與君釣、晚煙寒
○●●▲ ○●▲ ○●▲ ○●● ●○○●▲ ●○● ●○○
瀨。蒸白魚稻飯、溪童供筍菜。
▲ ○●○●● ○○○●▲

此體雖大約與尹詞相合，而用韻異。首以平聲起韻，結句即换仄叶，後段俱仄，此又一平仄兩叶者。

後起三字兩句，異前詞，與前段起處合。而“何必向”比前多一字，“蒸白魚”三字即同上“横一琴”，該三字尹詞亦皆三字句，此則宜於稻飯分句，或十字一氣不拘。

【考正】原譜後段“何必”句不讀斷，語氣促迫不諧，改。

蝶戀花 六十字 又名：一籮金、黄金縷、鵲踏枝、鳳棲梧、明月生南浦、卷珠簾、魚水同歡。

張 泌

六曲闌干偎碧樹。楊柳風輕，展盡黄金縷。誰把鈿箏移玉柱。穿簾海燕
◎●⊙○○●▲ ⊙●○○ ◎●○○▲ ⊙●◎○○●▲ ⊙○◎●

雙飛去。　　滿眼遊絲兼落絮。紅杏開時，一霎清明雨。濃睡覺來鶯亂
○○▲　　◎●⊙○○●▲　⊙●○○　◎●○○▲　⊙●◎○○●
語。驚殘好夢無尋處。
▲　⊙○◎●○○▲

壽域首句“新月羞花影庭樹”，末三字仄平仄，此係偶然，不可從。又有一首前第四句“畫閣巢新燕聲喜”、後第四句“苒苒光陰似流水”；又一首前第四句“衰柳摇風尚柔軟”，後第四句“獨倚闌干暮山遠”，則全用仄平仄，或有此體，然作詞但從其多者可耳。又，兩首後起句，一云“近來早是添顦顇”，一云“新翻歸翅雲間雁”，平仄全異，此則唐以後無此格。《詞統》收明詞二首，“人間”、“玉簫”起者，誤矣。《譜》、《圖》既收《蝶戀花》，又收《一籮金》，誤。其起句云“武陵春色濃如酒”平仄全反，初謂因其全反，故疑是另體而收之也，及觀所圖，則仍注可平仄仄平平仄仄，又曰“後段同”，是亦明知其與《蝶戀花》一樣矣，何必兩收之耶。

【杜注】按，《歷代詩餘》“燕子”作“海燕”。又以此爲馮延巳詞。《欽定詞譜》同。

【考正】萬氏以爲本調平起則誤，此言差矣。蓋詞句之平仄，合律則可，本調起句雖多作仄起仄收式，然宋元人已有平起仄收之作，如李石才有“武陵春色浓如酒”、柴元彪有“去年走马章臺路”、元人顧瑛有“春江暖涨桃花水”，雖爲偶例，然亦並不出律。

第二體　六十字

石孝友

別後相思無限憶。欲説相思，要見終無計。擬寫相思持送似。如何盡得
●●○○○●▲　●●○○　●●○○▲　●●○○○●▲　○○●●
相思意。　　眼底相思心裏事。縱把相思，寫盡憑誰寄。多少相思都做
○○▲　　●●○○○●▲　●●○○　●●○○▲　○●○○○●
淚。一齊淚損相思字。
▲　●○●●○○▲

“期”字平聲起韻，第四句“伊”字平叶，則此詞又一平仄兩叶者矣。

或曰：“期”字恐是“際”字，“伊”字恐是“你”字，然舊刻如此，“期”、“伊”二字正是韻脚，不敢議改，故另列一體於此。又或云：前後第二句兩“思”字亦是叶，則未必耳。

【杜注】按，石次仲《金谷遺音》詞，首句“別來”作“別後”宜從。

【考正】原譜所據詞，前四句爲：“別來相思無限期。欲説相思，要見終無計。擬寫相思持送伊。”唐宋詞本調數百首，惟此一首有叶平韻者，或誤。檢《花草粹編》本詞首句作“別後相思無限憶”，而《金谷遺音》別本第四句則作“擬寫相思持送似”，均與正格同，當是的本，

據改。然則本詞即爲正格張泌體。

唐多令　六十字　“唐”一作“糖”　又名：南樓令

陳允平

何處是秋風。月明霜露中。算淒涼、未到梧桐。曾向垂虹橋上看，有幾
⊙●●○△　◎○⊙●△　●○○　◎●○△　⊙●⊙○○●●　◎◎

樹、水邊楓。　　客路怕相逢。酒濃愁更濃。數歸期、猶是初冬。欲寄相
●　●○△　　◎●●○△　◎○⊙●△　●○○　⊙●○△　◎●⊙

思無好句，聊折贈、雁來紅。
○○●●　⊙◎●　●○△

前後對待無參差者。夢窗一首第三句誤刻“縱芭蕉不雨也颼颼”，因多一字，《詞統》遂注“縱”字爲襯。襯之一説，不知從何而來，詞何得有襯乎？況此句句法上三下四，亦止可注“也”字爲襯，而不可注“縱”字襯也。著譜示人，而可率意爲之耶？愚謂“也”字必是誤多無疑，即不然，亦竟依其體而填之，不可立“襯”字一説，以混詞格也。

【杜注】萬氏謂，夢窗一首第三句“縱芭蕉不雨也颼颼”，“也”字必是誤多。按，夢窗此詞前段八字後段七字，宋詞中似此者極多，如謂必前後一律，安知非後段“燕辭歸客尚淹留”句少一字乎？《欽定詞譜》收爲“又一體”，極當。又收周草窗一首，則此句前後皆八字也。

【考正】萬氏以爲“也”字爲襯，其説甚是，惟“依其體而填之”與“襯字説”恰互爲表裏，一爲實踐，一爲理論，體用妥帖，並無相混處也。又按，原譜前後結萬氏各作三字兩句，誤。當是六字一句折腰耳，前結尤明。謹改。

本調另有一平仄互叶體，録備一格：

唐多令　六十字

宋先生

搬載渡黄河。金闕牢閉鎖。運九還、須是功多。光透簾幃紅似火。見金錢、萬千朵。　　過
○●●○△　○○○●▲　●●○　○●○△　○●○○○●▲　●○○　●○▲　　●

水湧銀波。充開牛斗過。進工夫、□□蹉跎。見個真人便是我。暗歡喜、笑呵呵。
●●○△　○○○●▲　●○○　○●○△　●●○○●●▲　●○●　●○△

䩘紅　六十字

無名氏

粉香猶嫩，霜寒可慣。怎奈向、春心已轉。玉容别是，一般閑婉。悄不管、
●○○●　○○●▲　●●●　○○●▲　●○●●　●○○▲　●●●

桃紅杏淺。　月影玲瓏，金堤波面。漸細細、香風滿院。一枝折寄，故
○○●▲　●●○○ ○○○▲ ●●● ○○●▲ ●○●● ●
人雖遠。莫輒使、江南信斷。
○○▲ ●●● ○○●▲

前後同。只換頭首句用平。

按，“鞓紅”乃牡丹名，放翁《桃源憶故人》詞“一朵鞓紅凝露”、東坡《西江月》詞“蓬萊殿後鞓紅”，“鞓”音“汀”，帶革也。《西厢》“角帶傲黄鞓”、宋待制服“紅鞓犀帶”，蓋以花色如帶鞓之紅耳。今所繫亦曰“鞓帶”，而字書音爲“丁”，誤也。

【杜注】按，《欽定詞譜》首句“尤”作“猶”。又，“霜寒”作“衾寒”。又，“月影玲瓏”句，“玲瓏”作“簾櫳”。又注云：“起結似《鵲橋仙》，中三句不同。”

感皇恩　六十五字

趙長卿

碧水浸芙蓉，秋風楚岸。三歲光陰轉頭换。且留都騎，未許匆匆分散。更
●●●○○ ○○●▲ ○●○○●○▲ ●○○● ●●○○○▲ ●
持杯酒殷勤勸。　休作等閑，别離人看。且對笙歌醉須判。如君才調，
○○●○○▲　○●●○ ●○○▲ ●●○○●○▲ ○○○●
掌得玉堂詞翰。定應不久勞州縣。
●●●○○▲ ●○●●○○▲

此用仄韻，而格調亦與前異。“轉頭换”、“醉須判”用仄平仄，是此調定格。而《譜》、《圖》注可作平仄仄，甚怪。若此三字作平仄仄，豈成其爲《感皇恩》乎？試問古作家亦有用平仄仄者乎？且前段不注，吾又不知其何説也。

【杜注】按，後結“勞州縣”，初疑有誤，考《惜香樂府》題爲“送林縣尉”，故云。

【考正】本調前後段結拍，宋詞均爲八字一句，惟趙詞七字。

萬氏以爲前後段第三句末三字，《譜》、《圖》前段不注可平仄仄，後段注可平仄仄，甚怪，此必其校之於晁補之“常歲海棠”詞也，其詞前後段第三句作“多病尋芳懶春老”、“花底杯盤花影照”，故有前後不同之標注也。

第二體　六十七字

周邦彦

小閣倚晴空，數聲鐘定。斗柄垂寒暮天静。朝來殘酒，又被春風吹醒。眼
●●●○○ ●○○▲ ●●○○●○▲ ○○○● ●●○○○▲ ◎

前猶認得、當時景。　往事舊歡，不堪重省。自歎多愁更多病。綺窗依
○○●● ○○▲　●●●○ ●○○▲ ●●○○●○▲ ●○○

舊，敲遍闌干誰應。斷腸明月下、梅摇影。
● ●●○○○▲ ●○○●● ○○▲

兩結八字，與前異。

後段起句或作"洞房見説"，或作"繁枝高斷"，或作"此去常恨"，想所不拘。因不係叶韻句，不另録。"舊歡"，"舊"字多用去聲者，不可不知。

【考正】此體當是本調正格，填者當以此爲正。按，萬氏擬譜，例以字數多寡爲序，而正格減字之調多矣，故正格每序而後之，若不注明，讀者何以知之。

第三體　六十八字

周紫芝

無事小神仙，世人誰會。著甚來由自縈繫。人生須是，做些閑中活計。百
○●●○○ ●○○▲ ●●○○●○▲ ○○○● ●●○○●▲ ●

年能幾許、無多子。　近日謝天，與片閑田地。作個茅堂好打睡。酒兒
○○●● ○○▲　●●●○ ●●○○▲ ●●○○●○▲ ●○

熟也，贏取山中一醉。人間如意事、只此是。
●● ○●○○●▲ ○○○●● ○○▲

"與片閑田地"五字，然各家俱用前六十七字體。

【考正】萬氏原注後段第三句"打"字、第六句"只此"二字，均作平。

前段第五句"些"當仄讀，《韻會》云：蘇箇切，讀如"娑"之去聲，在箇部韻。至今吴語尚有此讀法。

荷華媚　六十字

蘇　軾

霞苞露荷碧。天然地、别是風流標格。重重青蓋下，千嬌照水，好紅紅白
○○●○▲ ○○● ●●○○○▲ ○○○●● ○○●● ●○○●

白。　每悵望、明月清風夜，甚低迷不語，夭斜無力。終須放、船兒去，
▲　●●● ○●○○● ●○○●● ○○○▲ ○○● ○○●

清香深處，任看伊顔色。
○○○● ●●○○▲

"霓"字必"蜺"字，乃入聲。然此句難解，恐有誤，因他無作者可證也。"妖"應作"夭"，音"歪"，出自長慶詩自注。

【杜注】萬氏注云："霓"字必"蜺"字，此句難解。按王氏校本"霓"作"露"。又，"妖邪無力"句，萬氏云："妖"應作"夭"，音"歪"，出白長慶詩自注。按，香山詩"錢塘蘇小小，人道最夭斜"，如"妖"作"夭"，則"邪"應作"斜"。又，"清香深處住，看伊顔色"二句，萬氏以"住"字爲句，王氏云："'住'應作'任'，屬下句。"甚當。蓋前結亦五字句，應照改。

【考正】已據杜注改。

玉堂春　六十一字

晏　殊

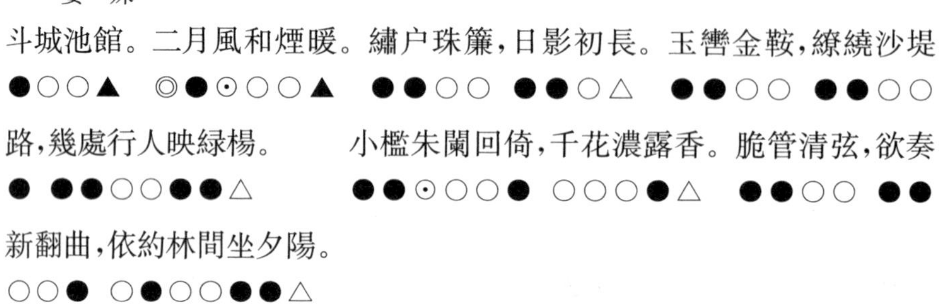

斗城池館。二月風和煙暖。繡户珠簾，日影初長。玉轡金鞍，繚繞沙堤

●○○▲　◎●⊙○○▲　●●○○　●●○△　●●○○　●●○○

路，幾處行人映緑楊。　小檻朱闌回倚，千花濃露香。脆管清弦，欲奏

●　●●○○●●△　●●⊙○○●　○○○●△　●●○○　●●

新翻曲，依約林間坐夕陽。

○○●　○●○○●●△

"脆管"下與前"玉轡"下同。珠玉三詞如一，規矩森然，學者不可依《圖譜》所注平仄。

【考正】"露香"下依律應有四字兩句，檢現存元詞皆如此。比照前段，"繡户"下八字後段亦無對應者，後段"脆管"下十六字，則正對應前段"玉轡"下十六字。以張玉田均拍論考核，前段三均，本詞恰爲近詞規模，以此觀後段，則後段疑奪八字兩句一均。故本調後段疑人爲删去八字，或晏詞有脱落者，後人反疑别首有衍，而删至三首劃一也。

破陣子　六十二字　又名：十拍子

晏　殊

燕子來時新社，梨花落後清明。池上碧苔三四點，葉底黃鸝一兩聲。日長

●●○○⊙●　⊙○⊙●○△　⊙●◎○○●●　⊙●○○●●△　◎○

飛絮輕。　巧笑東鄰女伴，采桑徑裏逢迎。疑怪昨宵春夢好，元是今朝

○●△　●●○○◎●　◎○◎●○△　⊙●◎○○●●　⊙●○○

鬬草贏。笑從雙臉生。

●●△　◎○○●△

前後同。"飛雙"二字平，而上用"日笑"二字，仄，妙。"日笑"或有用平者，然不如此發調。"四點"、"夢好"、"鬥草"等去上，俱妙。

【杜注】按，《詞律拾遺》云："此調本唐教坊樂，一唱十拍，因以爲名。"

好女兒　六十二字

晏幾道

綠遍西池。梅子青時。儘無端、盡日東風惡，更霏微細雨，惱人離恨，滿路

●●○△　○●○△　●○○　●●○○●　●○○●●　◎○○●　●●

春泥。　應是行雲歸路，有閑淚、灑相思。想旗亭、望斷黃昏月，又依前

○△　○●○○○●　●○●　●○△　●○○　●●○○●　●○○

誤了，紅箋香信，翠袖歡期。

●●　⊙○○●　●●○△

“想旗亭”下與前同。餘説見《繡帶兒》下。

“儘”字、“想”字上聲，而“盡”字、“望”字去聲，“更”字、“又”字去聲，而“細雨”與“誤了”去上聲，如此發調，豈非作家。楊用修一首於“霏微細雨”作“紅拂當筵”，後段又依前句止四字。又一首前段第三句止七字，俱誤。明詞往往有差處，勿錯從。

【杜注】按，《好女兒》調即《繡帶兒》，應附卷四黃山谷詞後。【“沸路春泥”句，“沸”字疑“滿”字之誤。】

【考正】原譜前結作“沸路春泥”，不通，據《欽定詞譜》改。

杜氏於卷四《繡帶兒》及本調後均以爲“《好女兒》應附《繡帶兒》後”，實誤。蓋四十五字體與六十二字體本非一調，當以同名異調視之，萬氏以爲兩者分列，乃“調名重複訛混，不得不如此分晰耳”，極是。擬詞譜者，當有“我輩數人定則定矣”之勇氣，四十五字爲《繡帶兒》，六十二字爲《好女兒》，雖與宋詞或有牴牾處，然實後世之幸也。

贊成功　六十二字

毛文錫

海棠未坼，萬點深紅。香苞緘結一重重。似含羞態，邀勒春風。蜂來蝶

●○◎●　◎●○△　⊙○⊙●●○△　●○○●　⊙●○△　⊙○●

去，任繞芳叢。　昨夜微雨，飄灑庭中。忽聞聲滴井邊桐。美人驚起，

●　●●○△　●□○●　⊙●○△　◎○⊙●●○△　●○○●

坐聽晨鐘。快教折取，戴玉瓏璁。

◎●○△　◎○●●　●●○△

前後同。“夜”字不妨用平。

【考正】“香苞”，原譜作“香包”，據《欽定詞譜》改。又，“夜”字處應仄，當是誤填。

漁家傲　六十二字

周邦彦

灰暖香融銷永晝。蒲萄架上春藤秀。曲角闌干群雀鬬。清明後。風梳萬
⊙●⊙○○●▲　⊙○◎●○○▲　◎●⊙○○●▲　○⊙▲　⊙○◎
縷亭前柳。　日照釵梁光欲溜。循階竹粉霑衣袖。拂拂面紅新著酒。
●○○▲　◎●⊙○○●▲　⊙○◎●○○▲　◎●◎○○●▲
沉吟久。昨宵正是來時候。
○⊙▲　◎○◎●○○▲

前後同。惜香一首後段三字句不叶韻，乃誤也。用修誤於"拂拂"句，用仄平平仄平平仄。天羽選徐小淑作，前後首句俱反作次句平仄，前次句反作首句平仄，大誤。雖閨人所作當恕，然以入選，作後人矜式，則不可也。

【杜注】按，《歷代詩餘》"拂拂"作"灩灩"。

第二體　六十二字

杜安世

疏雨才收淡淨天。微雲綻處月嬋娟。寒雁一聲人正遠。添幽怨。那堪往
⊙●○○●●△　⊙○◎●●○△　○●●○○●▲　○⊙▲　●○●
事思量遍。　誰道綢繆兩意堅。水萍風絮不相緣。舞鑑鸞腸虛寸斷。
●○○▲　⊙●○○●●△　◎○⊙●●○△　●●○○○●▲
芳容變。好將憔悴教伊見。
○○▲　●○○●○○▲

前後首次句俱平韻，餘用仄叶，此調亦平仄通叶者。杜詞又一首，第一句"每到春來長如病"，第五句"奈向後期全無定"，後第三句"天賦多情翻成恨"，俱拗，兹不另録。而其前第三句"不慣被人拋擲日"，竟不叶韻，則更係傳訛矣。

【校勘記】杜安世詞，"疏雨纔收淡淨天"句，"淨"字疑"濘"字之誤。

定風波　六十二字

歐陽炯

暖日閑窗映碧紗。小池春水浸晴霞。數樹海棠紅欲盡。争忍。玉閨深掩
◎●○○●●△　◎○⊙●●○△　◎●◎○○●▲　○▲　◎○⊙●
過年華。　獨憑繡床方寸亂。腸斷。淚珠穿破臉邊花。鄰舍女郎相借
●○△　◎●◎○○●▼　○▼　◎○⊙●●○△　⊙●◎○○●

問。音信。教人羞道未還家。
▲　○▲　⊙○⊙●●○△

平一韻、仄三韻，是定格也。《圖譜》因收葉石林詞，其第一仄用"見"、"淺"，第二仄用"伴"、"斷"，第三仄用"暮"、"雨"，遂注"伴"、"斷"叶前"見"、"淺"之韻，是使人必於後起兩句叶前三四兩句矣。誤甚，誤甚。《定風波》作者最廣，何竟不一閲而輒作譜耶？用修於首句用"客中冬至夜偏長"，平仄誤，學者勿因沈選，謂有此格。

【考正】詞之换韻，自以異部爲主，偶或亦有"不换"者，實乃"同部相换"之意，於律而論，非續叶，知此，何謂"换韻"可全面認識。

第二體　六十二字

蘇　軾

好睡慵開莫厭遲。自憐冰臉不時宜。偶作小紅桃杏色，閑雅，尚餘孤瘦雪
●●○○●●△　●○○●●○△　●●●○○●●　○●　●○○●●
霜姿。　休把閑心隨物態，何事，酒生微暈沁瑶肌。詩老不知梅格在，
○△　○●○○○●●　○●　●○○●●○△　○●●○○●●
吟詠，更看緑葉與清枝。
○●　●○●●●○△

仄句俱不换韻。

按，《定風波》調自五代迄宋，作俱無不换仄韻之體，坡公九首亦惟此一詞不叶，作者不必從之。

【考正】或曰：既言作者不必從之，又何必羅列焉？蓋此乃譜也，各體俱備，詞譜之職責所在也。

第三體　六十三字

孫光憲

簾拂疏香斷碧絲。淚衫還滴繡黄鸝。上國獻書人不在。凝黛。晚庭又是
○●○○●●△　●○○●●○△　●●●○○●▲　○▲　●○●●
落紅時。　春日自長心自促。翻覆。年來年去負前期。應是秦雲兼楚
●○△　○●●○○●▼　○▼　○○○●●○△　○●○○○●
雨。留住。向花誇説月中枝。
▲　○▲　●○○●●○△

後結多一字。

按，此依《花間》舊刻録之，但恐"花枝""枝"字誤多，作者只依前歐陽體可耳。

【杜注】按，《東皋雜録》載東坡贈王定國姬人詞，後結亦作七字，則萬氏注謂"花枝""枝"字誤多，可信。

【考正】後結原譜八字一句。四印齋所刻本《花間詞》並未收録本詞。朱本《尊前集》本句七字，但吴本、毛本《尊前集》亦作"向花枝誇説月中枝"，當是誤多，删去。然則本詞亦即第一體也。

定風波慢　九十九字

張　翥

恨行雲、特地高寒，牢籠好夢不定。晼晚年華，淒涼客況，泥酒渾成病。畫
●○○　●●○○　○○●●○▲　●●○○　○○●●　○●○○▲　●
欄深，碧窗静。一樹瑶花可憐影。低映。怕明月照見，青禽相並。　素
○○　●○▲　●●○○●○▲　○▲　●○○●●　○○○▲　●
衾正冷。又寒香、枕上薰愁醒。甚銀床霜凍，山童未起，誰汲牆陰井。玉
○●▲　●○○　●●○○▲　●○○○●　○○●●　○●○○▲　●
笙殘，錦書迴。應是多情道薄倖。争肯。便等閑孤負，西湖春興。
○○　●○▲　○●○○●○▲　○▲　●●○○●　○○○▲

"山童"下與前段"淒涼"下同。"只等閑"句，比前少一"怕"字，後柳詞亦然。

【考正】原作"又一體"，按，此爲慢詞，與令詞同名異調者也，非前調又一體，改。本調宋元存詞僅柳、張、凌及無名氏四首，余以爲張詞較之創調之柳詞尤正，允爲正格。

前段第二句"不"字、第十句"月"字及後段第八句"薄"字以入作平。

本調或自第二均起前後段字句同，前段"晼晚年華"句無名氏詞作"□雪艷精神"，領字脱，故本詞"晼晚"前或有一領字。而前後段尾均亦同，故無名氏詞後段尾均作："吟戀。又忍隨羌管，飄零千片。"本詞原譜後段尾均作："争肯。等閑孤負，西湖春興。"則"等閑"前顯又奪一領字，查彊村叢書本《蜕巖詞》有領字"便"，據補。又按，兩段尾均中二字句，實爲句中短韻，文理上爲"低映怕明月，照見青禽相並"、"争肯便等閑，辜負西湖春興"。

第二體　一百字

柳　永

自春來、慘緑愁紅，芳心是事可可。日上花稍，鶯穿柳帶，猶壓香衾卧。暖
●○○　◎●○○　⊙○●●○▲　●●○○　○○●●　⊙●○○▲　●
酥銷，膩雲嚲。終日厭厭倦梳裹。無那。恨薄情一去，音書無個。　早
○○　◎⊙▲　⊙●○○●○▲　○▲　●◎○◎●　○○⊙▲　●

知恁麽。悔當初、不把雕鞍鎖。向雞窗祗與，蠻箋象管，拘束教吟課。鎮
○●▲ ●○○ ●●○○▲ ●○○●● ○○●● ○●○○▲ ●
相隨，莫拋躲。針綫閑拈伴伊坐。和我。免使少年，光陰虚過。
○○ ◎⊙▲ ⊙●○○●⊙▲ ○▲ ●◎◎⊙ ○○○▲

比前詞只後起句多一字，“詠”字不叶韻，“免使少年”作仄仄仄平，三處異耳。余斷以爲即是前調，後起句應從柳作，蓋如“膩雲亸”等仄平仄句，篇中多用之，則此“恁般麽”亦不誤也，“麽”字去聲。“免使”句，應從張作，蓋照前段“薄情一去”平仄可也。至“詠”字無不叶之理，必是“和”字去聲，而訛寫“詠”字無疑也。

又，竹坡有《定風波令》，查係《琴調相思引》，故此不列。

【杜注】萬氏注以“拘束教吟詠”句“詠”字無不叶之理，必是“和”字，去聲，而訛寫“詠”字。按，《欽定詞譜》亦作“和”，校宋本乃“課”字之誤，宜從。

【考正】原譜後段第五句作“拘束教吟詠”，據杜注改。又，第二句前“可”字以上作平。

後段起句，萬氏原作“早知恁般麽”五字一句，而張詞、無名氏詞均作四字，此必有衍誤，校彊村叢書本《樂章集》爲“早知恁麽”，當是的本，據改。又按，本調前後尾均當是十一字，已如前體所叙，而二字句乃句中腹韻，故前段實爲“無那恨情薄，一去音書無個”，惟“和我免使”則文理不通，其必有文字舛誤也。而“少年光陰虚過”亦音律不諧，檢彊村叢書本作“和我免使年少光陰虚過”，余疑原句或爲“和我免使□，年少光陰虚過”，奪一去聲字，如此，則“年少光陰虚過”一句之音律、字句與别首皆同矣。

第三體　一百四字

柳　永

佇立長堤，澹蕩晚風起。驟雨歇、極目蕭疏，塞柳萬株，掩映箭波千里。走舟車、向此人人，奔名競利。念蕩子、終日驅馳，争覺鄉關轉迢遞。　何意。繡閣輕拋，錦字難逢，等閑度歲。奈泛泛旅跡，厭厭病緒。近來、諳盡宦遊滋味。此情懷、縱寫香箋，憑誰與寄。算孟光、争得知我，繼日添憔悴。

與前體又别。“何意”二字，向刻前尾，今改正爲後起句。玩“走舟車”至“競利”，似對後“此情懷”至“與寄”，該於“車”字豆、“人”字句，然亦一氣貫下也。

【杜注】按，“柳萬株”句，宋本“柳”字上有“塞”字。《欽定詞譜》、《閩詞抄》同。應遵改。又，“總寫香箋”句，“總”作“縱”。

【考正】“旅跡”之“跡”、“争得”之“得”皆爲以入作平。又，原譜前段第三均作“走舟車、向此人人，奔名競利”讀，後一句平聲四連，於音律不諧，當據萬氏所注改。又按，杜注所言，已遵改。

又，“近來”八字，原譜作四字二句，且“味”字不入韻，誤甚。余以爲本詞前段“驟雨歇……千里”十七字，與後段“奈泛泛……滋味”十七字本屬對應句，各爲本調前後段之第二均，該均均以◎●●○○▲六字一句收，故“近來”後有一讀住，且“味”字必須押韻。

又按，本調慢詞，現存宋元詞惟柳永二首，張翥、凌雲翰、無名氏各一首，萬氏已悉録。張詞與柳氏"自春來"詞，除耆卿尾均疑脱一字外，其餘字句、平仄、韻脚皆同，惟本詞較之前二首均迥異，幾疑非爲一調。雖耆卿此二首宫調不同，然彼關乎演唱，無關字句，耆卿不同宫調而相同字句者，如《迷神引》即爲一例。但本詞前段單獨句子，則又多於前者合，如改爲："驟雨歇、塞柳萬株，掩映箭波千里。極目蕭疏，佇立長堤，澹蕩晚風起。走舟車、念蕩子。争覺鄉關轉迢遞。向此。人人終日驅馳，奔名競利。"則除"人人"句多一字外，其餘與前二體亦一般無二，故疑前段錯簡。然後段則與前二首完全風馬牛，考察其均和拍，竟無演化痕跡可循，或爲别調誤入，亦未可知也。其前後段均拍十分混亂，故不擬譜，填者不足爲法。

蘇幕遮　六十二字　又名：鬢雲鬆令

周邦彦

鬢雲鬆，眉葉聚。一闋離歌，不爲行人駐。檀板停時君看取。數尺鮫綃，
●○○　○●▲　◎●○○　◎●○○▲　⊙●○○○●▲　◎●○○
半是梨花雨。　　鷺飛遥，天尺五。鳳閣鸞坡，看即飛騰去。今夜長亭臨
●●○○▲　　●○○　○●▲　◎●○○　◎●○○▲　⊙●○○○
别處。斷梗飛雲，盡是傷情緒。
●▲　◎●○○　●●○○▲

結句不惟定格如此，而聲響亦不得不然。《譜》於前結注云："可用平平平仄仄"，真天下之大奇也，且此調前後皆同。而美成"隴雲沉"一闋末句云"斷雨殘雲，只怕巫山曉"，《嘯餘譜》落去"雨殘"二字，作"斷雲只怕巫山曉"，謂有六十字一體，而以此六十二字者命爲第二體。無論此調作者頗多，無七字尾者，若七字則竟與《蝶戀花》同矣！有何難辨？況《片玉》本集原有"雨殘"二字，而各譜竟將不全之句列爲一格，何其率略也。且"斷雲"亦不成語，故明中葉以後詞調廢閣，間有爲之者，原未究心，故吴純叔於此調末句云"薔薇著雨胭脂瘦"，正坐舊刻譜之誤也。沈氏不能辨正，取以入選，陋矣。

因此詞，故又名《鬢雲鬆》。

明月逐人來　六十二字

張元幹

花迷珠翠。香飄羅綺。簾旌外、月華如水。熒紅影裏，誰會王孫意。最樂
○○○▲　○○○▲　○○●　◎○⊙▲　●○◎●　○●○○▲　●●
升平景致。　　長記。宫中五夜，春風鼓吹。遊仙夢、輕寒半醉。鳳幃未
○○◎▲　　○▲　○○◎●　⊙○◎▲　○○●　⊙○◎▲　●○◎

暖,歸去薰濃被。更問陰晴天氣。

● ○●○○▲ ●●○○⊙▲

“遊仙夢”下與前“簾旌外”下同。李持正作,“誰會”句用“暗塵香拂面”,“鳳幃”句用“玉輦待歸”,平仄各異。然此等句前後相同,從蘆川此詞爲正。

【杜注】萬氏以“長記宫中”之“中”字爲句,按,吴曾《能改齋漫録》云:此調爲李持正撰。李另一詞,换頭“夜半”“半”字叶韻,則此詞“長記”之“記”字亦應注叶,以“宫中五夜”爲句。

【考正】萬氏原譜“月華如水”起八字未讀斷,檢四部備要本本句叶韻,當是刻誤。後起原譜作“長記宫中,五夜春風鼓吹”,據杜注改。但本調换頭亦可不用腹韻者,如史浩詞,作:“爲有仙翁,正爾名喧蕃漢。”即是。

别怨 六十三字

趙長卿

嬌馬頻嘶。曉霜濃、寒色侵衣。鳳帷私語處,翻成别怨不勝悲。更與叮嚀

○●○△ ●○○ ○●○△ ●○○●● ○○●●●○△ ●●○○

祝後期。 素約諧心事,重來了、比看相思。如何見得,明年春事濃時。

●●△ ●●○○● ○○● ●●○△ ○○●● ○○○●○△

穩乘金騕褭,來爛醉、玉東西。

●○○●● ○●● ●○△

“别怨”二字恐係詞題,而非調名,然他無作者,莫可考證矣。

【杜注】按,《惜香樂府》“離怨”作“别怨”。蓋此爲調名,而即以之爲題,所謂“本意”。

【考正】原譜“穩乘金騕褭”作“腰褭”,甚誤。按,騕,上聲,在篠部。此字若平,則全句失律。“騕褭”,駿馬也。作“腰”則不可解。又,前段第四句“别怨”原作“離怨”,據杜注改。

殢人嬌 六十四字

毛 滂

雲做屏風,花爲行帳。屏帳裏、見春模樣。小晴未了,輕陰一餉。酒到處

⊙●○○ ⊙○⊙▲ ⊙◎◎ ●○○▲ ◎○◎● ○○◎▲ ◎●●

恰如,把春拈上。 官柳黄輕,河堤緑漲。花多處、少停蘭槳。雪邊花

○○ ●○◎▲ ⊙●○○ ⊙○◎▲ ⊙◎◎ ●○○▲ ◎○⊙

際,平蕪疊嶂。這一段淒涼,爲誰悵望。

● ○○◎▲ ◎●●○○ ●○◎▲

“這一段淒涼”宜作一句,但此調前後相同,各家多於三字一豆,故如此注。然此九字一氣,或三或五作豆,不拘也。

【杜注】按,《歷代詩餘》起句“雲”字作“雪”。

【考正】萬氏原注,"恰如"之"恰"以入作平,甚是。

前後段結,萬氏原讀爲三字一逗、六字一句。誤。按,本調前後段結,有兩種填法是爲正例:一爲◎●● ◎●⊙○○▲,如柳耆卿之:"昨夜裏,方把舊歡重繼。……無分得,與你恣情濃睡。"一爲◎●●○○ ●○◎▲,如楊无咎之:"念八景園中,晝誰能盡。……却待約重圓,後期難問。"亦即句法若有變化,則平仄輒須微調者,然古人因無標點,故亦有余所謂"以彼譜填此句"者,即文理爲三字一逗、六字一句者,而譜式仍爲五字一句、四字一句。古人因無標點,固可如此,而今則不可也。而若作五字一句者,則本句第四字必平,不可填仄,後段"淒涼"之"淒"萬氏原注云可仄,誤。

第二體 六十八字

蘇 軾

滿院桃花,盡是劉郎未見。於中更、一枝纖軟。仙家日月,笑人間春晚。
◎●○○ ●●○○◎▲ ⊙⊙● ◎○○▲ ⊙○◎● ●⊙○⊙▲
濃睡起、驚飛亂紅千片。 密意難窺,羞容易見。平白地、爲伊腸斷。
⊙◎● ⊙⊙●○⊙▲ ●●○○ ⊙○●▲ ⊙◎● ◎○○▲
問君終日,怎安排心眼。須信道、司空自來見慣。
◎○⊙● ○⊙○⊙▲ ⊙◎● ⊙⊙●○◎▲

第二句比前調多二字,"笑人間"、"怎安排"二句俱多一字。

《珠玉詞》於兩結句作平仄仄平平仄或仄仄平平平仄,可以不拘,但別家俱與蘇詞同耳。蘇又於"盡是"句作"滿城燈火無數",恐是"燈火滿城"之誤也。又,柳詞於"仙家"二句如前毛詞,俱作四字,而"問君"二句,上四下五字。此調前後一樣,無參差之理,或前段誤少,或後段誤多,故不另列六十三字之體。

【考正】萬氏疑"滿城燈火"爲"燈火滿城"之誤,當囿於"句法之格律須劃一"之觀念也。研究唐宋詞,時有同一詞調同一句子而用不同句法者,蓋平仄可異,惟律即可。"盡是劉郎未見"用仄起仄收式,"滿城燈火無數"用平起仄收式,均爲律句,皆可。後《欽定詞譜》更有因句法不同而另列一體乃至一調者,陋。

又按,本調宋人填寫,以此詞體式爲多,故應以本格爲正。

黄鐘樂 六十四字

魏承班

池塘煙暖草萋萋。惆悵閑宵含恨。愁坐思堪迷。遥想玉人情事遠。音容
○○○●●○△ ○●○○○▲ ○●●○△ ○●◎○○●▲ ⊙○
渾是隔桃溪。 偏記同歡秋月低。簾外論心花畔。和醉暗相攜。何事
○●●○△ ○●○○○●△ ○●○○○▲ ○●●○△ ○●

春來君不見。夢魂長在錦江西。
⊙○○●▲　◎○○●●○△

後起平仄與前異。

舊譜俱於“宵”字、“心”字斷句，其下七字太拗，今以愚意注之如右。此調他無可攷，然如此讀亦不錯也。

【考正】本調原譜惟標識平韻，另有一組隱韻，萬氏失注，蓋前後段第二第四句，“恨”、“遠”、“畔”、“見”是爲换韻也。至若“恨”、“遠”互叶，是爲循古韻也，如《欽定詞譜》收《早梅芳近》：“此情閑，此意遠。一點縈方寸。風亭水館，解與行人破離恨。”即是。（按，該詞“館”字及前段對應句“韻”字，亦在韻，《欽定詞譜》失記。）據補。

輥繡球　六十五字

趙長卿

流水奏鳴琴，風月淨、天無星斗。翠嵐堆裏，蒼巖深處，滿林霜膩，暗香凍
○●●○○　○●●　○○○▲　●○○●　○○○●　●○○●　●○●
了，那禁頻嗅。　馬上再三回首。因記省、去年時候。十分全似，那人
●　●○○▲　　●●●○○▲　○●●　●○○▲　●○○●　●○
風韻，柔腰弄影，冰腮退粉，做成清瘦。
○●　○○●●　○○●●　●○○▲

“輥”音“滚”，曲調因有《滚繡球》。

按，“冰腮退”句比“暗香凍了”少一字，或定體兩結互異，或係誤落，或前誤多“了”字，無他詞可證也。

【杜注】戈氏注謂：“冰腮退”句少一字，或係誤落。按，《詞緯》作“冰腮退粉”，乃落“粉”字也。又，《欽定詞譜》“因記省”之“因”字，作“還”。

【考正】據杜注補“粉”字。“因”、“還”相較，余以爲“因”字更佳，不改。

又，本調韻法奇特，前一均僅兩拍，後一均各爲五拍，詞中所罕見者。“柔腰弄影”句語意怪異，疑原爲“柔腰●細”，後人因“冰腮退粉”句而對仗之，遂改爲“弄影”，而不知此二句當分屬不同均内，無從對偶。如前段“翠嵐堆裏，蒼巖深處，滿林霜膩”當是一均，“裏”、“膩”爲韻，“暗香凍了，那禁頻嗅”則爲另一均也。後段則是“似”、“細”爲韻，故跨均而對仗，余疑“影”字係後人所改也。

侍香金童　六十四字

蔡　伸

寶馬行春，緩轡隨油壁。念一瞬、韶光堪重惜。還是去年同醉日。客裏情
●●○○　●●○○▲　●◎●　○○○●▲　⊙●◎○○●▲　◎●○

懷，倍添淒惻。　　記南城、錦徑名園曾遍歷。更柳下、人家似相識。此
○ ●○○▲　　●⊙○ ●●○○○●▲ ●●● ○○●○▲ ◎
際憑闌愁脈脈。滿目江山，暮雲空碧。
●⊙○○●▲ ◎●○○ ●○○▲

"此際"下與前"還是"下同。

【杜注】按，《花草粹編》"人家似織"句，作"人家似相識"，五字。又，《欽定詞譜》作"人家如織"。

【考正】本調宋詞惟後一體趙詞最爲整齊，故校之趙詞，"更柳下"一句，當與前段"念一瞬"相對應，原譜作"更柳下、人家似織"，語意顯然不通，此據《花草粹編》改。

第二體　六十五字

趙長卿

一種春光，占斷東君惜。算穠李、韶華爭並得。粉膩酥融嬌欲滴。端的尊
●●○○ ●●○○▲ ●○● ○○○●▲ ●●○○○●▲ ○●○
前，舊曾相識。　　向夜闌酒醒，霜濃寒又力。但衹與、冰姿添夜色。繡
○ ●○○▲　　●●○●● ○○○●▲ ●●● ○○○●▲ ●
幕銀屏人寂寂。只許劉郎，暗傳消息。
●○○○●▲ ●●○○ ●○○▲

"但只與"句比前詞"更柳下"句多一字。

愚謂前詞恐"人家"下落一字，蓋此句照前段該八字也。

【杜注】按，《歷代詩餘》"但衹與、冰姿添夜色"句，無"衹"字，則與前蔡伸詞同。惟蔡伸詞如照《花草粹編》改"似織"爲"似相識"，則此句又當有"衹"字。凡此等虛字，固可各有增減也【，則字數與蔡詞同】。

【考正】杜注以爲本詞無"衹"字便與前蔡詞同，非是。蓋杜氏但見字數相同，未見句法迥異也。故可知本句正格當爲折腰式八字一句。至若賀梅子後段作"寶雁參差飛不起"，無名氏前段作"玉殿無風煙自直"，當是三字逗減一字或奪一字而成，與本詞亦爲同源也。杜氏以爲"凡此等虛字固可各有增減"者，尤非。

握金釵　六十四字

吕渭老

風日困花枝，晴蜂自相趁。晚來紅淺香盡。整頓腰肢暈殘粉。弦上語，夢
⊙●●○○ ○○●○▲ ●○○●○▲ ◎●○○●○▲ ○●● ●
中人，天外信。　　青杏已成雙，新尊薦櫻筍。爲誰一和銷損。數著歸期
○○ ○●▲　　⊙●●○○ ○○●○▲ ●○○●○▲ ◎●○○

又不穩。春去也，怎當他，清晝永。
●○▲　○●●　●○○　○●▲

前後同。所用四個仄平仄處，俱是去平上，聖求他作俱同，不可擅改。“和”字去聲，不可作平讀。

【考正】萬氏原注後段第三句“一”字、第四句“不”字以入作平。

又，萬氏以爲四個仄平仄處均當用去平上，非是。蓋上去之分，爲曲之要，因曲中仄聲僅分上去故也，而詞之仄聲有上去入三聲，仄分上去便無理由。余以爲萬氏所論，未著要害，若云本調宜用上聲爲韻，則中肯綮。

又按，《梅苑》另有無名氏詞，名《戛金釵》，細校之，當即爲《握金釵》，惟前後段第二拍不用拗句、第三拍增一字、尾拍減一字，其詞及譜如下：

戛金釵　六十四字

無名氏

梅蕊破初寒，春來何太早。輕傅粉、向人先笑。比並年時較些少。愁底事，十分清瘦
○●●○○　○○○●▲　○●●　●○○▲　●●○○●○▲　○●●　●○○●
了。　影靜野塘空，香寒霜月曉。風韻減、酒醒花老。可殺多情要人道。疏竹外、
▲　●●●○○　○○○●▲　○●●　●○○▲　●●○○●○▲　○●●
一枝斜更好。
●○○●▲

醉春風　六十四字

趙德仁

陌上清明近。行人難借問。風流何處不歸來，悶。悶。悶。回雁峰前，戲
●●○○▲　○○○●▲　○○○●●○○　▲　◆　◆　○●○○　●
魚波上，試尋芳信。　夜永蘭膏燼。春睡何曾穩。枕邊珠淚幾時乾，
○○●　●○○▲　●●○○▲　○●○○▲　●○○●●○○
恨。恨。恨。惟有窗前，過來明月，照人方寸。
▲　◆　◆　○●○○　●○○●　●○○▲

“悶”、“恨”二字三疊。

《譜》、《圖》注平仄謂“後段與前段同”，不知“春睡”句“睡”字去，“曾”字平，與前“行人”句相反，只可云不拘，不可云相同也。又，或謂兩段宜同，非俱照前即俱照後，亦是。明高深甫於“回雁”二句、“惟有”二句，皆先用平平仄仄，後用仄仄平平，顛倒矣。何沈氏《新集》必愛之耶？

【考正】前後段第二拍，朱敦儒作“群仙驚戲弄……紫微恩露重”、賀梅子作“憑闌新夢後……啼妝曾枕袖”，陳德武二首則與趙詞同，朱、賀皆作手，似可以之爲範。

行香子　六十四字

趙長卿

驕馬花驄。柳陌經從。小春天、十里和風。個人家住，曲巷牆東。好軒

⊙●○△　◎●○△　●○○　◎●○△　◎○⊙●　◎●○△　●○

窗，好體面，好儀容。　　燭炧歌慵。斜月朦朧。夜新寒、斗帳香濃。夢

○　◎◎●　●○△　　◎●○△　⊙●○△　●○○　◎●○△　◎

回晝角，雲雨匆匆。恨相逢，恨分散，恨情鍾。

○◎●　⊙●○△　●○○　◎⊙●　●○△

前後同，結句多作三排。

第二體　六十六字

蔣　捷

紅了櫻桃。綠了芭蕉。送春歸、客尚蓬飄。昨宵穀水，今夜蘭皋。奈雲溶

○●○△　●●○△　●○○　●●○△　●○●●　○●○△　●○○

溶，風淡淡，雨瀟瀟。　　銀字笙調。心字香燒。料芳蹤、乍整還凋。待

○　○●●　●○△　　○●○△　○●○△　●○○　●●○△　●

將春恨，都付春潮。過窈娘堤，秋娘渡，泰娘橋。

○○●　○●○△　●●○○　○○●　●○△

比前多"奈"字、"過"字，作者多宗此體。"送春歸"、"料芳蹤"二句，平仄有不拘者，然正體是仄平平，且亦易填，故不旁注。

此後起兩句，與前詞俱是叶韻者。

【杜注】按，《竹山詞》"奈雲溶溶"句，"奈"下有"何"字，乃誤多，不可從。

第三體　六十六字

蘇　軾

攜手江村。梅雪飄裙。情何限、處處銷魂。故人不見，舊曲重聞。向望湖

○●○△　○●○△　○○●　●●○△　●○●●　●●○△　●●○

樓，孤山寺，湧金門。　　尋常行處，題詩千首，繡羅衫、與拂香塵。別來

○　○○●　●○△　　○○○●　○○○●　●○○　●●○△　●○

相憶，知是何人。有湖中月，江邊柳，隴頭雲。

○●　○●○△　●○○●　○○●　●○△

此後起兩句，俱用仄不叶韻者。

"望湖樓"下三句、"湖中月"下三句，皆用偶句，然散亦不妨。若石屏於

“望湖樓”作“文章公”，與前蔣詞“雲溶溶”三平聲字，雖不拘，亦到底不宜學也。“樓”字照後“月”字用仄，亦不拘。

【杜注】按，《欽定詞譜》“輕塵”作“香塵”。又，“知有人人”句，作“知是何人”，應遵改。

【考正】按杜注改“香塵”和“知是何人”。

第四體 六十六字

黄　昇

寒意方濃。暖信才通。是晴陽、暗拆花封。冰霜作骨，玉雪爲容。看體清
○●○△　●●○△　●○○　●●○△　○○●●　●●○△　●●○
癯，香淡濘，影朦朧。　　孤城小驛，斷角殘鐘。又無邊、散與春風。芳心
○　○●●　●○△　　○○●●　●●○△　●○○　●●○△　○○
一點，幽恨千重。任雪霏霏，雲漠漠，月溶溶。
●●　○●○△　●●○○　○●●　●○△

此後起首句仄，次句叶韻者。

第五體 六十六字

晁補之

前歲栽桃，今歲成蹊。更黄鸝、久住相知。微行清露，細履斜暉。對林中
○●○○　○●○△　●○○　●●○△　○○○●　●●○△　●○○
侶，閑中我，醉中誰。　　何妨到老，常閑常醉，任功名、生事俱非。衰顔
●　○○●　●○△　　○○●●　○○○●　●○○　○●○△　○○
難强，拙語多遲。但醉同行，月同坐，影同歸。
○●　●●○△　●●○○　●○●　●○△

此首句不起韻，次句方韻者。琴趣二首皆同。“侶”字仄聲不拘。

第六體 六十八字

杜安世

黄金葉細，碧玉枝纖。初暖日、當乍晴天。向武昌溪畔，於彭澤門前。陶
○○●●　●●○△　○●●　○●○△　●●○○●　○○●○△　○
潛影，張緒態，兩相牽。　　數株堤面，幾樹橋邊。嫩垂條、絮蕩輕綿。繫
○●　○●●　●○△　　●○○●　●●○△　●○○　●●○△　●
長江舴艋，拂深院鞦韆。寒食下，半和雨，半和煙。
○○●●　●○●○△　○●●　●○●　●○△

此首句用仄，不起韻者。其中間四字四句，前後俱加一字，“陶潛影”、“寒食下”二句上少一領句字，與前趙詞同。

獻衷心　六十四字

歐陽炯

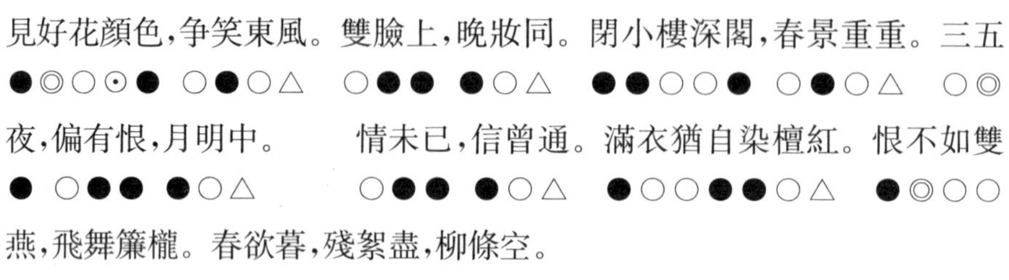
見好花顔色，争笑東風。雙臉上，晚妝同。閉小樓深閣，春景重重。三五
●◎○⊙●　○●○△　○●●　●○△　●●○○●　○●○△　○◎
夜，偏有恨，月明中。　情未已，信曾通。滿衣猶自染檀紅。恨不如雙
●　○●●　●○△　○●●　●○△　●○○●●○△　●◎○○
燕，飛舞簾櫳。春欲暮，殘絮盡，柳條空。
●　○●○△　○◎●　○●●　●○△

“閉小樓”下前後同。“恨不如”下九字，即前段“閉小樓”下九字，亦即後詞“被嬌娥”下九字，《譜》乃前注一五一四，後注九字，而後詞又注一五一四，何也？

【考正】本詞當爲近體，前後各爲三均，故“閉小樓”下九字和“恨不如”下九字當作五字一句、四字一句，而不可作三字逗領六字一句，更不可作九字一句，致與律有違也。

第二體　六十九字

顧　夐

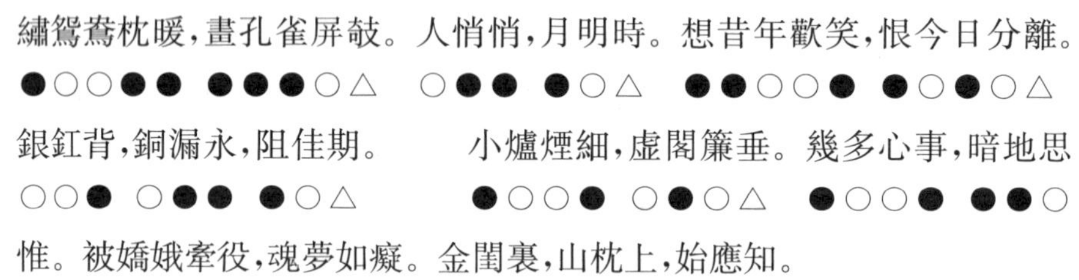
繡鴛鴦枕暖，畫孔雀屏敧。人悄悄，月明時。想昔年歡笑，恨今日分離。
●○○●●　●●●○△　○●●　●○△　●●○○●　●○●○△
銀釭背，銅漏永，阻佳期。　小爐煙細，虛閣簾垂。幾多心事，暗地思
○○●　○●●　●○△　●○○●　○●○△　●○○●　●●○
惟。被嬌娥牽役，魂夢如癡。金閨裏，山枕上，始應知。
△　●○○○●　○●○△　○○●　○●●　●○△

前段次句、第四句各五字，與前詞異。後段起四句皆四字，亦異。

【杜注】按，第二句“畫孔雀屏高”，“高”字失韻。戈氏校本云是“低”字。校《欽定詞譜》及《花間集》乃“敧”字也，應遵改。又，《花草粹編》“暗地思惟”句，無“地”字，似誤。

【考正】前段第二句，四庫本作“畫孔雀屏敧”，檢四部備要本則爲“畫孔雀屏高”，正是杜氏所據者。又，前段“恨”字疑衍，蓋此句對應前詞“春景”句，又對應後段“魂夢”句，兩詞四句獨此五字，可疑，且該句不著“恨”字，恨意已明，本無須贅添也。

麥秀兩岐　六十四字

和　凝

涼簟鋪斑竹。鴛枕並紅玉。臉蓮紅，眉柳綠。胸雪宜新浴。淡黄衫子裁
○●○○▲　⊙●◎○▲　●○○　○●▲　⊙●○○▲　◎○⊙●○

春穀。異香芬馥。　羞道交回燭。未慣雙雙宿。樹連枝，魚比目。掌
○▲　●○○▲　　○●○○▲　◎●○○▲　●○○　○●▲　◎

上腰如束。嬌嬈不禁人拳跼。黛眉微蹙。
●○○▲　⊙○◎●○○▲　●○○▲

前後同。"蓮"字舊刻訛"邊"字，今改正。"争"字宜仄，此亦訛，因未確審，不敢改。

【杜注】萬氏注謂："嬌嬈不争人拳跼"句，"争"字宜仄。按，《尊前集》"争"作"禁"，應照改。

【考正】已據杜注改。

颭中柳　六十四字

劉　因

【考正】本調即《謝池春》，原譜收二體，現已移至卷十《謝池春》後。

喝火令　六十五字

黄庭堅

見晚情如舊，交疏分已深。舞時歌處動人心。煙水數年魂夢，無處可追
●●○○●　○○●●△　●○○●●○△　⊙●●○○●　⊙●●○

尋。　昨夜燈前見，重題漢上襟。便愁雲雨又難禁。曉也星稀，曉也月
△　　●●○○●　○○●●△　●○○●●○△　◎●○○　●●●

西沉。曉也雁行低度，不會寄芳音。
○△　●●●○○●　◎●●○△

後段比前多"曉也"二句九字。

按，此調前後相同，不應中多二句，恐前有脱落，"夢魂"當是"魂夢"，則可斷句，與後結相同矣。或謂前後自是各異，前段原於"數年"分句，"夢魂"下乃七字句耳。然觀兩起處相同，而"無處"下五字與"不會"下五字亦合，當以"魂夢"爲是。

【杜注】按，《琴趣外篇》"夢魂"作"魂夢"，與萬氏説合，應照改。又按，此調"曉也"三疊字，他作亦有之，似此調定格。末句首二字，亦有作四疊者。

【考正】原譜前結作"煙水數年夢魂無處可追尋"，不讀斷，據杜注改，並讀斷。

按，《欽定詞譜》以爲後段乃是攤破句法，本爲"星月雁行低度，不會寄芳音"，疊三"曉

也”而作三句，體例如此。杜氏所謂四疊者，清人作品，如俞慶曾有：“不信今朝，不信路千重。不信花前燈下，不信不思依。”亦詞人弄巧，修辭耳。

芭蕉雨　六十五字

程　垓

雨過涼生藕葉。晚庭消盡暑、渾無熱。枕簟不勝香滑。争奈、寶帳情生，
●●○○●▲　●○○●●　○○▲　●●●○○▲　●●　●●○○

金樽意愜。　　玉人何處夢蝶。思一見冰雪。須寫個帖兒、丁寧説。試
○○●▲　　●○○●●▲　○●●○▲　○●●●○　○○▲　●

問道、肯來麽，今夜、小院無人，重樓有月。
●●　●○○　○●　●●○○　○○●▲

結語二句前後同。

【考正】本調依均拍觀，前段應奪一句與“思一見冰雪”五字相對者，惟僅此一詞，無從校對。

原譜“争奈”下十字、“今夜”下十字並作六字一句、四字一句，均不讀斷，致六字句音律失諧，蓋此處均爲二字逗領起四字驪句，爲譜不斷，後人便易誤作六字單句也。

解佩令　六十五字

蔣　捷

春晴也好。春陰也好。著些兒春雨越好。春雨如絲，繡出花枝紅裊。怎
○○●▲　○○●◆　●○○○●○◆　○●○○　●●○○○▲　●

禁他、孟婆合皂。　　梅花風悄。杏花風小。海棠風、驀地寒峭。歲歲春
○●　●○●▲　　○○○▲　●○○▲　●○○　●●○▲　●●○

光，被二十四風吹老。楝花風、爾且慢到。
○　●●●●○○▲　●○○　●○●▲

“繡出”句即同後“被二十”句，不應前六後七，恐“繡”字上落一字也。今姑照舊列之，若是史詞則全矣。

【杜注】萬氏注云：“繡出”句恐“繡”字上落一字。按，《歷代詩餘》“繡”字上有“番”字。愚謂：如有“番”字，則“二十四”作當“廿四”。

【考正】萬氏原注，前段第三句“越”字、後段結句“且”字，以入作平。又，萬氏原譜於後段“被二十”處作逗，未免太過教條，不取。又，前後段第三句，原譜均作三字讀斷，惟此二句按字聲斷，當是一字逗領六字句者，故前段不予讀斷，後段囿於文理仍作上三下四，然學者填此，仍當以一六式爲是。

彊村叢書本《竹山詞》，後段起句作“梅花風小”，然則前後段均用疊韻起，體例相同，或可從。

又按，本調前後段第五句例作七字一句，萬氏以蔣詞爲範，而蔣詞前段六字一句，爲現存宋詞唯一者，取捨大不當。此亦《詞律》依字數多寡刻板序列之病也。

第二體　六十六字

史達祖

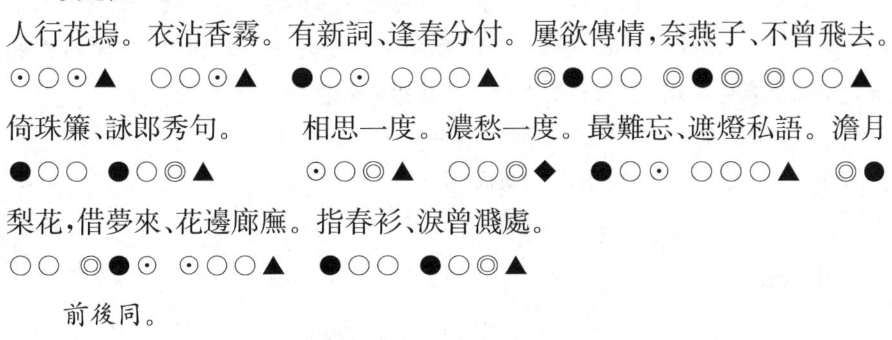

人行花塢。衣沾香霧。有新詞、逢春分付。屢欲傳情，奈燕子、不曾飛去。

⊙○⊙▲　○○⊙▲　●○⊙　○○○▲　◎●○○　◎●◎　◎○○▲

倚珠簾、詠郎秀句。　相思一度。濃愁一度。最難忘、遮燈私語。澹月

●○○　●○◎▲　⊙○◎▲　○○◎◆　●○⊙　○○○▲　◎●

梨花，借夢來、花邊廊廡。指春衫、淚曾濺處。

○○　◎●⊙　⊙○○▲　●○○　●○◎▲

前後同。

第三體　六十七字

晏幾道

玉階秋感，年華暗去。掩深宮、團扇無緒。記得當時，自剪下、機中輕素。

●○○●　○○●▲　●○○　○●○▲　●●○○　●●●　○○○▲

點丹青、畫成秦女。　涼襟猶在。朱弦未改。忍霜紈、飄零何處。自古

●○○　●○○▲　○○○▼　○○●▼　●○○　○○○▲　●●

悲涼，是情事、輕如雲雨。倚幺弦、恨長難訴。

○○　●○●　○○○▲　●○○　●○○▲

前起一句、後起二句不用韻。"掩深宮"句多一字。　王千秋一首，前結落一字，非有此體。

【杜注】按，《欽定詞譜》"團扇無情緒"句，作"扇鸞無緒"，注云："'團扇'句多一'情'字，今從《花草粹編》更正。"

【考正】本詞後段起句與次句依律換韻，原譜未能標示，誤。仇遠"淺莎深苑"詞正如此填法。仇詞韻押第四部"度"、"處"、"露"、"蠹"，而後段第一二句爲："歌臺香散。離宮燭暗。"亦爲換韻，可證。至若別體，雖無換韻，然後段第二句均入韻，是爲定韻韻句，亦可旁證。

又，杜氏云《欽定詞譜》作"扇鸞無緒"，誤。《欽定詞譜》只減一"情"字耳。

淡黄柳　六十五字

姜　夔

空城曉角。吹入垂楊陌。馬上單衣寒惻惻。看盡鵝黃嫩綠。都是江南舊

⊙○●▲　○●○○▲　●●○○○●▲　●●○○◎▲　○●○○●

相識。　　正岑寂。明朝又寒食。强攜酒、小橋宅。怕梨花、落盡成秋
○▲　　●○▲　○○●○▲　◎⊙●　●○▲　●○○　●●○○

色。燕燕飛來，問春何在，唯有池塘自碧。
▲　●●○○　●○○●　○●○○●▲

“正岑寂”不應屬在上段，乃過變處首句也。無論體裁，一定如此，可玩味而得之。即論文理，一“正”字、一“又”字恰是相呼應語，相連何疑。此姑照舊録之，作者不可泥刻本，而仍其謬也。《圖譜》刻是。

【杜注】按，《歷代詩餘》“正岑寂”三字屬下段起句，與萬氏説同。

【考正】原譜“正岑寂”三字屬上，已據萬氏、杜氏改。

垂絲釣　六十六字

吴文英

聽風聽雨，春殘花落門掩。乍倚玉闌，旋剪。夭艷。攜醉靨。放溯溪游
●○●●　○○○●○▲　●●●○　●▲　○▲　○●▲　●●○○

纜。波光掩。映燭花黯淡。　　碎霞澄水，吴宫初試菱鑒。舊情頓減。
▲　○○▲　●●○●▲　　●○○●　○○○●○▲　●○●▲

孤負深杯灧。衣露天香染。通夜飲。問漏移幾點。
○●○○▲　○●○○▲　○●▲　●●○●▲

按此調本宜如此分段，而各家集中俱是譌刻。如龍川詞、千里詞則於“游纜”處分段，逃禪詞則於“光掩”處分段，尤可笑者，片玉詞於“澄水”分段，則竟不是叶韻矣。於是《圖譜》以“波光掩”三字爲前結，且平仄亂注，而作此調者遂遵而弗改矣。可歎哉！今將各家對明，而爲定之，曰：第一“聽”字必仄，第三“聽”字必去，第四“雨”字可以起韻，亦可不必；次句“春”、“殘”、“花”、“門”必平，“落”字必仄；第三句必三仄一平，而“乍”、“玉”二字用去尤妙；第四句“剪”字必仄，只逃禪用平結句；“黯”字必仄，只龍川用平，當從其多者。後段起處亦同，“舊”字、“頓”字、“夜”字、“漏”字、“幾”字俱必仄，去聲尤妙，歷觀諸家，無不如此。乃所謂譜者，皆必取而混之，果何意耶？“通夜飲”句，周調本作“梁燕語”，現有《片玉詞》可據，千里和周，亦曰“無限語”，而《譜》妄增一字，作“梁間燕語”，遂使失調。且因而注題下作六十七字，豈不大謬乎。

“遡”字應作“溯”，“掩”字不宜重出，“飲”字不是韻，此亦誤刻也。首句“花落”亦誤刻“落花”，查各家前後段六字句，俱平平平仄平仄，此必係“花落”，故爲正之。龍川於“通夜飲”作“遐壽身”，亦誤刻，若如“遐壽身”之不通，龍川當時亦不能中狀元矣，一笑。

【杜注】萬氏注“波光掩”句，謂“掩”字不宜重出，按，《欽定詞譜》作“閃”字，正叶，應遵改。又，“通夜飲”句，萬氏謂“飲”字不是韻。此亦誤刻。“閃”字既叶此句亦當叶韻。疑“飲”字爲“宴”字之誤。

【考正】本調分段，愚亦嘗困惑，前人分歧，主要兩種：一曰於“波光掩”處分，如《花草粹編》，一曰於“花黯淡”處分，如《欽定詞譜》，余於拙著《欽定詞譜考正》中持前一觀點。如此分段，理由蓋因“花黯淡”處諸詞并非皆叶韻。楊无咎：“看兩眉碧聚。爲誰訴。聽敲冰戛玉。”“玉”不與“聚”、“訴”叶。袁去華：“亂半川殘照。傷懷抱。記西園飲處。”“處”不與“照”、“抱”叶。陳亮：“又值吾初度。看天宇。正澄清欲往。”“往”不與“度、宇”叶。此三者，“玉”字當爲以入作去，北音也；“往”字循其文理，當是“住”字之筆誤；惟“處”字百思不解，或以古音解之？然以章法結構觀，則固當以“花黯淡”處分段也。前述貽誤不少，憾甚，歉甚。

本調另一奇特處，在前後段相較，頭尾俱合，而中段參差，與常規反，或唱腔使然。若“旋剪”前後添二字，則前後段全同。此正余認可萬氏分段之原因之一。而此種特異，亦涉及本調前段第二均一處句讀，即“旋剪夭艶攜醉靨”之分句。前段若以：“乍倚玉闌，旋剪夭艶。攜醉靨。”如此讀，則後段本貌當爲：“舊情頓減。孤負○▲。深杯灧。”如此則全詞前後均合。後段若以：“舊情頓減。○▲。孤負深杯灧。”則前段當爲：“乍倚玉闌，旋剪。夭艶。攜醉靨。”“艶”字句中韻也。此類句法有周美成：“倦倚繡簾，看舞。風絮。愁幾許。”趙彦端：“篆縷欲銷，衣粉。堪認。殘夢醒。”皆佐證（原譜萬氏未讀斷本句，失記一句中韻）。至若“旋剪夭艶”一句，則第二字當用上聲，蓋上聲可作平也，如吴夢窗之“剪”，周美成之“舞”，趙彦端之“柳”、“粉”，方千里之“影”等皆是，宋詞亦有徑用平聲者，不贅述。

詞律卷九終

詞律卷十

錦纏道　六十六字

宋　祁

燕子呢喃,景色乍長春晝。睹園林、萬花如繡。海棠經雨胭脂透。柳展宫
●●○○ ●●●○○▲ ●○○ ●○○▲ ●○○●○○▲ ●●○
眉,翠拂行人首。　向郊原踏青,恣歌攜手。醉醺醺、尚尋芳酒。問牧
○ ●●○○▲ ●○○●○ ●○○▲ ●○○ ●○○▲ ●●
童,遥指孤村道。杏花深處,那裏人家有。
○ ○●○○▲ ●○○● ●●○○▲

沈天羽云:“諸本作‘尋芳酒,問牧童’,説不去,詞譜欲羨‘問’字,又‘不必’,故定作‘尚尋芳問酒’。”余謂:詞有定律,豈得以羨字解之?又豈得以“不必”二字委之?俱誤矣。愚意“醉醺醺”句同前“覩園林”句,不應多一字,“問牧童”有何説不去?小杜詩“借問酒家何處有,牧童遥指杏花村”,原是問牧童,故牧童答應也。況此處句法,原與前不同,何故要去“問”字?或云:“牧童”句該於道字讀斷,蓋此句雖不叶韻,而與前“海棠”句聲響相合,觀下二句一四一五,可見。明吴純叔於“道”字用平聲,誤矣。或前“海棠”句亦是八字,而上落一字也,此則未必。

【考正】原譜“問牧童”八字不讀斷,誤。以文理論,此三字爲句,非逗,因此八字乃兩種不同行爲,故必得讀斷。補。

又按,本調當爲近體詞,全詞六均,甚爲清晰,故“道”字依律當叶,此有、皓二部通叶,亦循古韻也,詞韻八部、十二部通叶,詞中非爲鮮見者,如趙以夫《荔枝香近》:“翡翠叢中,萬點星球小。怪得鼻觀香清,涼館熏風透。冰盤快剥輕紅,滑凝水晶皺。風姿,姑射仙人正年少。”周紫芝《千秋歲》:“試問春多少。恩入芝蘭厚。松不老、句山長久。星占南極遠,家是椒房舊。君一笑。金鑾看取人歸後。”皆是。惟江衍詞,前後段第四句均爲平收,作“乱山叠翠水回还……大都、风物只由人”,甚疑,或爲誤填。

玉梅令　六十六字

姜　夔

疏疏雪片。散入溪南苑。春寒鎖、舊家亭館。有玉梅幾樹，背立怨東風，
○○●▲　●●○○▲　○○●　●○○▲　●●○●●　●●●○○
高花未吐，暗香已遠。　　公來領客，梅花能勸。花長好、願公更健。便
○○●●　●○●▲　　○○●●　○○○▲　○○●　●○●▲　●
揉春爲酒，剪雪作新詩，拚一日、繞花千轉。
○○●●　●●●○○　○●●　●○○▲

"高"字恐贅。蓋自"春寒"以下前後同也。"更"字恐是"長"字。

【杜注】萬氏以前後段相校，謂"'高'字恐贅"，按，《詞緯》"花"字上無"高"字。惟此爲白石自度曲，其《長亭怨慢》題云："予喜自製曲，初率意好爲長短句，然後協以律，故前後闋多不同。"據此，則"高"字恐非贅。又按，《欽定詞譜》"梅花能勸"句"梅"下有"下"字。【又，"花長好願公更健"句，萬氏云："更"字恐是"長"字。按，"長"字複，且不及"更"字佳。】

【考正】"高"字《欽定詞譜》亦無。"高花未吐"或未衍，雖姜白石自云其自度曲"前後闋多不同"，亦僅參考耳，不能證明此處衍奪。然余私意以爲後結或有奪字，疑爲"拚○一日、繞花千轉"，與"高花未吐，暗香已遠"同，亦爲驪句。

謝池春　六十六字　又名：賣花聲

陸　游

賀監湖邊，初繫放翁歸棹。小園林、時時醉倒。春眠驚起，聽啼鶯催曉。
●●○○　⊙●◎○○▲　●○○　○○●▲　○○○●　●○○○▲
歎功名、誤人堪笑。　　朱橋翠徑，不許京塵飛到。掛朝衣、東歸欠早。
●○○　●○○▲　　○○◎●　◎●⊙○○▲　●○○　○○●▲
連宵風雨，卷殘紅如掃。恨樽前、送春人老。
○○○●　●○○○▲　●○○　●○○▲

前後同，只後起句作平平仄仄異。觀黃子常與喬夢符諸作，亦如此平仄。此是换頭也。

放翁詞精警無敵，如此詞用諸去聲字，可愛醉倒。"欠早"去上，尤妙。按，此調又名《賣花聲》，因《浪淘沙》亦名《賣花聲》，故本譜各歸其正名，不列《賣花聲》之目。

按，此詞格律，"放翁歸棹"、"京塵飛到"宜仄平平仄，"京"字應去聲，恐誤耳，放翁精練，必不然也。觀其别作，用"少"字、"故"字可見；"時時醉倒"、"東歸欠早"必平平仄仄，别作"淒涼病驥"、"晴嵐暖翠"可見；"啼鶯催曉"、"連宵風雨"必平平平仄，别作"臨風清淚"、"群仙同醉"可見；"誤人堪笑"、"送春人

老”必仄平平仄,“誤”、“送”去聲尤妙,别作“伴人兒戲”、“露桃開未”可見;“驚”字、“風”字亦必用平聲,此乃詞中句法,抑揚相間,起腔妙處,不可混亂。《譜》、《圖》罔知,概注平仄互用,使一調聲響俱壞矣。更謂“小園林”、“歎功名”、“掛朝衣”、“恨樽前”之仄平平皆可平平仄,尤爲無理。又云,“聽”、“卷”可平,“啼”、“殘”可仄,是不知此是一字領句,而欲作五言詩讀也,謬甚。

【杜注】按,卷九《風亭柳》調,孫夫人道絢詞與此全同,應附於此。

【考正】萬氏論字聲,多有自説自話處,而不論緣故。如云“欠早”二字尤妙者,即罔顧放翁别首亦作“暖翠”,則用上去。又如云“京”字當仄而平,道是“恐誤”,是不顧放翁别首本作“却泛扁舟吴楚”,“扁”字亦平。而校之别家,孫夫人作“幾阻當年歡笑”,“當”字平,李子堅作“試問陽關誰唱”,“陽”字平,陳本堂作“却自依然相認”,“依”字亦平。此等字聲道理,皆以六經注我,自些無趣味矣。余謂詞句即詩句,自亦循一三五不論之律,至若“聽啼鶯催曉”之“聽”、“卷殘紅如掃”之“卷”,於詩句可平可仄,而於詞句則在此不可平者,蓋因此處另可讀爲“春眠驚起聽啼鶯”、“連宵風雨卷殘紅”之故,所以此二字不可作平也。此等關紐,明清以來人多不知,而但人云亦云,以爲至理,甚陋。

風中柳　六十四字

劉　因

我本漁樵,不是白駒空谷。對西山、悠然自足。北窗疏竹。南窗叢菊。愛
◎●○○　◎●●○○▲　●○○　○○●▲　◎○○▲　○○○▲　●
村居、數間茅屋。　　風煙草屨,滿意一川平緑。問前溪、今朝酒熟。幽
○○　●○○▲　　○○●●　◎●●○○▲　●○○　○○●▲　⊙
泉歌曲。清泉琴築。欲歸來、故人留宿。
○○▲　○○○▲　●○○　●○○▲

前後同。只“風煙”句用平平仄仄,與首句仄仄平平不同,想調當如此。即如《謝池春》前後起句亦平仄全異,此所謂過變也。

【杜注】按,《欽定詞譜》“幽泉歌曲”句,“泉”作“禽”。又,此調《欽定詞譜》名《謝池春》,萬氏已於下又一體孫夫人道絢詞後論及,應附卷十《謝池春》調。

【考正】本詞原載卷九《麥秀兩岐》後,獨立一調,因實即《謝池春》,故移至此。

“幽泉”抑或“幽禽”?以前段“北窗……南窗……”觀,後段自應是“幽泉……清泉……”,《欽定詞譜》顯誤。

第二體　六十六字

孫夫人

銷減芳容,端的爲郎煩惱。鬢慵梳、宮妝草草。别離情緒,待歸來都告。
○●○○　○●●○○▲　●○○　○○●▲　●○○●　●○○○▲

怕傷郎、又還休道。　利鎖名韁，幾阻當年歡笑。更那堪、鱗鴻信杳。
●○○ ●○○▲　●●○○ ●●○○○▲ ●○○ ○○●▲

蟾枝高折，願從今須早。莫辜負、鏡中人老。
○○○● ●○○○▲ ●○● ●○○▲

前後第四句不叶，五句多一字，後起與首同，與前詞異。按，此篇與《謝池春》一字無異，因前詞第四句前後叶韻，而《謝池春》無此體，故另列焉。然細諷玩，確是同調也。如此，則後起或是“名韁利鎖”耳。譜注平仄，謬甚。

【考正】劉詞前後段第四句本屬閑韻，可叶可不叶，據而以爲别調，差矣。

謝池春慢　九十字

李之儀

殘寒銷盡，疏雨過、清明後。花徑款殘紅，風沼縈新皺。乳燕穿庭户，飛絮
⊙○⊙● ○●● ○○▲ ⊙●●○○ ⊙●○○▲ ◎●○○● ⊙●

沾襟袖。正佳時、仍晚晝。著人滋味，真個濃如酒。　頻移帶眼，空只
○○▲ ●○○ ○●▲ ◎○⊙● ○●○○▲　⊙○◎● ○●

恁、厭厭瘦。不見又思量，見了還依舊。爲問頻相見，何似長相守。天不
● ○○▲ ◎●●○○ ◎●○○▲ ◎●○○● ⊙●○○▲ ○○

老，人未偶。且將此恨，分付庭前柳。
● ○●▲ ◎○◎● ○●○○▲

前後同，只“天不老”句與“正佳時”平仄異。查張子野作，前云“徑莎平”，後云“歡難偶”，是定格，應如此耳。

按，此詞“不見又思量”與前“花徑”句同用平聲住句，“爲問頻相見”與前“乳燕”句同用仄聲住句，子野作則前段與此相同，後段於“不見”句用“秀豔過施粉”，不作平聲住句矣。雖或不拘，不如此詞前後合轍爲妥。

【杜注】按，李端叔《姑溪詞》“花徑款殘紅”句，“殘”作“餘”，“殘”字與首一字複，宜照改。

【考正】萬氏原注“天不老”之“不”字以入作平。

青玉案　六十六字

史達祖

蕙花老盡離騷句。緑漸染、江頭樹。日午酒消聽驟雨。青榆錢小，碧苔錢
●○●●○○▲ ●●● ○○▲ ●●●●○○●▲ ○○○● ●○○

古。難買東君住。　官河不礙遺鞭路。被芳草、將愁去。多定紅樓簾
▲　○●○○▲　○○●●○○▲　●○●　○○▲　○●○○○

影暮。蘭燈初上，夜香初駐。猶自聽鸚鵡。
●▲　○○○●　●○○▲　○●○○▲

此調多有參差，此詞前後第二句皆六字，"古"字、"駐"字俱叶韻者。

【杜注】按，《歷代詩餘》"緑染遍"作"緑漸染"，又，"官荷"作"官河"，又，"初駐"作"初炷"，均應遵改。

【考正】已據杜注改。

本調變化在如下幾處：前後段第二拍以六字折腰爲正，或減字或添字，一也；前後段第四第五拍，或兩句皆押韻、或兩句皆不押韻、或前一句押韻後一句不押韻、或後一俱押韻前一句不押韻；前後段尾拍偶有添一字作六字折腰式者。增減字與增減韻交疊，故有數十種填法，而實則一體也。故其後諸體，本無須贅列，而諸式中則以吴文英"東風客雁"詞體最爲常見，可爲正格。

第二體　六十六字

沈端節

使君標韻如徐庾。更名節、高千古。卧治姑溪才小駐。閑雲無定，陽春有
●○○●○○▲　●○●　○○▲　●●○○○●▲　○○○●　○○●

脚，又作南昌去。　興來亭上清歌度。盡能唱、公詩句。記取諸生臨别
●　●●○○▲　●○○●○○▲　●○●　○○▲　●●○○○●

語。從容占對，天顔應喜，千萬留王所。
▲　○○○●　○○○●　○●○○▲

此與前詞同，而"脚"字、"喜"字不叶韻者。

第三體　六十六字

趙長卿

恍如遼鶴歸華表。閲盡人間巧。天乞一堂山對繞。微波不動，岸巾時照。
●○○●○○▲　●●○○▲　○●●○○●▲　○○●●　●○○▲

照見星星好。　舞風荷蓋從敧倒。碧樹生涼自天杪。誰識元龍胸次
●●○○▲　●○○●○○▲　●●○○●○▲　○●○○○●

浩。騎鯨欲去，引杯獨嘯。醉眼青天小。
▲　○○●●　●○●▲　●●○○▲

此前第二句用五字，後第二句用七字者。

第四體　六十七字

賀　鑄

淩波不過横塘路。但目送、芳塵去。錦瑟年華誰與度。月樓花院，綺窗朱
○○●●○○▲　●●●　○○▲　●●○○○●▲　●○○●　●○○
户。惟有春知處。　　碧雲冉冉蘅皋暮。彩筆空題斷腸句。試問閑愁知
▲　○●○○▲　　●○●●○○▲　●●○○●○▲　●●○○○
幾許。一川煙草，滿城風絮。梅子黄時雨。
●▲　●○○●　●○○▲　○●○○▲

此前第二句六字，後第二句七字，“户”字、“絮”字叶韻者，各調中惟此爲中正之則，人因此詞呼爲賀梅子。詞情詞律，高壓千秋，無怪一時推服。涪翁有云“解道江南腸斷句，世間惟有賀方回”，信非虚言。

按，此詞和者甚衆，然於“户”、“絮”二字俱不叶韻。涪翁嘗用“語”、“浦”二字爲叶。而不和其原字。想亦因“户”、“絮”二字掣肘也。雖曰不拘，亦是微疵，總之似此絶作，難爲和耳。“知幾許”三字，逃禪作“尋靈藥”，金谷作“如何也”，琴趣作“彤庭遝”，皆拗，不可從。

第五體　六十七字

吴文英

東風客雁溪邊道。帶春去、隨春到。認得踏青香徑小。傷高懷遠，亂雲深
○○●●○○▲　●○●　○○▲　●●●○○●▲　○○○●　●○○
處，目斷湖山杳。　　梅花似惜行人老。不忍輕飛送殘照。一曲秦娥春
▲　●●○○▲　　○○●●○○▲　●●○○●○▲　●●○○○
態少。幽香誰採，舊寒猶在，歸夢啼鶯曉。
●▲　○○○●　●○○▲　○●○○▲

此同賀詞，而“處”字、“在”字不叶韻者。此格作者最多，“送殘照”仄平仄，與前“斷腸句”三字同，此定格也。《嘯餘》猶刻作“斷腸句”，注七字不注可平可仄，不差也。《圖譜》則注“斷”字可平，“腸”字可仄，遂致游移。而《選聲》更誤刻“腸斷句”，其旁反不注可仄可平，則是以平仄仄爲此句定格。人若從便而填之，大失體矣。各家此作極多，惟逃禪有一首，此句末用“凝不掃”三字，恐是偶筆，然“凝”字可讀去聲，“不”字可作平聲，亦或不誤也。

他如書舟、蘆川、知稼等，後四字句叶，而前不叶，海野、審齋等前四字句叶，而後不叶，因字句同，不另録。

【考正】宋人如此填者最多，允爲正格。

第六體　六十七字

張　渠

西風亂葉溪橋樹。秋在黄花羞澀處。滿袖塵埃推不去。馬蹄濃露，雞聲
○○●●○○▲　●●○○○●▲　●●○○○●▲　○○○●　○○

淡月，寂歷荒村路。　身名多被儒冠誤。十載重來慢如許。且盡清尊
●●　●●○○▲　○○○●○○▲　●●○○●○▲　●●○○

公莫舞。六朝舊事，一江流水，萬感天涯暮。
○●▲　●○○●　●○○▲　●●○○▲

此第二句用七字者。惜香亦有此體。

查惜香又一首，於"羞澀處"三字作"兩眉聚"；石孝友於"推不去"作"落平野"；片玉前起作"良夜燈光簇如豆"，後起作"玉體偎人情何厚"，後第三句作"雨散雲收眉兒皺"；惠洪於前第三句作"日永如年愁難度"，平仄稍異，兹皆一録。

第七體　六十八字

曹　組

碧山錦樹明秋霽。路轉陡、疑無地。忽有人家臨曲水。竹籬茅舍，酒旗沙
●○●●○○▲　●●●　○○▲　●●○○○●▲　●○○●　●○○

岸，一蔟漁樵市。　淒涼只恐鄉心起。鳳樓遠、回頭慢凝睇。何處今宵
●　●●○○▲　○○●●○○▲　●○●　○○●○▲　○●○○

孤館裏。一聲征雁，半窗明月，總是離人淚。
○●▲　●○○●　●○○▲　●●○○▲

此後第二句用八字者，陳瓘一首亦作"正千里瓊瑶未輕掃"。

凡作詞須將古名篇紬繹諷詠，自得其音節段落，如此調爲體甚繁，用字稍異，而其聲響則莫非《青玉案》也。沈氏新集收吴文定公作，前段次句云"要遊時，春常盡"，"時"字用平聲，不協，然猶於三字分豆也。至後段次句云"可惜情懷不順"，則《青玉案》内無此六字相連句法，亦無此聲響，在作者原於文章政事之外，遊戲爲之，疏節闊目，無足爲異，選者將以垂示後人觀，沈氏所論字句，自謂考究精當，足以爲譜，乃不能訂正，其咎安辭乎？僕以弁鄙之識，而作此狂妄之言，極知開罪先賢，取訴時俗，然寸心之愚，不能自緘，況爲此針砭，將以救世之誤服藥者，想沈公有靈，亦曲諒其責備賢者之心也。

【杜注】按，《欽定詞譜》"一笑漁樵市"句，"笑"作"蔟"，應遵改。

【考正】已據杜注改。

本詞後段第二拍，余以爲“回頭”二字應是衍文，蓋本調自唐至元，詞一百六十餘首，惟此一句八字，必無是理也。故作者不必以之爲範。

聲聲令　六十六字

俞克成

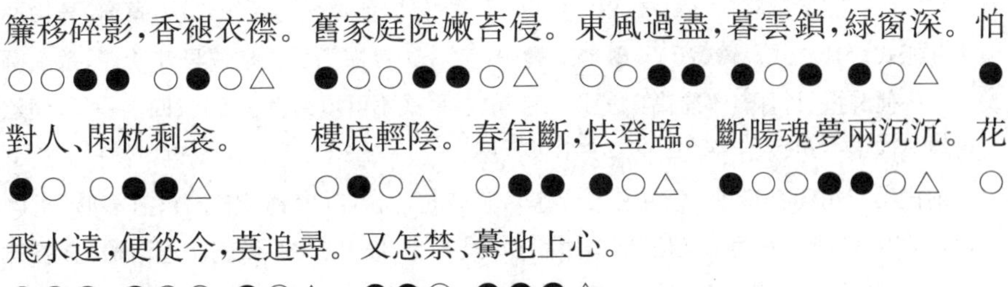
簾移碎影，香褪衣襟。舊家庭院嫩苔侵。東風過盡，暮雲鎖，綠窗深。怕對人、閑枕剩衾。

樓底輕陰。春信斷，怯登臨。斷腸魂夢兩沉沉。花飛水遠，便從今，莫追尋。又怎禁、驀地上心。

“舊家”下與後“斷腸”下同。“今”字似乎用韻，然此句同前“暮雲鎖”，不必叶，恐原是“此”字之訛耳。“怕對人”與後“又怎禁”句同。《嘯餘》未辨三字豆句，將“閑”字刻作“間”字，誤矣。“怕對人間”猶不妨也，“枕剩衾”三字豈不可笑。

明高深甫作，兩結云：“儼風走、漁陽甲兵。……都付與、東風戰争。”“陽”、“風”二字平，而“走”、“與”二字反仄，謬甚。蓋不知“枕”、“地”二字必用去聲，故其上必用“人”、“禁”二字平聲也。此正與《戀繡衾》結句同。如高詞則竟與《柳梢青》、《太常引》、《慶春宫》等調中一句同矣。豈得爲《聲聲令》乎？如此失調而選之，以誤後人，沈氏之無識，甚矣。

【考正】過片句曹勛詞不押韻，此亦填詞之常法。

聲聲慢　九十六字

石孝友

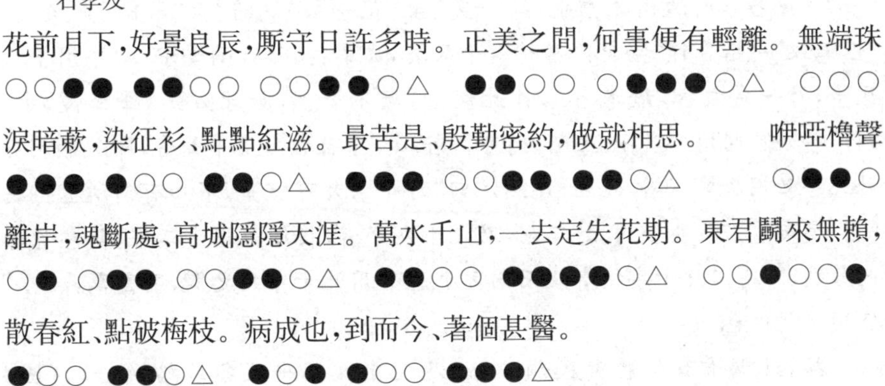
花前月下，好景良辰，厮守日許多時。正美之間，何事便有輕離。無端珠淚暗蔌，染征衫、點點紅滋。最苦是、殷勤密約，做就相思。

咿啞櫓聲離岸，魂斷處、高城隱隱天涯。萬水千山，一去定失花期。東君鬭來無賴，散春紅、點破梅枝。病成也，到而今、著個甚醫。

“殷勤”句四字，與諸家不同，恐落一字。然文義不差，不敢謂其訛錯，故收爲一體。作者但從後調可耳。

【杜注】按，《詞律拾遺》云：元裕之作此調，前結作“任人笑、風雲氣少，兒女情多”，可證此詞並無落字。

【考正】本詞《全宋詞》據校本《金谷遺音》，調名作《勝勝慢》。

本詞前後段第二均，有兩種不同填法，其甲式爲●●○○　○○●●○△，如吴夢窗有十首，除一句“量減離懷，孤負蘸甲清觴”以上作平外，前後段均用該句法，草窗、碧山亦俱用此體式。其乙式爲●●○○●●　●●○△，如賀梅子之：“坐按吴娃清麗，楚調圓長。……便許捲收行雨，不戀高唐。”此二種句式，甲式不可填爲六字一句、四字一句，而乙式可填爲四字一句、六字一句。

前段第三句疑有錯訛，本句宋人皆作六字律句，而本詞實爲“斷守日、許多時”折腰式，“日許”二字或有舛誤。又按，前結原譜作“最苦是、殷勤密約，做就相思”，檢《金谷遺音》原注同萬氏，謂“‘殷勤’上缺一字”，則可知本句當補一脱字符。至若元遺山前結十一字，亦有“風雲”前脱一領字之可能。

第二體　九十七字

吴文英

雲深山塢，煙冷江皋，人生未易相逢。一笑燈前，釵行兩兩春容。清芳夜
⊙○⊙●　⊙●○○　○○◎●○△　◎●○○　○○◎●○△　○○●
争真態，引生香、撩亂東風。探花手，與安排金屋，懊惱司空。　憔悴敧
○⊙●　●⊙○　●●○△　◎⊙●　●○○⊙●　◎●○△　⊙●○
翹委佩，恨玉奴消瘦，飛趁輕鴻。試問知心，尊前誰最情濃。連呼紫雲伴
○◎●　●◎○⊙●　⊙●○△　◎●○○　○○⊙●○△　○○●○◎
醉，小丁香、才吐微紅。還解語，待攜歸，行雨夢中。
●　●⊙○　○●○△　○●●　●○○　○●●△

此則各家所通用之體也。“一笑”至“花手”，“試問”至“解語”前後同。“恨玉奴”句惜香作“空記得當時”，平仄異，亦不拘。“行雨夢中”四字用平仄仄平，乃一定之律，歷考各家作此體者，無不皆然，如此方是《聲聲慢》也。“行”字夢窗間用“起”字，上聲，猶可。若“夢”字自古無用平聲者，即仄韻詞亦於此字必用仄聲，《譜》、《圖》岸然注曰“可平”，大可駭異，不知有何所據？嗚呼！妄矣。若後所載周、趙二詞，乃九十九字者，後結句用十二字，其體原與此各别，不得以此十字結者比而同之也。若用此十字結之體，則萬萬無“夢”字用平之理也。

按，此調惟有此體與仄韻二格，及九十九字平仄各二格，《譜》、《圖》

所分五體可駭。今備指其謬於左：其所云第一體者，收稼軒"開元盛日"一首，前段第三四句云"十里芬芳，一枝金粟玲瓏"，後云"枉學丹蕉，葉底偷染妖紅"，本皆上四下六，譜乃以前爲上四下六，後爲上六下四，豈"枉學丹蕉"不可作四字讀乎？此總不知詞有前後相合之理也。又後段第二、第三句"被西風醞釀，徹骨香濃"原上五下四兩句，乃認定"被"字以下合爲九字句，不知何意，其後各體皆因此而收也。其所云第二體"停雲靄靄"一首，因認定前詞九字句，將後段第二第三句"列初榮枝葉，再競春風"注爲上三下六，謂與前九字句不同，夫"列初榮枝葉"五字，與"被西風醞釀"五字何異，而收爲第二體乎？《嘯餘》既誤，作圖譜者自應出已意裁審，何以仍訛襲謬若此。至《嘯餘》之所以誤者，因不識榮字是八庚韻，音"盈"，而讀作一東韻，音"雄"，遂謂此句"列初榮"是三字句，叶通篇"蒙"、"從"等韻，其不通尤甚。稼軒此詞，本檃陶詩，謂方見佳樹之列於東園者，枝葉初榮，今又見其再競春風矣。故上用"歎息"二字，下接以"日月於征"也，今以"列初榮"作一句，其義理安在？稼軒真冤矣。又第三、四句，前既下相畢"丹蕉"處認差，故於此篇謂其前後皆上四下六，遂另收作一體矣。其所謂第三體，亦以此十字强分上六下四，另收一體，不知此十字語氣一貫，四字斷、六字斷皆無礙音節，詞中如此類者最多，此尚不解，何以論定？其所謂第四體，本是用仄韻者，乃不注，因仄韻另收而曰"前同第三體，後同第一體"，惟第三句四字、第四句六字。余閱之，初甚不解，細思之則彼仍以第二、第三句九字，合爲第二句，而指"枉學丹蕉"十字，爲第三四句，且仍謂上六下四，故收此爲第四體耳。至所謂第五體，其謬尤甚，如吴詞"還解語"三字、"待攜歸"三字、"行雨夢中"四字，定格應爾，各家皆同，即其前四體所收辛詞，無不同，他若各家用仄韻者，亦無不同，即其所收第五體，詞末云"有皓月、照黄昏，眠又未得"，亦無不同也。乃以"有皓月照黄昏"爲六字句，故又另列作第五體，豈"有皓月"三字不許其斷句乎？真所不解矣。此類往往皆然，不能盡舉，姑臚列於此，以告天下之信《譜》、《圖》而誤者。

又按，草窗"燕泥沾粉"一首，於"清芳"句作"多憐漂泊"；夢窗"春星當户"一首，於"釵行"句作"暗簌文梁"，俱係誤落二字，非有此體也。

【杜注】按，草窗詞"多憐飄泊"句，"多"字下誤落"情最"二字。夢窗詞"暗簌文梁"句，新刻於"暗"字上補"餘音"二字。

【考正】原譜萬氏注云："人生"之"生"、"釵行"之"行"、"尊前"之"前"均可仄。此則無標點時代可，有標點時代不可也。又，夢窗别首，後段"小丁香、才吐微紅"句僅得四字，當是脱落三字，宋人從無此填法也。

第三體　九十七字

高觀國

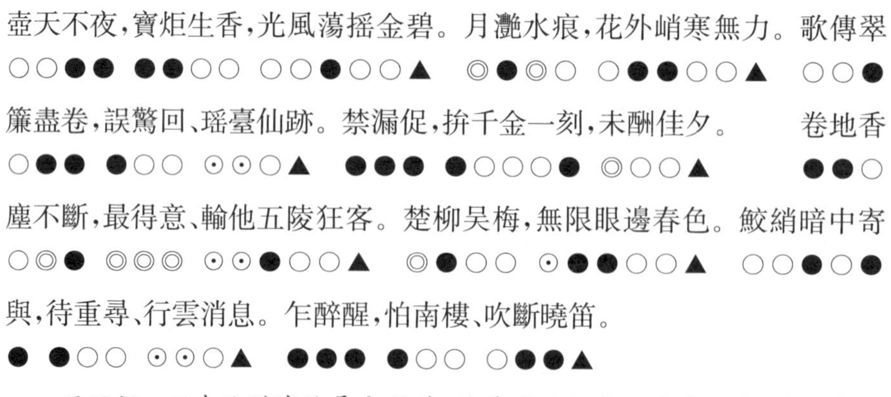
壺天不夜，寶炬生香，光風蕩搖金碧。月灩水痕，花外峭寒無力。歌傳翠
○○●● ●●○○ ○○●○○▲ ◎●◎○ ○●●○○▲ ○○●
簾盡卷，誤驚回、瑶臺仙跡。禁漏促，拚千金一刻，未酬佳夕。　卷地香
○●● ●○○ ⊙⊙○▲ ●●● ●○○○● ◎○○▲ ●●○
塵不斷，最得意、輸他五陵狂客。楚柳吴梅，無限眼邊春色。鮫綃暗中寄
○◎● ◎◎◎ ⊙⊙●○○▲ ◎●○○ ⊙●●○○▲ ○○●○●
與，待重尋、行雲消息。乍醉醒，怕南樓、吹斷曉笛。
● ●○○ ⊙⊙○▲ ●●● ●○○ ○●●▲

用仄韻。從來此體皆收易安所作，蓋其遒逸之氣如生龍活虎，非描塑可擬，其用字奇横而不妨音律，故卓絶千古。人若不及其才，而故學其筆，則未免類狗矣。觀其用上聲入聲，如"慘"字、"戚"字、"盞"字、"點"字、"滴"字等，原可作平，故能諧協，非可泛用仄字，而以去聲填入也。其前結"正傷心、却是舊時相識"於"心"字豆句，然於上五下四者原不拗，所謂此九字一氣貫下也。後段第二三句"憔悴損、如今有誰忺摘"，句法亦然。如高詞應以"最得意"爲豆，然作者於"輸他"住句，亦不妨也。余恐人因易安詞高難學，故録竹屋此篇。又，"最得意"句，稼軒作"是傳家合在，玉皇香案"，上五字竟與高詞相反，然平聲調内本是如此，總之不拘耳。

或曰：子論譜，謂宜一字不苟，有若鐵板，而忽於句法及上入作平等，又作籠統顢頇之語，豈非矛盾？余應之曰：所以嘵嘵辨論者，在不可假借處，若於音律不爽，則原無妨礙，何必拘泥，此中自有一定之理在。君但平心細閲，高聲頻讀，自當於喉吻間得之，豈可漫無主張，而隨意作囈語乎？

【杜注】按，李易安此調，起三句云："尋尋覓覓，冷冷清清，悽悽慘慘戚戚"，連疊七字，故萬氏謂用字奇横，非描塑可擬。

【考正】萬氏原注"一"字以入作平。

第四體　九十九字　晁集作：勝勝慢

周　密

瓊壺敲月，白髮簪花，十年一夢揚州。恨入琵琶，小憐重見灣頭。樽前謾
○○○● ●●○○ ●○●●○△ ●●○○ ●○○●○△ ○○●
題金縷，奈芳情、已逐東流。還送遠，甚長安亂葉，都是閑愁。　次第重陽
○○● ●○○ ●●○△ ○●● ●○○◎● ○●○△ ●●○○

近也，看黄花緑酒，只合遲留。脆柳無情，不堪重繫行舟。百年正消幾别，
●● ●○○●● ●●○△ ●●○○ ●○○●○△ ●○●○●●
對西風、休賦登樓。怎去得，怕淒涼時節，團扇悲秋。
●○○ ○●○△ ●●● ●○○⊙● ○●○△

平韻。後結與前結同，另爲一體。琴趣亦有此體，詞亦精，因其第四句用"斷腸如雪"，與前諸家不合，故録此篇。其後段於"看黄花"句作"别後縱青青"，平仄與惜香"空記得當時"同，不拘。

第五體　九十九字

趙長卿

金風玉露，緑橘黄橙，商秋爽氣飄逸。南斗騰光，應是間生賢出。照人紫
○○●● ●●○○ ○○●●○▲ ○●○○ ○●●○○▲ ●○●
芝眉宇，更仙風、誰能儔匹。細屈指，到小春時候，恰則三日。　莫論早
○○● ●○○ ○○○▲ ●●● ●●○○● ●○○▲ ●●●
年富貴，也休問文章，有如椽筆。堯舜逢君，啟沃定知多術。而今且張錦
○●● ●○●○○ ●○○▲ ○●○○ ●●●○○▲ ○○●○●
幄，麝煤泛、暖香鬱鬱。華堂裏，聽瑶琴輕弄，水仙新律。
● ●○● ●○●▲ ○○● ●○○○● ●○○▲

仄韻。後結亦與前結同，另爲一體。

【杜注】按，《惜香樂府》題爲："府判生辰，蓋九月二十七八日也"。

酷相思　六十六字

程　垓

月掛霜林寒欲墜。正門外、催人起。奈離别、如今真個是。欲住也、留無
●●○○○●▲ ●⊙● ○○▲ ●○● ○○○●▲ ◎●● ○○
計。欲去也、來無計。　馬上離情衣上淚。各自個、供憔悴。問江路、
▲ ◎●● ○○◆ ●●○○○●▲ ●◎● ○○▲ ●○●
梅花開也未。春到也、須頻寄。人到也、須頻寄。
○○○●▲ ⊙●● ○○▲ ⊙●● ○○◆

前後同。兩結疊韻。汲古刻《書舟詞》落"個"字，誤。

【考正】萬氏喜作前後段對校，而《欽定詞譜》每不以爲然。本詞僅此一首，而萬氏作六處可平可仄，皆以前後段互校所得也。余以爲一詞之中，旋律必同，但字句句法相同者，自可前後互校，此猶他詞字句句法相同者可作互校，一也。

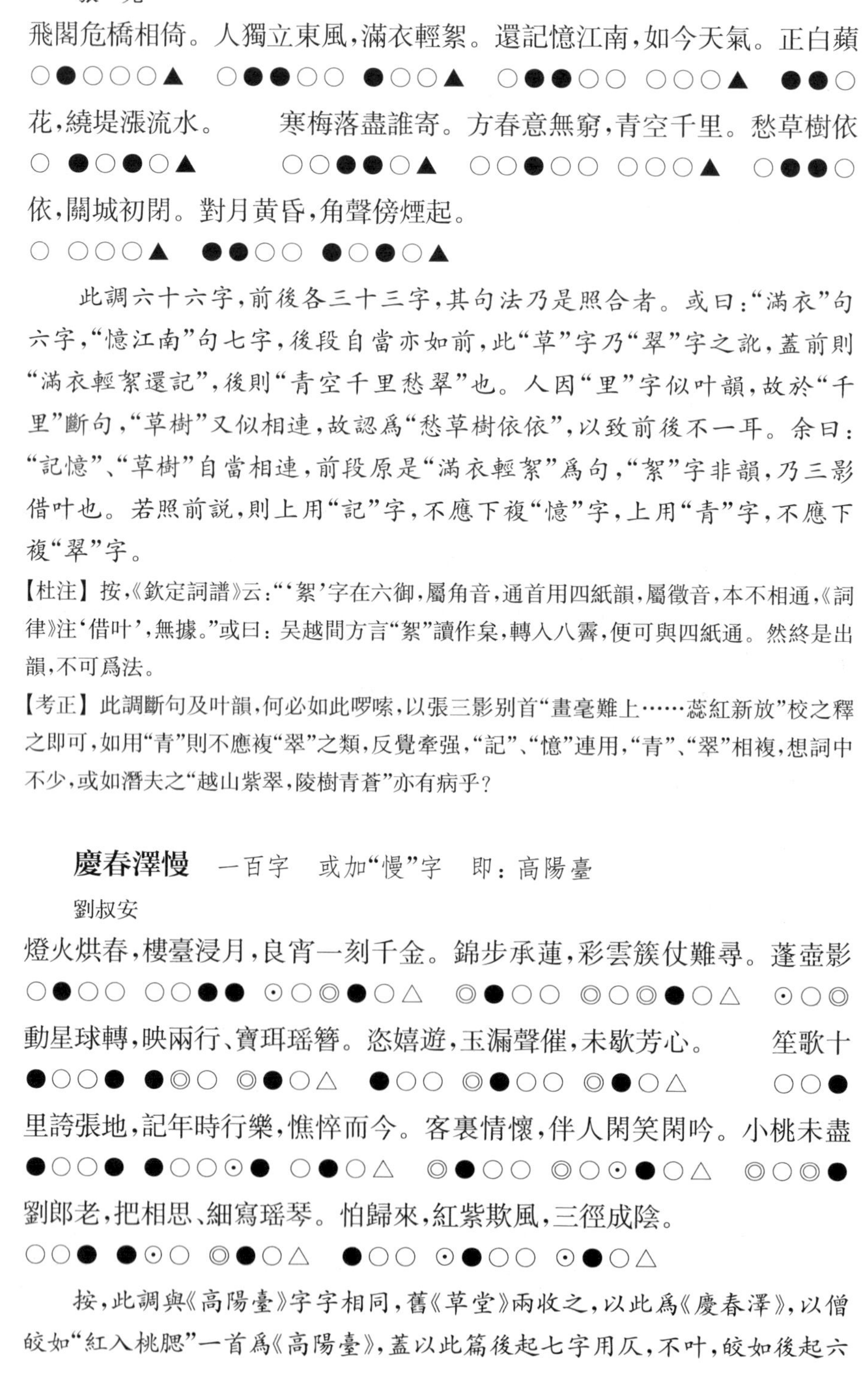

慶春澤　六十六字

張　先

飛閣危橋相倚。人獨立東風，滿衣輕絮。還記憶江南，如今天氣。正白蘋

○●○○○▲　○●●○○　●○○▲　○●●○○　○○○▲　●●○

花，繞堤漲流水。　　寒梅落盡誰寄。方春意無窮，青空千里。愁草樹依

○　●○●○▲　　　○○●●○▲　○○●○○　○○○▲　○●●○

依，關城初閉。對月黄昏，角聲傍煙起。

○　○○○▲　●●○○　●○●○▲

此調六十六字，前後各三十三字，其句法乃是照合者。或曰："滿衣"句六字，"憶江南"句七字，後段自當亦如前，此"草"字乃"翠"字之訛，蓋前則"滿衣輕絮還記"，後則"青空千里愁翠"也。人因"里"字似叶韻，故於"千里"斷句，"草樹"又似相連，故認爲"愁草樹依依"，以致前後不一耳。余曰："記憶"、"草樹"自當相連，前段原是"滿衣輕絮"爲句，"絮"字非韻，乃三影借叶也。若照前説，則上用"記"字，不應下複"憶"字，上用"青"字，不應下複"翠"字。

【杜注】按，《欽定詞譜》云："'絮'字在六御，屬角音，通首用四紙韻，屬徵音，本不相通，《詞律》注'借叶'，無據。"或曰：吴越間方言"絮"讀作枲，轉入八霽，便可與四紙通。然終是出韻，不可爲法。

【考正】此調斷句及叶韻，何必如此啰嗦，以張三影别首"畫毫難上……蕊紅新放"校之釋之即可，如用"青"則不應複"翠"之類，反覺牽强，"記"、"憶"連用，"青"、"翠"相複，想詞中不少，或如濳夫之"越山紫翠，陵樹青蒼"亦有病乎？

慶春澤慢　一百字　或加"慢"字　即：高陽臺

劉叔安

燈火烘春，樓臺浸月，良宵一刻千金。錦步承蓮，彩雲簇仗難尋。蓬壺影

○●○○　○○●●　⊙○◎●○△　◎●○○　◎○◎●○△　⊙○◎

動星球轉，映兩行、寶珥瑶簪。恣嬉遊，玉漏聲催，未歇芳心。　　笙歌十

●○○●　●◎○　◎●○△　●○○　◎●○○　◎●○△　　○○●

里誇張地，記年時行樂，憔悴而今。客裏情懷，伴人閑笑閑吟。小桃未盡

●○○●　●○○⊙●　○●○△　◎●○○　◎○⊙●○△　◎○◎●

劉郎老，把相思、細寫瑶琴。怕歸來，紅紫欺風，三徑成陰。

○○●　●⊙○　◎●○△　●○○　⊙●○○　⊙●○△

按，此調與《高陽臺》字字相同，舊《草堂》兩收之，以此爲《慶春澤》，以僧皎如"紅入桃腮"一首爲《高陽臺》，蓋以此篇後起七字用仄，不叶，皎如後起六

字，叶韻也。愚謂如此長調，必不以一字多少而分兩調，從昔致疑，不敢臆斷，及閲竹山《高陽臺》，後起云“臞翁一點清寒性”、“人情終似蛾兒舞”，正用七字不叶韻。猶恐有誤，又查王沂孫，後起云“一枝芳信應難寄”、“江南自是離愁苦”，張炎後起云“當年燕子知何處”，因爽然自信《高陽臺》即《慶春澤》，而輯《草堂》者未之校勘耳，何況後之著《譜》作《圖》者耶？今將舊譜所收《高陽臺》録後，以備查對。

【杜注】按，《欽定詞譜》列此詞爲《高陽臺》調。“錦步成蓮”句，“成”作“承”。

【考正】本詞原譜作“又一體”，因與前一詞屬同名異調，故改之。

高陽臺

僧皎如

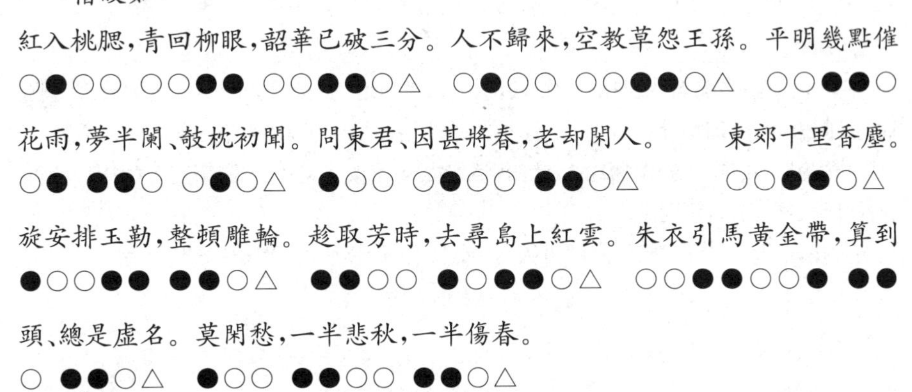

紅入桃腮，青回柳眼，韶華已破三分。人不歸來，空教草怨王孫。平明幾點催
○●○○ ○○●● ○○●●○△ ○●○○ ○○●●○△ ○○●●○
花雨，夢半闌、攲枕初聞。問東君、因甚將春，老却閑人。　東郊十里香塵。
○● ●●○ ○●○△ ●○○ ○●○○ ●●○△ ○○●●○△
旋安排玉勒，整頓雕輪。趁取芳時，去尋島上紅雲。朱衣引馬黄金帶，算到
●○○●● ●●○△ ●●○○ ●○●●○△ ○○●●○○● ●●
頭、總是虛名。莫閑愁，一半悲秋，一半傷春。
○ ●●○△ ●○○ ●●○○ ●●○△

試與《慶春澤》對證，豈非一調？舊譜兩收，不惟不辨，且將前結注“問東君因甚”爲一句，“將春老却閑人”爲一句，竟不知是一三字、兩四字句法，而諸家從之，於是《圖譜》、《選聲》皆相沿而未察，獨不見其後結“莫閑愁”三字，下兩句各四字乎？然則竹山之“好傷情、春也難留，人也難留”，亦可讀“好傷情春也”爲一句，“難留人也難留”爲一句乎？何其忽略如此。而後段以“莫閑愁”至“悲秋”作七字句，又不足奇矣。

《譜》又注前叔安詞，以“蓬壺影動”爲四字句，“星球轉映”爲四字句，“兩行寶珥瑶簪”爲六字句，此調除兩起三句外，餘字句無不合一，奈何全不照管也。

又按，竹山亦有用平叶如皎如者，又一首前結云“獨裊鞭梢笑不成”七字，後起云“春愁吟未了、煙林曉”，人謂换頭八字兩仄叶，宜另一體，余曰：此汲古誤以前尾“春”字移加後首耳，非有此體。

【考正】本詞較之前一體，惟後段起拍少一字，然據《陽春白雪》本，本句作“東郊十里香塵滿”，與宋詞諸詞皆同，正萬氏前詞注中所云“（後起）正用七字不叶韻”者，故萬樹本詞所據，或誤。

鳳凰閣　六十七字

趙師俠

正薰風初扇，梅黄暑溽。並摇雙槳去程速。那更黄流浩淼，白浪如屋。動

●○○⊙● ○○●▲ ●○⊙●●○▲ ●●○○●● ●○○▲ ●

歸思、離愁萬斛。　平生奇觀，頗快江山寓目。日斜雲定晚風熟。白鷺

⊙● ○○●▲ ○○○● ●●○○●▲ ●○○●●○▲ ◎●

飛來，點破一川明緑。展十幅、瀟湘畫軸。

○○ ●●●○○▲ ●◎● ○○●▲

“白鷺”下十字，上四下六，似與前“那更”下十字稍異，然是一氣，分豆不拘，且於“破”字分斷亦不妨也，蓋“並摇”下與後“日斜”下同耳。“思”字、“觀”字皆去聲。

【考正】本調張炎詞，名《數花風》。前段起拍，萬氏所取兩首均爲五字起，而柳耆卿、劉克莊、張玉田、仇仁近詞，皆爲四字一句起拍，未加領字，次拍則皆爲六字一句。注而不録。

“黄梅”，《欽定詞譜》作“梅黄”，就四字結構論，恰，改。又，一本四字前有“雨細”二字，與前述柳、劉、張、仇詞同。

又按，前段“那”字，萬氏原注“可仄”。又，“浪”，借音平讀，對應後段“川”字。

第二體　六十七字

葉清臣

遍園林緑暗，渾如翠幄。下無一片是花萼。可恨狂風横雨，忒煞情薄。盡

●○○●● ○○●▲ ●○●●●○▲ ●●○○●● ●○○▲ ●

底把、韶華送却。　楊花無賴，是處穿簾透幕。豈知人意正蕭索。春去

●● ○○●▲ ○○○● ●●○○●▲ ●○○●●○▲ ○●

也、這般愁，没處安著。怎奈向、黄昏院落。

● ●○○ ●●○▲ ●●● ○○●▲

“春去也”下六字，與前段“可恨”句六字不同，更與前詞亦異。《嘯餘》以“這般愁”連下作七字，不知“没處安著”乃四字句，正對上“忒煞情薄”也。

“煞”音“曬”，是去聲，“處”亦去聲也。前詞“浪”字亦同，只“川”字作平，恐是“片”字之訛耳。“是花萼”“是”字、“正蕭索”“正”字，與前詞“去”字、“晚”字定格仄聲。又，前詞“暑”、“浩”、“萬”、“寓”、“畫”，此詞“翠”、“横”、“送”、“透”、“院”，皆去聲，是調中吃緊處，《譜》俱注可平，豈有此理。

【校勘記】“楊花無賴”句，“賴”誤作“奈”。又，“怎奈向、黄昏院落”句，“向”誤作“何”，均應從《花草粹編》更正。

【考正】“煞”字余以爲以入作平，與前詞同，萬氏以爲是去聲，音“曬”，當是《正韻》所據。

惟校之别首，張炎前段作“誰家蕭瑟”、後段作“須尋梅驛”，劉克莊前段作“採龎公藥”、後段作“歎儂羅雀”，仇遠前段作“香雲深約”、後段作“風鐙疏箔”，柳耆卿前段作“肌膚如削”、後段作“音信難托”，此四家，惟耆卿信字似仄，而實亦平，蓋“信”本有平去兩讀也。故萬氏爲證而證，但能通詞，而不能通調也，誤。又，後段首句，原作“無奈”，亦誤。楊花穿簾透幕，主動動作，何奈之有？又，“怎奈向”，原作“怎奈何”，形近而誤。

夢行雲　六十七字

吳文英

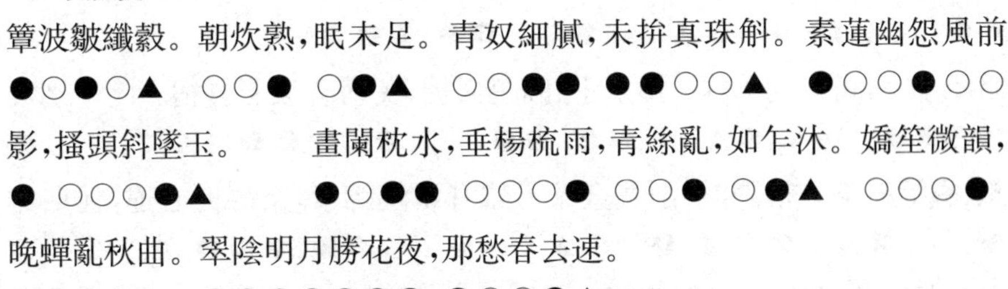
簟波皺纖縠。朝炊熟，眠未足。青奴細膩，未拚真珠斛。素蓮幽怨風前
●○●○▲　○○●　○●▲　○○●●　●●○○▲　●○○●○○
影，搔頭斜墜玉。　畫闌枕水，垂楊梳雨，青絲亂，如乍沐。嬌笙微韻，
●　○○○●▲　●○●●　○○○●　○○●　○●▲　○○○●
晚蟬亂秋曲。翠陰明月勝花夜，那愁春去速。
●○●○▲　●○○●○○●　●○○●▲

“朝炊”下與後“青絲”下同。若照“青絲亂”句，則“熟”字是偶合，非叶韻也。“未拚”句可疑，照後“晚蟬”句，恐有訛字。“勝”字平聲。

或云，“朝炊”、“青絲”二語，皆六字句。

【杜注】按，“晚蟬亂秋曲”句，“亂”字據毛斧季校本應作“理”。

【考正】“熟”字本非定韻，叶或不叶皆可，無須贅言。“朝炊熟。眠未足。”此種韻法結構，當是詞中常見音韻修辭性用法，雖多爲臨時起意式押韻法，對加强韻律有顯而易見之作用。此類押韻，填者雖不必亦步亦趨，尊之爲範式，然亦爲足資學習之手法也。又，前後段結句句法各異，此亦屬常理，蓋起拍結拍，多有不同，所謂“换頭”者是也，此詞之通例。

看花回　六十七字

柳　永

玉城金階舞舜干。朝野多歡。九衢三市風光麗，正萬家、急管繁弦。鳳樓
◎●○○●●△　⊙●○△　●○○●○○●　●●○　●●○△　◎○
臨綺陌，佳氣非煙。　雅俗熙熙物態妍。忍負芳年。笑筵歌席連宵晝，
○●●　○●○△　◎●○○●●△　◎●○△　●○○●○○●
任旗亭、斗酒十千。賞心何處好，惟有尊前。
●○○　●●○△　◎○○●●　○●○△

“萬家”句六字，而“在旗亭”句七字，又一首前反七字，而後反六字，必皆誤也。此調兩疊相符，作者或前後俱六、或前後俱七可也。

【杜注】按，宋本“萬家急管繁弦”句，“萬”字上有“正”字。又，“笑筵歌席連宵晝”句，“晝”

作“晝”。又,“在旗亭、斗酒十千”句,“在”作“任”,均應增改。

【考正】原譜次句作“朝夜”,當誤。蓋言“朝野”者,由首句而過渡至“萬家”,若作“朝夜多歡”,則與後段“笑筵歌席連宵晝”重,柳耆卿豈啰嗦人乎?據四部備要本改。

萬氏原注後段“十”字以入作平。

看花回慢　一百一字

蔡　伸

夜久涼生庭院,漏聲頻促。念昔勝遊舊地,對畫閣層巒,雨餘煙簇。新詩
●●○○○● ●○○▲ ◎●◎○●● ●●●○○ ◎○○▲ ○⊙
暗藏小字,霜刀刊翠竹。攜素手、細繞回塘,芰荷香裏彩鴛宿。　別後
◎○●● ○○○●▲ ○●● ●●○○ ●○○●●○▲ ◎●
想、香消膩玉。帶圍減、削寬金粟。雖有鱗鴻錦素,奈事與心違,佳期難
● ○○●▲ ●⊙◎ ●○○▲ ⊙●⊙○●● ●●●○○ ⊙○○
卜。擬解愁腸萬結,惟憑尊酒綠。望天涯、斷魂處,醉拍闌干曲。
▲ ●●⊙○●● ○○○●▲ ●○○ ●○● ●●○○▲

用仄韻。與前調迥別。

【考正】“新詩”之“詩”,以仄爲正,若作四字句,則以平爲正,但第四字須仄,如後一首。蓋“新詩暗藏”四字,宋人音步均爲平仄互替,如是方在律。

此爲慢詞,與前調本非一調,自然迥別,原譜此類皆作“又一體”,大誤。前人有令、引、近、慢同名者,宋人雖有在調名中附注“令”、“引”、“近”、“慢”者,然亦多不分調名,或因望而知其別,無須贅言故也。

第二體　一百一字

周邦彦

惠風初散輕暖,霽景澄潔。秀蕊乍開乍斂,帶雨態煙痕,春思紆結。危弦
●○○●○● ●○○▲ ●●●○●● ●●●○○ ○○○▲ ○○
弄響,來去驚人鶯語滑。無賴處、麗日樓臺,亂絲岐路總奇絕。　何計
●● ○●○○○●▲ ○●● ●●○○ ●○○●●○▲ ○●
解、粘花繫月。歎冷落、頓辜佳節。猶有當時氣味,掛一縷相思,不斷如
● ○○●▲ ●●● ●○○▲ ○●○○●● ●●●○○ ●●○
髮。雲飛帝國,人在雲邊心暗折。語東風、共流轉,漫作匆匆別。
▲ ○○●● ○●○○○●▲ ●○○ ●○● ●●○○▲

首句比前詞平仄異。“危弦”至“語滑”,“雲飛”至“暗折”,俱上四下七,比前“新詩”與“擬解”上六下五不同。“景”字、“思”字、“斷”字用仄字,亦異。山

谷亦有此體，而“危弦”與“雲飛”四字句，前用“歡意未闌”，後用“暗想當時”，因體同，且有訛字，故不録。

《片玉》又一首，前起云“秀色芳容，明眸就中奇絶”，平仄與此不同，“眸”字恐誤，恐是“媚”字。其“危弦”句用平平仄仄，“雲飛”句用仄仄平平，想不拘也。尾句用“與他衫袖裛”，平仄與前異，恐誤，不可從。

【校勘記】萬氏注云：片玉又一首前起云：“秀色芳容，明眸就中奇絶”，平仄與此不同，“眸”字恐是“媚”字。秦氏謂，此注不知何據。按，此字未見用平聲者，且上文已迭用“秀色”、“芳容”，斷不再用“明眸”，可定爲“媚”字之誤。

【考正】“霽景澄潔”，美成别首作“就中奇絶”，歐陽修作“醉魂方覺”，趙彦端三首亦同，故“景”字當是以上作平。汲古閣本《片玉詞》本句又作“霽景微澄潔”，查宋人並無此填法，或非。又，“春思”之“思”平讀，借音法。

第三體　一百三字

趙彦端

注目。正江湖浩蕩，煙雲離屬。美人衣蘭佩玉。澹秋水凝神，陽春翻曲。
●▲　●○○●●　○○○▲　●○●○●▲　●○●○○　○○○▲

烹鮮坐嘯，清净五千言自足。横劍氣、南斗光中，浩然一醉引雙鹿。
○○●●　○●●○○●▲　○●●　○●○○　●○●●●○▲

回雁到、歸書未續。夢草處、舊芳重緑。誰憶瀟湘歲晚，爲唤起長風，吹飛
○●●　○○●▲　●●●　●○○▲　○●○○●●　●●●○○　○○

黄鵠。功名異時，圯上家傳謝寵辱。待封留、拜公堂下，授我長生籙。
○▲　○○●○　○●○○●●▲　●○○　●○○●　●●○○▲

首句第二字即起韻。又一首云：“愛日。報疏梅動意，春前呼得。”餘與前詞大約相同。“衣”字去聲，此句“玉”字用韻，與前詞異。初疑偶合，及觀後詞“竹”字，知是用叶者。“時”字恐應是“日”字，然此十一字總是一串，或四或六斷句皆可，“拜公堂下”比前詞多一字，其别作云“未妨遊戲”，亦同。後起句前詞上三下四，介庵别作亦同，惟此用上四下三，亦另爲一體。“功名”下十一字，别作云“他年妙高臺上，優曇會堪折”，稍異。

【杜注】按，《欽定詞譜》“誰想瀟湘歲晚”句，“想”作“憶”。又，後結“授”字上有“願”字，應遵補。

【考正】本調後段起拍，宋人皆作上三下四句法，原譜作“回雁未歸書未續”，萬氏以爲本詞“亦另爲一體”，誤。現據《寶文雅詞》改。又，“美人”句，宋人例作仄起仄收式，惟本詞平起，或是填誤或抄誤，填時以仄爲正。“誰想”據杜注改“誰憶”。

第四體　一百四字

趙彦端

端有恨，留春無計，花飛何速。檻外青青翠竹。鎮高節淩雲，清陰常足。
○●●　○○○●　○○○▲　●●○○●▲　●○●○○　○○○▲
春寒風袂，帶雨穿窗如利鏃。催處處、燕巧鶯慵，幾聲鈎輈叫雲木。
○○○●　●●○○○○●▲　○●●　●●○○　●○○○○●○▲
看波面、垂楊蘸緑。最好是、風梳煙沐。陰重熏簾未卷，正泛乳新芽，香飄
●○●　○○●▲　●●●　○○○▲　○●○○●●　●●●○○　○○
清馥。新詩惠我，開卷醒然欣再讀。歎詞章，過人華麗，擲地勝如金玉。
○▲　○○●●　○●○○○●▲　●○○　●○○●　●●●○○▲

起異。尾句多一字。

此調"何速"用平仄，"翠竹"用去仄，"常足"用平仄，"利鏃"用去仄，"雲木"用平仄，"蘸緑"用去仄，"煙沐"用平仄，"未卷"用去仄，"清馥"用平仄，"再讀"用去仄，"金玉"用平仄，相間用之。此是詞眼，不可不知。觀前所載各篇及未録諸作，無不皆然，故知閉門造車，出而合轍，非有斷矩尺寸，車可信手而造耶？

"輈"字宜用仄聲，查《考工》、《毛詩》俱無音仄者，此誤也。

【杜注】按，《葉譜》"風流煙沐"句，"流"作"梳"。又，《欽定詞譜》"熏簾"作"重簾"。

【考正】《全宋詞》引《寶文雅詞》，本句注："原校：結句多一字"。據此，趙詞三首後結均爲五字一句，故前詞杜注以爲當作"願授我、長生籙"者，非是，當從汲古閣本，作五字一句結。

三奠子　六十七字

王　惲

悵神光奕奕，天上良宵。花露濕，翠釵翹。風回鸞扇影，愁滿紫雲軺。恨
●○○●●　○●○△　○●●　●○△　○○○●●　○●●○△　◎
相望，雖一水，隔三橋。　朱弦寂寂，心思迢迢。人未老，鬢先凋。翻騰
⊙●　○◎●　●○△　○○●●　○●○△　○●●　●○△　○○
驚世故，機巧到鮫綃。涼夜永，簫聲咽，篆煙飄。
○●●　○●●○△　⊙◎●　○⊙●　●○△

後起句比前起少一字，餘同。

【杜注】按，《詞辨》云："唐宋未有是曲，元遺山《錦機集》中有三闋，爲'奠酒'、'奠穀'、'奠璧'。"又，崔令欽《教坊記》有《奠璧子》詞，字句與此全同。

【考正】此爲元詞。劉秉忠詞前起作"念我行藏有命"，六字起拍，與别家俱異，"我"字或襯。

兩同心　六十八字

晏幾道

楚鄉春晚，似入仙源。拾翠處、漫隨流水，踏青路、暗惹香塵。心心在，柳
●○○●　◎●○△　◎●◎　◎○⊙●　◎○●　◎●○△　⊙○◎　◎

外青簾，花下朱門。　　對景、且醉芳尊。莫話消魂。好意思、曾同明月，
●○○　⊙●○△　　●◎　◎●○△　◎●○△　◎●◎　⊙○⊙●

惡滋味、最是黄昏。相思處，一紙紅箋，無限啼痕。
◎○●　◎●○△　⊙○◎　◎●○○　⊙●○△

只換頭一句異前，餘同此詞。用詩韻十三元，故用"源"字起韻，不知此字入詞，實與餘音不叶，今人皆知分用，不宜效之矣。

【杜注】按，《欽定詞譜》"閑尋"二字作"漫隨"。【又，萬氏注云：此調用十三元韻。按，宋韻分部係二十二元二十三魂二十四痕，後人並此三部爲十三元，應改"十三元"三字爲"元魂痕"。】

【考正】原譜换頭未讀斷，作六字一句，爲"對景"二字領後八字，他如仇遠亦如此，而後八字不對，則其律當從後柳永詞及楊无咎"遥夜幾番相屬"，第四字作平，柳詞二首、楊詞四首皆如此。

又，第三句已按杜注改。

第二體　六十八字

黄庭堅

一笑千金。越樣情深。曾共結、合歡羅帶，終須效、比翼文禽。許多時，靈
●●○△　●●○△　○●●　●○○●　○○●　●●○△　●○○　○

利惺惺，驀地昏沉。　　自從官不容針。直至而今。你共人、女邊著子，
●○○　●●○△　　●○○●○△　●●○△　●●○　●○●●

争知我、門裏挑心。記攜手、小院迴廊，月影花陰。
○○●　○●○△　●○●　●●○○　●●○△

首句即起韻。

第三體　六十八字

柳　永

佇立東風，斷魂南國。花光媚、春醉瓊樓，蟾彩迴、夜遊香陌。憶當時，酒
●●○○　●○○▲　○○●　⊙●○○　⊙◎●　●○○▲　●○○　●

戀花迷，役損詞客。　　别有眼長腰搦。痛憐深惜。鴛鴦阻、夕雨朝飛，
●○○　●○○▲　　●●●○○▲　●○○▲　○○●　◎●○○

錦書斷、暮雲凝碧。想別來，好景良時，也應相憶。
◎⊙● ●○○▲ ●○○ ●●○○ ●○○▲

字句同上，但用仄耳。叶韻上一字俱用平，方有調。《圖譜》概作可仄，誤。

【杜注】按，《欽定詞譜》"蟾彩過"之"過"字作"迴"。又，"鴛衾冷"作"鴛鴦阻"。又，"夕雨淒淒"句，"淒淒"作"朝飛"。又按，此調皆押平韻，有仄韻者必入聲，以入能作平也。

【考正】"役損"之"損"當以上作平。"別來"之"別"萬氏原注作平。

第四體　七十二字

杜安世

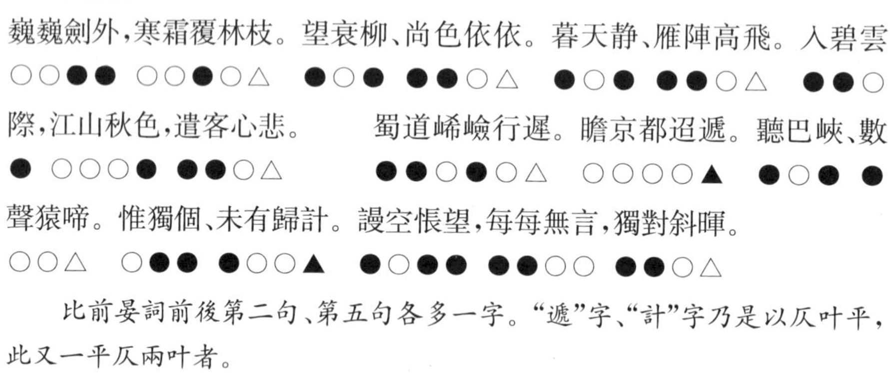

巍巍劍外，寒霜覆林枝。望衰柳、尚色依依。暮天静、雁陣高飛。入碧雲
○○●● ○○●○△ ●○● ●●○△ ●○● ●●○△ ●●○
際，江山秋色，遣客心悲。　蜀道崎嶮行遲。瞻京都迢遞。聽巴峽、數
● ○○○● ●●○△ ●●○●○△ ○○○○▲ ●○● ●
聲猿啼。惟獨個、未有歸計。謾空帳望，每每無言，獨對斜暉。
○○△ ○●● ●○○▲ ●○●● ●●○○ ●●○△

比前晏詞前後第二句、第五句各多一字。"遞"字、"計"字乃是以仄叶平，此又一平仄兩叶者。

【考正】"入碧雲際"、"謾空帳望"，本爲三字句添字而成，故句法爲一三式，不可填爲二二式律句。又按，"未有歸計"句，"有"字以上作平，蓋本句若押仄韻，則第五字例作平聲，宋詞惟本詞及揚無咎"知是你、與我情厚"例外，蓋兩句均爲以上作平手法也。

佳人醉　六十九字

柳　永

暮景蕭蕭雨霽。雲淡天高風細。正月華如水。金波銀漢，瀲灧無際。冷
●●○○●▲ ○●○○○▲ ●●○○▲ ○○○● ●●○▲ ●
浸書帷夢斷，却披衣重起。　臨軒砌。素光遥指，因念翠眉。窅隔音塵
●○○●● ●○○○▲ ○○▲ ●○○● ○●●△ ●●○○
何處，相望同千里。儘凝睇。厭厭無寐。漸曉雕闌獨倚。
○● ○●○○▲ ●○▲ ○○○▲ ●●○○●▲

姑依韻分句，恐有訛錯，未必確然。"臨軒砌"恐是後段起句。《圖譜》以"夢斷"下分句，"却披衣"至"軒砌"爲八字句。或又曰：前起該四字三句，因無他作，難以訂正耳。

【杜注】按，宋本"因念翠眉"句，"眉"作"娥"。又，"音塵何處"句，上有"杳隔"二字，均應改

補。又,《欽定詞譜》以"臨軒砌"爲後半起句,與萬氏論合。

【考正】本詞前起,劉弇詞亦作六字二句,且首句叶韻,故四字三句者或誤。又,前段尾均原譜萬氏讀作:"冷浸書帷,夢斷却、披衣重起。臨軒砌。"玆按《欽定詞譜》改。並據《欽定詞譜》後段添"窅隔"二字。

又按,此爲近詞,依律後段當有三均,而後段至"千里"方叶,則落一韻。然則"翠眉"不可易爲"翠蛾","眉"字叶仄韻,庶幾合律。本調今存耆卿詞及劉弇一首,而兩詞句讀多有參差,互不可校,姑作此權宜,以諧其律。

且坐令　七十字

韓　玉

閑院落。誤了清明約。杏花雨過胭脂綽。緊了秋千索。鬬草人歸,朱門
○●▲　●●○○▲　●○●●○○▲　●●○○▲　●●○○ ○○

悄掩,梨花寂寞。　書萬紙、恨憑誰托。纔封了、又揉却。冤家何處貪
●● ○○●▲　○●● ●○○▲　○○● ●○▲　○○○●○

歡樂。引得我、心兒惡。怎生全不思量著。那人人情薄。
○▲　●●● ○○▲　●○○●○○▲　●○○○▲

前後全異。

【杜注】按,汲古閣刻韓温甫《東甫詞》,此首詞後注云:"才封了"句一本作"剛怱怱封了"。

【考正】原譜"秋千索"作"千秋索",顯誤。

月上海棠　七十字

陸　游

蘭房繡户厭厭病。歎春酲、和悶甚時醒。燕子空歸,幾曾傳、玉關音信。
○○◎●○○▲　●○● ⊙●●○▲　●●○○　●○○ ●○○▲

傷心處,獨展團窠瑞錦。　薰籠消歇沉煙冷。淚痕深、展轉看花影。漫
○○●　●●○○●▲　○○⊙●○○▲　●○○ ◎●●○▲　●

擁餘香,怎禁他、峭寒孤枕。西窗曉,幾聲銀瓶玉井。
●○○　●○○ ●○○▲　○○●　●○○○●▲

前後同。"甚"字、"看"字必要去聲,觀後所載段詞及放翁別作用"淚"字、"寄"字可見。或曰"酲"字、"深"字是暗用平韻,未必。

【杜注】按,王氏校本"和悶甚時醒"句,"悶"作"夢"。又,"玉關音信"句,"音"作"遥",《歷代詩餘》作"邊"。後結"幾聲銀瓶玉井"句,萬氏注"聲"字宜仄,按,放翁別作"楚天危樓獨倚"句,"天"字亦平聲,似可不拘。

第二體　七十字

段成已

酒杯何似浮名好。一入枯腸太山小。喚醒夢中身，鵾鴂數聲春曉。昂頭
●○○●○○▲　●●○○●○▲　●●●○○　○●●○○▲　○○
處，幾點青山屋杪。　　人生得計魚游沼。視過眼光陰、向來少。須卜一
●　●●○○●▲　　○○●●○○▲　●●●○○　●○▲　○●●
枝安，笑月底、驚鳥三繞。無窮事，畢竟何時是了。
○○　●●●　○○○▲　○○●　●●○○●▲

"喚醒"句、"須卜"句，比前詞各多一字。"一入"句七字，"視過眼"句八字，而平仄聲響亦與前詞不同。

【杜注】按，《欽定詞譜》"花陰"作"光陰"，應遵改。

【考正】已照杜注改。金詞前後段第三拍均作五字一句。

本調另有九十一字體，慢詞，與陸詞、段詞迥異，同名異調也。有曹勛、姜夔、陳允平詞三首。姜詞前結疑有奪字，兹録陳詞如下（末句"間"字借讀法，去聲）：

月上海棠慢　九十一字

陳允平

遊絲弄晚，卷簾看處，燕重來時候。正秋千亭榭，錦窠春透。夢回褪浴華清，凝温泉、絳綃
○○●●　●○○●　●○○○▲　●○○○●　●○○▲　●○●●○○　●○○　●○
微皺。芳陰底，人立東風，露華如晝。　　宜酒。啼香淚薄，醉玉痕深，與春同瘦。想當年
○▲　○○●　●●○○　●○○▲　　○▲　○○●●　●●○○　●○○▲　●○○
金谷，步帷初繡。彩雲影裏徘徊，嬌無語、夜寒歸後。鶯窗曉，花間重攜素手。
○●　●○○▲　●○●●○○　○○●　●○○▲　○○●　○●○○●▲

惜黄花　七十字

史達祖

涵秋寒渚。染霜丹樹。尚依稀，是來時、夢中行路。時節正思家，遠道仍
○○○▲　●○○▲　●○○　●○○　●○○▲　⊙●●○○　◎●○
懷古。更對著、滿城風雨。　　黄花無數。碧雲欲暮。美人兮，美人兮、
○▲　●●●　●○○▲　　○○○▲　●○○▲　●○○　●○○
未知何處。獨自卷簾櫳，誰爲開尊俎。恨不得、御風歸去。
●○○▲　◎●●○○　⊙●○○▲　●●●　●○○▲

前後同。"美人兮"巧借，上三字非疊句也。

或曰："尚依稀"二句是换，"稀、時"兩個平韻自相爲叶，後段"美人兮"兩個"兮"字亦是叶前平韻。此説亦新，但未知確否，附筆於此。

【杜注】按，《欽定詞譜》另收許沖元一首，前後第三四句並不間叶平韻。

【考正】萬氏原注"碧雲欲暮"之"欲"作平。

元人詞，後段起拍多用五字一句，而"尚依稀"下十字、"美人兮"下十字亦多有減一字作五字一句、四字一句者，如劉處玄之："這世夢冤親，何時是盡。……覺萬慧千通，頓然明盡。"

惜黄花慢　一百八字

楊无咎

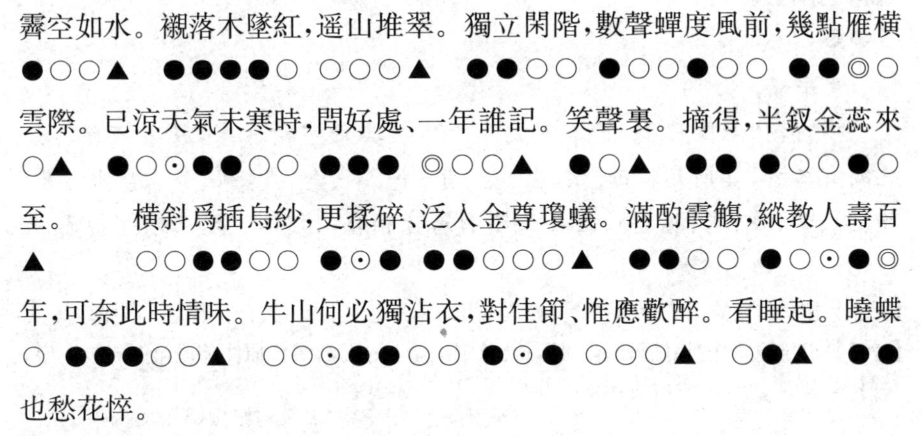
霽空如水。襯落木墜紅，遥山堆翠。獨立閑階，數聲蟬度風前，幾點雁横
●○○▲　●●●●○　○○○▲　●●○○　●○○●○○　●●◎○
雲際。已涼天氣未寒時，問好處、一年誰記。笑聲裏。摘得，半釵金蕊來
○▲　●○⊙●●○○　●●●　◎○○▲　●○▲　●●　●○○●○
至。　横斜爲插烏紗，更揉碎、泛入金尊瓊蟻。滿酌霞觴，縱教人壽百
▲　○○●●○○　●⊙●　●●○○○▲　●●○○　●○⊙●◎
年，可奈此時情味。牛山何必獨沾衣，對佳節、惟應歡醉。看睡起。曉蝶
○　●●●○○▲　○○⊙●●○○　●⊙●　○○○▲　○●▲　●●
也愁花悴。
●○○▲

只换頭多二字，結尾少二字，餘同。"頫人"句同前，"數聲"句必無五字之理，偶落無疑，爲□補之。"墜"字、"泛"字去聲，不可平。或謂"時"字、"衣"字亦以平叶仄，未必。

【杜注】萬氏所空一字，按王氏校本"人"字上補"教"字。又按，《花草粹編》作"縱教人壽百年"，可從。

【考正】"數聲蟬"，《欽定詞譜》作"數聲笛"，兩較之，"蟬"更佳。又，原譜後起作"横斜爲插烏紗，更揉碎泛入，金樽瓊蟻"，五字句音律失和，且詞意亦欠圓轉，謹改。又，"頫教人壽百年"，原譜作"頫人□壽百千"，據《花草粹編》改。又按，原譜前結作："笑聲裏。摘得半釵，金蕊來至。"後一句音律欠諧，且本調前段尾均，此十一字實多爲五字一句、六字一句，即意爲"笑聲裏摘得，半釵金蕊來至"，五字句中且每藏有腹韻。如田爲詞作："晚風底。落日亂鴻，飛起無际。"實則爲"晚風底落日，亂鴻飛起無际"，然則"摘得"讀住乃至讀斷，便有其字聲及音律基礎。

第二體　一百八字

吴文英

送客吴皋。正試霜夜冷，楓落長橋。望天不盡，背城漸杳，離亭黯黯，恨水
●●○△　●●○●●　⊙●○△　●○○●　●○●●　⊙○●●　◎●

迢迢。翠香零落紅衣老，暮愁鎖、殘柳眉梢。念瘦腰。沈郎舊日，曾繫蘭
○△　●○⊙●○○●　●○●　○●○△　●●△　●○●●　○●○
橈。　仙人鳳咽瓊簫。悵斷魂送遠，九辨難招。醉鬟留盼，小窗剪燭，
△　○○●●○△　●●○●●　◎●○△　●○○●　●○●●
歌雲載恨，飛上銀霄。素秋不解隨塵去，敗紅趁、一葉寒濤。夢翠翹。怨
○○●●　⊙●○△　●○◎●○○●　●○●　○●○△　●●△　●
鴻料過南譙。
○●●○△

用平韻。

夢窗詞"七寶樓臺，拆下不成片段"，然其用字精審處，嚴確可愛。如此調有二首，其所用：正、試、夜、望、背、漸、翠、念、瘦、舊、繫、鳳、悵、送、醉、載、素、夢、翠、怨、料，諸去聲字兩篇皆相合，律呂之學，必有不可假借如此。

【杜注】按，《欽定詞譜》"隨船"作"隨塵"。

【考正】後結原譜作"怨紅料過南譙"，據《欽定詞譜》改。又，萬氏原注前段第四句"不"字，後段"一葉寒濤""一"字以入作平。

千秋歲　七十一字

謝　逸

楝花飄砌。簌簌清香細。梅雨過，蘋風起。情隨湘水遠，夢繞吴峰翠。琴
◎○⊙▲　◎●○○▲　⊙●●　○○▲　⊙○○●●　◎●○○▲　○
書倦，鷓鴣唤起南窗睡。　密意無人寄。幽恨憑誰洗。修竹畔，疏簾
⊙●　◎○◎●○○▲　◎●○○▲　⊙●○○▲　◎●●　○○
裏。歌餘塵拂扇，舞罷風掀袂。人散後，一鈎淡月天如水。
▲　⊙○○●●　◎●○○▲　○◎▲　◎○◎●○○▲

只後起一句换五字，餘同。《圖譜》云"歌餘"句可作仄仄平平仄，奇。而"情隨"句又得免改，何也？

青田後第三句"良會知何許"，乃刻者誤落一字。沈氏謂有少一字，格謬也。青田豈如此疏略哉？

【考正】萬樹選詞時有不精當處，如本體則當引秦少游"春去也，飛紅萬點愁如海"詞爲例，不但名作，即以作者生年前後論，亦當取秦也。

第二體　七十一字

葉夢得

雨聲蕭瑟，初到梧桐響。人不寐，秋聲爽。低檐燈黯淡，畫幕風來往。誰
●○○●　○●○○▲　○●●　○○▲　○○○●●　●●○○▲　○
共賞。依稀記得船篷上。　　拍岸浮輕浪。水闊菰蒲長。向別浦，收橫
●▲　○○●●○○▲　　●●○○▲　●●○○▲　●●●　○○
網。緣蓑沖暝色，艇子摇雙槳。君莫忘。此情猶是當時唱。
▲　●○○●●　●●○○▲　○●▲　●○○●○○▲

首句不起韻。"誰共賞"、"君莫忘"皆叶韻者。

姑溪一首，前後起句俱不用韻，玆不備録。

【杜注】按，《欽定詞譜》"秋聲爽"句，"聲"作"襟"。又，後結作"當時唱"，應遵改。

【考正】"人不寐，秋襟爽"自不如"秋聲爽"，不改。四庫全書本後結本作"當時唱"，四部備要本作"當是唱"，杜氏所據爲此，顯係從"猶是"誤刻。

第三體　七十二字

李之儀

柔腸寸折。解袂留清血。藍橋動是經年別。掩門春絮亂，攲枕秋蛩咽。
○○●▲　●●○○▲　⊙○◎●○○▲　●○○●●　○●○○▲
檀篆滅。鴛衾半擁空床月。　　妝鏡分來缺。塵污菱花潔。嘶騎遠，鳴
○●▲　○○●●○○▲　　○●○○▲　○●○○▲　○●●　○
機歇。密封書錦字，巧綰香囊結。芳信絶。東風半落梅梢雪。
○▲　●○○●●　●●○○▲　○●▲　○○●●○○▲

第三句七字，六一亦有此作。

此調雖略有參差，大約尾上三字句可叶可不叶，而兩起句以叶爲妥。

【考正】第三拍七字者，亦有前後段結處三字句不入韻之填法，謹注，不録。

千秋歲引　八十二字

王安石

別館寒砧，孤城畫角。一派秋聲入寥廓。東歸、燕從海上去，南來雁向沙
●●○○　○○●▲　●●○○●○▲　○○　●○○●●　○○●●○
頭落。楚臺風，庾樓月，宛如昨。　　無奈被些名利縛。無奈被他情擔
○▲　●○○　●○●　●○▲　　○●●○○●▲　○●●○○●
閣。可惜風流總閑却。當初、漫留華表語，而今誤我秦樓約。夢闌時，酒
▲　●●○○●○▲　○○　●○○●●　○○●●○○▲　●○○　●

醒後,思量著。
●● ○○▲

與前調迥别,其平仄宜悉遵之。"庚"不可讀平,"醒"不可讀仄。《圖譜》於此調只一"庚"字作可平,誤。餘俱不議改。使此詞得成全璧,手眼獨高,急表而讚之。

明人徐元玉一首,亦自名爲《千秋歲引》,因翻沈氏書,讀之令人訝絶,今全録於後,以見作詞選調,不可不致審也。

千秋歲引

徐元玉

風攪柳(誤仄)絲,雨(誤仄)揉花(誤平)纈。早過了、清明時節(誤作上三下四)。新來燕子(誤仄)語何(誤平)多(誤平),老去鶯花飛未歇(全句誤拗)。秋(誤平)千院(誤仄),蹴踘(誤仄)場(誤平),人(誤平)蹤絶。　踏青拾翠都休説(全句誤拗)。是(誤仄)誰(誤平)馬走(誤仄)章臺雪。是誰簫弄秦樓月(全句誤拗)。從前已自(誤仄)無情(誤平)緒,可奈而今更離别(全句誤拗)。一回頭,人(誤平)千里,腸百(誤仄)結。

【杜注】按,王荆公此詞即《千秋歲》調,添減攤破,自成一體。與《千秋歲》相較,前段第一二句減一字,第三句添一字,後段第一二句各添二字,第三句添一字,前後段第四五句各添二字,結句各減一字,攤破作三字兩句。其源實出於《千秋歲》,非與前調迥别也。

又按,凡題有"引"字者,乃引申之義,字數必多於前。

【考正】"東歸燕從海上去"句,參校宋李冠詞,當爲二字逗領五字一句,"海"字以上作平。而後段第四拍同此。又,"無奈被他情擔閣"句,"擔"字須仄讀,借音法也,龍榆生《唐宋詞格律》正如此讀。

西施　七十一字

柳　永

柳街燈市好花多。盡讓美瓊娥。萬嬌千媚,的的在層波。取次妝梳、自有
●○○●●○△　●●●○△　●○⊙●　◎●●○△　●●○○　●●

天然態,愛淺畫雙蛾。　斷腸最是金閨客,空憐愛、奈伊何。洞房咫尺,
○○●　●◎●○△　●○●●○○●　○⊙●　●○△　●○◎●

無計枉朝珂。有意憐才,每遇行雲處,幸時恁相過。
○●●○△　●●○○　●●○○●　●⊙●○△

後起用仄。第二句六字,與前段異。"取次"句、"有意"句俱九字一氣,第六字下略豆亦可,"盡"、"愛"、"幸"三字皆領句,與"的的"、"無計"二句雖同五字,而句法各殊。

第二體 七十二字

柳　永

苧蘿妖艷世難偕。善媚悦君懷。後庭恃寵，盡使絶嫌猜。正恁朝歡暮宴、
●○○●●○△　●●●○△　●○●●　●●●○△　●●○○●●

情未足，早江上兵來。　　捧心調態軍前死，旋羅綺、變塵埃。至今想怨
○●●　●○●○△　　●○○●○○●　●○●　●○△　●○●●

魄，無主尚徘徊。夜夜姑蘇城外、當時月，但空照荒臺。
●　○●●○△　●●○○○●　○○●　●○●○△

"難"字下原缺一字，"後庭"下恐有訛錯。

"後庭"句比前調"萬嬌"句，"至今"句比"洞房"句各多一字。

【杜注】按，首句空一字，《閩詞抄》作"偕"。《欽定詞譜》作"儕"。又按，《欽定詞譜》"羅綺旋"三字作"旋羅綺"。又，"怨魂無主"句，"魂"作"魄"。均應遵改。

【考正】前段首拍原作"苧蘿妖艷世難□"，缺一字，據彊村叢書本《樂章集》則爲"偕"字，改。第三拍原譜五字，作"後庭恃愛寵"，然本句諸家均爲四字，故萬氏以爲"恐有訛錯"，實衍一字也，據《樂章集》删。與之對應之後段"至今想怨魂"五字，其餘諸家亦爲四字，於詞意玩之，"想"字顯衍。"羅綺旋"、"怨魂"二處，均據《欽定詞譜》改。

又，原譜前段"後庭"下十字、"正恁"下九字、後段"至今"下十字、"夜夜"下九字，四庫全書本均不讀斷，四部備要本前段讀斷，但"宴"字誤標爲叶韻，後段亦皆不讀斷。又按，"未足"之"未"當平，此爲誤填。

惜奴嬌 七十一字

晁補之

歌闋瓊筵，暗失金貂侶。説衷腸、丁甯囑付。棹舉帆開，黯行色、秋將暮。
⊙●○○　●●○○▲　◎○⊙　⊙○●▲　●●○○　◎⊙●　○○▲

欲去。待却回，高城已暮。　　漁火煙村，但觸目、傷離緒。此情向、阿誰
◎▲　●◎⊙　○○●◆　　○●○○　●●●　○○▲　◎○◎　◎○

分訴。那裹思量，爭知我、思量苦。最苦。睡不著，西風夜雨。
○▲　●●○○　⊙⊙●　○○▲　◎◆　●◎◎　○○●▲

前後同，只後第二句六字。"欲去"、"最苦"乃叶韻，兩字句。友古詞："只是。唱曲兒，詞中認意。……只替。火桶兒，與奴斷睡。"讀者不覺其在兩字用韻，因於題下訛注"一作《粉蝶兒》"，不知《粉蝶兒》自另一調，判然不同也。

【杜注】按，《歷代詩餘》"睡不著"作"眠不穩"。

【考正】原譜萬氏"待却回"、"睡不著"後作逗，誤。此處"欲去"、"最苦"均由句中韻脱化而來，即本爲五字一句，故此三字源本屬上，而非屬下。友古"只是唱曲兒"、"只替火桶兒"亦

同。故謹改爲句。至若如後一體者，實爲句法攤破耳。

又，本調有多處六字、七字折腰式句子，宋人填爲六字律句格式者，然終非正格，不必從。

第二體 七十二字

史達祖

香剥酥痕，自昨夜、春愁醒。高情寄、冰橋雪嶺。試約黄昏，便不誤、黄昏
○●○○ ●◎● ○○▲ ○○● ○○●▲ ●●○○ ●●● ○○
信。人静。倩嫦娥、留連秀影。 吟鬢簪香，已斷了、多情病。年年待、
▲ ○▲ ●○○ ○○●▲ ○●○○ ●◎● ○○▲ ○○●
將春管領。鏤月描雲，不枉了、閑心性。漫聽。誰敢把、紅顔比並。
○○●▲ ●●○○ ●●● ○○▲ ●▲ ○●● ○○●▲

第二句六字，與後段同。

按，此句自應六字，泉詞恐有脱字也。此調凡七字句於第六字皆用仄聲，如此詞"雪"、"秀"、"管"、"比"是也。間有用平者，不如從仄爲是，故未注可平。友古於"將春管領"句作三字，"誰敢把"上多一字，皆誤刻，無此體也。至惜香一首，本是少字韻，而以香後爲叶，更於"不枉了、閑心性"作"捧出金盞銀臺"，"金盞"相連，又不叶韻，且作平聲，訛而愈訛矣。

【杜注】按，"便不誤、春昏信"句，"春"應作"黄"，與上句相應。又按，此後有石次仲二詞，七十二三字，萬氏注云"多有脱誤"。且語太俚俗，援卷七、八黄山谷詞例，删之。

【考正】前段第二拍，宋人多作六字折腰句法，故本句可以此詞爲正。又，"春昏"已按杜注改爲"黄昏"。

第三體 七十二字

石孝友

我已多情，更撞著、多情底你。把一心、十分向你。□盡他們，劣心腸、偏
●●○○ ●●● ○○●▲ ●●○ ●○●▲ ●●○○ ●○● ○
有你。共你。撇了人、只爲個你。 宿世冤家，百忙裏、方知你。没前
●▲ ○▲ ●●○ ●●●▲ ●●○○ ●○● ○○▲ ●○
程、阿誰似你。壞却才名，到如今、都因你。是你。我也没、星兒恨你。
○ ○○●▲ ●●○○ ●○○ ○○▲ ●▲ ●●● ○○●▲

第二句多一字。"盡他們"比前後詞少一字，必係脱去。

次句或是誤多"底"字。

【考正】本詞及後一詞恩杜合刻本删去。"盡他們"一句各家均爲四字，作●●○○，萬氏

以爲脱一字,極是,補。至若前段第二拍,減一字則成第一體晁補之詞體,添一字則成本詞之折腰式七字句,他如王之道亦填爲“怎奈向、前緣注定”,當是同法,應可。

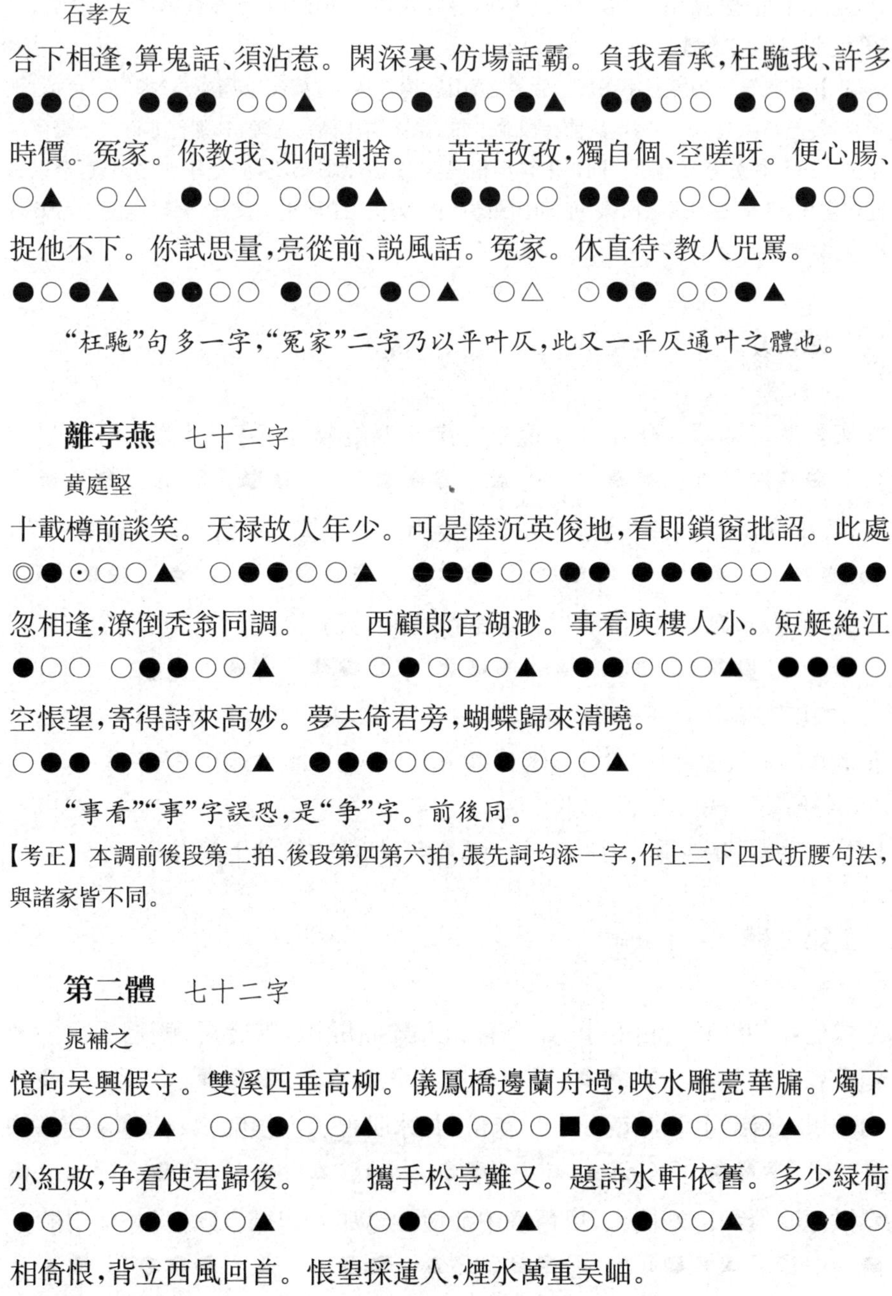

第四體　七十三字

石孝友

合下相逢,算鬼話、須沾惹。閑深裏、仿場話霸。負我看承,枉馳我、許多
●●○○ ●●● ○○▲ ○○● ●○●▲ ●●○○ ●○● ●○
時價。冤家。你教我、如何割捨。　苦苦孜孜,獨自個、空嗟呀。便心腸、
○▲ ○△ ●○○ ○○●▲ 　●●○○ ●●● ○○▲ ●○○
捉他不下。你試思量,亮從前、説風話。冤家。休直待、教人咒罵。
●○●▲ ●●○○ ●○○ ●○▲ ○△ ○●● ○○●▲

“枉馳”句多一字,“冤家”二字乃以平叶仄,此又一平仄通叶之體也。

離亭燕　七十二字

黄庭堅

十載樽前談笑。天禄故人年少。可是陸沉英俊地,看即鎖窗批詔。此處
◎●⊙○○▲ ○●●○○▲ ●●●○○●● ●●●○○▲ ●●
忽相逢,潦倒禿翁同調。　西顧郎官湖渺。事看庾樓人小。短艇絶江
●○○ ○●●○○▲ 　○●○○○▲ ●●○○○▲ ●●●○
空悵望,寄得詩來高妙。夢去倚君旁,蝴蝶歸來清曉。
○●● ●●○○○▲ ●●●○○ ○●○○○▲

“事看”“事”字誤恐,是“争”字。前後同。

【考正】本調前後段第二拍、後段第四第六拍,張先詞均添一字,作上三下四式折腰句法,與諸家皆不同。

第二體　七十二字

晁補之

憶向吴興假守。雙溪四垂高柳。儀鳳橋邊蘭舟過,映水雕甍華牖。燭下
●●○○●▲ ○○●○○▲ ●●○○○■● ●●○○○▲ ●●
小紅妝,争看使君歸後。　攜手松亭難又。題詩水軒依舊。多少緑荷
●○○ ○●●○○▲ 　○●○○○▲ ○○●○○▲ ○●●○
相倚恨,背立西風回首。悵望採蓮人,煙水萬重吴岫。
○●● ●●○○○▲ ●●●○○ ○●●○○▲

"雙溪"、"争看"、"題詩"、"煙波"八字，皆作平平，與前異。"舟"字恐是"棹"字，此句不宜拗，觀後段可見。前黄詞及張昇"一帶江山如畫"一首，亦無拗句。

【杜注】按，《歷代詩餘》後結"煙波"作"煙水"，則前結"争看"之"看"字亦不必作平。又按，《欽定詞譜》此調"燕"作"宴"，此二詞未收，另收張昇詞，與此同，前後結第二字均仄聲，足證"煙水"之"水"應遵改。

【考正】前段第三拍第六字，張先、張昇、黄山谷均作仄聲，萬氏以爲或爲"棹"字，可信，惟無書證，但譜擬爲仄。又，本詞前後段第二拍，晁氏均作拗句處理，其别首亦作："章臺墜鞭年少。……香爐紫霄簪小。"同爲平音步相連填法，故當非錯訛，而是作者之刻意，余以爲此類變化，當是二字逗之標識，亦即唱詠時此處須作一讀斷也。又按，原譜結拍之"煙波"已改爲"煙水"。

憶帝京　七十二字

黄庭堅

鳴鳩乳燕春閑暇。化作緑陰槐夏。壽罼舞紅裳，睡鴨飄香麝。醉此洛陽
⊙○●●●○○▲　●●◎○○▲　●●●○○　●●○○▲　●●●○

人，佐郡深儒雅。　　況座上、玉麟金馬。更莫問、鶯老花謝。萬里相依，
○　●●○○▲　　◎●●　◎○○▲　●◎●　⊙○○▲　●●○○

千金爲壽，未厭、玉燭傳清夜。不醉欲言歸，笑殺高陽社。
○○⊙●　●●　◎●○○▲　●●●○○　●●○○▲

"老"字各家俱用平聲，"未厭"句平仄如此，是定格。觀谷老又一首"指下花落狂風雨"、耆卿作"只恁寂寞厭厭地"，皆同。《圖譜》讀"厭"字作平，且云"可作平仄平平平仄仄"，何據？

【考正】"未厭"句，實爲二字逗領五字一句，耆卿"只恁"、山谷"指下"皆是。

第二體　七十六字

黄庭堅

銀燭生花如紅豆。占好事、如今有。人醉曲屏深，借寶瑟、輕招手。一陣
○●○○○○▲　○●●　○○▲　○●●○○　●●●　○○▲　●●

白蘋風，故滅燭、教相就。　　花帶雨、冰肌香透。恨啼烏、轆轤聲曉。柳
●○○　●●●　○○▲　　○●●　○○○▲　●○●　●○○▲　●

岸微涼吹殘酒。斷腸人，依舊鏡中消瘦。恐那人知後。鎮把你、來僝僽。
●○○○○▲　●○○　○●●○○▲　●●○○▲　●●●　○●▲

起句平仄拗，次句分兩三字，前結六字，俱與前詞異。"恨啼烏"下更不

同，《詞統》以"曉"字斷句，然以前詞推之，此句宜叶韻。《詞匯》以"曉"作"驟然啼烏轆轤聲"，恐未可言"驟"。或云"曉"字屬下句。又或云"舊"字亦是叶，總係可疑，未敢臆斷。

【杜注】按，《欽定詞譜》以"聲曉"字"曉"字爲句，注云："曉"字與"透"字叶，以遵古韻。

【考正】原譜"恨啼"下十四字、"斷腸"下九字皆不讀斷。

余以爲本詞與各詞之不同，在多處五字句添字，如前段次拍、尾拍，後段尾拍等。其次，"柳岸"七字，山谷别首均爲四字兩句，如"萬里相依，千金爲壽"、"淚粉行行，紅顔片片"，柳永亦爲四字兩句，則山谷此處當是"柳岸微涼"一句，"吹殘酒"補一字又一句方是，不至"微涼吹殘"四字連平。又次，後段第五拍，各詞皆作二字逗領五字一句，故疑"斷腸人"三字乃衍文，"依舊"二字依然爲逗，並入韻，整句當是"依舊、□鏡中消瘦"。

粉蝶兒　七十二字

蔣　捷

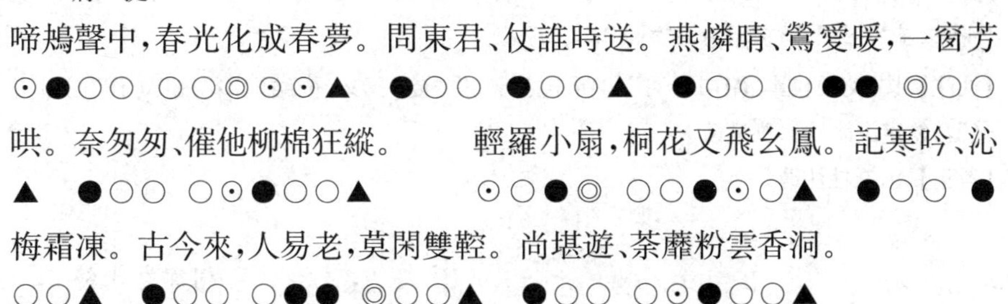
啼鳺聲中，春光化成春夢。問東君、仗誰時送。燕憐晴、鶯愛暖，一窗芳
⊙●○○ ○○◎⊙⊙▲ ●○○ ●○○▲ ●○○ ○●● ◎○○
哄。奈匆匆、催他柳棉狂縱。　輕羅小扇，桐花又飛幺鳳。記寒吟、沁
▲ ●○○ ○⊙●○○▲ ⊙○●◎ ○○●⊙○▲ ●○○ ●
梅霜凍。古今來，人易老，莫閑雙鞚。尚堪遊、荼蘼粉雲香洞。
○○▲ ●○○ ○●● ◎○○▲ ●○○ ○⊙●○○▲

前後同，只後起句平仄異。"燕憐晴"二句與後"古今人"二句同。本集"人"字下落一字，非有此七十一字體也。《譜》、《圖》於澤民詞以"燕憐晴"二句、"古今人"二句俱作六字句，且注"晴"字可仄，人若依之，於"晴鶯"二字用相連仄平二字，大誤矣。《嘯餘》又另收稼軒作，前後首次句俱作十字一句，"燕憐"至"芳哄"前後各十字，亦注作十字一句，因與毛詞分爲兩體，奇矣。《圖譜》遵《嘯餘》者也，乃止於題名注"粉蝶兒第一體"，却並無第二體，更奇也。

旁注雖如此，然玩此調音響，"春光"、"催他"、"桐花"、"荼蘼"四句俱宜平平仄平平仄，"仗"、"一"、"沁"、"莫"四字亦宜仄。

【校勘記】"古今來、人易老"句，落"來"字。又，於人字下誤空一格，應遵四庫全書《竹山詞》提要改正。

【考正】已據校勘記改，原譜作"古今人，□易老"。

粉蝶兒慢　九十六字

周邦彦

宿霧藏春，餘寒帶雨，占得群芳開晚。艷姿初弄秀，倚東風嬌懶。隔葉黄
●●○○ ○○●● ●●○○○▲ ●○○●● ●○○○▲ ●●○

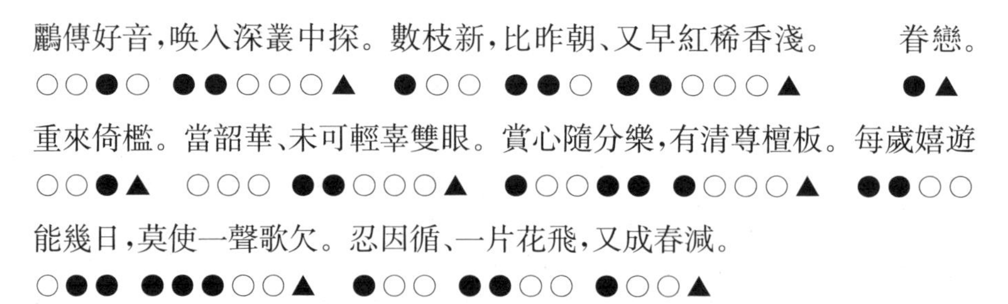
鸝傳好音，喚入深叢中探。數枝新，比昨朝、又早紅稀香淺。　　眷戀。
○○●○　●●○○○▲　●○○　●●○　●●○○○▲　　●▲
重來倚檻。當韶華、未可輕辜雙眼。賞心隨分樂，有清尊檀板。每歲嬉遊
○○●▲　○○○　●●○○○▲　●○○●●　●○○○▲　●●○○
能幾日，莫使一聲歌欠。忍因循、一片花飛，又成春減。
○●●　●●●○○▲　●○○　●●○○　●○○▲

“艷初弄秀”不成語，且後段“賞心隨分樂”是五字，可知“艷”字下落一字，蓋“占得”至“昨朝”，與後“未可”至“花飛”俱同也。或謂，此二句應在“弄”字、“分”字下斷，則“艷初弄”更不成語，總應添一字於“艷”字下也。故補一“□”。又或謂，“艷”字是起韻，尤非。“音”字平聲不協，定是“語”字之誤。此句對後“每歲”句也。雖此句是用杜工部詩，然“音”字於此不合。或曰“隔葉黃鸝”原是一句，“傳好音”原屬下句，“每歲”句亦然，是三字略豆，平仄總可通用也。“當韶華”“當”字下亦疑有“此”字。

【杜注】按，戈氏校本“艷初弄秀”句所空之字，作“姿”。又，後結“片花飛”句作“一片花飛”，《欽定詞譜》同，應遵改。

【考正】已據杜注改。

詞律卷十終

詞律卷十一

于飛樂　七十二字

晏幾道

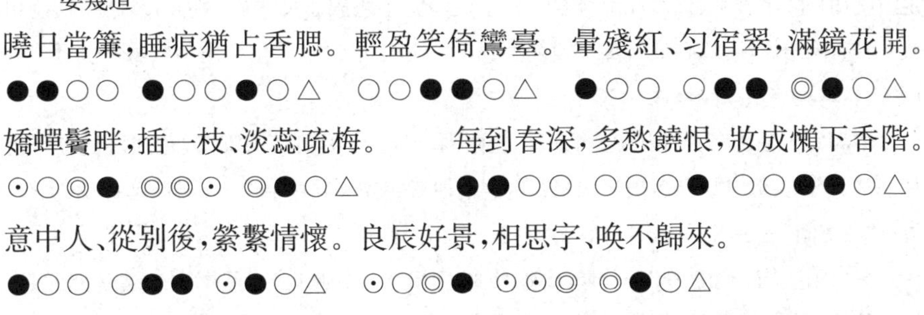
曉日當簾，睡痕猶占香腮。輕盈笑倚鸞臺。暈殘紅、匀宿翠，滿鏡花開。
●●○○ ●○○●○△ ○○●●○△ ●○○ ○●● ◎●○△
嬌蟬鬢畔，插一枝、淡蕊疏梅。　每到春深，多愁饒恨，妝成懶下香階。
⊙○◎● ◎◎⊙ ◎●○△ 　●●○○ ○○○● ○○●●○△
意中人、從别後，縈繫情懷。良辰好景，相思字、喚不歸來。
●○○ ○●● ⊙●○△ ⊙○◎● ⊙⊙◎ ◎●○△

"妝成"下與前"輕盈"下同。梅溪詞於"良辰"句刻作"將終怨魂"，誤，"魂"字不可平，必是"魄"字。

【考正】本調當以補正後第二體爲正。前起十字，由三三四句法攤破爲四字一句、六字一句，故後起實爲"每到春深，多愁饒恨□□"，少二字、一韻。此或非脱落，而是作者刻意減字，以減少首均規模故也。史達祖、賀鑄皆有如此填法，賀鑄、李流謙後起更作上三下四句法，再減一字。而李流謙詞，前後段起調均減去該二字一韻，可見其脈絡。而兩種筆法，雖文字懸殊可多達五字，但實爲同調，因其同爲近詞規格，且第二第三均完全相同。

本調前段首均十六字，《賀方回詞》作："日薄雲融。滿城羅綺芳叢。一枝粉淡香濃。"則一二三句均叶韻、且對偶，惟賀詞首句叶韻，與此不同。而《澹齋集》李流謙詞，前段首均作："薄日烘晴，輕煙籠曉，春風繡出林塘。"細玩其詞，當非落字，而换爲一二句對仗，且第二句不叶韻，與本詞迥異。又，李詞前段尾均作："東君處，没他後、成甚風光。""東君"後必落一字，非又一體也。

原譜後結七字不讀斷，當是刻誤。

第二體　七十三字

張　先

寶奩開，菱鑒浄，一掬清蟾。新妝臉、旋學花添。蜀紅衫，雙繡蝶，裙縷鶼
●○○ ○●● ●●○△ ○○● ●●○△ ●○○ ○●● ○●○

鵪。尋思前事，小屏風、仍畫江南。　　怎空教、花解語，草解宜男。柔桑
△　○○○●　●○○　⊙●○△　　●○○　○●●　●●○△　○○

暗、又過春蠶。正陰晴，天氣更，暝色相兼。幽期消息，曲房西、碎月篩簾。
●　●●○△　●○○　○●●　●●○△　○○○●　●○○　◎●○△

"怎空教"七字是换頭，餘同。《圖譜》不解，注"正陰晴天氣"爲五字句，"更暝色相兼"爲五字叶。不知"更"字乃以住句字作轉語過下，所謂言斷氣連流走體也。不可拘執而分破調格，毋論他家詞無兩五字體，即本詞前段"蜀紅衫"端然是一句三字，豈可上句作"蜀紅衫雙繡"，下句作"蝶裙縷鶼鶼"耶？其則不遠，胡不睨而視之。

【杜注】按，《詞律拾遺》云："後半起句'怎空教'下有'花解語'三字，與下四字相偶，語氣亦足。"宜從。【"小屏風、仍畫江南"句，"仍"字疑"巧"字之誤。又，"正陰晴，天氣更、暝色相兼"二句，圖譜原注以氣字斷，萬氏駁之謂應作三三四句。按，"更"字作句似屬牽强。】

【考正】本詞實爲歐陽修作。

本調另有毛滂三首，後段起均分爲"望西園，飛蓋夜，月到清尊"、"繫畫船，楊柳岸，曉月亭亭"、"黛尖低、桃萼破，微笑輕顰"，則與前段皆合，故《詞律拾遺》云後半起句"怎空教"後有"花解語"三字者，可信，據補。

後段第二均若讀破作"正陰晴天氣，更暝色相兼"，氣脈更暢，然本調各體皆如此讀，故仍其舊，詞譜句讀當以韻律爲主，而非語意爲主也。

第三體　七十六字

毛　滂

水邊山，雲畔水，新出煙林。送秋來，雙檜寒陰。檜堂寒，香霧碧，簾箔清深。放衙隱几，誰知共、雲水無心。　　望西園，飛蓋夜，月到清樽。爲詩翁、露冷風清。退紅裙，去碧袖，花草争春。勸翁强飲，莫辜負、風月留人。

前後同。後段起句用兩三、一四，與前詞七字異。"去"字仄聲，宜用平。乃是毛又一首於"望西園"句作"繫畫船"，"畫"字用仄，或不拘，然亦用平爲是。

【杜注】按，《欽定詞譜》字句韻逗均與此同，惟"去碧袖"句"去"作"袪"，此字宜平，應遵改。【後起二句，"望西園飛蓋，夜月到清尊"爲兩五字句，萬氏分三三四句，似誤。】又按，此詞前半用侵韻，後半用真文韻，名家詞於侵韻，向皆獨用，且前半有"送秋來"句，後半又有"花草争春"句，語氣亦不符，疑是一調兩詞，各留其半。

【考正】前詞補足"花解語"後即本體，故本體重複，且疑其爲拼合詞，不作擬譜。

撼庭竹　七十二字

黄庭堅

嗚咽南樓吹落梅。聞鴉樹驚飛。夢中相見不多時。隔城今夜也應知。坐
⊙●○○○●△　○⊙●○△　◎○⊙●●○△　●○○●●○△　●

久水空碧，山月影沉西。　買個宅兒住著伊。剛不肯相隨。如今却被
●●○○　○●●○△　　●●○○●●△　○●●○△　○○●●

天嗔作，永落雞群受雞欺。空恁惡憐伊，風日損花枝。
○○●　●○○■●○△　○●●○○　○●●○△

前後同。後尾二句俱用平叶。前段"碧"字亦是作平。"如今却被"句即前段"夢中相見"句，必該用韻，觀後王詞"畫欄"句是叶可知。"你"字乃以上叶平，作者或仍用平聲，必不可不叶韻也。"永落雞群"拗，即同上"隔城今夜"句法亦不妨，觀後詞"佳辰"句可見。《圖譜》於"受雞欺"之"雞"字竟注可仄，但要此句不拗，而不管此調之拗矣。即欲改順，亦止可於"永落雞群"改仄平平仄，蓋前段"隔城今夜"可據也。若"雞欺"之"雞"，豈可用仄乎？後結五字二句，正與前同，觀後王詞亦然。《圖譜》乃分"空恁惡"爲三字句，下爲七字句，尤爲無理。

【杜注】按，《欽定詞譜》云：既押平聲韻，其句中平仄即與仄韻詞不同，《詞律》强爲參校，終屬無據，所注可平可仄不必從。

【考正】本詞前段第二句爲平聲一字逗領四字句法，黄詞、王詞前後段皆同，故此處非"聞鴉"爲頓，而是"鴉樹"爲頓，惟"鴉樹驚飛"云云於文理甚爲不通，疑有錯訛。

萬氏原注"空碧"之"碧"、"宅兒"之"宅"均爲以入作平。且因後段"伊"字叶，故以爲"碧"字亦叶平韻。惟入聲雖可作平，然入聲作平且叶平韻者，似未有所聞也。蓋本句原爲閑韻，可叶可不叶，前段不叶後段叶，詞中常態耳，校之後一體，雖韻有平仄之異，然該拍王詞前後皆不叶，可知"伊"字偶合撞韻而已，後段起拍已然用"伊"字入韻，可證，若此處再韻，則爲重韻也。同理，後段第三句原譜作"天嗔你"，萬氏以爲亦是以上叶平，而第三句本亦閑韻，大可不必。萬氏並以爲該句亦可用平聲叶韻，則句法便成三平而收，豈有此理哉。檢《山谷琴趣外篇》，本句作"天嗔作"，"你"字當是形近而誤也，則非韻明矣。此二處，《譜》《圖》皆不作韻標識。

"永落"句，惟"群"字當仄而平，是爲誤填也，"落"，以入作平。

第二體　七十二字

王　詵

綽略青梅弄春色。真艷態堪惜。經年費盡東君力。有情先到探春客。無
●●○○●○▲　○●●○▲　○○●●○○▲　●○○●●○▲　○

語泣寒香,時暗度瑤席。　月下風前空悵望,思攜手同摘。畫欄倚遍無

●●○○ ○●●○▲　●●○○○●● ○○●○▲ ●○●●○

消息。佳辰樂事再難得。還是夕陽天,空暮雲凝碧。

○▲ ○○●●●○▲ ○●●○○ ○●○○▲

此用仄韻,而句中平仄較前詞整妥可從。前後段同。所稍異者,後起句不叶耳。“雲”字若依前段及前詞,宜用仄聲,想不拘也。蓋前詞兩結如五言詩一句,此詞兩結則以“時”、“空”二字領句,句法本不同耳。

此係《撼庭竹》,與《撼庭秋》無涉。

【考正】萬氏以爲“雲”字可平可仄,或可商榷。且前首與本詞句法既不同,又如何相依?以句法論,此字必平,前段“度”字,或爲誤填,或爲借音入聲耳。

風入松　七十二字

趙彦端

傳聞天上有星榆。歷歷誰居。淡煙暮擁紅雲暖,春寒乍有還無。作態似

⊙○⊙●●○△ ◎●○△ ◎○◎●○○● ⊙○◎●○△ ◎●◎

深仍淺,多情要密還疏。　移樽環坐足相娛。醉影憑扶。江南歸到雖

○⊙● ⊙○◎●○△　⊙○⊙●●○△ ◎●○△ ⊙○⊙●○

憐晚,猶勝不見踟躇。儘拚綠陰青子,憑肩攜手如初。

○● ⊙○◎●○△ ◎●◎○⊙● ⊙○⊙●○△

前後同。“拚”字去聲讀。

【考正】本詞前後段第四拍六字,較正格減一字,宋人極少如此填,故填本調,總以第三體爲正。

第二體　七十四字

周紫芝

禁煙過後落花天。無奈輕寒。東風不管春歸去,共殘紅、飛上秋千。看盡

●○○●●○△ ○●○△ ○○●●○○● ●○○ ○●○△ ●●

天涯芳草,春愁堆在闌干。　楚江橫斷夕陽邊。無限青煙。舊時雲去

○○○● ○○○●○△　●○○●●○△ ○●○△ ●○○●

今何處,山無數、柳漲平川。與問風前回雁,甚時吹過江南。

○○● ○○● ●●○△ ●●○○○● ●○○●○△

前後第四句七字。

按,此調前後相同,不應互異。各譜所收伯可一首,第四句前云“與誰同

捻花枝"六字，後云"歎樓前流水難西"七字，必無此體，斷是前段少一字也。故本譜不收七十三字一格。沈氏謂："捻"字下添"好"字。亦非。若作"與誰同捻好花枝"，竟像七言詩句，非上三下四句法矣。

【考正】萬氏所疑惑者，實詞之句型變化問題，本調第四句正格爲三四式折腰句法，詞中句法有時可減一領字，作六字句，此乃填詞之基本法則也，趙詞既如此，究其本質，兩者實爲一體。然則某調前段減字或後段減字，均在詞律允許之中，前六後七或前七後六，亦並無所乖也，萬氏於後一體吴詞中又以"傳誤"論，則何傳誤如此之多，且傳誤者皆在此句式耶？如韓温甫詞，前段作"水沉煙暖餘香"、後段作"到而今、好處難忘"，與康伯可詞正同，即可爲證。

第三體　七十六字

吴文英

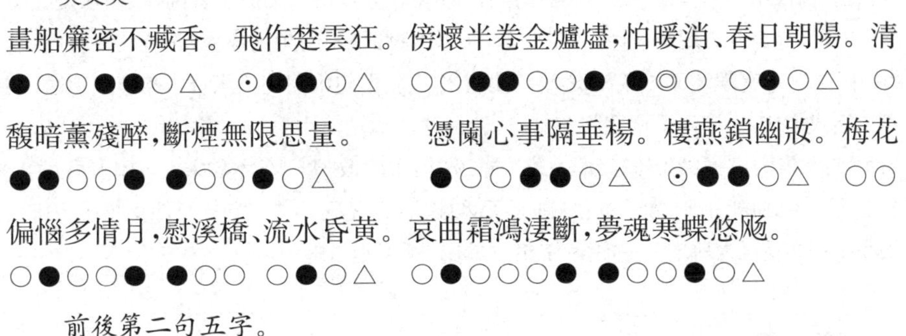
畫船簾密不藏香。飛作楚雲狂。傍懷半卷金爐燼，怕暖消、春日朝陽。清
●○○●●○△　⊙●●○△　○○●●○○●　●◎○　○●○△　○
馥暗薰殘醉，斷煙無限思量。　憑闌心事隔垂楊。樓燕鎖幽妝。梅花
●●○○●　●○○●○△　●○○●●○△　⊙●●○△　○○
偏惱多情月，慰溪橋、流水昏黄。哀曲霜鴻淒斷，夢魂寒蝶悠颺。
○●○○●　●○○　○●○△　○●○○○●　●○○●○△

前後第二句五字。

按，斕窟一首，五字句前作"曾格外疏狂"，後作"空煙水微茫"，其句法以"曾"字、"空"字領句，與此吴詞不同，是另一格也。因句字同，不另列。又按，夢窗"春風吴柳"一首、"一番疏雨"一首，第四句皆作前六後七，亦是傳誤，與康詞同，本譜亦不收七十五字一格。

【杜注】按，戈氏校本"清馥晴薰殘醉"句，"晴"作"暗"，可從。

【考正】"暗薰"佳於"晴薰"，據杜注改。又，萬氏所云夢窗別首第四句有前六後七者，均爲脱落，"春風吴柳"一首，前段當是"被玉龍、吹散幽香"；"一番疏雨"一首，前段則爲"早涼生、傍井梧桐"。

荔枝香近　七十三字

周邦彦

夜來寒侵酒席，露微泫。舄履初會，香澤方薰，無端暗雨催人，但怪燈偏簾
●○○○●●　●○▲　◎○○●　○●○○　⊙○●●○○　◎◎⊙⊙○
卷。回顧、始覺驚鴻去雲遠。　大都世間最苦，唯聚散。到得春殘，看
▲　⊙●　◎◎⊙⊙◎○▲　●○●○●●　○●▲　●●○○　◎

即是、開離宴。細思别後，柳眼花鬚更誰剪。此懷何處消遣。
●● ⊙○▲ ◎○◎● ●●○○●○▲ ●○○●○▲

"卷"字應是叶韻，但千里和詞通本皆字字模仿，此調亦平仄不異，而於"無端"以下作："鶯啼燕語交加，是處池館春遍。風外、認得笙歌近遠。""館"字不用平聲，而"遍"字不和"卷"字，未審何故？或疑"卷"字原非叶韻，則自"烏履"起二十八字，直至"遠"字方叶韻，必無是理也。首句似拗，然千里所和"小園花梢雨歇，浪羞泫"，無異，而夢窗亦作"睡輕時聞晚鵲，噪庭樹"，則正相同也。但夢窗於此句之下，則與後方詞"翠壁"以下同耳。

【杜注】萬氏疑方千里和詞，於原作"但怪燈偏簾卷"句作"是處池館春遍"，"館"字不用平聲，而"遍"字不和"卷"字，按，《歷代詩餘》方詞此句作"是處簾櫳高卷"，乃傳抄之誤，平聲、叶韻均無誤也。

【考正】前段用平起律拗句法，檢耆卿詞作"甚處尋芳賞翠"，美成别首則作"照水殘紅零亂"均爲仄起。詞之起調、畢曲最爲要緊，而以大拗開拍，則頗爲怪異，必有其特殊處，或"夜來"二字本有誤。又，"烏履"之"履"，以上作平。本句宋詞均爲仄音步相連式句法，惟第二字或上或入，均當平讀爲是。

前結原譜作"回顧始覺、驚鴻去遠"，據《欽定詞譜》改讀。又，本句宋人各體多爲九字，校之少一字，而陳允平、方千里和詞亦均爲八字，楊澤民則爲："三勸。記得當時送□遠。"疑脱字符亦爲後人所增。一本《片玉集》本句作"去雲遠"，據補。

第二體　七十六字

方千里

勝日登臨幽趣。乘興去。翠壁古木千章，林影生寒霧。空蒙冷濕人衣，山
●●○○○▲ ○●▲ ●⊙●●○○ ○●○○▲ ○○●●○○ ⊙

路元無雨。深澗、斗瀉飛泉溜甘乳。　　漁唱晚，看小棹、歸前浦。笑指
●○○▲ ○● ●●○○●○▲ ○●● ●●● ○○▲ ●●

官橋，風颭酒旗斜舉。還脱宫袍，一醉芳杯倒鸚鵡。幸有雕章蠟炬。
○○ ⊙●●○○▲ ⊙●○○ ●●○○●○▲ ●●⊙○○▲

此和周邦彦詞，亦與柳詞同，惟前段起句用韻小異。

此和清真詞，字字相同，只"深澗"句周本作"看兩兩相依燕新乳"，此詞却多一字。耆卿此句，作"遥認衆裏盈盈好身段"，夢窗作"天上未比人間更情苦"，則原應九字而周本於"看"字上落一字，或係"閑"字、"愁"字也。《圖譜》顛倒，作"新燕乳"，更謬。首次二句，周云"照水殘紅零亂，風唤去"，《圖譜》改"唤"字作"掀"字，因於"紅"字斷句。觀千里用"興"字，則此字是仄，而"唤"字甚妙，蓋殘紅隨風，如聞其呼唤而去也，作"掀"字便没意味。柳詞"甚處尋芳

賞翠，歸去晚"，亦是六字斷，而"去"字用去聲也。至夢窗，一首作"錦帶吴鈎征思，渡淮水"，"淮"字平而"渡"字仄，則用前周詞體而又略變耳。夢窗又一首前結云"因詰，駐車新堤步秋綺"，"詰"字必訛，"車"字必是"馬"字，耆卿後起云"擬回首"，平仄稍異，或不拘。

按，《片玉集》刻，周末句作"如今誰念悽楚"，與耆卿尾平仄同，《清真集》作"共剪西窗密炬"，與夢窗尾平仄同，想亦不拘。然觀方和詞，則周詞是"炬"字煞者。余謂學前周體，則作前煞，學此體，則作此煞可也。

【杜注】萬氏注夢窗又一首前結云："'因詰，駐車新堤步秋綺'，'詰'字必訛"。按，此詞"因詰"之"詰"字作"語"，即"錦帶吴鈎"詞之前結，非又一首也。

【考正】"翠壁"之"壁"，萬氏注可平，然亦可視爲以入作平，兩種句法皆可。夢窗詞一作"夜吟敲落霜紅"，一作"又説今夕天津"，可爲旁證。詞末"蠟炬"之"蠟"，萬氏原注以入作平。

彊村四校本《夢窗詞》，别首前結作"因話，駐馬新堤步秋綺"，則萬氏、杜氏所引或俱誤，蓋末句第二字諸家皆用仄聲，夢窗别首亦作"未比人間更情苦"，豈有夢窗一家一詞用平者？

師師令　七十三字

張　先

香鈿寶珥。拂菱花如水。學妝皆道稱時宜，粉色有、天然春意。蜀彩衣長
○○●▲　●○○○▲　●○○●●○○　◎●●　⊙○○▲　●●○○
勝未起。縱亂霞垂地。　都城池苑誇桃李。問東風何似。不須回扇障
○●▲　●●○○▲　○○○●○○▲　●○○○▲　●○○●●
清歌，脣一點、小於朱蘂。正值殘英和月墜。寄此情千里。
○○　⊙●●　◎○○▲　●●○○○●▲　●●○○▲

後起换頭，餘同。《圖譜》亂注平仄，不可從。五字四句，俱以一字領句者，勿誤。"菱、東"用平，"亂、此"用仄。

【杜注】按《蓮子居詞話》云："《本事詞》：張子野爲汴妓李師師特製新調，直題曰《師師令》。考《吴興志》，子野卒於熙寧十年，年八十九，距政和、重和、宣和又三十餘年，是不及見師師，何由而爲是言乎？乃好事者率意附會，並忘子野年幾何矣。何其疏與？"

郭郎兒近拍　七十三字

柳　永

帝里。閑居，小曲深坊，庭院沉沉朱户閉。新霽。畏景天氣。薰風簾幕無
●▲　○○　●●○○　○●○○○●▲　○▲　●●○▲　○○○●○
人，永晝厭厭如度歲。　愁悴。枕簟微涼，睡久輾轉慵起。硯席塵生，
○　●●○○○●▲　○▲　●●○○　●○●●○▲　●●○○

新詩小闋，等閑都盡廢。這些兒、寂寞情懷，何事新來常恁地。
○○●● ●○○●▲ ●○○ ●●○○ ○●○○○●▲

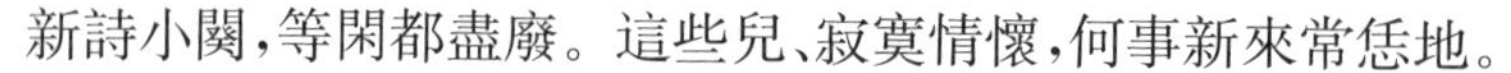

此詞非有落字，必有訛字，難以論定，姑注如右。所無疑者，"愁瘁"二字，必是後段起句，蓋"何事"句與"永晝"句合耳。"畏景"決係誤字。或謂"帝里"即是起韻，總無他闋可考，恨！恨！

【杜注】按，宋本"帝里"之"里"字是起韻。又，"轉轉慵起"句，上"轉"字應作"輾"。又，"愁瘁"二字是後段起句【，與宋本合】。又按，《欽定詞譜》注云："照《詞暎》點定"，與宋本同。

【考正】原譜"帝里"未作叶韻，"輾轉"原作"轉轉"，"愁瘁"原譜爲前段尾拍，均據杜注補改。

萬氏以爲"畏景"決係誤字，不知所思爲何。畏景者，此處爲夏日也。白居易《旱熱》詩云："持此聊過日，焉知畏景長。"故正與後文"熏風"合，是"枕簟微涼"時節。而"景"字上聲，此處作平，於律亦無不妥者。然本詞爲近詞，後段三均儼然，而前段第二均顯有殘缺，若作"新霽□□，□□畏景，□□□天气"則合格律矣。又按，後段"睡久"之"久"，亦爲以上作平。

隔浦蓮近拍　七十三字　或無"近拍"二字　或止有"近"字

周邦彦

新篁搖動翠葆。曲徑通深窈。夏果收新脆，金丸落、驚飛鳥。濃靄、迷岸草。蛙聲鬧。驟雨鳴池沼。水亭小。
○○○●●▲ ●●○○▲ ●●○○● ○○● ○○▲ ○● ○●▲ ○○▲ ●●○○▲ ●○▲

浮萍破處，檐花簾影顛倒。綸巾羽扇，困卧北窗清曉。屏裏吴山夢自到。驚覺。依前身在江表。
○○●● ○○○●○▲ ○○◎● ●●●○○▲ ○●○○●●▲ ○▲ ○○○●○▲

此調作者頗多，而注者每誤，今爲細細正之。首句六字，三平三仄，定格也。《譜》、《圖》只剩一"葆"字韻脚，不注上五字，俱曰"可平可仄"，則此句可填作"性旺耀同催葆"之聲矣。豈是《隔浦蓮》首句乎？查千里和詞，云"垂楊煙濕嫩葆"，放翁云"飛花如趁燕子"、"騎鯨雲路倒景"，夢窗云"榴花依舊照眼"，海野云"涼秋湖上過雨"，梅溪云"洛神一醉未醒"，逃禪云"牆頭低蔭翠幄"，竹屋云"銀灣初霽暮雨"，無非三平三仄者。若論其細，尚宜於第四第五字用去，第六字用上，豈有可用仄仄仄平平仄之理乎？"濃靄"句，平仄平仄仄，定格也。《譜》注"濃"可仄，"靄"、"岸"可平，查千里云"花妥庭下草"，放翁云"雪澤秋萬頃"，介庵云"秋館寒意早"，夢窗云"年少驚送遠"，海野云"妝臉宜淡濘"，梅溪云"侵曉鷗夢穩"、"陰壑生暗霧"，竹屋云"纖巧雲暗度"，俱第二第四用仄，止逃禪云"新晴人意樂"，"晴"字或係"霽"字，豈可以其拗，而竟改

作五言詩句法乎？“夢自到”三字俱仄，定格也。《譜》注“夢”字可平，查千里云“倦再到”，放翁云“怕蜀倚”、“夜漏永”，介庵云“待見了”，夢窗云“蕩素練”，海野云“待怨訴”，梅溪云“暗折贈”，逃禪云“怕又惡”，無非二去一上，豈可用平仄仄乎？其餘亂注，更不可枚舉矣。“金丸落”六字，汲古刻注云：“一作‘金丸落飛鳥’。”按譜此處應三字兩句，宜作“金丸落，驚飛鳥”，毛氏可謂訂正矣。然今歷查各家詞，惟夢窗作“汀菰綠，薰風晚”，而放翁作“金籠鸚鵡飛起”、“寥然非復塵境”，海野作“蕭然姑射儔侶”，梅溪作“虛堂中自回互”，逃禪作“餘酲推枕猶覺”，俱於第三第四字相連者，且此二字俱用平仄，只竹屋有“涼生一天風露”句，“一天”用仄平，然亦相連。況千里乃和清真者，原作“彝猶終日魚鳥”，則周詞本是“金丸驚落飛鳥”，而誤以“驚落”爲“落驚”耳。汲古又注云：“時刻或於‘池沼’下分段。”愚謂“水亭小”三字是後段起句，觀千里和詞“野軒小”屬後段，可信。蓋前尾不宜有此贅句，用作换頭爲妥。然各家如放翁、梅溪、竹屋屬前結，海野、夢窗屬後起，則此句自來傳刻参差，無有定例，不敢鑿然，姑仍舊繫於“池沼”之下。至於《嘯餘譜》，則竟將“驟雨鳴”注作三字句，而以“池沼”二字連下“水亭小”作五字句，其謬如此，可發一笑。“鬧”字是叶韻，千里和云“鳴蟬鬧”是也。《譜》、《圖》不注叶，差。然此句放翁、夢窗俱不用韻，想不拘耳。

【杜注】按，葉譜第四句“落驚”作“驚落”，與萬氏説合。又按，《欽定詞譜》“水亭小”句作後起。

【考正】“今丸落驚飛鳥”一句，殆有兩種填法，或六字一氣貫之，或三三式折腰，故“今丸落，驚飛鳥”亦不爲錯。吴夢窗“汀菰綠、薰風晚”、趙聞禮“楊花撲、春雲暖”即如此填法。該句原譜未作讀斷，現予點斷爲三三式，不從杜注。

“濃靄”起八字，原爲二字逗領兩三字句，且兩三字句時作對仗法，如趙聞禮之：“啼鳥、驚夢遠。芳心亂。”楊无咎之：“新晴、人意樂。雲容薄。”趙彦端之：“幽館、寒意早。檐聲小。”詞形諧婉美觀，若不讀斷，則不成句矣。

隔簾聽　七十三字

柳　永

咫尺鳳衾鴛帳，欲去無因到。蝦鬚窣地重門悄。認繡履頻移，洞房杳杳。
●●●○○●　●●○○▲　○○●●○○▲　●●●○○　●○●▲

强語笑。逞如簧、再三輕巧。　梳妝早。琵琶閑抱。愛品相思調。聲
●●▲　●○○　●○○▲　○○▲　○○○▲　●●○○▲　○

聲似把相思告。但隔簾聽得，斷腸多少。恁煩惱。除非是、共伊知道。
○●●○○▲　●●○○●　●○○▲　●○▲　○○●　●○○▲

《樂章》如此分段。然"梳妝早"三字,不應贅於前結之下,玩其語意,自爲過變起句。且"蝦鬚"句七字,抵後"聲聲"句七字,"認繡履"二句,抵後"隔簾"二句,"强歡笑"三字,抵後"恁煩惱"三字,"逞如簧"句七字,抵後末句,則"梳妝早"非屬後段而何?況語意亦謂"梳妝早完,閑暇無事,故抱弄琵琶"耳。

【杜注】按,宋本"梳妝早"作後段起句。又,"聲聲似把相思告"句,"相思"作"芳心",又,"隔簾贏得"作"但隔簾聽得",有"但"字,"贏"作"聽"。又,末句"除非共伊知道"句,"非"字下有"是"字,均應增改。【"强語笑"句,萬氏注内"語"誤作"歡"。】

【考正】除"芳心"二字,餘皆已據杜注改。

碧牡丹　七十四字

晏幾道

翠袖疏紈扇。凉葉催歸燕。一夜西風,幾處傷高懷遠。細菊枝頭,開嫩香
●●○○▲　○●○○▲　●●○○　●●○○○▲　●●○○　○●○
還遍。月痕依舊庭院。　事何限。悵望秋色晚。離人、鬢華將换。静
○▲　●○○●○▲　●○▲　●●○○▲　○○　●○○▲　●
憶天涯,路比此情還短。試約鸞箋,傳素期良願。南雲應有新雁。
●○○　●●●○○▲　●●○○　○●○○▲　○○○●○▲

"事何限"是换頭起句。子野、正伯各詞皆同。因舊刻誤連前結,《圖譜》因之,謬矣。"一夜西風"以下俱與後段同。"静憶天涯"乃四字,下"路比"句是六字,《圖譜》誤分五字兩句,尤大謬。豈前段亦可以"一夜西風幾"爲句耶?又於"傳素期"句"傳"字下誤多"與"字。

【考正】"悵望"句原譜作"悵望秋意晚",雖"望"字亦可平讀,然查宋詞本句均爲仄起仄收式律句,張子野作"閑照孤鸞戲",晁无咎作"舊事如雲散"、"繡帶因風起",程正伯作"不是花情薄",第四字皆平,故小山此"意"字必有舛誤,《欽定詞譜》本句作"悵望秋色晚",但第四字亦標爲仄讀,而"色"實當是以入作平,庶幾與諸家合。據改。

"凉葉"句五字,或有脱落,其餘諸家本句均爲六字折腰式句法,或是"凉葉落、催歸燕"之訛。與之相對之後段"離人"句,原譜不讀斷,宋人平仄皆如此,此等句法,均不可一氣貫之,而須讀出二字一逗,即余所謂同音步相連是爲二字逗之標識也。

第二體　七十五字

程　垓

睡起情無著。曉雨盡,春寒弱。酒盞飄零,幾日頓疏行樂。試數花枝,問
●●○○▲　●●●　○○▲　●●○○　●●◎○○▲　●●○○　●
此情何若。爲誰開,爲誰落。　正愁却。不是花情薄。花元笑人蕭索。
●○○▲　●○○　●○▲　●○▲　◎●○○▲　○○●■○▲

舊觀千紅，至今冷夢難托。燕麥春風，更幾人驚覺。對花羞，爲花惡。
●●○○ ●○●●○▲ ●●○○ ●●○○▲ ●○○ ●○▲

前詞第二句五字，此三字兩句。前兩結皆六字一句，此皆三字兩句。餘同。“曉雨盡”无咎作“銀箏低”，三平字。“爲誰開”无咎作“梁舟緊”，“梁”字平，“緊”字仄；子野作“芭蕉寒”，“芭”字平。“問此情”、“更幾人”是一字領句者，无咎用“紅浪隨鴛履”、“眼亂樽中翠”如五言詩句，想不拘。“至今”句與“幾日”句，平仄不同，子野詞亦然，无咎則前後相同，與晏詞體合，亦不拘也。觀“酒盞”、“舊觀”各二句，愈可知《圖譜》注前詞以“静憶天涯路”爲五字之誤矣。

【考正】萬樹所謂晁無咎詞者，“銀箏低”或爲“銀箏雁”之誤，第三字仍爲去聲，晁氏别首作“春山事”，亦爲平平仄。余疑小山詞本句原作“涼葉落，催歸燕”，落去一字耳。然則“曉”字爲上聲作平也。

又，《花草粹編》收李致遠同調名慢詞一首，九十八字，雙調平韻體，與本調當是同名異調，録備一調：

碧牡丹慢　七十五字

李致遠

破鏡重圓，分釵合鈿，重尋繡户珠箔。説與從前，不是我情薄。都緣利役名牽，飄蓬無定，
●●○○ ○○●● ○○●●○▲ ●●○○ ●●●○▲ ○○●●○○ ○○○●
翻成輕負。别後情懷，有萬千牢落。　經時最苦分攜，都爲伊、甘心寂寞。縱滿眼、閑花
○○○▲ ●●○○ ●●○○▲ ○○●●○○ ○●○ ○○●▲ ●●● ○○
媚柳，終是强歡不樂。待憑鱗羽，説與相思，水遠天長又難托。而今幸已再逢，把輕離
●● ○●○○●▲ ●○○● ●●○○ ●●○○●○▲ ○○●●●○ ●○○
斷却。
●▲

傳言玉女　七十四字

晁沖之

一夜東風，不見柳梢殘雪。御樓煙暖，對鼇山彩結。簫鼓向晚，鳳輦初回
●●○○ ●●●○○▲ ●○○● ●○○●▲ ○○●● ●●○○
宫闕。千門燈火，九逵風月。　繡閣人人，乍嬉遊、困又歇。艷妝初試，
○▲ ○○○● ●○○▲ ●●○○ ●○○ ●●▲ ●○○●
把朱簾半揭。嬌羞向人，手撚玉梅低説。相逢長是，上元時節。
●○○●▲ ○○●■ ●●●○○▲ ○○○● ●○○▲

“艷妝”以下與前同。“對鼇山”句即同“把珠簾”句，“對”、“把”二字領句，各家皆然。竹齋後段亦用“比年時更瘦”，而前則云“礫礫敲春晝”，此誤筆，不

可學。其篇甚佳，惜此句爲疵也。“鼓”、“晚”二字俱仄，“羞”、“人”二字俱平，或不拘。竹齋前云“衾繡半卷”，後云“雙燕乍歸”；金谷前云“華國翠路”，後云“花旗翠帽”，“國”字恐訛；不如海野前云“華胥夢裏”，後云“幽期密約”；逃禪前云“看猶未足”，後云“韶華過半”，爲易填而諧聽耳。此句第三字必用去聲，勿誤。“困又歇”三仄，是定格。石之“照夜賞”，黄之“似病酒”，楊之“與有問”、“氣味俗”，皆同。獨曾氏云“不似少年懷抱”，“年”、“懷”二字皆平，且不於三字豆句，則竟與前段同格矣。或另有此體，然當從其多者。

“不見”二字作訝然，意妙，《圖譜》改作“吹散”，真如嚼蠟矣。此則《嘯餘》仍作“不見”二字，未差也。又，以“晚”字訛作“曉”字，則仍《嘯餘》之謬，吾未見上元必待天曉而張燈火也，何不從其是處，而偏從其謬處耶？

【杜注】按，《歷代詩餘》“九逵風月”句“九逵”作“九衢”。又，“嬌羞向人”句作“嬌波溜人”。

【考正】“簫鼓向晚”句，宋人多作○○●●，惟本句及黄機“衾繡半卷”二句例外，且黄詞後段作“雙燕乍歸”，爲●●○○句式，故“卷”字以上作平。然則本句之“鼓”，亦爲以上作平，與諸詞同句法。與之對應者，下段之“嬌羞向人”句，“人”字亦須仄讀。按，“人”字仄讀，詞中時有所見，余不知其緣由也。

百媚娘　七十四字

張　先

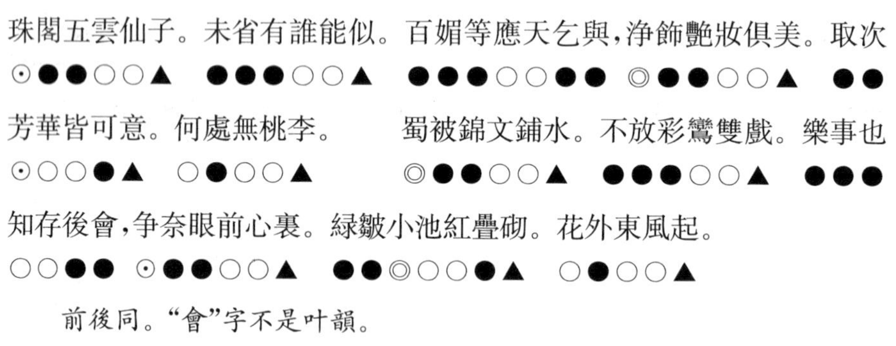
珠閣五雲仙子。未省有誰能似。百媚等應天乞與，浄飾艷妝俱美。取次
⊙●●○○▲　●●●○○▲　●●●○○●●　◎●●○○▲　●●
芳華皆可意。何處無桃李。　蜀被錦文鋪水。不放彩鸞雙戲。樂事也
⊙○○●▲　○●○○▲　◎●●○○▲　●●●○○▲　●●●
知存後會，争奈眼前心裹。緑皺小池紅疊砌。花外東風起。
○○●●　⊙●●○○▲　●●◎○○●▲　○●○○▲

前後同。“會”字不是叶韻。

【杜注】按，《葉譜》“百媚等應天乞與”句，“等”作“算”，“乞”作“付”，可從。

剔銀燈　七十四字

杜安世

昨夜一場風雨。催促牡丹歸去。孫武宫中，石崇樓下，多情怎生爲主。真
◎●◎○⊙▲　⊙●◎○○▲　⊙●○○　◎○⊙●　⊙■◎○○▲　⊙
疑洛浦。雲水莫、杳無重數。　獨倚闌干凝佇。香片亂沾塵土。争似
○◎▲　⊙◎●　◎○⊙▲　◎●⊙○⊙▲　⊙●◎○○▲　⊙●

當初，不曾相見，免恁惱人腸肚。緑叢無語。空留得、寶刀剪處。
○○ ◎○⊙● ◎●◎○⊙▲ ◎○⊙▲ ⊙⊙● ◎○◎▲

"情"字宜用仄聲。前後同。

【校勘記】杜安世詞，"安世"二字倒誤。

【考正】本調多處六字句與七字句不拘，但六字句均爲律句，檢宋詞本句第二字莫不用仄者，故"情"字不當是"宜用"仄聲，而是"必用"仄聲。而此處填平，余以爲或爲"□多情、怎生爲主"之奪誤而成。

又，據校勘記改正作者名。

第二體 七十五字

毛 滂

簾下風光自足。春忽到、席間屏曲。瑶甕酥融，羽觴蟻鬬，花映酃湖寒緑。
○●○○●▲ ○●● ●○○▲ ○●○○ ●○●● ○●○○○▲

汨羅愁獨。又何似、紅圍翠簇。　聚散悲歡箭速。不易一杯相屬。頻
●○○▲ ●○● ○○●▲ ●●○○●▲ ●●●○○▲ ○

剔銀燈，别聽牙板，尚有龍膏堪續。羅熏繡馥。錦瑟畔、低迷醉玉。
●○○ ●○○● ●●○○○▲ ○○●▲ ●●● ○○●▲

前段第二句七字，後段第二句六字，初謂前後不宜参差，查耆卿、壽域皆有前七後六者，故録此以備一格。

耆卿於"頻剔銀燈"句作"論籃買花"，或平仄不拘，然不可學。但從其前段"艶杏夭桃"爲是也。

【杜注】按，《花草粹編》第二句"春忽到、席間屏曲"，無"忽"字，與後段第二句同是六字。又，此調題爲"賦侑歌者"，乃澤民自製曲，故以詞内"頻剔銀燈"句爲調名，應以此闋爲正調。萬氏因誤多"忽"字，列杜壽域詞，而以此爲又一體，誤。

【考正】耆卿"論籃買花"，音步連平失諧，故萬氏以爲"不可學"。按，彊村叢書本《樂章集》，本句作"論檻買花"，後人利登亦有"论槛移花，量船载酒，寂寞当年情味"句，正從柳詞來，故"檻"字於理可信，於律可從，無違矣。

第三體 七十六字

杜安世

好事争如不遇。可惜許、多情相誤。月下風前，偷期竊會，共把衷腸分付。
●●○○●▲ ●●● ○○○▲ ●●○○ ○○●● ●●○○○▲

尤雲殢雨。正繾綣、朝朝暮暮。　無奈别離情緒。酒和病、雙眉長聚。
○○●▲ ●●● ○○●▲ ○●●○○▲ ●○● ○○○▲

往事淒涼，佳音迢遞，似此因緣誰做。洞雲深處。暗回首、落花飛絮。
●●○○ ○○○● ●●○○○▲ ●○○▲ ●○● ●○○▲

前後第二句俱七字。

越溪春　七十五字

歐陽修

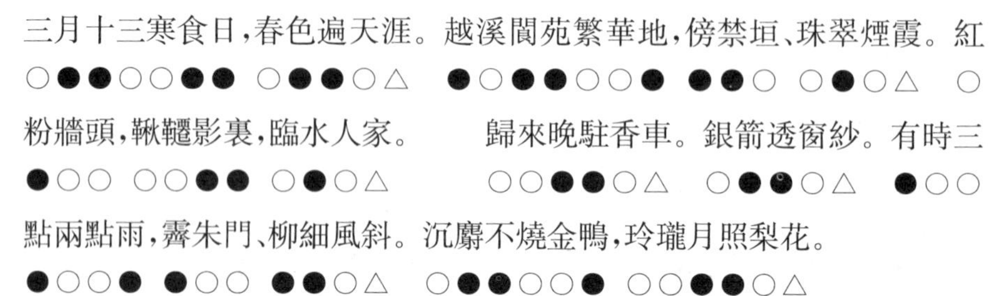
三月十三寒食日，春色遍天涯。越溪閬苑繁華地，傍禁垣、珠翠煙霞。紅
○●●○○●● ○●●○△ ●○●●○○● ●●○ ○●○△ ○
粉牆頭，鞦韆影裏，臨水人家。　歸來晚駐香車。銀箭透窗紗。有時三
●○○ ○○●● ○●○△ ○○●●○△ ○●●○△ ●○○
點兩點雨，霽朱門、柳細風斜。沉麝不燒金鴨，玲瓏月照梨花。
●○○● ●○○ ●●○△ ○●●○○● ○○●●○△

向來俱作"沉麝不燒，金鴨冷籠，月照梨花"，今依詞綜校正，作六字兩句。

按，"銀箭"句即同前"春色"句，則"有時"句似應作七字，於兩點雨分斷，而以霽字屬下爲是，然臆測不敢謂必然，故依舊注之。"兩點"二字皆上聲作平者，少游《金明池》亦云"過三點兩點細雨"，其句正對後段"才子倒玉山休訴"也，作者不必泥此，而於此二字誤用去聲。《圖譜》於"瓏"字作可仄，想誤刻也。

【考正】萬氏原譜"有時"二句仍作一八一六，余以爲如此句讀正合前段"越溪閬苑繁華地，傍禁垣、珠翠煙霞"，非臆測也，據改。又，《全宋詞》後段尾均作"沉麝不燒金鴨冷，籠月照梨花"，以句法論，顯誤，而《欽定詞譜》未採萬樹所據，亦以一七一五結，甚奇。

長生樂　七十五字

晏　殊

閬苑神仙平地見，碧海架蓬瀛。洞門相向，倚金鋪微明。處處天花撩亂，飄散歌聲。裝真延壽，賜與流霞滿瑤觥。　紅鸞翠節，紫鳳銀笙。玉女雙來近彩雲。隨步朝夕拜三清。爲傳王母金籙，祝千歲長生。

中多難句豆處，必有訛錯。

【杜注】按，此詞與下一闋相同，惟後半第三句"玉女"下四字誤平仄，失一韻耳。【又，"玉女雙來近，彩雲隨步"二句，或謂近字以仄作平叶。按，姜白石《鶯聲繞紅樓》詞，"近前舞絲絲"句"近"字自注平聲，本可通讀，第考語氣，似以"玉女雙來"爲句，"近"字屬下較順。】

【考正】原譜"裝真"起十一字、"玉女"起十四字均未讀斷。按，"裝真延壽"可句，據改。而"玉女"十四字《欽定詞譜》讀爲七字兩句，姑仍之。然本詞句多不通，應是錯訛過多，故不擬譜。填者可依後一體爲範。

第二體　七十五字

晏殊

玉露金風月正圓。臺榭早涼天。畫堂佳會，組繡列芳筵。洞府星辰龜鶴，
●●○○●●△　⊙●●○△　●○○●　●●●○△　●●○○○●

福壽來添。歡聲喜色，同入金爐泛濃煙。　清歌妙舞，急管繁弦。榴花
⊙●○△　○○◎●　⊙●○○●○△　○○●●　●●○△　○○

滿酌觥船。人盡祝、富貴又長年。莫教紅日西晚，留著醉神仙。
●●○△　○●●　●●●○△　●○○●○●　⊙●●○△

此比前詞略明，然亦未必無誤也。無可證，姑依舊刻録存。

"來添福壽"改用叶韻語，知前詞"飄散歌聲"則佳，或原是"福壽來添"也。

【杜注】按，葉譜正作"福壽來添"，與萬氏論合。

【考正】已據杜注改。然本詞前後段字句參差，均數不合，當亦有差誤。

千年調　七十五字

辛棄疾

巵酒向人時，和氣先傾倒。最要然然可可，萬事稱好。滑稽坐上，更對鴟
⊙●●○○　⊙●○○▲　◎●○○◎●　●●○▲　◎○◎●　●●○

彝笑。寒與熱，總隨人，甘國老。　少年使酒，出口人嫌拗。此個和合
○▲　⊙◎◎　●○○　○●▲　◎○●●　◎●○○▲　◎●○○

道理，近日方曉。學人言語，未會十分巧。看他們，得人憐，秦吉了。
◎●　●○○▲　◎○⊙●　●●○○▲　◎⊙⊙　●○○　○●▲

只後起一句换頭，餘同。"事"字、"日"字俱仄，稼軒又一首，後用"賜汝蒼璧"，亦同。但前用"叫開閶闔"，或偶誤，或不拘，未敢臆斷，然作者依此用仄爲是。"寒與熱"下三句，每句三字，後結亦同。《圖譜》分此九字，前作三六，後作六三。又，"笑"字失注叶韻，且注可平，誤矣。而《嘯餘》之奇，更可大棨，"更對鴟彝"作四字句，"笑寒與熱"作四字句，"總隨人甘國老"作六字句。後段結"看他們得人"作五字句，"憐秦吉了"作四字句，"吉"字注可平，豈非怪事。蓋"甘國老"是甘草也，用以配後"秦吉了"鳥名作結，巧絶，作譜者不知耳。其"隨"字注作可仄，意中竟以"人甘"二字連讀矣。"合"字音"呵"，《譜》、《圖》無一字不亂注，獨於"合"字作平者，偏不注可平，怪哉！怪哉！《圖譜》既知"笑"字屬上句，又仍《嘯餘》之謬，以"笑"字爲可平，且反注"彝"字可仄，其去《嘯餘》一間耳。稼軒又一首，於"隨"字作"斛"字，亦是作平。

【考正】"和合"之"合"，萬氏原注以入作平，宋詞此字俱作平。"十分"之"十"，萬氏原注作

平。另，“近日”之“日”，亦以入作平，萬氏所舉稼軒别首作“賜汝蒼壁”者，“汝”，以上作平。該字如王義山作“對兒孫説”，元人長筌子則一作“般”，一作“山”，皆平。又，萬氏原注“‘隨’字注作可平”，“平”字刻誤，改。

又按，王義山詞，後段結作“住茅屋三間，任窮達”，當是脱落一字。而曹組後結作“據見定、樂平生，便是神仙了”，則是襯“便是”二字。此二式，俱不必從。

蕊珠閑　七十五字

趙彦端

浦雲融，梅風斷，碧水無情輕度。有嬌黃、上林梢，向春欲舞。緑煙迷晝，

●○○　○○●　●●○○○▲　●○○　●○○　●○●▲　●○○●

淺寒欺暮。不勝、小樓凝佇。　　倦遊處。故人相見易阻。花事從今堪

●○○▲　●○　●○○▲　　●○▲　●○○●●▲　○●○○○

數。片帆無恙，好在一篙新雨。醉袍宮錦，畫羅金縷。莫教、恨傳幽句。

▲　●○○●　●●●○○▲　●○○●　●○○▲　●○　●○○▲

“倦遊”二句是换頭。“花事”以下俱與前合，但“有嬌黃”下十字不若後段，“片帆”四字，“好在”六字，明順可從。“有嬌”至“林梢”六字，必有誤處，惜無可考證也。或曰：“嬌黃”是“嬌鶯”之誤。蓋謂“鶯飛上林梢”也，然句法亦不可作上四下六。

【杜注】按，《歷代詩餘》“嬌黃”作“嬌鶯”，與萬氏説合。

【考正】原譜“有嬌黃”起十字不讀斷。萬氏以爲前後段相校節奏不合，其必有舛誤，或非。本調前後段第二均，皆十字，極規整，句法不同而已。此等格式，詞中比比皆是，如柳耆卿《望海潮》詞前後尾均作：“市列珠璣，户盈羅綺，競豪奢。……異日圖將好景，歸去鳳池誇。”一作四字兩句、三字一句，一作六字一句、五字一句，然皆爲十一字也，豈“必有誤處”哉？而《欽定詞譜》十字作六字一句、四字一句，六字不讀斷，則讀來不暢，故作折腰式點斷。又，前後段尾句原譜均不讀斷，平聲音步相連，二字逗標識也。

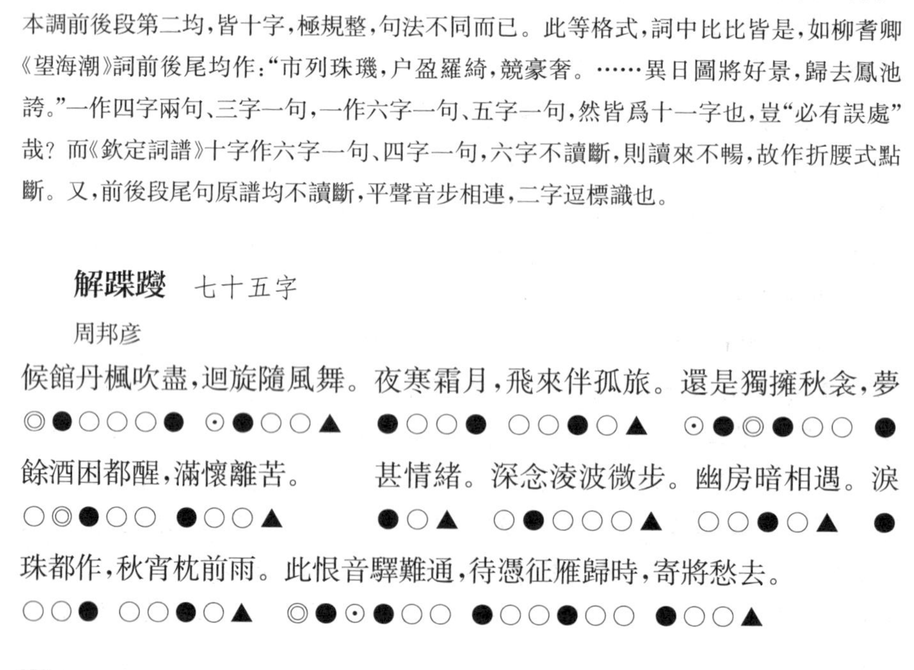

解蹀躞　七十五字

周邦彦

候館丹楓吹盡，迴旋隨風舞。夜寒霜月，飛來伴孤旅。還是獨擁秋衾，夢

◎●○○○●　⊙●○○▲　●○○●　○○●○▲　⊙●◎●○○　●

餘酒困都醒，滿懷離苦。　　甚情緒。深念淩波微步。幽房暗相遇。淚

○◎●○○　●○○▲　　●○▲　○●○○○▲　○○●○▲　●

珠都作，秋宵枕前雨。此恨音驛難通，待憑征雁歸時，寄將愁去。

○○●　○○●○▲　◎●⊙●○○　●○○●○○　●○○▲

“夜寒”下與後“淚珠”下同。首句六字,次句五字,各家皆然。《嘯餘》作一七一四,謬甚。“面”字應是“回”字之訛,沈作“百”字,未妥。“旋”字去聲,《圖譜》不解,讀作平聲,故反注可仄。又因讀“旋”爲平,則“風”字拗,遂並注“風”字可仄,愈誤矣。諸家於“旋”字皆用去聲。“夜寒”句與後“淚珠”句皆九字,各家俱然。《譜》乃注“夜”字可平,“霜”字可仄,“伴孤”可平仄,尤謬。如逃禪云“又還撩撥春心倍淒黯”,夢窗云“倦蜂剛著梨花惹遊蕩”,千里云“自憐春晚漂流尚羈旅”,而諸篇後段九字句,亦無不與前同。蓋此句以“夜”字去聲領起,而第三字用“霜”字平聲接之,至“伴孤旅”又用仄平仄音響,所以諧協也。若改此數字,何以爲調乎?“暗相遇”宜仄平仄,《譜》注可平仄仄,總欲改拗作順,而不知成其爲詩句,不成其爲詞句矣。“夢餘”下十字,與後“待憑”下十字,各家俱上六下四。“醒”字須讀作平聲,而千里和云“恨添客鬢,終日子規聲苦”,則上四下六。愚謂有各家可據,作者但照後段,填之不誤也。又,夢窗一篇首句云“醉雲又兼醒雨”,平仄異,因餘同,不録。

【杜注】按,葉譜第二句“面旋”作“回旋”,與萬氏説合。

【考正】已據注釋改第二句“面旋”作“回旋”。原注字可平,改爲平可仄。

原譜“夜寒”起九字、“淚珠”起九字均不讀斷。

第二體　七十五字

楊无咎

金谷樓中人在,兩點眉顰綠。叫雲穿月,橫吹楚山竹。怨斷憂憶因誰,坐
○●○○○● ●●○○▲ ●○○● ○○●○▲ ●●○●○○ ●

中有客,猶記在、平陽宿。　　淚盈目。百囀千聲相續。停杯聽難足。漫
○●● ○●● ○○▲ 　　●○▲ ●●○○○▲ ○○●○▲ ●

誇天海風濤,舊時曲。夜深煙慘雲愁,倩君沉醉,明日看、梅梢玉。
○○●○○ ●○▲ ●○○●○○ ●○○● ○●● ○○▲

兩結俱用四字一句、三字兩句,與前詞異。

【杜注】按,《欽定詞譜》“洗醉”作“沉醉”,此字宜平,應遵改。【“夜深煙慘雲愁”句,按,“深”字宜仄,恐係“深夜”倒誤。】

【考正】原譜“叫雲”起九字、“漫誇”起九字均不讀斷。

瑞雲濃　七十五字

楊无咎

睽離漫久,年華誰信曾換。依舊當時似花面。幽歡小會,記永夜、杯行無
○○●● ○○○●○▲ ⊙●○○●○▲ ⊙○◎● ●●◎ ⊙○○

算。醉裏屢忘歸，任虛檐月轉。　　能變新聲，隨語意、悲歡感怨。可更
▲　●●●○○　●○○●▲　　○●○○　○●●　○○●▲　◎●
餘音寄羌管。倦游江浙，問似伊、阿誰曾見。度已無腸，爲伊可斷。
○○●○▲　◎○⊙●　●●⊙　◎○○▲　●●○○　●○●▲

"依舊"至"無算"，與後"可更"至"曾見"同。

此是《瑞雲濃》，與《瑞雪濃》無涉。

【考正】本調僅此一首，無別首可校。陳亮另有一百四字《瑞雲濃慢》，與本詞並無瓜葛，同名異調也。該詞亦僅爲一首，其中後段第七拍據《龍川集》爲"問如何、長鞭短箠"，較之前段對應句少二字，於文理而言，"如何"後當有一動作方是，則此句必少一表行爲之仄音步，斗膽補入二奪字符。全詞及譜茲録如下：

瑞雲濃　一百四字

陳　亮

蔗漿酪粉，玉壺冰醑，朝罷更聞宣賜。去天咫尺，下拜再三，幸今有母可遺。年年此日，共
●○●●　●○○●　○●●○○▲　●○●●　●●●○　●○●●○▲　○○●●　●
道是、月入懷中最貴。向暑天、正風雲會遇，有恁嘉瑞。鶴沖霄、魚得水。一超便、直入神
●●　●●○○●▲　●●○　●○○●●　●●○▲　●○○　○●▲　●○●　●●○
仙地。植根江表。開拓兩河，做得黑頭公未。騎鯨赤手，問如何、□□長鞭尺箠。算向來、
○▲　●○○●　○●●○　●●●○○▲　○○●●　●○○　■■○○●▲　●●○
數王謝風流，只今管是。
●○●○○　●○●▲

番槍子　七十五字

韓　玉

莫把團扇雙鸞隔。要看玉溪頭、春風客。妙處、風骨瀟閑，翠羅金縷，瘦宜
●○○●○○▲　●●●○○　○○▲　●◎　○●○○　●○○●　●⊙
窄。轉面兩眉攢、青山色。　　到此、月想精神，花似秀質。待與不清狂、
▲　●●●○○　○⊙▲　　●●　●●○○　○●●▲　●●●○○
如何得。奈何、難駐朝雲，易成春夢，恨又積。送上七香車、春草碧。
○○▲　●⊙　○●○○　●○○●　●□▲　●●●○○　○◎▲

"要看"以下與後"待與"以下同。

【杜注】按，後李獻能《春草碧》一闋，即因此詞尾句三字爲名，應附於此調後。説見《春草碧》注。

【考正】調名原刻《番搶子》，惟《欽定詞譜》作《番槍子》，四部備要本亦作《番槍子》，四庫全書本當是誤刻，據改。

原譜"翠羅"句、"易成"句均作上四下三式讀斷，殊爲無謂。而"待與"句當斷未斷，均予改正。

首句檢金元明清歷代詞家第二字均填爲平聲，故本句“把”字以上作平無疑。“妙處”第二字金元人多作平聲，偶作入聲，如邵亨貞四首各作“江南荒草寒煙”、“垂端寄跡兵戈”、“儒冠已負平生”、“桃源祇在人間”，惟完顔璹作“底事勝賞匆匆”，與韓詞同，偶例也。校之後段，對應句爲“奈何難駐朝雲”，亦爲平起平收式律句，故填本句時第二字宜以平爲正。

換頭原譜作六字一句，雖可以律拗句解，然兩仄音步相連，亦爲二字逗之標識也，本調最能體現。蓋本調换頭有兩種填法，一爲甲式●●　●●○○，一爲乙式○○●●○○，前者宋元詞中均爲二字逗領四字驪句，除本詞外，尚有完顔璹之“賴有、玉管新翻，羅襟醉墨”、李獻能之“心事、鑒影鸞孤，筝弦雁絶”二例，共計三首，此外之乙式均爲後一種填法，如錢應庚之“当年锦里依稀，青山似削”、邵亨貞之“自憐兵後多愁，吟肩頭削”、錢霖之“梨花燕子清明，誰家院宇”等，均非驪句。故若爲第一種句法，則讀斷後全句庶幾合律。

又，後段“易成”句失律，第六字自金至清皆填爲平聲，蓋律當如此也，疑是“恨還積”之誤刻，學者務以平填爲正。另，此二句原譜作“奈何難駐朝雲，易成春夢恨又積”，細玩之，似以讀爲“奈何、難駐朝雲，易成春夢，恨又積”最爲合律，且中八字亦爲驪句。如此，則對應之前段亦爲“妙處、風骨瀟閑，翠羅金縷，瘦宜窄”，“妙處”句之雙音步連仄亦可解釋。觀全宋元詞，凡甲式之平仄均如此，仍爲●●　●●○○，而乙式則此處前後段六字句之平仄均爲○○●●○○，此絶非偶然，當時詞律如此也，故予重新讀斷。又按，“奈何”之“何”字，《全宋詞》所據汲古閣版《東浦詞》作“向”，余嘗疑乃“何”之形近之誤，而甲式填法該字位則均作仄聲也。

春草碧　七十五字

李獻能

紫簫吹破黄昏月。簌簌小梅花，飄香雪。寂寞花底風鬟，顔色如花命如葉。千里浣凝塵，淩波襪。　　心事、鑒影鸞孤，筝弦雁絶。舊時雪堂人，今華髮。腸斷金縷新聲，杯深不覺琉璃滑。醉夢繞南雲，花上蝶。

後起二句换頭，餘同。然“杯深”句平仄異。“時”字平、“上”字仄，亦稍異。此調作者甚少，平仄悉宜依之。

【杜注】按，《兩般秋雨庵隨筆》云：“《詞律》收韓玉《番槍子》，又收李獻能《春草碧》，細考字數句法，無不相同也。”愚謂韓詞尾句有“春草碧”三字，故李詞以爲新名。有數字平仄稍異，當收作又一體，附本卷前《番槍子》調後。

【考正】本詞及後一體原版列於本卷《撲蝴蝶》調之後，因本詞亦即《番槍子》，故特移至此。《欽定詞譜》未收《春草碧》，僅附注於《番槍子》題注中，且本詞與《番槍子》所收韓玉詞均爲甲式體，故亦不擬譜。原譜句讀同《番槍子》，亦不改，詳見《番槍子》考正。

春草碧　九十八字

万俟雅言

又隨芳渚生，看翠霽連空，愁滿征路。東風裏，誰望斷西塞，恨迷南浦。天
●○○●○　●●●○○　○●○▲　○○●　○●●○○　●○○▲　○
涯地角，意不盡、消沉萬古。曾是，送别長亭下，細緑暗煙雨。　何處。
○●●　●●●　○○●▲　○●　●●○○●　●●●○▲　○▲
亂紅鋪繡茵，有醉眠蕩子，拾翠遊女。王孫遠，柳外共殘照，斷雲無語。池
●○○●○　●●○●●　●●○▲　○○●　●●●○●　●○○▲　○
塘夢生，謝公後、還能繼否。獨上畫樓，春山暝，雁飛去。
○●○　●○●　○○●▲　●●●○　○○●　●○▲

亦惟詞隱有此調，他不可考，詞亦精妙可法。“坐”字一作“生”字。“角”字、“别”字以入作平，蓋此句即後段之“池塘夢生”、“獨上畫樓”也。或云“坐”字應從“生”字爲是，首句五字當於“生”字讀斷。蓋此後之“亂紅鋪繡茵”五字平仄吻合，而下以“看”字領下二句，即如後之以“有”字領下二句也。有一傖父云“又隨芳渚”下作“生”字無理，“地角”“角”字何必作平？“夢生”必是“夢草”之誤。余笑謂曰：此詞乃是詠草，先輩尚未詳玩耳。

【杜注】按，此詞詠春草，《欽定詞譜》收爲《春草碧》正調。又，“愁遍”作“愁滿”。

【考正】本詞原作“又一體”，顯誤。然萬氏本有類列之體制，故以《春草碧》同名類列於此，亦未違其例，惟本詞與前李詞非爲一調，故不得稱又一體也。

首句原作“又隨芳渚”，而《欽定詞譜》作“又隨芳緒生”，綜合原注，當作“又隨芳渚生”，蓋此句言草，言其春來之時，又隨百花而生也。故“緒”字無理不通，據改。次句原作“坐看翠連霽空”，據《全芳備祖後集》改。又，前段尾均原譜作“曾是送别，長亭下、細緑暗煙雨”，文理欠達，音律不諧，又，萬氏以爲“曾是送别”對應“獨上畫樓”，亦非，前後段尾均非重尾律法故也。重點讀之。

前段“東風”起十二字與後段“王孫遠”十二字，形同而句法不同，前段“望斷西塞，恨迷南浦”乃一驪句，故“塞”字以入作平，而後段五字句句法仄起仄收，迥異。

下水船　七十五字

黄庭堅

總領神仙侣。齊到青雲岐路。丹禁風微，咫尺諦聞天語。盡榮遇。看即
●●○○▲　○●○○⊙▲　⊙●○○　◎○●○○▲　●○▲　●●
如龍變化，一擲靈梭風雨。　真遊處。上苑尋春去。芳草芊芊迎步。
○○●●　◎●○○○▲　⊙○▲　●●○○▲　○●○○⊙▲
幾曲笙歌，櫻桃艷裏歡聚。瑶觴舉。回祝堯齡萬萬，端的君恩難負。
◎●○○　⊙○●●○▲　○○▲　○●○○●●　⊙●○○○▲

後段比前多起句三字。

【考正】萬氏原注“咫尺”之“尺”以入作平，“瑶觴”之“瑶”宜仄，“艷裏”之“裏”可仄。按，“瑶”字平仄不拘，宜仄云云未必，而“裏”字當仄，不可平。萬氏或校之後一體作此論，而後晁詞與此句法不同，不可互校也。又按，原譜後起“真遊處”三字與後連讀，誤。此本過片添句添韻，俗稱“添頭”，乃本調重要之韻律變化，不可不明。

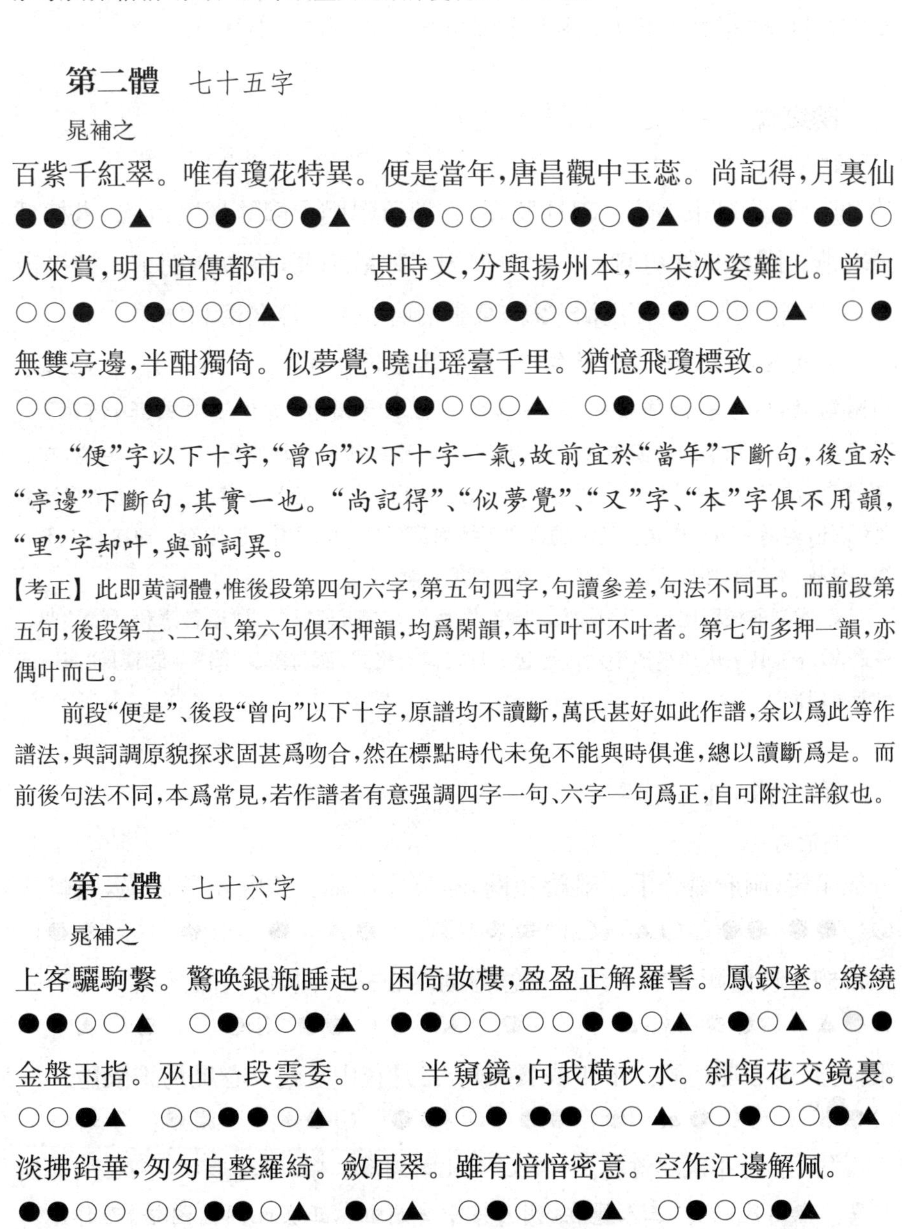

第二體　七十五字

晁補之

百紫千紅翠。唯有瓊花特異。便是當年，唐昌觀中玉蕊。尚記得，月裏仙
●●○○▲　○●○○●▲　●●○○　○○●○●▲　●●●　●●○

人來賞，明日喧傳都市。　　甚時又，分與揚州本，一朵冰姿難比。曾向
○○●　○●○○○▲　　●○●　○●○○●　●●○○○▲　○●

無雙亭邊，半酣獨倚。似夢覺，曉出瑶臺千里。猶憶飛瓊標致。
○○○○　●○●▲　●●●　●●○○○▲　○●○○○▲

“便”字以下十字，“曾向”以下十字一氣，故前宜於“當年”下斷句，後宜於“亭邊”下斷句，其實一也。“尚記得”、“似夢覺”、“又”字、“本”字俱不用韻，“里”字却叶，與前詞異。

【考正】此即黄詞體，惟後段第四句六字，第五句四字，句讀參差，句法不同耳。而前段第五句，後段第一、二句、第六句俱不押韻，均爲閑韻，本可叶可不叶者。第七句多押一韻，亦偶叶而已。

前段“便是”、後段“曾向”以下十字，原譜均不讀斷，萬氏甚好如此作譜，余以爲此等作譜法，與詞調原貌探求固甚爲吻合，然在標點時代未免不能與時俱進，總以讀斷爲是。而前後句法不同，本爲常見，若作譜者有意强調四字一句、六字一句爲正，自可附注詳叙也。

第三體　七十六字

晁補之

上客驪駒繫。驚唤銀瓶睡起。困倚妝樓，盈盈正解羅髻。鳳釵墜。繚繞
●●○○▲　○●○○●▲　●●○○　○○●●○▲　●○▲　○●

金盤玉指。巫山一段雲委。　　半窺鏡，向我横秋水。斜頷花交鏡裏。
○○●▲　○○●●○▲　　●○●　●●○○▲　○●○○●▲

淡拂鉛華，匆匆自整羅綺。斂眉翠。雖有愔愔密意。空作江邊解佩。
●●○○　○○●●○▲　●○▲　○●○○●▲　○●○○●▲

“斜頷”句比前多一字，“指”字、“意”字俱叶韻。“巫山”句平仄變，若作“一段巫山雲委”，則與後結合，而亦符前調矣。

【杜注】按,《漁隱叢話》載此詞,首句"繫"字作"至"字。次句"驚唤"作"鶯唤"。又,"羅髻"作"螺髻"。又,"金盤"作"金環"。又,"花枝交鏡裏"句,無"枝"字。又,"愔愔"下無"密"字。又,"解佩"下有"情何寄"三字。是爲七十八字調。又按,首句"至"字似不及"繫"字,餘均可照改。

【考正】杜氏所注,謂"枝"字衍字,校之其餘宋詞,信然,然則與諸體合,據改。餘皆不從。尤"愔愔"下無"密"字,顯係奪字,而尾多"情何寄"三字,則當是别詞竄入。

撲蝴蝶　七十五字　或加"近"字

趙彦端

清和時候,薰風來小院。琅玕脱籜,方塘荷翠颭。柳絲輕度流鶯,畫棟低飛乳燕。園林緑陰初遍。　景何限。輕紗細葛,綸巾和羽扇。披襟散髮,心清塵不染。一杯洗滌無餘,萬事消磨去遠。浮名薄利休羨。

前後段森然對峙,只"景何限"三字爲過變首句耳。汲古不校,以此三字刻附前結,然未嘗云作譜也,乃各書之。自以爲譜者,亦俱不肯訂正,何歟?

【考正】萬氏以爲本詞爲多頭式詞調,或誤。按,本調後段首均應是三四七式結構,本詞"綸巾"前當有一仄音步脱落。檢宋詞諸作,除曹組詞作"幸容易。有人□□,争奈只知名與利"外,均爲三四七格式。就本詞言,"輕紗細葛"和"綸巾羽扇"間,當有一連接詞方不兀然。是故,本詞不必爲範,不予擬譜,填者可準吕詞。

又,本調前後段尾句正格均爲二四格式,而惟本詞後段結句爲"浮名薄利、休羨"四二格式,故亦惟其平仄律爲標準六言平起平收式律句格式,而前段疑"陰"字借讀爲"蔭",音律與後段同。

第二體　七十七字

吕渭老

分釵綰髻,洞府難分手。離觴短闋,啼痕冰舞袖。馬嘶霜滑橋横,路轉人
○○●●　●●○○▲　○○●●　○○○●▲　●○○●○○　●●○
依古柳。曉色漸分星斗。　怎分剖。心兒一似,傾入離愁萬千斗。垂
○●▲　○●●○○▲　●○▲　○○●●　○●○○●○▲　○
鞭佇立,傷心還病酒。十年夢裏嬋娟,二月花中荳蔻。春風爲誰依舊。
○●●　○○○●▲　●○●●○○　●●○○●▲　○■●○○▲

"洞府"句平仄與前異。"傾入"句比前調多二字。"萬千"二字仄平,亦與前異。無名氏一首"玉人應在,明月樓中畫眉懶",正與此同,《圖譜》乃作上八字下三字,誤。聖求别作,於"馬嘶"二句作"乍涼衣著輕明,微醉歌聲審聽穩",必多一"審"字,此二句俱用對偶語,無七字之理也,故不收七十八字格。

兩叶"斗"字誤。

【杜注】按,葉譜"馬嘶"下十二字作四字三句。又,"橋横"之"横"字作"迴"。

【考正】萬氏原注第七句"色"字作平。又,前後結原譜未讀斷,其四字結構當以●○○▲爲正。後段結拍"風"字,應仄而平。

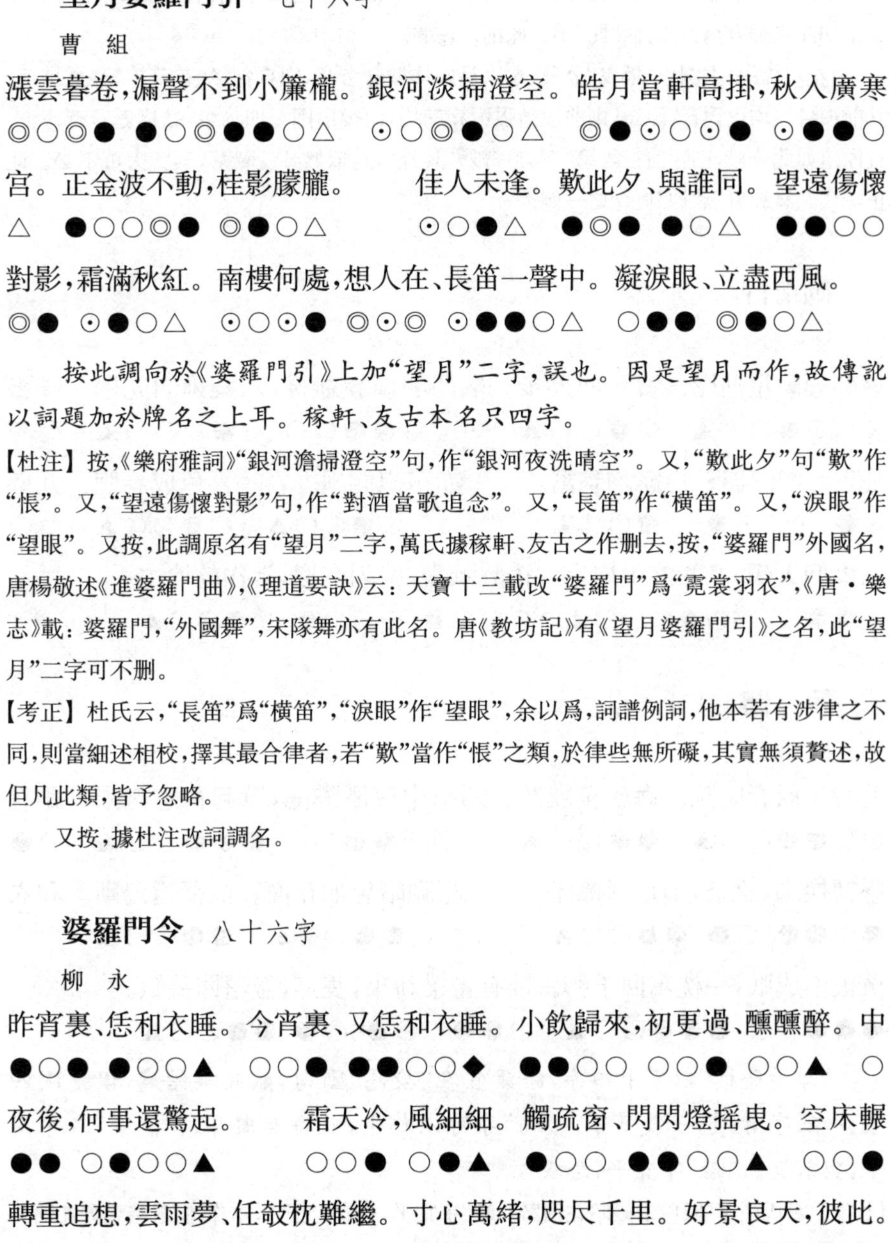

望月婆羅門引　七十六字

曹　組

漲雲暮卷,漏聲不到小簾櫳。銀河淡掃澄空。皓月當軒高掛,秋入廣寒
◎○◎● ●○◎●●○△ ⊙○◎●○△ ◎●⊙○⊙● ⊙●●○

宮。正金波不動,桂影朦朧。　　佳人未逢。歎此夕、與誰同。望遠傷懷
△ ●○○◎● ◎●○△ ⊙○●△ ●◎● ●○△ ●●○○

對影,霜滿秋紅。南樓何處,想人在、長笛一聲中。凝淚眼、立盡西風。
◎● ⊙●○△ ⊙○⊙● ◎⊙◎ ⊙●●○△ ○●● ◎●○△

按此調向於《婆羅門引》上加"望月"二字,誤也。因是望月而作,故傳訛以詞題加於牌名之上耳。稼軒、友古本名只四字。

【杜注】按,《樂府雅詞》"銀河澹掃澄空"句,作"銀河夜洗晴空"。又,"歎此夕"句"歎"作"悵"。又,"望遠傷懷對影"句,作"對酒當歌追念"。又,"長笛"作"横笛"。又,"淚眼"作"望眼"。又按,此調原名有"望月"二字,萬氏據稼軒、友古之作删去,按,"婆羅門"外國名,唐楊敬述《進婆羅門曲》,《理道要訣》云:天寶十三載改"婆羅門"爲"霓裳羽衣",《唐·樂志》載:婆羅門,"外國舞",宋隊舞亦有此名。唐《教坊記》有《望月婆羅門引》之名,此"望月"二字可不删。

【考正】杜氏云,"長笛"爲"横笛","淚眼"作"望眼",余以爲,詞譜例詞,他本若有涉律之不同,則當細述相校,擇其最合律者,若"歎"當作"悵"之類,於律些無所礙,其實無須贅述,故但凡此類,皆予忽略。

又按,據杜注改詞調名。

婆羅門令　八十六字

柳　永

昨宵裏、恁和衣睡。今宵裏、又恁和衣睡。小飲歸來,初更過、醺醺醉。中
●○● ●○○▲ ○○● ●●○○◆ ●●○○ ○○● ○○▲ ○

夜後,何事還驚起。　　霜天冷,風細細。觸疏窗、閃閃燈摇曳。空床輾
●● ○●○○▲ ○○● ○●▲ ●○○ ●●○○▲ ○○●

轉重追想,雲雨夢、任攲枕難繼。寸心萬緒,咫尺千里。好景良天,彼此。
●○○● ○●● ●○●○▲ ●○●● ●○○▲ ●●○○ ●▲

空有相憐意。未有相憐計。

與前詞全不同。句豆以意點定，或有訛處，未可知也。

【考正】“尺”，以入代平。

後段尾均原譜作“好景良天，彼此空有相憐意，未有相憐計”，七字句音步連仄失譜。連仄處恰是二字逗未標示者，讀斷後，“空有……未有……”，文理格律極爲工整，學者於此亦當如此修辭方爲得味，而“此”字於此則是短韻。

《花草粹編》本詞以“搖曳”分段，余以爲以均概念考察，則自當從《花草粹編》爲是，以其前後各三均也，若依原譜，則前段勉强可算三均，而後段則爲四均半，結構處即有瑕疵。且原譜如此分段，則除前後段第二句整齊外，其餘語句依然參差錯落，其實大可不必。此正清代詞譜編者無“均”概念之一例也。

御街行　七十六字

柳　永

燔柴煙斷星河曙。寶輦回天步。端門羽衛簇雕欄，六樂舜韶先舉。鶴書

⊙○⊙●○○▲　◎●○○▲　⊙○◎●●○○　◎●◎○○▲　◎○

飛下，雞竿高聳，恩露均寰寓。　　赤霜袍爛飄香霧。喜色成春煦。九儀

⊙●　⊙○⊙●　○●○○▲　　◎○⊙●○○▲　◎●○○▲　◎○

三事仰天顔，八彩旋生眉宇。椿齡無盡，蘿圖有慶，常作乾坤主。

⊙●●○○　◎●◎○○▲　⊙○⊙●　⊙○◎●　○●○○▲

第二體　七十六字

柳　永

前時小飲春庭院。悔放笙歌散。歸來中夜酒醺醺，惹起舊愁無限。雖看

○○●●○○▲　●●○○▲　○○○●●○○　●●●○○▲　○●

墜樓換馬，争奈，不是鴛幃伴。　　朦朧暗想如花面。欲夢還驚斷。和衣

●○●●　○●　●●○○▲　　○○●●○○▲　●●○○▲　○○

擁被不成眠，一枕萬回千轉。惟有畫梁新來，雙燕，徹曙聞長歎。

●●●○○　●●●○○▲　○●●○○●　○●　●●○○▲

“雖看墜樓”以下十四字，語氣宜在“换馬”斷句，然此調結處，俱是兩四字、一五字者，想一氣貫下。“馬”字可以作平，歌時無礙耳。“樓梁”二字用平，與前異。“暗”字宜平，恐誤。

【杜注】萬氏注謂“朦朧俱妙暗花面”句“暗”字宜平，恐誤。按，宋本作“朦朧暗想如花面”，《欽定詞譜》同，應遵改。

【考正】本詞前後結萬氏未詳讀，前結十三字均未讀斷，後結“惟有”起八字不讀斷，雖有解説，終覺粗獷而無見解。蓋此二結考之音律，俱有音步相連處，故可知兩結必有二字逗所藏。而萬氏以爲“馬”字宜平，是不能解釋此連仄之異也。後段“來”字，仄讀（參本卷後《夢還京》下考正），與“馬”字相對應，此即余所謂“句法變，平仄微調”者也，庶幾前後皆諧，音義兩和。

過片句已據杜注改。

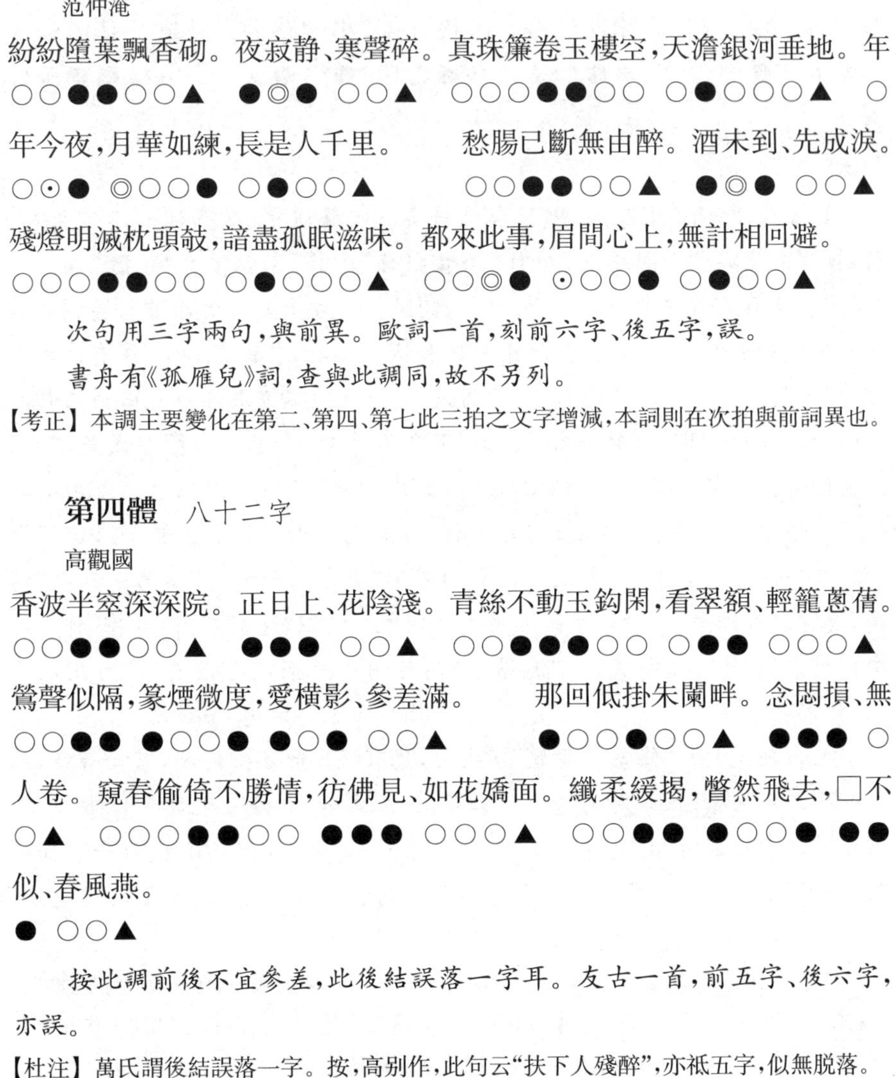

第三體　七十八字　又名：孤雁兒

范仲淹

紛紛墮葉飄香砌。夜寂静、寒聲碎。真珠簾卷玉樓空，天澹銀河垂地。年

○○●●○○▲　●◎●　○○▲　○○○●●○○　○●○○○▲　○

年今夜，月華如練，長是人千里。　愁腸已斷無由醉。酒未到、先成淚。

○⊙●　◎○○●　○●○○▲　○○●●○○▲　●◎●　○○▲

殘燈明滅枕頭攲，諳盡孤眠滋味。都來此事，眉間心上，無計相回避。

○○○●●○○　○●○○○▲　○○◎●　⊙○○●　○●○○▲

次句用三字兩句，與前異。歐詞一首，刻前六字、後五字，誤。

書舟有《孤雁兒》詞，查與此調同，故不另列。

【考正】本調主要變化在第二、第四、第七此三拍之文字增減，本詞則在次拍與前詞異也。

第四體　八十二字

高觀國

香波半窣深深院。正日上、花陰淺。青絲不動玉鈎閑，看翠額、輕籠蔥蒨。

○○●●○○▲　●●●　○○▲　○○●●●○○　○●●　○○○▲

鶯聲似隔，篆煙微度，愛横影、參差滿。　那回低掛朱闌畔。念閼損、無

○○●●　●○○●　●○●　○○▲　●○○●○○▲　●●●　○

人卷。窺春偷倚不勝情，彷佛見、如花嬌面。纖柔緩揭，瞥然飛去，□不

○▲　○○○●●○○　●●●　○○○▲　○○●●　●○○●　●●

似、春風燕。

●　○○▲

按此調前後不宜參差，此後結誤落一字耳。友古一首，前五字、後六字，亦誤。

【杜注】萬氏謂後結誤落一字。按，高别作，此句云“扶下人殘醉”，亦祇五字，似無脱落。

【考正】萬氏每固守前後段一致之念，雖有合理處，然所謂過猶不及，必斤斤較之一字不差，則亦陋矣。本調前後結，既有五字者、六字者，則前五後六、前六後五便皆爲在律，若無

特别依據,則不必疑其有脱衍也。且詞之起結,增減文字尤其常見。

側犯　七十七字

方千里

四山翠合,一溪碧繞秋容靚。波定。見鷺立魚跳、動平鏡。修篁散步屧,
●○●● ●○●●○○▲ ○▲ ●●●○○ ●○▲ ○○●●●
古木通幽徑。風静。煙霧直,池塘倒晴影。　流年舊事,老矣塵心瑩。
●●○○▲ ○▲ ○●● ○○●○▲ ○○●● ●●○○▲
還暗省。點吴霜,憔悴愧潘令。夢憶江南,小園路迴。愁聽。葉落轆轤
○●▲ ●○○ ○●●○▲ ●●○○ ●○●▲ ○▲ ●●●○
金井。
○▲

詞至千里而繩尺森然,纖毫無假借矣。四聲確定,欲旁注而不可得矣。舊刻《片玉詞》於"小園路迴"句作"酒壚寂静","静"字犯重。"愁聽"以下作"煙鎖漠漠萘地苔井"。"鎖"字失叶。《詞統》云"方千里改之爲是",愚謂美成爲樂府創始之人,豈有謬誤?况千里之和清真,無一字聲韻不合,寧有改之之理?"迴"、"聽"二字必其原韻,因傳寫致訛,而後遂不可考耳。或曰白石作於尾句云:"寂寞劉郎,自修花譜","寞"字亦不叶韻,千里之"聽"字或是偶合。然前段有:"波定。風静。"兩個二字叶韻句。"聽"字亦必用韻也。或白石之"寞"字借作"暮"字音,亦未可知。《譜》注尾句八字,無足怪者,乃以"煙"、"鎖"二字注可用仄平,則大誤矣。觀白石用"劉郎",則方之"葉落"、周之"漠漠"或皆以入作平,是"鎖"字萬無用平之理也。又以"還暗省、點吴霜"作六字句,"動平鏡"爲可用平仄仄,"愧潘令"爲可用平平仄,"還暗省"爲可用仄平仄,皆謬之謬者。

又,《詞統》云:"修篁散步屧"不成句,恐有誤。此不知何故,若論音律,則"散步"二字去聲,正合周詞"度暗"二字,若論文理,則修篁之間可以散步,無害於理,"步屧隨春風"係杜詩,"散步詠涼天"係韋詩,何爲不成句乎?如謂"通幽徑"屬木,"散步屧"屬人,兩句不對,則周詞"度暗草"屬飛螢,"遊花徑"屬秉燭之人,亦不成句乎?此種論詞,真不可解耳。

【杜注】按,《詞綜補遺》云:《側犯》後段本四字四句,白石精於律吕,尾句云"寂寞劉郎自修花譜",與周美成同。紅友因"聽"字同韻,臆斷爲二字句。又云白石之"寞"字借作"暮"字,强作解事,可笑也。愚謂以文氣論,究以六字結句爲妥。

【考正】原譜"見鷺立"八字未讀斷。又,方詞本爲步周詞而作,周詞後結原爲四字二句,故方詞此處當作"愁聽葉落,轆轤金井","聽"雖在韻,亦僅修辭性句中韻而已,讀者識之。而

萬氏以爲美成詞因傳寫致訛，而後復不可考，是不知閑韻本可有可無者，美成不叶，白石不叶，而方詞叶，正是此理。《和清真詞》中此類原作和作不同之例頗多，皆因此也。

四園竹　七十七字　“四”或作“西”

周邦彦

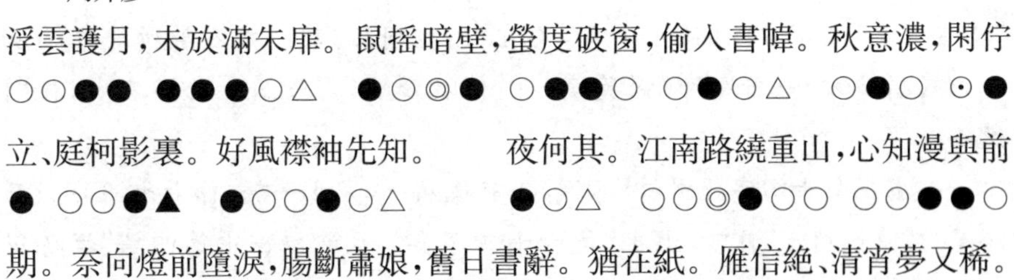

浮雲護月，未放滿朱扉。鼠摇暗壁，螢度破窗，偷入書幃。秋意濃，閑佇

○○●●　●●●○△　●○◎●　○●●○　○●○△　○●○　⊙●

立、庭柯影裏。好風襟袖先知。　夜何其。江南路繞重山，心知漫與前

●　○○●▲　●○○●○△　●○△　○○◎●○○　○○●●○

期。奈向燈前墮淚，腸斷蕭娘，舊日書辭。猶在紙。雁信絶、清宵夢又稀。

△　●●○○●●　○●○○　●●○△　○●▲　●●●　○○●●△

諸刻皆以“奈向”誤作“奈何”，遂致此句律拗。而《譜》、《圖》以“腸斷”句作七字讀，且注叶韻。蓋吴越鄉音多以魚、虞韻混入支、微，如呼“樞”爲“癡”、呼“儲”爲“遲”之類，故作譜者認“書”字是韻耳。豈清真詞伯而亦作此蠻音醜態耶？觀方千里詞，“無限當年，往復詩詞”，明明於“辭”字和韻，何竟不一查也？其“裏”字、“紙”字乃以仄聲叶平，方用“疏疏雨裏”、“千萬紙”，亦是和韻，可見詞中平仄兩叶者甚多，此又其一，人未及細考耳。《圖譜》不知此義，竟以“辭猶在紙”連下“雁信絶”作七字句，更爲可笑。豈方詞可讀作“辭千萬紙甚近日”耶？且因誤讀句拗，遂又注此七字可用仄平平仄平平仄，如七言詩一句，真怪絶矣！嗚呼！是可作譜何哉？余每讚歎方氏和清真，一帙爲千古詞音證據，觀其字字摹合，如此不惟調字可考，且足見古人細心處，不惟有功於周氏，而凡詞皆可以此理推之，豈非詞家所當蒸嘗者耶？故字旁不敢復注平仄。

【杜注】按，楊澤民和詞，前作“淒涼客裏”，後作“何用紙”，可爲“裏”、“紙”二字叶仄韻之證。

【考正】方、楊和詞“裏”、“紙”均步之，然陳允平和詞則前作“闌乾瘦倚”，後作“粉淚盈盈，先滿紙”，“裏”字未步，而用“倚”字入韻，後段雖步“紙”字，但原詞“辭”字失押，且此韻爲定韻所在，必有舛誤。

祝英臺近　七十七字　或無“近”字

吴文英

剪紅情，裁緑意，花信上釵股。殘日東風，不放歲華去。有人添燭西窗，不

●○○　○●●　⊙●●○▲　⊙●○○　◎●●○▲　◎○⊙●○○　◎

眠侵曉,笑聲轉、新年鶯語。　舊樽俎。玉纖曾擘黄柑,柔香繫幽素。
○⊙▲ ●○● ⊙○○▲ ●○▲ ◎○⊙●○○ ⊙○●○▲
歸夢湖邊,還迷鏡中路。可憐千點吴霜,寒銷不盡,又相對、落花如雨。
⊙●○○ ⊙○●○▲ ◎○⊙●○○ ⊙○◎● ●○● ◎○○▲

此調多用仄平仄句,《譜》皆注可平平仄,誤。"笑聲"又相有作平仄者,"柔香繫幽"聖求、書舟偶用平仄,不宜從。《詞品》載:"戴石屏所娶江西女子,作《惜多才》一首",即《祝英臺》也,傳流殘缺,前段三十七字不少,後則逸去。

起處三句十四字,《圖譜》不識,合前後爲一,另立一調,作六十三字。而於尾句"澆奴墳土"作"墳上土"是六十四字矣。且即取詞中第四語"揉碎花箋"四字,命作調名,因即杜撰出許多可平可仄來,乃以爲譜,怪極矣!

【考正】萬氏原注"有人"之"人"、"玉纖"之"纖"、"還迷"之"迷"、"可憐"之"憐",均作可仄,似非。此四句,除第三句可作仄起仄收式句法外,其餘三句六字句之第二字宋人多作平聲,尤其至宋末,除夢窗外,草窗三首、玉田七首、竹山一首均如此填,可見此調此三句已基本規範成平起平收式句法,自是吾輩之圭臬也,故可譜之。

又按,原譜所收爲仄韻體,另有平韻一體,補入。陳允平亦有平韻體一首,惟"是他"句作"無奈年少心情",音律不諧,"綃淚"句作"看花能幾回",句法亦異。譜中可平可仄均校之陳詞。

祝英臺近　七十七字

蘇茂一

結垂楊,臨廣陌,分袂唱陽關。穩上征鞍。目極萬重山。歸鴻欲到伊行,丁寧須記,寫一
●○○ ○●● ○●●○△ ◎●○△ ◎●●○△ ⊙○●●○○ ○○⊙● ◎◎
封、書報平安。　漸春殘。是他紅褪香收,綃淚點斑斑。枕上盟言。都做夢中看。銷
⊙ ○●○△ ●○△ ◎○○●○○ ○●●○△ ◎●○○ ○●●○△ ⊙
魂啼鴂聲中,楊花飛處,斜陽下、愁倚闌干。
○○●○○ ○○○● ○○● ○●○△

鳳樓春　七十七字

歐陽炯

鳳髻緑雲叢。深掩房櫳。錦書通。夢中相見覺來慵。匀面淚,臉珠融。
●●●○△ ○●○△ ●○△ ●○○●●○△ ○●● ●○△
因想玉郎何處去,對淑景誰同。　小樓中。春思無窮。倚闌凝望,暗牽
○●●○○●● ●●●○△ ●○△ ○●○△ ●○○● ●○
愁緒,柳花飛起東風。斜日照、珠簾羅幌,香冷粉屏空。海棠零落,鶯語
○● ●○○●○△ ○●● ○○○● ○●●○△ ●○○● ○●

殘紅。
○△

"照簾"一作"照簾櫳",《詞綜》仍之,但前用"房櫳",此處不宜複叶。《譜》、《圖》以"羅幌"句拗,因注"羅幌香"三字可用仄平仄,此調自五代迄金元,無第二首傳世者,何從知"幌"字可平耶?此句或當在"幌"字斷句,而"簾"字上尚有"繡"字或"珠"字耳。即謂"幌"字或是"幃"字之訛,亦止可存其臆説,相傳已久,豈可竟改其平仄,以示後人乎?

【杜注】按,《歷代詩餘》"柳花飛起東風"句,"起"作"趁"。又,"斜日照簾"句,"簾"字上有"珠"字,與萬氏注合。又按,《花草粹編》"照簾"下有"櫳"字,係重韻,不可從。

【考正】"斜日"起兩句,原作"斜日照簾,羅幌香冷粉屏空",七字句拗而不律,据二注增改,重校句讀。然本詞前後段句式參差,疑或有錯訛處。

一叢花 七十八字

秦 觀

年時。今夜見師師。雙頰酒紅滋。疏簾半卷微燈外,露華上、煙裊涼颸。
⊙△ ⊙●●○△ ⊙●●○△ ○○●●○○● ●○● ⊙●○△

簪髻亂抛,偎人不起,彈淚唱新詞。 佳期。誰料久參差。愁緒暗縈
●●●○ ○○◎● ⊙●●○△ ⊙△ ⊙●●○△ ⊙●●○

絲。相應妙舞清歌夜,又還對、秋色嗟咨。惟有畫樓,當時皓月,兩處照
△ ○○●●○○● ●○● ⊙●○△ ○●●○ ○○◎● ◎●●

相思。
○△

前後同。"露華上"、"又還對"多用仄平仄,或有用仄平平、仄仄平者。"亂"字、"畫"字必用去聲,即不能亦用上入聲,必不可用平,此爲定格。如子野用"漸"、"細",東坡用"縱"、"少",惜香用"乍"、"厚"等字可見。書舟、放翁於此句用平平仄仄,則又一格,亦可從也。

惜香一首第四句作"東西芳草漫茸茸",係誤刻,無此體。

【杜注】按,《淮海集》首句"年來"作"年時"。又,"相應妙舞清歌夜"句,"夜"作"罷"。又,"當時皓月"句,"皓"作"明"。又按,前起"年時"之"時"字,後起"佳期"之"期"字,爲短韻。萬氏因前"時"字誤作"來",故漏注叶。

【考正】杜注原文"後起'佳期'之'佳'字",後"佳"當是"期"之刻誤。該"期"字亦可視爲過片之腹韻,按《淮海集》若前起作"年時",則正前後相應,故據杜注改"年來"爲"年時",並擬爲韻。

陽關引　七十八字　又名：古陽關

晁補之

草草蛩吟噎。暗柳螢飛滅。空庭雨過，西風緊，飄黃葉。卷書帷寂静，對
●●○○▲　●●○○▲　○○●●　○○●　○○▲　●○○◎●　●
此傷離别。重感歎、中秋數日又圓月。　　沙嘴檣竿上，淮水闊。有飛鳧
●○○▲　●●○　○○●●●●○▲　　⊙●○○●　○●▲　●○○
客，詞珠玉，氣冰雪。且莫教皓月，照影驚華髮。問幾時、清樽夜景共
●　○○●　●○▲　●○○◎●　●●○○▲　●●○　○○●●●
佳節。
○▲

"卷書帷"與"且莫教"二句，句法用"卷"、"且"二字領句，與下對。此句"照影"句如五言詩者不同，不可不知。

按，寇萊公作，前結云："動黯然，知有後會甚時節"，後結云"念故人，千里自此共明月"，"有"字、"里"字俱用上聲，不拘也。"空庭"以下前後相同。"有飛鳧客"仄平平仄，與前異，而"飛鳧"二字相連。寇云"歎人生裏"，"歎"字亦仄，"人生"亦連。"氣"字用去聲，與前異。寇亦用"易"字，必非偶合，作者須留意焉。《譜》、《圖》將"西風緊"連上作七字，"詞珠玉"連下作六字，前結一三、一七，後結兩五，俱誤。

按第一"草"字恐誤。

【考正】後段"有"字下十字，寇準詞作"歎人生，最難歡聚易離别"。

金人捧露盤　七十九字　又名：西平曲、上西平

程　垓

愛春歸，憂春去，爲春忙。旋點檢、雨障雲妨。遮紅護緑，翠幃羅幕任高
●○○　○⊙●　●○△　●◎◎　◎●○△　⊙○◎●　◎○⊙●●○
張。海棠明月杏花天，更惜濃芳。　　喚鶯吟，招蝶拍，迎柳舞，倩桃妝。
△　◎○⊙●●○⊙　◎●○△　　●○○　○○●　○●●　●○△
盡呼起、萬籟笙簧。一觴一詠，儘教陶寫繡心腸。笑他人世漫嬉遊，擁翠
●⊙◎　◎●○△　◎○◎●　◎○○⊙●●○△　◎○⊙●●○⊙　◎●
偎香。
○△

此調因有别名，故各書多複收之，而《圖譜》乃收至三體，既收《金人捧露盤》與《上西平》，又收一元人詞《上南平》調，奇絶。蓋《嘯餘》於兩結，原讀作

一七字、一四字，故《圖譜》亦以"杏花天"三字屬上句，而《嘯餘》所收之詞，於"天"字用仄，《圖譜》所收之詞於"天"字用平，且偶於通篇韻合，故以爲另一體而列之。又其後段於"盡呼"起至"繡心腸"，云："洗五州、妖氣關山。已平全蜀，風行何用一泥丸。"是於"州"字豆、"山"字叶、"蜀"字句、"丸"字叶者。《圖譜》誤認"洗五州妖氣"爲一句，"關山已平"爲一句，"全蜀風行"爲一句，"何用一泥丸"爲一句。則此詞比前詞原未嘗有異，而讀者差到底，故遂另列一體耳。豈非奇絶乎？又稼軒集"九衢中"一首，前結云"自憐是，海山頭、種玉人家"，乃於"自憐是"一句内落去一字。觀其後段，仍是兩句十一字，可知譜因將"自憐是"連下作十字句故，認爲另格。然則，如東浦刻後結"不如早問，溪山高養吾慵"，亦不管其是誤落，而亦可另收一體耶。總之，此調起處三字三句，换頭三字四句，其餘字字相同，豈有前後互異之理？書籍之誤刻者甚多，安可不一細心體認，凡讀書皆然，不獨一詞也。

蘆川後起作"名與利"，不必學。

【杜注】按，正伯《書舟詞》此調名《上平曲》。

【考正】本調賀鑄、高觀國等詞，前起即叶韻，亦填詞之一般規律也。而前段"翠幃"句、後段"儘教"句，賀鑄詞均爲上三下五折腰句法，與此不同。

又，萬氏注云，蘆川後起不必學，或因其平字起，然本調現存諸詞，仄字起者實僅得三一，若後段以平平仄起，並不爲差也。

又按，"盡呼起"七字，原譜未讀斷。又，前後結原譜讀爲四字一句、折腰式七字一句，以本調論，本無不可，以《全宋詞》所載十六首分析，有十七個以此句法結，十三個以七字一句、四字一句結。然本詞之"海棠明月杏花天"，顯係兩同一文法結構之整句，且因《欽定詞譜》亦作七字一句、四字一句，今人已熟知之，故改之。

望雲涯引　七十九字

李　甲

秋空江上，岸花老，蘋洲白。露濕蒹葭，淑浦漸增寒色。閑漁唱晚，鷺雁驚
⊙○○●　●○●　○○▲　●●○○　◎●●○○▲　○○●●　◎●○
飛處，映遠磧。數點歸帆，送天際歸客。　鳳臺人散，漫回首，沉消息。
○●　●●▲　●●○○　●○●○▲　●○○●　●○●　○○▲
素鯉無憑，樓上暮雲凝碧。危樓静倚，時向西風下，認遠笛。宋玉悲懷，未
●●○○　○●●○○▲　○○●●　○●○○●　●●▲　●●○○　●
信金樽消得。
●○○○▲

此詞後段比前少"閑漁唱晚"四字，尾句多一字，愚以爲不全之調也。蓋

尾句或多或寡，詞原有换尾之例，若通篇前後字句平仄音響皆同，而中間缺去四字，則各調無此例，故謂其不全。惜他無可考證耳。

【杜注】按，《欽定詞譜》"秋容"作"秋空"。又，"浦嶼"作"溆浦"。又，"樓上暮雲凝碧"句下，有"危樓静倚"四字。又，"曉向西風"句"曉"作"時"，應遵照改補。

【考正】已據杜注改。

夢還京　七十九字

柳　永

夜來匆匆飲散，攲枕背燈睡。酒力全輕，醉魂易醒，風揭簾櫳，夢斷披衣重
●●○○●●　○●●○▲　●●○○　●○●●　○●○○　●●○○○
起。　　　悄無寐。追悔當初，繡閣話别太容易。日許時、猶阻歸計。
▲　　　　●○▲　○●○○　●●●○●○▲　●●○　○●○▲
甚況味。旅館虚度殘歲。想嬌媚。那裏。獨守鴛幃静，永漏迢迢，也應暗
●●▲　●○○●○▲　●○▲　●▲　●●○○●　●●○○　●○●
同此意。
○●▲

無可引證，姑爲分句，恐有差落，未必確然。

【杜注】按，此調《詞緯》分三段，以"巧無寐"爲二段起句，"甚況味"爲三段起句，《欽定詞譜》同。

【考正】首句"來"字叶去聲，音利，在寘部韻。如《荀子・賦篇》有云："一往一來，結尾以爲事。"又，"那裏"起七字原譜不讀斷。按，此處原義實爲五字兩句，即"想嬌媚那裏，獨守鴛幃静"，"嬌媚那裏"音步連仄，用腹韻隔之。近人汪東詞，此處爲："怎經歲。僂指。結盡千條恨……"可知汪東亦作如是理解。

又，"話别"之"别"，以入作平。"旅館"之"館"，以上作平。

又按，萬樹原譜分爲兩段，自"追悔"起爲後段，現分段據杜注改。然余以爲萬氏之二段分固有前後太過參差之弊，但三段式亦覺均拍嚴重不諧，顯係無均拍概念者所分。從詞體規模觀之，該詞最宜以近、破體式按之，故全詞當爲兩段，然須以"日許時"起爲後段，如此，則中規中矩，合乎長短句之基本規則。

山亭柳　七十九字

晏　殊

家住西秦。賭博藝隨身。花柳上，鬭尖新。偶學念奴聲調，有時高遏行
○●○△　●●●○△　○◎●　●○△　●●◎○○⊙●　●○⊙●○
雲。蜀錦纏頭無數，不負辛勤。　　數年來往咸京道，殘杯冷炙漫消魂。
△　●●○○⊙●　◎●○△　　●○○●○○●　○○●●●○△

衷腸事，托何人。若有知音見采，不辭遍唱陽春。一曲當筵落淚，重掩
○⊙● ●○△ ●●⊙○◎● ●○◎●○△ ●●○○◎● ⊙●

羅巾。
○△

"花柳"下與後"衷腸"下同。

【考正】王重陽有平韻體三首，字句皆如一可作校正。王詞後段第三拍均爲五字一句，較晏詞少一字；而前後段第四拍則均爲五字一句，校之晏詞亦各少一字；但第五拍則均爲上三下四式折腰七字，校之晏詞各多一字；前後段結拍王詞均爲六字句，各多二字。此外，劉處玄詞，前後段第三拍均爲折腰式六字句，各多一字；第五拍、第六拍與王重陽同，結拍與晏詞同。此三種填法之不同，最可見出長短句變化之一般規律。

第二體　七十九字

杜安世

曉來風雨，萬花飄落。歎韶光、虛過却。芳草萋萋，映樓臺、淡煙漠漠。紛
●○○● ●○○▲ ●○○ ○●▲ ○●○○ ●○○ ●○●▲ ○

紛絮飛院宇，燕子過朱閣。　玉容淡妝添寂寞。檀郎孤願太情薄。數
○●○●● ●●○○▲ ●●●○○●▲ ○○○●●○▲ ●

歸期，絶信約。暗恨春宵，向平康、恣迷歡樂。時時悶飲緑醑，甚轉轉、思
○○ ●●▲ ●●○○ ●○○ ●○○▲ ○○●●●○ ●●● ○

量著。
○▲

用仄韻。而首句不起韻，次句四字，前結五字，後結六字。"芳草"下、"暗添"下各十一字，皆上四下七，俱與前調異。姑分其句，然或有訛脱也。"暗添""添"字該仄，其誤尤明。

【杜注】按，《花草粹編》首句"曉來風雨"下有"惡"字起韻。又，"暗添春宵恨平康"七字，萬氏注謂"添"字該仄。按，《欽定詞譜》作"暗恨春宵向平康"，乃誤"恨"作"添"，又落一"向"字也。應遵照增改。

【考正】已據杜注改。

換頭句第二字平讀，音步連平失諧。按，"容"，段玉裁認爲"今字假借爲頌貌之頌"，即與"頌"通。兩字相同之基礎，是《説文解字》："古文'容'，從公。"而"頌"字，《説文解字》注云："頌，貌也。"段玉裁注云："貌下曰：頌儀也，與此爲轉注。……古作頌貌，今作容貌，古今字之異也。"此一觀點，顔師古注《前漢書》亦云："古頌與容同"。故"容"有仄讀，音"涌"，在上聲腫韻部，《正字通》擬音爲余壟切。又，"緑醑"之"醑"，亦以上作平手法。

鎮西　七十九字

蔡　伸

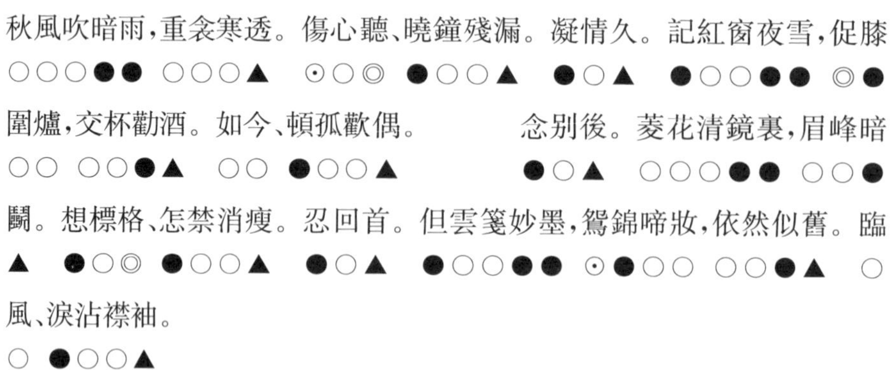
秋風吹暗雨,重衾寒透。傷心聽、曉鐘殘漏。凝情久。記紅窗夜雪,促膝
○○○●●　○○○▲　⊙○◎　●○○▲　●○▲　●○○●●　◎●
圍爐,交杯勸酒。如今、頓孤歡偶。　　念別後。菱花清鏡裏,眉峰暗
○○　○○●▲　○○　●○○▲　　●○▲　○○○●●　○○●
鬭。想標格、怎禁消瘦。忍回首。但雲箋妙墨,鴛錦啼妝,依然似舊。臨
▲　●○◎　●○○▲　●○▲　●○○●●　⊙●○○　○○●▲　○
風、淚沾襟袖。
○　●○○▲

後段"想標容"以下與前段同。"念別後"仄平仄,莫誤。

【杜注】按,此調《欽定詞譜》即作《小鎮西》。"想標容"之"容"字作"格"。

【考正】原譜起調作"秋風吹雨,覺重衾寒透",與柳永二詞之起調不同,當誤,據吳訥本《友古居士詞》改。

原譜前後兩結句皆不讀斷,平音步連平,若連讀則音律失諧,此實二字逗之標識也。又,"勸酒"原作"歡酒","標格"原作"標容","妙墨"原作"墨妙",均據《欽定詞譜》改。又按,萬氏原注"別"字以入作平。

第二體　七十九字　本集作:小鎮西

柳　永

意中有個人,芳顏二八。天然俏、自來奸黠。最奇絕。是笑時媚靨,深深
●○●●○　○○●▲　○○●　●○○▲　●○▲　●●○●●　○○
百態千嬌,再三偎著,再三香滑。　　久離缺。夜來魂夢裏,尤花殢雪。
●●○○　●○○●　●○○▲　　●○▲　●○○●●　○○●▲
分明似、舊家時節。正歡悅。被雞聲喚起,一場寂寞無眠,向曉空有,半窗
○○●　●○○▲　●○▲　●○○●●　●○●●○○　●○○●　●○
殘月。
○▲

首句五字,次句四字,"無眠向曉"不叶韻,與前詞異。或云前詞或亦五字起。余謂"秋風吹雨",如何"覺"起來?除是"脚"字則可。

按,此調"天然俏"以下前後相同。"久離缺"三字係後段換頭句,前詞甚明,汲古誤將此三字贅附前尾,遂失却此調之體況。論文義,亦云:離別已久,而夜來夢中猶是舊時光景,乃正當歡悅,却又被雞聲驚覺也。豈可割一句

搭上截耶？本應改正，今仍舊録之者，因欲覽者與前蔡詞相較，自見分明耳。“一場”以下十四字，若照前詞，原可作“一場寂寞”一句、“無眠向曉”一句、“空有半窗殘月”一句，但前段“是笑時”以下不可如此分讀，故注斷句如右。

【杜注】按，“靨”字疑是叶韻。

【考正】《小鎮西》即《鎮西》，兩詞相較幾一，可證，而《小鎮西犯》則是《小鎮西》犯别調（未知）而成，實與本調不同。

又，本調分段，“久離缺”自應屬下，校之前一體即明。《欽定詞譜》亦作如此讀，謹據萬注改。

又按，前後段兩結，萬氏以爲後段當作四字兩句，六字一句，甚是。此爲前後相合，則“曉”字當作平爲是。

小鎮西犯　七十一字

柳　永

水鄉初禁火，青春未老。芳菲滿、柳汀煙島。波際紅幃縹緲。盡杯盤小。

●○○●●　○○●▲　○○●　●○○▲　○●○○●▲　●○○▲

歌祓禊，聲聲諧楚調。　　路繚繞。野橋新市裏，花濃妓好。引遊人、競

○●●　○○○●▲　　●○▲　●○○●●　○○●▲　●○○　●

來歡笑。酩酊誰家年少。信玉山倒。家何處，落日眠芳草。

○○▲　●●○○○▲　●○○▲　○○●　●●○○▲

汲古亦將“路遶繞”三字屬上段，又“祓”字重寫，今改正。“落日”句五字，比前結異。“玉”字照前似應作平聲。“杯盤玉山”皆四字句中用二字相連者，不可不知。

本譜以字少者居前，此調因題有“犯”字，必非《鎮西》全體，故以列於正調之後。

【杜注】按，宋本前結作“聲聲諧楚調”，此落“楚”字。又，“路遶遶”句，“遶”作“繚”。又，《花草粹編》“信玉山倒”句，“倒”字上有“傾”字。均應增改。又按，《欽定詞譜》“芳華”作“芳菲”。

【考正】杜氏以爲後段應據《花草粹編》作“信玉山傾倒”，非是。本調前段“波際”後與後段“酩酊”後全同對應，當是《小鎮西》所犯之别調詞句，故“信玉山倒”對應前段“盡杯盤小”，均爲一三式結構，若添一“傾”字則誤。餘皆據杜注改。

紅林檎近　七十九字

方千里

曉起山光慘，晚來花意寒。映月衣纖縞，因風佩琅玕。三弄江梅聽徹，幾

◎●○○●　●○○●△　◎●○○●　○○●○△　○●○○●●　●

點岸柳飄殘。宛然舞曲初翻。簾影卷波瀾。　　把酒同喚醉，促膝小留
○●●○△　○○◎●○△　○●●○△　　●○○●●　●●●○

歡。清狂痛飲，能消多少杯盤。況人生如寄，相逢半老，歲華休作容易看。
△　○○●●　○○○●○△　●○○○●　○○●●　●○○●○●△

起四句、後起二句竟是五言古詩，甚拗。結一句亦拗，但此係美成按腔製體，有冬初雪景二首，平仄相同，千里和之，亦一字不異，是知調格應是如此，不可任意更改，不然美成既苦守不變，千里又苦相模彷，何其迂拙，大遜今人之巧便乎？於此可悟詞律之嚴。愚之迂拙，見哂於今人，而或見諒於古人處，亦可稍自白。已乃《圖譜》無一字不改拗爲順，不知皆改順爲拗矣。每見今之名流云：作詞但要鍊字尖新、鍊句妥俊，讀之諧耳，即爲甚工，必費心力求合於古，毋乃愚而無益。余謂若然則隨意做成長短句，便是詞矣，何必更名爲某調某調耶？未有名爲某某調，而平仄字句故與相乖之理。如五七言古詩，而强名曰律，豈理也哉！

"衣"字去聲，"影"字周用"池"字，初疑千里和周詞一卷，步趨不差分寸，此字何以不守？及觀清真雪詞亦用"手"字，故千里不妨亦用上聲耳。

【杜注】按，此爲和清真詞，後半漏注可平可仄，今照千里另作"花幕高燒燭"一首補注。

【考正】萬氏原注"三弄"之"弄"可平、"宛然"之"然"可仄。又，"幾點"之"點"、"把酒"之"酒"以上作平，方諧。

詞律卷十一終

詞律卷十二

過澗歇 八十字

晁補之

歸去。奈故人、尚作青眼相期,未許明時歸去。放懷處。買得東皋數畝,
○▲ ●●○ ◎○⊙●○○ ●●○○○◆ ●○▲ ●●○○●●

静愛園林趣。任過客、剥啄相呼晝扃户。　　堪笑兒童事業,華顛向誰
●●○○▲ ●●● ●●○○●○▲ ⊙●○○●● ○○●○

語。草堂人悄,圓荷過微雨。都付邯鄲,一枕清風,好夢初覺,砌下、槐影
▲ ●○○● ○○●○▲ ○●○○ ●●○○ ●●○○ ●● ⊙●

方停午。
○○▲

草堂舊刻及各選,俱載柳七"淮楚曠望極"一首,久而傳訛,於後段落去二字,《嘯餘》乃因而作譜,硬注字句。《圖譜》因之,遂爲千古貽誤。今以无咎詞爲據,並録柳作於後,以證訛脱之説:

淮楚。曠望極。千里火雲燒空。盡日西郊無雨。厭行旅。數幅輕帆旋落。艤棹蒹葭浦。避畏景。兩兩舟人夜深語。　　此際争可。便恁奔利名。九衢塵裏,衣冠冒炎暑。回首江鄉,月觀風亭,水邊石上,幸有散髮披襟處。

首句兩字起韻,次句三字,"千里"句六字,"盡日"句六字,晁詞明明可證也。而譜注云:首句七字,以"里"字爲起韻。是一注而破亂三句,失一"楚"字韻,反妄添一"里"字韻,豈不大誤?且此闋是魚、虞韻,豈首句便借支字韻乎?而"淮"字注可仄,"避"字可平,"夜深"注可平仄,必欲改盡此調而後已矣。後段"九衢"以下,與前詞"草堂"以下字字相同,則"九衢"之上該有十一字,今落去二字,止存九字,因而不可句豆。據愚揣之,必"奔"字與"名"字下各落一字,或是"奔馳利名路"耳。故下便接"九衢"、"冒暑"等語,於理爲當。而《譜》乃硬注"此際争可"便爲一句,"恁奔"至"塵裏"爲一句,豈不大誤!又

自以"恁奔利名"爲拗,因注此四字平仄皆可反用,豈不誤而又誤?蓋以"裏"字爲叶,即首句"里"字起韻之説,柳七縱有俳俗之謗,豈意至五六百年後,又以不識韻之罪加之乎?況"恁奔"是何言語,夫舊刻傳訛,非後人之過,但闕疑則可,若强不知以爲知,則自誤不可,況以誤人乎?

【杜注】萬氏注謂:"柳詞'九衢'之上該有十一字,今落去二字"。按,《歷代詩餘》"奔利名"三字作"奔名競利去"五字,與所論合。

【考正】"尚作"之"作"、"初覺"之"覺",以入作平。萬氏原譜以爲"夢"字可平,當是參校耆卿詞"水邊石上"而來,然"夢"字可平殊無所據,除非復云"覺"字可平,而平平仄仄句法改爲仄仄平平,則填詞之常見也。

按,後段結句原譜不讀斷。

又按,萬氏所引耆卿"便恁奔利名"句,誠如其斷,脱落二字,當作"便恁奔名競利去",《全宋詞》、《欽定詞譜》皆如此。

安公子 八十字

柳 永

長川波瀲灩。楚鄉淮岸迢遞。一霎煙汀雨過。芳草青如染。 驅驅攜
○○○●▲ ●○○●○▼ ●●○○●▼ ○●○○▲ ●●○

書劍。當此好天好景。自覺多愁多病。行役心情厭。 望處、曠野沉
○▲ ○●●○●▼ ●●○○○▼ ○●○○▲ ●● ●●○

沉,暮雲黯黯。行侵夜色,又是急槳投村店。認去程將近,舟子相呼,遥指
○ ●○●▲ ○○●● ●○●●○○▲ ●●○○● ○●○○ ○●

漁燈一點。
○○●▲

惟耆卿有此詞,他無可證。

按,此調當作三疊,"長川"至"如染"、"驅驅"至"情厭",字句相同,宜分作兩段,所謂雙拽頭也。

【杜注】按,葉譜分三疊,以"芳草青如染"作首段尾句,與萬氏注合。

【考正】原譜以"行役心情厭"屬上分兩段,已據二注改。

驅驅,去聲,《廣韻》:區遇切,音姁,在遇部。與平聲義同。班固《東都賦》:"舉烽伐鼓,申令三驅。輕車霆激,驍騎電騖。"陶侃《相風賦》:"華蓋警乘,奉引先驅。豹飾在後,葳蕤先路。"又,"又是"之"是",以上作平。

前段"迢遞"之"遞"爲均脚所在,當叶韻,此雙拽頭韻法爲中間二句换韻,故第二段"景"、"病"相押,第一段"過"字必是"逝"字之誤,與"遞"相叶。本詞宋人雖僅此一首,然觀清丁澎詞,其見顯與余同,丁詞前段第二第三拍作:"三生休負。为著些子,驀騰騰地。"顯係解柳詞爲:"楚鄉淮岸。迢遞一霎,煙汀雨過。"而後段作:"埋冤著人薄倖。忒煞女兒心

性。”兩句互押,是視柳詞爲换韻之旁證。則前段因“過”字之誤而不入韻,而次段作换韻也。

又按,第三段過片原譜不讀斷,仄音步相連,正二字逗之標識也,“望處”所領,非四字,乃驪句八字,故以讀斷爲佳。

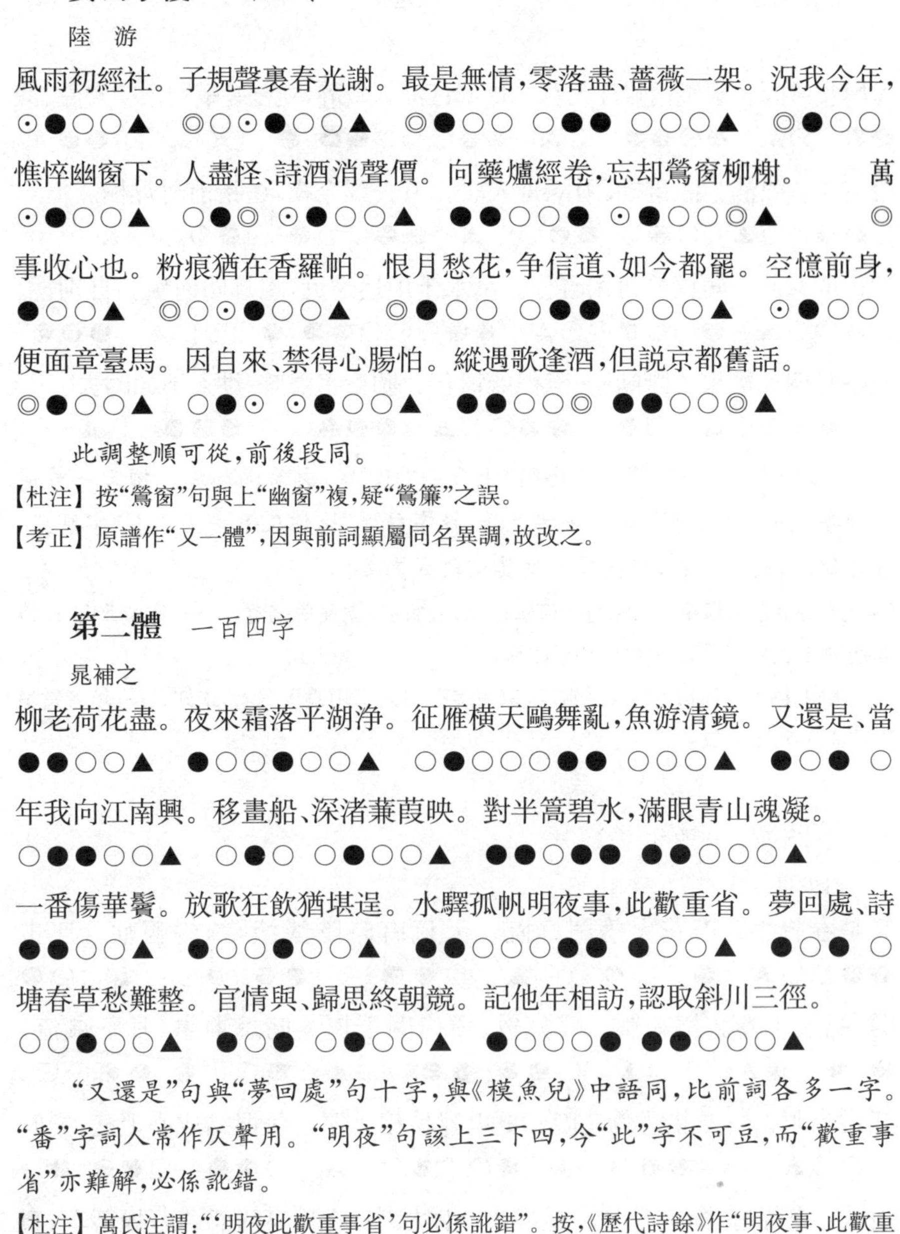

安公子慢　一百二字

陸　游

風雨初經社。子規聲裏春光謝。最是無情,零落盡、薔薇一架。況我今年,
⊙●○○▲　◎○⊙●○○▲　◎●○○　○●●　○○○▲　◎●○○
憔悴幽窗下。人盡怪、詩酒消聲價。向藥爐經卷,忘却鶯窗柳榭。　萬
⊙●○○▲　○●◎　⊙●○○▲　●●○○●　⊙●○○◎▲　◎
事收心也。粉痕猶在香羅帕。恨月愁花,争信道、如今都罷。空憶前身,
●○○▲　◎○⊙●○○▲　◎●○○　○●●　○○○▲　⊙●○○
便面章臺馬。因自來、禁得心腸怕。縱遇歌逢酒,但説京都舊話。
◎●○○▲　○●⊙　⊙●○○▲　●●○○◎　●●○○◎▲

此調整順可從,前後段同。

【杜注】按“鶯窗”句與上“幽窗”複,疑“鶯簾”之誤。

【考正】原譜作“又一體”,因與前詞顯屬同名異調,故改之。

第二體　一百四字

晁補之

柳老荷花盡。夜來霜落平湖浄。征雁横天鷗舞亂,魚游清鏡。又還是、當
●●○○▲　●○○●○○▲　○●○○○●●　○○○▲　●○●　○
年我向江南興。移畫船、深渚蒹葭映。對半篙碧水,滿眼青山魂凝。
○●●○○▲　○●○　○●○○▲　●●○●●　●●○○○▲
一番傷華鬢。放歌狂飲猶堪逞。水驛孤帆明夜事,此歡重省。夢回處、詩
●●○○▲　●○○●○○▲　●●○○○●●　●○○▲　●○●　○
塘春草愁難整。官情與、歸思終朝競。記他年相訪,認取斜川三徑。
○○●○○▲　●○●　○●○○▲　●○○○●　●●○○○▲

“又還是”句與“夢回處”句十字,與《模魚兒》中語同,比前詞各多一字。“番”字詞人常作仄聲用。“明夜”句該上三下四,今“此”字不可豆,而“歡重事省”亦難解,必係訛錯。

【杜注】萬氏注謂:“‘明夜此歡重事省’句必係訛錯”。按,《歷代詩餘》作“明夜事、此歡重省”,應遵改。又按,《琴趣外篇》“歸思”作“歸期”,似誤,此字必去聲始諧。

【考正】“水驛”前後段第二均之正格當是七字一句、五字一句,亦有減一字作四字一句者,故本詞原譜雖讀爲“征雁横天,鷗舞亂、魚游清鏡……水驛孤帆,明夜此、歡重事省”四字一句、七字一句,總不如以正格爲是。而後段文字,《歷代詩餘》、《欽定詞譜》作“水驛孤帆明夜事,此歡重省”,與《全宋詞》所據同,可取,據改。

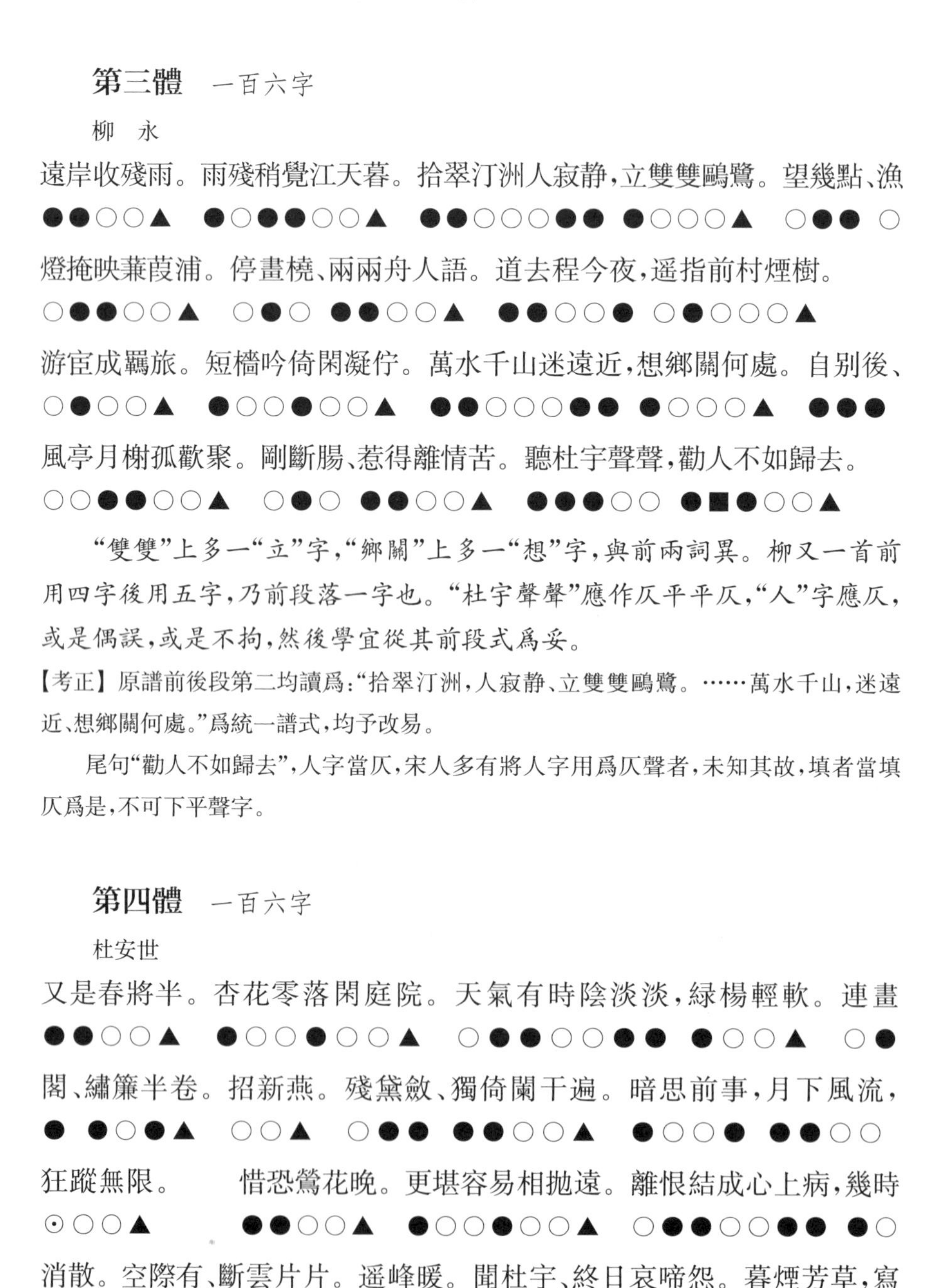

第三體 一百六字

柳 永

遠岸收殘雨。雨殘稍覺江天暮。拾翠汀洲人寂静,立雙雙鷗鷺。望幾點、漁

●●○○▲ ●○●●○○▲ ●●○○○●● ●○○○▲ ○●● ○

燈掩映蒹葭浦。停畫橈、兩兩舟人語。道去程今夜,遥指前村煙樹。

○●●○○▲ ○●○ ●●○○▲ ●●○○● ○●○○○▲

游宦成羈旅。短檣吟倚閑凝佇。萬水千山迷遠近,想鄉關何處。自別後、

○●○○▲ ●○○●○○▲ ●●○○○●● ●○○○▲ ●●●

風亭月榭孤歡聚。剛斷腸、惹得離情苦。聽杜宇聲聲,勸人不如歸去。

○○●●○○▲ ○●○ ●●○○▲ ●●●○○ ●■●○○▲

“雙雙”上多一“立”字,“鄉關”上多一“想”字,與前兩詞異。柳又一首前用四字後用五字,乃前段落一字也。“杜宇聲聲”應作仄平平仄,“人”字應仄,或是偶誤,或是不拘,然後學宜從其前段式爲妥。

【考正】原譜前後段第二均讀爲:“拾翠汀洲,人寂静、立雙雙鷗鷺。……萬水千山,迷遠近、想鄉關何處。”爲統一譜式,均予改易。

尾句“勸人不如歸去”,人字當仄,宋人多有將人字用爲仄聲者,未知其故,填者當填仄爲是,不可下平聲字。

第四體 一百六字

杜安世

又是春將半。杏花零落閑庭院。天氣有時陰淡淡,緑楊輕軟。連畫

●●○○▲ ●○○●○○▲ ○●●○○●● ●○○▲ ○●

閣、繡簾半卷。招新燕。殘黛斂、獨倚闌干遍。暗思前事,月下風流,

● ●○●▲ ○○▲ ○●● ●●○○▲ ●○○● ●●○○

狂蹤無限。 惜恐鶯花晚。更堪容易相拋遠。離恨結成心上病,幾時

⊙○○▲ ●●○○▲ ●○○●○○▲ ○●●○○●● ●○

消散。空際有、斷雲片片。遥峰暖。聞杜宇、終日哀啼怨。暮煙芳草,寫

○▲ ○●● ●○●▲ ○○▲ ○●● ○●○○▲ ●○○● ●

望迢迢，甚時重見。

●○○ ◎○○▲

"天氣"句、"離恨"句與前稍異。"連畫閣"二句與後"空際有"二句，各止七字，亦與前異。兩結各四字三句，更不同。

或曰"天氣"與"離恨"句原可作四字照前讀，"連畫閣"與"空際有"亦可照前。"卷"字、"片"字不是叶韻，乃偶合耳。此論亦是，然其結則固是另一體也。

【考正】此處"卷"字、"片"字均爲句中短韻，故"繡簾半卷"當屬下爲是，不可連上而讀斷，否則后三字脱矣。填者務須知之。

早梅芳近　八十字　或無"近"字

吕渭老

畫簾深，妝閣小。曲徑明花草。風聲約雨，暝色啼鴉暮天杳。染眉山對碧，匀臉霞相照。漸更衣對客，微坐自輕笑。　醉紅明，金葉倒。恣看還新好。瑩注粉淚，滴爍波光射庭沼。犀心通密語，珠唱翻新調。佳期定約秋了。

"霞相照"、"翻新調"以上，前後同。尾句恐誤。《聖求詞》每多訛字。

【杜注】按，後結應作八字一句。《欽定詞譜》收周美成别首作"路迢迢，恨滿千里草"，可證。此詞脱二字。

【考正】本調後結諸詞均爲八字，本詞必脱二字，不足爲範，故不擬譜，填者應以周詞爲準。

第二體　八十二字

周邦彦

花竹深，房櫳好。夜闃無人到。隔窗寒雨，向壁孤燈弄餘照。淚多羅袖

⊙◎○ ○○▲ ●●○○▲ ○○○● ●●○○●○▲ ●○○●

重，意密鶯聲小。正魂驚夢怯，門外巳知曉。　去難留，話未了。早促

● ●●○○▲ ●○○●● ⊙●●○▲ ●○○ ◎●▲ ●●

登長道。風披宿霧，露洗初陽射林表。亂愁迷遠覽，苦語縈懷抱。謾回

○○▲ ○○○● ●●○○●○▲ ●○○●● ●●○○▲ ●○

頭，更堪歸路杳。

○ ●○○●▲

後結"謾回頭"下比前詞多二字，但查《片玉》此調二闋及《姑溪詞》俱八字，則前詞必是脱落，作者只依此填之可也。《姑溪》於"路"字作"人"字，周又

一首於“堪”字作“滿”字，總不如依此爲妥。

【考正】萬氏原注“隔窗”之“隔”字、“宿霧”之“宿”字以入作平。

瑶階草　八十字

程　垓

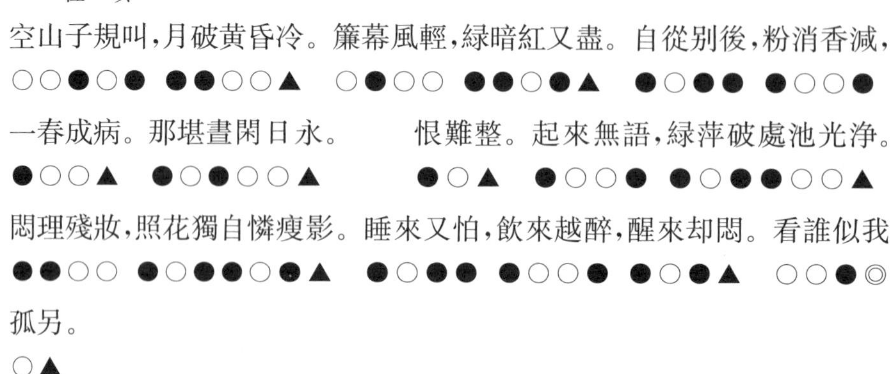

空山子規叫，月破黄昏冷。簾幕風輕，緑暗紅又盡。自從別後，粉消香減，

○○●○●　●●○○▲　○●○○　●●○●▲　●○●●　●○○●

一春成病。那堪晝閑日永。　恨難整。起來無語，緑萍破處池光浄。

●○○▲　●○●○○▲　●○▲　●○○●　●○●●○○▲

悶理殘妝，照花獨自憐瘦影。睡來又怕，飲來越醉，醒來却悶。看誰似我

●●○○　●○●●○●▲　●○●●　●○○●　●○●▲　○○●◎

孤另。

○▲

“自從”下與後“睡來”下同。

或曰：“我”字注可平，“閑”字何以不注可仄？余曰：平則一途，仄兼兩義，詞中細處。上去原不可混，凡於平字注可仄者，原當詳審，可上去通用，則不妨隨填，若止可上而不可去者，自宜還他或平或上，不可以去字混入。注不便細分上去，故不得已，只以仄字概之也。如此“我”字可以用平、“閑”字亦不妨用上，然若注可仄，則人謂去聲亦可用，而調乖矣。通部皆然，偶記於此。

【杜注】按，王氏校本“粉消香膩”句，“膩”作“減”，與“消”字意合，可從。

【考正】萬氏原注“日永”之“日”、“越醉”之“越”以入作平。“香膩”顯誤，“膩”則多也，意違。又，“緑暗”句疑脱二字。

鬭百花　八十一字　又名：夏州

晁補之

臉色朝霞紅膩。眼色秋波明媚。雲度小釵濃鬢，雪透輕綃香臂。不語凝

●●○○○▲　●●○○○▲　○●●○○▲　●●○○○▲　●●○

情，教人唤得回頭，斜盼未知何意。百態生珠翠。　低問石上，鑿井何

○　○○●●○○　○●●○○▲　●●○○▲　○●●●　●●○

由及底。微向耳邊，同心有緣千里。飲散西池，涼蟾正滿紗窗，一語繫人

○●▲　○●●○　○○●●○▲　●●○○　○○●●○○　●●●○

心裏。

○▲

楊誠齋有云詞須擇腔，如《鬪百花》之無味，是知此調當時原不以爲佳，故作者寥寥。且其調中多有參差，今細考注之。如起句，晁三首俱起韻，柳三首一韻二不韻。第三句，晁二作俱同仄聲，一則叶韻；柳一與此同，其二則一云"池塘淺蘸煙蕪"，平聲，一云"長門深鎖悄悄"。第四句，柳二同，一云"滿庭秋色將晚"，平仄皆參差。後段起十字，晁一云"教展香裀，看舞霓裳促遍"，"香裀"用平，與此"石上"二字異，一云"與問階上，簸錢時節，記微笑，但把纖腰，向人嬌倚"，人多讀於"節"字斷句，下作"記微笑"，甚誤。此乃"記"字上落一"猶"字或"應"字也，"記"字是叶韻。"微笑但把"乃四字句，柳亦作"年少傅粉"平仄正合，是此調原無八十字格也。柳換頭，一與"教展香裀"同，一云"無限幽恨，寄情空殢紈扇"，一云"爭奈心性，未斷先憐佳婿"。亦皆參差，與此篇異微。"向耳邊""耳"字必要仄聲，或作平仄仄平，或作平仄仄上，慎勿用去仄平平。

按，"不語凝情"以下三句，一四兩六，前後相同，對照爲結，不宜前尾拖一五字句。愚謂此必係後段起句，而誤移耳。然傳之已久，不敢遽改，知音者請自玩味，或以鄙言爲諒乎。

又，柳一首，於次句亦不起韻，直至第四句方起韻，恐是誤也，不必從。

【考正】"百態生珠翠"當屬下段之起拍，此猶後譜《彩鳳飛》之"瞰經慣"。而後段第四拍"微向耳邊"顯係殘句，"向耳邊"如何？奪去"説道"之類二字，應作"微向耳邊□□"，如此，則前段第二拍起與後段第三拍起上下對應諧和，惟今存諸詞俱爲四字。

有有令　八十一字

趙長卿

前山減翠。疏竹度輕風，日移金影碎。還又年華暮，看看是、新春至。那
○○●▲　○●●○○　●○○●▲　○●○○●　○○●　○○▲　●

更堪、有個人人，似花似玉，温柔伶俐。　　准擬。恩情忔戲。拈弄上、則
●○　●●○○　●○●●　○○○▲　　●▲　○○●▲　○●●　●

人難比。我也埋根竪柱。你也爭些氣。大家一捺頭地。美中更美。廝守
○○▲　●●○○●●　●●○○▲　●○●●○▲　●○●▲　○●

定、共伊百歲。
●　●○●▲

此等俳詞，爲北曲之先聲矣。

【杜注】按，《惜香樂府》"情忔戲"句作"恩情海似"。又，"我也埋根竪柱"句，作"我也誠心一片"。又，"大家一捺頭地"句，作"大家到底如此"。又按，此等俳體謔詞，原不必求之字句間也。

皂羅特髻　八十一字

蘇　軾

采菱拾翠，算如此佳名，阿誰消得。采菱拾翠，稱使君知客。千金買、采菱
●○●● ●○●○○ ●○○▲ ●○●● ●◎○○▲ ○○● ●○

拾翠，更羅裙、滿把真珠結。采菱拾翠，正髻鬟初合。　　真個采菱拾翠，
●● ●○⊙ ●●○○▲ ●○●● ●●○○▲　　○●●○●●

但深憐輕拍。一雙手、采菱拾翠，繡衾下、抱著俱香滑。采菱拾翠，待到京
●⊙○○▲ ○○● ●○●● ●○◎ ●●○○▲ ●○●● ●●○

尋覓。
○▲

疊用“采菱拾翠”字，凡七句。或此調格應如此，或是坡仙遊戲爲之，未可考也。“稱使君”下與後“但深憐”下同。

【杜注】《欽定詞譜》注云：“此調無別詞可校。按，想其體例應然。”按，此爲一時遊戲之作，與《阮郎歸》等之“福唐體”等耳。

【考正】萬氏原注“一雙手”之“一”以入作平。又，“如此”，《欽定詞譜》作“似此”。又按，杜氏以爲此爲一時遊戲之作，類“福唐體”然，終未有佐證，亦臆測耳。

彩鳳飛　八十一字

陳　亮

人立玉，天如水，特地如何撰。海南沉、燒著欲寒猶暖。算從頭，有多少、
○●● ○○● ●●○○▲ ●○○ ○●●○○▲ ●○○ ●○●

厚德陰功，人家上、一一舊時香案。　　瞰經慣。小駐吾州纔爾，依然歡
●○○■ ○○● ●●●○○▲　　●○▲ ●●○○○● ○○○

聲滿。莫也教、公子王孫眼見。這些兒、穎脱處，高出書卷。經綸自入手，
○▲ ●●○ ○●○○●▲ ●○○ ●●● ○○○▲ ○○●●●

不了判斷。
●○●▲

中多難明，所當闕疑。

玩前後相合處，則“特地”句與“依然”句各五字，次各九字於三字一豆，又次各三字，又次各七字於三字一豆。但此句照後段“卷”字叶韻，則前“功”字平聲不合，不可解也。次“人家”至“香案”九字，比後“經綸”下九字。而“瞰經慣”三字當爲後段換頭起句，誤屬前尾耳。字雖多訛，其段落定應如此。“瞰”宜作“煞”，音“瞰”，忒煞也。“瞰”則爲日，“曬”字，坡詞“江南父老，時與瞰漁蓑”。

【考正】"陰功"之"功"萬氏以爲不可解,是該字爲均脚所在,當叶,故必誤。又,"高出"之"出"對應"厚德"之"德",皆爲以入作平。又,"不了"之"了",以上作平。又按,"依然",對應前段之"特地",疑爲"依舊"之誤。

又按,"這些兒、穎脱處"顯爲一句,故原譜前段"算從頭,有多少"斷爲一句一逗即不當,學者填此,須前後一致爲是。而後結九字原譜不讀斷,亦甚無必要,蓋前後段結拍不同,本爲常見者,無須一一對應,且"人家上"九字晦澀不通,當是有文字舛誤,"一一"或竟是符號而已。

最高樓　八十一字

劉克莊

周郎後,直數到清真。君莫是前身。八音相應諧韶樂,一聲未了落梁塵。
○⊙● ◎●●○△ ⊙●●○△ ◎○⊙●○○● ●○◎●●○△
笑而今,輕郢客,重巴人。　只少個、緑珠横玉笛。更少個、雪兒彈錦
●○○ ●○● ●○△ ◎◎● ◎○○●▲ ◎◎● ◎○○●
瑟。欺賀晏,壓黄秦。可憐樵唱並菱曲,不逢御手與龍巾。且酣眠,篷底
▲ ○●● ●○△ ◎○⊙●●○● ◎○◎●●○△ ●○○ ○●
月,甕間春。
● ●○△

後段起兩句換仄韻。稼軒一首,第四五句用"是夢松後追軒冕,是化鶴後去山林","夢"、"化"二字去聲,因使丁氏故事而用之,不可學也。後起二句,元司馬昂父作"按秦箏、學弄相思調,寫幽情、恨殺知音少",平仄全反,甚誤,雖《詞綜》載之,不可學。

【杜注】按,劉後村名克莊,萬氏作"克壯",誤。後村别調原刻"且酣眠"句,"酣"作"醉"。以前半校之,仍當從平聲作"酣"。

【考正】本調過片二句,兩三字逗以重複或半重複句式爲常用。

又按,據杜注改作者名。

第二體　八十二字

毛　滂

微雨過,深院芰荷中。香冉冉,繡重重。玉人共倚闌干角,月華猶在小池
○●● ○●●○△ ○●● ●○△ ●○●●○○● ●○○●●○
東。入人懷,吹鬢影,可憐風。　分散去、輕如雲與雪。剩下了、許多風
△ ●○○ ○●● ●○△ ○●● ○○○●▲ ●●● ●○○
與月。侵枕簟,冷簾櫳。剛能小睡還驚覺,略成輕醉早惺忪。仗行雲,將
●▲ ○●● ●○△ ○○●●○○● ●○○●●○△ ●○○ ○

此恨，到眉峰。
●● ●○△

"香冉冉"三字兩句，與前異。後段起處，兩句仄韻不自相叶，愚意謂"夢"字乃是"雪"字，與下"月"字爲叶也。而毛又一首作"謾良夜、月圓空好意，恐落花、流水終寄恨"，"落花流水"必"流水落花"之訛，然"恨"字亦不叶"意"字，或另有此格亦未可知。但其"侵枕簟"兩句作"悲歡往往相隨"，則竟作六字連句，大與前體不合，定係差誤，不可從矣。作者於仄聲韻必叶爲是。

【杜注】萬氏注謂："輕如雲與夢"句，"夢"字乃是"雪"字，與下"月"爲爲叶，而毛又一首亦不叶，或另有此格。按，此調劉潛夫有一首，此二句亦换叶仄韻，則爲"雪"字無疑。又按，《欽定詞譜》"略成輕醉早醒鬆"句，"醒鬆"作"惺忪"。

【考正】已據萬注及杜注改"雲與夢"及"醒鬆"。

又，本調後段兩仄韻爲一均，第二句爲定韻，故必叶韻。毛詞别首，必是以"寄"字爲韻，叶"意"字。

倒垂柳　八十一字

楊无咎

曉來煙露重，爲重陽、增勝致。記一年好處，無似此天氣。東籬白衣至，南
◎○○●● ●○○ ○●▲ ●●○●● ○●●○▲ ○○●○● ⊙
陌芳筵啟。風流曾未遠，登臨都在眼底。　人生如寄。漫把茱萸看子
●○○▲ ○○○●● ○○○●○▲ ○○⊙▲ ●●○○○●
細。擊節聽高歌，痛飲莫辭醉。烏帽任教，顛倒風裏墜。黄花明日，縱好
▲ ●●●○○ ●●●○▲ ○●●○ ○●○○▲ ○○○● ●●
無情味。
○○▲

无咎又一首，"記一年"至"天氣"十字作"而今精神傾下越様風措"，必係訛謬；"烏帽任教"作"情山曲海"，平仄不同，或亦不拘。

【杜注】按，萬氏所引无咎另一首"而今精神傾下越様風措"十字，原作"而今精神爽傾下越風措"。又按，另首首句云"南州初會遇"，"遇"字叶韻。

【考正】"眼底"之"眼"、"風裏"之"裏"，以上作平。又，"烏帽任教"句校之前段疑亦當爲五字，雖别首亦爲四字。

柳初新　八十一字

柳　永

東郊向晚星杓亞。報帝里、春來也。柳擡煙眼，花勻露臉，漸覺綠嬌紅姹。
○○●●○○▲ ●●● ○○▲ ●○○● ○○●● ●●●○○▲

妝點層臺芳榭。運神功、丹青無價。　　別有堯階試罷。新郎君、成行如
○●○○○▲　●○○　⊙○○▲　　●●○○●▲　○○○　○○○
晝。杏園風細，桃花浪暖，競喜羽遷鱗化。遍九陌、相將遊冶。驟香塵、寶
▲　●○○●　○○●●　●●●○○▲　●●●　○○○▲　●○○　◎
鞍驕馬。
○○▲

"柳擡"下與"杏園"下前後皆同，只"遍九陌"句多一字，必"妝點"上落一字，今姑照舊録之，作者添字與後同可也。《圖譜》於"相將遊冶"落"相"字，遂致前段六字，相連後段三字，兩句不合矣。"運神"、"驟香"俱作可用平仄，何據？

【考正】前段"妝點"句或脱一字，校後段及晁端禮詞作"這好事、難成易破"可知。

新荷葉　八十二字

趙彦端

欲暑還涼，如春有意重歸。春若歸來，任他鶯老花飛。輕雷淡雨，似晚風、
◎●○○　⊙○◎●○△　⊙●○○　●○⊙●○△　○○◎●　◎◎⊙
欺得單衣。檐聲驚醉，起來新緑成圍。　　回首分攜。光風冉冉菲菲。
⊙●○△　⊙○⊙●　◎○⊙●○△　　⊙●○△　⊙○◎●○△
曾幾何時，故山疑夢還非。鳴琴再撫，將清恨、都入金徽。永懷橋下，繫船
⊙●○○　●○⊙●○△　⊙○◎●　⊙⊙◎　⊙●○△　◎○⊙●　◎○
溪柳依依。
⊙●○△

前後俱同，只後段起句叶韻。查稼軒諸作皆用韻，孏窟、惜香、介庵亦有不叶者，可不拘也。因餘同，不另録。此詞乃和稼軒者，"曾幾何時"非叶韻。仲殊一首於"輕雷"二句云"波光艷粉，紅相間、脈脈嬌羞"，《圖譜》收之，乃於"艷"字讀斷，而下作八字句，誤矣。"曾幾"下十字，"永懷"下十字，俱不分斷，總不解查照前段故也。

【考正】後段第四句，原譜萬氏作"故山疑夢還飛"，"飛"字重韻，誤。據《全宋詞》改。又，李清照詞，前後段第二拍作"長宵共、永晝分停……精神與、秋月争明"，各增一字，餘同不録。

夢玉人引　八十二字

吕渭老

上危梯望，畫閣迴，繡簾垂。曲水飄香，小園鶯喚春歸。舞袖弓彎，正滿
●○○●　●●●　●○△　●●○○　●○○●○△　●●○○　●●

城、煙草淒迷。結伴踏青，趁蝴蝶雙飛。　賞心歡計，從別後、無意到西

○ ○●○△ ●●●○ ●○●○△ 　●○○● ○●● ○●●○

池。自檢羅囊，要尋紅葉留詩。懶約無憑，鶯花都不知。怕人問，强開懷、

△ ●●○○ ●○○●○△ ●●○○ ○○○●△ ●○● ●○○

細酌酴醾。

●●○△

汲古刻作八十四字。“望”字作“盡盡”二字；“蝴蝶”下有“一”字；“無憑”下少“據”字；“細酌”下有“一”字；與此不同，未知孰是。毛刻固多訛處，而此亦未必確然也。“酴醾”二字宜從酉旁，謂酒也。故上有“酌”字，《詞綜》作“荼蘼”，非是。

【杜注】按，葉譜起句“上危梯望”，以“望”字爲句，“梯”字不叶，似不可從。【秦氏云：起句“上危梯望”四字，萬氏於“梯”字注起韻誤。】

【考正】前起原譜作“上危梯”三字一句，叶韻，杜氏亦以爲是。誤。蓋本調起拍宋人均作四字一拍，如范成大詞，一作“送行人去，猶追路，再相覓”，一作“共登臨處，飄風袂，倚空碧”，豈可讀作“送行人，去猶追路，再相覓”、“共登臨，處飄風袂，倚空碧”？又，原譜“懶約無憑據”句，萬樹云汲古本無“據”字，《唐宋名賢百家詞》早汲古本二百餘年，所收《聖求詞》中亦無，且校諸朱敦儒、范成大等宋詞各家，本句均爲四字一句，惟此五字，當誤，故删之。

柳腰輕　八十二字

柳　永

英英妙舞腰肢軟。章臺柳，昭陽燕。錦衣冠蓋，綺堂筵會，是處千金争選。

○○●●○○▲ ○○● ○○▲ ●○○● ●○○● ●●○○○▲

顧香砌、絲管初調，倚輕風、佩環微顫。　乍入霓裳促遍。逞盈盈、漸催

●○● ○●○○ ●○○ ●○○▲ 　●●○○●▲ ●○○ ●○

檀板。慢垂霞袖，急趨蓮步，進退奇容千變。笑何止、傾國傾城，暫回眸、

○▲ ●○○● ●○○● ●●○○○▲ ●○● ○●○○ ●○○

萬人腸斷。

●○○▲

“錦衣”以下前後相同，依後段“步”字，則前段“宴”字乃是偶合韻脚，而非叶也，作者可以不叶。

【杜注】按，宋本“筵宴”作“筵會”，不叶韻。又，“笑何止”句，“笑”作“算”。又，《欽定詞譜》云：“調近《柳初新》，無別首可校。”

【考正】原譜“傾城”注叶，當是誤筆。“筵會”原譜作“筵宴”，叶韻，據《欽定詞譜》改。

爪茉莉　八十二字

柳　永

每到秋來，轉添甚況味。金風動、冷清清地。殘蟬噪晚，甚聒得、人心欲
●●○○　●○●●▲　○○●　●○○▲　○○●●　●●●　○○●
碎。更休道、宋玉多悲，石人、也須下淚。　　衾寒枕冷，夜迢迢、更無寐。
▲　●○●　●●○○　●○　●○●▲　　○○●●　●○○　●○▲
深院静、月明風細。巴巴望曉，怎生捱、更迢遞。料可兒、衹在枕頭根底。
○●●　●○○▲　○○●●　●○○　○○▲　●●○　●●●○○▲
等人、睡來夢裏。
●○　●○●▲

孤調，他無可援證，所可辨者，"金風動"句即後"深院静"；"殘蟬"句即後"巴巴"句；則"怎生"句比前，應於"更"字上加一字。舊譜總作六字，則"捱更迢遞"不成語矣。"捱"字去聲。"更"者，更漏之更，或是"三更"，落"三"字。《譜》却認作去聲，若是去聲，則"迢遞"者何物？兩結俱作六字，余謂尾句該分斷，蓋所憶之人才入夢即見之，如隱於枕底者，但等人睡熟即來也。如"睡來"連讀，便不通矣。審爾則前結亦是兩句，以"也"字作虚字用耳。

【杜注】按，《欽定詞譜》"料我兒"之"我"字作"可"，應遵改。

【考正】本詞前段"金風"後與後段"深院"後應同。余校此詞，見"更迢遞"與前不合，又見前文已有"更無寐"，則此處耆卿必無再用"更迢遞"之理，復觀萬樹之注，竟又相合。然萬氏以爲此處或是"三更"者，竊以爲非，蓋"巴巴望晓"者，"怎生挨、長更迢递"也，必是奪一"長"字。又，其後"料可兒、只在枕头根底"一句，"可"字已據杜注改，"根底"二字應爲襯。又按，前後段結拍原譜均讀爲六字折腰式句法，或誤。按，前段結拍，唐圭璋先生讀爲"石人、也須下淚"，甚是，此正余所謂同音步相連爲二字逗標識之説也，然唐先生後段結拍讀爲三三式"等人來、睡夢裏"，則是版本之誤。又，萬樹云"捱"字去聲，誤。

祭天神　八十二字

柳　永

歎笑歌筵席輕抛嚲。背孤城、幾舍煙村停畫舸。更深釣叟歸來，數點殘燈火。被連綿、宿酒醺醺，愁無那。寂寞擁、重衾卧。　　又聞得、行客扁舟過。蓬窗近，蘭棹急，好夢還驚破。念生平、單棲蹤跡，多感情懷，到此厭厭，向曉披衣坐。

前後各異，只"數點"句與"好夢"句相似，"宿酒"句與"到此"句相似耳。

【杜注】按，宋本後結"披衣坐"句，上有"向曉"二字，應增。

【考正】已據杜注改後結。本詞後段，彊村叢書本《樂章詞》於"重衾卧"後分段，則與後一

體同，據改。然前後段必有多處落字落韻，故不予擬譜。余詳加考定，試探其本來，計補六字一韻，重加圖譜，當爲：

歎笑歌筵席、輕抛彈。背孤城、□幾舍，煙村停畫舸。□更深、釣叟歸來，數點殘燈火。被
●●○○● ○○▲ ●○○ ○●● ○○○●▲ ●○○ ●●○○ ●●○○▲ ●
連綿、宿酒醺醺，愁無那。寂寞擁、重衾卧。　又聞得行客、扁舟過。蓬窗近，蘭棹急，好
○○ ●●○○ ○○▲ ●●● ○○▲ ●○○○● ○○▲ ○○● ○●● ●
夢還驚破。念生平、單棲蹤跡，多感情懷□。□□□、到此厭厭，向曉披衣坐。
●○○▲ ●○○ ○○○● ○●○○▲ ●○○ ●●○○ ●●○○▲

第二體　八十五字

柳　永

憶繡衾相向輕輕語。屏山掩、紅蠟長明，金獸盛熏蘭炷。何期到此，酒態
●●○○●○○▲ ○○● ○●○○ ○●●○○▲ ○○●● ●●
花情頓辜負。愁腸斷、還是黄昏，那更滿庭風雨。　聽空階和漏，碎聲
○○●○▲ ○○● ○●○○ ●●●○○▲ ●○○○● ●○
鬭滴愁眉聚。算伊還共誰人，争知此冤苦。念千里煙波，迢迢前約，舊歡
●●○○▲ ●○○●○○ ○○●○▲ ●○●○○ ○○○● ●○
慵省、一向無心緒。
○● ●●○○▲

與前調迥别，字句亦不確，"風雨"處應是分段，然不敢强注也。

按，毛氏《填詞名解》述《因話録》所載，北方季冬二十四日，以板畫一人，有形無口，人各佩之，謂可辟青，時有作謔詞，名《祭祆神》，而《祭天神》反失注解。

【杜注】按，宋本"舊歡省"句，"省"字上有"慵"字，據增。

【考正】原譜後起十二字未讀斷。後結原譜作"舊歡省、一向無心緒"，参校前一體，據杜注增"慵"字。

又，原譜萬氏未分段，是萬氏不識均拍故也。按，本調近詞，前後段自當各爲三均，故"風雨"處分段，正在其律。

驀山溪　八十二字　又名：上陽春

張元幹

一番小雨，陡覺添秋色。桐葉下銀床，又送個、淒涼消息。故鄉何處，搔首
◎○◎▲ ◎●○○▲ ⊙●●○○ ◎◎◎ ○○⊙▲ ◎○⊙● ⊙●
對西風，衣綫斷，帶圍寬，衰鬢添新白。　錢塘江上，冠蓋如雲積。騎馬
●○○ ⊙◎◎ ◎⊙⊙ ⊙●○○▲ ⊙○⊙● ⊙●○○▲ ⊙●

傍朱門,誰肯念、塵埃墨客。佳人信杳,日暮碧雲深,樓獨倚,鏡頻看,此意
●○○ ⊙◎◎ ○○◎▲ ⊙○◎● ◎●●○○ ⊙◎◎ ◎⊙⊙ ◎●

無人識。
○○▲

前後同。

【考正】"誰肯念"七字,原譜未讀斷。

第二體 八十二字

石孝友

鶯鶯燕燕。摇蕩春光懶。時節近清明,雨初晴、嬌雲弄暖。醉紅濕翠,春
○○●▲ ○●○○▲ ○●●○○ ●○○ ○○●▲ ●○●● ○

意釀成愁,花似染。草如剪。已是春强半。　小鬟微盼。分付多情管。
●●○○ ○●▲ ●○▲ ●●○○▲ 　●○○▲ ○●○○▲

癡騃不知愁,想怕晚、貪春未慣。主人好事,應試玳筵開,歌眉斂。舞腰
○●●○○ ●●● ○○●▲ ●○●● ○●●○○ ○○▲ ●○

軟。怎便輕分散。
▲ ●●○○▲

前詞次句起韻,後段亦次句叶韻,此則前後首句俱用韻者外,又有前首句起韻後、起不叶者,有前首不起韻、後起叶者,總不拘也。前詞"衣帶斷"等三字四句俱不叶,此則俱叶者。其餘各體參差摘列於後,有前上下句俱叶、後上仄下平者,如山谷"李"、"氣"韻,前:"斜枝倚。風塵裏。"後"書謾寫,夢來空"也。前後俱上仄不叶、下叶者,如易祓"語"、"宇"韻,前:"梨花雪,桃花雨。"後"吴姬唱,秦娥舞"也。前上平下仄不叶、後上仄不叶而下叶者,如于湖"近"、"印"韻,前"繡工慵,圍棋倦",後"禽聲喜,流雲盡"也。前上仄下平、後上平下仄俱不叶者,如无咎"檜"、"翠"韻,前"將風調,改荒凉",後"汝南周,東陽沈"也。前上平下仄、後上仄下平俱不叶者,如姑溪"户"、"處"韻,前"泛新聲,催金盞",後"歡暫歇,酒微醺"也。前兩叶、後上仄不叶而下叶者,如美成"水"、"尾"韻,前:"山四倚。雲漸起。"後"因個甚,煙霧底"也。前後俱上平下仄不叶者,如澤民"絮"、"去"韻,前"葉依依,煙鬱鬱",後"隔斜陽,斷芳草"也。前上平下仄不叶、後俱叶者,如永叔"满"、"晚"韻,前"駕香輪,停寶馬",後"春宵短。春寒淺"也。前上平下叶、後上平下仄不叶者,如盧炳"旦"、"宴"韻,前"倩雙哦,敲象板",後"鬢長青,顔不老"也。前兩仄不叶、後上仄下平者,如惜香"翠"、"碎"韻,前"高一餉,低一餉",後"不妒富、不憎貧"也。前上仄下平、

後俱仄不叶者，如曹組“樹”、“暮”韻，前“風細細，雪垂垂”，後“消瘦損，東陽也”也。前上仄俱仄不叶、後上平下叶者，如无咎“可”、“我”韻，前“我心裏，忡忡也”，後“天天天，不曾麽”也。前上仄不叶下叶、後上仄不叶下平者，如惜香“了”、“到”韻，前“笙簧奏，星河曉”，後“一歲裏，一翻新”也。前後俱上叶下平者，如惜香“士”、“戲”韻，前“三徑裏。四時花”，後“爾富貴。爾榮華”也。其三字中平仄亦不畫一，總可隨填，不拘耳。

【杜注】按，《欽定詞譜》後結“怎向輕分散”句，“向”作“便”。應遵改。

【考正】萬氏絮絮所云者，即余所謂閑韻者也，可叶可不叶，悉在作者，非惟本調如此，各詞皆然。故該四處三字句，亦不惟本體如此，前一體亦如此。

拂霓裳　八十二字

晏　殊

笑秋天。晚荷花綴露珠圓。風日好，數行新雁貼寒煙。銀簧調脆管，瓊柱
●○△　●○○●●○△　○◎●　●○○●●○△　⊙○○●●　⊙●
撥清弦。捧觥船。一聲聲、齊唱太平年。　人生百歲，離别易、會逢難。
●○△　●○△　●○○　⊙●●○△　○○●●　⊙●●　●○△
無事日，剩呼賓友啟芳筵。星霜催緑鬢，風露損朱顔。惜清歡。又何妨、
○◎●　●○○●●○△　⊙○○●●　⊙●●○△　●○△　●○○
沉醉玉尊前。
⊙●●○△

“風日好”下前後同。

第二體　八十三字

晏　殊

喜秋成。見千門萬户樂升平。金風細，玉池波浪縠文生。宿露沾羅幕，微
●○△　●○○●●●○△　○○●　●○○●●○△　●●○○●　○
涼入畫屏。張綺宴，傍熏爐蕙炷、和新聲。　神仙雅會，會此日、象蓬
○●●△　○●●　●○○●●　●○△　○○●●　●●●　●○
瀛。管弦清。旋翻紅袖學飛瓊。光陰無暫住，歡醉有閑情。祝辰星。願
△　●○△　●○○●●○△　○○○●●　○●●○△　●○△　●
百千萬壽、獻瑶觥。
●○●●　●○△

次句比前多一“見”字。“宿露”二句與前詞平仄相反。按，晏詞三首，前

後共六用五字對句，惟此一聯獨異，前後兩樣，恐亦不宜，作者但學前調可也。“宴”字不叶，“清”字轉叶，與前篇及别作異，作者亦當依前。

【杜注】按，《歷代詩餘》第二句無“見”字。後結“願百千爲壽”之“千”字，作“年”。又按，《欽定詞譜》作“愿百年萬壽”，應遵改。

【考正】前後結原譜作三字一逗、五字一句，且後結作“願百千、爲壽獻瑶觥”，現據康熙内府刻本《欽定詞譜》改。又，萬注原文“宿露”作“宿霧”，筆誤。又按，“清”字乃偶合耳，不必視爲叶韻。

秋夜月　八十二字

柳　永

當初聚散。便喚作、無由再逢伊面。近日來，不期而會重歡宴。向尊前，

○○●▲　●●●　○○●○○▲　●●○　●○○●○○▲　●○○

閑暇裏，斂著眉兒長歎。惹起舊愁無限。　盈盈淚眼。漫向我，耳邊

○●●　●●○○○▲　●●●○○▲　○○●▲　●●●　○○

作，萬般幽怨。奈你自家心下，有事難見。待音信，真個恁，别無縈絆。不

●　●○○▲　●●●○○●　●●○▲　●○●　○●●　●○○▲　●

免收心，共伊長遠。

●○○　●○○▲

中多參差不確，觀後尹詞，則此篇必有訛脱。

【杜注】按，宋本“事難見”句，“事”字上有“有”字，應增。

【考正】原譜“便喚作”九字、“近日來”十字、“漫向我”十字、“奈你”十字皆不讀斷。又，已據杜注補“有”字。

前段第二句校之後段及尹鶚詞，“無由”前後或“逢”字前顯係落一字，本調前後段首均正例當是四六四句法，故導致本句失譜。又，原譜前後段尾均作：“向尊前，閑暇裏，斂著眉兒長歎。惹起舊愁無限。……待音信，真個恁，别無縈絆。不免收心，共伊長遠。”校之尹鶚詞，原譜句讀紊亂，“斂著眉兒”對應“别無縈絆”，故“長歎”應屬下而誤上，且又失記後結“免”字一韻，惟結拍六字句中“心”字必誤，檢尹詞及前段，均爲仄聲可知。

第二體　八十四字

尹　鶚

三秋佳節。罥晴空，凝碎露，茱萸千結。菊蕊和煙輕捻，酒浮金屑。徵雲

○○○▲　●○○　○●●　⊙○○▲　●●○○○●　●○○▲　⊙○

雨，調絲竹，此時難輟。歡極、一片艷歌聲揭。　黄昏慵别。炷沉煙，熏

◎　○⊙●　◎○⊙▲　○○　●●●○○▲　○○○▲　●○○　○

繡被，翠帷同歇。醉並鴛鴦雙枕，暖偎春雪。語丁寧，情委曲，論心正切。
●● ◎○○▲ ●●○○○● ●○○▲ ◎○⊙ ○◎● ⊙○◎▲
夜深、窗透數條斜月。
●○ ○●●○○▲

此比前詞整齊可學。

或曰："極"字是叶韻，二字句。余曰：照後結，該四字兩句，"極"字乃以入作平，而於"片"字分句耳。況"極"字不是通篇同韻。

【校勘記】前結"歡極一片，艷歌聲揭"，萬氏以"片"字斷句。按，詞意當以"極"字逗，後結"夜深窗透，數條斜月"，亦當以"深"字逗。

【考正】前後結原譜作四字兩句，文理板滯，"極"字可不作韻，然句讀於此讀斷，顯係在理，據校勘記改。

洞仙歌　八十三字　或加"令"字　又名：羽仙歌

吳文英

花中慣識，壓架瓏璁雪。可見湘英間琅葉。恨春風將了，染額人歸，留得個，裊裊垂香帶月。　鵝兒真似酒，我愛幽芳，還比酴醾又嬌絶。自種古松根，待看黄龍，亂飛上、蒼髯五鬣。更老仙、添與筆端香，敢喚起桃花、問誰優劣。

歷查此調，"待黄龍"句俱用四字，惟此詞三字，或有脱落亦未可知。作者只作四字句可也。各家"仙"字用仄，"與"字作平，如此雖或不妨，然當從其多者。大約此調宜從八十三字之體，如竹山於"還比"句作"燭心懸小紅豆"，乃"燭"字上落一字。克齋於"留得個"作"捺地"二字，初寮於"更老仙"少一"更"字，皆係脱誤，非有此等格也。又蒲江於首句即用韻起，他家所少，亦不必從。

【杜注】按，此爲姜白石詞，非吳夢窗作，"可見湘英"句《白石道人歌曲》作"乍見緗蕤"，又，"待黄龍"句萬氏注云："歷查此調俱用四字"，按，《歌曲》"待"字下有"看"字，宜從。

【考正】原譜脱落一字，已據杜注補"看"字。補足後即蘇軾詞體，故不作擬譜。

第二體　八十三字

蘇　軾

冰肌玉骨，自清涼無汗。水殿風來暗香滿。繡簾開、一點明月窺人，人未
⊙○◎● ●○○○▲ ◎●○○●○▲ ●○○ ●●⊙●○○ ○●
寢，攲枕釵横鬢亂。　起來攜素手，庭户無聲，時見疏星渡河漢。試問
● ⊙●○○◎▲ ◎○○●● ⊙●○○ ⊙●○○●○▲ ●●

夜如何、夜已三更，金波淡、玉繩低轉。但屈指西風、幾時來，又不道流年、
●○○ ◎●○○ ○⊙● ◎○⊙▲ ●●●○○ ●○○ ●●●○○
暗中偷换。
●○○▲

此乃常用之體，而其間句法多有不齊，今不能遍録，聊摘采附後，以備考擇。

第二句以"自"字領句，亦有如五言詩者，如稼軒"大半成新貴"是也。"繡簾開"至"窺人"，九字一氣，此詞三字豆亦有於五字豆者，如竹山"此時無一醆""此時"二字相聯也；如稼軒"記平沙鷗鷺"以一"記"字領句也。"攲枕"句可七字，如竹坡"偏守定、東風一處"是也，然此恐誤多一字，不宜從之。後段起二句，可上四字下五字，如初寮"迎人巧笑，道好個今宵"是也，然他家無此，亦不宜從。"試問"二句，可上三下六，如劉一止"腸斷處，天涯路遠音稀"是也；又可作四字兩句，如竹坡"病來應怕，酒眼常醒"是也，友古亦有之。又，"試問夜如何"，可用仄聲住，如稼軒"任掀天事業"是也；又可用六字，如初寮"見淡淨晚妝殘"是也。至如克齋一首，於"繡簾開"下九字用"向曉開簾，淩亂重寒光"，則絶無此體，是誤也，不可從。

《嘯餘》注，"攲枕釵横鬢"五字云，可用仄平仄仄平，字字相反。余曰：幸而"亂"字是葉韻，不然亦注可平矣。危哉！

【杜注】按，《詞苑叢談》載此詞，東坡自序："僕七歲時見眉州老尼，姓朱，年九十餘，自言入蜀主孟昶宫中，王與花蕊夫人避暑摩可池上，作一詞，獨記其首兩句，云："冰肌玉骨，自清涼無汗"，暇日尋味，豈《洞仙歌》乎？乃爲足之。"

【考正】"但屈指"八字，原譜讀爲上三下五式，若讀爲上五下三式，韻律更暢，更可避免後五字平仄之不律，當是正讀，爲本調此句之主要表現形式。

第三體　八十四字

辛棄疾

松關桂嶺，望青葱無路。費盡銀鉤榜佳處。悵空山歲晚，窈窕誰來，須著
○○●● ●○○○▲ ●●○○●○▲ ●○○●● ●●○○ ○●
我、醉卧石樓風雨。　　仙人瓊海上，握手當年，笑許君攜半山去。劖疊
● ●●●○○▲ ○○○●● ●●○○ ●●○○●○▲ ○●
嶂，卷飛泉，洞府淒涼，又却怕、先生多取。怕夜半、羅浮有時還，好長把雲
● ●○○ ●●○○ ●●● ○○○▲ ●●● ○○●○○ ●○●○
煙，再三遮住。
○ ●○○▲

"劖疊嶂"二句，比前"試問"句多一字，小山、東堂皆同。又，李元膺云"記當年得意處"，亦是六字，而上句平，下句仄，與此不同，想不拘也。因餘同，不録。又，阮閲作前結云"便江北也，何曾慣見"，比此少一字，恐誤，不可從。又，東堂於"悵空山歲晚"句用"相看露涼時"，平仄不合，他家無之，亦不必從。

第四體 八十五字

李元膺

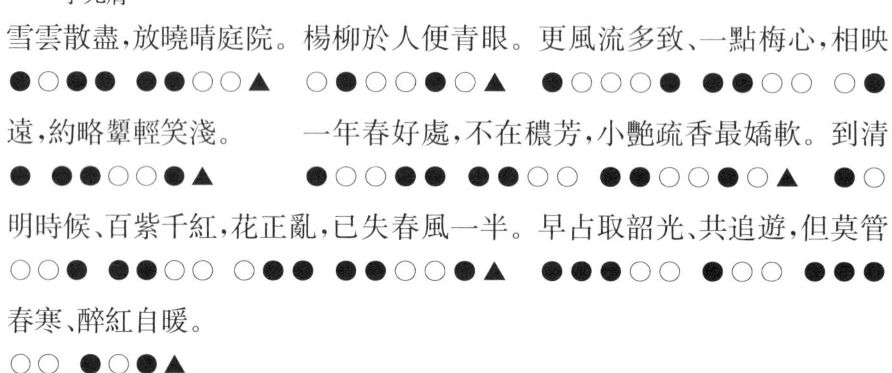

雪雲散盡，放曉晴庭院。楊柳於人便青眼。更風流多致、一點梅心，相映

●○●● ●●○○▲ ○●○○●○▲ ●○○○● ●●○○ ○●

遠，約略顰輕笑淺。　　一年春好處，不在穠芳，小艷疏香最嬌軟。到清

● ●●○○●▲　　●○○●● ●●○○ ●●○○●○▲ ●○

明時候、百紫千紅，花正亂，已失春風一半。早占取韶光、共追遊，但莫管

○○● ●●○○ ○●● ●●○○●▲ ●●●○○ ●○○ ●●●

春寒、醉紅自暖。

○○ ●○●▲

"花正亂"下比前多"已失"二字。竹屋、蒲江皆同。"遠"字、"亂"字偶合，不必叶也。山谷於"更風流"下九字作"望中秋，才有九日十分圓"，共十字。友古云"但人心堅固後，天也憐人"，亦十字，又各不同，兹不另録。

【考正】原譜"早占取"八字作上三下五讀。詳參前蘇詞注。

第五體 八十六字

吴文英

芳辰良宴，人日春朝並。細縷青絲裹銀餅。更玉犀金彩，沾座分簪，歌圍

○○○● ○●○○▲ ●●○○●○▲ ●○○○● ○●○○ ○○

暖，梅靨桃脣鬬勝。　　露房花曲折，鶯入新年，添個宜男小山枕。待枝

● ○●○○●▲　　●○○●● ○●○○ ○●○○●○▲ ●○

上、飽東風，結子成陰，藍橋去、還覓瓊漿一飲。料別館西湖、最情濃，爛晝

● ●○○ ●●○○ ○○● ○●○○●▲ ●●●○○ ●○○ ●●

舫月明、醉袍宮錦。

●●○ ●○○▲

"待枝上"十字同辛詞。"還覓"句六字同李詞。

按，《嘯餘》於八十六字收林外詞，今載於左，且照舊刻句字録之，以爲訂訛之證：

飛梁壓水，虹影清光曉。橘里漁村半煙草。歎今來古往，物換人非，天地裏，惟有江山不老。　　雨中風帽(四字句)，四海誰知我(更韻，五字句)。一劍横空幾番過按(八字句)，玉龍嘶未斷(五字句)，月冷波寒歸去也(七字句)，林屋洞門無鎖(叶後段第二句韻，六字句)。認雲屏煙障是吾廬(八字句)，任滿地蒼苔年年不掃(叶前段首句韻，九字句)。

【杜注】按，《欽定詞譜》首句作"飛梁攲水"，次句作"虹影澄清曉"。

按，宋林外題此詞於垂虹橋，不書姓名，人疑仙作，傳入禁中，孝宗笑曰：以"鎖"字叶"老"字，則"鎖"當音"掃"，乃閩音也。後訪之，林果閩人。舊《草堂》收之，極爲無識。然"我"、"過"、"鎖"林原借用三韻，何嘗是更韻？如譜注，豈不誤使今人錯認可用兩韻乎？且"一劍"句體當七字，"過"字正是叶韻，而譜竟罔知，注作八字，不但使此句多了一字，且使此調少了一韻矣。況"幾番過按"如何解説？文理乃至如此乎？"月冷"句亦不可作七字，當以"月冷波寒"爲一句。沈天羽改"我"爲"道"，改"過"爲"到"，《圖譜》因之，而仍不注叶韻，則是作譜者到底要使人滅却此一韻而後快也！嗚呼！豈不怪哉。

第六體　八十七字

康與之

若耶溪路。別岸花無數。欲斂嬌紅向人語。與緑荷相倚，恨回首西風，波
●○○▲　●●○○▲　●●○○●○▲　●●○○●　●○●○○　○
淼淼，三十六陂煙雨。　　新妝明照水，汀渚生香，不嫁東風被誰誤。遣
●●　○●●○○▲　　○○○●●　○●○○　●●○○●○▲　●
踟躕、騷客意，千里綿綿，仙浪遠、何處淩波微步。想南浦潮生、畫橈歸，正
○○　○●●　○●○○　○●●　○●○○○▲　●○●○○　●○○　●
月曉風清、斷腸凝佇。
●●○○　●○○▲

"與緑荷"下十字，作五字兩句，龍川亦有此體。若謝勉、仲則，"與緑荷"下仍用兩三一四，又稍不同。

【考正】原譜"想南浦"八字作三字逗領五字句，五字結構音律不諧。

第七體　八十八字

趙長卿

廣寒宮殿，不在人間世。分付天香與巖桂。向西風、摇曳處，數十里知聞，
●○○●　●●○○▲　○●○○●○▲　●○○　○●●　●●●○○
金翠裏，別有出群標致。　　東園盛事。五畝濃陰茈。必以詩書取榮貴。
○●●　●●●○○▲　　○○●▲　●●○○▲　●●○○●○▲

況一門、三秀才，未足欽崇，那更是、異姓同居兄弟。更細把繁英、祝姮娥，
●●○ ○●○ ●●○○ ●●● ●●○○○▲ ●●●○○ ●○○
看禹浪飛騰、定應來歲。
●●●○○ ●○○▲

“數十里”句多一字。後段起處同前段，亦與他體異。“芘”字應是“庇”字，“才”字宜仄聲。趙詞又有於後結作“要趁他，橘緑橙黄時候”，是上用三字豆下用六字句，亦稍異。

潘牥此調題曰《羽仙歌》，於“況一門”下六字，用“莫閑愁金杯瀲灔”，與此詞稍異。《圖譜》不知即《洞仙歌》，另收《羽仙歌》一調，蓋“數十里”二句，潘詞作“落日平蕪行雲斷幾見花開花謝”，作譜者誤讀“落日平蕪行雲斷”爲一句，又自以爲拗，因注“平”字、“雲”字可仄，意中口中想竟無《洞仙歌》聲調在，故不覺也。又更奇者，正集既仍《嘯餘》之舊，收《洞仙歌》四體，而續集又收《洞仙歌令》，即前康詞，乃以“恨回首”下作八字句，以“不嫁東風”爲四字句，“被誰誤”連下“遣踟蹰騷客意”爲九字句，且謂“意”字叶韻，“千里綿綿仙浪遠”爲七字句，讀至此，有不噴飯滿案者乎？

【考正】原譜“姮娥”記爲叶韻，誤。又，原譜“更細把”八字作三字逗領五字句，五字結構音律不諧。

洞仙歌慢　一百二十字

柳　永

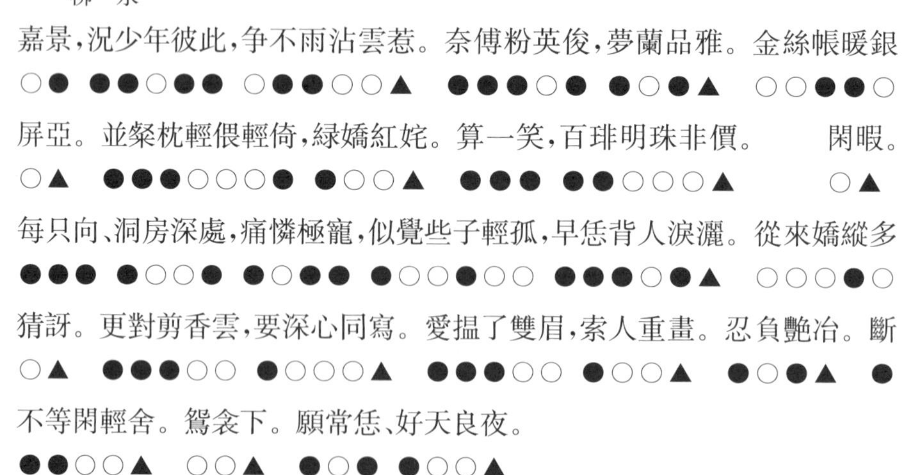
嘉景，況少年彼此，争不雨沾雲惹。奈傅粉英俊，夢蘭品雅。金絲帳暖銀
○● ●●○●● ○●●○○▲ ●●●○● ●○●▲ ○○●●○
屏亞。並粲枕輕偎輕倚，緑嬌紅姹。算一笑，百琲明珠非價。　閑暇。
○▲ ●●●○○○● ●○○▲ ●●● ●●○○○▲ ○▲
每只向、洞房深處，痛憐極寵，似覺些子輕孤，早恁背人涙灑。從來嬌縱多
●●● ●○○● ●○●● ●○○●○○ ●●●○●▲ ○○○●○
猜訝。更對剪香雲，要深心同寫。愛搵了雙眉，索人重畫。忍負艷冶。斷
○▲ ●●●○○ ●○○○▲ ●●●○○ ●○○▲ ●○●▲ ●
不等閑輕舍。鴛衾下。願常恁、好天良夜。
●●○○▲ ○○▲ ●○● ●○○▲

此以下三調，與《洞仙歌》全不相涉，而字句多有訛錯，難以訂定，且三詞又是三様，不知何故，未敢强論也。此篇只“金絲”句七字似後段“從來”句七字，若以“並燦枕”句配“更對剪”句，則後多二字，想“深要”二字是誤多耳。

“算一笑”至“非價”，似後“愛印了”至“重畫”，其餘前後俱不合。“閑暇”二字似後段起句，然不應前短後長如此，闕疑可也。

【杜注】按，宋本“並粲枕輕倚”句，“粲枕”下有“輕偎”二字。又，“早恁背人沾灑”句，“沾”作“淚”。又，“愛印了雙眉”句，“印”作“揾”。均應增改。

【考正】已據杜注增改。

原譜作“又一體”，按，本詞以下，皆爲慢詞，與之前諸體均屬同名異調，故不可以又一體視之，今以慢詞名之，以示區别。

“並燦枕”九字、“更對”十一字、“愛印”九字，原譜均未讀斷。

“似覺”之“覺”字，以入作平，方合。“忍負”之“負”字，當讀爲平聲方合。又，“愛揾”句原譜作“愛印了雙眉”，據彊村叢書本《樂章集》卷下改。揾，擦也，如“揾英雄淚”，然則語意通達。

《欽定詞譜》前起作“嘉景，況少年彼此”，“閑暇”二字句屬後段起拍。此二處優於萬氏句讀，據改。

第二體　一百二十三字

柳　永

乘興閑泛蘭舟，渺渺煙波東去。淑氣散幽香，滿蕙蘭江渚。綠蕪平畹，和
○●○●○○ ●●○○○▲ ●●●○○ ●●○○▲ ●○○● ○
風輕暖，曲岸垂楊，隱隱隔、桃花塢。芳樹外，閃閃酒旗遥舉。　羈旅。
○○● ●●○○ ●●● ○○▲ ○●● ●●●○○▲ 　○▲
漸入三吴風景，水村漁浦。閑思更繞神京，抛擲、幽會小歡何處。不堪獨
●●○○○● ●○○▲ ○○●●○○ ○● ○●●○○▲ ●○●
倚危樓，凝情西望日邊，繁華地、歸程阻。空自歎，當時言約無據。傷心最
●○○ ○○○●●○ ○○● ○○▲ ○●● ○○○●○▲ ○○●
苦。佇立對、碧雲將暮。關河遠，怎奈向、此時情緒。
▲ ●●● ●○○▲ ○○● ●●● ●○○▲

“羈旅”二字亦似换頭語，總有訛錯，不敢强定。或曰：“綠蕪”四字對後“不堪”四字；“和風”四字對後“危樓”四字；“情”字或是“想”字之訛；“曲岸”四字對後“西望”四字；“隱隱隔”三字豆、“桃花塢”三字句，對後“繁華地”三字豆、“歸程阻”三字句；“芳樹”至“遥舉”，對後“空自”至“無據”，此説亦通，然前後亦不合也。

【考正】又，“羈旅”二字原譜屬前，據《全宋詞》、《欽定詞譜》改。萬氏以爲“不應前短後長如此”，惟補二字並不能彌補也。“抛擲”八字，原譜作四字兩句，亦因音步連仄而音律不諧，且以文理論，“抛擲幽會”，本亦不成句也。又按，“閑思”句，“思”字可平仄兩讀，如唐齊己之“风月闲思到极精”。“遠”字一作“遶”字，似更恰。

第三體　一百二十六字

柳　永

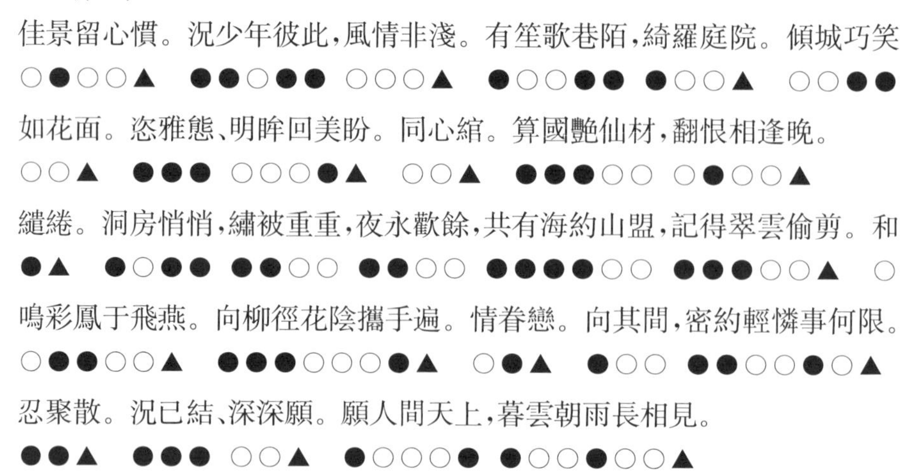

佳景留心慣。況少年彼此，風情非淺。有笙歌巷陌，綺羅庭院。傾城巧笑
○●○○▲　●●○●●　○○○▲　●○○●●　●○○▲　○○●●
如花面。恣雅態、明眸回美盼。同心綰。算國艷仙材，翻恨相逢晚。
○○▲　●●●　○○○●▲　○○▲　●●●○○　○●○○▲
繾綣。洞房悄悄，繡被重重，夜永歡餘，共有海約山盟，記得翠雲偷剪。和
●▲　●○●●　●●○○　●●○○　●●●●○○　●●●○○▲　○
鳴彩鳳于飛燕。向柳徑花陰攜手遍。情眷戀。向其間，密約輕憐事何限。
○●●○○▲　●●●○○○●▲　○●▲　●○○　●●○○●○▲
忍聚散。況已結、深深願。願人間天上，暮雲朝雨長相見。
●●▲　●●●　○○▲　●○○○●　●○○●○○▲

"繾綣"二字亦似後段語，此調只"傾城"至"美盼"與後"和鳴"至"手遍"相似，餘亦前後參差。"傾城"句似前一百十九字内"金絲"句，而起處"佳景"、"少年彼此"字亦似相同，然他處又别，不可比而同之耳。

【杜注】按，《欽定詞譜》"閑柳徑"之"閑"字作"向"。又，"向其間"之"向"字作"問"。

【考正】"間柳徑"，疑爲"問柳徑"之誤。《欽定詞譜》作"向柳徑"，惟後一三字結構又有"向"字，耆卿應不複用，故亦疑有誤。

"繾綣"二字原譜亦屬前，據《全宋詞》、《欽定詞譜》改。

長壽樂　八十三字

柳　永

尤紅殢翠。近日來、陡把狂心牽繫。羅綺叢中，笙歌筵上，有個人人可意。
○○●▲　●●○　●●○○○▲　○●○○　○○○●　●●○○●▲
解嚴妝巧笑，取次言談成嬌媚。知幾度、密約秦樓盡醉。仍攜手、眷戀香
●○○●●　●●○○○●▲　○●●　●●○○●▲　○○●　●●○
衾繡被。　情漸美。算好把、夕雨朝雲相繼。便是、仙禁春深，御爐香
○●▲　○●▲　●●●　●●○○○▲　●●　○●○○　●○○
裊，臨軒親試。對天顏咫尺，定然魁甲登高第。待恁時、等著回來賀喜。
●　○○○▲　●○○●●　●○○●○○▲　●●○　●●○○○●▲
好生地、剩與我兒利市。
●○●　●●●○●▲

此調句字多訛，分段處亦錯，後亦必不全，無可考矣。《圖譜》何據而論定

其可平可仄也。

【杜注】按，首一字“花”應作“尤”。又，“次姿則成嬌媚”句，應作“言談取次成嬌媚”。又，“臨軒親試”四字下有：“對天顔咫尺，定然魁甲登高第。待恁時，等著回來賀喜。好生地，賸與我兒利市。”凡六句，原刻祇一“對”字，共落二十九字，萬氏亦謂後必不全，應從宋本改補。又按，《欽定詞譜》載此詞與《詞律》同，另收耆卿“繁紅軟翠”一首，一百十三字，句法與宋本無異。

【考正】已據杜注增改。

原譜“知幾度”下九字、“算好把”下九字均未讀斷。“便是仙禁春深”六字原譜爲一句，仄音步相連失諧，可知此當爲二字逗，於文理論，“便是”後八字爲四字驪句，二字逗所領非四字，八字也。

迷仙引 八十三字

柳 永

才過笄年，初綰雲鬟，便學歌舞。席上尊前，王孫隨分相許。算等閑、酬一
○●○○ ○●○○ ●○○▲ ●●○○ ○○○●○▲ ●●○ ○●
笑，但千金慵覷。常只恐容易，蕣華偷換，光陰虛度。 已受君恩顧。
● ●○○○▲ ○●○○● ●○○● ○○○▲ ●●○○▲
好與花爲主。萬里丹霄，何妨攜手同歸去。永棄却、煙花伴侶。免教人得
●●○○▲ ●●○○ ○○○●○○▲ ●●● ○○●▲ ●○○●
見，朝雲暮雨。
● ○○●▲

只“席上”二句與後“萬里”二句相合，餘各不同。“瞬”字應是“蕣”字，第二“去”字必訛，或誤多此一字。大約此調定有訛脱處，無他詞可證也。

與《迷神引》無涉。

【杜注】按，宋本“瞬華偷换”句，“瞬”作“蕣”。又，“何妨攜手同去去”句，上“去”字作“歸”。萬氏注亦謂“瞬”應是“蕣”，二“去”字必訛。又，“免教人見妾”句，“見妾”作“得見”，應照改。又按，《蓮子居詞話》云：“上‘去’字叶，下‘去’字疊。頓折成文，猶北曲《醉春風》體，且詞意完足，雖無他詞可證，即亦不證可耳。”其説甚新，然究不如宋本可信。

【考正】前段第三句“學”以入作平。第八句“恐”字以上作平。

後段“永棄却”前後，定落三字，此處依律當是六字折腰句法，與前段“算等閑、酬一笑”相合，如此，後段第三均即爲六字一拍、四字一拍，奪三字，則僅得七字一拍，自不合律矣。余疑前文“去去”並未有誤，前句止於上“去”，叶韻，下“去”後落二字，如此，“何妨”句與前段“王孫”句正合，字數、平仄、韻脚皆同。

黄鶴引　八十三字

方　資

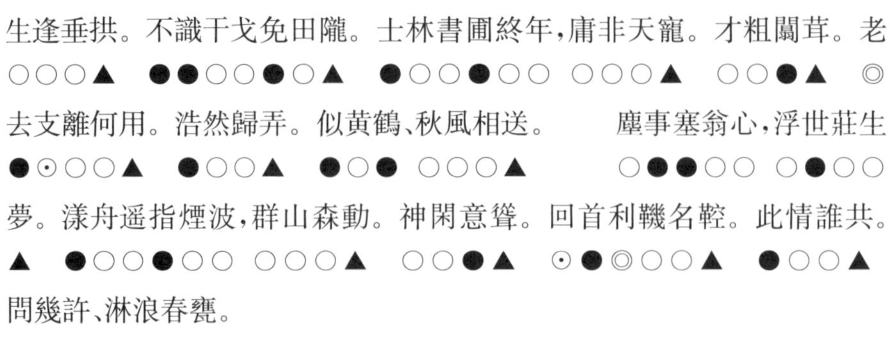
生逢垂拱。不識干戈免田隴。士林書圃終年，庸非天寵。才粗闒茸。老
○○○▲　●●○○●○▲　●○○●○○　○○○▲　○○●▲　◎
去支離何用。浩然歸弄。似黄鶴、秋風相送。　塵事塞翁心，浮世莊生
●⊙○○▲　●○○▲　●○●　○○○▲　○●●○○　○●○○
夢。漾舟遥指煙波，群山森動。神閑意聳。回首利韁名鞚。此情誰共。
▲　●○○●○○　○○○▲　○○●▲　⊙●◎○○▲　●○○▲
問幾許、淋浪春甕。
●●●　○○○▲

宋方勺《泊宅編》云："先子晚官鄧州，於紹聖改元，致政歸隱，遂爲此詞。序曰：'因閲阮田曹所製《黄鶴引》，詞調清高，寄爲一闋，命稚子歌焉。'"

按，方勺父名無可考，阮田曹亦未知爲誰，録之以存其調。"士林"至"何用"與後"漾舟"至"名鞚"同。"漾"應作"颺"，蓋取《歸去來辭》"舟摇摇以輕颺"也。

【杜注】按，首句"先逢垂拱"，"先"字疑"生"字之誤。【又，"才初闒茸"句，"初"字疑"粗"字之誤。】又，萬氏注"方匀"之"匀"字應作"勺"。

【考正】原標作者爲"方闕名"，據《全宋詞》，作者爲浙東方資。

《欽定詞譜》起拍正是"生逢垂拱"，已據杜注改。又，"才粗"原譜作"才初"，據《欽定詞譜》改。又按，原譜前結爲"浩然歸，算是、黄鶴秋風相送"，且"算是"下八字原譜不讀斷，仄音步相連，有違音律之諧。檢《全宋詞》所據本《泊宅篇》，其詞爲："浩然歸弄。似黄鶴、秋風相送。"正與後段字句、韻脚相合，想來是將"弄"形近誤作"算"，由是舛誤。據改。

滿路花　八十三字　或加"促拍"二字

方千里

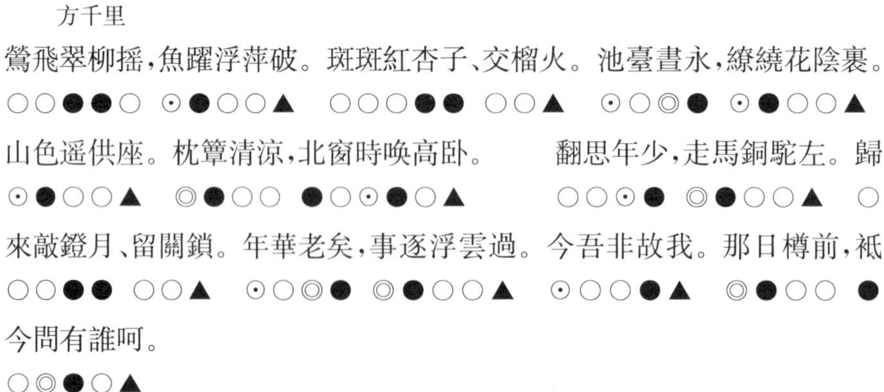
鶯飛翠柳摇，魚躍浮萍破。斑斑紅杏子、交榴火。池臺晝永，繚繞花陰裹。
○○●●○　⊙●○○▲　○○○●●　○○▲　⊙○◎●　⊙●○○▲
山色遥供座。枕簟清涼，北窗時唤高卧。　翻思年少，走馬銅駝左。歸
⊙●○○▲　◎●○○　●○⊙●○▲　○○⊙●　◎●○○▲　○
來敲鐙月、留關鎖。年華老矣，事逐浮雲過。今吾非故我。那日樽前，祇
○○●●　○○▲　⊙○◎●　◎●○○▲　⊙○○●▲　◎●○○　●
今問有誰呵。
○◎●○▲

"魚躍"下與後"走馬"下同。"今吾"句宜同前"山色"句，而平仄相反，但

千里是和周作,《片玉》此詞亦前後各異。至“金花落燼燈”一首,則前反用“玉人新聞闊”,後反用“除共天公説”,想所不拘耳。

“呵”,上聲。“那日樽前”二句,周用“不成也還似伊,無個分别”,蓋此句貫下,十字相連可以協於歌板,故不妨如此句法,所謂通乎音理,不必拘也。若不能者,惟守繩尺爲是。

【校勘記】題注“或加促拍二字”,“促”字誤作“捉”。

【考正】據校勘記改題注。

第二體　八十三字

秦　觀

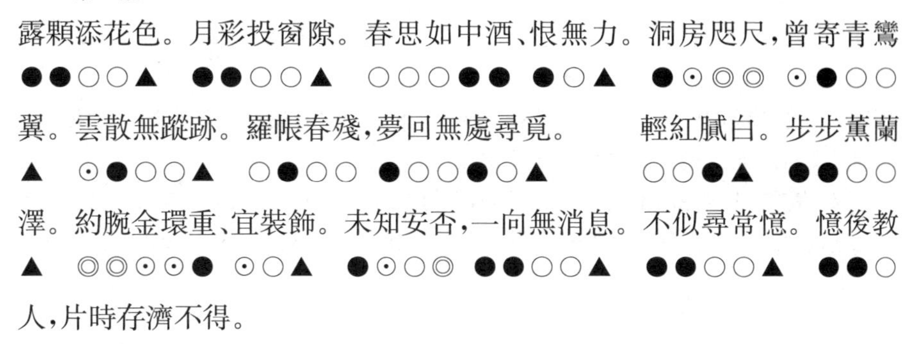

露顆添花色。月彩投窗隙。春思如中酒、恨無力。洞房咫尺,曾寄青鸞
●●○○▲　●●○○▲　○○○●●　●○▲　●⊙◎◎　⊙●○○
翼。雲散無蹤跡。羅帳春殘,夢回無處尋覓。　輕紅膩白。步步薰蘭
▲　⊙●○○▲　○●○○　●○○●○▲　○○●▲　●●○○
澤。約腕金環重、宜裝飾。未知安否,一向無消息。不似尋常憶。憶後教
▲　◎◎⊙⊙●　⊙○▲　●⊙○◎　●●○○▲　●●○○▲　●●○
人,片時存濟不得。
○　●○○●○▲

前起句用韻,平仄各異。後起句亦用韻,俱與前詞不同。“思”字去聲,“中”字如字讀,乃平仄平平仄,與後“約腕”句合,與周、方詞異也。《譜》、《圖》因周詞,遂注“思”可平、“中”可仄,不知用周體則依周,用秦體則依秦,不可互從。“恨”字還宜用平爲是,“恨無力”恐亦誤耳。

【杜注】按,《欽定詞譜》“羅帳薰殘”句作“春熏”,字與下複,應遵改。

【考正】“春思”句之“中”字萬氏以爲平讀,或可商榷。按,本調平韻體本句宋人皆作○○○●●,蓋此“中”字如“中毒”、“中槍”之意,當爲仄讀。萬氏云“周體依周,秦體依秦”者,是無律之論,甚謬。又,“思”,借音法,平讀。至若“恨”字,宋詞中多有作平者,然本句宋人亦有填仄之例,如袁去華之“易凌亂”、辛棄疾之“大如斗”、秦觀之“苦撋就”等,故本讀即可。又,本調兩結句之基本形態爲○○●●○●,第五字不得用仄聲,本句之“不”蓋以入作平手法也。另,杜注謂“薰殘”《欽定詞譜》作“春熏”,筆誤,當是“春殘”,已據改。

第三體　八十三字

柳　永

香靨融春雪,翠鬢嚲秋煙。楚腰纖細,正笄年。鳳幃夜短,偏愛日高眠。
⊙◎○⊙●　◎●●○△　◎○○●　●○△　◎○◎●　⊙●●○△

起來貪顛耍，衹恁殘却黛眉，不整花鈿。　有時攜手閑坐，偎倚緑窗前。
◎⊙○⊙●　◎●○○●○　◎●○△　●○○●○●　⊙●●○△
温柔情態，儘人憐。畫堂春過，悄悄落花天。長是嬌癡處，尤殢檀郎，未教
⊙○○●　●○△　◎○⊙●　◎●●○△　⊙●○○●　⊙◎○⊙　●○
拆了鞦韆。
◎●○△

用平韻，與前調異。

此雖以其與他詞另格收列於此，然恐有訛處，"正"字下舊失二字，觀後段"人憐"二字，應是七字句，叶韻語。"顛俊"二字誤。至兩結各十字，則一氣貫下，前之上六下四，非誤也。

【杜注】按，宋本"翠鬟彈秋煙"句，"鬟"作"鬢"。又，"楚腰纖細正"下缺二字作"笄年"，又，"起來貪顛俊"句，"俊"作"傻"，均應改補。

【考正】"殘却"之"却"，以入作平。另據杜注改。惟"顛俊"杜氏據宋本謂當作"顛傻"，意與前後文不合，此據彊村叢書本《樂章集》改。

又，"楚腰"七字原譜不讀斷，校之諸詞，本句當爲上五下三式句法，宋詞皆如此，獨本詞七字，當必有一字脱落。以各詞觀，後三字前應有一讀住，故予讀斷。後段"温柔"句七字仿此。

第四體　八十三字

吕渭老

西風秋日短，小雨菊花寒。斷雲低古木、暗江天。星娥尺五，佳約誤當年。
○○○●●　●●●○△　●○○●●　●○△　○○●●　○●●○△
小語憑肩處，猶記西園。畫橋斜月闌干。　鳥啼花落，春信遣誰傳。尚
●●○○●　○●○△　●○○●○△　●○○●　○●●○△　●
容清夜夢、小留連。青樓何處，寶鏡注嬋娟。應念紅箋事，微暈春山。背
○○●●　●○△　○○○●　●●●○△　○●○○●　○●○△　●
窗愁枕孤眠。
○○●○△

此亦用平韻，而整齊可從，後段只起句换頭，餘同。

第五體　八十六字

趙師俠

連枝蟠古木，瑞蔭映晴空。桃江江上景、古今同。忙中取静，心地儘從容。
○○○●●　●●●○△　○○○●●　●○△　○○●●　○●●○△

掃盡荆榛蔽，結屋誅茆，道人一段家風。　　任烏飛兔走匆匆。世事亦何
●●○○●　●●○○　●○●●○△　　　●○○●●○△　●●●○
窮。官閑民不擾、更年豐。簞瓢雲水，時與話西東。真樂誰能識，兀坐忘
△　○○○●●　●○△　○○○●　○●●○△　○●○○●　●●○
言，浩然天地之中。
○　●○○●○△

前調後起四字，此調七字，兼增一韻。"結屋"句、"兀坐"句前叶此不叶，山谷亦有此詞，整齊可學。其刻本不分段，誤。

又按，周美成有《歸去難》一詞，與《滿路花》全同，故合爲一調，録後備證。

歸去難　八十三字

周邦彦

佳約人未知，背地伊先變。惡會稱停事、看深淺。如今信我，委的論長遠。好來無可怨。自合教伊，因些事後分散。　　密意都休，待説先腸斷。此恨除非是、天相念。堅心更守，未死終相見。多少閑磨難。到得其時，知他做甚頭眼。

【考正】趙詞原譜過片作上三下四折腰式讀，欠準，余以爲此乃一六式句法，不當讀斷也。而本句原爲六字一句，趙氏手法乃是添一領字耳。若作三四式句法，則無來龍去脈。

《欽定詞譜》以爲周詞《歸去難》乃本調别名，是。周詞即第一體方千里詞，故不擬譜。"好來"原作"好彩"，於律不合，又"因些"原譜作"推些"、"相見"作"須見"、"其時"作"其間"，均據《片玉詞》改。

滿園花　八十七字

秦　觀

一向沉吟久。珠淚盈襟袖。我當初不合、苦撋就。慣縱得軟頑，見底心先
●●○○▲　○●○○▲　●○○●●　●○▲　●●●●○　●●○○
有。行待癡心守。甚捻著脈子，倒把人來僝僽。　　近日來、非常羅皂
▲　○●○○▲　●●●○○　●●○○●▲　　　●●○　○○○●
醜。佛也須眉皺。怎掩得、衆人口。待收了孛羅，罷了從來斗。從今後。
▲　●●○○▲　●●●　●○▲　●○●●○　●●○○▲　○○●
休道共我，夢見也、不能得勾。
○●●○　●●●　●○●▲

此調既與前調牌名相似，而句法亦多相合，前段竟同，只多一"慣"字與"甚"字耳。後段稍異，然"佛也"句、"罷了"句及結處二句，俱與前調彷佛，故以附於《滿路花》之後，而《一枝花》尤爲吻合，故並類列焉。

【杜注】按,此詞見《淮海集》,應補"秦觀"二字。又,第二句"淚珠"應從本集作"珠淚"。

【考正】本詞亦即《滿路花》,《欽定詞譜》以爲别名。惟用語俚俗,字有襯墊耳。

原譜前起不作叶韻,誤。少游此調兩首,一見前,起拍均作叶韻。又,"脈子"二字,一以入作平,一以上作平。"我",以上作平。又按,"怎掩得"六字原譜不讀斷,於律不諧。

一枝花　九十字

辛棄疾

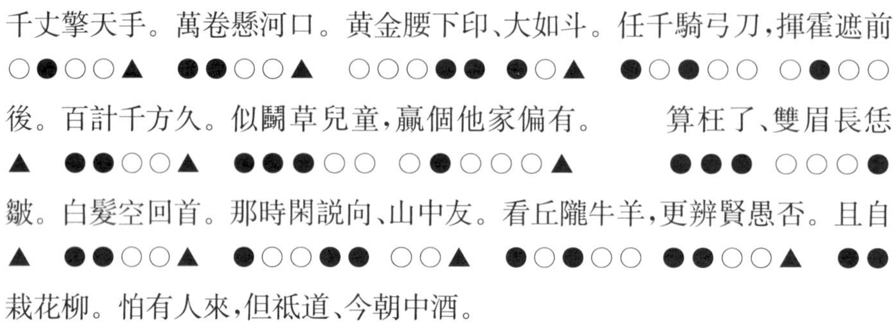

千丈擎天手。萬卷懸河口。黄金腰下印、大如斗。任千騎弓刀,揮霍遮前後。百計千方久。似鬬草兒童,贏個他家偏有。　算枉了、雙眉長恁皺。白髮空回首。那時閑説向、山中友。看丘隴牛羊,更辨賢愚否。且自栽花柳。怕有人來,但祇道、今朝中酒。

此與《滿路花》定是一調,其後起七字,即與前趙詞同,彼用平、此用仄耳。但較多"任"、"似"、"看"、"但"四個虚字,其爲同調何疑?況調名亦有"花"字乎?

【杜注】按,此調《欽定詞譜》列入《促拍滿路花》,注云:"元人南吕調《一枝花》詞皆宗此體。"

【考正】過片原作"算枉了、雙眉長皺",脱一字,與後一句不成對,亦與諸體不相合,而上三下五句法正是本調仄韻體填法之一,更可據改,此據《稼軒詞》增。"那時閑"一本作"那時間"。

鶴沖天　八十四字

柳　永

閑窗漏永,月冷霜華墮。悄悄下簾幕,殘燈火。再三思往事,離魂亂、愁腸鎖。無語沉吟坐。好天好景,未省展眉則個。　從前早是多成破。何況,經歲月、相拋嚲。假使重相見,還得似、當初麽。悔恨無計那。迢迢良夜,自家只恁摧挫。

後段换頭七字起。

按,此調名《鶴沖天》,然與《喜遷鶯》迥别,故另列於此。

又按,此體亦與《滿園花》相似,或亦一調異名也。其用字平仄,前後稍有不同,作者審而自填,兹不旁注。

【考正】本詞後段起拍應有文字脱落，耆卿原文應爲"從前□□，早是多成破"，校之杜詞及耆卿别首"黄金榜上"詞，便可了然也。補足此二字，則本詞即杜安世詞體，故不擬譜。又，"何况"下八字，原譜作五字一句、三字一句，五字句音律不諧。按，此當爲二字逗領三字二句句法。

第二體　八十六字

杜安世

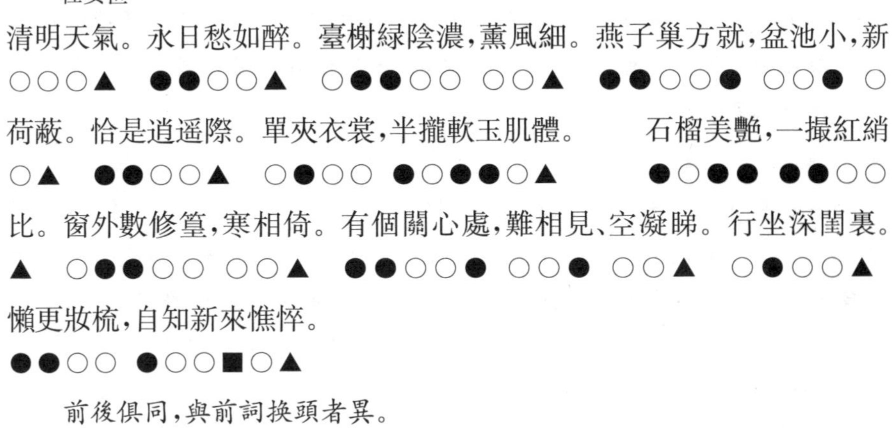

清明天氣。永日愁如醉。臺榭緑陰濃，薰風細。燕子巢方就，盆池小，新

○○○▲　●●○○▲　○●●○○　○○▲　●●○○●　○○●　○

荷蔽。恰是逍遥際。單夾衣裳，半攏軟玉肌體。　　石榴美艷，一撮紅綃

○▲　●●○○▲　○●○○　●○●●○▲　　●○●●　●●○○

比。窗外數修篁，寒相倚。有個關心處，難相見、空凝睇。行坐深閨裏。

▲　○●●○○　○○▲　●●○○●　○○●　○○▲　○●○○▲

懶更妝梳，自知新來憔悴。

●●○○　●○○■○▲

前後俱同，與前詞换頭者異。

【考正】後結音律失諧，"來"字誤填，學者當以前段結句之平仄爲準。

第三體　八十八字

柳　永

黄金榜上。偶失龍頭望。明代暫遺賢，如何向。未遂風雲便，争不恣遊狂

○○●▲　●●○○▲　○●●○○　○○▲　●●○○●　○●●○○

蕩。何須論得喪。才子詞人，自是白衣卿相。　　煙花巷陌，依約丹青屏

▲　○○○●▲　○●○○　●●●○○▲　　○○●●　○●○○○

障。幸有，意中人、堪尋訪。且恁偎紅翠，風流事、平生暢。青春都一晌。

▲　●●　●○○　○○▲　●●○○●　○○●　○○▲　○○○●▲

忍把浮名，换了淺斟低唱。

●●○○　●●●○○▲

"依約"句、"且恁"句各多一字。

【考正】本詞前段第六拍，萬氏原譜作六字折腰句法，"恣遊"或不可讀破，蓋六字句亦有律句與折腰式並存之例也。現存宋元諸家本句均爲六字折腰式一句，惟《全宋詞》所本此句五字，脱一"遊"字。又，後段第二拍，宋元詞均爲五字一句，獨本詞六字，疑"屏"字衍。學者填本調，總以杜詞爲準。又按，"幸有"八字，原譜作五字一句、三字一句。又，後段第五句原作"且恁偎紅倚翠"，萬氏以爲多一字，現據彊村叢書本《樂章集》改。

踏青遊　八十四字

王　詵

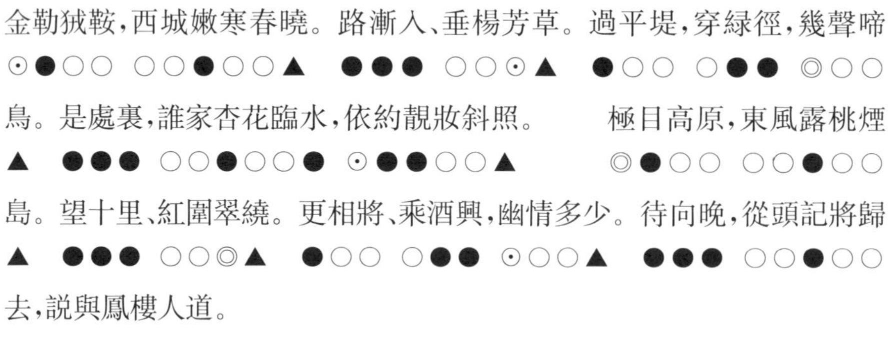
金勒狨鞍，西城嫩寒春曉。路漸入、垂楊芳草。過平堤，穿緑徑，幾聲啼鳥。是處裏，誰家杏花臨水，依約靚妝斜照。　極目高原，東風露桃煙島。望十里、紅圍翠繞。更相將、乘酒興，幽情多少。待向晚，從頭記將歸去，説與鳳樓人道。

前後段同。又有《贈妓崔念四》一首，吴虎臣云："政和間士人作，都下盛傳。"《詞統》載爲東坡詞，而坡集無之。於"過平堤"下十字作"向巫山重重去如魚水"，只有九字。後段則云："摻三入清齋，望永同鴛被"，雖十字，而句法却非兩三一四者，殆有誤字，不可從也。故此譜不收八十三字格。

【杜注】按，此爲王詵詞，今作周邦彦，誤。

【考正】本調變化最多者，爲前後段尾均中之三字句，本詞皆不叶，亦有皆叶者，如蘇軾、陳濟翁等，諒所不拘也，填者自可隨意。又按，有《梅苑》無名氏詞，後段"從頭"一句作"無言分付甘桃李"，校之諸詞皆多一字，"甘"字或衍，不可從。又，據杜注改作者署名。

蕙蘭芳引　八十四字

周邦彦

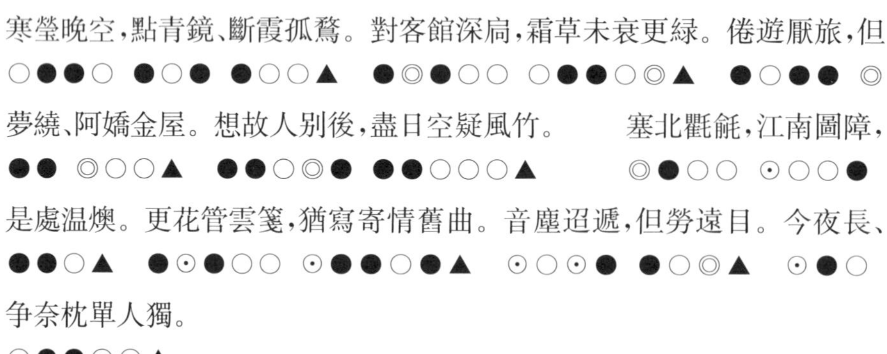
寒瑩晚空，點青鏡、斷霞孤鶩。對客館深扃，霜草未衰更緑。倦遊厭旅，但夢繞、阿嬌金屋。想故人別後，盡日空疑風竹。　塞北氍毹，江南圖障，是處温燠。更花管雲箋，猶寫寄情舊曲。音塵迢遞，但勞遠目。今夜長、争奈枕單人獨。

瑩、鏡、斷、對、未、更、倦、厭、但、夢、故、後、障、是、處、更、寄、舊、遞、夜、奈等，字俱用去聲，妙絶。而"瑩"下用"晚"，"厭"下用"旅"，"夢"下用"繞"，"奈"下用"枕"，俱去上；"草未"、"想故"、"寫寄"又俱上去；且用"鏡"，則上隔字用"點"；用"館"，則上隔字用"對"；用"管"，則上隔字用"更"。此種乃詞中抑揚發調之處，所以美成爲詞壇宗匠，而製律造腔稱再世周郎也。向讀方氏和詞，驚愛其一字不改，反閲《夢窗集》，取以相較，亦一字不改，愈信定格之不可輕亂如此。不然填詞亦文人末技，有何棘手，而古人傳者寥寥哉。他調莫不皆然，偶於此及之。

【考正】上去用字之說，最爲無聊，此更有"隔字"之說，越發神神叨叨。頋後文無隔句之説。又，楊澤民詞，前段起拍作"池亭小，簾幕初下"，或是誤讀美成詞爲"寒瑩晚，空點清鏡"故也，而致四字句音律失諧，此或爲古人句讀失誤之一例。而元人張玉娘後段第四五兩句作"未應輕散，磨寶簪將折"，則當是脱落二字，非有此體也。

清波引　八十四字

姜　夔

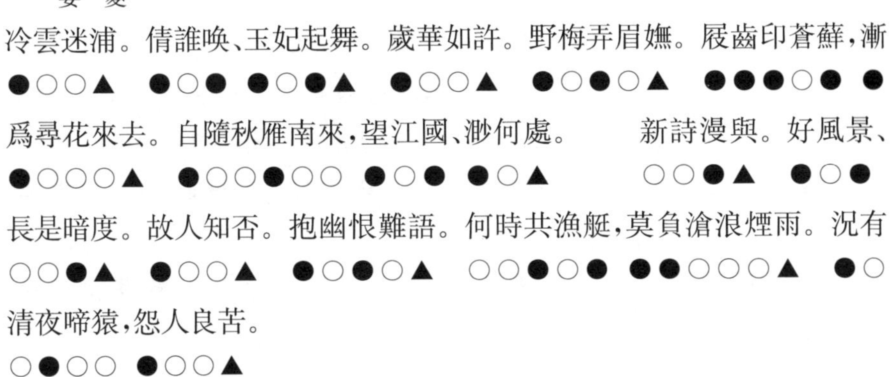

惟石帚有此調，平仄無可證，當皆依之。然自"歲華"以下即與後"故人"以下字句同，至尾少二字耳。"時"字平聲，前段"齒"字上聲，上原可作平，但斷不可用去聲，蓋此字或平或上，而下以去聲字接之，如"印"字、"共"字，故妙，勿謂是仄聲而隨意用去也。詞中此類甚多，不能枚舉，亦不能細注，高明熟玩自當得之。"抱幽恨"句，與"野梅"句句法異，不拘。

【考正】前結原譜作"望江國何處"，奪一字，現據彊村叢書本《白石道人歌曲》補，玉田詞，本句作"誰招得、舊鷗鷺"，可證。又，玉田詞押"許"、"雨"韻，前後段第五拍作"弭節澄江樹"、"難覓真閑處"，均入韻，此處爲閑韻，可叶可不叶，填者可據需要斟酌，不必一律也。又按，"長是"之"是"、"況有"之"有"，以上作平。

詞律卷十二終

詞律卷十三

簇水　八十五字

趙長卿

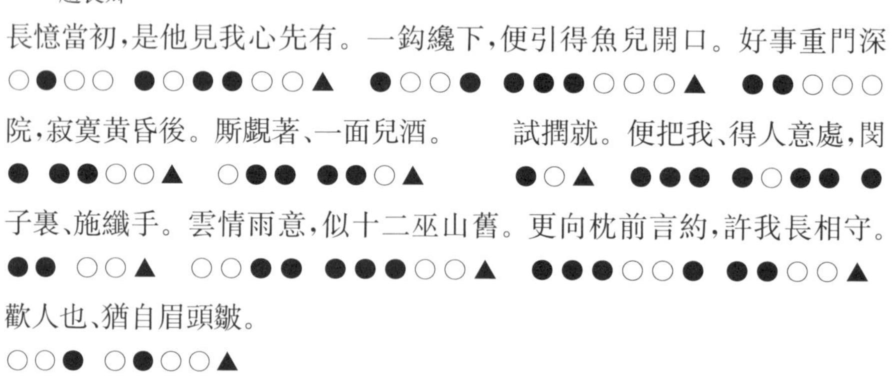
長憶當初，是他見我心先有。一鈎纔下，便引得魚兒開口。好事重門深
○●○○　●○●●○○▲　●○○●　●●●○○○▲　●●○○○
院，寂寞黄昏後。斷覰著、一面兒酒。　試撋就。便把我、得人意處，閔
●　●●○○▲　○●●　●●○▲　●○▲　●●●　●○●●　●
子裏、施纖手。雲情雨意，似十二巫山舊。更向枕前言約，許我長相守。
●●　○○▲　○○●●　●●●○○▲　●●●○○●　●●○○▲
歡人也、猶自眉頭皺。
○○●　○●○○▲

“一鈎”下與後“雲情”下同，只“巫山舊”三字“舊”字上恐落“依”字耳。“撋”，如專切。“閔子裏”，即《西厢》、《琵琶》所云“酩子裏”，乃“暗地裏”之謂也。“歡人”恐是“勸人”。

【考正】“便引得”句、“似十二”句原譜均讀斷爲三字逗領起之折腰式。按，以律論之，“十二巫山”句應對應前段“引得魚兒”句，故余疑後段本爲“似十二巫山依舊”，方才語意切合前一句，脱一字也，惟本詞僅此一首，無從校對，不敢妄斷。而“十二巫山”自不可讀破，萬氏讀爲折腰式，大誤。由本句校，並可知前段亦不當讀斷，應作“便引得魚兒開口”，即一字逗領六字句覲，方確。

華胥引　八十六字

方千里

長亭無數，羈客將歸，故園换葉。乳鴨隨波，輕蘋滿渚時共唼。接眼春色
○○○●　○●○○　●○●▲　●●○○　○○●●○●▲　●●○●
何窮，更櫓聲伊軋。思憶前歡，未言心已愁怯。　欺鬢吴霜，恨星星、又
○○　●●○○▲　○●○○　●○○●○▲　○●○○　●○○　●

還盈鑷。錦紋魚素,那堪重翻再閲。粉指香痕依舊,在繡裳鴛篋。多少相
○○▲　●○○●　●○○○●▲　●●○○○●　●●○○▲　○●○
思,皺成眉上千疊。
○　●○○●○▲

各書俱選周詞"川原澄映"一首,只作八十五字,蓋"在繡裳"句止云"鳳箋盈篋",故比此少一字也。不知此句正與前段"更櫓聲"句相合,當用五字,則知《片玉集》乃落去一字,而從來讀者未查校玩味耳。又,周尾句云"夜來和淚雙疊","來"字平聲,與前段"醉頭扶起寒怯"之"頭"字相同,與此詞前結"言"字、後結"成"字俱同。《圖譜》乃作"夜夜和淚雙疊",第二"夜"字竟改用去聲,而所繪黑圈偏不以爲可平,豈非故意欲改壞此調乎?

【杜注】按,此爲千里和美成詞,平仄與原詞全同,惟"那堪"之"那"字,原作平聲。

【考正】《片玉集》一本第六句作"但鳳箋盈篋",則是萬氏所讀"各書"均奪一字耳,周詞亦爲八十六字體者。

又,前段第五句非七字句,乃四三式句法,"輕蘋滿渚"與前四字句構成驪句,"時共唆"爲托字。詞有領字,有托字,"托字"雖爲余所杜撰,然爲唐宋詞所驗證者也,人多知領字,而不識托字焉。别調如《絳都春》中夢窗之"路幕遞香,街馬沖塵東風細"、竹山之"細雨院深,淡月廊斜重簾掛"等;《望海潮》中耆卿之"市列珠璣,户盈羅綺競豪奢"、淮海之"茂草臺荒,苧蘿村冷起閑愁"等,皆是,此本爲填詞常用手法也,故此等句法不可以常見句式等觀。

又,"接眼"之"眼"須用上聲或入聲,不可用去聲,蓋本字律用平聲也。又按,杜氏以爲"那堪"之"那"讀去聲,誤,其字本爲平仄二讀。

離别難　八十七字

薛昭藴

寶馬曉鞴雕鞍。羅帷乍别情難。那堪春景媚。送君千萬里。半妝珠翠
●○●●○△　○○●●○△　●○○●▲　●○○●▲　●○○●
落,露華寒。紅蠟燭。青絲曲。偏能勾引淚闌干。　良夜促。香塵緑。
●　●○△　○●▼　○○▼　○○○●●○△　○●▼　○○▼
魂欲迷。檀眉半斂愁低。未别心先咽。欲語情難説。□□出芳草,路東
○●▽　○○●●○▽　●●○○▼　●●○○▼　○○●○●　●○
西。摇袖立。春風急。櫻桃楊柳雨淒淒。
▽　○●▲　○○▲　○○○●●○▽

凡六易韻。《譜》、《圖》以"促"、"緑"爲更韻,非也,此是叶"燭"、"曲"耳。若"立"、"急"則與"咽"、"説"不同,乃爲更韻也。

【考正】原譜"出芳草"六字未讀斷,《欽定詞譜》讀爲六字折腰一句,然考之前段及遺詞達

意,“出芳草”當爲五字句脱落二字,而非三字四連。據補。

離別難慢　一百十二字

柳　永

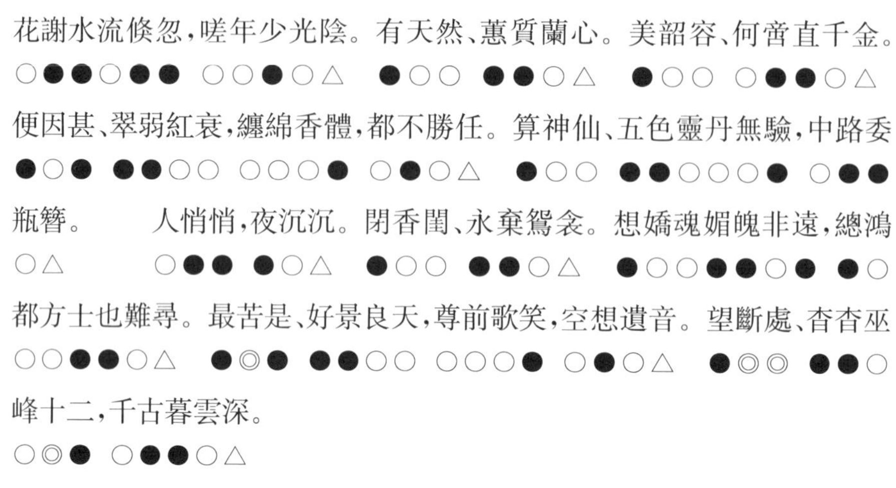

花謝水流倏忽,嗟年少光陰。有天然、蕙質蘭心。美韶容、何啻直千金。

○●●○●● ○○●○△ ●○○ ●●○△ ●○○ ○●●○△

便因甚、翠弱紅衰,纏綿香體,都不勝任。算神仙、五色靈丹無驗,中路委

●○● ●●○○ ○○○● ○●○△ ●○○ ●●○○○● ○●●

瓶簪。　人悄悄,夜沉沉。閉香閨、永棄鴛衾。想嬌魂媚魄非遠,總鴻

○△ ○●● ●○△ ●○○ ●●○△ ●○○●●○● ●○

都方士也難尋。最苦是、好景良天,尊前歌笑,空想遺音。望斷處、杳杳巫

○○●●○△ ●◎● ●●○○ ○○○● ○●○△ ●◎◎ ●●○

峰十二,千古暮雲深。

○◎● ○●●○△

與前調迥別。“總洪都”以下俱與前段合。此詞俱用十二侵韻,甚嚴。

【考正】原譜本詞作“又一體”,誤,本詞爲慢詞,與前之唐詞同名異調者也,故新擬慢詞名。

又,“想嬌魂”、“總洪都”二句萬氏均讀爲三字逗領起,誤。蓋“嬌魂媚魄”、“洪都方士”均爲更緊密之語言單位,本身不可讀破。萬氏每每拘泥於前後段相對,而忽略詞中字數相等即合,亦即字本位,而非句本位。若需整齊,則當凡前段對應句,即“有天然蕙質蘭心”亦不讀斷,作一六式句法讀,“美韶容何啻直千金”則亦一氣讀下,如此則前後皆諧矣。

醉思仙　八十八字

吕渭老

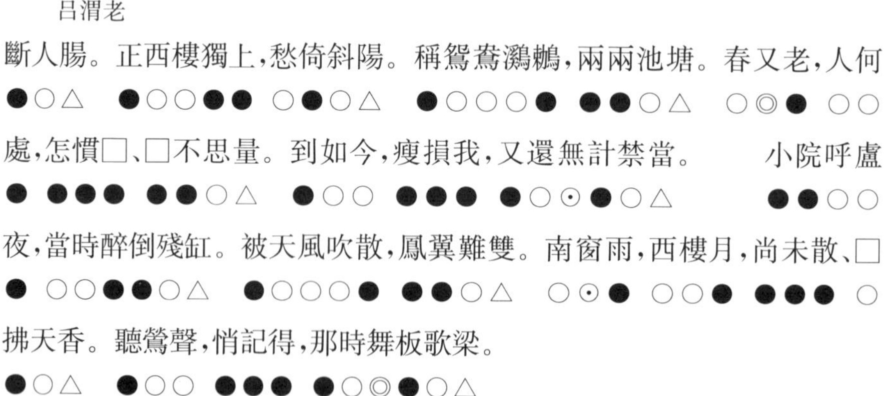

斷人腸。正西樓獨上,愁倚斜陽。稱鴛鴦鸂鶒,兩兩池塘。春又老,人何

●○△ ●○○●● ○●○△ ●○○○● ●●○△ ○◎● ○○

處,怎慣□、□不思量。到如今,瘦損我,又還無計禁當。　小院呼盧

● ●●● ●●○△ ●○○ ●●● ●○⊙●○△ ●●○○

夜,當時醉倒殘缸。被天風吹散,鳳翼難雙。南窗雨,西樓月,尚未散、□

● ○○●●○△ ●○○○● ●●○△ ○⊙● ○○● ●●● ○

拂天香。聽鶯聲,悄記得,那時舞板歌梁。

●○△ ●○○ ●●● ●○◎●○△

“被天風”以下與前“稱鴛鴦”以下皆同。“尚未”句不應比“怎慣”句多一字,非“散”字羨則“拂”字羨也。蓋“春又老”兩句俱三字,而“怎慣”句用五字

住,"到如今"兩句亦三字,而"又還"句用六字住,後段亦然,若皆用六字,便句法雷同,再加後疊則四段皆三三六,必無是理也。故知"怎慣"句爲是,而"尚未"句爲多一字耳。

【杜注】萬氏注謂"尚未散拂天香"句不應比"怎慣"句多一字。按,王氏校本無"散"字。

【考正】"怎慣"句與"尚未"句,校之宋詞别首,應是上三下四結構之折腰句法,如朱敦儒云"但萬里、雲水俱東……便分路、青竹丹楓",故前段本詞疑是"怎慣的",全句應是"怎慣〇、〇不思量"才是,如曹勛之"瑩素質、自有清香";後段則當爲"尚未散、〇拂天香",方爲正格。

八六子　八十八字

秦　觀

倚危亭。恨如芳草,萋萋剗盡還生。念柳外青驄别後,水邊紅袂分時,愴
●〇△　●〇〇●　〇〇●●〇△　●●●〇〇●●　●〇〇●〇〇　●
然暗驚。無端天與娉婷。夜月一簾幽夢,春風十里柔情。　奈回首歡
〇●△　〇〇〇●〇△　●●●〇〇●　〇〇●●〇△　●〇●〇
娱、漸隨流水,素弦聲斷,翠綃香減,那堪、片片飛花弄晚,濛濛殘雨籠晴。
〇　●〇〇●　●〇〇●　●〇〇□　●〇　●●〇〇●●　〇〇〇●〇△
正銷凝。黄鸝又啼數聲。
●〇△　〇〇●〇●△

【校勘記】"怎奈何"句,應遵《詞譜》作"奈回首"。

【考正】原譜本詞於"暗驚"處分段。按,本調九十字内,正是引近體格,故六均規模,正當適用。如此分段,其依據一則合乎唐詞體例,二則前後至少可得三均,正是引近體式。原譜除杜牧詞外,均於第六句後分段,必是以訛傳訛所致,如《欽定詞譜》所云,前段六句之分,"體例亦未盡善",故今均予改易。

"香減"處依律當爲韻脚所在,然現存諸詞多不叶,惟楊纘叶之。又,後起原作"怎奈何、歡娱漸隨流水",據校勘記改,並重新句讀。又按,"那堪"句八字,原譜不讀斷。

第二體　九十字

杜　牧

洞房深。畫屏燈照,山色凝翠沉沉。聽夜雨、冷滴芭蕉,驚斷紅窗好夢,龍
●〇△　●〇〇●　〇〇〇●〇△　●●●　●●〇〇　〇●〇〇●●　〇
煙細飄繡衾。辭恩久歸長信,鳳帳蕭疏,椒殿閑扃,輦路苔侵。　繡簾
〇●●●△　〇〇●〇〇●　●●〇〇　〇●〇〇　●●〇△　●〇
垂、遲遲漏傳丹禁,蕣華偷悴,翠鬟羞整,愁坐、望處金輿漸遠,何時彩仗重
〇　〇〇●〇〇●　●〇〇●　●〇〇●　〇●　●●〇〇●●　〇〇●●〇

臨。正消魂，梧桐又移翠陰。
△　●○○　○○●○●△

此詞字數雖較多於秦，亦有訛處。前段當於“繡衾”分住，“鳳帳”至“苔侵”十二字，自應與前詞“夜月”十二字相合，該在“殿”字分句。蓋此處是六字兩句，況“扃”字不是閉口韻，非叶也，至“侵”字方是叶耳。以下俱與前合矣。總之此兩篇恐俱有誤，觀後所載諸作可知。

【校勘記】“愁重望處金輿漸遠”句，《全唐詩》“重”作“坐”。

【考正】“山色”之“色”以入作平。又，原譜“聽夜雨”七字不讀斷，五字連仄，音律大乖，當有一讀住以遲緩語氣方是。又，“飄”字有去聲讀法，《集韻》：匹妙切。如曹植《感節賦》：“折若華之翳日：庶朱光之長照。願寄軀於飛蓬，乘陽風而遠飄。”故本詞當標爲仄。又，“輦路苔侵”四字原譜屬後段，誤。按，宋人諸詞，均爲十二字一均，姑不論本均屬上抑或屬下，十二字爲一完整韻法單位自是無疑，而本詞擲破爲四字三句，與之正合，亦填詞之常見手法。若割裂之，則自然捉襟見肘，勉爲其難，不得不以“扃”字爲韻矣。故，以此句屬上，則“扃”字不必視爲韻脚也。萬氏已然提及。又，“羞整”處依律當是韻脚所在，如晁詞之“萍”，楊詞之“叢”，最是的當。否則後段長達三十一字方才落韻，與律顯然乖違。故余以爲“整”字必爲錯訛。又按，“愁坐”，原譜作“愁重”，於文理難通。《欽定詞譜》作“坐”，坐，因也。此處十四字當是二字逗領六字驪句句法。

第三體　八十九字

楊　纘

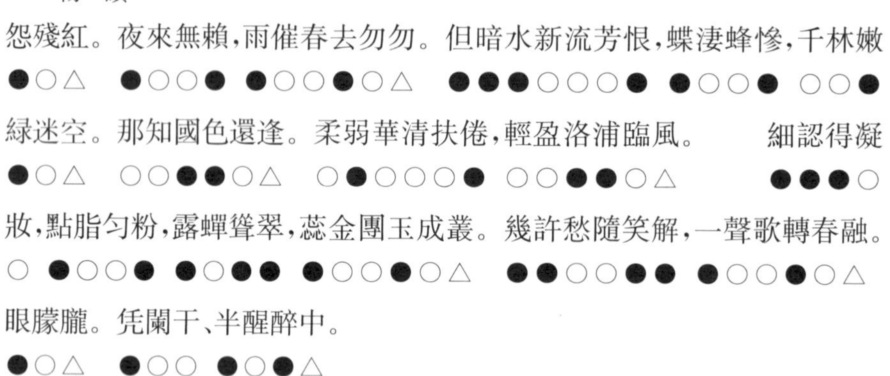
怨殘紅。夜來無賴，雨催春去匆匆。但暗水新流芳恨，蝶淒蜂慘，千林嫩
●○△　●○○●　●○○●○△　●●●○○○●　●○○●　○○●
綠迷空。那知國色還逢。柔弱華清扶倦，輕盈洛浦臨風。　細認得凝
●○△　○○●●○△　○●○○○●　○○●●○△　●●●○
妝，點脂勻粉，露蟬聳翠，蕊金團玉成叢。幾許愁隨笑解，一聲歌轉春融。
○　●○○●　●○●●　●○○●○△　●●○○●●　●○○●○△
眼朦朧。凭闌干、半醒醉中。
●○△　●○○　●○●△

此學秦體者。但“蝶淒”句語氣當作四字，而“千林”二字屬下句者，秦則上句六字、下句四字也。觀杜詞及後晁詞，“千林”句可六字，但上句亦應六字耳。然此十字一氣，可以借讀上六下四也。只“綠”字仄、“迷”字平，於各家不合，必是誤處。此句與尾句“半醒醉中”，皆去平去平，乃此調定格，聲響如此。秦之“愴然暗驚”、“又啼數聲”，杜之“細飄鳳衾”、“又移翠陰”，晁之“漏長夢驚”、“舊愁旋生”，無不相同。此等若誤，便失腔調。《圖譜》注秦詞“黄鸝又啼數聲”云：“可用仄平平仄平平”，真信意妄改也。“細認得”二句，上五下四，與秦“怎奈何”以下九字上三下六微異，然此亦不妨借讀。或曰：秦之“何”字本是“向”字，原於“娱”字斷句，此亦不必。蓋杜詞此處亦上三下六，第三字亦用“垂”字，平聲也。“露蟬”二句，上四下六，與秦“素弦”二句皆四字者不同，而“叢”字是叶韻。此則晁詞亦於此處用叶，余故謂杜、秦兩家恐有傳訛耳。“幾許”二句各六字，正對秦之“片片”以下、杜之“望處”以下、晁之“賴有”以下各十二字，皆相對偶者。只秦於此句上多“那堪”二字，杜於此句上多“愁重”二字，晁於此句上多“難相見”三字，而此篇則缺之。余則謂此處晁詞爲獨全也。尾句各家皆六字，此恐原是“憑闌半醒醉中”，誤多一“干”字耳。“雨”字宜平，勿用去聲，“凭”字宜作“憑”，平聲，“醒”字應讀平聲。

【考正】宋詞惟本詞合律，學者當以此爲正。惟原譜於“迷空”后分段，於律不合。

第四體　八十四字

李　演

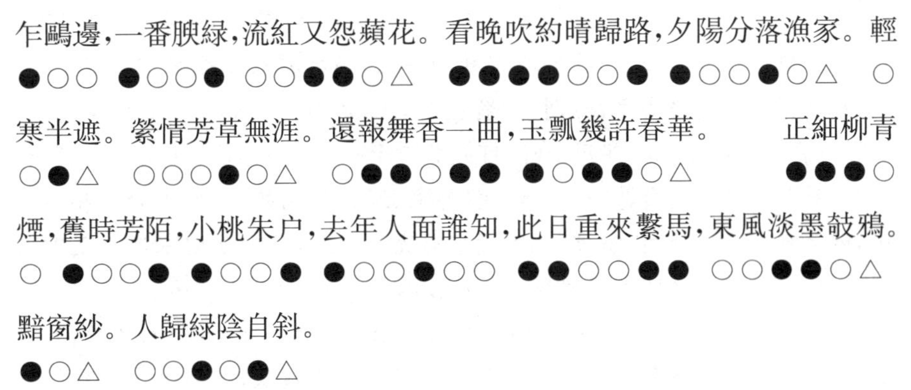
乍鷗邊，一番腴緑，流紅又怨蘋花。看晚吹約晴歸路，夕陽分落漁家。輕
●○○ ●○○● ○○●●○△ ●●●●○○● ●○○●○△ ○
寒半遮。縈情芳草無涯。還報舞香一曲，玉瓢幾許春華。　正細柳青
○●△ ○○○●○△ ○●●○●● ●○●●○△ ●●●○
煙，舊時芳陌，小桃朱户，去年人面誰知，此日重來繫馬，東風淡墨攲鴉。
○ ●○○● ●○○● ●○○●○○ ●●○○●● ○○●●○△
黯窗紗。人歸緑陰自斜。
●○△ ○○●○●△

此篇“正細柳”九字、“此日重來”下十二字，俱與前同。而“去年人面誰知”六字，比前少四字，恐有脱誤。愚謂“去年人面”四字，即同秦“素弦聲斷”四字，其“那知”二字連下，同秦“那堪”二字，而“人面”之下落四字一句耳。“家”字叶韻，與他家不同。“煙青”恐是“青煙”，對下朱户也。此調第二句或云當作六字，第三句當作四字。余觀杜、晁作，宜上四下六，然通玩之，皆可兩讀者，是亦在所不拘。兩結“半”字、“自”字去聲，甚妙。

【杜注】按，此爲李演詞，非李濱作。“乍鷗邊”句，“邊”字注韻，誤。又，“正細柳煙青”句，“煙青”應作“青煙”。【又，“曉吹約晴歸路”句，“曉”字疑應作“晚”字，方與下句“夕陽分落漁家”相合。】又，萬氏注謂“去年人面誰知”句，比前少四字，恐有脱誤。考周草窗《絶妙好詞》，此句上有“舊時芳陌”四字，應增。

【考正】已據杜注改。

第五體　九十一字

晁補之

喜秋晴。淡雲縈縷，天高群雁南征。正露冷初減蘭紅，風緊潛雕柳翠，愁
●○△　●○○●　○○○●○△　●●○○●○○　○●○○●●　○
人夢長漏驚。重陽景物淒清。漸老何時無事，當歌好在多情。　暗自
○●○●△　○○●●○△　●●○○○●　○○●●○△　●●
想朱顔，並遊同醉，宦名韁鎖，世路蓬萍。難相見、賴有黄花滿把，從教淥
●○○　●○○●　●○○●　●●○△　○○●　●●○○●●　○○●
酒深傾。醉休醒。醒來舊愁旋生。
●○△　●○△　○○●○●△

此學杜體者。但"重陽"句叶韻，杜則仄聲。"漸老"二句各六字，應是正格。余故謂杜刻訛分，作者自依秦、晁及前載楊、李，此二句竟作偶語可也。"暗自想"下九字，可同各家上五下四，然依杜作上三下六亦可。而其下則較杜及秦爲明整矣。余自幼讀《草堂》秦詞，即深訝之"怎奈何"以下三十一字方以"晴"字叶韻，疑有脱誤，繼讀杜詞其三十一字方叶處，亦與秦同，至於"閑扃"處分段，乃必無之理。故余確謂杜詞傳訛，而秦亦未必確然，蓋前結與後尾，杜俱用平平去平去平，秦則少"籠煙"二字，是亦或不全也。繼又讀晁詞，疑團方釋，一者，於"萍"字用平叶，可見非三十一字方叶者，較秦之"香減"、杜之"羞整"，仄聲者明白易曉；二者，用"難相見"三字爲短句，啟下六字相對兩句，較秦之"那堪"杜之"愁重"止用兩字者尤明，蓋六字句上以三字領之則易讀易填，以二字領之則難讀難填，自然之理也。

總論之：此調首句三字起韻；次二句或上四下六或上六下四，不拘；四句五句以一字爲領，下各六字，杜"蕉"字、"夢"字先平後仄，晁從之，秦"後"字、"時"字先仄後平，李從之，亦隨人所擇，既有李詞可證，則前結如秦四字亦不妨。至換頭以下，則從晁爲妥，高明以爲何如？

【考正】原譜於"漏驚"後分段。"淥"，原譜作"緑"。

"正露冷"句與後一句，爲一字逗領六字驪句，此與秦詞筆法同。他如前體李詞及方嶽之"正柳絮簾櫳清晝，牡丹欄檻新晴"皆是。兩句音律，皆爲律句，故"冷"字當是以上作平者。又，宋詞另有仄韻體《八六子》，雙調九十一字，録以備之：

八六子　九十一字

柳　永

如花貌。當來便約，永結同心偕老。爲妙年俊格聰明，凌厲多方憐愛，何期養成心性近，元
○○▲　○○●●　●●○○○▲　●●○●●○○　○●○○○●　○○●○○●●　○
來都不相表。漸作分飛計料。　稍覺因情難供，恁殛惱。争克罷同歡笑。已是斷弦尤
○○●○▲　●●○○●▲　○●○○○●　●●▲　○●●○○▲　●●●○○

續，覆水難收，常向人前誦談，空遣時傳音耗。漫悔懊。此事何時壞了。

● ●●○○ ○●○○●○ ○●○○○▲ ●●▲ ●●○○●▲

惜紅衣　八十八字

姜　夔

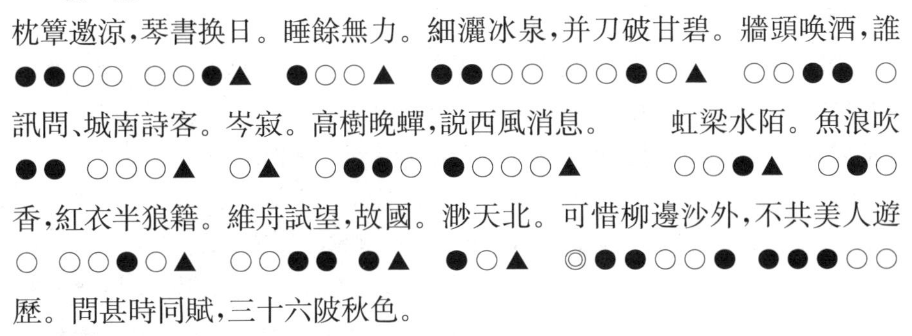

枕簟邀涼，琴書換日。睡餘無力。細灑冰泉，并刀破甘碧。牆頭喚酒，誰

●●○○ ○○●▲ ●○○▲ ●●○○ ○○●○▲ ○○●● ○

訊問、城南詩客。岑寂。高樹晚蟬，説西風消息。　虹梁水陌。魚浪吹

●● ○○○▲ ○▲ ○●●○ ●○○○▲ ○○●▲ ○●○

香，紅衣半狼籍。維舟試望，故國。渺天北。可惜柳邊沙外，不共美人遊

○ ○○●○▲ ○○●● ●▲ ●○▲ ◎●●○○● ●●●○○

歷。問甚時同賦，三十六陂秋色。

▲ ●●○○● ○●●○○▲

夢窗此調於“牆頭”至“岑寂”云：“烏衣細語，傷伴惹、茸紅曾約，南陌。”“傷伴惹”難解，“約”字非韻。玩其語意，似以“傷伴”二字屬上句，而“曾約南陌”四字相連，則與姜句法異，且失一韻矣。“維舟”至“天北”，夢窗作“當時醉近繡箔夜吟”，不惟少一字，且少一韻，是必“吟”字下落一字，或“吟”字乃“吹”字之訛，而其下尚有一“笛”字耳。必無此句用平，直至二十二字才用韻之理。況此調創自石帚，夢窗自注：從石帚遊苕霅間三十五年，感而賦此。必仿其調而作，決無異同，且其餘平仄無字不合也。故本譜不收八十七字體。

或曰：據夢窗則此“誰訊問”句當五字，而“詩客岑寂”爲四字，“客”字偶在句中，非韻也。“傷伴惹”謂燕子心傷同伴去惹紅花耳。此解有理。

【杜注】按，《欽定詞譜》“故國”“國”字注叶短韻，考李萊老一首亦叶。又，注引《夢窗詞》“吟”字下落一字，係“寂”字。【換頭“虹梁水陌”句，“陌”字萬氏注叶，秦氏云：此句非韻，觀張玉田作可知，王氏校本亦不注叶。按，吴夢窗《惜紅衣》，題云：“余從姜石帚遊苕霅間，三十五年矣，重來感今傷昔，聊以詠懷。”其換頭處，作“朱樓水側”，“側”字亦叶，夢窗因悼石帚而譜其自度之曲，必非偶叶也，仍以注叶爲是。】

【考正】“故國”五字，原譜作一句，不讀斷，失記一腹韻。萬氏喜作前後段對齊，此則必以“維舟”下九字對前段“細灑”下九字也。迂。

勸金船　八十八字

蘇　軾

無情流水多情客。勸我如曾識。杯行到手休辭却。這公道難得。曲水池

○○⊙●○○▲ ●●○○▲ ○○●●○○▲ ●○○○▲ ●●○

邊，小字更書年月。如對茂林修竹，似永和節。　　纖纖素手如霜雪。笑
○ ●●●○○▲ ○●●○○● ●○○▲ ○○◎●○○▲ ●

把秋花插。尊前莫怪歌聲咽。又還是輕別。此去翱翔，遍賞玉堂金闕。
●○○▲ ○○●●○○▲ ●○●○▲ ●●○○ ●●●○○▲

欲問再來何歲，應有華髮。
●●●○○● ⊙○○▲

前後相同。“却”字乃坡老借韻，非不叶也。《圖譜》失注，誤上字與後“翔”字同，應用平聲，或是“頭”字、“邊”字之訛耳。

【杜注】按，《欽定詞譜》“曲水池上”句，“上”作“邊”。又，“笑把秋光插”句，“光”作“花”。應遵改。

【考正】“這公道難得”、“又還是輕别”兩句五字，依律應爲●○○○▲，一字豆領四字句格式，東坡第三字俱上聲用如平聲，填詞用聲之法也。本調宋詞僅二首，子野别首前上後平，理一。填者亦以上聲或平聲爲是。另，参校張詞，可知本調之結句，其律當爲○○●●，則蘇詞前段之“永”，後段之“有”，亦均爲上聲用如平聲。

又按，本調另有張子野詞一首，前後段第五拍、第六拍各添一字，作：“緑定見花影，並照與、艷妝争秀。……翰閣遲歸來，傳騎恨、留住難久。”

滿江紅　八十九字

吕渭老

晚浴新涼，風蒲亂、松梢見月。庭陰静、暮蟬啼歇。螢繞井闌簾入燕，荷香
●●○○ ○⊙● ⊙○◎▲ ○○● ●○○▲ ⊙●◎○○●● ⊙○

蘭氣供摇箑。賴晚來、一雨洗遊塵，無些熱。　　心下事，峰重疊。人甚
⊙●○○▲ ●◎○ ◎●●○○ ○○▲ ○●● ○○▲ ○●

處，星明滅。想行雲應在，鳳凰城闕。曾約佳期同菊蕊，當時共指燈花説。
● ○○▲ ●○○○● ●○○▲ ⊙●⊙○○●● ⊙○◎●○○▲

據眼前、何日是西風，吹涼葉。
●◎○ ⊙●●○○ ○○▲

第三句七字，初疑有誤，及查本集，又有别作亦是如此，始知有此八十九字一體也。

書舟有九十字一首，乃於“賴晚來”處缺一“賴”字，故本譜不收九十字體。

【考正】原譜“峰”作“蜂”，誤。

宋詞本調，前段第二均爲九字者頗多，多作五字一句、四字一句，亦偶有一三、一六者，如葉夢得之“春欲半，猶自探春消息”之類。

第二體　九十一字

吕渭老

燕拂危檣，斜日外、數峰凝碧。正暗潮生渚，暮風飄席。初過南村沽酒市，連空十頃菱花白。想故人、輕箑障遊絲，聞遥笛。　　魚與雁，通消息。心與夢，空牽役。到如今相見，怎生休得。斜抱琵琶傳密意，一襟新月横空碧。問甚時、同作醉中仙，煙霞客。

"正暗潮"二句九字，與前詞異。

文溪、芸窗有九十二字一首，乃於"問甚時"處缺一"問"字，故本譜亦無九十二字體。

【考正】宋詞本調，前段第三句爲五字者尚有葉夢得"滿芳枝凝露"、無名氏"見婺星一點"二例，細究文理，均可能爲三字逗脱落二字所致，故本體學者實無仿效之必要，兹不擬譜。

第三體　九十三字

程　垓

門掩垂楊，寶香度、翠簾重疊。春寒在、羅衣初試，素肌猶怯。薄霧籠花天
⊙●○○　◎⊙●　◎○○⊙▲　⊙⊙●　⊙○○●　●○○▲　◎●⊙○○

欲暮，小風送角聲初咽。但獨褰、幽幌悄無言，傷初別。　　衣上雨，眉間
●●　◎○◎●○○▲　●◎○　○●●○○　○○▲　　○●▲　○○

月。滴不盡，顰空切。羡棲梁歸燕，入簾雙蝶。愁緒多於花絮亂，柔腸過
▲　○◎●　○○▲　◎⊙○○●　●○○▲　⊙●⊙○○●●　⊙○◎

似丁香結。問甚時、重理錦囊書，從頭説。
●○○▲　●◎○　○●●○○　○○▲

各家詞多從此體。

按，前後段中俱用七字兩句，多作對偶，萬無用八字而前後參差者。惟坡公二首，於後段上句兩用"君不見"多一君字，孏窟前段亦用"君不見"。文溪後段下句多一"望"字，稼軒於"羅衣"句多一"見"字，皆係誤傳。即當時偶筆，亦是差處，不可學也。至于湖作前段七字上句用"巴滇緑駿追風遠"，平仄全反，尤是錯處，無此體也。他如友古後起之"並蘭舟"，"舟"字平；文溪尾句之"劍休舞"，"劍"字仄；金谷尾句之"秋更緑"、坦庵尾句之"無杜宇"，"更"、"杜"用仄，此類尚多，俱不可從。

此調平順，字之平仄可以遊移，然如"眉間月"、"顰空切"之平平仄，自不可改。《圖譜》謂俱可三仄，若用三仄，豈不落腔乎？沈氏收鳳洲一首，謂後段

可少一"美"字;白陽一首,於"美棲梁"句作"看有斐堂前",俱誤。

【考正】原譜"滴"字萬氏注云"可平",本調換頭四個三字句,以宋詞觀之,雖偶有第一字仄聲者,然總體皆以平字起,故"滴"字視之以入作平爲佳,更合本調原律。謹改。

第四體　九十三字

張元幹

春水連天,桃花浪、幾番風惡。雲乍起、遠山遮盡,晚風還作。緑遍芳洲生
○●○○　○○●　●○○▲　○●●　●○○●　●○○▲　●●○○○
杜若。楚帆帶雨煙中落。認向來、沙嘴共停橈,傷飄泊。　寒猶在,衾
●▲　●○●●○○▲　●●○　○●●○○　○○▲　○○●　○
偏薄。腸欲斷,愁難著。倚蓬窗無寐,引杯孤酌。寒食清明都過却。可憐
○▲　○●●　○○▲　●○○○●　●○○▲　○●○○○●▲　●○
辜負年時約。想小樓、日日望歸舟,人如削。
○●○○▲　●●○　●●●○○　○○▲

兩段中七字句俱叶韻。客有見余收此體者,謂此"若"、"却"二字乃是偶合,非故叶者。余因檢程洺水詞示之,程詞用"語"字韻,前七字句云:"當日卧龍商略處。秦淮王氣真何許。"後七字句云:"可笑唐人無意度。却言此虎淩波去。"豈非四句俱叶乎? 客大笑而服。

【杜注】按,《欽定詞譜》"迷天"作"連天"。又,"傍向來"之"傍"字作"認"。又,"歸舟"作"孤舟"。

【考正】已據杜注改"連"字、"認"字,"歸舟"文意中更佳,且内府本《欽定詞譜》亦爲"歸舟",不改。又,原譜"終日望歸舟"内府本作"日日",據改。

第五體　九十三字

吴文英

雲氣樓臺,分一派、滄浪翠蓬。開小景、玉盆寒浸,巧石盤松。風送流花時
⊙●○○　⊙◎●　○○●△　○◎●　◎○○●　◎●○△　○●⊙○○
過岸,浪摇晴棟欲飛空。算鮫宫、只隔一紅塵,無路通。　神女駕,淩曉
●●　◎○○●●○△　●⊙○　◎●●○○　○●△　○◎●　○●
風。明月佩,響丁東。對兩蛾猶鎖,怨緑煙中。秋色未教飛盡雁,夕陽長
△　○◎●　●○△　●◎○⊙●　●●○△　○●◎○○●●　◎○○
是墜疏鐘。又一聲、欸乃過前巖,移釣篷。
●●○△　●◎○　⊙●●○○　○●△

用平韻。“無路通”、“淩曉風”、“移釣篷”用平仄平，乃是定格。夢窗又一首用“猿鶴驚”、“朝馬鳴”、“秋一聲”，彭芳遠一首用“何處尋”、“晴又陰”、“霜滿林”，作者勿誤可也。

【杜注】按，戈氏選本“浪摇晴楝欲飛空”，“楝”作“練”，宜從。又按，姜白石詞注云：“《滿江紅》舊用仄韻，多不協律，如末句‘無心撲’三字，歌者將‘心’字融入去聲方諧。予欲以平韻爲之，久不能成。因泛巢湖，值湖神姥壽辰，予祝曰：‘得一席風，徑至居巢，當以平韻《滿江紅》爲迎送神曲。’言訖，風與筆俱駛，頃刻而成。末句云“聞佩環”，則協律矣。”據此，則平韻始於白石，而末句第二字尤以去聲爲協。

【考正】後結“欸乃”原譜作“款乃”，顯係刻誤。

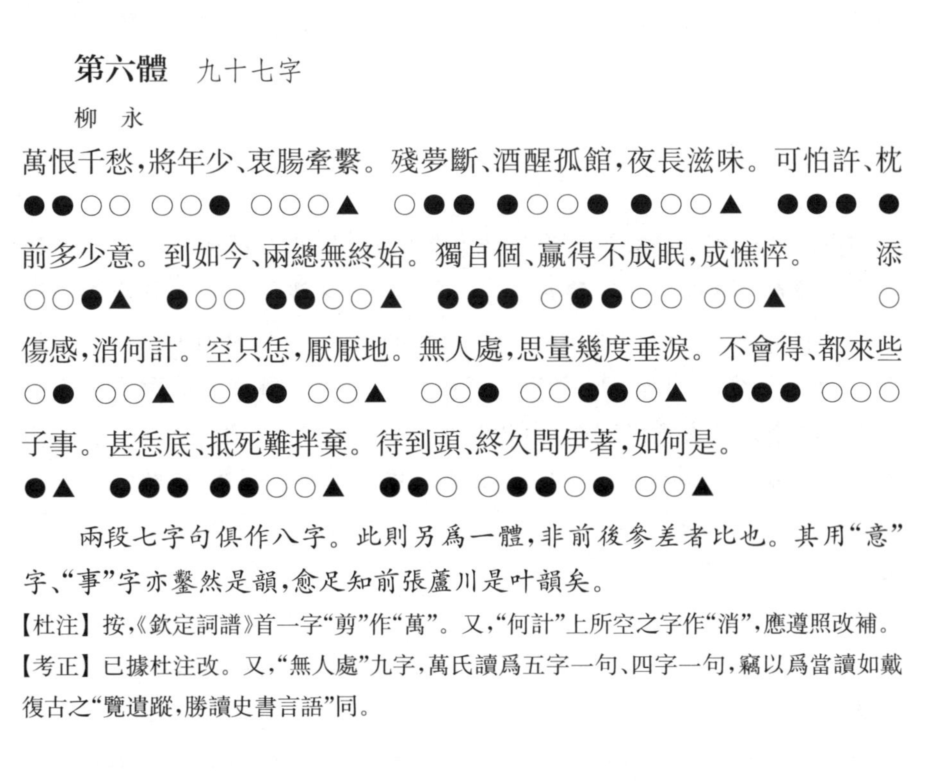

第六體　九十七字

柳　永

萬恨千愁，將年少、衷腸牽繫。殘夢斷、酒醒孤館，夜長滋味。可怕許、枕
●●○○ ○○● ○○○▲ ○●● ●○○● ●○○▲ ●●● ●
前多少意。到如今、兩總無終始。獨自個、贏得不成眠，成憔悴。　添
○○●▲ ●○○ ●●○○▲ ●●● ○●●○○ ○○▲ ○
傷感，消何計。空只恁，厭厭地。無人處，思量幾度垂淚。不會得、都來些
○● ○○▲ ○●● ○○▲ ○○● ○○●●○▲ ●●● ○○○
子事。甚恁底、抵死難拚棄。待到頭、終久問伊著，如何是。
●▲ ●●● ●●○○▲ ●●○ ○●●○● ○○▲

兩段七字句俱作八字。此則另爲一體，非前後參差者比也。其用“意”字、“事”字亦鑿然是韻，愈足知前張蘆川是叶韻矣。

【杜注】按，《欽定詞譜》首一字“剪”作“萬”。又，“何計”上所空之字作“消”，應遵照改補。

【考正】已據杜注改。又，“無人處”九字，萬氏讀爲五字一句、四字一句，竊以爲當讀如戴復古之“覽遺蹤，勝讀史書言語”同。

石湖仙　八十九字

姜　夔

松江煙浦。是千古三高，遊衍佳處。須信石湖仙，似鴟夷、翩然引去。浮
○○○▲ ●○●○○ ○○○▲ ○●●○○ ●○○ ○○●▲ ○
雲安在，我自愛、緑香紅嫵。容與。看世間、幾度今古。　盧溝舊曾駐
○○● ●●● ●○○▲ ○▲ ●●○ ●●○▲ ○○●○●
馬，爲黄花、閑吟秀句。見説吴兒，也學綸巾攲羽。玉友金蕉，玉人金縷。
● ●○○ ○○●▲ ●●○○ ●●○○○▲ ●●○○ ●○○▲

緩移箏柱。聞好語。明年定在槐府。
●○○▲　○●▲　○○●●○▲

此堯章自度腔也，宜悉遵之。

【杜注】按，《欽定詞譜》"見説吴兒"句"吴兒"作"燕山"，又，"攲雨"作"攲羽"。

【考正】《欽定詞譜》"鴟彝"作"鴟夷"，"紅舞"作"紅嫵"，"攲雨"作"攲羽"，均據改。綸巾攲羽，非南方裝束，云"吴兒"更恰，不改。

又按，本詞前後段應有多處脱漏，致詞意不暢，音律失致。如"我自愛"後當有一韻字脱落，蓋此處爲均脚所在也；而其後當是"緑香紅嫵□容與"一句，對應後段"緩移箏柱聞好語"，兩句均有腹韻修飾；後段"見説"二拍，則是"見説□吴兒，也學□、綸巾攲羽"，對應前段之"須信石湖仙，似鴟夷、翩然引去"；後段結拍則當爲"明年□、定在槐府"，雖結拍不必前後文字相應，然"明年定在槐府"一句似表意不清。

魚游春水　八十九字

無名氏

秦樓東風裏。燕子還來尋舊壘。餘寒猶峭，紅日薄侵羅綺。嫩草方抽碧
○○○○▲　●●○○○●▲　○○○●　○●●○○▲　●●○○●

玉茵，媚柳輕窣黄金縷。鶯囀上林，魚游春水。　幾曲闌干遍倚。又是
●○　●●○●○○▲　○●●○　○○○▲　●●○○●▲　●●

一番新桃李。佳人應怪歸遲，梅妝淚洗。鳳簫聲絶沉孤雁，望斷清波無雙
●○○○▲　○○○●○○　○○●▲　●○○●○○●　●●○○○○

鯉。雲山萬重，寸心千里。
▲　○○●○　●○○▲

"縷"字是借叶。

按，《復齋謾録》云：政和中，一中貴使越州回，得詞於古碑，無名無譜，録以進。御命大晟府填腔，因詞中語，賜名《魚游春水》。又《古今詞話》云：是東都防河卒，於汴河掘地得石刻，此詞唐人語也。是則此調起於此詞，後之作者皆宜從其平仄。今查蘆川於"窣"字用"傳"字，平聲，"窣"字原可以入作平，而"鳳簫"句用"夢想濃妝碧雲邊"，平仄大異，想謂與前段相同耳，但於原詞不合。又，蒲江於"嫩草"一聯用"軟紅塵裏鳴鞭鐙，拾翠叢中勾伴侶"，趙聞禮用"剪勝裁旛春日戲，簇柳簪花元夜醉"，後段皆各同前，與原詞相去更遠。惟元人梁寅"家鄰千峰翠"一首，仿古甚嚴，愚謂作者雖有遊移，然論理則當照原腔填之也。至首句起用四平定格，蒲江作"離愁禁不去"，不字是以入作平，後人不可貪其易填，而用仄也。《圖譜》注"秦樓"二字可仄，可笑。中七字、結四字尤爲亂注，至以"嫩草"句七個字全改，作平平仄仄平平仄，怪極。蘆川於"無"

字用"夕"字、"重"字用"客"字，亦皆作平。至於"上"字、"萬"字必去聲乃起調，蘆川用"岸"、"送"，蒲江用"歲"、"暮"，可見。

【杜注】萬氏注"黄金縷"之"縷"字是借叶，按，《欽定詞譜》、《詞苑》均作"蕊"，應遵改。又按，《草堂詩餘》以此調爲阮逸女作，未審所據。

【考正】"縷"字《欽定詞譜》作"蕊"字，在韻。然玩其文意，則以"縷"字爲是，或淺人爲叶韻而妄改也，不從。又按，趙聞禮詞，前後段第五拍均入韻，閑韻也。

雪獅兒　八十九字

程　垓

斷雲低晚，輕煙帶暝，風驚羅幕。數點梅花，香倚雪窗摇落。紅爐對謔。
●○○●　○○●●　○○○▲　◎●○○　⊙●◎○○▲　○○●▲
正酒面、瓊酥初削。雲屏暖、不知門外，月寒風惡。　　迤邐慵雲半掠。
●●●　○○○▲　○⊙●　◎○⊙●　◎○○▲　　●●○○●▲
笑盈盈閑弄，寶筝弦索。暖極生春，已向横波先覺。花嬌柳弱。漸倚醉、
●○○⊙●　●○○▲　◎●○○　●●○○○▲　○○●▲　●●●
要人摟著。低告托。早把被香熏却。
⊙○○▲　○●▲　●●●○○▲

"數點"至"初削"，與後"暖極"至"摟著"同。"要"須讀作平聲，蓋去聲之"要"是人心中欲得也，作"邀"字音，乃强索人摟，正是醉後嬌憨不復矜持景態，待其已摟，故下即"低告"耳。

【杜注】按，《歷代詩餘》"要人摟著"句，"摟"作"扶"，應遵改。

【考正】本調祇有仇遠、張雨及本詞三首，校之仇詞、張詞，前段第二句原句疑爲"●○輕、煙帶暝○"，下四字與"風驚羅幕"相儷。

第二體　九十二字

張　雨

含香弄粉，便勾引、遊騎尋芳，城南城北。別有西村，斷港冰澌微緑。孤山
○○●●　●○●　○●○○　○○○▲　●●○○　●●○○○▲　○○
路熟。伴老鶴、晚先尋宿。怕凍損、三花兩蕊，寒泉幽谷。　　幾番花陰
●▲　●●●　●○○▲　●●●　○○●●　○○○▲　　●●○○
濯足。記歸來、醉卧雪深平屋。春夢無憑，鬢底鬧蛾争撲。不如圖幅。相
●▲　●○○　●●●○○▲　○●○○　●●●○○▲　○○○▲　○
對展、官奴風竹。燒黄獨。自聽瓶笙調曲。
●●　○○○▲　○○▲　●●○○○▲

比前詞多"便勾引"三字。"遊騎尋芳"與"輕煙帶瞑"平仄亦反,餘同。"別有"至"尋宿"俱與後段無異。《圖譜》乃注"別有句作六字",誤矣。"圖畫"應是"畫幅"或"畫軸"之訛,蓋此句同前"孤山"句,應叶韻者。前程詞"紅爐對謔"、"花嬌柳弱",且"對"字、"柳"字俱仄,則此用"路"字、"畫"字何疑。《譜》不及考,但據傳訛之"圖畫"二字,遂注"不如圖畫相對"爲一句,而"展官奴風竹"爲一句,失韻破體爲甚。且因此並注"不如圖畫"四字可用平仄仄平,訛而又訛矣。"北"字詞家多取叶屋、沃。黄獨,生土中,或云即"黄精",杜詩"黄獨無苗山雪盛",此必用之。"燒黄獨"者,即煨芋之意,若"燭",則可云"紅",而不可云"黄"也。

【杜注】萬氏注謂:"不如圖畫"句,"畫"字應叶,或"畫幅"、"畫軸"之誤。按,《欽定詞譜》正作"畫幅",應遵改。

【考正】張雨本詞,當爲本調之正格。蓋張詞爲步仇遠韻之作。仇詞前段首均《全宋詞》讀作"武林春早,乘興試問,孤山枝南枝北。",校之張詞,顯係三字逗奪一字,正讀應爲"●乘興、試問孤山,枝南枝北",如此,亦可知七字句中後四字當以仄仄平平爲正。另,"不如畫圖"句,仇詞作"江空歲晚","圖"字失律,然亦不必在韻,蓋前段"熟"字本爲閑韻,可叶可不叶。《欽定詞譜》作"畫幅",固協律,但亦屬偶韻,學者本可從可不從也。

又,萬氏譜中原注:"花影"一作"花陰"、"黄獨"一作"黄燭"。按,换頭句六字,而本詞六字句均作仄仄平平仄仄,或本句亦然,則"花陰"可取,《欽定詞譜》、《全宋詞》所據本亦均作"花陰",據改。惟"番"字此處取仄讀。一本"黄燭"當誤,檢仇詞此句作"武幽獨",正與張詞"黄獨"合,決是本字。

又,過片换頭句原譜未作叶韻,或是偶誤,仇詞本句亦以"足"爲韻,據改。又,"記歸來"九字,原譜作五字一句、四字一句。又按,萬氏原注"不如"之"不"作平,仇、程二詞皆平,是。

又按,後段"畫圖"萬樹以爲當作"畫幅",其以前後段互校,並校之程詞,固然有理,然萬樹失察於張雨此詞乃是步仇遠韻者,而仇遠詞此處爲"江空歲晚,最難是、舊交松竹",前一拍並不入韻,此正所謂亦步亦趨者也。惟《欽定詞譜》本句亦作入韻,且前後相對,平仄音律和諧,加之該句本爲閑韻所在,可韻可不韻,故但注不改。

遠朝歸 八十九字

趙耆孫

金谷先春,見乍開江梅,晶明玉膩。珠簾院落,人靜雨疏煙細。橫斜帶月,
○●○○ ●●○○○ ○○●▲ ○○●● ○●●○○▲ ○○●●
又別是、一般風味。金尊裏。任遺英亂點,殘粉低墜。　　惆悵、杜隴當
●●● ◎○○▲ ○○▲ ●○○●● ○○○▲ 　　○● ●●○
年,念水遠天長,故人難寄。山城倦眼,無緒更看桃李。當時醉魄,算依
○ ●●●○○ ●○○▲ ○○●● ○●●○○▲ ○○●● ●○

舊、徘徊花底。斜陽外。漫回首、畫樓十二。
● ○○○▲ ○○▲ ●○● ●○○▲

前"珠簾"至"風味",與後"山城"至"花底"同。只"算依舊"比前"别是"句多一字。"裏"字用韻,則"斜陽外"句亦宜叶,此用"外"字非韻,或曰:永叔《踏莎行》云"行人更在春山外",亦以"外"字叶"細"、"轡"等字,通用處北宋人時有之耳。

【杜注】按,《梅苑》"江梅玉膩"四字作"江梅晶明玉膩"六字,又,"别是一般風味"句,"别"字上有"又"字,均應遵改。

【考正】已據杜注改。又,前結"粉"字以上作平,無名氏和詞本句作"低丫斜墮",可證。换頭六字雙仄音步相連,二字逗之標識也,無名氏詞此處亦二字一逗,且叶韻。

探芳信 八十九字 又名:玉人歌

張 炎

坐清晝。正治思縈花,餘酲倦酒。甚探芳人老,芳心尚如舊。消魂忍説銅
●○▲ ●●◎○○ ○○◎▲ ●●○○● ○○●○▲ ⊙○◎●○
駝事,不是因春瘦。向西園、竹掃頹垣,蔓蘿荒甃。 風雨夜來驟。歎
○● ◎●○○▲ ●○○ ●●○○ ●○○▲ ○●●○▲ ●
歌冷鶯簾,恨凝蛾岫。愁到今年,都似去年否。賦情懶聽山陽笛,目極空
⊙●○○ ◎○○▲ ⊙●○○ ○●●○▲ ◎○◎●○○● ◎●○
搔首。我何堪、老却江潭漢柳。
○▲ ●○○ ●●○○●▲

題"探"字及"探芳人老""探"字,去聲。"正治思"至"西園",與後"歎歌冷"至"何堪"同。只"甚探芳"句比後"愁到"句多一字。首句及"尚如舊"、"夜來驟"、"去年否",俱仄平仄,如夢窗、梅溪、竹山,莫不皆然。《圖譜》俱注可用平平仄,殊不可解。"竹掃"疑是"掃竹",此對"蔓蘿"也。

【杜注】萬氏注云:"竹掃"疑是"掃竹",此對"蔓蘿"叶。按,《戈氏詞選》"蘿"作"羅",正與"掃"字對,可從。又,《山中白雲詞》"漢柳"作"深柳",此字各家皆用去聲,仍當從"漢"。

按,楊炎有《玉人歌》一調,與此調通篇皆同,只"甚探芳"句少一"甚"字,實係一調而異名者,今録於後。

玉人歌

楊 炎

西風起。又老盡籬花,寒輕香細。漫題紅葉,句裏意誰會。長天不恨江南遠,苦恨無書寄。最相思、盤橘千枚,鱠鱸十尾。 鴻雁阻歸計。算愁滿離腸,十分豈止。倦倚闌干,顧影在天際。淩煙圖畫青山約,總是浮生事。判從今、

買取朝酲夕醉。

【校勘記】按，楊炎，應作“楊炎昶”，起句“西風起”，“西風”二字，萬氏倒誤。

【考正】萬氏原注“酲”字可仄，或誤。此九字若作五字一句、四字一句，則此字必平，且多作四字驪句；若作上三下六式，則第七字可仄，然第八字必平，方才合律，如蔣竹山“似有人、黃裳孤佇埃表”。後段亦同，如夢窗詞，若作驪句式，則“但酒敌春濃，棋消日永”，“消”字平，若作“问雾暖、蓝田玉长多少”，則“長”字仄，且“多”字必平。萬氏後段注云“凝”字可平，亦失之籠統。

又，萬氏原注“探”字去聲，或亦不必，仇遠、周密、李彭老詞，此字皆爲平聲者，蓋此字本可平可仄不拘也。又後段换頭之“雨”字，萬氏注曰可叶，或據史達祖“説道試妝了”，可從。過片第二字詞調多用腹韻，此亦律也。

又按，據校勘記改首句。

第二體　九十字

吴文英

探春到。見彩花釵頭，玉燕來早。正紫龍眠重，明月弄清曉。夜塵不沁銀
●○▲　●●○○○　●●○▲　●●○○●　○●●○▲　●○●●○

河水，金盎供新澡。鎮帷犀、護緊東風，秀藏芝草。　星斗燦懷抱。問
○●　○●○○▲　●○○　●●○○　●○○▲　　○●●○▲　●

霧暖藍田，玉長多少。禁苑傳香，柳邊語，聽鶯報。片雲飛趁春潮去，紅軟
●●○○　●●○▲　●●○○　●○●　○○▲　●○○●○○●　○●

長安道。試回頭、一點蓬萊翠小。
○○▲　●○○　●●○○●▲

“見彩花釵頭”句三字連平，亦有此體。夢窗别作“更瘦如梅花”、“正賁花吟春”，竹山“如有人黄裳”可證。“燕”字用仄，夢窗别作“弄”字、竹山“佇”字同。“月”字用仄，梅溪“都未有人掃”同。“長”字用仄，竹山“紅鞾茸帽”同。若“柳邊語”用三字兩句，比前調“都似”句多一字，而句法亦異，吴、蔣、史皆同，可從。“翠小”用去上，妙！妙！觀前玉田之“漢柳”及竹山之“正好”、梅溪之“夢老”，皆可師法。夢窗别作云“笑拍東風醉醒”，汲古刻作“醇醒”，一字之訛，謬乃千里。

遥天奉翠華引　九十字

侯　寘

雪消樓外山。正秦淮、翠溢回瀾。香梢豆蔻，紅輕猶怕春寒。曉光浮畫
●○○●△　●○○　●●○△　○○●●　○○○●○△　●○○●

戟，卷繡簾、風暖玉鉤閑。紫府仙人，花圍羽帔星冠。　　蓬萊閬苑，意倦
●　●●○　○●●○△　●●○○　○○●●○△　　　○○●●　●●

遊、常戲世間。佩麟舊都，江左襦袴歌歡。祗恐催歸覲，宴清都、休訴酒杯
○　○●●△　●○●○　○●○●○△　●●○○●　●○○　○●●○

寬。明歲應看。盛鈞容、舞袖歌鬟。
△　○●○△　●○○　●●○△

"意倦遊"以下，與前"正秦淮"以下俱同。只"佩麟"下十字難讀。愚謂必是"佩麟江左舊都，襦袴歌歡"，錯倒寫耳。如此，則不惟與"香梢"下十字吻合，而文理亦通矣。"祗恐"句五字與前平仄異。"賸宴"下八字，應與前"卷繡簾"同，平仄雖不差，而"賸宴都"三字難解，或有誤也。"明歲應看"之下比前多一字，然亦是誤。蓋"君鈞容"亦不可解，必止一"鈞"字，録者因"君"、"鈞"二字同音，信手錯寫，不然則於"君"字住句，而"應"字誤多，惜無他詞可證也。"薀"字平聲，拗。或曰：當讀作"搵"音，然考《左傳》"薀藻之菜"及"凡我同盟毋薀年"，皆無作去聲讀者，此恐"藻"字之訛也。"世"字或是"人"字。

【杜注】萬氏注云："翠薀回瀾"之"薀"字平聲，恐"藻"字之訛。按，王氏校本"薀"作"溢"，宜從。又，"佩麟舊都江左襦袴歌歡"二句，萬氏謂必是"江左舊都"倒寫，王本亦照此更正。又按，《欽定詞譜》"賸宴都"三字作"宴清都"。又，"君鈞容"三字，"君"作"盛"。均應遵改。

【考正】"溢"字、"盛"字及"宴清都"三處，已據杜注改。"佩麟"下十字，原譜不讀斷，據《欽定詞譜》讀。

玉京秋　九十字

周　密

煙水闊。高林弄殘照，晚蜩淒切。畫角吹寒，碧砧度韻，銀床飄葉。衣濕
○●▲　○○●○●　●○○▲　●●○○　●○●●　○○○▲　○●

桐陰露冷，采涼花、時賦秋雪。歎輕別。一襟幽事，砌蛩能說。　　客思
○○●●　●○○　○●○▲　○○▲　●○○●　●○○▲　　　●●

吟商還怯。怨歌長、瓊壺暗缺。翠扇陰疏，紅衣香褪，翻成銷歇。玉骨西
○○○▲　●○○　○○●▲　●●○○　○○○●　○○○▲　●●○

風，恨最恨、閑却新涼時節。楚簫咽。誰倚西樓淡月。
○　●●●　○●○○○▲　●○▲　○●○○●▲

他作甚少，照填可也。或云："衣濕"句宜五字，下作八字，"玉骨"下亦應如前分句，蓋前"碧砧"、後"紅衣"下俱同耳。

【杜注】按，《詞緯》"晚蜩淒切"句下有"畫角吹寒"四字。又，《蘋洲漁笛譜》"難輕别"句，"難"作"歎"。又，"翠扇疏"句，"疏"字上有"恩"字，均應改補。

【考正】已據杜注改，惟“疏”字前依《欽定詞譜》補一“陰”，不取“恩”字。

後段第三均，“恨最恨、閑却新涼時節”或“玉骨西風恨，最恨閑却，新涼時節”似皆未達，余疑“恨最”二字有錯訛，原貌或爲“玉骨西風●●，恨閑却、新涼時節”。

又按，另有賀鑄仄韻《玉京秋》一百三字體一首，兩詞些無相似處，當與周詞屬同名異調者，兹録於此，以備參校：

隴首霜晴，泗濱雲晚，乍摇落。廢榭蒼苔，破臺荒草，西楚霸圖冥漠。記登臨事，九日勝遊，千載如昨。更想像，晉客□歸，謝生能賦繼高作。　　飄泊。塵埃倦客，風月羈心，潘鬢曉來清鏡覺。蠟屐綸巾，羽觴象管，且追隨、隼旟行樂。東山□，應笑個儂風味薄。念故園黄花，自有年年約。

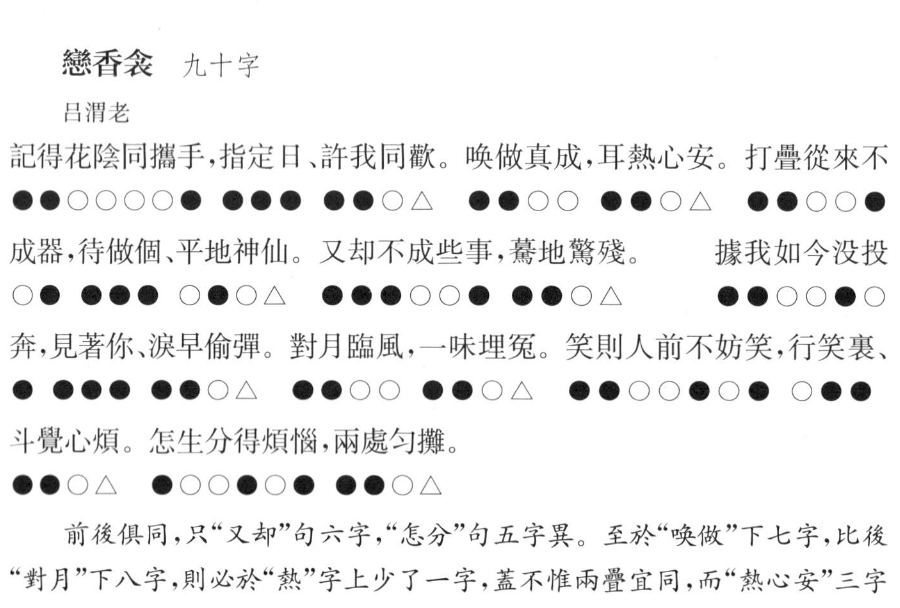

戀香衾　九十字

吕渭老

記得花陰同攜手，指定日、許我同歡。喚做真成，耳熱心安。打疊從來不

●●○○○○●　●●●　●●○△　●●○○　●●○△　●●○○●

成器，待做個、平地神仙。又却不成些事，驀地驚殘。　　據我如今沒投

○●　●●●　○●○△　●●●○○●　●●○△　　●●○○●○

奔，見著你、淚早偷彈。對月臨風，一味埋冤。笑則人前不妨笑，行笑裏、

●　●●●　●●○△　●●○○　●●○△　●●○○●○●　○●●

斗覺心煩。怎生分得煩惱，兩處匀攤。

●●○△　●○○●○●　●●○△

前後俱同，只“又却”句六字，“怎分”句五字異。至於“喚做”下七字，比後“對月”下八字，則必於“熱”字上少了一字，蓋不惟兩疊宜同，而“熱心安”三字亦欠妥。

此《戀香衾》與《戀繡衾》無涉。

【杜注】按，《欽定詞譜》“熱心安”句，“熱”字上有“耳”字。又，“驀地心殘”句，“心”作“驚”。又，“怎分得煩惱”句，“怎”字下有“生”字，均應遵照改補。

【考正】已據杜注改。

駐馬聽　九十字

柳　永

鳳枕鴛幃。二三載、如魚似水相知。良天好景，深憐多愛，無非盡意依隨。

●●○△　●○●　○○●●○△　○○●●　○○○●　○○●●○△

奈何伊。恣性靈、忒殺些兒。無事孜煎，萬回千度，怎忍分離。　　而今，

●○△　●●○　●●○△　○●○○　●○○●　●●○△　　○○

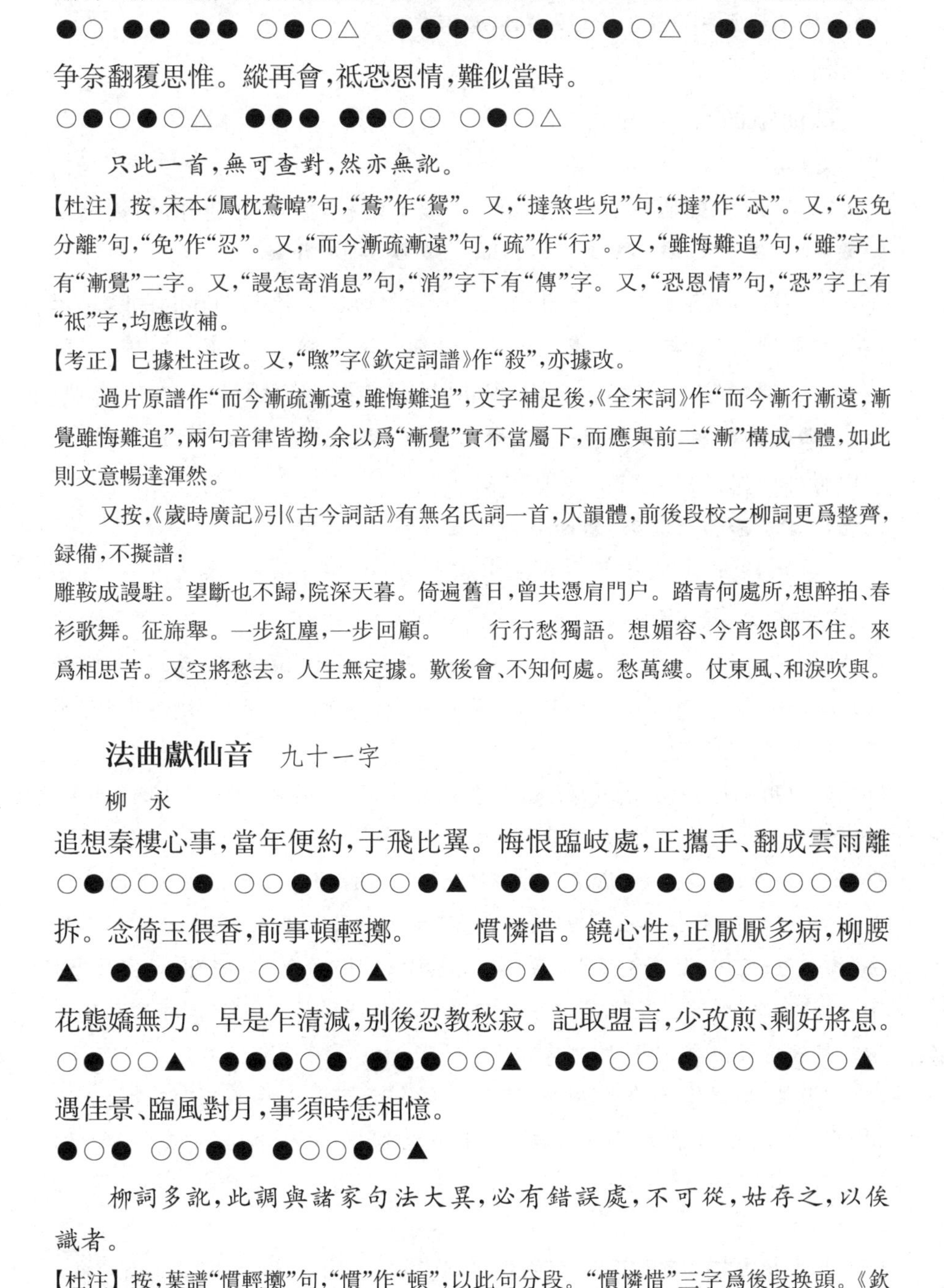

漸行、漸遠、漸覺，雖悔難追。漫恁寄消傳息，終久奚爲。也擬重論繾綣，
●○ ●● ●● ○●○△ ●●●○○● ○●○△ ●●○○●●
争奈翻覆思惟。縱再會，秖恐恩情，難似當時。
○●○●○△ ●●● ●●○○ ○●○△

只此一首，無可查對，然亦無訛。

【杜注】按，宋本"鳳枕鴦幃"句，"鴦"作"鴛"。又，"撻煞些兒"句，"撻"作"忒"。又，"怎免分離"句，"免"作"忍"。又，"而今漸疏漸遠"句，"疏"作"行"。又，"雖悔難追"句，"雖"字上有"漸覺"二字。又，"謾怎寄消息"句，"消"字下有"傳"字。又，"恐恩情"句，"恐"字上有"秖"字，均應改補。

【考正】已據杜注改。又，"噭"字《欽定詞譜》作"殺"，亦據改。

過片原譜作"而今漸疏漸遠，雖悔難追"，文字補足後，《全宋詞》作"而今漸行漸遠，漸覺雖悔難追"，兩句音律皆拗，余以爲"漸覺"實不當屬下，而應與前二"漸"構成一體，如此則文意暢達渾然。

又按，《歲時廣記》引《古今詞話》有無名氏詞一首，仄韻體，前後段校之柳詞更爲整齊，録備，不擬譜：

雕鞍成謾駐。望斷也不歸，院深天暮。倚遍舊日，曾共憑肩門户。踏青何處所，想醉拍、春衫歌舞。征旆舉。一步紅塵，一步回顧。　　行行愁獨語。想媚容、今宵怨郎不住。來爲相思苦。又空將愁去。人生無定據。歎後會、不知何處。愁萬縷。仗東風、和淚吹與。

法曲獻仙音　九十一字

柳　永

追想秦樓心事，當年便約，于飛比翼。悔恨臨岐處，正攜手、翻成雲雨離
○●○○○● ○○●● ○○●▲ ●●○○● ●○● ○○○●○
拆。念倚玉偎香，前事頓輕擲。　　慣憐惜。饒心性，正厭厭多病，柳腰
▲ ●●●○○ ○●●○▲ ●○▲ ○○● ●○○○● ●○
花態嬌無力。早是乍清減，別後忍教愁寂。記取盟言，少孜煎、剩好將息。
○●○○▲ ●●●○● ●●●○○▲ ●●○○ ●○○ ●○○▲
遇佳景、臨風對月，事須時恁相憶。
●○● ○○●● ●○○●○▲

柳詞多訛，此調與諸家句法大異，必有錯誤處，不可從，姑存之，以俟識者。

【杜注】按，葉譜"慣輕擲"句，"慣"作"頓"，以此句分段。"慣憐惜"三字爲後段换頭。《欽定詞譜》則仍以"慣憐惜"爲前結。又按，此詞句法音節均與本調不合，疑是另調。

【考正】原譜未作句讀，僅於"翼"、"析"、"擲"、"惜"、"力"、"寂"、"息"、"憶"八字標示叶韻。

又，本調前段三均，後段四均，屬詞中非主流結構。以前後段起結之句法分析，與本

調正格迥異，誠如杜氏所言，柳詞二首，當皆爲别調，或僅同名而已。

又按，杜氏所注，已據改，分段則從《欽定詞譜》。

法曲獻仙音　九十二字

吴文英

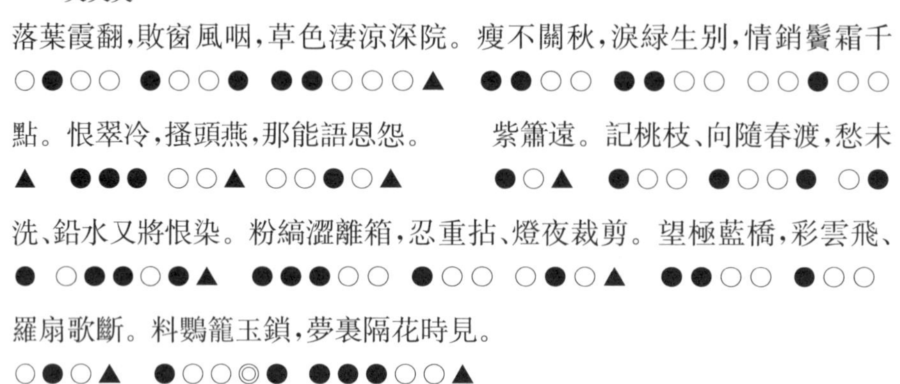

落葉霞翻，敗窗風咽，草色淒涼深院。瘦不關秋，淚緑生别，情銷鬢霜千點。恨翠冷，搔頭燕，那能語恩怨。　紫簫遠。記桃枝、向隨春渡，愁未洗、鉛水又將恨染。粉縞澀離箱，忍重拈、燈夜裁剪。望極藍橋，彩雲飛、羅扇歌斷。料鸚籠玉鎖，夢裏隔花時見。

"紫簫遠"三字，諸家多作前段之尾，汲古刻《片玉詞》亦兩存其説，今照《夢窗稿》録之，故不敢移屬上句。然照前柳詞"慣輕擲"、"慣憐惜"，則此句宜屬於前。又，夢窗别作，起用"上"、"浪"韻，而前結云："過數點、斜陽雨，啼銷粉痕冷，宛相向。""冷"字不叶韻，則"宛相向"三字連上無疑。然"冷"字諸家無不叶者，恐是誤也。

篇中用平仄抑揚，乃是定體，歷查諸家皆同。《圖譜》乃注"情銷"可仄、"恨翠"可平、"能語"可仄平、"紫"字可平、"桃枝"可仄、"鉛水又"三字可仄平平，試問於周、方、吴、姜、張諸公外，有何傳稿，可據而注之乎？後結凡作者皆是上五下六，而注作上七下四，因謂周詞"待花前月下見了"爲一句，"不教歸去"爲一句；又因"月下見了"皆仄，自以爲拗，遂注"月下"二字可平；更因"月下"注作可平，則連上"花前"二字爲四平，又拗，遂並注"花前"二字可仄。直似眯目而猜黑白矣，嗚呼！何其陋哉。

"恨染"吴别作"佩響"，周作"間阻"、方作"尚阻"，而白石用"紅舞"、玉田用"春感"，想不拘，然以去上爲佳。"燕"字各家俱不叶，惟周詞"處"字似叶，然皆係偶合，觀方和詞不叶，可知不必韻也。"渡"字玉田用叶，亦不必，周、方亦皆不叶。

【杜注】按，汲古閣《甲乙丙丁稿》"草色淒涼深院"句，"草"作"暮"。又按，此調首句第二字、次句第四字、四句第二字、五句第四字必用入聲，方是此調音節。

【考正】本調原作"又一體"，以萬氏、杜氏之觀點，當爲同名别調，故補擬正名。又，萬氏注首字"落"以入作平。

采蓮令　九十一字

柳　永

月華收，雲淡霜天曙。西征客、此時情苦。翠娥執手送臨岐，軋軋開朱户。
●○○ ○●○○▲ ○○● ●○○▲ ●○●●●○○ ●●○○▲

千嬌面、盈盈佇立，無言有淚，斷腸争忍回顧。　一葉蘭舟，便恁、急槳
○○● ○○●● ○○●● ⊙○○●○▲ ●●○○ ●● ○●

淩波去。貪行色、豈知離緒。萬般方寸，但飲恨、脈脈同誰語。更回首、重
○○▲ ○○● ◎○○▲ ●○○● ●●● ●●○○▲ ●○● ○

城不見，寒江天外，隱隱兩行煙樹。
○●● ○○○● ●●◎○○▲

"清苦"應是"情苦"。"血"字差。"急槳"下與前段合，只"飲恨"二字、"更"字、第二"隱"字、"兩三"二字平仄稍異，不拘。

【杜注】萬氏注云："清苦"應是"情苦"，與宋本合。又，"千嬌血"句，"血"作"面"，均應照改。又按，《欽定詞譜》"兩三煙樹"句，"三"作"行"。

【考正】已據二注改。又，《欽定詞譜》"翠蛾"下七字一句，惟後段"萬般方寸但飲恨"若作一句則音律失諧，故以萬氏所讀爲是。又按，"便恁"句七字，仄音步相連而有失諧和，即余所謂二字逗之標識者，且"急槳"五字正對前段"雲淡"句，亦可旁證。

淒涼犯　九十一字　"犯"又作"調"　又名：瑞鶴仙影

吴文英

空江浪闊。清塵凝、層層碎刻冰葉。水邊照影，華裾曳翠，露搔淚濕。湘煙暮合。塵襪淩波半涉。怕臨風、欺瘦骨。護冷素衣疊。　樊姊玉奴恨，小鈿疏唇，洗妝輕怯。汎人最苦，粉痕深、幾重愁靨。花溢香濃，猛薰透、霜綃細摺。倚瑶臺、十二金錢暈半□。

【校勘記】後段結句，"十二金錢暈半"，"半"字下空一字，擬補"滅"字。

【考正】萬氏以爲夢窗詞少二字，彊村四校本《夢窗詞》此二句分作"□塵襪淩波半涉"、"怕臨風、□欺瘦骨"，則本詞即姜詞體也，故不另擬譜。又，尾句脱字符，彊村四校本《夢窗詞》作"掐"字。

第二體　九十三字

姜　夔

緑楊巷陌。西風起、邊城一片離索。馬嘶漸遠，人歸甚處，戍樓吹角。情
◎○●▲ ○○● ○○●●○▲ ◎⊙●◎ ⊙○◎● ●○⊙▲ ○

懷正惡。更衰草寒煙淡薄。似當時、將軍部曲,迤邐度沙漠。　追念西
○●▲　●⊙●○○●▲　●○○　⊙⊙◎◎　⊙●●○▲　⊙●⊙
湖上,小舫攜歌,晚花行樂。舊遊在否,想如今、翠凋紅落。漫寫羊裙,等
○●　◎●○○　●○○▲　◎○●●　●○○　●○○▲　◎●○○　●
新雁來時繫著。怕匆匆、不肯寄與,誤後約。
○●○○●▲　●○⊙　◎◎◎○　●●▲

比前"更衰草"句多一字、"將軍部曲"句多一字、"寄與"二字與前詞"金錢"二字用平聲異。

按,此篇載《白石集》,題下注云:"仙吕調,犯雙調,合肥秋夕作。"而《夢窗乙稿》亦載之,題曰:淒涼調。注云:"合肥巷陌皆種柳,秋風起,騷騷然。余客居闔户,時聞馬嘶,出城四顧,則荒煙野草,不勝淒黯,乃著此體。琴有《淒涼調》,假以爲名。歸行都,以此曲示國工田正德,使以亞觱栗吹之,其韻極美。"亦曰:"《瑞鶴仙影》據此。"則是篇乃夢窗自製之調,非姜作明矣。想此二公,交厚同遊最久,故集中混入耳。豈吴作此篇後,又以其調賦前詞,詠重臺水仙乎?余又思焉,知非姜所作,此注亦姜所注而混入吴稿乎?蓋姜有《淡黄柳》詞,亦是客合肥作也。既自注用琴曲名,則此詞宜曰"淒涼調"矣。而傳作"犯"字者,亦有故,其題下又注云:凡曲言犯者,謂以宫犯商、商犯宫之類,如道調宫上字住,雙調亦上字住,所住字同。故道調曲中犯雙調,或於雙調曲中犯道調,其他准此。唐人《樂書》云:犯有正、旁、偏、側、宫犯,宫爲正宫犯,商爲旁宫犯,角爲偏宫犯,羽爲側。此説非也。十二宫所住字,各不同,不容相犯,十二宫特可犯商、角、羽耳。據此,則因此詞用犯,故自注於下,而姜集題下所注"仙吕犯商調",正與此注同在一處耳。愚按,宫商之理,今已失傳,自詩餘變爲北曲,北曲變爲南曲,雖亦相沿,有宫調之殊,而莫能辨悉。南曲自故明中葉有吴腔傳習,至今但知某曲是如何唱法,音響各别,而宫調則置而不論。北曲則並各宫各調,而一樣音響矣。元音不絶於天壤之間,我朝以文治天下,詞學甚盛,而宫調之理、律吕之學無能通明者,大爲恨事,安得起白石、夢窗輩於九京而暢言之乎?其注云:"惟道調、雙調可以互犯",而又云:"仙吕犯商,恐'商'字即'雙'字。"豈仙吕即道調乎?吕之名仙或以道故邪?今南曲亦止有仙吕入雙調曲,他宫不入雙調,亦其證也。但北曲有仙吕,又有道宫,總不可解矣。

【杜注】按,《白石道人歌曲》旁譜"緑楊巷陌"句"陌"字,及"將軍部曲""曲"字均非叶韻。又按,此調後結七仄聲,以照此用三聲爲合格,然張玉田一首此句云"平沙萬里盡是月",首二字用平,則上入二聲可通平耳。

【考正】原譜萬氏於"部曲"作叶,檢宋人填此,本句皆不叶,後段"寄與"亦不叶,故改之。

首句則夢窗亦韻，故仍之。又，“衰草寒煙”、“新雁來時”不可讀斷，而萬氏均作上三下四讀，欠妥，改之爲一六式。

夏雲峰　九十一字

柳　永

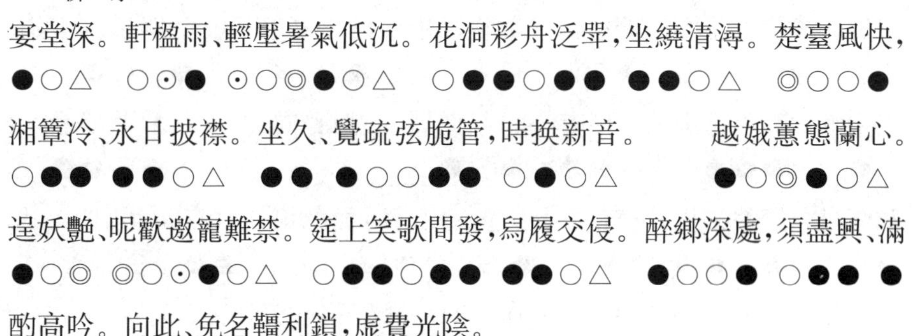

宴堂深。軒楹雨、輕壓暑氣低沉。花洞彩舟泛斝，坐繞清潯。楚臺風快，湘簟冷、永日披襟。坐久、覺疏弦脆管，時换新音。　越娥蕙態蘭心。逞妖艷、昵歡邀寵難禁。筵上笑歌間發，舄履交侵。醉鄉深處，須盡興、滿酌高吟。向此、免名韁利鎖，虛費光陰。

“暑氣”上去，“洞彩”、“泛斝”、“坐繞”、“簟冷”、“坐久”、“脆管”、“向此”、“利鎖”各去上聲，俱妙。而“脆管”、“利鎖”之下，接以“時换”、“虛費”之平去，尤妙。“花洞”至“清潯”十字，惜香作“朱户小窗坐來低按秦箏”，似句法四六不同，然此是十字一氣，所謂可上可下者也。“筵上”十字亦然。結句“向此”以下，趙云“是我不卿卿，更有誰可卿卿”，亦是語氣貫下，音韻諧適，不必拘也。“須盡興”七字，趙作“一任側耳與心傾”，句法不同，不可從。前段結語原係“時换新音”四字，本集現明，因《草堂》舊刻傳訛，落去“時”字。《譜》、《圖》遂以爲據，將“坐久”至末作十字句，不知前後只首句有異，其餘字字相同，“時换新音”正如後之“虛費光陰”也。趙作“體段輕盈”、蘆川作“玉燕投懷”，俱同。今少一字，不惟失却古調，且使作者棘手，可歎哉。

此調本非僻調，舊《草堂》即已收之，而《詞統》、《詞匯》、《圖譜》等書竟皆遺却，所更奇者，《詞匯》反將仲殊“天闊雲高”一首收作《夏雲峰》，不知“天闊雲高”詞乃《金明池》也，大誤，大奇。

【杜注】按，《歷代詩餘》及《閩詩鈔》“沉沉”均作“低沉”，可從。

【考正】“壓”字萬氏原注可平，按，該字除張元幹一首，諸家皆平，故耆卿“壓”字本作平，而非可平也。“坐久”七字，原譜作上三下四式，清儒二字逗觀念淡薄，動輒以三字逗之，影響至今。蓋三字逗有兩種模式，一爲一二式，一爲二一式，其中二一式每可分析爲二字逗，細察之，方能斷定孰是孰非。本調前後段宋人均爲二一式，如張元干之“正暑、有祥光照社，玉燕投懷”、“笑傲、且山中宰相，平地蓬萊”，趙長卿之“那更、玉肌膚韻勝，體段輕盈”，曹勛之“班列、立瞻雲就日，職貢衣冠”。均爲二字逗明矣，若作“笑傲且”、“那更玉”、“班列立”則不成語也。而五字句可減字，故有曹勛之“細祝、降福天中，列簫韶歌舞”之填法。以本詞論，“坐久覺”、“向此免”均有語意斷裂感，若作二字逗，則文字暢通，詞意豁達，高下立判。謹改。

醉翁操　九十一字

蘇　軾

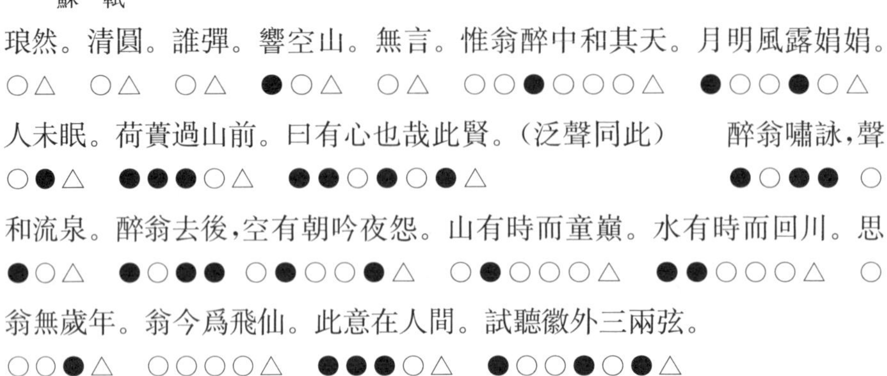

琅然。清圓。誰彈。響空山。無言。惟翁醉中和其天。月明風露娟娟。
○△　○△　○△　●○△　○△　○○●○○○△　●○○●○△
人未眠。荷蕢過山前。曰有心也哉此賢。（泛聲同此）　醉翁嘯詠，聲
○●△　●●●○△　●●○●○●△　●○●●　○
和流泉。醉翁去後，空有朝吟夜怨。山有時而童巔。水有時而回川。思
●○△　●○●●　○●○○●△　○●○○○△　●●○○○△　○
翁無歲年。翁今爲飛仙。此意在人間。試聽徽外三兩弦。
○○●△　○○○○△　●●●○△　●○○●○●△

起處三句皆兩字，第三句三字，第四句兩字，稼軒效之，云：“長松。之風。如公。肯余從。山中。”是也。《圖譜》以首句、次句爲兩字，而以“誰彈響”作三字句，“空山無言”作四字句，得無供人噴飯乎？《詞匯》又將“三兩弦”改作“兩三弦”，蓋以此句爲拗，而改作七言詩句法耳。亦奇。又以“今”字訛作“既”字，不特“既”字去聲失調，而文義亦差，皆失考之故也。

按，“和其天”向來傳刻皆然，或謂“知”字之訛。“娟”字，余謂是“涓”字，附記以俟識者。

按稼軒本仿此而作，與此異者，“月明”作“湛湛”，第二“湛”字去聲，或不拘。“曰有心”句作“望君之門兮九重”，“君、門”二字平聲，想此二字平仄皆可用，但不可用去聲耳。“娟”字稼軒用“江”字，非失韻，本集常有借叶字也。“聽”字平聲讀，觀稼軒用“之”字可知。“荷蕢”句稼軒云：“噫！送子於東。”“空有”句稼軒云“或一朝兮取封”。汲古刻本集落“於”字、“兮”字，因使此調只存八十九字，人不可爲此誤也。

【考正】萬氏原注以爲“娟娟”或是“涓涓”之誤，是未見樓鑰詞也。按，樓詞有步蘇詞韻者，本句作“悠揚餘響嬋娟”，可見蘇詞無誤。又，辛棄疾詞，前段尾均作四字一句、六字一句，與諸家皆異，是脱落二字故，非減字也。

露華　九十一字

王沂孫

紺葩乍坼。笑爛漫、嬌紅不是春色。換了素妝，重把青螺輕拂。舊歌共渡
◎○●▲　●●●　○○●●○▲　●●◎○　⊙●⊙○○▲　●⊙◎●

煙江，却占玉奴標格。風霜峭，瑤臺種時，付與仙骨。　　閑門晝掩淒惻。
○○ ●●●○○▲ ○⊙● ○○●● ●○○▲ 　　⊙○●●○▲
似淡月梨花，重化清魄。尚帶唾痕香凝，怎忍攀摘。嫩緑漸暖溪陰，蔌蔌
●●●○○ ○●○▲ ●●●○○● ◎●○▲ ◎○●●○○ ◎●
粉雲飛出。芳艷冷，劉郎未應認得。
●○○▲ ○●● ○○●○●▲

"笑爛熳"至"風露峭"，與後"似淡月"至"芳艷冷"同。"換了"下十字，上四下六，"尚帶"下十字，上六下四，然是一氣貫下，分句不拘。"是"字、"素"字、"化"字、"唾"字不惟用仄，且俱去聲，不可依譜概作可平。"瑤臺"下兩四字句，《圖譜》注上三下五，誤。"種"字去聲，非上聲也。

【杜注】按，《花外集》"風霜峭"句，"霜"作"露"，此字應去聲，可從。又，"軟緑漸暖溪陰"句，"暖"作"滿"。又按，《瓶隱山房詞集》云填詞須試難調，如此闋及卷十六之《絳都春》、《繞佛閣》，卷十七之《氐州第一》，卷十八之《秋霽》等，要須四聲悉合，方稱完璧。

【考正】"笑爛漫"九字，原譜作五字一句、四字一句，四字句音步連仄失諧。按，此九字本爲一氣，如張詞爲"總付與、花神月底深斸"，陶詞爲"記露影、瓊空一笑曾識"，皆同。謹改。又，"種時"之"時"爲古字，今字即"莳"字，種莳，種植也。故應仄讀。又按，"付與"之"與"以上作平、"漸緑"之"緑"以入作平。

又按，本調仄韻體，宋詞惟本詞及曹原一首，本詞之可平可仄，玩萬氏所校，似並不依據曹詞，則難免無據。惟前後段第七拍，曹詞及平韻體各首均爲折腰式七字一句，余嘗疑本詞有闕，然觀元人張翥之仄韻體，亦爲六字，則或有別一填法。而平韻體尚有王沂孫、張炎、周密三首，皆大家之作，不可遺珠，故録草窗一首如下，以備楷模，其餘二詞，除張詞後段起拍均作"一掬瑩然生意"外，與草窗皆同，可仄可平即校之二詞。

露華　九十二字

周　密

暖消蕙雪，漸水紋漾錦，雲淡波溶。岸香弄蕊，新枝輕裊條風。次第燕歸將近，愛柳
●○●● ●◎○●● ⊙●○△ ◎○●● ⊙○⊙●○△ ●●●○○● ●◎
眉、桃靨煙濃。鴛徑小，芳屏聚蝶，翠渚飄鴻。　　六橋、舊情如夢，記扇底宮眉，花下
○ ⊙●○△ ○●● ○○●● ●●○△ 　　◎⊙ ●○○● ●●●○○ ○●
遊驄。選歌試舞，連宵戀醉珍叢。怕裏早鶯啼醒，問杏鈿、誰點愁紅。心事悄，春嬌又
○△ ◎○●● ⊙○●●○△ ◎●●○○● ●◎○ ○●○△ ○●● ○○●
入翠峰。
◎●△

宣清　九十二字

柳　永

殘月朦朧，小宴闌珊，歸來、輕寒凜凜。背銀釭、孤館乍眠，擁重衾、醉魂猶
○●○○　●●○○　○○　○○●▲　●○○　○●●○　●○○　●○○
噤。永漏頻傳，前歡已去，離愁一枕。暗尋思，舊追遊，神京風物如錦。
▲　●●○○　○○●●　○○●▲　●○○　●○○　○○○●○▲
念擲果朋儕，絶纓宴會，當時曾痛飲。命舞燕翩翻，歌珠貫串，向玳筵前，
●●●○○　●○●●　○○○●▲　●●●○○　○○●●　●●○○
儘是神仙流品。至更闌、疏狂轉甚。更相將、鳳幃鴛寢。玉釵横處，任散
●●○○○▲　●○○　○○●▲　●○○　●○○▲　●○○●　●●
盡高陽，這歡娱、甚時重恁。
●○○　●○○　●○○▲

"森"字平起，是又一平仄兩叶之調矣。若以"噤"字起韻，恐無自首起二十八字才用韻之理也。或云"衾"字亦是叶，總因只此一篇，無可考證。

按，杜曾詩"哀猿藏森聳，渴鹿聽潺湲"，自注"森"字去聲，或此亦作去叶耳。

【杜注】按，宋本"森森"作"凜凜"，並非此一韻叶平也。又，"醉魄猶噤"句，"魄"作"魂"。又，"會擲果朋儕"句，"會"作"念"。又，"命舞燕翻翻"句，上"翻"字作"翩"。又，此句下落："歌珠貫串，向玳筵前，儘是神仙流品。至更闌、疏狂轉甚。更相將、鳳幃鴛寢。"自"歌珠"至"相將"，共落二十四字，誤"幃"作"樓"。又，"玉釵亂横信任"句，"信"作"處"，應以"處"字爲句，"任"字屬下句，非叶韻，均應增改。

【考正】均已據杜注改。

塞翁吟　九十二字

吴文英

有約西湖去，移棹曉折芙蓉。算終是，稱心紅。染不盡薰風。千桃過眼春
●●○○●　○●●●○△　●○●　●○△　●○●○△　○○●●○
如夢，還認錦疊雲重。弄晚色，舊香中。旋撐入深叢。　從容。情猶
○●　○●●●○△　●●●　●○△　●○●○△　○△　○○
賦，冰車健筆，人未老、南屏翠峰。轉河影、浮查信早，素妃叫、海日歸來，
●　○○●●　○●●　○○●△　●○●　○○●●　●○●　●●○○
太液池東。紅衣卸了，結子成蓮，天勁秋濃。
●●○△　○○●●　●●○○　○●○△

查夢窗别作,及片玉、千里、趙文諸詞,平仄俱與此同。"終"字宜仄聲,恐是"縱"字之訛。"卸了"去上,妙。各詞皆然。夢窗别作,於"南屏翠峰"刻作"吴女暈濃"乃誤也。"女"字必"娥"字。或謂娥不可言暈,則又必"蛾"字而再誤耳。蓋其下用"唱入眉峰",可推耳。

按,此調應分三疊,自起至"薰風"爲第一段,"千桃"至"深叢"爲第二段,蓋"千桃"句七字,换頭"還認"句即同"移棹"句,"弄曉色"兩句即同"算終是"兩句,"旋撑入"句即同"染不盡"句,平仄一字無異。即如《瑞龍吟》所謂雙拽頭也。其第三疊則另爲長短句,與前絶不相類矣。《譜》、《圖》不識,所載《片玉詞》第三四句"散水麝,小池東"本是兩句,乃以爲六字,不知其第二句"窗外曉色瓏璁"是六字,而三四句乃三字,"曉色"可連讀,豈"麝小"亦可連讀乎?如此吴詞"是稱"二字可連乎?更可笑者,周於"弄晩色"下云"夢遠别,淚痕重,淡鉛臉斜紅","重"字乃是叶韻處,《譜》、《圖》以"夢遠别"爲三字句,以"淚痕重淡"爲四字句,豈不笑破人口。周意謂淚重疊,故臉上紅色淡也,"重淡"如何解?然則、此詞可讀爲"舊香中旋",吴别作可讀爲"桂花宫爲",千里作可讀爲"繡衾重尚",趙文作可讀爲"斗牛箕强"矣。不惟失韻、失體,且使古作者俱判作不通文理人矣!豈不冤哉?

【杜注】按,"海目歸來"句,"目"應作"日"。又,"天勁秋濃"句,"天勁"二字疑"香動"之誤。

【考正】萬氏原注:"終"字宜仄,"不盡"之"不"作平。

轆轤金井　九十二字

劉　過

【考正】本調即《四犯剪梅花》之别名,故已移至卷十四該調之後。

東風齊著力　九十二字

胡浩然

殘臘收寒,三陽初轉,已换年華。東君律管,迤邐到山家。處處笙簧鼎沸,
○●○○　○○○●　●●○△　○○●●　●●●○△　●●○○●●

排佳宴、坐列仙娃。花叢裏,金爐滿爇,龍麝煙斜。　　此景轉堪誇。深
○○●　●●○△　○○●　○○●●　○●○△　　●●●○△　○

意祝、壽山福海增加。玉觥滿泛,且莫厭流霞。幸有迎春緑醑,銀瓶浸、幾
●●　●○●●○△　○○●●　●●●○△　●●○○●●　○○●　●

朶梅花。休辭醉,園林秀色,百草萌芽。
●○△　○○●　○○●●　○●○△

本譜所注平仄,俱查此一體,有他詞互用者方敢旁列,否則於其前後段合

拍者注之，如此調他無可證，只“玉觥”以下與前“東君”以下相同，故爲略注。此外如“殘”、“已”、“迤”、“處”、“坐”、“此”、“壽”、“福”、“且”、“幸”、“幾”等字，或亦可平仄互用，因無考據，概不亂填，非曰太拘，蓋以尊古從嚴爲主耳。於此偶識，可例其餘。

【杜注】按，《欽定詞譜》“會佳宴”句，“會”作“排”。又，“壽酒”作“緑醑”。【胡浩然詞，“且莫厭流霞”句，“厭”誤作“羨”。】

【考正】萬氏據前後段互校，注“東”字可仄，而未作“玉”字可平。余以爲若以前後段互校原則，則當是“玉”字作平，“東”字仍其音，故擬“玉”爲平，“東”字不改。同理，萬氏注“龍”字可仄，“百”字可平，亦不取，而注“百”字爲平。

已據杜注改。

金盞倒垂蓮　九十二字

晁補之

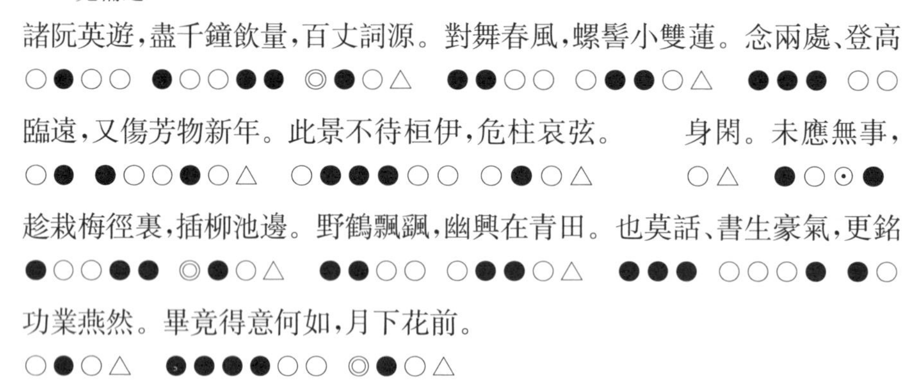

諸阮英遊，盡千鐘飲量，百丈詞源。對舞春風，螺髻小雙蓮。念兩處、登高臨遠，又傷芳物新年。此景不待桓伊，危柱哀弦。　身閑。未應無事，趁栽梅徑裏，插柳池邊。野鶴飄颻，幽興在青田。也莫話、書生豪氣，更銘功業燕然。畢竟得意何如，月下花前。

无咎又一首亦和此韻，“又傷”句云“會須行樂”，止四字，乃誤落去“華年”二字，非有此體也。換頭六字與前異，餘同。兩結各十字，姑於四字略豆，實則一氣注下者，其用“此景不待”、“畢竟得意”，皆仄仄入去，乃是定格。觀其别作，用“只有一部”、“後會一笑”可見。學者勿誤。或謂“身閑”是換頭二字叶者，不知晁别作和韻，此字用“情”字，故知非叶韻也。

“倒垂蓮”乃金盞之像，即如左相之金卷荷耳。竹山《糖多令》有句云：“金盞倒垂蓮，歌揺香霧鬟。”

【杜注】按，无咎另一首於“又傷”句作“會須行樂年年”，一本作“芳年”此作“華年”，三字尚無軒輊。

【考正】前結原作“此景不待、桓伊危柱哀弦”，四字連仄，於律不諧，改爲仄起式律拗句法。他如晁端禮之“别後空報瑶琴，誰聽朱弦”、晁補之之“況有一部隨軒、脆管繁弦”、無名氏之“人静麼鳳翩翩，踏碎殘枝”等皆是。後段亦同，如晁端禮“此外莫問升沉，且鬥樽前”最爲典型。而過片句中亦藏一腹韻，萬氏原譜失記，致平音步連用失諧。

又，曹勛另有仄韻體一首，除前段第六句減一字外，餘字句皆同，特列於此，以供學者覽用：

金盞倒垂蓮 九十二字

曹 勛

谷雨初晴，對曉霞乍斂，暖風凝露。翠雲低映，捧花王留住。滿闌嫩紅貴紫，道盡得、韶光
●●○○ ●●○●● ●○○▲ ●○○● ●○○○▲ ●○●○●● ●●● ○○
分付。禁籞浩蕩，天香巧隨天步。　群仙、倚春似語。遮麗日、更著輕羅深護。半開微
○▲ ●●●● ○○●○○▲ ○○ ●○●▲ ○●● ●●○○○▲ ●○○
吐，隱非煙非霧。正宜夜闌秉燭，況更有、姚黄嬌妒。徘徊縱賞，任放濛濛柳絮。
▲ ●○○○▲ ●○●○●● ●●● ○○○▲ ○○●● ●●○○●▲

意難忘 九十二字

周邦彦

衣染鶯黄。愛停歌駐拍，勸酒持觴。低鬟蟬影動，私語口脂香。檐露滴，
○●○△ ●⊙○◎● ◎●○△ ○○○●● ⊙●●○△ ○●●
竹風涼。拚劇飲淋浪。夜漸深，籠燈就月，子細端相。　知音見説無
●○△ ⊙●●○△ ●●○ ⊙○◎● ◎●○△ ○○●●○
雙。解移宫换羽，未怕周郎。長顰知有恨，貪耍不成妝。些個事，惱人腸。
△ ●⊙○◎● ◎●○△ ○○○●● ⊙●●○△ ○●● ●○△
待説與何妨。又恐伊，尋消問息，瘦減容光。
◎●●○△ ●●○ ⊙○◎● ◎●○△

詞中七言，有上四下三者，有上三下四者，各譜總作七字句，往往誤認誤填，而圖中黑白圈尤爲眩目，故本譜於七言如詩句者不注，於上三下四者注豆字於第三字旁，庶不致混亂也。若五字句，有上二下三如五言詩者，亦有以一字領句而二三兩字相聯者，尤多誤認。但又不可注豆，學者當自詳之，如此詞"拚劇飲淋浪"、"待説與何妨"是也。若誤作五言詩句，則大謬矣。此類甚多，偶記於此。

【杜注】按，《歷代詩餘》收此調九首，平仄約略相同。"蓮露滴"句，"蓮"作"檐"。"尋消問息"句，"問"作"聽"。

【考正】"蓮露"已改爲"檐露"。

惜秋華 九十三字

吴文英

路遠仙城，自玉郎去却，芳卿憔悴。錦段鏡空，重鋪步幛新綺。凡花瘦不
●●○○ ●●○●● ○○○▲ ◎●●○ ○○●●○▲ ○○●●

禁秋，幻膩玉腴紅鮮麗。相攜，試新妝乍畢，交扶輕醉。　　長記。斷橋
○○ ●◎●○○○▲ ○△ ●○○●● ○○○▲ ○▲ ●○
外。驟玉驄過處，千嬌凝睇。昨夢頓醒，依約舊時眉翠。愁邊暮合碧雲，
▲ ●◎○●● ⊙○○▲ ●●●○ ○●●○○▲ ○○●●○○
倩唱入、六幺聲裏。風起。舞斜陽、闌干十二。
●●● ◎○○▲ ○▲ ●○○ ⊙○●▲

此調他家罕覯，夢窗所作五闋，亦不盡同。《詞統》收其"思渺西風"一首，於"凡花"句讀作七字句，不知此詞自"玉郎"至"鮮麗"，與後段"驟玉驄"至"聲裏"相同，"凡花"句，即如後"愁邊"句及後詞"秋娥"句皆六字。"攜"字似叶，然非平仄通用者，豈亦可作去聲邪？

"步"、"瘦"、"舊"、"暮"去聲，至於"鏡"字、"頓"字必用去聲，勿誤。

【杜注】按，《欽定詞譜》"相攜"之"攜"字注叶平，蓋因後一首此句"清淺"之"淺"字叶韻也。今查夢窗另作九十三字三首，此字均未叶。

【考正】原譜萬氏"相攜"十一字未讀斷。《欽定詞譜》於"相攜"處叶韻，謂是三聲叶。余以爲此本閑韻，可叶可不叶者，於此間入一平韻，且他首皆無，大可不必，去之。

過片"長記"爲腹韻，原譜失記。蓋長短句多於過片處添入一腹韻，以豐富詞之韻律色彩，此爲詞之大律，非惟本調如此者也。又，"膩玉腴紅"原譜讀斷，而此爲一緊密文法結構，不當斷之，謹改。

第二體　九十四字

吴文英

思渺西風，悵行蹤浪逐，南飛高雁。怯上翠微，危樓更堪憑晚。蓬萊對起
○●○○ ●○○●● ○○○▲ ●●●○ ○○●○○▲ ○○●●
幽雲，澹野色、山容愁卷。清淺。瞰蒼波靜銜，秋痕一綫。　　十載寄吴
○○ ●●● ○○○▲ ○▲ ●○○●● ○○●▲ ●●●○
苑。慣東籬深處，露黃偷剪。移暮景，照越鏡，意銷香斷。秋娥賦得閑情，
▲ ●○○○● ○○○▲ ○●● ●●● ●○○▲ ○○●●○○
倚翠尊、小眉初展。深勸。待明朝，醉巾重岸。
●●○ ●○○▲ ○▲ ●○○ ●○○▲

比前於後段第三句多一"把"字，故爲九十四字體。然照前段及他作，此句止宜四字，此或偶誤，不足據也。所異者，"清淺"二字儼然叶韻，蓋後"深勸"二字是叶，前亦相同也。但其所作五闋，惟此用"淺"字仄聲，其餘一云"新鴻，喚淒涼、漸入紅萸烏帽"，一云"相逢，縱相疏、勝却巫陽無准"，一云"留連，有殘蟬韻晚，時歌金縷"，第二字皆作平聲，非用韻者，是可知此調乃另爲一體

耳。其前詞"相攜"以下十一字,語氣蟬聯,不便分豆,大約皆於第二字一頓,其下則或於三字、或於五字略斷,俱無不可也。

又按,前詞"昨夢頓醒,依約舊時眉翠","頓醒"二字相連,而此詞"移暮景,照越鏡"乃是三字兩句,其下"意銷香斷"自爲四字句。又,其别作一云"晚夢趁,鄰杵斷,乍將愁到",一云"彩雲斷,翠羽散,此情難問",一云"此去杜曲,已近紫霄尺五",多不相合。余因再四讀而斷之,曰:此詞及"晚夢"、"彩雲"三處,皆是三字兩句、四字一句。前詞"昨夢頓醒""醒"字應讀平聲,與前段之"錦段鏡空"相合。"此去杜曲""曲"字亦應以入讀作平聲,與其前段之"瓜果夜深"相合,皆上四下六句法。"鏡"、"頓"、"夜"、"杜"四去,余所謂此與前詞另爲一體,於此更明耳。又,"露罥蛛絲"一首,於"危樓"句刻作"當時鈿釵送遺恨"七字,乃抄書者因"遺"字邊旁相同,偶誤多一"送"字,遂使人疑有此體,其實此句只六字,且加"送"字不通矣。

【杜注】按,汲古閣本"山容乍展"句,"乍"作"愁"。又,"愁痕一綫"句,"愁"作"秋"。又,《心日齋詞選》"把露黄偷剪"句,無"把"字,注云:"舊刻多一'把'字,蓋俗手所增,去之恰得夢窗真面目。"均可從。

【考正】已據杜注改。並删"把"字。又,"移暮景"下十字,原譜不讀斷,校之夢窗别首作"晚夢趁、鄰杵斷,乍將愁到"、"彩雲斷、翠羽散,此情難問",可見此十字應以三三四讀,與前一體四六讀不同。又按,後段尾均中原譜作"深勸待明朝,醉巾重岸",失記一句中短韻,而夢窗本調共計五首,每首此處均有一句中韻,當是其律如此,不可落也。

滿庭芳　九十三字

黄公度

一徑叉分,三亭鼎峙,小園别是清幽。曲闌低檻,春色四時留。怪石參差

●●○○ ○○●● ●○●●○△ ●○○● ○●●○△ ●●○○

卧虎,長松偃蹇拏虯。攜筇晚,風來萬里,冷撼一天秋。　　優遊。銷永

●● ○○●●○△ ○○● ○○●● ●●●○△ ○△ ○●

晝,琴尊左右,賓主風流。且偷閑,不妨身在南州。故國歸帆隱隱,西昆往

● ○○●● ○●○△ ●○○ ●○○●○△ ●●○○●● ○○●

事悠悠。都休問,金釵十二,滿酌聽輕謳。

●○△ ○○● ○○●● ●●●○△

"怪石"二句,與"故園"二句皆作對偶,如《雨中花慢》調中二語,此知稼翁所獨也。

第二體 九十五字 又名：鎖陽臺、滿庭霜

程 垓

南月驚烏。西風破雁，又是秋滿平湖。採蓮人盡，寒色戰菰蒲。舊信江南
○●○△ ○○◎● ●○○●○△ ⊙○○● ○●●○△ ◎●○○
好景，一萬里、輕覓蓴鱸。誰知道，吳儂未識，蜀客已情孤。 憑高增悵
●● ○◎● ⊙●○△ ○○● ○○●● ○●●○△ ○○○●
望，湘雲盡處，都是平蕪。問故鄉何日，重見吾廬。縱有荷紉芰制，終不
● ○○●● ⊙●○△ ●◎○⊙● ⊙●○△ ◎●○○●● ○◎
似、菊短籬疏。歸情遠，三更雨夢，依舊繞庭梧。
● ◎●○△ ○○● ◎○●● ○●●○△

前後第七句比前詞俱多一字，不作儷語，此通用體也。後起二字不用韻，"問故鄉"五字亦與前異。

沈選詞後起云"有舟中弦管"，"終不似"句云"不道是個老儒生"，"誰知道"句平叶，"望故鄉"二句云"總成就天涯一病身"，此非詞選，乃笑林耳。

【杜注】按，《欽定詞譜》第三句作"又還是"多一"還"字。又按，"重見吾廬"句，《山中白雲詞》作"料理護花鈴"五字，又失叶，疑"鈴"字爲"符"字之訛。

【考正】本調首句叶韻爲宋人常見填法，約占宋詞之一成，而原譜些無體現，誤。蓋詞之首句均可叶韻，非惟本調如此也。周邦彥、周紫芝、王之道、秦觀、趙彥端、戴復古、劉克莊、吳潛、黃庭堅、晁端禮、蘇軾、石孝友、劉過、盧祖皋、辛棄疾及其他詞人都有如此填法，最著名者，或許淮海居士之："山抹微雲。天連衰草，畫角聲斷譙門。"故本詞首句改爲叶韻。

本調前段第三句依例當作平起平收六字句，宋人皆如此填，是，以上作平。

第三體 九十五字

黃庭堅

修水柔藍，新條淡綠，翠光交映虛亭。錦鴛霜鷺，荷徑拾幽蘋。香度欄杆
○●○○ ○○●● ●○○●○△ ●○○● ○●●○△ ○●○○
屈曲，紅妝映、薄綺疏櫺。風清夜，橫塘月滿，水靜見移星。 堪聽。微
●● ○○● ●●○△ ○○● ○○●● ●●●○△ ○△ ○
雨過，嬰姍藻荇，瑣碎浮萍。便移轉吳床，湘簟方屏。練靄鱗雲旋滿，聲不
●● ○○●● ●●○△ ●○●○○ ○●○△ ●●○○●● ○●
斷、檐響風鈴。重開宴、瑤池雪沁，山露佛頭青。
● ○●○△ ○○● ○○●● ○●●○△

"香度"下與後"練靄"下同。"便移轉"句"轉"字仄、"床"字平，與前詞異。此兩體隨意不拘。

按,此調作者如林,嘗細加玩校,其中仄韻住句者,須留意不可以其調太穩熟,率筆填之。大抵次句“淡緑”二字,“淡”字平仄不拘,“霜露”必用平仄,“屈曲”、“月滿”、“藻荇”、“旋滿”、“雪沁”,俱要仄仄,是此調中得法處。“荷”字、“水”字、“山”字以用平爲主,上入亦不妨,切不可用去聲。古詞豈無一二出入,然歷查諸大家名詞,無不如前説者,人但平心考古,而更調其音響,自知愚言之非穿鑿耳。《譜》、《圖》分句、注字,俱不可從。

晁无咎一首,次句“乘槎心閑懶”,乃誤多一字,無此體。又,小晏於“紅妝隱”下七字作“可憐流水各東西”,句法乃如詩句,此必傳訛,無此體也。觀其後段,仍用上三下四,可知。《譜》、《圖》以“微雨過”連下作七字句,非。後起二字用叶爲正,此篇爲涪翁最整練當行之作。

【杜注】按,《詞林萬選》“錦鴛霜露”句,“露”作“鷺”。又,“紅妝隱”句,“隱”作“映”。均應照改。又,“水浄”作“水静”。又,葉譜“吴床”作“交床”。

【考正】已據杜注改。

瀟湘夜雨　九十七字

趙長卿

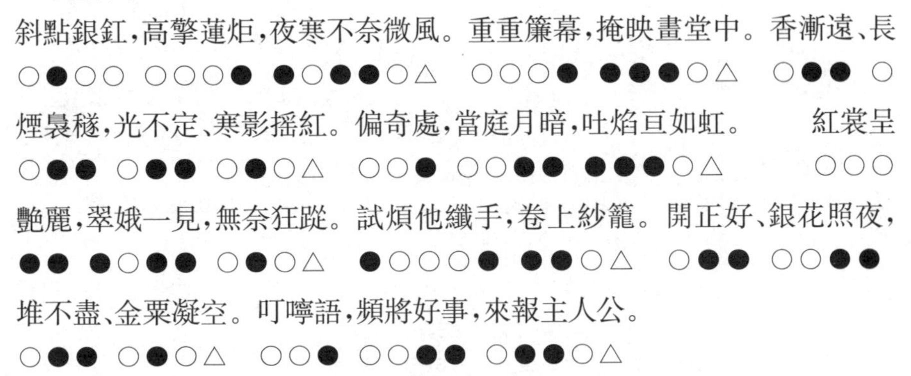

斜點銀釭,高擎蓮炬,夜寒不奈微風。重重簾幕,掩映畫堂中。香漸遠、長
○●○○ ○○○● ●○●●○△ ○○○● ●●●○△ ○●● ○
煙裊穟,光不定、寒影摇紅。偏奇處,當庭月暗,吐焰亘如虹。　紅裳呈
○●● ○●● ○●○△ ○○● ○○●● ●●●○△ ○○○
艷麗,翠娥一見,無奈狂蹤。試煩他纖手,卷上紗籠。開正好、銀花照夜,
●● ●○●● ○●○△ ●○○○● ●●○△ ○●● ○○●●
堆不盡、金粟凝空。叮嚀語,頻將好事,來報主人公。
○●● ○●○△ ○○● ○○●● ○●●○△

此調與《滿庭芳》相近而實不同。或曰:此即《滿庭芳》,起三句無異,“重重簾幕”句雖止七字,然其後段“試煩他”九字與《滿庭芳》無異,則此句或於“卷堂中”上落二字未可知。前結句雖只四字,然其後結與《滿庭芳》無異,或於“吐焰”上下落一字亦未可知。後起是“麗”字斷句,“娥”字上亦落一字。故周紫芝集《瀟湘夜雨》凡四首,實即《滿庭芳》,是一調而異名耳。余曰:此説固是,但其中前後兩七字句對偶整齊,揣其音響,竟與《滿庭芳》相去甚遠,豈可將“香漸遠”與“開正好”亦各删一字,以合《滿庭芳》調乎?其另爲一調無疑。故列於此,本譜欲黜新名復古調,然實係殊體,不敢不收也。《選聲》既收《瀟湘夜雨》調,而不收此詞,反收紫芝之真《滿庭芳》以爲式,則不可解矣。

【杜注】按《欽定詞譜》“夜深”作“夜寒”。又,“卷堂中”三字作“掩映畫堂中”五字。又,“吐餤如虹”句“餤”下有“亘”字。又，“紅裳呈艷，麗娥一見”二句，“麗”字屬上，娥字上有“翠”字，均應遵照改補。又按，此調九十三字者，僅知稼翁一首，《歷代詩餘》收九十五字者八十二首，九十六字者四十二首，皆爲正格。趙仙源此闋如增四字，則爲九十七字，係又一體矣。【又按，此調，詞譜列入《滿庭芳》。】

【考正】已據杜注改。又，原譜後結作“叮嚀語頻，將好事，來報主人公”，現據《欽定詞譜》改。

本詞實即《滿庭芳》，校之宋人所填最多之黄庭堅體，惟前後段第六句各多一字耳，而周詞別首過片之腹韻，亦爲《滿庭芳》之特色。

詞律卷十三終

詞律卷十四

如魚水 九十三字

柳 永

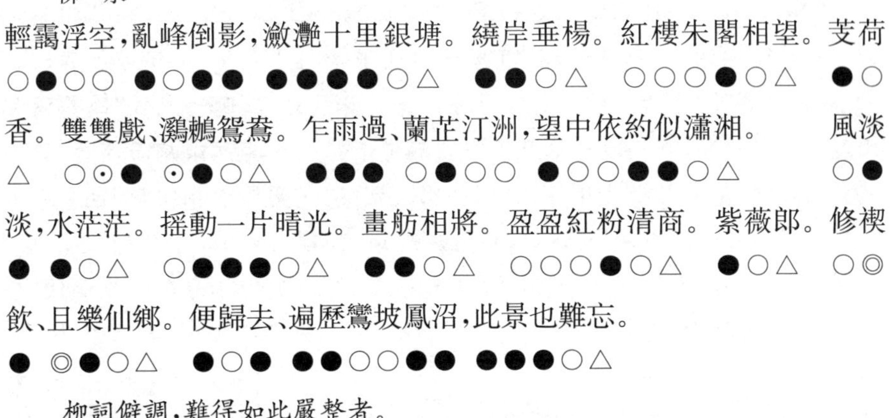

輕靄浮空，亂峰倒影，瀲灩十里銀塘。繞岸垂楊。紅樓朱閣相望。芰荷
香。雙雙戲、鸂鶒鴛鴦。乍雨過、蘭芷汀洲，望中依約似瀟湘。 風淡
淡，水茫茫。摇動一片晴光。畫舫相將。盈盈紅粉清商。紫薇郎。修禊
飲、且樂仙鄉。便歸去、遍歷鸞坡鳳沼，此景也難忘。

柳詞僻調，難得如此嚴整者。

愚謂"中"字恐是"裏"字，"乍雨過"下當作"蘭芷汀洲望裏"爲一句，"依約似瀟湘"爲一句，正與後結二句相符。蓋此調前段"繞岸"下、後段"畫舫"下字句無不合轍，"蘭芷"句必係六字耳。或曰：人方以君爲穿鑿，似此詞頗順妥，即如其舊亦無不可，若執此説，則穿鑿之毁更不免矣。相與一笑。

【杜注】按，《欽定詞譜》"動一片晴光"句，"動"字上有"摇"字，應遵補。

【考正】後段第三句對應前段第三句，故《欽定詞譜》"摇動"當是的本，據補。

前後段第四拍，耆卿别首作"良景對珍筵……富貴豈由人"，較本詞各多一字，且均不入韻。又，前段第五拍，耆卿别首作"惱佳人、自有風流"多一字，但後段仍爲六字，玩其前段第二第三均爲："良景對珍筵，惱佳人、自有風流。勸瓊甌。絳脣啟、歌發清幽。"故疑其"惱"字爲衍。又按，前結六五抑或四七隨意，此十一字終是一氣，如耆卿别首，則前後段均以四七結也。

梅子黄時雨　九十四字

張　炎

流水孤村,愛塵事頓消,來訪深隱。向醉裏誰扶,滿身花影。鷗鷺相看如
○●○○ ●○●●○ ○●○▲ ●●●○○ ●○○▲ ○●○○○

此瘦,近來不是傷春病。嗟流景。竹外野橋,猶繫煙艇。　誰引。斜川
●● ●○●●○○▲ ○○▲ ●●●○ ○●○▲ ○▲ ○○

歸興。便啼鵑縱少,無奈時聽。待棹擊空明,魚波千頃。彈到琵琶留不
○▲ ●○○●● ○●○▲ ●●●○○ ⊙○○▲ ○●○○○●

住,最愁人是黄昏近。江風緊。一行柳絲吹暝。
● ●○○●○○▲ ○○▲ ●○●○○▲

"鷗鷺"句,多刻"鷗鷺相看如瘦",《詞綜》亦相仍録之,但於"如"字下注云:"一作鷩相比"。余考此調,前後只頭尾稍變,自"來訪"下俱係相同,"鷗鷺"句正與後段"彈斷"句合,斷宜七字。若作如瘦語,甚晦。或作"鷗鷺鷩相比瘦",亦少一字,觀玉田自注題下曰:"病中懷歸",蓋其意謂病而消瘦,竟與鷗鷺同,故鷗鷺見之訝其瘦甚,與已相比。故曰"鷗鷺鷩看相比瘦"也。或去"相比"字或去"看"字,則意難解,而調亦失矣。"頓"字、"訪"字、"野"字、"繫"字、"奈"字用仄,方是此詞聲響,若依《圖譜》亂注可平可仄,每句雖覺順便,奈不是《梅子黄時雨》何?"醉裏"、"外野"、"縱少"之去上,"比瘦"之上去,皆妙,甚可法。

【杜注】按,《山中白雲詞》第六句作"鷗鷺相看鷩比瘦",又,"嗟流景"句,"嗟"作"歎"。又,"魚波"作"魚湖"。又,"彈斷"作"彈到"。又,"柳絲"作"柳陰"。按,《欽定詞譜》與此同。惟第六句作"鷗鷺相看如此瘦"。

【考正】《欽定詞譜》惟"彈斷"作"彈到",其餘皆與《詞律》原譜同。故據詞律改"彈斷"、"鷗鷺相看如此瘦"。

尾犯　九十五字

吴文英

翠被落紅妝,流水膩香,猶共吴越。十載江楓,冷霜波成纈。燈院靜、涼花
●●●○○ ○●●○ ○●○▲ ●●○○ ●○○○▲ ○●● ○○

乍剪,桂園深、幽香旋折。醉雲吹散,晚樹細蟬,時替離歌咽。　長亭曾
●● ●○○ ○○●▲ ●○○● ●●◎○ ○●⊙○▲ ○○○

送客,爲偷賦、錦雁留別。淚接孤城,渺平蕪煙闊。半菱鏡、青門重售,採
●● ●○● ●●○▲ ●●○○ ●○○○▲ ●○● ○○○● ●

香堤、秋蘭共結。故人顦顇,遠夢越來溪畔月。
○○ ○○●▲ ●○○● ●●●○○●▲

"膩"字、兩個"共"字、"乍"字、"旋"字、"雁"字,俱去聲,各家皆然,此係用字要緊處,勿爲《譜》注所誤。若"細"字、"離"字則平仄可通用也。"乍剪"去上,"晚樹"、"錦雁"上去,俱妙。夢窗别作及竹山、耆卿等皆同。"送"字、"半"字、"故"字亦須去聲。"遠夢"句夢窗别作"滿地桂陰無人惜",與此異。說詳後注。

【杜注】按,毛斧季校本"偷賦錦雁留别"句,"偷"字上有"爲"字,應增。

【考正】已據杜注增改。

第二體　九十五字　又名:碧芙蓉

蔣　捷

夜倚讀書床,敲碎唾壺,燈暈明滅。多事西風,把齋鈴頻掣。人笑語、溫溫
●●●○○ ○●●○ ○●○▲ ○●○○ ●○○○▲ ○●● ○○
芋火,雁孤飛、蕭蕭稷雪。遍闌干外,萬頃魚天,未了予愁絶。　雞邊長
●● ●○○ ○○●▲ ●○○● ●●○○ ●●○○▲ ○○○
劍舞,念不到、此樣豪傑。瘦骨稜稜,但凄其衾鐵。是非夢、無痕堪記,似
●● ●●● ●●○▲ ●●○○ ●○○○▲ ●○● ○○○●●
雙瞳、繽紛翠纈。浩然心在,我逢著、梅花便說。
○○ ○○●▲ ●○○● ●○● ○○●▲

"念不到"比前多一字,尾句用上三下四,與他家不同。

【杜注】按,"蕭蕭檢雪"句,王氏校本"檢"作"稷"。毛子晉《蘆川詞》跋,"共灑窗間惟稷雪"句,引《毛詩》注爲證。《說文》:"霰,稷雪也。"《埤雅》云:"霰,閩俗謂之米雪,言其霰粒如米。"所謂稷米,意蓋如此。據此則改作"稷"爲是。又按,《欽定詞譜》"人共語"句,"共"作"笑"。

【考正】已據杜注改。

第三體　九十五字

柳　永

夜雨滴空階,孤館夢回,情緒蕭索。一片閑愁,想丹青難貌。秋漸老、蛩聲正苦,夜將闌、燈花漸落。最無端處,忍把良宵,只恁孤眠却。　佳人應怪我,自别後、寡信輕諾。記得當時,剪香雲爲約。甚時向、幽閨深處,按新詞、流霞共酌。再同歡笑,肯把金玉珠珍博。

按,此詞舊《草堂》所收,而《樂章》、《片玉詞》皆載之,然玩其語句,則爲柳

作無疑。但《柳集》止作“别後寡信輕諾”，少一“自”字。此字雖可有可無，而有之爲妥。“詞”字汲古、柳集誤刻“調”字，不可錯認於此字用去聲也。尾句較前兩詞又各異。愚謂依吴詞“遠夢”句、蔣詞“我逢著”句，順而易填。然此“肯把”句，與夢窗别作“滿地桂陰”句相合，必有定格，從之爲是。故雖同是九十五字，特具列於此，以備參考。蓋作譜欲使人明白易曉，若《選聲》葫蘆《嘯餘》，而删其各體，惟略注題下，欲取簡省，謂小册便攜，未免晦而難考耳。至《譜》、《圖》注“肯把金”三字可作平平仄，不知出於何典？此亦亂注中之最無理者。而“夢”、“漸”、“後”、“共”等去聲字，皆云可平，亦誤甚。

“貌”字，正韻在入聲六藥韻，讀若莫音，乃描畫人物。《荀子》：“貌而不切。”《楊妃傳》：“命工貌妃子别殿。”韓詩：“不得畫師來貌取。”杜詩：“屢貌尋常行路人。”皆謂寫人容貌也。《嘯餘》注叶未詳，疑從卜各反，一作邈，非。沈天羽云：“貌字於義合邈字，於韻合詞韻貌字，作轉韻亦通。”觀此等注，皆因未識“貌”字入聲，故紛紛如此，可歎哉。

【杜注】按，别刻“想丹青難貌”句，無“想”字。又按，《欽定詞譜》“自别後”句，無“自”字。

【考正】杜注兩處異之，皆不可取。“想”句，夢窗二首、竹山、虚齋、仇遠均爲五字一句，故别刻必誤脱。“自别後”句亦同，諸家除仇遠作“鈞天舊夢難醒”外，均爲上三下四折腰式句法，而仇句之本貌，疑亦爲“●鈞天、舊夢難醒”。故皆不從。

本詞即第一體夢窗詞體，因萬氏已詳注可平可仄於彼處，故本詞不擬譜。而校之夢窗詞，本詞后結應有錯簡，必是“肯把珠珍金玉博”之倒文也。

第四體 九十八字

柳　永

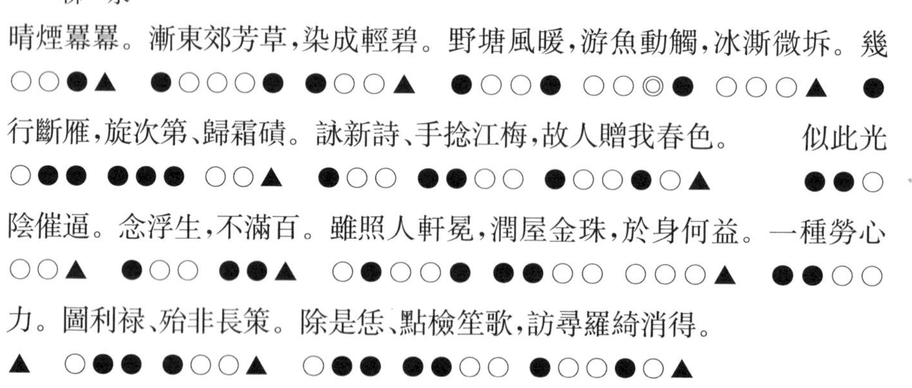
晴煙羃羃。漸東郊芳草，染成輕碧。野塘風暖，游魚動觸，冰澌微坼。幾
○○●▲ ●○○○● ●○○▲ ●○○● ○○◎● ○○○▲ ●
行斷雁，旋次第、歸霜磧。詠新詩、手撚江梅，故人贈我春色。　似此光
○●● ●●● ○○▲ ●○○ ●●○○ ●○○●○▲ ●●○
陰催逼。念浮生，不滿百。雖照人軒冕，潤屋金珠，於身何益。一種勞心
○○▲ ●○○ ●●▲ ○●○○● ●●○○ ○○○▲ ●●○○
力。圖利禄、殆非長策。除是恁、點檢笙歌，訪尋羅綺消得。
▲ ○●● ●○○▲ ○●● ●●○○ ●○○●○▲

首句四字起韻，刻本誤“羃”作“幕”便不是韻矣。“勞”字刻“方”，亦誤。或謂“野塘”句應於“動”字分斷，則下句五字便合前調“想丹青”句法。余謂此本兩體，不可强同。及讀後晁詞“深溪池底”句，益信余言非妄。又，或謂此十二字宜作兩六字讀，未審然否。

【杜注】葉譜"故人增我春色"句,"增"作"贈",可從。

【考正】四庫全書本原譜前結原作"贈",惟光緒二年恩杜合刻本、四部備要本均作"增"。

第五體　九十九字

晁補之

廬山小隱。漸年來疏懶,浸濃歸興。斷橋飛過,深溪池底,奔雷餘韻。香爐照日,望處與、青霄近。想群仙、呼我應還,怪曉來、鬢絲垂鏡。　海上雲車回軔。少姑傳,金母信。森翠裾瓊佩,落日初霞,紛紜相映。誰見湖中景。花洞裏、杳然漁艇。別是個、瀟灑乾坤,世情塵土休問。

"怪曉來"句比前詞多一字,但柳作前後兩結,上七下六相同,此作後結與柳合,其前結多一字,恐誤耳。"鬢絲"亦應作"絲鬢",乃與後尾及柳同。《琴趣》刻本"鬢"字訛"鬚",故知此句必有誤處。今不敢輒謂與前一體同,故另收於此,作者自照柳填之足矣。

【杜注】按,《琴趣外篇》此調名《碧芙蓉》,題爲"廬山"。

【考正】本詞雙照樓本《晁氏琴趣外篇》,前段結拍作"怪來鬚絲垂鏡",與諸本皆合,萬氏所據者惟此一句七字,大不可信,應據改。然則本詞即耆卿詞體,故不予擬譜。

雪梅香　九十四字

柳　永

景蕭索,危樓獨立面晴空。動悲秋情緒,當時宋玉應同。漁市孤煙裊寒
●○● ○○●●●○△ ●○○○● ○○●●○△ ⊙●○○●○

碧,水村殘葉舞愁紅。楚天闊,浪浸斜陽,千里溶溶。　臨風。想佳麗,
● ●○○●●○△ ●○● ●●○○ ○●○△ ○△ ●○●

別後愁顔,鎮斂眉峰。可惜當年,頓乖雨跡雲蹤。雅態妍姿正歡洽,落花
●●○○ ●●○△ ●●○○ ●○●●○△ ◎●○○●○● ●○

流水忽西東。無憀意,盡把相思,分付征鴻。
○●●○△ ○○● ●●○○ ○●○△

"當時"下與後"頓乖"下同。此調惟耆卿有之,他無可考,其平仄自應守之。《譜》乃於第一"景"字便注可平,奇矣。"漁市"句與"雅態"句只第一字平仄可通用,餘乃鐵板定格,必如此方成爲《雪梅香》調也。《譜》乃於下五字云:可作仄平平仄仄,蓋欲與下句相對作七言詩一聯,後之趁便者悉從之矣。豈非作俑者之過乎?或謂"風"字非叶,然過變處於第二字儼然用韻,不敢謂其偶合也。

【杜注】按，"無憀恨、相思意盡"句，宋本作"無聊意，盡把相思"，詞譜同，應遵改。

【考正】萬氏因僅見柳詞，便斷然云除"漁市"句與"雅態"句，只第一字平仄可通用外，"餘乃鐵板定格，必如此方成爲《雪梅香》調也"，此語未免太過武斷。且七言一聯，拗句本亦未嘗不可，其揣度已然偏差也。又按，後段尾均，已據杜注改。

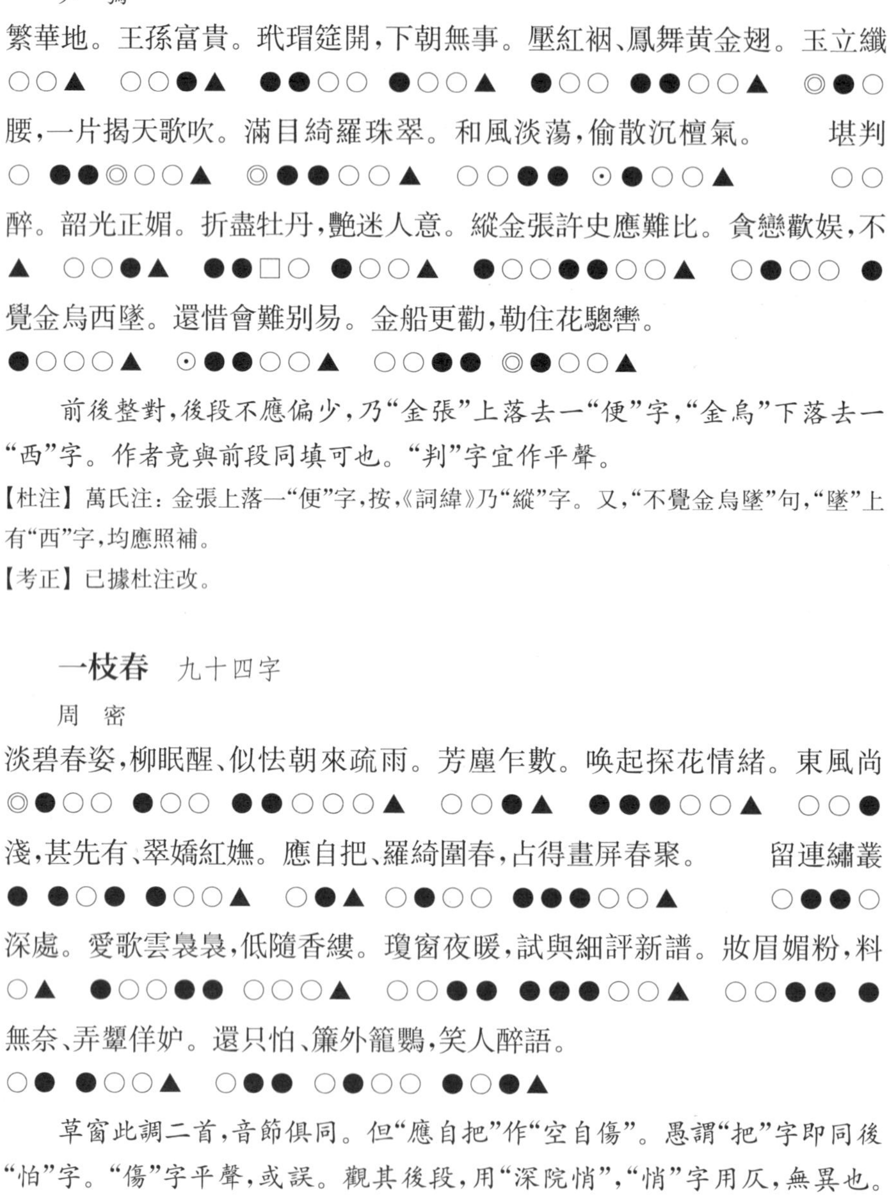

金浮圖　九十五字

尹　鶚

繁華地。王孫富貴。玳瑁筵開，下朝無事。壓紅裀、鳳舞黃金翅。玉立纖
○○▲　○○●▲　●●○○　●○○▲　●○○　●●○○▲　◎●○
腰，一片揭天歌吹。滿目綺羅珠翠。和風淡蕩，偷散沉檀氣。　堪判
○　●●◎○○▲　◎●●○○▲　○○●●　⊙●○○▲　○○
醉。韶光正媚。折盡牡丹，艷迷人意。縱金張許史應難比。貪戀歡娛，不
▲　○○●▲　●●□○　●○○▲　●○○●●○○▲　○●○○　●
覺金烏西墜。還惜會難別易。金船更勸，勒住花驄轡。
●○○○▲　⊙●●○○▲　○○●●　◎●○○▲

前後整對，後段不應偏少，乃"金張"上落去一"便"字，"金烏"下落去一"西"字。作者竟與前段同填可也。"判"字宜作平聲。

【杜注】萬氏注：金張上落一"便"字，按，《詞緯》乃"縱"字。又，"不覺金烏墜"句，"墜"上有"西"字，均應照補。

【考正】已據杜注改。

一枝春　九十四字

周　密

淡碧春姿，柳眠醒、似怯朝來疏雨。芳塵乍數。喚起探花情緒。東風尚
◎●○○　●○○　●●○○○▲　○○●▲　●●●○○▲　○○●
淺，甚先有、翠嬌紅嫵。應自把、羅綺圍春，占得畫屏春聚。　留連繡叢
●　●○●　●○○▲　○●▲　○●○○　●●●○○▲　○●●○
深處。愛歌雲裊裊，低隨香縷。瓊窗夜暖，試與細評新譜。妝眉媚粉，料
○▲　●○○●●　○○○▲　○○●●　●●●○○▲　○○●●　●
無奈、弄顰佯妒。還只怕、簾外籠鸚，笑人醉語。
○●　●○○▲　○●●　○●○○　●○●▲

草窗此調二首，音節俱同。但"應自把"作"空自傷"。愚謂"把"字即同後"怕"字。"傷"字平聲，或誤。觀其後段，用"深院悄"，"悄"字用仄，無異也。"料無奈"作"曾記是"，愚謂此三字即同前"甚先有"，或係"記曾是"誤倒。觀

其前段用"倩誰畫",無異也。草窗爲顧曲周郎,其所用"乍數"、"唤起"、"尚淺"、"夜暖"、"試與"、"媚粉"等去上字,俱宜恪遵。至於尾句"笑人醉語",别作云"倩鶯寄語",皆是去平去上,尤不可差。《圖譜》載楊守齋一首,與此詞用字平仄全同,可愛。而"羅綺圍春"本作"歌字清圓",誤刻"歌"、"清"字,"圓"得字用"誇"字,或不拘。乃將"醒"、"朝"、"芳"、"東"、"留連"、"瓊"、"新"、"妝"、"眉"、"無"、"還"、"簾"等字俱注可仄,"似"、"乍"、"唤"、"尚"、"甚"、"翠"、"目"、"把"、"與"、"自"等字俱注可平,絶妙好辭可惜都遭改壞,作者費盡拈髭走甓一片苦心,讀者全然不知,無怪浪仙有歸卧故山之痛也。

【杜注】萬氏注首句"淡"字可平,按,草窗詞首句作"碧淡春姿","碧"字以入聲作平聲,不能用仄。又,《欽定詞譜》收張玉田一首,前後段第二句五字,以一字領調,下則四字四句,係又一體。又按,宋詞用韻,只重五音,可以古韻、土音通叶,用字於去上聲之辨,亦時有出入,往往以上聲作去,去聲作上,用平聲處,更可以上以入作平。獨於應用去上二聲相連之處,則定律甚嚴,如此調萬氏注出"乍數"、"唤起"、"尚淺"、"夜暖"、"試與"、"媚粉"六處,尚有前段第七句之"自把"、後結之"醉語",亦去上聲,共八處,皆定格也。凡仄聲調三句接連用韻,則中之四字必用去上。又,後結五字一句,而尾二字皆仄者,亦必用去上,如用入聲韻則用去入,各詞皆然。此卷後之《掃花遊》用去上六處,卷十七之《花犯》用去上十二處,爲至多者。蓋去聲勁而縱,上聲柔而和,交濟方有節奏。近人歌曲去聲揚而上聲抑,平聲長而入聲斷,同此音律也。

【考正】《全金元詞》收録長筌子同名詞一首,仄韻引詞,與宋詞同名異調,録備一格。

一枝春 六十三字

長筌子

堪嗟肉傀儡。塵世争奇怪。晝夜火院煎、苦沉埋,花酒叢中,孽重終難改。販骨何時徹,頭
○○●○▲ ○●○○▲ ●●●●○ ●○○ ○●○○ ●●○○▲ ●●○○● ○
面翻騰,昧了靈源真宰。　　獨我而今樂自在。放逸遊寰海。逍遥天地間、笑開懷,一味
●○○ ●●○○○▲ 　　●●○○●●▲ ●●○○▲ ○○○●○ ●○○ ●●
清閑,萬里金難買。九轉功夫足,步月携雲,穩赴金蓮仙會。
○○ ●●○○▲ ●●○○● ●●○○ ●●○○○▲

白雪 九十四字

楊无咎

檐收雨脚,雲乍斂、依然又滿長空。紋蠟焰低,熏爐燼冷,寒衾擁盡重重。
○○●● ○●● ○○●●○△ ○●●○ ○○●● ○○●●○△
隔簾櫳。聽撩亂、撲漉青蟲。曉來見、玉樓珠殿,恍若在蟾宫。　　長愛、
●○△ ●○● ●●○△ ●○● ●○○● ●●●○△ 　　○●
越水泛舟,藍關立馬,畫圖中。悵望幾多詩思,無句可形容。誰與問、已經
●●●○ ○○●● ●○△ ●●●○○● ○●●○△ ○●● ●○

三白，或是報年豐。未應真個，情多老却天公。（亦作：掃除陰翳，惟祈紅
○● ●●●○△ ●○○● ○○●●○△
日生東。）

“誰與問”下三句，似前結語。“立馬”下似有脱落。大抵此詞有誤刻處。試據愚意移補録後：

蟾收雨脚，雲乍斂、依舊又滿長空。紋蠟焰低，薰爐燼冷，寒衾擁盡重重。隔簾櫳。聽撩亂、撲漉春蟲。曉來見、玉樓朱殿，恍若在蟾宫。未應真個情多，老却天公。　長愛越水泛舟，藍關立馬，幾多悵望，□□畫圖中。無詩句、□可形容。誰與問、已經三白，或是報年豐。掃除陰翳，惟祈紅日生東。

以未應二句補前尾，以“掃除”二句改後尾，“長愛”處爲换頭。玩“越水泛舟”句“泛”字去聲，確與“紋蠟焰低”相合。只换頭字太少，或更有脱落耳。

【杜注】按，《欽定詞譜》首一字“蟾”作“檐”。又，“依舊”作“依然”。又，“幾多詩”，“詩”字下有“思”字。應遵照改補。

【考正】已據杜注改。原譜“悵望”下兩句，因奪字不讀斷。另，“珠殿”原作“朱殿”、“青蟲”原作“春蟲”，均據《欽定詞譜》改。

原譜换頭六字一句，不讀斷，此處實爲二字逗領四字驪句，仄音步相連是爲標誌也。學者於此，不可填爲六字一句、四字一句。

又，所謂言多必失，萬氏據其意所補者，以萬氏語，則可謂“妄改”，全無章法可言，顯見萬氏毫無詞調之基本均拍概念也。讀者於此，一哂可矣。

天香　九十六字

王　充

霜瓦鴛鴦，風簾翡翠，今年較是寒早。矮釘明窗，側開朱户，斷莫亂教人
○●○○ ○○●● ○○●●○▲ ●●○○ ●○○● ●●●○○
到。重陰未解，雲共雪、商量未了。青帳垂氈要密，紅爐圍炭宜小。
▲ ○○●● ○●● ○○●▲ ○●○○●● ○○○●○▲
呵梅弄妝試巧。繡羅衣、瑞雲芝草。伴我語時同語，笑時同笑。已被金尊
○○●○●▲ ●○○ ●○○▲ ●●●○○● ●○○▲ ●●○○
勸倒。又唱個、新詞故相惱。盡道窮冬，元來恁好。
●▲ ●●● ○○●○▲ ●●○○ ○○●▲

《草堂》舊載如此，舊譜分句如此，余閲他家詞皆九十六字者，因疑此前結“青氊”二句，各家皆六字兩句，且多爲對偶語，此必以“放圍宜小”對上“垂氊

要密”，而“縫”字乃係脱誤，但思其字不得及觀。沈天羽所駁，謂“密”字下是“紅窗”二字，乃“紅”字誤作“縫”，而“窗”字誤缺耳。初亦謂然。沈又云：“窗”字犯上“明窗”，宜改。因思作者必不連用兩“窗”，而上之“明窗”非訛字，沈所云“紅窗”未必確也。又，“伴我”以下各家俱十字，沈謂當作“語時同語”，而缺一字，余又信之，乃今查校各集，始得其説，方知舊譜之非誤，而沈爲臆説耳。蓋毛澤民詞，本有此體，其前結云：“對罷宵分，又金蓮、燭引歸院”，句法亦上四下七，是此結所云縫密而圍小者，即是青氊一物，而“密”字作平讀耳。其“伴我下”九字，毛云：“碧瓦千家，借袴襦餘暖。”亦是九字，是與《草堂》舊載者正同九十四字。余因爽然信有此體，而《譜》注爲非謬也。本譜於《嘯餘》駁正最多，此調又幾因沈氏謬爲論定，故詳識於此，以表愚意之公云。“陰”字向訛“冷”字，或作“寒”字，亦誤。

【杜注】《詞譜》“今年又是寒早”句，“又”作“較”。又，“雲共雪、商量不少”句，“不少”作“未了”。又，“要密縫、放圍宜小”句，作“紅爐圍炭宜小”，蓋“要密”二字屬上句，“紅爐圍炭”四字誤作“縱放圍”三字也。又，“伴我語同語”句，“同”字上有“時”字。應遵照改補。又按，《古今詞話》及《樂府雅詞》與《詞譜》同，惟“已被金尊勸酒”句，“酒”作“倒”，叶韻，宜從。又，此詞爲王觀作。

【考正】本調前段尾均宋詞皆爲十二字，且多作六字兩句，惟毛澤民一首四字三句異，此變亦詞中常見耳。萬氏所引本已脱一字，應作“對罷宵分，又是金蓮，燭引歸院”，故不得其正。則原譜脱奪一字彰矣。又，後段第三句，沈氏謂是“語時同語”，萬氏所引毛詞又奪一字，當是“碧瓦千家，少借褲襦餘暖”，此所謂盡信書不如無書，詞調之校，還當以宋詞爲準。此二處均據《樂府雅詞拾遺》改補。又，《樂府雅詞拾遺》“又是”作“較是”、“商量不少”作“商量未了”，並改。如此，王詞亦爲九十六字體，正格也。

又按，後段第五拍原作“已被金尊勸酒”，不通，據《樂府雅詞》改。

第二體　九十六字

唐藝孫

螺甲磨星，犀株搗月，蕤英嫩壓拖水。海蜃樓高，仙娥鈿小，縹緲結成心
○●○○ ⊙○●● ○○●●○▲ ●●○○ ⊙○●● ●●●○○

字。麝媒候暖，載一朵、輕雲未起。銀葉初生薄暈，金猊旋翻纖指。
▲ ◎○●● ◎●● ○○◎▲ ○●○○●● ○○●●○▲

芳杯惱人漸醉。碾微馨、鳳團閑試。滿架舞紅都換，懶收珠佩。幾片菱花
○○●○●▲ ●○○ ●○○▲ ●●●○○● ●○○▲ ◎●○○

鏡裏。更摘索雙鬟伴秋睡。早是新涼，重薰翠被。
●▲ ●●●○○●○▲ ●●○○ ○○●▲

此則前結六字，“滿架”以下十字者。“芳杯”句，草窗作“素被瓊篝夜悄”，乃是偶誤，不可從。“壓”字亦有用平者，亦不如用仄爲是。“裏”字可不必叶韻。篇中諸去聲字，凡名家皆同，俱宜細玩。譜於“搗”、“嫩壓”、“結”、“候”、“漸”、“碾”、“鳳”、“滿”、“鏡”、“更摘”、“早”、“翠”等字，俱注可平，“螺”、“蕤”、“芳”、“杯”、“閑”、“菱”、“重”等字，俱注可仄，謬甚。而將“伴秋睡”注可用平仄仄，尤可怪，從未見此三字用平仄仄之《天香》也。

又，景覃有二闋，前結俱作四字三句，如云：“宿雨新晴，隴頭閑看，露桑風麥。”又云：“紙帳練衾，日高睡起，懶梳蓬鬢。”此又是一體，因其餘皆同，且作者多從唐體，故不録。其餘“滿架”下十字有用上四下六，此則語氣本係一貫，不必拘也。又，《譜》、《圖》載劉方叔“漠漠紅皋”一首，自《草堂》舊刻，皆於後段第二句作“不許蝶親蜂近”，然查從來作家，此句皆七字，無六字者，此必係脱落一字，故本譜不收九十五字格。沈氏刻，“不許”上加“全”字。

【杜注】按，《歷代詩餘》“犀枝搗月”句，作“犀枝杵月”。又，“輕雲未起”句作“輕雲不起”，“不”字以入作平，應遵改。

玉漏遲　九十四字

元好問

浙江歸路杳。西南却羡，投林高鳥。升斗微官，世累苦相縈繞。不似麒麟

●○○●▲　○○●●　○○○▲　⊙●○○　◎●●○○▲　◎●○○

殿裏，又不與、巢由同調。時自笑。虚名負我，半生吟嘯。　　擾擾。馬

●●　●◎●　○○○▲　○●▲　⊙○●●　◎○○▲　　●▲　●

足車塵，被歲月無情，暗消年少。鐘鼎山林，一事幾時曾了。四壁秋蟲夜

●○○　●●●○○　◎○○▲　⊙●○○　◎●●○○▲　◎●○○●

雨，更一點、殘燈斜照。清鏡曉。白髮又添多少。

●　●◎●　○○○▲　○●▲　○●●○○▲

“投林”至“自笑”，與後“暗消”至“鏡曉”同。“杳”字可不起韻。宋子京、吴夢窗皆有之，然不必起韻爲正。查竹山一首，於“更一點”處少一“更”字，此句宜同前段“又不與”句，乃誤落一字也。又，草窗一首，“西南却羡”句作“錦鯨去”三字，亦誤落一字也。又，歸愚於“被歲月”句止有四字，“殘燈斜照”止有三字，亦誤落二字也。故本譜不收九十三字格。又，書舟於“升斗”下十字，作“忍對危欄數曲，暮雲千疊”，是上六下四，然可不拘。後尾“白髮”二字，乃以入作平，觀子京用“東風”，夢窗用“瑶臺”、“黄昏”，歸愚用“何人”，竹山用“盈盈”，皆兩平聲，竹山又一首用“鶴立”二入聲，正與“白髮”二字同。此二字用平，其下一字必仄，如“白髮”之下必用“又”字也。書舟用“不耐飛來蝴蝶”，

"耐"仄"飛"平，乃誤筆，不可從。後起"擾"字非叶，不可誤認。

沈選有於"虚名"上多一字者，非。

【考正】原譜换頭六字一句，失記一腹韻。本調宋人换頭雖多不用腹韻振起，然蔣竹山後起首均云："縹渺。柳側雙樓，正繡幕圍春，露深煙悄。"則正是此格，而現存元人本調十八首，十三首有句中韻，故當予標明。

六幺令　九十四字　或作：緑腰、録要　又名：樂世

李　琳

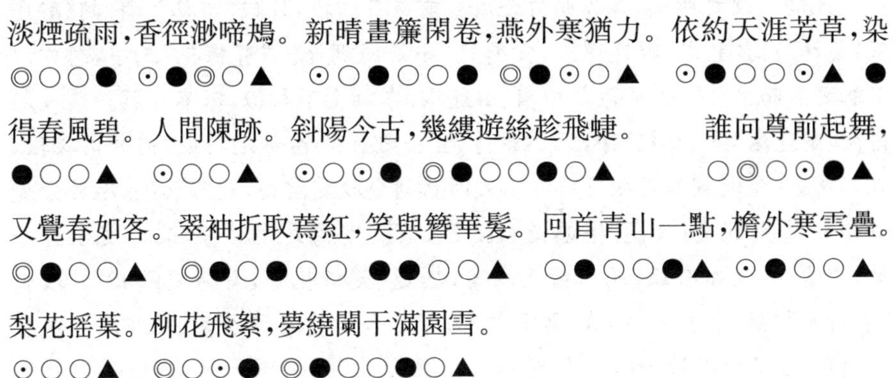

"燕外"下與後"笑與"下同。"渺寒"二字，片玉俱用平，亦有俱用仄者，不拘。"趁"字、"滿"字則必用仄耳。柳詞前結，刻作"夢裏欲歸歸不得"，誤。"歸不得"恐是"怎歸得"也。

此篇絶妙好辭，惜於"梨花"下用"著雨"二字，忘却叶韻。愚僭改如右，非敢妄易前賢之句，因欲以爲程式必用韻爲佳，又愛其詞，故不取他作而録之。

【杜注】按，《歷代詩餘》"燕外寒尤力"句，"尤"作"猶"。又，"梨花摇葉"句，"摇葉"本作"著雨"，萬氏改以就韻，今《詩餘》作"淡白"，似"白"字可通叶也。又，後結"滿園"作"一株"。

【考正】據杜注改"尤"爲"猶"。但《歷代詩餘》之"淡白"，疑亦爲後人所改，因本句第三字宋詞均爲平聲，惟"淡"字作去聲，頗覺突兀，故不取。

又按，本調宋人作品均爲仄韻體，而元人則均爲平韻體，兹録一首補調：

平韻六幺令　九十四字

丘處機

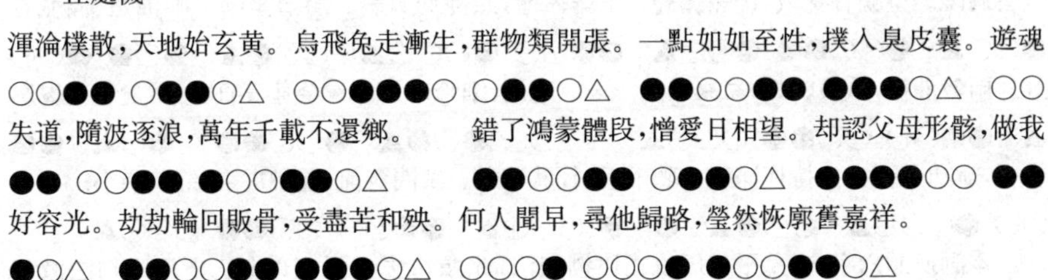

四犯剪梅花　九十四字

劉　過

水殿風涼，賜環歸、正是夢熊華旦。（解連環）疊雪羅輕，稱雲章題扇。（醉蓬萊）西清侍宴。望黄傘、日華寵輦。（雪獅兒）金券三王，玉堂四世，帝恩偏眷。（醉蓬萊）　　臨安記、龍飛鳳舞，信神明有後，竹梧陰滿。（解連環）笑折花看，橐荷香紅潤。（醉蓬萊）功名歲晚。帶河與、礪山長遠。（雪獅兒）麟脯杯行，狨薦坐穩，内家宣勸。（醉蓬萊）

此調爲改之所創，採各曲句合成。前後各四段，故曰"四犯"。柳詞《醉蓬萊》屬林鐘商調，或《解連環》、《雪獅兒》亦是同調也。"剪梅花"三字，想亦以剪取之義而名之。但前段起句與《解連環》本調全不相似，殊不可解。後段起句比《解連環》多一"記"字，此係誤傳，宜去之。此篇雖是集成，仍分前後段，汲古所刻《龍洲詞》，乃欲連刻之。又因舊刻分段處空白，疑有落字，遂於分處多加一"□"，誤矣。"寵"字應是"龍"字，"薦"字應是"韉"字，此二處俱宜平聲。"橐"字疑亦有誤，或用荷囊故事，恐是"笑折花香，看荷囊紅潤"。或云"紫荷囊""荷"字去聲，與前"雲章""雲"字不合，不知《醉蓬萊》此字原平仄可以通用也。"潤"字借叶，非失韻。

又按，《玲瓏四犯》史邦卿起處云："雨入愁邊，翠樹晚、無人風葉如剪"，與此詞起句相似，恐史之四犯亦即與此同。

【杜注】按，秦氏玉笙云：此調兩用《醉蓬萊》合《解連環》、《雪獅兒》，故曰"四犯"，所謂"剪梅花"者，梅花五瓣，四，則剪去其一。犯者，犯宫調，不必字句悉同也。又按，《欽定詞譜》"橐荷香紅潤"句，作"褭荷香紅淺"，"寵輦"作"龍輦"。又，"狨薦"作"狨韉"。與萬氏注合。應遵改。又，卷十三之《轆轤金井》一調與此句法全同，惟後起少一字，應以《轆轤金井》詞列此調後。

【考正】本調前後段首均俱與《解連環》同，而《解連環》前後段首拍均叶韻，故萬氏本調詞例所選甚不到位，而盧祖皋詞，前段首均作："五雲騰曉。望凝香畫戟，恍然蓬島。"兩四字句均叶韻，正是《解連環》之風度。後段首均，盧詞作："南湖細吟未了。看金蓮夜直，丹鳳飛詔。"亦與《解連環》一般無二，六字句之拗法亦全同。其餘三均，則均與《醉蓬萊》、《雪獅兒》一致。有鑒於此，特録盧詞於此，以作本調正格：

五雲騰曉。望凝香畫戟，恍然蓬島。玉露冰壺，照神仙風表。詩書坐嘯。喚淮楚、滿城春
●○○▲　●○○●●　●○○▲　●●○○　●○○○▲　○○●▲　●○●　●○○
好。雨穀催耕，風簾戲鼓，家家歡笑。　　南湖、細吟未了。看金蓮夜直，丹鳳飛詔。鬢影
▲　●●○○　○○●●　○○○▲　　○○　●○●▲　●○○●●　○●○▲　●●
青青，辦功名多少。持杯滿醻。聽千里、載歌難老。試問尊前，蟠桃次第，紅芳猶小。
○○　●○○○▲　○○●▲　●○●　○○○▲　●●○○　○○●●　○○○▲

本詞换頭六字句，爲平起仄收式律拗句法，此類句法亦可視爲上三下四式句法減字

後之異化，故不用律句。盧詞別首作“洛陽圖畫舊見”，疑是“洛陽畫圖舊見”。而劉改之兩首皆作七字一句，則當是上三下四式句法之還原法而已，若以爲誤填，亦未必。《欽定詞譜》據萬氏之見，以爲改之詞與《解連環》不合，是不知詞調句法本可改變也。校之前段，此逗即爲添頭，若刪去逗，則前後段字句皆同。

又按，本調盧詞又名《三犯錦園春》，所謂“三犯”、“四犯”者，立足點不同耳。三犯，乃因本調集三調而成，四犯，則因前後段四均皆犯調而成，《欽定詞譜》云“凡集四調，故曰‘四犯’”者，謬。

轆轤金井　九十二字

劉　過

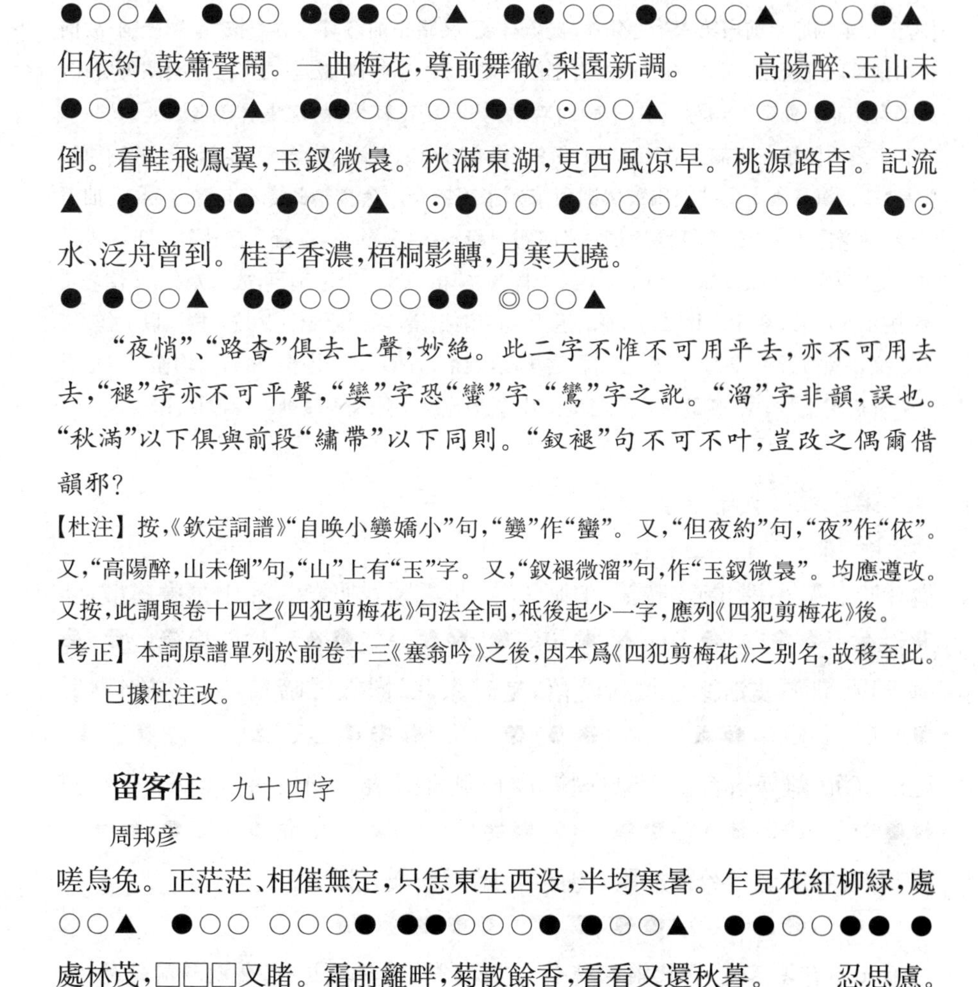

翠眉重掃。後房深、自喚小鬟嬌小。繡帶羅垂，報濃妝纔了。堂虛夜悄。
●○○▲　●○○　●●●○○▲　●●○○　●○○○▲　○○●▲
但依約、鼓簫聲鬧。一曲梅花，尊前舞徹，梨園新調。　高陽醉、玉山未
●○●　●○○▲　●●○○　○○●●　⊙○○▲　○○●　●○●
倒。看鞋飛鳳翼，玉釵微裊。秋滿東湖，更西風涼早。桃源路杳。記流
▲　●○○●●　●○○▲　⊙●○○　●○○○▲　○○●▲　●⊙
水、泛舟曾到。桂子香濃，梧桐影轉，月寒天曉。
●　●○○▲　●●○○　○○●●　◎○○▲

“夜悄”、“路杳”俱去上聲，妙絶。此二字不惟不可用平去，亦不可用去去，“褪”字亦不可平聲，“孌”字恐“蠻”字、“鸞”字之訛。“溜”字非韻，誤也。“秋滿”以下俱與前段“繡帶”以下同則。“釵褪”句不可不叶，豈改之偶爾借韻邪？

【杜注】按，《欽定詞譜》“自喚小孌嬌小”句，“孌”作“鬟”。又，“但夜約”句，“夜”作“依”。又，“高陽醉，山未倒”句，“山”上有“玉”字。又，“釵褪微溜”句，作“玉釵微裊”。均應遵改。又按，此調與卷十四之《四犯剪梅花》句法全同，祇後起少一字，應列《四犯剪梅花》後。

【考正】本詞原譜單列於前卷十三《塞翁吟》之後，因本爲《四犯剪梅花》之別名，故移至此。已據杜注改。

留客住　九十四字

周邦彦

嗟烏兔。正茫茫、相催無定，只恁東生西没，半均寒暑。乍見花紅柳緑，處
○○▲　●○○　○○○●　●●○○○●　●○○▲　●●○○●●　●
處林茂，□□□又睹。霜前籬畔，菊散餘香，看看又還秋暮。　忍思慮。
●○▲　○○○●▲　○○○●　●●○○　●●●○○▲　●○▲

念古往賢愚,終歸何處。争似高堂,日夜笙歌齊舉。選甚連宵徹晝,再三
●●●○○ ○○○▲ ○●○○ ●●○○○▲ ●●○○●● ●○
留住。待擬沉醉▲。□扶上馬,怎生向、主人未肯教去。
○▲ ●○○●▲ ○○●● ●○● ●○●●○▲

字有脱落,姑仍舊録之。

愚謂"没"字音暮、"緑"字音"慮",皆用北音爲叶,不然前段用韻太稀,恐無此詞體也。

【杜注】按,《欽定詞譜》"作見花紅柳緑"句,"昨"作"乍"。又,"忍思處"句,"處"字重韻,作"慮"。又,"主人未肯交去"句,"交"作"教"。均應遵改。又,萬氏注謂"没"字音幕、"緑"字音慮,皆用北音爲叶。按,此處别詞皆不叶韻,後柳詞可證,似不必强爲之説。【周邦彦詞,"平均寒暑"句,"平"誤作"半"。】

【考正】本詞原譜前段第六第七句作"處處林茂,又睹霜前籬畔",誤。按,本調慢詞,故前後均當爲四均規模,而周、柳二詞均有定韻奪處。其一,本詞"無定"之"定"字爲韻脚所在,此必有錯訛。而第三均奪三字,本詞面貌當爲"昨見花紅柳緑,處處林茂,○○○又睹","睹"字爲前段第三定韻。其二,後段"沉醉"後亦必奪二字,此處當有一定韻在。其詞原貌當是"待擬沉醉▲。○扶上馬",然則與宋元諸詞皆合。余嘗謂此處有句讀差誤,於拙著《欽定詞譜考正》中云:前段尾均之"又睹霜前籬畔菊,散餘香,看看又還秋暮",正與後段尾均之"待擬沉醉扶上馬,怎生向,主人未肯教去"相一致。就事論事,故未差矣,然校之諸家,則不知所云,甚汗。此二句斗膽以愚見補字並擬譜,以圖原貌。又按,"擬",以上作平。

又,"菊散餘香"四字則多一字,校之後段,疑衍,且柳永、丘處機、王吉昌均作三字也。

杜氏引文"作見"應是"昨見"之誤。另,後段尾九字原譜不讀斷。餘據杜注改。

第二體 九十七字

柳 永

偶登眺。憑小樓、艷陽時節,乍晴天氣,是處閑花野草。遥山萬疊雲散,漲
●○▲ ●●○ ●○○▲ ●○○● ●●○○●▲ ○○●●○● ●
海千重,潮平波浩渺。煙村院落,是誰家、緑樹數聲啼鳥。 旅情悄。
●○○ ○○○●▲ ○○●● ●○○ ●●●○○▲ ●○▲
遠信沉沉,離魂杳杳。對景傷懷,度日無言誰表。惆悵舊歡何處,後約難
●●○○ ○○●▲ ●●○○ ●●○○○▲ ○●●○○● ●●○
憑,看看春又老。盈盈淚眼,望仙鄉、隱隱斷霞殘照。
○ ○○○●▲ ○○●● ●○○ ●●●○○▲

此亦有差落處,但比前詞稍全。"旅情悄"係後段起句,舊刻屬前結尾,今照周詞改正。"度日句"可擬"是處"句。"遥山"至"浩渺"十五字宜同。"惆

悵”至“又老”十五字，今觀後段不差，此必前段訛錯。愚謂“里”字應作“重”字，而顛倒之。云“雲散遥山萬疊，漲海千重，潮平波浩渺”，則可與後相符。“煙村”以下則前後原同矣。

【杜注】按，宋本“恁小樓”句，“恁”作“憑”。又，“遥山萬疊雲散”句，作“雲散遥山萬疊”。又，“漲海千里”句，“里”作“重”，與萬氏論合。又按，《欽定詞譜》“遠信沉沉”句，“遠”字上有“念”字，均應遵照改補。

【考正】已據杜注改“憑”字、“重”字，餘校之宋元諸詞，不從。又，“時節”處當叶韻，此處爲定韻所在，柳詞或爲後人所改，學者於此，務必韻之。原譜“遥山”下十五字不讀斷，據諸詞校讀。

玉女迎春慢　九十五字

彭元遜

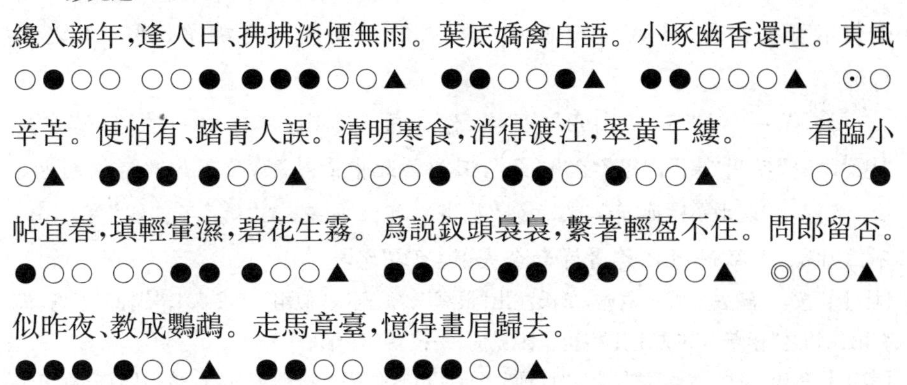
纔入新年，逢人日、拂拂淡煙無雨。葉底嬌禽自語。小啄幽香還吐。東風
○●○○ ○○● ●●●○○▲ ●●○○●▲ ●●○○○▲ ⊙○
辛苦。便怕有、踏青人誤。清明寒食，消得渡江，翠黃千縷。　看臨小
○▲ ●●● ●○○▲ ○○○● ○●●○ ●○○▲ ○○●
帖宜春，填輕暈濕，碧花生霧。爲説釵頭梟梟，繫著輕盈不住。問郎留否。
●○○ ○○●● ●○○▲ ●●○○●● ●●○○○▲ ◎○○▲
似昨夜、教成鸚鵡。走馬章臺，憶得畫眉歸去。
●●● ●○○▲ ●●○○ ●●●○○▲

“葉底”至“人誤”，與後段“爲説”至“鸚鵡”同。“填輕”句似宜同“逢人日”句，恐“填”字有誤。否則“輕”字下落一字耳。《圖譜》以“填輕暈濕”爲一句，“填輕”二字難解，余不敢從。“語”字似乎用韻，故《圖譜》注叶。然觀後段“梟”字非韻，因知“語”字乃偶合也。

【杜注】按，葉譜“妖禽”作“嬌禽”。又，“黃翠”作“翠黃”。宜從。

【考正】萬氏原注“不住”之“不”以入作平。“填輕”八字，原譜不讀斷。

掃花遊　九十五字　又名：掃地花、掃地遊

方千里

野亭話別，恨露草芊綿，曉風酸楚。怨絲恨縷。正楊花碎玉，滿城雪舞。
●○●● ●●●○○ ●○○▲ ●○●▲ ●○○●● ●○○▲
耿耿無言，暗灑闌干淚雨。片帆去。縱百種避愁，愁早知處。　離思都
●●○○ ●●○○●▲ ●○▲ ●●●●○ ○●○▲ ○●○

幾許。但漸慣征塵，斗迷歸路。亂山似俎。更重江浪淼，易沉書素。瞪目
●▲　●●●○○　●○○▲　●○●▲　●○○●●　●○○▲　●●
銷魂，自覺孤吟調苦。小留佇。隔前村、數聲簫鼓。
○○　●●○○●▲　●○▲　●○○　●○○▲

"恨露草"至"帆去"，與後"但漸慣"至"留佇"同。千里和周，一字不異，或謂太拘，不知有不可假借處也。如此詞只"種"字，夢窗兩首用"陰"字、"湖"字，其餘皆同。歷查清真、西麓、夢窗五首、碧山四首、玉田二首、邵清溪、張半湖，如出一轍，其中"恨縷"、"淚雨"、"似俎"、"浪淼"、"調苦"諸去上字並諸仄字，俱是定例。《譜》、《圖》亂注：話、恨露、曉、怨、恨、正、碎、滿、耿、暗、淚、片、怨、思、但漸、斗、亂、似、更、易、瞪目、調、小、隔，俱謂可平。而"楊"、"離"、"歸"、"前"數字必須用平者，則反注可仄，豈非深恨《掃花遊》之調，必欲盡壞之而後快邪？吾不知舍宋元諸公外，別何可宗？既欲如此，則作譜者何不自我作古，悉載自度之腔？而猶勉强襲古人之調名，列古人之詞句邪？

按，第一"野"字，碧山用"商"字，係偶筆，不必從。玉田一首，"野"字用"煙"，"避"字用"荒"，"思"字用"天"，玉田於此中最精深，必不如此皆誤刻也。

《圖譜》既收《掃地花》，又收《掃花遊》，其注亦差，至"縷"字、"俎"字二句，不注叶韻，意欲將後之作者皆勒令失韻，可謂忍矣。

【杜注】按，此調去上聲凡六處，萬氏注出"恨縷"、"淚雨"、"似俎"、"浪淼"、"調苦"五處，尚有第二句之"露草"，亦去上定格也。說見前《一枝春》調後。

【考正】萬氏原注"雪舞"之"雪"、"百種"之"百"以入作平。檢夢窗五首、碧山四首、草窗二首、玉田二首皆作平聲，其餘或平、或上、或入，可知此處當是以入作平，美成詞亦然。

水調歌頭　九十五字　夢窗名"江南好"　白石名"花犯念奴"

蘇　軾

明月幾時有，把酒問青天。不知天上宮闕，今夕是何年。我欲乘風歸去。
⊙●●○●　◎●●○△　◎○⊙●⊙◎　⊙●●○△　◎●⊙○⊙▲
又恐瓊樓玉宇。高處不勝寒。起舞弄清影，何似在人間。　轉朱閣，低
◎●○○○▲　⊙●●○△　●●●○●　⊙●●○△　◎⊙◎　⊙
綺户，照無眠。不應有恨，何事常向別時圓。人有悲歡離合。月有陰晴圓
◎●　●○△　◎○◎●　⊙◎⊙●●○△　⊙●⊙○⊙▼　◎●○○⊙
缺。此事古難全。但願人長久，千里共嬋娟。
▼　◎●●○△　◎●⊙○●　⊙●●○△

"幾時有"、"弄清影"用仄平仄，絶妙。"人長久"之"人"字，若亦用仄聲尤

妙。後人多用平平仄,全不起調矣。"不知""至"何年"十一字,語氣一貫,有於四字一頓者,有於六字一頓者,平仄亦稍有不同,但隨筆致所至,不必拘定。而"闕"字用仄,覺有調耳。起句"月"字有用平者。竟有作偶語如五言律者,不如此起爲妙。"舞"字或用平,"清"字、"長"字或用仄,亦皆不妥。"無"字有用仄者,縱入聲可代平,終是不響。至稼軒多用上去字,雖或不妨,然不可學。

【杜注】按,王氏校本"轉朱閣"句作"轉珠簾"。又,"不應有恨"句,"應"作"因",可從。

【考正】萬氏原譜"不知"下十一字、"不應"下十一字均不讀斷,因其句讀不定故也,此所謂不爲而爲,竟勝似讀斷者也。如本調,前作六五,後作四七,並未有不諧者,若依標點讀斷,則反不能達其本意。惟今通用標點,不得不斷,學者切不可死守,方爲識譜。惟五六二字之平仄,若作四字一句、七字一句者,則以第六字用平爲宜,因此二句有兩種填法,其一爲○○●●○● ○●●○△,如前段;又一爲○○●● ○○●●●○△,如玉田之"化機消息,莊生天籟雍門琴"。間有用前式而作四字一句、七字一句者(如後段),是古無標點故也。而吟唱誦讀,則當在第六字後略作停頓,蓋此類問題,亦即"小喬初嫁,了雄姿英發"之問題也。今人用標點,填此自當忌之爲要,以免音步連仄失諧。至"不知天上宮闕"六字,平起仄收,第六字若仄,則第五字必平,填者須知之。

前段"我欲"二句、後段"人有"二句,宋人常作換韻作法,或前後各爲一韻,或前後同爲一韻,本詞原譜並未標注換韻,而"去"、"宇"與"合"、"缺"各自爲叶,讀者明矣。

鳳凰臺上憶吹簫　九十五字

李清照

香冷金猊,被翻紅浪,起來慵自梳頭。任寶奩塵滿,日上簾鉤。生怕離懷
⊙●○○ ◎○○⊙● ◎○○⊙●○△ ●●○○● ◎●○△ ⊙●○○
別苦,多少事、欲説還休。新來瘦,非干病酒,不是悲秋。　休休。這回
◎● ○◎● ◎●○△ ○○● ○○●● ●●○△ ○△ ●○
去也,千萬遍陽關,也則難留。念武陵人遠,煙鎖秦樓。惟有樓前流水,應
●● ○●●○○ ◎●○△ ●●○○● ⊙●○△ ⊙●○○⊙● ○
念我、終日凝眸。凝眸處,從今又添,一段新愁。
◎● ⊙●○△ ○○● ○○●○ ●●○△

"休休"二字,查他人不叶,然此篇二字定是用韻,作此體者自宜依之。"添"字若照前結,亦可用仄,但不敢擅注也。

【杜注】按,《樂府雅詞》"起來慵自梳頭"句,"慵自"作"人未"。又,"任寶奩塵滿"句,"塵滿"作"閑掩"。又,"生怕離懷別苦"句,作"生怕閑愁暗恨"。又,"新來瘦"作"今年瘦"。又,後起換頭"休休"作"明朝",不叶韻。又,"煙鎖秦樓"句,作"雲鎖重樓"。又按,《九宮譜》"離懷別苦"作"別愁離苦",似誤。

【考正】萬樹原注"千萬"之"萬"可平,失之籠統。按,此九字或作三字逗領六字句,或作五字一句、四字一句。若是前者,則第二字平仄不拘;若是後者,則應視五字句句法而定,若作五字律句,如"千萬遍陽關"、"佳麗擁繒筵"(曹勛)之類,則第二字必仄,不可用平,若作一字逗領四字句法,則第二字可平可仄,如張炎之"竟棹入蘆花"爲仄,趙文之"怪天上冰輪"爲平。然此亦僅以律理論,實際填寫,第二字總以仄聲爲佳,蓋宋詞此處作平者僅見二首,不必爲範。

萬氏以爲此篇"休休"二字"定是用韻",或非。蓋前段已然有"欲説還休",易安乃此中作手,斷不會如此重韻填法。惟今人已深知如此用法,且本書即爲譜,以描摹格式爲要,故不予改正。

又按,本調基本譜式二種,一爲前後段第四拍五字,並後段結爲四字兩句,即九十五字;一爲前後段第四拍七字,並後段結爲六字一句,即九十七字體。元詞前後段第四拍均用五字一句者,當是本體式之承繼。

第二體　九十六字

吴元可

更不成愁,何曾是醉,豆花雨後輕音。似此心情自可,多了閑吟。秋在西樓西畔,秋較淺、不似情深。夜來月,爲誰瘦小,塵鏡羞臨。　　彈箏舊家伴侶,記雁啼秋水,下指成音。聽未穩、當時自誤,又況如今。那是柔腸易斷,人間事、獨此難禁。雕籠近,數聲别似春禽。

"似此"句比前調"任寶奩"句多一字。"聽未穩"句比"念武陵"句多二字,"數聲"句比"從今"句少二字,而"記雁啼"句與"千萬遍"句平仄亦異。或曰:"彈箏"是叶韻,非也。此調原不必叶,況通篇用十二侵閉口韻,必不搭一庚青字也。

【杜注】按,"下指成陰"句,"陰"字複韻,疑當作"音"。

【考正】"似此"句宋人除易安體作五字外(亦僅見易安、趙文二首),均爲上三下四式填法,疑本詞"似"字前奪一字。若添一字,則即本調正格九十七字體,故本詞不注平仄。

第三體　九十七字

侯　寘

浴雪精神,倚風情態,百端邀勒春還。記舊隱、溪橋日暮,驛路泥乾。曾伴
◎●○○　◎○○⊙●　◎○○⊙●○△　●●●　○○●●　◎●○△　⊙●
先生蕙帳,香細細、粉瘦瓊閑。傷牢落,一夜夢回,腸斷家山。　　空教映
○○●●　○◎●　◎●○△　○○●　●●●○　○●○△　　○○●
溪帶月,供遊客無情,折滿雕鞍。便忘了、明窗浄几,筆研同歡。莫向高樓
○●●　○○●○○　◎●○△　●●●　○○●●　◎■○△　◎●○○
噴笛,花似我、蓬鬢霜斑。都休説,今夜倍覺清寒。
●●　○◎●　⊙●○△　○○●　⊙●●●○△

前詞“似此”句六字,“聽未穩”句七字,不如此詞爲全。蓋“記舊隱”、“便忘了”兩句,前後宜同也。“一夜夢”三字用仄,“回”字用平,及“夜倍覺”三字用仄,皆此體定格。孏窟四首皆同。

【校勘記】“百瑞邀勒春還”句,“瑞”當作“端”。又,“記舊隱、溪橋目暮”句,“目”當作“日”。

【考正】後段第五句第二字,宋人皆作仄聲,故“研”字必是“硯”字之誤。至若萬氏三連仄之説,亦未必,“一夜”句宋人亦時有作平平仄仄者,如彭履道“勝時種柳”、權無染“清新雪月”、趙文“酴醾失色”等,“今夜”句也有作平平仄仄平平者,如曹勛“蕭蕭雨入潮頭”、彭履道“數聲又遞寒砧”、吴元可“數聲别似春禽”等。

雙瑞蓮　九十五字

趙以夫

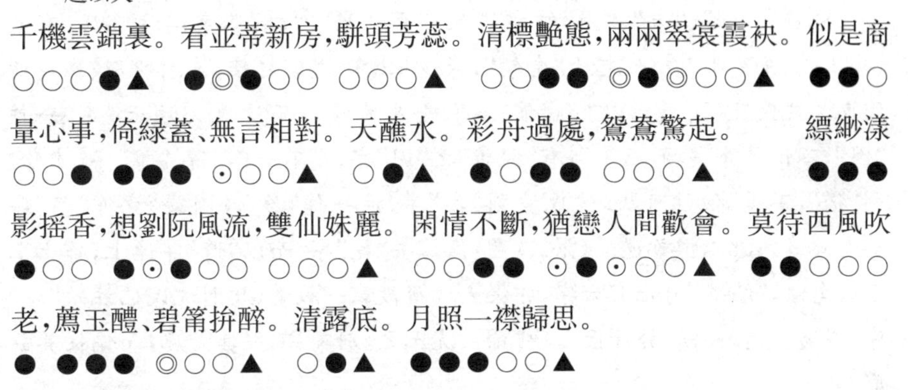

千機雲錦裏。看並蔕新房,駢頭芳蕊。清標艷態,兩兩翠裳霞袂。似是商
○○○●▲　●◎●○○　○○○▲　○○●●　◎●◎○○▲　●●○
量心事,倚緑蓋、無言相對。天蘸水。彩舟過處,鴛鴦驚起。　縹緲漾
○○●　●●●　⊙○○▲　○●▲　●○●●　○○○▲　●●●
影揺香,想劉阮風流,雙仙姝麗。閑情不斷,猶戀人間歡會。莫待西風吹
●○○　●⊙●○○　○○○▲　○○●●　⊙●⊙○○▲　●●○○○
老,薦玉醴、碧筩拚醉。清露底。月照一襟歸思。
●　●●●　◎○○▲　○●▲　●●●○○▲

“看並蔕”至“蘸水”,與後“想劉阮”至“露底”同。

按,此調比《玉漏遲》只第二句多一“看”字,“清標”、“閑情”二句,平仄顛倒,其餘句字通首皆同,應是一體。想趙公原以《玉漏遲》調詠“雙頭瑞蓮”,或自變其名,或後人因題而誤也。不然何長調而相同如此?本應合前《玉漏遲》之後,終以多一字、顛倒四字,不敢確信同調,故仍另列於此。《圖譜》以“倚緑蓋無言”爲五字句,“相對天蘸水”亦爲五字句,不僅句法兩差,調因隨失,而“相對”二字如何連得“天蘸水”?趙虚齋文理豈至如此乎?

【杜注】萬氏注謂:此調與《玉漏遲》應是一體。秦氏玉笙云:此二詞,宫調各有不同,不得於句同而混之也。按,《雙瑞蓮》屬小石調,《玉漏遲》屬黄鍾宫,誠不同。又,《欽定詞譜》:此調亦另列,注云:“近《玉漏遲》”,然無别首可校。

夢揚州　九十六字

秦　觀

晚雲收。正柳塘花塢,煙雨初休。燕子未歸,惻惻輕寒如秋。小闌干外東
●○△　●●○○●　○●○△　●●●○　●●○○○△　●○○●○

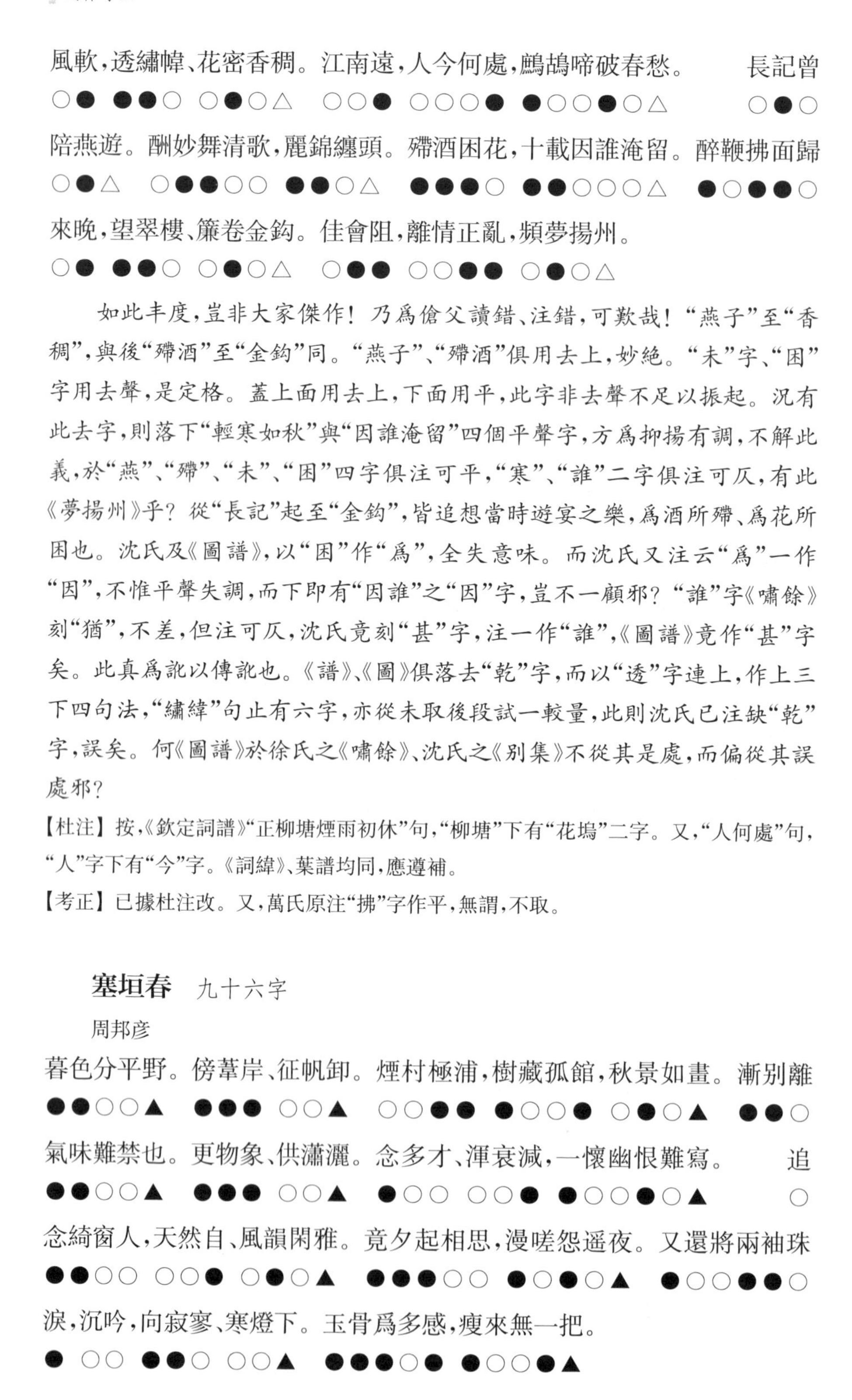

風軟，透繡幃、花密香稠。江南遠，人今何處，鷓鴣啼破春愁。　長記曾
○● ●●○ ○●○△ ○○● ○○○● ●○○●○△ ○●○
陪燕遊。酬妙舞清歌，麗錦纏頭。殢酒困花，十載因誰淹留。醉鞭拂面歸
○●△ ○●●○○ ●●○△ ●●●○ ●●○○○△ ●○●●○
來晚，望翠樓、簾卷金鈎。佳會阻，離情正亂，頻夢揚州。
○● ●●○ ○●○△ ○●● ○○●● ○●○△

如此丰度，豈非大家傑作！乃爲傖父讀錯、注錯，可歎哉！“燕子”至“香稠”，與後“殢酒”至“金鈎”同。“燕子”、“殢酒”俱用去上，妙絶。“未”字、“困”字用去聲，是定格。蓋上面用去上，下面用平，此字非去聲不足以振起。況有此去字，則落下“輕寒如秋”與“因誰淹留”四個平聲字，方爲抑揚有調，不解此義，於“燕”、“殢”、“未”、“困”四字俱注可平，“寒”、“誰”二字俱注可仄，有此《夢揚州》乎？從“長記”起至“金鈎”，皆追想當時遊宴之樂，爲酒所殢、爲花所困也。沈氏及《圖譜》，以“困”作“爲”，全失意味。而沈氏又注云“爲”一作“因”，不惟平聲失調，而下即有“因誰”之“因”字，豈不一顧邪？“誰”字《嘯餘》刻“猶”，不差，但注可仄，沈氏竟刻“甚”字，注一作“誰”，《圖譜》竟作“甚”字矣。此真爲訛以傳訛也。《譜》、《圖》俱落去“乾”字，而以“透”字連上，作上三下四句法，“繡幃”句止有六字，亦從未取後段試一較量，此則沈氏已注缺“乾”字，誤矣。何《圖譜》於徐氏之《嘯餘》、沈氏之《别集》不從其是處，而偏從其誤處邪？

【杜注】按，《欽定詞譜》“正柳塘煙雨初休”句，“柳塘”下有“花塢”二字。又，“人何處”句，“人”字下有“今”字。《詞緯》、葉譜均同，應遵補。

【考正】已據杜注改。又，萬氏原注“拂”字作平，無謂，不取。

塞垣春　九十六字

周邦彦

暮色分平野。傍葦岸、征帆卸。煙村極浦，樹藏孤館，秋景如畫。漸别離
●●○○▲ ●●● ○○▲ ○○●● ●○○● ○●○▲ ●●○
氣味難禁也。更物象、供瀟灑。念多才、渾衰減，一懷幽恨難寫。　追
●●○○▲ ●●● ○○▲ ●○○ ○○● ●○○●○▲ ○
念綺窗人，天然自、風韻閑雅。竟夕起相思，漫嗟怨遥夜。又還將兩袖珠
●●○○ ○○● ○●○▲ ●●●○○ ●○●○▲ ●○○●●○
淚，沉吟，向寂寥、寒燈下。玉骨爲多感，瘦來無一把。
● ○○ ●●○ ○○▲ ●●●○● ●○○●▲

觀千里和詞，其四聲無字不同，未便臆注。只各處所刻千里詞，前結俱作“短長音如寫”，比此少一字，愚謂必無此體，方上句云“聽黄鸝啼紅樹”，則此句必於“短長音”下落一“韻”字或“調”字耳。人不可但見《詞統》、《詞綜》等所載，而誤認有此五字句格也。“兩袖珠淚”方和云“堆滿襟袖”，而自汲古刻及《詞綜》等書，皆倒作“滿堆”，不知此二字不可用仄平，説見後注《譜》、《圖》。以“暮”、“傍葦”、“景”、“漸”、“韻”、“謾”、“怨”、“向”、“爲”俱作可平，“秋”、“多”、“衰”、“遥”俱作可仄，更將“又還將兩袖珠”六字翻作平仄仄平平仄，不知出於何典。

【杜注】按，《戈氏詞選》“一襟幽恨難寫”句，“難”作“誰”。又，萬氏論方千里和詞此句作“短長音如寫”必落一“韻”字或“調”字，考别刻有“韻”字。

【考正】原譜“漸别離”、“又還將”均作三字逗讀住，惟“别離氣味”爲一體，不可讀斷，否則則成“氣味難禁”，於意有違。後一句則爲一字逗領平起仄收六字句，亦不可讀斷。

“沉吟”下八字，原譜作上三下五式讀，五字句音步連平失諧。按，此處後六字爲兩三字結構，後一體可證，蓋萬氏忽略二字逗，故有此誤讀。謹改。

第二體　九十八字

吴文英

漏瑟侵瓊管。潤鼓借、烘爐暖。藏鈎怯冷，畫雞臨曉，鄰語鶯囀。殢緑窗、
●●○○▲　●●●　○○▲　○○●●　●○○●　○●○▲　●●○

細咒浮梅盞。换蜜炬、花心短。夢驚回、林鴉起，曲屏春事天遠。　迎
●●○○▲　●●●　○○▲　●○○　○○●　●○○●○▲　○

路柳絲裙，看争拜東風，盈灞橋岸。髻落寶釵寒，恨花勝遲燕。漸街簾影
●●○○　○○●○○　○●○▲　●●●○○　●○●○▲　●○○●

轉，還似新年，過郵亭、一相見。南陌又燈火，繡囊塵香淺。
●　○●○○　●○○　○○▲　○●●○●　●○○○▲

前詞“天然自”句七字，此“看争拜”句九字，則當於“風”字斷句，未審是否。或有訛字，不可知也。“漸街簾”至“相見”十五字，照前周詞及方和，俱上句七字、下句八字，此詞平仄雖與周無異，而分句不得不於“轉”字、“年”字住，“亭”字爲略豆。想平仄字數不差，其斷句可不拘也。觀此“影轉”二字，可知方詞“堆滿”必不可作“滿堆”。或曰：《譜》、《圖》於前詞注“又還將”作九字，“向寂寥”作六字，則與此彷佛，君何於此互異？余曰：千里和周云：“念征塵、堆滿襟袖。那堪更、獨遊花陰下”，則自當於“襟袖”分句，不可以“念征塵堆滿”爲一句、“襟袖那堪”爲一句、“更獨遊花陰下”爲一句也。是周詞讀法必當依前所注，而不可與吴詞同矣。“香”字周用“一”字、方用

“滿”字，或曰可通用，或曰“堆滿”可作平，俱未可知。然方詞上已用“滿”字，不宜重出，恐本是“盈”字。如此，則此字必以用平爲是，既有吴詞可據，作者自宜用平。蓋此詞韻脚上一字，通篇皆平，此處亦必平字，或仍用上聲、入聲，斷不可用去聲也。客曰：“囊塵香”三平拗。余曰：其上“郵亭一相”之“一”字、周詞“寂寥寒燈”之“寂”字、方詞“獨遊花陰”之“獨”字，互玩之皆以入作平，是上句已疊用四平，下句疊三平何足爲異，必其調之音響如此耳。

【杜注】按，《欽定詞譜》“晝難臨曉”句“難”作“雞”，應遵改。又按，此調周草窗作，平韻，名《采緑吟》，注云：“霞翁會吟社諸友，逃暑於西湖之環碧，探題賦詞，余得《塞垣春》，翁爲翻譜數字，短簫按之，音極諧婉，因易今名云。”其詞已列《拾遺》内。

【考正】已據杜注改。

與本詞相近者有張子野“野樹秋聲滿”詞及楊澤民“繡閣臨芳野”詞，惟後段第二句張詞作“平山月、應照棋觀”，楊詞作“清才對、真態俱雅”，而夢窗詞不作上三下四句法，且四字句句法亦迥異於其他宋詞，疑“看争拜東風，盈灞橋岸”九字中有後人妄添二字，又，“看”字此處當作平讀。另，張詞、楊詞後段第三均句讀與本詞同，均爲五字一句、四字一句、六字一句，惟五字句不叶韻，則夢窗之“轉”字入韻，當屬偶合耳。

倦尋芳　九十六字

王　雱

露晞向曉，簾幕風輕，小院閑晝。翠徑鶯來，驚下亂紅鋪繡。倚危闌，登高
●○●●　○●○○　●●○▲　●●○○　○●●○○▲　●○○　○○

榭，海棠著雨胭脂透。算韶華，又因循過了，清明時候。　倦遊燕、風光
●　●○●●○○▲　●○○　●○○●●　⊙○○▲　●⊙●　⊙○

滿目，好景良辰，誰共攜手。恨被榆錢，買斷兩眉長鬭。憶得高陽人散後。
◎●　◎●○○　○●○▲　●●○○　●●●○○▲　◎●○○○●▲

落花流水仍依舊。這情懷，對東風，盡成消瘦。
◎○⊙●○○▲　●○○　●○○　●○○▲

首句用去平去上，各家皆同，是定格。“院”、“共”二字亦定用仄聲，得去聲更佳。古詞無不同者，不可受誤於《譜》、《圖》也。餘諸去聲字皆當學之，必如此，然後爲《倦尋芳》耳。“後”字不必叶韻。

【杜注】按，《詞林紀事》云：“元澤爲安石子撝𪧐，《新語》載：元澤一生不作小詞，或笑之，遂作《倦尋芳慢》一首，時服其工，自此亦不復作。”“買斷兩眉長鬭”句，“鬭”作“皺”。又，“海棠著雨胭脂透”句，萬氏注“著”字作平，《樂府雅詞》作“經”，本平聲。又，“憶得高陽人散後”句，無“得”字。

第二體　九十七字　或加"慢"字

潘元質

獸鐶半掩，鴛甃無塵，庭院瀟灑。樹色沉沉，春盡燕嬌鶯姹。夢草池塘青
●○●●　○●○○　○●○▲　●●○○　○●●○○▲　◎●○○○
漸滿，海棠軒檻紅相亞。聽簫聲，記秦樓夜約，彩鸞齊跨。　漸迤邐、更
●●　●○○●○○▲　●○○　●○○●●　●○○▲　　●●●　○
催銀箭，何處貪歡，猶繫驄馬。旋剪燈花，兩點翠眉誰畫。香滅羞回空帳
○○●　○●○○　○●○▲　●●○○　●●●○○▲　⊙●○○○●
裹，月高猶在重簾下。恨疏狂，待歸來，碎挼花打。
●　●○○●○○▲　●○○　●○○　●○○▲

"夢草"二句七字，與"香滅"二句相對，如《滿江紅》中語。比前"倚危欄"二句不同。

按盧申之一首，前起句用"香泥壘燕"，第三句用"春晴寒淺"，"記秦樓"句用"記寶帳歌慵"，"猶繫"句用"牡丹開遍"，"待歸來"用"但鎮日"，俱與此不合。因其句字同，且不足取法，故不録。又查夢窗三首，篇篇用字精當無疵，俱與此相合。只一首於第三句作"空閑孤燕"，"閑"字當是"閉"字之訛，蓋此句即與後第三句同。其後云"衫袖濕遍"，"袖"字既用去聲，則知其"閑"字必無用平之理。夢窗非率筆者流，其爲誤刻無疑，況上句"塵鏡迷樓"則是用燕子樓事，尤可信爲"閉"字。《詞統》亦照舊刻録之，未及深辨。人不可貪用平聲，而以此藉口也。

《圖譜》既收王詞爲《倦尋芳》，又收潘詞爲《倦尋芳慢》，蓋前則以"算韶華"作八字，此則分一三一五；前則以"倦遊燕"作七字，此則分一三一四；前則以"這情懷"作六字，此則分一三一七。故列兩體，其意見真獨出矣。

【考正】原譜二例，前段首句均不叶韻，而《陽春白雪》卷五翁元龍詞，前段首均作："燕簾掛晚。鶯檻迷晴，花思零亂。"本句入韻。宋人湯恢之："錫簫吹暖。蠟燭分煙，春思無限。"陳允平之："杏檐轉午。青漏沉沉，春夢無據。"皆如此填，譜當示例。又，彊村四校本《夢窗詞》，吴文英詞後段首均作："聽細語、琵琶幽怨。客鬢蒼華，衫袖濕遍。"第一句入韻。王質兩首，後起八字，作"乾坤巧。自蒼[illegible]無汗"，三字逗均叶韻，又多一字。又，《粵東詞鈔》陳紀詞，後段第二句添一領字作"但回首東風"，多一字。又，彊村叢書本《龜溪二隱詞》載李萊老詞同本體，惟後段第六句叶韻，與前一體同。盧祖皋詞亦然。以上均爲本調變式，應予説明。

雙雙燕　九十八字

吴文英

小桃謝後，雙雙燕飛來，幾家庭户。輕煙曉暝，湘水暮雲遥度。簾外餘寒

末卷,共斜入、紅樓深處。相將占得雕梁,似約韶光留住。　　堪舉。翩翩翠羽。楊柳岸,泥香半和梅雨。落花風軟,戲逐亂紅飛舞。多少呢喃意緒。盡日向、流鶯分訴。還憐又過短牆,誰會萬千言語。

"卷"字照後段"緒"字及後史詞,宜用韻。

按,史詞於"還過短牆"句六字,與前段同,此只四字,另爲一體,或謂恐是落去二字。然玩此句,似亦無字可添,詞體常有後結比前較少者,或另有此體,故收之。

【杜注】按,《欽定詞譜》"半知梅"兩句,"知"作"和"。又,【"簾外餘寒未卷"句,"寒"誤作"香"。又,】"還過短牆"句,"還"字下有"憐又"二字。應遵照改補。

【考正】已據杜注改。添二字後,本詞即史達祖詞體,故不擬譜。但元詞均據九十六字體填,如丘處機後段結爲"千聖寶珠,酬價問君誰解"、王吉昌作"出入杳冥,無碍混通三際",因其餘字句皆同,故但注明,不另擬譜。

第二體　九十八字

史達祖

過春社了,度簾幕中間,去年塵冷。差池欲住,試入舊巢相並。還相雕梁
●○●●　●○●○○　●○○▲　○○●●　◎●●○○▲　○●○○

藻井。又軟語、商量不定。飄然快拂花梢,翠尾分開紅影。　　芳徑。芹
●▲　●◎●　○○○▲　○○●●○○　●●○○○▲　　○▲　○

泥雨潤。愛貼地爭飛,競誇輕俊。紅樓歸晚,看足柳昏花暝。應是棲香正
○●▲　●●●○○　●○○▲　⊙○○●　●●●○○▲　○●○○●

穩。便忘了、天涯芳信。愁損翠黛雙蛾,日日畫闌獨憑。
▲　●⊙●　○○○▲　○○●●⊙○　◎●●○◎▲

"愛"字以下同前。通首平仄,除前吳詞所注數字外,俱不可遊移。《圖譜》從第一字改起,可笑。蓋此調所用仄平仄仄與仄平平仄、平平仄仄、平平平仄,似可相混,不知皆有分别。如首句必仄平仄仄,而第三字必以去聲爲妙。其下"去年"、"舊巢"、"競誇"、"柳昏"、"畫欄"等句,必仄平平仄;"雕梁"、"芹泥"、"棲香"等句,必平平仄仄。"商量"、"分開"、"天涯"等句,必平平平仄。試以後段較前段,更以此詞較彼詞,則古人名作無不整齊明白,若指掌列眉一定不易。所謂律也,豈可一概抹却,亂注亂填乎?且凡詞篇中,必有語氣段落,如"還相"二語,乃上呼下應,"還"字與下"又"字相照應,是二語亦然,"正"字與下"便"字相照。此語氣也,而段落因之,"試入"句束住上語,"飄然"句另起下意。後段亦然,自不可以"還相"句截連於上,又,"軟語"句截連於

下。此段落也，而音響因之。“藻井”用去上，“藻”字去聲一縱，則“不定”須用平去，“不”字平聲一收，此音響也。凡此皆至理所存，各詞皆有其義，作者但取名篇細玩熟吟，必得其解，慎勿貪便，而以妄譜爲據，致來識者之譏也。偶注此調，不覺饒舌，覽者亮焉。

【杜注】按，《絶妙好辭》及《詞源》“愁損翠黛雙娥”句，作“愁損玉人”四字，與前吴夢窗詞“還過短牆”句正同。恐因不知吴詞落二字，特改去以同之耳。

【考正】“愁損”之“損”，以上作平。

黄鶯兒　九十六字

柳　永

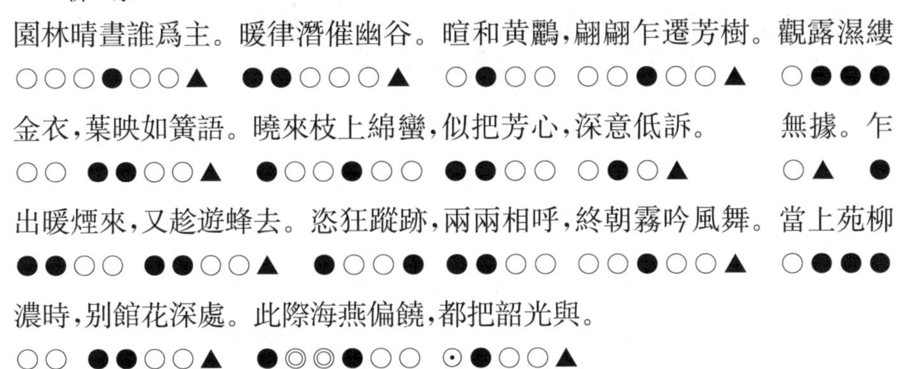

園林晴晝誰爲主。暖律潛催幽谷。暄和黄鸝，翩翩乍遷芳樹。觀露濕縷
○○○●○○▲　●●○○○▲　○●○○　○○●○○▲　○●●●
金衣，葉映如簧語。曉來枝上綿蠻，似把芳心，深意低訴。　無據。乍
○○　●●○○▲　●○○●○○　●●○○　○●○▲　○▲　●
出暖煙來，又趁遊蜂去。恣狂蹤跡，兩兩相呼，終朝霧吟風舞。當上苑柳
●●○○　●●○○▲　●○○●　●●○○　○○●○○▲　○●●●
濃時，别館花深處。此際海燕偏饒，都把韶光與。
○○　●●○○▲　●◎◎●○○　⊙●○○▲

向讀此詞，於“暖律”下難以句豆，《嘯餘》强分“和”字住，爲八字句，“黄鸝”以下爲八字句，心嘗疑之，無可考證。後讀晁无咎詞，亦有此調，方喜得以校正矣。而晁詞此數句，比柳更多一字，尤難分斷。其首句七字用韻起，與柳同。其下云：“兩兩三三修篁新筍出初齊猗猗過牆侵户”，共十七字，再四斷繹，不得其理。既而悟曰：此晁詞誤多一“出”字耳。蓋柳第二句是“暖律潛吹幽谷”六字，用鄒衍事，“吹”字誤“催”，其“谷”字乃以入聲叶首句“主”字韻，中州韻云：“‘谷’叶‘古’”，是也。晁詞“修篁”，“篁”字乃是“竹”字之訛，其詞首句“暑”字，亦是魚虞韻，故以“竹”字叶，中州韻云“‘竹’叶‘主’”，是也。柳詞“暄和黄鸝”是四字句，“翩翩乍遷芳樹”是六字句。“和”字去聲，謂當春暄鶯聲相和而鳴，或是“喧”字之誤。晁詞“新筍初齊”四字句，“猗猗過牆侵户”六字句，蓋竹至過牆，不宜言新出，但言新筍爲是。如此則兩詞皆字字相合，而於文理條貫無聱牙矣。蓋“暄和”至“綿蠻”，與後“兩兩”至“偏饒”，俱相同也。兩“乍”字、“露”、“葉”、“似”、“意”、“又趁”、“恣”、“霧”、“上”、“别”此諸仄字，兩詞如一，不可照《譜》用平。“幽”、“黄鸝”、“觀”、“枝”、“蹤”、“終”、“風”、“當”諸平字，不可照《譜》用仄。

【杜注】按，宋本首句作“園林晴晝春誰主”，應照改。又按，《欽定詞譜》“静晝”亦作“晴

畫”。【又,“暖律潛催幽谷喧和黄鸝翩翩乍遷芳樹”,此十六字本係四句,萬氏以“谷”字“鸝”字爲斷,分作三句,非也。】

【考正】前段五六兩句爲一字逗領五字驪句,後段“當上苑柳濃時,別館花深處”亦然,如晁補之作“聽亂颭芰荷風,細灑梧桐雨……觀數點茗浮花,一縷香縈炷”,陳允平作“看並宿暗黄深,織霧金梭小……隨燕啅軟塵低,蝶妥遊絲裊”等皆是,填者務須知之,切不可作六字一句、五字一句填。

又按,余作《欽定詞譜考正》,“暖律”下十六字之句讀,亦同萬氏,時余尚未細讀此文,付印後再四思忖,總覺猶有無理處。其一,即便“谷”字、“竹”字勉强可謂入韻,則其餘宋詞元詞何以無一入韻者?其二,“暖律潛催,幽谷暄和,黄鸝翩翩,乍遷芳樹”之句讀,其實文從字順,更有王詵之“北圃人來,傳道江梅,依稀芳姿,數枝新發”及陳允平之“南陌嚶嚶,喬木初遷,紗窗無眠,畫闌憑曉”可作旁證,何以有疑?然本調爲慢詞,若如此讀,則前段但有三均,必不在律,而“谷”字若入韻,則在律矣。終難釋惑。又按,杜氏删去校勘記中相關文字,似亦如余之糾結也。

步月　九十六字

史達祖

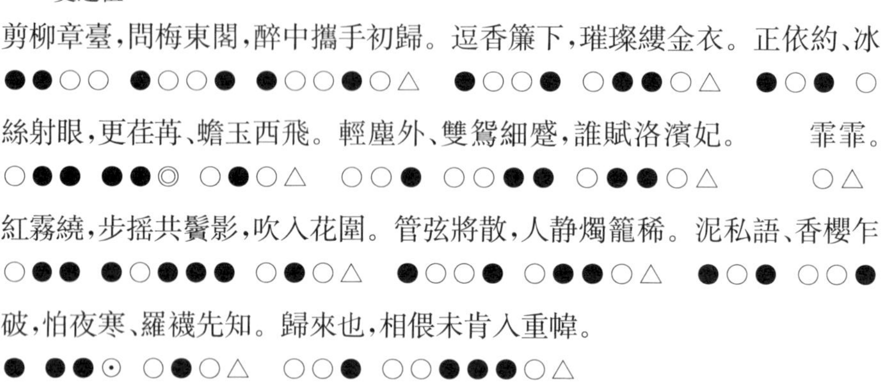

剪柳章臺,問梅東閣,醉中攜手初歸。逗香簾下,璀璨縷金衣。正依約、冰

●●○○ ●○○● ●○○●○△ ●○○● ○●●○△ ●○● ○

絲射眼,更荏苒、蟾玉西飛。輕塵外、雙鴛細蹙,誰賦洛濱妃。　　霏霏。

○●● ●●◎ ○●○△ ○○● ○○●● ○●●○△ ○△

紅霧繞,步摇共鬢影,吹入花園。管弦將散,人静燭籠稀。泥私語、香櫻乍

○●● ●○●●● ○●○△ ●○○● ○●●○△ ●○● ○○●

破,怕夜寒、羅襪先知。歸來也,相偎未肯入重幃。

● ●●⊙ ○●○△ ○○● ○○●●●○△

按,此調與《滿庭芳》相似,但“正依約”句、“泥私語”句俱多一字,“步摇”句亦多一字,末句“相偎下”少二字耳。然其體格自是不同,中間兩七字句,即如《瀟湘夜雨》中二語自相對偶,與《滿庭芳》之上句六字、下句七字者,判然不同。“管弦”二句,雖亦是九字,却與前段“逗香”二句一樣句法,乃前後比合者,與《滿庭芳》之上句五字、下句四字者,亦判然不同。至末句少字,不必言矣。故不强扭作《滿庭芳》也。或曰:子於他調,有一二字參差者,往往合而爲一,獨於此歧而別之,何也?余曰:詞有聲響,如此篇聲響自各異耳。及閲施仲山《梅川詞》,亦有此調,用入聲叶者,比史詞少二字,其聲響更別,愈知與《滿庭芳》徑庭矣。今録於右。

【考正】“燭籠”,原譜作“燭龍”,據詞譜改。

第二體　九十四字

施　岳

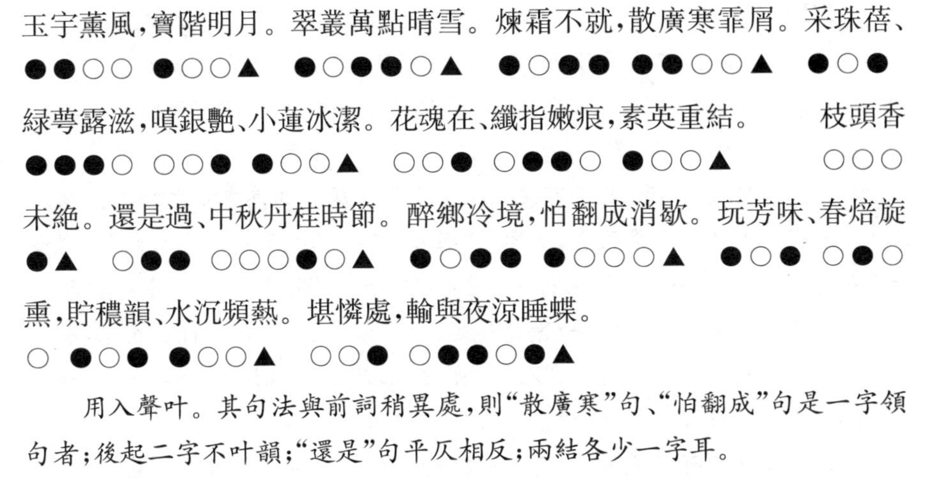
玉宇薰風，寶階明月。翠叢萬點晴雪。煉霜不就，散廣寒霏屑。采珠蓓、
●●○○ ●○○▲ ●○●●○▲ ●○●● ●●○○▲ ●○●
緑萼露滋，嗔銀艷、小蓮冰潔。花魂在、纖指嫩痕，素英重結。　枝頭香
●●●○ ○○● ●○○▲ ○○● ○●●○ ●○○▲ ○○○
未絶。還是過、中秋丹桂時節。醉鄉冷境，怕翻成消歇。玩芳味、春焙旋
●▲ ○●● ○○○●○▲ ●○●● ●○○○▲ ●○● ○●○
熏，貯穠韻、水沉頻爇。堪憐處，輸與夜凉睡蝶。
○ ●○● ●○○▲ ○○● ○●●○●▲

用入聲叶。其句法與前詞稍異處，則“散廣寒”句、“怕翻成”句是一字領句者；後起二字不叶韻；“還是”句平仄相反；兩結各少一字耳。

按，前詞尾句，或謂“相偎”下必落“相倚”二字，蓋欲增入以合《滿庭芳》也。不知《滿庭芳》此句應於第三字仄聲，梅溪精審絶倫，必不用“相倚”“相”字。至於此“輸與”句，則與《滿庭芳》之尾一四字、一五字者相去河漢，豈得謂之合調乎？況前結不惟上四字句平仄不同，“素英”句四字與《滿庭芳》之五字，聲響全別，不可添一字而相合，尤爲明證矣。

又按，此體九十四字，字數較少於前，然梅溪詞家標準，用平自爲正體，施詞另格，故載後云。

【考正】萬氏云：施詞别格，故字少亦載於後，此乃編排缺乏統一，隨心如意也。以本卷論，《尾犯》九十八字體、《留客住》九十七字體、《鳳凰臺上憶吹簫》九十七字體均爲正格，何以又一體置之於後邪？詞調體隨韻改，施詞自爲别格，不妨相並而視之。

原譜“還是”下九字作五字一句、四字一句，四字句不諧。又，“醉鄉”原作“醉香”，據《欽定詞譜》改。

漢宫春　九十六字

吴文英

花姥來時，帶天香國艷，羞掩名姝。日長半嬌半困，宿酒微蘇。沉香檻北，
⊙●○○ ●⊙○◎● ⊙●○△ ○○●○●● ◎●○△ ○○●●
比人間、風異煙殊。春恨重，盤雲墜髻，碧花翻吐瓊盂。　洛苑舊移仙
●○○ ⊙●○△ ○●● ○○●● ●○⊙●○△ ◎●◎○⊙
譜，向吴娃深館，曾奉君娱。猩脣、露紅未洗，客鬢霜鋪。蘭詞沁壁，過西
● ●○○⊙● ⊙●○△ ○○ ●○●● ◎●○△ ○○●● ●○

園、重載雙壺。休謾道，花扶人醉，醉花却要人扶。
○ ⊙●○△ ○●● ○○⊙● ●○●●○△

後段起句换頭，餘同。賦此調者甚衆，此篇用字穩妥，可爲程式。“日長”二句與“猩脣”二句，本上六下四，而稼軒用“無端風雨，未肯收盡餘寒”，乃上四下六，且“風雨”二字平仄亦異，余謂雖此句十字貫下，或可不拘，然歷觀諸家，皆用此篇之體，即稼軒此首，後段亦云“閑時又來鏡裏，轉變朱顔”矣。更有作“長把清明夜雨”者，尤不可從。此平平仄平仄仄則爲中正之理也。後段起句，亦有用平平仄平平仄者，不拘。“檻沁”二字以仄爲妙，“比人間”、“過西園”兩處，有作仄平仄，有作仄仄平，皆不拘。凡詞調，於此等七字句往往互異，然此調似用仄平平爲響，知音者審之。至“春恨重”“春”字自當用平，有作仄者，不可學也。“墜”字是仄、“人”字亦宜仄，此則古人用平者亦多，然求無瑕之璧，其亦以用仄爲全美乎？

又，前後首句有起韻者，如惜香：“講柳談花。從前萬事堪誇。”是又一體，因字同不録，附記於此。若放翁後起，用“無事又作南來”，又非叶韻，乃用平聲斷句，他無同者，恐不可從。

【杜注】按，《歷代詩餘》“曾奉君娱”句，“君”作“歡”。又，“蘭詞沁碧”句，“詞”作“池”。

【考正】“蘭詞”下七字未讀斷，惟該七字對應前段“沉香”下七字，必須讀斷，否則本均句法大亂。

第二體　九十六字

康與之

雲海沉沉，峭寒收建章，雪殘鳷鵲。華燈照夜，萬井禁城行樂。春隨鬢影，
○●○○ ●○○●○ ◎○○▲ ○○●● ●●●○○▲ ○○●●
映參差、柳絲梅萼。丹禁杳，鼇峰對聳，三山上通寥廓。　春衫，繡羅香
●○○ ◎○○▲ ○●● ○○●● ○○●■○▲ ○○ ●○○
薄。步金蓮影下，三千綽約。冰輪桂滿，皓色冷侵樓閣。霓裳帝樂，奏升
▲ ●○○●● ⊙○○▲ ○○●● ●●●○○▲ ○○●● ●○
平、天風吹落。留鳳輦、通宵宴賞，莫放漏聲閑却。
○ ⊙○○▲ ○●● ○○●● ●●●○○▲

用仄韻，兩結平仄稍異。所用“峭”、“照”、“鬢”、“映”、“禁”、“對”、“上”、“繡”、“步”、“桂”、“帝”、“奏”、“鳳”、“宴”、“漏”諸去聲宜學。“帝樂”二字偶合，非叶韻，觀前段“影”字可知。第一字《嘯餘》作“雪”字，誤，下有“雪殘”也。

按，“春隨鬢影”與“霓裳帝樂”乃四字句，其下七字，上三下四，於“差”字、“平”字爲豆，而“萼”字、“落”字爲叶也。其下又七字，亦上三下四，於“杳”字、

"輦"字爲豆，而"聳"字、"賞"字爲句也。結句皆六字，前後相對，明明白白，且此體雖仄韻，而句字與用平一樣，甚爲顯而易見。乃《圖譜》將"映参差"與"奏升平"分屬上句，誤矣。猶未足奇也，竟以"丹禁"至"三山"作九字，末作四字，而後段之尾則又作一七一六，何所見而云然乎？又以"禁"字、"聳"字注可平，奇甚。更可笑者，《嘯餘》不識"丹禁杳"讀斷，竟將"杳"字讀作"香"字，遂刻作"丹禁香鼇"，不知"鼇"有何香臭？真足捧腹。

【考正】詞調前後段對舉校讀，固是一法，而萬氏以之爲圭臬，不可越雷池一步，則又迂甚。古無標點，本以字爲本位，而非以句爲本位，如十字一樂段，或作六字四字，或作四字六字，乃詞中通例，其例俯拾皆是，如後一體《採明珠》，前後段結十四字，前作四字兩句、六字一句，後作六字一句、四字兩句，意達則可，無須工整。

前結"三山"六字，第四字宋詞均作仄聲，疑"通"字爲"達"字之誤。又，換頭六字，平音步連用，音律不諧，當作二字一逗讀，別首無名氏仄韻體作"綽約。暗塵浮動"，可知此調後段第二字後有一讀住，是爲旁證。且此二字爲添頭，若删去，則前後段字句相同。又，后結另有四字一句之填法，如宋無名氏之"南樓畫角"、元王重陽之"天書紫詔"皆是。

陽臺路　九十六字

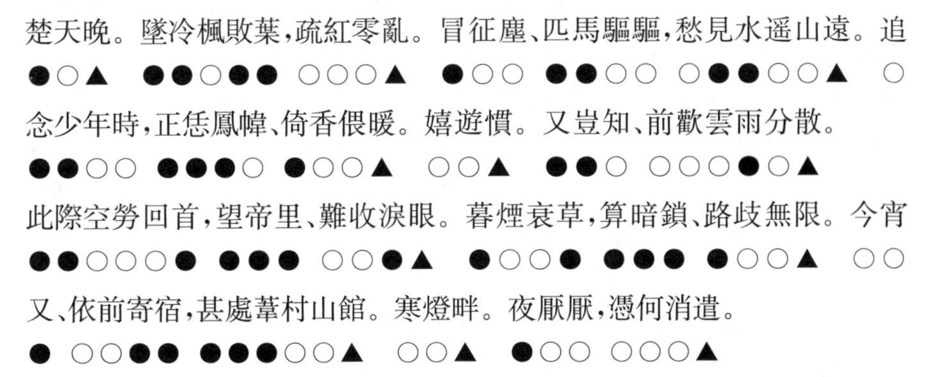

柳　永

楚天晚。墜冷楓敗葉，疏紅零亂。冒征塵、匹馬驅驅，愁見水遥山遠。追

●○▲　●●○●●　○○○▲　●○○　●●○○　○●●○○▲　○

念少年時，正恁鳳幃、倚香偎暖。嬉遊慣。又豈知、前歡雲雨分散。

●●○○　●●●○　●○○▲　○○▲　●●○　○○○●○▲

此際空勞回首，望帝里、難收淚眼。暮煙衰草，算暗鎖、路歧無限。今宵

●●○○○●　●●●　○○●▲　●○○●　●●●　●○○▲　○○

又、依前寄宿，甚處葦村山館。寒燈畔。夜厭厭，憑何消遣。

●　○○●●　●●●○○▲　○○▲　●○○　○○○▲

此篇婉順可從，平仄宜悉遵之。幸《譜》、《圖》失收，尚留得本來面目，未被雕鎪塗抹也。

【杜注】按，宋本"墜冷風敗葉"句，"風"作"楓"。又，"匹馬區區"句，"區區"作"驅驅"。又，"追念年時"句，"年"上有"少"字。又，"寒燈半"句，"半"作"畔"。均應改補。

【考正】已據杜注改。

採明珠　九十六字

杜安世

雨乍收、小院塵消，雲淡天高露冷。坐看月華生，射玉樓清瑩。蟋蟀鳴金

●●○　●●○○　○●○○●▲　●●●○○　●●○○▲　●●○○

井。下簾幃、悄悄空階,敗葉墜風,惹動閑愁,千端萬緒難整。　　秋夜

▲　●○○　●●○○　●●●○　●●○○　○○●●○▲　　○●

永。涼天迥。可不念光景。嗟薄命。倏忽少年,忍教孤另。燈閃紅窗影。

▲　○○▲　●●●○▲　○●▲　●●●○　●○○▲　○●○○▲

步迴廊、懶入香閨,暗落淚珠滿面,誰人知我,爲伊成病。

●○○　●●○○　●●●○●●　○○○●　●○○▲

他無作者,莫可校勘,姑注其句豆如右。然或有訛落,非確然也。其中確然者,惟"蟋蟀"句至"空階",與後"燈閃"句至"香閨"可以無疑。"珠"字上必有"淚"字。"孤冷""冷"字不宜犯重,恐是"另"字。"景"字亦未必是叶。

【杜注】按,《欽定詞譜》"忍教孤冷"句,"冷"作"另"。又,"暗落珠滿面"句,"珠"上有"淚"字,應遵照改補。

【考正】已據杜注改。

慶清朝　九十七字　或加"慢"字

史達祖

墜絮孳萍,狂鞭孕竹,偷移紅紫池亭。餘花未落,似供殘蝶經營。賦得送

●●○○　⊙○●●　⊙○⊙●○△　○○●●　◎○⊙●○△　◎●◎

春詩了,夏帷擷斷綠陰成。桑麻外,乳鴉稺燕,別樣芳情。　　荀令舊香

○⊙●　◎○○●●○△　○○●　●○●●　◎●○△　　⊙●◎○

易冷,歎俊遊疏懶,枉是銷凝。塵侵謝屐,幽徑斑駁苔生。便覺寸心尚老,

◎●　●●○○●　●●○△　⊙○●●　○○⊙●○△　◎●◎○◎●

故人前度漫丁寧。空相誤,祓蘭曲水,挑菜東城。

●○⊙●●○△　○⊙●　◎○◎●　⊙●○△

"餘花"下與後"塵侵"下同。此詞是此調正體,穩順可從。王碧山詞亦與此合,較後載王通叟所作易填也。細玩各家詞,於"未"、"送"、"乳"、"稺"、"舊"、"易"、"俊"、"謝"、"寸"、"尚"、"祓"、"曲"等字,皆宜用仄。此篇"詩"字,恐是"句"字,此乃起調處,不可謂古人之拙,而愚見之迂也。

【考正】"塵侵"下十字,或四字一句、六字一句,如本詞;或六字一句、四字一句,如王觀詞。前者第六字須平,宋人皆如此填,或用入聲、上聲替,後者則第六字須仄,如"須教撩花撥柳"。故"幽徑"之"徑"須取其平讀,《集韻》注爲堅靈切,在第九部青韻。

第二體　九十七字

王　觀

調雨爲酥,催冰做水,東君分付春還。何人便將輕暖,點破殘寒。結伴踏

○●○○　○○●●　○○○●○△　○○●■○●　●●○△　●●●

青去好，平頭鞋子小雙鸞。煙郊外，望中秀色，如有無間。　　晴則個、陰
○●●　○○○●●○△　○○●　●○●●　○●○△　　○●●　○
則個，飽飣得天氣，有許多般。須教撩花撥柳，争要先看。不道吴綾繡襪，
●●　●○●○●　●●○△　○■○○●●　○●○△　●●○○●●
香泥斜沁幾行斑。東風巧，盡收翠緑，吹上眉山。
○○○●●○△　○○●　●○●●　○●○△

"何人"二句，與"須教"二句，上六下四，與前詞異。後起兩句亦異。故雖字同，另録之，然亦因其詞佳也。"晴則個"二句，雖各三字，然與前調六字一句者，平仄恰合，故妙。"飽飣"二句，用流走活字，巧合音律，故《譜》、《圖》疑之，不敢注斷，作九字句。此無足怪，所怪者，此調自何人下即前後相同？如何將"結伴"句分作五字，而以"好"字連下"平頭"句，作八字乎？豈後段可讀"不道吴綾繡"爲句，而下可作"襪香泥"乎？以較前詞，可讀"了夏帷"、"老故人"乎？

【杜注】按，秦氏校本"東君分付春還"句，"東君"二字作"化工"。又，"飽飣得天氣"句，作"便帶得芳沁"。又，"須教撩花撥柳"句，作"空教鏤花撥柳"。又，"盡收翠緑"句，"翠"作"軟"。又"吹上眉山"句，"山"作"端"。均可從。

【考正】前段第四句"將"仄讀，宋人亦多如此填，勿以平聲視之。"須教"之"教"亦當仄讀。

緑蓋舞風輕　九十七字

周　密

玉立照新妝，翠蓋亭亭，淩波步秋綺。真色生香，明璫摇淡月，舞袖斜倚。
●●●○○　●●○○　○○●○▲　○●○○　○○○●●　●●○▲
耿耿芳心，奈千縷、情絲縈繫。恨開遲不嫁，東風颦怨嬌蕊。　　花底。
●●○○　●○●　○○○▲　●○○●●　○○○●○▲　　○▲
漫卜幽期，素手採、珠房粉艷初洗。雨濕鉛腮，碧雲深、暗聚軟綃清淚。訪
●●○○　●●●　○○●●○▲　●●○○　●○○　●●●○○▲　●
藕尋蓮，楚江遠、相思誰寄。棹歌回，夜露滿身花氣。
●○○　●○●　○○○▲　●○○　●●●○○▲

"袖"字、"怨"字、"艷"字去聲，不可依《圖譜》作平。而"淩波步"謂可用仄仄平，尤無理。

按，"漪"字平聲，想草窗偶作仄用，亦誤也。不然則是"綺"字之誤耳。

【杜注】按，《蘋洲漁笛譜》"淩波步秋漪"句，"漪"作"綺"，與萬氏注合。又，"晴絲縈繫"句，"晴"作"情"。又，"衣露滿身花氣"句，"衣"作"夜"。應照改。

【考正】已據杜注改。

前結原作“恨開遲，不嫁東風，顰怨嬌蕊”，校之後段，前後段尾均可視爲均由六字一句收束，故作如此句讀，以規避末四字音律之不諧。又，後段第二句原譜作“素手採珠房，粉艷初洗”，次句音步連仄失諧。

玉京謠　九十七字

吴文英

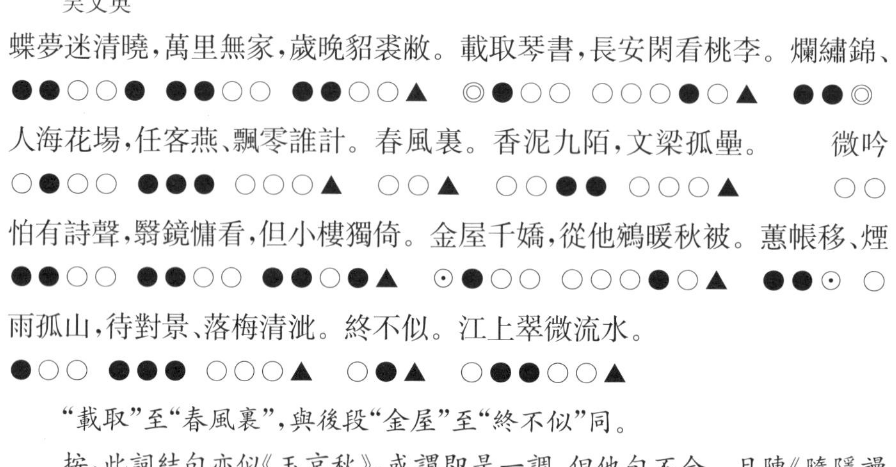

蝶夢迷清曉，萬里無家，歲晚貂裘敝。載取琴書，長安閑看桃李。爛繡錦、

●●○○●　●●○○　●●○○▲　◎●○○　○○○●○▲　●●◎

人海花場，任客燕、飄零誰計。春風裏。香泥九陌，文梁孤壘。　微吟

○●○○　●●●　○○○▲　○○▲　○○●●　○○○▲　○○

怕有詩聲，翳鏡慵看，但小樓獨倚。金屋千嬌，從他鴳暖秋被。蕙帳移、煙

●●○○　●●○○　●●○●▲　⊙●○○　○○○●○▲　●●⊙　○

雨孤山，待對景、落梅清泚。終不似。江上翠微流水。

●○○　●●●　○○○▲　○●▲　○●●○○▲

“載取”至“春風裏”，與後段“金屋”至“終不似”同。

按，此詞結句亦似《玉京秋》，或謂即是一調，但他句不合。且陳《隨隱謾録》云：先君號藏一，夢窗吴先生爲度夷則商，犯無射宫，製《玉京謠》一篇相贈。則此調創於夢窗，與《玉京秋》無涉，故不敢連載於前也。

【考正】原譜後起兩句作“微吟怕有詩聲翳。鏡慵看……”，似有强爲取韻之嫌。調整句讀，則全詞前後段僅首句後結多一二字，第三句句法不同而已，其餘全同。據《欽定詞譜》改。

萬氏原注“落梅”之“落”、“不似”之“不”以入作平。

西子妝　九十七字　或加“慢”字

吴文英

流水麴塵，艷陽酤酒，畫舸遊情如霧。笑拈芳草不知名，乍淩波、斷橋西堍。

○●◎○　◎○○●　●●⊙○○▲　◎○⊙●●○○　●○○　●○○▲

垂楊謾舞。總不解、將春繫住。燕歸來，問彩繩纖手，如今何許。　歡盟

○○●▲　◎○●　○○◎▲　●○○　●●○○●　○○○▲　○○

誤。一箭流光，又趁寒食去。不堪衰鬢著飛花，傍緑陰、冷煙深樹。元都

▲　●●○○　●●○○▲　◎○⊙●●○○　●○○　●○○▲　○○

秀句。記前度、劉郎曾賦。最傷心，一片孤山細雨。

●▲　◎○●　○○⊙▲　●○○　◎●○○●▲

“謾”字、“秀”字俱要去聲，張叔夏作，於“謾舞”用“寸碧”二字，其詞是

“意”字起韻，“碧”字乃以入聲爲叶者，故知入聲不但可作平，兼可作上聲而叶韻矣。《中州音韻》原以“碧”叶“比”也。“細雨”去上煞，妙甚。張亦用“萬里”，若作平仄，或上上、或去去，便落調矣。凡詞結尾字，皆不宜草草亂填，可於此類推。换頭起句，叔夏用“外”字，或謂可以不叶，余云：詞中多以“外”字叶支微韻，作者自當用韻爲是。況叔夏原注效夢窗自度而作，無不同之理也。“酷酒”“酷”字無理，汲古刻本集及《圖譜》、《詞綜》等書皆相沿誤刻。余謂是“酟”字之訛耳。

【杜注】按，《歷代詩餘》“艷陽酷酒”句，“酷”作“酟”。與萬氏説合，應遵改。【據戈氏云：“酷”字，《説文》謂酒味厚也，汲古不誤。】又，後結“細雨”作“煙雨”，此處應用去上，仍當作“細”，或作“夜”。

【考正】萬氏原注“不解”之“不”、“緑陰”之“緑”以入作平。又“寒食”之“食”亦當是以入作平，萬氏失記。玉田此句作“隔塢閑門閉”，可證。

被花惱　九十七字

楊　纘

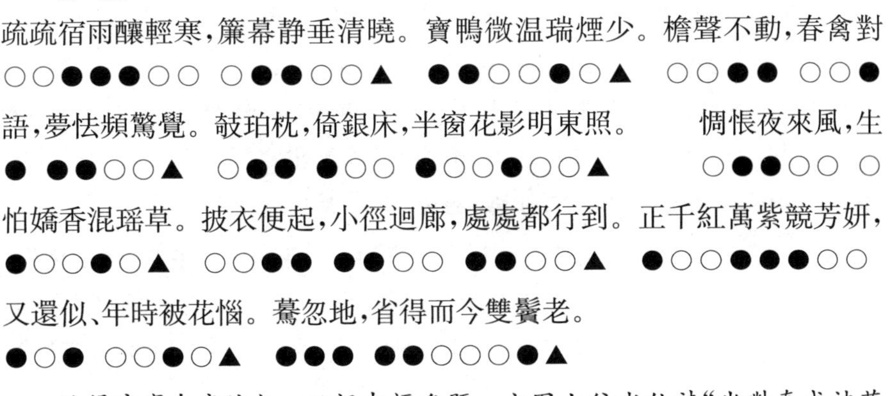
疏疏宿雨釀輕寒，簾幕静垂清曉。寶鴨微温瑞煙少。檐聲不動，春禽對
○○●●●○○　○●●○○▲　●●○○●○▲　○○●●　○○●
語，夢怯頻驚覺。攲珀枕，倚銀床，半窗花影明東照。　　惆悵夜來風，生
●　●●○○▲　○●●　●○○　●○○●○○▲　　○●●○○　○
怕嬌香混瑶草。披衣便起，小徑迴廊，處處都行到。正千紅萬紫競芳妍，
●○○●○▲　○○●●　●●○○　●●○○▲　●○○●●●○○
又還似、年時被花惱。驀忽地，省得而今雙鬢老。
●○●　○○●○▲　●●●　●●○○○●▲

此楊守齋自度腔也。以詞中語名題。亦因山谷水仙詩“坐對真成被花惱”，故取其三字耳。

【杜注】按，《歷代詩餘》首句“輕寒”作“寒輕”。

【考正】“瑞煙”原作“睡煙”，據《欽定詞譜》改。

詞律卷十四終

詞律卷十五

玉簟涼　九十七字

史達祖

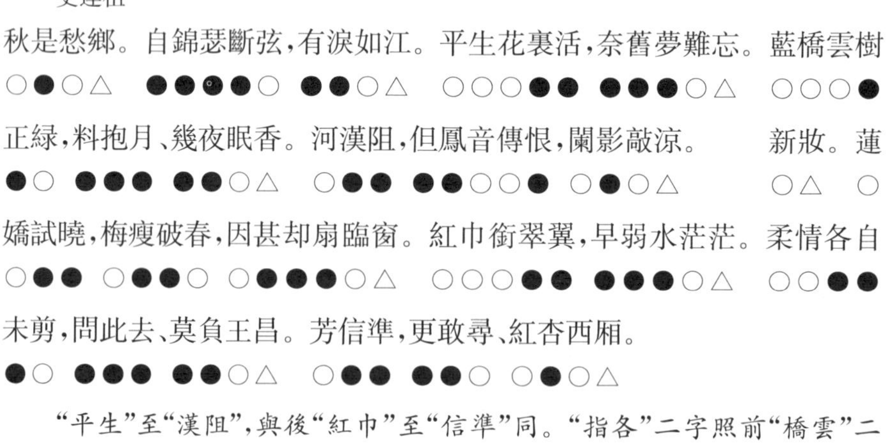

秋是愁鄉。自錦瑟斷弦，有淚如江。平生花裏活，奈舊夢難忘。藍橋雲樹
○●○△　●●●●○　●●○△　○○○●●　●●●○△　○○○●
正緑，料抱月、幾夜眠香。河漢阻，但鳳音傳恨，闌影敲涼。　新妝。蓮
●○　●●●　●●○△　○●●　●●○○●　○●○△　○△　○
嬌試曉，梅瘦破春，因甚却扇臨窗。紅巾銜翠翼，早弱水茫茫。柔情各自
○●●　○●●○　○●●●○△　○○○●●　●●●○△　○○●●
未剪，問此去、莫負王昌。芳信準，更敢尋、紅杏西厢。
●○　●●●　●●○△　○●●　●●○　○●○△

"平生"至"漢阻"，與後"紅巾"至"信準"同。"指各"二字照前"橋雲"二字，宜用平聲，想皆借用耳，若認是用仄，填入去聲字，便拗矣。"平生"二句，同是五字，但上句"平生"二字連，與五言詩句同，下則"奈"字領句，而"舊夢"二字相連，不可比而同之也。"紅巾"二句亦然。

【杜注】按，《欽定詞譜》"柔指各自未剪"句，"指"作"情"，此字宜平，應遵改。

【考正】萬氏所謂"想皆借用"云，是謂"指"字以上作平，"各"字以入作平。另，前段第六句"緑"字、後段對應之"剪"字，均宜用平，亦爲以入以上作平者。

月邊嬌　九十七字

周　密

酥雨烘晴，早柳眄嬌顰，蘭芽愁醒。九街月淡，千山夜暖，十里寶光花影。
○●○○　●●●○○　○○○▲　●○●●　○○●●　●●●○○▲
塵凝步襪，送艷笑、争誇輕俊。笙簫迎曉，翠幕卷、天香宮粉。　少年韋
●●○○　●●●　○○○▲　○○○●　●●●　○○○▲　●○○

曲疏狂，絮花蹤跡，夜蛾心性。戲叢圍錦，燈簾轉玉，拚却舞勾歌引。前歡
●○○ ●○○● ●○○▲ ●○○● ○○●● ○●●○○▲ ○○
漫省。又輦路、東風吹鬢。醺醺倚醉，任夜深春冷。
●▲ ●●● ○○○▲ ○○●● ●●○○▲

“九街”至“迫曉”，與後“戲叢”至“倚醉”同。“省”字照前“襪”字，不必叶韻。

【杜注】按，《蘋洲漁笛譜》“旱柳盼嬌顰”句，“嬌顰”作“顰嬌”。又，“千山夜暖”句，“山”作“門”。又按，《欽定詞譜》“塵凝布襪”句作“布襪塵凝”。又，“笙簫迫曉”句，“迫”作“迎”。又，“少年顧曲疏狂”句，“顧”作“韋”。均應遵改。

【考正】“迎曉”原作“迫曉”、“韋曲”原作“顧曲”，據《欽定詞譜》改。又，《欽定詞譜》前段第七句作“步襪塵凝”，校之後段，不從。又按，《欽定詞譜》“漫省”句原譜未作叶韻。

暗香　九十七字　又名：紅情

吴文英

縣花誰葺。記滿庭燕麥，朱扉斜闔。妙手作新，公館青紅曉雲濕。天際疏
○○○▲ ●●○●● ○○○▲ ●●●○ ○●○○●○▲ ○●○
星趁馬，畫簾隙、冰弦三疊。盡換却、吴水吴煙，桃李靚春靨。　　風急。
○●● ◎○● ○○○▲ ●●● ○●○○ ○●●○▲ 　　○▲
送帆葉。正雁水夜清，卧虹平帖。軟紅路接。塗粉闈深早催入。懷暖天
●○▲ ●●●●○ ●○○▲ ●○●▲ ○●○○●○▲ ○●○
香宴果，花隊簇、輕軒銀蠟。便問訊、湖上柳，兩堤翠匝。
○●● ○●● ●○○▲ ●●● ○●● ●○●▲

“公館”至“換却”，與後“塗粉”至“問訊”同。此調惟堯章創之，君特填之耳。觀其步趨原曲，如此謹嚴，所謂斷髭踏醋，令人有擊鉢揮毫之懼。姜詞首句第三字是“月”字，《譜》俱作仄，觀此“誰”字，則知可用平，“吴水”姜作“竹外”，可知“竹”字可平。“送帆葉”姜作“正寂寂”，可知第二個“寂”字作平。“卧虹”姜作“夜雪”，可知“雪”字作平。有此一闋，姜遂不孤矣。至《圖譜》所注，於“作”字、“靚”字、“送”字、“夜”字、“軟”字、“問”字、“兩”字俱作可平，而“花隊簇輕軒”五字謂可用仄平平仄仄，則其見太廣，其説太玄，非愚之淺鄙所識矣。按，詞調有《紅情》、《緑意》二體，向原疑爲巧立名色，近校之，即《暗香》、《疏影》二詞也。詳見《疏影》調下。

【杜注】按，《夢窗甲乙丙丁稿》“輊軒銀蠟”句，“輊軒”作“輕軒”。

【考正】《暗香》而不用白石詞，余不知其所以也。

夜合花 九十七字

晁補之

百紫千紅，占春多少，共推絶世花王。西都萬户，擅名不爲姚黄。謾腸斷
●●○○ ●○○● ●○●●○△ ○○●● ●○●●○△ ●○●

巫陽。對沉香、亭北新妝。記清平調，詞成進了，一夢仙鄉。 天葩秀
○△ ●○⊙ ○●○△ ●○○● ○○●● ●●○△ ○○●

出無雙。倚朝暉，半如酣醉成狂。無言自省，檀心一點偷芳。念往事情
●○△ ●○○ ●○○●○△ ○○●● ○○●●○△ ●●●○

傷。又新艷、曾説滁陽。縱歸來晚，君王殿後，別是風光。
△ ●○◎ ○●○△ ●○○● ○○●● ●●○△

"西都"下與"無言"下同，但"西都"句六字，"無言"句四字，稍異。然此十字句分豆，可上可下，而他家則俱用上四下六耳。

【杜注】按，《欽定詞譜》"西都萬家俱好"句作"西都萬户擅名"。又，"半如酣酒成狂"句，"酒"作"醉"。又，"無言自有"句，"有"作"省"。應遵改。

【考正】已據杜注改。又，"西都"下十字，萬氏斷爲六字一句、四字一句，《欽定詞譜》斷爲四字一句、六字一句，觀宋詞均如此填，故取《欽定詞譜》之讀改之。

第二體 一百字

周 密

月地無塵，珠宮不夜，翠籠誰煉鉛霜。南州路杳，仙子誤入唐昌。零露滴，
◎●○○ ○○◎● ●○○●○△ ○○●● ○○◎●○△ ⊙◎●

濕微妝。逗清芬、蝶夢空忙。梨花雲暖，梅花雪冷，應妒秋芳。 虛庭
●○△ ●⊙○ ◎●○△ ⊙○○● ○○●● ○●○△ ○○

夜氣方涼。曾記幽叢採玉，素手相將。青蕤嫩萼，指痕猶映瑶房。風透
●●○△ ○●○○●● ◎●○△ ○○●● ◎○⊙●○△ ⊙◎

幕，月侵床。記夢回、粉艷爭香。枕屏金絡，釵梁絳縷，都是思量。
● ●○● ●◎○ ◎●○△ ◎○○● ○○◎● ○●○△

作者多用此體。"南州"下與後"青蕤"下同。"零露滴"二句、"風透幕"二句各三字，與前"謾腸斷"、"念往事"句五字異。按，"梨花"句、"枕屏"句他家多於中二字相連，如前晁詞"清平"二字、"歸來"二字，史用"共淒涼處"、"向銷凝裏"，吴用"共追遊處"，高用"隔花陰淺"，想體當如此。

按，夢窗一首，於"曾記"句作"似西湖燕去"五字，查各家俱六字，故不另收，附記於此。梅溪"柳鎖鶯魂"一首，於"逗清芬"三字原作"早窺春"，而

《譜》、《圖》相沿，俱誤刻“早去窺春”，遂謂此句八字，蓋未審其後段之“是當初”三字，及將他家詞相校，故竟作一百一字調耳。“路”、“嫩”二字妙在去聲，注作可平，全然沒味矣。

【杜注】按，《草窗詞》“虚庭夜氣方涼”句，“方”作“偏”。

【考正】萬氏原注：“仙子”之“子”以上作平。

本調前後段第六句宋人多作折腰式六字，五字句惟晁詞一首，故以本體爲正。

又按，余疑本調與平韻體《聲聲慢》有關聯。

醉蓬萊　九十七字

呂渭老

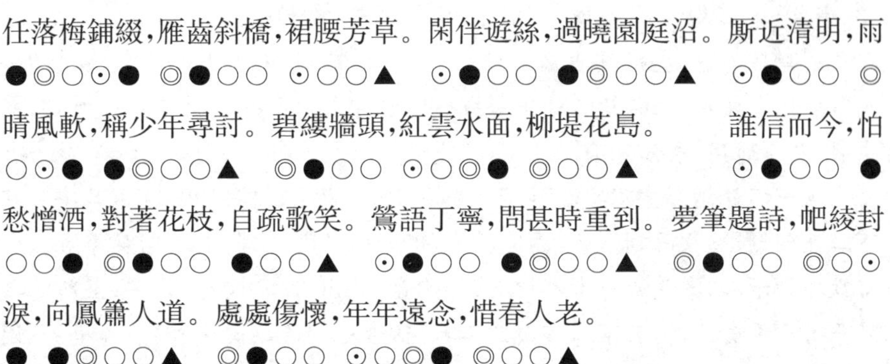

任落梅鋪綴，雁齒斜橋，裙腰芳草。閑伴遊絲，過曉園庭沼。斯近清明，雨
●◎○⊙● ◎●○○ ⊙○○▲ ⊙●○○ ●◎○○▲ ⊙●○○ ◎
晴風軟，稱少年尋討。碧縷牆頭，紅雲水面，柳堤花島。　誰信而今，怕
○⊙● ●◎○○▲ ◎●○○ ⊙○◎● ◎○○▲ ⊙●○○ ●
愁憎酒，對著花枝，自疏歌笑。鶯語丁寧，問甚時重到。夢筆題詩，帊綾封
○○● ◎●○○ ●○○▲ ⊙●○○ ●◎○○▲ ◎●○○ ◎○⊙
淚，向鳳簫人道。處處傷懷，年年遠念，惜春人老。
● ●◎○○▲ ◎●○○ ⊙○◎● ◎○○▲

“對著”下與前“雁齒”下俱同。“任”、“過”、“稱”、“問”、“向”諸字定用仄聲，且須去聲方妙。歷覽古人作者，無不如此，蓋此一字領句，必去聲方喚得起下面也。此亦易明之理，況舊詞篇篇可證。而《譜》俱注可平，一字之訛，便失一調之體，豈得如此率意乎？而“庭”、“花”、“憎”、“人”等字，翻注可仄。且將“過曉園”句不注叶韻，《嘯餘》既誤，《圖譜》再誤，必欲去此一韻矣。此調凡五字句者，皆一字領下四字，不可上二下三作五言詩句法，查楊无咎作，有用“況是當佳致”、“歲歲稱眉壽”者，竟與《念奴嬌》中三語同，此乃其誤處，不可從也。夢窗首句作“碧天書信斷”，雖或第一句可通用，然亦是敗筆。後起四句，每句四字，係定格，坡公作“此會應須爛醉，仍把紫菊茱萸，細看重嗅”，上二句六字，下一句四字，而醉字又用去聲，定難協律，亦不可從。又，晁无咎於“稱少年”句作“與花爭艷”，乃落去一字，非有此體。“晴”字坡作“飲”，“綾”字坡作“我”、柳作“輦”，上可借作平，不得用去聲。

聖求此詞，汲古刻本於“懷”字作空格，“念”字上又多一空格，誤。

燕春臺　九十八字

張　先

麗日千門，紫煙雙闕，瓊林又報春回。殿閣風微，當時去燕還來。五侯池
●●○○ ●○○● ○○●●○△ ●●○○ ○○●●○△ ●○○
館屏開。探芳菲、走馬天街。重簾人語，轔轔車幰，遠近輕雷。　雕觴
●○△ ●○○ ●●○△ ○○○● ○○○● ●●○△ ○○
霞灔，醉幕雲飛，楚腰舞柳，宮面妝梅。金猊夜暖，羅衣暗裛香煤。洞府人
○● ●●○○ ●○●● ○●○△ ○○●● ○○●●○△ ●●○
歸，擁笙歌、燈火樓臺。下蓬萊。猶有花上月，清影徘徊。
○ ●○○ ○●○△ ●○△ ○●○○● ○●○△

此詞疑有訛脱，惜無他篇可證。愚謂"探芳"句下或尚有叶韻語，蓋"走馬"句與"重簾人語"詞意不連也。或謂"微"字、"飛"字、"歸"字亦是叶韻，詞中微、灰原通用，未知是否。

按，《嘯餘譜》於"春字題"内收《燕臺春》，又於"宫室題"内收《燕春臺》，將下二字顛倒，遂收兩調。又，兩處所載，俱即張子野此篇，豈不貽笑千古。當日欲作譜示人，寧竟未一考邪？又於《燕春臺》内少却"院落"二字，至所注之可平可仄兩處互異，又不必言矣。真奇絶，奇絶。此調沈氏作《燕春臺》，《圖譜》作《燕臺春》，若作《燕春臺》則"燕"字當作"燕會"之"燕"，若作《燕臺春》，則是黄金臺事，當作"幽燕"之"燕"。但舊草堂所載，是《燕春臺》，合當從之也。

又按，《夏初臨》一調與此相同，即載此後，以便考訂。

【杜注】按，《欽定詞譜》"探芳菲走馬"句，"馬"字下有"天街"二字，"街"字注叶。又，"笙歌院落燈火樓臺"句，作"擁笙歌燈火樓臺"，此落"擁"字，多"院落"二字，應遵照增删。又按，四庫全書《詞律》提要云：其論《燕春臺》、《夏初臨》爲一調，乃謂《嘯餘譜》顛倒複收，因欲於張子野詞"探芳菲走馬"下添入"歸來"二字爲韻，而不知其上已用"當是去燕還來"，一韻兩用，其謬較一調兩收爲更甚云云。蓋由萬氏未知"走馬"之下本有"天街"二字，故有此誤耳。"歸來"原論，見下《夏初臨》詞注。

【考正】已據杜注改。又，"花上"之"上"字，以上作平。又，"殿閣"原作"殿角"、"醉幕"原作"翠幕"，據《欽定詞譜》改。又按，王之道有步子野韻詞一首，其字句韻律與改後詞同。

夏初臨　九十七字

洪咨夔

鐵甕栽荷，銅彝種菊，膽瓶萱草榴花。庭户深沉，畫圖低映窗紗。數枝奇
●●○○ ⊙○◎● ◎○⊙●○△ ○●○○ ◎○⊙●○△ ●○○

石谽谺。染宣和、瑞露明霞。於菟長嘯，風林□□，霜草先斜。　雪絲
●○△　●○○　●●○△　○○○●　○○○●　○●○△　◎○
香裏，冰粉光中，興來進酒，睡起分茶。輕雷急雨，銀篁迸插檐牙。涼入琵
○●　⊙●○○　●○●●　●●○△　○○●●　○○●●○△　⊙●○
琶。枕幃開、又送蟾華。問生涯，山林朝市，取次人家。
△　●○○　●●○△　●○○　○○○●　●●○△

此詞缺二字，照後結應是平仄。

按，此調與《燕春臺》聲響句法俱同，只“染宣和”句上三下四，與前“探芳菲”下不同。余反覆玩之，而斷其爲一調，何也？蓋前“探芳菲”下原有闕文，今以此相較，是“走馬”之下當有二字落去，竊恐是“歸來”二字也。其詞意謂：五侯之家同諸閨人出遊，至暮則探芳菲者走馬而歸來矣。其閨人則在車上簾中，將到第宅，故簾中有語，而其時宅中迎候，故池館屏開耳。後段則言歸後重整筵宴歌舞之景，故用“夜”字、“燈”字、“月”字也。若上無“歸來”二字，則接不下矣。“笙歌”句必上落一字，而下誤多“院落”二字。是因“笙歌歸院落，燈火下樓臺”二句成語而誤寫耳。此句即同前“探芳菲”句，亦宜上三下四，蓋“探芳菲”即洪詞之“染宣和”七字，“□笙歌”即洪詞之“枕帷開”七字，前後相同也。查《草堂》舊刻，止“笙歌燈火樓臺”六字，是雖缺上一字而原無“院落”二字，汲古所刻亦同，愈可證余説之不謬。自《嘯餘》收作兩調，於《燕春臺》内作“笙歌燈火樓臺”六字，《燕臺春》内作“笙歌院落，燈火樓臺”八字，於是沈氏刻，仍其八字，反注云“一本缺‘院落’二字”，而《圖譜》則竟作八字矣，豈不謬歟？猶有“花上月”亦誤多一字，此即洪詞之“山林朝市”也，玩其節奏，豈不吻合乎？是則前“洞府人歸”句果是叶韻，正與“涼入琵琶”合矣。蓋他處猶可謂偶同，若换頭處四字四句，斷無兩調而如此相符者。愚見如此，然以五六百年後尚論而獨創異説，其能免於時俗之駭怪乎？

【考正】兩體相校，惟前者後結作：“下蓬萊。猶有花上月，清影徘徊。”後者少一字，作：“問生涯。山林朝市，取次人家。”差别因增減字而成，惟《燕春臺》亦有三四四結構之尾均填法，如黄裳、曹冠等詞皆如此，故萬氏以爲兩體本爲一調，信然。

第二體　九十八字

劉涇

泛水新荷，舞風輕燕，園林夏日初長。庭樹陰濃，雛鶯學弄新簧。小橋飛蓋入横塘。跨青蘋、緑藻幽香。朱欄斜倚，霜紈未摇，衣袂先涼。　歡歌稀遇，怨别多同，路遥水遠，煙淡梅黄。輕衫短帽，相攜洞府流觴。況有

紅妝。醉歸來、寶蠟成行。拂牙床。紗厨半開,月在迴廊。

舊刻此詞,俱作"小橋飛入横塘",沈天羽云"飛"字下缺"蓋"字。愚謂據此調風範,"小橋"句當以六字爲正,況有前洪詞可據,但天羽或有所考,故收此九十八字體。然作者只從洪平齋可耳。

此篇"霜紈未摇"、"紗厨半開",用平平去平,比洪詞"山林朝市"句用平平平仄者不同,想所不拘也。

【杜注】按,《歷代詩餘》"小橋"句無"蓋"字,此詞亦九十七字也。

【考正】本詞誤多一字,非别體也,故不擬譜。

瑶臺第一層　九十七字

張元幹

寶曆祥開,飛練上、青冥萬里光。石城形勝,秦淮風景,威鳳來翔。臘餘春
◎●○○ ○●● ○○●●△ ●○○● ⊙○⊙● ⊙●○△ ●○○
色早,兆鈞璜、賢佐興王。對熙旦,正格天同德,全魏分疆。　熒煌。五
●● ●●○ ⊙●○△ ●○● ●◎○○● ○●○△ ○△ ●
雲深處,化鈞獨運斗魁旁。繡裳龍尾,千官師表,萬事平章。景鐘文瑞世,
○○● ●○●●●○△ ●○○● ⊙○⊙● ◎●○△ ●○○●●
醉尚方、難老天漿。慶垂裳。看雲屏間坐,象笏堆床。
●●⊙ ⊙●○△ ●○△ ●○○○● ●●○△

"石城"至"興王",與後"繡裳"至"金漿"同。"鈞"字即同後"尚"字,《圖》注可平,誤。"垂裳"是用韻,其别作亦以"觴"字叶"長"、"光"等字,《圖》失注。"璜"、"方"二字似叶而非,觀别作後用"旦"、"宇"也。

按,《圖譜》收其别作,"臘餘"二句云:"豆花初秀雨,散暑空、洗出秋涼。"亦於"雨"字斷句,正與其後段"舊山同梓里,荷月旦、久已平章"同,此正前後相合處。如此篇後段"景鐘"二句,也上五下七,甚明,何乃後作上五下七,而前則另讀爲四字三句邪?

【杜注】按,《欽定詞譜》"難老金漿"句,"金"作"天"。

【考正】原譜起拍爲七字一句、五字一句,校之宋詞各體,則多作四字一句、八字一句,且於義理亦不當七字成句,據改。

長亭怨慢　九十七字　或無"慢"字

姜　夔

漸吹盡、枝頭香絮。是處人家,緑深門户。遠浦縈回,暮帆零亂向何處。
●○● ○○○▲ ●●○○ ●○○▲ ●●○○ ●○○●●○▲

閱人多矣，誰得似、長亭樹。樹若有情時，不會得、青青如許。　　日暮。
●○○● ○●● ○○▲ ●●●○○ ●●● ○○○▲　　○▲
望高城不見，只見亂山無數。韋郎去也，怎忘得、玉環分付。第一是、早早
●○○●● ●●●○○▲ ○○●● ●○● ●○○▲ ●●● ●●
歸來，怕紅萼、無人爲主。算空有并刀，難剪離愁千縷。
○○ ●○● ○○○▲ ●○●○○ ○●○○○▲

按，此調爲白石所創，其字句自應守之。但前結“此”字不是韻，乃白石借叶者，後人不知，遂將後起句“日暮”二字割連前尾，如沈氏《別集》、《詞統》、《圖譜》等書皆遞相傳誤，加以圈斷，注其平仄，而不知其非也。周公謹、張叔夏皆南宋人，去白石最近，其所作《長亭怨》，周詞用“處”字韻，前結云“歎轉眼、歲華如許”，後起云“凝佇”；張一首是“絶”字韻，前結云“誰爲主、都成消歇”，後起云“淒咽”，一首是“處”字韻，前結云“應笑我、飄零如羽”，後起云“同去”。是端端正正兩個韻脚，豈可硬判“日暮”二字連上，而使此調前結少却一韻乎？但有不可曉者，“第一是”句上三下四，周乃作“燕樓鶴表半飄零”，與姜不合，而張詞則合。又，“誰得似”句六字，“樹若”句五字，張一作“渾忘了、江南舊雨”七字，“不擬重逢”四字；一作“愁千折、心情頓别”七字，“露粉風香”四字，與姜不合，而周詞則合。此二者又不知何以參差如此？後人但依姜填之可耳。

“枝”字，周、張作仄，“是處”“是”字張作平，“暮帆”“暮”字周作平，“不會”、“只”、“玉”、“第一是”、“早”、“只”等字，張兩首内或作平，想不拘也。又，張一首於首句不起韻。“閱人”句周、張俱叶。“韋郎”句張一首叶。

【杜注】萬氏於前結“青青如此”句，“此”字注借叶。按，《歷代詩餘》“向何許”句，“許”作“處”，“如此”作“如許”，本屬叶韻，不必强作借叶。

【考正】萬氏原注：“日暮”之“日”作平。又按，萬氏云周詞“燕樓鶴表半飄零”句與姜詞不合，而與張詞合，不知其所謂。蓋“第一是”句，張、姜正同爲上三下四句法也。後云張詞“渾忘了、江南舊雨”與姜不合，而與周合，惟周詞云“知幾誦、燕臺句”，正與姜同。又，原譜后結作“算只有并刀，難剪離愁千縷”，語義不通，此據彊村叢書本《白石道人歌曲》改“只”为“空”。

二韻已據杜注改。

黄鸝繞碧樹　九十七字

周邦彦

雙闕籠佳氣，寒威日晚，歲華將暮。小院閑庭，對寒梅照雪，淡煙凝素。忍
○●○○● ○○●● ●○○▲ ●●○○ ●○○●● ●○○▲ ●
當迅景，動無限、傷春情緒。猶賴是、上苑風光漸好，芳容將煦。　　草莢
○●● ●○● ○○○▲ ○●● ●●○○○●● ○○○▲　　●●

蘭芽漸吐。且尋芳、更休思慮。這浮世、甚驅馳利祿，奔競塵土。縱有魏
○○●▲ ●○○ ●○○▲ ●○● ●○○●● ○●○▲ ●●●
珠照乘，未買得、流年住。爭如盛飲流霞，醉偎瓊樹。
○●● ●●● ○○▲ ○○●●○○ ●○○▲

平仄照填。

或云"上苑風光漸好"爲一句。

【杜注】按，《欽定詞譜》"爭如剩引榴花"句，作"爭如盛飲流霞"。宜遵改。

【考正】已據杜注改。原譜前結爲四字一句、六字一句，亦據《欽定詞譜》改。

本調另有平韻體，録附於此：

平韻黄鸝繞碧樹 九十九字

晁端禮

鴛瓦霜輕，玳簾風細，高門瑞氣非煙。積厚源深，有長庚應夢，喬嶽生賢。妙齡秀髮，慶謝
○●○○ ●○○● ○○●●○△ ●●○○ ●○○○● ○●○△ ●○●● ●●
庭、蘭玉爭妍。名動縉紳，況文章政術，俱是家傳。 別有陰功厚德，向東州、治獄平反。
○ ○●○△ ○●●○ ●○○●● ○●○△ ●●○○●● ●○○ ●●○△
玉函高篆，仙風道骨，錫與長年。最好素秋新霽，對畫堂、高啟賓筵。何妨縱樂笙歌，剩舉
●○○● ○○●● ●●○△ ●●●○○● ●●○ ○●○△ ○○●●○○ ●●
觥船。
○△

帝臺春 九十七字

李 甲

芳草碧色。萋萋遍南陌。暖絮亂紅，也似知人，春愁無力。憶得盈盈拾翠
○○●▲ ○○●○▲ ●●●○ ●●○○ ○○○▲ ●●○○○●
侣，共攜賞、鳳城寒食。到今來，海角逢春，天涯爲客。 愁旋釋。還似
● ●○● ●○○▲ ●○○ ●●○○ ○○●▲ ○●▲ ○●
織。淚暗拭。又偷滴。漫倚遍危闌，儘黄昏，也祇是、暮雲凝碧。拚則而
▲ ●●▲ ●○▲ ●●●○○ ●○○ ●●● ●○○▲ ○●○
今已拚了，忘則怎生便忘得。又還問鱗鴻，試重尋消息。
○●○● ○●●○●○▲ ●○●○○ ●○○○▲

宋人作此調者絶少，向來《譜》、《圖》相傳，俱首作三字句，以"碧"字起韻，"色萋萋"作一句、"遍南陌"作一句，不知後有"暮雲凝碧"，斷無複韻之理。況"春草碧色"乃江文通《别賦》中語，此正用之，其爲"色"字起韻無疑。《詞綜》於"飛"字作"暖"字，"也似知人"句無"似"字，必有所考，但從來舊刻如右，故仍之。《嘯餘》所注平仄，皆以意爲之，"遍南"謂可平仄，至"忘則怎生便"五字

逐字反注，蓋欲字字改順，幾於變盡本來面目矣。本譜則不敢也。

【杜注】按，《欽定詞譜》"飛絮亂紅"句，"飛"作"暖"。又，"天涯行客"句，"行"作"倦"，此字宜去聲，應遵改。【又，"儘黄昏也只是暮雲凝碧"句，應以"昏"字爲句，萬氏注"也"字句誤。】又按，《樂府雅詞》"漫遍倚危闌"句，"漫"字下有"佇立"二字，宜增。

【考正】萬氏原注"拾翠"之"拾"以入作平。又，"芳草"之"草"以上作平。

《樂府雅詞》卷下所載本詞，文字多有不合處，前段四五兩句作"也知人、春愁無力"。本句對應後段之"也袛是、暮雲凝碧"，可見七字爲正。又，原譜前結作"天涯倦客"，文理欠達，據《樂府雅詞》改。又，後段第二均，原作"謾遍倚危闌，儘黄昏也，袛是暮雲凝碧。"校之《樂府雅詞》，或爲因錯簡而添一"佇"字，似當作"謾倚遍危闌，立盡黄昏，也袛是、暮雲凝碧"更是，與前亦略同。惟主觀臆測，不敢妄改。餘綜合杜注改。

珍珠簾　九十八字　"珍"一作"真"

吴文英

蜜沉爐暖餘煙裊。層簾卷、佇立行人官道。麟帶壓愁香，聽舞簫雲渺。恨縷情絲春絮遠，悵夢隔、銀屏難到。寒峭。有東風垂柳，學得腰小。

還近緑水清明，歎孤身如燕，將花頻繞。細雨濕黄昏，半醉歸懷抱。蠹損歌紈人去久，謾淚沾、香蘭如笑。書杳。念客枕幽單，看春漸老。

"麟帶"以下前後相同。但"東風垂柳"與"客枕幽單"平仄異。"麟帶"二句、"細雨"二句雖皆五字，但上句是上二下三，下句是上一下四，不可誤作一樣。

【杜注】按，毛斧季校本"佇立"句上有"層簾卷"三字。又，"聽舞簫雲渺"句，"渺"作"杪"。均應增改。

【考正】已據杜注改。添"層簾卷"後，本詞即後張炎體。又按，"半醉歸懷抱"句，頗有律句味，故本詞不作擬譜，學者可以後一體爲範。

第二體　一百一字

張　炎

雲深別有深庭宇。小簾櫳、占取芳菲多處。花暗曲房春，潤幾番酥雨。見
⊙○◎●○○▲　◎○⊙　◎●○○○▲　⊙●●○○　●●○○▲　◎

説蘇堤晴未穩，便懶趁、踏青人去。休去。且料理琴書，夷猶今古。
●○○○●●　●●◎　○○○▲　○◆　●◎●○○　⊙○○▲

誰見靜裏閑心，縱荷衣未葺，雪巢未賦。醉醒一乾坤，任此情何許。茂樹
○●●●○○　●○○●●　○○●▲　◎●●○○　●●○○▲　◎●

石床同坐久，又却被、清風留住。欲住。奈簾影妝樓，剪燈人語。
○○○●●　●●◎　○○○▲　○◆　●⊙●○○　◎○○▲

比前詞多"小簾櫳"三字。詞家多宗此體,"去"、"住"二字即用上韻,此玉田巧筆,非必要疊韻也。此詞用"料理琴書"、"簾影妝樓",草窗用"鮫人織就"、"歸時人在",平仄相反,而前夢窗詞前用"東風垂柳",與周同,後用"客枕幽單"與張同,前後互異,想亦不拘。然他家俱用草窗體,可從之。"坐"字竹山作"珠"字,係誤刻,此字無用平理。

【杜注】按,《欽定詞譜》"酥雨"作"疏雨"。又,"好趁"作"懶趁"。又,"醒醉"作"醉醒"。又,"春風"作"清風"。

【考正】萬氏原注"踏青"之"踏"、"雪巢"之"雪"、"石床"之"石"、"欲住"之"欲"均爲以入作平。

另已據杜注改,惟内務府本《欽定詞譜》未作"疏雨",且"酥雨"更切,不改。

第三體 一百一字

陸 游

燈前月下嬉遊處。向笙歌、錦繡叢中相遇。彼此知名,才見便論心素。淺

○○●●○○▲ ●○○ ●●○○○▲ ●●○○ ○●●○○▲ ●

黛嬌蟬風調别,最動人、時時偷顧。歸去。想閑窗深院,調弦促柱。

●○○○●● ●●○ ○○○▲ ○▲ ●○○○● ○○●▲

樂府。初翻新譜。謾裁紅點翠、閑題金縷。燕子入簾時,又一番春暮。側

●▲ ○○○▲ ●○○●● ○○○▲ ●●●○○ ●●○○▲ ●

帽燕脂坡下過,料也記、前年崔護。休訴。待從今須與,好花爲主。

●○○○●● ●●● ○○○▲ ○▲ ●○○○● ●○○▲

"彼此知名"四字、"才見便論心素"六字,比前二詞兩句五字者不同,或以爲誤。渭南又一首亦云"掠地穿簾,知是竟歸何處",是知另有此體也。其後段首句兩字叶韻,次句四字叶韻,亦與前六字用平者不同,其又一首亦云:"自古。儒冠多誤。"

《圖譜》前收《珍珠簾》,後又收《真珠簾》,不知"珍"即"真",本是一調也。而後起二字句亦失注叶韻。

【杜注】按,《歷代詩餘》"坡下過"之"過"字作"路"。又,"料也計"之"計"作"記"。應遵改。

玲瓏玉 九十八字

姚雲文

開歲春遲,早贏得、一白蕭蕭。風窗淅蔌,夢驚鴛帳春嬌。是處貂裘透暖,

○●○○ ●○● ●●○△ ○○●● ●○○●○△ ●●○○●●

任尊前回舞，紅倦柔腰。今朝。虧陶家、茶鼎寂寥。　料得東皇戲劇，
●○○○●　○●○△　○△　○○○　○●●△　　●●○○●●
怕蛾兒街柳，先鬭元宵。宇宙低迷，倩誰分、淺凸深凹。休嗟空花無據，便
●○○○●　○●○△　●●○○　●○○　●●○△　○■○○○●　●
真個、瓊雕玉琢，總是虛飄。且沉醉，趁樓頭、零片未消。
○●　○○●●　●●○△　●○●　●○○　○●●△

首句或云五字，雪舫曰：非也。蓋因春遲，故雨雪耳。"亞"字恐是"凸"字。"寂寥"、"未消"是定格，不可照《圖譜》作平。

【杜注】按，《欽定詞譜》"錦帳"作"鴛帳"。又，"淺亞"作"淺凸"。《草堂詩餘》同，應遵改。又按，鳳林書院本"總是虛飄"句，"飄"字疊，不必從。

【考正】"早贏得"句，原譜未讀斷。"休嗟"句，對應前段"是處"句，故"嗟"字應仄而平，填者總以仄聲爲是。另據杜注改。又，前段"夢驚金帳春嬌"所對應者爲後段"倩谁分、浅凸深凹"，故余疑前段落一字。同理"任尊前回舞"對應"便真個、瓊雕玉琢"，或亦落二字。如此，"虛飄"後亦應有一"○△"，便恰與前段"今朝"二字句合，其律之本貌，或當如此也。

揚州慢　九十八字

姜　夔

淮左名都，竹西佳處，解鞍少駐初程。過春風十里，盡薺麥青青。自吴馬
○●○○　●○○●　●○●●○△　●○○●●　●●●○△　●○●
窺江去後，廢池喬木，猶厭言兵。漸黄昏、清角吹寒，都在空城。　杜郎
○○●●　●○○●　○●○△　●○○　○●○○　○●○△　●○
俊賞，算如今、重到須驚。縱豆蔻詞工，青樓夢好，難賦深情。二十四橋仍
●●　●○○　○●○△　●●●○○　○○●●　○●○△　●●●○○
在，波心蕩、冷月無聲。念橋邊紅藥，年年知爲誰生。
●　○○●　●●○△　●○○○●　○○○●○△

查鄭覺齋有此調，於"淮"、"佳"、"吴"、"喬"、"清"、"吹"等字作仄，"竹"、"十"、"薺"去聲，"杜"、"俊"、"夢"、"四"等字作平。又，李彭老於"漸黄昏"二句作"歎而今、杜郎還見，應付悲春"句法，平仄皆有異。然此係石帚自度腔，從之爲妥。

【杜注】按，此調前後結有作三字一逗、四字兩句者。

【考正】按，《欽定詞譜》"吴馬"作"戎馬"，今人通行本用"胡馬"，且本句七字不讀斷，但"吴馬窺江"爲一完整文法單位，不可讀斷，他如吴元可之"記、當日西廊共月"，鄭覺齋之"記、曉剪春冰馳送"，李萊老之"笑、紅紫紛紛成雨"，趙以夫之"想、長日雲階佇立"，羅志仁之"盡、江上青峰好在"，均以一字逗讀爲佳，而不可讀斷爲三四式。校之後段，第六句對應本

句，而爲六字一句，則正是本句減一領字之變，當爲明證。據改。又，前結原譜作五字一句、六字一句，惟宋人多用三字一逗、四字兩句者，於意更達，亦予重讀。

月下笛　九十八字

周邦彦

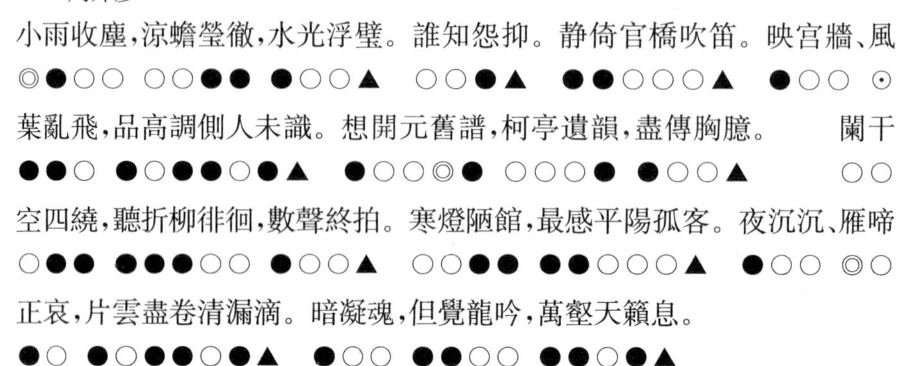
小雨收塵，涼蟾瑩徹，水光浮璧。誰知怨抑。静倚官橋吹笛。映宮牆、風
◎●○○ ○○●● ●○○▲ ○○●▲ ●●○○○▲ ●○○ ⊙
葉亂飛，品高調側人未識。想開元舊譜，柯亭遺韻，盡傳胸臆。　闌干
●●○ ●○●●○●▲ ●○○◎● ○○○● ●○○▲ ○○
空四繞，聽折柳徘徊，數聲終拍。寒燈陋館，最感平陽孤客。夜沉沉、雁啼
○●● ●●●○○ ●○○▲ ○○●● ●●○○○▲ ●○○ ◎○
正哀，片雲盡卷清漏滴。暗凝魂，但覺龍吟，萬壑天籟息。
●○ ●○●●○●▲ ●○○ ●●○○ ●●○●▲

"水光"至"未識"，與後"數聲"至"漏滴"同。"葉"字是以入作平，不可泛用仄聲字。"人未識"、"清漏滴"定格，不可用平平仄。並觀其所用"品"字、"調"字、"片"字及"盡卷"之"盡"字皆仄，可知此句有定格也。"怨"、"陋"、"籟"三字亦不可平，他如"静"、"映"、"亂"、"最"、"夜"、"正"等去聲字，皆妙，宜玩之。"館"字即前"抑"字，應叶不叶。觀後陶、張二詞俱叶可見。雖美成如此，學者還當用韻爲是。不然或"室"字之訛耳。《圖譜》注"光"、"誰"、"橋"、"風"、"寒"、"平"可仄，"水"、"映"、"品"、"側"、"想"、"數"、"夜"、"片"、"卷"、"黯"可平，我所不解。

【杜注】按，王氏校本"闌干四繞"句，"干"字下有"空"字，《欽定詞譜》同，應遵補。又，"寒燈陋館"句，萬氏注"館"字應叶，或"室"字之訛，按，周稚圭《心日齋詞選》作"室"，然此句他詞亦有不叶者，似可不拘。又按，此詞與卷十六美成另作《鎖窗寒》一詞字句相同，因有別體，故《欽定詞譜》亦另列一調。

【考正】原譜"但覺"九字未讀斷。"浮璧"原作"浮碧"，據《欽定詞譜》改。

本調以本詞爲正，然校之宋詞諸家，後段起句以叶韻爲正，且每用二字腹韻，該五字填法。學者不妨以曾詞爲例。又，另有彭元遜詞一首，其前後段第七拍較之本詞各減一字，作"歸還頋、分付橫枝未了……同高李、未擬詩成草草"，當别是一格，因其餘字句皆同，但注不録。

第二體　九十八字

曾允元

吹老楊花，浮萍點點，一溪春色。閑尋舊跡。認溪頭、浣紗磧。柔條折盡
○●○○ ○○●● ●○○▲ ○○●▲ ●○○ ●○▲ ○○●●

成輕别，向空外、瑶簪一擲。算無情更苦，鶯巢暗葉，啼破幽寂。　　凝
○○●　●○●　○○●▲　●○○●●　○○●●　○●○▲　　○
立。闌干側。記露飲東園，聯鑣西陌。容銷鬢減，相逢應自難識。東風吹
▲　○○▲　●●●○○　○○○▲　○○●●　○○○●○▲　○○○
得愁如海，漫點染、空階自碧。獨歸晚，解説心中事，月下短笛。
●○○●　●●●　○○●▲　●○●　●●○○●　●●●▲

"浮萍點"只三字。"認溪頭"、"浣紗磧"兩三字句。"柔條"句上四下三，"向空外"句上三下四，"東風"二句亦然。後起首句二字、次句三字叶韻。末句一五一四。以上俱與前不同，"相逢"句平仄亦異。

【杜注】按，《欽定詞譜》"浮萍點"句作"點點"，疊一字，應遵改。

第三體　九十九字

陶宗儀

東閣詩慳，西湖夢淺，好音難托。香銷玉削。早孤標、頓非昨。阿誰底事
○●○○　○○●●　●○○▲　○○●▲　●○○　●○▲　◎○◎●
頻橫笛，不道是、江南摇落。向空階閑砌，天寒日暮，病鶴輕啄。　　情
○○●　◎●●　○○⊙▲　●○○○●　○○●●　●◎○▲　　○
薄。東風惡。試快覓飛瓊，共翔寥廓。冰魂漠漠。誰憐金谷離索。有時
▲　○○▲　●●●○○　◎○○▲　○○●▲　○○○●○▲　◎○
巧綴雙蛾緑，天做就、宫妝綽約。待一點、脆圓成，須信和羹問却。
◎●○○●　⊙●●　○○●▲　●●●　●○○　○●○○●▲

"西湖"句四字，同周詞，餘同曾詞。尾句兩三一四，與前二體異。

【考正】此爲元明詞，不足爲範。但同一體式者，有張玉田"千里行秋"詞一首可録，萬氏捨名家此而取明詞，怪之。其云"尾句兩三一四"者，當是"兩三一六"之誤，玉田詞，其結云"倦遊處，減羈愁，猶未消磨是酒"，必是陶氏之所本也。惟兩三一六乃是宋詞之常格，後一體玉田又作"恐翠袖，正天寒，猶倚梅花那樹"，玉田之外，白石亦有"怎知道，誤了人，年少自恁虛度"。

第四體　九十九字

張　炎

萬里孤雲，清遊漸遠，故人何處。寒窗夢裏。曾記經行舊時路。連昌約略
◎●○○　○○●●　●○○▲　○○●▲　○●○○●○▲　○○◎●
無多柳，第一是、難聽夜雨。漫驚回淒悄，相看燭影，擁衾誰語。　　張
○○●　◎●●　○○●▲　●○○○●　○○●●　●○○▲　　○

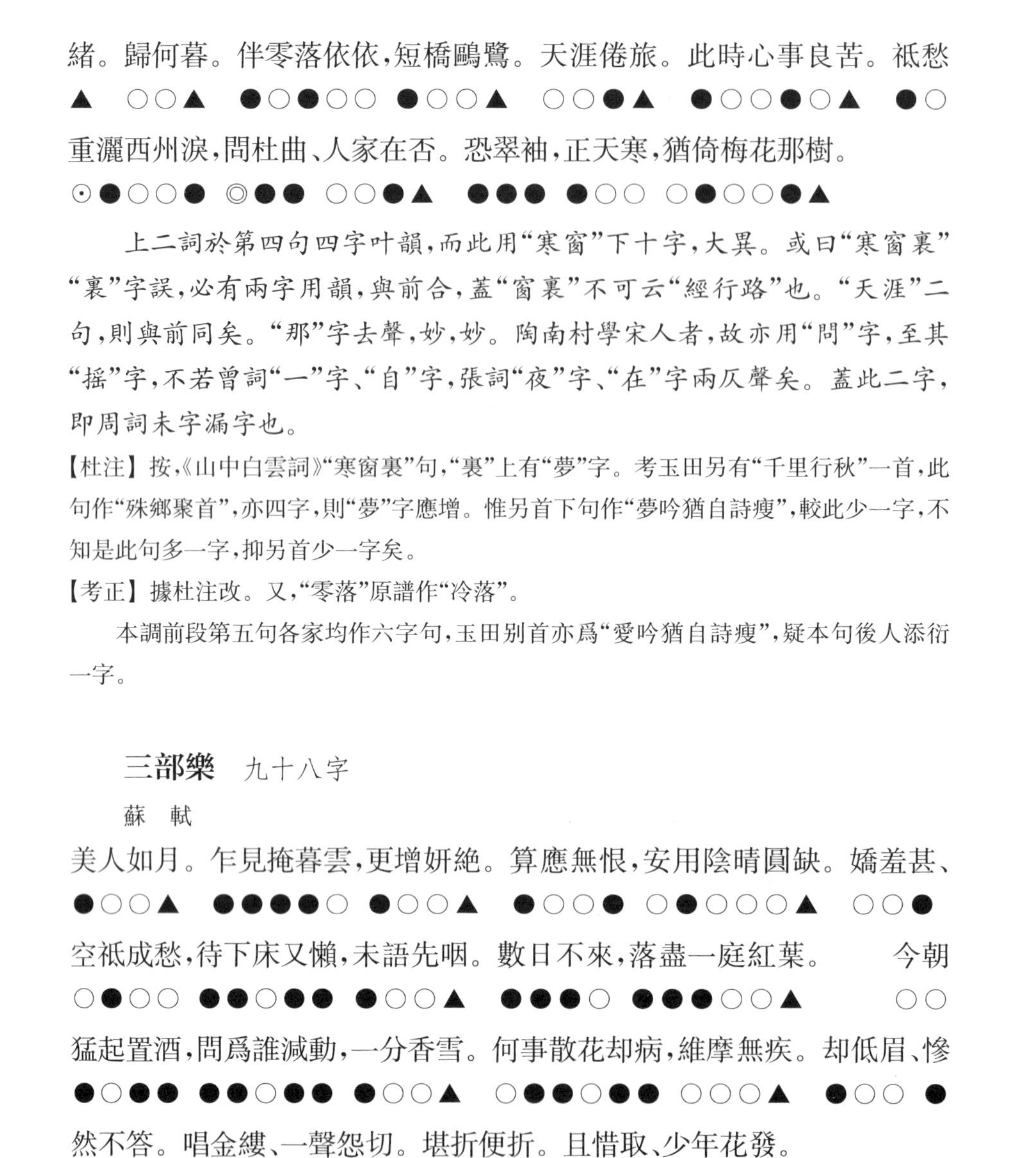

緒。歸何暮。伴零落依依，短橋鷗鷺。天涯倦旅。此時心事良苦。祇愁

▲ ○○▲ ●○●○○ ●○○▲ ○○●▲ ●○○●○▲ ●○

重灑西州淚，問杜曲、人家在否。恐翠袖，正天寒，猶倚梅花那樹。

⊙●○○● ◎●● ○○●▲ ●●● ●○○ ○●○○●▲

上二詞於第四句四字叶韻，而此用"寒窗"下十字，大異。或曰"寒窗裏""裏"字誤，必有兩字用韻，與前合，蓋"窗裏"不可云"經行路"也。"天涯"二句，則與前同矣。"那"字去聲，妙，妙。陶南村學宋人者，故亦用"問"字，至其"摇"字，不若曾詞"一"字、"自"字，張詞"夜"字、"在"字兩仄聲矣。蓋此二字，即周詞未字漏字也。

【杜注】按，《山中白雲詞》"寒窗裏"句，"裏"上有"夢"字。考玉田另有"千里行秋"一首，此句作"殊鄉聚首"，亦四字，則"夢"字應增。惟另首下句作"夢吟猶自詩瘦"，較此少一字，不知是此句多一字，抑另首少一字矣。

【考正】據杜注改。又，"零落"原譜作"冷落"。

本調前段第五句各家均作六字句，玉田别首亦爲"愛吟猶自詩瘦"，疑本句後人添衍一字。

三部樂　九十八字

蘇　軾

美人如月。乍見掩暮雲，更增妍絶。算應無恨，安用陰晴圓缺。嬌羞甚、

●○○▲ ●●●●○ ●○○▲ ●○○● ○●○○○▲ ○○●

空祇成愁，待下床又懶，未語先咽。數日不來，落盡一庭紅葉。　今朝

○●○○ ●●○●● ●○○▲ ●●●○ ●●●○○▲ ○○

猛起置酒，問爲誰減動，一分香雪。何事散花却病，維摩無疾。却低眉、慘

●○●● ●●○●● ●○○▲ ○●●○●● ○○○▲ ●○○ ●

然不答。唱金縷、一聲怨切。堪折便折。且惜取、少年花發。

○●▲ ●○● ○○●▲ ○○●▲ ●●● ●○○▲

"暮"字用去，各家皆同，惟龍川用平，應從其多者爲是。"語"字用仄，亦是定格。"堪折便折"用平仄仄仄，各家同。"數日"句各家皆作仄平仄仄，抑或另有此體歟？"事"字各家皆平，恐是"時"字。

【杜注】按，《欽定詞譜》"嬌甚空只成愁"句，"嬌"下有"羞"字，應遵補。又，"今朝置酒强起"句，作"今朝猛起置酒"。

【考正】已據杜注改。又，萬氏原注"置酒"之"酒"、"一聲"之"一"以上、入作平。

前段第二句當是一四式句法，學者勿誤填爲五言律句句法。又，"未語"之"語"宋人皆填爲平聲或上聲，不可以去聲填之。又，"今朝猛起置酒"一句，第四字宋人多作平聲，惟

本詞一上聲，則“起”字亦可視爲以上作平。如此，則本句成律拗句法。又，楊澤民和清真詞，後段首句作“紅巾又成半鼈”，叶韻，與各體異。

第二體　九十八字

周邦彦

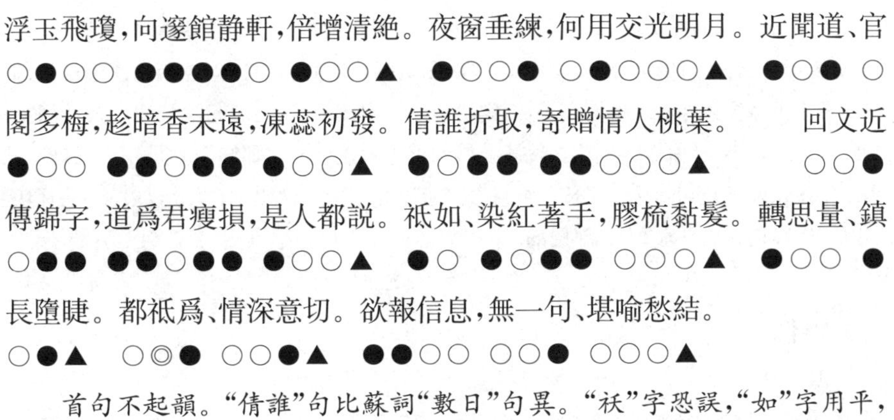

浮玉飛瓊，向邃館靜軒，倍增清絕。夜窗垂練，何用交光明月。近聞道、官
○●○○ ●●●●○ ●○○▲ ●○○● ○●○○○▲ ●○● ○
閣多梅，趁暗香未遠，凍蕊初發。倩誰折取，寄贈情人桃葉。　回文近
●○○ ●●○●● ●○○▲ ●○●● ●●○○○▲ ○○●
傳錦字，道爲君瘦損，是人都説。祇如、染紅著手，膠梳黏髮。轉思量、鎮
○●● ●●○●● ●○○▲ ●○ ●○●● ○○○▲ ●○○ ●
長墮睫。都祇爲、情深意切。欲報信息，無一句、堪喻愁結。
○●▲ ○◎● ○○●▲ ●●○○ ○○● ○○○▲

首句不起韻。“倩誰”句比蘇詞“數日”句異。“祆”字恐誤，“如”字用平，可從。

按，千里和詞，於“聞道”句云“奈相送、行客將歸”，多一字，但觀夢窗、龍川此句皆作七字，或此周詞偶落一字，亦未可知。而前蘇詞亦只六字，故不敢擅定，至方詞於“何用”句作“天際留殘月”，則“留”字上落一字。“是人”句作“到見時難説”，多一字，查此句吴詞五字，蘇詞、陳詞四字，未知誰是，想不拘也。

【杜注】按，《欽定詞譜》“聞道官閣多梅”句，“聞”字上有“近”字。又，“特贈”作“寄贈”。又，“祆如”作“祇如”。又，“膠脱”作“膠梳”。均應遵照增改。

【考正】已據杜注改。萬氏原注“一句”之“一”以入作平。又按，“凍蕊”之“蕊”、“信息”之“息”，亦爲作平。

後段第二均，其基本句法爲二字逗領四字偶句，故前六字不妨作兩頓連平，蓋須二字讀住。原譜不讀斷。

第三體　九十九字

吴文英

江鴟初飛，蕩萬里素雲，霽空如沐。詠情吟思，不在秦筝金屋。夜潮上、明
○●○○ ●●●●○ ●○○▲ ●○○● ●●○○○▲ ●○● ○
月蘆花，傍釣蓑夢遠，句清敲玉。翠罌汲曉，欸乃一聲秋曲。　越裝片
●○○ ●●○●● ●○○▲ ●○●● ●●●○○▲ ●○●
篷障雨，瘦半竿渭水，伴鷺汀幽宿。那知、暖袍挾錦，低簾籠燭。鼓春波、
○●● ●●○●● ●●○○▲ ○○ ●○●● ○○○▲ ●○○

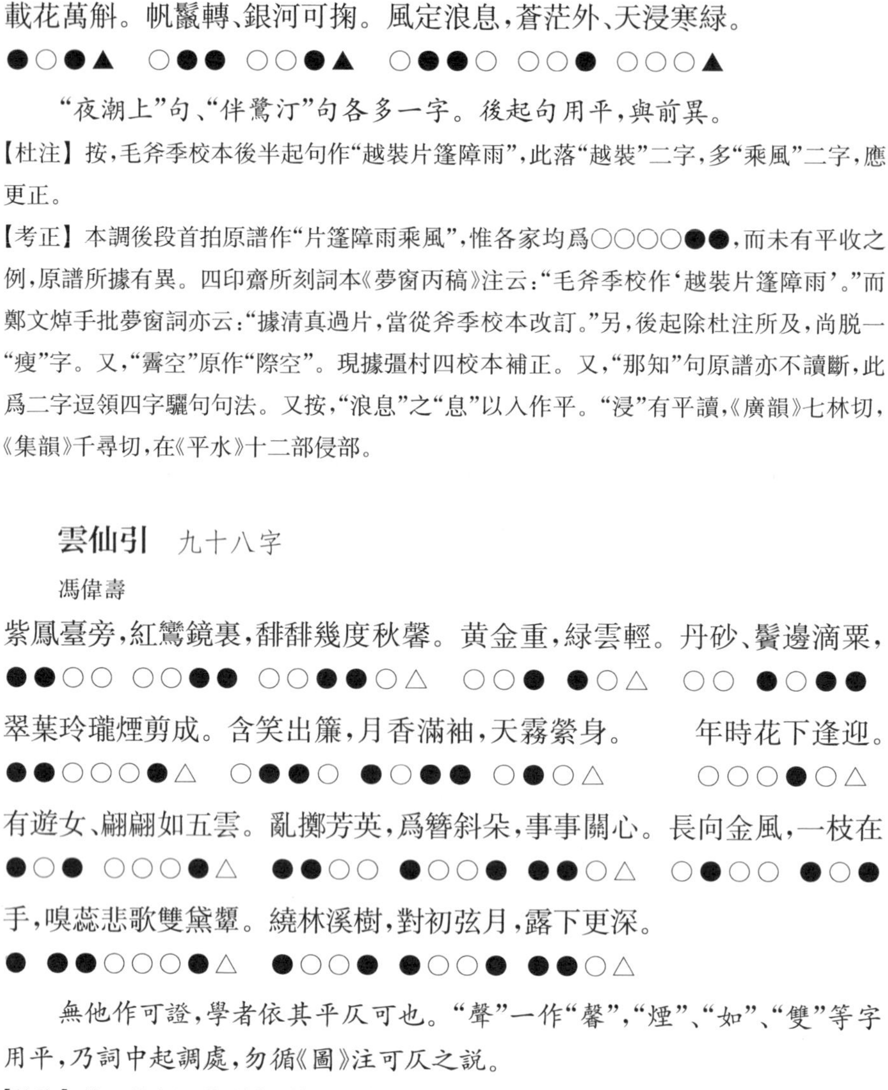

載花萬斛。帆鬣轉、銀河可掬。風定浪息，蒼茫外、天浸寒緑。
●○●▲　○●●　○○●▲　○●●○　○○●　○○○▲

“夜潮上”句、“伴鷺汀”句各多一字。後起句用平，與前異。

【杜注】按，毛斧季校本後半起句作“越裝片篷障雨”，此落“越裝”二字，多“乘風”二字，應更正。

【考正】本調後段首拍原譜作“片篷障雨乘風”，惟各家均爲○○○○●●，而未有平收之例，原譜所據有異。四印齋所刻詞本《夢窗丙稿》注云：“毛斧季校作‘越裝片篷障雨’。”而鄭文焯手批夢窗詞亦云：“據清真過片，當從斧季校本改訂。”另，後起除杜注所及，尚脱一“瘦”字。又，“霽空”原作“際空”。現據彊村四校本補正。又，“那知”句原譜亦不讀斷，此爲二字逗領四字驪句句法。又按，“浪息”之“息”以入作平。“浸”有平讀，《廣韻》七林切，《集韻》千尋切，在《平水》十二部侵部。

雲仙引　九十八字

馮偉壽

紫鳳臺旁，紅鸞鏡裏，霏霏幾度秋馨。黄金重，緑雲輕。丹砂、鬢邊滴粟，
●●○○　○○●●　○○●●○△　○○●　●○△　○○　●○●●
翠葉玲瓏煙剪成。含笑出簾，月香滿袖，天霧縈身。　年時花下逢迎。
●●○○○●△　○●●○　●○●●　○●○△　○○○●○△
有遊女、翩翩如五雲。亂擲芳英，爲簪斜朵，事事闗心。長向金風，一枝在
●○●　○○○●△　●●○○　●○○●　●●○△　○●○○　●○●
手，嗅蕊悲歌雙黛顰。繞林溪樹，對初弦月，露下更深。
●　●●○○○●△　●○○●　●○○●　●●○△

無他作可證，學者依其平仄可也。“聲”一作“馨”，“煙”、“如”、“雙”等字用平，乃詞中起調處，勿循《圖》注可仄之説。

【杜注】按，《欽定詞譜》首句“紫鳳臺高”“高”作“旁”，此與下句“裏”字作對，應遵改。又，“秋聲”作“秋馨”。又，“遠臨”作“繞林”。

【考正】已據杜注改。前段“丹砂”句原譜不讀斷，此六字對應後段“長向金風，一枝在手”八字，疑“丹砂”前落二字。又按，本詞均拍紊亂，依前段則爲引詞，依後段則爲慢詞，而以字數規模，則當前後各爲四均，前段文字多有脱誤。

芰荷香　九十八字

趙彦端

燕初歸。正春陰暗淡，客意淒迷。玉觴無味，晚花雨裉凝脂。多情細柳，
●○△　●⊙○◎●　◎●○△　●○○●　●○◎●○△　⊙○◎●

對沈腰、渾不勝衣。垂别忍見離披。江南陌上,强半紅飛。　　樂事從今
●●○ ○●○△ ○●●●○△ ○○●● ○●○△ ●●○○
一夢散,縱錦囊空在,金椀誰揮。舞裙歌扇,故應閑鎖幽閨。練江詩就,算
●●● ●◎○⊙● ⊙●○△ ●○○● ●○⊙●○△ ◎○⊙● ●
檥舟、寧不相思。腸斷莫訴離杯。青雲路穩,白首心期。
●○ ○●○△ ○○●●○△ ○○●● ●●○△

"正春陰"下,與後"縱錦囊"下同,但"垂别袖"句七字,"腸斷"句六字,恐無此理,必"腸斷"下少一仄聲字無疑,作者宜照前填之。

【杜注】按,《欽定詞譜》"垂别袖"句,無"袖"字,則前後皆六字矣。

【考正】本調前後段尾均宋人各詞均爲六字一句、四字兩句,故前段"垂别袖"當不可取。而《全宋詞》所據《介庵趙寶文雅詞》作:"對沈腰、渾不勝垂。别袖忍見離披。"顯與萬氏所據本同,而又落一"衣"字,亦誤。今據《欽定詞譜》改。後段起句原譜作"樂事從今一夢",但《介庵趙寶文雅詞》作"樂事從今一夢散",則與諸家同,亦爲七字一句,惟陶氏涉園景宋本《虚齋樂府》趙以夫詞,後段首句作"天上菖蒲五色",六字,僅此一首,疑有奪誤,據此改爲七字,以合正格。

又按,"垂别"、"腸斷"二句,宋人多作平起平收式句法,律拗句法者僅此一首。

孤鸞　九十八字

馬莊父

沙堤香軟。正宿雨初收,落梅飄滿。可奈東風,暗逐馬蹄輕卷。湖波又還
⊙○○▲ ●◎●○○ ◎○○▲ ●●○○ ●●●○○▲ ⊙○●○
漲緑,粉牆陰、日融煙暖。驀地刺桐枝上,有一聲春喚。　　任酒簾、飛動
●● ●○○ ●○○▲ ◎●◎○⊙● ●◎○○▲ ●●○ ○●
畫樓晚。便指數燒燈,時節非遠。陌上叫聲,好是賣花行院。玉梅對妝雪
◎○▲ ●◎●○○ ⊙○○▲ ●●◎○ ●●●○○▲ ◎○●○●
柳,鬧蛾兒、象生嬌顫。歸去争先戴取,倚寶釵雙燕。
● ●○○ ●○○▲ ⊙●⊙○◎● ●◎○○▲

除兩起句外,前後皆同,旁注照各家查定。"畫"字,朱敦儒亦用"水"字。"時節"亦用"難寄",尤覺發調宜從。至"正"、"有"、"任"、"便"、"倚"等乃領句,虚字唤起下語,斷無用平之理,《譜》、《圖》斷作可平。"湖波"、"玉梅"二句,除首一字外,平仄定須如此,乃注"波"可仄、"又"可平、"漲"可平,謬甚。又,"漲"用平,則全然無調矣。又謂"粉"可平、"蛾"可仄,同語而異注,所不解也。

【考正】本調第三均兩拍,若讀爲六字一句、三字一頓、四字一句,則少頓挫,必讀爲二字一

頓、三字一頓方合其音響聲容。此類作法乃填詞中慣用，後譜《玲瓏四犯》即爲一例。又，萬氏原譜旁注“時節”之“節”字可平，則是認可其爲仄聲也，誤。宋詞此處均爲平聲，惟《草堂詩餘後集》無名氏(《欽定詞譜》誤作朱敦儒)作“難寄春色”，當是誤填，不必爲據，故本句“節”字以入作平。

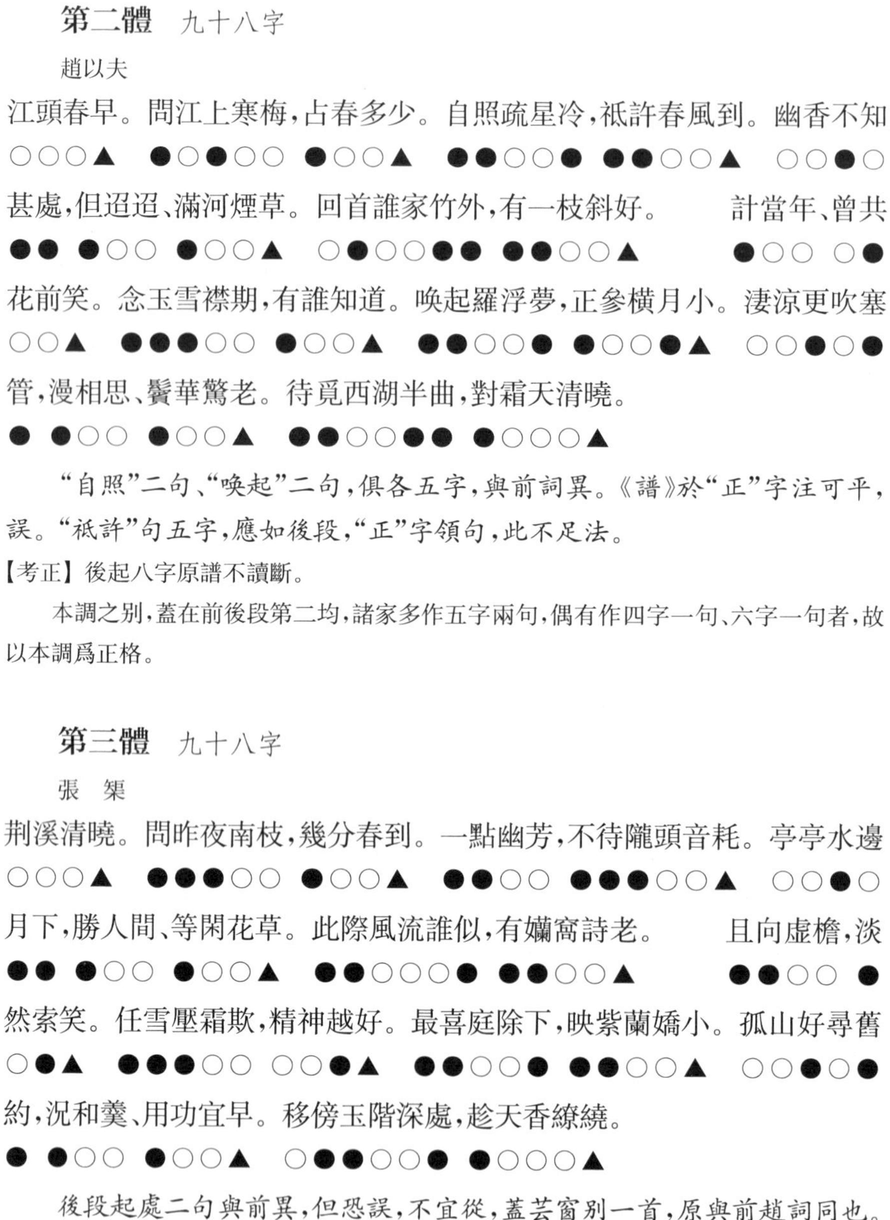

第二體　九十八字

趙以夫

江頭春早。問江上寒梅，占春多少。自照疏星冷，衹許春風到。幽香不知
○○○▲　●○●○○　●○○▲　●●○○●　●●○○▲　○○●○
甚處，但迢迢、滿河煙草。回首誰家竹外，有一枝斜好。　計當年、曾共
●●　●○○　●○○▲　○●○○●●　●●○○▲　●○○　○●
花前笑。念玉雪襟期，有誰知道。喚起羅浮夢，正參橫月小。淒涼更吹塞
○○▲　●●●○○　●○○▲　●●○○●　●○○●▲　○○●○●
管，漫相思、鬢華驚老。待覓西湖半曲，對霜天清曉。
●　●○○　●○○▲　●●○○●●　●○○○▲

“自照”二句、“喚起”二句，俱各五字，與前詞異。《譜》於“正”字注可平，誤。“衹許”句五字，應如後段，“正”字領句，此不足法。

【考正】後起八字原譜不讀斷。

本調之别，蓋在前後段第二均，諸家多作五字兩句，偶有作四字一句、六字一句者，故以本調爲正格。

第三體　九十八字

張　榘

荆溪清曉。問昨夜南枝，幾分春到。一點幽芳，不待隴頭音耗。亭亭水邊
○○○▲　●●●○○　●○○▲　●●○○　●●●○○▲　○○●○
月下，勝人間、等閑花草。此際風流誰似，有孏窩詩老。　且向虛檐，淡
●●　●○○　●○○▲　●●○○○●　●●○○▲　●●○○　●
然索笑。任雪壓霜欺，精神越好。最喜庭除下，映紫蘭嬌小。孤山好尋舊
○●▲　●●●○○　○○●▲　●●○○●　●●○○▲　○○●○●
約，況和羹、用功宜早。移傍玉階深處，趁天香繚繞。
●　●○○　●○○▲　○●●○○●　●○○○▲

後段起處二句與前異，但恐誤，不宜從，蓋芸窗别一首，原與前趙詞同也。“一點”二句上四下六，同馬詞。“最喜”二句各五字，同趙詞。又與前異。

按，“一點”二句用一四一六，與兩五者似是各體，自宜前後相合，前兩家

可證。此篇後段或宜於“除”字分句，便與前同，蒼崖曰：既有趙詞在，不妨即注兩五。故從之。然作者以照合爲妥。朱敦儒作，《譜》、《圖》俱注，前云：“淡濘新妝，淺點壽陽宮額”，後云：“試問丹青手，是怎生描得”，前後互異，余則斷之曰“淡濘新妝淺”爲一句也。

【杜注】按，《欽定詞譜》“孤山好喜舊約”句，“喜”作“尋”。此字宜平，且與上文“最喜庭除下”“喜”字重複，應遵改。

【考正】已據杜注改。

陸勑先校本《芸窗詞》載本詞，後段换頭作“向虚檐、淡然索笑”，然本拍各家均爲上三下五句法，校之二本，原文或爲“向虚檐、且淡然索笑”。

晝夜樂　九十八字

柳　永

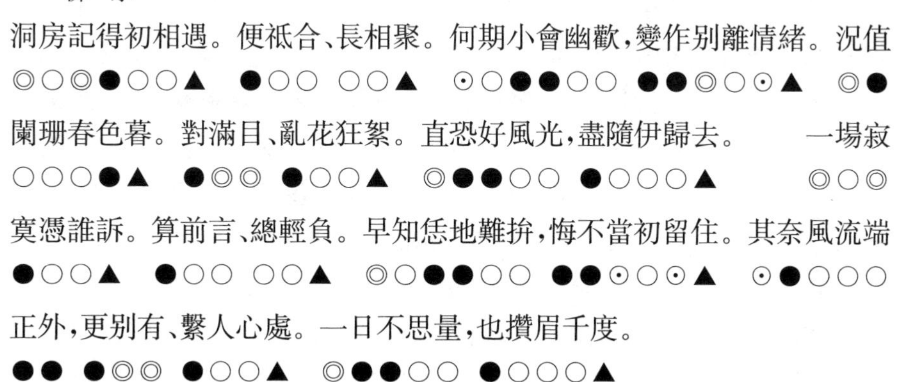

洞房記得初相遇。便祇合、長相聚。何期小會幽歡，變作別離情緒。況值

◎○◎●○○▲　●○○　○○▲　⊙○●●○○　●●◎○⊙▲　◎●

闌珊春色暮。對滿目、亂花狂絮。直恐好風光，盡隨伊歸去。　一場寂

○○○●▲　●◎◎　●○○▲　◎●●○○　●○○○▲　◎○◎

寞憑誰訴。算前言、總輕負。早知恁地難拚，悔不當初留住。其奈風流端

●○○▲　●○○　○○▲　◎○●●○○　●●⊙○⊙▲　⊙●○○○

正外，更別有、繫人心處。一日不思量，也攢眉千度。

●●　●◎◎　●○○▲　◎●●○○　●○○○▲

前後段同。“暮”字叶，“外”字不叶，山谷一首亦然。而柳別作則前後皆叶，作者自當皆叶爲妥。“色”字別作用平，甚拗，或誤，不必從。兩結各五字二句，須知上句如五言詩，下句上一下四，此二句正如《石州慢》之結耳。

【考正】後段“人心”之“人”例作平聲，宋人皆如此填，耆卿別首“入”字以入作平也，不可誤爲仄聲。又，萬氏原注“祇合”、“總”三字作平。

八節長歡　九十八字

毛　滂

名滿人間。記黃金殿，舊試清閑。才高鸚鵡賦，風凜惠文冠。濤波何處試

○●○△　●○○●　●●○△　○○○●●　○●●○△　○○○●●

蛟鱷，到白頭、猶守溪山。且做龔黃樣度，留與人看。　桃溪柳曲陰圓。

○●　●●○　○●○△　●●○○●●　○●○△　○○●●○△

離唱斷、旌旗却卷春還。襦胯寄餘温，雙石畔、惟聞吏膽長寒。詩翁去，誰
○●● ○○●●○△ ○●●○○ ○●● ○○●●○△ ○○● ○
細繞、屈曲闌干。從今後、南來幽夢，應隨月渡雲湍。
●● ●●○△ ○○● ○○○● ○○●●○△

"温"字宜叶，此借韻耳。

【杜注】萬氏注"温"字宜叶，借韻。按，澤民别首用真文韻，此句用"妍"字，則亦不叶也。

【考正】明清詞譜家多無閑韻概念，故有萬氏借韻之説，無謂，不取。

逍遥樂　九十八字

黄庭堅

春意漸歸芳草。故國佳人，千里信沉音杳。雨潤煙光，晚景澄明，極目危
○●●○○▲ ●●○○ ○●●○○▲ ●●○○ ●●○○ ●●○
欄斜照。夢當年少。對樽前、上客鄒枚，小鬟燕趙。共舞雪，歌塵醉裹談
○○▲ ●○○▲ ●○○ ●●○○ ●○○▲ ●●● ○○●●○
笑。　　花色枝枝争好。鬢絲年年漸老。如今遇風景，空瘦損、向誰道。
▲　　○●○○○▲ ●○○○●▲ ○○●○● ○●● ●○▲
東君幸賜與，天幕翠遮紅繞。休休，醉鄉歧路，華胥蓬島。
○○●●● ○●●○○▲ ○○ ●○○● ○○○▲

只此一闋，平仄宜遵。

【考正】前段後結原譜作"共舞雪歌塵，醉裹談笑"，四字句音步連平失諧。按，歌塵，動聽之歌，或動聽貌。前五字語意欠通，當非成句。又，後段"休休"二字原譜未讀斷，音步連平失諧。按，此處二字逗領驪句"醉鄉岐路，華胥蓬島"。

並蒂芙蓉　九十八字

晁端禮

太液波澄，向鑒中照影，芙蓉同蒂。千柄緑荷深，並丹臉争媚。天心眷臨
●●○○ ●●○●● ○○○▲ ○●●○○ ●○●○▲ ○○●○
聖日，殿宇分明獻嘉瑞。弄香嗅蕊。願君王、壽與南山齊比。.　池邊屢
●● ●●○○●○▲ ●○●▲ ●○○ ●●○○○▲ ○○●
回翠輦，擁群仙賞醉，憑闌凝思。萼緑攬飛瓊，共波上遊戲。西風又看露
○●● ●○○●● ○○○▲ ◎●●○○ ●○●○▲ ○○●○●
下，更結雙雙新蓮子。鬬妝競美。問鴛鴦、向誰留意。
● ●●○○■○▲ ●○●▲ ●○○ ●○○▲

“向檻中”至“嗅蕊”，與後“擁群仙”至“競美”同。但前用“敞”字仄，後用“新”字平，想可通用，他無可考。《圖譜》乃謂“太”、“向”、“緑”、“臉”、“眷”、“殿”、“弄”、“壽與”、“屢”、“共”、“又”、“更”、“鬬”等字可平，“芙”、“同”、“丹”、“天”、“分”、“君”、“池邊”、“憑”、“西”、“雙”、“鴛”等字可仄。試問據何詞而較定邪？至“嗅”字本仄，而《圖》作平可仄，“凝”字本平，而圖作字可平，何邪？“芙蓉同蒂”、“憑闌凝思”必平平平仄，“殿宇分明”、“更結雙雙”必仄仄平平，“弄香嗅蕊”、“鬬妝競美”必仄平仄仄，何得信意改竄？更怪者，“千柄緑荷深”與後“葶緑攬飛瓊”同，“並丹臉争媚”與後“共波上遊戲”同，皆五字句，乃以“千柄緑荷深並”爲六字一句，“丹臉嬌媚”爲四字一句，豈非異事！

【杜注】按，前半第二句“向檻中照影”，“照影”二字爲去上聲，後半“擁群仙賞醉”句，疑爲“醉賞”倒誤，方與去上聲相諧。又按，《欽定詞譜》“敞嘉瑞”“敞”字作“獻”，應遵改。又，《本事詞》云：“宋政和時，大晟樂府成，蔡京薦晁端禮。詔乘傳赴闕，會禁中嘉蓮生，端禮屬詞以進，名《並蒂芙蓉》，即此詞也。”

【考正】“鑒中”原譜作“檻中”、“同蔕”原譜作“對蔕”。又，據杜注改“獻嘉瑞”。

本調前後段起，余疑爲换韻填法，即前段作：“太液波澄向鑒中。照影芙蓉。並蔕。”而後段則爲：“池邊。屢回翠輦擁群仙。醉賞憑闌。凝思。”改後音律和諧，句意更達，如“凝思”二字屬後一均，更合原貌。謹記於此。又按，“新蓮子”之“新”，此處不可讀爲平聲，庶幾句子合律。而本句正對應前段“殿宇”句之“敞”字，正可證明。

繡停針　九十八字

陸　游

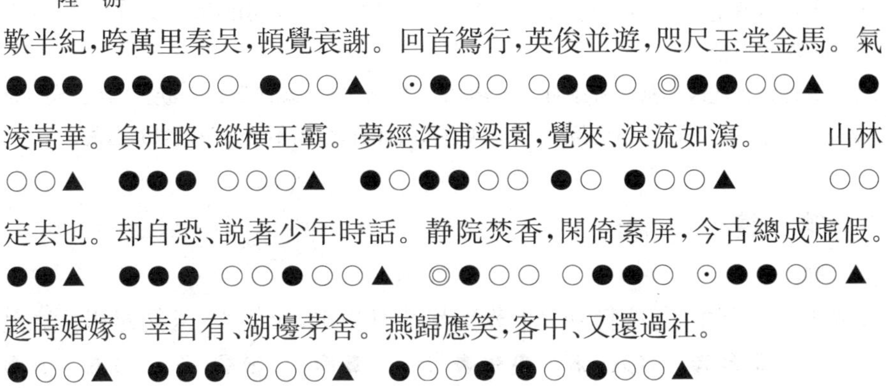
歎半紀，跨萬里秦吴，頓覺衰謝。回首鴛行，英俊並遊，咫尺玉堂金馬。氣
●●●　●●●○○　●○○▲　⊙●○○　○●●○　◎●●○○▲　●
淩嵩華。負壯略、縱横王霸。夢經洛浦梁園，覺來、淚流如瀉。　山林
○○▲　●●●　○○○▲　●○●●○○　●○　●○○▲　○○
定去也。却自恐、説著少年時話。静院焚香，閑倚素屏，今古總成虚假。
●●▲　●●●　○○●○○▲　◎●○○　○●●○　⊙●●○○▲
趁時婚嫁。幸自有、湖邊茅舍。燕歸應笑，客中、又還過社。
●○○▲　●●●　○○○▲　●○○●　●○　●○○▲

後段“定去也”用去去上，即與首句“歎半紀”同。次句“説著”二字作平，與前次句“秦吴”二字亦同。前第三句“覺”字作平，與後“少年”句同。是換頭只多“山林”二字耳。“過”字讀作平，“並”、“素”二字必用去聲。

【考正】萬氏原注“頓覺”之“覺”與“説著”二字俱作平。按，余以爲“却自恐説著少年時話”九字，不必循前段作五字一句、四字一句，以文理觀之，作九字折腰當更爲圓潤，則不必作平。又，前後結六字，原譜均不讀斷，則語意未免過平，觀其兩音步連平，可知爲二字逗也。

又按，本調元人又名《繡定針》、《成功了》，元人詞，前段起調三字均入韻，故余疑放翁詞或爲“半紀跨。歎萬里秦吴……”起調也。

二郎神　九十八字

吕渭老

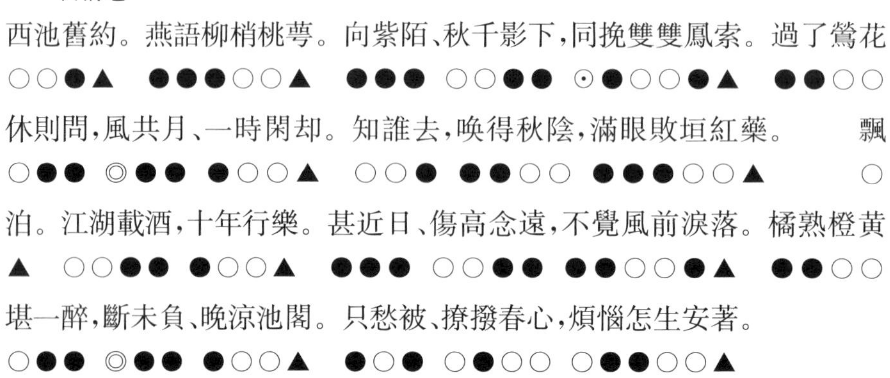

西池舊約。燕語柳梢桃萼。向紫陌、秋千影下，同挽雙雙鳳索。過了鶯花
○○●▲　●●●○○▲　●●●　○○●●　⊙●○○●▲　●●○○
休則問，風共月、一時閑却。知誰去，喚得秋陰，滿眼敗垣紅藥。　飄
○●●　◎●●　●○○▲　○○●　●●○○　●●●○○▲　○
泊。江湖載酒，十年行樂。甚近日、傷高念遠，不覺風前淚落。橘熟橙黄
▲　○○●●　●○○▲　●●●　○○●●　●●○○●▲　●●○○
堪一醉，斷未負、晚涼池閣。只愁被、撩撥春心，煩惱怎生安著。
○●●　◎●●　●○○▲　●○●　○●○○　○●●○○▲

“向紫陌”至“閑却”，與後段“甚近日”至“池閣”同。“藥”字刻本作“葉”，“葉”字非韻，今改正。或曰：上用“秋陰”非紅藥時矣。余謂：不更有“桃萼”在前乎？桃尚是萼，春景可知。或曰：後有“橘熟橙黄”，是又何時？余笑曰：“晚涼池閣”，又是夏景，四時都來，極像嶺南風景，僕亦難以斷定，請公去與吕家那漢理會。

【杜注】按，《欽定詞譜》“喚秋陰”句，“喚”字下有“得”字。又，“滿眼敗紅藥”句，“敗”字下有“垣”字，應遵補。

【考正】已據杜注改。萬氏所注四季之象，非一時之景也，奈何混爲一談。“誰去喚”，則“秋陰”顯非當下，“桃萼”則是舊約，全篇四季蓋統而言之，斷不可作眼前景致觀之。

第二體　一百四字

柳　永

炎光謝。過暮雨、芳塵輕灑。乍露冷風清庭户爽，天如水、玉鈎遥掛。應是
○○▲　●●●　○○○▲　●●●○○○●●　○⊙◎　◎○○▲　⊙●
星娥嗟久阻，叙舊約、飆輪欲駕。極目處、微雲暗度，耿耿銀河高瀉。　閑
○○○●●　●◎●　○○●▲　●●●　○○●●　●●○○○▲　○
雅。須知此景，古今無價。運巧思、穿針樓上女，擡粉面、雲鬟相亞。鈿合
▲　○○●●　●○○▲　●●●　○○○●●　○◎●　○○○▲　◎●

金釵私語處，算誰在、迴廊影下。願天上人間，占得歡娛，年年今夜。
○○○●● ●⊙● ○○●▲ ●○●○○ ●●○○ ○○○▲

"乍露冷"至"欲駕"，同後"運巧思"至"影下"。此調與前後體原是各異，首句向來傳刻皆三字，沈氏謂"光"字下缺"初"字，蓋欲添入一字以湊成四字句，而不知此字不宜作平聲，"初"字之杜撰，不辨而自露也。且此句必欲强之使同，則後段許多不同處，能使之俱同乎？古人所謂本無事而自擾之也。《嘯餘》依本集作"炎光謝矣"，而亦欲湊四字，竟將下一字補上，作"炎光謝過"其下只作六字句，誤失一韻，尤爲可笑。且以"露冷風清"爲四字句，"庭户"至"遥掛"爲十字句，蓋謂"爽天"二字相連，故又注"爽"字可平，奇極，奇極。

【考正】原譜"輕灑"作"瀟灑"，"露冷風清"不讀斷，均據《欽定詞譜》改。

第三體　一百五字　又名：十二郎

湯　恢

瑣窗睡起，閑佇立、海棠花影。記翠楫銀塘，紅牙金縷，杯泛梨花冷。燕子銜來相思字，道玉瘦、不禁春病。應蝶粉半銷，鴉雲斜墜，暗塵侵鏡。

還省。香痕碧唾，春衫都凝。悄一似酴醾，玉肌翠帔，消得東風唤醒。青杏單衣，楊花小扇，閑却晚春風景。最苦是，蝴蝶盈盈，弄晚一簾風静。

此爲本調正格，作者多從之。《嘯餘》載徐幹臣詞，亂注平仄，此篇乃和徐韻者，故收之以爲證。"睡"字徐用"彈"，乃去聲，是彈弓之彈，意謂鵲本報喜之物，今乃無憑準，因以丸彈之故，曰"悶來彈鵲"也。此字不可作平聲，觀夢窗首句，亦作"素天際水"是也。"銜來相思"，徐云"愁端如何"，《譜》以其四個平聲，注"何"字可仄。觀夢窗又是"賓鴻重來"，後"來"字亦平，豈徐、湯、吴三公皆笨伯，不能作七言詩一句乎？又，以"記翠楫"下作九字句、"鴉雲"下作八字句、"香痕"下作八字句、"悄一"下作九字句、"最苦"下作九字句，而凡用仄處皆可作平，人若依之，使一調音響俱索然無味。至"凍冷"、"唤醒"、"弄晚"等去上，正同徐詞"爐冷"、"未醒"、"遍倚"，所以爲妙，夢窗亦云"過艇"、"照影"、"數點"，若皆作平仄，不成調矣。"半"字亦必仄聲，末句或於"盈盈"處豆，或於"弄晚"處豆，總之語氣相貫，可不拘。按，夢窗此詞題曰《十二郎》，《圖譜》不知即此調，又續收之，首句便作七字讀，次句作四字讀，所謂從頭差起，安得不直差到底乎？

又，馬莊父一首，"記翠楫"下九字止作"倩説與、年年相挽"七字，其餘皆同，若謂用前吕詞法，則其餘又與吕不同，恐係脱兩字，不録。

【考正】萬氏謂馬莊父詞或脱二字,按,吕渭老詞此句亦作"向紫陌、秋千影下"七字,疑可減字。

又,萬氏以爲本詞當爲正格,非是。蓋本詞尚有奪字,前段第五拍,正格均爲六字一句,湯詞作"杯泛梨花冷",宋詞中惟此一首,焉有正格而獨與人不同者?故本詞不擬譜。以今存宋詞觀,本調正格當爲一百六字,今引夢窗詞爲例,宋人多以此爲範,譜中可平可仄,取萬氏前一體所注,前段第二拍"不"字以入作平:

十二郎 一百六字

吴文英

素天際水,浪拍碎、凍雲不凝。記曉葉題霜,秋燈吟雨,曾繫長橋過艇。又是賓鴻重來後,

●○●● ◎●● ●○○▲ ●●●○○ ○○○● ○●○○●▲ ●●○○○○●

猛賦得、歸期才定。嗟繡鴨解言,香鱸堪釣,尚廬人境。 幽興。争如共載,越娥妝鏡。

●●● ○○○▲ ○●●●○ ○○○● ●○○▲ ○▲ ○○●● ●○○▲

念倦客依前,貂裘茸帽,重向淞江照影。酹酒蒼茫,倚歌平遠,亭上玉虹腰冷。迎醉面,暮

●●●○○ ○○◎● ○●○○●▲ ◎●○○ ◎○⊙● ○●●○○▲ ⊙●● ●

雪飛花,幾點黛愁山暝。

●○○ ●●●○○▲

第四體 一百五字

楊无咎

炎光欲謝,更幾日、薰風吹雨。共説是天公,亦嘉神貺,特作澄清海宇。灌口擒龍,離堆平水,休問功超前古。當中興、護我邊陲,重使四方安堵。 新府。祠庭占得,山川佳處。看曉汲雙泉,晚除百病,奔走千門萬户。歲歲生朝,勤勤稱頌,可但民無災苦。□□□、願得地久天長,協佐皇都。

"灌口"以下兩四一六,與後"歲歲"以下同。此即前湯詞後段"青杏"以下三句句法,而前後通用之者也。尾句"都"字初疑是誤,然玩上用"佐"字,則下宜以平字應之,此乃又一平仄互用之體也。

【杜注】按,楊補之《逃禪詞》題爲"清源生辰",似壽神之詞,原刻亦空三字,以詞意揣之,疑當作"薦樽俎"。

【考正】尾句萬氏以爲當叶平韻,必誤。按,本調宋詞無一首有一平韻者,本詞安能獨有一平?據毛校本《逃禪詞》,本詞後段尾均作"□願得、地久天長,佐紹興□□□",實爲脱一韻脚。又,杜氏所揣,疑有所本,若尾均爲"□願得、地久天長,佐紹興薦樽俎",則恰在韻,該讀當可信。

本詞錯訛、脱落較多,故不擬譜。

陌上花 九十九字

張 翥

關山夢裏歸來,還又歲華催晚。馬影雞聲,諳盡倦郵荒館。緑箋密記多情

○○●●○○ ○●●○○▲ ●●○○ ○●●○○▲ ●○●●○○

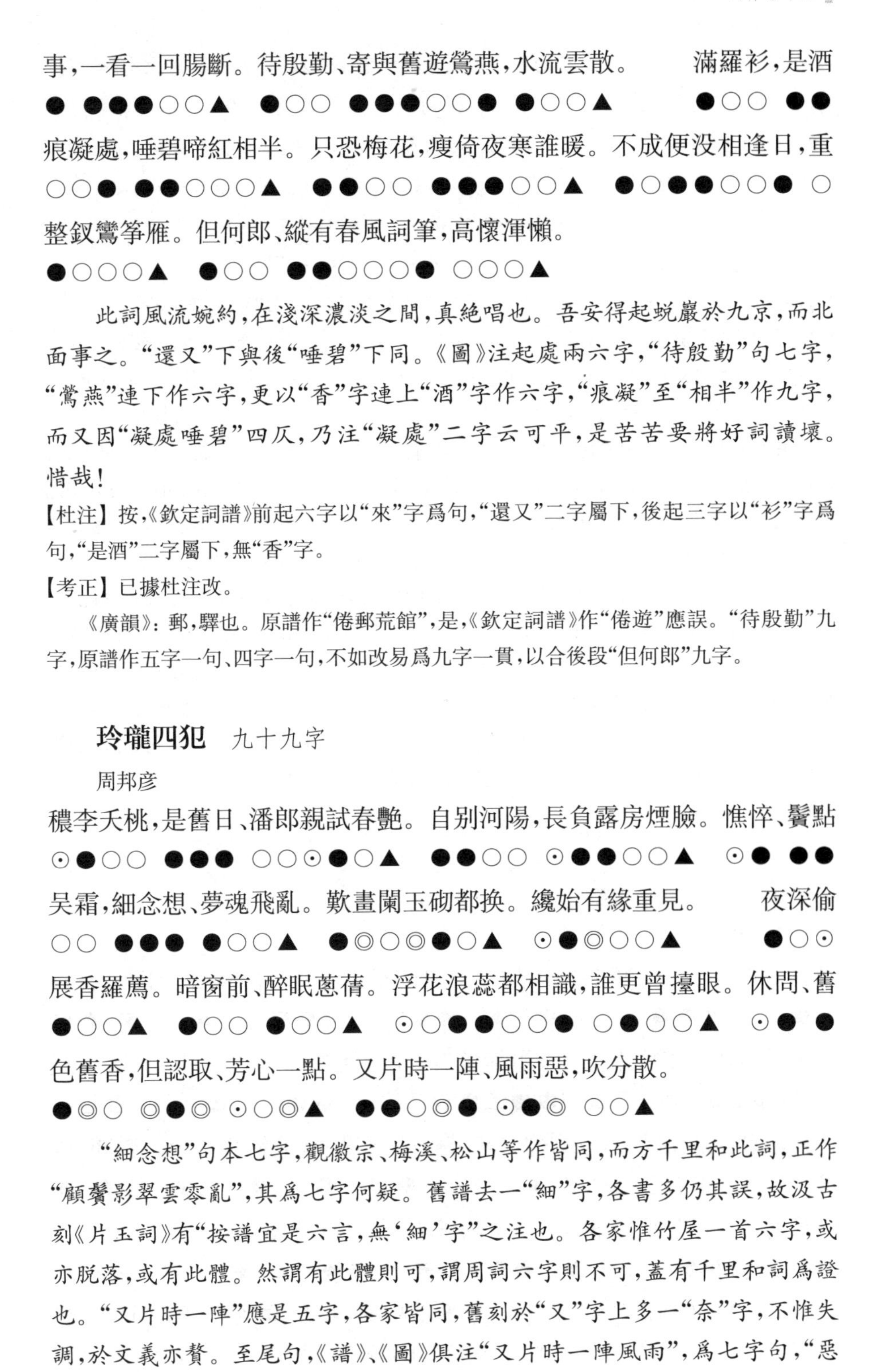

事,一看一回腸斷。待殷勤、寄與舊遊鶯燕,水流雲散。　　滿羅衫,是酒

● ●●●○○▲ ●○○ ●●●○○● ●○○▲　　●○○ ●●

痕凝處,唾碧啼紅相半。只恐梅花,瘦倚夜寒誰暖。不成便没相逢日,重

○○● ●●○○○▲ ●●○○ ●●●○○▲ ●○●●○○● ○

整釵鸞箏雁。但何郎、縱有春風詞筆,高懷渾懶。

●○○○▲ ●○○ ●●○○○● ○○○▲

此詞風流婉約,在淺深濃淡之間,真絶唱也。吾安得起蜕巖於九京,而北面事之。“還又”下與後“唾碧”下同。《圖》注起處兩六字,“待殷勤”句七字,“鶯燕”連下作六字,更以“香”字連上“酒”字作六字,“痕凝”至“相半”作九字,而又因“凝處唾碧”四仄,乃注“凝處”二字云可平,是苦苦要將好詞讀壞。惜哉!

【杜注】按,《欽定詞譜》前起六字以“來”字爲句,“還又”二字屬下,後起三字以“衫”字爲句,“是酒”二字屬下,無“香”字。

【考正】已據杜注改。

《廣韻》:郵,驛也。原譜作“倦郵荒館”,是,《欽定詞譜》作“倦遊”應誤。“待殷勤”九字,原譜作五字一句、四字一句,不如改易爲九字一貫,以合後段“但何郎”九字。

玲瓏四犯　九十九字

周邦彦

穠李夭桃,是舊日、潘郎親試春豔。自别河陽,長負露房煙臉。憔悴、鬢點

⊙●○○ ●●● ○○⊙●○▲ ●●○○ ⊙●●○○▲ ⊙● ●●

吴霜,細念想、夢魂飛亂。歎畫闌玉砌都换。纔始有緣重見。　　夜深偷

○○ ●●● ●○○▲ ●◎○◎●○▲ ⊙●◎○○▲　　●○⊙

展香羅薦。暗窗前、醉眠葱蒨。浮花浪蕊都相識,誰更曾擡眼。休問、舊

●○○▲ ●○○ ●○○▲ ⊙○●●○○● ○●○○▲ ⊙● ●

色舊香,但認取、芳心一點。又片時一陣、風雨惡,吹分散。

●◎○ ◎●◎ ⊙○◎▲ ●●○◎● ⊙●◎ ○○▲

“細念想”句本七字,觀徽宗、梅溪、松山等作皆同,而方千里和此詞,正作“顧鬢影翠雲零亂”,其爲七字何疑。舊譜去一“細”字,各書多仍其誤,故汲古刻《片玉詞》有“按譜宜是六言,無‘細’字”之注也。各家惟竹屋一首六字,或亦脱落,或有此體。然謂有此體則可,謂周詞六字則不可,蓋有千里和詞爲證也。“又片時一陣”應是五字,各家皆同,舊刻於“又”字上多一“奈”字,不惟失調,於文義亦贅。至尾句,《譜》、《圖》俱注“又片時一陣風雨”,爲七字句,“惡吹分散”爲四字句,今考方詞,是“仗夢魂一到,花月底休飄散”,是知上句五

字，於“陣”字分斷，下以“風雨惡”爲一句、“吹分散”爲一句。方詞上句於“到”字住，下以“花月底”爲一句、“休飄散”爲一句耳。又查草窗結云：“倚畫闌無語，春恨遠，頻回首”，更可以爲據。向來原有所疑，考至此不覺爽然。又思人之所以誤讀者，乃因《玲瓏四犯》又另有四字煞尾一體，故人欲强而同之，遂致誤耳。但覽後載史詞，可知其分别較然矣。《譜》於五字句謂可用平平平仄仄，下句可用仄仄平平平仄，“惡”字竟作可平，豈不大謬！

【杜注】按，《草堂詩餘》“舊色舊香”句，“舊”皆作“蒨”，與上“蒽蒨”韻複，不必從。

【考正】本調原前段第一均，以平仄譜論，其格律之當爲四字一句、上三下六折腰式九字一句，一出一對，是爲正格。然今之注本則多讀爲四字一句、五字一句、四字一句，誤。細玩本調諸詞，除史詞外，皆當讀爲九字一句者，美成“是舊日、潘郎親試春艷”、曹邍“自過了、梅花獨占清絶”、竹屋“做弄得、飛雲吹斷晴絮”等詞尤當如此，若讀爲五四式，語意便不通。而白石作“垂燈春淺，忽忽時事如許”，則實爲三字逗添字，故六字句獨立成句，正是明證。

又，本調前後段第三均，標點本多作六字一句、七字折腰式一句，蓋明清以來無二字逗意識故。本均兩拍，若讀爲六字一句、三字一頓、四字一句，則少頓挫，必讀爲二字一頓、三字一頓方合其音響聲容。前人因無標點，故以同聲節拍示之，遍觀唐宋詞，莫不如此。

又按，本調前段尾均，就宋人作品觀之，其律當是一字逗領六字兩句，即美成所“歎”者當是十二字，而非六字，同理，後夢窗之“奈”、梅溪之“更”，及草窗之“看翠簾蝶舞蜂喧，催趁禁煙時候”，玉田之“問種桃莫是前度。不擬桃花輕誤”，千里之“悵平生把鑒驚换。依約瑣窗逢見”，莫不如此，而史達祖之“暗塵偷鎖鸞影，心事屢羞團扇”更是儷句句法，最能爲證。此乃填詞關紐，若一字逗但領六字，再以另六字合之，便非《玲瓏四犯》矣，惜今人多不知之。

第二體　九十九字

吴文英

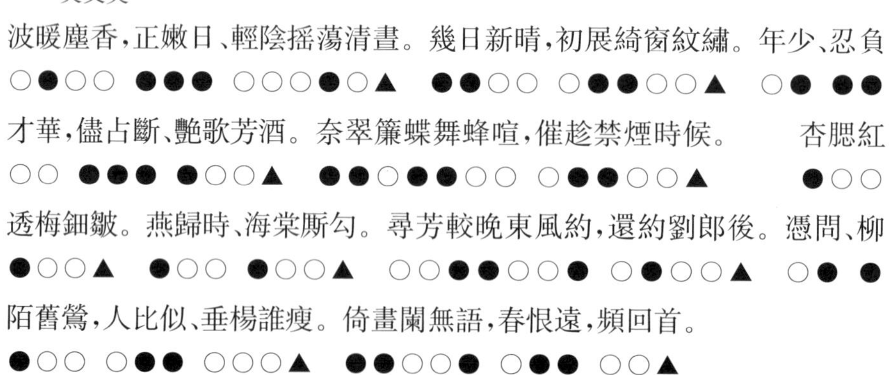
波暖塵香，正嫩日、輕陰摇蕩清晝。幾日新晴，初展綺窗紋繡。年少、忍負
○●○○ ●●● ○○○●○▲ ●●○○ ○●●○○▲ ○● ●●
才華，儘占斷、艷歌芳酒。奈翠簾蝶舞蜂喧，催趁禁煙時候。　杏腮紅
○○ ●●● ●○○▲ ●●○●●○○ ○●●○○▲ ●○○
透梅鈿皺。燕歸時、海棠厮勾。尋芳較晚東風約，還約劉郎後。憑問、柳
●○○▲ ●○○ ●○○▲ ○○●●○○● ○●○○▲ ○● ●
陌舊鶯，人比似、垂楊誰瘦。倚畫闌無語，春恨遠，頻回首。
●○○ ○●● ○○○▲ ●●○○● ○●● ○○▲

前詞“玉砌都换”“换”字是韻，千里亦和之，此篇“喧”字用平，不叶，徽宗用“翔”字、竹屋用“情”字，亦然。“還約”句比前“誰更”句多一字，“比似”句比前“但認”句少一字。

【杜注】按，戈氏校本“奈翠簾”之“奈”字作“看”。又，“還約劉郎歸後”句無“歸”字。又，“憑問柳陌情人”句，作“憑問柳陌舊鶯”，以“人”字屬下。又按，此爲周草窗詞，非夢窗作也。

【考正】已據杜注改。並據前體所叙重讀前段第二、第五、第七句及後段第五句。

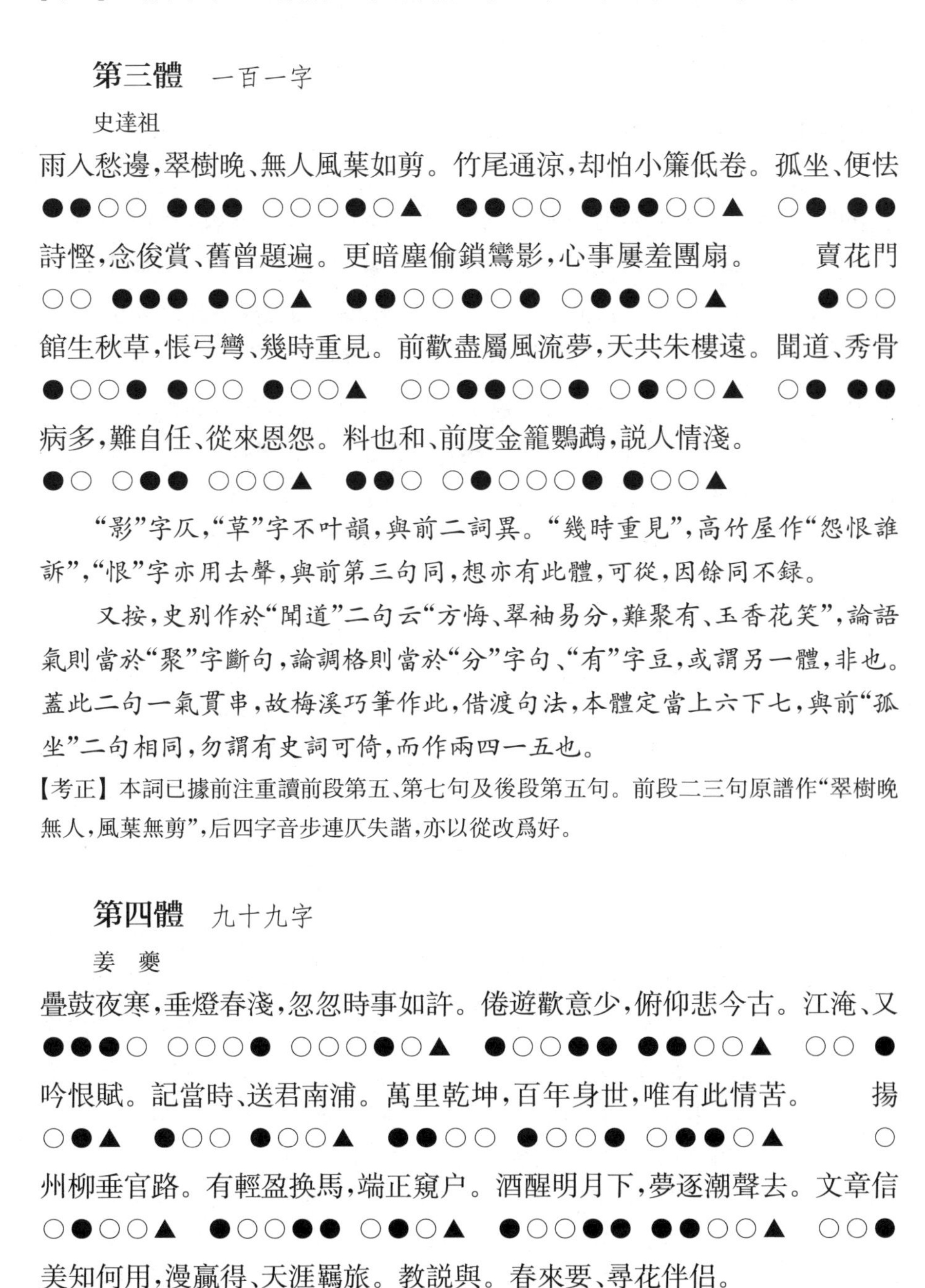

第三體　一百一字

史達祖

雨入愁邊，翠樹晚、無人風葉如剪。竹尾通涼，却怕小簾低卷。孤坐、便怯
●●○○ ●●● ○○○●○▲ ●●○○ ●●●○○▲ ○● ●●
詩慳，念俊賞、舊曾題遍。更暗塵偷鎖鸞影，心事屢羞團扇。　賣花門
○○ ●●● ●○○▲ ●●○○●○● ○●●○○▲ ●○○
館生秋草，悵弓彎、幾時重見。前歡盡屬風流夢，天共朱樓遠。聞道、秀骨
●○○● ●○○ ●○○▲ ○○●●○○● ○●○○▲ ○● ●●
病多，難自任、從來恩怨。料也和、前度金籠鸚鵡，説人情淺。
●○ ○●● ○○○▲ ●●○ ○●○○○● ●○○▲

“影”字仄，“草”字不叶韻，與前二詞異。“幾時重見”，高竹屋作“怨恨誰訴”，“恨”字亦用去聲，與前第三句同，想亦有此體，可從，因餘同不録。

又按，史别作於“聞道”二句云“方悔、翠袖易分，難聚有、玉香花笑”，論語氣則當於“聚”字斷句，論調格則當於“分”字句、“有”字豆，或謂另一體，非也。蓋此二句一氣貫串，故梅溪巧筆作此，借渡句法，本體定當上六下七，與前“孤坐”二句相同，勿謂有史詞可倚，而作兩四一五也。

【考正】本詞已據前注重讀前段第五、第七句及後段第五句。前段二三句原譜作“翠樹晚無人，風葉無剪”，后四字音步連仄失諧，亦以從改爲好。

第四體　九十九字

姜　夔

疊鼓夜寒，垂燈春淺，忽忽時事如許。倦遊歡意少，俯仰悲今古。江淹、又
●●●○ ○○○● ○○○●○▲ ●○○●● ●●○○▲ ○○ ●
吟恨賦。記當時、送君南浦。萬里乾坤，百年身世，唯有此情苦。　揚
○●▲ ●○○ ●○○▲ ●●○○ ●○○● ○●●○▲ ○
州柳垂官路。有輕盈换馬，端正窺户。酒醒明月下，夢逐潮聲去。文章信
○●○○▲ ●○○●● ○●○▲ ●○○●● ●●○○▲ ○○●
美知何用，漫贏得、天涯羈旅。教説與。春來要、尋花伴侣。
●○○● ●○● ○○○▲ ○●▲ ○○● ○○●▲

此與前各體不同，乃別是一調。故雖九十九字，另列於百一字之後。

“倦遊”至“南浦”，與後“酒醒”至“羈旅”同，只“江淹”句六字、“文章”句七字耳。

【考正】本詞過片六字疑“柳”字後脱一仄聲字，然《陽春白雪》卷七譚宣子詞，序云“用白石體賦”，故與本體近似，本句則作“生塵每憐微步”六字，或同。

燕山亭　九十九字

曾　覿

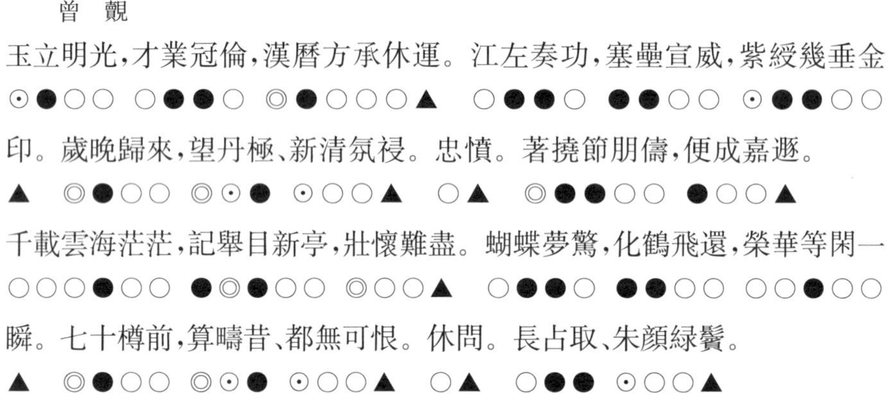
玉立明光，才業冠倫，漢曆方承休運。江左奏功，塞壘宣威，紫綬幾垂金
⊙●○○ ○●●○ ◎●○○○▲ ○●●○ ●●○○ ⊙●●○○
印。歲晚歸來，望丹極、新清氛祲。忠憤。著撓節朋儔，便成嘉遯。
▲ ◎●○○ ◎⊙● ⊙○○▲ ○▲ ◎●●○○ ●○○▲
千載雲海茫茫，記舉目新亭，壯懷難盡。蝴蝶夢驚，化鶴飛還，榮華等閑一
○○○●○○ ●◎●○○ ◎○○▲ ○●●○ ●●○○ ○○●○○
瞬。七十樽前，算疇昔、都無可恨。休問。長占取、朱顏緑鬢。
▲ ◎●○○ ◎⊙● ⊙○○▲ ○▲ ○●● ⊙○○▲

“冠”、“奏”、“夢”三字，俱宜用仄聲，且以去爲妙，是此調定格。觀徽宗用“數”、“靚”、“地”，樵隱用“夜”、“錦”、“共”，海野别作用“夜”、“乍”、“競”，張伯雨用“翠”、“素”，可見。《圖譜》俱注可平，誤。“江左”至“忠憤”，與後“蝴蝶”至“休問”同，但各家於前“紫綬”句有用後“榮華”句法者，後則不用“紫綬”句法也。各刻載徽宗“裁剪冰綃”一首，於“蝴蝶夢驚”句作“天遥地遠”，誤也，宜作“天遠地遥”乃合，此即同前段之“新樣靚妝”句。而《圖》且謂可作仄平平仄，相反到底矣。余嘗謂《紅拂》傳奇“一江風、試語良人道”句，以平平仄仄平作仄仄平平仄，五字皆反，令歌者捩折嗓子，今見《圖》注此句，乃知反古者蓋多耳。汲古刻《樵隱詞》“塞壘”下二句云“密映窺亭亭萬枝開遍”，乃“窺”字下脱一字。尾句云“愁酒醒緋千片”，亦於“緋”字上下落一字，無此九十七字體也。張伯雨第二句作“蝟肌粟聚”，與此調異，恐不可以爲法。按，徽宗詞，第三句“冷淡胭脂匀注”，或作“微注”，本六字，《詞統》落一字，止作“冷淡胭脂注”，誤也，不可從。又，此調本名《燕山亭》，恐是燕國之燕，《詞匯》刻作《宴山亭》，非也。

【考正】萬氏原注“冠”字必去聲，未必，宋人亦有“紅藥吐時”、“暈濕海棠”等句。萬氏上去之説，頗多無謂。又，前段第六句“紫綬”二字萬氏原注均可平，誤。此或校之《樵隱詞》，而毛詞當是誤填，宋人其餘均爲仄聲。又，“撓”字萬氏原注可仄，而該字本爲平上二讀，此當取其上聲爲是，若平讀，則有違音律和諧。又，“一瞬”之“一”、“可恨”之“可”、“緑鬢”之“緑”，萬氏原注作平。

大有　九十九字

周邦彦

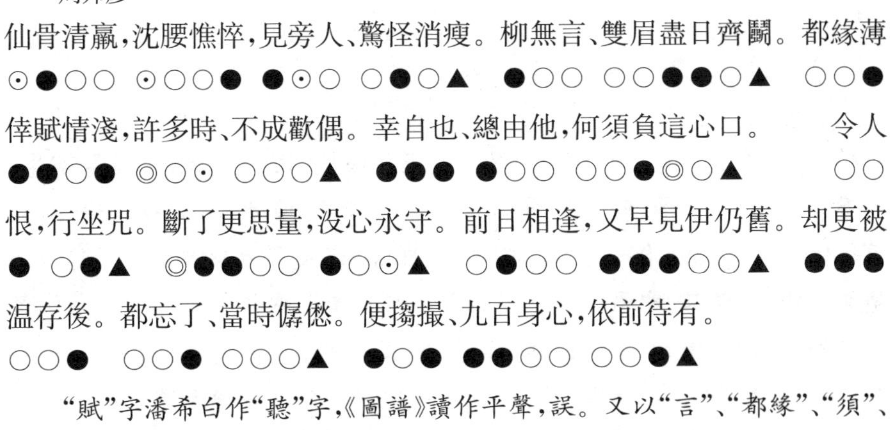

仙骨清羸，沈腰憔悴，見旁人、驚怪消瘦。柳無言、雙眉盡日齊鬬。都緣薄
⊙●○○ ⊙○○● ●⊙○ ○●○▲ ●○○ ○○●●○▲ ○○●
倖賦情淺，許多時、不成歡偶。幸自也、總由他，何須負這心口。　令人
●●○● ◎○⊙ ○○○▲ ●●● ●○○ ○○●◎○▲ ○○
恨，行坐咒。斷了更思量，没心永守。前日相逢，又早見伊仍舊。却更被
● ○●▲ ◎●●○○ ●○⊙▲ ○●○○ ●●●○○▲ ●●●
温存後。都忘了、當時僝僽。便搊撮、九百身心，依前待有。
○○● ○○● ○○○▲ ●○● ●●○○ ○○●▲

"賦"字潘希白作"聽"字，《圖譜》讀作平聲，誤。又以"言"、"都緣"、"須"、"令"、"思"、"相"爲可仄，"日"、"倖"、"坐"、"待"爲可平，俱非。前結潘作"十分衛郎清瘦"，"郎"字可用平聲。"却更被温存後"似應在"被"字豆，而潘詞作"强整帽檐攲側"，則是六字相連，想亦不拘。"待有"應去上聲，潘作"雁後"可見。"九百"，風魔也。金元曲多用之。

【考正】本詞或爲創調詞，余以爲本名應是《待有》，因結拍而名，"待"、"大"，古音均爲開口呼，一等韻，定母蟹韻，所異者一濁上、一濁去而已，而中古音濁上已變爲去聲，故二字同音，讀誤爲"大有"。原譜"幸自"六字不讀斷，想是校潘詞故。本詞差訛頗多，愚疑此六字"也總"前後尚有一字脱落，本當爲上三下四式句法，對應後段"便搊撮、九百身心"。又，"行坐咒"，《全宋詞》據吴訥唐宋名賢百家詞本《片玉集》爲"行坐兒"，以文理觀，更恰。此爲閑韻，本不必同潘詞也。

鳳池吟　九十九字

吴文英

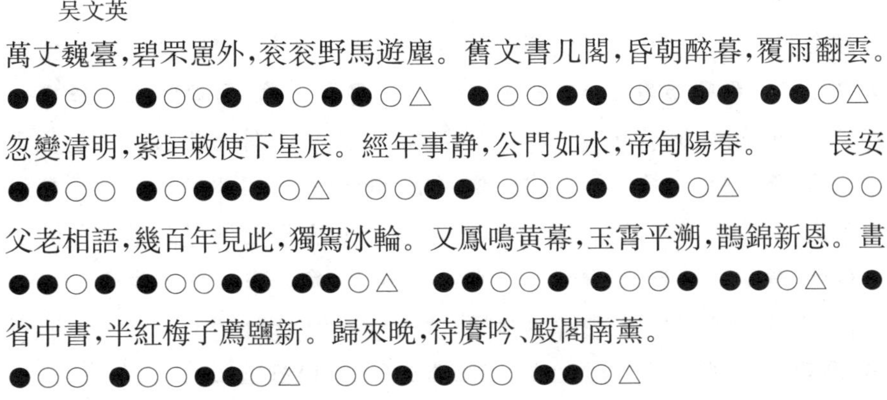

萬丈巍臺，碧罘罳外，袞袞野馬遊塵。舊文書几閣，昏朝醉暮，覆雨翻雲。
●●○○ ●○○● ●○●●○△ ●○○●● ○○●● ●●○△
忽變清明，紫垣敕使下星辰。經年事静，公門如水，帝甸陽春。　長安
●●○○ ●○●●●○△ ○○●● ○○○● ●●○△ ○○
父老相語，幾百年見此，獨駕冰輪。又鳳鳴黄幕，玉霄平溯，鵲錦新恩。畫
●●○● ●○○●● ●●○△ ●●○○● ●○○● ●●○△ ●
省中書，半紅梅子薦鹽新。歸來晚，待賡吟、殿閣南薰。
●○○ ●○○●●○△ ○○● ●○○ ●●○△

"舊文書"至"星辰"，與後段"又鳳鳴"至"鹽新"同。

【杜注】按，《欽定詞譜》"鵲錦輕恩"句，"輕"作"新"。又，"事省中書"句，"事"作"畫"。又，

“待慶吟”句,“慶”作“賡”。均應遵改。又按,《葉譜》“輕恩”一作“承恩”。

【考正】已據《欽定詞譜》改。又,第三句下“衮”字以上作平,後段第二句,“百”以入作平。

紫玉簫　九十九字

晁補之

羅綺叢中,笙歌隊裏,眼狂初認輕盈。無花解比,似一鉤、新月雲際初生。

○●○○ ○○○● ●○○●○△ ○○●● ●●○ ○●○●○△

算不虛得,都占與、第一佳名。卿歸去,那知、有人别後牽情。　襄王自

●●○● ○●● ●●○△ ○○● ○○ ●○●●○△ ○○●

是春夢,休謾説東牆,事更難憑。誰教慕宋,要題詩、曾倚寶柱新聲。似瑶

●○● ○●●○○ ●●○△ ○○●● ●○○ ○●●●○△ ●○

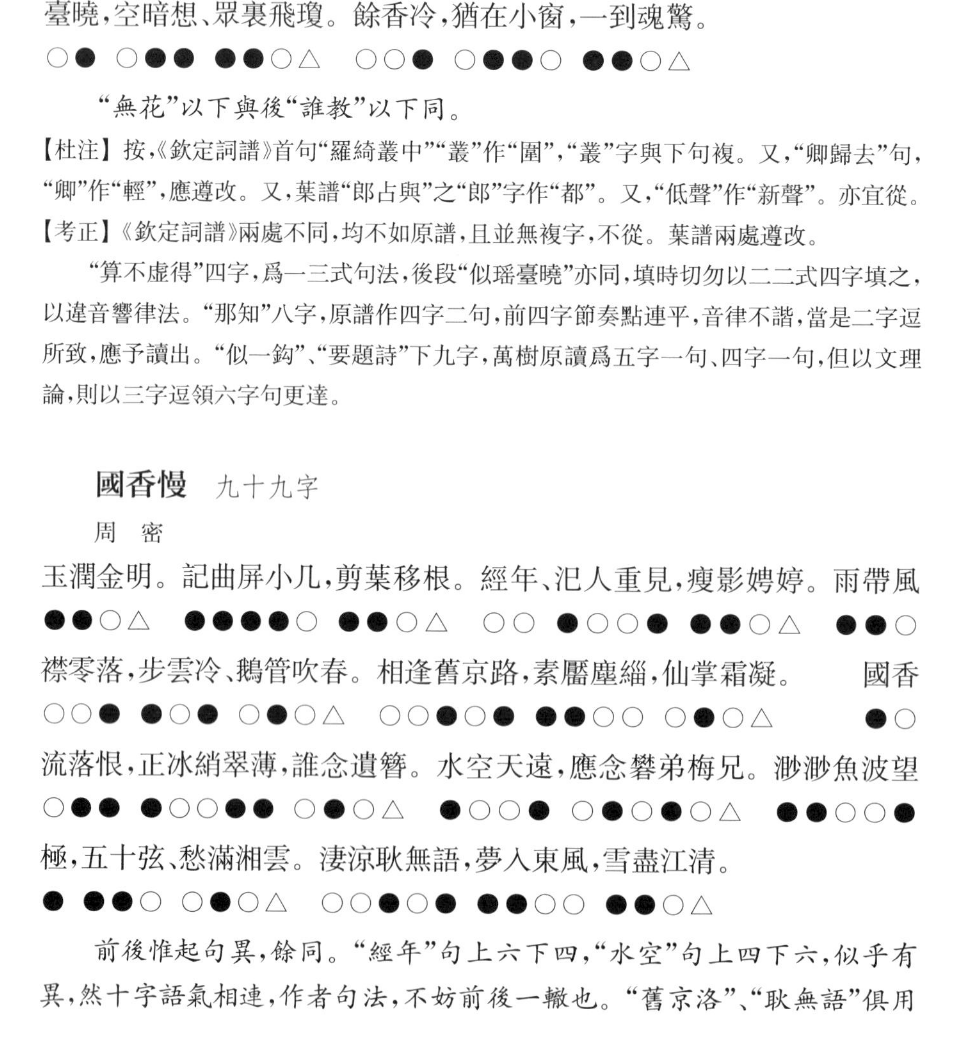

臺曉,空暗想、衆裏飛瓊。餘香冷,猶在小窗,一到魂驚。

○● ○●● ●●○△ ○○● ○●●○ ●●○△

“無花”以下與後“誰教”以下同。

【杜注】按,《欽定詞譜》首句“羅綺叢中”“叢”作“圍”,“叢”字與下句複。又,“卿歸去”句,“卿”作“輕”,應遵改。又,葉譜“郎占與”之“郎”字作“都”。又,“低聲”作“新聲”。亦宜從。

【考正】《欽定詞譜》兩處不同,均不如原譜,且並無複字,不從。葉譜兩處遵改。

“算不虛得”四字,爲一三式句法,後段“似瑶臺曉”亦同,填時切勿以二二式四字填之,以違音響律法。“那知”八字,原譜作四字二句,前四字節奏點連平,音律不諧,當是二字逗所致,應予讀出。“似一鉤”、“要題詩”下九字,萬樹原讀爲五字一句、四字一句,但以文理論,則以三字逗領六字句更達。

國香慢　九十九字

周　密

玉潤金明。記曲屏小几,剪葉移根。經年、汜人重見,瘦影娉婷。雨帶風

●●○△ ●●●●○ ●●○△ ○○ ●○○● ●●○△ ●●○

襟零落,步雲冷、鵝管吹春。相逢舊京路,素靨塵緇,仙掌霜凝。　國香

○○● ●○● ○●○△ ○○●○● ●●○○ ○●○△ ●○

流落恨,正冰綃翠薄,誰念遺簪。水空天遠,應念礬弟梅兄。渺渺魚波望

○●● ●○○●● ○●○△ ●○○● ○●○●○△ ●●○○●

極,五十弦、愁滿湘雲。淒涼耿無語,夢入東風,雪盡江清。

● ●●○ ○●○△ ○○●○● ●●○○ ●●○△

前後惟起句異,餘同。“經年”句上六下四,“水空”句上四下六,似乎有異,然十字語氣相連,作者句法,不妨前後一轍也。“舊京洛”、“耿無語”俱用

仄平仄，勿誤。此調惟草窗有之，題作《夷則商國香慢》，愚謂“夷則商”三字乃是宫調，非詞名也，故删之。

【校勘記】“經年泛人重見”句，“泛”字原闕，應從《蘋洲漁笛譜》補。

【考正】原譜“經年”後空格，現據《全宋詞》補“汜”字。此十字若作六字句在前，細玩諸詞，實爲二字逗領起四字兩句之填法，“經年”者，不限“汜人重見”，還有“瘦影娉婷”，他如玉田之“嫻嬌、弄春微透，鬟翠雙垂”、“結根、未同蕭艾，獨抱孤貞”亦是。故作讀住。又，本調前後段第七拍，諸家皆作上三下四式句法，惟曹勛一首作“化均鳳曆同風……奉觴雁序雍容”或是減字法，因其餘皆同，故不贅録。

詞律卷十五終

詞律卷十六

垂楊 九十九字

陳允平

銀屏夢覺。漸淺黄嫩緑，一聲鶯小。細雨輕塵，建章初閉東風悄。依然千
○○●▲ ●●○●● ●○○▲ ●●○○ ●○○●○○▲ ○○⊙
樹長安道。翠雲鎖、玉窗深窈。斷橋人、空倚斜陽，帶舊愁多少。 還
●○○▲ ●○● ◎○○▲ ●○○ ○●○○ ●●○○▲ ○
是清明過了。任煙縷露條，碧纖青裊。恨隔天涯，幾回惆悵蘇堤曉。飛花
●○○●▲ ●○●●○ ●○○▲ ●●○○ ●○○●○○▲ ○○
滿地誰爲掃。甚薄倖、隨波縹緲。縱啼鵑、不喚春歸，人自老。
●●○○▲ ●○● ⊙○●▲ ●○○ ●●○○ ○●▲

"一聲"至"深窈"，與後"碧纖"至"縹緲"同。詞極精致，聲調如此，不可亂改平仄。蓋"建章"二句、"幾回"二句皆七字，而"建章"句與"幾回"句皆束上語，"依然"句與"飛花"句皆連下相應語，此余前注中所謂段落也。論其細處，則"輕塵"、"天涯"兩平聲，之下以"建"、"幾"二字頂之，故用仄。"依"字、"飛"字語氣另起，故用平，而其下用"翠雲鎖"、"甚薄倖"以仄平仄接之，妙絶。即其七字四句中"閉"去、"悄"上、"樹"去、"道"上、"悵"去、"曉"上、"地"去、"掃"上，皆極抑揚諧暢之妙。君衡信騷壇高手哉！《譜》注混填俗極。

【杜注】按，《日湖漁唱》及《絶妙好詞》"漸淡黄嫩緑"句，"淡"作"淺"。又，"啼鵑不喚春歸"句，"啼"字上有"縱"字，應增。

【考正】本調白樸詞，後段第二句作"恨西園媚景"，平仄與陳詞反，此類句法極多，當是詞律並不拘泥句法，合律即可。而"依然"句與"飛花"句，本爲閑韻所在，故白詞均不叶韻。"誰爲掃"之"爲"字當讀爲平聲，白詞本句作"玉纖空折梨花捻"可證，陳氏所用即所謂借音法也。

又按，前後段第二均，陳詞作四字一句、七字一句，而白詞作"怕上高城望遠，煙水迷南浦……試把芳菲點檢，鶯燕渾無語"，句法既異，則平仄亦有不同，第六字均由平易仄，此

正余所謂“微調説”也。又，白詞後段尾均作：“問東君，此別經年，落花誰是主。”結拍五字，正與前結合，故疑陳詞後結“人”字前奪二平聲字，若未奪二字，則“不喚春歸人自老”即自成七字一句矣。

秋宵吟　九十九字

姜　夔

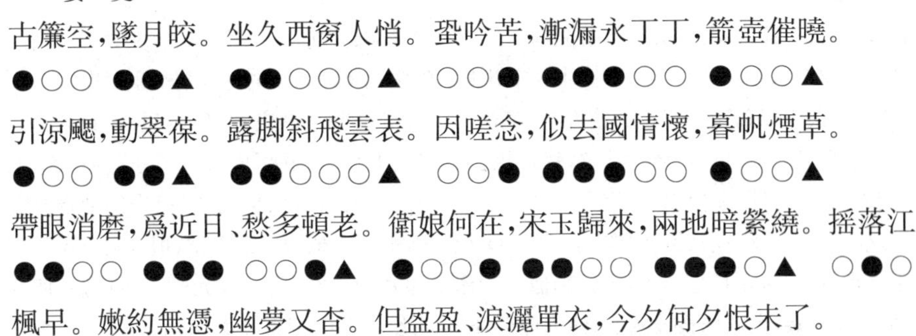

古簾空，墜月皎。坐久西窗人悄。蛩吟苦，漸漏永丁丁，箭壺催曉。
●○○　●●▲　●●○○○▲　○○●　●●●○○　●○○▲
引涼颸，動翠葆。露脚斜飛雲表。因嗟念，似去國情懷，暮帆煙草。
●○○　●●▲　●●○○○▲　○○●　●●●○○　●○○▲
帶眼消磨，爲近日、愁多頓老。衛娘何在，宋玉歸來，兩地暗縈繞。搖落江
●●○○　●●●　○○●▲　●○○●　●●○○　●●●○▲　○●○
楓早。嫩約無憑，幽夢又杳。但盈盈、淚灑單衣，今夕何夕恨未了。
○▲　●●○○　○●●▲　●○○　●●○○　○●○○●●▲

此詞應分三疊。第一段於“催曉”住，蓋“引涼颸”以下與首段全同，亦雙拽頭之謂耳。此堯章自度曲，平仄皆宜遵之。幸《譜》不收，不然此結必注改七言詩句法矣。

【考正】“蛩吟苦”、“因嗟念”原譜均讀爲逗，致本均爲上三下五一句、四字一句，甚誤。按，前段“漸”字、後段“似”字，均爲一字逗領四字兩句，若“蛩吟苦、漸漏永丁丁”爲一句，則后四字句無從相屬，且三字逗領一字逗再領，文法結構上亦殊爲彆扭。

原譜“引涼颸”之前不分段，據萬注改。又按，“何夕”之“夕”，以入作平。

迷神引　九十九字

晁補之

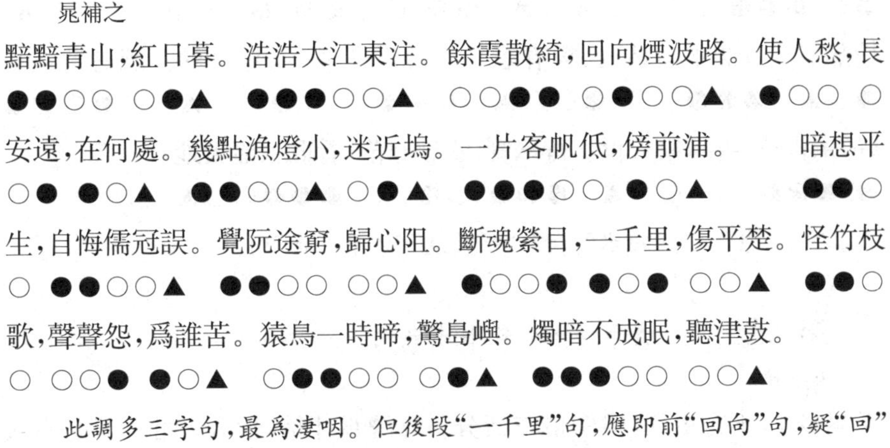

黯黯青山，紅日暮。浩浩大江東注。餘霞散綺，回向煙波路。使人愁，長
●●○○　○●▲　●●●○○▲　○○●●　○●○○▲　●○○　○
安遠，在何處。幾點漁燈小，迷近塢。一片客帆低，傍前浦。　暗想平
○●　●○▲　●●○○▲　○●▲　●●●○○　●○▲　●●○
生，自悔儒冠誤。覺阮途窮，歸心阻。斷魂縈目，一千里，傷平楚。怪竹枝
○　●●○○▲　●●○○　○○▲　●○○●　●○●　○○▲　●●○
歌，聲聲怨，爲誰苦。猿鳥一時啼，驚島嶼。燭暗不成眠，聽津鼓。
○　○○●　●○▲　○●●○○　○●▲　●●●○○　○○▲

此調多三字句，最爲淒咽。但後段“一千里”句，應即前“回向”句，疑“回”字上下落一字。“怪竹枝歌”比“使人愁”多一“怪”字，亦恐“使人”上落一字。

至於“幾點”八字即後“猿鳥”八字、“一片”八字即後“燭暗”八字，極爲整齊。且上句“近”字、“島”字用仄聲，下句“前”字、“津”字用平聲，正抑揚可愛處。如此對仗極易考證，而《圖譜》以“幾點”至“前浦”十六字，分作每句四字，不但破壞此調，而“小迷近塢”成何文理？无咎不幸受冤於六百年之後，可歎也。

“覺阮途窮”、“怪竹枝歌”乃以“覺”字、“怪”字領句，不可泛作仄仄平平，此種處須細心體認才得。

【杜注】按，《欽定詞譜》參校柳耆卿詞注云：“回向煙波路”句，多一“回”字。又，“怪《竹枝》歌聲聲怨”句，多一“聲”字。如删去二字，則與《欽定詞譜》所收柳耆卿詞句調相同。

【考正】萬氏以爲“回向”句、“使人”句各落一字，杜氏則取《欽定詞譜》之説，以爲各多一字。余玩其意味，後段“怪竹枝歌，聲聲怨，爲誰苦”十字，一氣呵成，皆由“怪”字領起，而“使人愁，長安遠，在何處”九字則明顯三截，落字之疑合理。然校之柳詞、朱詞則皆爲九字，故《欽定詞譜》疑其衍一“聲”字，雖亦爲主觀猜測，却有依據。余以爲，填詞雖有添字減字之常見手法，尤其是領字，故晁詞似可謂添字體耳，惟參校所有宋元詞，僅本處一四字句，畢竟可疑，尤其前後段對應，他詞皆整齊，惟此參差，則衍字説更爲可信。要之，本調前後段之第二第三均，分别爲四字一起、六字折腰一對、三字一起、六字折腰一對，當是正格。

本調起拍，今標點本均作七字一句，此肇自明清，余以爲此實即“怒髮衝冠憑欄處”耳，所不同者，《滿江紅》第七字未叶韻，而本調叶韻而已。四字讀住，當爲本格，觀本調通篇短句構成，亦可知之，若作七字一句，則起拍即與全調音響、節奏不諧。

無悶　九十九字

王沂孫

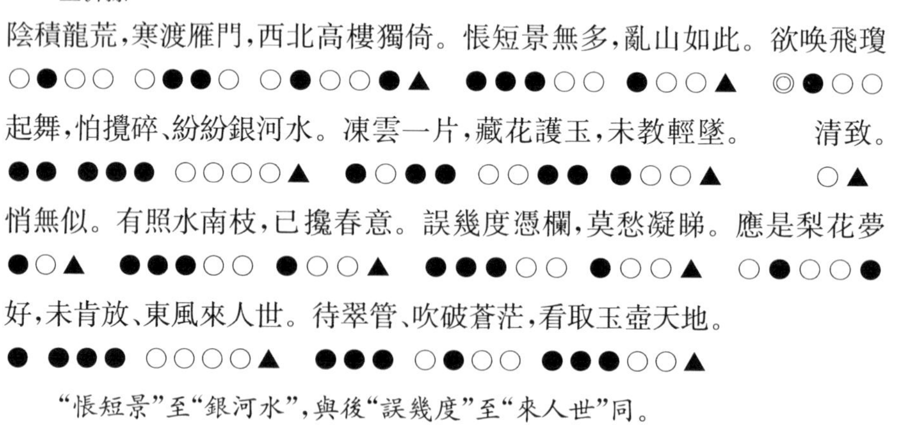

陰積龍荒，寒渡雁門，西北高樓獨倚。悵短景無多，亂山如此。欲喚飛瓊

○●○○　○●●○　○●○○●▲　●●●○○　●○○▲　◎●○○

起舞，怕攬碎、紛紛銀河水。凍雲一片，藏花護玉，未教輕墜。　清致。

●●　●●●　○○○○▲　●○●●　○○●●　●○○▲　○▲

悄無似。有照水南枝，已攙春意。誤幾度憑欄，莫愁凝睇。應是梨花夢

●○▲　●●●○○　●○○▲　●●●○○　●○○▲　○●○○●

好，未肯放、東風來人世。待翠管、吹破蒼茫，看取玉壺天地。

●　●●●　○○○○▲　●●●　○●○○　●●●○○▲

“悵短景”至“銀河水”，與後“誤幾度”至“來人世”同。

第二體　九十九字　本集名“閨怨無悶”

程　垓

天與多才，不合更與，殢柳憐花情分。算總爲才情，惱人方寸。早是春殘

○●○○　●●●○　●●○○○▲　●●●○○　●○○▲　●●○○

花褪。也不料一春、都成病。自失笑、因甚腰圍半減,淚珠頻搵。　　難
○▲　●●●●○　○○▲　●●●　○●○○●●　●○○▲　　○
省。也怨天,也自恨。怎免千般思忖。倩人説與,又却不忍。拼了一生愁
▲　●●○　●●▲　●●○○○▲　●○●●　●○○▲　○●●○○
悶。又祇恐愁多、無人問。到這裏、天也憐人,看他穩也不穩。
▲　●●●○○　○○▲　●●●　○●○○　●○●●○▲

大略與前詞同,而"自失笑"句法不同。"倩人"句少一字,因用俳體,平仄難學,作者但依前王詞可也。《選聲》將"不合"以下十一字爲一句,而錯以"甚"字爲韻,大誤。"不合"句四字,"殢柳"句六字,"分"字去聲,端然是韻,前詞句法甚明。且"甚"字閉口,不應入此爲叶,蓋未深考耳。按,書舟此詞名《閨怨無悶》,今觀王詞,止作《無悶》,則"閨怨"二字乃所賦之題,後人並調名連刻也。

"自失笑"下十三字,不比前詞,乃與後段"到這裏"下同也。蓋"因甚"句雖六字,"天也"句雖四字,實則一氣貫下,分豆不拘耳。"穩也"之"也"字,上聲可作平,用"不"字亦平。

【考正】"更與"之"與",除吴文英爲入聲,各家均作平聲,故"與"字以上作平無疑。

原譜"也不料"、"又祇恐"兩句均作上三下五式,今各標點本亦習慣如此讀,而不知如此讀斷,則音步連平失諧。細玩宋人諸家,本句八字本一氣貫之,上五下三句式讀法,或更達意,如周邦彦之"聽竹上清響、風敲雪",斷不是"清響風敲雪";吴文英之"趁夜月瑶笙、飛環佩"亦如此。疑似創調作者丁注所填,最爲明了,其前段"鎮獨向尊前、誇輕細"、後段"預先把園林、都裝綴","向尊前"、"把園林"密不可分也。而後段周邦彦詞,本句添一字作"夢裏又却是,似驚時節",則所透消息更明。

"又却不忍"句,宋人皆作●○○▲,如周邦彦之"楚梅堪折"、吴文英之"灞陵春意"、王沂孫之"莫愁凝睇"等,皆是。故本詞之"却"、"不"當均爲以入代平填法。而後結六字,萬氏以爲"也"、"不"皆當作平,亦誤,蓋本句宋人多作仄起仄收式,平起仄收惟此一句,故"不"字固當以入作平看,而"也"字則不可填入平聲,以成平起仄收句法也。

又按,夢窗有《催雪》一調,與此全同,今録後備考。

催雪　九十九字

吴文英

霓節飛瓊,鸞駕弄玉,杳隔平雲弱水。倩皓鶴傳書,衛姨呼起。莫待粉河凝
○●○○　○●●○　●●○○●▲　●●●○○　●○○▲　●●●○○
曉,趁夜月瑶笙、飛環佩。正蹇驢吟影,茶煙灶冷,酒亭門閉。　　歌麗。泛
●　●●●○○　○○▲　●○○○●　○○●●　●○○▲　　○▲　●
碧蟻。放繡箔半鈎,寶臺臨砌。要須借東君,灞陵春意。曉夢先迷楚蝶,早風
●▲　●●●●○　●○○▲　●○●○○　●○○▲　●●○○●●　●○

戾重寒、侵羅被。還怕掩、深院梨花，又作故人清淚。
●○○ ○○▲ ○●● ○●○○ ●●●○○▲

此或夢窗以前調賦“催雪”之詞，後傳其題而逸其調名耳。初稿中竟列此調，偶因夜長不寐，於枕上背吟，覺有相髣髴者，因憶與《無悶》正同，急起呼童吹爐火，燃燭改之，不然幾分兩調矣。既以自幸，又復慮譜中尚有類此者，不及檢點，未免詒譏，惟望閱者摘出而駁正之，幸甚。幸甚。丙寅臘八夜附記。

【杜注】按，《欽定詞譜》另列《催雪》一調於《無悶》調下，注云：“《詞律》以此詞與《催雪》類編，《催雪》前結四字三句，已自不同，後段句讀、押韻尤爲迥别，特爲分列。”

【考正】本詞題原無“無悶”二字。然本詞當爲《無悶》之正格。

《欽定詞譜》以爲本詞爲《催雪》，所論極誤。其所收“催雪”一詞，本即丁注之《無悶》，而《欽定詞譜》誤以爲姜白石詞，其根源已誤，安有不錯之理。至其所謂“《催雪》前結四字三句，已自不同”云，是未見正本作“正蹇驢吟影”，奪一字耳。而“後段句讀、押韻尤爲迥别”者，校之前王詞及丁注詞，即可知一般無二也。

十月桃 九十九字

張元幹

年華催晚，聽尊前偏唱，沖暖欺寒。樂府誰知分付，點化金丹。中原、舊遊
○○○● ●○○○● ○●○△ ●●○○⊙● ◎●○△ ○○ ●○

何在，頻入夢、老眼空潸。撩人冷蕊，渾似當時，無語低鬟。 有多情多
⊙● ○●● ●●○△ ○○●● ○●○○ ⊙●○△ ●○○○

病文園。向雪後尋春，醉裏憑闌。獨步群芳，此花風度天然。羅浮、淡妝
●○△ ●●●○○ ◎●○△ ●●○○ ◎○⊙●○△ ○○ ●○

素質，呼翠鳳、飛舞斕斑。參横月落，留恨醒來，滿地香殘。
●● ○●● ○●○△ ○○●● ○●○○ ◎●○△

“沖暖”下與後“醉裏”下同。

【考正】原譜前後段第二均作四字一句、六字一句，致後一句音步連仄不諧。按，此二句有兩種填法，一爲四字一句、六字一句，則第六字平聲，如李彌遜之“刻楮三年，謾誇煮石成丹”、“砌外瓏璁，暗香夜透簾幃”，及無名氏之“露井平明，破香籠粉初開”、“獨對霜天，冒寒先占花期”；一爲六字一句、四字一句，如張元幹兩首均如此，别首又作“小試芳菲時候，無限風光”，無名氏詞也有“恰似凝酥襯玉，點綴裝裁”。兩種填法之差異，在第六字平仄之變化，前者爲平，張詞體則微調爲仄。

“中原”、“羅浮”二句原譜不讀斷，亦音步連平失譜。按，此二句亦有兩種填法，一種爲○○●●○●，句不讀斷，一種爲○○ ●○○●，則須讀斷，兩種填法句式不同，故不可互校。二字逗句法者，可參見卷十五《孤鸞》、《玲瓏四犯》二調。

新雁過妝樓　九十九字

吴文英

閬苑高寒。金樞動、冰宮桂樹年年。剪秋一半，難破萬户連環。織錦相思

●●○△　○○●　○○●●○△　●○●●　○●●●○△　●●○○

樓影下，鈿釵暗約小簾間。共無眠。素娥慣得，西墜闌干。　　誰知、壺

○●●　●○●●●○△　●○△　●○●●　○●○△　　○○　○

中自樂，正醉圍夜玉，淺鬭嬋娟。雁風自勁，雲氣不上涼天。紅牙潤沾素

○●●　●●○●●　●●○△　●○◎●　○●●●○△　○○●○●

手，聽一曲清歌雙霧鬟。徐郎老，恨斷腸聲在，離鏡孤鸞。

●　●○●○○○●△　○○●　●●○○●　○●○△

夢窗此調，二首字法一一相同，作者不可任意更變。觀其所用諸去聲，宜學，蓋其他作亦然，必非偶合者。

【考正】“剪秋”下十字、“雁風”下十字，有兩種填法，若是前六後四，則平仄仿此，如張炎之“也知遊意多在，第二橋邊”；若是前四後六，則可依此填，亦可依律微調平仄，或第六字作平，或第八字作平且第九字作仄。惟本調宋人多作前四後六，而格律則依然用前者。又，换頭句原譜不讀斷。

按，張玉田有《瑶臺聚八仙》一調，陳君衡有《八寶妝》一調，查與此吻合，今皆録於左幅。

瑶臺聚八仙　九十九字

張　炎

秋月娟娟。人正遠、魚雁待拂吟箋。也知遊事，多在第二橋邊。花底鴛鴦深處睡，柳陰淡隔裏湖船。路綿綿、夢吹舊曲，如此山川。　　平生幾兩謝屐，便放歌自得，直上風煙。峭壁誰家，長嘯竟落松前。十年孤劍萬里，又何似、畦分抱甕泉。中山酒，且醉餐石髓，白眼青天。

與前詞皆同，只“峭壁誰家”平仄稍異，想十字一氣，可以不拘。觀後陳詞，可見“幾兩”二字可作平用，非泛然仄聲也。

【考正】“且醉”句本調正格均有一領字，而張炎《瑶臺聚八仙》别首，後段尾均作：“玄真子，共遊煙水，人月俱高。”本句減一領字異，或爲脱落，不可從。與下陳詞俱不擬譜。

八寶妝　九十九字

陳允平

望遠秋平。初過雨、微茫水滿煙汀。亂蓖疏柳，猶帶數斷殘螢。待月重樓誰共倚，信鴻斷續兩三聲。夜如何、頓涼驟覺，紈扇無情。　　還思驂鸞素約，念鳳簫雁瑟，取次塵生。舊日潘郎，雙鬢半已星星。琴心錦意暗懶，又争奈、西風吹恨醒。屏山冷，怕夢魂飛度，藍橋不成。

與前詞同,"舊日潘郎"四字與張合。

按,《八寶妝》另有一百十字調,是名同調異者,不可誤認。查夢窗"夢醒芙蓉"一首,尾云"秋香月中",初疑是"秋月香中",今觀此"藍橋不成",則知此句亦可用平平仄平耳。

兩調用去聲,亦多與吴詞相合,可見是故意推敲,非泛用也。

又按,以上兩詞,俱以八字爲名,或採八調合成,但不可查訂。即前《新雁過妝樓》或係節取,未可知。

【杜注】按,《欽定詞譜》注云:張炎詞名《瑶臺聚八仙》、陳允平詞名《八寶妝》,同是一調。

鎖窗寒　九十九字

周邦彦

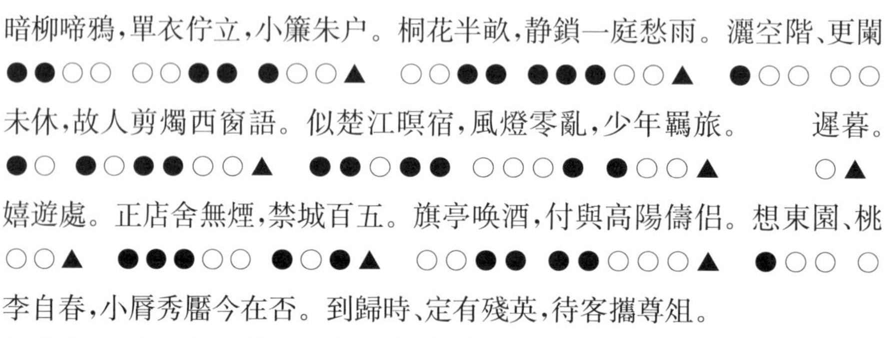

暗柳啼鴉,單衣佇立,小簾朱户。桐花半畝,静鎖一庭愁雨。灑空階、更闌
●●○○ ○○●● ●○○▲ ○○●● ●●●○○▲ ●○○ ○○
未休,故人剪燭西窗語。似楚江瞑宿,風燈零亂,少年羈旅。　遲暮。
●○ ●○●●○○▲ ●●○●● ○○○● ●○○▲ ○▲
嬉遊處。正店舍無煙,禁城百五。旗亭喚酒,付與高陽儔侣。想東園、桃
○○▲ ●●●○○ ●○●▲ ○○●● ●●○○○▲ ●○○ ○
李自春,小脣秀靨今在否。到歸時、定有殘英,待客攜尊俎。
●●○ ●○●●○●▲ ●○○ ●●○○ ●●○○▲

千里和詞,於"畝"字用"許"、"酒"字用"羽",似叶而非也。"更闌未休""闌"字平聲,"桃李自春""李"字上聲,可通用,不可因仄聲而用去聲也。"未"字、"自"字則必用去耳。汲古刻《片玉》,"更"字作"夜",此字用仄不妨。"自"字作"經"則誤矣。"桐花"至"窗語",與後"旗亭"至"在否"同,而"在"字用去聲。查此字他家有作平聲,如前段"窗"字者,但千里和詞亦用"舊"字,碧山、玉田亦用"更"、"雁"、"自"等字,故知用去聲者當從也。《嘯餘》一概混注,切不可依。如"灑空階、更闌未休"作仄平仄、仄仄平平,有此《鎖窗寒》否?前結有作一七字、一六字者,如蕭竹屋"悵佳人、有約難來,緑遍滿庭芳草",楊无咎"恨遲留、載酒期程,孤負踏青時候"是也。此十三字語氣相貫,平仄不異,作兩句亦無礙,故不另列。後起"暮"、"處"二字俱叶,是定格。蕭於起二字叶,次三字不叶;程先於二字不叶,至第五字方叶,皆不可從。至逃禪竟用"忽雙眉暗鬭",以"忽"字領句,"雙眉"二字相連,且"雙"字平聲,尤不妥矣。若夢窗於"似楚江"句少"似"字,程先於"正店舍"句少"正"字,及玉田"舊時燕歸"作"歸燕愁魂"、"正遥"作"正遠",皆刻誤。更於"付與"句、"想東園"句各多一字,以致字數參差。今細加訂正,惟有此一體可從而已。

汲古刻《夢窗甲集》，題作《瑣寒窗》，元蕭允之亦作《瑣寒窗》，然查各家，俱作《瑣窗寒》，今南曲南吕調亦有《瑣窗寒》，是《瑣寒窗》乃誤倒也。

【杜注】按，《歷代詩餘》"桐花半畝"句，"花"作"陰"。又，"更闌未休"句，"更"作"夜"，此字各家皆用仄聲，均應遵改。又按，卷十五之《月下笛》調與此字句相同，《詩餘》及《欽定詞譜》均各列一調。

【考正】"桃李"後十一字，四庫全書本不讀斷，據四部備要本補。

金菊對芙蓉　九十九字

康與之

梧葉飄黃，萬山空翠，斷霞流水争輝。正金風西起，海燕東歸。憑闌不見

⊙●○○　◎○⊙●　◎○⊙●○△　●○○⊙●　◎●○△　◎○◎●

南來雁，望故人、消息遲遲。木樨開後，不應誤我，好景良時。　祇念獨

○○●　◎◎⊙　⊙●○△　◎○⊙●　◎○●●　◎●○△　◎●○

守孤幃。把枕前囑付，一旦分飛。上秦樓遊賞，酒殢花迷。誰知别後相思

●○△　●◎○◎●　◎●○△　●○○⊙●　◎●○△　⊙○◎●○○

苦，悄爲伊、瘦損香肌。花前月下，黄昏院落，珠淚偷垂。

●　◎◎⊙　◎●○△　⊙○◎●　⊙○●●　⊙●○△

"正金風"以下，與後"上秦樓"以下同。稼軒於"把枕前囑付"句作"歎年少胸襟"，平仄全異，想不拘。

【考正】"上秦樓"下九字、"誰知"下十四字、"花前"下八字，原譜未讀斷。

《草堂詩餘後集》卷上載辛棄疾詞，後段尾均作"此時方稱情懷，儘拚一飲千鍾"，攤破後變爲兩個六字句，此亦填詞常見句讀法。

月華清　九十九字

洪　瑹

花影摇春，蟲聲吟暮，九霄雲幕初卷。誰駕冰蟾，擁出桂輪天半。素魄映、

○●○○　○○○●　●○○●○▲　⊙●○○　●●◎○○▲　●◎◎

青瑣窗前，皓彩散、畫闌干畔。凝眄。見金波滉漾，分輝鵲殿。　況是

⊙●○○　◎●●　●○○▲　○▲　●○○◎●　⊙○○▲　●●

風柔夜暖。正燕子新來，海棠微綻。不似秋光，祇照離人腸斷。恨無奈、

○○◎▲　●●●○○　●○○▲　◎●○○　●●⊙○○▲　●⊙◎

利鎖名韁，誰爲唤、舞裙歌扇。吟玩。怕銅壺催曉，玉繩低轉。

◎●○○　⊙●●　●○○▲　○▲　●○○⊙●　◎○○▲

"誰駕"下與後"不似"下同。"眄"音"面"。

【考正】萬氏原注"鵲殿"之"鵲"以入作平。

第二體 一百字

蔡松年

樓倚明河,山蟠喬木,故國秋光如水。常記別時,月冷半山環佩。到而今桂影尋人,端好在、竹西歌吹。如醉。望白蘋風裏,關山無際。　可惜瓊瑤千里。有年少玉人,吟笑天外。脂粉清暉,冷射藕花冰蕊。念老去、鏡裏流年,空解道、人生適意。誰會。更微雲疏雨,滿空鶴唳。

"常記得"三句,與前調異。但此處與後"脂粉"二句宜同,或"常"字誤多,"別"字作平,"時"字分句耳,作者從前詞體可也。"少年"下八字,平仄亦異。

【杜注】按,王氏校本"常記得別時,月冷半山環佩"二句,無"得"字,以"時"字爲句。又,"有少年玉人"句,"少年"作"年少"。又,"吟笑天外"句,"笑"作"嘯"。又,"滿空鶴唳"句,"滿空"作"空庭"。詞譜未收,此詞注中引此句,亦作"空庭",應照改。

【考正】已據杜注改。此外,後段"空解道"下九字原譜作上三下六讀,而校之洪詞,此處當讀爲:"空解道、人生適意。誰會。"原譜落一韻。此韻校之宋元諸家,皆可認證。朱淑真作:"對美景、不妨行樂。拼著。"馬子嚴作:"琴上曲、休彈秋思。怕裏。"宋無名氏作:"空對景、不成歡意。除是。"元王吉昌作:"展入地、升天體現。一貫。"此處可見鐵律如此,故據而改之。如此,蔡詞與洪詞全同,無另立一體之條件,不予擬譜。

三姝媚 九十九字

王沂孫

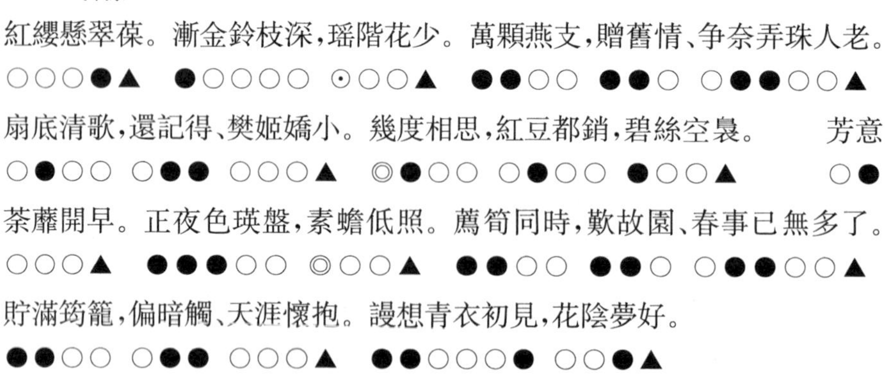

紅纓懸翠葆。漸金鈴枝深,瑤階花少。萬顆燕支,贈舊情、争奈弄珠人老。

○○○●▲　●○○○○　⊙○○▲　●●○○　●●○　○●●○○▲

扇底清歌,還記得、樊姬嬌小。幾度相思,紅豆都銷,碧絲空裊。　芳意

○●○○　○●●　○○○▲　◎●○○　○●○○　●○○▲　○●

荼蘼開早。正夜色瑛盤,素蟾低照。薦筍同時,歎故園、春事已無多了。

○○○▲　●●●○○　◎○○▲　●●○○　●●○　○●●○○▲

貯滿筠籠,偏暗觸、天涯懷抱。謾想青衣初見,花陰夢好。

●●○○　○●●　○○○▲　●●○○○●　○○●▲

"瑤階"至"嬌小",與後"素蟾"至"懷抱"同。"金鈴枝深"四字平聲,定格如此。查碧山別作用"西窗淒淒",夢窗一用"春衫啼痕"、一用"王孫重來"、一用"清波明眸",詹玉用"誰家花天",皆同。各譜收梅溪詞"煙光搖縹瓦"一首,此四字作"晴檐風裊","裊"字仄聲,查梅溪本集原係"晴檐多風",各書誤改"裊"字耳。《圖譜》仍録"晴檐多風",是矣,而注"多"字可仄,亦誤。若《選

聲》，則"多風"二字皆作可仄，尤誤。"瑶"字則不妨作上去聲也。"夢好"二字去上聲，勿誤。碧山别作用"弄晚"，夢窗用"淚滿"、"未起"，梅溪用"暗寫"，俱妙。天游作"煙雨"，則調不振矣。

【杜注】萬氏以"萬顆"下十三字，照各家句法分作四字五字四字三句。按，别家亦有以下二句九字爲上三下六句法者，如此詞應以"贈舊情"三字爲逗，"争奈弄珠人老"六字爲句。又按，此調以古樂府"三婦艶"得名。

【考正】"萬顆"及"薦筍"下十三字，萬氏原作四字一句、五字一句、四字一句讀。

第二體　九十九字

吴文英

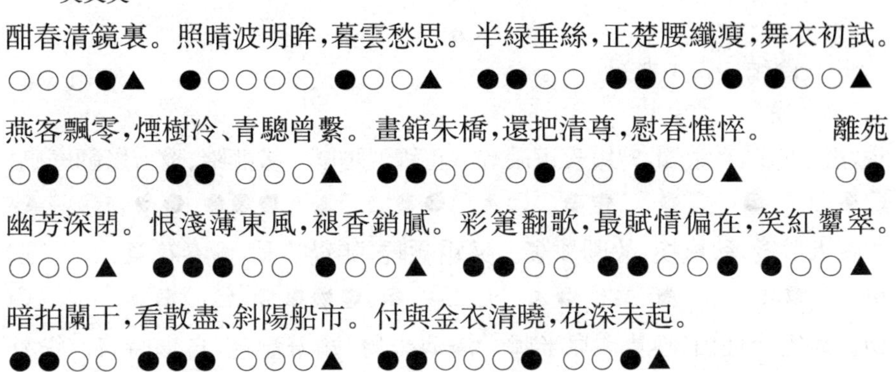

酣春清鏡裏。照晴波明眸，暮雲愁思。半緑垂絲，正楚腰纖瘦，舞衣初試。
○○○●▲　●○○○○　●○○▲　●●○○　●●○○●　●○○▲
燕客飄零，煙樹冷、青驄曾繫。畫館朱橋，還把清尊，慰春憔悴。　離苑
○●○○　○●●　○○○▲　●●○○　○●○○　●○○▲　○●
幽芳深閉。恨淺薄東風，褪香銷膩。彩箑翻歌，最賦情偏在，笑紅顰翠。
○○○▲　●●●○○　●○○▲　●●○○　●●○○●　●○○▲
暗拍闌干，看散盡、斜陽船市。付與金衣清曉，花深未起。
●●○○　●●●　○○○▲　●●○○○●　○○●▲

後結多二字，餘同。"暮雲愁"下應是叶韻，刻本係"斂"字訛，故缺之。諸去聲字各家皆同，萬勿依《譜》、《圖》混用。總之，調之恊不恊，全在平仄，古人於平仄無傳書，其傳詞即可據也。如此篇平仄，各家字字俱同，豈不可信？只夢窗别作，於"恨淺薄"二句云"但惟得、當年夢緣能短"，"惟"字用平，然此"惟"字無理，恐是"怪"字，蓋此字各家俱去聲也。"最賦情"二句云"傍海棠偏愛，夜淺開宴"，則"淺"字乃"深"字，訛刻無疑耳。

【杜注】萬氏注云："'暮雲愁'下應是叶韻，刻本係'斂'字，訛，故缺之。"按，《欽定詞譜》作"思"字，叶韻，應遵補。又按，宋詞於複字不甚避忌，而此闋"清"字四見，似當有誤。如"清鏡"或是"青鏡"，"清曉"或是"侵曉"。

【考正】前段第三句原作"暮雲愁□"，據《欽定詞譜》補。萬氏云夢窗别首"惟"字當作"怪"、"淺"字當作"深"，是，《全宋詞》所據彊村四校本《夢窗詞》正是"怪"字，"深"字。

又，本詞後結原譜作"付與嬌鶯，金衣清曉，花深未起"，校之宋人諸詞，未有作十二字者，可知萬氏所據之"嬌鶯"系衍文耳。彊村四校本《夢窗詞》正是十字，去之，則本詞亦即前一體，並無又一體也。

本調諸家所填，無甚差異，惟前後段第二均多作四字、五字、四字三拍，偶有四字九字二拍者，萬氏則讀爲七字、六字兩拍，偶例耳，當皆無不可，故以本詞爲正體。

本調另有杜良臣"花浮深岸樹"一首，平韻體，雙調九十九字，萬氏失收。宋詞僅此一

首，茲録於此，學者可範之：

平韻三姝媚　九十九字

杜良臣

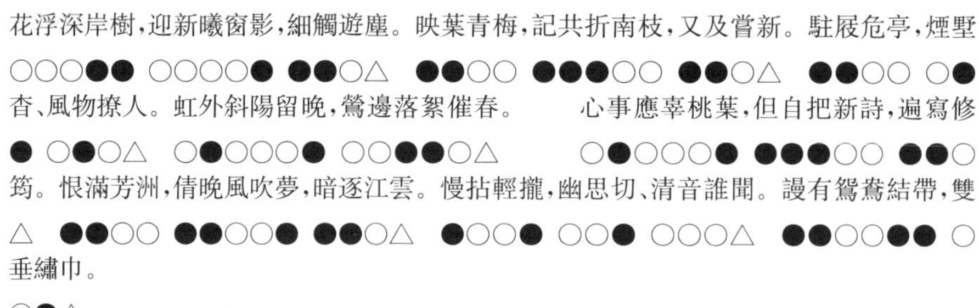
花浮深岸樹，迎新曦窗影，細觸遊塵。映葉青梅，記共折南枝，又及嘗新。駐屐危亭，煙墅
○○○●● ○○○○● ●●○△ ●●○○ ●●●○○ ●●○△ ●●○○ ○●
杳、風物撩人。虹外斜陽留晚，鶯邊落絮催春。　心事應辜桃葉，但自把新詩，遍寫修
● ○●○△ ○●○○○● ○○●●○△ ○●○○○● ●●●○○ ●●○
筠。恨滿芳洲，倩晚風吹夢，暗逐江雲。慢拈輕攏，幽思切、清音誰聞。謾有鴛鴦結帶，雙
△ ●●○○ ●●○○● ●●○△ ●○○● ○○● ○○○△ ●●○○●● ○
垂繡巾。
○●△

丁香結　九十九字

吴文英

香嫋紅霏，影高銀燭，曾縱夜遊濃醉。正錦温瓊膩。被燕踏、暖雪驚翻庭砌。
○●○○ ●○○● ○●●○○▲ ●●○○▲ ●●● ●●○○○▲
馬嘶人散後，秋風换、故園夢裏。吴霜融曉，陡覺暗動，偷春花意。　還
●○○●● ○○● ●○●▲ ○○○● ●●●● ○○●▲ ○
似。海霧冷仙山，唤覺環兒半睡。淺薄朱脣，嬌羞艷色，自傷時背。簾外
▲ ●●●○○ ●●○○●▲ ●●○○ ○○●● ●○○▲ ○●
寒掛澹月，向日秋千地。懷春情不斷，猶帶相思舊字。
○●●● ●●○○▲ ○○○○▲ ●●○○●▲

"故園"句美成云"棄擲未忍"，千里云"淚眼暗忍"，"擲"、"眼"用仄，此"園"字或是"國"字。或曰"擲"、"眼"乃作平者。"曾縱"周作"庭樹"、方作"爲誰"，從周爲是。前結十二字，周云："登止臨水，此恨自古，銷磨不盡"，似與此同。方云："青青榆莢滿地，縱買閑愁難盡"，則六字兩句，總是一氣，豆處不拘。此調惟此數篇，平仄相合宜學，勿樂《圖》注之寬而自誤也。"晴"字照周、方，不宜用平，況"晴動"欠妥，必是"暗"字無疑。"海霧"句應一字領句起，必係"似海霧仙山"之訛。

【杜注】按，王氏校本"晴動"作"暗動"。又，後半第二句作"似海霧仙山"，與萬氏論合，應照改。

【考正】原譜"晴動"、"海霧似仙山"萬氏已疑誤，茲據彊村四校本《夢窗詞》改。惟四校本後結作"舊子"，顯誤，不從。又，萬氏原注引周詞"登止臨水"，乃"登山"之誤。

念奴嬌　一百字　又名：百字令、百字謡、酹江月、大江東去、大江西上曲、壺中天、無俗念、淮甸春、湘月

辛棄疾

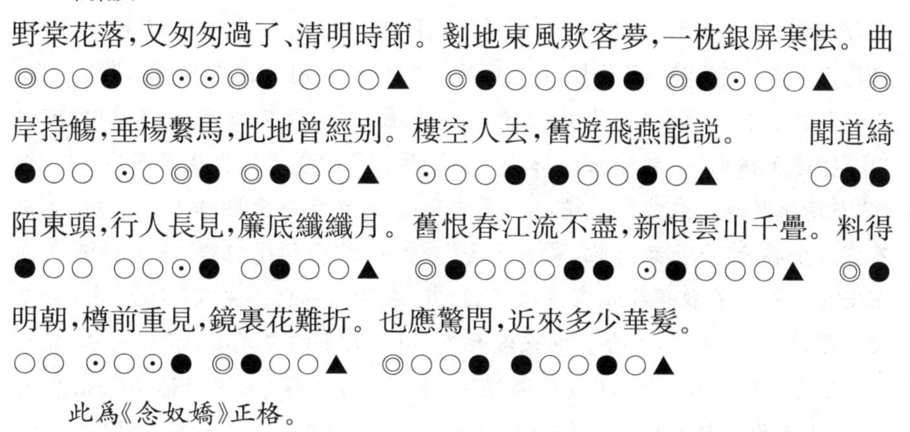

野棠花落，又匆匆過了、清明時節。剗地東風欺客夢，一枕銀屏寒怯。曲

◎○○● ◎⊙⊙◎● ○○○▲ ◎●○○○●● ◎●⊙○○▲ ◎

岸持觴，垂楊繫馬，此地曾經別。樓空人去，舊遊飛燕能說。　聞道綺

●○○ ⊙○◎● ◎●○○▲ ⊙○○● ●○○●○▲ ○●●

陌東頭，行人長見，簾底纖纖月。舊恨春江流不盡，新恨雲山千疊。料得

●○○ ○○⊙● ○●○○▲ ◎●○○○●● ⊙●○○○▲ ◎●

明朝，樽前重見，鏡裏花難折。也應驚問，近來多少華髮。

○○ ⊙○⊙● ◎●○○▲ ◎○○● ●○○●○▲

此爲《念奴嬌》正格。

"清明""明"字平，而于湖作"一點"，張樞作"漁唱"，李彭老作"清透"，董明德作"多愛"，亦用仄聲。

【杜注】按，《歷代詩餘》"銀屏"作"雲屏"。又，"經別"作"輕別"。又，"不盡"作"不斷"。

【考正】余嘗細玩本調，後段首均均爲過片二字所領，宋詞近六百首幾皆如此。故本調換頭六字由雙仄音步構成，此誠其音律之基礎也。

第二體　一百字

蘇　軾

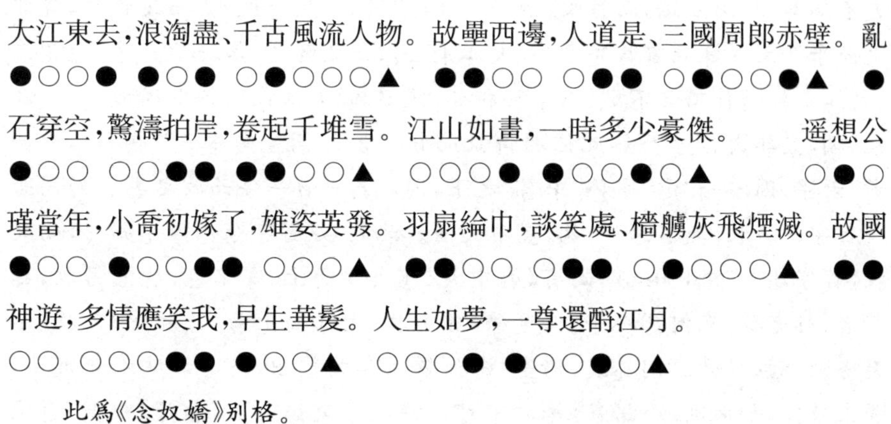

大江東去，浪淘盡、千古風流人物。故壘西邊，人道是、三國周郎赤壁。亂

●○○● ●○● ○●○○○▲ ●●○○ ○●● ○●○○●▲ ●

石穿空，驚濤拍岸，卷起千堆雪。江山如畫，一時多少豪傑。　遥想公

●○○ ○○●● ●●○○▲ ○○○● ●○○●○▲ ○●○

瑾當年，小喬初嫁了，雄姿英發。羽扇綸巾，談笑處、檣艣灰飛煙滅。故國

●○○ ●○○●● ○○○▲ ●●○○ ○●● ○●○○○▲ ●●

神遊，多情應笑我，早生華髮。人生如夢，一尊還酹江月。

○○ ○○○●● ●○○▲ ○○○● ●○○●○▲

此爲《念奴嬌》別格。

按，《念奴嬌》用仄韻者，惟此二格止矣。蓋因"小喬"至"英發"九字，用上五下四，遂分二格。其實與前格亦非甚懸殊也。奈後人不知曲理，妄意剖裂，因疑字句錯綜。餘譜諸書夢夢，竟列至九體，甚屬無謂。余爲醒之曰：首句四字不必論，次句九字，語氣相貫，或於三字下、或於五字下略斷，乃豆也，非

句也。《詞綜》云："浪淘盡"本是"浪聲沉"，世作"浪淘盡"，與調未協。愚謂：此三字，如樵隱作"算無地"、"閬風頂"，此等甚多，豈可俱謂之未恊乎？人讀首句，必欲作七字，故誤。而譜中不知此義，因以爲各異矣。"故壘"以下十三字，語氣於七字略斷，如此詞"人道是"三字，原不妨屬上讀，譜中不知此義，又以爲各異矣。"羽扇"以下十三字，即與前"故壘"句同，因"處"字訛，"間"字譜又以爲各異矣。至"多情"句，因讀"我"字屬上句，故又以爲異，不知原可以"我"字連下讀也。《詞綜》云：本係"多情應是"一句、"笑我生華髮"一句，世作"多情應笑我"，益非。愚謂：此説亦不必，此九字一氣即作上五下四，亦無不可。金谷云"九重頻念此，衮衣華髮"，竹坡云"白頭應記得，尊前傾蓋"，亦無礙於音律。蓋歌喉於此滚下，非住拍處，在所不拘也。更謂"小喬"句，必宜四字截，"了"字屬下，乃合。則宋人此處，用上五下四者尤多，不可枚舉，豈可謂之不合乎？又如前詞，"簾底纖纖月"五字，易安作"玉闌干慵倚"、惜香作"倚闌干無力"，句亦稍變，總不拘，亦不必另作一體也。至如芸窗於"道"字、"笑"字作平聲；蘆川後起作"修禊當時今日"，"艫"字作平聲；洛水前結作"臨風浩然搔首"，後結作"歌此與君爲壽"，此等甚多，皆誤筆。又，惜香前結句作八字；聖求於"小喬"句作"小窗寒静盡掩"，多一"盡"字；烘堂於"三國"句少二字；而稼軒集參差處更多，總是誤刻，不然如此極平熟之調，豈有諸名公不諳者？且此調原名《百字令》，豈有做九十八字與百一字、百二字者乎？至《譜》、《圖》之誤，又不止在分體斷句之差而已，所可怪者，此調因坡公詞尾三字名爲《酹江月》，而《圖譜》另收《酹江月》一調，下又注云：即《念奴嬌》第九體，夫不知其即《念奴嬌》而另收，猶不足怪也，既知即《念奴嬌》而又收之，豈非大怪乎？又因蘇詞首四字名爲《大江東去》，傳之既久，落一"去"字，遂謂爲《大江東》，而作譜者不識，以字形相類，誤讀爲《大江乘》，譜中因載一《大江乘》調，豈非大怪乎？然此猶因傳訛而錯。蓋其詞尾句本是"中書二十四考"六字，因添一"還"字於"中書"之下，因以爲一百一字而收之耳。乃同是一百字而另收《無俗念》一調，豈不大怪。此詞名《百字令》，誰不知者，而又收《百字謡》一調，如此則尚有《壺中天》、《大江西上》等名色，皆宜另收，孫行者、行者孫，有何窮極乎？《選聲》亦另收《大江西上曲》，《圖譜》又收《賽天香》，調採楊升庵詞爲式，仍是《念奴嬌》，無論重出，失考即明人自度曲，原未協律，如鳳洲《小諾皋》等亦不可入譜也。又如白石《湘月》一調，自注即"《念奴嬌》鬲指聲"，其字句無不相合，今人不曉宫調，亦不知"鬲指"爲何義，若欲填《湘月》即仍是填《念奴嬌》，不必巧徇其名也。故本譜不另收《湘月》調。

沈選鮮于伯機詞尾云"多病年年如削"，此本"年年多病"而誤耳，沈不能辨正，陋哉。《嘯餘》見《百字謡》之名以爲新奇，因不識即《念奴嬌》，故收之，不足怪矣。妙在此詞非宋元人作，不知何人所填，故其題下與目録不書朝代，止有一"袁"字，而闕其名。至《圖譜》竟换作周邦彦詞，極醜劣。不知美成何不幸，而遭此嫁禍也。或曰：此詞爲賀人新婚，不過俗耳，君何毁之若此？余曰：公自未讀竟耳。如後段於"多情應笑"二句，《譜》、《圖》俱連作九字，其詞云"房奩中好物事駸駸近"，無論作三字三句，甚奇。試問：新婚而好物事相近，是何物事乎？真笑斷人腸矣。

【杜注】按，洪邁《容齋隨筆》云："向巨源謂田不伐，家有魯直所書東坡《念奴嬌》，與今人歌不同者數處，如'浪淘盡'爲'浪聲沉'，'周郎赤壁'爲'孫吴赤壁'，'穿空'作'崩雲'，'拍岸'爲'掠岸'，'如夢'爲'如寄'。"又，《詞林紀事》云："容齋去東坡不遠，又爲山谷手書，必非僞託。"又，《詞綜》云："他本'浪聲沉'作'浪淘盡'，三字平仄未嘗不協，覺'浪聲沉'更沉著耳。"並注此，以備參考。又按，萬氏云："白石《湘月》一調即《念奴嬌》，鬲指聲，若欲填《湘月》，乃是填《念奴嬌》，不必巧狥其名。"《心日齋詞選》駁之曰："此論未確，今之吹笛者，六孔並用，即成北曲，隔第一孔、第五孔吹之，便成南曲。鬲指過腔，義或如是，況《湘月》詞與《念奴嬌》句讀、聲響皆有不同，審音者當能辨之。"今附録《湘月》原詞於後：

湘月

〔原注〕此曲即《念奴嬌》之鬲指聲，於雙調中吹之。鬲指，亦謂之過腔，凡能吹竹者便能過腔也。

五湖舊約，問經年底事，長負清景。暝入西山，漸唤我、一葉夷猶乘興。倦網都收，歸禽時度，月上汀州冷。中流容與，畫橈不點清鏡。　　誰解唤起湘靈，煙鬟霧鬢，理哀弦鴻陣。玉麈談元，歎坐客、多少風流名勝。暗柳蕭蕭，飛星冉冉，夜久知秋信。鱸魚應好，舊家樂事誰省。

查此詞用韻有通叶，是以選家常遺之。

【考正】東坡詞，"人道是"、"談笑處"三字，萬氏均屬前讀，作七字一句、六字一句，此拘泥於前一體句讀故也。依其文義，則皆當屬下爲是。然本調亦有可讀爲七字一句、六字一句者，惟本詞不合，非此讀必誤也。

萬氏引詞，"修禊當時今日"句，當爲"修禊當日蘭亭"，"房奩中好物事駸駸近"句，當爲"房奩中物，好事駸駸近"。

第三體　一百字

陳允平

凝雲沍曉，正蘼花才積，荻絮初殘。華表翩躚何處鶴，愛吟人正孤山。凍
⊙○◎●　●○○○●　◎●○△　⊙●○○○●●　◎⊙○●○△　●

解苔鋪，水融莎甃，誰憑玉勾闌。茸衫氊帽，冷香吹上吟鞭。　　將次柳
●○○　◎○○●　⊙●●○△　⊙○○●　●○○●○△　　○●◎

際瓊消，梅邊粉瘦，添做十分寒。閑踏輕澌來薦菊，半潭新漲微瀾。水北
●○○ ○○◎● ○●●○△ ⊙●○○○●● ◎○○●○△ ●●
峰巒，城陰樓觀，留向月中看。巘雲深處，好風飛下晴湍。
○○ ⊙○○● ⊙●●○△ ●○○● ●○○●○△

用平韻，蘆川、石林皆有此體。“梅邊”二句，可用“平平平仄仄，平仄平平”，此可證前“小喬”二句不妨上五下四也。汲古於石林此調注云：“或刻《百字令》，字句迥異”，蓋不知有用平體，故駭然。然謂字異則可，謂句異則非。

【杜注】按，《歷代詩餘》“愛吟人正孤山”句，“正”作“在”。又按，宋人明於音律，多自度腔，陳西麓則喜以仄調改平聲，如此詞及後之《絳都春》、《永遇樂》，皆其創格。然改平究以入聲調爲宜，蓋入可作平，如姜白石之改《滿江紅》是也。又，西麓有《渡江雲》一首，以平聲韻改用入聲韻，亦足爲平入可互改之證。

【考正】原譜萬氏注“半潭”之“潭”爲平可仄，檢宋人諸家，本句第一字皆爲平聲，此字皆爲仄聲，“半潭”二字實爲微調手法。

按，本調平韻體詞，現存宋詞體式皆同，惟仲殊詞“誰憑”句作四字一句，疑奪一字耳。

換巢鸞鳳　一百字

史達祖

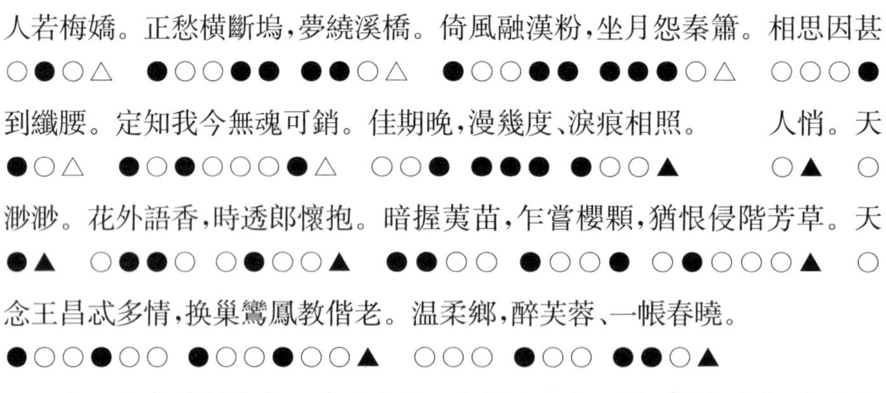
人若梅嬌。正愁橫斷塢，夢繞溪橋。倚風融漢粉，坐月怨秦簫。相思因甚
○●○△ ●○○●● ●●○△ ●○○●● ●●●○△ ○○○●
到纖腰。定知我今無魂可銷。佳期晚，漫幾度、淚痕相照。　人悄。天
●○△ ●○●○○○●△ ○○● ●●● ●○○▲ ○▲ ○
渺渺。花外語香，時透郎懷抱。暗握荑苗，乍嘗櫻顆，猶恨侵階芳草。天
●▲ ○●●○ ○●○○▲ ●●○○ ●○○● ○●○○○▲ ○
念王昌忒多情，換巢鸞鳳教偕老。溫柔鄉，醉芙蓉、一帳春曉。
●○○●○○ ●○○●○○▲ ○○○ ●○○ ●●○▲

平仄通叶，“苗”字或云是叶平韻。余謂此句與下“乍嘗”句爲偶，無叶韻理。《圖譜》句句俱改，欲其順口，無乃太勞乎？

【杜注】按，平仄互叶之體，譜中已屢收，而前半末一韻起改仄，只此一調。疑調名以此鬨始。

【考正】萬氏以爲“暗握荑苗”句因與“乍嘗櫻顆”相偶，故無叶韻之理，甚誤。詞中偶句乃修辭需要，叶韻則爲韻律需要，彼此並無瓜葛，故既偶且韻者不可枚舉。諸如《一剪梅》之：“銀字箏調。心字香燒。”《水調歌頭》之：“人有悲歡離合。月有陰晴圓缺。”皆是已耳熟能詳者也。故填者若需要，盡可於此叶之。

又，前段“定知我”句八字，校之後段，可知當屬一字逗領七字句句法，原譜讀爲上三下五式，非是。

渡江雲　一百字

張　炎

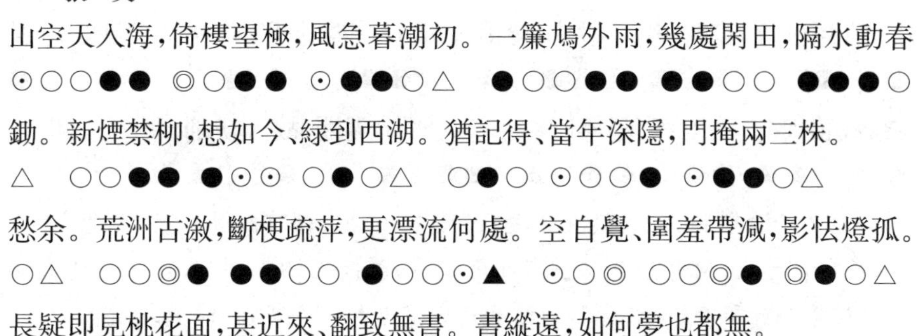

山空天入海，倚樓望極，風急暮潮初。一簾鳩外雨，幾處閑田，隔水動春
⊙○○●●　◎○●●　⊙●●○△　●○○●●　●●○○　●●●○
鋤。新煙禁柳，想如今、緑到西湖。猶記得、當年深隱，門掩兩三株。
△　○○●●　●⊙⊙　○●○△　○●○　⊙○○●　⊙●●○△
愁余。荒洲古溆，斷梗疏萍，更漂流何處。空自覺、圍羞帶減，影怯燈孤。
○△　○○◎●　●●○○　●○○⊙▲　⊙○◎　○○◎●　◎●○△
長疑即見桃花面，甚近來、翻致無書。書縱遠，如何夢也都無。
⊙○◎●○○●　○◎⊙　○●○△　○●●　○○●●○△

平仄互叶，往往有之，如《西江月》等顯然者，人知之。其他人多未察，遂致失韻如此。“更漂流何處”，正是以“處”字去聲叶上“初”、“鋤”等平韻，余初於片玉“晴嵐低楚甸”一首，用“指長安日下”謂其以“下”字叶“沙”、“家”等韻，人多不信，及觀千里和詞，亦用“遏離情不下”，已爲明證。而玉田此詞亦以“處”字爲叶。及别作是“紗”、“佳”等韻，此句云“想蕭娘聲價”；吴草廬作是“妝”、“霜”等韻，此句云“似長江去浪”；草窗作是“茵”、“雲”等韻，此句云“數幽期難准”；詹天游作是“聲”、“情”等韻，此句云“掩重門夜永”。歷觀諸家如此，豈非此句皆以仄聲叶平乎？若不細察，則少却一韻矣。

又按，片玉結句，本係“時時自剔燈花”，刻本“時”字上加一“但”字，似贅。千里和詞加一“曰”於末句，上乃原無此字，而誤以爲缺耳。查玉田、草庵、草窗等，詞尾皆六字，可知本調尾無七字體也。《圖譜》於前尾止有四字，蓋將周詞“漸漸可藏鴉”删去“可”字，異哉。

【杜注】按，《歷代詩餘》“倚樓望極”句，“望極”作“凝望”。又，“翻致無書”句，“致”作“笑”。又按，平聲韻中間叶一仄韻，如卷十七之《書錦堂》、卷十九之《大聖樂》等，皆是定格。

【考正】萬氏原注“緑”字、“得”字以入作平。

本調後段仄聲韻，當以上聲爲正，如美成、草窗之“下”，夢窗之“准”。而换頭處之“溆”，亦不妨視爲叶韻，如蕭元之詞：“堪嗟。雕弓快馬。敕勒追蹤，向夕陽坡下。”

又，陳允平詞，後段首均作：“庭閑。東風榆莢，夜雨苔痕，滿地欲流錢。”其“錢”字平韻，與諸家各異。而元人朱晞顔詞，該字位並未入韻，余疑其時或已失譜矣。

琵琶仙　一百字

姜　夔

雙槳來時，有人似、舊曲桃根桃葉。歌扇輕約飛花，蛾眉正奇絶。春漸遠、
○●○○　●○●　●●○○○▲　○●○●○○　○○●○▲　○●●

汀洲自緑,更添了、幾聲啼鴂。十里揚州,三生杜牧,前事休説。　又還
○○●●　●○●　●○○▲　●●○○　○○●●　○●○▲　●○
是、宫燭分煙,奈愁裏、匆匆换時節。都把一襟芳思,與空階榆莢。千萬
●　○●○○　●○●　○○●○▲　○●●○○●　●○○○▲　○●
縷、藏鴉細柳,爲玉尊、起舞回雪。想見西出陽關,故人初别。
●　○○●●　●●○　●●○▲　●●○●○○　●○○▲

此石帚自製腔,平仄俱宜遵之。《圖譜》何據,謂可改易?至讀"思"字作平,反"圖"可仄,何也?夫以一百字之調,而議改至四十一字,亦可謂善改者矣。沈氏謂此調與《絳都春》相近,大奇。其音響判若天淵,何爲相近?

【杜注】按,仄聲調上去入三聲皆可選用,而有必須用入聲韻者,則不可用去上聲韻。《詞林正韻》歷述二十餘調,考之宋詞亦未盡合,惟此調及《暗香》、《疏影》、《淒涼犯》等般涉、歇指之調宜於健捷激裊,姜白石所謂以啞觱栗吹之者,則斷應用入聲。作者擇韻時一校宋詞,自可無誤。

【考正】萬氏原譜"奈愁裏"下八字不讀斷。

御帶花　一百字

歐陽修

青春何處風光好,帝里偏愛元夕。萬重繒彩,搆一屏峰嶺,半空金碧。寶
○○○●○○●　●○○●○▲　●○○●　●●○○●　●○○▲　●
檠銀釭,耀絳幕、龍騰虎擲。沙堤遠、雕輪繡轂,争走五侯宅。　雍容熙
●○○　●●●　○○●▲　○○●　○○●●　○●●○▲　○○○
熙作晝,會樂府神姬,海洞仙客。曳香摇翠,稱執手行歌,錦街天陌。月淡
○●●　●●●●○○　●○○▲　●○○●　●●●○○　●○○▲　●●
寒輕,漸向曉、漏聲寂寂。當年少、狂心未已,不醉怎歸得。
○○　●●●　●○●▲　○○●　○○●●　●●●○▲

《嘯餘》於此調,以"搆一屏"至"金碧"作一句、"寶檠"至"絳幕"作一句、"作晝會"至"神姬"作一句、"稱執手"至"天陌"作一句,皆誤。蓋"萬重"以下,與後"曳香"以下相同,只"嶺"字仄、"歌"字平稍異耳。"寶檠"句即"月淡"句,"耀絳幕"即"漸向曉"句也。"檠"字可讀作仄聲,"虎"字可借作平聲,"沙堤遠"即"當年少",何以前段作三字,後段連"狂心未已"作七字乎?"争走"句與"不醉"句皆平仄仄平仄,是定格,奈何注可作仄仄平平仄乎?"曳"字去聲,刻俱作"拽",誤。觀其所用"帝"、"愛"、"萬"、"搆"、"耀"、"絳"、"繡"、"洞"、"曳"、"稱"、"漸"、"向"等去字發調,何得俱作可平?"作晝"亦作可平,"雍雍"本是去聲,注可仄,皆可笑。

按“作畫會”三字欠妥，必有誤處。蓋題是元宵，安得云“作畫會”？愚謂“作”字必是“似”字之訛，乃“雍雍熙熙似畫”一句，“會”字連下“樂府神姬”爲一句，謂神姬仙客俱至，故以會字領之耳。鄙見如此，質諸高明。

【杜注】按，葉譜“龍虎騰挪”句作“龍騰虎擲”。又，“争走五王宅”句，作“争入五侯宅”。又，後起作“雍雍熙熙如畫”，爲六字句，“會”字屬下句，與萬氏注合。宜從。

【考正】萬氏原譜後起作“雍雍熙熙，作畫會，樂府神姬”，據注解改。

“帝里”之“里”、“海洞”之“洞”，皆以上作平。

東風第一枝　一百字

史達祖

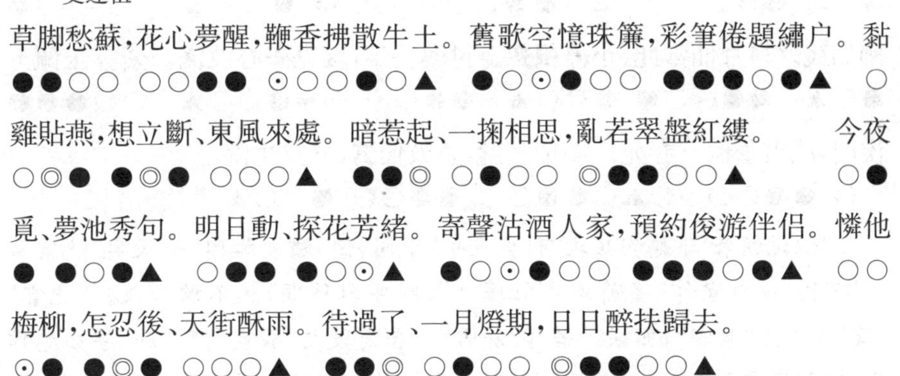

草脚愁蘇，花心夢醒，鞭香拂散牛土。舊歌空憶珠簾，彩筆倦題繡户。黏
●●○○ ○○●● ⊙○○●○▲ ●○⊙●○○ ●●●○●▲ ○
雞貼燕，想立斷、東風來處。暗惹起、一掬相思，亂若翠盤紅縷。　今夜
○◎● ●◎● ○○○▲ ●●◎ ○●○○ ◎●●○○▲ ○●
覓、夢池秀句。明日動、探花芳緒。寄聲沽酒人家，預約俊游伴侶。憐他
● ●○●▲ ○●● ●○⊙▲ ●○⊙●○○ ●●●○●▲ ○○
梅柳，怎忍後、天街酥雨。待過了、一月燈期，日日醉扶歸去。
⊙● ●◎● ○○○▲ ●●◎ ○●○○ ◎●●○○▲

考梅溪三首、竹屋二首、蜕巖一首，平仄俱注明如右矣。若夢窗“傾國傾城”一首，“草”字作平、“夢”字作平，或亦不妨。若後段起句云“曾被風、容易送去”，“風”、“易”二字拗，恐是“曾容易、被風送去”。末二句云“信下蔡陽城俱迷，看取宋玉詞賦”，亦拗，不可從。乃如“散”、“倦”、“繡”、“暗”、“翠”、“夜”、“夢”、“秀”、“探”、“後”、“伴”、“待”、“醉”等去聲，各家皆同，不可亂填。“芳”字亦以去聲爲妙，如梅溪别作“舊家伴侣”、“杏開素面”，聖求用“凍香又落”之類可見。至於“彩筆”句，聖求云“陽梢已含紅萼”，“紅”字宜去誤平，此必“绛”字之訛。觀其後段即用倚闌怕聽畫角“”，“畫”字仍是去聲矣。此是詞眼，勿謂太拘，《譜》注不可從。至《詞統》收馬洪一首，陋極，奈何取之，使厠於史、吕、高諸公之後耶？

【杜注】按，《歷代詩餘》首句“草脚愁蘇”，“愁蘇”作“春回”。又，“想立斷”三字，“立”作“占”。又，“俊遊”作“嬉遊”。又按，“怎忍俊”之“俊”字，《欽定詞譜》作“後”，《戈氏選本》作潤。

【考正】萬氏原注“拂散”之“拂”、“一掬”及“一月”之“一”均以入作平。又注“彩筆”之“筆”、“預約”之“約”可平，竊以爲此二字宋人多作仄讀，雖梅溪别首作平，然終是偶例，故不必爲範。又按，原譜“黏雞”下十一字作七字一逗、四字一句。

又按,元人姬翼詞,前後段第二均每拍各添一字,均爲折腰式七字句,兩首皆然,如一首云"玉童製、香霧輕飛,銀瓶引、靈泉新薦……滌塵襟、静盡無餘,開心月、清凉一片",因其餘字句同,但注不録。

春夏兩相期 一百字

蔣 捷

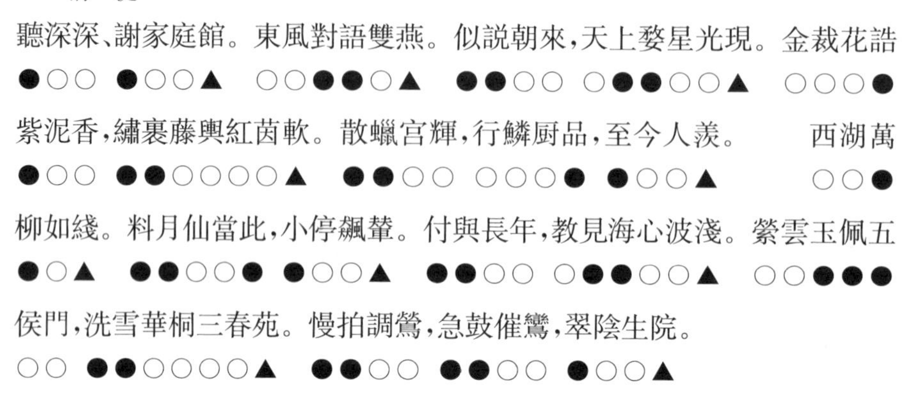
聽深深、謝家庭館。東風對語雙燕。似説朝來,天上婺星光現。金裁花誥
●○○ ●○○▲ ○○●●○▲ ●●○○ ○●●○○▲ ○○○●
紫泥香,繡裹藤輿紅茵軟。散蠟宫輝,行鱗厨品,至今人羡。 西湖萬
●○○ ●●○○○○▲ ●●○○ ○○○● ●○○▲ ○○●
柳如綫。料月仙當此,小停飆輦。付與長年,教見海心波淺。縈雲玉佩五
●○▲ ●●○○● ●○○▲ ●●○○ ○●●○○▲ ○○●●●
侯門,洗雪華桐三春苑。慢拍調鶯,急鼓催鸞,翠陰生院。
○○ ●●○○○○▲ ●●○○ ●●○○ ●○○▲

"似説朝來"下應與後段"付與長年"下同,但"繡裹藤輿"平仄與"洗雲華洞"不同,或曰宜作"繡茵輿裹紅藤軟",則字句穩順,然不敢議改。"洗雲""雲"字重上"縈雲",亦誤。若作"洗雪"以合前段之"繡裹",則"洞"字亦應作平,不敢强爲之説也。"急鼓"句平仄,亦與前"行鱗"句異,《圖譜》欲改"藤"、"茵"二字爲仄,蓋取其順也。余謂如欲改"茵"爲仄,則寧改"裹"爲平、"輿"爲仄,以合於後段"洗雲"句,猶不失前後相同耳。

【杜注】萬氏注云:"'洗雲'若作'洗雪',以合前段之'繡裹',則'洞'字亦應作平。"按,《欽定詞譜》作"洗雪華桐三春苑",與萬氏論合,應遵改。

【考正】已據杜注改。本詞宋人惟此一首,"繡裹"句和"洗雪"句音律大拗,且顯與前七字成偶,故亦非四字一句、三字一句者。詞中此類拗句最宜玩味,最應恪守,不可隨心改易。

彩雲歸 一百字

柳 永

蘅皋向晚檥輕航。卸雲帆、水驛魚鄉。當暮天霽色如晴晝,江練静、皎月飛
○○●●●○△ ●○○ ●●○△ ○●○●●○○● ○●● ●●○
光。那堪聽、遠村羌管,引離人斷腸。此際恨,浪萍風梗,度歲茫茫。 堪
△ ●○● ●○○● ●○○●△ ●●● ●○○● ●●○△ ○
傷。朝歡暮散,被多情、賦與淒涼。別來最苦,襟帶衣約,尚有餘香。算得
△ ○○●● ●○○ ●●○△ ●○●● ○●○○ ●●○△ ●●

伊、鴛衾鳳枕，夜永争不思量。牽情處，惟有臨歧、一句難忘。
○ ○○●● ●○○●○△ ○○● ○●○○ ●●○△

《圖譜》以"别來"句爲六字，"依約"句爲六字，論文義，應作四字三句，故未注句豆。然其語氣，總一貫者。至其平仄，無他作可證，悉隨意改之，餘不敢從。

【杜注】按，《欽定詞譜》"此際浪萍風梗"句，"際"字下有"恨"字，應遵補。又，"襟袖依約尚有餘香"句，"袖"作"帶"。又按，葉譜"尚有餘香""有"字作"帶"。

【考正】已據《欽定詞譜》改添。

原譜"别來"下十二字不讀斷。此爲後段第二均，校之前段，必有衍奪之誤，故萬氏糾結之。以文理理解，"别來最苦"如何説到"有餘香"，其間亦必有一轉折語脱去，校之前段，"尚有餘香"前當有此三字轉折無疑。而"别來"八字，亦欠通達，惟依此則"依約"宜平，"約"字須以入作平方是。又按，"引離人"五字，其對應句"夜永"句六字，此二句當爲想同句法者，余以爲"引"字上聲，正對"永"字，兩字均爲以上作平法，則"引"字上當有一仄聲字。其餘"人"字對"不"字，蓋宋詞中"人"常作平仄兩讀用也，如此即合。

萬年歡　一百字

無名氏

天氣嚴凝，乍寒梅數枝，嶺上開坼。傅粉凝脂，疑是素娥妝拭。先報陽和
⊙●○○ ●○○●○ ◎●○▲ ◎●○○ ○●●○○▲ ⊙●○○
信息。更雪月、交光一色。因追念、往日歡遊，共君攜手同摘。　别來
●▲ ●◎● ○○○▲ ○○● ◎●○○ ●○○●○▲ ○○
又經歲隔。奈高樓夢斷，無計尋覓。冷艷寒容，啼雨恨煙愁濕。似向人前
●○●▲ ●○○●◎ ○●○▲ ◎●○○ ○●●○○▲ ◎●○○
淚滴。怎不使、伊家思憶。還衹恐、寂寞空枝，又隨昨夜羌笛。
●▲ ●◎● ○○●▲ ○○● ◎●○○ ●○○●○▲

"乍寒梅"以下，與後段"奈高樓"以下同。只"斷"字仄聲，與"枝"字異。然此字可平，觀晁詞此句用"算當時壽陽"、"肯抽身盛時"，"陽"字、"時"字平也。胡浩然於"乍寒梅"句云"漸輕風布暖"，則"枝"字亦可作仄，二者不拘。可知梅溪於"煙"字作"裏"字，"裏"可作平，切不可用去聲字。若"乍"、"數"、"上"、"信"、"共"、"又"、"歲"、"夢"、"計"、"淚"、"又"諸去聲，是此調定格，不可假借，理應如此，非拘泥也。內"上"字、"計"字尤不可平。兩結如《念奴嬌》，用仄平平仄平仄，是鐵板一定者，《圖譜》概欲改之。至於"妝拭"、"愁濕"用平仄矣，下二句自相呼應，則用"信息"、"淚滴"去仄爲呼，而以"一色"、"思憶"平仄爲應，自然諧協可聽，史、晁諸家亦同。即《圖》所收

浩然作，亦於前用"醉目如玉"，後用"對甕重續"，何皆亂注耶？雖然倘非深心細玩，豈便解此？彼著譜者，照舊本謄録，急於問世，詎肯費此心血乎？"傅粉"下十字，與"冷艷"下十字一氣，故梅溪前段云"過了匆匆燈市，草根青發"，无咎後段云"此事談何容易，冀才方騁"，無礙也。"息"字、"滴"字俱用韻，史則用"醒"、"事"二字，不叶。晁亦有不叶者，想不拘。晁刻本於"還祗恐"止有"那堪"二字，乃"堪"字下落一字，非有九十九字體。史詞第二三句"謝橋邊岸痕猶帶陰雪"，或曰應讀上三下六，此篇亦可於"寒"字豆句，但晁詞"似佳人未來，香徑無跡"是其句法應在五字分斷云。

【杜注】按，《歷代詩餘》"怎不使伊家思憶"句，"伊家"作"當窗"。

【考正】萬氏原注"一色"之"一"、"别來"之"别"、"祗恐"之"祗"、"昨夜"之"昨"，以入作平。

本調仄韻體以此詞爲正格，程大昌過片作"詩翁笑、但休問"，"行年數、六十四"，"回頭處、無限思"，與諸家皆異，不足爲法。厲寺正"似向"句作"待整頓、乾坤了當"，多一字；晁補之後段尾均作"那堪、羌管驚心，也隨繁杏拋擲"，少一字，則均爲文字衍奪之誤。

又，元詞另有平仄混押式一體，如趙孟頫二首皆是，抄備一參，但録不譜：

天上春來。正陽和布澤，斗柄初回。一朵祥雲捧日，萬象生輝。帝德照光四表，玉帛盡、梯航來會。彤庭敞，花覆千官，紫霄鵷鷺徘徊。　仁風遍滿九垓。望霓旌緩引，寶扇徐開。喜動龍顔，和氣藹然交泰。九奏簫韶舜樂，獸尊舉、麒麟香靄。從今數，億萬斯年，聖主福如天大。

又按，《填詞圖譜》前後段結拍作◎○⊙●○▲，萬氏似有微詞，以爲"用仄平平仄平仄，是鐵板一定者"，非是。按，本句一三本可不論，且宋人亦有詞例，不必拘泥。

第二體　一百一字

趙師俠

電繞神樞，虹流華渚，誕彌良用佳辰。萬寓謳歌歸舞，寶曆增新。四七年
●●○○　○○○●　●○○●○△　●●○○○●　●●○△　●●○

間盛事，皇威暢、邊鄙無塵。仁恩被，華夏咸安，太平極治歡聲。　重華
○●●　○⊙●　⊙●○△　○○●　⊙●○○　●○○●○△　○○

道隆德茂，亘古今稀有，揖遜重聞。聖子三宫歡聚，兩世慈親。幸際千秋
●○●●　●●○○●　●●○△　●●○○○●　●●○△　●●○○

聖旦，霑鎬宴、普率惟均。封人祝，億萬斯年，壽皇尊並高真。
●●　○●●　◎●○△　○○●　◎●○○　●○○●○△

此用平韻，與前詞不同，句法亦絶異。"虹流華渚"向誤"華渚流虹"，此句乃對首句。"萬寓"以下與後"聖子"以下同。

按，此與《慶春澤》相近。

【杜注】按，賀方回一首與此詞句調平仄略同，惟後起作四字三句，云：“青門解袂，畫樓回首，初沉漢佩”，共十二字，此祇十一字，疑誤脱一字，平仄亦異。

【考正】萬氏原注“極治”之“極”以入作平。

本調平韻體，有與仄韻體字句相同者，填者較趙詞體更多，允爲正格：

萬年歡　一百字

王　質

一輪明月，古人心萬年，更寸心存。滄海化爲黄土，心不成塵。杳杳興亡成敗，滿乾坤、未

●○○● ●○○●○ ●●○△ ○●●○○● ○●○△ ●●○○○● ●○○ ●

見知音。撫闌干、欲唤英魂，沉沉又没人應。　　無聊敧枕搔首，夢廬中壇上，一似平生。

●○△ ●○○ ●●○○ ○○●●○△ ○○○●○● ●○○○● ●●○△

共挽長江爲酒，相對同傾。不覺霜風敲竹，睡覺來、海與愁深。拂袖去，塞北河西，紅塵陌

●●○○○● ○●○△ ●●○○●● ●●○ ●●○△ ●●● ●●○○ ○○●

上尋人。

●○△

絳都春　一百字

吴文英

情黏舞綫。悵駐馬灞橋，天寒人遠。旋剪露痕，移得春嬌，栽瓊苑。流鶯

○○●▲ ●◎●●○ ○○○▲ ●●●○ ⊙●○○ ○○▲ ○○

長語煙中怨。恨三月、飛花零亂。艷陽歸後，紅藏翠掩，小坊幽院。

⊙●○○▲ ●⊙● ○○○▲ ●○○● ○○●● ●○○▲

誰見。新腔按徹，背燈暗、共倚寶屏葱蒨。繡被夢輕，金屋妝深，沉香换。

○▲ ○○●● ●○● ●●●○○▲ ●●●○ ⊙●○○ ○○▲

梅花重洗春風面。正溪上、參横月轉。並禽飛上金沙，瑞香霧暖。

○○⊙●○○▲ ●⊙● ○○○▲ ◎○⊙●○○ ●○●▲

“旋剪”至“零亂”，與後“繡被”至“月轉”同。“栽瓊苑”、“沉香换”用平平仄，是定格。《譜》、《圖》於“金屋裝深沉香换”作七字讀，以四平爲拗，竟注“裝”字、“香”字可仄，大誤。凡作此調者，有於此二字用仄者否？此一調之大關鍵處，而可以己意取其順口，改作七言詩句乎？此調除所旁注外一字不可改易，而“灞”、“露”、“共”、“夢”四字，人尤易於用平，此則必須去聲，萬萬不可作他音。餘如“旋”、“恨”、“艷”、“翠”、“按”、“背”、“暗”、“繡”、“正”、“上”、“瑞”、“霧”等字，亦俱用去聲，各家俱同。即或十中有一用上聲者，萬無誤用平聲之理。“舞”、“月”、“小”，亦不可平，慎之，慎之。“流”字似乎可仄，然段落於此另起，必得平聲字爲唤，而下以“恨”字去聲接之。“飛花”四字則用平

平平仄頓住，其下"艷陽"句又另起，上用"飛"字既平，故此用仄平平仄，"艷"既仄、"歸"既平，下則接以平平仄仄，"紅"既平、"翠"既仄，下則束以仄平平仄，各家皆同。如竹山"秋千紅架"下云："縱然歸近，風光又是，翠陰初夏"；丁仙現"雙龍銜照"下云："絳綃樓上，彤芝蓋底，仰瞻天表"；澤民"秾華多少"下云："召還和氣，拂開霽色，未妨談笑"；張榘"文章身後"下云："喚回奇事，青油上客，放懷尊酒"；夢窗"初匀妝面"下云："紫煙籠處，雙鸞共跨，洞簫低按"，又"臨風重岸"下云："可憐垂柳，清霜萬縷，送將人遠"，又"蓬萊雲氣"下云："寶街斜轉，冰蛾素影，夜清如水"，無不相同者。而蔣之"又"字，丁之"蓋"字，毛之"霽"字，張之"上"字，吴之"共"、"萬"、"素"字，俱必去聲，豈非一定之律乎？尾用"霧暖"，去上煞，尤妙。必如此而後音節和協，可入律吕也。若照《譜》注，則詞調千餘，不管何體，遇五字七字則照詩句，遇四字非平平仄仄即仄仄平平，遇六字非平平仄仄平平即仄仄平平仄仄，一概施行。於仄字又不辨上去入而亂填之，則作詞有何難事？而古人依律製腔，俱所不必鏤肝劌肺，亦爲太愚，所稱高手名篇，亦不足貴矣。

"背燈暗共倚"句，不妨於"暗"字分豆，其下六字易填。或曰：如此，則此詞何不於三字爲豆，乃注連下？余曰：以備此上五下四體也。若丁詞"慶三殿共賞群仙同到"，則不可於三字豆，而必用此體分法矣。

查趙介庵"旋剪"下作"舊日文章，如今風味，渾如許"，後段亦然。"紅藏翠掩"作"種種風流"，乃不成音律之醜筆，後人不可貪其順便易填，而以此陋詞爲牆壁也。

又，東堂一首，於"恨三月"句只有六字，後段竟落去。此句七字，乃誤刻，非有此體。

【杜注】按，《夢窗甲乙丙丁稿》"共倚寶屏葱蒨"句，"寶"作"筫"。

【考正】前段"移得"七字，後段"金屋"七字，必須讀爲四字一句、三字一句，萬氏句讀精準。如《欽定詞譜》此處七字均不讀斷，詞句因此調不成律。實際上，本調前後段第二均例作驪句，然後三字一托，惟明清詞譜學家但知有"領"，而多不知"托"，故每每忽略此等技法，因而句讀失致。以本調此二均論，如吴文英之"路幕遞香，街馬沖塵，東風細"，"葉吹暮喧，花露晨晞，秋光短"，"問字翠尊，刻燭紅箋，慳曾展"；趙彦端之"舊日文章，如今風味，渾如許"；蔣捷之"細雨院深，淡月廊斜，重簾掛"；京鏜之"十里輪蹄，萬户簾帷，香風透"；丁仙現之"翠幰競飛，玉勒争馳，都門道"，等等，手法莫不如此。自不可作四字一句、七字一句也。

又按，"月轉"之"月"原注作平。"妝深"原作"裝深"，據《欽定詞譜》改。"背燈暗"九字，原譜作五字一逗、四字一句，萬氏以爲備體云云，甚爲無謂。

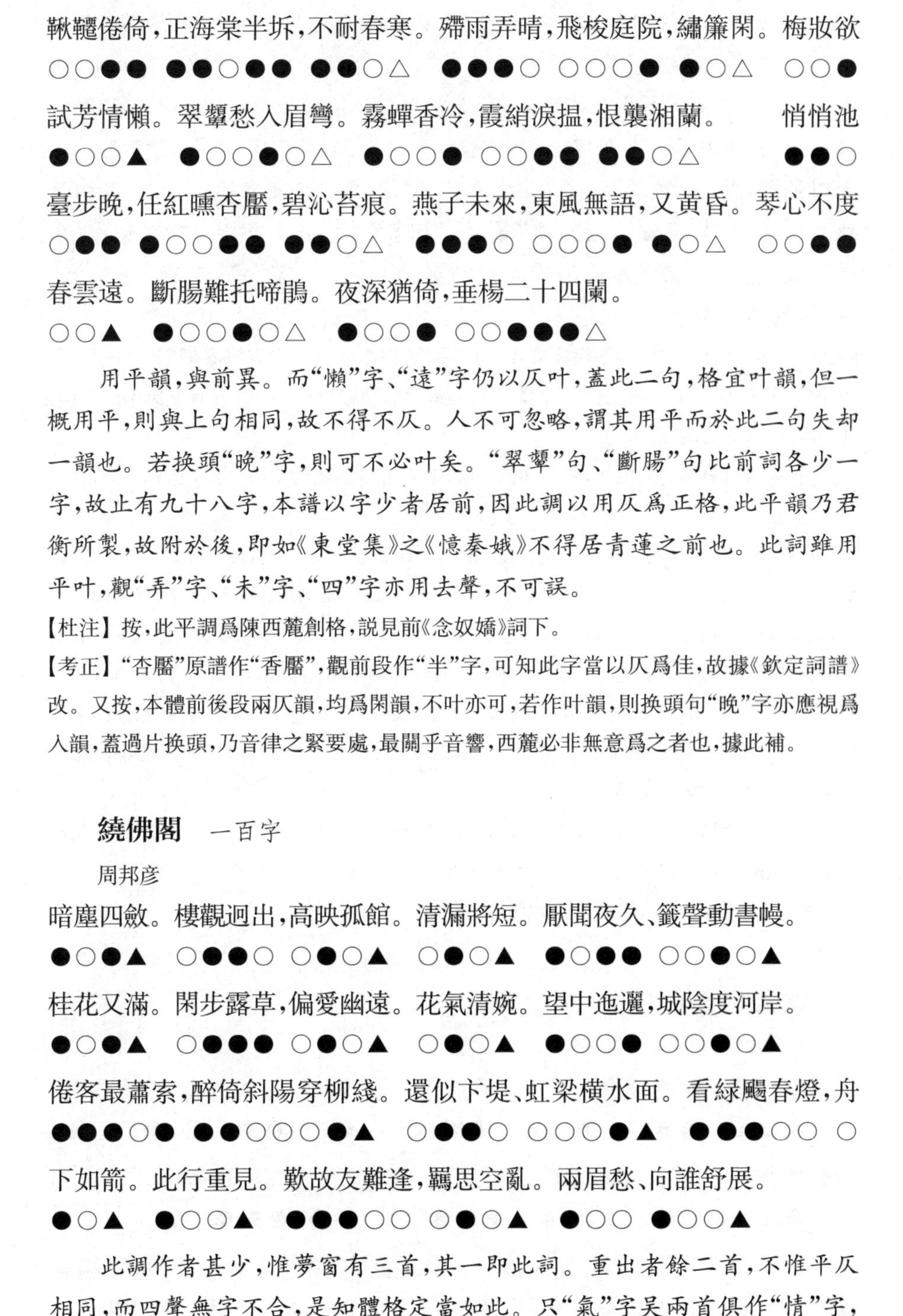

第二體　九十八字

陳允平

鞦韆倦倚，正海棠半坼，不耐春寒。殢雨弄晴，飛梭庭院，繡簾閑。梅妝欲
○○●●　●●○●●　●●○△　●●●○　○○○●　●○△　○○●
試芳情懶。翠顰愁入眉彎。霧蟬香冷，霞綃淚揾，恨襲湘蘭。　悄悄池
●○○▲　●○○●○△　●○○●　○○●●　●●○△　●●○
臺步晚，任紅曛杏靨，碧沁苔痕。燕子未來，東風無語，又黄昏。琴心不度
○●●　●○○●●　●●○△　●●●○　○○○●　●○△　○○●●
春雲遠。斷腸難托啼鵑。夜深猶倚，垂楊二十四闌。
○○▲　●○○●○△　●○○●　○○●●●△

用平韻，與前異。而“懶”字、“遠”字仍以仄叶，蓋此二句，格宜叶韻，但一概用平，則與上句相同，故不得不仄。人不可忽略，謂其用平而於此二句失却一韻也。若换頭“晚”字，則可不必叶矣。“翠顰”句、“斷腸”句比前詞各少一字，故止有九十八字，本譜以字少者居前，因此調以用仄爲正格，此平韻乃君衡所製，故附於後，即如《東堂集》之《憶秦娥》不得居青蓮之前也。此詞雖用平叶，觀“弄”字、“未”字、“四”字亦用去聲，不可誤。

【杜注】按，此平調爲陳西麓創格，説見前《念奴嬌》詞下。

【考正】“杏靨”原譜作“香靨”，觀前段作“半”字，可知此字當以仄爲佳，故據《欽定詞譜》改。又按，本體前後段兩仄韻，均爲閑韻，不叶亦可，若作叶韻，則换頭句“晚”字亦應視爲入韻，蓋過片换頭，乃音律之緊要處，最關乎音響，西麓必非無意爲之者也，據此補。

繞佛閣　一百字

周邦彦

暗塵四斂。樓觀迥出，高映孤館。清漏將短。厭聞夜久、籤聲動書幔。
●○●▲　○●●○　○●○▲　○●○▲　●○●●　○○●○▲
桂花又滿。閑步露草，偏愛幽遠。花氣清婉。望中迤邐，城陰度河岸。
●○●▲　○●●●　○●○▲　○●○▲　●○○●　○○●○▲
倦客最蕭索，醉倚斜陽穿柳綫。還似卞堤、虹梁横水面。看緑颭春燈，舟
●●●○●　●●○○○●▲　○●●○　○○○●▲　●●●○○　○
下如箭。此行重見。歎故友難逢，羈思空亂。兩眉愁、向誰舒展。
●○▲　●○○▲　●●●○○　○●○▲　●○○　●○○▲

此調作者甚少，惟夢窗有三首，其一即此詞。重出者餘二首，不惟平仄相同，而四聲無字不合，是知體格定當如此。只“氣”字吴兩首俱作“情”字，

"下"字吴一首作"鬢"、一首作"生",或此兩字可移動耳。《圖譜》憎其語拗,句句欲改而順之,所謂"富翁漆却斷紋琴,老僧削圓方竹節"也。"滿"字失注叶韻,亦誤。"望中"下九字,吴作"怕教徹膽寒光見懷抱"、"還似"以下九字,吴作"還記暗螢穿簾街語悄"、又作"長閉翠陰幽芳楊柳户"。細玩"徹膽寒光"、"暗螢穿簾"、"翠陰幽芳"等四字,似不可分斷,可知此九字乃一句。因悟"厭聞"以下九字,吴作"遂幽夢與人間秀芳句"亦一氣讀也。汲古刻吴詞,"蒨霞艷錦"一首,前結九字云"東風摇颺花絮□□□",蓋相傳缺此三字,然其通首用"杼、縷"等韻,"花絮"二字正其煞尾,二字應作"東風摇颺□□□花絮"方是。閱者勿謂第六字可用"絮"字,仄聲。《圖》注茫茫,切不可效。

【杜注】按,秦氏校本"醉倚斜陽穿柳綫"句,"陽"作"橋"。又,"看緑颺春燈"句,"緑颺"作"浪颭"。【按,與上下語氣相合可從。】《歷代詩餘》同。應遵改。又按,此調戈氏謂是三疊,其二段以"桂花又滿"爲起句。

【考正】本詞明明爲周美成作,原譜亦已注明,奈何謂"此調作者甚少,惟夢窗有三首,其一即此詞"?

本調體式當爲雙拽頭式三段詞,第一第二兩段各廿五字六句,分爲兩均。此二段細玩其律法便可了然:首句皆平起叶韻,次句以下三個四字句均爲仄音步相連,聲容極爲拗怒,如此韻律,詞中僅見,前後相合,豈是偶然,且均爲第二字去聲、第四字上聲,美成如此,吴夢窗如此,陳允平亦如此。而第三第四兩句皆叶,第五句四言律句,第六句又作五言拗句,其韻律結構絲絲入扣,若非兩段,焉有如此整齊者?又按,原譜"厭聞"九字讀爲四字一逗、五字一句,"望中"九字則爲四字一句、五字一句。作爲雙拽頭自當統一,綜合夢窗等詞,此九字俱作四字一逗爲是。

《全宋詞》所據彊村四校本《夢窗詞》,"蒨霞艷錦"一首,前段尾均作:"□□□□。賦情縹緲、東風颺花絮。"與萬氏所據汲古閣本迥異,校之諸詞,汲古閣本顯誤。

夢窗二首及詞,前段首句均不叶韻,顯屬不拘。

霓裳中序第一　一百一字

姜个翁

園林罷組織。樹樹東風翠雲滴。草滿舊家行跡。時聽得聲聲,曉鶯如覓。
○○●●▲　●●○○●○▲　●●●○○▲　○●●○○　●○○▲
愁紅半濕。煞憔悴、牆根堪惜。可念我、飄零如此,一地送岑寂。　　龜
○○●▲　●○●　○○○▲　●●●　○○○●　●●●○▲　　○
石。當年第一。也似老、人間風日。餘葩選甚顔色。羞捻江南,斷腸詞
▲　○○●▲　●●●　○○○▲　○○●●○▲　○●○○　●○○

筆。留春渾未得。翻些入、啼鵑夜泣。清江晚、緑楊歸思，隔岸數峰出。
▲　○○○●▲　○○●　○○●▲　○○●　●○○●　●●●○▲

"聽得"以下與後"羞捻"以下同。但"留春"句五字，與前"愁紅"句四字異。

【杜注】按，《歷代詩餘》云：霓裳本唐之道調法曲，凡十二遍，中分之以按拍作舞。故曰"中序第一"，調名本此。又，"草滿地間行跡"句，"地間"作"舊家"，應遵改。

【考正】前段第四拍原譜爲四字一句，惟宋人均作一字逗領四字句，故萬氏所據或有脱落。檢《全宋詞》據元《草堂詩餘》本所作，爲"時聽得聲聲"正與諸詞同，當是的本，據補"時"字。另據杜注改。

第二體　一百二字

周　密

湘屏展翠疊。恨入宮溝流怨葉。釭冷金花暗結。又雁影帶霜，蛩音淒月。
○○●●▲　●●○○○●▲　○●○○●▲　●●●◎○　⊙○○▲

珠寬腕雪。歎錦箋芳字盈篋。人何在，玉簫舊約，忍對素娥説。　愁
○○●▲　●●○○○●○▲　○○●　●○◎●　●●●○▲　○

絶。衣砧幽咽。任帳底沉煙漸滅。紅蘭誰採贈別。洛浦分綃，漢皋遺玦。
▲　⊙○○▲　●◎●⊙○◎▲　○○○●●▲　●●○○　◎⊙○▲

舞鸞光半缺。最怕聽、離弦乍闋。憑闌久，一庭香露，桂影弄淒蝶。
●○○●▲　●●●　○○●▲　○○●　◎○○●　●●●○▲

"又雁影"句與"帳洛浦"句，比前詞"聽得"、"羞捻"二句，各多一領句字，故另收之。尹煥一首，前段與周詞"又雁影"句同五字，後段與姜詞"羞捻"句同四字，參差不齊，必無此理，故不收一百一字體。

【杜注】按，《姜白石詞集》云："於樂工故書中得商調《霓裳曲》十八闋，皆虚譜無辭，音節閑雅，不類今曲。不暇盡作，作《中序》一闋。"又，《心日齋詞選》云："此調雖非白石自製，詞則創自白石。《詞律》引姜个翁、周密等詞爲式，个翁謬製不足數，周詞差近，疏誤亦多，且旁注可平可仄，以意爲之，不免隔膜。由萬氏未見白石詞集耳。今照姜詞將可平可仄改注，惟'帳洛浦分綃'五字，姜作'笛裏關山'四字，疑姜詞誤脱。"又按，《歷代詩餘》"釭冷金花暗結"句，"釭"上有"銀"字，則與後羅詞同。又，後結"淒蝶"作"棲蝶"。又，《戈氏選本》"衣砧幽咽"句，"衣"作"夜"。此字姜詞仄聲，應遵補照改。

【考正】本詞和應法孫詞也，應詞"最怕"句作"吹笛西風數闋"，比周詞少一字，或奪一字。原譜"歎錦箋"句、"任帳底"句均作上三下四讀，惟前句"錦箋芳字"一體，不可讀斷；而後句對應前段"恨入宮"句，"入宮溝流"不可讀斷，則"帳底沉煙"亦以一體爲佳。然此四句，皆可以文意斷或不斷，惟語氣一以貫之者爲是。

又按，後段第五拍原作"帳洛浦分綃"，檢彊村叢書本《蘋洲漁笛譜》，後段無"帳"字，而

校之宋人各詞,本句多作四字一句,則萬氏所引當衍一字,兹去"悵"字,而本詞與前姜詞實爲一體也。

第三體　一百一字

羅志仁

來鴻又去燕。看罷江潮收畫扇。湖曲雕欄倦倚,正船過西陵,快篙如箭。凌波不見。但陌花、遺曲淒怨。孤山路晚。蒲病柳淡。緑鎖深院。

離恨五雲宫殿。記舊日、曾遊翠輦。青紅如寫便面。下鵲池荒,放鶴人遠。粉牆隨岸轉。漏壁瓦、殘陽一綫。蓬萊夢、人間那信,坐看海濤淺。

"謾湖曲"比前二詞多一字。

按,此調首句宜兩平三仄,此三詞不必言矣。如尹焕作"青鞏粲素靨"、應法孫作"愁雲翠萬疊",皆用三仄,各譜俱收詹天游"一規古蟾魄"一首,"蟾"字獨平。"粉牆"句諸家俱同,詹獨作"佳人已傾國","佳"平、"已"仄、"傾"平,俱誤,不宜從。大抵詹詞多不足法也。此詞前第三句"倚"字失叶,後起句"恨"字失叶,亦誤。"收畫扇"三字,或如此平仄仄,或作仄平仄,各家不同。"青紅"句,或如此上三平下三仄,或如前姜詞,想皆不拘。然此二處總宜依周詞,蓋草窗用字精確,必不誤。尹亦宋人,可從,餘皆元人耳。

【杜注】萬氏注:第三句"倚"字失叶。按,《歷代詩餘》此句作"雕闌倚倦","倦"字正叶。惟後起"離恨"二字,"恨"字亦失叶,疑尚有誤。

【考正】前段第三句原譜作"謾湖曲雕闌倚倦",惟本調前段第三句宋人俱作六字一句,《全宋詞》據元《草堂詩餘》收本詞,此句無"謾"字,則亦爲六字也,萬氏所據本應誤多一字,據刪。另,後段第四拍原作"悵下鵲池荒",而除前注周草窗詞外,諸家均爲四字一句,周詞及本詞均誤多一"悵"字。皆據刪。如此,萬氏所收三體,實爲一體也,不再擬譜。又按,换頭腹韻,本屬閑韻,可叶可不叶,不惟本調,他詞皆是,故本詞不叶亦可,並非失之。

萬氏察微審細,常人不及,如此調起拍三仄尾,即是一例。詞之起調畢曲最爲要緊,填詞必恪守唐宋,方不能誤。

解語花　一百字

吴文英

門横皺碧,路入蒼煙,春近江南岸。暮寒如剪。臨溪影、一一半斜清淺。
○○●●　●●○○　○●○○▲　●○○▲　○○●　◎●●○○▲
飛霙弄晚。蕩千里、暗香平遠。端正看、瓊樹三枝,總似蘭昌見。　酥
○○●▲　◎⊙●　◎○○▲　○●○　○●○○　●●○○▲　○

瑩雲容夜暖。伴蘭翹清瘦,簫鳳柔婉。冷雲荒院。幽棲久、無語暗申春
●⊙○●▲　●○○○●　○●○▲　●○○▲　○○●　⊙●●○○
怨。東風半面。料準擬、何郎詞卷。歡未闌、煙雨青黄,宜晝陰庭館。
▲　○○●▲　◎◎●　○○○▲　○●○　○●○○　○●○○▲

"暮寒"以下與後"冷雲"以下同。但"剪"字是韻,"翠"字非韻。查美成、千里用"瓦"、"帕"叶"射"、"下",此字宜叶。夢窗匠心最細,必不失韻。"翠"字或"苑"字、"院"字之訛耳。觀其别作俱叶,可知。其"皺"、"路"、"暮"、"半"、"弄"、"夜"、"鳳"、"暗"、"半"、"未"等去聲,各家皆同,須謹守之,《圖》注非是。至所用上去、去上尤妙,宜熟玩焉。前結五字,上二下三,後結五字,上一下四,句法不同,不可相混。

【杜注】萬氏注:"冷雲荒翠"句,"翠"字宜叶。按,毛斧季校本作"翠荒深院","院"字正叶。别刻作"冷雲荒苑",亦谐。

【考正】已據杜注改。

後結萬氏以爲必作上一下四句法,亦非。蓋本句自美成"從舞休歌罷"後有兩種填法,一爲上一下四,一爲上二下三,或"從舞休歌罷"之理解不同耳。如後一體周詞作"斜倚秋千立"即是,他如玉田亦有"畢竟如今老"句,草窗、玉田皆審音極細者,必不有誤,余以爲,此例或説明詞之句法亦非如萬氏所云鐵板耳。

第二體　一百一字

周　密

晴絲罥蝶,暖蜜酣蜂,重檐卷、春寂寂。雨萼煙梢,壓闌干、花雨染衣紅濕。
○○●●　●●○○　○○●　○●▲　●●○○　●○○　○●●○○▲
金鞍誤約,空極目、天涯草色。閬苑玉簫人去後,惟有鶯知得。　餘寒
○○●●　○●●　○○●▲　●●●○○●●　○●○○▲　○○
猶掩翠户,梁燕乍歸,芳信未端的。淺薄東風,莫因循、輕把杏鈿狼籍。塵
○●●●　○●●○　○●●○▲　●●○○　●○○　○●●○○▲　○
侵錦瑟。殘日緑窗春夢窄。睡起折枝無意緒,斜倚鞦韆立。
○●▲　○●○○○●▲　●●●○○●●　○●○○▲

第三句六字,前後第四句俱用平,不叶。"干"字、"循"字平。"閬苑"句、"睡起"句如七言詩。"梁燕"二句上四下五。"殘日"句上四下三。兩結句同,是上二下三,如五言詩。以上俱與前吴詞不同。

按,"約"字宜叶,恐誤。

【杜注】按,《草窗詞》注云:"羽調《解語花》音韻婉麗,有譜,而亡其詞。連日春晴,風景韶媚,芳思撩人,醉捻花枝,倚聲成句。"則此詞爲草窗首唱,應以此爲正格也。又按,《戈氏詞

選》"紅窗"作"緑窗","緑"字以入作平。又,"折枝"作"折花",似均不必改。

【考正】本調前段第三句宋人皆作五字句,惟周詞本句六字,疑"寂"字衍。蓋"重檐寂寂"不如"春寂"遠甚。又,若作六字句,則句法亦當爲折腰式,斷無"卷春"之説,萬氏不讀斷,誤。謹改。又,原譜"壓闌干"下九字不讀斷。

杜氏以爲本調乃草窗首唱,或非。蓋美成有詞也。

桂枝香 一百一字 又名:疏簾淡月

王安石

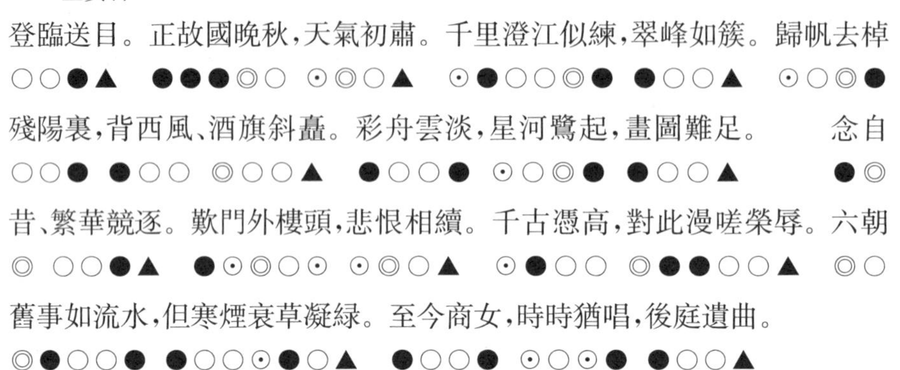
登臨送目。正故國晚秋,天氣初肅。千里澄江似練,翠峰如簇。歸帆去棹殘陽裏,背西風、酒旗斜矗。彩舟雲淡,星河鷺起,畫圖難足。

念自昔、繁華競逐。歎門外樓頭,悲恨相續。千古憑高,對此漫嗟榮辱。六朝舊事如流水,但寒煙衰草凝緑。至今商女,時時猶唱,後庭遺曲。

"千里"下十字,與"千古"下十字一氣貫下,可作上四下六。如張宗瑞"梧桐雨細"一首是也。張於"晚"、"氣"、"恨"三字用平,"門外樓頭"用"草堂春緑","裏"、"水"二字叶韻,其餘皆同,故不另列。至其取名《疏簾淡月》,乃因詞中語名之。張詞首首如此,取名非調有異也。如此旁注可平仄者,各家皆通用之,亦非獨張另爲一體也。《圖譜》必取新名題作《疏簾淡月》,且以爲第二體,誤矣。蓋於張詞後段第二句"負草堂春緑"落去"負"字,遂以爲一百字。人以王詞結句"時時猶唱"作"時時猶歌",且連末句作八字,故以爲又一體,豈不可大噱乎?

【杜注】萬氏注云:張宗瑞"梧桐細雨"一首,取名《疏簾淡月》,乃因詞中語以名之,非調有異也。按,《東澤綺語》:"債詞好以詞中語立新名,與本調一無區别。"惟此調舊譜分南北詞,如用入聲韻,則名《桂枝香》,用去上聲韻始可名《疏簾淡月》。又按,《詞林紀事》"隨流水"之"隨"字作"如"。

【考正】彊村叢書本《日湖漁唱》載陳允平詞,後段第四第五句作"回首藍橋路迴,夢魂飛越",與王詞異。宋人此拍多有如此填者。又,後段"但寒煙"句有兩種填法,一爲上一下六句式,其第五字必仄,第六字必平,如吴潛之"付坤牛乾馬征逐"、趙以夫之"但波痕浮動金碧"等;一爲上三下四句式,則第五字必平,如龍川之"況東籬、淒涼黄菊"、張宗瑞之"聽商歌、興歸千里"、玉田之"探枝頭、幾分消息"。兩種體式,自不可互混。原譜作上三下四式,謹改。

萬氏以爲"千里"、"千古"二句但凡一氣貫之即可,無論四六或六四,是,故後段讀爲

“千古憑高,對此漫嗟榮辱”則語意方達,原譜作六四式,是萬氏拘泥於前後段之平衡也,迂,亦改之。

滿朝歡　一百一字

柳　永

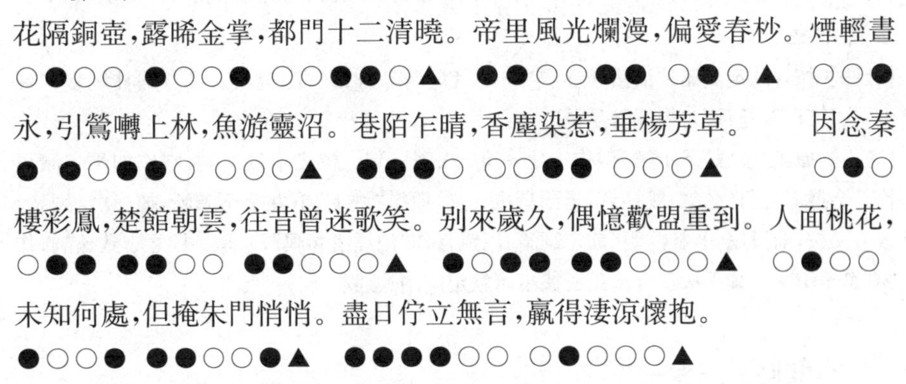

花隔銅壺,露晞金掌,都門十二清曉。帝里風光爛漫,偏愛春杪。煙輕晝

○●○○ ●○○● ○○●●○▲ ●●○○●● ○●○▲ ○○●

永,引鶯囀上林,魚游靈沼。巷陌乍晴,香塵染惹,垂楊芳草。　因念秦

● ●○●●○ ○○○▲ ●●●○ ○○●● ○○○▲ ○●○

樓彩鳳,楚館朝雲,往昔曾迷歌笑。別來歲久,偶憶歡盟重到。人面桃花,

○●● ●●○○ ●●○○○▲ ●○●● ●●○○○▲ ○●○○

未知何處,但掩朱門悄悄。盡日佇立無言,贏得淒涼懷抱。

●○○● ●●○○●▲ ●●●●○○ ○●○○○▲

此調無他詞可證,然平仄穩順,可從。

【考正】萬氏以爲本調無他詞可證,非是。《翰墨大全》另有無名氏詞一首,句式與柳詞迥異,然更爲齊整。兩詞相較,或各有錯訛,兹録如下,以備一參:

一點箕星,近天邊,光彩輝耀南極。竹馬兒童,盡道使君生日。元是鳳池仙客。曾曳履、持荷簪筆。稱觴處,晚節花香,月周猶待五夕。　誰道久拘禁掖。任雙旌五馬,暫從遊逸。九棘三槐,都是等閑親植。見説玉皇側席。但早晚、促歸調燮。功成了,笑傲南山,壽如南山松柏。

以本詞校之柳詞,則柳詞前段尾均必有脱誤錯訛,余以爲或當讀爲“巷陌乍晴香塵,染惹垂楊芳草”爲是,惟“晴”字有誤。

剪牡丹　一百一字

張　先

野綠連空,天青垂水,素色溶漾都淨。柔柳搖搖,墜輕絮無影。汀洲日落

●●○○ ○○○● ●○○●○▲ ○●○○ ●○●○▲ ○○●●

人歸,修巾薄袂,擷香拾翠相競。如解凌波,泊煙渚春暝。　彩縚朱索

○○ ○○●● ●○●●○▲ ○●○○ ●○●○▲ ●○○●

新整。宿繡屏、畫船風定。金鳳響、雙槽彈出,古今幽思誰省。玉盤大小

○▲ ●●○ ●○○▲ ○●● ○○○● ●○○●○▲ ●○●●

亂珠迸。酒上妝面,花艷媚相並。重聽。盡漢妃一曲,江空月靜。

●○▲ ●●○● ○●●○▲ ○▲ ●●○●● ○○●▲

此調惟子野此篇,無可考證,姑依時人句豆。然愚嘗細玩此詞,通篇俱

有訛錯，如此分句，不足憑也。如“宿繡屏”、“花艷媚”等，及“彈出”句必非全語。《古今詩話》云：有客謂子野曰：“人皆謂公張三中”。公曰：“何不云三影？”蓋生平警句“雲破月來花弄影”、“嬌柔懶起，簾壓卷花影”、“柳徑無人，墮飛絮無影”也。“飛絮無影”句正是此篇，則上句宜作“柳徑無人”，今作“柔柳摇摇”，定係訛錯矣。推此，則通篇訛錯何疑？可惜如此好詞而千古傳訛也。

【杜注】按，《欽定詞譜》“泊渚煙春暝”句，“渚煙”作“煙渚”，應遵改。又，《詞林紀事》“江洲”作“汀洲”，題爲“舟中聞雙琵琶”。

【考正】原譜“金鳳”下十三字，作五字一句、八字一句。校之李致遠詞，當作如是句讀更恰。金鳳者，泛指弦樂；雙槽者，指琵琶也。又，原譜“酒上”下九字不讀斷，據《欽定詞譜》改。又按，前段尾句，杜注引《欽定詞譜》以爲當作“泊煙渚春暝”，非是。校之李致遠詞，作“有萬千牢落”，其平仄正合萬氏所據本，《欽定詞譜》顯誤。

水龍吟　一百一字

趙長卿

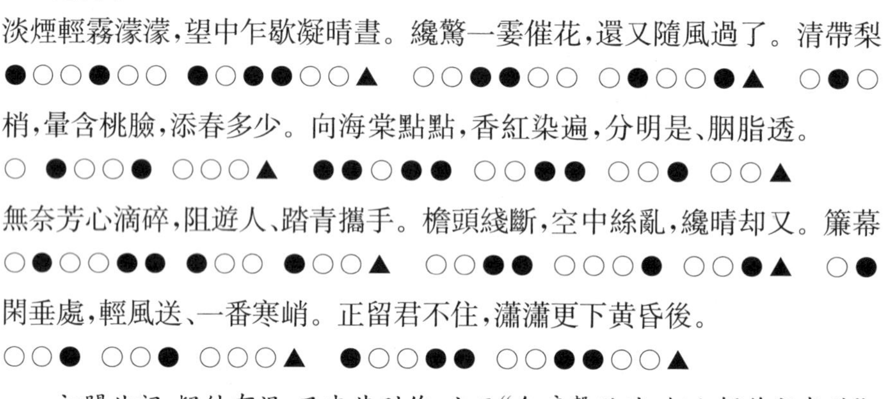
淡煙輕霧濛濛，望中乍歇凝晴晝。纔驚一霎催花，還又隨風過了。清帶梨
●○○●○○ ●○●●○○▲ ○○●●○○ ○●○○●▲ ○●○
梢，暈含桃臉，添春多少。向海棠點點，香紅染遍，分明是、胭脂透。
○ ●○○● ○○○▲ ●●○●● ○○●● ○○● ○○▲
無奈芳心滴碎，阻遊人、踏青攜手。檐頭綫斷，空中絲亂，纔晴却又。簾幕
○●○○●● ●○○ ●○○▲ ○○●● ○○○● ○○●▲ ○●
閑垂處，輕風送、一番寒峭。正留君不住，瀟瀟更下黄昏後。
○○● ○○● ○○○▲ ●○○●● ○○●●○○▲

初閲此詞，疑結有誤，及查其别作，亦云“念啼聲欲碎，何人解作留春計”，則另有此體也。然各家俱不明此體，姑存此備考耳。夢窗亦有一首，於“簾幕”下十二字云：“攜手同遊處，玉奴唤、緑窗春近”，與此同，然與前段不合，總不宜從也。

趙係宋南豐宗室，江右人，鄉音最别，故此詞以“了”、“少”、“峭”叶“晝”、“透”等韻，亦不免林外閩音之譏矣。

“才驚下”十二字，正格該四字三句，此則兩六，雖亦可借作四字讀，然通篇既别，不必强同也。

【杜注】按，《歷代詩餘》“簾幕閑垂處”句，“閑”作“間”，上多一“中”字。

第二體 一百二字 又名：龍吟曲、小樓連苑、海天闊處、莊椿歲

辛棄疾

楚天千里清秋，水隨天去秋無際。遥岑遠目，獻愁供恨，玉簪螺髻。
●○⊙●○○ ◎○○⊙●○○▲ ⊙○●● ◎○○● ◎○○▲
落日樓頭，斷鴻聲裏，江南遊子。把吴鈎看了，闌干拍遍，無人會，登
◎●○○ ◎○○⊙● ⊙○○▲ ●⊙○◎● ⊙○◎● ○○● ○
臨意。 休説鱸魚堪膾。儘西風、季鷹歸未。求田問舍，怕應羞
○▲ ⊙●○○⊙▲ ●○○ ◎○○▲ ⊙○●● ◎○○
見，劉郎才氣。可惜流年，憂愁風雨，樹猶如此。倩何人唤取，紅巾翠
● ⊙○○▲ ◎●○○ ⊙○⊙● ◎○○▲ ●○○●● ⊙○◎
袖，揾英雄淚。
● ●○○▲

"遥岑"至"拍遍"，與後"求田"至"翠袖"同。篇中四字句前後各六，但上三句俱仄，下三句一平二仄，勿誤。"把吴鈎"五字句，"闌干"四字句，"無人會"三字句，"登臨意"三字句，此一定鐵板也。少游"賣花聲過盡，垂楊院落，紅成陣，飛鴛甃"句法本同，《嘯餘》誤以"落"字屬下句，讀作"落紅成陣"，遂謂上八下七，另是一格，載之於譜，曰第三體已可怪矣。至《圖譜》因沈氏之辯，將"落"字改"宇"字，然舊刻之誤在讀差句法，非因"宇"字訛寫"落"字也。但須注明字句，何必改"落"爲"宇"？豈"院宇"是成語，"院落"非成語乎？乃既改"宇"字，仍於題下照舊注云：第九句九字、第十句七字。是昔日之誤作"落紅成陣"者，句法雖亂，文理不差，而今所改，曰"宇紅成陣"，如何解法？豈非天下大怪事哉！更怪者，因秦首句故別名曰《小樓連苑》，《圖譜》於《水龍吟》外復收《小樓連苑》一體，而其所取之詞，則仍是《水龍吟》正格，且不收秦詞，而反收楊樵雲詞，怪而又怪矣。後結"倩何人"五字句，"紅巾"四字句，"揾英雄淚"四字句，此一定鐵板也。東坡云："細看來不是，楊花點點，是離人淚"，句法本同，《嘯餘》誤讀"不是楊花"作分句，下六字作兩句，故卓氏晤歌從之。而沈氏亦謂："此調句豆原不同"，究之何嘗不同乎？章質夫於"獻愁供恨"句作"點畫青林"，平仄相反，此句與後"香球無數"同，不宜兩樣。諸家無之，不可從。"點畫"句下原是"全無才思"四字，時刻添"誰道"二字於其上，可恨！可恨！此調每段内各有四字六句，前後相同，"全無才思"正對後段"才圓却碎"，何得多此二字？杜撰害古極矣，何異於弋陽腔將舊曲添字乎？沈氏猶謂"一本有'誰道'二字"，《詞統》乃云"俗本失去二襯字，不成語"，吾不知有何不成語？此原用"楊花榆莢無才思"舊詩句也。何反謂之不成語，且妄加二字，

又如何成語乎？況因此二字忽添出一個襯字來，則自十數字之調起，至二百幾十字，皆可曰襯矣。且反謂前後相同者曰“俗本”，是凡作此句用四字者，俱可謂之俗耶？真可駭異也。

第一字有用平聲者，不如仄聲起調。後起句可不叶韻。尾句“英雄”二字須用相連語，名作多如此，間有不連者，十中之一耳。《詞綜》載趙汝鈉、李居仁詞，後結作七字一句、三字二句，與本調不合，乃是誤筆，此正誤讀坡詞之類。此調作者最多，俱無此格，姑溪於第二句云“卷霽色、寒相射”此句雖有六字體，但作三字兩句語氣，雖或偶然用之，不可學也。稼軒於“遥岑”三句作“來論一顧傾城，再顧又傾人國”，似六字兩句，此亦以平仄不差，故弄巧爲，破二作三之句，雖與前趙詞相似，然前後各別，亦不可學。

《嘯餘》又另收《莊椿歲》調，解方叔詞，不知即《水龍吟》也。蓋解詞尾句云“伴莊椿歲”，遂巧立此名。《譜》不識也，以其名新，故收之，又將前結落去一字，遂注爲九字句，如此迷謬而自號曰《譜》，異哉！

【杜注】萬氏注謂：尾句“英雄”二字須用相連語，名作多如此。按，卷一入聲《甘州》後結上一句，及卷十八《百宜嬌》結句，皆當如是。

第三體　一百二字

陸　游

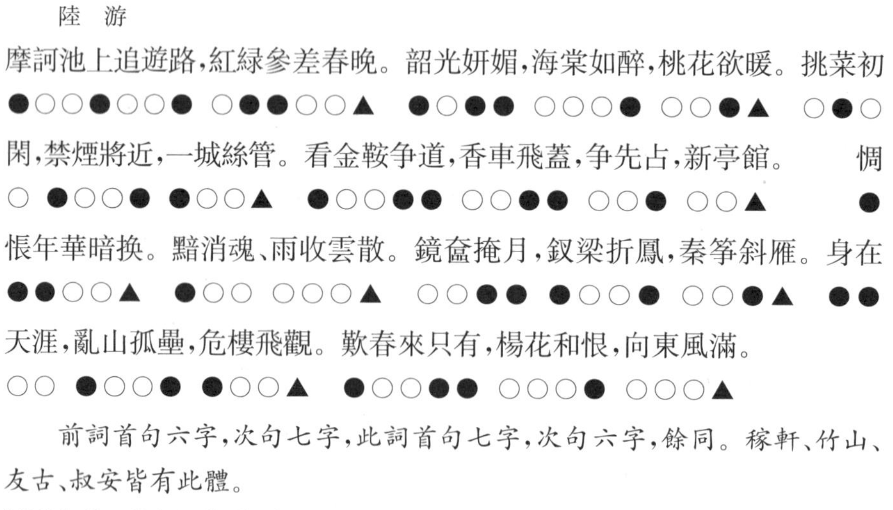
摩訶池上追遊路，紅緑參差春晚。韶光妍媚，海棠如醉，桃花欲暖。挑菜初
●○○●○○● ○●●○○▲ ●○●● ○○○● ○○●▲ ○●○
閑，禁煙將近，一城絲管。看金鞍争道，香車飛蓋，争先占，新亭館。　　悯
○ ●○○● ●○○▲ ●○○●● ○○●● ○○● ○○▲ ●
悵年華暗换。黯消魂、雨收雲散。鏡奩掩月，釵梁折鳳，秦筝斜雁。身在
●●○○▲ ●○○ ○○○▲ ○○●● ●○○● ○○●▲ ●●
天涯，亂山孤壘，危樓飛觀。歎春來只有，楊花和恨，向東風滿。
○○ ●○○● ●○○▲ ●○○●● ○○○● ○○○▲

前詞首句六字，次句七字，此詞首句七字，次句六字，餘同。稼軒、竹山、友古、叔安皆有此體。

【杜注】按，《欽定詞譜》收《水龍吟》一調多至二十五體，自一百二字起至一百六字止，首句六七字不一，然以辛稼軒一百二字詞爲正格，餘皆變體也。

【考正】本調體式多變，但大都一二字差異，其主要之不同爲六字起、七字起兩種，故本詞亦擬譜，以爲學者範式。

詞律卷十六終

詞律卷十七

玉燭新　一百一字

史達祖

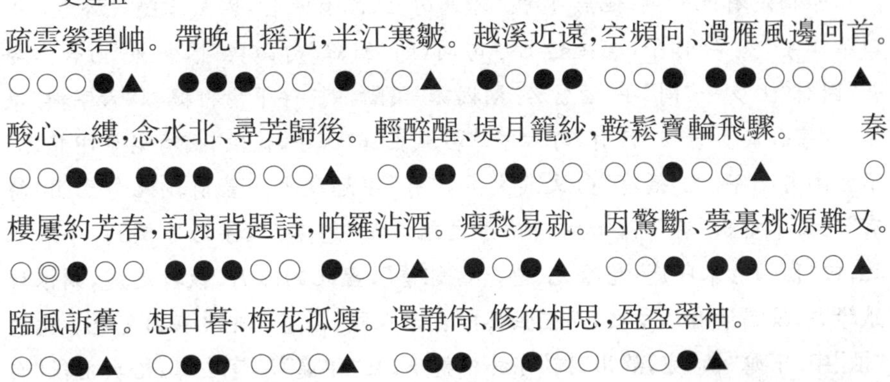

疏雲縈碧岫。帶晚日摇光，半江寒皺。越溪近遠，空頻向、過雁風邊回首。

○○○●▲　●●●○○　●○○▲　●○●●　○○●　●●○○○▲

酸心一縷，念水北、尋芳歸後。輕醉醒、堤月籠紗，鞍鬆寶輪飛驟。　秦

○○●●　●●●　○○○▲　○●●　○●○○　○○●○○▲　○

樓屢約芳春，記扇背題詩，帕羅沾酒。瘦愁易就。因驚斷、夢裏桃源難又。

○◎●○○　●●●○○　●○○▲　●○●▲　○○●　●●○○○▲

臨風訴舊。想日暮、梅花孤瘦。還静倚、修竹相思，盈盈翠袖。

○○●▲　○●●　○○○▲　○●●　○●○○　○○●▲

"瘦愁""瘦"字誤，後有"瘦"字叶韻，必不複用，且"瘦愁易就"文義欠妥也。此調自"帶晚日"至"籠紗"，與後段"記扇背"至"相思"，俱同，只"就"、"舊"二字叶韻，與前"遠"、"縷"二字不同。美成此二字亦後叶而前不叶，想體可如此。但夢窗於"縷"字叶，逃禪則"遠"、"縷"二處皆叶。畢竟前後相符爲正體也。汲古刻方和周詞，於"想日暮"句少"想"字，"還静倚"句少"倚"字，人因疑有九十九字體。而《圖譜》載周詞"好亂插繁花盈首"句，亦落"好"字，故收作一百字，皆誤。蓋不知"好亂插"即前"念水北"耳。"越"、"近"、"一"、"瘦"、"易"、"訴"、"翠"俱仄，且以去聲爲妙，勿誤可也。《圖譜》議改四十五字，甚奇。而將"越溪"至"頻向"爲七字句，且謂可作平仄仄平平仄仄，則奇之太甚。後段則又分"瘦愁"句四字下作九字，何也？"就"、"舊"二句竟不注叶，愚所云"造譜之意，專在破壞詞調"，豈不信哉！

【杜注】萬氏注謂："瘦愁易就"之"瘦"字誤，以字體擬之，當是"庾"字。

月當廳　一百一字

史達祖

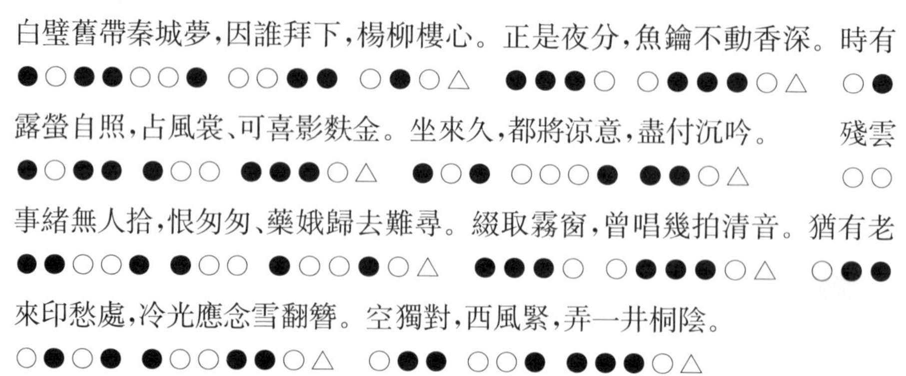

白璧舊帶秦城夢，因誰拜下，楊柳樓心。正是夜分，魚鑰不動香深。時有
●○●●○○●　○○●●　○●○△　●●●○　○●●●○△　○●
露螢自照，占風裳、可喜影麩金。坐來久，都將涼意，盡付沉吟。　殘雲
●○●●　●○○　●●●○△　●○●　○○○●　●●○△　○○
事緒無人拾，恨匆匆、藥娥歸去難尋。綴取霧窗，曾唱幾拍清音。猶有老
●●○○●　●○○　●○○●○△　●●●○　○●●●○△　○●●
來印愁處，冷光應念雪翻簪。空獨對，西風緊，弄一井桐陰。
○●○●　●○○●●○△　○●●　○○●　●●●○△

惟梅溪有此一調，他無可考。雖爲句豆，恐有未當，因載三臆説於左：一曰第二字"璧"字作平，與後起七字句同，則"因誰"句該與"恨匆匆"句合。今必"因誰"上少一"問"字，蓋當於"問因誰"讀斷，則"拜下楊柳樓心"六字與"藥娥"六字合矣。一曰"時有"句六字、"占風裳"句八字，後段"猶有老來印愁處"不宜兩句七字，況"猶有"句文義欠妥，"有"字恐誤也。蓋前段此句已用"時有"此必不重出"有"字，必係"怕"字之訛。而"愁處"二字乃係倒刻，今改正之，曰"猶怕老來印處，愁冷光、應念雪翻簪"，蓋此詞詠月，後段起處，謂恨嫦娥歸去，故唱清音以留之，而猶怕其印我老人頭上，愁冷光之在白髮也。上用"恨"字、下應"怕"字，故用"猶"字於中轉下，且"印處"二字去聲，恰與前段"自照"二字去聲合矣。或曰，此前後二句俱應作七字讀，後段不差，乃前段"時有"句本該七字，但因"照占"二字傳訛，故不得不於"照"字下分斷耳。實則"照占"二字必是"招颭"二字之訛，言螢火於風中招颭，故下云"風裳可喜"也。如此，則"自招颭"三字去平去，正與後"印愁處"合矣。嗟乎，世遠調湮，安得起邦卿而叩之！

【杜注】按，戈氏選本第六句作"時有露螢自招颭"，以"颭"字爲句。"風裳"之"裳"字不逗，屬下句，宜從。又"殘雲事緒無人捨"句，"捨"作"拾"。葉譜"事"作"意"。又按，《欽定詞譜》後結"西風緊弄，一井桐陰"二句，以"緊"字爲句，應遵改。

【考正】"璧"，以入作平。餘皆據杜注改。"西風緊弄"顯不成句，萬氏過度依賴前後段互校，此爲一例。且詞之起調畢曲，多有變化，不必皆同也。又，"魚鑰"句和"曾唱"句，皆爲律拗句法，第五字須恪守，不可仄填。又，"無人拾"，四印齋所刻詞本《梅溪詞》作"無人捨"，"曾唱"，作"會唱"。

瑞雲濃慢　一百一字

陳　亮

蔗漿酪粉，玉壺冰醑，朝罷更聞宣賜。去天咫尺，下拜再三，幸今有母可
●○●●　●○○●　○●●○○▲　●○●●　●●●○　●○●●○
遺。年年此日，共道是、月入懷中最貴。向暑天、正風雲會遇，有甚嘉
▲　○○●●　●●●　●●○○●▲　●●○　●○○●●　●●○
瑞。　鶴沖霄，魚得水。一超便、直入神仙地。植根江表，開拓兩河，做
▲　●○○　○●▲　●○●　●●○○▲　●○○●　○●●○　●
得黑頭公未。騎鯨赤手，問如何、長鞭尺箠。算向來、數王謝風流，只今
●●○○▲　○○●●　●○○　○○●▲　●●○　●○●○○　●○
管是。
●▲

此與七十五字之《瑞雲濃》各異，但恐有訛處。

【杜注】按，王氏校本“共道月入懷中”句，“道”字下有“是”字。又，“向來王謝風流”句，“向”字上有“算”字，“來字下有“數”字”，應增。

【考正】“可遺”之“可”，以上作平。“有甚”，原譜作“有恁”，餘從杜注改。“長鞭”前依律必脱二仄聲字。

翠樓吟　一百一字

姜　夔

月冷龍沙，塵清虎落，今年漢酺初賜。新翻胡部曲，聽氈幕、元戎歌吹。層
●●○○　○○●●　○○●●○▲　⊙○○●●　●○●　○○○▲　○
樓高峙。看檻曲縈紅，檐牙飛翠。人姝麗。粉香吹下，夜寒風細。　此
○○▲　●●●○○　○○○▲　○○▲　●○○●　●○○▲　●
地。宜有詞仙，擁素雲黃鶴，與君遊戲。玉梯凝望久，歎芳草、萋萋千里。
▲　○●○○　●●○○●　●○○▲　◎○○●●　●○●　○○○▲
天涯情味。仗酒祓清愁，花消英氣。西山外。晚來還卷，一簾秋霽。
○○○▲　●●●○○　○○○▲　○○▲　●○○●　●○○▲

“新翻”以下與後“玉梯”以下同。石帚自製曲，平仄宜守。

【杜注】按，《詞林正韻》云：此調專用去聲韻，蓋謂叶韻處無應用去上也。今查千里之“里”字似應作上聲，恐所論未盡然。

【考正】本句“酺”字當讀爲仄讀。蓋“酺”字《集韻》、《韻會》均有蒲故切讀法，《正韻》亦有薄故切讀法，是爲平仄二讀字也。而本句格律，實爲標準六言律句，第四字必仄。

鳳簫吟　一百一字　又名：芳草鳳樓吟

晁補之

曉曈曨。風和雨細，南國次第春融。嶺梅猶妒雪，露桃雲杏，已綻碧呈紅。
●○△　○○●●　○●●●○△　●○○●●　●○○●　●●●○△

一年春正好，助人狂、飛燕遊蜂。更吉夢良辰，對花忍負金鍾。　香濃。
●○○●●　●○○　○●○△　●●●○○　●○●●○△　○△

博山沉水，小樓清旦，佳氣葱葱。舊遊應未改，武陵花似錦，笑語如逢。蕊
●○○●　●○○●　○●○△　●○○●●　●○○●●　●●○△　●

宮傳妙訣，小金丹、同換冰容。況共有、芝田舊約，歸去雙峰。
○○●●　●○○　○●○△　●●●　○○●●　○●○△

"嶺梅"至"遊蜂"，與後段"舊遊"至"冰容"同。"已"字似應屬下，但後段"武陵花似錦"五字，故知九字一氣，"已"字可略帶上讀也。

【校勘記】萬氏注云：一名《芳草鳳樓吟》。按，韓玉汝"芳草"一調，乃以《鳳簫吟》賦"芳草"，與吴夢窗以《無悶》賦"催雪"同，因"簫"字誤作"樓"，遂謂别有此名矣，應據李祉《樂府紀聞》訂正。

【考正】萬氏以爲本調又名"芳草鳳樓吟"者，誤。蓋"芳草"乃韓詞之題也，調名仍同，"樓"字則爲"簫"之誤。

原譜"露桃"九字、"小樓"八字未讀斷。"露桃"九字與"武陵"九字同，本爲一體，故填時四五或五四皆可，而不必如萬氏所云前段須略帶上讀。蓋詞本爲字本位者，非句本位者也。

按，韓玉汝有《芳草》一調，與此全同，只少二字，然必是一調，今録附備證。

芳草

韓　縝

鎖離愁，連綿無際，來時陌上初薰。繡闈人念遠，暗垂珠淚，泣送征輪。長行長在眼，更重重、遠水孤村。但望極樓高，盡日目斷王孫。　消魂。池塘從别後，曾行處、緑妒輕裙。恁時攜素手，亂花飛絮裏，緩步香茵。朱顔空自改，向年年、芳意長新。遍緑野嬉遊，醉眠莫負青春。

"垂暗"句比晁詞少一字。"曾行處"上必落一"舊"字，其餘皆同。查宋人奚減亦有此調，"曾行處"作"一眉新月"，無誤。"暗垂"句亦落一字。總之與《鳳簫吟》一調無疑。

【杜注】按，《欽定詞譜》"池塘别後"句，"别"字上有"從"字。又按，《樂府紀聞》"遠水孤村"句作"流水孤雲"。又云：韓有愛姬能詞，奉使時，姬作《蝶戀花》送之，韓作此《鳳簫吟》詠"芳草"以留别，與《蘭陵王》詠柳叙别同意。後人以"芳草"爲調名，則失原唱意矣。

【考正】原譜後段尾均作"遍緑野、嬉遊醉眼，莫負青春"，"眼"當是"眠"之誤，據宋人《全芳備祖》校改。而校之前段，改爲五字一句、六字一句，更諧。又，"盡日"之"日"字，爲入聲作

平。餘據杜注改。

本詞原譜僅作附録，其詞除首三字不叶韻、“泣送”句少一字、後起略句讀參差外，與晁詞本亦差同，故不另擬譜。

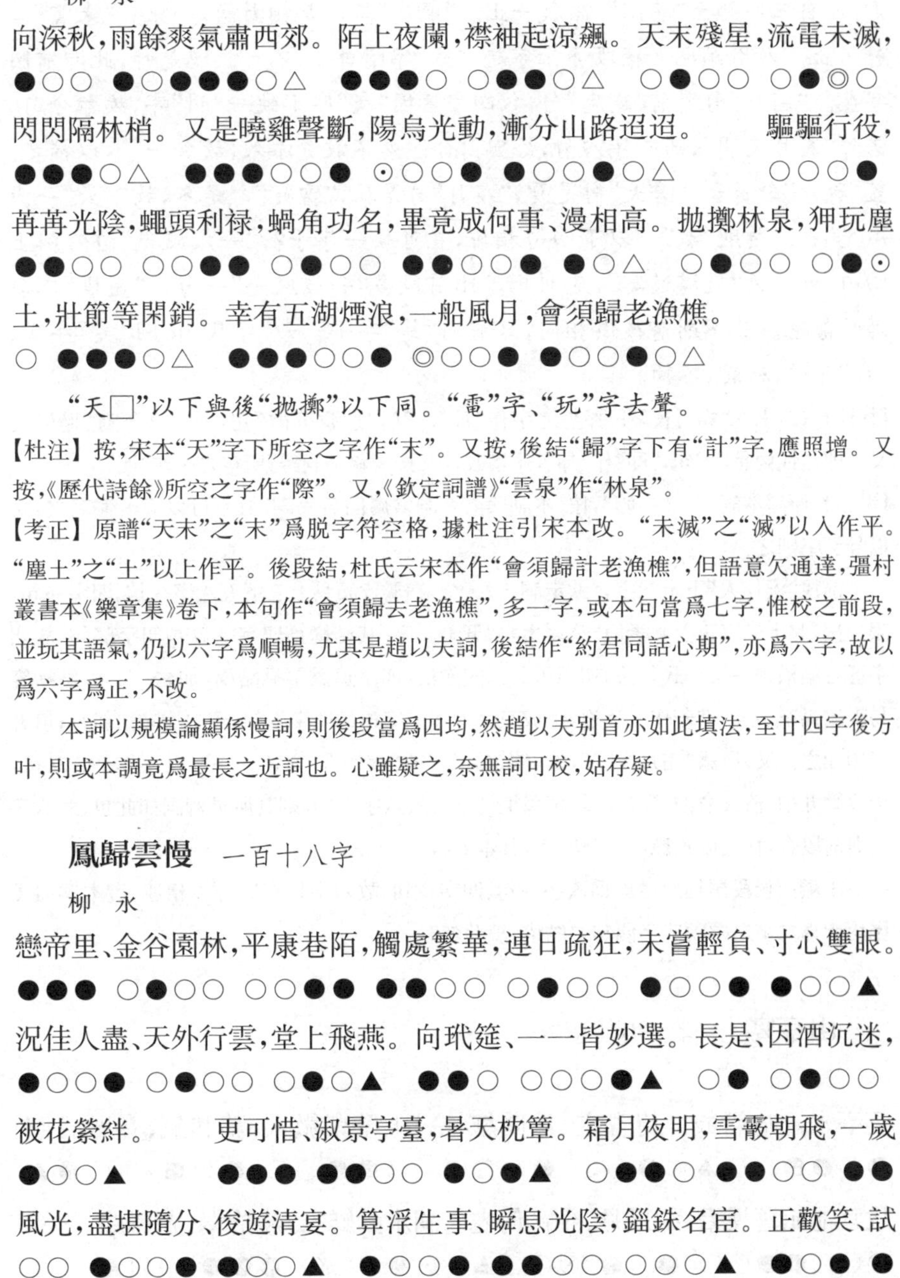

鳳歸雲　一百一字

柳　永

向深秋，雨餘爽氣肅西郊。陌上夜闌，襟袖起涼飆。天末殘星，流電未滅，
●○○ ●○●●●○△ ●●●○ ○●●○△ ○●○○ ○●◎○
閃閃隔林梢。又是曉雞聲斷，陽烏光動，漸分山路迢迢。　驅驅行役，
●●●○△ ●●●○○● ⊙○○● ●○○●○△ ○○○●
苒苒光陰，蠅頭利禄，蝸角功名，畢竟成何事、漫相高。拋擲林泉，狎玩塵
●●○○ ○○●● ○●○○ ●●○○● ●○△ ○●○○ ○●⊙
土，壯節等閑銷。幸有五湖煙浪，一船風月，會須歸老漁樵。
○ ●●●○△ ●●●○○● ◎○○● ●○○●○△

“天□”以下與後“拋擲”以下同。“電”字、“玩”字去聲。

【杜注】按，宋本“天”字下所空之字作“末”。又按，後結“歸”字下有“計”字，應照增。又按，《歷代詩餘》所空之字作“際”。又，《欽定詞譜》“雲泉”作“林泉”。

【考正】原譜“天末”之“末”爲脱字符空格，據杜注引宋本改。“未滅”之“滅”以入作平。“塵土”之“土”以上作平。後段結，杜氏云宋本作“會須歸計老漁樵”，但語意欠通達，彊村叢書本《樂章集》卷下，本句作“會須歸去老漁樵”，多一字，或本句當爲七字，惟校之前段，並玩其語氣，仍以六字爲順暢，尤其是趙以夫詞，後結作“約君同話心期”，亦爲六字，故以爲六字爲正，不改。

本詞以規模論顯係慢詞，則後段當爲四均，然趙以夫別首亦如此填法，至廿四字後方叶，則或本調竟爲最長之近詞也。心雖疑之，奈無詞可校，姑存疑。

鳳歸雲慢　一百十八字

柳　永

戀帝里、金谷園林，平康巷陌，觸處繁華，連日疏狂，未嘗輕負、寸心雙眼。
●●● ○●○○ ○○●● ●●○○ ○●○○ ●○○● ●○○▲
況佳人盡、天外行雲，堂上飛燕。向玳筵、一一皆妙選。長是、因酒沉迷，
●○○● ○●○○ ○●○▲ ●●○ ○○○●▲ ○● ○●○○
被花縈絆。　更可惜、淑景亭臺，暑天枕簟。霜月夜明，雪霰朝飛，一歲
●○○▲ ●●● ●●○○ ●○●▲ ○●●○ ●●○○ ●●
風光，盡堪隨分、俊遊清宴。算浮生事、瞬息光陰，錙銖名宦。正歡笑、試
○○ ●○○● ●○○▲ ●○○● ●●○○ ○○○▲ ●○● ●

恁暫分散。即是、恨雨愁雲,地遥天遠。

●●○▲ ●● ●●○○ ●○○▲

用仄韻,與前調迴别。此調因前起於二十七字方用韻,後起於三十字方叶韻,故爾難讀,疑有誤處。不惟選詞不載,譜亦不收,不知當時自有此體,非誤也。據愚論之,前後段本是相同,只後起多一四字句耳。故敢竟爲分句如右,前自三字起至"巷陌",語氣一止。"觸處"二句是相對語,一止。"未嘗"二句一止。乃用韻也。後段亦三字起,"簟"字閉口韻,不可誤認是叶,此即前陌字也。"霜月"句對前"觸處"句,該四字蓋因"夜"字下缺一"明"字,故難分句。若作"霜月夜明",則四字四句,恰與前合。然不敢竟添入,故加一□,以補之。蓋"淑景"句是春,"暑天"句是夏,"霜月"句是秋,"雪霰"句是冬,故下云"一歲風光"也。是則"淑景"以下四句相排,豈可缺一字乎?"一歲風光"句乃總上四句,故下云"盡堪遊宴",是則此處比前段多"一歲風光"一句。"盡堪"二句乃叶韻也。其下則前後俱相同,只前則"筵"字平、"妙"字仄,後則"笑"字仄、"分"字平,稍異,不拘。

【杜注】按,宋本"霜月夜"下所空之字作"涼"。又,"恁暫分散"句,"暫"字下有"時"字。又,"即是恨雨愁雲"句,"即"作"却",應增改。又按,《欽定詞譜》所空之字作"明"。

【考正】原譜本詞作"又一體",按,本詞與前一詞當屬同名異調,故不可以又一體名之,姑以"慢"字别之。

前段"況佳人"下十二字,《欽定詞譜》、《全宋詞》皆讀爲上三下五八字一句、四字一句,誤。按,此十二字正對應後段"算浮生事"下十二字,其結構爲四字一逗領四字驪句,故四字逗之結構須一二一式句法,切不可二二式句法,四字逗爲罕見結構,加之一二一結構容易誤讀爲三字逗,惟若作三字逗,則成三字逗領一字逗領四字兩句,致本均句法雜蕪,填者務須知之。又,原譜"霜月夜□",據《欽定詞譜》改"夜明"。又,"一一",以入作平。又按,後段第九拍,清人俞樾、鄒祗謨均填爲上三下五式八字一句,則其所見柳詞如此也,此八字正與前段合,杜氏以爲應添一"時"字,其本或誤。

本調前後段尾均原譜均爲六字一句、四字一句,故六字句有仄音步相連,實本調前後尾均皆爲二字逗領兩四字偶句之結構,填此勿誤。

山亭宴 一百一字

張 先

宴亭永晝喧簫鼓。倚青空、畫闌紅柱。玉瑩紫微人,藹和氣、春融日煦。

●○●●○○▲ ●○⊙ ●○○▲ ◎●●○○ ●⊙● ○○●▲

故宫池館舊樓臺,約風月、今宵何處。湖水動鮮衣,競拾翠、湖邊路。

◎○○●●○○ ●⊙● ⊙○○▲ ⊙●●○○ ●●● ○○▲

落花蕩漾愁空樹。曉山静、數聲杜宇。天意送芳菲,正黯淡、疏煙逗雨。
●○●●○○▲ ●○◎ ●○◎▲ ⊙●●○○ ●◎● ○○●▲
新歡寧似舊歡長,此會散、幾時還聚。試爲挹飛雲,問解寄、相思否。
⊙○●●●○○ ●◎● ◎○○▲ ◎●●○○ ●●● ○○▲

前後俱同,只前結六字,後結五字。"怨"平聲,佛家"冤親""冤"字皆作"怨"。坡公《醉翁操》亦作平用。《圖譜》以"玉瑩紫微人藹"爲六字句,且不必言與後段"天意"句乖謬,只"人藹"二字索解人不得。

【杜注】按,子野詞原刻首句"宴堂"作"宴亭"。又,"故宫池館更樓臺"句,"更"作"舊"。又,"落花蕩漾怨空樹"句,萬氏注"怨"爲平聲,實則"愁"字也。又,"正黯淡疏煙短雨"兩句,"短"作"逗"。又,"問解相思否"句,"解"字下有"寄"字。均應改補。

【考正】子野此調二首,"故宫"句别首作"衰柳斷橋西",疑句前奪二字,宋詞無此填法。"約風月"、"此會散"七字,原譜均不讀斷。餘據杜注改。

曲江秋　一百一字

楊无咎

香消燼歇。喚沉水重燃,熏爐猶熱。銀漢墜懷,冰輪轉影,冷光侵毛髮。
○○●▲ ●⊙●○○ ⊙○○▲ ⊙●●○ ○○●● ◎○○○▲
隨分且宴設。小槽酒,真珠滑。漸覺夜闌,烏紗露濡,晝簾風揭。　清
○●●◎▲ ◎○● ○○▲ ◎●◎○ ○○●⊙ ●○○▲ ○
絶。輕紈弄月。緩歌處、眉山怨疊。持杯須我醉,香紅映臉,雙腕凝霜雪。
▲ ○○●▲ ●○● ○○●▲ ○○○●● ○○◎● ○●○○▲
飲散晚歸來,花梢指點流螢滅。睡未穩,東窗漸明,遠樹又聞鶗鴃。
●●●○○ ○○●●⊙○▲ ●◎● ○○◎○ ●●●○○▲

此照楊集三首平仄爲注,其詞是和韻,必不參差。但"夜闌"二字一作"攲枕"、一作"龍津",稍異。"濡"字兩首俱作去聲,想不拘耳。後"睡未穩"以下,此作三字、四字、六字讀,其一云"佇望久,空歎無才可賦,厭聽鶗鴂",是作三字、六字、四字讀者;其一云"正攜手無端,驚回檻外,數聲鶗鴂",則又似作五字、兩四字讀者,此則與後載韓詞相合。然此十三字總是一氣貫下,可兩借耳。

【杜注】按,《歷代詩餘》"香紅映臉"句,"臉"作"頰",初疑叶韻,檢其疊韻一首,此句作"渾疑同泛",並不叶韻,或係偶合,或本"臉"字。

【考正】萬氏原注"夜闌"之"闌"可仄讀,蓋校之别首之"攲枕"也,而三首中一作"漸覺夜闌"、一作"深炷龍津",則"永日攲枕"顯係仄仄平平句法,"枕"字實爲以上作平耳。故不從。

第二體 一百三字

韓 玉

明軒快目。正雨過湘溪，秋來澤國。波面鑒開，山光瀲拂，竹聲摇寒玉。
○○●▲ ●●●○○ ○○●▲ ○●●○ ○○●● ●○○○▲
鷗鷺戲晚浴。芰荷動，香紅蔌。千古興亡意，淒涼颶舟，望迷南北。
○●●●▲ ●○● ○○▲ ○●○○● ○○●○ ●○○▲
仿佛。煙籠霧簇。認何處、當年繡轂。沉香花蕚事，蕭然傷感，宫殿三十
●▲ ○○●▲ ●○● ○○●▲ ○○○●● ○○○● ○●○○
六。忍聽向晚菱歌，依稀猶是當時曲。試與問如今，新蒲細柳，爲誰摇緑。
▲ ●○●●○○ ○○○●○○▲ ●●●○○ ○○●● ●○○▲

"千古"句五字，"忍聽"句六字，與前詞異。後結正與楊别作"正攜手"以下同。

按，刻本於"颶"字下作一"□"，"傷"字下反不加"□"，誤也。"蕭然"句即前詞"香紅映臉"，必落一"感"字，若作三字，文理便不通矣。或曰：可惜如此佳詞，只用韻欠當。余曰："日"字、"拂"字前詞用叶，此不叶，想有此體。若"國"字、"北"字則白石、清真諸名家亦皆借叶，或無礙也。若謂"日"、"拂"二字亦是借叶，則不可。

【杜注】萬氏注"鷗鷺戲晚日"句，謂"日"字宜叶，按，戈氏校本"日"作"浴"，叶韻，宜從。又按，《欽定詞譜》"蕭然傷"三字下所空一字作"感"，應遵補。

【考正】原譜注"三十"之"十"以入作平，此字位宋人皆作平聲也。餘據杜注改。

壽樓春 一百一字

史達祖

裁春衫尋芳。記金刀素手，同在晴窗。幾度因風殘絮，照花斜陽。誰念我、
○○○○△ ●○○●● ○●○△ ●●○○○● ●○○△ ○●●
今無裳。自少年、消磨疏狂。但聽雨挑燈，攲床病酒，多夢睡時妝。 飛
○○△ ●●○ ○○○△ ●●●○○ ○○●● ○●●○△ ○
花去，良宵長。有絲闌舊曲，金譜新腔。最恨湘雲人散，楚蘭魂傷。身是
○● ○○△ ●○○●● ○●○△ ●●○○○● ●○○△ ○●
客，愁爲鄉。算玉簫、猶逢韋郎。近寒食人家，相思未忘，蘋藻香。
● ○○△ ●●○ ○○○△ ●○●○○ ○○●● ○●△

"記金刀"至"挑燈"，與後"有絲闌"至"人家"同。或謂結句中"忘"字亦是叶韻，未必也。此調多平聲疊用，似拗，他無可證，然通篇音響如此，乃是定

格,並非有訛字也。圖譜句句欲改之,以前段"裁"、"衫"、"同"、"因"、"花"、"誰"、"今"、"磨"、"敧"、"多",後段"花"、"良"、"絲"、"金"、"湘"、"蘭"、"身"、"愁"、"逢"、"寒"、"忘"、"蘋"俱作可仄,"素"、"幾"、"照"、"自"、"聽"、"有"、"最"、"玉"、"食"、"未"、"藻"俱作可平,自宋迄今,未見有第二首《壽樓春》,不知何從考其可換也。其平之改仄者,謂惡其拗耳,若"誰念我"、"身是客","誰"、"身"二字極順,反改作三仄之拗,何歟?至諸仄字並不曾拗,而亦遭一例更變,何歟?想改到興頭上,亦顧不得也。若依所改,填一詞以示人,即最深最熱之詞家,亦斷斷不識其爲《壽樓春》矣。余讀至此,不覺浩歎,蓋歎梅溪大不幸,不得生於今世一讀此譜,而當日填此腔時,費盡心力也。

【杜注】按,此詞題爲"尋春服感"。"念我今無腸"句,"腸"字當作"裳"。

【考正】首句五連平,此種填法罕見,疑非"音律所關"。考之後段,本句或是折腰式六字句,原句爲"裁春衫,尋●芳",如此,不但音律可解,句意亦豁然開朗。後段結,"忘"字萬氏似亦作平讀,然校之前段"但聽雨挑燈,敧床病酒",則"忘"字與"酒"相對,當仄讀,且讀斷。

憶舊遊　一百二字

張　炎

記開簾送酒,隔水懸燈,款語梅邊。未了清遊興,又飄然獨去,何處山川。

●○○●●　●●○○　●●○△　●●○○●　●○○●●　⊙●○△

淡風暗收榆莢,吹下沈郎錢。歎客裏光陰,消磨艷冶,都在尊前。　留

●○●●○●　○●●○△　●○●○○　○○●●　⊙●○△　○

連。住人處,是鑒曲窺鶯,蘭沼圍泉。醉拂珊瑚樹,寫百年幽恨,分付吟

△　●○●　●●●○○　⊙●○△　●●○○●　●●○○●　○●○

箋。故舊幾回飛夢,江雨夜涼船。縱忘却歸期,千山未必無杜鵑。

△　●●●○○●　○●●○△　●●●○○　○○●●○●△

"款語"至"光陰",與後"蘭沼"至"歸期"同。"未了"句與"醉拂"句,句法上二下三相合。而美成後段用"也擬臨朱户",千里和詞用"奈可憐庭院",是作上一下四句法,總之是仄仄平平仄,不拘也。《詞綜》載劉應幾此句作"奈菰蒲舊地","菰"字平,"舊"字仄,想亦不妨。然觀夢窗與張同,恐劉詞未可爲據也。夢窗起處云"送人猶未苦,苦送春隨人去天涯",首句用上二下三,或不拘,然他無同者。"苦送"句例用四字,當在"隨"字住,夢窗八字蟬聯,乃是巧句,不可認"苦送春"爲三字句也。"收"字、"回"字考他家或上或入,俱不用平,似應從多者爲是。若"回"字平而"舊"字反仄,尤爲不可。此"舊"字恐是"人"、"園"、"山"、"鄉"等字之訛,觀前用"風"字,知玉田必不用去聲字耳。《詞綜》載劉將孫"予未了"句作七字,乃誤刻,而其餘諸字,亦無調不可從。夢

窗於"又飄然"句無"又"字，乃刻本誤遺。沈氏謂前段少一字，似有此體矣。"留連"二字用韻，周、方等俱同，將孫失韻，更誤，此則夢窗亦不叶也。周詞"迢迢問音信"，《譜》、《圖》不知"迢迢"二字是叶，注此五字可用仄仄平平仄，奇乎不奇。結句凡作者平仄皆同，乃一定之格，《譜》、《圖》謂可作仄平平仄仄平平，可笑之極。豈不見周作"東風竟日吹露桃"、吴作"殘陽草色歸思賒"、方作"重尋當日千樹桃"、應幾作"瀟湘近日風卷湖"、將孫作"黄昏細雨人閉門"乎？

【杜注】按，《歷代詩餘》"住人處"句，"住"作"殢"。又，"故舊幾回飛夢"句，"舊"作"鄉"，均應遵改。又按，此調後結"千山未必無杜鵑"句，第四字應用入聲，如注中所引周清真、吴夢窗、方千里三句，及周草窗作"愁痕沁碧江山峰"、王碧山作"涓涓露濕花氣生"、玉田另作"陽關西出無故人"、"蕭蕭漠柏愁茂陵"、"遥知路隔楊柳門"、"清聲漫憶何處簫"等句，第四字皆入聲，爲此調定格。萬氏知詞中去上聲有分别，不知入聲亦間有定律也。

【考正】本調體式變化原譜未能全面體現，可選擇者，一爲過片不必用句中短韻，如玉田詞用"飄零又成夢"、夢窗用"西湖斷橋路"等；一爲後段尾均每每添一字，作五字一句、四字兩句，如草窗用"悵寶瑟無聲，愁痕沁碧，江上孤峰"、"但夢繞西泠，空江冷月，魂斷隨潮"等。而竊以爲五四四應爲本調原貌，五七式結拍，或是落字而來，故七字句甚拗。因其餘字句皆同，故不另擬譜。

又按，萬氏原注云："美成後段用'也擬臨朱户'……是作上一下四句法"，或誤，此句亦當是二三式句法。

花犯　一百二字

王沂孫

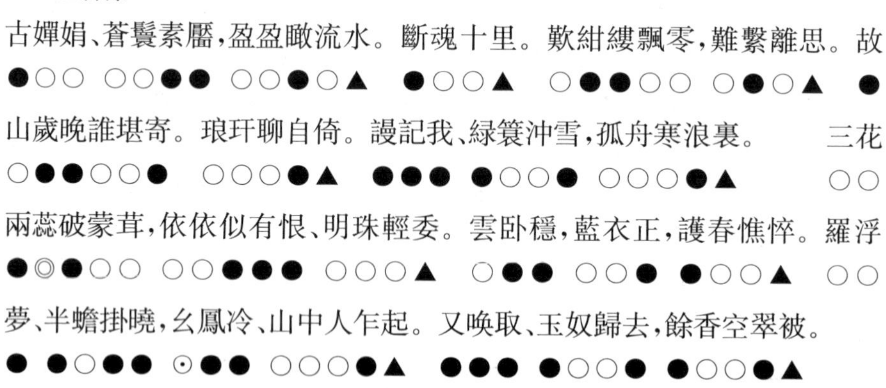

周、方二作，律度森然，而歷覽各家，無不字字摹擬其所用，諸去聲若出一手，後人何棄此程式而自以爲是乎？此篇仿美成丰度，至所用上去字十餘，皆妙絶，真名詞也。"蕊"字周、方皆作"花"字，平聲，譚在軒亦用"邊"字，至碧山用"蕊"、草窗用"怨"，皆仄聲，想可通用。仄聲雖易填，然周倡方和皆平，能守

之爲高手。雖夢窗，亦一首用“中”字、一首用“作”字矣，然“作”字或是“爲”字。“依依”下九字一氣，可於五字豆，亦可於三字豆也。

按，《譜》、《圖》分句、注字無不混亂，至此調尤爲欠理。“斷魂十里”是韻，各家無不叶者，《譜》收周詞“露痕輕綴”，“綴”字正叶上“味”字，方亦云“霧綃紅綴”，而乃失注，遂落一韻。一誤也；“故山”句七字、“琅玕”句五字，皆叶韻。周云：“去年勝賞曾孤倚。冰盤同燕喜。”“倚”、“喜”是韻。方和詞現明而注“去年勝賞”爲四字句，“曾孤倚”至“燕喜”爲八字句，遂又落一韻，二誤也；“三花”句七字、“依依”句九字，周云“今年對花最匆匆，相逢似有恨依依愁顇”，乃注“今年對花最匆匆相逢”爲九字句，真無理之甚。又因“匆匆相逢”四個平聲相疊，遂於“匆”字下注可仄，誤到極處矣。人奈何惟譜是守哉？

汲古刻《夢窗集》“小娉婷”一首，注云：重押“鬢”字。蓋前用“翠翹攲鬢”，後用“又還見、玉人垂紺鬒”，而傳訛作“鬢”字也。夢窗豈有複韻之事乎？況此句必以平去上爲煞，如美成之“煙浪裏”、千里之“香步裏”、草窗之“薰翠被”、夢窗別作之“驚換了”，無非平去上者，豈獨此誤作平去去耶？尾二字去上尤爲吃緊，“翠被”“被”字上聲，勿誤讀去聲。

【杜注】萬氏注“斷魂十里”句，“十”字作平，按，此疑“千”字之誤。又按，詞中應用去上聲，惟此調最多，如“素靨”、“紺縷”、“歲晚”、“自倚”、“記我”、“浪裏”、“卧穩”、“掛晚”、“鳳冷”、“乍起”、“喚取”、“翠被”凡十二處，周美成、方千里等名作皆同，爲此調定格，必宜恪守。

【考正】原譜起調七字不讀斷，無謂。

後段第二均，《欽定詞譜》例作三字一句、折腰式七字一句，大誤。蓋本均“護春”四字對應前段“難繫”四字，故“雲卧”下六字必對應前段“歎紺”五字，前減抑或後添，則無關緊要。故除王沂孫有“雲卧穩、藍衣正，護春憔悴”、方千里有“腰肢小、腮痕嫩，更堪飄墜”之六字對偶之填法，即如劉辰翁“奈转眼、今何在，泪痕成恼”之類，後七字亦不可成句，尤其顯然。故填者構思時，當以六四標點爲正。

瑞鶴仙　一百二字

毛　幵

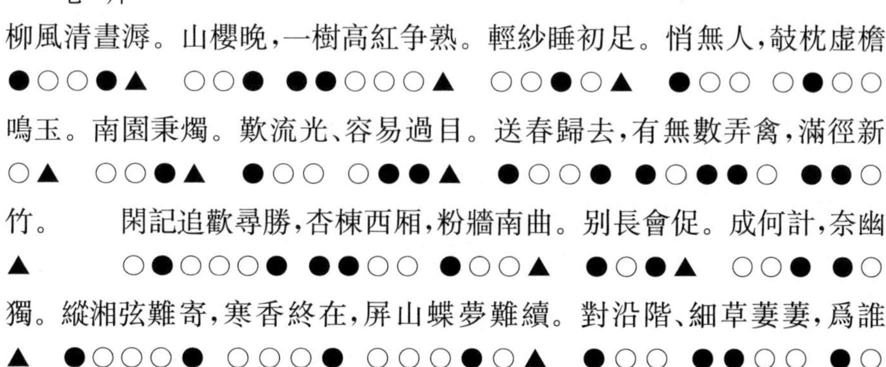

柳風清晝溽。山櫻晚，一樹高紅爭熟。輕紗睡初足。悄無人，攲枕虛檐

●○○●▲　○○●　●●○○○▲　○○●○▲　●○○　○●○○

鳴玉。南園秉燭。歎流光、容易過目。送春歸去，有無數弄禽，滿徑新

○▲　○○●▲　●○○　○●●▲　●○○●　●○●●○　●●○

竹。　閑記追歡尋勝，杏楝西厢，粉牆南曲。別長會促。成何計，奈幽

▲　○●○○○●　●●○○　●○○▲　●○●▲　○○●　●○

獨。縱湘弦難寄，寒香終在，屏山蝶夢難續。對沿階、細草萋萋，爲誰

▲　●○○○●　○○○●　○○○●○▲　●○○　●●○○　●○

自緑。
●▲

汲古刻《樵隱詞》題作《瑞仙鶴》，誤。

【杜注】按，《歷代詩餘》"韓香終在"句，"韓"作"鱗"，别刻作"寒"。

【考正】萬氏原注"蝶夢"之"蝶"以入作平。又，"悄無人"九字，萬氏讀作五字一句、四字一句。又，"湘弦"原作"緗弦"。

第二體　一百二字

周邦彦

悄郊原帶郭。行路永，客去車塵漠漠。斜陽映山落。斂餘紅，猶戀孤城
●○○●▲　○●●　●●○○●▲　○○●○▲　●○○　○●○○
闌角。淩波步弱。過短亭、何用素約。有流鶯勸我，重解繡鞍，緩引春
○▲　○○●▲　●●○　○○●▲　●○○●●　○●○○　●○○
酌。　　不記歸時早暮，上馬誰扶，醒眠朱閣。驚飆動幕。扶殘醉，繞紅
▲　　　●●○○●●　●●○○　●○○▲　○○●▲　○○●　●○
藥。歎西園，已是花深無地，東風何事又惡。任流光過却。猶喜洞天
▲　●○○　●●○○○●　○○○●●▲　●○○●▲　○●●○
自樂。
●▲

介庵亦有此體，"行路永"下九字上三下六，與前詞同，而方和詞"更暮草萋萋，疏煙漠漠"，乃上五下四，平仄亦稍異，可不拘。後起第二字不叶韻，與前詞同，而千里和詞用叶，想亦不拘。惜香、夢窗亦有不叶者，然以叶者爲是。後結"任流光"句五字，"猶善"句六字，與前詞不同。而方詞則與毛合，亦應從方爲妥。蓋第二字不叶，猶有毛詞可證，若後結句法，則他家俱無。余謂此二處必係傳訛，蓋方氏遵周甚嚴，即體可兩用，亦必不作另調，而與周異也。"用素"二字、"事又"二字用去聲，與前詞"易過"、"夢斷"四字同。方用"負厚"、"是易"，趙文用"鬭妙"、"到夢"，惜香用"緒正"、"待問"，介庵用"散晝"、"事醉"，皆同，是知原有此體，其俱平者又一格也，但不宜前後互異。"斜陽映山落"平平仄平仄，是一定之格，作者如林，無不同者。《譜》、《圖》注可作仄仄平平仄，此有心拗到底也。惜香一首，此五字句失叶，誤。"幕"字與前"弱"字同，必叶。惜香、子逸、介庵有失叶者，雖或有此體，不宜從。"繞紅藥"定用仄平仄，不可如《譜》、《圖》改平平仄。如空同之"巫陽館"、惜香之"垂天翼"是敗筆。上句"扶残醉"可用平仄仄，有一二用仄平仄者。若惜香二句用"金井

梧”、“東籬菊”，尤是敗筆，不可學也。此調“步”、“動”、“又”、“洞”等字必要仄聲，且以去爲妙，古詞無一首異同者。而尾句之仄平去上或仄平去入尤爲吃緊，不可作平平平仄。如陸子逸之“怎生意穩”，夢窗之“採花弄水”、“鏡中未晚”，玉蟾之“等閑過了”，審齋之“恨長怨永”，介庵之“淺如故否”，西樵之“醉扶玉腕”，皆絶妙。蓋第三字去聲一縱，而末字上聲一收，方諧音律。若用去去上上且不可，何況平仄乎？或謂此言太鑿，余曰：若於宋元詞内檢出一用平平平仄者，則余甘受妄言之罰可也。毛詞首柳風句上二下三，此篇以“悄”字領句，上一下四，不拘。但平仄皆同，若審齋用“夷吾在江左”，“在江”用仄平，他家無之，不可從。毛詞前結“送春”句四字，“有無數”句五字，此篇“有流鶯”句五字，“重解”句四字，此係各體，故不同。又，“重解繡鞍”句，海野用“黄昏院宇”、惜香用“年華荏苒”，平仄不同，夢窗亦有此體。若惜香一首，前結云“漸危樓向晚，魂消處，倚遍闌干曲”，尾作一三一五，則更爲躍冶，自不宜從。

【杜注】按，《詞苑叢談》“不計歸時早暮”句，“歸”作“春”。又，“扶殘醉”句，“扶”作“猶”。又，後結“猶喜”作“歸來”。

【考正】“斂餘紅”下九字、“歎西園”下九字，原譜作五字一句、四字一句，此九字本一氣，故五字一逗或三字一逗皆可。

“過短亭”句第五字，宋人多用平聲，故“用”字以平讀爲佳，其音“容”，《韻補》以爲叶餘封切，在冬部韻。另，元人周伯琦之《六書正訛》曰：“用，古鏞字，鐘也……後人借爲施用字。”《詩·小雅·小旻》有“謀臧不從，不臧覆用”可證。又，前段結句，周詞別首此句作“院宇深寂”，第二字亦爲上聲。而考之宋人實際，本句例作○○●▲，則此“引”字當是以上作平也。然則本句第二字以平聲爲正，偶可上聲，而不可用去聲也。

第三體　一百二字

史達祖

杏煙嬌濕鬢。過杜若汀洲，楚衣香潤。回頭翠樓近。指鴛鴦沙上，暗藏
◎○○●▲　●◎◎⊙⊙　◎○○▲　○○●○▲　●○⊙○◎　◎○
春恨。歸鞭隱隱。便不念、芳盟未穩。自簫聲、吹落雲東，再數故園花
○▲　○○●▲　●◎◎　○○●▲　●○○　⊙●○○　◎●●○○
信。　　誰問。聽歌窗罅，倚月鈎闌，舊家輕俊。芳心一寸。相思後，總
▲　　　○▲　◎○○●　●●○○　●○○▲　○○●▲　⊙⊙●　●
灰燼。奈春風多事，吹花搖柳，也把幽情喚醒。對南溪、桃萼翻紅，又成
○▲　●○○⊙●　○○○●　◎●○○●▲　●○○　⊙●○○　●○
瘦損。
●▲

第二三句用上五下四，"痕"字、"情"字用平，"自簫聲"七字、"再數"句六字，後起第二字叶韻，此四者俱與前詞異。此體各家多從之。"指鴛鴦"九字可上三下六，"過杜若"句梅溪别作云"爲發妝酒暖"，平仄互異。玉蟾、介庵俱有。"指鴛鴦沙上"，稼軒作"似三峽波濤"，審齋作"更堆積愁腸"，即有此體，而各家不用，不宜從。又，夢窗於末句用"周公拜前，魯公拜後"，則因使成語取巧耳，上句"公拜"二字拗矣。介庵前結亦用"耕相借牛，社相留客"，亦然。吴禮之"心"字作"步"，惜香"寸"字失叶，俱勿從。餘如"吹落雲東"句，竹山作三字，空同作"夜來枕上"。"過杜若"句，空同作四字，夢窗作"看畫堂凝香"，"堂"字平。又於"吹花"句作"玉墀班平"，"墀"字平。惜香於"桃萼"句作"爲誰縈牽"，"誰"字平。審齋於"舊家"句多一字，皆係刻本之訛，非有此體。夢窗"彩雲棲翡翠"一首更多訛脱。

又按，竹山通首用"也"字住句，然"也"字之上俱是用韻，即如和稼軒《水龍吟》，用"些"字上一字亦叶韻耳。但《瑞鶴仙》共十三韻，而"也"字之上七平叶、六仄叶，可知古人用韻，平仄可相通也。至如惜香效之，亦作"也"字住句，而其上字不叶，則頗無義趣矣。審齋於"樓"字用"酒"，上可作平，勿認作仄聲而用去字。陸子逸第二三句用"睡覺來，冠兒還是不整"，上三下六，平仄雖稍異，此句或可如此，但無此高手秀句，恐亦難學，不然或本係"還是冠兒不整"。

又按，張樞詞於"相思後"六字作"西湖上多少歌吹"，多填一字，他家俱無此體，必係傳訛。

【杜注】按，《欽定詞譜》"芳痕未穩"句，"痕"作"盟"。又按，萬氏所引張樞詞，即玉田之父，於此詞"奈春風多事"句作"粉蝶兒撲定"，《詞源》云："按之歌譜，惟'撲'字不叶，改爲'守'字始叶。"

第四體 一百二字

周邦彦

暖煙籠細柳，弄萬縷千絲，年年春色。晴風蕩無際，濃於酒，偏醉情人詞客。
●○○●● ●●●○○ ○○○▲ ○○●○● ○○● ○●○○○▲
闌干倚處，度花香、微散酒力。對重門半掩，黄昏淡月，院宇深寂。　愁
○○●● ●○○ ○●●▲ ●○○●● ○○●● ●●○▲ ○
極。因思前事，洞房佳宴，正值寒食。尋芳遍賞，金谷裏，銅駝陌。到而
▲ ○○○● ●○○● ●○○▲ ○○●● ○●● ○○▲ ●○
今、魚雁沉沉無信，天涯常是淚滴。早歸來、雲館深處，那人正憶。
○ ○●○○○● ○○○●●▲ ●○○ ○●○● ●○●▲

首句不起韻。"濃於酒"下與"到而今"下俱與前詞異。"倚處""處"字、

“賞”字俱不叶。此體雖録於此，然必有訛錯，不必從。

【校勘記】“暖煙籠細柳”一首，“偏醉情人調客”句，“調”當作“詞”。

【考正】萬氏原注“正值”之“值”以入作平。又按，“到而今”十字，原譜不讀斷。此二句各家皆作九字，原譜作“到而今、魚雁沉沉無信息”，毛校本並無“息”字，的本，可信。且本句宋人一百餘首均不入韻，必無突兀一韻之理，據毛校本删。

又，據校勘記改“調客”爲“詞客”。

曲遊春　一百二字

周　密

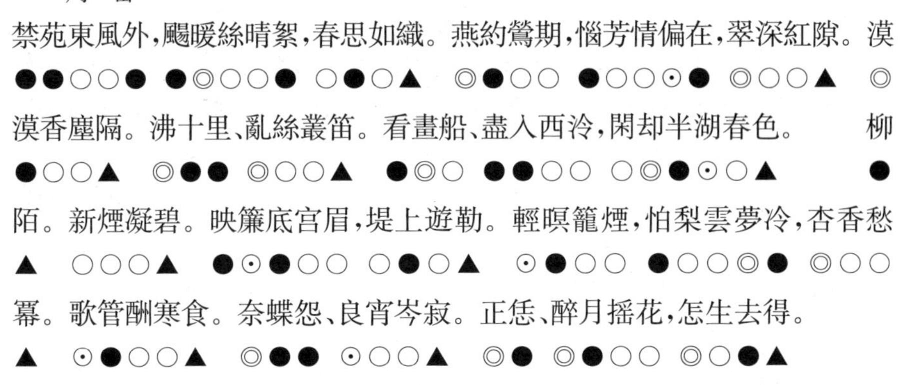

禁苑東風外，颺暖絲晴絮，春思如織。燕約鶯期，惱芳情偏在，翠深紅隙。漠漠香塵隔。沸十里、亂絲叢笛。看畫船、盡入西泠，閑却半湖春色。　柳陌。新煙凝碧。映簾底宮眉，堤上遊勒。輕暝籠煙，怕梨雲夢冷，杏香愁冪。歌管酬寒食。奈蝶怨、良宵岑寂。正恁、醉月摇花，怎生去得。

“春思”至“叢笛”，與後“堤上”至“岑寂”同，“思”字、“上”字俱仄聲，不可作平。元人趙功可一首用“雨”字、“處”字，《圖》注可平，誤。“漠漠”句五字，“沸十里”句七字，俱是叶韻，正對後段“食”字、“寂”字二韻也。《圖》以“漠漠香塵隔沸”爲句，奇甚。不惟失一韻，不知“隔沸”二字作何解法？後段何不亦作“歌管酬寒食奈”耶？尾句《選聲》謂“去”字可平，亦誤。其所載王竹澗詞，於“看畫船”句云“起來踏碎松陰”，止有六字，此仍《詞統》之誤也。後起“陌”字，趙功可不叶。

【杜注】按，《蘋洲漁笛譜》“正恁醉月摇花”句，作“正滿湖碎月摇花”。又，查施仲山和韻詞，此句作“任滿身露濕東風見”，係七字句，應照改。

【考正】“蝶怨”之“蝶”、“十里”之“十”，原譜萬氏注曰作平。“正恁”六字，原譜不讀斷。按，本句彊村叢書本《蘋洲漁笛譜》卷一作“正滿湖、碎月摇花”，於詞意論，更恰，與前段及施詞校，尤恰。校之施岳詞，本均作“任滿身、露濕東風，欲眠未得”，則可知本句原貌爲三字逗領。故若不添補一字，亦當改爲二字逗，以合乎氣脈。

倒犯　一百二字

方千里

盡日、任梧桐自飛，翠階慵掃。閑雲散縞。秋容瑩、暮天清窈。斜陽到地、

●●　●○○●○　●○○▲　○○●▲　○○●　●○○▲　○○●●

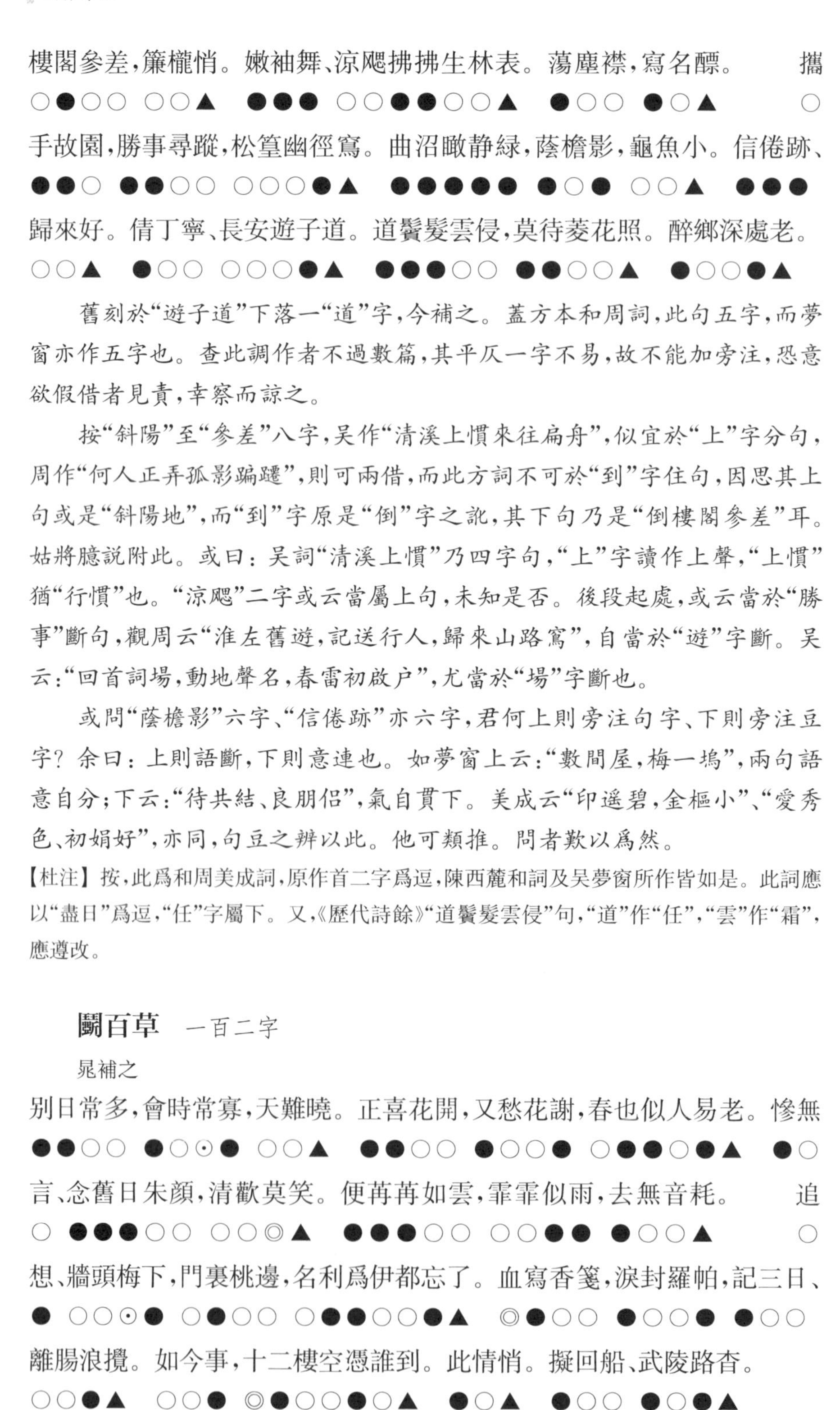

樓閣參差，簾櫳悄。嫩袖舞、涼飔拂拂生林表。蕩塵襟，寫名醥。　　攜
○●○○　○○▲　●●●　○○●●○○▲　●○○　●○▲　　○
手故園，勝事尋蹤，松篁幽徑寫。曲沼瞰静緑，蔭檐影，龜魚小。信倦跡、
●●○　●●○○　○○○●▲　●●●●●　●○●　○○▲　●●●
歸來好。倩丁寧、長安遊子道。道鬢髮雲侵，莫待菱花照。醉鄉深處老。
○○▲　●○○　○○○●▲　●●●○○　●●○○▲　●○○●▲

舊刻於“遊子道”下落一“道”字，今補之。蓋方本和周詞，此句五字，而夢窗亦作五字也。查此調作者不過數篇，其平仄一字不易，故不能加旁注，恐意欲假借者見責，幸察而諒之。

按“斜陽”至“參差”八字，吴作“清溪上慣來往扁舟”，似宜於“上”字分句，周作“何人正弄孤影蹁躚”，則可兩借，而此方詞不可於“到”字住句，因思其上句或是“斜陽地”，而“到”字原是“倒”字之訛，其下句乃是“倒樓閣參差”耳。姑將臆説附此。或曰：吴詞“清溪上慣”乃四字句，“上”字讀作上聲，“上慣”猶“行慣”也。“涼飔”二字或云當屬上句，未知是否。後段起處，或云當於“勝事”斷句，觀周云“淮左舊遊，記送行人，歸來山路窵”，自當於“遊”字斷。吴云：“回首詞場，動地聲名，春雷初啟户”，尤當於“場”字斷也。

或問“蔭檐影”六字、“信倦跡”亦六字，君何上則旁注句字、下則旁注豆字？余曰：上則語斷，下則意連也。如夢窗上云：“數間屋，梅一塢”，兩句語意自分；下云：“待共結、良朋侶”，氣自貫下。美成云“印遥碧，金樞小”、“愛秀色、初娟好”，亦同，句豆之辨以此。他可類推。問者歎以爲然。

【杜注】按，此爲和周美成詞，原作首二字爲逗，陳西麓和詞及吴夢窗所作皆如是。此詞應以“盡日”爲逗，“任”字屬下。又，《歷代詩餘》“道鬢髮雲侵”句，“道”作“任”，“雲”作“霜”，應遵改。

鬬百草　一百二字

晁補之

別日常多，會時常寡，天難曉。正喜花開，又愁花謝，春也似人易老。慘無
●●○○　●○⊙●　○○▲　●●○○　●○○●　○●●○●▲　●○
言、念舊日朱顔，清歡莫笑。便苒苒如雲，霏霏似雨，去無音耗。　　追
○　●●●○○　○○◎▲　●●●○○　○○●●　●○○▲　　○
想、牆頭梅下，門裏桃邊，名利爲伊都忘了。血寫香箋，淚封羅帕，記三日、
●　○○⊙●　○●○○　○●●○○●▲　◎●○○　●○○●　●○○
離腸浪攪。如今事，十二樓空憑誰到。此情悄。擬回船、武陵路杳。
○○●▲　○○●　◎●○○○●○▲　●○▲　●○○　●○●▲

无咎此調二首，刻本此首一百一字，别作一百二字。細考之，則此篇落一“霏”字，其實相同。只“憑誰到”作“轉愁寂”，“轉”字用仄聲耳。“忘”字去聲，觀其别作用“恨”字，去聲可見。此篇“笑”字是叶韻。别作不叶，乃誤刻也。第二句“少”字非叶，别作至“曉”字方起韻。

【杜注】按，《欽定詞譜》“離腸恨攪”句，“恨”作“浪”。

【考正】萬氏原注“三日”之“日”作平，“憑誰”之“憑”可仄。按，“憑”字依律當仄，晁氏别首作“前度劉郎轉愁寂”，正同。又，“常寡”原作“常少”，據《欽定詞譜》改。

前起爲四字驪句三字托句法，《欽定詞譜》讀爲四字一句、七字一句，未免太過疏闊。後起則爲二字引四字驪句句法，若以二字逗構思，更佳。原譜“追想”後不讀斷，於律而言，亦覺略欠。

瑤花　一百二字　或加“慢”字

周　密

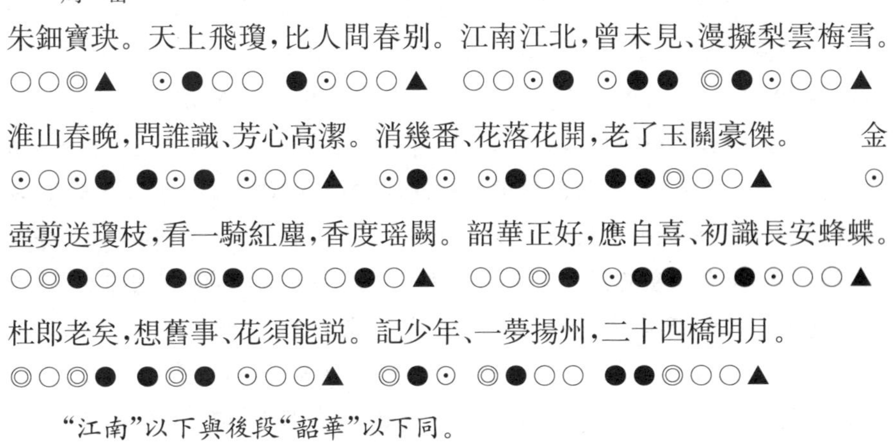
朱鈿寶玦。天上飛瓊，比人間春别。江南江北，曾未見、漫擬梨雲梅雪。
淮山春晚，問誰識、芳心高潔。消幾番、花落花開，老了玉關豪傑。　金
壺剪送瓊枝，看一騎紅塵，香度瑤闕。韶華正好，應自喜、初識長安蜂蝶。
杜郎老矣，想舊事、花須能説。記少年、一夢揚州，二十四橋明月。

“江南”以下與後段“韶華”以下同。

按，夢窗此調，於“曾未見”下九字云：“應笑春空鎖淩煙高閣”，人多讀“空”字爲句，誤。照周詞，應於“春”字豆。張天雨此句云：“怎一夜換作連城之璧”，可見但“應笑春”三字欠妥，“春”字恐誤。此字觀後段及各家俱不用平聲，作者但用仄爲是。《圖》注平仄悉改，若“明”字改仄，恐有不便，至“度”字改平，尤不便耳。

【校勘記】起句“朱鈿寶玦”，戈氏云：“玦”字起韻。按，他作亦有不叶者。

【考正】原譜“曾未見”下九字，“消幾番”、“記少年”下七字均未讀斷。

本調後段首均，現存作品文法上多作六字一句、五字一句、四字一句，而究之文字平仄律，則實爲六字一句、上三下六九字一句，如吴文英“冰澌細響長橋，蕩波底、蛟腥不涴霜鍔”，最爲地道。故填者須以吴詞爲範，若需六五四構思，則四字句第二字須微調爲平聲，庶幾合律。

齊天樂 一百二字 又名：臺城路、五福降中天、如此江山

王沂孫

一襟餘恨宮魂斷，年年、翠陰庭樹。乍咽涼柯，還移暗葉，重把離愁深訴。
◎○⊙●○○● ○○ ●○○▲ ●●○○ ○○●● ⊙●○○○▲

西窗過雨。怪瑤佩流空，玉箏調柱。鏡暗妝殘，爲誰嬌鬢尚如許。 銅
○○●▲ ●⊙●○○ ●○○▲ ●●○○ ●○●●●○▲ ○

仙鉛淚似洗，歎移盤去遠，難貯零露。病翼驚秋，枯形閱世，消得斜陽幾
○●○●● ●○○●● ○●○▲ ●●○○ ○○●● ●●○○○

度。餘音更苦。甚獨抱清商，頓成淒楚。謾想薰風，柳絲千萬縷。
▲ ○○●▲ ●◎●○○ ●○○▲ ●●○○ ●○○●▲

“乍咽”以下至“妝殘”，與後“病翼”以下至“薰風”同。“過雨”、“更苦”去上聲，妙，萬萬不可用平仄，而“萬縷”尤爲要緊。前後結平仄，一字不可更改，後結須如五言詩一句，白石用“一聲聲最苦”，“一聲”二字原是相連，且上面一個“聲”字原可讀斷，故妙。沈氏收王月小一首，末云“一夜聲聲是怨”，乃多“夜”字，沈不能去之，但注前段多一字，謬甚。近見今人詞，有竟用上一下四句法，且因如此，竟於“絲”字用仄，“萬”字用平，若《甘草子》結句“惹兩眉離恨”矣。豈是《齊天樂》乎？各譜俱屬亂注，切不可從，“銅仙”句三平三仄，是定律，間有用平平仄平仄仄者，然依此爲是。夢窗用四平二仄，竹屋第二字用仄，若秋崖“歸去來兮怎得”，則尤不可從。“貯”字宜仄聲，間有用平者，亦當依此爲是。總之，凡調中字句如古人俱同，從之不必言，即十中拗七順三，亦當從。其多者，蓋其中必有當然去處，不然古人何其愚，而捨易就難也。況往往拗者是大家名詞，順者不及此理，極易曉也。“歎移盤”句，可用上二下三五言詩句法。玉田一首，於“消得”句少二字；千里一首，於“難貯”句多二字；夢窗一首，於後起作五字；俱係誤刻，非有此體。君衡“黃昏盡矣”，刻誤“盡也”，非不叶。

《圖譜》失收之調甚多，若《齊天樂》極在眼前而不收，反收《五福降中天》，蓋見一新名不覺驚喜，亦不知其即《齊天樂》也。前結上四下七，乃讀作上六下五，妙絶。又於“苦”字失注叶，“難貯零露”句少一“貯”字，“甚獨抱”句少一“甚”字。此則汲古刻沈端節詞原少此二字，《圖譜》既爲人誤，又即以誤人耳。然刻詞集者，未嘗以爲人作式，既曰譜矣，寧得草草從事乎？至其圖字平仄之誤不必言矣。更異者，續集又收《臺城路》一調，仍是《齊天樂》，而怪“瑶佩”句又落一字，一首作一百字，一首作一百一字，究竟遺却一百二字之《齊天樂》矣。

【考正】本調前段第二句平仄律例作平平仄節奏，故以二字逗相讀爲好，雖原譜不讀斷。

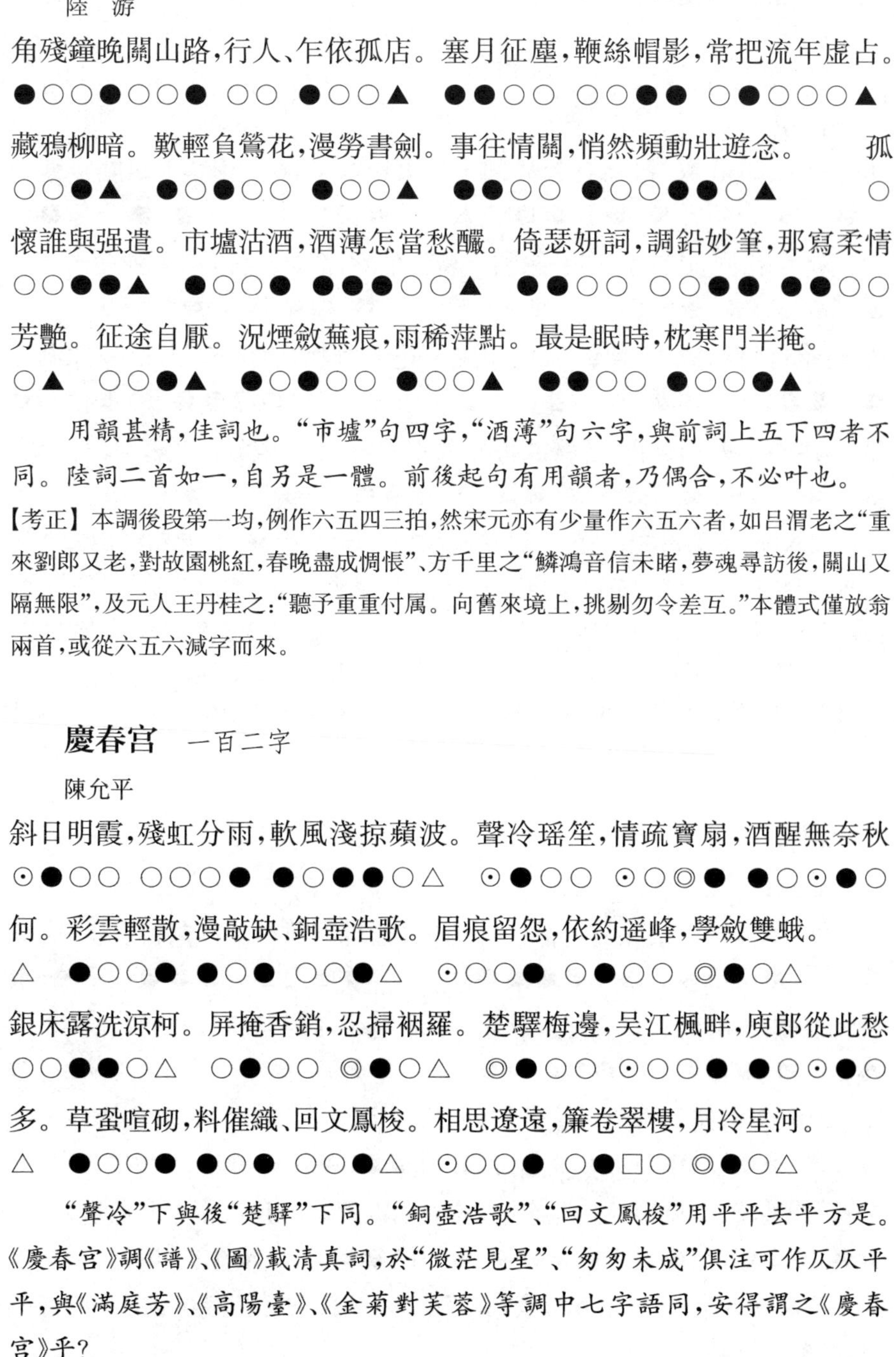

第二體　一百三字

陸　游

角殘鐘晚關山路，行人、乍依孤店。塞月征塵，鞭絲帽影，常把流年虛占。

●○○●○○●　○○　●○○▲　●●○○　○○●●　○●○○○▲

藏鴉柳暗。歎輕負鶯花，漫勞書劍。事往情闌，悄然頻動壯遊念。　孤

○○●▲　●○●○○　●○○▲　●●○○　●○○●●○▲　○

懷誰與强遣。市壚沽酒，酒薄怎當愁釅。倚瑟妍詞，調鉛妙筆，那寫柔情

○○●●▲　●○○●　●●●○○▲　●●○○　○○●●　●●○○

芳艷。征途自厭。況煙斂蕪痕，雨稀萍點。最是眠時，枕寒門半掩。

○▲　○○●▲　●○●○○　●○○▲　●●○○　●○○●▲

用韻甚精，佳詞也。“市壚”句四字，“酒薄”句六字，與前詞上五下四者不同。陸詞二首如一，自另是一體。前後起句有用韻者，乃偶合，不必叶也。

【考正】本調後段第一均，例作六五四三拍，然宋元亦有少量作六五六者，如吕渭老之“重來劉郎又老，對故園桃紅，春晚盡成惆悵”、方千里之“鱗鴻音信未睹，夢魂尋訪後，關山又隔無限”，及元人王丹桂之：“聽予重重付屬。向舊來境上，挑剔勿令差互。”本體式僅放翁兩首，或從六五六減字而來。

慶春宫　一百二字

陳允平

斜日明霞，殘虹分雨，軟風淺掠蘋波。聲冷瑶笙，情疏寶扇，酒醒無奈秋

⊙●○○　○○○●　●○●●○△　⊙●○○　⊙○◎●　●○⊙●○

何。彩雲輕散，漫敲缺、銅壺浩歌。眉痕留怨，依約遥峰，學斂雙蛾。

△　●○○●　●○●　○○●△　⊙○○●　○●○○　◎●○△

銀床露洗涼柯。屏掩香銷，忍掃裀羅。楚驛梅邊，吴江楓畔，庾郎從此愁

○○●●○△　○●○○　◎●○△　◎●○○　⊙○○●　●○⊙●○

多。草蛩喧砌，料催織、回文鳳梭。相思遼遠，簾卷翠樓，月冷星河。

△　●○○●　●○●　○○●△　⊙○○●　○●□○　◎●○△

“聲冷”下與後“楚驛”下同。“銅壺浩歌”、“回文鳳梭”用平平去平方是。《慶春宫》調《譜》、《圖》載清真詞，於“微茫見星”、“匆匆未成”俱注可作仄仄平平，與《滿庭芳》、《高陽臺》、《金菊對芙蓉》等調中七字語同，安得謂之《慶春宫》乎？

《詞綜》載王碧山"淺萼梅酸"一首，乃係《慶春澤》，誤刻《慶春宫》，不可錯認。又，或訛題名作《慶宫春》，尤誤。

【杜注】按，《歷代詩餘》此詞爲張樞作。"依約遥峰"句，"遥"作"遠"。又，"相思遼遠"句，"遼遠"作"遥夜"，應遵改。

第二體　一百二字

王沂孫

明玉擎金，纖羅飄帶，爲君起舞回雪。柔影参差，幽芳零亂，翠圍腰瘦一
○●○○ ○○○● ●○●●○▲ ○●○○ ○○○● ●○○●○
捻。歲華相誤，記前度、湘皋怨別。哀弦重訴，都是淒涼，未須彈徹。
▲ ●○○● ●○● ○○●▲ ○○○● ○●○○ ●○○▲
國香到此誰憐，煙冷沙昏，頓成愁絶。花惱難禁，酒消欲盡，門外冰澌欲
●○●●○○ ○●○○ ●○○▲ ○●○○ ●○●● ○●○○●
結。試招仙魄，怕今夜、瑶簪凍折。攜盤獨出，空想咸陽，故宫落葉。
▲ ●○○● ●○● ○○●▲ ○○●● ○●○○ ●○○▲

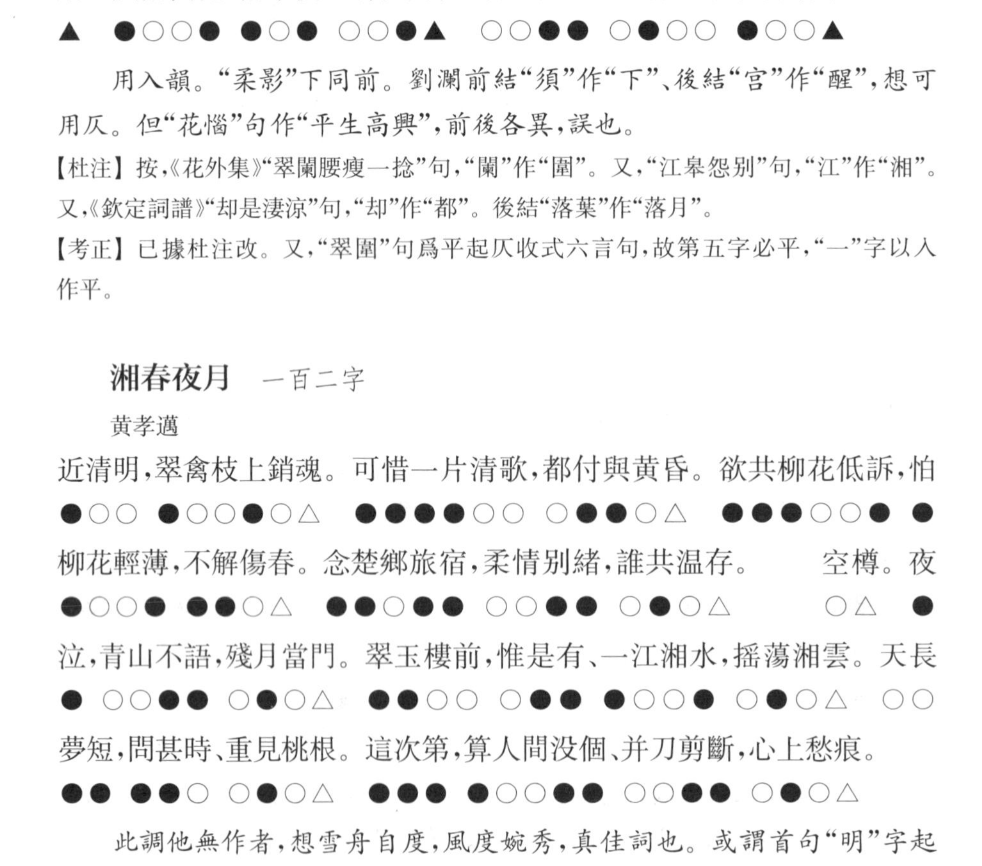

用入韻。"柔影"下同前。劉灝前結"須"作"下"、後結"宫"作"醒"，想可用仄。但"花惱"句作"平生高興"，前後各異，誤也。

【杜注】按，《花外集》"翠闌腰瘦一捻"句，"闌"作"圍"。又，"江皋怨别"句，"江"作"湘"。又，《欽定詞譜》"却是淒涼"句，"却"作"都"。後結"落葉"作"落月"。

【考正】已據杜注改。又，"翠圍"句爲平起仄收式六言句，故第五字必平，"一"字以入作平。

湘春夜月　一百二字

黄孝邁

近清明，翠禽枝上銷魂。可惜一片清歌，都付與黄昏。欲共柳花低訴，怕
●○○ ●○○●○△ ●●●●○○ ○●●○△ ●●●○○● ●
柳花輕薄，不解傷春。念楚鄉旅宿，柔情別緒，誰共温存。　空樽。夜
●○○● ●●○△ ●●○●● ○○●● ○●○△　○△ ●
泣，青山不語，殘月當門。翠玉樓前，惟是有、一江湘水，摇蕩湘雲。天長
● ○○●● ○●○△ ●●○○ ○●● ●○○● ○●○△ ○○
夢短，問甚時、重見桃根。這次第，算人間没個、并刀剪斷，心上愁痕。
●● ●●○ ○●○△ ●●● ●○○●● ○○●● ○●○△

此調他無作者，想雪舟自度，風度婉秀，真佳詞也。或謂首句"明"字起韻，非也。如此佳詞，豈有借韻之理。

【杜注】按,《欽定詞譜》"誰與"作"誰共"。又,"一陂"作"一江"。

【考正】已據杜注改。又,换頭句原譜讀作"空尊夜泣",失標句中短韻。又按,原譜後段尾均讀爲"算人間没個、并刀剪斷,心上愁痕",此乃萬氏强爲對應前段尾均而讀,但萬氏亦知"没個并刀"本爲一體,不可讀斷,故五字後用逗號而不用句號。惟若讀爲"算人間、没個并刀剪斷,心上愁痕",則自可解之,而詞之起調結拍,本不必對應,捨此而拘泥前後段工整,豈非畫虎哉。

石州慢　一百二字　"慢"或作"引"　又名：柳色黄

賀　鑄

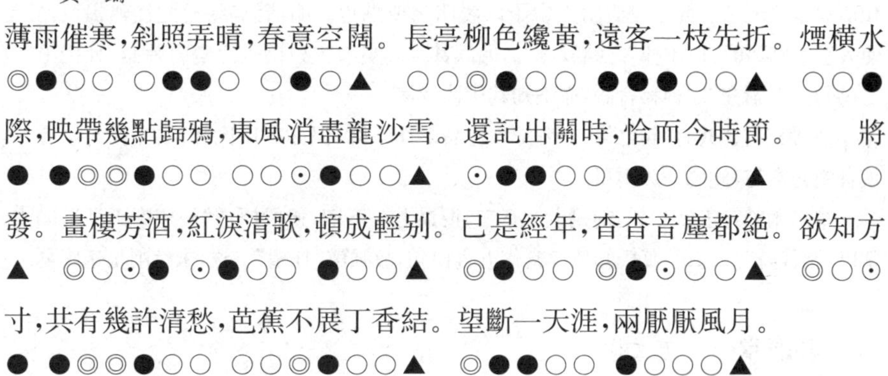

薄雨催寒,斜照弄晴,春意空闊。長亭柳色纔黄,遠客一枝先折。煙横水
◎●○○ ○●●○ ○●○▲ ○○◎●○○ ●●●○○▲ ○○●
際,映帶幾點歸鴉,東風消盡龍沙雪。還記出關時,恰而今時節。　將
● ●◎◎●○○ ○○⊙●○○▲ ⊙●●○○ ●○○○▲ ○
發。畫樓芳酒,紅淚清歌,頓成輕别。已是經年,杳杳音塵都絶。欲知方
▲ ◎○⊙● ⊙●○○ ●○○▲ ◎●○○ ◎●⊙○○▲ ◎○⊙
寸,共有幾許清愁,芭蕉不展丁香結。望斷一天涯,兩厭厭風月。
● ●◎◎●○○ ○○◎●○○▲ ◎●●○○ ●○○○▲

"煙横"以下,與後"欲知"以下同。"長亭"二句,因向傳蘆川詞"溪梅晴照,生香嫩蕊,數枝争發",人多讀作四字三句,故高季迪亦云"春來長恁,樂章懶按,酒籌慵把"。今據賀詞,則人六字兩句,謝勉仲亦同,想此十二字一氣,句豆不拘。《譜》作一八一四,則無謂矣。後段已是二句,蘆川云"辜負枕前雲雨,樽前花月",作上六下四,此十字於四字分句,六字分句,亦不拘也。《圖譜》更收一《石州引》,又因舊刻之訛,於"共有"六字句止存下四字,遂另列一體,"引"字、"慢"字或不知其原是相同,乃不於"石州"二字一留心察之,何也?且"輕顰淺笑"刻"淺顰輕笑",而後尾兩句云:"回首一銷凝,望歸鴻容與",誤讀"凝望"相連,遂分上句爲六字,真可笑矣。"弄"字、"意"字必用去聲,觀蘆川用"意"、"際",勉仲用"半"、"意",元遺山用"賦"、"少",高季迪用"頓"、"院"可見。若蘆川别作用"驚天"二字,不足法,且只此一首,不可托以自便也。至若譜中字字亂注,乃其長技矣。兩結各五字二句,須知上句是上二下三,下句是上一下四,勿誤同。此篇後結,上句該於"望"字略豆,不可因"望斷"相連,謂可作上一下四。然此句到底有疵,或誤,不可學耳。後起遺山作"羈旅山中父老,相逢應念,此行良苦","山中"下似六字二句,且"相逢應念"四字平仄與本調異,不可學。

【杜注】按,《歷代詩餘》首句"薄雨催寒","催"作"初"。又,"出門時"三字作"出關來"。

又，“枉望斷天涯”句作“望斷一天涯”。又按，《能改齋漫録》云：“方回嘗眷一姝，别久，姝寄詩云：‘獨倚危闌淚滿襟，小園春色懶追尋。深恩縱是丁香結，難展芭蕉一寸心。’賀用其語賦《石州慢》答之。”即此詞也。

【考正】原譜“長亭”下十二字、“還記”下十字皆不讀斷。又“出門時”，《欽定詞譜》作“出關時”，與《歷代詩餘》亦不同。

本調前段第三句各首宋詞多爲音步連仄填法，此非填詞可以不講究平仄律也。按，本調首均之原始形態，以平仄律論，無疑當是六字兩句，然宋人均攤破句法，變爲四字三句填。而所謂攤破，並非僅僅改變句式，亦包括調整平仄，以保持合律。惟前人一無標點，二無平仄譜，故偶有個别詞調，僅攤破文字而未調整平仄。一俟其詞入譜、標點，便形成諸多類似失諧之現象。此正是製譜人當予以説明之要點也。明清詞譜，於此從無提及，於是使人産生“詞句可以不律”之錯誤認知，貽誤甚大。更有人以前人之隻言片語，杜撰出“詞之拗句大有講究”之神秘言論，亦不知其所據者何。

“映帶”句、“共有”句之第二字，宋人作品多作平聲，但亦有用仄聲、取律拗句法者，故填者經營本句，此處平仄兩可。

本調兩結各五字二句，前爲上二下三，後爲上一下四，後段原作“枉望斷天涯”，顯誤，當以《歷代詩餘》爲正，萬氏知依律當作五言律句，故强解“枉望”一逗，未免削足適履矣。

晝錦堂　一百二字

蔣　捷

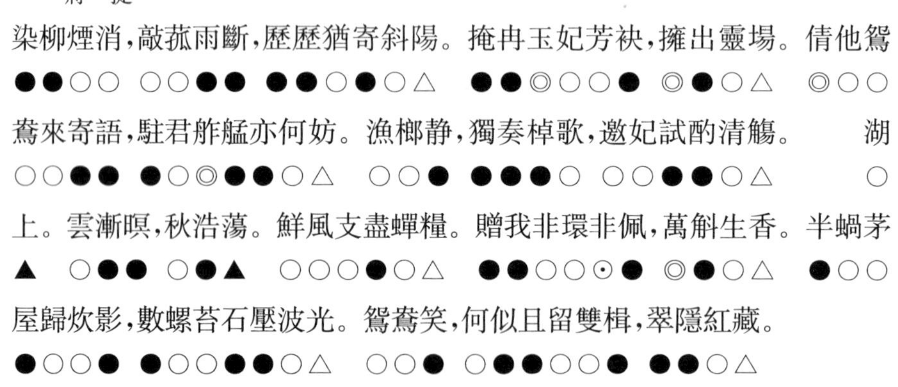
染柳煙消，敲菰雨斷，歷歷猶寄斜陽。掩冉玉妃芳袂，擁出靈場。倩他鴛
●●○○　○○●●　●●○●○△　●●◎○○●　◎●○△　◎○○
鴦來寄語，駐君舴艋亦何妨。漁榔静，獨奏棹歌，邀妃試酌清觴。　湖
○○●●　●○◎●●○△　○○●　●●●○　○○●●○△　○
上。雲漸暝，秋浩蕩。鮮風支盡蟬糧。贈我非環非佩，萬斛生香。半蝸茅
▲　○●●　○●▲　○○○●○△　●●○○⊙●　◎●○△　●○○
屋歸炊影，數螺苔石壓波光。鴛鴦笑，何似且留雙楫，翠隱紅藏。
●○○●　●○○●●○△　○○●　○●●○○●　●●○△

“歷歷”下至“漁榔静”，與後“鮮風”至“鴛鴦笑”同，只“歷歷”二字入聲，不知可與後段相同借作平否？觀美成用“日日”二字、夢窗用“獨鶴”二字，皆故作兩入聲字，不知何也？惜千里不和，他無可考耳。此調中兩七字句參差難訂，美成前段云：“愁聞雙飛新燕語，更堪孤枕宿酲忺”，後段云：“短歌新曲無心理，鳳簫龍管不曾拈”，兩段比對不同，“愁聞雙飛新”五字連平，甚拗。或曰：是宜作“愁聞雙燕新飛語”則順，且與後“短歌”句合。余亦以爲然。及見竹山此篇，則與《片玉》一轍，方信調宜如此，而古調不可輕議改竄也。又查夢窗“舞影燈前”一詞，前云“愁結春情迷醉眼，老憐秋鬢倚蛾眉”，後云“淚香沾濕孤山雨，瘦腰折損六橋絲”，後二句與周、蔣俱同，其“愁結”句雖不拗，而與“淚香”句平仄相反，未知又是何故。今録蔣詞爲式，以其與周相合，作者自宜從之。後起第二字叶韻，《片玉》用“多厭”，“厭”字理當作平聲，夢窗用“當時”二字，以叶“歸”、“眉”等韻，則此字自宜平聲。而竹山却用“上”字，殆不可解。琰青謂：豈竹山誤認“厭”字作去聲耶？余曰：“厭”字固可音“懨”，然“多厭”二字無理不可解，若謂即是“懨懨”之誤，則周詞尾句正用“懨懨”，況竹山此詞字字摹仿《片玉》，豈有誤用去聲者？再四思之，乃悟曰此字確是去聲，乃以仄叶平者也。周詞是賦春景，其上用“懊惱”、“幽恨”、“愁聞”等語，其下亦用“俱嫌”、“惆悵”等語，是通篇皆閨中怨辭，觀“多厭”之下云“晴晝永，瓊户悄”，蓋謂：閨中寂寞，當此三月時，偏覺日長，多爲可厭。是“厭”字原作厭惡之“厭”，並非借作平聲。故竹山亦用“上”字爲叶耳。此必平仄可以通用者，若夢窗平叶，則又原不妨也。

汲古《夢窗詞》刻《晝錦堂》二首，余方喜其可以互證，及觀其第二首，則全然迥別，同人見是又一體，謂可另列，余細繹之，則《慶春澤》也。

【杜注】按，《歷代詩餘》“半蝸茅屋歸吹影”句，“吹”作“雲”。又疑爲“炊”字之訛。又按，换頭“湖上”之“上”字間仄韻。考清真“雨洗桃花”一首用鹽咸韻，此二字作“多厭”。萬氏謂作仄用而南宋孫季蕃“薄袖禁寒”一首，用寒先韻，此二字作“嬋娟”，則專用平叶矣，作者宜從夢窗用平叶爲妥。

氐州第一　一百二字

周邦彦

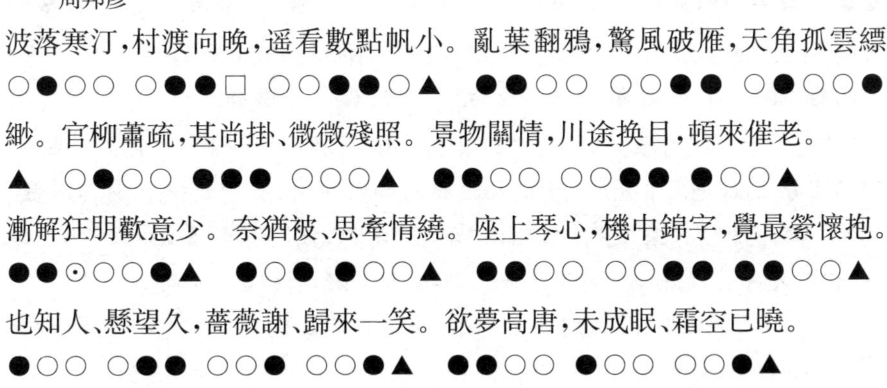

波落寒汀，村渡向晚，遥看數點帆小。亂葉翻鴉，驚風破雁，天角孤雲縹緲。官柳蕭疏，甚尚掛、微微殘照。景物關情，川途换目，頓來催老。

漸解狂朋歡意少。奈猶被、思牽情繞。座上琴心，機中錦字，覺最縈懷抱。也知人、懸望久，薔薇謝、歸來一笑。欲夢高唐，未成眠、霜空已曉。

“村渡”句平去去上定格，千里和韻用“天氣艷冶”，《譜》注“渡”可作平，誤。“遥”字注作仄猶可，“點”字乃注作平，則大誤矣。至“宫柳”句四字，“甚尚掛”句七字，蓋言柳色蕭疏已淒楚矣，爲甚事尚掛斜陽，更添景物之慘乎？其義易明。《譜》、《圖》奈何作上句五字、下句六字耶？千里和詞云“芳草如薰，更潋灩波光相照”，豈可讀作“芳草如薰更”乎？“川途”句用平平仄仄，故下用去平平上接之,《譜》以上句作仄平平仄,而下用平平平仄,便無調矣。“也知人”六字,“人”字一豆,亦不可概連作平平仄平平仄。末句因讀作一七一四,覺七字中“高唐未成”爲拗,遂將“成”字注作可仄,不知原可於“高唐”住句也。但徇己意,不管古詞,愚所謂必要改作七言詩句是已。題本《氐州第一》,與《霓裳中序第一》,《圖譜》俱刻作“第一體”,蓋因造慣第一第二之次序,故不覺於題下添體字,可笑,不知《氐州》與《霓裳中序》之第二、第三體在何處耳。

【杜注】按,别刻“遥看”作“遥見”,此字宜去聲,萬氏注平聲,似誤。又按,《詞律拾遺》云:“亂葉翻鴉”二句,與《齊天樂》第三四相同,大抵四字二句相對者,上句第一字、下句第三字多用去聲。

【考正】“村渡向晚”句,除陳允平作“涼生半臂”外,第四字宋詞多作上聲或入聲,故萬氏以爲此句平去去上爲定格。其第四字實爲以上作平法,趙文作“天意欲雪”,則“雪”字以入作平。故填此句第四字不可用去聲。

南浦　一百二字

魯逸仲

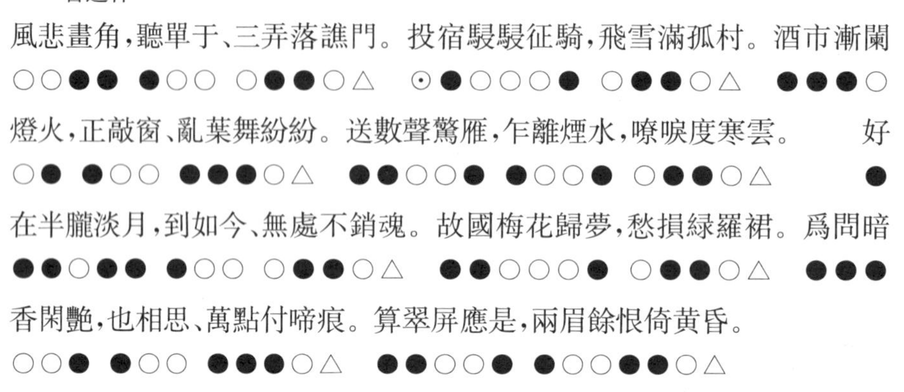

風悲畫角,聽單于、三弄落譙門。投宿駸駸征騎,飛雪滿孤村。酒市漸闌
○○●● ●○○ ○●●○△ ⊙●○○○● ○●●○△ ●●●○
燈火,正敲窗、亂葉舞紛紛。送數聲驚雁,乍離煙水,嘹唳度寒雲。　好
○● ●○○ ●●●○△ ●●○○● ●○○● ○●●○△ ●
在半朧淡月,到如今、無處不銷魂。故國梅花歸夢,愁損緑羅裙。爲問暗
●●○●● ●○○ ○●●○△ ●●○○○● ○●●○△ ●●●
香閑艷,也相思、萬點付啼痕。算翠屏應是,兩眉餘恨倚黄昏。
○○● ●○○ ●●●○△ ●●○○● ●○○●●○△

“聽單于”至“驚雁”,與後段“到如今”至“應是”同。《譜》、《圖》不識,於“爲問”句注在“也”字分斷,致後人認此爲兩七字句,如律詩矣。何其謬哉。“算翠屏”句注“在‘眉’字住”,又以“兩眉”爲拗,注“兩”作平,亦誤。“聽單于”、“正敲窗”、“到如今”俱云可平仄平,必欲將好詞注壞。可歎。

【考正】《唐宋諸賢絶妙詞選》卷八收録本詞,其作者署爲孔夷。又,原譜“爲問”下九字不讀斷。

南浦　一百五字

程　垓

金鴨懶熏香,向晚來,春酲一枕無緒。濃緑漲瑶窗,東風外、吹盡亂紅飛絮。
○●●○○ ●●○ ○○●●○▲ ○●●○○ ○○● ○●●○○▲

無言佇立，斷腸惟有流鶯語。碧雲欲暮。空惆悵韶華，一時虛度。　追
○○●●　●○○●○○▲　●○●▲　○○●○○　●○○▲　○
思舊日心情，記題葉西樓，吹花南浦。老去覺歡疏，傷春恨、都付斷雲殘
○●●○○　●○●○○　○○○▲　●●●○○　○○●　○●●○○
雨。黄昏院落，問誰猶在憑闌處。可堪杜宇。空只解聲聲，催他春去。
▲　○○●●　●○○●○○▲　●○●▲　○●●○○　○○○▲

此是用仄韻者，與前異。"濃緑"下與後"老去"下同。此調句字多有參差，但以一百五字爲正，如碧山於"傷春恨"作"蘋花"是落一字，片玉於"碧雲"下十三字止有十二字，亦是落一字，此係缺而不全者，不必具論。

其他各家不同處，不能悉載，摘録於後。

"向晚"至"無緒"九字，此篇上三字下六字，片玉、梅溪皆相同。

碧山作"認麴塵乍生，色嫩如染"，又一首亦然，是上五字下四字，而"乍"字用去聲者。此另一體。陶九成作"羨雲屏九疊，波影涵素"，"疊"字作平，正與此同。然玉田作"燕飛來，好是蘇堤才曉"，"是"字用仄、"堤"字用平。另一體，"暮"字、"宇"字，此篇叶韻，他家皆不叶。

"碧雲"至"虛度"十三字，此篇"暮"字叶韻，四字句，其下九字作一五一四，後段亦然。

梅溪作"謝屐未蠟，安排共文鴛，重遊芳徑"，"屐"字仄，或可作平，後段作"海棠夢在，相思過西園，秋千紅影"。"蠟"字、"在"字不叶，而"安排"連下作五字，或連上作六字，文義皆不妥，是另一體。

玉田作"回首池塘青欲遍，絶似夢中芳草"，上句如七言詩一句，下六字結，後段亦然，是另一體。或謂"塘"字住句，亦平仄各異。碧山作"再來漲緑迷舊處，添却殘紅幾片"，又一首亦然，雖上七下六，而"再來漲緑"四字與玉田不同，其後段作"采香幽徑鴛鴦睡，誰道湔裙人遠"，又一首亦然。上句七字雖亦如七言詩，而與玉田平仄相反，是又一體。此體惟陶九成用之。

【杜注】萬氏謂：王碧山於"傷春恨"句作"萍花"，係落一字。按，《歷代詩餘》有此詞作"萍花岸"，並無脱字。

【考正】本平韻詞與前仄韻詞絶非同調，非惟韻之故也。考其四均文字，如第二均平短仄長，而第三均反之，可見音律決然不同也。故原譜作"又一體"者失當。

宴清都　一百二字　又名：四代好

盧祖皋

春訊飛瓊管。風日薄，度牆啼鳥聲亂。江城次第，笙歌翠合，綺羅香暖。溶
⊙●○○▲　○○●　●○○●○▲　○○●●　○○●●　●○○▲　○

溶潤緑冰泮。醉夢裏、年華暗换。料黛眉重鎖隋堤,芳心還動梁苑。
○●●○▲　●◎○　○○●▲　●●○○●○○　⊙○⊙●○▲
新來雁闊雲音,鸞分鑒影,無計重見。啼春細雨,籠愁淡月,恁時庭院。離
○○●●○○　○○◎●　⊙●○▲　○○●●　○○●●　●○○▲　○
腸未語先斷。算猶有、憑高望眼。更那堪、芳草連天,飛梅弄晚。
○●●○▲　●⊙●　○○●▲　●●○　⊙●○○　○○●▲

"江城"至"隋堤",與後"啼春"至"連天"同。"鳥"、"緑"、"計"、"語"俱仄聲,十中一二用平而已。"暗"、"望"、"弄"、"黛"、"那"五字亦須用仄,去聲更妙。"江城笙歌"二句平平仄仄。"綺羅"句仄平平仄,後段亦同。凡作者俱然,不可隨意亂填。此等處最易忽略也。"泮"、"斷"二字可以不叶,兼可用平聲,亦有前平後仄者。"風日"以下九字,夢窗一首云"荆州昔、未來時正春暖",是於"昔"字下借豆,非另有此體。"動"字夢窗一作"沉"、一作"章",想不拘。結用"弄晚"去上聲,甚妙。觀《片玉》之"認否",草窗之"弄晚",善扛之"露酹",千里之"在否",夢窗之"路淺"、"桂酒"、"在否"皆然。《譜》調"弄"字可平,誤矣。至謂"度牆"句可作平仄仄平平仄,尤誤。

按,此詞何籀於前結云:"那更天遠、山遠、水遠、人遠",書舟效之,云:"那更春好、花好、酒好、人好",因名之曰《四代好》。人見《四代好》之名甚新,不知其即《宴清都》也。但"遠"字、"好"字上聲,可以代平,故借入平用,不礙音律。若不知其理,而泛謂仄聲可以上去通用,填入去字,則爲大謬。夫詞曲中四聲,以一平對上去入之三仄,固已然三仄可通用。亦有不可通用之處,蓋四聲之中,獨去聲另爲一種沉著遠重之音,所以入聲可以代平,次則上聲亦有可代,而去則萬萬不可。人但於口中調之,其理自明,南北曲之肯綮全在此處。人或謂:今日之曲,付於歌喉尚且不必拘泥,詞又不入歌,何妨混填?此大謬之説。何也?詞即曲之先聲,當時本以按拍,豈可以聱牙捩嗓者號爲樂府乎?如此"遠"字、"好"字若作去聲,便落腔矣。明王漢陂作南曲,亦採"天遠"八字爲結,歌者不以爲拗,因是上聲也,去則唱不得矣。且"天遠"、"春好","天"、"春"二字即此篇"隋"字;"人遠"、"人好","人"字即此篇"梁"字,須要平聲,不可謂下用四個"遠"字、"好"字而其上面之字平仄不拘也。《譜》、《圖》因收何詞,見四"遠"字謂爲定格,於"天遠"、"山遠"二"遠"字不敢注平。各調無不亂注,偏於此二字不注可平,蓋誤將此句於"山遠"下分斷耳。然則此篇可讀"重鎖隋堤芳心"爲一句乎?此調作者頗多,何未一查也。何詞後起用"堪歎"二字,《譜》作叶韻,正伯亦用"春好"二字,或另有叶韻之體。然夢窗一字不苟者,所作此字俱用平聲,但從之不叶可也。

【考正】萬氏原注"風日"之"日"作平。又,凡詞,後起第二字多可入韻,此過片處音律之變化

也，即便其字平仄與韻不同，亦可叶之，本調即是，宋元人多如此填。非惟正伯之"春好"、何籀之"堪歎"如此填法，松隱三首分作"鈎奏"、"香滿"、"凝佇"，胡翼龍作"誰念"，皆是。

西平樂　一百二字

柳　永

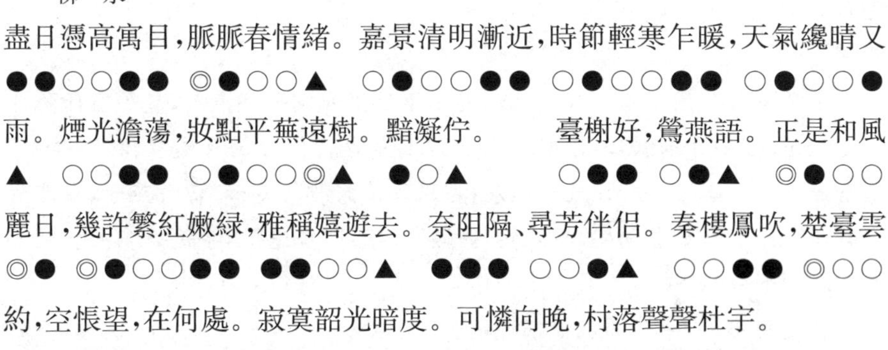
盡日憑高寓目，脈脈春情緒。嘉景清明漸近，時節輕寒乍暖，天氣纔晴又
●●○○●● ◎●○○▲ ○●○○●● ○●○○●● ○●○○●
雨。煙光澹蕩，妝點平蕪遠樹。黯凝佇。　臺榭好，鶯燕語。正是和風
▲ ○○●● ○●○○◎▲ ●○▲ ○●● ○●▲ ◎●○○
麗日，幾許繁紅嫩緑，雅稱嬉遊去。奈阻隔、尋芳伴侣。秦樓鳳吹，楚臺雲
◎● ◎●○○●● ●●○○▲ ●●● ○○●▲ ○○●● ◎○○
約，空悵望，在何處。寂寞韶光暗度。可憐向晚，村落聲聲杜宇。
● ○●● ●○▲ ◎●○○●▲ ●○●● ○●○○●▲

按，晁无咎此調一首與柳詞俱同，只向來《樂章集》"雅稱"句止五字，而晁詞此句作"準擬金尊時舉"六字，是知柳集必落去一字，故於"遊"字下補。

或曰：柳與晁或是二體，子安得必合之爲一？余曰：觀前段有六字三句，一調中句法定應相似，況《樂章》多訛脱，如汲古刻於"寂寞"句亦無"暗"字，則的係誤落，非兩體也，況其餘字句平仄無不同乎？"乍暖"、"又雨"、"燕語"、"伴侣"、"向晚"、"杜宇"等去上聲，妙。晁亦同。又晁於"嫩緑"二字作一部，乃叶通篇韻者，此"緑"字恐亦宜作叶韻，北音"緑"字原作"慮"音也。

【杜注】萬氏謂"'去'字上落一字"，按，朱雍有和詞，此句作"好趁飛瓊去"，亦五字。又按，《欽定詞譜》收此詞爲一百二字體，可見無落字也。

【考正】"煙光"原作"煙花"，"妝點"原作"裝點"，"可憐"原作"可堪"，"雅稱嬉遊去"原作"雅稱嬉遊□去"，皆據《欽定詞譜》改。又，萬氏疑"嫩緑"爲韻，無謂。此句本爲閑韻所在，晁詞入韻可，柳詞不入韻亦可，檢他詞可知也。

西平樂慢　一百三十七字

周邦彦

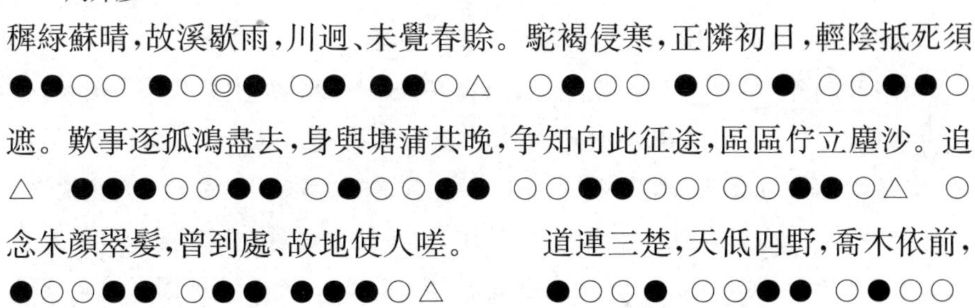
稺緑蘇晴，故溪歇雨，川迥、未覺春賒。駝褐侵寒，正憐初日，輕陰抵死須
●●○○ ●○◎● ○● ●●○△ ○●○○ ●○○● ○○●●○
遮。歎事逐孤鴻盡去，身與塘蒲共晚，争知向此征途，區區佇立塵沙。追
△ ●●●○○●● ○●○○●● ○○●●○○ ○○●●○△ ○
念朱顔翠髮，曾到處、故地使人嗟。　道連三楚，天低四野，喬木依前，
●○○●● ○●● ●●●○△ ●○○● ○○●● ○●○○

臨路攲斜。重慕想、東陵晦跡,彭澤歸來,左右琴書自樂,松菊相依,何況
○●○△　○●●　○○◎●　○●○○　●●○○●●　○●○○　○●
風流鬢未華。多謝故人,親馳鄭驛,時倒融尊,勸此淹留,共過芳時,翻令
○○●●△　○●●○　○○●●　○●○○　●●○○　●●○○　○○
倦客思家。
●●○△

如此長調只用七韻,初疑有誤,乃不惟千里和詞一字無訛,查夢窗所作亦字字相同,可知古人細心,不若今人自以爲是也。但方詞及吴稿俱於"争知"句下無"區區"二字,方云"流年迅景,霜風敗葦驚沙",吴云"當時燕子,無言對立斜暉",似不宜更贅兩字,恐此篇"區區"二字或"征途"二字是誤多耳。吴稿於"塵沙"下分斷,誤。

此篇用平韻,字句亦與前詞迥别。

【杜注】萬氏注謂:"區區征途"或誤,多二字。按,《欽定詞譜》收此詞有"區區"二字。又按,萬氏所引方千里和詞,乃"流年迅景"下誤落"他鄉"二字,實相同也。

【考正】"川迴"句原譜不讀斷。又,如此長調,後段僅得三韻,必奪一韻脚也。又,原譜本詞作又一體,然本詞顯與前詞迥異,故以慢詞名之。

金盞子　一百三字

吴文英

賞月梧園,恨廣寒宫樹,曉風摇落。莓砌掃蛛塵,空腸斷熏爐,燼消殘萼。
●●○○　●●○○●　●○○▲　○●●○○　○○●○○　●○○▲
殿秋尚有餘花,鎖煙窗雲幄。新雁又無端,送人江上,短亭初泊。　籬
●○●●○○　●○○○▲　○●●○○　●○○●　●○○▲　○
角。夢依約。人一笑,惺忪翠袖薄。悠然醉紅唤醒,幽叢畔,淒香霧雨漠
▲　●○▲　○●●　○○●●▲　○○●○●●　○○●　○○●●○
漠。晚吹乍顫秋聲,早屏空金雀。明朝想猶有、數點蜂黄,伴我斟酌。
▲　●○●●○○　●○○○▲　○○●○●　●●○○　●●○▲

查梅溪詞落去一字,故本譜不收一百二字體。

按,此調作者雖少,而人各一體,難於歸一。如此詞"空腸斷"下九字,似應先五後四,梅溪作"江南岸應是草稀花密",又應先三後六。或曰:此篇亦於"空腸斷"豆,句與後"幽叢畔"九字同耳。蓋其下"殿秋"二句與後"晚吹"二句相合,則其上亦必合也。然觀夢窗别作云"爲偏愛吾廬,畫船頻繫",則是先五後四,而竹山云"人孤另,雙鵜被他羞看",又是先三後六。愚謂:總之此九

字一氣，分豆不拘，其後段此九字亦然。前結尤爲參差，如夢窗別作“石橋鎖煙霞，五百名仙，第一人是”，“五百名仙”與此篇“送人江上”不同，一人而兩格矣。梅溪作“風光外除是，倩鶯煩燕，謾通消息”，與此篇相似，而“是”字用仄矣。竹山作“無情雁正用，恁時飛來，叫雲尋伴”，“用”字仄、“來”字平矣。後結夢窗別作“轉城處、仙山小隊登臨，待西風起”，“山”字、“西”字用平矣。梅溪作“空遺恨、當時留秀句，蒼苔蠹壁”，此固“當時”下落去一字，而“時”字用平、“句”字用仄矣。竹山則兩結如一，云“風刀快，但剪畫檐梧桐，怎剪秋斷”，“但剪”句三仄三平，與前段“正用恁時飛來”同，而“怎剪”之“剪”又用仄矣。作者不知何所適從。愚謂：學吴則依吴到底，學史、學蔣亦然，則庶幾無誤云。

“恨廣寒”九字，蔣云“夢乍醒，黄花翠竹庭館”，句法異，不拘。《圖》以首句作七字，誤。後起竹山云“猶記杏攏暖”，“杏”字宜仄，沈氏誤作“香”，反注云：“一本作杏，誤”，可笑人一笑。下八字竹山云“銀燭下，纖影卸佩鸞”，“鸞”字乃是以平聲而叶仄韻者，想此調亦可平仄通用。《詞綜》“鸞”字作“款”字，雖以仄叶，然“佩款”亦未妥。《圖譜》乃云可作仄仄平平平平平平，甚爲可駭，然亦無可奈何矣。“悠然”句，蔣云“春渦暈，紅豆小”，此句各家皆六字，《圖》作三字兩句。“幽叢畔”，蔣云“鶯花嫩”，却注是叶，“嫩”與“館”、“看”豈是同韻？是又誤人多用一韻也。“明朝想”，蔣云“風刀快”，言風利如刀，故下云“但剪畫檐梧桐，怎剪秋斷”，《圖》作“鳳刀”，奇絶。却又偏不圖可平，至通篇平仄改得七顛八倒，於《金盞子》何仇乎？

此詞换頭，二字一叶，蔣云“猶記杏籠暖”，“記”字不叶，亦異。

【杜注】按，汲古閣本“悠然醉紅唤醒”句，“紅”作“魂”。又按，此調宋人各有一體，换頭二字不叶居多。

【考正】“新雁”九字，原譜作上三下六九字一句，後六字諸家填法各異，如梅溪作“除是倩鶯煩燕”、夢窗別首作“煙霞五百名仙”，雖句法各異，畢竟俱中規矩，本詞若讀作上三下六，未免失譜，故當讀爲五字一句、四字一句爲是。又，本調换頭多作五字一句，亦有作六字一句者，如晁端禮：“屈指。重算歸期……”，無名氏：“廣庭。羅綺紛盈……”又按，“淒香霧雨漠漠”句，爲平起仄收式律句，第五字必平，故前“漠”字以入作平。又，“晚吹”之“吹”借音法，讀平。如宋人邓林之：“剪剪霜风起晚吹。一溪流水浸寒晖。”此字位宋詞諸家以平爲正格，如夢窗別首作“漱流”、竹山作“自從”、陳著作“可憐”、趙以夫作“殷勤”，皆是，而碧山作“痛惜”，亦同爲以入作平。

萬氏以爲竹山“纖影卸佩鸞”爲以平叶仄，然通篇仄韻間一平韻之詞雖有，却無別首可證，終覺不甚可靠，檢本句不但《詞綜》，彊村叢書本《竹山詞》亦爲“銀燭下、纖影卸佩款”，正是仄韻。惟有陳著詞，平仄互叶，《欽定詞譜》亦未收録，今録於此備參：

眼底時光，奈老來、如何奈得秋何。黄葉最多情，天分付、涼意一聲先做。是處著露莎蛩，也酸吟相和。新雁想，飛到故都徘徊，未忍輕過。　　往事是堪唾。紅棗信、烽折盡任他。

湖山桂香自好，笙歌舫、沉沉醉也誰拖。可憐瘦月淒涼，把興亡看破。如今□，但留下滿城□，西風悲些。

而無名氏詞，更是通篇平韻：

麗日舒長，正葱葱瑞氣，遍滿神京。九重天上，五雲開處，丹樓碧閣峥嶸。盛宴初開，錦帳繡幕交横。應上元佳節，君臣際會，共樂升平。　　廣庭。羅綺紛盈。動一部、笙歌盡新聲。蓬萊宫殿神仙景。浩蕩春光，邐迤王城。煙收雨歇天色，夜更澄清。又千尋火樹，燈山參差，帶月鮮明。

此二詞皆可範之。

龍山會　一百三字

趙以夫

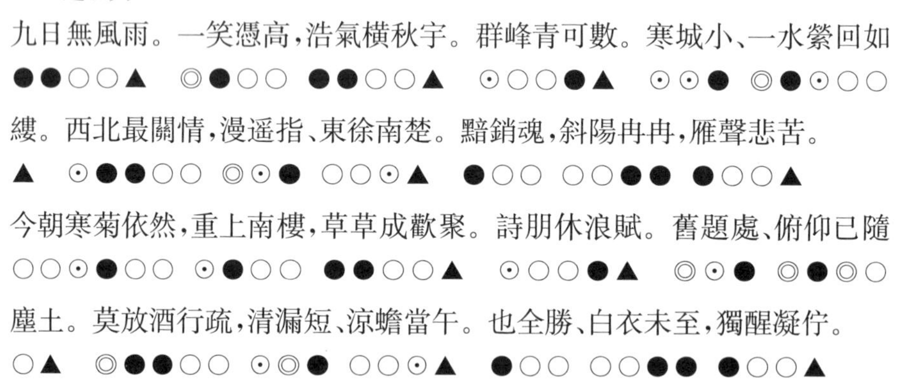
九日無風雨。一笑憑高，浩氣横秋宇。群峰青可數。寒城小、一水縈回如縷。西北最關情，漫遥指、東徐南楚。黯銷魂，斜陽冉冉，雁聲悲苦。

今朝寒菊依然，重上南樓，草草成歡聚。詩朋休浪賦。舊題處、俯仰已隨塵土。莫放酒行疏，清漏短、涼蟾當午。也全勝、白衣未至，獨醒凝佇。

只後起句是换頭，餘俱同。前段此詞完整可從，查夢窗此調，汲古刻本止一百字，今查脱誤處甚多，賴有此篇作證，知《龍山會》非一百字耳。吴詞録後備考：

石徑幽雲冷，步帳深深，艷錦青紅亞。小橋和夢醒，環佩杳，煙水茫茫城下。何處不秋陰，問誰借、東風艷冶。最嬌嬈，愁侵醉霜，淚灑紅綃。　　摇落翠莽平沙，挽斜陽、駐短亭車馬。曉妝羞未墮，沉恨起、金谷魂飛深夜。驚雁落、清歌酹花，觥船快瀉。去來捨月，向井梧、梢上掛。

首句不起韻，是有此體，非誤也。"杳"字誤刻"香"字。"愁侵"句"綃"字作結，大誤。或"綃"字是"帕"字之訛，或是"灑"字爲煞，而上下顛倒耳。"挽斜陽"句比前"重上"句少一字。"駐"字領句，亦與前異。此或换頭處另體如此。"酹花"句即前段"問誰"句，不應作六字，是"酹花"下少一字矣。"去來捨"文理不明，必誤。尾句七字，亦比前少一字，此亦或另體。總論之，是有訛脱，不可從也。

【杜注】萬氏録夢窗詞，首句"石徑幽雲冷"謂不起韻，按，《欽定詞譜》及《甲乙丙丁稿》，"冷"字作"罅"，並非不叶也。又，"淚灑紅綃"句應作"紅綃淚灑"，叶韻。又，"挽斜陽"句，"挽"字上落"欲"字。又，"酹花"二字下有"底"字。又，後結二句原作"後歸來，井梧上有玉蟾遥掛”,與趙詞字數相同,並無一百字體。均應遵照改補。

【考正】前段第四拍趙詞三首均入韻,但夢窗詞則不入韻,蓋此爲閑韻處,可叶可不叶者也。

澡蘭香　一百三字

吴文英

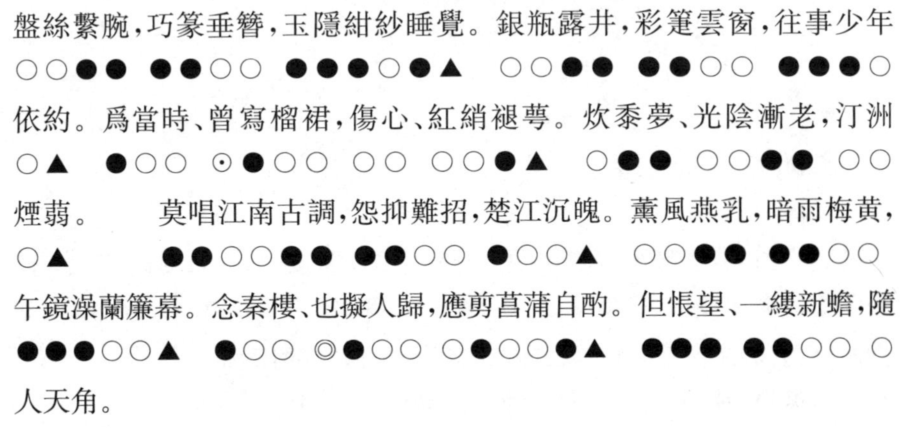

盤絲繫腕,巧篆垂簪,玉隱紺紗睡覺。銀瓶露井,彩箑雲窗,往事少年依約。爲當時、曾寫榴裙,傷心、紅綃褪萼。炊黍夢、光陰漸老,汀洲煙蒻。　莫唱江南古調,怨抑難招,楚江沉魄。薰風燕乳,暗雨梅黄,午鏡澡蘭簾幕。念秦樓、也擬人歸,應剪菖蒲自酌。但悵望、一縷新蟾,隨人天角。

“銀瓶”至“褪萼”,與後“薰風”至“自酌”同。“心”字若照後“剪”字,可用仄聲,且順妥和協。然因無他首可證,未敢旁注。“黍夢”下十字,《圖譜》作上六下四,誤。

“魄”字非韻,惟“落魄”之“魄”可作“托”音,未便取叶此韻。然夢窗或必有所據耳。

【杜注】按,《欽定詞譜》“黍夢光陰”句,“黍”字上有“炊”字,應遵補。

【考正】“炊黍夢”下十一字,原譜無“炊”字,作四字一句、六字一句,據《欽定詞譜》補並句讀。又,“傷心”六字原譜不讀斷。

詞律卷十七終

詞律卷十八

喜朝天　一百二字

晁補之

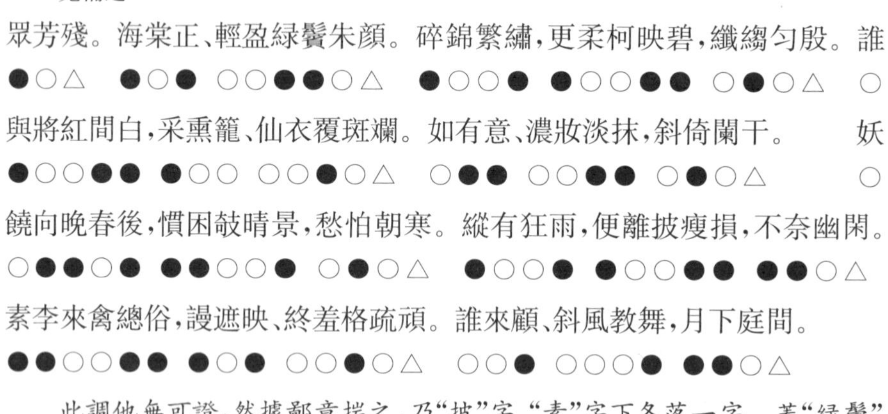

衆芳殘。海棠正、輕盈緑鬢朱顔。碎錦繁繡，更柔柯映碧，纖緺匀殷。誰
●○△　●○●　○○●●○△　●○○●　●○○●●　○●○△　○
與將紅間白，采熏籠、仙衣覆斑斕。如有意、濃妝淡抹，斜倚闌干。　妖
●○○●●　●○○　○○●○△　○●●　○○●●　○●○△　○
饒向晚春後，慣困敧晴景，愁怕朝寒。縱有狂雨，便離披瘦損，不奈幽閑。
○●●○●　●●○○●　○●○△　●○○●　●○○●●　●●○△
素李來禽總俗，謾遮映、終羞格疏頑。誰來顧、斜風教舞，月下庭間。
●●○○●●　●○●　○○●○△　○○●　○○○●　●●○△

此調他無可證，然據鄙意揣之，乃“披”字、“素”字下各落一字。蓋“緑鬢”下與後“愁怕”下俱同也。“碎錦繁繡”用仄仄平仄，而“縱有狂雨”“有”字恰與“錦”字合也。“更柔柯”二句九字，對後“便離披”二句，則豈非“披”字下少一字乎？况“離披損”不成語，必是“滴損”或“折損”也。“誰與”句六字，“素來禽”句五字，必“素”字下落一“奈”字。蓋此詞詠海棠，故以“素奈”、“來禽”兩種花爲比，云此兩花相較，但見其俗，即共相遮映，而此兩花之體格終覺疏頑可羞耳。“終羞格疏頑”恰對前“仙衣覆斑斕”，同是平平仄平平，豈非前後如一乎？至兩結各三句，尤合矣。故敢入二“□”於字間，此但據理論斷，未知識者肯見俞否也。

【杜注】按，《欽定詞譜》“離披”下有“瘦”字，“素”字下有“李”字，均應增補。又按，此調以張子野詞爲正格，前後段第五句各四字，此各多一字，乃變格也。

【考正】原譜“海棠”下九字作五字一句、四字一句，五字句音步連平失諧。按，宋人詞，玩其意均爲如此句式，如黄裳詞爲“送愁思，衾寒更怯霜风”，最爲明了。“碎錦”、“縱有”兩句，其第二字依律當平，宋人均用上聲或入聲，故不可以去聲替。又按，原詞後段五六七三句作“便離披□損，不奈幽閑。素□來禽總俗”，據杜注補。

“更柔柯映碧”一句，張子野作“對青林近”，黄裳作“爲光陰惱”，各少一字，度其語氣，則應是“近”字、“惱”字前脱落一字也。後段“便離披瘦損”句，張詞、黄詞作“共十萬室”、“自有皜景”，亦是在“室”字、“自”字前有一字脱落故。而黄詞前後四字，結構不對，必爲奪去，而顯非減字也。

竹馬兒　一百三字　“兒”一作“子”

葉夢得

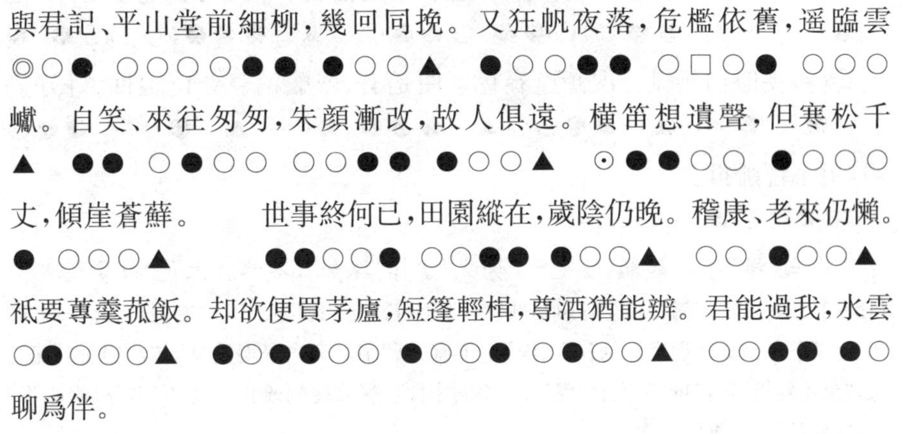
與君記、平山堂前細柳，幾回同挽。又狂帆夜落，危檻依舊，遙臨雲
◎○● ○○○○●● ●○○▲ ●○○●● ○□○● ○○○
巘。自笑、來往匆匆，朱顏漸改，故人俱遠。橫笛想遺聲，但寒松千
▲ ●● ○●○○ ○○●● ●○○▲ ⊙●●○○ ●○○○
丈，傾崖蒼蘚。　世事終何已，田園縱在，歲陰仍晚。稽康、老來仍懶。
● ○○○▲ ●●○○● ○○●● ●○○▲ ○○ ●○○▲
祇要尊羹菰飯。却欲便買茅廬，短篷輕楫，尊酒猶能辦。君能過我，水雲
○●○○○▲ ●○●●○○ ●○○● ○●○○▲ ○○●● ●○
聊爲伴。
○○▲

柳詞起句云“登孤壘荒涼危亭曠望”，《圖譜》以爲上五下四，而此篇“平山堂前”四字相連；“但寒松”九字，柳云“指神京非霧非煙深處”，應作上三下六，而此篇該上五下四，二處想皆不拘。“檻”字柳作平，恐是“欄”字之訛。尾句柳云“又逐殘陽去”，比此尾較順，或曰此尾是“雲水”誤倒“水雲”，或曰柳用“逐”字亦是以入作平，未敢臆斷，作者依柳仍用入聲可也。若“細”、“又”、“夜”、“漸”、“故”、“縱”、“歲”、“便”、“過”等字，須用去聲，柳詞正同，《譜》不足據。至云“幾回”可平仄，“自笑”、“却欲”可平平，“稽康”可仄仄，則改得愈爲無謂。

【杜注】按，《歷代詩餘》“田陰縱在”句，“陰”作“園”。又，葉譜“嵇康老來尤懶”句，“尤”作“仍”。

【考正】“危檻”，依律當平，宋人俱填爲平聲，或本即“危欄”之誤。填者須填爲平聲。又，原譜“自笑”句、“嵇康”句均不讀斷。《譜》以爲前者可平平，後者可仄仄，雖此説欠妥，然均搔到癢處矣。又，“却欲”之“欲”，以入作平。又按，“狂帆”原作“征帆”、“田園”原作“田陰”、“仍懶”原作“尤懶”，均據《欽定詞譜》改。

校之曹勛詞，前後段尚有如下差異，因大同小異，故但叙不録。其一，前後段“幾回”句、“歲陰”句，曹詞作“官柳舒香縷……憶隋堤津渡”，各增一字；其二，前段“故人”至“遺聲”，曹詞作“經渭城朝雨。翠惹絲垂”；其三，曹詞後段結拍作“待放教婆娑，如眉處、籠歌舞”，亦異於此。其餘則或爲奪字所致，無須探討。

征部樂　一百三字

柳　永

雅歡幽會良夜，可惜虛拋擲。每追念、狂蹤舊跡。長祇恁、愁悶朝夕。
●○○●○●　●●○○▲　●○●　○○●▲　○●●　○●○▲
憑誰去，花街覓。細說與、此中端的。道向我、轉覺厭厭，夢役魂勞苦
○○●　○○▲　●●●　●○○▲　●●●　●●○○　○●○○●
相憶。　須知最有，風前月下，心事始終難得。但願我、重重心下，把
○▲　　○○●●　○○●●　○●●○○▲　●●●　○○○●　●
人看待，長似初相識。況漸逢春色。便是有、舉觴消息。待這回、好好憐
○○●　○●○○▲　●●○○▲　●●●　●○○▲　●●○　●●○
伊，更不輕離拆。
○　●●○○▲

或曰"惜"字是起韻，非也。"勞魂"當作"魂勞"，不然。上是"役夢"。

【杜注】按，《欽定詞譜》"追念狂蹤舊跡"句，"追"字上有"每"字。又，"細說與、此中端的"句，無"與"字。又，"況逢春色"句，"況"字下有"漸"字。又，"舉埸消息"句，"埸"作"觴"。又，"更不輕折"句，"折"字上有"離"字。宋本同，應遵照增删改正。又，宋本"蟲蟲心下"句，"蟲蟲"作"重重"，宜從。

【考正】前起原作"雅歡幽會，良夜可惜虛拋擲"，七字句音步連仄失諧。按，既言"雅歡幽會"，則如何是"良夜虛拋"，便不合理。該此處"虛拋"者，非良夜也，是雅歡幽會於良夜一事也，故後云"追念"。又，"細說與"，《欽定詞譜》如此，杜氏所說有誤。又按，原譜末一字作"折"，誤，於韻於意皆當爲"拆"。餘據杜注改。

湘江靜　一百三字

史達祖

暮草堆青雲浸浦。記匆匆、倦篙曾駐。漁榔四起，沙鷗未落，怕愁沾
○●○○○●▲　●○○　●○○▲　○○●●　○○●●　●○○
詩句。碧袖一聲歌，石城怨、西風隨去。滄波蕩晚，菰蒲弄秋，還重
○▲　●●●○○　○○●　⊙○○▲　○○●●　○○●○　○○
到、斷魂處。　酒易醒，思正苦。想空山、桂香懸樹。三年夢冷，孤吟
●　●○▲　　●●○　○●▲　●○○　●○○▲　○○●●　○○
意短，屢煙鐘津鼓。屐齒厭登臨，移橙後、幾番涼雨。潘郎漸老，風流頓
●●　●○○○▲　●●●○○　○○●　◎○○▲　○○●●　○○●
減，閑居未賦。
●　○○●▲

“記匆匆”至“蕩晚”，與後“想空山”至“漸老”同。《圖譜》於此調只改得二十一字，可云善矣。只“漁榔”二句、“三年”二句皆平平仄仄，何後則免改，而前以“漁”、“沙”二字爲可仄，“四”字爲可平耶？“重”改仄猶可，“斷”豈可改平？至“怕”字、“屢”字領句，其下四字爲平平平仄，《圖譜》欲讀作五言詩句，故於“愁”、“煙”二字改作可平，便使此句不響矣。

【考正】萬氏原注“石城”之“石”以入作平。又，萬注“‘愁’、‘煙’二字改作可平”句，據其意及實際，當是“可仄”之誤。惟此二字若仄，當亦在律，不響云云，或亦臆想。又按，《樂府雅詞拾遺》無名氏詞，換頭作“因念流年迅景”，不折腰，與史詞小異。

雙聲子　一百四字

柳　永

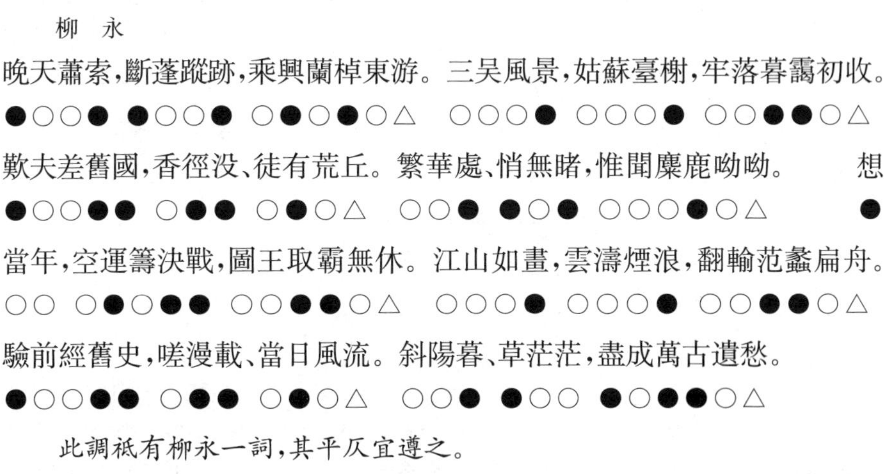
晚天蕭索，斷蓬蹤跡，乘興蘭棹東游。三吴風景，姑蘇臺榭，牢落暮靄初收。
●○○●　●○○●　○●○●○△　○○○●　○○○●　○○●●○△
歎夫差舊國，香徑没、徒有荒丘。繁華處、悄無睹，惟聞麋鹿呦呦。　想
●○○●●　○●●　○●○△　○○●　●○●　○○○●○△　●
當年，空運籌決戰，圖王取霸無休。江山如畫，雲濤煙浪，翻輸范蠡扁舟。
○○　○●○●●　○○●●○△　○○○●　○○○●　○○●●○△
驗前經舊史，嗟漫載、當日風流。斜陽暮、草茫茫，盡成萬古遺愁。
●○○●●　○●●　○●○△　○○●　●○○　●○●●○△

此調衹有柳永一詞，其平仄宜遵之。

後起或讀作三字兩句，是以“籌”字似叶韻也，不知此句該在“決戰”住句，蓋後段之“圖王”至“風流”，即與前段之“乘興”至“荒丘”相同。況“圖王”句連上“決戰”二字，文義亦不妥也。“睹”字上疑有落字，“驗前經”句比前多一“驗”字，或“夫差”上缺一字耳。

【杜注】萬氏注“夫差舊國”句上缺一字，應照別刻補“歎”字。又，《歷代詩餘》“舊史”作“後史”，《閩詩鈔》作“舊壘”。

【考正】“牢落”之“落”字對應後段“輸”字，依律當平，“落”字以入作平。又，原譜萬氏後結讀爲四字三句，“茫茫盡成”連平失諧，據其詞意，亦當爲六字二句爲妥，且前一六字句對應前段“繁華處，悄無睹”，亦應爲折腰式讀，謹改。另據杜注補“歎”字。

惜餘歡　一百三字

黄庭堅

四時美景，正年少賞心，頻啟東閤。芳酒載盈車，喜朋侶簪盍。杯觶交飛，
●○●●　●⊙●◎○　○○○▲　○●●○○　●○○○▲　○●○○

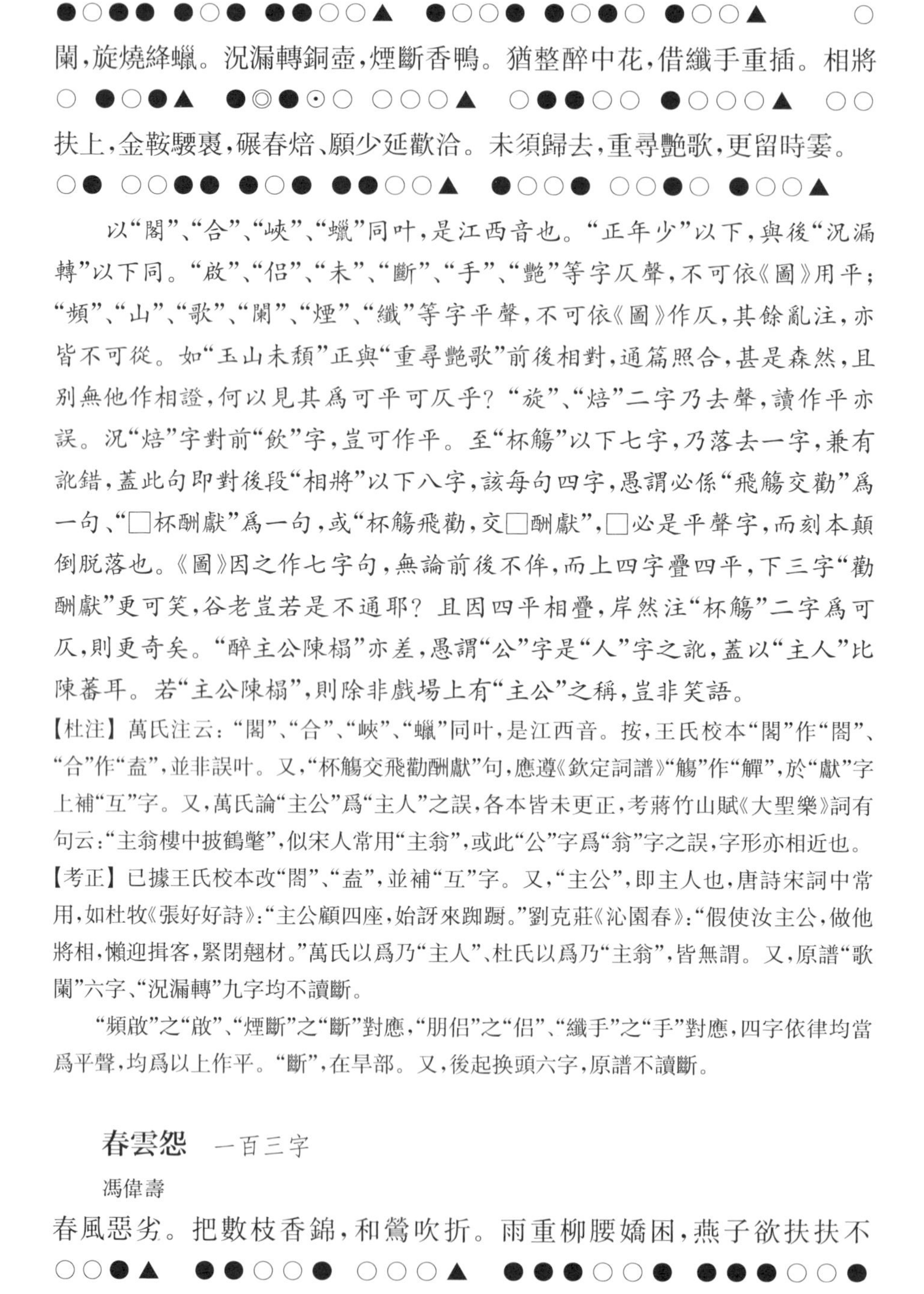

勸酬互獻，正酣飲、醉主公陳榻。坐來争奈，玉山未頹，興尋巫峽。　歌
●○●● ●○● ●●○○▲ ●○○● ●○●○ ●○○▲ ○
闌，旋燒絳蠟。況漏轉銅壺，煙斷香鴨。猶整醉中花，借纖手重插。相將
○ ●○●▲ ●◎●⊙○ ○○○▲ ○●●○○ ●○○○▲ ○○
扶上，金鞍騕褭，碾春焙、願少延歡洽。未須歸去，重尋豔歌，更留時霎。
○● ○○●● ●○● ●●○○▲ ●○○● ○○●○ ●○○▲

以"閤"、"合"、"峽"、"蠟"同叶，是江西音也。"正年少"以下，與後"況漏轉"以下同。"啟"、"侶"、"未"、"斷"、"手"、"艷"等字仄聲，不可依《圖》用平；"頻"、"山"、"歌"、"闌"、"煙"、"纖"等字平聲，不可依《圖》作仄，其餘亂注，亦皆不可從。如"玉山未頹"正與"重尋艷歌"前後相對，通篇照合，甚是森然，且別無他作相證，何以見其爲可平可仄乎？"旋"、"焙"二字乃去聲，讀作平亦誤。況"焙"字對前"飲"字，豈可作平。至"杯觴"以下七字，乃落去一字，兼有訛錯，蓋此句即對後段"相將"以下八字，該每句四字，愚謂必係"飛觴交勸"爲一句、"□杯酬獻"爲一句，或"杯觴飛勸，交□酬獻"，□必是平聲字，而刻本顛倒脱落也。《圖》因之作七字句，無論前後不侔，而上四字疊四平，下三字"勸酬獻"更可笑，谷老豈若是不通耶？且因四平相疊，岸然注"杯觴"二字爲可仄，則更奇矣。"醉主公陳榻"亦差，愚謂"公"字是"人"字之訛，蓋以"主人"比陳蕃耳。若"主公陳榻"，則除非戲場上有"主公"之稱，豈非笑語。

【杜注】萬氏注云："閤"、"合"、"峽"、"蠟"同叶，是江西音。按，王氏校本"閤"作"閤"、"合"作"盍"，並非誤叶。又，"杯觴交飛勸酬獻"句，應遵《欽定詞譜》"觴"作"觶"，於"獻"字上補"互"字。又，萬氏論"主公"爲"主人"之誤，各本皆未更正，考蔣竹山賦《大聖樂》詞有句云："主翁樓中披鶴氅"，似宋人常用"主翁"，或此"公"字爲"翁"字之誤，字形亦相近也。

【考正】已據王氏校本改"閤"、"盍"，並補"互"字。又，"主公"，即主人也，唐詩宋詞中常用，如杜牧《張好好詩》："主公顧四座，始訝來踟躕。"劉克莊《沁園春》："假使汝主公，做他將相，懶迎揖客，緊閉翹材。"萬氏以爲乃"主人"、杜氏以爲乃"主翁"，皆無謂。又，原譜"歌闌"六字、"況漏轉"九字均不讀斷。

"頻啟"之"啟"、"煙斷"之"斷"對應，"朋侶"之"侶"、"纖手"之"手"對應，四字依律均當爲平聲，均爲以上作平。"斷"，在旱部。又，後起换頭六字，原譜不讀斷。

春雲怨　一百三字

馮偉壽

春風惡劣。把數枝香錦，和鶯吹折。雨重柳腰嬌困，燕子欲扶扶不
○○●▲ ●●○○● ○○○▲ ●●●○○● ●●●○○●
得。軟日烘煙，乾風收霧，芍藥酴醿弄顏色。簾幕輕陰，圖書清潤，日
▲ ●●○○ ○○○● ●●○○●○▲ ○●○○ ○○○● ●

永篆香絶。　　盈盈笑靨宫黄額。試紅鸞小扇，丁香雙結。團鳳眉心倩
●●○▲　　○○●●○○▲　●○○●●　○○○▲　○●○○●
郎貼。教洗金罍，共看西堂，醉花新月。曲水成空，麗人何處，往事暮雲
○▲　○●○○　●●○○　●○○▲　●●○○　●○○●　●●●○
萬葉。
●▲

此係雲月自度曲，平仄當依之。“弄顔色”、“篆香絶”、“倩郎貼”皆用去平入，此一調之音響所關也。《圖譜》隨意亂注，至以“日永”句謂可用平仄平平仄，“共看”二句“共”、“醉”謂可平，“西”、“新”謂可仄，“往事”句“往”、“暮”、“萬”謂俱可平。按，“雨重”下十三字，《譜》作兩四一五，《選聲》仍之，余謂“嬌困”不對“雨重”，且“困”字去聲不響，只作“燕子欲扶”有理有致。

【杜注】按，《欽定詞譜》“教洗金罍”句，“金”作“尊”。又按，馮偉壽名艾子，字偉壽，號雲月，萬氏因知其別號，故誤以字爲名。

【考正】本詞爲慢詞，故前後段均應有四均詞，惟後段第二均現衹得七字一拍，則必落去一拍，比較前段，則後段亦應有對應“雨重柳腰嬌困”六字之●●●○○●一拍也。惜文字已不可考。又，後段“醉花新月”四字亦頗爲生硬，而該句當對應前段“芍藥酴醾弄顔色”七字，依據文理及平仄，似宜讀爲“●醉花○●新月”爲是。

還京樂　一百三字

方千里

歲華慣，每到和風麗日、歡再理。爲妙歌新調，粲然一曲，千金輕費。記夜
●○●　●●○○●●　○●▲　●●○○●　●○●●　○○○▲　●●
闌深際。更衣換酒珠璣委。帳畫燭摇影，易積銀盤紅淚。　　向笙歌底。
○○▲　○○●●○○▲　●●○○●　●●○○○▲　　●○○▲
問何人、能道平生，聚合歡娱，離别興味。誰憐露浥煙籠，盡栽培、艷桃穠
●○○　○●○○　●●○○　○●●▲　○○●●○○　●○○　●○○
李。漫縈牽、空坐隔千山，情遥萬水。縱有丹青筆，應難摹畫憔悴。
▲　●○○　○●●○○　○○●▲　●●○○●　○○○●○▲

“再”字、“畫燭”“畫”字、“積”字夢窗用平，“桃”字夢窗作“翳”雖或不拘，然千里和美成則兩首如一也。“帳畫燭”以下周作“任去遠、中有萬點，相思清淚”，當於“點”字爲豆，此篇則“摇影易積”四字不可相連，蓋“摇”屬燭、“積”屬淚也。吴作“風吹遠、河漢去槎，天風吹冷”，則用周句法，想一氣貫下，分豆不拘。

【杜注】按，《歷代詩餘》“記夜闌沉醉”句，“沉醉”作“深際”。此爲和清真詞，清真原作云

"望箭波無際",則必應遵改,以叶原韻。萬氏亦知爲和詞,以楊澤民所和此句作"算枕前盟誓"未叶"際"字,故未深考耳。

【考正】已據杜注改。又,"每到"九字原譜不讀斷。又,"畫燭"之"燭",以入作平。又按,張炎詞,"漫縈牽、空坐隔千山"句作"莫因循、誤了幽期",少一領字,疑爲奪去,非減字也。

雨霖鈴　一百三字

黄　裳

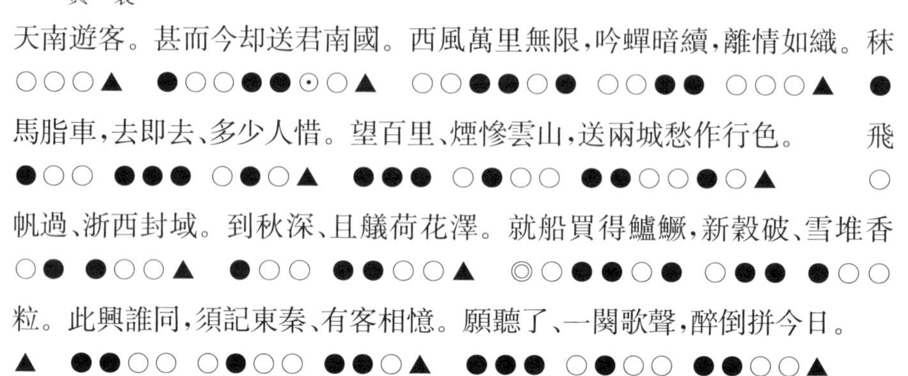

天南遊客。甚而今却送君南國。西風萬里無限,吟蟬暗續,離情如織。秣馬脂車,去即去、多少人惜。望百里、煙慘雲山,送兩城愁作行色。　飛帆過、浙西封域。到秋深、且艤荷花澤。就船買得鱸鱖,新穀破、雪堆香粒。此興誰同,須記東秦、有客相憶。願聽了、一闋歌聲,醉倒拚今日。

此係《詞綜》所載,與屯田"曉風殘月"詞相符。只"君"字柳用"雨"字,或可不拘,不如依柳爲是。而"飛帆"句柳云"多情自古傷離别",如七言詩句,此則上三下四不同,自應從柳詞。所以取此者,欲廣見聞也。"甚而今"八字,柳云"對長亭晚,驟雨初歇",是"晚"字斷句,此應於"今"字作豆,蓋此八字總一氣,亦於"却"字借豆耳。"秣馬"以下十一字,柳云"執手相看淚眼,竟無語凝咽",譜分上作六字句、下作五字句,大差。而"語凝"二字注可用平仄。"送兩城"句,柳云"暮靄沉沉楚天闊"注可用平平仄仄平平仄。"鱸"字注可仄,"須記"下八字,柳云"應是良辰好景虛設",注謂"良辰好景"可用仄仄平平,更差。

【杜注】按,《欽定詞譜》"送兩城愁作行色"句,"城"作"程",應遵改。又按,屯田"曉風殘月"詞爲名作,萬氏既云依柳爲是,自應收此詞入律,今補列於後:

寒蟬淒切。對長亭晚,驟雨初歇。都門帳飲無緒,方留戀處,蘭舟初發。執手相看淚眼,竟無語凝咽。念去去千里煙波,暮靄沉沉楚天闊。　多情自古傷離别。更那堪、冷落清秋節。今宵酒醒何處,楊柳岸、曉風殘月。此去經年,應是良辰好景虛設。便縱有、千種風情,更與何人說。

【考正】"甚而今"八字,檢宋詞多作四四讀,而又以一三四爲正,其正格當是一字逗領三四式折腰句。然一三四如此結構本屬異常,實即一字逗領三字逗領四字,句法疊床架屋,譜中所無。柳詞多有舛誤,余疑"長亭"後或奪一字,其句原貌實爲一四式句法。此有李綱詞可窺端倪:"正君王恩寵,曼舞絲竹",柳詞原貌若爲"對長亭□晚,驟雨初歇",則正是一體。若一四式句法爲正,則晁端禮之"雨餘花落,酒病相續"、杜龍沙之"畫樓平曉,翳柳啼鴉",便並非誤填,而是五字句減領字之常見填詞方式也。

眉嫵　一百三字　又名：百宜嬌

王沂孫

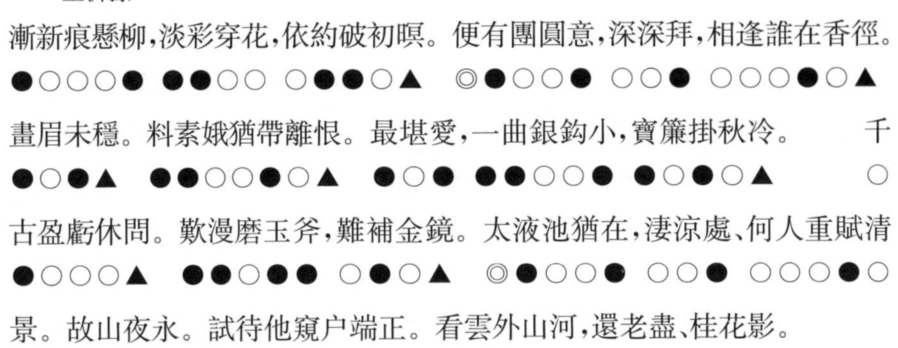

漸新痕懸柳，淡彩穿花，依約破初暝。便有團圓意，深深拜，相逢誰在香徑。

●○○○● ●●○○ ○●●○▲ ◎●○○● ○○● ○○○●○▲

畫眉未穩。料素娥猶帶離恨。最堪愛，一曲銀鉤小，寶簾掛秋冷。　千

●○●▲ ●●○○●○▲ ●○● ●●○○● ●○●○▲ ○

古盈虧休問。歎漫磨玉斧，難補金鏡。太液池猶在，淒涼處、何人重賦清

●○○○▲ ●●○●● ○●○▲ ◎●○○● ○○● ○○○●○

景。故山夜永。試待他窺户端正。看雲外山河，還老盡、桂花影。

▲ ●○●▲ ●●○○●○▲ ●○●○○ ○●● ●○▲

"便有"至"離恨"與後"太液"至"端正"同。"畫眉未穩"、"故山夜永"用去平去上，真名筆也。觀石帚"翠尊共款"、"亂紅萬點"可見。《圖譜》奈何以意竄定乎？其餘"破"、"在"、"帶"、"掛"、"補"、"賦"、"户"等字，俱用仄，是定格。石帚後起云"無限風流疏散"，《譜》因注二字叶韻起，觀此篇則知非叶也。

按石帚於前尾五字云"愛良夜微暖"，是上一下四，此則上二下三句法，各異。又，石帚後結云"又争似、相攜乘一舸，鎮長見"，"乘一舸"下與此篇不同，想亦可如此。然石帚在前，定宜從之。此所以載碧山此篇者，正欲人兩相對勘，以見用字之法也。愚又疑此或是"還老桂、舊花影"於"桂"字豆，本與姜同，而誤以"桂花"連寫耳。

按此調俱作《百宜嬌》，不知《百宜嬌》另有一體，係一百五字。

【杜注】按，《欽定詞譜》"淡影穿花"句，"影"作"彩"。又，"難補金鏡"句，"難補"作"猶掛"。又，後結作"還老盡，桂花影"，有"盡"字，無"舊"字。查姜白石、張仲舉二詞，後結均作折腰句法，應遵改。

【考正】"料素娥"、"試待他"二句，原譜讀爲上三下四折腰句式，然如此讀則后四字音步連仄，未免於律不諧。謹改。又按，後結原譜作"還老桂花蒨影"。

白石後起："無限。風流疏散。"萬氏以爲二字非叶，所論未免偏仄教條，蓋詞之後起，多有句中韻者，非惟《眉嫵》如此也，此爲一般規律。而就本調實際，張翥詞，後段起調云："私語。釵盟何處。"便是與白石同一格式。

情久長　一百三字　或作：情長久

吕渭老

鎖窗夜永，無聊盡作傷心句。甚近日、帶腰移眼，梨臉沾雨。春心償

◎○●● ○○●●○○▲ ●●● ●○○● ○●○▲ ⊙○○

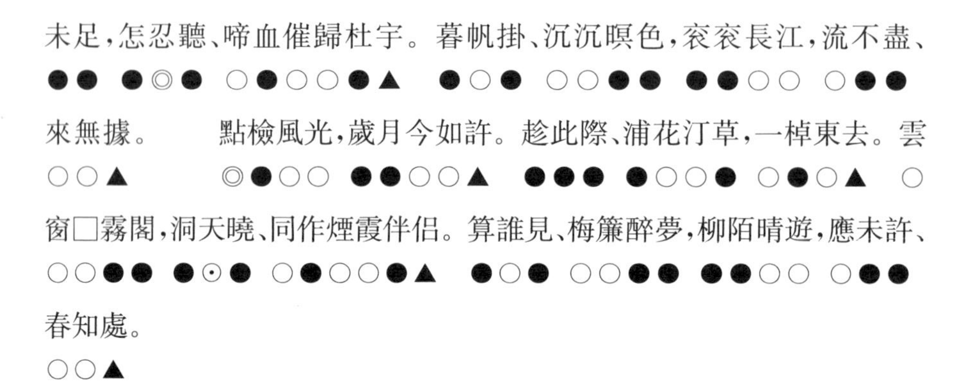
未足，怎忍聽、啼血催歸杜宇。暮帆掛、沉沉暝色，衮衮長江，流不盡、
●● ●◎● ○●○○●▲ ●○● ○○●● ●●○○ ○●●
來無據。　點檢風光，歲月今如許。趁此際、浦花汀草，一棹東去。雲
○○▲　◎●○○ ●●○○▲ ●●● ●○○● ○●○▲ ○
窗□霧閣，洞天曉、同作煙霞伴侶。算誰見、梅簾醉夢，柳陌晴遊，應未許、
○○●● ●⊙● ○●○○●▲ ●○● ○○●● ●●○○ ○●●
春知處。
○○▲

“盡作”至“擇雨”，與後“歲月”至“東去”同。“怎忍聽”以下與後“洞天曉”以下同。只“雲窗霧閣”一句四字，與“春心償未足”五字異。是必“雲窗”句下缺一字，故以“□”補之。“擇”字必係“揮”字之訛，此調止聖求二首，平仄相同，不可亂改。其第二首於“棹”字作平，必係誤刻，此字對上“臉”字也。至“梨臉”句作“天外飄逐”，其通篇用“裏”、“睡”等韻，“逐”字失叶，亦必誤刻，或是“飄逐天外”倒寫耳。

【杜注】按，《欽定詞譜》“帶紅移眼”句，“紅”作“腰”，應遵改。又，“梨臉擇雨”句，“擇”作“沾”，《歷代詩餘》作“揮”，以字形擬之，應遵改“揮”字。又，“雲窗霧閣”句，萬氏於“窗”字下空一格，謂缺一字，查聖求另一首此句作“想伊睡起”，亦四字，並無脱誤。

【考正】前起十一字，原作六字一句、五字一句，語意未能暢達，查吕氏別首作“冰梁跨水，沉沉霽色遮千里”，可知本詞亦當作四字一句、七字一句更佳。又，“擇”字據《欽定詞譜》改爲“沾”字。又，萬氏原注“一棹”之“一”以入作平。餘據杜注改。

萬氏以爲聖求别首“天外飄逐”當是“飄逐天外”，甚是。蓋此句乃均脚所在，屬定韻，若“逐”收，則必出韻違律也。

迎新春　一百四字

柳　永

嶰管變青律，帝里陽和新布。晴景回輕煦。慶嘉節、當三五。列華
●●●○● ●●○○○▲ ○●○○▲ ●○● ○○▲ ●○
燈、千門萬户。遍九陌、羅綺香風，□微度。十里燃絳樹。鼇山聳、喧
○ ○○●▲ ●●● ○●○○ ○○▲ ●○○●▲ ○○● ○
喧簫鼓。　漸天如水，素月當午。香徑裏，絶纓擲果無數。更闌燭影
○○▲　●○○● ●○○▲ ○●● ●○●●○▲ ○○●●
花陰下，少年人、往往奇遇。太平時、朝野多歡，民康阜。堪隨分良聚。對
○○● ●○○ ●○○▲ ●○○ ○●○○ ○○▲ ○○●○▲ ●

此景，争忍獨醒歸去。

●● ○●●○○▲

按此調必係雙疊，或當於“簫鼓”下分段。或曰：“漸天如水”二句似對“此争忍”一句，恐於“當午”下分段。總無他詞可證，難以臆斷也。

【杜注】按，《歷代詩餘》以“香徑裏”爲後段起句。又，戈氏校本“堪隨分良聚”句删“堪”字。又，“對此”作“堪對此景”，應於上下補“堪”、“景”二字。又按，《欽定詞譜》“慶喜節”句，“喜”作“嘉”。應遵改。

【考正】“十里”之“里”、“往往”之後“往”、“此景”之“景”，以上作平；“素月”之“月”，以入作平。餘據杜注改。

“太平”十字，原譜作“太平時、朝野多歡民康阜”，七字句音律不諧。按，本調前後段第二第三兩均相對，“太平時”十字與前段“遍九陌”九字應相對，故可知“微度”前脱一平聲字，“遍九陌、羅綺香風，□微度”則與“太平時、朝野多歡，民康阜”兩句文字、平仄、韻脚甚合，“阜”字亦當在韻，而萬氏原譜未能標示，誤。

戈氏校本、彊村叢書本《樂章集》之後結均作：“隨分良聚。堪對此景，争忍獨醒歸去。”然細玩文意，可知“堪”字或誤，余以爲，“堪”字當從萬氏所據本，在前一句，如此，正與前段“十里”句相合，皆爲五字一句。如此，均拍雙諧，或爲原貌。又按，近人汪東《夢秋詞》，本調後結爲：“漸風化南土。蔓草盡，争肯獨行多露。”則正同：“堪隨分良聚。對此景，争忍獨醒歸去。”汪東步韻宋詞，其音律甚細，每每四聲填詞，而絶無一字增減者，其後段尾均如此，必以爲柳詞本句係五三六句法也。

合歡帶　一百四字

杜安世

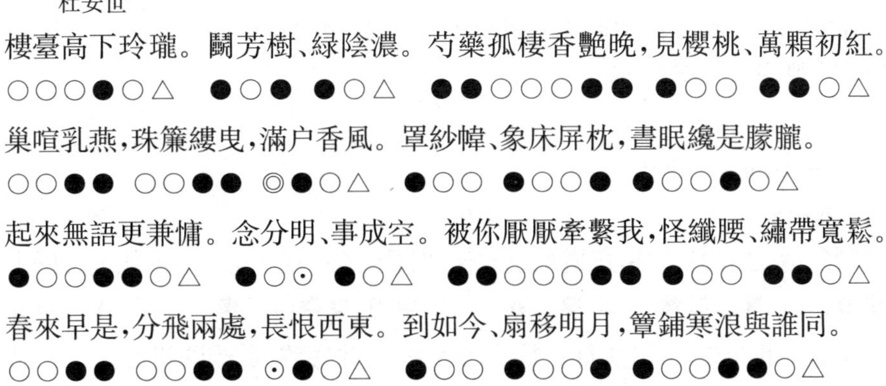

樓臺高下玲瓏。鬬芳樹、緑陰濃。芍藥孤棲香艷晚，見櫻桃、萬顆初紅。

○○○●○△ ●○● ●○△ ●●○○○●● ●○○ ●●○△

巢喧乳燕，珠簾鏤曳，滿户香風。罩紗幃、象床屏枕，晝眠纔是朦朧。

○○●● ○○●● ◎●○△ ●○○ ●○○● ●○○●○△

起來無語更兼慵。念分明、事成空。被你厭厭牽繫我，怪纖腰、繡帶寬鬆。

●○○●●○△ ●○⊙ ●○△ ●●○○○●● ●○○ ●●○△

春來早是，分飛兩處，長恨西東。到如今、扇移明月，簟鋪寒浪與誰同。

○○●● ○○●● ⊙●○△ ●○○ ●○○● ●○○●●○△

“鬬芳樹”至“屏枕”，與後“念分明”至“明月”同。然觀前結與後載柳詞，恐尾句誤多“與”字也。“分明”“明”字疑誤，此字即前段“樹”字，恐原係“分手”、“分袂”、“分别”之類耳。此篇調明字穩，可學。

【杜注】萬氏謂“念分明事成空”句，“明”字疑誤。按，《歷代詩餘》此句作“念分明、往事成空”，“明”字非訛，乃落“往”字也。

【考正】"才是"原譜作"才似",據《欽定詞譜》改。

"念分明"句,萬氏所言在理,《歷代詩餘》七字顯誤,《宋六十名家詞》之《壽域詞》本句亦作六字,與前段正合。惟萬氏以平仄相校,似無謂之舉,蓋三字句本平仄可易也。

第二體　一百五字

柳　永

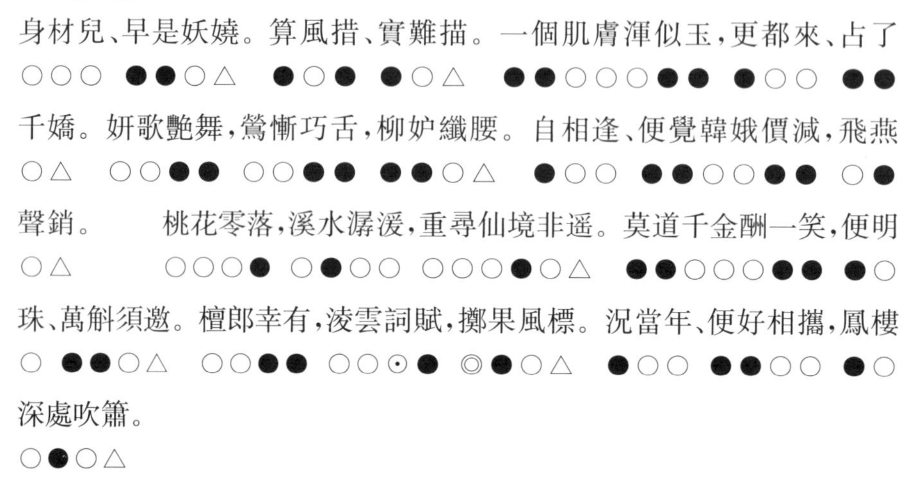
身材兒、早是妖嬈。算風措、實難描。一個肌膚渾似玉,更都來、占了
○○○ ●●○△ ●○● ●○△ ●●○○○●● ●○○ ●●
千嬌。妍歌艷舞,鶯慚巧舌,柳妒纖腰。自相逢、便覺韓娥價減,飛燕
○△ ○○●● ○○●● ●●○△ ●○○ ●●○○○●● ○●
聲銷。　桃花零落,溪水潺湲,重尋仙境非遥。莫道千金酬一笑,便明
○△ ○○○● ○●○○ ○○○●○△ ●●○○○●● ●○
珠、萬斛須邀。檀郎幸有,淩雲詞賦,擲果風標。況當年、便好相攜,鳳樓
○ ●●○△ ○○●● ○○⊙● ◎●○△ ●○○ ●●○○ ●○
深處吹簫。
○●○△

首句比前調多一字,"自相逢"下前詞一四一六,此一六一四。後起兩四一六,亦與前異。後結與前調之前結同,而"便好相攜"四字平仄亦異。

【考正】本調起拍彊村叢書本仇遠《無弦琴譜》詞作"令巍巍、一段風流",與柳詞同,可知此當爲正格,杜詞少一字也。"自相逢"下九字,仇遠詞作"到黄昏飲散,口雖未語"(其中"口"字前人誤作脱字符□),破爲兩句,句讀不同。又,"風措",原譜作"舉措","仙境"原譜作"仙徑",據《欽定詞譜》改。

月中桂　一百四字

趙彦端

露酯無情,送長歌未終,已醉離别。何如暮雨,釀一襟涼潤,來留佳客。好山
●●○○ ●○○●○ ●●○▲ ○○●● ●●○○● ○○○▲ ●○
侵座碧。勝昨夜、疏星淡月。君欲翩然去,人間底許,員嶠問帆席。　詩
○●▲ ●●● ○○●▲ ○●○○● ○○●● ○●●○▲ ○
情病酒非昔。賴親朋對影,且慰良夕。風流雨散,定幾回腸斷,能禁頭白。
○●●○▲ ●○○●● ●●○▲ ○○●● ●●○○● ○○○▲
爲君煩素手,剪碧藕、輕絲細雪。去去江南路,猶應水雲秋共色。
●○○●● ●●● ○○●▲ ●●○○● ○●●○○●▲

"已醉"至"然去",與後"且慰"至"南路"同。"長歌未終"用平平去平,"已醉"句、"且慰"句用仄仄平仄,"問帆席"用去平仄,皆不可擅改。"暮"字、"雨散""雨"字,皆仄。"淡"、"細"皆去,妙。"送"、"釀"、"勝"、"賴"、"定"、"薦"等爲領句字,尤須去聲。"影"字不可用去。

【杜注】按,《欽定詞譜》"薦碧藕"之"薦"字,作"剪"。

【考正】"送長歌"下九字,本律當是三字一逗、六字一句,如元人丘處機三首,最爲工穩:"上高臺、回觀天地寥廓"、"倚浮雲、大山高占幽僻"、"慕巢由、隱淪活計蕭索",後六字均爲平起仄收,第五字必平。又,後起一作"詩情酒病非疇昔",如《介庵趙寶文雅詞》,然檢宋元諸詞,均爲六字,當是正格。但宋元諸詞,本句均爲平平仄仄平平,第四字爲仄聲,則"詩情酒病"並非有誤,所衍者必爲"疇"字。又按,後段結句之"應",當是"對應"之義,仄讀。

陽春　一百四字　或加"曲"字

楊无咎

蕙風輕,鶯語巧,應喜乍離幽谷。飛過北窗前,迎清曉、麗日明透翠幃縠。
●○○ ○◎● ○●●○○▲ ○●●○○ ○○● ●○○●●○▲
篆臺芬馥。初睡起、横斜簪玉。因甚、自覺腰肢瘦,新來又寬裙幅。
●○○▲ ○●● ⊙○○▲ ○● ●●○○● ○○●○○▲
對清鏡無心、忺梳裹,誰問著、餘酲帶宿。尋思前歡往事,似驚回好夢難
●○●○○ ○○● ○●● ○○●▲ ○○○○●● ●○○●●○
續。花亭遍倚檻曲。厭滿眼、争春凡木。儘憔悴、過了清明候,愁紅慘緑。
▲ ○○●●●▲ ●●● ○○○▲ ●○● ●●○○● ○○●▲

按此調與梅溪"杏花煙"一首同,只"因甚"二句上七下六,史云"還是寶絡雕鞍,被鶯聲唤來香陌",乃上六下七,無他作可證,作者隨所擇,從之可也。至其平仄處,與史皆合,如"麗日明透",史云"舊火銷處",《圖譜》乃謂可用平仄仄平。"對清鏡"句,史云"記飛蓋西園寒猶疑",《圖》謂"飛"、"西"、"猶"三字可仄。又謂"思"字、"回"字可仄,"夢"字並"厭"、"滿"、"過"、"了"、"慘"字俱可平,不知何據。"遍倚檻曲"四仄,史云"故里信息",亦改"信"字可平,皆出自新裁者。"儘憔悴"句八字,"愁紅"句四字,無可疑也。史云"奈芳草正鎖江南夢,春衫怨碧",上云"故里信息"俱無,故此句言江南之夢亦被芳草鎖住耳。《圖》乃讀作上七字下五字,"夢春衫"如何解?

按,"麗日"句史云"舊火銷處近寒食",愚謂"火"字與此篇"日"字恐是作平,高明者試於口中調之,以爲何如?"欣"字應是"忺"字。

【考正】"因甚"句原譜不讀斷,音律不諧。"似驚回"句原譜作上三下四讀,亦音律失諧。又"忺"原作"欣",據《欽定詞譜》改。又按,"麗日"之"日"取萬氏説,以入作平。

又，《填詞圖譜》於梅溪詞"舊火銷處"句作◎●⊙◎●○▲，並無萬氏所云平仄仄平。

綺羅香　一百四字

張　翥

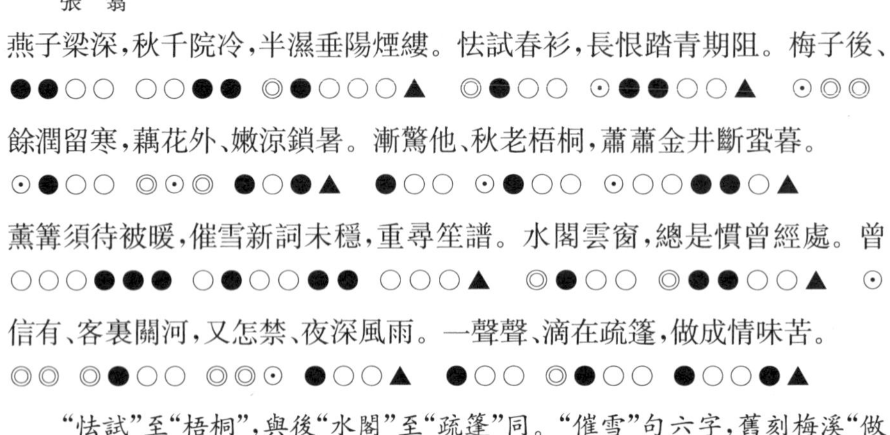
燕子梁深，秋千院冷，半濕垂陽煙縷。怯試春衫，長恨踏青期阻。梅子後、
●●○○　○○●●　◎●○○○▲　◎●○○　⊙●●○○▲　⊙◎◎
餘潤留寒，藕花外、嫩涼鎖暑。漸驚他、秋老梧桐，蕭蕭金井斷蛩暮。
⊙●○○　◎⊙◎　●○●▲　●○○　⊙●○○　⊙○○●●○▲
薰篝須待被暖，催雪新詞未穩，重尋笙譜。水閣雲窗，總是慣曾經處。曾
○○○●●●　○●○○●●　○○○▲　◎●○○　◎●●○○▲　⊙
信有、客裏關河，又怎禁、夜深風雨。一聲聲、滴在疏篷，做成情味苦。
◎◎　◎●○○　◎◎⊙　●○○▲　●○○　◎●○○　●○○●▲

"怯試"至"梧桐"，與後"水閣"至"疏篷"同。"催雪"句六字，舊刻梅溪"做冷欺花"一首此句作"還被春潮急"，蓋"急"字上落一"晚"字也。歷查他家俱作六字，可證。後起六字須用三平三仄，間有用平平仄平平仄者，十中之一耳。前結"金井斷蛩暮"必用平仄仄平仄，後尾"味苦"二字必用去上聲。更有細處，如"秋千院冷"、"新詞未穩"則用平平仄仄，"垂楊煙縷"、"重尋笙譜"則用平平平仄，"踏青期阻"、"嫩涼鎖暑"、"慣曾經處"、"夜深風雨"則用仄平平仄，此則詞中用字關鍵處。如謂鄙言爲鑿，請驗諸古人名詞可也。

按，前結句、後起句、後結二句俱與《齊天樂》平仄吻合，不可爲《譜》注淆惑。"情味"二字必須相連，説見《齊天樂》下。

【考正】本調張玉田詞二首，一叶"絶"、"闋"韻，换頭句作"良宵誰念哽咽"，"咽"字叶韻；一叶"妒"、"句"韻，换頭句作"長安誰問倦旅"，"旅"字叶韻。故本調换頭句亦可以韻句構思。又按，本調宋詞十餘首，而本體式亦有十首，以元人詞爲範，甚無必要。

霜花腴　一百四字

吴文英

翠微路窄，醉晚風，憑誰爲整敧冠。霜飽花腴，燭銷人瘦，秋風做也都難。病
●○●●　●●○　○○●●○△　○●○○　◎○○●　○○●●○△　●
懷强寬。恨雁聲、偏落歌前。記年時、舊宿淒涼，暮煙秋雨野橋寒。　妝
○●△　●●○　○●○△　●○○　●●○○　●○○●●○△　○
靨鬢英争艷，度清商一曲，暗墜金蟬。芳節多陰，蘭情稀會，晴暉稱拂吟
●●○○●　●○○●●　●●○△　○●○○　⊙○○●　○○●●○

箋。更移畫船。引佩環、邀下嬋娟。算明朝、未了重陽，紫萸應耐看。
△ ●○●△ ●●○ ○●○△ ●○○ ●●○○ ●○○●△

"霜飽"至"淒涼"，與後"芳節"至"重陽"同。"病懷"句、"更移"句用仄平仄平，《圖》以"懷"字可仄，誤也。至認"煙"字爲叶，而以"記年時舊宿"爲五字句，"淒涼暮煙"爲四字句，尤誤。"晚風憑"《圖》謂可平仄仄，猶可，若"雁"字、"佩"字改平而"偏"字改仄，則此二句失調矣。此腔是夢窗自製，惟有此曲，何所見爲可改乎?

【考正】"妝曆"原譜作"妝壓"，形近而誤，據《欽定詞譜》改。又，"暮煙"爲叶，亦可爲一説，蓋前後結之差異，僅在"暮煙"二字，餘則皆同，即七字一句、五字一句，而"暮煙"一拍即"過變曲終，不妨多加拍也"之謂也。

西湖月　一百四字

黄子行

初弦月掛林梢，又一度西園，探梅消息。粉牆朱户，苔枝露蕊，淡勻輕飾。玉
⊙○●●○○ ●●●○○ ●○○▲ ●○○● ○○●● ●○○▲ ○
兒應有恨，爲悵望東昏相記憶。便解佩、飛入雲階，長伴此花傾國。　還
○○●● ●●●○○○●▲ ●●● ⊙●○○ ⊙●●○○▲ ⊙
嗟瘦損幽人，記立馬攀條，倚闌横笛。少年風味，拈花弄蕊，愛香憐色。揚
○●●○○ ●●●○○ ●○○▲ ●○○● ○○●● ●○○▲ ○
州何遜在，試點染吟箋留醉墨。漫赢得、疏影寒窗，夜深孤寂。
○○●● ●●●○○○●▲ ●○● ⊙●○○ ●○○▲

此調二首，黄注自度商調，查他家别無同作者。其平仄二首如一，自當恪守，不可亂填。别一首，"謾赢得"句刻本作"消瘦沈約詩腰"乃"消瘦"上落了一字，故《圖譜》收作一百三字，誤也。况此詞兩段字句相同，只前結六字、後結四字，比前少"長伴"二字耳。前起句六字，即同後起句六字，《圖譜》見其别作云"湖光冷浸玻瓈，蕩一餉薰風，小舟如葉"，竟不及觀其此篇，而遽録之，遂以"蕩"字連上讀，不知此"蕩"字蓋指下小舟，非指上湖光，有何難明處乎? 豈此篇亦可讀作"初弦月掛林梢又"乎? 其别作之後段又注六字，何不亦讀作"殢人小摘牆榴爲"乎? 異哉，異哉!《譜》、《圖》等書，每遇四字概作平平仄仄與仄仄平平，不知此中正有大分别處，如此篇"探梅"句、"倚欄"句是仄平平仄，此是上三句住語，其下三句亦俱四字，而第一句用仄平平仄，第二句必須用平平仄仄，第三句則仍用仄平平仄，抑揚頓挫，方爲有調，此是詞中深微處，而亦是詞中明顯處，須悟此理，便可操鑰，以開各調之關鎖矣。彼亂填亂注者，豈解此哉? 如《圖譜》所收此調，即黄子行首作，其餘字字相同，不必言矣。

所謂四字三句者,前云"藕花十丈,雲梳霧洗,翠嬌紅怯",後云"舊遊如夢,新愁似織,淚珠盈睫",豈不與此篇一轍? 故不憚饒舌而詳録之,以證鄙言之不妄云。

【杜注】按,别刻後起"還嗟瘦損幽人"句,作"詩腰瘦損劉郎"。

【考正】"爲悵望"句、"試點染"句爲對應句,原譜不讀斷,是。此二句不可讀爲三字逗領,蓋玉兒、東昏,用東昏侯典,東坡有"月地雲階漫一樽,玉奴終不負東昏"句,即此。故其意當是玉兒悵望東昏,不可讀斷。又,黄氏别首本句作"正酒醗吹波、潮暈頰",亦可旁證。而後段"點染吟箋"語義上亦不可讀斷。

綺寮怨　一百四字

周邦彦

上馬人扶殘醉,曉風吹未醒。映水曲、翠瓦朱檐,垂楊裏、乍見津亭。當
●●○○⊙● ●○○●△ ◎◎● ◎●○○ ⊙○● ◎●○△ ○
時曾題敗壁,蛛絲罩、淡墨苔暈青。念去來、歲月如流,徘徊久、歎息愁
○⊙○●● ⊙⊙● ●○○●△ ●◎○ ●●○○ ○○● ●○○
思盈。　去去倦尋路程。江陵舊事,何曾再問楊瓊。舊曲淒清。斂
●△ ◎●◎○●△ ○○◎● ○○●●○△ ◎●○△ ◎
愁黛、與誰聽。尊前、故人如在,想念我、最關情。何須渭城。歌聲未盡
⊙● ●○△ ○○ ◎○○● ●●● ●○△ ○○●△ ⊙○●◎
處,先淚零。
● ○●△

查宋詞止此一首,無可據正。元人王學文有一詞,字句與此俱同,只平仄稍異,今取注於旁。學文首次句云"忽忽東風又老,冷雲吹晚陰",《圖譜》以"忽忽東風"爲首句,"又老冷雲"爲次句起韻,"吹晚陰"爲三句叶韻,奇乎不奇? 其詞所用韻乃"陰"、"林"、"禁"、"深"、"尋"、"臨"、"沉"、"心"、"吟"、"音",皆十二侵閉口字,豈起韻用一"雲"字? 況"又老冷雲"如何解乎? "當時"二句,學文云"江南庾郎憔悴,睡未醒、病酒愁怎禁",本上六下八,《圖》以"江南庾郎"爲一句,"憔悴睡未醒"爲一句,"病酒愁怎禁"爲一句。又讀"庾"平聲,遂以"江南庾郎"四字疊平,竟注"江南"二字可仄。又以"憔"可仄,"酒"可平,奇乎不奇? "斂愁黛"六字,總讀作一句,故於"黛"字云可平,而其餘之亂圖者,更不可勝舉矣,奇乎不奇?

【杜注】萬氏云:宋詞止此一首。按,宋末有趙儀可名文者一首,與所引王竹澗之作平仄叶韻相同。

【考正】"淡墨"之"墨"、"歎息"之"息",以入作平,宋人填此二字,多用入聲,偶有如"淡墨"

句劉辰翁作“上陽宫女心”者、“歎息”句趙功可做“落花如雪深”者，故此二字宜以入聲爲正。又按，“當時”句宋詞以平起式律拗句法爲正，故第五字必仄，趙功可作“憔”，應是誤填；“尊前”句原譜不讀斷，音律不諧。按，二字逗多在均首，以形成聲律上之頓挫，且該均每每二字逗一句、三字逗一句相構成。細玩相關諸譜，自然頓悟。

萬氏注引王學文詞，實爲趙功可作。且本調現存宋詞計有七首，周邦彦、陳允平、劉辰翁等均有完璧在，惟鞠華翁詞後段尾拍作“何人正、聽隔壁聲”，應是奪一字，非别體也。

送入我門來　一百四字

胡浩然

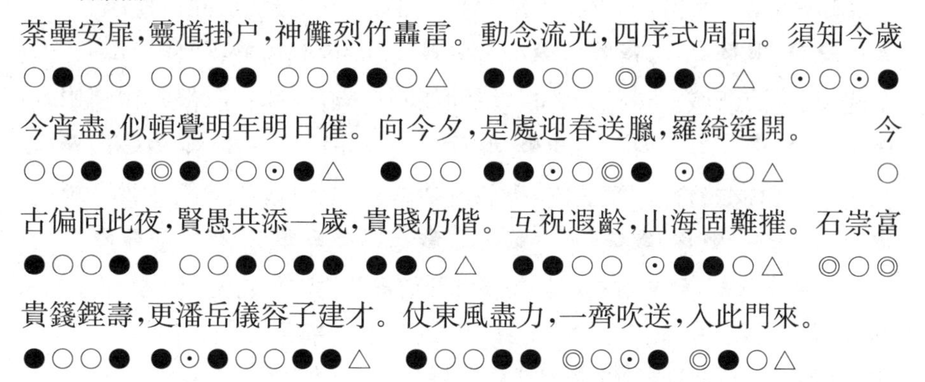
荼壘安扉，靈馗掛户，神儺烈竹轟雷。動念流光，四序式周回。須知今歲
○●○○ ○○●● ○○●●○△ ●●○○ ◎●●○△ ⊙○⊙●
今宵盡，似頓覺明年明日催。向今夕，是處迎春送臘，羅綺筵開。　今
○○● ●◎●○○⊙●△ ●○○ ●●⊙○◎● ⊙●○△ ○
古偏同此夜，賢愚共添一歲，貴賤仍偕。互祝遐齡，山海固難摧。石崇富
●○○●● ○○●○●● ●●○△ ●●○○ ⊙●●○△ ◎○◎
貴籛鏗壽，更潘岳儀容子建才。仗東風盡力，一齊吹送，入此門來。
●○○● ●⊙●○○●●△ ●○○●● ◎○⊙● ◎●○△

“動念”以下與後“互祝”以下同。“向今夕”句五字，即同後“仗東風”句，“夕”字入作平，《譜》、《圖》不識，以“向今夕”分句，謂可作平仄仄，“是”字翻作可平，竟與後全異矣。“明日”“明”字妙，後“子”字上聲，亦可。大約調中此等句，此一字得平爲佳，用去聲便下乘矣。

按，《詞統》載此調七十八字一體，前段無“向今夕”以下、後段無“仗東風”以下各十三字，乃明人吴鼎芳作，不知其何所本，歷查唐宋金元，皆無此體，不足爲法。《選聲》收之，又誤刻吴鼎南。恐人不知其爲明人而學之，轉謂本譜失載，故備注於此。

【杜注】按，《欽定詞譜》“神儺烈竹轟雷”句，“烈”作“裂”。又，“山海固難摧”句，“催”作“摧”。應遵改。

【考正】本調有晁端禮詞，調名《百寶裝》，另又有元人長筌子入聲韻詞，字句同，調名《百寶妝》，《高麗史・樂志》又有無名氏《百寶妝》，除“須知”至前結作：“輕攏慢捻，生情艷態，翠眉黛顰，无愁謾似愁。變新声曲，自成獲索，共聽一奏梁州。”與胡詞不同，後結多一字外，其餘與晁詞全同。余以此謂本調原名當是《百寶妝(裝)》，胡氏填此，因後結文而又作《送入我門來》，後人因之，以爲正名也。若正名不傳，反别名之作累出，斷無是理也。而《高麗史・樂志》之無名氏詞，《欽定詞譜》誤入《新雁過妝樓》，是兩調略近之故，陳允平《新雁過妝樓》詞又作《八寶妝》，當亦是後人因兩調相近而誤植。

前結萬氏讀爲“向今夕是處，迎春送臘羅綺筵開”，二句文理均欠通達，八字句尤爲冗雜。改。又按，本調後段次句疑有文字舛誤，其二三句晁端禮詞云："金閨彦士，才高沈謝何劉"，前六字爲平平仄仄平平，十分和諧，又有無名氏詞云："分明似语，争知指面纤柔"，亦同，故"歲"字或當取《集韻》所記入聲，作平。

憶瑤姬　一百五字

蔡　伸

微雨初晴。洗瑶空萬里，月掛冰輪。廣寒宫闕迥，望素娥縹緲，丹桂亭亭。
○●○△　●○○●●　●●○△　●○○●●　●●○●●　○●○△
金盤露冷，玉樹風輕，頓覺秋思清。念去年、曾共吹簫侣，同賞蓬瀛。
○○●●　●●○○　●●○●△　●●○　○●○○●　○●○△
奈此夜、旅泊江城。謾花光眩目，緑酒如澠。幽懷終有恨，恨綺窗清影，虚
●●●　●●○△　●○○●●　●●○△　○○○●●　●●○○●　○
照娉婷。藍橋路杳，楚館雲深，擬憑歸夢輕。强就枕，無奈孤衾夢易驚。
●○△　○○●●　●●○○　●○○●△　●●●　○●○○●●△

此調有訛缺，觀其前後，則"洗瑶空"至"風輕"與"謾花光"至"雲深"相合，但"藍橋"下落一字耳。"□覺"下與"擬憑"下未知確否。

【杜注】按，《欽定詞譜》及《歷代詩餘》"廣寒宫闕"四字下有"迥"字。又，"覺秋思清"句，"覺"字上有"頓"字。又，"藍橋杳"句，"杳"字上有"路"字。均應遵補。又，"擬憑歸夢去"句，"去"作"尋"，注叶。"尋"與上"深"字均侵韻，疑偶通叶也。又按，此調《歷代詩餘》作《别瑶姬慢》。

【考正】本調另有万俟詠詞一首，字句與蔡詞同，而史詞僅一首，故以蔡詞爲正格。

杜注云原譜"歸夢去"當作"歸夢尋"，該句本爲定韻所在，"去"字定誤，惟"歸夢尋"雖在韻，然文理覺拗，《欽定詞譜》本句作"擬憑歸夢輕"，可取，據改。

第二體　一百九字

史達祖

嬌月籠煙，下楚嶺，香分兩朵湘雲。花房時漸密，弄杏箋初會，歌裏殷
○●○○　●●●　○○●●○△　○○○●●　●●○○●　○●○
勤。沉沉夜久西窗，屢隔蘭燈幔影昏。自彩鸞、飛入芳巢，繡屏羅薦
△　○○●●○○　●●○○●●△　●●○　○●○○　●○○●
粉光新。　十年未始輕分。念此飛花，可憐柔脆銷春。空餘雙淚眼，
●○△　●○●●○△　●●○○　●○○●○△　○○○●●
到舊家時節，漫染愁巾。神仙説道淩虚，一夜相思玉樣人。但起來、梅發
●●○○●　●●○△　○○●●○○　●●○○●●△　●●○　○●

窗前，哽咽疑是君。
○○　●○○●△

此與前調甚異，亦有訛缺，姑爲句豆，未必果然也。起二句彷佛與前同，“花房”句“時”字宜仄，或“花房時漸密”而誤倒也。“沉沉”以下與前詞全異，至後段“空餘雙淚眼”之下，竟不可讀。愚謂“可憐”句對前“香分”句，“空餘”句對前“花房”句，“郎”字乃是“節”字，“到舊家時節”五字對前“弄杏”句五字，其下“漫染愁巾”四字對前“歌裏殷勤”四字，則與蔡詞之“望素娥”九字、“恨綺窗”九字合矣。“袖止”二字係訛字，此六字乃對前“沉沉”六字，而“一夜”句七字，對前段“屢隔”句七字，亦相合矣。“但起來”七字亦對前段“自彩鸞”七字，“哽咽”句則尾也。

【杜注】按，《欽定詞譜》“下楚領”句，“領”作“嶺”。又，“漸密時”作“時漸密”。又，“時郎”作“時節”。又，“袖止”作“神仙”。均應遵改。

【考正】已據杜注改。又按，後段結句第二字依律當平，宋人俱如此填。咽，以入作平。

萬樹以爲本詞與前調甚異，其實所異者最大惟兩結本詞各增二字耳。其餘不同，無非首均九字讀法小異、第三均蔡詞讀爲四字二句、五字一句而已，四四五和六七式二句，皆爲填詞所常見之句法攤破變化。而前後段尾均，本詞作七字一句、五字一句，而前段則爲八字一句、四字一句，不惟句法迥異，且本詞更添二字，方是“甚異”處。

此二體可謂同調，另有王質詞，仄韻一百九字，又名《別素質》者，與前二體迥異，因同體式曹組詞更爲規正，姑録曹詞如下，其中前段尾均依律當作“●○○　●●○○●○●○●▲”，後段第六拍“恐”字則以上作平。又，前段“我一句句”句對應後段“便因循”七字，雖前者一六式折，後者三四式折，但均爲一氣而下者，填時可根據各自之平仄律選擇：

仄韻憶瑶姬　一百三字

曹　組

雨細雲輕，花嬌玉軟，於中好個情性。争奈無緣相見，有分孤零。香箋細寫頻相問。我一
●●○○　○○●●　○○●●●○▲　○●○○○●　●●○▲　○○●●○○▲　●●
句句兒都聽。到如今、不得同歡，伏惟與他耐静。　此事憑誰執證。有樓前明月，窗外
●●○○▲　●○○　●●○○　●○●○●▲　●●○○●▲　●○○○●　○●
花影。拚了一生煩惱，爲伊成病。只恐更把風流逞。便因循、誤人無定。恁時節、若要眼
○▲　●●●○○●　●○○▲　●○●●○○▲　●○○　●○○▲　●○●　●●●
兒斯覷，除非會聖。
○○●　○○●▲

永遇樂　一百四字　又名：消息

趙師俠

日麗風暄，暗催春去，春尚留戀。香褪花梢，苔侵柳徑，密幄清陰展。海棠
◎●○○　●○○●　⊙◎○▲　⊙●○○　⊙○◎●　◎●○○▲　◎○

零亂，梨花淡濘，初聽鬧空鶯燕。有輕盈、妍姿靚態，緩步斷風仙苑。
○● ⊙○◎● ⊙●●○○▲ ◎○⊙ ○○◎● ◎◎●⊙○▲
緑叢紅蕚，芳鮮柔媚，約略試妝深淺。細葉來禽，長梢戲蝶，簇簇枝頭見。
◎○⊙● ⊙○○● ●●◎○○▲ ◎●○○ ⊙○◎● ◎●○○▲
酡顏鬟髮，春愁無力，困倚畫屏嬌軟。只應怕、風欺雨恨，落紅萬點。
⊙○●● ⊙○⊙● ◎●●○○▲ ◎○◎ ○○●● ●○●▲

"香褪"至"靚態"，與後"細葉"至"雨恨"同。"尚"字多用仄聲，用平者十中二三而已。"步"字可平，"風"字可仄，不拘。尾句仄平仄仄，是定格。舊詞無不同者，"萬點"去上，猶妙。若《譜》所收"淡煙細雨"，正是名詞妙處，而注作可用平平平仄，不知何解。正如一絶色美人，乃必欲矐其目、髡其鬟而以之示人，曰：此美人也。有是理哉？

竹山於"陰"字用"逝"字，"頭"字用"幾"字，兩五字句俱拗。查趙以夫亦用"點"字、"萬"字想有此體也。耆卿二首，於"梨花淡濘"句皆作平仄平平，後起第二句皆作六字，第三句皆作四字，而"鮮"字作仄，"媚"字作平。"酡顏"三句，一首作"藩侯瞻望彤庭，親攜僚吏，竟歌元首"，是一六二四，一首於"春愁無力"作"槐府登賢"，與此篇異，因他家無，此不必從之，故不另列。

晁无咎題名《消息》，注云：自過腔，即越調《永遇樂》。故知入某調即異其腔，因即異其名，如白石之《湘月》即《念奴嬌》，而腔自不同，此理今不傳矣。

【杜注】按，趙介之《坦庵詞》"風欺雨恨"句，"恨"作"橫"。《歷代詩餘》同。雖同是去聲字，而此題爲詠金林檎，意恐摇落，以作"橫"爲妥。

【考正】本調前後段尾均有少量添字格，爲折腰式七字一句、六字一句形式，因其餘與本詞同，故僅作注明，不另録。

第二體　一百四字

陳允平

玉腕籠寒，翠闌憑曉，鶯調新簧。暗水穿苔，遊絲度柳，人静芳晝長。雲南
●●○○ ●○○● ○○○△ ●●○○ ○○●● ○●○●△ ○○
歸雁，樓西飛燕，去來慣認炎涼。王孫遠、青青草色，幾回望斷柔腸。
○● ○○○● ●○●●○△ ○○● ○○●● ●○●●○△
薔薇舊約，尊前一笑，等閑辜負年光。鬬草庭空，拋梭架冷，簾外風絮香。
○○●● ○○●● ●○○●○△ ●●○○ ○○●● ○●○●△
傷春情緒，惜花時候，日斜尚未成妝。閑嬉笑、誰家女伴，又還採桑。
○○○● ●○○● ●○●●○△ ○○● ○○●● ●○●△

用平韻，與前調異。觀此篇"晝"字、"絮"字仄聲，可知前調竹山以"夫"用仄字，非拗矣。

【考正】彊村叢書本《日湖漁唱》原注："舊上聲韻，今移入平聲。"按，今所見平仄兩可之詞調，多爲入聲轉入，此則以上聲轉入，蓋因入聲、上聲均可作平故也。以君衡之注論，則蘇軾詞多處用去聲叶，大不合律，不當爲正體之例也。

拜星月慢　一百四字　或無"慢"字　"星"或作"新"

吴文英

絳雪生涼，碧霞籠夜，小立中庭蕪地。昨夢西湖，老扁舟身世。歎遊蕩，暫

●●○○　○○○●　●●○○○▲　●●○○　●○○○▲　●○●　●

賞、吟花酌露樽俎，冷玉紅香罍洗。眼眩意迷，古陶州十里。　翠參差、

●　○○●●○●　●●○○○▲　◎●□○　●○○○▲　●○○

淡月平芳砌。甎花滉小浪魚鱗起。霧盎淺障青羅，洗湘娥春膩。蕩蘭煙、

●●○○▲　⊙○●●●○○▲　●●◎●○○　●○○○▲　●○○

麝馥濃侵醉。吹不散、繡屋重門閉。又怕便、綠減西風，泣秋檠燭外。

●●○○▲　○○●　●●○○▲　●◎●　⊙●○○　●○○○▲

作此調者甚少，今按，《片玉》"夜色催更"一首，於"暫賞"至"罍洗"云："似覺、瓊枝玉樹相倚，暖日明霞光爛"，其本集原是十四字，《嘯餘》及《圖譜》、《詞統》、《詞綜》諸書俱去"相倚"二字，論其順拗，則去此二字便於讀、便於填，然查夢窗此篇及周草窗"膩葉陰清"一首，俱作十四字，惟《詞綜》載元人彭泰翁一首云"怕似流鶯歷歷，惹得玉銷瓊碎"，止十二字，但彭詞後於"蕩蘭煙"句少一字，必係殘闕，且其尾句云"月明天似水"，用五言詩句法，與本調不合，不足以爲程式，則其十二字者愈不足據矣。蓋美成詞意，以"似覺"二字領起下二句，彷佛相對，言相遇之人如瓊玉之潤、如日霞之光，故言"似覺"也。夢窗亦以"暫賞"二字領起，"樽俎"正與"罍洗"相對，"罍洗"亦是酒器，故言"暫賞"也。"相倚"二字正用蒹葭倚玉故事，今若去此二字，則此篇亦可去"樽俎"二字矣。豈得謂全調哉？至草窗詞云："想人在，絮幕香塵凝望，誤認、幾許煙檣風幔"，"想人在"即此"歎遊蕩"三字，其下於"凝望"分斷，而"誤認"以下爲一句，比周句法各異，或可不拘。然其字數平仄，則未有異耳。

此詞用五字句者四，皆須上一下四，不可上二下三，且皆是仄平平平仄，愚疑此五字四句，當分四段，首於"老扁舟身世"住；次爲換頭，於"古陶洲十里"住。蓋不惟結句相同，而並上四字句且並上六字句亦皆相似也。三段於"洗湘娥春膩"住；後爲末段。蓋"翠參差"八字句與"蕩蘭煙"八字同，"甎花滉"八字句與"吹不散"八字同，只"又怕"句比"霧盎"句多一字耳。

又按，四八字句亦有别，“翠參差”與“蕩蘭煙”是仄平平，“甎花滉”與“吹不散”是平平仄，但草窗於“甎花滉”作“研箋紅”，不如周、吴紀律也。“醉”字本集作“酒”，此字該叶韻，今改正。舊譜注末句於“西風泣”處分作八字，而尾作四字，大謬。

《圖譜》收美成《拜星月》，又收草窗《拜星月慢》調，竟未一校對，何怪其句字之各亂乎？

【考正】萬氏原注“碧霞”之“碧”、“十里”之“十”、“不散”之“不”、“燭外”之“燭”均以入作平。

前段第三均有二字逗，萬氏所論極是，惜此理念萬氏不能一以貫之，他處多有忽略者。

向湖邊　一百四字

江　緯

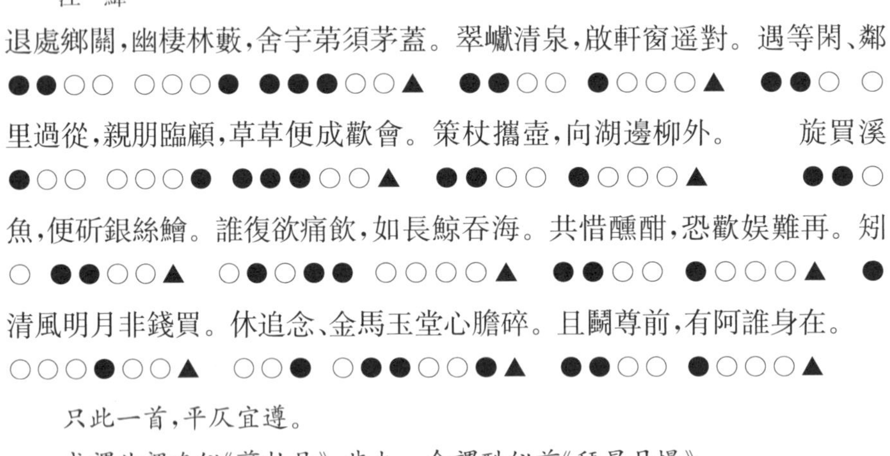

退處鄉關，幽棲林藪，舍宇苐須茅蓋。翠巘清泉，敞軒窗遥對。遇等閑、鄰
●●○○ ○○○● ●●●○○▲ ●●○○ ●○○○▲ ●●○ ○
里過從，親朋臨顧，草草便成歡會。策杖攜壺，向湖邊柳外。　旋買溪
●○○ ○○○● ●●●○○▲ ●●○○ ●○○○▲ ●●○
魚，便斫銀絲鱠。誰復欲痛飲，如長鯨吞海。共惜醺酣，恐歡娱難再。矧
○ ●●○○▲ ○●○●● ○○○○▲ ●●○○ ●○○○▲ ●
清風明月非錢買。休追念、金馬玉堂心膽碎。且闘尊前，有阿誰身在。
○○○●○○▲ ○○● ○●●○○●▲ ●●○○ ●○○○▲

只此一首，平仄宜遵。

或謂此調略似《剪牡丹》，非也。余謂酷似前《拜星月慢》。

【杜注】萬氏注謂：此調酷似前《拜星月慢》。按，詞内有“向湖邊柳外”句，似本譜《拜星月慢》，因此句而另立新名，不必另立一調。又，“便砍銀絲鱠”句，“砍”當作“斫”。又按，《欽定詞譜》亦另列此調，注云江緯自製，有張栻和詞。

【考正】萬氏原注“柳外”之“柳”、“阿誰”之“阿”作平。又按，後段第三句“欲”字，以入作平。

本調與《拜星月慢》惟前段相同，故萬氏以爲酷似。按，後段兩調有所不同，字句伸縮俱跨均，不合詞變體規則，尤其本調第二第四均節拍短促，可想見其音律之迥異也。

瀟湘逢故人慢　一百四字

王安禮

薰風微動，方榴花弄色，萱草成窩。翠幃敞輕羅。試冰簟初展，幾尺湘波。
○○○● ○○○●● ○●○△ ●○●○△ ●○●○○ ◎●○△

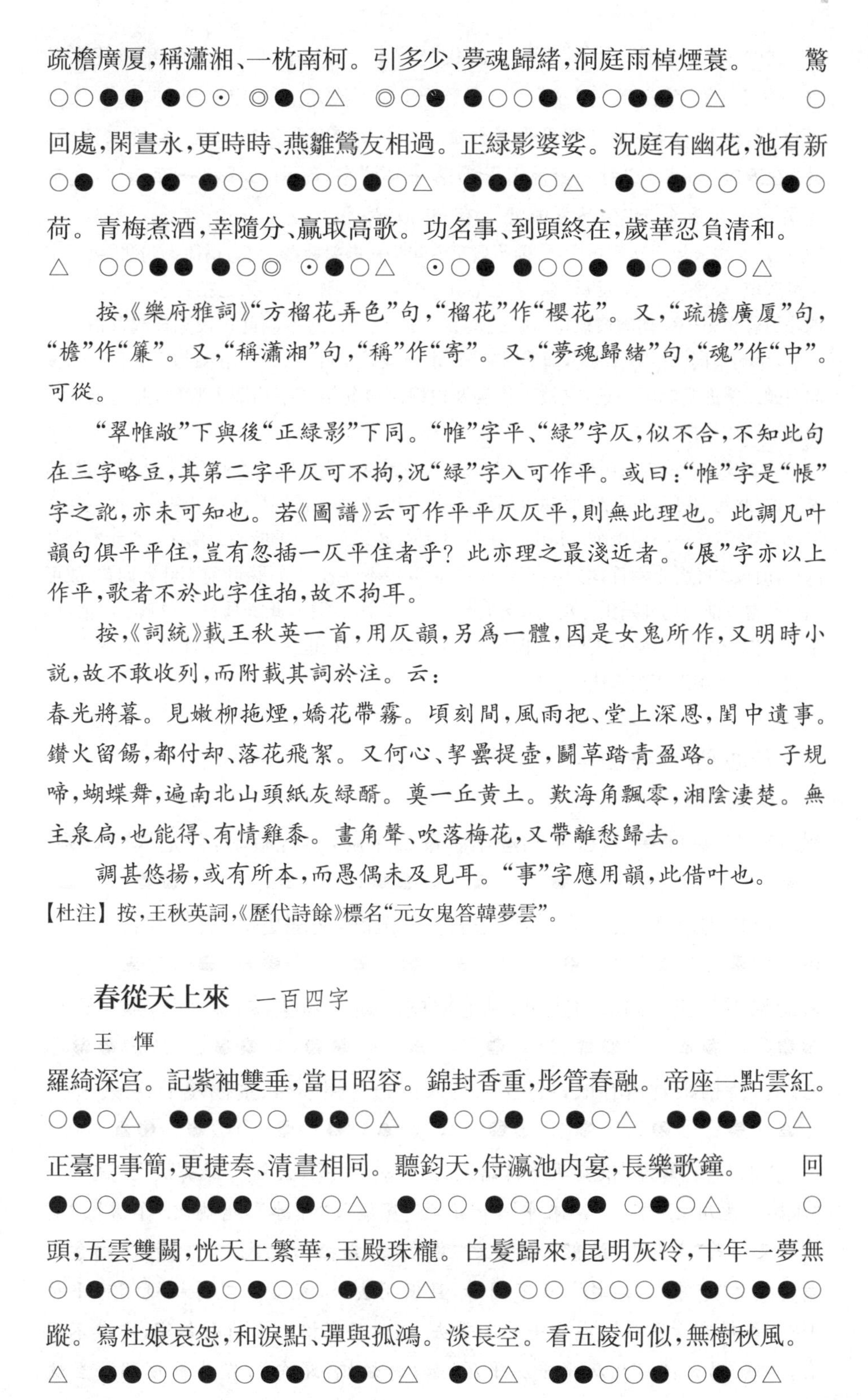

疏檐廣厦，稱瀟湘、一枕南柯。引多少、夢魂歸緒，洞庭雨棹煙蓑。　驚
○○●● ●○⊙ ◎●○△ ◎○● ●○○● ●○●●○△ ○
回處，閑晝永，更時時、燕雛鶯友相過。正緑影婆娑。況庭有幽花，池有新
○● ○●● ●○○ ●○○●○△ ●●●○△ ●○●○○ ○●○
荷。青梅煮酒，幸隨分、贏取高歌。功名事、到頭終在，歲華忍負清和。
△ ○○●● ●○◎ ⊙●○△ ⊙○● ●○○● ●○●●○△

按，《樂府雅詞》“方榴花弄色”句，“榴花”作“櫻花”。又，“疏檐廣厦”句，“檐”作“簾”。又，“稱瀟湘”句，“稱”作“寄”。又，“夢魂歸緒”句，“魂”作“中”。可從。

“翠帷敞”下與後“正緑影”下同。“帷”字平、“緑”字仄，似不合，不知此句在三字略豆，其第二字平仄可不拘，況“緑”字入可作平。或曰：“帷”字是“帳”字之訛，亦未可知也。若《圖譜》云可作平平仄仄平，則無此理也。此調凡叶韻句俱平平住，豈有忽插一仄平住者乎？此亦理之最淺近者。“展”字亦以上作平，歌者不於此字住拍，故不拘耳。

按，《詞統》載王秋英一首，用仄韻，另爲一體，因是女鬼所作，又明時小説，故不敢收列，而附載其詞於注。云：

春光將暮。見嫩柳拖煙，嬌花帶霧。頃刻間，風雨把、堂上深恩，閨中遺事。鑽火留餳，都付却、落花飛絮。又何心、挈罍提壺，鬭草踏青盈路。　子規啼，蝴蝶舞，遍南北山頭紙灰緑醑。奠一丘黄土。歎海角飄零，湘陰淒楚。無主泉扃，也能得、有情雞黍。畫角聲、吹落梅花，又帶離愁歸去。

調甚悠揚，或有所本，而愚偶未及見耳。“事”字應用韻，此借叶也。

【杜注】按，王秋英詞，《歷代詩餘》標名“元女鬼答韓夢雲”。

春從天上來　一百四字

王　惲

羅綺深宮。記紫袖雙垂，當日昭容。錦封香重，彤管春融。帝座一點雲紅。
○●○△ ●●●○○ ●●○△ ●○○● ○●○△ ●●●●○△
正臺門事簡，更捷奏、清晝相同。聽鈞天，侍瀛池内宴，長樂歌鐘。　回
●○○●● ●●● ○●○△ ●○○ ●○○●● ○●○△ ○
頭，五雲雙闕，恍天上繁華，玉殿珠櫳。白髮歸來，昆明灰冷，十年一夢無
○ ●○○● ●○●○○ ●●○△ ●●○○ ○○○● ●○●●○
蹤。寫杜娘哀怨，和淚點、彈與孤鴻。淡長空。看五陵何似，無樹秋風。
△ ●●○○● ○●● ○●○△ ●○△ ●●○○● ○●○△

“帝座”下與後“十年”下同。只後“空”字叶，而前“天”字不叶耳。吴彦高作亦然。“年”字若照前“座”字不宜作平，或可通用。吴作前用“歌吹”，後用“風雪”，能細心者，亦以不用平爲佳也。《譜》、《圖》平仄不必言，其所收吴詞，於“看五陵”句本作“對一軒涼月”，乃落一“對”字，遂收此調爲一百三字，竟不見吴詞前段此句云“似林鶯嚦嚦”，有一“似”字也。

【考正】本調宋金元諸家幾同，惟前後段第六句均作●●●●○△，爲律拗句法，第五字不可仄填，後段“年”字，疑爲“載”字之傳誤。又，玉田詞前後段第七拍各多一字，作“難問錢塘蘇小……一掬幽懷難寫”，則是領字添字耳。又按，本調前後段除後起首拍多二字外，字句皆同，此謂“多頭”，而非“换頭”，惟前段首拍叶韻、第四五兩句平仄反。而後起多頭二字亦當讀斷一逗，是故玉田詞及白樸詞後起第二字均間入腹韻，此爲讀住之證也。

原譜萬氏云前後段尾均中三字句，王詞及吴激詞均作後叶前不叶，此非律如此也，諸家所填，此句均可韻可不韻，而以叶韻爲多，如玉田詞，前後段尾均作：“更堪嗟。似荻花江上，誰弄琵琶。……減繁華。是山中杜宇，不是楊花。”三字句均叶韻。現存宋金元本調廿六首，前後均叶者十六首，均不叶者僅四首，前叶後不叶者二首，後叶前不叶者四首，故可知填此當以前後均叶爲正。萬氏又云，後段“年”或平仄不拘，此實爲二字逗無意識故，此字位音步所在，原本當平仄分明，惟因是二字逗，故可不拘也。且廿六首中僅五首用平，雖可謂不拘，然總以仄聲爲佳。

花心動　一百四字

史達祖

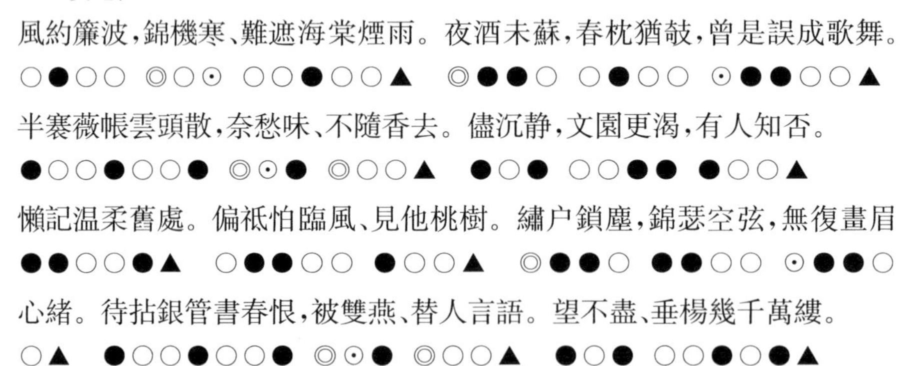

風約簾波，錦機寒、難遮海棠煙雨。夜酒未蘇，春枕猶攲，曾是誤成歌舞。

○●○○ ◎○⊙ ○○●○○▲ ◎●●○ ○●○○ ⊙●●○○▲

半褰薇帳雲頭散，奈愁味、不隨香去。儘沉静，文園更渴，有人知否。

●○○●○○● ◎⊙● ◎○○▲ ●○● ○○●● ●○○▲

懶記温柔舊處。偏衹怕臨風、見他桃樹。繡户鎖塵，錦瑟空弦，無復畫眉

●●○○●▲ ○●●○○ ●○○▲ ◎●●○ ●●○○ ⊙●●○

心緒。待拈銀管書春恨，被雙燕、替人言語。望不盡、垂楊幾千萬縷。

○▲ ●○○●○○● ◎⊙● ◎○○▲ ●○● ○○●○●▲

“未蘇”、“鎖塵”俱宜仄平，《譜》、《圖》注可平平，大錯。觀美成之“褪香”、“鳳慵”，蘆川之“乍閑”、“未平”，竹山之“貫簾”、“叩冰”，惜香之“乍濃”、“繫心”，又一首“半開”、“繡裀”，竹屋之“舊家”、“勁松”，阮氏之“乍晴”、“繡衾”，黄於行之“乍零”、“淚乾”，無不同者，且俱用去聲，尤妙。豈得杜撰謂可平平耶？“垂楊幾千萬縷”，亦宜平平仄平去上，此乃定格。上所引各家，亦無不同者。《譜》乃云：“可用仄平平仄平仄，如《念奴嬌》尾句”，豈非杜撰耶？至沈

天羽《續集》，收“風裏楊花”一首，謂是謝無逸所作，查《溪堂集》内並無此詞，余以爲必非無逸所作，蓋於“海”字作“高”，“未”字作“懸”，“更”字作“花”，“鎖”字作“雙”，已皆失調。而“待拈”句作“猛期月滿會姮娥”，不知此句即配前段“半褰”句，乃“會”字用去，“娥”字用平。“垂楊”句作“甚日于飛時節”，“甚日”二字用仄，“于飛”二字用平，全失體格矣。豈有無逸大名家，而作此落腔詞乎？且其語鄙陋不堪，沈氏亟賞之，並引惡濫可笑、歪娼傖卒口中之“桂枝”句以爲媲美，何其村醜至此！可爲一歎。“縷”字誤刻“里”，今改正。

【杜注】按，《歷代詩餘》“有人收否”句，“收”作“知”，應遵改。又按，宋元人此調十餘首，句調平仄約略相同。

【考正】原譜後結作“意不盡、垂楊幾千萬縷”，萬氏注“不”字以入作平，“意”字《欽定詞譜》作“望”，是，據改。此結宋人多用三字逗領六字句法，然六字句爲律拗句式，今人填此，亦可填成“望不盡垂楊、幾千萬縷”模式。

萬氏注云，《圖》注“未蘇”、“鎖塵”爲可平平者大錯，非是。此本四字句，依律第三字可平，乃是大律所在，故如夢窗作“翠館朱樓……海角天涯”，第三字皆平，正是明證。

歸朝歡　一百四字　又名：菖蒲緑

張　先

聲轉轆轤聞露井。曉引銀瓶牽素綆。西園人語夜來風，叢英飄墮紅
○●●○○●▲　●●○○○●▲　○○○●●○○　○○○●○
成徑。寶猊煙未冷。蓮臺香蠟殘痕凝。等身金，誰能得意，買此好
○▲　●○○●▲　○○○●○○▲　●○○　○○●●　●●●
風景。　粉落輕妝紅玉瑩。月枕横釵雲墜領。有情無物不雙棲，
○▲　●●○○○●▲　●●○○○●▲　●○○●●○○
文禽只合常交頸。晝長歡豈定。争如翻作春宵永。日曈曨，嬌柔懶
○○●●○○▲　●○○●▲　○○○●○○▲　●○○　○○●
起，簾壓卷花影。
●　○●●○▲

“猊”字平，“夜”字仄，此二字不拘。如稼軒、東坡前後俱平，耆卿則前仄後平，馬莊父則前平後仄，可通用也。此調前後符合，起二句第二字俱用仄，三四兩句第二字俱用平，各家皆同，只莊父於後起句用“團團寶月憑纖手”，此乃誤筆，必不可從，或本是“寶月團團憑素手”亦未可知，斷無與前段首句兩樣之理。若《譜》注並首句亦改從“團團”句平仄，則尤爲無理矣。“好”字、“卷”字間有作平者，然不如仄聲起調。子野用字致密，自在蘇、辛

上耳。

【杜注】按，宋陳師道《後山詩話》，“晝夜歡豈定”句，“夜”作“長”。又，“簾壓卷花影”句，“壓”作“幕”。

【考正】後段第五句第二字原譜作“夜”，於律不諧，萬氏以爲不拘，或誤。檢宋元人諸作，均爲平聲，而彊村叢書本《張子野詞》本句作“晝長歡豈定”，萬氏所據，毋乃誤乎？據改。

西河　一百五字　又名：西湖三疊

周邦彦

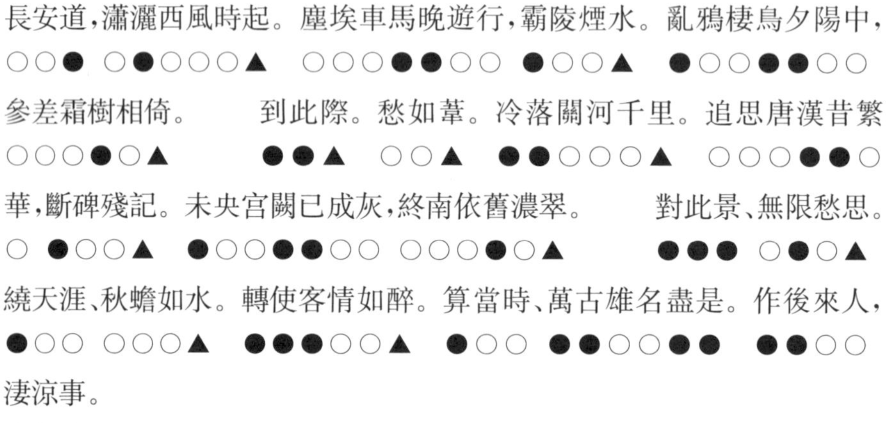

長安道，瀟灑西風時起。塵埃車馬晚遊行，霸陵煙水。亂鴉棲鳥夕陽中，參差霜樹相倚。到此際。愁如葦。冷落關河千里。追思唐漢昔繁華，斷碑殘記。未央宮闕已成灰，終南依舊濃翠。對此景、無限愁思。繞天涯、秋蟾如水。轉使客情如醉。算當時、萬古雄名盡是。作後來人，淒涼事。

《清真集》誤作兩段，今分正。“際”字偶合，非叶，觀各家可知。此體他無作者。

按，“如葦”當作“似葦”，此字各家皆作仄，況後“如水”、“如醉”二句相承，此不宜更複。

【杜注】按，《欽定詞譜》“斷碣殘記”句，“碣”作“碑”。又，“盡作往來人”句，“盡”下有“是”字，“往”作“後”，應遵改。又按，清真另一首起句“佳麗地”，“地”字叶韻，後結上一句云：“相對如説興亡”，可見此句應六字，下有“是”字也。又，可平可仄今校另一首補注。

【考正】本調第三段尾均依律當爲十六字，如美成别首作：“入尋常、巷陌人家相對。如説興亡斜陽裏。”夢窗作：“向沙頭、更續殘陽一醉。雙玉杯和流花洗。”玉田作：“且脱巾露髮，飄然乘興。一葉浮香天風冷。”且第九字須叶韻。萬氏原譜作：“想當時、萬古雄名，盡作往來人，淒涼事。”顯脱一字、落一韻。而今人諸本則均依《欽定詞譜》讀爲：“算當時、萬古雄名，盡是作、後來人，淒涼事。”將韻脚“是”字入句，亦誤。謹改。又按，杜氏注云美成詞後結上一句爲“相對如説興亡”，“對”字亦爲韻脚，觀王奕、方千里、楊澤民和詞可知，杜氏顯誤，今人標點本如《全宋詞》者，亦多誤落。

第二體　一百四字

王　彧

天下事。問天怎忍如此。陵圖誰把獻君王，結愁未已。少豪氣概總成塵，
○●▲　◎○◎●○▲　⊙○⊙●●○○　●○●▲　●○●●●○○
空餘白骨黄葦。　　千古恨，吾老矣。東遊曾吊淮水。繡春臺上一回登，
○○○●○▲　　○●●　○●▲　⊙○⊙●○▲　◎○⊙●●○○
一回揾淚。醉歸撫劍倚西風，江濤猶壯人意。　　袛今袖手，野色裏。望
●○●▲　●○●●●○○　○○○●○▲　　●○●●　●●▲　●
長淮、猶二千里。總有英心誰寄。近新來、又報烽煙起。絶域張騫、歸
○○　○●○▲　●●⊙○○▲　●○○　●●○○▲　◎●○○　○
來未。
○▲

此亦與周“佳麗地”詞同，惟後段結減一字，作八字一句、七字一句異。

首三字即起韻、第三段起句上四下三及後結，俱與前詞不同。而“未已”之“未”字、“揾”字用去聲，亦異。

“袖手野色裏”五字疊仄，且宜去上去去上方佳，不可不知。“張騫歸來”四字疊平，勿誤。

【考正】第三段起七字、尾句七字原譜均不讀斷，音步連仄失諧。又按，第三段“近新來、又報烽煙起”僅得八字，而宋元諸家均爲九字，則本詞當落一字無疑。

第三體　一百五字

吴文英

春乍霽。清漣畫舫融泄。螺雲萬點暗凝秋，黛蛾照水。謾將西子比西湖，
○●▲　○○●●○▲　⊙○●●●○○　●○●▲　●○○●●○○
溪邊人更多麗。　　步危徑，攀艷蕊。掬霞到手紅碎。青蛇細折小迴廊，
○○○●○▲　　●○●　○●▲　◎○●●○▲　⊙○●●●○○
去天半咫。畫欄入暮起東風，棋聲吹下人世。　　海棠借雨半繡地。殘
●○●▲　●○●●●○○　○○○●○▲　　●○●●●●▲　⊙
寒褪、初卸羅綺。除酒消春何計。向沙頭、更續斜陽一醉。雙玉杯和流
○◎　○●○▲　⊙●○○○▲　●○○　●●○○●▲　○●○○○
光洗。
○▲

“向沙頭”句比前詞多一字，美成、千里皆用此體。“照”、“半”亦如前詞用

去聲。其餘“乍”、“畫”、“舫”、“萬”、“黛”、“謾”、“更”、“步”、“徑”、“艷”、“細”、“去”、“晝”、“暮”、“下”、“借”、“半”、“繡”、“卸”、“向”、“更”諸去聲俱與周、方、張無異。《圖譜》亂注，謬矣。又謂“步危徑”二句是六字句，“攀”字、“光”字可仄，俱背謬之甚。且以前二段合而爲一，尤未體察也。

按，稼軒“西江水”一首，俱與前“長安道”一調同，只後結用此篇體，但於“醉”字不叶韻，“步危徑”六字用“會君難，別君易”，平仄稍異，因注明不另録。又，玉田一首於“畫闌”上多一字，此段宜同首段，不應多一字，故本譜不收一百六字體。其原刻題作《西河》，《圖譜》另收《西湖》一調，誤。且“螺雲”下十一字，本上七下四，玉田云“鬧紅深處小秦箏，斷橋夜飲”是也，《圖譜》分作上四下七。“青蛇”下十一字亦上七下四，與前段同，美成云“空餘舊跡鬱蒼蒼霧沉半壘”是也，《圖譜》亦分作上四下七。真顛倒錯亂可歎也。後結云：“且脱巾露髮，飄然乘興。一葉愁香天風冷。”“興”字乃叶韻，正與吴詞“醉”字同。尾句乃七字也，以“飄然乘興一葉”爲一句、以尾爲五字，尤誤。

按此篇汲古刻於“細折”分斷，“咫”作“尺”，“向”作“高”，俱誤，今改正。

【杜注】按，戈氏校本“螺雲萬點暗凝秋”句，“點”作“疊”，“暗”作“黯”，宜從。

【考正】本詞實同美成詞，惟第三段起拍、結拍例作七字拗句，美成之起拍折腰式、結拍四字一句三字一句僅此一例，且前段起拍例以叶韻爲正，故以夢窗詞爲正體。

百宜嬌　一百四字

吕渭老

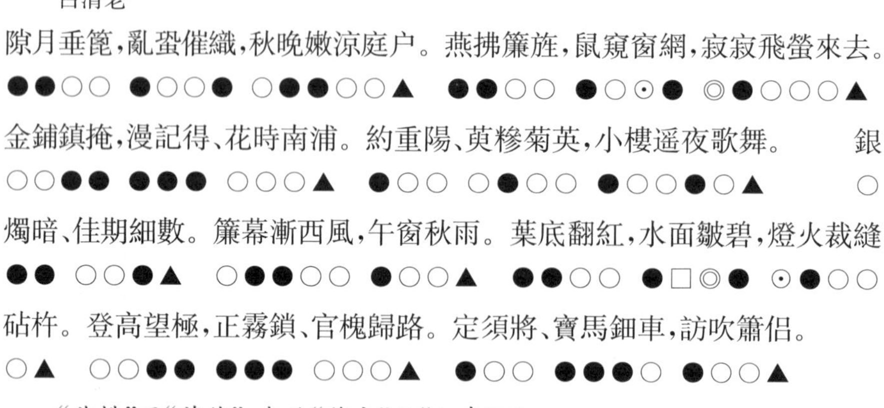

隙月垂篦，亂蛩催織，秋晚嫩涼庭户。燕拂簾旌，鼠窺窗網，寂寂飛螢來去。金鋪鎮掩，漫記得、花時南浦。約重陽、萸糝菊英，小樓遥夜歌舞。　銀燭暗、佳期細數。簾幕漸西風，午窗秋雨。葉底翻紅，水面皺碧，燈火裁縫砧杵。登高望極，正霧鎖、官槐歸路。定須將、寶馬鈿車，訪吹簫侣。

“燕拂”至“菊英”，與後“葉底”至“鈿車”同。

按，《眉嫵》亦作《百宜嬌》，實與此調全異，不可混也。

此調微似《氐州第一》。

【杜注】按，秦氏校本“秋晚軟涼房户”句，“房”作“庭”，應照改。又按，後結“吹簫”二字須相連，與《水龍吟》句法同。

【考正】萬氏原注“菊”字作平、“面”字宜平。又，“篦”，以入作平。又，一本後段尾均作“定須相將，寶馬鈿車，訪吹簫侶”，《全宋詞》採之，誤，當是衍一字，故音律亦不諧矣。

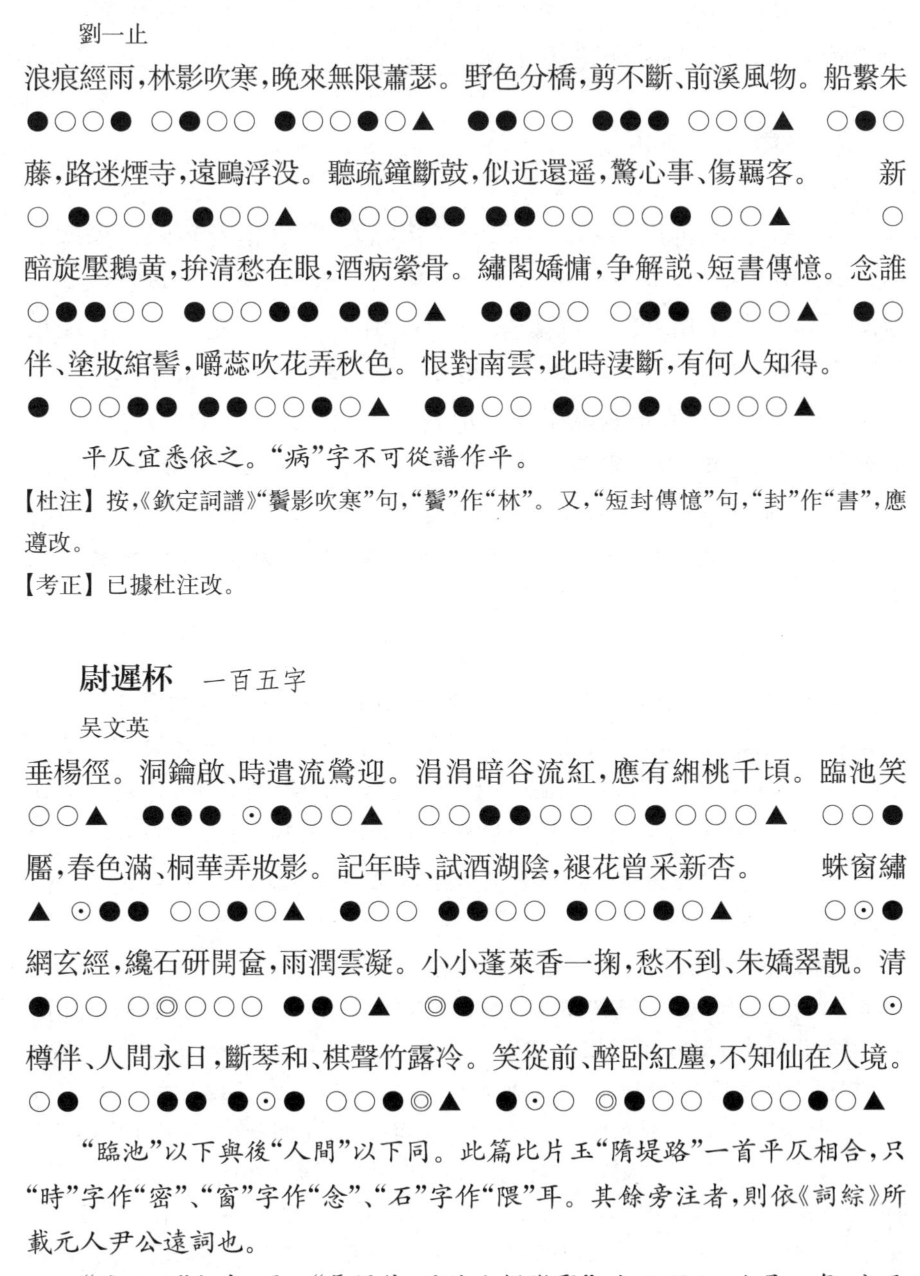

夢横塘　一百五字

劉一止

浪痕經雨，林影吹寒，晚來無限蕭瑟。野色分橋，剪不斷、前溪風物。船繫朱

●○○● ○●○○ ●○○●○▲ ●●○○ ●●● ○○○▲ ○●○

藤，路迷煙寺，遠鷗浮没。聽疏鐘斷鼓，似近還遥，驚心事、傷羈客。　新

○ ●○○● ●○○▲ ●○○●● ●●○○ ○○● ○○▲ ○

醅旋壓鵝黄，拚清愁在眼，酒病縈骨。繡閣嬌慵，争解説、短書傳憶。念誰

○●●○○ ●○○●● ●●○▲ ●●○○ ○●● ●○○▲ ●○

伴、塗妝綰髻，嚼蕊吹花弄秋色。恨對南雲，此時淒斷，有何人知得。

● ○○●● ●●○○○●○▲ ●●○○ ●○○● ●○○○▲

平仄宜悉依之。“病”字不可從譜作平。

【杜注】按，《欽定詞譜》“鬢影吹寒”句，“鬢”作“林”。又，“短封傳憶”句，“封”作“書”，應遵改。

【考正】已據杜注改。

尉遲杯　一百五字

吴文英

垂楊徑。洞鑰啟、時遣流鶯迎。涓涓暗谷流紅，應有緗桃千頃。臨池笑

○○▲ ●●● ⊙●○○▲ ○○●●○○ ○●○○○▲ ○○●

靨，春色滿、桐華弄妝影。記年時、試酒湖陰，褪花曾采新杏。　蛛窗繡

▲ ⊙●● ○○●○▲ ●○○ ●●○○ ●○○●○▲ ○⊙●

網玄經，纔石研開奩，雨潤雲凝。小小蓬萊香一掬，愁不到、朱嬌翠靚。清

●○○ ○◎○○○ ●●○▲ ◎●○○○●▲ ○●● ○○●▲ ⊙

樽伴、人間永日，斷琴和、棋聲竹露冷。笑從前、醉卧紅塵，不知仙在人境。

○● ○○●● ●⊙● ○○●◎▲ ●⊙○ ◎●○○ ●○○●○▲

“臨池”以下與後“人間”以下同。此篇比片玉“隋堤路”一首平仄相合，只“時”字作“密”、“窗”字作“念”、“石”字作“隈”耳。其餘旁注者，則依《詞綜》所載元人尹公遠詞也。

“纔石研”九字，周云“長偎傍、疏林小檻歡聚”，上三下六，此是一氣，分豆不拘。《圖譜》將此調改圖三十七字，幾不似《尉遲杯》矣。

【考正】萬氏原注“迎”去聲、“一”作平。按，“一”字作平，顯因美成“冶葉倡條俱相識”句，

惟晁補之亦有"怎得春如天不老",雖可解爲"不"字作平,而其實二字亦可視爲仄聲,以成律句。因後段第二均,本從柳耆卿"困極歡餘,芙蓉帳暖,別是惱人情味"讀破而來,而柳詞應是正格。他如万俟雅言:"見説徐妃,當年嫁了,信任玉鈿零落。"賀梅子:"寶瑟弦調,明珠佩委。回首碧雲千里。"以及後一體無名氏詞,皆是讀破句法。故第六字用平,美成易爲"冶葉倡條俱相識,仍慣見、珠歌翠舞",正余所謂"以彼調填此句"者也。

第二體 一百五字

無名氏

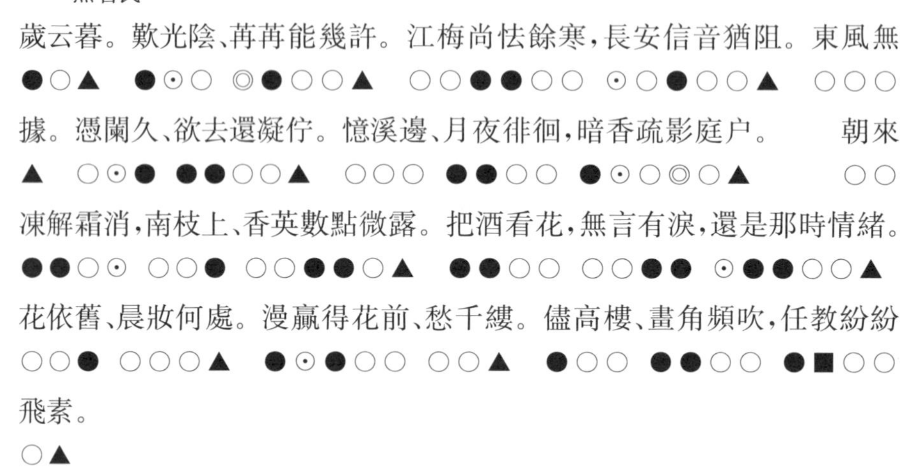

歲云暮。歎光陰、苒苒能幾許。江梅尚怯餘寒,長安信音猶阻。東風無據。憑闌久、欲去還凝佇。憶溪邊、月夜徘徊,暗香疏影庭户。　朝來凍解霜消,南枝上、香英數點微露。把酒看花,無言有淚,還是那時情緒。花依舊、晨妝何處。漫贏得花前、愁千縷。儘高樓、畫角頻吹,任教紛紛飛素。

此篇與《樂章》"寵嘉麗"一首平仄同。但前結柳用"自有憐才深意",與此平仄不同,然此句當如《念奴嬌》之結,此篇是也,柳詞恐是"憐才自有深意"。"霜消"二字柳用"鴛被",似叶韻者。或云"被"字係"衾"字之訛,原與此無異也。其與前調異處,首一字用仄、"據"字叶韻、"還"字平、"把酒"下四字兩句、"還是"句止六字、"花依舊"句叶韻,此數處不同,另一體也。"教"字柳用"肯"字,自不宜用平聲。

【杜注】按,《歷代詩餘》"月夜徘徊"句,"夜"作"底"。又,"庭户"作"朱户"。

【考正】前段第二句"幾"字,耆卿作"難"、美成作"深",宋人多作平讀,故當是以上作平。又,"漫贏得"八字,總是一氣,但宋人多作上三下五讀,句法則多變,耆卿填爲"況已斷香雲、爲盟誓",上五下三式;美成爲"夜如歲、焚香獨自語",律句,"獨"字或作平,故陳允平和曰"算誰是、知音堪共語",夢窗同此;万俟雅言爲"夜深待、月上欄干角",五字句仄起,賀梅子同此;尹公遠爲"甚比似、人間更愁苦",則用拗句。本詞同耆卿,但原譜讀爲上三下五,則五字句音律失和,故改之。後段結拍萬氏注"宜仄",檢宋人諸作,本句或作○○●●○▲,或作●●○○○▲,均爲律句,而無第二第四字俱平者,此亦作者誤填或後世抄誤、刻誤者。至若前結句,萬氏以爲當是○○●●○▲,亦非,此與後結同,雖宋人多作平起仄收,然耆卿外,賀梅子作"領略當歌深意"、万俟雅言作"戲蝶遊蜂看著",可見亦可兩用之。又按,後段起拍本調自可叶韻,如万俟雅言:"重重繡簾珠箔。障穠艷霏霏,異香漠漠。"此本填詞之慣例也，萬氏以爲耆卿首句不當爲叶，誤。

第三體　一百六字

晁補之

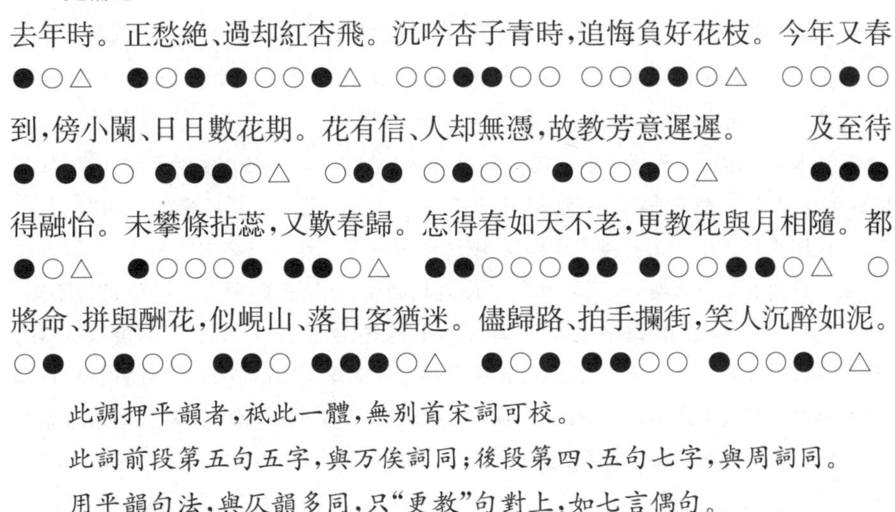

去年時。正愁絶、過却紅杏飛。沉吟杏子青時，追悔負好花枝。今年又春
●○△　●○●　●○○●△　○○●●○○　○○●●○△　○○●○
到，傍小闌、日日數花期。花有信、人却無憑，故教芳意遲遲。　　及至待
●　●●○　●●●○△　○●●　○●○○　●○○●○△　　●●●
得融怡。未攀條拈蕊，又歎春歸。怎得春如天不老，更教花與月相隨。都
●○△　●○○○●　●●○△　●●○○○●●　●○○●●○△　○
將命、拼與酬花，似峴山、落日客猶迷。儘歸路、拍手攔街，笑人沉醉如泥。
○●　○●○○　●●○　●●●○△　●○●　●●○○　●○○●○△

此調押平韻者，祇此一體，無別首宋詞可校。

此詞前段第五句五字，與万俟詞同；後段第四、五句七字，與周詞同。

用平韻句法，與仄韻多同，只“更教”句對上，如七言偶句。

【杜注】按，《歷代詩餘》“更教花與月相隨”句，下即接“儘歸路”二句，計少“都將命拼與酬花”等共十五字，疑脱。

【考正】前段第二句，“却”字以入作平。第四句，“悔”字以上作平。

秋霽　一百五字　即：春霽

史達祖

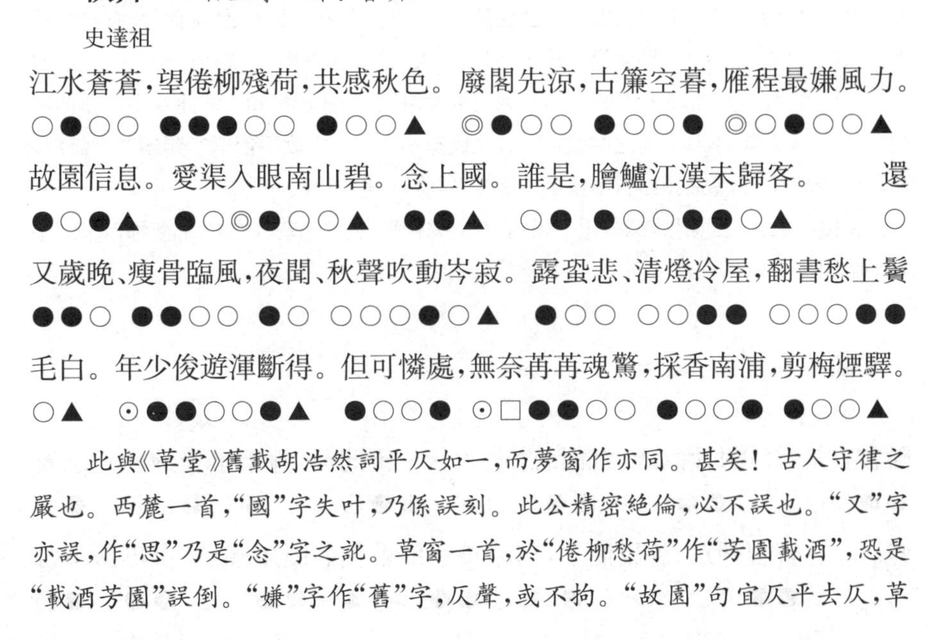

江水蒼蒼，望倦柳殘荷，共感秋色。廢閣先涼，古簾空暮，雁程最嫌風力。
○●○○　●●●○○　●○○▲　◎●○○　●○○●　◎○●○○▲
故園信息。愛渠入眼南山碧。念上國。誰是，膾鱸江漢未歸客。　　還
●○●▲　●○◎●○○▲　●●▲　○●　●○○●●○▲　　○
又歲晚、瘦骨臨風，夜聞、秋聲吹動岑寂。露蛩悲、清燈冷屋，翻書愁上鬢
●●○　●●○○　●○　○○○●○▲　●○○　○○●●　○○○●●
毛白。年少俊遊渾斷得。但可憐處，無奈苒苒魂驚，採香南浦，剪梅煙驛。
○▲　⊙●●○○●▲　●○○●　⊙□●●○○　●○○●　●○○▲

此與《草堂》舊載胡浩然詞平仄如一，而夢窗作亦同。甚矣！古人守律之嚴也。西麓一首，“國”字失叶，乃係誤刻。此公精密絶倫，必不誤也。“又”字亦誤，作“思”乃是“念”字之訛。草窗一首，於“倦柳愁荷”作“芳園載酒”，恐是“載酒芳園”誤倒。“嫌”字作“舊”字，仄聲，或不拘。“故園”句宜仄平去仄，草

窗“故”字作“年”，誤。“又”字作“蛩”，“聞”字作“眼”，“可”字作“遊”，亦俱誤，或係傳訛，或係敗筆，皆不可從。作者但守胡、史、吴足矣。

按，《草堂》收胡詞，以此爲《春霽》，又收《秋霽》一調，與此一字無殊，甚爲無謂。且題下注陳後主作，怪甚。陳後主於數百年前先爲此調，而字句多學浩然，豈非奇事？今查史、陳、周俱作《秋霽》，故題名從之。《譜》、《圖》以首句爲七字，“念上國”連“誰是”爲一句，俱奇。至調中平仄，除旁注外一字不可移，《譜》注乃無一字不可移，尤奇之奇也。

【考正】本調多處以上作平。前段第三句第二字按律當平，而宋人多用上聲代平，如吴夢窗用“洗”、胡浩然用“草”、陳西麓用“下”、盧蒲江用“老”，而周草窗則徑用“船”字。又，前段尾均原譜作：“念上國。誰是、膾鱸江漢未歸客。”然前三字本非獨立句子，蓋此“。”號本爲律法單位之韻號，而非文法單位之句號也，原譜對此類文法單位每每不知。於本詞論，“念上國誰是”爲一句，國字爲句中韻，同理，夢窗詞“試縱目空際，醉來風露跨黄鵠”、陳西麓詞“有素鷗閑伴，夜深呼棹過環碧”、曾空青詞“細細酌簾外，任教月轉畫闌角”均爲文法意義上之兩句。故陳西麓不用腹韻則爲“有素鷗閑伴，夜深呼棹過環碧”、盧蒲江則爲“向艷歌偏愛，賦情多處寄衷曲”。知此，則方能準確擬譜。否則，“空際醉乘”、“閑伴夜深”云云，俱不成句也。而後段首拍亦同，第四字須用上聲，如夢窗之“緲”、西麓之“里”、胡浩然之“想”、蒲江之“有”及草窗之“草”。又如“但可憐處”句，句法或一三式，或二二式，第二字依律當平，宋人除周密作“舊遊空在”及曾空青作“寄寒香與”外，均用上聲替平聲。

“夜聞”下八字，原譜作四字一逗，則萬氏已知此八字爲一句也，此誠詞譜家之敏感。然四字一逗終究罕見，且前四字音步連平、後四字音步連仄，亦殊爲拗違。考宋詞實際，此八字多作二字逗領六字句，如胡浩然之“儼然、遊人依舊南陌”，夢窗之“恍然、煙蓑秋夢重續”，西麓之“幾回、瓊臺同駐鸞翼”，若作“儼然遊人”、“恍然煙蓑”、“幾回瓊臺”，便不成句矣。又如本詞，夜聞者，非秋聲也，乃“秋聲吹動岑寂”也。細玩可知。惟此八字若作四字兩句，則平仄需微調，如草窗之“轉眼西風，又成陳跡”，第六字改平，又如《類編草堂詩餘》無名氏“到今空有，當時蹤跡”，不僅第六字改平，前句平仄亦反。

又按，“無奈”之“奈”宋詞多用平聲，偶有上聲作平者。“無奈”，或本爲“無那”，“那”字有平讀，則合斯律。

曲玉管　一百五字

柳　永

隴首雲飛，江邊日晚，煙波滿目憑闌久。一望關河，蕭索千里清秋。忍凝
●●○○　○○●●　○○●●○○▲　●●○○　○●○●○△　●○
眸。　　杳杳神京，盈盈仙子，别來錦字終難偶。斷雁無憑，冉冉飛下汀
△　　●●○○　○○○●　●○●●○○▲　●●○○　●●○○●○

洲。思悠悠。　暗想當初，有多少、幽歡佳會，豈知聚散難期，翻成雨恨
△　●○△　●●○○　●○●　○○○●　●○●●○○　○○●●
雲愁。阻追遊。悔登山臨水，惹起平生心事，一場銷黯，永日無言，却下
○△　●○△　●○○○●　●●○○○●　●○○●　●●○○　●●
層樓。
○△

此調亦平仄通叶者，“思悠悠”三字疑是後疊起句，因無他作可證，依舊録之。

【杜注】按，葉譜以“杳杳神京”作第二段，爲雙拽頭，宜從。《欽定詞譜》亦注雙拽頭，未分段。

【考正】本詞原譜分爲兩段，前段十二句，誤。按，本調實爲雙拽頭，三段，前十二句當作兩段，每段六句。又，“一望”下十字，對第二段“斷雁”下十字，均爲四字一句、六字律拗一句，六字句第五字不可用仄。惟此十字終是一氣，故若作六字一句、四字一句，或竟是本律，更佳。

泛清波摘遍　一百五字

晏幾道

催花雨小。著柳風柔，都似去年時候好。露紅煙緑，儘有狂情鬭春早。長
○○●▲　○●○○　●●●○○●▲　●○○●　●●○○●○▲　○
安道。鞦韆影裏，絲管聲中，誰放艷陽輕過了。倦客登臨，暗惜光陰恨多
○▲　○○●●　○●○○　○●●○○●▲　●●○○　●●○○●○
少。　楚天渺。歸思正如亂雲，短夢未成芳草。空把吴霜鬢華，自悲清
▲　●○▲　○●●○●○　◎●●○○▲　⊙●○○●○　●○○
曉。帝城杳。雙鳳舊約漸虛，孤鴻後期難到。且趁朝花夜月，翠尊頻倒。
▲　●○▲　○●●○●○　⊙■●○○▲　◎●○○●●　●○○▲

此詞豐神婉約，律度整齊，作者何寥寥耶？而各譜中失收，更不可解。

愚按，此調當是四段合成，“催花”至“春早”爲一段，“秋千”至“多少”爲二段，而“長安道”三字乃換頭語也。只“露紅”句與“倦客”句平仄異耳。“楚天渺”至“清曉”爲三段，“帝城杳”至末爲四段。此則字數俱齊者。“華”字照後“月”字，宜仄，恐是“影”字之訛，抑或後“月”字是作平，皆未可知。然此等不歇拍處，原不拘也。如前“露紅”、“倦客”二句，唱字皆平平帶過，其勢趨向下句，於“鬭”字、“恨”字兩去聲著力縱激，而以“早”字、“少”字兩上聲收之。“空把”、“且趁”二句亦然，故後二段煞句，亦皆用上聲，而“自”字、“翠”字先用去聲也。管見如此知，天下人莫不以爲迂且怪矣。

前結句《詞匯》作“暗惜花光，飲恨多少”，甚無義理。原疑其誤，及查汲古刻《小山詞》，又作“暗惜花光，陰恨多少”，“花光飲”與“花光陰”皆不通，因恍然悟：後結又用“花月”，則此“花”字乃誤多，而《詞匯》又因“陰”字訛作“飲”字耳。

【杜注】按，《欽定詞譜》“空把吴霜鬢華”句，“霜”字下有“點”字，應遵補。

【考正】萬氏所論甚是在理，故杜注不必從。又，原譜首句未入韻，誤。詞之每段首句均可押韻或不押韻，此乃詞律如此，各調皆然。圖譜據改。又，“舊約”對前“正如”，“約”字以入作平；“孤鴻”對前“短夢”，“鴻”字疑爲“雁”之誤。

詞律卷十八終

詞律卷十九

角招　一百六字

趙以夫

曉寒薄。苔枝上，剪成萬點冰蕚。暗香無處著。立馬斷魂，晴雪籬落。溪
●○▲　○○●　●○●●○▲　●○○●▲　●●●○　○○○▲　○
横略彴。恨寄驛、音書遼邈。夢繞揚州東閣。風流舊日何郎，想依然林
○●▲　●●●　○○○▲　●●○○○▲　○○●●○○　●○○○
壑。　　離索。引杯自酌。相看冷淡，一笑人如削。水雲寒漠漠。底處
▲　　　○▲　●○●▲　○○●●　○●○○▲　●○○●▲　●●
群仙，飛來霜鶴。芳姿綽約。正月滿、瑶臺珠箔。徙倚闌干寂寞。盡分
○○　○○○▲　○○●▲　●●●　○○○▲　●●○○●▲　●○
付、許多愁，城頭角。
●　●○○　○○▲

"暗香"至"東閣"，與後"水雲"至"寂寞"相合，則"溪略彴"句與"芳姿綽約"正同，尚應有一字。況"略彴"是小橋，止加一"溪"字，恐無此文情耳。

按，趙作《角招》、《徵招》二詞，乃詠梅雪，正如白石《暗香》、《疏影》之意。"招"字雖相同，而《徵招》已有小令類附，故不便並列。

《圖譜》全未玩味，不知"薄"字是起韻，却將首句作六字，而以"蕚"字爲起韻，是使此調失却一韻矣。又不知"邈"字音"莫"，本是叶韻，正與後"箔"字同，因不注叶，是使此調失二韻矣。又不知"徙倚"句六字，"寞"字本是叶韻，正與前"閣"字同，因讀作七字，連下"盡"字爲一句，是使此調失三韻矣。趙虚齋何不幸哉！雖然虚齋往矣，其不幸俱在後之信譜者矣。

【杜注】萬氏注云："溪略彴"句尚應有一字。按，《欽定詞譜》"溪"字上有"横"字，應遵補。又，葉譜"底處群仙"句，"底處"作"十萬"。又，"飛來雙鶴"句，"飛來"作"同驂"。又，"芳姿綽約"句作"幾多幽約"。又，"徙倚闌干寂寞"句，"徙倚"作"夢斷"。宜從。又按，此調及卷八之《徵招》，皆姜白石所製，趙用父自注亦云"姜夔製《徵招》、《角招》二曲，余以《角招》賦

梅”，自應以姜詞爲正格。今以對校，惟“苔枝”上九字姜作“何堪更繞西湖，盡是垂柳”十字，此落一字，其餘平仄祇“東閣”之“東”字作仄，餘則全同。

【考正】萬氏原注“晴雪”之“雪”作平。又，“一笑”，姜白石作“相映”，則“一”字亦作平。又，“風流”句，姜詞作“過三十六離宫”，句法爲一字逗領五字式，故後段姜詞作“問誰識曲中心”，亦爲一字逗領五字句句法，邵亨貞兩首，一作“爲分得一枝來”，一作“向天角歇孤帆”，均爲一字逗領五字句法，即便趙以夫詞之後段，亦作“盡吩咐許多愁”，句法同，可見“風流”句乃是敗筆，填者宜以一五式構思本句爲是。又按，“溪略彴”，杜注《欽定詞譜》“溪”字上有“横”字，而内府本《欽定詞譜》“横”字則在“溪”後，玩其文意，“溪横略彴”爲是。

後段“底處群山，飛來霜鶴”二句，邵亨貞一首作“却明朝、新愁縈繞”，應係缺失一字耳，非有此格。

解連環　一百六字　又名：望梅

蔣　捷

妒花風惡。吹青陰漲却，亂紅池閣。駐媚景、別有仙葩，遍瓊甃小臺，

●○○▲　○○○●●　●○○▲　●●◎　◎●○○　●○●◎○

翠油疏箔。舊日天香，記曾繞、玉奴弦索。自長安路遠，膩紫肥黃，但

●○○▲　●●○○　●⊙●　◎○○▲　●○○●●　●●⊙○　●

譜東洛。　天津霽虹似昨。聽鵑聲度月，春又寥寞。散艷魄、飛入江

●○▲　○○●○●▲　●○○●●　○◎○▲　●●◎　⊙●○

南，轉湖渺山茫，夢境難托。萬疊花愁，正困倚、鈎闌斜角。待攜尊、醉歌

○　●○●○○　●◎○▲　●●○○　●◎●　⊙○○▲　●○○　●○

醉舞，勸花自落。

●●　●○●▲

“吹青陰”至“弦索”，與後“聽鵑聲”至“斜角”同。

按，《片玉》於“散艷魄”句止作六字，方千里、楊補之和詞亦同，但此句正對前段“駐媚景”句，宜用七字，此調作者頗衆，皆用七字，自當從其大同者。故本譜不收一百五字，非失考漏列也。且多此一字，填詞較便，學者但作七字無誤。沈刻周詞加“慢”字，是也。“小”、“譜”、“又”、“境”等字，周、方、姜、張翥等俱用仄聲，竹屋、逃禪多用平聲，似應用仄爲有調。後結兩“醉”字、“勸”字、“自”字，俱用去聲，是定格，即高、楊亦守之矣。《譜》乃無一字不注可平可仄，安在其爲《解連環》也？

按，前結一五兩四，各家皆同，補之本和美成者，美成云“想移根换葉，還是舊時，手植紅藥”，補之則云“自無心强陪醉笑，負他滿庭花藥”，應於“笑”字分句，或一氣貫下，可以不拘。然“陪”字平聲，終覺不順，學者自有周、方及他

家典型在也。

又按，舊《草堂》載柳詞《望梅》一調，查與《解連環》全同，當時亦誤兩收，猶《慶春澤》之與《高陽臺》也。今録於左，覽者對勘，當知之。

望梅　一百六字

柳　永

小寒時節。正同雲幕慘，勁風朝冽。信早梅、偏占陽和，向日處淩晨，數枝先發。時有香來，望明艷、遥知非雪。展礲金嫩蕊，弄粉素英，旖旎清徹。
仙姿更誰並列。有幽光照水，疏影籠月。且大家、留倚闌干，鬬緑醑飛看，錦箋吟閲。桃李春花，料比此、芬芳俱别。見和羹大用，莫把翠條謾折。

句字、平仄、音響俱同，豈非與《解連環》一調？後結雖於"大用"斷句，然一氣，不拘。正如補之前尾用"負他"句六字也。想此調或可兩名，或耆卿用前調作梅花詞，題曰"望梅"，因誤襲爲調名。故本譜不復另收《望梅》調。按，向來《嘯餘》、《圖譜》等書，於"鬬緑醑"九字，俱將"看"字讀作去聲，故以"鬬緑醑"三字爲豆，而下作六字句，且因"看"字差認，並上"飛"字亦注可仄，謂"飛看"六字可作仄仄平平仄仄，訛錯相沿，莫知訂正。余謂"看"字平聲，此九字上五下四，蓋在梅花之下必宜詩酒，故用"緑醑"、"錦箋"，"飛"字屬酒，"吟"字屬詩，"看"與"閲"則屬花言，飛觴以看花，吟句以閲花也。若作六字句，則"看"、"閲"二字複矣。此兩句自相爲對，而以"鬬"字領起，正應上"大家"二字也。且此調後段比前，只换頭尾中皆相合，前"淩晨"二字平，則此"飛看"二字亦必平矣。同人猶未深信，余因檢放翁集《望梅》詞出示之，則此九字云："奈回盡鵬程，鎩殘鸞翮"，正用儷語，"鵬程"二字豈可連下句？於是此調始明，而知向來徇譜之謬。

【杜注】按，《望梅》一首，《欽定詞譜》列《解連環》調。"淩晨數枝先發"句，"先"作"争"。又，"展礲金嫩蕊"句，作"想玲瓏嫩蕊"。又，"旖旎清澈"句，"徹"作"絶"。又，"有幽光照水"句，"照"作"映"。又，"對緑醑飛看"句，"看"作"觥"。又，"桃李春花"句，"春花"作"繁華"。又，"料比此"三字作"奈彼此"。又，"見和羹"句，"見"作"等"。又，"莫把翠條謾折"句，"莫"作"休"。均應遵改。

【考正】過片换頭若同音步相連，則必有二字逗，惜前人皆不識，故從不標示。如本調，其實前後段本爲相同，惟後段添一二字逗，故曰"添頭"也，若以區别其他類型换頭，可名之爲"添頭"。添頭若删之，則前後段正合。

飛雪滿群山　一百六字　"群"或作"堆"

張　榘

愛日烘晴，梅梢春動，曉窗客夢方還。江天萬里，高低煙樹，四望猶擁
●●○○　○○○●　●○●●○△　○○●●　○○○●　●○○●

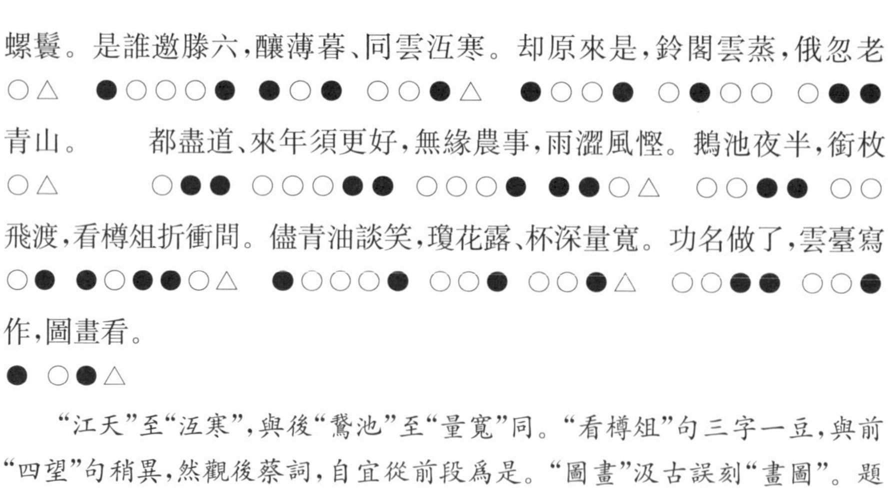
螺鬟。是誰邀滕六,釀薄暮、同雲沍寒。却原來是,鈴閣雲蒸,俄忽老
○△ ●○○○● ●○● ○○●△ ●○○● ○●○○ ○●●
青山。 都盡道、來年須更好,無緣農事,雨澀風慳。鵝池夜半,銜枚
○△ ○●● ○○○●● ○○○● ●●○△ ○○●● ○○
飛渡,看樽俎折衝間。儘青油談笑,瓊花露、杯深量寬。功名做了,雲臺寫
○● ●○●●○△ ●○○○● ○○● ○○●△ ○○●● ○○●
作,圖畫看。
● ○●△

"江天"至"沍寒",與後"鵞池"至"量寬"同。"看樽俎"句三字一豆,與前"四望"句稍異,然觀後蔡詞,自宜從前段爲是。"圖畫"汲古誤刻"畫圖"。題名,本集作《飛雪滿堆山》,然查《友古詞》,"堆"作"群",調本相同,而"群"字較"堆"字爲妥。

【杜注】按,《欽定詞譜》"鈴閣露熏"句,"露熏"作"雲蒸"。又,"年來須更好"句,"年來"作"來年"。又,"銜梅飛渡"句,"梅"作"枚"。均應遵改。又按,秦氏校本,"儘清油談笑"句,"清油"作"青遊",可從。

【考正】後段尾均詞意,實爲"功名做作圖畫看,雲臺寫作圖畫看",詳見後一體考正。

第二體 一百七字 又名:扁舟尋舊約

蔡 伸

冰結金壺,寒生羅幕,夜闌霜月侵門。翠筠敲韻,疏梅弄影,數聲雁過
⊙●○○ ○○○● ●○⊙●○△ ◎○○● ○○◎● ●○●●
南雲。酒醒欹縈枕,愴猶有、殘妝淚痕。繡衾孤擁,餘香未減,猶是那
○△ ●○○●● ●○● ○○●△ ●○○● ○○●● ○●●
時薰。 長記得、扁舟尋舊約,聽小窗風雨,燈火昏昏。錦裍纔展,瓊
○△ ○●● ○○○●● ●●○○● ⊙●○△ ◎○○● ○
籤報曙,寶釵又是輕分。黯然攜手處,倚朱箔、愁凝黛顰。夢回雲散,山遥
○◎● ●○●●○△ ●○○●● ●○● ○○●△ ●○○● ○○
水遠,空斷魂。
●● ○●△

"餘香"句與前詞"鈴閣"句平仄異,然前詞"薰"字或作"黛"字,則仍是仄聲。或"閣"字作平用也。蔡別作此句用"塵生繡衾",是依此詞爲妥。"聽小窗"句比前詞多一字,此篇全整可從。前詞"是誰邀"、"儘青油"二句,以"是"字、"儘"字領句,故"滕"、"談"二字用平,此如五言詩句,"縈"、"手"二字用仄,

此可不拘。

又按，蔡别作是“猗”字起韻，後用“時”、“衣”等叶，而於“殘妝淚痕”作“渾如夢裏”，是知“裏”字乃以上聲叶平者。又一平仄通用之調也。“殘妝”句、“愁凝”句俱用平平仄平，末三字必用平仄平，不可誤。此則《圖譜》俱不誤改，可愛。

【杜注】按，《欽定詞譜》“夜闌雪月侵門”句，“雪”作“霜”。又，“翠�敲竹”句，“竹”作“韻”。又，“燈火昏昏”句，上“昏”字作“黄”。均應遵改。又按，《歷代詩餘》“愴猶有”三字，“愴”字下有“然”字。

【考正】已據《欽定詞譜》改。《歷代詩餘》本誤，不從。

後結“山遥水遠空斷魂”，看似拗句，實乃尾均由四字兩句、三字一句構成，而本詞“夢回雲散，山遥水遠”及前詞“功名做了，雲臺寫作”皆爲驪句，惟“寫作圖畫看”文意過緊，故不易看出。後文有《望海潮》，其前段尾均亦多作“市列珠璣，户盈羅綺競豪奢”讀，而究其句法本質，亦四字兩句、三字一句也。本詞較之前段，其作“繡衾孤擁，餘香未減，猶是那時薰”，正是四字儷句後托五字句，章法本一，減字而已。故吾輩填此，若以此構思，方爲正格。

望海潮　一百七字

秦　觀

梅英疏淡，冰澌溶洩，東風暗换年華。金谷俊遊，銅駝巷陌，新晴細履
○○○●　○○⊙●　○○●●○△　○●●○　○○●●　○○●●

平沙。長記誤隨車。正絮翻蝶舞，芳思交加。柳下桃蹊，亂分春色，
○△　○●●○△　●◎○◎●　⊙●○△　◎●○○　●○○●

到人家。　西園夜飲鳴笳。有華燈礙月，飛蓋妨花。蘭苑未空，行人
●○△　○○●●○△　●○○◎●　⊙●○△　○●●○　○○

漸老，重來事事堪嗟。煙暝酒旗斜。但倚樓極目，時見棲鴉。無奈歸心，
●●　○○●●○△　○●●○△　●◎○◎●　⊙●○△　⊙●○○

暗隨流水到天涯。
●○○●●○△

“金谷”以下與後“蘭苑”以下同。“俊”字、“未”字用去聲，是定格，歌至此，要振得起，用不得平聲。觀自來宋金元名詞，無不用去，惟有石孝友一首用“摇”、“生”二字，乃是敗筆。其别作一首，即用“命”、“薦”二字矣。奈何《譜》、《圖》注可平耶？其餘平仄，除旁注外亦不可亂用，《逃禪集》首句“菊暗荷枯”，用仄仄平平，恐是“荷枯菊暗”之誤，無此體也。

【考正】本調爲耆卿所創，而不以柳詞爲例，不解。

第二體　一百七字

秦　觀

秦峰蒼翠，耶溪瀟灑，千巖萬壑争流。鴛瓦雉城，譙門畫斷，蓬萊燕閣
○○○●　○○○●　○○●●○△　○●●○　○○●●　○○●●
三休。天際識歸舟。泛五湖煙月，西子同遊。茂草臺荒，苧蘿村冷，
○△　○●●○△　●●○○●　○●○△　●●○○　●○○●
起閑愁。　何人覽古凝眸。悵朱顔易失，翠被難留。梅市舊書，蘭亭
●○△　○○●●○△　●○○●●　●●○△　○●●○　○○
古墨，依稀風韻生秋。狂客鑒湖頭。有百年臺沼，終日夷猶。最好金龜换
●●　○○○●○△　○●●○△　●●○○●　○●○△　●●○○●
酒，相與醉滄洲。
●　○●●○△

後段結語二句。前詞上四下七，前後相同，此篇用上六下五，與前段各異。

按，柳詞"東南形勝"一首，於"泛五湖"句作"怒濤卷霜雪"，"有百年"句作"乘醉聽簫鼓"，句法不同，可以通用。然"聽"字應讀平聲，而"怒濤"句"濤"平"卷"仄，終覺不順，恐原是"卷怒濤霜雪"，而傳訛也。作者俱照秦則無失矣。柳後結本云"異日圖將好景，歸去鳳池誇"，與秦詞如一，《嘯餘》落却"歸去"二字，大謬。蓋此詞因孫何知杭州，柳不得見，作此，囑妓楚楚因宴會歌之，孫即迎柳預座。故云異日須畫西湖之景，歸去汴京之鳳池而誇之也。若删"歸去"二字，則"鳳池"在何處乎？乃《圖譜》沿襲，收作一百五字調，試問自宋以來，有一百五字之《望海潮》否？此調作者如林，隨意可取一篇爲式，而偏取此脱誤者，作譜以誤後人，何歟？此調二十二句，其第一字除"泛"、"茂"、"悵"、"有"四字必仄，"翠"、"最"二字不拘，其餘俱要平字起，勿爲譜所誤。

【考正】前段尾均，萬氏以爲乃四字一句、七字一句，誤。按，本調前後結例作四字驪句，後用三字句承托，此亦填詞律法之一。蓋詞有領、有托，領在前，托在後，於本詞論，"起閑愁"者，非"苧蘿村冷"也，而是"茂草臺荒，苧蘿村冷"。又如創調詞耆卿用"市列珠璣，户盈羅綺，競豪奢"正是如此手法。又，萬氏原譜作"茂草荒臺"，誤，此驪句也。又按，本調至金元，前後結又有别種填法，爲五字一句、六字折腰一句，如王吉昌詞："密運黄金井，成燦爛、結瓊華。……個裏真消息，偏分付，道人家。"

望湘人　一百七字

賀　鑄

厭鶯聲到枕，花氣動簾，醉魂愁夢相半。被惜餘熏，帶驚剩眼。幾許傷春
●○○●●　○●●○　●○○●○▲　●●○○　●○●▲　●●○○

春晚。淚竹痕鮮，佩蘭香老，湘天濃暖。記小江、風月佳時，屢約非煙遊
○▲ ●●○○ ●○○● ○○○▲ ●●○ ○●○○ ●●○○○
伴。　　須信鸞弦易斷。奈雲和再鼓，曲終人遠。認羅襪無蹤，舊處弄波
▲ ○●○○●▲ ●○○●● ●○○▲ ●○●○○ ●●●○
清淺。青翰棹艤，白蘋洲畔。儘目臨皋飛觀。不解寄、一字相思，幸有歸
○▲ ○●●□ ●○○▲ ●●○○○▲ ●●● ●●○○ ●●○
來雙燕。
○○▲

"青翰"下《譜》作八字句，誤。其他用平仄處，皆古人配定成腔，故抑揚協律。《譜》注"厭"字可平，從頭差起。几所爲抑揚者皆要改作落腔，悲夫！

【杜注】按，《欽定詞譜》"臨高飛觀"句，"高"作"皋"。

【考正】已據杜注改。

萬氏以爲"青翰"下八字當作四字兩句，若文字如此，則誤。蓋青翰棹，舟名也，此言青翰棹艤於白蘋洲畔也，故當爲上三下五句法。然此八字實爲驪句，故"艤"字恐誤，其原貌當爲名詞，庶幾與後四字對偶。萬氏又注"翰"字平讀，實應第四字平讀，與"畔"字對。

又按，後段第二均、第三均有錯簡，即"青翰"下十四字應在"人遠"後，如此，"青翰"至"飛觀"正對前段"被惜"至"春晚"，平仄、字數、對仗、韻脚均絲絲入扣。而"認羅襪"句當脱一字，此二句應有十二字，正對前段"淚竹"下十二字，惟句法不同而已。而六字兩句對四字三句，此亦詞中所常見者。

夜飛鵲　一百七字　或加慢字

周邦彦

河橋送人處，良夜何其。斜月遠墮餘輝。銅盤燭淚已流盡，霏霏涼露
○○●○● ○●○△ ○●●●○△ ○○○●●○● ⊙○○●
沾衣。相將散離會，探風前津鼓，樹杪參旗。華驄會意，縱揚鞭、亦自
○△ ○○●○● ●○○○● ●●○△ ○○●● ●○○ ◎●
行遲。　　迢遞路回清野，人語漸無聞，空帶愁歸。何意重經前地，遺鈿
○△ ○●●○○● ○●●○○ ○●○△ ○●○○○● ○○
不見，斜徑都迷。兔葵燕麥，向斜陽、影與人齊。但徘徊班草、欷歔酹酒，
●● ○●○△ ●○●● ●○○ ●●○△ ●○○○● ○○●●
極望天西。
◎●○△

"相將"句，夢窗作"西風驟驚散"，蒲江作"牽衣揾彈淚"，俱五字，恐此篇

“處”字係誤多者。然自來相傳如此,故不敢收一百六字體,而作者用五字亦可。“送人處”宜仄平仄,夢窗作“印遥漢”,蒲江作“破清曉”,《譜》注可平仄仄,而“河”字並注可仄,誤。“兔葵”句,夢窗作“輕冰潤玉”,汲古刻落“玉”字。“斜月”句,似應於“遠”字分豆,夢窗“清雪泠沁花薰”、蒲江“花下恁月明知”,亦然。“已”字《譜》注可作平,誤。夢窗云“天街曾醉美人畔”、蒲江云“餘光是處散離思”,可見。“相將散”注可用仄仄平,亦誤。

【杜注】萬氏注謂:“相將散離會處”句,恐“處”字誤多。按,《欽定詞譜》、《歷代詩餘》、葉譜此句均無“處”字。又按,張玉田、陳君衡諸作於此句亦祗五字,應遵删。

【考正】萬氏原注“燭淚”之“燭”作平。

無愁可解　一百七字

蘇　軾

光景百年,看便一世。生來不識愁味。問愁何處來,更開解個甚底。萬事
○●●○　○○●▲　○○●●○▲　●○○●○　●○●●○▲　●●
從來風過耳。又何用、著在心裏。你唤做、展却眉頭,便是達者,也則恐
○○○●▲　●○●　●○○▲　●●●　●●○○　●○●●　●○●
未。　此理。本不通言,何曾道歡遊,勝如名利。道則渾是錯,不道如
▲　●▲　●●○○　○○●○○　●○○▲　●○○●●　●●○
何即是。這裏元無我與你。甚唤做、物情之外。若須待醉了,方開解時,
○●▲　●●○○○●●▲　●●●　●○○▲　●○●●●　○○●○
問無酒、怎生醉。
●○●　●○▲

此坡公自度曲,無他作可對。《圖譜》誤於“眉”字下添一“頭”字。“問愁”三句,與後“道則”三句彷佛相同,或曰:“問愁”下前後相同,蓋“何用”句誤落一字,“便”字下多“是”字,“則”字下多“恐”字,“則”字作平,是與後同也。“若須”句多“須”、“了”二字,“方開”句多“開”字,是與前同也。此因用俗語,後人誤加餘字耳。此説亦通。

【杜注】按,《欽定詞譜》及戈氏校本“何用不著心裏”句,作“何用著在心裏”。又,“展却眉”句,“眉”下有“頭”字。又,後起以“此理”二字爲句,“理”字注叶。均應遵照改補。

【考正】“何用”前《欽定詞譜》有“又”字,據補。又,後起“此理”應是腹韻,原譜失記。又按,“甚底”之“甚”、“著在”之“在”、“便是”之“是”、“也則”之“則”、“道則”之“則”,皆作平。餘據杜注改。

折紅梅　一百七字

杜安世

喜輕澌初泮，微和漸入，郊原時節。春消息、夜來陡覺紅梅，數枝爭發。
●○○○●　○○●●　○○○▲　○○●　●○●●○○　●○○▲
玉溪仙館，不似個、尋常標格。化工別與、一種風情，似匀點胭脂，染成
●○○●　●●●　○○○▲　●○●●　●●○○　●○●○○　●○
香雪。　　重吟細閱。比繁杏夭桃，品流終別。只愁共、彩雲易散，冷落
○▲　　　○○●▲　●○●○○　●○○▲　●○●　●○●●　●●
謝池風月。憑誰向説。三弄處、龍吟休咽。大家留取、時倚闌干，聞有花
●○○▲　○○●▲　○●●　○○○▲　●○○●　○●○○　○●○
堪折，勸君須折。
○●　●○○▲

“玉溪”下與後“憑誰”下同。但“館”字不叶，“説”字則叶。“有花”句平仄亦異。此調惟壽域有此詞，其平仄不可如《圖譜》亂填。“息”字不是韻，非叶也。按，此詞全採屯田《望梅》字句。

【杜注】按，《欽定詞譜》首句“初綻”作“初泮”。又，“玉溪珍館”句，“珍館”作“仙館”。應遵改。又按，龔明之《中吴紀聞》“可惜彩雲易散”句，“可惜”二字作“祇愁共”三字。《歷代詩餘》同。

【考正】已據杜注改。又，本詞宋人《梅苑》卷三載作者爲吴感。

一萼紅　一百八字

周　密

步深幽。正雲黄天淡，雪意未全休。鑒曲寒沙，茂林煙草，俛仰今古悠
●○△　●⊙○⊙●　○●●○△　◎●○○　◎○⊙●　◎◎○●○
悠。歲華晚、飄零漸遠，誰念我、同載五湖舟。磴古松斜，厓陰苔老，一
△　●⊙◎　○○◎●　⊙◎◎　○●●○△　◎●○○　⊙○⊙●　◎
片清愁。　　回首天涯歸夢，幾魂飛西浦，淚灑東州。故國山川，故園心
●○△　　　⊙●○○⊙●　●○○○●　◎●○△　◎●○○　◎○⊙
眼，還似王粲登樓。最負他、秦鬟妝鏡，好江山、何事此時遊。爲唤狂吟老
●　⊙◎○●○△　●◎⊙　○○⊙●　◎⊙⊙　○●●○△　●●⊙○◎
監，共賦銷憂。
●　◎●○△

“鑒曲”至“湖舟”，與後“故國”至“時遊”同。《圖譜》收尹磵民一首，於“何

事此時遊”作“更忍凝眸”，落去一字，此句正與“同載五湖舟”相對，豈可聽其缺落，而收作一百七字調乎？《詞綜》載李彭老，亦誤落一字。又，尹詞起句“玉搔頭”三字，正是起韻，《圖》注起句八字，直至第十三字方起韻，誤人不少。

按，白石於“爲喚”句作“待得歸鞭到時”，“時”字平聲，不拘。《詞綜》載劉天迪云“夢破梅花角聲”，“聲”字平聲，正用此體。

【杜注】按，草窗詞“最負他”三字，“負”作“憐”，可從。又按，此調王碧山五首，張玉田三首，句調皆與此同。至萬氏所論尹碙民、李篔房二詞，謂誤落一字，查劉伯温一首，亦一百七字，如謂劉係踵前詞之誤，而尹、李乃同時之人，何以所少之字皆同？尹作“更忍凝眸”、李作“老是來期”，疑另有此體，非誤落也。

【考正】萬氏原注“雪”字作平。

萬氏原注云：白石“爲喚”句作“待得歸鞭到時”，“時”字平聲，不拘。此不盡然。蓋本句多作仄起仄收式，偶有仄起平收式，如白石者，惟前者第五字可平，如玉田之“長日一簾芳草”，而後者第五字必仄也。又，劉天迪句，當是“夢破梅花，角聲又報春闌”，句法不同，不可佐證。

《花草粹編》無名氏詞，仄韻體，與諸詞皆異兹録與此，以備一格。其中前段“向此”之“此”、後段“惹”字，均作平聲：

仄韻一萼紅　一百八字

無名氏

斷雲漏日，青陽布，漸入融和天氣。糝綴夭桃，金綻垂楊，妝點亭臺佳致。曉露染、風裁雨
●○●●　○○●　●●○○○▲　●●○○　○●○○　○●○○○▲　●●●　○○●
暈，是牡丹、偏稱化工美。向此際會，未教一萼，紅開鮮蕊。　迤邐。漸成春意。放秀色
●　●●○　○○●○▲　●○●●　●○●●　○○○▲　○▲　●○○▲　●●●
妖艷，天真難比。粉惹蝶翅，香上蜂鬚，忍把芳心縈碎。争似便，移歸深院，將緑蓋青幃、護
○●　○○○▲　●○●●　○●○○　●●○○○▲　○●●　○○○●　○●●○○　●
風日。恁時節，占斷與、偎紅倚翠。
○▲　●○●　●●●　○○●▲

薄倖　一百八字

吕渭老

青樓春晚。晝寂寂、梳勾又懶。乍聽得、鴉啼鶯弄，惹起新愁無限。記
⊙○○▲　●◎●　○○●▲　●○●　○○○●　◎●○○⊙▲　●
年時、偷擲春心，花間隔霧遥相見。便角枕題詩，寶釵貰酒，共醉青苔深
⊙○　○●○○　○○●●○○▲　●●●○○　◎○◎●　◎●○○⊙
院。　怎忘得、迴廊下，攜手處、花明月滿。如今但暮雨，蜂愁蝶
▲　◎●●　○○●　○●●　○○○▲　⊙○◎◎●　○○○
恨，小窗閑對芭蕉展。却誰拘管。儘無言、閑品秦箏，淚滿參差雁。
▲　◎○⊙●○○▲　●○○▲　●○○　⊙●○○　●●○○▲

腰肢漸小，心與楊花共遠。
○○●● ⊙●○○●▲

平仄照各家考定，勿亂爲佳。“如今但暮雨”句，方回用“幾回憑雙燕”、克齋用“閑愁消萬縷”、樵隱用“奈當時消息”、南澗用“任雞鳴起舞”，句法平仄各異，不拘。“儘無言”下十二字一氣，如此詞及克齋“倚屏山、挑盡琴心，誰識相思怨”，則當於第三字豆、第七字句，若方回云“正春濃酒困，人間晝永無聊賴”、樵隱云“怕嬌雲細雨，東方驀地輕吹散”、南澗云“趁酴醿香暖，持杯且醉瑶臺路”，則當於五字分句，平仄不殊，總不拘也。

按，方回詞後起云：“自過了、燒燈後”，一本落“後”字，《詞綜》亦依之，查各家俱六字，賀前結云“向睡鴨爐邊，翔鴛屏裏，羞把香羅偷解”，而一本誤作“待翡翠屏開，芙蓉帳掩，羞把香羅暗解”，比“睡鴨”三句雅俗相去遠甚，沈氏云皆通，非知音者也。“乍聽得”二句，賀云“便認得、琴心先許，與綰合歡雙帶”上七下六，《譜》注上五下八，誤。觀各家，可知《圖譜》改上七下六是矣。而“先許”二字，仍舊注可作仄平，通篇平仄亦皆依舊。然則何以另譜爲哉？“却誰拘管”賀云“約何時再”，正是叶韻，各家皆同，而《譜》連下五字，作九字句，大謬。蓋意於“時”字分豆，而下作“再正春濃酒困”也，故於“再”字作可平。“再”既作平，不得不於“何”字作可仄，奇絶，奇絶。吾不知“再正”二字相連，如何解法耳。“漸小”用去上，妙。觀賀用“睡起”、克齋用“瘦損”、樵隱用“病也”、南澗用“記取”，無不相符。“共遠”二字亦然。

【考正】萬氏原注“月滿”之“月”、“蝶恨”之“蝶”作平。

奪錦標 一百八字

張埜

涼月横舟，銀潢浸練，萬里秋容如拭。冉冉鸞驂鶴馭，橋倚高寒，鵲飛空
○●○○ ○○●● ●●○○○▲ ●●○○◎● ○●○○ ●○○
碧。問歡情幾許，早收拾、新愁重織。恨人間、會少離多，萬古千秋今
▲ ●○○●● ●○◎ ○○○▲ ●○○ ●●○○ ●●○○○
夕。　誰念文園病客。夜色沉沉，獨抱一天岑寂。忍記穿針亭榭，金鴨
▲ ○●○○●▲ ●●○○ ●●◎○○▲ ●●○○⊙● ○●
香寒，玉徽塵積。憑新涼半枕，又依約、行雲消息。聽窗前、淚雨浪浪，夢
○○ ●○○▲ ●○○●● ●○◎ ○○○▲ ●○○ ●●○○ ●
裏檐聲猶滴。
●○○○▲

“萬里”下與後段“獨抱”下同。

【杜注】按，《欽定詞譜》“又依稀”句，“稀”作“約”，此字宜仄聲。又按，此調後段起句有不叶者。

【考正】已據杜注改。按，本調有宋人曹勛詞，似不必以元詞爲範。曹詞，前後段第二均與此小異，其前段作“圍爐坐久，珠簾卷起，準擬六花飛砌”，句讀不同而已，而後段作“翠幕登臨處，散無限清興，頓孤沉醉”，則句法已異，因其餘相同，但注不録。

一寸金　一百八字

周邦彦

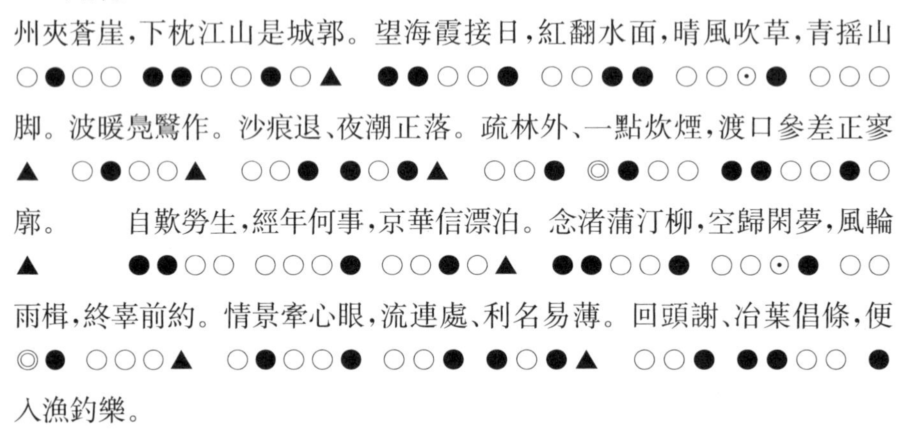

州夾蒼崖，下枕江山是城郭。望海霞接日，紅翻水面，晴風吹草，青摇山脚。波暖鳧鷖作。沙痕退、夜潮正落。疏林外、一點炊煙，渡口參差正寥廓。　自歎勞生，經年何事，京華信漂泊。念渚蒲汀柳，空歸閑夢，風輪雨楫，終辜前約。情景牽心眼，流連處、利名易薄。回頭謝、冶葉倡條，便入漁釣樂。

“望海霞”至“炊煙”，與後“念渚蒲”至“倡條”同。“波暖”句對後“情景”句。而“作”字叶，“眼”字不叶。初恐其誤，考夢窗二首，一則前叶後不叶，一則前後俱叶，想不拘。自首至尾，所用“下”、“是”、“望”、“面”、“退”、“夜”、“正”、“外”、“渡”、“正”、“事”、“信”、“念”、“夢”、“處”、“利”、“易”、“謝”、“便”、“釣”等去聲字，妙絶。此皆跌宕處，要緊，必如此然後起調。周郎之樹幟詞壇，有以哉。夢窗之心如鏤塵剔髮者，故亦用“看”、“瘦”、“正”、“地”、“透”、“尚”、“暗”、“記”、“繡”、“掛”、“事”、“愛”、“歎”、“思”、“重”、“袖”、“下”、“醉”、“露”等字，又一首亦同。嗚呼！詞豈可草草如《圖》注哉。若如注，以“正寥”作平仄，真笑話矣。結句“入”字，吴用“情”字，可知入字以入作平也。《譜》不圖“入”字作平，翻圖“釣”字作平，相去幾許？

吴詞第六句，“玉龍横笛”，與通篇不叶，此乃“竹”字訛“笛”字，非不叶韻也。

【杜注】按，《欽定詞譜》“波暖鳧鷖作”句，“作”作“泳”，不叶韻。而吴夢窗、李筠溪二詞，此第七句皆叶。

【考正】萬氏原注“接日”之“接”、“入漁”之“入”作平。又，仇遠詞，前段結拍作“蜂房幾盤折”，五字，疑是脱落二字，非别體也。

擊梧桐　一百八字

柳　永

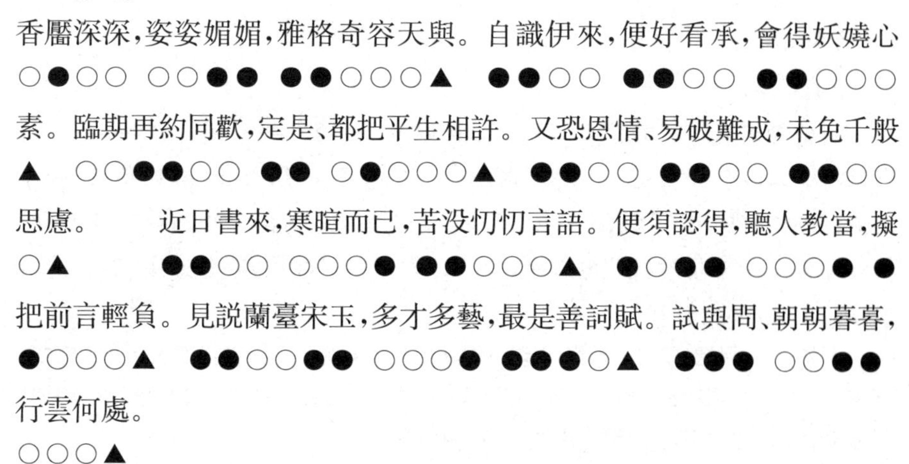
香靨深深，姿姿媚媚，雅格奇容天與。自識伊來，便好看承，會得妖嬈心
○●○○ ○○●● ●●○○○▲ ●●○○ ●●○○ ●●○○○
素。臨期再約同歡，定是、都把平生相許。又恐恩情、易破難成，未免千般
▲ ○○●●○○ ●● ○●○○○▲ ●●○○ ●●○○ ●●○○
思慮。　近日書來，寒暄而已，苦没忉忉言語。便須認得，聽人教當，擬
○▲ ●●○○ ○○○● ●●○○○▲ ●○●● ○○○● ●
把前言輕負。見説蘭臺宋玉，多才多藝，最是善詞賦。試與問、朝朝暮暮，
●○○○▲ ●●○○●● ○○○● ●●●○▲ ●●● ○○●●
行雲何處。
○○○▲

前後起三句同。其下多不可定，或曰：“自識來”句七字，原與後“便認得”七字同，其第二“來”字必係誤多者。後段“教當”二字，是當時人口氣，本是聽人教，帶一“當”字，猶金元人曲用“問當”耳。或曰：“自識來”三字對後“便認得”，“來便好”三字對後“聽人教”，“看伊下”兩四字句，後段“當”字下又落一“時”字也，亦是八字，同前。總之，此詞字有訛錯，舊刻不足爲據也。

【杜注】按，宋本首句“香厭深深”，“厭”作“靨”。又，“自識來，來便好看伊”二句，作“自識伊，來便好看承”。又，“便認得”三字，“便”字下有“須”字。又，“善詞賦”三字，“善”字上有“最是”二字。又，末句“行雲何處去”句，無“去”字，以“處”字爲末拍，照此增改，則與後詞字數相同，惟分句異耳。

【考正】已按杜注改。惟“自識”下八字，對後段“便須”八字，故宜讀爲“自識伊來，便好看承”，方諧，據改。如此，則前自起至“同歡”與後自起至“宋玉”，字句皆同。又，“定是”下八字，原作四字一逗。

第二體　一百十字

李　珏

楓葉濃於染。秋正老、江上征衫寒淺。又是秦鴻過，霽煙外、寫出離愁幾
⊙●○○▲ ○●● ○●○○○▲ ●●○○● ●○● ●●○○●
點。年來歲去，朝生暮落，人似吴潮展轉。怕聽陽關曲，奈短笛，喚起天涯
▲ ○○●● ○○◎● ⊙●○○●▲ ●●○○● ●●● ●●○○

情遠。　　雙屐行春，扁舟嘯晚。憶著鷗湖鶯苑。小小梅花屋，雪月夜、
○▲　　⊙●○○ ⊙○●● ●●○○○▲ ●●○○● ●●●
記把山扉牢掩。惆悵明朝何處，故人相望，但碧雲半斂。定蘇堤、重來時
●●○○○▲ ○●○○⊙● ●○○● ●●○●▲ ●○○ ○○○
候，芳草如剪。
● ○●○▲

與前調迴異。"江上"至"幾點"，與後"憶著"至"牢掩"同，而"年來"二句與"惆悵"二句平仄相反。"相望"句比"人似"句多一字，或云前則"年來"四字誤倒，後則"何處故人"誤倒，"但"字誤多，前後本是相合。然此調止有此詞，無可考證。或又謂"惆悵"句六字，"故人"句四字，"但碧雲"句五字，原與前段不侔。此説頗妥，可從。

【杜注】按，《絶妙好詞箋》"小小梅花屋"句，"小小"作"鶴帳"。又，萬氏注云："年來"二句與"惆悵"二句平仄相反，"相望"句比"人似"句多一字。按，此詞另有一首與此平仄句法均同，並無倒誤。惟"惆悵"下應以"處"字、"望"字爲句。

【考正】原譜"奈短笛喚起"五字一句，然五字連仄，於律不諧，尾拍作六字一句則無礙矣。李甲詞前段後結作"念往歲、上國嬉遊時節"，正同。又，原譜後段第三均讀爲"惆悵明朝何處，故人相望，但碧雲半斂"，且萬氏糾結於"年來"二句與"惆悵"二句平仄相反，似校之以李甲詞即可冰釋。按，李甲"杳杳春江闊"詞與本詞同，"年來"句作"群鷗聚散"、"惆悵"下十五字，則作"看那梅生翠實，柳飄狂絮，没個人共折"，與後一"或又謂"所析正合，故據而改之。又按，原譜未作可平可仄旁注，譜圖中可平可仄均據李甲詞校。

大聖樂　一百八字

周　密

嬌緑迷雲，倦紅顰曉，嫩晴芳樹。漸午陰、簾影移香，燕語夢回，千點碧桃
●●○○ ●○○● ●○○▲ ●●○ ○●○○ ●●●○ ○●●○
吹雨。冷落錦衾，人歸後，記前度蘭橈停翠浦。憑欄久，謾凝佇鳳翹，慵聽
○▲ ●●●○ ○○● ●○●○○○●▲ ○○● ●○●●○ ○○
金縷。　　留春問誰最苦。奈花自無言鶯自語。對畫樓殘照，東風吹遠，
○▲　　○○●○●▲ ●●●○○○●▲ ●●○○● ○○○●
天涯何許。怕折露條，愁輕别，更煙暝長亭啼杜宇。垂楊晚，但羅袖、晴沾
○●○▲ ●●●○ ○○● ●○●○○○●▲ ○○● ●○● ○○
飛絮。
○▲

此調古詞惟此，無可核證。但取康、蔣用平韻者相對，亦可彷佛得之。蓋

韻雖殊而字則合也。但後段"怕折"二句，康、蔣竟與前段全别，與此篇異。愚謂：此篇前後本是相對，只因向來相傳，於"冷落"句誤缺一字耳。今據《詞匯》作"冷落錦人歸後"，人豈可稱"錦"？其誤不必言。《詞綜》作"冷落錦衾歸後"，衾豈可言"歸"？是亦有誤。愚因合而斷之，乃是"冷落錦衾人歸後"七字，恰與"怕折露條愁輕别"七字相對，而平仄亦符合矣。至"更煙暝"句之與"記前度"句，則原無異也。故敢竟加"人"字於"衾"字之下，而列爲一百八字云。

【杜注】按，《蘋洲漁笛譜》"謾凝佇鳳翹"句，"佇"作"想"。又，"晴沾飛絮"句，"晴"作"暗"。萬氏以此調無可核證，用平韻者相對，今考草窗另有一首，與此相校，惟"謾凝佇鳳翹"句，彼作平平平仄仄，又"但羅袖"之"袖"字作平，此外平仄全同。又按，《沁園春》亦有《大聖樂》之名，與此迥别。

【考正】前段"冷落"下七字、後段"怕折"下七字，均爲四字一句，三字一句，而不可連讀爲七字一句，蓋此三字勾連前四字和後八字。故後八字當一氣讀下，而不必三字一逗也。而平韻體中此十五字多作四字兩句，七字一句，其第二個四字句，正是三字句融合八字句中領字而成，此本填詞之慣用手法，萬氏未慮及於此，故疑惑康、蔣詞"與此篇異"，實則自有其衍變之脈絡也。據改。後段"怕折"句亦同。又按，過片"留春"二字爲添頭，去之，則前後段首均字數相等，故作二字逗讀住最宜，同類詞調可參見《解連環》、《杜韋娘》、《選冠子》等。

第二體　一百十字

蔣　捷

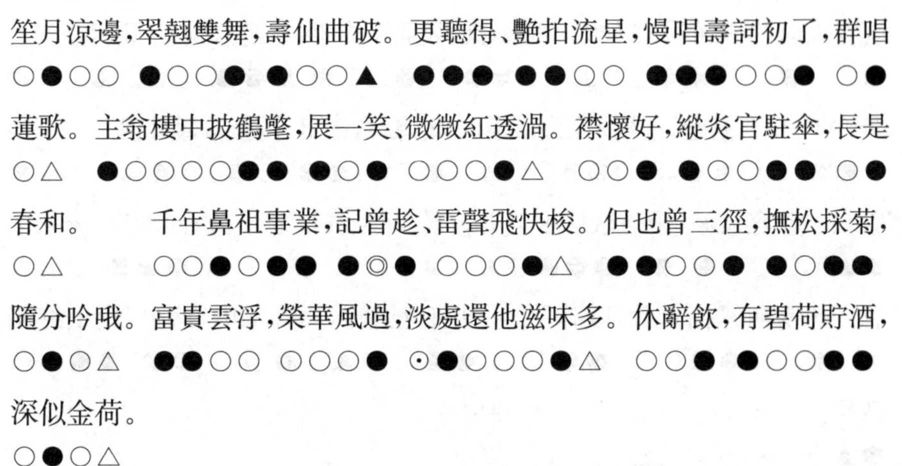
笙月涼邊，翠翹雙舞，壽仙曲破。更聽得、艷拍流星，慢唱壽詞初了，群唱
○●○○ ●○○● ●○○▲ ●●● ●●○○ ●●●○○● ○●
蓮歌。主翁樓中披鶴氅，展一笑、微微紅透渦。襟懷好，縱炎官駐傘，長是
○△ ●○○○○●● ●○● ○○○●△ ○○● ●○○●● ○●
春和。　千年鼻祖事業，記曾趁、雷聲飛快梭。但也曾三徑，撫松採菊，
○△ ○○●○●● ●◎● ○○○●△ ●●○○● ●○●●
隨分吟哦。富貴雲浮，榮華風過，淡處還他滋味多。休辭飲，有碧荷貯酒，
○●○△ ●●○○ ○○○● ⊙●○○○●△ ○○● ●○○●●
深似金荷。
○●○△

"破"字以去聲起韻，"歌"字換平，以下俱叶平韻。又是一平仄通用之調也。向讀《草堂》舊載伯可詞，第三句云"曉來初過"，而下即用"多"、"波"等叶，《圖》、《譜》皆以"過"爲平音，是書素善亂注可平可仄者，而此字則以爲平，

蓋不意此調之反可以平仄通用也。得竹山此篇，甚釋前疑，若"過"字可作平，"破"字豈亦可作平乎？通音俱與康無異，信乎另有此體矣。"主翁"句，康云"淺斟瓊卮浮緑蟻"，"斟"字平，正與此篇"翁"字合。《譜》以爲拗，而改曰可仄，怪甚。"紅"字、"飛"字、"滋"字用平，正是調中肯綮。康亦用"生"字、"邀"字、"時"字，《譜》俱改可仄，何也？更可笑者，"襟懷好"三句，康作"輕紈舉、動團圓素月，仙桂婆娑"，正與後結三句一樣，《譜》注截"動"字連上，"輕紈舉動"成何語？真不顧人笑殺。將此篇亦可讀"襟懷好縱"耶？康後結云："休眉鎖、問朱顔去了，還更來麽"，亦可讀"休眉鎖問"耶？吾不知自有此譜以來，詞家之依譜而作《大聖樂》者，誤了幾位矣。悲哉！

更有謂此調即《沁園春》者，傖父也。

【杜注】按，《歷代詩餘》"壽詞初子"句，"子"作"了"，"子"字想刻誤也。又按，《欽定詞譜》收竹山另一首，亦用歌韻，第三句作"晚來初過"，疑即萬氏所引，誤以爲伯可作，又以"晚"字誤"曉"字也。

【考正】萬氏原注"曲破"之"曲"、"一笑"之"一"、"碧荷"之"碧"均作平。過片爲平起式律拗句法，同周密"留春"句，故第四字"祖"即周詞之"誰"字，乃以上作平。

劉辰翁詞，"漫唱"句作"更寒食、宫人斜閉"，添一領字"更"，是爲添字變調，亦屬合格。其後段過片作"天下事，不如意"，成折腰句法，同是一理。惟放翁後段第二均作"又何須著意，求田問舍，生須宦達，死要名傳"，較之諸作均多四字一句，疑"何須著意"四字爲後人妄添。

杜韋娘　一百九字

杜安世

暮春天氣，鶯兒燕子忙如織。間嫩葉、枝亞青梅小，乍遍水、新萍圓碧。初牡
●○○●　○○●●○○▲　●●●　○●○○●　●●●　○○○▲　○●
丹謝了，鞦韆搭起，垂楊暗鎖深深陌。暖風輕，盡日、閑把榆錢亂擲。　恨
○●●　○○●●　○○●●○○▲　●○○　●●　○●○○●▲　●
寂寂。芳容衰減，頓攲玳枕困無力。爲少年、狂蕩恩情薄，尚未有、歸來消
●▲　○○○●　●○●●●○▲　●●○　○●○○●　●●●　○○○
息。想當初鳳侣鴛儔，唤作平生，更不輕離拆。倚朱扉，淚眼、滴損紅綃
▲　●○○●●○○　●●○○　●●○○▲　●○○　●●　●●○○
數尺。
●▲

惟安世有此詞，他無可證。

愚謂，"老"字當是"兒"字，蓋此句七字，對後"頓攲"句七字也。"頓"字恐是"頻"字。"間嫩葉"句八字，對後"爲少年"句八字，但"間嫩葉"句字有訛錯，

當以後段爲正。"哨"字無理,恐是"間題詩、嫩葉青梅小"耳。"乍遍水"七字,對後"尚未有"七字。"初牡丹"下十六字,對後"想當初"下十六字,但前段應作五字一句、四字一句、七字一句,後則上句該在"鴛儔"住,"唤作"二字連上連下俱不妥,必有誤字,雖十六字平仄與前無異,語氣貫下,分豆或可不拘。然"唤作"二字於理不順,作者但照前段"初牡丹"以下填之可耳。"暖風輕"以下,與後"倚朱扉"以下同。

【杜注】《欽定詞譜》"鶯老燕子忙如織"句,"老"作"兒",與萬氏注合。又,"間嫩葉題詩哨梅小"句,作"間嫩葉枝亞青梅小"。應遵改。

【考正】原譜"間嫩葉"下八字、"爲少年"下八字、"想當初"下十六字俱不讀斷。又,"盡日"下八字、"淚眼"下八字原譜俱作四字一逗,音律不諧,改爲二字逗則可化解該失諧,且后六字蟬聯而下,氣脈更暢。蓋尾均亦可作五字一句、六字一句,如無名氏詞作"儘千工萬巧,惟有心期難問",故第五字後本有一讀住也。或云:若尾均作三四四,則須微調平仄,如無名氏之"擁紅爐,鳳枕慵攲,銀燈挑盡",故第七字本詞前後段均爲上聲,無名氏詞則一平一上,因其可作平也。又,"初牡丹謝了"句,"初"字疑誤。按,本句無名氏詞作"惹離恨萬種",則句法当是一字逗领○○●●四字句,校之後段二詞亦均爲一字逗起,上聲,二詞互參,該字因以上聲爲宜。又按,無名氏詞,"青梅小"、"恩情薄"處均叶韻。

過秦樓　一百九字

李　甲

賣酒壚邊,尋芳原上,亂花飛絮悠悠。已蝶稀鶯散,便擬把長繩,繫日無
●●○○　○○○●　●○○●○△　●●○○●　●●●○○　●●○
由。謾道莫忘憂。也徒將、酒解閑愁。正江南春盡,行人千里,蘋滿汀
△　●●●○△　●○○　●●○△　●○○○●　○○○●　○●○
洲。　有翠紅徑裏盈盈侶,簇芳茵禊飲,時笑時謳。當暖風遲景,任相
△　●●○●●○○●　●○○●●　○●○△　○●○○●　●○
將永日,爛熳狂遊。誰信盛狂中,有離情、忽到心頭。向尊前擬問,雙燕來
○●●　●●○△　○●●○○　●○○　●●○△　●○○●●　○●○
時,曾過秦樓。
○　○●○△

按,此調因又名《惜餘春慢》、又名《蘇武慢》、又名《選冠子》,故紛紜最甚,難以訂正。今將此篇列於前幅,因用平韻,與後詞各異,而詞尾有"過秦樓"三字,恐此調之名因此而起,故以首列也。餘説詳見後篇。

【杜注】按,《欽定詞譜》"謾道草忘憂"句,"草"作"莫"。又,《歷代詩餘》列此詞爲《選冠子》,蓋《過秦樓》調因此詞後結而立新名也。又按,《樂府雅詞》"時笑時謳"句,二"時"字作

“宜”。又,“爛漫狂遊”句,“狂”作“從”。

【考正】《樂府雅詞》换頭句“佀”作“似”,當是將“佀”誤作“似”之異體字“佀”也。故以《全宋詞》爲代表,本均作“有翠紅徑裏,盈盈似簇,芳茵禊飲,時笑時謳”。細玩兩者之達意,“盈盈似簇”則莫知所云,當以八字一句、五字一句、四字一句爲是。

選冠子　一百十一字

周邦彦

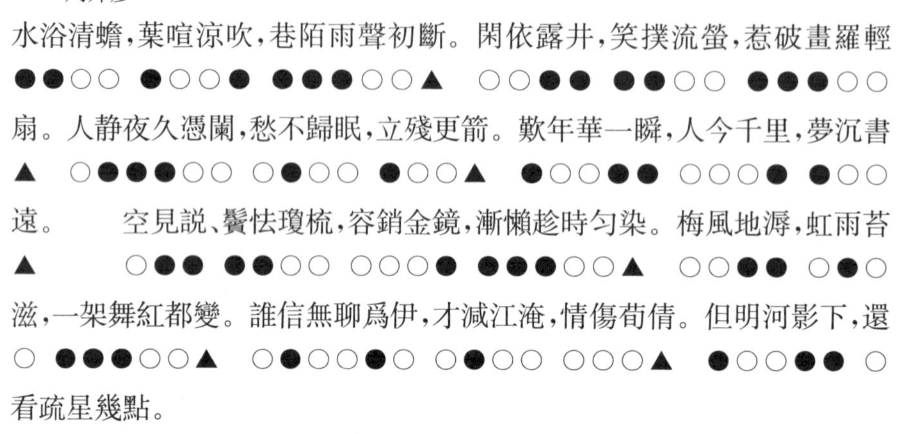

水浴清蟾,葉喧涼吹,巷陌雨聲初斷。閑依露井,笑撲流螢,惹破畫羅輕扇。人静夜久憑闌,愁不歸眠,立殘更箭。歎年華一瞬,人今千里,夢沉書遠。　空見説、鬢怯瓊梳,容銷金鏡,漸懶趁時匀染。梅風地溽,虹雨苔滋,一架舞紅都變。誰信無聊爲伊,才減江淹,情傷荀倩。但明河影下,還看疏星幾點。

後起比前段多三字,後結比前段少二字。

按,此詞舊《草堂》收之,題曰《過秦樓》,而以魯逸仲一百十三字者,另載題曰《惜餘春慢》,但魯詞比此,只後結多二字,其餘無字不同,豈如此長調,但因二字而另爲一調乎?故沈天羽辯之,兩詞俱刻作《惜餘春慢》,此言是已,然論之猶未詳也。今考方千里和周詞,末句一本作“濃似飛紅萬點”,則與此篇相同,一本作“濃於空裏,亂紅千點”,則爲一百十三字,與魯詞同矣。是知千里雖和周詞,亦即可名曰《惜餘春》,而《過秦樓》與《惜餘春》爲一調無疑矣。且此詞又名《蘇武慢》,於“人静”下十四字句法,與此不同,而各處俱注即《過秦樓》,未必確然。若謂即《過秦樓》,則友古之《蘇武慢》一百十一字,與周詞同;放翁、孏窟之《蘇武慢》一百十三字,與魯詞同。至如虞邵庵之《蘇武慢》,一首一百十一字,一首一百十三字,是《蘇武慢》可多二字、可少二字,正與《過秦樓》、《惜餘春》相合,更無疑矣。又,《蘇武慢》亦名《選冠子》,而楊補之、張景修之《選冠子》皆一百十三字,與《惜餘春》字數正同。乃比後所載吕渭老之《選冠子》竟多至六字,是可知此調,字本多寡不同,不可以一百十一字者必屬之《過秦樓》、一百十三字者必屬之《惜餘春》也。或曰:《草堂》舊本分兩調,必有所據,子何得後起而紛更之?余曰:天下事之訛錯者,雖古人定論,亦須駁正,不然何貴於讀書尚論乎?如君言,則《春霽》、《秋霽》二調,一字無異,

《草堂》列作二體而並存之，今亦將因其古本，而阿諛遵奉之耶？又如《慶春澤》之即《高陽臺》，《解連環》之即《望梅》，其不能辨者亦多矣。錫鬯謂《草堂》選詞可謂無目者也，選詞尚無目，論調又豈能有目哉？《嘯餘譜》照《草堂》分收兩調，《圖譜》改之，不收《蘇武慢》，而以一百十一字者爲《惜餘春》，以一百十三字者爲《惜餘春慢》，更爲奇創，未知何據矣。今總斷之，曰：李甲詞當名《過秦樓》，以其止有一百九字，而平聲迥異，且有此三字在末也。周、魯等詞當名曰《惜餘春慢》，吕詞止一百七字，當名曰《蘇武慢》，蔡同於周，陸同於魯，則各附之。至《選冠子》之名，則竟以别號置之，庶幾歸於畫一耳。然合而言之，大約原總一調，故類集於此。

【杜注】按，《欽定詞譜》以此詞及後之《惜餘春慢》、《蘇武慢》各體，均列《選冠子》調内。又，"虹雨"應作"梧雨"，與上"梅風"爲偶。

【考正】萬氏原譜以本詞爲《過秦樓》之又一體，誤，《草堂》收此而名之曰《過秦樓》，亦誤名耳。按，《過秦樓》與《選冠子》，非惟韻脚平仄不同，其前後段第二、三兩均之句法亦大異，《選冠子》均爲四字句或六字句，而《過秦樓》則以一字起句法爲主，僅一個四字句。换頭處，《過秦樓》首均亦是一字起句法爲主，而《選冠子》則僅多一添頭而已。由此可見，兩調之聲容截然不同也。故改"又一體"爲"選冠子"，而《選冠子》亦即《惜餘春慢》、《蘇武慢》。至若字有多寡，則或因抄誤，或因刻誤，或因填誤，本詞之常耳，而本調文字參差，俱在後段尾均之二字之差，愚以爲此或因美成詞稿一本嘗奪二字所致。

惜餘春慢　一百十三字　或無"慢"字

魯逸仲

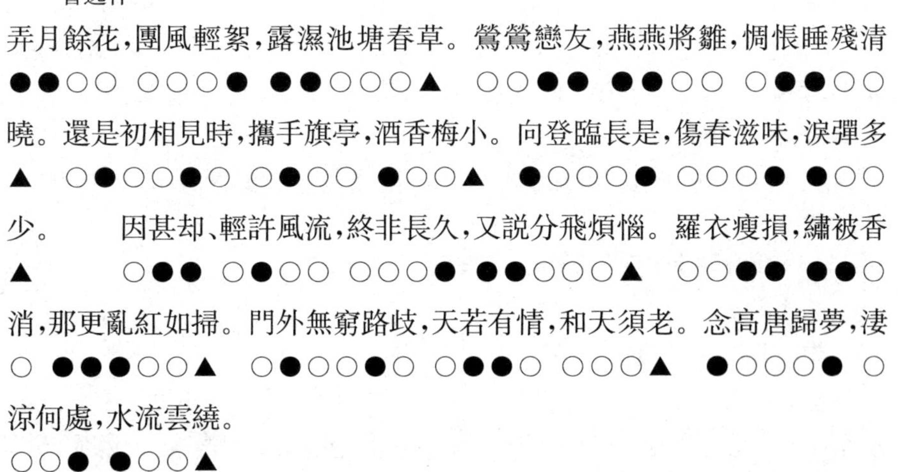

弄月餘花，團風輕絮，露濕池塘春草。鶯鶯戀友，燕燕將雛，惆悵睡殘清
●●○○ ○○○● ●●○○○▲ ○○●● ●●○○ ○●●○○
曉。還是初相見時，攜手旗亭，酒香梅小。向登臨長是，傷春滋味，淚彈多
▲ ○●○○●○ ○●○○ ●○○▲ ●○○○● ○○○● ●○○
少。　因甚却、輕許風流，終非長久，又説分飛煩惱。羅衣瘦損，繡被香
▲ ○●● ○●○○ ○○○● ●●○○○▲ ○○●● ●●○
消，那更亂紅如掃。門外無窮路歧，天若有情，和天須老。念高唐歸夢，淒
○ ●●●○○▲ ○●○○●○ ○●●○ ○○○▲ ●○○○● ○
涼何處，水流雲繞。
○○● ●○○▲

尾句與千里之"濃於空裏，亂紅千點"同。又按，"念高唐"以下，《譜》作上七下六兩句，雖亦可讀，但應照前結一五兩四爲是。

【考正】據《全宋詞》考，本詞作者爲孔夷。又，《欽定詞譜》"繡被香淚"作"繡被香消"，與前句較，當是“香消”，韁句也。據改。

《惜餘春慢》即《選冠子》、《蘇武慢》，全詞當以一百十三字爲正，美成一百十一字體，就方千里和詞之尾均作“料相思此際，濃於空裏，亂紅千點”、楊澤民和詞作“把新詞拍段，偎人低唱，鳳鞋輕點”、趙崇璠和詞作“但晚來江上，眼迷心想，越山兩點”觀之，所和無一不作十三字填，周詞必是有二字脱落。而陳西麓和詞作“憑危樓望斷，江外青山亂點”，雖亦爲十一字，然觀其别首後結作“看雙鸞飛下，長生殿裏，賜薔薇酒”，可知其原詞亦當是“憑危樓望斷，□□江外，青山亂點”無疑，或後人爲與美成詞合而妄改，删去第二句兩平聲字矣。故本調以本詞爲正。

蘇武慢　一百七字

吕渭老

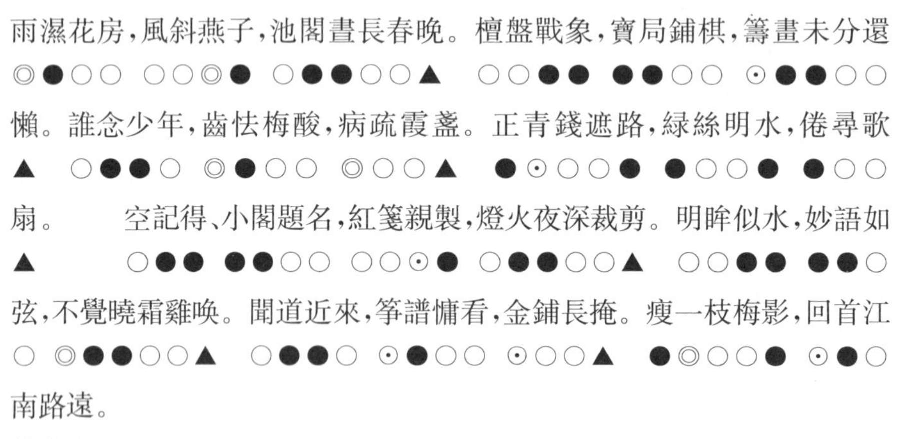
雨濕花房，風斜燕子，池閣晝長春晚。檀盤戰象，寶局鋪棋，籌畫未分還懶。誰念少年，齒怯梅酸，病疏霞盞。正青錢遮路，緑絲明水，倦尋歌扇。　空記得、小閣題名，紅箋親製，燈火夜深裁剪。明眸似水，妙語如弦，不覺曉霜雞唤。聞道近來，箏譜慵看，金鋪長掩。瘦一枝梅影，回首江南路遠。

“誰念少年”、“聞道近來”，平仄仄平，不可誤。觀其别作，與此篇無一字不合，森然可法也。“齒怯”至“霞盞”八字，比他家少二字。“箏譜”下亦然，後結與周詞同。

【杜注】按，《聖求詞》此調亦名《選冠子》，與《欽定詞譜》同。又按，“紅箋青製”句，“青”疑當作“親”。

【考正】“紅箋青製”句，《欽定詞譜》作“紅箋親製”，據改。

第二體　一百十一字

蔡　伸

雁落平沙，煙籠寒水，古壘鳴笳聲斷。青山隱隱，敗葉蕭蕭，天際暝鴉零亂。樓上黄昏，片帆千里歸程，年華將晚。望碧雲空慕，佳人何處，夢魂俱遠。　憶舊遊、邃館朱扉，小園香徑，尚想桃花人面。書盈錦軸，恨滿金徽，難寫寸心幽怨。兩地離愁，一樽芳酒淒涼，危欄倚遍。儘遲留、憑仗西風，吹乾淚眼。

此《蘇武慢》之一百十字，與《過秦樓》字數相同者。“樓上”至“將晚”十四字，與周詞異。後段“兩地”下十四字亦然。尾句周用上五下六，此用上七下四，而“風”字用平，亦稍異。卲庵亦同此體。

【杜注】按，《歷代詩餘》“望碧雲空慕”句，“慕”作“暮”。

【考正】本詞二三均句法章法皆於《過秦樓》迥異，本非一體，故字數相同，不必提及，如《望海潮》亦一百十字，而不必言“與《望海潮》字數相同”者，一也。此即魯詞體，亦後段尾均脱落二字耳，故不擬譜。

第三體　一百十三字

陸　游

澹靄空蒙，輕陰清潤，綺陌細塵初静。平橋繫馬，畫閣移舟，湖水倒空如鏡。掠岸飛花，傍檐新燕，都是學人無定。歎連年戎帳，經春邊壘，暗凋顔鬢。　　空記憶、杜曲池臺，新豐歌管，怎得故人音信。羈懷易感，老伴無多，談麈久閑犀柄。惟有翛然，筆床茶灶，自適笱輿煙艇。待緑荷遮岸，紅蕖浮水，更乘幽興。

此《蘇武慢》之一百十三字，與《惜餘春》字相同者。“掠岸”下與“惟有”下各十四字，蔡用四六四，此又用四四六，想不拘。亦足見此調之變體甚多耳。尾與前段同，與《惜餘春》兩結正相合也。

【考正】此即魯詞體，亦不擬譜。

八寶妝　一百十字

李　甲

門掩黄昏，畫堂人寂，暮雨乍收殘暑。簾卷疏星庭户悄，隱隱嚴城鐘
○●○○　●○○●　●●●○○▲　○●○○○●●　●●○○○

鼓。空階煙暝半開，斜月朦朧，銀河澄淡風淒楚。還是鳳樓人遠，桃
▲　○○○●●○　○●○○　○○○●○○▲　○●●○○●　○

源無路。　　惆悵夜久星繁，碧雲望斷，玉簫聲在何處。念誰伴、茜裙翠
○○▲　　○●●●○○　●○●●　●○○●○▲　●○●　●◐●

袖，共攜手、瑶臺歸去。對修竹、森森院宇。曲屏香暖凝沉炷。問對酒當
●　●◐●　○○○▲　●○●　○○●▲　●○○●○○▲　●●●○

歌，情懷記得劉郎否。
○　○○●●○○▲

陳君衡有《八寶妝》一首，九十九字者，與《新雁過妝樓》全同，已入《新雁》本調下注明矣。此則真《八寶妝》也。

【杜注】四庫全書《詞律提要》云：《緑意》之爲《疏影》，樹方斷斷辨之，而不知《疏影》之前爲《八寶妝》，《疏影》之後爲《八犯玉交枝》，即已一調兩收。按，李景元此調與後《八犯玉交枝》之仇仁近詞字句皆同。【惟李詞第六七句"空階煙暝半開，斜月朦朧"，爲上六下四，仇詞此二句作"擎空孤柱，翠倚高閣憑虚"，則上四下六，"柱"字似叶爲差異耳，然"暝"字亦可斷句，決是一調。】可見《疏影》、《八寶妝》、《八犯玉交枝》、《緑意》、《解佩環》，五名同是一調。

【考正】本詞據宋人曾慥之《樂府雅詞拾遺》，爲劉燾所作，清人詞本多誤作李甲，原譜如此，《詞綜》、《欽定詞譜》亦如此。

疏影　一百十字　又名：緑意

姜　夔

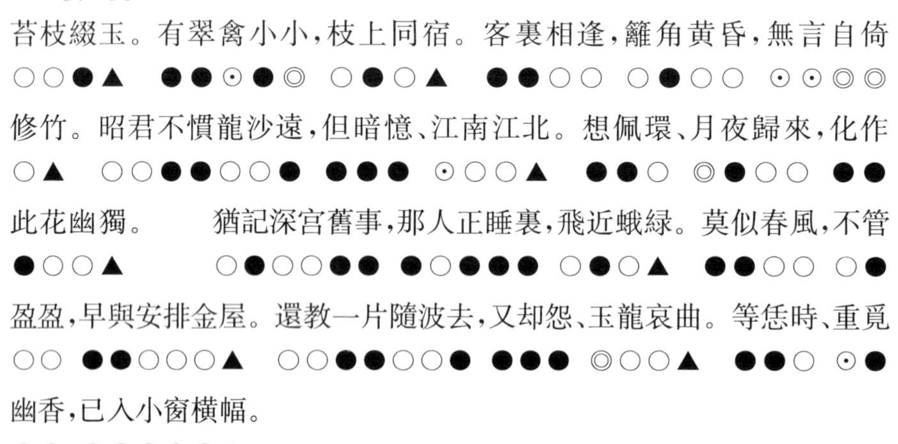

苔枝綴玉。有翠禽小小，枝上同宿。客裏相逢，籬角黄昏，無言自倚修竹。昭君不慣龍沙遠，但暗憶、江南江北。想佩環、月夜歸來，化作此花幽獨。　猶記深宫舊事，那人正睡裏，飛近蛾緑。莫似春風，不管盈盈，早與安排金屋。還教一片隨波去，又却怨、玉龍哀曲。等恁時、重覓幽香，已入小窗横幅。

余前於《暗香》録夢窗所作，此調夢窗亦有，因有殘缺，故仍載白石原篇。"枝上同宿"以下，與後"飛近蛾緑"以下俱同，但"無言自倚"四字與"早與安排"四字異。觀夢窗此句，後用"香滿玉樓瓊闕"，而前亦用"淩曉東風吹裂"，則知"無言自倚"四字亦不妨與"早與安排"相同，故敢於字旁注之。此雖白石自製腔，然夢窗與白石交最深，自當知其律吕也。又查玉田於"翠禽小小"作"滿地碎陰"，平仄亦異。玉田詞亦金科玉律者，則此句亦必可用仄仄仄平，故亦於旁注之。其餘平仄，皆於本詞前後相同處爲注耳。他如夢窗於"翠"字作"横"、"上"字作"花"、"但"字作"全"、"正"字作"漪"，玉田於"客"字作"枝"、"化"字作"應"(平聲)、"已"字作"空"，而"客"字、"莫"字、"不慣""不"字、"一"字俱或作平，不拘，但未敢注。"北"字，自孫光憲已與"促"字同叶，宋人用於屋沃韻内者尤多，非白石之誤也。

此調本姜詞爲祖,《圖譜》收鄧剡詞,其平仄與姜相合,乃以前結"想佩環"二句分作三句,一五字、兩四字,而後則仍作上七下六,可謂亂點兵矣。至《嘯餘》不收《暗香》而收《踈影》,又將"踈"字誤認"棘"字,所載即鄧剡詞,豈不更昏謬乎?

按,白石爲石湖制《暗香》、《疏影》二曲,自後作者寥寥,不知何人改作《紅情》、《緑意》,今人見《紅情》、《緑意》之名新巧可喜,遂從而填之,竟莫能察其即是《暗香》、《疏影》矣。毛氏解題謂:《紅情》起於柳耆卿,蓋未細考。朱錫鬯《紅豆詞》固絶妙,而只就《紅情》填之,亦不及辨其爲《暗香》也。《緑意》見於《樂府雅詞》無名氏詠荷者,人亦莫知其是《疏影》,可見詞調紛紜錯亂,不可勝考。余雖深思詳勘,大費心力,而其間訛錯正恐多端,惟冀大雅君子憫其勞而諒其公,遇有乖謬處,爲條舉而教正之。幸甚,幸甚!不然,人將謂此狂夫於各家舊譜,妄肆譏彈而已,所編述動成罅漏,則其罪有不可勝數者矣。今恐人不見信,姑録《緑意》一闋於右,以便稽覽。

【杜注】萬氏謂不知何人改作《紅情》、《緑意》,按,此二闋,乃張玉田譜《暗香》、《疏影》之調,詠荷花、荷葉也。

【考正】萬氏原注"不管"之"不"以入作平。又,"龍沙",原譜作"吴沙",據《欽定詞譜》改。又,《草窗詞》後段第一均作:"閑想孤山舊事,浸清漪、倒映千樹殘雪。"句讀與其他各體不同,張炎"碧圓自潔"詞亦是如此填法。又,《永樂大典》梅字韻收汪元量詞,後段首均作:"寂寞。孤山月夜,玉人萬里外,空想前約。"間入一句中短韻,與各體均異。而本調前後段之起拍,入韻與否亦應屬不拘,如張玉田有"雪空四野,照歸心萬里,千峰獨立"之前段起,首拍不入韻;後起則玉田均首拍入韻,如作:"閑款樓臺夜色。料水光未許,人世先得。"

緑意　一百十字

無名氏

碧圓自潔。向淺洲遠渚,亭亭清絶。猶有遺簪,不展秋心,能卷幾多炎熱。鴛鴦密語同傾蓋,且莫與、浣紗人説。恐怨歌、忽斷花風,碎却翠雲千疊。

回首當年漢舞,怕飛去、謾皺留仙裙摺。戀戀青衫,猶染枯香,還歎鬢絲飄雪。盤心清露如鉛水,又一夜、西風吹折。喜静看、匹練秋光,倒瀉半湖明月。

《疏影》本一百十字,此於"怨歌"上落去一字耳。以此兩詞相對,豈非同調乎?而《紅情》之即《暗香》,更不必言矣。按,此詞是詠荷葉,原本作"荷花",誤。

【杜注】按,【張炎詞,原本屬諸無名氏,"向淺洲遠渚"句,"渚"作"浦"。】《山中白雲詞》"怨歌"上所空之字作"恐"字。【又,"還歎鬢絲飄雪"句,"歎"誤作"笑"。】又,"聽折"作"吹折"。又,"净看"作"静看"。又按,此調爲張炎作,原書"無名氏",失考。

【考正】已據杜注改。本詞即《疏影》,故不擬譜。

又按，彭元遜有《解佩環》一詞，亦即此調，或因姜詞有“想佩環”三字，因變此名，今録附後，校對自明。

解佩環　一百十字

彭元遜

江空不渡。恨蘼蕪杜若，零落無數。還道荒寒，婉娩流年，望望美人遲暮。風煙雨雪陰晴晚，更何須、春風千樹。盡孤城、落木蕭蕭，日夜江聲流去。
日晏山深聞笛，恐他年流落，與子同賦。事闊心違，交淡媒勞，蔓草沾衣多露。汀洲窈窕餘醒寐，□遺佩、浮沉澧浦。有白鷗淡月，微波寄語，逍遥容與。

此詞各刻亦於“遺佩”上落一字，其實即《疏影》也。蓋前詞“怨歌”句與後段“喜净看”，同此詞“遺佩”句。與前段“更何須”同，俱不可作六字也。至《圖譜》以“有白鷗淡月”爲一句，“微波寄語”爲一句，遂與前段各異，而文理亦不通矣。

【杜注】【萬氏注爲《疏影》别名，或因姜詞有“想佩環”三字，因變此名。按，此詞舊傳爲《解連環》變格，然中段與《解連環》不同，確與《疏影》相合。】按，《草堂詩餘》萬氏空字處作“遺佩環”，應照補。

【考正】原譜前段尾均作“盡孤城、落落蕭蕭，月夜江聲流去”，據元《草堂詩餘》改。本詞即《疏影》，故不擬譜。

八犯玉交枝　一百十字

仇　遠

滄島雲連，緑瀛秋入，暮景却沉洲嶼。無浪無風天地白，聽得潮生人
○●○○　●○○●　●●●○○▲　○●○○○●●　●●○○○
語。擎空孤柱。翠倚高閣憑虚，中流蒼碧迷煙霧。惟見廣寒門外，青
▲　○○○▲　●●○●○○　○○○●○○▲　○●●○○●　○
無重數。　不知是水是山，不知是樹。漫漫知是何處。倩誰問、淩波
○○▲　●○●●●○　●○●▲　○○○●○▲　●○●　○○
輕步。謾凝睇、乘鸞秦女。想庭曲、霓裳正舞。莫須長笛吹愁去。怕唤起
○▲　●○●　○○○▲　●○●　○○●▲　●○○●○○▲　●●●
魚龍，三更噴作前山雨。
○○　○○●●○○▲

“八犯”，想採八曲而集成此詞，但不知所犯是何調耳。聊據其韻脚臆注云。

極眼前調，作者尚須細心勘校，恐有疏忽不合於古之處，況孤調無可證據乎。譜於此等詞從來只一篇者，必不肯仍其舊，務要强出已意，謂可平可仄，

除是知音識律，高出於古作詞之人之上，而後可如此。嗚呼！其果高出於古人否耶？

【杜注】按，《欽定詞譜》此詞列《八寶妝》調，"暮景却沉洲渚"句，"渚"作"嶼"。又按，《絶妙好詞箋》後起作"不知是水，不知是山是樹"。又，"謾凝睇"句，"睇"作"佇"，叶韻。

【考正】《欽定詞譜》收本詞，調名謂《八寶玉嬌枝》，非八犯，故或無"採八曲"集成之謂。"洲嶼"，據《欽定詞譜》改。

又按，本詞即前所收《八寶妝》。

高山流水　一百十字

吴文英

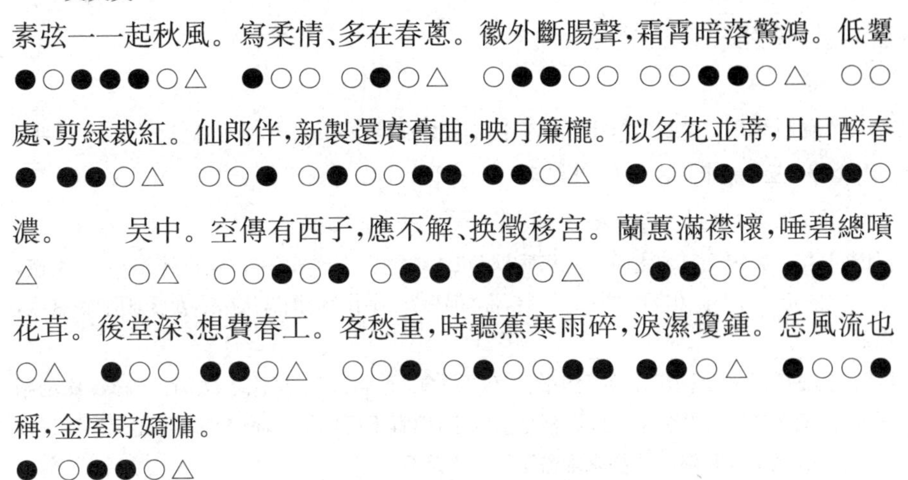

素弦一一起秋風。寫柔情、多在春葱。徽外斷腸聲，霜霄暗落驚鴻。低顰
●○●●●○△　●○○ ○●○△　○●●○○ ○○●●○△　○○

處、剪緑裁紅。仙郎伴，新製還賡舊曲，映月簾櫳。似名花並蒂，日日醉春
●　●●○△　○○●　○●○○●●　●●○△　●○○●●　●●●○

濃。　吴中。空傳有西子，應不解、换徵移宫。蘭蕙滿襟懷，唾碧總噴
△　○△　○○●○●　○●●　●●○△　○●●○○　●●●●

花茸。後堂深、想費春工。客愁重，時聽蕉寒雨碎，淚濕瓊鍾。恁風流也
○△　●○○　●●○△　○○●　○●○○●●　●●○△　●○○●

稱，金屋貯嬌慵。
●　○●●○△

《圖譜》注此詞，謂"蘭蕙滿"三字句、"襟懷唾碧"四字句、"總噴花茸"四字句、"客愁重"三字叶韻、"恁風流"三字句、"也稱金屋貯嬌慵"七字句，愚謂非也。"蘭蕙"以下與前段俱同。"蘭蕙滿襟懷"五字，對前"徽外斷腸聲"句，"總"字必係"牕"字之訛，而又誤倒刻，乃是"碧窗唾噴花茸"六字，對前"霜霄暗落驚鴻"也。否則"碧"字作平，必無"襟懷唾碧"之理。後"堂深"句七字，對前"低顰處"句。"客愁重"，"重"字去聲，非平聲叶韻者。此三字對前"仙郎伴"句。"時聽"二句十字，對前"新製"二句。"恁風流也稱"五字，"稱"字去聲，對前"似名花並蒂"句。若"稱"字作平，文義欠通矣。"金屋貯嬌慵"五字，對前"日日醉春風"句，豈非字字相合乎？

【杜注】按，四庫全書提要云：《高山流水》後闋"唾碧窗，噴花茸"句，音律不叶，文義亦不可解，應如萬氏所注作"碧窗唾噴花茸"。又按，此詞原題丁基仲妾善琴，題贈。宋詞無別首可校，疑爲夢窗自製之曲。

【考正】萬氏原注"客愁"之"客"作平。

慢卷紬　一百十字

柳　永

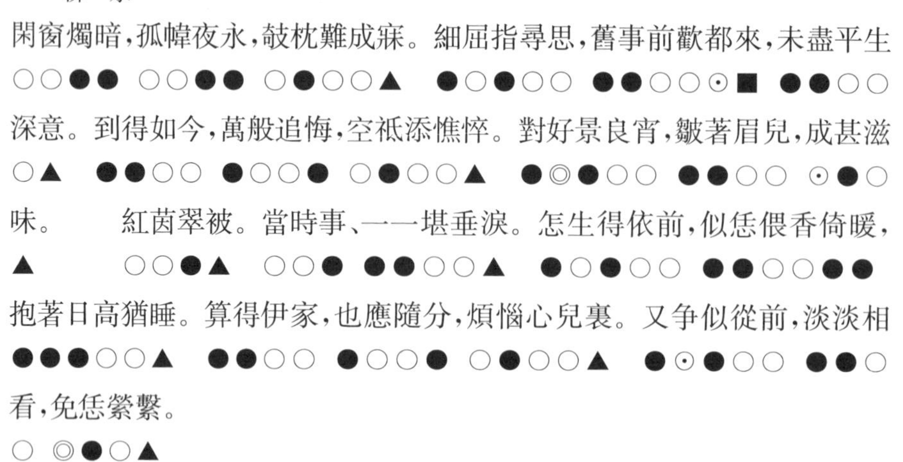
閑窗燭暗，孤幃夜永，攲枕難成寐。細屈指尋思，舊事前歡都來，未盡平生
○○●●　○○●●　○●○○▲　●○●○○　●●○○⊙■　●●○○
深意。到得如今，萬般追悔，空祇添憔悴。對好景良宵，皺著眉兒，成甚滋
○▲　●●○○　●○○●　○●○○▲　●◎●○○　●●○○　⊙●○
味。　　紅茵翠被。當時事、一一堪垂淚。怎生得依前，似恁偎香倚暖，
▲　　○○●▲　○○●　●●○○▲　●○●○○　●●○○●●
抱著日高猶睡。算得伊家，也應隨分，煩惱心兒裏。又争似從前，淡淡相
●●●○○▲　●●○○　●○○●　○●○○▲　●⊙●○○　●●○
看，免恁縈繫。
○　◎●○▲

"細屈指"下與後"怎生得"下同。但"似恁"句該六字，"抱著"句該六字，而"舊事"至"都來"不成句，"都來"二字平聲，必有誤耳。

按，題名"卷紬"無義理，"紬"字恐是"袖"字之訛。

【杜注】按，《欽定詞譜》"當時一一堪垂淚"句，"時"字下有"事"字，《花草粹編》同。又按，宋人李景元一首與此相同，亦一百十字，惟"都來"二字作"悄悄"，仄聲。萬氏謂平聲有誤，以此。

【考正】萬氏原注"屈指"之"屈"作平。又，"舊事"下十二字，萬氏不讀斷。餘據《欽定詞譜》改。又按，"都來"之"來"必誤，當是仄聲字，填者不可填平。而《全宋詞》此十二字讀爲四字三句，雖平仄和諧，然"都來未盡"云云，終是費解。

五彩結同心　一百十一字

趙彦端

人間塵斷，雨外風回，涼波自泛仙槎。非郭還非野，閑鶯燕、時傍笑語清
○○○●　●●○○　○○●●○△　○●○○●　○○●　○●●●○
佳。銅壺花漏長如綫，金鋪碎、香暖檐牙。誰知道、東園五畝，種成國艷天
△　⊙○○●○○●　⊙○●　○●○△　○○●　○○●●　●○●●○
葩。　　主人、漢家龍種，正翩翩迴立，雪紵烏紗。歌舞承平舊，圍紅袖、
△　　●○　●○○●　●○○●●　●●○△　○●○○●　○○●
詩興自寫春華。未知三斗朝天去，定何似、鴻寶丹砂。且一醉、朱顔相慶，
○●●●○△　◎○○●○○●　◎○●　○●○△　○○●　○○○●
共看玉井浮花。
●○●●○△

“非郭”下與後“歌舞”下同。《圖譜》不解，將“歌舞”句作四字，而以“舊”字搭下作四字，不知前段不可以“非郭還非”爲一句也。

歲在甲子，僕在端州制幕，適吴太守蘭次、徐太史電發，兩先生前後入粤。因啖荔枝，太史遂有《五彩結同心》之作，制府和之，僕暨雪舫亦附賡吟其調。與此字句雖同，而用仄韻。署中苦無詞書，莫可考究，因請於太史，訊其源流，時太史亦忘之。故至今耿然於衷，未得收此體入譜。更思詞格之繁正多遺缺，必待廣搜緩核，方可成編。緣琰青以剞劂之便，慫恿立成，漏萬貽譏，自所不免。但調之未輯者，不妨續編而體之。妄議者難以自訟，統祈高明，糾其訛謬，示所遺亡，共成全璧，以便學者，是合失之功，勝此帙萬萬矣。望之，望之。

【杜注】萬氏注云：“徐電發太史作此調，用仄韻，苦無詞書，未收此體入譜”。按，《詞綜補遺》有袁綯作“珠簾垂户”一首，用仄韻，句法與趙詞同，已列入《拾遺》。“綯”一作“裪”。

【考正】萬氏原注“且一”二字均作平。又，過片句原譜不讀斷，故音律失諧，是失記换頭之二字逗也，謹補。又按，後段第三句原譜作“雪佇烏紗”，現據《欽定詞譜》改正。

萬氏所云仄韻體者，兹録於下，以備學者翻檢：

五彩結同心 一百十一字

袁 綯

珠簾垂户。金索懸窗，家接浣沙溪路。相見桐陰下，一鈎月、恰在鳳凰棲處。素瓊捻就宮
○○○▲ ○●○○ ○●●○○▲ ○●○○● ●○● ●●●○○▲ ●○●●○
腰小，花枝裊、盈盈嬌步。新妝淺，滿腮紅雪，綽約片雲欲度。　　塵寰、豈能留住。唯只
○● ○○● ○○○▲ ○○● ●○○● ●●●○●▲ 　　○○ ●○○▲ ○●
愁、化作彩雲飛去。蟬翼衫兒薄，冰肌瑩，輕罩一團香霧。彩箋巧綴相思苦。脈脈動、憐才
○ ●●●○○▲ ○●○○● ○○● ○●●○○▲ ●○●●○○▲ ●●● ○○
心緒。好作個、秦樓活計，要待吹簫伴侶。
○▲ ●●● ○○●● ●●○○●▲

較之平韻體，本體前後段首句、第三均首句俱叶韻，故比平韻體多四韻脚。其餘皆同。

霜葉飛 一百十一字

吴文英

斷煙離緒。關心事，斜陽紅隱霜樹。半壺秋水薦黄花，香噀西風雨。縱玉
●○○▲ ○○▲ ○○○●○▲ ●○○●●○○ ⊙●○○▲ ●●
勒、輕飛迅羽。淒涼誰弔荒臺古。記醉踏南屏，彩扇咽、寒蟬倦夢，不知蠻
● ○○●▲ ○○○●○○▲ ●●●○○ ●●● ○○●● ●○○
素。　　聊對、舊節傳杯，塵箋蠹管，斷闋經歲慵賦。小蟾斜影轉東籬，夜
▲ 　　○● ●●○○ ○○◎● ●○○●○▲ ●○○●●○○ ◎
冷殘蛩語。早白髮、緣愁萬縷。驚飆從卷烏紗去。謾細將、茱萸看，但約
●○○▲ ●●● ○○●▲ ○○○●○○▲ ●●○ ○○● ◎●

明年，翠微高處。
○○ ●○○▲

“斜陽”至“臺古”，與後“斷闋”至“紗去”同。“香噀”句、“夜冷”句如五言詩，而美成作“正倍添淒悄”、“奈五更愁抱”，上一下四句法不同。觀千里和詞，前云“臺榭還清悄”，後云“況老來懷抱”，可知此句句法不拘也。“彩扇”下，或云一五一六，周云“又透入清輝，半晌特地留照”，余謂若於“輝”字住，與上句句法連疊相同矣。自宜“入”字豆、“晌”字句也。方云“自遍拂塵埃，玉鏡羞照”，是落兩字，無此體。“知”字，周、方皆作去聲，夢窗細摹清真者，不知何以此字各異耳。“斷闋”二字，似宜連上讀，但周云“度日如歲難到”，方云“未落人後先到”，則應連下作六字，況此句即與前“斜陽”句同也。周用“日”字、方用“落”字，此用“闋”字，皆以入作平，原與前“陽”字一樣耳。“將”字方作“質”字，亦入作平，不可誤用上去字，各家平仄如一，不可擅易。“迅羽”、“萬縷”去上聲，妙。周用“憾曉”、“閉了”，方用“怨曉”、“過了”可見。《圖譜》因周詞起句“霧迷衰草疏星掛”，遂謂“草”字起韻，注作四字句起，而以下句爲九字，誤甚。

【杜注】按，此調張玉田有三首，均首句第四字有暗韻，周清真“霧迷衰草”一首，“草”字亦叶，此詞“離緒”之“緒”字應注韻。萬氏因清真另一首及方千里、楊澤民和詞未叶，故未注，然各有一體，未可拘執，此“緒”字實暗韻也。

【考正】萬氏原注“斷闋”之“闋”作平、“不知”之“知”可仄。又，過片原譜不讀斷，失記二字逗，致音律失諧，此爲二字逗領四字驪句，此亦可證“斷闋”二字不當屬上也。又按，方千里詞，前段尾均作“奈倦客征衣，自遍拂塵埃，玉鏡羞照”，疑奪二字，非格也。

八歸　一百十一字

高觀國

楚峰翠冷，吴波煙遠，吹袂萬里西風。關河迴隔新愁外，遥憐倦客音塵，未
◎○●● ○○○● ○●●●○△ ○○●●○○● ○○●●○○ ●
見征鴻。雨帽風巾歸夢杳，想吟思、吹入飛蓬。料恨滿、幽苑離宫。正愁
●○△ ●●○○○●● ●○● ○●○△ ●●● ○●○△ ●○
黯文通。　　秋濃。新霜初試，重陽催近，醉紅偷染江楓。瘦筇相伴，舊
●○△ ○△ ○○○● ○○○● ●○○●○△ ●○○● ●
遊回首，吹帽知與誰同。想萸囊酒盞，暫時冷落菊花叢。兩凝佇、壯懷無
○○● ○●○●○△ ●○○●● ●○●●●○△ ●○● ●○○
奈，立盡微雲斜照中。
● ●●○○○●△

或曰“宫”字是偶合，此句可不必叶。

【杜注】按，《欽定詞譜》“壯懷立盡”句，“壯懷”下有“無奈”二字，以“無奈”爲句，“立盡”二字屬下句。應遵補。

【考正】仄韻體後結，史詞十六字，姜白石詞作“歸來後、翠尊雙飲，下了珠簾，玲瓏閑看月”，亦爲十六字，平韻體高詞十四字，或疑脱落二字，亦或調式不同而有所增減耳。

第二體　一百十五字

史達祖

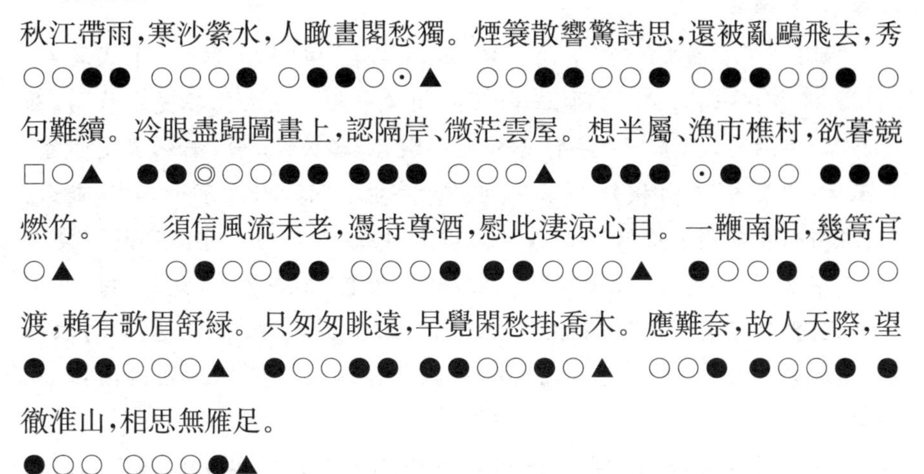

秋江帶雨，寒沙縈水，人瞰畫閣愁獨。煙簑散響驚詩思，還被亂鷗飛去，秀

○○●● ○○○● ○●●○⊙▲ ○○●●○○● ○●●○○● ○

句難續。冷眼盡歸圖畫上，認隔岸、微茫雲屋。想半屬、漁市樵村，欲暮競

□○▲ ●●◎○○●● ●●● ○○○▲ ●●● ⊙●○○ ●●●

燃竹。　須信風流未老，憑持尊酒，慰此淒涼心目。一鞭南陌，幾篙官

○▲ ○●○○●● ○○○● ●●○○○▲ ●○○● ●○○

渡，賴有歌眉舒緑。只匆匆眺遠，早覺閑愁掛喬木。應難奈，故人天際，望

● ●●○○○▲ ●○○●● ●●○○●○▲ ○○● ●○○● ●

徹淮山，相思無雁足。

●○○ ○○○●▲

用仄韻。比前調後結多“望徹淮山”句，换頭亦不於二字叶，查白石調與此全合，平仄必有定格，不可隨譜妄填。“憑持”句該四字，白石用“而今何處”，是也。此篇乃刻本誤落一字耳。觀前吴詞，雖韻脚用平，而聲調則一，其於此句，正用“重陽催近”，則該是四字無疑。故添“□”於内。《圖譜》不解，於姜詞下反注“而”字羨，想因史詞，故如此注。乃題下又注一百十五字，則仍以“而”字爲正，何其自相矛盾也。

【杜注】按，“憑持酒”句，“持”字下空一字，戈氏《詞選》補“誰”字，《歷代詩餘》及《心日齋詞選》均作“憑持尊酒”，應遵改。

【考正】“須信”後十字，原譜不讀斷。又，“畫閣”之“閣”，以入作平。又按，“秀句”句，白石作“蘚階蛩切”第二字平，則史詞“句”字當是誤填，學者當以平爲正。

透碧霄　一百十二字

柳　永

月華邊。萬年芳樹起祥煙。帝居壯麗，皇家熙盛，寶運當千。端門清晝，

●○△ ●○○●●○△ ●○●● ○○○● ●●○△ ⊙○⊙●

觚稜照日，雙闕中天。太平時、朝野多歡。遍錦街香陌，鈞天歌吹，閬苑神
○○◎● ⊙●○△ ●○○ ⊙●○△ ●◎○⊙● ○○○● ●●○

仙。　　昔觀光得意，狂遊風景，再睹更精妍。傍柳陰、尋花徑，空恁嚲轡
△　　●○○●● ○○○● ◎●●○△ ●●○ ○○● ○●●●

垂鞭。樂遊雅戲，平康艷質，應也依然。仗何人、多謝嬋娟。道宦途蹤跡，
○△ ◎○◎● ○○◎● ○●○△ ●○○ ○●○△ ●◎○⊙●

歌酒情懷，不似當年。
○●○○ ●●○△

"端門"下與後"樂遊"下同。只"歌酒情懷"與"鈞天歌吹"平仄異耳。《圖譜》收查荎一首，於"端門"三句云："相從争奈心期久要屢變霜秋"，《圖譜》作六字兩句，蓋讀"要"字作平聲也。觀此"觚稜"三句，端然俱是四字，且正與後"樂遊"三句相對，是知不可作六字也。"傍柳陰"下十二字，查云："愛渚梅幽香動須采擷倩纖柔"，《圖》作上句五字、下句七字，甚謬。"愛渚梅"三字豆，即此篇之"傍柳陰"也，又以"梅幽香"三字疊平，竟將"梅"字圖作可仄，更可笑矣。但"須采擷"句六字，亦三字豆者，與此"空恁"句句法似别，然玩查句文義，亦有可疑，若作"采擷須倩纖柔"，則理順語協，與此相符矣。

或云：查用論語"久要"，字自當作平聲，此詞"日"字與後段"質"字，乃入作平耳。"照"、"艷"二字不可用平。然查之後段却用"誰傳餘韻"，是不可以一處而拗三處也。

按，王荆公《老人行》云："古來人事已如此，今日何須論久要"。"要"字叶上"笑"、"誚"韻，是"久要"原可讀去聲，查詞之與此篇"觚稜照日"正合矣。

【杜注】按，宋本"朝夜多歡"句，"夜"作"野"。應改正。

【考正】松隱有同調詞一首，頗多差異：前段起拍作"閬苑喜新晴"，多二字，第二句作"正桂華、飄下太清"，句法不同，第五句作"天開輔盈成"，多一字，前段尾均作"化内外、咸知柔順，已看彤管賦和平"，多一字，且爲七字兩句；後段第一均作："宴坤寧。香騰金猊，煙暖秘殿彩衣輕。"句法不同，且多一韻，第二均作四字三句，句法亦大異，尾拍作"坤厚贊堯明"多一字。

玉山枕　一百十三字

柳　永

驟雨新霽。蕩原野、清如洗。斷霞散彩，殘陽倒影，天外雲峰，數朵相倚。
●○○● ●○● ○○▲ ●○●● ○○●● ⊙●○○ ●○○▲

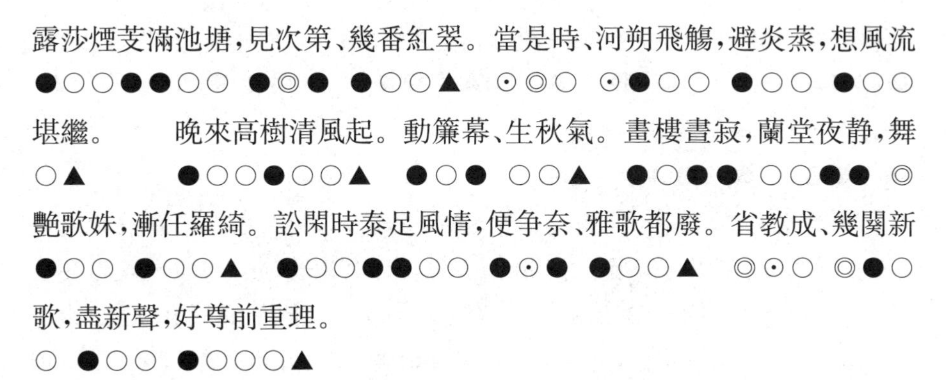

露莎煙芰滿池塘,見次第、幾番紅翠。當是時、河朔飛觴,避炎蒸,想風流

●○○●●○○ ●◎● ●○○▲ ⊙◎○ ⊙●○○ ●○○ ●○○

堪繼。　　晚來高樹清風起。動簾幕、生秋氣。畫樓晝寂,蘭堂夜静,舞

○▲　　●○○●○○▲ ●○● ○○▲ ●○●● ○○●● ◎

艷歌姝,漸任羅綺。訟閑時泰足風情,便争奈、雅歌都廢。省教成、幾闋新

●○○ ●○○▲ ●○○●●○○ ●⊙● ●○○▲ ◎⊙○ ◎●○

歌,盡新聲,好尊前重理。

○ ●○○ ●○○○▲

"蕩原野"以下,與後"動簾幕"以下俱同。此調無他作者,平仄當悉遵之。或謂"芰"字、"泰"字亦是叶韻,未知是否。"泰"、"外"等古亦連押,然不必。《圖譜》以起句四字爲二句,不知何據?此詞用韻甚正,柳七雖俗,亦從不肯借韻,豈有以魚語韻字入齊薺者?況以借叶之字,爲第一個韻脚乎?"雨"字與"霽"叶,乃吴越間俗音,近來傖父多此痼疾,稍知沈韻者,必不犯此,而謂柳七爲之耶?況如此長調,又非换頭,豈有以兩字起句,二字繼叶之理?不比《醉翁操》,原學琴操爲之也。"蕩原野"二句,反合爲六字,至"動簾幕"則又仍分二句,俱不可解。

"當是時"用平仄平,後"省教成"用仄平平,兩結相同,故旁注可平可仄。然愚謂:"當是時"三字,恐原係"是當時"三字也,讀者可玩而知之。又,前後二結,讀者俱如右注上七下八,姑仍之,然愚謂當以上三字爲豆,而中七字爲句,下五字爲尾,蓋"河朔避炎"是一件事,下則想繼其風流,是另一層意。"新歌新聲"是一件事,下則要重理其歌曲,亦是另一層意。如此,則語意不累墜矣。願以質之具正法眼藏者。

【杜注】按,"幾闋新歌"句,"新"字與下句"盡新聲"複,疑當作"清"。

【考正】原譜"羅綺"後不叶,誤。按,"羅綺"若不叶韻,則後段僅得三均,大違律,此爲定韻,正對前段之"相倚"也。

丹鳳吟　一百十四字

方千里

宛轉回腸離緒,懶倚危欄,愁登高閣。相思何處,人在繡帷羅幕。芳年艷

●●○○○● ●●○○ ⊙○○▲ ○○⊙● ○●●○○▲ ○○●

齒,枉消虚過,會合絲輕,因緣蟬薄。暗想飛雲驟雨,霧隔煙遮,相去還是

● ●○⊙● ●●○○ ○○●▲ ●●○○●● ●●○○ ○●○●

天角。　　悵望不時夢到,素書謾説風浪惡。縱有青青髮,漸吴霜妝點,

○▲　　●●◎○●● ●○●●○●▲ ●●○○● ●○○○●

容易凋鑠。歡期何晚，忽忽自驚摇落。顧影無言，清淚濕、但絲絲盈握。
●◎○▲　○○○●　●●●○○▲　●●○○　○●●　●○○○▲
染斑客袖，歸日須問著。
●○●●　○●○●▲

讀詞非僅採其菁華，須觀其格律之嚴整和協處，然人見其嚴整，便以爲拗句，不知其拗句正其和協處。但多吟詠數遍，自覺其妙，而不見其拗矣。字之平仄，人知辨之，不知仄處上去入亦須嚴訂。如千里和清真，平上去入，無一字相異者，此其所以爲佳，所以爲難。若徒論平仄，則對客揮毫，小有才者，亦優爲之矣。即此詞可見，"風浪惡"時本作"風波惡"，誤。美成用"心緒惡"，夢窗用"城外色"，夢窗詞與此平仄亦同，但"容易凋鑠"作"燕曾相識"，不合，未審傳訛乎？抑夢翁偶誤也。

【杜注】按，《歷代詩餘》"素書漫説風浪惡"句，"風"作"波"。又，"忽忽自驚摇落"句，上三字作"悤悤坐。"

【考正】拗句是否和諧，當有商榷處。若拗句亦即"和協處"，則拗句必於詞調中觸目皆是也。何以其"和協處"鳳毛麟角耶？以本詞論，前段尾拍美成作"殘照猶在亭角"，"在"字上聲，故千里以"是"字填，而夢窗作"泛"字，此處作"覆蓋"解，亦爲上聲也，故可知本詞"是"字正萬樹所謂以上作平者，並無違拗。又如"容易凋鑠"，夢窗用"燕曾相識"，亦未必傳訛，或填誤也。

輪臺子　一百十四字

柳　永

一枕清宵好夢，可惜被、鄰雞喚覺。匆匆策馬登途，滿目淡煙衰草。前驅
●●○○●●　●●●　○○●▲　○○●●○○　●●●○○▲　○○
風觸鳴珂，過霜林、漸覺驚棲鳥。冒征塵遠，況自古淒涼、長安道。　行
○●○○　●○○　●●○○▲　●○○●　●●●○○　○○▲　○
行又歷孤村，楚天闊、望中未曉。念勞生、惜芳年壯歲，離多歡少。歎斷梗
○●●○○　●○●　●○●▲　●○○　●○○●●　○○○▲　●●●
難停，暮雲漸杳。但黯黯銷魂，寸腸憑誰表。恁驅馳、何時是了。又爭似、
○○　●○●▲　●●●○○　●○○○▲　●○○　○○●▲　●○●
却返瑶京，重買千金笑。
●●○○　○●○○▲

只此一首，平仄宜遵，亦熨帖可從。"驅驅"恐是"驅馳"。

【杜注】按，《歷代詩餘》"驅驅"作"驅馳"，與萬氏説合。應遵改。

【考正】"冒征塵"下十二字，此二句原譜作"冒征塵遠況，自古淒涼長安道"，七字句音步連

平失譜。按，此二句句讀有誤。以文法論，“冒……遠”通，“冒……遠況”則不通，故可知“況”字當屬下。然則此十二字當讀爲“冒征塵遠，況自古淒涼、長安道”，文通律合。雖校之後段尾均句法不同，然前後結本不必劃一也。謹改。又按，耆卿另有一百四十一字體《輪臺子》一首，前後段各五均，因《樂章集》不載，故原譜失收，兹收録如下，並添“慢”字以别前一詞：

輪臺子慢　一百四十一字

柳　永

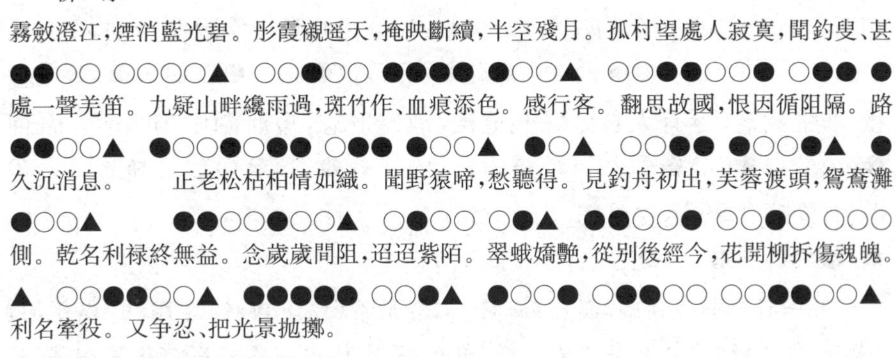

霧斂澄江，煙消藍光碧。彤霞襯遥天，掩映斷續，半空殘月。孤村望處人寂寞，聞釣叟、甚
●●○○ ○○○○▲ ○○●○○ ●●●● ●○○▲ ○○●●○○● ○●● ●
處一聲羌笛。九疑山畔纔雨過，斑竹作、血痕添色。感行客。翻思故國，恨因循阻隔。路
●●○○▲ ●○○●○●● ○●● ●○○▲ ●○▲ ○○●● ●○○●▲ ●
久沉消息。　正老松枯柏情如織。聞野猿啼，愁聽得。見釣舟初出，芙蓉渡頭，鴛鴦灘
●○○▲ ●●○○●○○▲ ○●○○ ○●▲ ●●○○● ○○●○ ○○○
側。乾名利禄終無益。念歲歲間阻，迢迢紫陌。翠蛾嬌艷，從别後經今，花開柳拆傷魂魄。
▲ ○○●●○○▲ ●●●●● ○○●▲ ●○○● ○●●○○ ○○●●○○▲
利名牽役。又争忍、把光景抛擲。
●○○▲ ●○● ●○●○▲

紫萸香慢　一百十四字

姚雲文

近重陽、偏多風雨，絶憐此日暄明。問秋香濃未，待攜客，出西城。正自羈
●○○ ○○○● ●○●●○△ ●○○○● ●○● ●○△ ●●○
懷多感，怕荒臺高處，更不勝情。向尊前又憶、漉酒插花人，只座上已無老
○○● ●○○○● ●●○△ ●○○●● ●●●○○ ●●●●○●
兵。　淒清。淺醉還醒。愁不肯、與詩平。記長楸走馬，雕弓筰柳，前
△ ○△ ●●○△ ○●● ●○△ ●○○●● ○○●● ○
事休評。紫萸一枝傳賜，夢誰到、漢家陵。儘烏紗、便隨風去，要天知道，
●○△ ●○●○○● ●○● ●○△ ●○○ ●○○● ●○○●
華髮如此星星。歌罷涕零。
○○○●○△ ○●●△

無他作可考，平仄當悉依之。通篇韻語皆平平住句，只前結用上平，後結用去平，是其音律如此也。《圖譜》注改，並“涕零”亦謂可作平平，則不敢奉命矣。

【杜注】按，“雕弓筰柳”句，“筰”字似當作“躤”。

【考正】“正是”，《欽定詞譜》作“正自”，據改。又，前段結拍原譜作上三下四讀，誤，此句依律當爲一字逗領六字句句法，謹改。又，“華髮”之“髮”，以入作平。

沁園春　一百十四字

陸　游

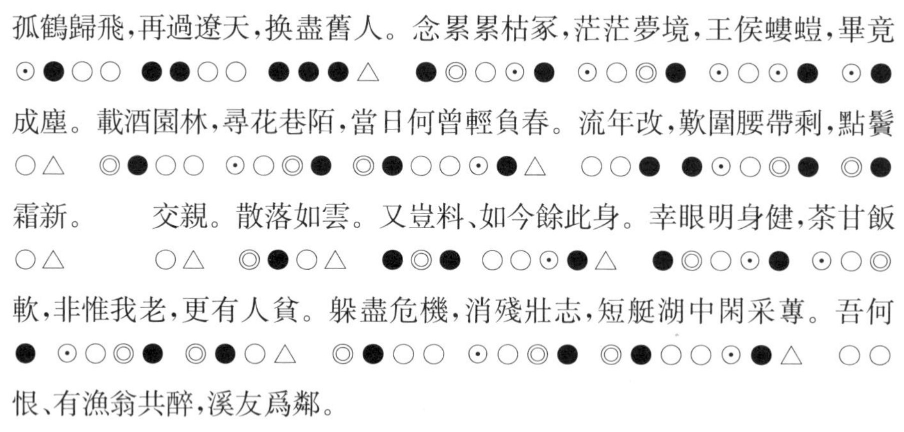
孤鶴歸飛，再過遼天，換盡舊人。念累累枯冢，茫茫夢境，王侯螻蟻，畢竟成塵。載酒園林，尋花巷陌，當日何曾輕負春。流年改，歎圍腰帶剩，點鬢霜新。　交親。散落如雲。又豈料、如今餘此身。幸眼明身健，茶甘飯軟，非惟我老，更有人貧。躲盡危機，消殘壯志，短艇湖中閑采蓴。吾何恨、有漁翁共醉，溪友爲鄰。

此一百十四字爲《沁園春》正格。“念累累”以下與後“幸眼明”以下同。“當日”句、“短艇”句七字，“又豈料”句八字，定格也。各家有前後用八字，而過變處反用七字者，更有前八後七、前七後八者，非偶筆，即誤刻。蓋兩段相同，不宜參差作者，但宜從此篇爲妥。首起三句，平仄多不拘，惟此篇爲正。大約首句俱同，第二句則或用仄平平仄，或用平平平仄，或用仄平仄平，或用平平仄平，或用平平仄仄，或用仄平平平，或用仄仄仄平，或用仄平仄仄，或用平仄平仄。第三句則或用平仄仄平，或用仄仄平平，或用仄平仄平，或用平平仄平。以上皆不拘。“累累枯冢”與“眼明身健”，間有用仄仄平平者，亦不拘，然數十中之一也。“親”字可以不叶，其叶者亦一二而已。若石屏“一曲狂歌”一首，於“又豈料”句少一字，夢窗“澄碧西湖”一首，於“流年改”句多一字，及芸窗前結云“又何須聽那，西樓弦管，南陌簫笙”則尤差誤，無此體也。“輕”、“餘”、“閑”三字平仄不拘，然用平最爲起調。

沈選蔣詞“當日”句云“絶勝珠簾十里迷樓”，八個字，“珠簾十里”正用杜樊川詩，與隋家“迷樓”何與？竹山豈不通如此？沈不知“迷”字誤多，乃注第十句八字，可歎，可歎。豈有此句八字之《沁園春》乎？

【杜注】按，此爲《沁園春》正格，前三句平仄均可不拘，其四五六七等四句，别家多作對偶，或兩句各對，或四句互對。萬氏獨收放翁一首，六七兩句未對，非正格也。又，後起“交親”之“親”字叶韻，統考百餘闋中，僅六七首相叶，恐係偶合。

【考正】本調正格，前後段尾均均爲三五四填法，但宋元亦有不少三四四式之結法，前後段均有。如前段宋吕渭老之“争知道，寃家誤我，日許多時”，元洪希文之“人争道，卿雲甘露，毓瑞儲精”；後段宋王之道之“何須問，蘧蘧栩栩，孰是莊周”，元張之翰之“歸來儘，不妨詩筆，顛倒南溟”。前後段宋王質之：“家無力，雖然咫尺，强作縈回。……門通水，荷汀蓼渚，足可徘徊。"元密璹之:"淒涼否,瓶中匱粟,指下忘琴。……掀髯笑,一杯有味,万事无心。"而諸譜於此均未指出。

第二體　一百十五字

秦　觀

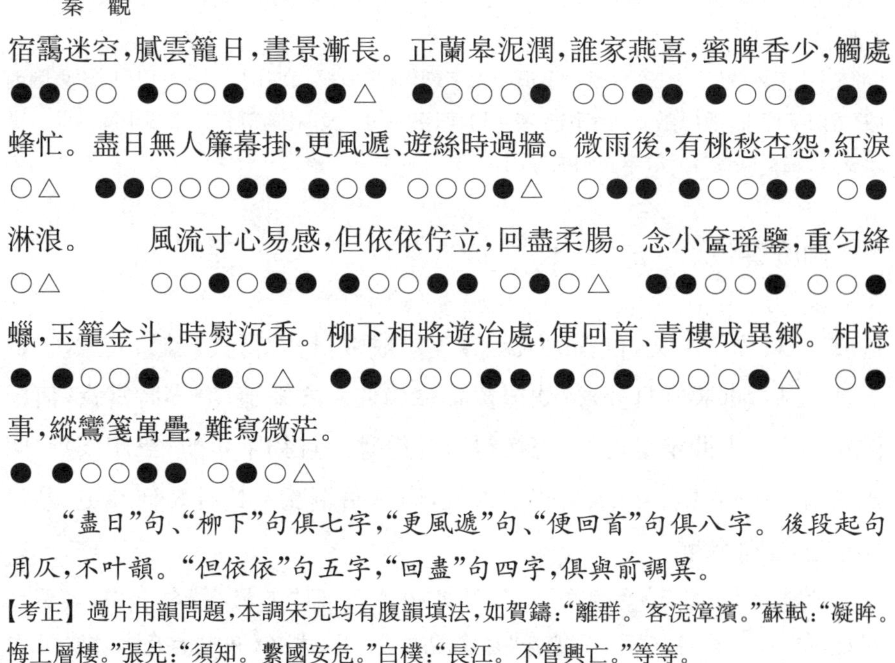

宿靄迷空,膩雲籠日,晝景漸長。正蘭皋泥潤,誰家燕喜,蜜脾香少,觸處
●●○○ ●○○● ●●●△ ●○○○● ○○●● ●○○● ●●
蜂忙。盡日無人簾幕掛,更風遞、遊絲時過牆。微雨後,有桃愁杏怨,紅淚
○△ ●●○○○●● ●○● ○○○●△ ○●● ●○○●● ○●
淋浪。　風流寸心易感,但依依佇立,回盡柔腸。念小奩瑤鑒,重勻絳
○△ ○○●○●● ●○○●● ○●○△ ●●○○● ○○●
蠟,玉籠金斗,時熨沉香。柳下相將遊冶處,便回首、青樓成異鄉。相憶
● ●○○● ○●○△ ●●○○○●● ●○● ○○○●△ ○●
事,縱鸞箋萬疊,難寫微茫。
● ●○○●● ○●○△

"盡日"句、"柳下"句俱七字,"更風遞"句、"便回首"句俱八字。後段起句用仄,不叶韻。"但依依"句五字,"回盡"句四字,俱與前調異。

【考正】過片用韻問題,本調宋元均有腹韻填法,如賀鑄:"離群。客涴漳濱。"蘇軾:"凝眸。悔上層樓。"張先:"須知。繫國安危。"白樸:"長江。不管興亡。"等等。

花發沁園春　一百五字

劉折父

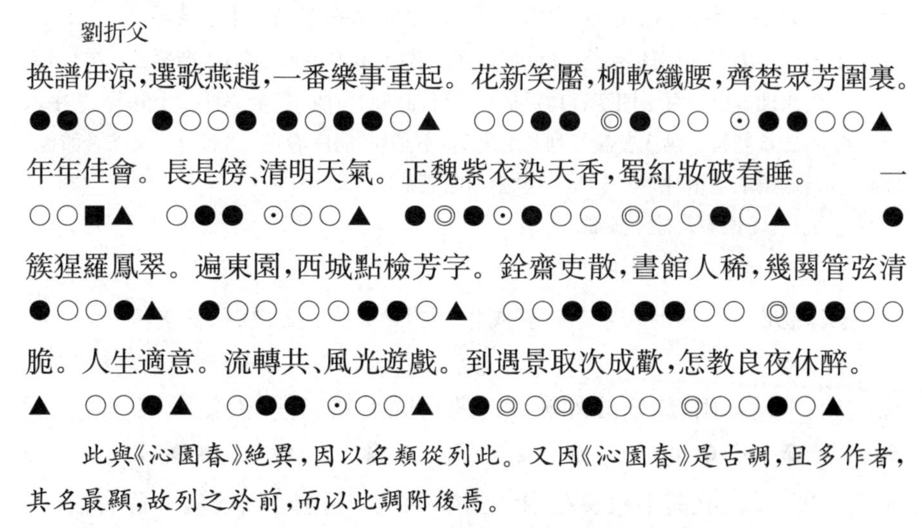

換譜伊涼,選歌燕趙,一番樂事重起。花新笑靨,柳軟纖腰,齊楚眾芳圍裏。
●●○○ ●○○● ●○●●○▲ ○○●● ◎●○○ ⊙●●○○▲
年年佳會。長是傍、清明天氣。正魏紫衣染天香,蜀紅妝破春睡。　一
○○■▲ ○●● ⊙○○▲ ●◎●⊙●○○ ◎○○●○▲ ●
簇猩羅鳳翠。遍東園,西城點檢芳字。銓齋吏散,晝館人稀,幾闋管弦清
●○○●▲ ●○○ ○○●●○▲ ○○●● ●●○○ ◎●●○○
脆。人生適意。流轉共、風光遊戲。到遇景取次成歡,怎教良夜休醉。
▲ ○○●▲ ○●● ⊙○○▲ ●◎○◎●○○ ◎○○●○▲

此與《沁園春》絶異,因以名類從列此。又因《沁園春》是古調,且多作者,其名最顯,故列之於前,而以此調附後焉。

"花新"以下,與後"銓齋"以下同。"東園西城"四字俱平,不可仄。"點

檢"要二仄字，不可平。花庵詞用"天姿妖嬈"、"不減姚魏"二句，正與此同。《圖譜》亂注，切不可從。"會"、"意"二字是叶韻，花庵用"砌"、"美"二字，《圖譜》失注，是使此調少却二韻矣。

【杜注】按，葉譜"花新笑靨"句，"新"作"迎"。又，"蜀紅妝破春睡"句，"紅妝"作"妝紅"。"銓齋吏散"句，"銓"作"鈴"。又按，《歷代詩餘》"齊楚衆芳園裏"句，"齊"作"濟"。均應遵改。

【考正】"正魏紫"下十三字，爲一字逗領六字驪句，後段尾均亦同。又，萬氏以爲"東園西城"當四字連平，故原譜此九字作五字一句、四字一句。按，花庵詞作："晝暖朱闌困倚。是天姿，妖嬈不減姚魏。"故本句句法亦同。

洞庭春色　一百十三字

陸　游

壯歲文章，暮年勳業，自昔誤人。算英雄成敗，軒裳得失，難如人意，空喪天真。請看邯鄲當日夢，待炊罷黄粱徐欠伸。方知道、許多時富貴，何處關身。　　人間定無可意，怎換得玉鱠絲蓴。且釣竿魚艇，筆床茶灶，閑聽荷雨，一洗衣塵。洛水情關千古後，尚棘暗銅駝空愴神。何須更、慕封侯定遠，圖像麒麟。

此調與《沁園春》秦詞全合，似應不必另列，然"怎換得"句七字，與秦之"但依依"以下九字不同，而書舟"錦字親裁"一首，亦名《洞庭春色》，亦於此句作"但贏得雙鬢成絲"七字，是或此格别名《洞庭春色》耳。故雖附於《沁園春》之後，而仍其《洞庭春色》之名，正如《過秦樓》之於《惜餘春慢》也。程詞於"尚棘暗"句缺"尚"字，此句對前"待炊罷"，不可少此一字，程刻乃誤耳。

【杜注】按，《沁園春》取漢沁水公主園以名，調一名《洞庭春色》，一名《大聖樂》，一名《壽星明》，一名《東仙》，以一百十四字者爲正格。《歷代詩餘》所收，多至一百二十餘闋，其字數或多或少，皆屬變格。萬氏曾論好列新名之病，不必列《洞庭春色》之名也。又按，《詩餘》此闋"尚棘暗銅駝空愴神"句，上五字作"對樹暗蒼茫"。

【考正】此即《沁園春》，故不擬譜。

摸魚兒　一百十六字　"兒"或作"子"　又名：買陂塘、安慶摸

張　翥

漲西湖、半篙新雨，麯塵波外風軟。蘭舟同上鴛鴦浦，天氣嫩寒輕暖。簾
●○○　●○○●　○○○●○▲　○○⊙●○○●　⊙●●○○▲　○

半卷。度一縷、歌雲不礙桃花扇。鶯嬌燕婉。任狂客無腸，王孫有恨，莫
●▲　◎●●　○○◎●○○▲　○○●▲　●⊙●○○　⊙○◎●　◎

放酒杯淺。　　垂楊岸。何處紅亭翠館。如今遊興全懶。山容水態依然
●●○▲　　　○○▲　⊙●○○●▲　○○○●○▲　○○◎●○○
好，惟有綺羅雲散。君不見。歌舞地、青蕪滿目成秋苑。斜陽又晚。正落
●　⊙●●○○▲　○●▲　⊙●●　○○◎●○○▲　○○●▲　●◎
絮飛花，將春欲去，目斷水天遠。
●○○　⊙○◎●　◎●●○▲

"趨塵"下與後"如今"下同。

按，《摸魚兒》調最幽咽可聽，然平仄一亂，便風味全減。如"趨塵"句、"如今"句必要平平平仄平仄，"天氣"句、"惟有"句必要平（可仄）仄仄平平仄，而"何處"句則必要平（可仄）仄平平仄仄，《圖譜》總用混注。"簾半卷"之"半"字、"君不見"之"不"字，或有用平聲者，然不如仄爲佳。蓋此用仄，而下"歌雲"用平，正是抑揚起調處也。"燕婉"、"又晚"去上，妙，妙！不可用平仄，至"酒"字、"水"字，則自有此調以來便用仄字，曾見舊作有以平平仄爲煞者，否。注曰"可平"，是作譜者之創見也。然見有時流亦往往誤用者。"度一縷"及"歌舞地"以下十字，必於上三字爲豆、而下用七字句，方妙。人多作兩五字句，雖無礙音律，而覺於調情不愜，知音者熟味，自知之耳。

又按，各刻如"度一縷"十字，竹山多一字，芸窗少一字，書舟、碧山於後結多一字，此類甚多，乃傳刻之誤。又，芸窗於"歌舞地"下十字，用"看塵袂方清，有恩綸催入"，句法差。《詞綜》載何夢桂，於"山容"句用"風急岸花飛盡也"，平仄全拗，此則係作者之誤也。又，夢桂"天氣"句用"折不盡、長亭柳"，李彭老"惟有"句用"一葉又、秋風起"，俱三字一豆，此係偶筆，不必學也。

晁无咎此調，起句"買陂塘、旋栽楊柳"，故人取其首三字，名此調爲《買陂塘》，而又寫差，以"買"作"邁"，試問陂塘如何邁法？何不通至此！俗傳笑府。所謂春雨如膏，夏雨如饅頭，周文王如燒餅也。豈不絕倒哉！

沈氏收杜伯高一首，於"君不見"下云"君試問，問此意，只今更有何人領"，因誤落一"問"字，天羽遂認此調後段少一字，奇矣。又收徐一初，於"簾半卷"下云："君看取。便破帽飄零，也傳名千古。"蓋本是"也博名千古"耳，不知"博"字，而以"傳名"相連，妙絕。

【杜注】按，《歷代詩餘》後結"目斷水天遠"句，"斷"作"送"，此字各家多用去聲，應遵改。又按，"正落絮飛花"爲一領四句法，辛稼軒一首云"休去倚危闌"，作上二下三，且"休"字用平，蓋此字並非領調，故可不拘，若領調，則必須去聲也。

【考正】萬氏原注"趨塵"之"趨"作平。又，"垂楊岸"，原譜萬氏不叶韻。

第二體　一百十七字

歐陽修

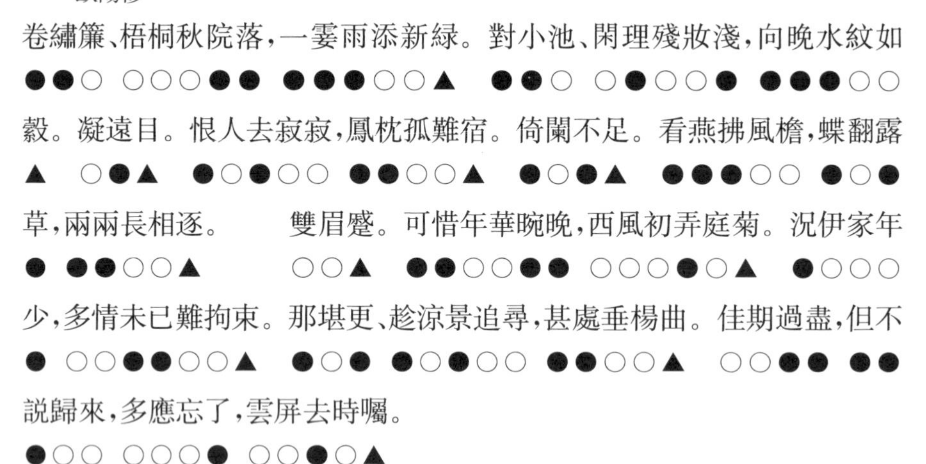

卷繡簾、梧桐秋院落，一霎雨添新緑。對小池、閑理殘妝淺，向晚水紋如縠。凝遠目。恨人去寂寂，鳳枕孤難宿。倚闌不足。看燕拂風檐，蝶翻露草，兩兩長相逐。　雙眉蹙。可惜年華晼晚，西風初弄庭菊。況伊家年少，多情未已難拘束。那堪更、趁涼景追尋，甚處垂楊曲。佳期過盡，但不説歸來，多應忘了，雲屏去時囑。

此調惟歐公有此詞，宋元諸公無有作者。前段起句多一字，次句平仄亦異，三句亦多一字。結用“長”字，平聲，俱與本調不合。後段則竟全異，結用“屏”字，平聲，亦不協。雖録於此，然必係差錯，不可法也。

【杜注】按，《歷代詩餘》“梧桐秋院落”句，無“秋”字。又，“對小池”句，無“對”字。又，“寂寂”作“寂寥”。又，“長相逐”作“鎮相逐”。又，“雙眉促”句，“促”作“蹙”。又，“況伊年少”句，“伊”字下有“家”字。又，後結“雲屏去時祝”句，“祝”作“囑”。又按，《欽定詞譜》“閑立殘妝”之“立”字作“理”。均應遵照增改。

【考正】原譜首句、第三句、“恨人”下十字均不讀斷，“那堪”下讀爲六字一句、七字一句。又，“寂寂”，萬氏原注作平。又，據杜注補“家”字、改“囑”字，據《欽定詞譜》改“婉娩”爲“晼晚”、“閑立”爲“閑理”。

詞律卷十九終

詞律卷二十

賀新郎　一百十六字　"郎"一作"凉"　又名：乳燕飛、金縷曲、貂裘换酒

毛　幵

風雨連朝夕。最驚心、春光晼晚，又過寒食。落盡一番新桃李，芳草南園
⊙●○○▲　●○○　⊙○●●　●○○▲　◎●◎○○○●　○●○○
似積。但燕子、歸來幽寂。況是單棲饒惆悵，儘無聊、有夢寒猶力。春意
●▲　◎●●　○○○▲　◎●⊙○○○●　●○○　◎●○○▲　○●
遠，恨虚擲。　　東君自是人間客。暫時來、匆匆却去，爲誰留得。走馬
●　●○▲　　○○●●○○▲　●○○　○○●●　●○○▲　◎●
插花當年事，池畹空餘舊跡。奈老去流光堪惜。杳隔天涯人千里，念無
◎○○○●　○●○○●▲　◎●●○○○▲　◎●⊙○○○●　●○
憑、寄語長相憶。回首處，暮雲碧。
○　◎●○○▲　○●●　●○▲

"最驚心"下與後"暫時來"下同。

【杜注】按，《歷代詩餘》"寄語長相憶"句，"寄語"作"爲寄"。

第二體　一百十六字

高觀國

月冷霜袍擁。見一枝、年華又晚，粉愁香凍。雲隔溪橋人不度，的皪春心
●●○○▲　●●○　○○●●　●○○▲　○●○○○●●　●●○○
未縱。清影怕、寒波摇動。更没纖毫塵俗態，倚高情、預得春風寵。沉凍
●▲　○●●　○○○▲　●●○○○●●　●○○　●●○○▲　○●
蝶，掛么鳳。　　一杯正要吴姬捧。想見那、柔酥弄白，暗香偷送。回首
●　●○▲　　●○●●○○▲　●●●　○○●●　●○○▲　○●
羅浮今在否，寂寞煙迷翠壟。又争奈、桓伊三弄。開遍西湖春意爛，算群
○○○●●　●●○○●▲　●○●　○○○▲　○●○○○●●　●○

花、正作江山夢。吟思怯，暮雲重。
○ ●●○○▲ ○●● ●○▲

此與前調俱同，但前調兩段中，七字四句末三字如“新桃李”、“饒惆悵”、“當年事”、“人千里”俱用平平仄，是拗句也。此篇用平仄仄，竟與七言詩句相同。查此四字或順或拗，隨意不拘，各家於一篇中參差不一，不能悉録，今止列前毛詞係全拗者，此高詞係全順者，以爲式。作者隨筆填之可耳。

前後第二句，“年華又晚”、“柔酥弄白”可用仄仄平平，如竹山前用“千樹高低”，文溪後用“黄菊猶葩”，芸窗前用“放浪江湖”、後用“尊酒論詩”，皆不拘，然十中之一耳。又如善扛於“人”字用“半”字，文溪於“塵”字用“也”字，東坡於“今”字用“細”字，石屏於“春意”之“春”字用“與”字，是七字句之末用仄平仄，皆係偶然，不可從也。又如文溪於“想見那”下十一字云：“便三臺兩地，也只等閑如拾”，又云：“訝銀杯羽化，折取戲浮醽醁”；夢窗於“雲隔”下十三字云：“紅日闌干，鴛鴦枕畔，枉裙腰褪了”，皆不必學。梅溪前第二句云：“是天地中間，愛酒能詩之社”，後第二句云：“爲狂吟醉舞，毋失晉人風雅”，雖另一體，然他無同者，亦不必學。若蘆溪於“態”字、“爛”字叶韻，或效之亦可，然此體亦無同者。至李南金於前第二句云：“我亦三生杜牧，爲秋娘著句”，是誤筆，不可謂有此體。他如芸窗後起句不叶韻；夢窗“雲隔”句用“千尺晴虹映碧漪”；烘堂後第二句用“更撩人情興異香芸馥”，少却二字；以上皆係訛錯，勿誤認也。至若坡公《乳燕飛》一詞，妙絶古今，而失體處亦有，但傳誤已久，人不細解耳。如“人不度”作“白團扇”、“今在否”作“細斷取”，“白”、“細”二字原有用仄者，前已指明，況“白”字原可作平，無害。“酥”字作“蕊”，上可代平，亦無害。“寂寞”句用“芳心千重似束”，“心”字一本作“意”字，即係“心”字，亦不甚害。至“開遍”二句，作“若待得君來向此，花前對酒不忍觸”，“花前”上少了一字，或公偶失填，或原有一字而傳刻遺落，不復可知。若“不忍”二字則可借作平，亦無害於歌喉，但後人不宜學耳。《嘯餘譜》雖作一百十五字，然於此二句亦作兩七字，至《圖譜》則並不知此義，竟以“若待得君來”作五字句，“向此花前”作四字句，“對酒不忍觸”作五字句，則大謬可怪，而以此誤人，使坡公亦貽譏千古，豈不可歎哉。至於兩結三字用仄平仄，是此調定格，歷觀各家可見。其間或有一二用平平仄者，乃是敗筆，如坡公前尾之“風敲竹”是也。《譜》不以此爲失，反於後尾之“兩簌簌”注“兩”字爲可平，則誤甚矣。第一個“簌”字原是入聲作平，《譜》謂可平，亦誤。夫謂之可平者，本身是仄也，今以“簌”字本身是仄，則將使人於此句用仄仄仄或平仄仄矣，豈不失調哉。《嘯餘》因坡詞兩句七字，故收李玉詞上七下八者爲第二體，注云：“前段與第一體同，惟後段第九句作八字是也”，而又收劉克莊詞爲第三體，尾句本云“聊一笑，弔千古”，乃落去“聊”字，作五字句收爲第三體，可笑甚矣。更奇者，《圖譜》收劉詞爲第二，既知添入“聊”字，而於題下仍舊譜之注，云“第九句作八字，末句作六字”，夫此調末句，誰非六字乎？但因添“聊”字故改注五字爲六，而忘其前後皆六字耳。既於劉詞添“聊”字，則體已盡，無所用第三體矣。乃又仍收李玉詞倒作第三，奈李玉與劉字字皆同，無可注其相異處，遂注曰“惟後第四句分作四三”，蓋李云“月滿西樓憑欄久”，端端正正七字，而忽然分作兩句讀，遂謂上句四字下句三字，與劉體有異，於此而奇絶矣。

本調因坡詞“乳燕飛華屋”，又名《乳燕飛》，《圖譜》既收《賀新郎》，又收《乳燕飛》；《選聲》亦復兩列，且以前後第二句皆分作兩句，而所收竹齋詞“清影”句云“但莫賦、緑波南浦”，本七字，誤以“賦”字爲叶韻，惜哉。《圖譜》於二體外又收《金縷曲》，更奇。

【杜注】按，《歷代詩餘》“柔酥弄白”句，“柔”作“揉”。又按，此調七字四句，末三字或順作平仄仄，或拗作平平仄，或前後一順一拗，皆可，不拘。然《詩餘》收辛稼軒十七首，全順者祇一首，似仍用拗句爲宜。

子夜歌　一百十七字

彭元遜

視春衫、篋中半在，浥浥酒痕花露。恨桃李、如風過盡，夢裏故人如霧。臨
●○○ ●○●● ●●●○○▲ ●○● ○○●● ●●●○○▲ ○
潁美人，秦川公子，却共何人語。對誰家、花柳池臺，回首故園，咫尺未成
●●○ ○○○● ●●○○▲ ●○○ ○●○○ ○●●○ ●●●○
歸去。　　昨宵聽、危弦急管，酒醒不知何處。漂泊情多，哀遲感易，無限
○▲ ●○● ○○●● ●●●○○▲ ○●○○ ○○●● ○●
堪憐許。似尊前眼底，紅顔消幾寒暑。年少風流，未諳春事，追與東風賦。
○○▲ ●○○●● ○○○●○▲ ○●○○ ●○○● ○●○○▲
待他年、君老巴山，共君聽雨。
●○○ ○●○○ ●○○▲

彭係元人，此調宋詞無之，作者須遵此平仄。《圖》以首句作五字，次句作八字，誤。又以“半在浥浥”疊四仄字，遂改“浥浥”二字爲可平，更誤。“似尊前”二句，作上七下四，亦誤。“事”字注叶，甚奇。此句毋論不用叶，“事”字亦並非同韻。

“共君聽雨”恐是“共聽夜雨”，“聽”字平聲。

【杜注】按，明人馮素人鼎位一首，校其平仄，惟第三句“吹”字作仄，第四句“夢”字作平，餘均相合。後結作仄平平仄，萬氏謂“聽”字平聲，誠是。謂恐是“共聽夜雨”，非。【“臨穎美

人”句。按，此用杜詩“臨潁美人在白帝”之語，“穎”當作“潁”。】

【考正】前結“回首”下十字，原譜作六字一句、四字一句，似不如《欽定詞譜》更暢，據改。又據校勘記改“臨穎”爲“臨潁”。

又，本詞版本或有錯簡處，其後段“年少風流，未諳春事，追與東風賦”三句，必是對應前段“臨潁美人，秦川公子，晚共何人語”三句，字、句、韻、平仄，無一不合也。余更疑“漂泊情多，哀遲感易，無限堪憐許”三句本屬別調竄入，如此，則後段二三均當爲“似尊前、○○眼底，紅顏消幾寒暑。年少風流，未諳春事，追與東風賦。”而前後段則正各爲四均，否則以目前結構論，則前段四均、後段五均，且前段第三均又與後段第四均對應，與體例頗爲不合也。

金明池　一百二十字

秦　觀

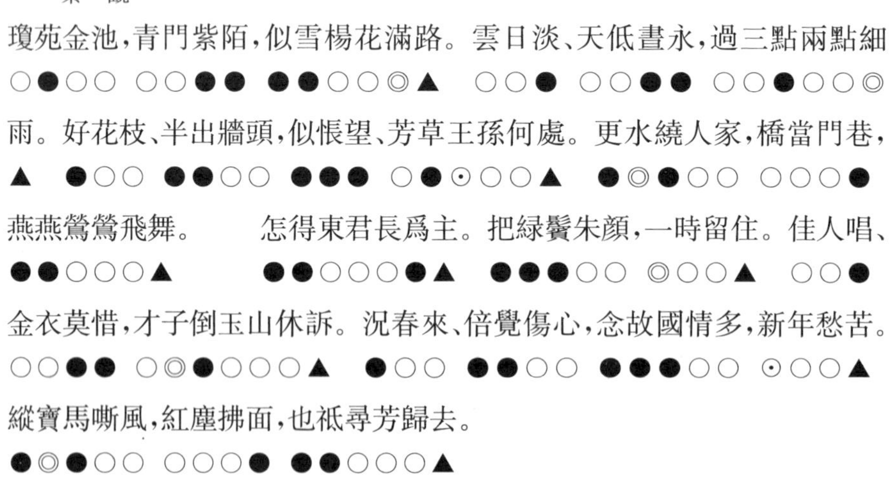

瓊苑金池，青門紫陌，似雪楊花滿路。雲日淡、天低晝永，過三點兩點細

○●○○　○○●●　●●○○◎▲　○○●　○○●●　○○●○○◎

雨。好花枝、半出牆頭，似悵望、芳草王孫何處。更水繞人家，橋當門巷，

▲　●○○　●●○○　●●●　○●⊙○○▲　●◎●○○　○○○●

燕燕鶯鶯飛舞。　怎得東君長爲主。把緑鬢朱顏，一時留住。佳人唱、

●●○○○▲　●●○○○●▲　●●●○○　◎○○▲　○○●

金衣莫惜，才子倒玉山休訴。況春來、倍覺傷心，念故國情多，新年愁苦。

○○●●　○◎●○○○▲　●○○　●●○○　●●●○○　⊙○○▲

縱寶馬嘶風，紅塵拂面，也祇尋芳歸去。

●◎●○○　○○○●　●●○○○▲

余謂詞中有以上聲作平聲用者，人多不信，如此詞“兩點”二字，鑿然以上作平也。“雲日淡”以下，與“佳人唱”以下同。“過三點”句即後“才子倒”句，比對自明。仲殊“天闊雲高”一首，前段云“朱門掩、鶯聲猶嫩”，後段云“厭厭意、終差人問”，“鶯聲”二字即“兩點”二字，應用平也。人不知此義，見此句連用五個仄聲，便以爲難，而自以爲知者，又亂將去聲字填入，則拗而不叶律矣。歐公亦用“三點兩點雨霽”，注見《越溪春》。“爲主”“爲”字讀作去聲，言爲人作主也，若作平則拗，觀仲殊用“鬭”字可見。“似悵望”九字，與“念故國”九字一氣，分豆不拘。

按，《詞匯》失收《夏雲峰》本調，而以仲殊《金明池》詞題曰《夏雲峰》，大謬。若不校正，不幾令學者名實相乖乎。

【杜注】按，萬氏注所謂仲殊爲僧揮之號，所引“鶯聲猶軟”句，“猶”字原作“欲”。

【考正】萬氏原注“雲日”之“日”、“兩點”二字、“玉山”之“玉”、“拂面”之“拂”均作平。

“過三點”七字，對後段“才子倒”七字，俱爲一氣，原譜均讀爲上三下四句法，致“三點兩點”讀破，失當。本詞句法當是“過三點兩點、細雨”、“才子倒玉山、休訴”，否則“玉山休訴”又成何語也。

“似悵望”九字有兩種讀法，若作三六式讀，則第五字仄聲，若作五四式讀，則第五字平讀，此余所謂句法微調者也。現存宋人諸家皆爲如此，如趙崇璠前段五四式，則爲“別妝點薰風，盡成清致”、仲殊作“旋占得餘芳，已成幽恨”、劉弇作“似閬苑神仙，參差相繼”，但李彌遜前段三六式，則爲“春去也、把酒南山誰伴”，與本詞正同。而後段諸家均作五四式，故第五字均爲平聲。萬氏不知，注“草”字可平，則將有五連平之謬，誤甚。

又按，本詞《全宋詞》以爲乃屬誤入《淮海詞》，該詞見《草堂詩餘》，爲無名氏所作。

送征衣　一百二十一字

柳　永

過昭陽。璿樞電繞，華渚虹流，運應千載會昌。罄寰宇、薦殊祥。吾皇。

●○△　○○●●　○●○○　●○○●●△　●○●　●○△　○△

誕彌月、瑶圖纘慶，玉葉騰芳。並景貺、三靈眷祐，挺英哲、掩前王。遇年

◎⊙●　○○◎●　◎●○△　●●●　○○●●　●○●　●○△　●○

年、嘉節清和，頒率土稱觴。　無間要荒華夏，盡萬里、走梯航。彤庭、

○　⊙●○○　○◎●○△　○●○○○●　●●●　●○△　○○

舜張大樂，禹會群方。鵷行。趨上國、山呼鼇抃，遥爇爐香。競就日、瞻雲

●○●●　●●○△　○△　⊙◎●　○○⊙●　⊙●○△　●●●　○○

獻壽，指南山、等無疆。願巍巍、寶曆鴻基，齊天地遥長。

●●　●○○　●○△　●○○　◎●○○　○⊙●○△

“吾皇”下與後“鵷行”下同。

按，此調六字句，凡四用皆中三字一豆者，如“罄寰宇”“宇”字、“挺英哲”“哲”字、“盡萬里”“里”字，皆用仄聲，則“指南山”“山”字亦應用仄，恐是“岳”字之誤也。

【杜注】按，《歷代詩餘》後結作“天地齊長”四字。又，别刻“頒率土稱觴”句，“頒”作“頌”。

【考正】“大樂”原作“太樂”、“競”原作“竟”，均據《欽定詞譜》改。前段第四句“應”字借音平讀。又按，“彤庭”六字原譜不讀斷，音步連平失諧。按，此二句當爲二字逗領四字兩句格式，且兩四字句爲驪句，故“彤庭”後必須讀斷。

笛家　一百二十一字

柳　永

花發西園，草薰南陌，韶光明秀。乍晴輕暖清明後。水嬉舟動，禊飲筵開，

○●○○　●○○●　○○○▲　●○○●○○▲　●○○●　●●○○

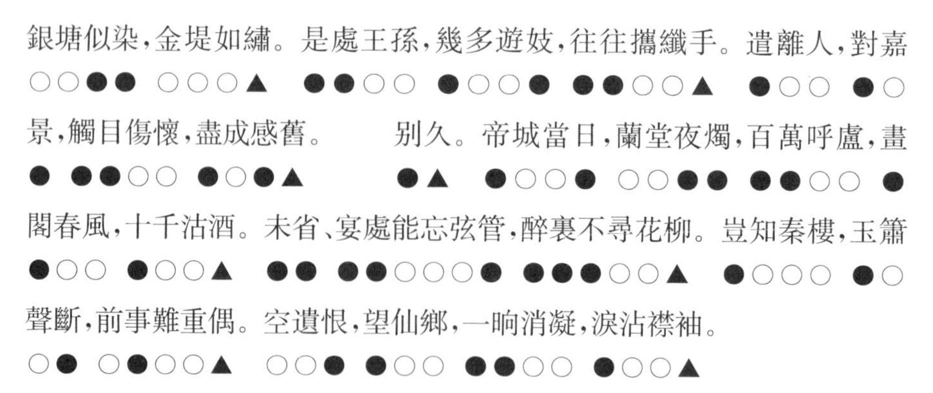
銀塘似染，金堤如繡。是處王孫，幾多遊妓，往往攜纖手。遣離人，對嘉景，觸目傷懷，盡成感舊。　別久。帝城當日，蘭堂夜燭，百萬呼盧，畫閣春風，十千沽酒。未省、宴處能忘弦管，醉裏不尋花柳。豈知秦樓，玉簫聲斷，前事難重偶。空遺恨，望仙鄉，一晌消凝，淚沾襟袖。

按，此調他無可考，惟屯田此一篇耳。舊刻以"別久"二字屬在前段之末，余力斷之，曰：凡兩字句，多用於換頭之首，或用於一段之中，未有前半已完而贅加兩字者。況上説離人對景而感舊矣，又加"別久"二字，真爲蛇足。若作"感舊別久"，語氣不成文，四字疊仄，音韻亦不和協，且"舊"字明明用韻，顯而易見。前尾"觸目"句六字，後尾"一餉"句亦六字，端端正正兩結相同，而人竟不察，沿習訛謬，可歎也。然於"舊"字用韻，而加兩字於下，猶爲不妨，乃將"感舊別久"四字合成一串，《選聲》連上作八字句，時人因有作"轉歎離索"者，豈不截鶴添鳧哉。且因此句讀錯，並將上"觸目盡成"四字岸然作一句，而爲"無奈閑愁"矣。異哉！

又按，凡長調詞，起結前後互異，而中幅每每相同，此詞恐有顛倒，今以臆見附此，蓋"別久帝城當日"是換頭起語，其下當移入"未省"至"花柳"十四字，而以"蘭堂"四句對前"水嬉"四句，"豈知"八字對前"是處"八字，"前事難重偶"對前"往往攜纖手"，"空遺恨"以下兩三字、一六字對前"遣離人"以下三句，句法字法相同，豈不恰當？蓋謂因別久而追思當日在帝城之時，宴處即聽弦管，醉裏必尋花柳，從未有忘此二事者，故上加"未省"二字，未省者，不解如此也，下即以"蘭堂"四句，實注彼時歡會之勝，而下以"豈知"二字接之，言不料如今若此寂寥也。如此，則意順調協矣。嗟嗟，安得起屯田於遮須國芙蓉城，而證其説乎？總之，舊集中惟《樂章》最多差訛脱落，難於稽核，然後人亦宜將舊詞詳審妥確，而後填之，寧得躁率而自謂作家耶？如此詞，論改易前後處，人或以古調傳久，不便議改，若"別久"二字，則斷斷不可繫於前尾，"舊"字斷斷不可不叶韻，任人間詈我狂妄，哂我穿鑿，而余必硜硜守是鄙説矣。

【杜注】按，《歷代詩餘》第三句"韶光明媚"，"媚"作"秀"，即以"秀"字起韻。又按，宋本"觸目盡成感舊"句，"觸目"下有"傷懷"二字。又，"一晌淚沾襟袖"句，"一晌"下有"消凝"二字。又，"別久"二字屬後半起句，與萬氏説合。均應遵照改補。

【考正】本調朱雍、王質詞均名爲《笛家弄》。

本詞有朱雍和詞，前段第三句朱詞作"天然疏秀"，則杜注《歷代詩餘》"媚"作"秀"當是的本，據改。又，本調前後段尾均，王質詞爲："因緣斷，時節轉，自然如彼，自然如此。……今看昔、後看今，未一回頭，已百彈指。"各爲十四字，而朱雍和詞爲："與東君、叙暌遠，脈脈兩情有舊。……空餘恨，惹幽香不滅，尚沾春袖。"各爲十二字，則本調原貌或爲十四字，杜注"傷懷"、"消凝"係脱落無疑，而柳詞在朱雍時已然脱字，故朱詞俱少二字。現據補。

白苧　一百二十一字

蔣　捷

正春晴，又春冷，雲低欲落。瓊苞未剖，早是東風作惡。旋安排、一雙銀蒜鎮羅幕。幽壑。水生漪，皺嫩緑、潛鱗初躍。愔愔門巷，桃樹紅纔約略。知甚時、霽華烘破青青萼。　憶昨。引蝶花邊，近來重見，身學垂楊瘦削。問小翠眉山，爲誰攢却。斜陽院宇，任蛛絲罥遍，玉箏弦索。户外惟聞，放剪刀聲，深在妝閣。料想裁縫，白苧春衫薄。

首句本集是"正春晴"，而他刻多作"春正晴"，觀柳詞則"正春晴"平仄爲是，而首用"正"字、次用"又"字，恰相唤應，故知他刻之誤也。

【杜注】按，别刻後起"憶昨"下有"聽鶯柳畔"四字，與下句相偶，且字數與下柳詞相同，應增入。

【考正】史浩詞同柳詞，後段首均爲："惜取。欄干遍倚，月淡黄昏，水邊清淺，不放紅塵染污。"則杜注以爲蔣詞於"憶昨"後或脱四字，當與柳詞同者，是。而非《欽定詞譜》所云減字，蓋宋詞未見有直減四字者也，然則本體即柳體，不足爲範，不予擬譜。

第二體　一百二十五字

柳　永

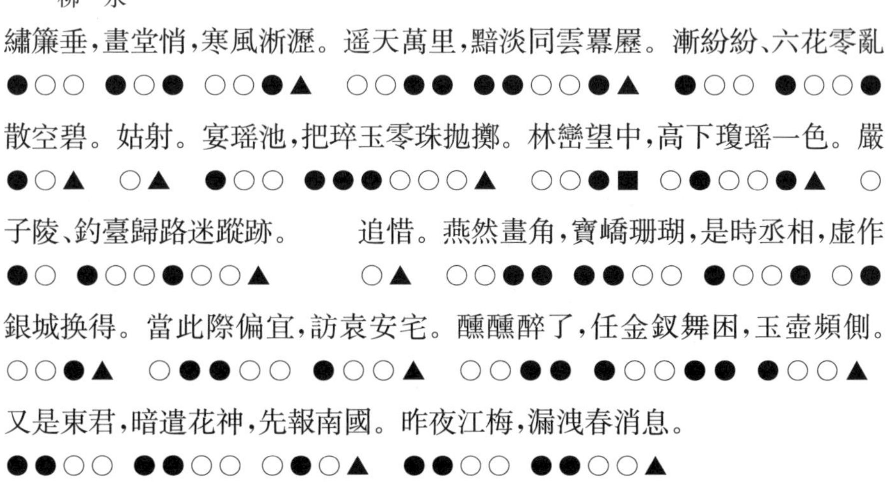
繡簾垂，晝堂悄，寒風淅瀝。遥天萬里，黯淡同雲羃䍥。漸紛紛、六花零亂
●○○ ●○● ○○●▲ ○○●● ●●○○●▲ ●○○ ●○○●
散空碧。姑射。宴瑶池，把琗玉零珠拋擲。林巒望中，高下瓊瑶一色。嚴
●○▲ ○▲ ●○○ ●●●○○○▲ ○○●■ ○●○○●▲ ○
子陵、釣臺歸路迷蹤跡。　追惜。燕然畫角，寶嶠珊瑚，是時丞相，虛作
●○ ●○○●○○▲ ○▲ ○○●● ●●○○ ●○○● ○●
銀城换得。當此際偏宜，訪袁安宅。醺醺醉了，任金釵舞困，玉壺頻側。
○○●▲ ○●●○○ ●○○▲ ○○●● ●○○●● ●○○▲
又是東君，暗遣花神，先報南國。昨夜江梅，漏洩春消息。
●●○○ ●●○○ ○●○▲ ●●○○ ●●○○▲

蔣、柳二詞相同，只换頭二字句下，柳比蔣多"燕然畫角"四字，故另作一體，"愔愔門巷""巷"字柳作"中"字，平聲，稍異，然此字用平拗，恐是"裏"字。

按，蔣用"欲落"、"作惡"、"約略"，俱兩個入聲字相連，初謂偶然，乃柳詞亦用"淅瀝"、"冪䍥"、"一色"六入聲，因思此調或宜如此用字，不然何其相符也。然此論大微，未知得免於穿鑿之誚否？《譜》誤不一，備摘於此："畫堂悄"即蔣之"又春冷"也，乃以三字盡改平仄平，蓋其意欲連下作七言詩也，"畫堂"正與上"繡簾"相對，有何不解？"遥天萬里"即蔣之"瓊苞未剖"也，"萬里"、"未剖"去上，最妙，乃以"遥"作仄，"萬"作平。"漸紛紛"即蔣之"旋安排"也，三字盡改平仄仄。"林巒望中"即蔣之"愔愔門巷"也，此句惟"中"字不合，乃以平平仄仄翻改作仄仄平平，而"中"字偏不注可仄。"嚴子陵"下十字，宜於三字爲豆，下作七字句，乃分兩五字。"嚴子陵釣臺"即蔣之"知甚時霽華"也，乃作仄仄仄平平。"當此際"九字宜上五下四，乃分上三下六。"偏宜"即蔣之"眉山"也，乃作仄仄。"金釵"正對下"玉壺"以"任"字領下二句，頂上言醉後光景，蔣亦以"任"字頂下"蛛絲"、"玉箏"也，乃"金"字訛作"他"字，而以"任"字作平，"釵"字作仄，"困"、"玉"二字作平，"傾"字作仄，蓋意欲將"任他"二字領句，而下作七言詩句也。並其餘平仄改注者共五十二字。尤不便者，"散"、"報"二字即蔣之"鎮"、"在"二字，必用去聲，今亦作平。"射"字音"亦"，正叶韻二字句，蔣亦用"幽壑"，今只作五字句，失注叶韻，如此注法，何不别名此調爲"黄麻"、"緑葛"，而仍曰"白苧"乎？

【杜注】按，前詞增"聽鶯柳畔"四字，平仄可與此互參。蓋本是一體，萬氏不知前之誤落四字，列爲又一體，轉嫌詞費矣。

【考正】萬氏以爲蔣、柳二詞之韻脚有雙入聲之特點，確乎過微，然本調之押韻宜以○▲收，當是本調之律，柳、蔣、史三詞，除柳詞後段有"換得"外，其餘韻前字俱爲平聲，或入聲替平。而耆卿精於音律，或不至此，本詞據宋人王灼《碧雞漫志》云世傳紫姑神作，非柳詞，亦可一證也。

又按，本調前段，實爲兩段構成："繡簾垂，畫堂悄，寒風淅瀝"對"宴瑶池，把碎玉、零珠抛擲"；"遥天萬里，黯淡同雲冪䍥"對"林巒望中，高下瓊瑶一白"；"漸紛紛、六花零亂散空碧"對"嚴子陵、釣臺歸路迷蹤跡"，字數、平仄莫不絲絲入扣。前瞻蔣詞，亦同。惟第二段有一換頭語，柳詞爲"姑射"，蔣詞爲"幽壑"。而傳統觀念均以爲雙拽頭格式則一二段必須字數、句法乃至韻脚全同者，方可謂是，余以爲此見偏仄，雙拽頭者，次段亦可有换頭語之增減，本調即爲一例，又如前列之《塞翁吟》亦如此，夢窗前一二段爲："草色新宫綬，還跨紫陌驕驄。好花是，晚開紅。冷菊最香濃。""黄簾，緑幕蕭蕭夢，燈外换幾秋風。叙往約，桂花宫。爲别剪珍叢。"第二段添一换頭語"黄簾"，與本調爲同一章法。

而萬氏以爲"林巒望中"當是"林巒望裏"之説，亦可見甚是。蓋不僅萬氏參校之蔣詞"愔愔門巷"如此，本詞所對之"遥天萬里"亦如此，可證。

秋思耗　一百二十三字　又名：畫屏秋色

吴文英

堆枕香鬟側。驟夜聲、偏稱畫屏秋色。風碎串珠，潤侵歌板，愁壓眉窄。
○●○○▲　●●○　○●●○○▲　○●●○　●○○●　○○○▲
動羅箑清商，寸心低訴叙怨抑。映夢窗、零亂碧。待漲緑春深，落花香泛，
●○●○○　●○○●●●▲　●●○　○●▲　●●●○○　●○○●
料有斷紅流處，暗題相憶。　歡夕。檐花細滴。送故人粉黛重飾。漏
●●●○○●　●○○▲　○▲　○○●▲　●●○●●○▲　●
侵瓊瑟。丁東敲斷，弄晴月白。悄一曲霓裳未終，催去驂鳳翼。歎謝客、
○○▲　○○○●　●○●▲　●●●○○●○　○●○●▲　●●○
猶未識。漫瘦却東陽，燈前無夢到得。路隔。重雲雁北。
○●▲　●●●○○　○○○●●▲　●▲　○○●▲

或云自“潤侵”至“春深”，與後“丁東”至“東陽”相同。“動羅箑”以下十二字，於“商”字分豆；“悄一曲”以下十二字，於“終”字分豆。然總之十二字一氣，平仄不差，分豆語句不拘也。或謂：“客”字亦是叶韻，“燈前無夢”四字句與前“落花香泛”同，“到得”二字句叶韻，“路隔”亦二字句叶韻，“重雲雁北”四字句叶韻，俱用去入二聲，正此調促拍淒緊之處。此説甚新，然不敢從，姑採其説於此。

【杜注】按，葉譜後結“雁北”作“南北”。又按，此調音節迫促，必有加拍，或謂“客”字及“到得”、“路隔”均叶韻，可信。

【考正】萬氏原注“壓”、“客”作平。杜氏以爲“詞調音節迫促，必有加拍”，甚是，不惟“客”、“得”、“隔”三字叶韻，過片亦有“夕”字萬氏失記，並補“得”、“隔”，“客”字不從。又按，原譜“送故人”句作上三下四句法，音步連仄失諧。按，於詞意論，此所言非送人，乃送粉黛也，故不可讀住。

春風嫋娜　一百二十五字

馮艾子

被梁間雙燕，話盡春愁。朝粉謝，午花柔。倚紅闌、故與蝶圍蜂繞，柳綿無
●○○○●　●●○△　○●●　●○△　●○○　●●●●○○●　●○○
數，飛上搔頭。鳳管聲圓，蠶房香暖，笑攬羅衫須少留。隔院蘭馨趁風遠，
●　○●○△　●●○○　○○○●　●●○○○●△　●●○○●○●
鄰牆桃影伴煙收。　些子風情未減，眉頭眼尾，萬千事、欲説還休。薔
○○○●●○△　○●○○●●　○○●●　●○●　●●○△　○
薇露，牡丹球。殷勤記省，前度綢繆。夢裏飛紅，覺來無覓，望中新緑，别
○●　●○△　○○●●　○●○△　●●○○　●○○●　●○○●　●

後空稠。相思難偶，歎無情明月，今年已是，三度如鈎。
●○△　○○○●　●○○○●　○○●●　○●○△

雲月自度曲，當悉依其平仄。

【杜注】按，《詞林紀事》及《古今詞話》，"薔薇露"三字，"露"作"刺"，可從。

【考正】本詞前段第三均、後段第二均疑有脱落。

翠羽吟　一百二十五字

蔣　捷

紺露濃。映素空。樓觀悄玲瓏。粉涷霽英，冷光摇蕩古青松。半規黄昏
●●△　●●△　○●●○△　●●●○　●○○●●○△　●○○○
淡月，梅氣山影溟濛。有麗人、步依修竹，翩然態若游龍。　綃袂微皺
●●　○●○●○△　●●○　●○○●　○○●●○△　○●○●
水溶溶。仙莖清瀣，浄洗斜紅。勸我浮香桂酒，環佩暗解，聲飛芳靄中。
●○△　○○○●　●●○△　●●○○●●　○●●●　○○○●△
弄春弱柳垂絲，慢按翠舞嬌童。醉不知何處，驚剪剪、淒緊霜風。夢醒尋
●○●●○○　●●●●○△　●●○○●　○●●　○●○△　●●○
痕訪蹤。但留殘月掛遥穹。梅花未老，翠羽雙吟，一片曉峰。
○●△　●○○●●○△　○○●●　●●○○　●●●△

此調只此一詞，難以考定，恐有訛字。"但留殘"句必有脱落，意謂殘月掛蒼穹也。

【杜注】按，葉譜前結"瀟然態若游龍"句，"瀟"作"翩"。又，"浄洗斜紅"句，"斜"作"鉛"。又按，《欽定詞譜》"但留殘掛穹"句，"殘"字下有"月"字，"掛"字下有"遥"字，應遵補。

【考正】原譜"悄玲瓏"作"峭玲瓏"。"仙莖"下八字不讀斷。

本詞前後段字句參差，當有分段之誤。余校之，本調前後段應各爲五均，其分段則於"勸我"前爲是。全詞脱字亦非"但留殘"一句，如"梅氣"句當與"驚剪剪"句對，則"驚"字疑衍，於文理論，此處亦無可"驚"處，"剪剪淒緊霜風"正對"梅氣山影溟濛"，兩句皆拗，句法全然一致。而此"驚"字疑從"醉"後誤移至此，前句若作"醉驚不知何處"，則與前段"半規黄昏淡月"對，其兩句亦皆拗，句法正合。此相連二句之音步分爲平平仄、仄仄平，若非相對，應無如此巧合者。

十二時　一百三十字三疊

柳　永

晚晴初，淡煙籠月，風透蟾光如洗。覺翠帳、涼生秋思。漸入微寒天氣。
●○○　●○○●　○●○○○▲　●●●　○○○▲　●●⊙○○▲

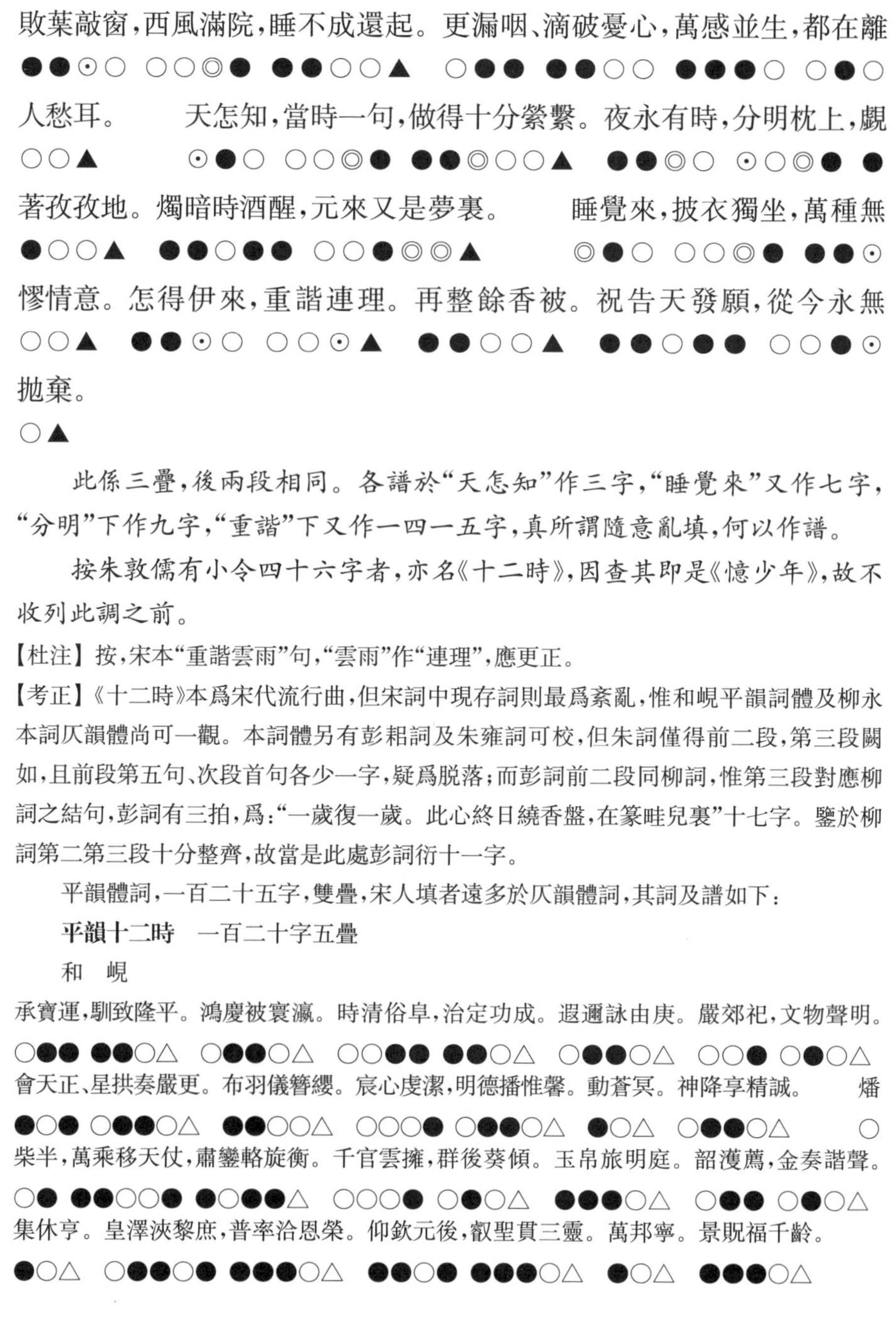

敗葉敲窗，西風滿院，睡不成還起。更漏咽、滴破憂心，萬感並生，都在離
●●⊙○ ○○◎● ●●○○▲ ○●● ●●○○ ●●●○ ○●○
人愁耳。　天怎知，當時一句，做得十分縈繫。夜永有時，分明枕上，覷
○○▲　⊙●○ ○○◎● ●●◎○○▲ ●●◎○ ⊙○◎● ●
著孜孜地。燭暗時酒醒，元來又是夢裏。　睡覺來，披衣獨坐，萬種無
●○○▲ ●●○●● ○○●◎◎▲　◎●○ ○○◎● ●●⊙
憀情意。怎得伊來，重諧連理。再整餘香被。祝告天發願，從今永無
○○▲ ●●⊙○ ○○⊙▲ ●●○○▲ ●●○●● ○○●⊙
抛棄。
○▲

此係三疊，後兩段相同。各譜於“天怎知”作三字，“睡覺來”又作七字，“分明”下作九字，“重諧”下又作一四一五字，真所謂隨意亂填，何以作譜。

按朱敦儒有小令四十六字者，亦名《十二時》，因查其即是《憶少年》，故不收列此調之前。

【杜注】按，宋本“重諧雲雨”句，“雲雨”作“連理”，應更正。

【考正】《十二時》本爲宋代流行曲，但宋詞中現存詞則最爲紊亂，惟和峴平韻詞體及柳永本詞仄韻體尚可一觀。本詞體另有彭耜詞及朱雍詞可校，但朱詞僅得前二段，第三段闕如，且前段第五句、次段首句各少一字，疑爲脱落；而彭詞前二段同柳詞，惟第三段對應柳詞之結句，彭詞有三拍，爲：“一歲復一歲。此心終日繞香盤，在篆畦兒裏”十七字。鑒於柳詞第二第三段十分整齊，故當是此處彭詞衍十一字。

平韻體詞，一百二十五字，雙疊，宋人填者遠多於仄韻體詞，其詞及譜如下：

平韻十二時　一百二十字五疊

和　峴

承寶運，馴致隆平。鴻慶被寰瀛。時清俗阜，治定功成。遐邇詠由庚。嚴郊祀，文物聲明。
○●● ●●○△ ○●●○△ ○○●● ●●○△ ○●●○△ ○○● ○●○△
會天正、星拱奏嚴更。布羽儀簪纓。宸心虔潔，明德播惟馨。動蒼冥。神降享精誠。　燔
●○● ○●●○△ ●●○○△ ○○○● ○●●○△ ●○△ ○●●○△　○
柴半，萬乘移天仗，肅鑾輅旋衡。千官雲擁，群後葵傾。玉帛旅明庭。韶濩薦，金奏諧聲。
○● ●●○○● ●○●●△ ○○○● ○●○△ ●●●○△ ○●● ○●○△
集休亨。皇澤浹黎庶，普率洽恩榮。仰欽元後，叡聖貫三靈。萬邦寧。景貺福千齡。
●○△ ○●●○● ●●●○△ ●●○● ●●●○△ ●○△ ●●●○△

蘭陵王　一百三十字

史達祖

漢江側。月弄仙人佩色。含情久、搖曳楚衣，天水空蒙染嬌碧。文漪簟影
●○▲ ◎●○○●▲ ○○● ○●●○ ⊙●○○●○▲ ○○●●

織。涼骨。時將粉飾。誰曾見、羅襪去時，點點波間冷雲積。　　相思舊
▲　○▲　○○●▲　○○●　○●●○　◎●○○●○▲　　　○○●
飛鵠。謾想像風裳，追恨瑶席。涉江幾度和愁摘。記雪映雙腕，剌縈絲
○▲　●●●○○　○●○▲　◎○◎●○○▲　◎●●○●　●○○
縷，分開緑蓋素袂濕。放新句吹入。　　寂寂。意猶惜。念浄社因緣，天
●　○○◎●●●▲　●○●○▲　　　○▲　●○▲　●●●○○　○
許相覓。飄蕭羽扇摇團白。屢側卧尋夢，倚欄無力。風標公子，欲下處，
●○▲　○○◎●○○▲　●●●○●　●○○▲　○○○●　●●●
似認得。
●●▲

平仄如此，無字可移。如以爲不便，而欲出己意改之，則奉勸不須作此調可也。欲作此調，則未有出此範圍者。《譜》於"弄"、"佩"、"楚"、"染"、"粉"、"去"、"冷"、"舊"、"恨"、"映"、"素"、"放"、"許"等字俱作可平，至以"染嬌"、"冷雲"、"映雙"、"放新"、"許相"俱作平仄，全與《蘭陵王》風馬矣。至以"屢側卧"分作三字句、"尋夢"連下讀。而末句作七字，蓋其所收《蘆川詞》末句本云"相思除是，向醉裏、暫忘却"，《譜》乃改"相思前事，除夢魂裏暫忘却"，不惟作七字，而一句之中有三謬焉："除"字是上面移下來，一也；"魂"字是添出，二也；"忘"字讀作平聲，三也。意欲湊成末句七字，移了上文下來，故"相思"下補"前事"二字耳。不知此調尾句六字俱是仄聲，自有《蘭陵王》以來，即使六仄字，無一平者，而《譜》何冒昧若此耶？汲古刻《片玉》亦作"似夢魂裏淚暗滴"，何其所見略同，豈"夢"字之下必應聯"魂"字耶？稼軒"只合化、夢裏蝶"，《詞統》亦以"裏"字訛"中"字，是則凡遇"夢"字即做夢矣。一笑。劉須溪於後兩段俱用"春去"二字起句，查第二段"相思"字他家無用仄叶者，可不必從。且劉詞用字多出入，總不足法也。"涼骨"是叶韻二字句，觀蘆川"卷珠箔"一首云："吹落。梢頭嫩萼。"可見。或初見余此注訝然，指爲穿鑿，余檢美成"柳陰直"詞示之，曰："誰識。京華倦客。"而千里和周者亦曰："曾識。傾城幼客。"《詞綜》載彭履道詞云："飛去。黄鸝自語。"雖他家或有不叶者，不可謂此非叶也。

【杜注】按，《隋唐嘉話》：齊文襄長子長恭封蘭陵王，與周師戰，勇冠三軍，武士共歌謡之，曰《蘭陵王入陣曲》，此調名所始也。又按，此調後結必用六仄聲，以仄去仄去去入爲最合。

【考正】本調使用腹韻是一特色，然所有腹韻均非必用。如："涼骨。時將粉飾。"秦觀便作"誰念温柔藴結"，袁去華作"清淺溪痕旋落"，等等，皆不用句中短韻；又如第二段起拍處，劉辰翁作："春去。最誰苦。""哀拍。願歸骨。"則採用句中短韻填法。惟第三段起拍處，各

詞均用句中短韻調節音律，則吾輩填時，不可不用矣。

破陣樂　一百三十二字

柳　永

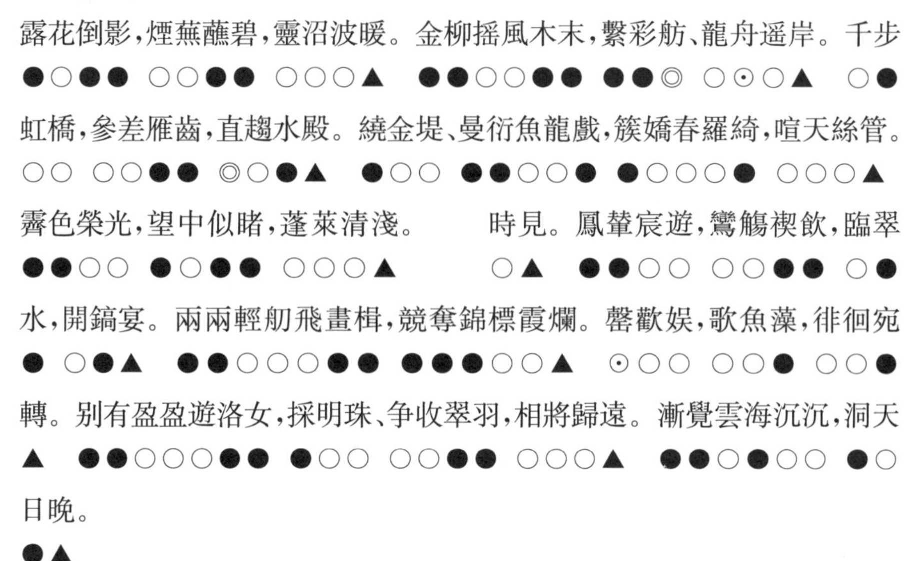

此調無考證處。

"木木"二字無理，"金柳"至"水殿"，似對後段"兩兩"至"宛轉"，但"聲歡娱歌魚藻"六字比"千步"二句少二字，必係差落，蓋"聲歡娱"不成語也。"各明珠"句，"各"字下落"採"字。但"别有"以下直至尾才叶韻，亦必有訛脱，不可考也。

【杜注】按，宋本"金柳摇風木木繫"句，"木木"作"樹樹"，初疑此因避英宗"曙"字，嫌名妄改爲"木"，及考《歷代詩餘》"木木"作"木末"，則字形近似，應遵以第二"木"字改"末"，其"繫"字本應屬下句，乃萬氏之誤。又，宋本後半起句"時光"作"時見"，"見"字短韻注叶。又，"聲歡娱"之"聲"字作"罄"。又，《歷代詩餘》"别有"二句作"别有盈盈遊洛女，採明珠、争收翠羽"，萬氏據坊刻誤"洛"爲"各"，與"女"字倒，誤。復"洛"、"採"字亦均應遵照改補。至葉譜"各"字下有"委"字，乃因"各明珠"不成文理，妄增"委"字，不可從。

【考正】"别有"二句原作"别有盈盈遊女，各明珠争收翠羽"。萬氏原譜"望中"下八字、"臨翠水開鎬宴"、"聲歡娱歌魚藻"、"各明珠争收翠羽"均未讀斷。餘已據杜注改。

前段第三句，"沼"字以上作平。後段第四均尾拍原譜作"相將歸去"，誤。蓋本詞前後段各爲五均，本拍則均脚所在也，焉有不入韻之理。現據彊村叢書本《樂章集》改正。

細玩本調，綜合諸本觀之，萬氏原詞當脱七字，姑妄説之：其一，"金柳"下十三字，"繫"字仍當屬上，因"繫彩舫龍舟遥岸"文理不通，如此，"金柳"十三字正對後段"兩兩"下十三字。其二，"罄歡娱，歌魚藻"六字亦文理不通，萬氏已有指出，其原貌當爲"□罄歡娱，歌□魚藻”，脱二字，如此則正對前段“千步虹橋，參差雁齒”。其三，“别有盈盈遊洛女”或爲上三下五句法，脱一字，原詞或爲“□别有、盈盈遊洛女”，如此則正對前段“繞金堤、曼衍魚龍戲”。其四，“採明珠、争收翠羽”一句，或前後竟是“簇□□、嬌春羅綺”、“採明珠、争收翠羽”相對。其五，“漸覺雲海沉沉”，律拗句法，與本調格律不合，當是“漸覺□□，雲海沉沉”，亦奪二平聲字，如此則正與前段“霽色榮光，望中似睹”相對。此五處計脱七字，若補足，文理便無不通處，前段“金柳”下與後段“兩兩”下俱相吻合。

瑞龍吟　一百三十三字三疊

張　翥

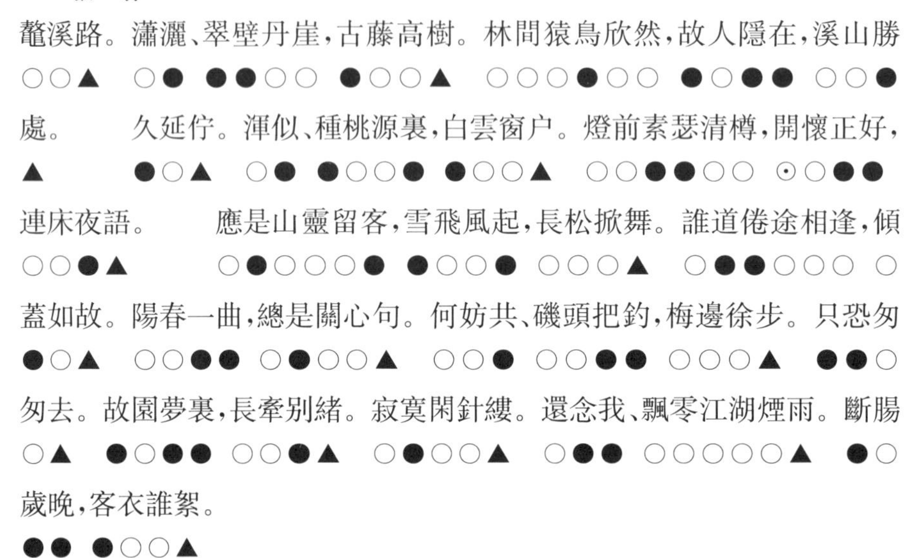

鼇溪路。瀟灑、翠壁丹崖，古藤高樹。林間猿鳥欣然，故人隱在，溪山勝處。

久延佇。渾似、種桃源裏，白雲窗户。燈前素瑟清樽，開懷正好，連床夜語。

應是山靈留客，雪飛風起，長松掀舞。誰道倦途相逢，傾蓋如故。陽春一曲，總是關心句。何妨共、磯頭把釣，梅邊徐步。只恐匆匆去。故園夢裏，長牽别緒。寂寞閑針縷。還念我、飄零江湖煙雨。斷腸歲晚，客衣誰絮。

此調以清真“章臺路”一曲爲鼻祖。向讀千里和詞，愛其用字相符，今此蜕巖詞亦和周韻者，平仄亦復字字俱合，信知樂府之調板如鐵，古賢之心細如髮也。《花庵》云：前兩段屬正平調，謂之雙拽頭，後屬大石，尾十七字再歸正平，故近刻周詞皆分三段。愚謂：既以尾爲再歸正平，則該分四疊，而清真及此詞應在“縷”字再分一段矣。若《夢窗甲稿》二首，猶刻作兩段，誤也。《夢窗丁稿》一首，於“誰道”二句落兩字，其下亦多訛錯，而三首俱以第一字作去聲，若較第二段首字，或可不拘，然作者當依周爲妥也。“佇”字吴用“梯”字，平叶，恐誤。“連床”句五字亦誤。翁處静一首亦與此字字皆同，但於“途”字用“幕”字，“飄零”用“曲曲”二字，此雖借入爲平，然此調以周詞作准繩，用入終屬第二，著人不可以其仄聲而亂填上去也。《圖譜》於此詞只“長松”句失注叶韻，其平仄全不議改，妙甚，妙甚！

【杜注】按，雙拽頭體，後止一段，若如萬氏説作四疊，則不能有雙拽頭之名。蓋雙者，别於後之一段也。又按，注所引翁處静一首，於“長牽别緒”句四字作“添新恨”三字。又，劉伯温一首，作“鳴羈鳥”，亦三字，似另有此一百三十二字體。

【考正】萬氏原注“總是”之“總”、“寂寞”之“寂”作平。

前段二三句，美成詞爲“還見、褪粉梅梢，試花桃樹”，其句法爲二字逗領四字驪句，張詞亦如此，其餘如方千里和詞作“愁對、萬點風花，數行煙樹”，夢窗作“腸斷、去水流萍，住船繫柳”，皆是。故六字當讀斷，以免音律失諧。第二段對應處亦以讀斷爲是。

又，杜氏以爲翁詞“添新恨”三字或爲别體，甚爲無謂。蓋全宋惟此一句，且“長病酒”“添新恨”文意對偶，應是句首脱字無疑，以劉伯温詞説之，尤覺無理。又按，雙拽頭乃是就詞體結構而言，云其起調爲兩段，當不關乎其後，亦非雙起單收之意也。

大酺　一百三十三字

方千里

正夕陽閑，秋光淡，鴛瓦參差華屋。高低簾幕迴，但風摇環佩，細聲頻觸。
●●○○ ○○● ○●○○○▲ ○○⊙●● ●○○○● ●○⊙▲
瘦怯單衣，涼生兩袖，零亂庭梧窗竹。相思誰能會，是歸程客夢，路諳心
◎●○○ ○○●● ○●⊙○○▲ ○○⊙○● ●○○●● ●○○
熟。況時節黄昏，閑門人静，憑欄身獨。　歡情何太速。歲華似、飛馬
▲ ●○◎○⊙ ⊙○○● ◎○○▲ ⊙○⊙◎▲ ●○● ○●
馳輕轂。謾自歎、河陽青鬢，苒苒如霜，把菱花、悵然凝目。老去疏狂減，
⊙○▲ ●●◎ ○○⊙● ◎●○○ ●⊙○ ◎⊙⊙▲ ◎◎⊙○●
思墮策、小坊幽曲。趁遊樂、繁華國。回首無緒，清淚紛於紅蔌。話愁更
⊙●● ◎○○▲ ◎○● ○○▲ ⊙◎○● ⊙●○○○▲ ◎○●
堪剪燭。
○●▲

方和周詞，平仄如一，此旁注者，依劉須溪“任瑣窗寒”一首載之，因字同，不另列。隨作者取法而填之，但或學周方則依周方，或學劉則依劉，不可相混也。《譜》注斷不可從。第一字喚起，用去聲領句，妙甚，豈可作平乎？“趁遊樂”句，周云“況蕭索、青蕪國”，“國”字乃借叶，即如借“北”字同。詞人亦有不拘者，故千里和之。《詞統》云：“國”字不通，一作“園”，又失韻。此論甚謬，“園”字可笑，豈不失韻便可作“青蕪園”乎？“青蕪國”頗有意味，但可謂借韻，不可謂不通也。“閑”字必是“閉”字之訛，周用“夢”字，去聲，方必不作平也。

【考正】本調起拍爲一字逗領三字驪句，此爲正格，且以去聲爲宜，雖有吴文英“峭石帆收”句，當是敗筆，不必從也。又，前段“怯瘦單衣”句，元胡炳文作“却笑幾載京華”，“却笑”二字爲襯，非有此體者。又按，後段“老去”句，陳著、吴文英等均作入韻填法，

當是不拘也。

歌頭　一百三十六字

後唐莊宗

賞芳春、暖風飄箔。鶯啼緑樹，輕煙籠晚閣。杏桃紅，開繁萼。靈和殿、禁柳千行，斜金絲絡。夏雲多、奇峰如削。紈扇動微涼，輕綃薄。梅雨霽，火雲爍。臨水檻、永日逃煩暑，泛觥酌。　　露華濃，冷高梧，凋萬葉。一霎晚風，蟬聲新雨歇。暗惜此光陰，如流水，東籬菊殘時，歎蕭索。繁陰積，歲時暮，景難留，不覺朱顔失却。好容光，旦旦須呼賓友，西園長宵，宴雲謡，歌皓齒，且行樂。

後半叶韻甚少，必有訛處，不敢擅注句豆，即前半亦未必確然。原注大石調，姑存其體爲餼羊而已。

【杜注】按，《欽定詞譜》"惜惜此光陰"句，上"惜"字作"暗"。又，"且且須呼賓友"句，"且且"作"旦旦"，《歷代詩餘》同。均應遵改。又，萬氏注云"後半叶韻甚少，必有訛處"，按，"凋萬葉"句之"葉"字、"蟬聲新雨歇"句之"歇"字，《欽定詞譜》均注叶。又，"禁柳千行"、"斜金絲絡"二句，萬氏注"行"字爲句，或謂以"斜"字屬上，作五字一句、三字一句，意義較妥。又，此詞後半萬氏未注句叶，今遵《欽定詞譜》補注。

【考正】萬氏原譜，後段僅於"索"、"却"、"樂"三字讀斷注叶，均據《欽定詞譜》補注，然亦仍有錯訛，惟本調但此一首，無從參校。余嘗對此吟誦數日，斟酌再三，僅作如下揣度：其一，本調前段"鶯啼"至"雨霽"，與後段"一霎"至"容光"當爲整齊對應之句，此爲大局，識此則可與論本調之文字矣。其二，前段"杏桃紅，開繁萼"對應後段"暗惜此光陰"，則後段應爲折腰式六字句或三字兩句，其中必奪一字，且據後所述，當是奪一平聲字，原文應是"○暗惜，此光陰"。而本句爲第二均首拍，韻或不韻均可，無須對應。其三，前段萬氏讀爲"靈和殿、禁柳千行，斜金絲絡"，《欽定詞譜》從之，而實爲誤讀，蓋此二拍對應後段"東籬菊殘時，歎蕭索"，則當讀爲"靈和殿、禁柳千行斜，金絲絡"方合。其四，比照第二均前後段之平仄及文法關係，可知前段文字亦有舛誤，本均平仄律當是○○●　●○○　○○●　●●○○○　○○●，如此，則前段文字應是："靈和殿，杏桃紅，開繁萼。禁柳千行斜，金絲絡。"其五，"禁柳千行斜"、"東籬菊殘時"二句之平仄不諧，參見本詞其餘五字及六字句，均爲律句，則此處不當有三平式句法，更不當有"東籬菊殘時"如此古拗之句法，其中疑仍有舛誤。其六，第三均中，兩段均爲十五字，且第四句首拍工整，故第三均應有兩相對應句法之基礎，則前段"夏雲多、奇峰如削"所對者顯非"繁陰積，歲時暮"，此處《欽定詞譜》必定誤讀，應是"繁陰積，歲時暮景"。其七，前段"紈扇動微涼"對應後段者，當爲●●●○○，余疑後段此處或是"不覺●難留"之錯文，亦奪一字。其八，第三均尾拍爲"朱顔失却"，則前段亦應是"輕綃●薄"。如此，本詞第二第三均中六十六字，計脱落三字，兩處倒文，其餘則均爲後人誤讀，作此調整，其詞及譜或當做如是觀：

歌頭　一百三十六字

唐莊宗

賞芳春、暖風飄箔。鶯啼綠樹，輕煙籠晚閣。杏桃紅，開繁萼。靈和殿、禁柳千行斜，金絲

●○○ ●○○▲ ○○●● ○○○●▲ ●○○ ○○▲ ○○● ●●○○○ ○○

絡。夏雲多、奇峰如削。紈扇動微涼，輕綃□薄。梅雨霽，火雲爍。臨水檻、永日逃煩暑，

▲ ●○○ ○○○▲ ○●●○○ ○○●▲ ○●● ●○▲ ○●● ●●○○●

泛觥酌。　露華濃，冷高梧，凋萬葉。一霎晚風，蟬聲新雨歇。□暗惜，此光陰，如流水，

●○▲ ●○○ ●○○ ○●▲ ●●●○ ○○○●▲ ○●● ●○○ ○○●

東籬菊殘時，歎蕭索。繁陰積，歲時暮景，不覺□難留，朱顔失却。好容光，且且須呼賓友，

○○●○○ ●○▲ ○○● ●○●● ○○●●● ○○●▲ ●○○ ●●○○○●

西園長宵，宴雲謠，歌皓齒，且行樂。

○○○○ ●○○ ○●● ●○▲

多麗　一百三十九字　又名：綠頭鴨

張　翥

晚山青。一川雲樹冥冥。正參差、煙凝紫翠，斜陽畫出南屏。館娃歸、吳

●○△ ◎○⊙●○△ ●⊙○ ⊙○◎● ⊙○◎●○△ ●○○ ⊙

臺遊鹿，銅仙去、漢苑飛螢。懷古情多，憑高望極，且將樽酒慰飄零。自湖

○⊙● ⊙⊙● ◎●○△ ⊙●○○ ⊙○○◎● ◎○○⊙●●○△ ●⊙

上、愛梅仙遠，鶴夢幾時醒。空留得，六橋疏柳，孤嶼危亭。　待蘇堤、

● ◎○○● ◎●●○△ ○○● ◎○○⊙● ⊙●○△ ●○○

歌聲散盡，更須攜妓西泠。藕花深、雨涼翡翠，菰蒲軟、風弄蜻蜓。澄碧生

⊙○◎● ◎○○⊙●○△ ●○○ ◎○◎● ⊙⊙● ⊙●○△ ⊙●○

秋，鬧紅駐景，採菱新唱最堪聽。見一片、水天無際，漁火兩三星。多情

○ ◎○◎● ◎○○⊙●●○△ ●◎● ◎○○⊙● ⊙●●○△ ○○

月，爲人留照，未過前汀。

● ◎○⊙● ◎●○△

《詞品》以此詞爲石孝友作，今查《金谷遺音》不載，而張仲舉《蛻巖樂府》自注云："西湖泛舟，席上以'晚山青'爲起句，各賦一詞。"且玩其字句，非蛻巖無此手筆，其爲張詞無疑。此調作者雖多，求其諧協婉麗，無逾此篇者。

起句他家多不用韻，惟盧炳、李漳有之。他家平仄或有不齊者，今注明。然如本詞可謂精當之至，學者所當摹仿也。"一片"上汲古缺"見"字，今補正。侯寘於"疏柳"二字作"是誰"，"留照"二字作"化爐"，平仄異，或不拘。然他家無之，若詹玉於"空留得"作"夜沉沉"，"更須"句作"却孤劍水雲鄉"，"火"字作"封"，俱不可從。《詞統》載"鳳凰簫"一首，云是柳詞，於"歸"字、"深"字用仄，

《樂章》不載，必非柳作也。"聲"字次山作"裏"字，天游作"絮"字，想不拘。天游於"採菱"句云"隔牆又唱謝秋娘"，沈氏選詞落一"謝"字，遂注題下云"後段少一字"，不知自己誤脱，而謂另有此體，謬哉。

【杜注】按，《升庵詞品》云："見一片、水天無際"句無"見"字。是循汲古之誤。又按，《歷代詩餘》"歌聲"作"歌姬"，餘與此同。

第二體　一百三十九字

晁補之

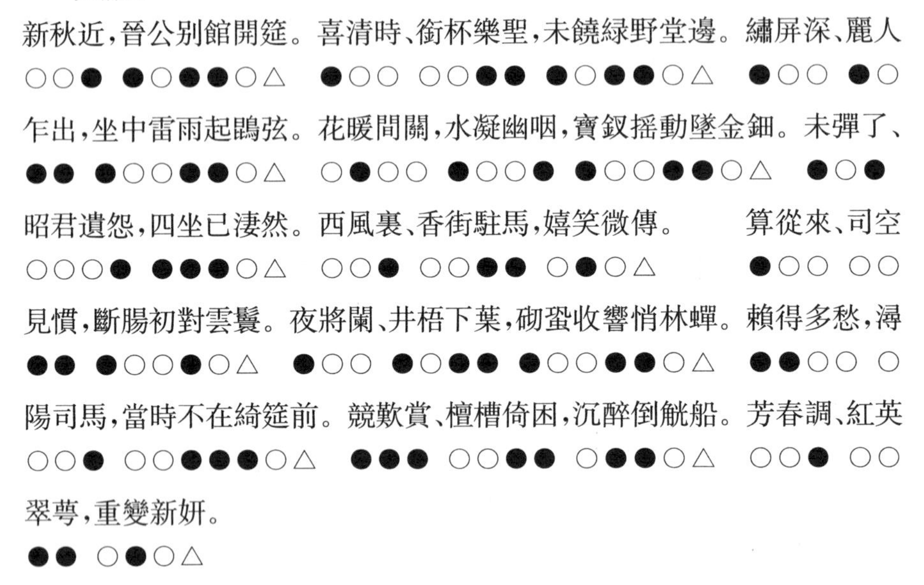

新秋近，晉公別館開筵。喜清時、銜杯樂聖，未饒緑野堂邊。繡屏深、麗人
○○●　●○●●○△　●○○　○○●●　●○●●○△　●○○　●○

乍出，坐中雷雨起鵾弦。花暖間關，水凝幽咽，寶釵摇動墜金鈿。未彈了、
●●　●○○●●○△　○●○○　●○○●　●○○●●○△　●○●

昭君遺怨，四坐已淒然。西風裏、香街駐馬，嬉笑微傳。　算從來、司空
○○○●　●●●○△　○○●　○○●●　○●○△　●○○　○○

見慣，斷腸初對雲鬟。夜將闌、井梧下葉，砌蛩收響悄林蟬。賴得多愁，潯
●●　●○○●○△　●○○　●○●●　●○○●●○△　●●○○　○

陽司馬，當時不在綺筵前。競歎賞、檀槽倚困，沉醉倒觥船。芳春調、紅英
○○●　○○●●●○△　●●●　○○●●　○●●○△　○○●　○○

翠萼，重變新妍。
●●　○●○△

起三字用仄，與前調不同。"坐中"句、"砌蛩"句雖亦七字，而用上四下三，與七言詩句同，比前調兩句相對者異，是另一體也。

【杜注】按，《琴趣外篇》此詞名《緑頭鴨》。又按，《歷代詩餘》以此詞爲《多麗》正格，列第一首，然譜此調以用蜕巖體爲妥。

第三體　一百四十字

聶冠卿

想人生，美景良辰堪惜。向其間、賞心樂事，古來難是並得。況東城、鳳臺
●○○　●●○○○▲　●○○　●○●●　●○○●○▲　●○○　●○

沁苑，泛清波淺照金碧。露洗華桐，煙霏絲柳，緑陰摇曳蕩春色。畫堂迴、
●●　●○○○●○▲　●●○○　○○○●　●○○●●○▲　●○○

玉簪瓊佩，高會盡詞客。清歌久、重燃絳蠟，别就瑶席。　有翩若驚鴻
●○○●　○●●○▲　○○●　○○●●　●●○▲　●○●○○

體態，暮爲行雨標格。逞朱脣、緩歌妖麗，似聽流鶯亂花隔。慢舞縈回，嬌
●● ●○○●○▲ ●○○ ●○○● ●●○○●○▲ ●●○○ ○
鬟低亸，腰肢纖細困無力。忍分散、彩雲歸後，何處更尋覓。休辭醉，好花
○○● ○○○●●○▲ ●○● ●○○● ○●●○▲ ○○● ●○
明月，莫漫輕擲。
○● ●●○▲

用仄韻，與前異。此詞相傳如此，豈敢他議，然竊有疑者。凡詞之平仄可兩用者，其調本同，但叶字用仄耳。如《聲聲慢》、《絳都春》之類甚多，可證。即今南曲中《畫眉序》、《高陽臺》等曲亦然。雖韻不同，而中間字句則合，即此理也。此篇與前平韻詞自是一樣，蓋"想人生"三字爲領，"美景"句爲接，是起韻語。"向其間"下十三字與"況東城"句亦皆同，"泛清"句，向讀作上三下四，今疑是七言詩句法，蓋用晁詞體，故後段"似聽流鶯"句亦七言詩句，不然無前後兩般之理。但"似聽"句該仄平平仄仄平平，而此乃相反，因思"聽"字必讀平聲，而"流鶯"乃"鶯語"之誤耳。"露洗"二句，每句四字，"緑陰"句該七字，愚謂"一"字乃誤多者，且"蕩春一色"亦難解，其爲七字句無疑。原調平聲者一百三十九字，此仄聲者今作一百四十字，恰是誤多此一字也。自來選家、譜家從未留心體察耳。"畫堂迥"下字句皆相同，"明月好花"必是"好花明月"，此句對前"重燃絳蠟"也。如此相對，豈非此篇只換得韻脚，其餘皆相符乎？

《嘯餘》不收前平聲調，惟收此詞，又欲改六十六字，可怪。《圖譜》亦依之，乃後添又一體，注云："前段八句、九句並作七字"，蓋指"緑陰搖曳"句也。又云："十句十一句亦並作七字"，蓋指"畫堂迥"句，此句原七字，不知何以謂之"並作七字"？其詞又不載，真無從摸索也。又云："用平韻，餘俱同前"，既云用平，則安得餘俱同前乎？

【杜注】按，葉譜"淺照金碧"句，"淺"作"瓏"。又，"蕩春一色"句無"一"字。又，"清歌久"句，"歌"作"歡"。又，《復齋漫録》"鳳臺"作"鳳池"，"朱脣"作"珠喉"。此亦平調改入聲者。

【考正】"並得"之"並"萬氏注云平讀，按，此"並"字意謂"兼"，並得者，兼得也。表"兼"義之"並"讀如府盈切，在第八部庚韻，平聲。如此，則本句平仄恰爲平起仄收式標準六言律句。據改。又，本句對應後段之"暮爲行雨標格"，兩句平仄一也，亦可旁證。又，"緑陰"句原譜作八字句，不讀斷，現據杜注删"一"字。並據萬注改"明月好花"爲"好花明月"，蓋本句各詞例作平平仄仄也。

玉女搖仙佩　一百三十九字

柳　永

飛瓊伴侣，偶別珠宫，未返神仙行綴。取次梳妝，尋常言語，有得幾多姝
○○●● ●●○○ ●●○○○▲ ●●○○ ○○○● ●●●○○

麗。擬把名花比。恐旁人笑我，談何容易。細思算、奇葩艷卉，惟是、深紅
▲ ●●○○▲ ●○○◎● ○○○▲ ●⊙● ○○●● ⊙● ○○

淺白而已。争如這、多情占得人間，千嬌百媚。　　須信畫堂繡閣，皓月
●●○▲ ○○● ○○●●○○ ○○●▲ 　　○●○○●● ●●

清風，忍把光陰輕棄。自古及今，佳人才子，少得當年雙美。且恁相偎倚。
○○ ●●○○○▲ ●●○○ ○○○● ●●○○○▲ ●●○○▲

未消得憐我，多才多藝。但願取、蘭心蕙性，枕前言下，表余深意。爲盟
●○○⊙● ○○○▲ ●◎● ○○●● ◎○○● ●○○▲ ○○

誓。從今斷不孤鴛被。
▲ ○○●●○○▲

"偶别"至"而已"，與後"皓月"至"深意"同。但"枕前言下"四字，平仄與"惟是深紅"不同。此調《圖譜》不收，《嘯餘》於"表余深意"句不知是叶韻，竟連下"爲盟誓"作七字句，豈如此著譜，而能禁人之指摘乎哉！

【杜注】按，宋本"願奶奶"三字作"但願取"。又，"從今斷不負鴛鴦被"句，"負"作"孤"，宜平聲，均應照改。

【考正】"惟是"下八字對後段"枕前"八字，萬氏糾結其平仄不同，並將"白"字解爲以入作平，無謂。蓋因前段爲二六式句法，後段則爲四四式句法，句法不同，平仄微調，此填詞之基本也。萬氏於"惟是"句亦讀爲四四式，誤，謹改。又，"争如這"下九子，原譜讀爲五字一句、四字一句，竊以爲不如三六式讀流暢，且宋人於此多如此讀，據改。又按，後段結拍原譜作"斷不負"，杜氏據宋本校改，作"斷不孤"，而《欽定詞譜》作"斷不辜"，或據"孤"而擅改，李陵《答蘇武書》注云："凡孤負之孤，當作孤。俗作辜，非。"可見本當爲"孤"。

萬氏原譜注"自古及今"之"及"、"未消得"之"得"以入作平。

六醜　一百四十字

方千里

看流鶯度柳，似急響、金梭飛擲。護巢占泥，翩翩飛燕翼。昨夢前跡。暗
●○○●● ●●● ○○○▲ ●○●○ ○○○●▲ ●●○▲ ●

數歡娱處，艷花幽草，縱冶遊南國。芳心蕩漾如波澤。繫馬青門，停車紫
●○○● ●○○● ●●○○○▲ ○○●●○○▲ ●●○○ ○○●

陌，年華轉頭堪惜。奈離襟別袂，容易疏隔。　　人間春寂。謾雲容暮
▲ ○○●○○▲ ●○○●● ○●○▲ 　　○○○▲ ●○○●

碧。遠水沉雙鯉、無信息。天涯漸老羈客。歎良宵漏斷，獨眠愁極。吴霜
▲ ●●○○● ○●▲ ○○●●○▲ ●○○●● ●○○▲ ○○

皎、半侵華幘。誰復省、十載勻香暈粉，髻傾鬟側。相思意、不離潮汐。想
● ●○○▲ ○●● ●●○○●● ●○○▲ ○○● ●○○▲ ●
舊家、接酒巡歌計，今再難得。
●○ ●●○○● ○●○▲

與清真詞平仄無異，篇中諸去聲字俱妙，而"占"、"易"、"離"尤吃緊。夢窗"漸新鵝映柳"一首，亦皆相合，只"春"字作"翠"字去聲，"家"字作"永"字上聲耳。汲古刻於"春寂"分段，非。今查《夢窗詞》於"隔"字分，則當如右所録也。《譜》中字字亂注，而於"縱冶遊南國"云可平平平仄仄、"芳心蕩漾如波澤"云可仄仄平平平仄仄，尤爲怪異，不知何所見而云然也。且此調楊升庵以其名不雅，改曰《個儂》，已爲無謂，《圖譜》乃於《六醜》之外又收《個儂》一詞，兩篇相接，何竟未一點勘耶？且楊本和周韻，而兩詞分句大異，可怪之甚，是則升庵和詞而誤，其誤者十之三，《圖譜》創立新調，而誤其誤者十之七矣。今據《圖譜》所書備列於後，以見愚非敢謗先賢與時賢爾。

【杜注】按，"接酒迎歌計"句，"接"字當作"按"。

個儂

楊　慎

恨個儂無賴，賣嬌眼、春心偷擲。蒼苔花落，一雙先印下月樣春跡。聞氣不知名，似仙樹御香，水邊韓國。羅襦襟解聞香澤。雌蝶雄蜂，東城南陌。何人輕憐痛惜。窺宋玉隣牆，巫山寧隔。　　尋尋覓覓。又暮雨凝碧。良夜千金，繁華一息。楚宫盼睞留客。愛長袖風流，鍾情何極。唱道是鳳幃深處附素足。顫裊周旋惡，憐伊儘傾側。叫檀郎莫枉春夕。恐佳期别後青天樣，何由再得。

右詞本和周韻，而合於周者"擲"、"跡"、"國"、"澤"、"陌"、"惜"、"隔"、"碧"、"息"、"客"、"極"、"側"、"得"十三韻。其失和而自用韻者："寂"字以"覓"字代叶、"汐"字以"夕"字代叶。其忘爲韻脚而失和者："翼"字、"幘"字二韻。其句法誤者："遠水"句上五下三，楊因周作"静繞珍叢底，成歎息"誤讀"底成"相連，因爲四字兩句矣；"豔花"二句，周云"夜來風雨，葬楚宫傾國"，楊誤讀"葬"字屬上句，因作上五下四矣；"十載"句，周云"一朵釵頭顫裊，向人攲側"，本上六下四，楊誤讀"一朵釵頭"爲四字句，因作"顫裊周旋"矣。其他平仄誤處，則"個"、"無"、"蒼"、"聞"、"石"、"名"、"樹"、"香"、"輕"、"痛"、"暮"、"凝"、"楚"、"袖"、"風"、"流"、"鍾"、"唱"、"道"、"附"、"憐"、"伊"、"儘"、"叫"、"郎"、"舊"等字俱平仄相反，而"窺宋玉"句全差矣。然"夢"字楊用"樣"字、"離"字楊用"枉"字，猶知用仄也。至《圖譜》之注，則並此一概改抹，且以"翩翩"句作九字、"吴霜皎"句作十字，更異者，楊作"顫裊周旋"二句不過誤作上

四下六。而《圖譜》乃注作五字兩句，以"顫裊周旋惡"分斷。又，楊本"蒼苔落花"，《圖譜》改爲"花落"，豈非誤而又誤乎哉？

【杜注】按，《欽定詞譜》另列《倜儻》調，收廖瑩中一詞，前二句與此同，以下字句參差，韻亦不同，多至一百五十九字，疑就此詞增改衍成也。《詞林紀事》所載，與《欽定詞譜》全同。又按，《蓮子居詞話》云："《六醜》詞，周邦彦所作，上問"六醜"之義，對曰：此犯六調，皆聲之美者，然極難歌。高陽氏有子六人，才而醜，故以比之。"楊用修易爲《倜儻》，殆未喻清真之義耶。

【考正】《六醜》與《倜儻》當爲不同之調，所謂楊詞，亦必有淺人改竄，楊用修雖爲明人，焉有不識周詞之韻者？蓋後人不知此爲和作而妄自度改也。故不予擬譜。而杜氏以爲廖瑩中詞乃增改楊詞而來，亦屬無稽，焉有宋人改明人詞者？

玉抱肚　一百四十字

楊无咎

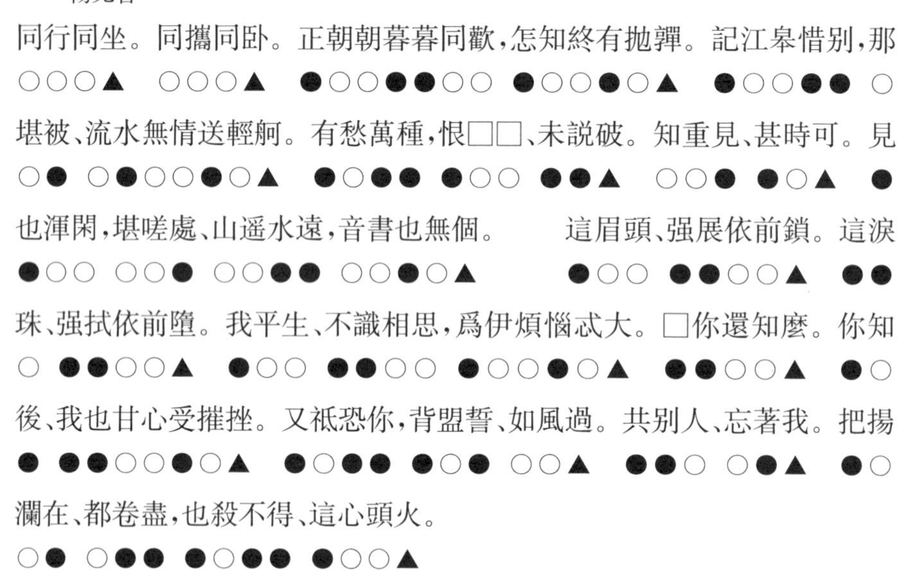

同行同坐。同攜同卧。正朝朝暮暮同歡，怎知終有拋彈。記江皋惜别，那
○○○▲　○○○▲　●○○●●○○　●○○●○▲　●○○●●　○
堪被、流水無情送輕舸。有愁萬種，恨□□、未説破。知重見、甚時可。見
○●　○●○○●○▲　●○●●　●○○　●●▲　○○●　●○▲　●
也渾閑，堪嗟處、山遥水遠，音書也無個。　這眉頭、强展依前鎖。這淚
●○○　○○●　○○●●　○○●○▲　●○○　●●○○▲　●●
珠、强拭依前墮。我平生、不識相思，爲伊煩惱忒大。□你還知麽。你知
○　●●○○▲　●○○　●●○○　●○○●○▲　●●○○▲　●○
後、我也甘心受摧挫。又祇恐你，背盟誓、如風過。共别人、忘著我。把揚
●　●●○○●○▲　●○●●　●○●　○○▲　●●○　○●▲　●○
瀾在、都卷盡，也殺不得、這心頭火。
○●　○●●　●○●●　●○○▲

此詞姑照本集録之，分段恐不確，惜無可引證也。按，"那堪被"十字，是對"你知後"十字，因思"正朝朝"二句可對"我平生"二句，但"你還知麽"比"記江皋"句少一字。是則"這眉頭"二句乃是换頭，配首起"坐"、"卧"二韻。而"見也"至"無個"，尚屬前段耳，不然前短後長矣。

【杜注】按，《欽定詞譜》"這淚珠强收依前墮"句，"收"作"拭"。又，"把洋瀾左都卷盡與"句，"洋"作"揚"，"左"字下有"蠡"字，"盡"字下無"與"字。又，"殺不得這心頭火"句，"殺"字上有"也"字，均應遵照改補。

【考正】萬氏分段甚爲的當，以文理論，"見也"如何如何，正是緊承前文"知重見甚時可"，自不可割斷。另考《鳴鶴餘音》有元人《玉抱肚》，雖字句與揚詞多有不同，但其於

“堪嗟處”後分段，而揚詞此處非韻，故元詞所分亦誤。而毛校本《逃禪詞》後結作：“把洋瀾在，都卷盡與，殺不得，這心頭火。”《全宋詞》從之。元詞則爲：“眾仙舉我，赴金闕。寥陽勝境，教我怎生説。”前三句爲四三四句法。綜合各本，余試爲補充：其一，前段“恨未説破”句，必是“恨當時、未説破”，脱二字，如此則對後段“背盟誓、似風過”。其二，“把洋瀾左”則顯係“把洋瀾在”之形近所誤，意謂設若洋瀾在，則“蠹”字亦爲淺人所添。則後結當作“把洋瀾在，都卷盡、也殺不得”，如此則正與前段“見他渾閑，堪嗟處、山遥水遠”相合。其三，“你還知麼”句脱一字。如此，詞當於“也無個”後分段，前後段恰各爲四均，正合張玉田“慢詞八均”之大律。而慢八均爲所有詞之綱，必無差錯，故將原譜依前述改定。又及，元詞後段起作：“兩獸擒來吾怎捨。爐烹鼎煉無暂歇。”本詞兩“這”字或爲襯字。

又按，依此分段，則“爲伊煩惱忒大”句對“怎知終有抛弃”句，“忒”顯係以入作平。“又衹恐你”對“有愁萬種”、“也殺不得”對“山遥水遠”，“衹”、“殺”二字亦爲以入作平。

六州歌頭　一百四十一字

程　珌

向來抵掌，未必總談空。難遍舉，質三事，試從公。記當年，賦得一丘一壑，天鳶闊，淵魚静，莫擊磬，但酌酒，儘從容。一水西來，他日會從公，曳杖其中。問前回歸去，笑白髮成蓬。不識如今，幾西風。　蒙莊多事，論豖冢，推羊蟻，未辭終。又驟記，魚得計，孰能通。□□□，歎如雲網罟，龍伯啖，渺難窮。凡三惑，誰使我，釋然融。豈是匏瓜繫者，把行藏、悉付鴻濛。且從頭檢校，想見共迎公。湖上千松。

“會從公”“公”字或謂亦是叶，玩此調及語氣，應是偶合者。況前後有“公”字叶，豈複三韻乎？此體惟程此篇，恐有誤，姑列於此，作者自從辛、張等調可耳。

【杜注】按，王氏校本“笑白髮成蓬”句，“笑”字上有“已”字。又，“想見迎公”句，原空一字，《歷代詩餘》作“喜”字，《欽定詞譜》作“共”字，自以遵改“共”字，去聲爲諧。又按，程大昌《演繁露》云：“《六州歌頭》本鼓吹曲，近世好事者倚其聲爲弔古詞，音調悲壯，不與艷詞同科。”又，《六州》爲伊、涼、甘、石、氐、渭。

【考正】本詞後段“孰能通”後，《全宋詞》據毛扆校汲古閣本《洺水詞》校語補三“□”脱字符。又，“賦得”句，檢宋賢諸詞均爲五字，其所對後段“歎如雲網罟”亦爲五字，則本句當衍一字。又，杜注“笑”字上有“已”字者，檢宋賢諸詞本句均爲五字，校之後段，本句對“想見共迎公”，亦爲五字句。且添之語意亦澀，故不從。前述三處糾正，則程詞即正體，同張孝祥詞，故本詞不另擬譜，以其不足爲範也。

又按，“一水”下十三字，原譜作“一水西來他日，會從公、曳杖其中”，不通，改。

第二體　一百四十二字

韓元吉

東風著意。先上小桃枝。紅粉膩。嬌如醉。依朱扉。記年時。隱映新妝
○○●▲　○●●○△　○●▲　○○▲　●○△　●○△　●●○○
面。臨水岸。春將半。雲日暖。斜陽轉。夾城西。草軟沙平，驟馬垂楊
▲　○●▼　○○▼　○●▼　○○▼　●○△　●●○○　●●○○
渡，玉勒爭嘶。認蛾眉凝笑，臉薄拂胭脂。繡户曾窺。恨依依。　昔攜
●　●●○△　●○○○●　●●●○△　●●○△　●○△　●○
手處。香如霧。紅隨步。怨春遲。消瘦損。憑誰問。衹花知。淚空垂。
●▲　○○▲　○○▲　●○△　○●▼　○○▼　●○△　●○△
舊日堂前燕，和煙雨，又雙飛。人自老。春長好。夢佳期。前度劉郎，幾
●●○○●　○○●　●○△　○●▲　○○▲　●○△　○●○○　●
許風流地，花也應悲。但茫茫暮靄，目斷武陵溪。往事難追。
●○○●　○●○△　●○○●●　●●●○△　●●○△

按，此調較辛、張等詞，惟“也應悲”句少一字，“認蛾眉”下十字，他家作兩五字句，餘同。但其所用三字句，皆逐段自相爲叶，凡换五韻，此則他家俱無。此體獨此首爲然，然余亦細玩而得之，人多未察也。“前度”句他家俱作六字，“風流”以下作七字，與此亦異。

【杜注】萬氏注云:“認蛾眉”下十字，他家作兩五字句。按，此詞應以“笑”字爲句，以“臉”字屬下，，亦五字兩句，不宜分作三三四句法。又，萬氏注云:“也應悲”句少一字。按，此句有作“花也應悲”，有作“到也應悲”，有作“也是應悲”，蓋傳抄誤落，各刻所補不同，然爲四字句無疑，似以“花”字與前“衹花知”句“花”字相應爲妥。

【考正】“前度”下十三字，萬氏以爲“他家俱作六字一句、七字一句”，亦非皆如此，賀梅子詞，此處作:“不請長纓，繫取天嬌種。劍吼西風。”即與此同。

又按，原譜前段首拍不叶韻，但本詞雖平韻爲主，或亦不妨首句入韻。蓋詞之首拍入韻，乃是基本格律，無須迴避。

第三體　一百四十三字

張孝祥

長淮望斷，關塞莽然平。征塵暗，霜風勁，悄邊聲。黯銷凝。追想當年事，
○○◎●　⊙●●○△　○⊙●　○○●　●○△　●○△　⊙●⊙○●
殆天數，非人力，洙泗上，弦歌地，亦羶腥。隔水氊鄉，落日牛羊下，區脱縱
◎○●　○⊙●　⊙◎●　○⊙●　●○△　◎●⊙○　●●○○●　⊙●○

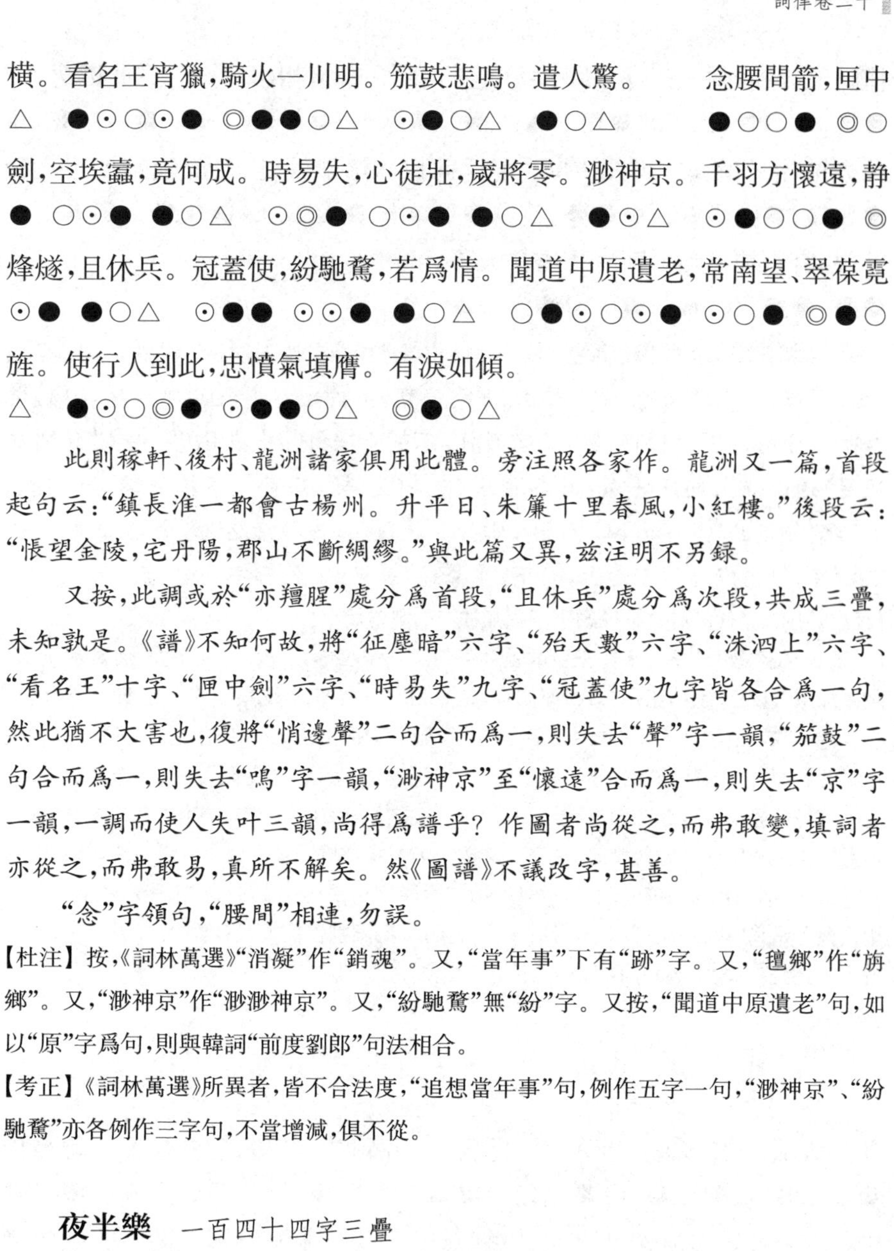

橫。看名王宵獵，騎火一川明。笳鼓悲鳴。遣人驚。　念腰間箭，匣中
△　●⊙○⊙●　◎●●○△　⊙●○△　●○△　●○○●　◎○

劍，空埃蠹，竟何成。時易失，心徒壯，歲將零。渺神京。千羽方懷遠，静
●　○⊙●　●○△　⊙◎●　○⊙●　●○△　●⊙△　⊙●○○●　◎

烽燧，且休兵。冠蓋使，紛馳騖，若爲情。聞道中原遺老，常南望、翠葆霓
⊙●　●○△　⊙●●　⊙⊙●　●○△　○●⊙○⊙●　⊙○●　◎●○

旌。使行人到此，忠憤氣填膺。有淚如傾。
△　●⊙○◎●　⊙●●○△　◎●○△

此則稼軒、後村、龍洲諸家俱用此體。旁注照各家作。龍洲又一篇，首段起句云："鎮長淮一都會古楊州。升平日、朱簾十里春風，小紅樓。"後段云："悵望金陵，宅丹陽，郡山不斷綢繆。"與此篇又異，玆注明不另録。

又按，此調或於"亦羶腥"處分爲首段，"且休兵"處分爲次段，共成三疊，未知孰是。《譜》不知何故，將"征塵暗"六字、"殆天數"六字、"洙泗上"六字、"看名王"十字、"匣中劍"六字、"時易失"九字、"冠蓋使"九字皆各合爲一句，然此猶不大害也，復將"悄邊聲"二句合而爲一，則失去"聲"字一韻，"笳鼓"二句合而爲一，則失去"鳴"字一韻，"渺神京"至"懷遠"合而爲一，則失去"京"字一韻，一調而使人失叶三韻，尚得爲譜乎？作圖者尚從之，而弗敢變，填詞者亦從之，而弗敢易，真所不解矣。然《圖譜》不議改字，甚善。

"念"字領句，"腰間"相連，勿誤。

【杜注】按，《詞林萬選》"消凝"作"銷魂"。又，"當年事"下有"跡"字。又，"氊鄉"作"旃鄉"。又，"渺神京"作"渺渺神京"。又，"紛馳騖"無"紛"字。又按，"聞道中原遺老"句，如以"原"字爲句，則與韓詞"前度劉郎"句法相合。

【考正】《詞林萬選》所異者，皆不合法度，"追想當年事"句，例作五字一句，"渺神京"、"紛馳騖"亦各例作三字句，不當增減，俱不從。

夜半樂　一百四十四字三疊

柳　永

凍雲黯淡天氣，扁舟一葉，乘興離江渚。渡萬壑千巖，越溪深處。怒濤漸
●○●●○●　○○●●　○●○○▲　●●●○○　●○○▲　●○●

息，樵風乍起，更聞商旅相呼，片帆高舉。泛畫鷁、翩翩過南浦。　望中
●　○○●●　●○○●○○　●○○▲　●●●　○○●○▲　●○

酒旆閃閃，一簇煙村，數行霜樹。殘日下漁人，鳴榔歸去。敗荷零落，衰楊
●●○●　●●○○　●○○▲　○●●○○　○○○▲　●○○●　○○

掩映，岸邊兩兩三三，浣紗遊女。避行客、含羞笑相語。　　到此因念，繡
●●　●○●●○○　●○○▲　●○●　○○●○▲　　●○○●　●
閣輕抛，浪萍難駐。歎後約、丁甯竟何據。慘離懷、空恨歲晚歸期阻。凝
●○○　●○○▲　●●●　○○●○▲　●○○　○●●●○○▲　○
淚眼、杳杳神京路。斷鴻聲遠長天暮。
●●　●●○○▲　●○○●○○▲

此調三疊，首段"渡萬壑"以下，與中段"殘日"以下同。雖"渡萬壑"二句上五下四，"殘日"句應三字豆，然語氣一貫，不拘也。中段起亦六字，《圖》於"旆"字分句，誤。閃閃而動，正言酒旆，不可指煙村。中段尾"笑相語"正對首段尾"過南浦"，同仄平仄，而各刻俱作"相笑語"，誤甚。不特失調，而"笑相語"比"相笑語"用字遒俊，豈淺人所知。後段"杳杳神京路"是叶韻，後詞亦用"暮"字，《圖》以"斷"字連上，而下"鴻聲遠，長天暮"作三字兩句，誤。

【杜注】按，《歷代詩餘》"歎後約丁寧竟無據"句，無"歎"字。

【考正】原譜"殘日"下九字作三字逗領六字句法，然校之第一段，此九字對"渡萬壑千巖，越溪深處"，校之後詞，正是"擡粉面韶容，花光相妒"，故亦當讀爲五字一句、四字一句，庶幾音律諧和，不至"漁人鳴榔歸"五字連平，萬氏以爲兩段語氣一貫，非是。謹改。又，"望中"句對"凍雲"句，故前"閃"字當以上作平，方不違律。又，"歸期阻"萬氏未作叶韻，校之後一首，對"等閑度"，亦在韻，故予補入。又，杜注"歎後約"句，後一首作"念解佩、輕盈在何處"，當是八字句，《歷代詩餘》脱字。又按，本調後段結拍，疑當以後一體爲證，作八字一句。又按，本調實爲雙拽頭詞體，故第一第二兩段字句當爲一致，首段"乘興離江渚"五字，則次段不當爲"數行霜樹"四字，必有一字脱落，惟柳詞别首前後段首均，亦參差一字，故不敢妄補，但前二段字數相同，則是必定如此者也。

第二體　一百四十六字

柳　永

艶陽天氣，煙細風暖，芳草郊汀閑凝佇。漸妝點亭臺，參差佳樹。舞腰困
●○○●　○●○●　○●○○○●▲　●○●○○　○○○▲　●○●
力，垂楊緑映，淺桃穠李夭夭，嫩紅無數。度綺燕流鶯鬭雙語。　　翠蛾
●　○○●●　●○○●○○　●○○▲　●●●○○●○▲　　●○
南陌簇簇，躡影紅陰，緩移嬌步。擡粉面韶容，花光相妒。絳綃袖舉，雲鬟
○●○●　●●○○　●○○▲　○●●○○　○○○▲　●○●●　○○
風顫，半遮檀口含羞，背人偷顧。競鬭草金釵笑争賭。　　對此嘉景，頓
○●　●○○●○○　●○○▲　●○●○○●○▲　　●●○●　●
覺銷凝，惹成愁緒。念解佩、輕盈在何處。忍良時、辜負少年等閑度。空
●○○　●○○▲　●●●　○○●○▲　●○○　○●●○●○▲　○

望極、回首斜陽暮。歎浪萍、風梗如何去。

●● ○●○○▲ ●●○ ○●○○▲

比前多二字，其大略相同，然恐有訛字，而"芳草"下數字尤差。"斂"字亦差，應是"釵"字之訛。"光數"應是"無數"之訛，首節應在"鬭雙語"分段，次節應於"笑争睹"分段，兹姑照原本録之。

【杜注】按，宋本"芳草郊燈明閑凝佇"句，"燈明"二字作一"汀"字。又，"軟紅光數"句，"光"作"無"。又，"金斂笑争睹"句，"斂"作"釵"、"睹"作"賭"。分段與萬氏論合。均應更正。又按，《欽定詞譜》"淺桃穠李夭夭"句，"夭夭"作"小白"，屬下句，亦應遵改。

【考正】已據杜注改。改後兩詞之别，惟在第一第二段結拍句法爲一七式，後段結拍，較前一體多一字而已。又，"簇簇"，前字以入作平。

寶鼎現　一百五十七字三疊

康與之

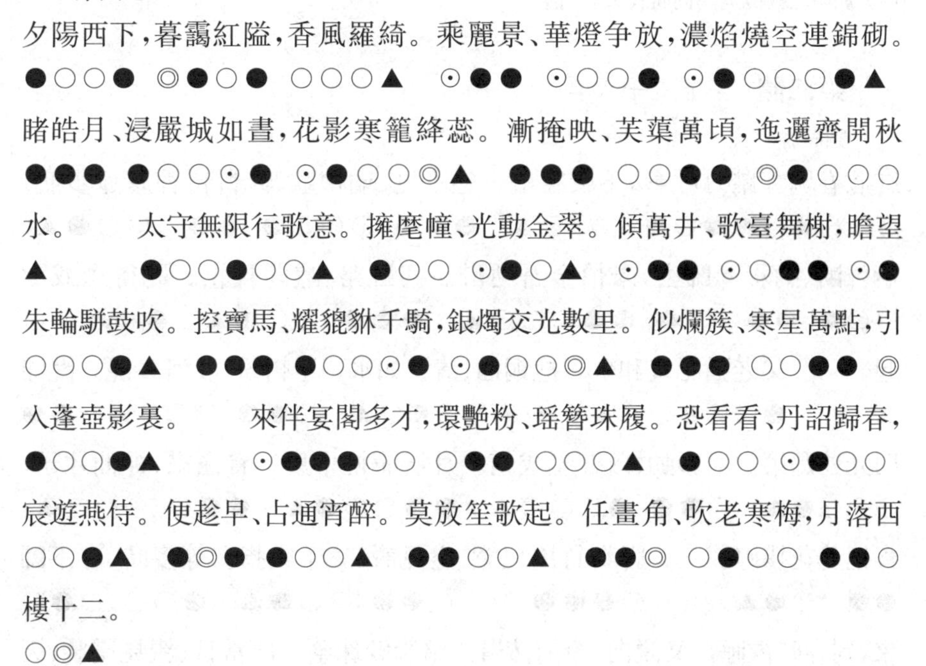

夕陽西下，暮靄紅隘，香風羅綺。乘麗景、華燈争放，濃焰燒空連錦砌。

●○○● ◎●○● ○○○▲ ⊙●● ⊙○○● ⊙●○○○●▲

睹皓月、浸嚴城如畫，花影寒籠絳蕊。漸掩映、芙蕖萬頃，迤邐齊開秋

●●● ●○○⊙● ⊙●○○◎▲ ●●● ○○●● ◎●○○○

水。　太守無限行歌意。擁麾幢、光動金翠。傾萬井、歌臺舞榭，瞻望

▲ ●○○●○○▲ ●○○ ⊙●○▲ ⊙●● ⊙○●● ⊙●

朱輪駢鼓吹。控寶馬、耀貔貅千騎，銀燭交光數里。似爛簇、寒星萬點，引

○○○●▲ ●●● ●○○⊙● ⊙●○○◎▲ ●●● ○○●● ◎

入蓬壺影裏。　來伴宴閣多才，環艷粉、瑶簪珠履。恐看看、丹詔歸春，

●○○●▲ ⊙●●●○○ ○●● ○○○▲ ●○○ ⊙●○○

宸遊燕侍。便趁早、占通宵醉。莫放笙歌起。任畫角、吹老寒梅，月落西

○○●▲ ●◎● ●○○▲ ●●○○▲ ●●◎ ○●○○ ●●○

樓十二。

○◎▲

首段"乘麗景"下與次段"傾萬井"下同。此調作者各有參差，向疑此篇有誤，蓋"宴閣多才"比他家少二字，"恐看看"句亦有誤，但思伯可名擅一時，此篇尤爲膾炙，當時元夕必歌此曲，故竹山《女冠子》云："綠鬢隣女，綺窗猶唱，夕陽西下"，則此篇傳世最盛，不應有訛落也。及查《惜香樂府》，則字數適與此同，"宴閣"句亦四字，"恐看看"二句亦一五一六，始信此詞自有此體。只惜香於"芙蕖萬頃"作"巷陌連甍"，"吹老寒梅"作"恁時恁節"，平仄稍異耳。因

考此調結處，如"漸掩映"下十三字，三段皆同，有作上七下六者，有作一五兩四者，可以不拘也。"靄"、"隘"二字俱仄，各家多同，惜香於"隘"字作平，恐誤。《譜》並"紅"字俱作可仄，則萬無此理。"太守"二字注作可平，以及通篇俱亂注，無謂之甚，必不可從也。"騎"字偶合，不必叶。

按，石孝友"雪梅清瘦"一首，汲古刻以次段尾句爲三段首句，誤。而第三段多錯字，竟不可讀，且止存一百五十一字，故不敢録。

【杜注】按，《欽定詞譜》"浸嚴城如畫"句，"畫"作"晝"。又，"宴閣多才"句，"宴"字上有"來伴"二字。又，"丹詔催奉"句，"催奉"二字作"歸春"，屬上句。又，"緩引笙歌妓"句，作"莫放笙歌起"。均應遵改。

【考正】"似爛簇"，萬氏原譜作"似亂簇"，"引入"原作"擁入"，"便趁早"七字，宋詞例作上三下四式句法，原譜作上四讀斷，均據《欽定詞譜》改正。另據杜注改。又，"太守"之"守"，以上作平。

據宋人龔明之所著《中吴紀聞》載，本詞爲范周所作。范周，字無外，范文正公之姪孫。龔明之與范周爲同時代人，可信。

第二體　一百五十八字

劉辰翁

紅妝春騎。踏月呼影，千旗穿市。望不見、璚樓歌舞，習習香塵蓮步底。
○○○▲　●●○●　○○○▲　●●●　○○○●　●●○○○●▲
簫聲斷、約彩鸞歸去，未怕金吾呵醉。甚輦路、喧闐且止。聽得念奴歌
○○●　●●○○●　●●○○○▲　●●●　○○●▲　●●●○○
起。　父老猶記宣和事。抱銅仙、清淚如水。還轉盼、沙河多麗。滉漾
▲　●○○●○○▲　●○○　○●○▲　○●●　○○○▲　●●
明光連邸第。簾影動、散紅光成綺。月浸蒲桃十里。看往來、神仙才子。
○○○●▲　○●●　●○○○▲　●●○○●▲　●●○　○○○▲
肯把菱花撲碎。　腸斷竹馬兒童，空見説、三千樂指。等多時、春不歸
●●○○●▲　○●●●○○　○●●　○○●▲　●○○　○●○
來，到春時欲睡。又説向、燈前擁髻。暗滴鮫珠墜。便當日、親見霓裳，天
○　●○○●▲　●●●　○○●▲　●●○○▲　●○●　○●○○　○
上人間夢裏。
●○○●▲

與前詞大概相同，只第三段六字起，"等多時"二句，上七下五，與前詞"恐看看"二句上五下六者異。三結與前同。"騎"字、"止"字、"麗"字、"綺"字、"子"字偶合，可不叶。

按程珌"録楊欲舞"一首，亦一百五十八字，雖多闕文而字皆相合。祇"未怕"句作"問元功誰燮理"，"月浸"句作"恬然如談笑耳"，"等多時"二句則依康詞，爲稍異也。

【杜注】按，葉譜"踏月呼影"句，"呼"作"花"。又，"千旗穿市"句，"千"作"牙"。宜從。又按，《詞律拾遺》云："先君子嘗言詞有二病，與詩之平頭、聚脚相似。一曰犯韻，如此詞'騎'、'止'、'麗'、'綺'、'子'五字是。又如用'昔'、'錫'等韻，而於不叶句之末用'屑'、'薛'等韻之字，其音亦與韻相犯也。一曰犯聲，如此詞第三段，起句及第三句末一字俱平聲，若用同韻之字，使人疑换韻自爲叶，固屬非是。即不同韻，而所用之字如庚青、真文土音易混者，亦未爲謹嚴。"此論入微，學者宜以爲則。

【考正】"看往來"七字，原譜不讀斷。

第三體　一百五十八字

張元幹

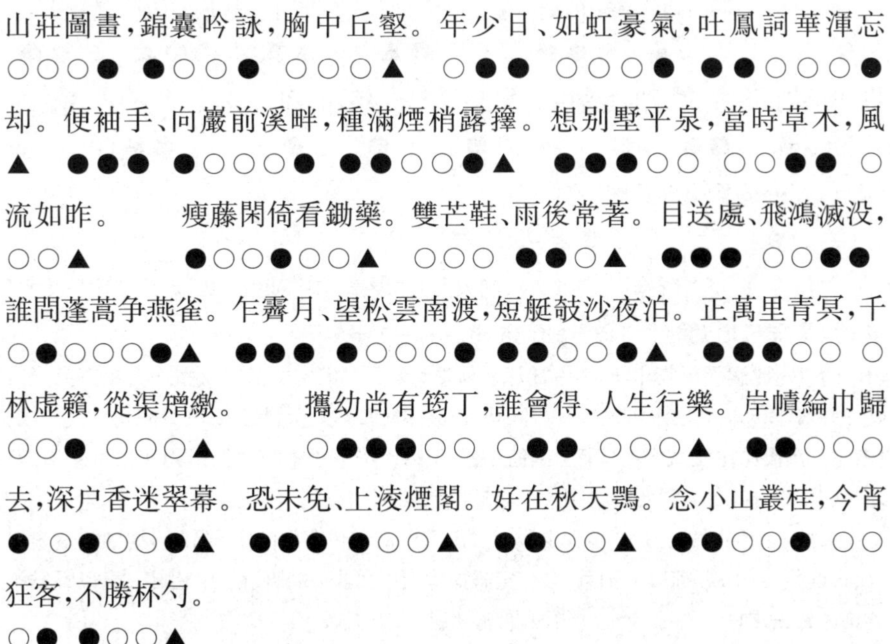
山莊圖畫，錦囊吟詠，胸中丘壑。年少日、如虹豪氣，吐鳳詞華渾忘
○○○● ●○○● ○○○▲ ○●● ○○○● ●●○○○●
却。便袖手、向巖前溪畔，種滿煙梢露籜。想別墅平泉，當時草木，風
▲ ●●● ●○○○● ●●○○●▲ ●●●○○ ○○●● ○
流如昨。　瘦藤閑倚看鋤藥。雙芒鞋、雨後常著。目送處、飛鴻滅没，
○○▲ ●○○●○○▲ ○○○ ●●○▲ ●●● ○○●●
誰問蓬蒿爭燕雀。乍霽月、望松雲南渡，短艇攲沙夜泊。正萬里青冥，千
○●○○○●▲ ●●● ●○○○● ●●○○●▲ ●●●○○ ○
林虛籟，從渠矰繳。　攜幼尚有�丁，誰會得、人生行樂。岸幘綸巾歸
○○● ○○○▲ ○●●●○○ ○●● ○○○▲ ●●○○○
去，深户香迷翠幕。恐未免、上淩煙閣。好在秋天鶚。念小山叢桂，今宵
● ○●○○●▲ ●●● ●○○▲ ●●○○▲ ●●○○● ○○
狂客，不勝杯勺。
○● ●○○▲

三結俱用一五兩四者。"岸幘"二句俱六字，又與前二體不同。"囊"、"藤"各家俱仄，此恐誤。

【考正】萬氏原注"錦囊"之"囊"、"瘦藤"之"藤"宜仄。按，"藤"字檢宋賢諸家，或當以平爲正，如前二詞一用"守"、一用"老"，又如趙長卿作"政簡物阜清閑處"、陳允平作"畫鼓簇隊行春早"、吳潛作"老子歡意隨人意"，皆爲上聲。或石孝友作"鼎軸元老詩書帥"、陳著作"壽骨奇聳神清峭"及"是則龜組隨瓜卸"，用入聲。而陳著别首作"五行俱下流光電"、李彌遜作"並遊不見鞭鸞侶"、陳合作"天衣細意從頭補"、無名氏作"斷橋壓柳時非淺"，則徑用平聲矣。又按，萬氏原注第三段首拍“丁”字叶韻，或是手誤，改。

穆護砂　一百六十九字

宋　裴

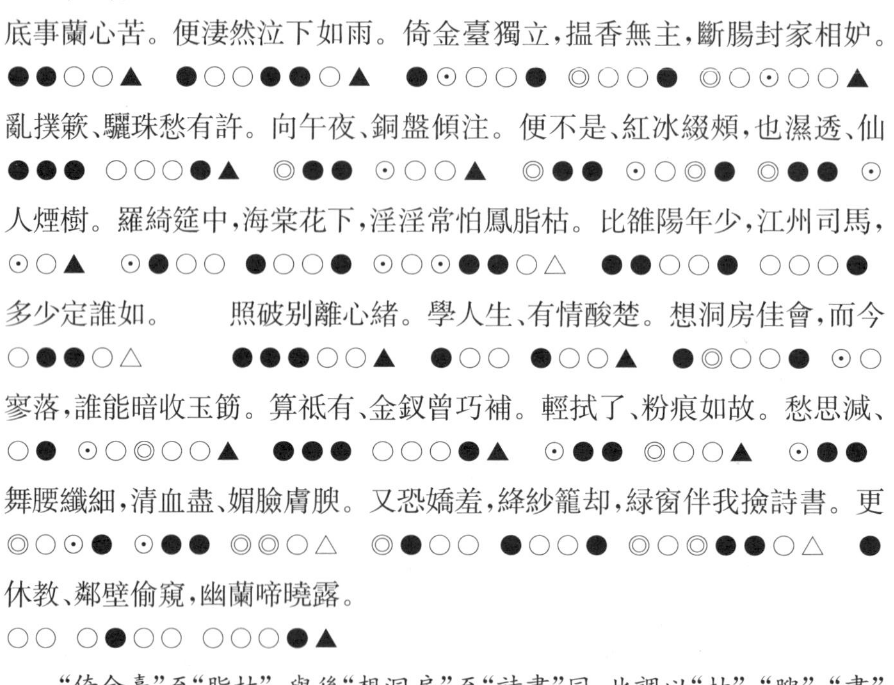

底事蘭心苦。便淒然泣下如雨。倚金臺獨立，揾香無主，斷腸封家相妒。亂撲簌、驪珠愁有許。向午夜、銅盤傾注。便不是、紅冰綴頰，也濕透、仙人煙樹。羅綺筵中，海棠花下，淫淫常怕鳳脂枯。比雒陽年少，江州司馬，多少定誰如。　照破別離心緒。學人生、有情酸楚。想洞房佳會，而今寥落，誰能暗收玉筯。算祗有、金釵曾巧補。輕拭了、粉痕如故。愁思滅、舞腰纖細，清血盡、媚臉膚腴。又恐嬌羞，絳紗籠却，綠窗伴我撿詩書。更休教、鄰壁偷窺，幽蘭啼曉露。

“倚金臺”至“脂枯”，與後“想洞房”至“詩書”同，此調以“枯”、“腴”、“書”爲叶，是平仄通用者。“似”字係借韻。

【杜注】按，此詞平仄兼叶，何必借“似”字爲韻？當是“如”字之訛。又按，《升庵詞品》云：《穆護砂》，隋朝曲，與《水調》、《河傳》同時，皆開汴河時辭人所製勞歌，其聲犯角。

【考正】萬氏原注“獨立”之“獨”、“玉筯”之“玉”以入作平；“煙樹”之“樹”可平聲叶；“膚腴”之“腴”可仄聲叶。又，“便淒然”七字，原譜作上三下四讀住。

又按，原譜前段結拍作“多少定誰似”，萬氏以爲“似”字爲借韻，或非。據彊村叢書本《燕石近體樂府》載，前段結拍爲“多少定誰如”，則正與前一韻脚“枯”字相叶。余以爲結拍若爲仄聲韻，則“枯”字便須遥叶後段，似亦不甚合理，據改。

稍遍　二百三字　“稍”一作“哨”

蘇　軾

爲米折腰，因酒棄家，口體交相累。歸去來，誰不遣君歸。覺從前皆非今

●●●○　⊙●●○　◎●○○▲　⊙◎○　⊙●◎○△　●○○⊙○○

是。露未晞。征夫指予歸路，門前笑語喧童稚。嗟舊菊都荒，新松暗老，

▲　◎●△　○○●●○●　⊙○◎●○○▲　○●●○○　○○◎●

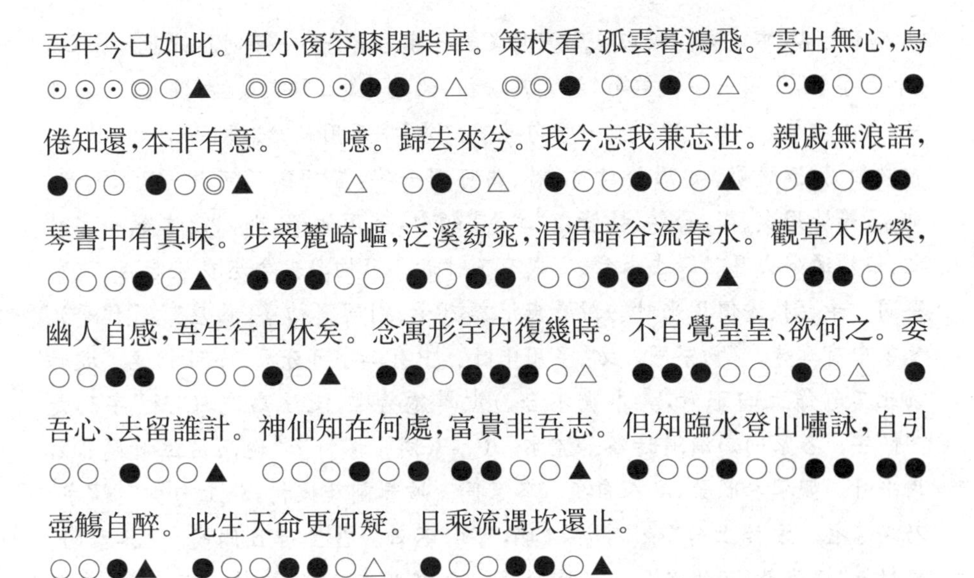
吾年今已如此。但小窗容膝閉柴扉。策杖看、孤雲暮鴻飛。雲出無心,鳥倦知還,本非有意。　　噫。歸去來兮。我今忘我兼忘世。親戚無浪語,琴書中有真味。步翠麓崎嶇,泛溪窈窕,涓涓暗谷流春水。觀草木欣榮,幽人自感,吾生行且休矣。念寓形宇内復幾時。不自覺皇皇、欲何之。委吾心、去留誰計。神仙知在何處,富貴非吾志。但知臨水登山嘯詠,自引壺觴自醉。此生天命更何疑。且乘流遇坎還止。

爲米折腰,因酒棄家,口體交相累。(“折”、“棄”二字須仄聲,“累”字起韻,各家俱同。以後韻脚平仄通叶,不拘。)歸去來,(亦有叶者。然可以不必。)誰不遣君歸。(坡公春詞云:“洗出碧蘿天”,不叶韻。細考坡春詞一篇,與本調多不合處,不必從也。稼軒此句云“翠藻青萍裏”,用上聲叶,但不可去。)覺從前、皆非今是。(各家同。)露未晞。(稼軒、方秋崖用上聲叶,王初寮不叶。)征夫指予歸路,(有叶者,然不必。稼軒“莊周談兩事”句,乃“談”字上落一“嘗”字或“曾”字耳。)門前笑語喧童稚。(各家同。坡春詞以上三句云“一霎暖、風回芳草榮光,浮動卷皺銀塘水”,與本調不合,不必從。)嗟舊菊都荒,新松暗老,(各家同。)吾年今已如此。(初寮、後村同。稼軒云“之二蟲,又何知”,用平叶,秋崖同。稼又云“又説於,羊棄意”,坡又云“園林翠紅排比”,與此稍異。)但小窗容膝閉柴扉。(各家同。秋崖云“凡三千五百廿年餘”,“廿”字本音“濕”,《詞匯》刻作“二十年餘”,多一字,便難讀而失調矣。“窗”字坡又作“燕”,不如用平。)策杖看、孤雲暮鴻飛。(各家同。稼軒末三字云“爲得計”,用仄叶,“爲得”二字不合,此雖不拘,依坡爲妥。)雲出無心,鳥倦知還,(各家同。稼於“鳥倦”句又云“冰蠶語熱”,平仄異,方亦然,或可不拘也。)本非有意。(各家同。稼軒“非”作“我”,上聲。)　　噫。(一字句。譜俱連下讀,誤。各家如稼軒三首,兩用“噫”字,一用“嘻”字。後村、秋崖亦用“噫”字。初寮用“嗟”字。是知此一字爲起語,而坡春詞“便乘興攜將佳麗,深入芳菲裏”,不但無此一字,其下句亦非一四一七者,故云與本調不合也。至稼軒“池上主人”一首,本用“噫”字,下云:“子固非魚”,而《圖譜》偏改作“子固非魚噫”,注爲五字句,毋論失韻、失調,試問“子固非魚噫”文理如何解得去?稼軒於千載下冒此不通之名，亦冤矣。或曰：凡詞調從無一字句者，子安得創爲此説？余曰：《十六字令》已用一字爲首句，況詞爲曲祖，北曲之《上馬嬌》、《九條龍》、《貨郎兒》、《山坡羊》、《閱金經》等，一字句甚多，"噫"字正用論語"噫，斗筲之人"句，而梁伯鸞《五噫歌》亦用於詩中，詩、曲可用一字，豈詞獨不可用乎？蘇、辛、劉、方等皆用支、微、齊韻，故皆以"噫"字領句，若用他韻，即以此本韻一字叶之，但須通得去耳。）歸去來兮。（或有不叶者。不拘。）我今忘我兼忘世。（初寮同。辛、劉、方俱用平叶。）親戚無浪語，（辛、劉同。初寮、秋崖"浪"作平）。琴書中有真味。（初寮同。方、辛用平叶。中有二字可分豆，亦可相連。坡春詞此二句作上四下六，與本調不合。）步翠麓崎嶇，泛溪窈窕，（"泛"字恐是"清"字。各家同。）涓涓暗谷如流水。（各家同。稼軒云"過而留泣計應非"，用平叶。）觀草木欣榮，幽人自感，（各家同。坡春詞及後村，於上句少"觀"字，乃誤落也。方於上句"榮"字亦叶韻，可以不必。）吾生行且休矣。（各家同。後村云"採於山，釣於水"，上三字分豆。）念寓形、宇内復幾時。不自覺、皇皇欲何之。（此二句即同前，但"小窗"二句，蓋自"涓涓"至此六句，與前段"門前"至"鴻飛"同也。初寮、後村及坡春詞俱與此合。辛云"看一時魚鳥，忘情喜會我，已忘機，更忘已"，用仄叶。方亦然。坡春詞"任滿頭紅雨落花飛"，各刻俱於"飛"字下增一"墜"字，人遂謂九字句，誤也。劉云"大丈夫不遇之所爲"，刻亦於"遇"字下誤多一"時"字。）委吾心、去留難計。（各家同。辛云"似鵾鵬變化□幾"，"幾"是叶韻，各刻俱於"幾"字上落一字。《譜》因注"似鵾鵬變化"爲五字句，而以"幾"字連下，作"幾東遊入海"，亦注爲五字句，而下更注爲七字句矣。可歎。可歎。）神仙知在何處，（各家同。坡春詞云"君看今古悠悠"，與本調不合。）富貴非吾願。（此句各家俱叶。舊刻作"非吾願"，"願"字乃誤也。蓋此詞乃檃括《歸去來辭》，故因成語差刻，愚謂必"志"字或"事"字之訛。人未細考，故相傳成誦耳。各家俱仄叶，獨辛一首於此二句云"東遊入海此計直以命爲嬉"，"嬉"字平叶，但"此計"二字恐有誤處。《圖譜》因"東遊"四字連上"幾"字，故以"此計"字連下作七字句，尤無此體例也。"嬉"字恐是"戲"字之誤。）但知臨水登山嘯詠，自引壺觴自醉。（此十四字一氣讀，如此詞應作上八下六，而"臨水登山"又應相連。方云"幾時明潔，幾時昏暗，畢竟少晴多雨"，則明是兩四一六。坡春詞亦然。辛一首亦同。而又一首云"大方達觀之家，未免長見悠然笑耳"，"觀"音"貫"，此則句法不同。若王、劉則一六兩四，故知平仄不異，分豆可不拘耳。辛又一首云"古來謬算狂圖五鼎烹死□爲平地"，各刻"爲"字上一字或作"柏"、或作"恒"，此必有誤。《譜》不置辨，而又不注斷止，於第二體題下注云："十五句作七字，十六句六字，十七、八句四字"，竟如夢囈，雖智者亦不能明其故也。）此生天命更何疑。且乘流、遇坎還止。（各家同。）

此調長而多訛，故逐句注釋，以便省覽。

【杜注】按，《漁隱叢話》"泛溪窈窕"句，"溪"字上有"清"字。又，"如流水"句，作"流春水"。又，"非吾愿"句，"愿"作"志"。萬氏注亦謂必"志"字或"事"字之訛。又，"更何疑"句，"何"作"奚"，此詞檃栝《歸去來辭》，自當作"奚"。均應遵改。又按，《古今詞話》卓人月曰：此般涉調曲，於華言爲五聲，五聲，羽聲也。羽於五音之次爲五。

【考正】萬氏原注"歸"、"晞"可用仄韻；"此"可用平韻。又，"覺從前"七字，原譜作上三下四式，惟"從前皆非"不可讀破。又，"指予歸路"之"予"，本讀爲余吕切，上聲，郭忠恕《佩觿集》云："予讀若余。本無余音，後人讀之也。"故本處當擬仄讀。而萬樹原注"歸"字可仄，亦誤。又，"幾時"之"幾"，以上作平。

原譜後段"富貴非吾願"，萬氏注"願"宜叶。按，本句爲均脚所在，必須押韻。檢《東坡詞》本句以"志"住，當是的本，據改。又，原譜後段結拍作"且乘流"讀住，誤。"乘流遇坎"不可讀破。又按，萬氏引東坡别首，有句"園林翠紅排比"，誤，當是"園林排比紅翠"。

戚氏　二百十二字三疊

柳　永

晚秋天。一霎微雨灑庭軒。檻菊蕭疏，井梧零亂。惹殘煙。淒然。望江
●○△　○○○●●○△　●●○○　●○○▲　●○△　○△　●○
關。飛雲黯淡夕陽間。當時宋玉悲感，向此臨水與登山。遠道迢遞，行人
△　○○◎●●○△　○○●●○●　●○○●●○△　◎●○●　○○
淒楚，倦聽隴水潺湲。正蟬鳴敗葉，蛩響衰草，相應聲喧。　　孤館。度
○●　●○◎●○△　●○○●●　○○○●　○●○△　　○▲　●
日如年。風露漸變。悄悄至更闌。長天静、絳河清淺。皓月嬋娟。思綿
●○△　○●●▲　●●●○△　○○●　●○○▲　●●○△　●○
綿。夜永對景那堪。屈指暗想從前。未名未禄，綺陌紅樓，往往經歲遷
△　●●●●○△　●●●●○△　●○●●　●●○○　◎●○●○
延。　　帝里風光好，當年少日，暮宴朝歡。況有狂朋怪侣，遇當歌對酒
△　　●●○○●　○○●●　●●○△　●●○○●●　●○○●●
競留連。别來迅景如梭，舊遊似夢，煙水程何限。念利名、憔悴長縈絆。
●○△　○○●●○○　●○●●　○●○○▲　●●○　○●○○▲
追往事、空慘愁顔。漏箭移、稍覺輕寒。聽嗚咽、畫角數聲殘。對閑窗畔。
○◎●　○●○△　●●○　●●○△　●○○　●●●○△　●○○▲
停燈向曉，抱影無眠。
○○●●　●●○△

《圖譜》於“然”字不注叶，失一韻矣。“遠道迢遞”，《譜》云可平平平平；“蛩響衰草”，《譜》云可仄平仄仄；“風露漸變”，《譜》云可仄平平仄，誤。觀後坡詞可知。

【考正】原譜“孤館”六字不讀斷，音律不諧，“館”字乃换頭短韻也。又，“當歌對酒”爲一緊密文法單位，原譜讀斷，欠妥。

萬氏原注“一霎”二字、“向此”之“此”、“嗚咽”之“咽”均作平。另，“蛩響”句東坡作“玄圃清寂”，第二字亦爲上聲，均應作平。

原譜僅第三段“何限”、“縈絆”兩仄聲韻。惟本詞韻脚密植，起首兩均：“晚秋天。一霎微雨灑庭軒。”“惹殘煙。淒然。望江關。”作法已然立定基礎。疑全詞三段均爲平仄相叶韻法，與東坡詞不同。第一段之“井梧零亂”，第二段之“孤館。風露漸變。絳河清淺”，第三段之“對閑窗畔”等均可視爲三聲叶，如此，韻律促迫，别有一格，耆卿在多處安排仄聲同韻，絶非偶然也。填者大可一試。

第二體　二百十三字

蘇　軾

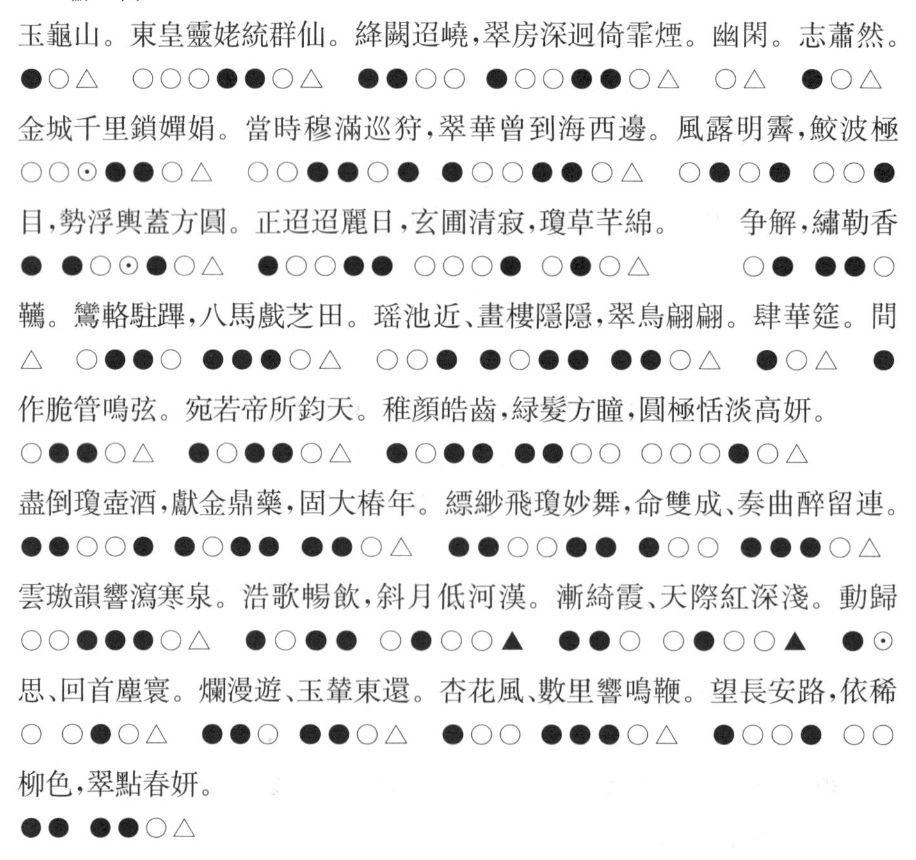

玉龜山。東皇靈姥統群仙。絳闕迢嶢，翠房深迥倚霏煙。幽閑。志蕭然。
●○△　○○○●●○△　●●○○　●○○●●○△　○△　●○△

金城千里鎖嬋娟。當時穆滿巡狩，翠華曾到海西邊。風露明霽，鮫波極
○○⊙●●○△　○○●●○●　●○○●●○△　○●○●　○○●

目，勢浮輿蓋方圓。正迢迢麗日，玄圃清寂，瓊草芊綿。　争解，繡勒香
●　●○⊙●○△　●○○●●　○○○●　○●○△　○●　●●○

韉。鸞輅駐蹕，八馬戲芝田。瑶池近、畫樓隱隱，翠鳥翩翩。肆華筵。間
△　○●●○　●●●○△　○○●　●○●●　●●○△　●○△　●

作脆管鳴弦。宛若帝所鈞天。稚顔皓齒，緑髮方瞳，圓極恬淡高妍。
○●●○△　●○●●○△　●○●●　●●○○　○○○●○△

盡倒瓊壺酒，獻金鼎藥，固大椿年。縹緲飛瓊妙舞，命雙成、奏曲醉留連。
●●○○●　●○●●　●●○△　●●○○●●　●○○　●●●○△

雲璈韻響瀉寒泉。浩歌暢飲，斜月低河漢。漸綺霞、天際紅深淺。動歸
○○●●●○△　●○●●　○●○○▲　●●○　○●○○▲　●⊙

思、回首塵寰。爛漫遊、玉輦東還。杏花風、數里響鳴鞭。望長安路，依稀
○　○●○△　●●○　●●○△　●○○　●●●○△　●○○●　○○

柳色，翠點春妍。
●●　●●○△

刻本“漸”字下誤重一字，“盼”字誤“兮”字，今改正。

"雲璈"句七字,叶韻,與前調"别來"句六字不叶異。其餘俱同。人每謂坡公詞不協律,試觀如此長篇,字字不苟,何常不協乎?故備録之。且李方叔云:此是因妓歌,此調詞不佳,公適讀《山海經》,乃令妓復歌,隨字填去,歌完詞就。然則坡仙豈非天人?而奈何輕以失律譏之歟?"□間作管鳴弦","作管"二字必誤,此句對前詞"夜永"句,應改"間(去聲)作□管鳴弦"爲是。

【杜注】按,《歷代詩餘》及《詞苑》"靈媲"作"靈姹"。又,"稚頭"作"稚顔"。又,"圓極"作"舉止"。【又,"緑鬢方瞳"句,"鬢"誤作"髮"。】又,"倚霞"作"綺霞"。又,"迴盼"作"回首"。又,"春妍"作"秦川"。均應遵改。又按,"間作管鳴弦"句,"間"上原空一字,《詞苑》作"間作吹管鳴絲",《欽定詞譜》及《詞林紀事》作"間作脆管鳴弦",亦應遵改。又,《詞律拾遺》云:"諸體雙拽頭者,前兩段往往相對,獨此調不然,且第二段字數亦與第一段懸殊,若以三段'盡倒瓊壺酒,獻金鼎藥,固大椿年'三句屬第二段,則與第一段字數略稱,結尾句法亦略同。即以文義論之,第一段叙巡行,第二段叙宴飲,第三段叙歌舞,層次亦復井然也。"

【考正】已據杜注改。又,"圃"、"作"、"若"、"極"作平,詳前一體注。"蹕",以入作平。又,第二段起拍原譜六字不讀斷,音律違和,據前一體改。

鶯啼序 二百四十字四疊

吴文英

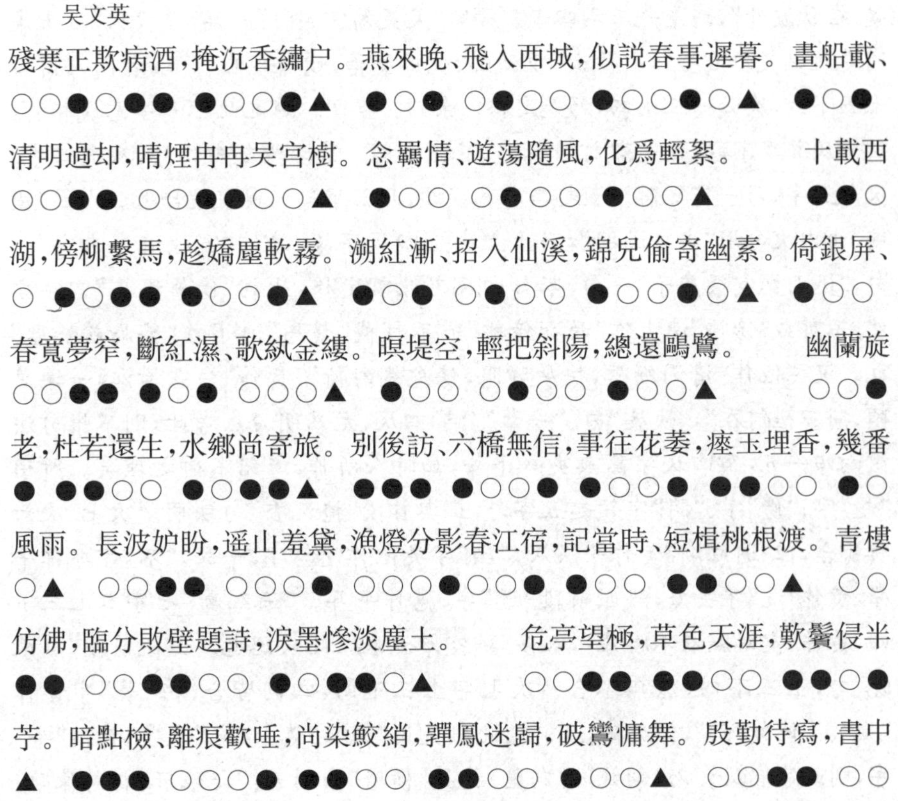

殘寒正欺病酒,掩沉香繡户。燕來晚、飛入西城,似説春事遲暮。畫船載、
○○●○●● ●○○●▲ ●○● ○●○○ ●○○●○▲ ●○●

清明過却,晴煙冉冉吴宫樹。念羈情、遊蕩隨風,化爲輕絮。　十載西
○○●● ○○●●○○▲ ●○○ ○●○○ ●○○▲ ●●○

湖,傍柳繫馬,趁嬌塵軟霧。溯紅漸、招入仙溪,錦兒偷寄幽素。倚銀屏、
○ ●○●● ●○○●▲ ●○● ○●○○ ●○○●○▲ ●○○

春寬夢窄,斷紅濕、歌紈金縷。暝堤空,輕把斜陽,總還鷗鷺。　幽蘭旋
○○●● ●○● ○○○▲ ●○○ ○●○○ ●○○▲ ○○●

老,杜若還生,水鄉尚寄旅。别後訪、六橋無信,事往花萎,瘞玉埋香,幾番
● ●●○○ ●○●●▲ ●●● ●○○● ●○○● ●●○○ ●○

風雨。長波妒盼,遥山羞黛,漁燈分影春江宿,記當時、短楫桃根渡。青樓
○▲ ○○●● ○○○● ○○○●○○● ●○○ ●●○○▲ ○○

仿佛,臨分敗壁題詩,淚墨慘淡塵土。　危亭望極,草色天涯,歎鬢侵半
●● ○○●●○○ ●○●●○▲ ○○●● ●●○○ ●●○●

苧。暗點檢、離痕歡唾,尚染鮫綃,亸鳳迷歸,破鸞慵舞。殷勤待寫,書中
▲ ●●● ○○○● ●●○○ ●●○○ ●○○▲ ○○●● ○○

長恨，藍霞遼海沉過雁，謾相思、彈入哀箏柱。傷心千里江南，怨曲重招，
○● ○○○●○○● ●○○ ○●○○▲ ○○○●○○ ●●○○
斷魂在否。
●○●▲

詞調最長者惟此序，而最難訂者亦惟此序。蓋因作者甚少，惟夢窗數闋與《詞林萬選》所收黄在軒一首耳。其中句法字法多有不一，今細細校定，大約從其合者可也。起句六字，合矣。次句五字，句法上一下四，吴之"引鴛鴦戲水"、"凝春空燦綺"("凝"去聲)、黄之"卧長龍一帶"，合也。次七、次六亦合，但"説"字吴他作用"紗"字、"碧"字，"説"、"碧"入作平，而黄用"市"字仄，然照後段"兒"字，應作平聲耳。次七字，人多因"横塘棹穿艷錦"一曲云"潤玉瘦冰輕倦浴"，疑是七言詩一句，於"冰"字讀斷，作上四下三句法，而黄作"芳草岸、灣環半玉"，似亦可兩借，不知此作"畫船載"又别作"彩翼曳、扶摇宛轉"，則顯然上三下四，是本無不合，而人誤讀也。次七字俱合。次"念羈情"至"輕絮"十一字，可作上五下六讀，亦可作一三兩四讀，觀吴他作，"聽銀水聲細，梧桐漸攪涼思"吴作"看碧天連水，翻成箭樣風快"，則當爲上五下六，而觀第二段之結，及吴他作"怕因循、羅扇恩疏，又生秋意"、黄作"黛眉修，依約霧鬟，在秋波外"，則是一三兩四者。夢窗"天吴駕雲閬海"一篇，首段云"近玉虚高處天風笑語飛墜"，次段云"步新梯、藐視年華，頓非塵世"。或者因謂前必上五下六，次必一三兩四，乃是定格。余曰：非也。總之此十一字意義相貫，但平仄聲響不誤，便是難訂難從處，不在此也。第二段起句四字、次句四字、次句五字，乃一定之體。蓋起二句爲換頭，而五字句仍與前段合也。人因"横塘"曲内次句用"冉冉迅羽"，乃上上去上四仄字故，讀作"窗隙流光冉冉"一句，"迅羽愬空梁燕子"一句，不知四仄乃此調定格，此詞"傍柳繫馬"四字亦然，不可截"傍柳"連上作"西湖傍柳"亦不可截"繫馬"連下作"繫馬趁嬌塵"也。況吴他作"清濁緇塵，快展曠眼，傍危欄醉倚"、黄作"白露横江，一葦萬頃，問靈槎何在"，"快展"句、"一葦"句皆四仄，尤爲明證。考此，則不惟句法該兩四一五，而四仄字萬無夾一平聲，如時人所作，薄鉛不御之理矣。所用"趁"字、"傍"字、"問"字領起五字句，正與首段"掩沉香"句法同。次七、次六與前合，但"遡紅漸"黄作平仄仄，"幽"字吴他作"金"字，平聲，"不"字亦作平聲，黄作"沆"字去聲，然照前段"遲"字，應作平耳。"遡紅漸"七字本上三下四，黄作"空翠濕衣不勝寒"，人多讀"空翠濕衣"，此誤認也。但觀前段"燕來晚"句，上三下四，原無不合。次七字上三下四，四詞皆合，但"夢"字黄作"襯"、吴他作"雨"，俱仄聲，且前段此句吴用"過"、"倦"、"宛"三字，黄用"半"字，則此字宜仄。乃《詞統》、《詞匯》於吴"横塘"曲刻云："記琅玕、新詩陳跡，

掐香痕、纖蔥玉指”，“陳”字乃是平聲，可疑。及查吴本稿，則：“記琅玕、新詩細掐，早陳跡、香痕纖指”，是“細”字，本是仄聲，而各書誤刻耳。因一字之差，遂致參差不合。甚矣！書之不可不細校也。次又七字句，此句最爲可疑，論前段“晴煙冉冉”句，則上四下三，該如七言詩一句，四詞皆合。而此句獨黄作“瓊田湧出神仙界”，與前段合，若此首“斷紅濕、歌紈金縷”，與他作“早陳跡、香痕纖指”，又“燕泥動、紅香流水”，則用上三下四矣。此則依吴、依黄可以不拘也。次十一字，與前合，不必再論。只“斜”字吴他作“恩”字、“年”字平聲，與前段合，而黄作“霧”字去聲，此則當依吴爲是。“還”字與前“爲”字皆平聲，而吴他作二首與黄作，皆前結用仄、次結用平，想皆可不拘。其難訂難從處，猶不在此也。第三段起處，兩四一五，四詞皆同。只“水鄉”句句法稍異，若作“尚水鄉寄旅”，則與前段合，觀他作“歎幾縈夢寐”可見。黄作“飛蓋蹴鼇背”，亦不合，不必從也。乃《詞統》、《詞匯》於“横塘”曲第三段誤刻，云：“西湖舊日，畫舸頻移，不定歎幾縈夢寐。霞佩冷、飛雨乍濕鮫綃，暗盛紅淚。”比前段於“頻移”下多“不定”二字，於“霞佩冷”下少五字，讀之再三不解，及查本稿，則“頻移”下原無“不定”二字，而“霞佩冷”下乃“疊瀾不定，麝靄飛雨，乍濕鮫綃，暗盛紅淚”，與前段原合。其他作“翁笑起、離席而語，敢詫京兆，以後爲功，落成奇事”，字字相同，奈爲後人訛亂耳。黄作《萬選》刻云：“燈火暮、相輪倒景，隃睇別浦，片片歸帆”，共十五字，以“燈火暮”三字抵“別後訪”，則其下少四字，且失一叶韻句，其誤不必言矣。“事往花萎”“萎”字平聲，亦可作仄讀，“麝靄飛雨”、“敢托京兆”等皆仄仄平仄，至後之“尚染鮫綃”則各篇俱用仄仄平平，想不拘，然用平爲有調也。次兩四字相對，下以七字句承之，四詞皆合。只黄作於“漁燈”句汲古刻云“有人剪取江水”，此乃“江”字上落一字，或“吴”字或“淞”字耳。次八字上三下五，四詞皆合。次四字、次六字、又次六字，皆合。只“臨分”之“分”字，吴他作用“頭”字、“街”字，而黄用“見”字去聲，不必從也。第四段，兩四一五與前合，四詞皆同。只“歎鬢侵”句，“横塘”曲云“也感紅怨翠”，“翠”字仄聲，與此相合，而黄作“寄語休見猜”、吴他作“正午長漏遲”，“猜”、“遲”二字想可以平叶仄，但“寄語”二字亦如“飛蓋”二字句法，不如上一下四也。“暗點檢”以下至“慵舞”，與前段合，黄作於首三字句止有“洗却”二字，乃脱去一字。吴他作《詞匯》於“省慣”二字上乃脱一“念”字也。次“殷勤”至“過雁”十五字，與前段俱合，四詞亦皆同。“過”字宜仄聲讀，吴他作“浪”字、“禊”字，黄作“我”字，俱仄聲，不可平也。次“謾相思”下二十二字，四詞俱合，但汲古刻吴他作“御爐香、分染朝衣袂”脱“染”字耳。據此結該六字與兩四字，或因謂前結亦應以六字領句，“青樓彷佛臨分”可以讀斷，不知黄與吴他作不可讀斷，詞於結處另異，乃是常格，第四段尾只還他一六兩四可耳。

總之，作詞須從其多者，須從其全者，尤須從其前後相同者，便無差謬。故以愚見論次如右，不知時流肯謂余之狂言爲然否也。又，汲古載夢窗稿附絶筆一首，即“天吴”一曲，而殘闕幾半，毛氏未訂，並載於帙耳。

按，楊升庵先生於詞道原不甚精究，但喜用新穎之字，故人多愛而仿之。不知天下未有眉目不全之女人，而以脂粉爲絶色者。如此調六字起句，用平平去平去上，是定格也，升庵作“碧雞唱曉”四字；次句五字，用去平（可上）平去上，定格也，升庵作“霞散綺、重關幀畫”，全不相涉。時流不以古人爲法，而偏學升庵，未審何意。且於“碧雞唱曉”之仄平仄仄，又變而爲仄仄平平，則尤不解矣。至“畫船載”二句，升庵亦未錯也，學之者乃誤作兩句七言相對，如《滿江紅》中語，豈不大誤。“隨風”二字，升庵作“聯翩”，亦未錯也，學之者乃誤作兩去聲，豈不大誤。“傍柳繫馬”，升庵作“雨信頃刻”，亦未錯也，學之者乃誤於“柳”字用平，豈不大誤。“春寬夢窄”，升庵作“洛神襯襪”，亦未錯也，學之者乃誤作平仄平平。“杜若還生”，升庵作“文石錦沙”，只“錦”字用上聲，猶可借也，學之者用仄仄仄平平仄六字，豈不大誤。“事往花萎”下該有“瘞玉”二句，升庵只有五字叶韻一句，“桃根渡”下反多一七字叶韻句。“青樓”下只有一五一六兩句，共少五字，誤矣。學之者於“別後訪”作五字，其下四句四字，不叶韻，即用七字叶韻句接之。而七字又作仄仄平平仄平仄，豈不大誤。“暗點檢”句，升庵只作六字，“寫”字誤平。“藍海”句誤上三下四，學之者於“歎鬢侵半苧”用仄仄平平仄，其第二段亦然，俱作五言詩句法，豈不大誤。春秋責備賢者，故余後學鄙人，不禁娓娓，高明定能諒之。然則既欲作詞，何不一斟酌於古人，而必擇一失調者爲式，且更於其失調之外，更多失調耶？至《圖譜》之亂分字句，亂注平仄，不可枚舉，又不足論。乃收升庵明人之詞，二百三十五字者爲式，已爲可怪，又續收一夢窗詞，杜撰一名，命之曰《添字鶯啼序》，則又安得怪人之吹毛索瘢也哉！

琰青曰：余初讀此調，即疑有誤，然數詞並列，未能確辨其是非，及閱紅友稿，見其逐句逐字論定，胸次疑團不覺冰釋。因歎不具此眼光，心血豈能使五百餘載之傳訛，一日剖去蔓藤，瑩爲明鏡乎？前此《哨遍》一篇訂釋，已歎希有，至此尤不能不爲心悦誠服矣。天下有不心悦誠服者，非庸妄之夫，即僞爲支飾者矣。將付梓時，紅友必欲於此注另加删定，蓋謂談及時流，恐以賈怨也。余曰：風雅一道，於今淪亡，有志於此者，正愿有同志之人疑義相析，有疵繆處，正望有人爲我糾正，若護短飾非，反咎人之針砭，豈名流賢者之心哉！況欲訂正此調，不得不援古證今，臚列而加考論，詎可慮及賈怨而不詳明剖白，猶乃作葫蘆提語耶？故亟索原稿授梓，而蒼崖、雪舫、守齋、藥庵、韓若諸同人亦以余言爲韙云。

【杜注】按,“藍霞遼海沉過雁”句,“霞”字疑“闕”字之誤。又,萬氏注汲古刻吴他作“御爐香分染朝衣袂”句,脱“染”字。按,此字《夢窗甲稿》原闕,而於《丁稿》復刻作“惹”字,較“染”字佳。

【考正】萬氏原注“似説”之“説”、“淚墨”之“墨”以入作平。又,“傍柳”之“柳”,萬氏以爲定格須仄,而此字宋人實以平填者爲正,如汪元量之“錦心繡口”、“荒臺敗壘”,劉辰翁之“追桃恨李”,皆是,即便夢窗三首作“柳”、“冉”、“展”,黄詞作“葦”,亦本爲作平者,故當以以上作平視之。

詞律卷二十終

詞調名别名索引

（以别名首字音序排列）

安慶摸（摸魚兒）
巴渝辭（竹枝詞）
百尺樓（卜算子）
百宜嬌（眉嫵）
百字令（念奴嬌）
百字謡（念奴嬌）
比梅（如夢令）
碧芙蓉（尾犯）
碧桃春（阮郎歸）
碧雲深（憶秦娥）
鬢雲鬆令（蘇幕遮）
步虚詞（西江月）
薄命女（長命女）
采桑子（醜奴兒）
蒼梧謡（十六字令）
釵頭鳳（摘紅英）
菖蒲緑（歸朝歡）
重疊金（菩薩蠻）
愁春未醒（醜奴兒慢）
愁倚闌令（春光好）
春霽（秋霽）
春去也（憶江南）
春宵曲（南歌子）
春曉曲（木蘭花）
促拍滿路花（滿路花）
催雪（無悶）
大江東去（念奴嬌）
大江西上曲（念奴嬌）
貂裘换酒（賀新郎）
釣船笛（好事近）
豆葉黄（憶王孫）
芳草鳳樓吟（鳳簫吟）
飛雪滿堆山（飛雪滿群山）
風蝶令（南歌子）
鳳棲梧（蝶戀花）
隔浦蓮（隔浦蓮近拍）
隔浦蓮近（隔浦蓮近拍）
宫中調笑（古調笑）
孤雁兒（御街行）
古傾杯（傾杯樂）
古陽關（陽關引）
關河令（清商怨）
海天闊處（水龍吟）
好女兒（繡帶兒）
鶴沖天（喜遷鶯）
賀聖朝影（太平時）
賀新涼（賀新郎）
壺中天（念奴嬌）
花犯念奴（水調歌頭）
花自落（謁金門）

畫屏秋色(秋思耗)
淮甸春(念奴嬌)
黄金縷(蝶戀花)
虹窗影(紅窗迥)
紅窗聽(紅窗睡)
紅娘子(連理枝)
紅情(暗香)
雞叫子(阿那曲)
江南好(水調歌頭)
江神子(江城子)
江亭怨(荆州亭)
金縷曲(賀新郎)
卷珠簾(蝶戀花)
闌干萬里心(憶王孫)
樂世(六幺令)
酹江月(念奴嬌)
涼州令(梁州令)
柳長春(踏莎行)
柳色黄(石州慢)
龍吟曲(水龍吟)
録要(六幺令)
緑頭鴨(多麗)
緑腰(六幺令)
緑意(疏影)
羅敷媚(醜奴兒)
羅敷艷歌(醜奴兒)
洛陽香(一落索)
買坡塘(摸魚兒)
賣花聲(謝池春)
賣花聲(浪淘沙令)
邁陂塘(摸魚兒)
滿庭霜(滿庭芳)
夢江口(憶江南)
夢江南(憶江南)
明月生南浦(蝶戀花)
明月引(江城梅花引)
明月棹孤舟(雨中花)
摸魚子(摸魚兒)
南柯子(南歌子)
南樓令(唐多令)
内家嬌(風流子)
扁舟尋舊約(飛雪滿群山)
貧也樂(梅花引)
淒涼調(淒涼犯)
秦樓月(憶秦娥)
青衫濕(人月圓)
青杏兒(促拍醜奴兒)
情長久(情久長)
慶春澤慢(高陽台)
秋波媚(眼兒媚)
秋夜月(相見歡)
鵲踏枝(蝶戀花)
如此江山(齊天樂)
乳燕飛(賀新郎)
瑞鶴仙影(淒涼犯)
臺城路(齊天樂)
三臺令(古調笑)
掃地花(掃花遊)
掃地遊(掃花遊)
山花子(攤破浣溪沙)
山新青(長相思)
傷情怨(清商怨)
上林春(一落索)
上西樓(相見歡)
上西平(金人捧露盤)
上陽春(鷰山溪)
深院月(古搗練子)
勝勝慢(聲聲慢)

十二郎(二郎神)
十二時(憶少年)
十拍子(破陣子)
疏簾淡月(桂枝香)
雙荷葉(憶秦娥)
雙紅豆(長相思)
水晶簾(江城子)
思佳客(歸自謠)
思佳客(鷓鴣天)
四代好(宴清都)
四換頭(醉公子)
似娘兒(促拍醜奴兒)
鎖陽臺(滿庭芳)
桃花水(訴衷情)
王孫信(尋芳草)
望漢月(憶漢月)
望江南(憶江南)
望江梅(憶江南)
望梅(解連環)
望秦川(南歌子)
巫山一片雲(菩薩蠻)
烏夜啼(相見歡)
無俗念(念奴嬌)
五福降中天(齊天樂)
西湖三疊(西河)
西樓子(相見歡)
西平曲(金人捧露盤)
西園竹(四園竹)
惜春容(木蘭花)
惜分釵(摘紅英)
夏州(鬬百花)
湘月(念奴嬌)
消息(永遇樂)
瀟湘曲(瀟湘神)
小樓連苑(水龍吟)
小梅花(梅花引)
小桃紅(連理枝)
擷芳詞(摘紅英)
謝秋娘(憶江南)
燕歸來(喜遷鶯)
宴桃源(如夢令)
宴西園(昭君怨)
陽春曲(陽春)
陽關曲(小秦王)
夜行船(雨中花)
一痕沙(昭君怨)
一籮金(蝶戀花)
一絲風(訴衷情)
憶多嬌(長相思)
憶故人(燭影摇紅)
憶蘿月(清平樂)
憶仙姿(如夢令)
憶真妃(相見歡)
魚水同歡(蝶戀花)
漁父(漁歌)
漁父家風(訴衷情)
虞美人影(桃園憶故人)
羽仙歌(洞仙歌)
玉聯環(一落索)
玉瓏璁(摘紅英)
玉樓春(木蘭花)
玉人歌(探芳信)
月當窗(霜天曉角)
月上瓜州(相見歡)
折紅英(摘紅英)
真珠簾(珍珠簾)
莊椿歲(水龍吟)
灼灼花(連理枝)

竹馬子(竹馬兒)
子夜歌(菩薩蠻)
醉落魄(一斛珠)
醉桃源(阮郎歸)

注:
一、凡"令"、"引"、"近"、"慢"之增減,俱未收入;
二、簡稱、衍稱、調中某字又作某字之名,酌録;
三、正名以《詞律》爲準,如《醜奴兒》爲正名,《采桑子》爲别名;
四、凡《詞律》未收之别名不予收録。

主要參考書目

曾昭岷等《全唐五代詞》,中華書局 1999 年版
张璋等《全唐五代詞》,上海古籍出版社 1986 年版
唐圭璋《全宋詞》,中華書局 1965 年版
唐圭璋《全金元詞》,中華書局 1979 年版
《欽定詞譜》,中國書店 1983 年影印版
《宋六十名家詞》,毛晉汲古閣本
《汲古閣景宋鈔南宋群賢六十家小集》,民國間古書流通處影印本
朱祖謀《彊邨叢書》,上海古籍出版社 1989 年影印版
王鵬運《四印齋所刻詞》,上海古籍出版社 1989 年影印版
吴曾《能改齋漫録》,中華書局 1960 年版
任半塘《唐聲詩》,上海古籍出版社 1982 年版
张炎、夏承燾《詞源注》,人民文學出版社 1963 年版
沈伯時、蔡嵩雲《乐府指迷箋釋》,人民文學出版社 1963 年版
《高麗史・樂志》,日本早稻田大學藏本
吴梅《詞學通論》,上海古籍出版社 2006 年版
程大昌《演繁露》,中華書局 1991 年版
文莹《湘山野録》,中華書局 1984 年版
胡仔《苕溪漁隱叢話》,人民文學出版社 1981 年版
王灼《碧雞漫志》,四庫全書本
《歷代詩餘》,上海書店出版社 1985 年影印版
郭茂倩《樂府詩集》,人民文學出版社 1962 年版
卓人月《古今詞統》,明崇禎本
朱彝尊、汪森《詞綜》,四庫全書本
周密、查爲仁、厲鶚《絶妙好詞箋》,四庫全書本
黄大輿《梅苑》,四庫全書本
曾慥《樂府雅詞》,四庫全書本

《樂府雅詞拾遺》,四庫全書本
《草堂詩餘》,四庫全書本
《花草粹編》,四庫全書本
《逃禪詞》,毛晉校本
《花間集》,四庫全書本
《惜香樂府》,四庫全書本
《書舟詞》,四庫全書本
《稼軒詞》,四庫全書本
《日湖漁唱》,《粤雅堂叢書》本
《毛秘書詞》,王國維《唐五代二十一家詞輯》本
《選聲集》,《四庫存目叢書》影印清初大來堂刻本

圖書在版編目（CIP）數據

詞律考正/蔡國强著.—上海：華東師範大學出版社，2019
ISBN 978-7-5675-9101-1

Ⅰ.①詞… Ⅱ.①蔡… Ⅲ.①詞律—研究—中國 Ⅳ.①I207.23

中國版本圖書館 CIP 數據核字(2019)第 071445 號

詞律考正

著　　者　蔡國强
責任編輯　時潤民
裝幀設計　劉怡霖

出版發行　華東師範大學出版社
社　　址　上海市中山北路 3663 號　郵編 200062
網　　址　www.ecnupress.com.cn
電　　話　021-60821666　行政傳真 021-62572105
客服電話　021-62865537　門市(郵購)電話 021-62869887
地　　址　上海市中山北路 3663 號華東師範大學校内先鋒路口
網　　店　http://hdsdcbs.tmall.com/

印 刷 者　上海龍騰印務有限公司
開　　本　787×1092　16 開
印　　張　46.75
字　　數　825 千字
版　　次　2019 年 8 月第 1 版
印　　次　2019 年 8 月第 1 次
書　　號　ISBN 978-7-5675-9101-1
定　　價　148.00 元

出 版 人　王　焰